HEYNE <

Von **MARKUS HEITZ** erschien in der Reihe
HEYNE SCIENCE FICTION & FANTASY:

Die Dunkle Zeit:

1. Schatten über Ulldart · 06/9174
2. Der Orden der Schwerter · 06/9175
3. Das Zeichen des Dunklen Gottes · 06/9176
4. Unter den Augen Tzulans · 06/9177
5. Die Stimme der Magie · 06/9178

Shadowrun:

TAKC 3000 · 06/6145
Gottes Engel · 06/6147
Aeternitas · 06/6148

MARKUS HEITZ

DIE STIMME DER MAGIE

DIE DUNKLE ZEIT

Fünfter Roman

Originalausgabe

WILHELM HEYNE VERLAG
MÜNCHEN

HEYNE SCIENCE FICTION & FANTASY
Band 06/9178

Umwelthinweis:
Dieses Buch wurde auf chlor- und
säurefreiem Papier gedruckt.

Originalausgabe 07/2003
Redaktion: Angela Kuepper

Der Wilhelm Heyne Verlag ist ein Verlag der
Ullstein Heyne List GmbH & Co. KG.
www.heyne.de
Printed in Germany 2003
Umschlagbild: Les Edwards/Agentur Schlück GmbH
Karten: Erhard Ringer
Umschlaggestaltung: Nele Schütz Design, München
Satz: Schaber Satz- und Datentechnik, Wels
Druck und Bindung: Ebner & Spiegel, Ulm

ISBN 3-453-87062-X

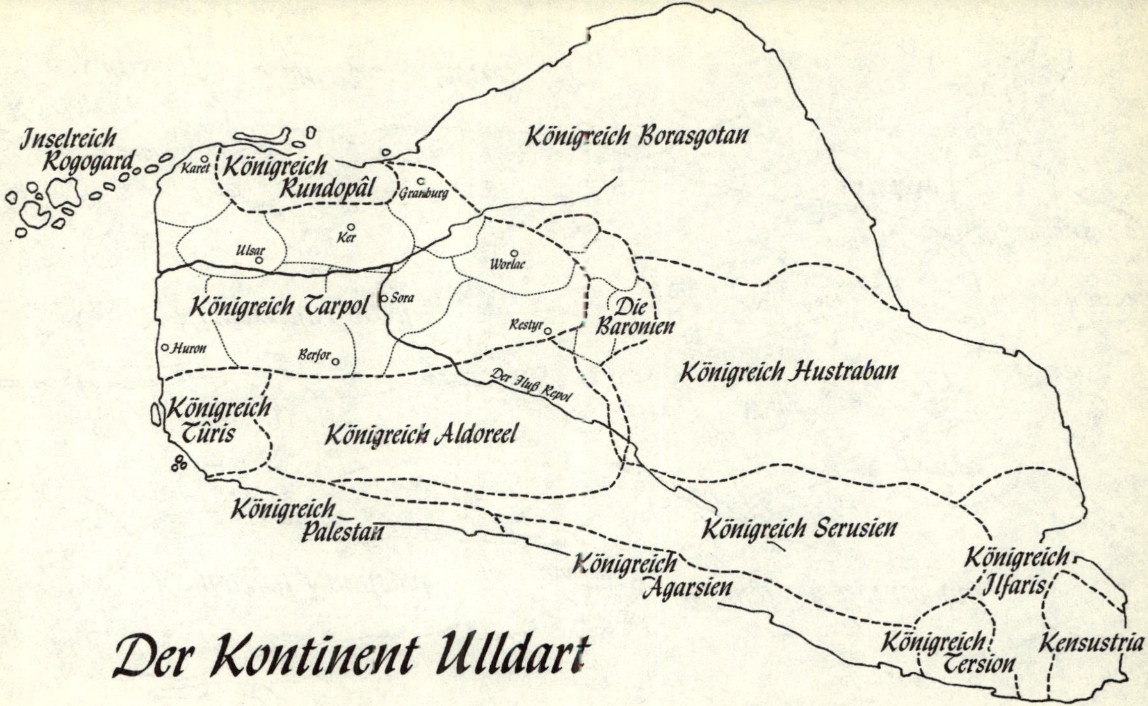

Der Kontinent Ulldart

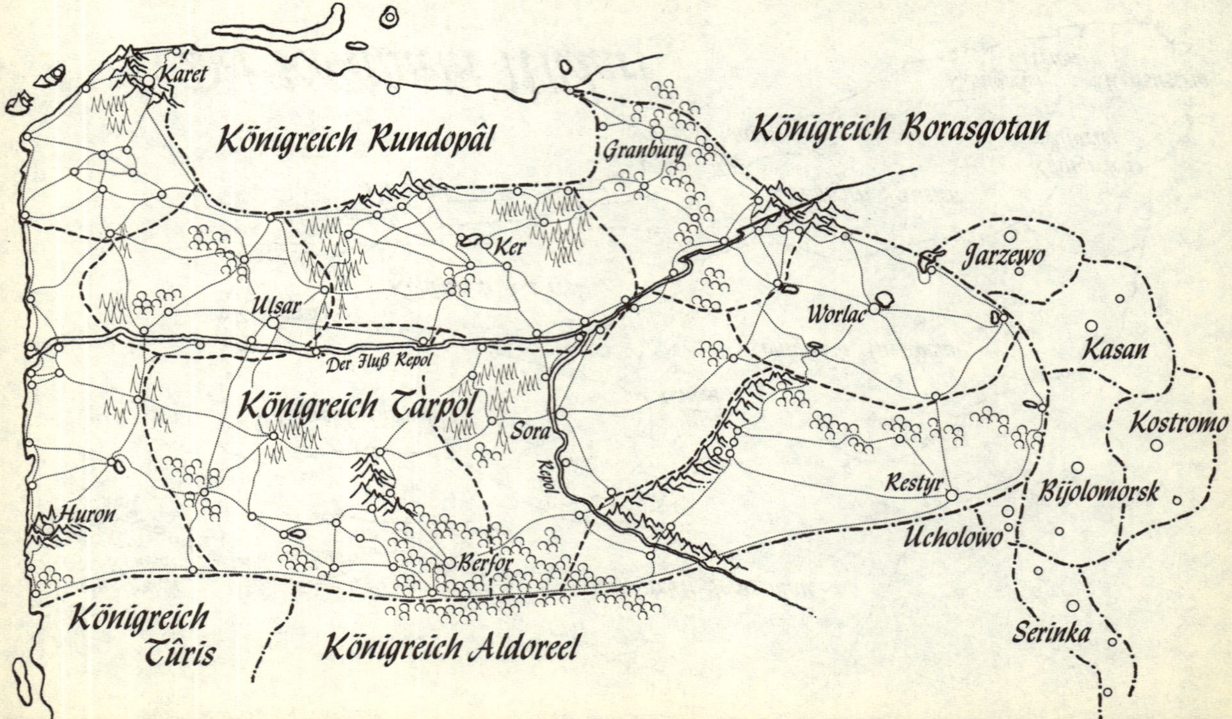
Karet
Königreich Rundopâl
Granburg
Königreich Borasgotan
Ker
Jarzewo
Ulsar
Worlac
Kasan
Der Fluß Repol
Königreich Tarpol
Sora
Kostromo
Repol
Restyr
Bijolomorsk
Huron
Ucholowo
Berfor
Königreich Tûris
Königreich Aldoreel
Serinka

DRAMATIS PERSONAE

Lodrik Bardri¢: Kabcar von Tarpol
Norina Miklanowo: Brojakin
Aljascha Radka Bardri¢: Kabcara und Gemahlin Lodriks
Natalja, Berika: Aljaschas Dienstbotinnen in Granburg
Govan: Lodriks ältester Sohn
Zvatochna: Lodriks Tochter
Krutor: Lodriks jüngster Sohn
Mortva Nesreca: Berater des Kabcar
Hemeròc: Handlanger Nesrecas
Paktaï: Handlangerin Nesrecas
Sinured: legendärer Kriegsfürst
Chos Jamosar: Hof-Cerêler in Ulsar
Tchanusuvo: tarpolischer Adliger

Hetrál: Meisterschütze und Verteidiger von Windtrutz
Nerestro von Kuraschka: Großmeister des Ordens der Hohen Schwerter
Herodin von Batastoia: Seneschall des Ordens der Hohen Schwerter
Kaleíman von Attabo: Mitglied des Ordens der Hohen Schwerter
Albugast: Knappe im Orden der Hohen Schwerter
Tokaro: Knappe im Orden der Hohen Schwerter
Dorja Balasy: seine Mutter; Magd am Hofe Lodriks

König Perdór: Herrscher von Ilfaris
Fiorell: Hofnarr und Vertrauter Perdórs
Moolpár der Ältere: kensustrianischer Diplomat und Krieger
Tobáar ail S'Diapán: Anführer der Kriegerkaste
Mêrkos: kensustrianischer Schriftgelehrter
Soscha: tarpolisches Medium
Sabin: tersionischer Minenarbeiter, Magiefähiger
Stoiko Gijuschka: einstiger Vertrauter Lodriks

Torben Rudgass: rogogardischer Freibeuter
Laja: Torbens Lebensretterin
Varla: tarvinische Piratenkapitänin und Torbens Gefährtin
Jonkill: Hetmann Rogogards

Leconuc: Vorsitzender der Versammlung der Wahren
Lakastre (Belkala): Mitglied der Versammlung der Wahren
Estra: ihre Tochter
Pashtak: Sumpfkreatur, Versammlungsmitglied, Inquisitor
Shui: Pashtaks Gefährtin
Kiìgass, Nechkal: Versammlungsmitglieder

Lorin: Norinas Sohn
Matuc: Mitglied des Ulldrael-Ordens, Norins Ziehvater
Waljakov: ehemaliger Leibwächter Lodriks und Scharmützelkämpfer
Fatja: borasgotanische Schicksalsleserin und Geschichtenerzählerin
Stápa: Stadtälteste
Jarevrån: Großnichte Stápas
Blafjoll: Walfänger
Kalfaffel: Cerêler (Bürgermeister)

TJALPALI: Kalfaffels Frau
ARNARVATEN: Geschichtenerzähler
KIURIKKA: Kalisstra-Priesterin
SOINI: Pelzjäger
RANTSILA: Führer der Bürgermiliz
HÅNTRA: angehende Priesterin Kalisstras
ATRØP: cerêlischer Bürgermeister von Vekhlathi

ERSTES BUCH

PROLOG

Kontinent Kalisstron, Jökolmur, Winter 457/458 n. S.

Torben suchte tagelang in den Gassen der Stadt, die sich ihm – seiner Ansicht nach – aus purer Bosheit weit größer als in seinem vom Njoss berauschten Zustand präsentierte.

Bereits nach dem ersten Tag hatte er sich einen handzahmen Esel gemietet, um seine Füße zu schonen. Da er selbst nicht genau wusste, worauf er zu achten hatte, war er bei seiner Suche ganz auf sich allein gestellt, und für eine Person schien diese Aufgabe beinahe unlösbar.

Natürlich bewegten ihn dabei die unterschiedlichsten Gedanken. Er hatte keine Ahnung, ob es wirklich Norina war, die er entdeckt hatte. Spieluhren gab es viele, wenn auch die Wahrscheinlichkeit, ausgerechnet in Kalisstron auf eine solche mit einer tarpolischen Melodie zu stoßen, sehr gering war.

Seine Hoffnung aber starb trotz scheinbar erfolglos verlaufender Suche nicht.

Am vierten Tag endlich meinte er, die Gasse oder zumindest die richtige Wäscheleine gefunden zu haben.

Der Rogogarder umrundete das dreistöckige Haus, das auf Anhieb einen recht wohlhabenden Eindruck machte. Wer auch immer darin lebte, er würde der Brojakin einen passenden Lebensstil bieten können. Vielleicht wollte sie gar nicht mehr zurück.

Seine Hand näherte sich dem Türklopfer. Was sollte er überhaupt sagen? *Guten Tag, ich will der Besitzerin der*

Spieluhr meine Aufwartung machen und sie samt der Dose mitnehmen? Mit Wucht beförderte er den Eisenring gegen das Holz. Ihm würde schon etwas einfallen. Verdammt, er konnte kein Kalisstronisch!

Als die Eingangstür sich öffnete, starrte der Freibeuter in das übel gelaunte Gesicht eines Angorjaners. Seine Statur erinnerte ihn an einen Gewichtheber, wie er sie von den Märkten her kannte. Gekleidet war er in einen aufwändig geschneiderten Rock nach palestanischem Vorbild; auf seinem Kopf thronte eine weiße Lockenperücke, die einen scharfen Kontrast zu der schwarzen Haut bildete. Der Mann sagte nichts.

»Taralea sei mit Euch«, stammelte Torben völlig überrumpelt auf Ulldart. »Ist der Hausherr da?«

»Ich bin der Hausherr«, schnaubte der Angorjaner mit palestanischem Akzent. »Was willst du, Bursche?« Seine Augen verengten sich. »Du siehst aus wie ein Rogogarder.«

»Äh«, machte der Freibeuter und schielte über die Schulter ins Innere des Hauses, wo er die Gestalt Norinas zu entdecken hoffte. »Kann ich mit Euch sprechen?«

»Was denkst du, das du gerade tust?« Der Angorjaner verschränkte die Arme vor der Brust.

»Ich suche eine Frau«, begann Torben und fing sich allmählich wieder.

»Dann bist du bei mir falsch«, fiel ihm der Mann ins Wort. »Ich handele nicht mit Sklaven, nur mit Strandgut.« Er wollte die Tür ins Schloss werfen, aber der Rogogarder setzte den Fuß in den Spalt.

»Nein, Ihr versteht mich falsch. Ich habe neulich die Melodie einer Spieluhr gehört, und ich denke, ich kenne die Besitzerin.«

Der Angorjaner blickte auf den Fuß, der die Tür blockierte. »Aha. Und wer soll das sein?«

Innerlich atmete Torben auf. »Sie heißt Norina Miklanowo und stammt aus Tarpol. Sie war mit mir zusammen an Bord meines Schiffes, als es sank. Seit Jahren schon suche ich sie und ihre Freunde. Nun scheine ich sie wohl gefunden zu haben.« Er legte eine Hand an die Tür und wollte sie aufdrücken. »Darf ich sie sehen?«

»Bursche, ich kenne niemanden, der diesen Namen trägt. Du nimmst sofort deine Zehen von der Schwelle, oder ich quetsche sie dir zu Mus«, drohte der Angorjaner. »Die Besitzerin der Spieluhr ist in meinen Diensten und verrichtet gute Arbeit.«

»Ihr habt sie angestellt? Sie ist eine Brojakin, eine Großbäuerin, eine Dame von Rang«, empörte sich der Freibeuter und verstärkte den Druck. »Es ist wohl das Beste, ich nehme sie gleich mit. Sie ist zu schade, um Euch die Klinken zu putzen.«

»So, so, eine Dame von Rang?«, meinte der Angorjaner abschätzend. »Ich mache dir einen Vorschlag. Du zahlst mir die doppelte Summe, die ich den Lijoki gegeben habe, und darfst sie mitnehmen. Na, was hältst du davon?« Er schob die Tür nach vorne und quetschte den Fuß. »Oder warte ... Wenn sie eine so hoch gestellte Persönlichkeit in Tarpol ist, wird man gern noch mehr Münzen auf den Tisch legen, vermute ich.«

»Gebt sie frei, und wir trennen uns in aller Freundschaft«, keuchte Torben, der sich mit aller Kraft gegen die Tür stemmte. Seine Zehen klemmten inzwischen fest, sodass er den Fuß nicht mehr zurückziehen konnte. »Oder Ihr werdet es bereuen.«

»Es ist wirklich sehr geschickt von dir, dem Mann zu drohen, in dessen Tür du gerade deinen Fuß stecken hast«, meinte der Angorjaner. Torben fürchtete, ein Knirschen aus seinem Stiefel gehört zu haben. »Verschwinde, Rogogarder.« Er gab den Eingang frei, damit der ungebetene Gast seinen Fuß in Sicherheit bringen konnte. Einen Lidschlag später krachte die Türe zu und hätte dem Freibeuter mit Sicherheit einen oder mehrere Fußknochen gebrochen.

Wütend trat Torben gegen das Holz. »Gebt sie frei!«, rief er. »Das ist gegen das Gesetz!«

Über ihm öffnete sich ein Fenster, und das schwarze Gesicht des Hauseigentümers erschien.

»Verschwinde, bevor ich den Kalisstri sage, was da durch die Gassen strolcht.« Der Inhalt eines Nachttopfs verfehlte den Rogogarder um Haaresbreite. Die Flügel des Fensters klappten lautstark zu.

»Nun gut, von mir aus«, murmelte Torben und kratzte sich am Bart. »Dann eben anders.«

Im nächtlichen Jökolmur schlichen zehn schwarz gekleidete Gestalten durch die Gassen, um sich vor dem Haus, an dem Torben an diesem Tag bereits vergeblich vorgesprochen hatte, zu sammeln.

»Bitte lass sie fest genug sein«, flüsterte der Freibeuter und beförderte den Enterhaken mit Schwung nach oben, wo er sich in den Wäscheleinen verfing.

Einer ersten Belastung hielten die dünnen Seile stand, und ganz vorsichtig, ohne größere Pendelbewegungen zu verursachen, zog sich Torben in die Höhe.

An den Leinen hangelte er sich zu dem Fenster des dritten Stockwerks hinauf, aus dem er die Töne der Spieluhr damals vernommen hatte, und fuhr mit einem dünnen Metallstift zwischen den Rahmen entlang, um die innere Verriegelung der Fenster nach oben zu drücken.

Als ihm dies gelungen war, winkte er seinen Begleitern zu und verschwand leise im Innern des Hauses. Sie sollten warten und ihm den Rücken freihalten, falls es zu unvorhergesehenen Schwierigkeiten käme.

Er schien auf Anhieb das richtige Zimmer gefunden zu haben. Im Bett erkannte er, beleuchtet durch den schwachen Schein der Monde, einen schwarzen Haarschopf, der nur der Brojakin gehören konnte. Aber sie musste während der letzten Jahre durch die harte Arbeit ein breiteres Kreuz bekommen haben. Leise pirschte er sich an die Ruhestätte heran.

»Norina?«, wisperte er ihren Namen.

Die Gestalt im Bett ruckte hoch, die Haare fielen zu Boden. »Wusste ich es doch, dass der Rogogarder zurückkommen würde«, rief der Angorjaner und warf sich auf den verdutzten Freibeuter.

Beide Männer gingen zu Boden und rollten ringend auf den Dielen umher.

»Dir zeige ich, was Stehlen bedeutet«, drohte der Schwarze und prügelte auf Torben ein, der sich mit aller Kraft wehrte. Doch der Hausherr packte ihn am Kragen und schleuderte ihn durch das Fenster nach draußen.

Schreiend gelang es dem Rogogarder im letzten Moment noch, nach den Wäscheleinen zu greifen, die den Sturz in die Tiefe verhinderten.

»Seht, da hängt ein schmales Handtuch zum Trocknen«, rief der Angorjaner vom Fenster aus. »Dann bringen wir dich mal wie ein Fähnchen zum Flattern.« Mit beiden Händen rüttelte er an den Stricken, und Torben wurde wüst durchgeschüttelt.

»So leicht wirst du mich nicht los!« Mit einer Hand zog er seinen Dolch und kappte das Seil hinter sich. »Ich komme wieder!«

Er schwang nach vorne und krachte durch das Fenster des zweiten Stocks, was ihm lediglich eine kleine Schnittwunde an der Schulter einbrachte. Der Aufprall auf das Pflaster hätte ihn mit Sicherheit das Leben gekostet.

Leicht benommen erhob er sich und sah den rasenden Hausherrn auf sich zustürmen.

Mit einer Bewegung, die dem tarpolischen Tänzerfigürchen aus der Spieluhr würdig gewesen wäre, wich er aus, schnappte sich die Lehne eines Stuhls und zertrümmerte das Möbelstück auf dem Rücken des tobenden Angorjaners. Der Angreifer brach mit einem Schnauben zusammen und rührte sich nicht mehr.

»Du wolltest es so«, sagte Torben schwer atmend zu dem Bewusstlosen, ließ die Lehne fallen und lauschte für einen Moment. Doch in dem Gebäude blieb alles still.

Der Freibeuter durchforstete das zweite Stockwerk, ohne auf Widerstand zu treffen. Im ersten Zimmer des obersten Stockwerks hörte er ein verräterisches Rumpeln aus einem Wandschrank. Grinsend öffnete er ihn. »Norina. Endlich habe ich Euch gefunden.«

Der Besenstiel krachte ihm gegen den Schädel, und für einen Augenblick tanzten kleine Sterne vor seinen Augen. Da donnerte der Griff des Kehrwerkzeuges ein weiteres Mal auf ihn nieder, und durch die zum Schutz erhobenen Arme erkannte Torben die Brojakin, die mit erboster Miene auf ihn eindrosch.

Irgendwann gelang es ihm, den Stiel zu fassen. Dafür bekam er einen Tritt in die Weichteile, gefolgt von einem Haken gegen die Nase. Stöhnend sank er auf den Boden.

»Verdammt, Norina, ich bin es«, nuschelte er undeutlich. »Torben Rudgass, erinnert Ihr Euch? Der Kapitän der *Grazie*, die Euch und die anderen aus Tularky brachte!«

»Ich weiß nicht, wovon du sprichst, Halunke«, erwiderte sie. »Verschwinde. Auf der Stelle. Die Miliz wird dich in Ketten legen, wenn sie dich erwischt.«

Verwirrt betrachtete der Rogogarder die Frau und fürchtete schon, einer Verwechslung aufgesessen zu sein. Aber er hatte sich nicht getäuscht.

Die hoch gewachsene Großbäuerin war ein wenig älter geworden, aber das Gesicht mit den hohen Wangenknochen hatte sich nicht verändert; noch immer trug sie das schwarze Haar lang, und die Narbe an ihrer Schläfe machte sie zudem unverwechselbar. Die braunen Mandelaugen ruhten aufmerksam auf ihm.

»Wenn Ihr nicht Norina Miklanowo seid, wer seid Ihr dann?«, erkundigte er sich und erhob sich vorsichtig.

Nun wurde das Antlitz der Frau unsicher. »Ich bin … ich weiß nicht. Die Leute nennen mich Tenka.«

»Und seit wann seid Ihr hier?«

»Ich bin …« Sie griff sich mit einer Hand an die Schläfe. »Die Lijoki haben mich hierher gebracht.« Sie schaute ins Nichts und schwieg unvermittelt, die Lippen bewegten sich lautlos weiter.

Von draußen war ein lang gezogener Pfiff zu hören, das Warnzeichen, falls die Stadtwachen auftauchen sollten.

»Wir müssen gehen. Wo ist Euer Kind?«, fragte Torben ungeduldig und nahm ihre Hand. »Wir haben keine Zeit mehr.«

Hastig warf er einige ihrer Kleider in einen großen Sack, packte noch ein paar Wertgegenstände als Ausgleich für seinen erlittenen Schaden ein und rannte, die seltsam apathische Brojakin im Schlepptau, auf die Straße.

Widerstandslos ließ sie sich aus dem Haus führen und lief zusammen mit den Männern im Schutz der Dunkelheit zurück zur Dharka. Ihr abwesender Blick wurde nicht klarer.

Kurz darauf legte der Zweimaster ab, und als der Angorjaner in Begleitung der Milizionäre den Hafen erreichte, fand er nur eine leere Mole vor.

I.

Kalisstron, Bardhasdronda, Winter 457/458 n. S.

In Bardhasdronda wurden Klagen laut. Man gab den Fremdländlern und vor allem Lorin die Schuld daran, dass die lebensnotwendigen Fischströme ausblieben und die Bleiche Göttin die Gnade von der Stadt genommen hatte. Lorin hörte die Leute tuscheln, wenn sie bei Akrar in der Schmiede standen. Der Mann blieb von dem Geschwätz unbeeindruckt und lehrte Lorin weiterhin die Kunst seines Handwerks.

Aber den Jungen bedrückte es sehr.

Er fühlte sich schuldig, wenn er die trostlosen, menschenleeren Plätze sah. Er wusste nicht mehr, wie oft er gebetet hatte, anfangs nur zu Kalisstra, dann irgendwann auch zu Ulldrael dem Gerechten und zu Taralea, der allmächtigen Göttin. Aber offensichtlich schien keine der Gottheiten gewillt, etwas Gutes geschehen zu lassen.

Vielleicht würde es besser werden, wenn sie die Stadt wirklich verließen? Jetzt, nachdem sie gehört hatten, dass eine seltsame Frau, deren Beschreibung auf Paktaï passte, an Bord eines Schiffes gegangen war, das nach Tarpol segelte, lebten sie etwas angstfreier. Dennoch blieb die Frage, was ihnen als Nächstes von Nesreca und seinen Helfern drohte. Es war ungewiss, ob das Wesen den Aufenthaltsort der Fremdländler vor seiner Abreise erfahren hatte. Und ob es zurückkehrte.

Aber Matuc hatte einen Wechsel ihres Aufenthaltsortes schlichtweg abgelehnt; er fühlte sich berufen, dem

Glauben an den Gerechten im schicksalsträchtigen Bardhasdronda zum Durchbruch zu verhelfen.

Seine große Schwester wollte bei Arnarvaten bleiben, und Waljakov hatte mit einem kurzen Brummen deutlich gemacht, dass er keinen Grund sah, die »Flucht vor ein paar Kleingläubigen zu ergreifen«.

Der Knabe fuhr mit seinem Eissegler hinaus. So lange wie selten zuvor raste er den verschneiten Strand entlang; hin und wieder richtete sich sein Blick dabei hinauf zu den Feuertürmen, die alle fünf Meilen auf den Klippen wie Zeigefinger drohend nach oben in das Grau des Himmels wiesen.

Dort saßen Wachmannschaften, die beobachteten, ob und wann sich Schiffe oder Wracks nahe der Küste zeigten. Mit Hilfe von Rauch- oder Feuerzeichen, die von Stadt zu Stadt unterschiedlich waren und des Öfteren geändert wurden, signalisierten sie, was auf die Siedlungen zukam oder ob es fette Beute zu machen galt.

Von diesem steinernen Thron herab hatte man damals auch das Wrack seines Ziehvaters und seiner großen Schwester entdeckt. Ihnen verdankte er es also in gewissem Maße, dass er heute überhaupt am Leben war. Und er hatte ihnen nur Unheil gebracht.

Als er bei der nächsten Gelegenheit die schroffen Felsabhänge hinaufsah, bemerkte er eine kleine Rauchsäule, die vom Turm aufstieg, aber sofort wieder erlosch.

Das war ungewöhnlich.

Lorin wusste, dass jede Mannschaft nur aus den zuverlässigsten Leuten bestand, die sich mit der Handhabung der Signalvorrichtungen bestens auskannten. Fehler wie das zufällige Auslösen eines Signals kamen nicht vor.

Der Knabe verlangsamte seinen Segler, schwenkte ihn herum und steuerte ihn zu den Stufen, die beinahe senkrecht in die Klippen gehauen worden waren und zum Turm hinauf führten.

Behutsam machte er sich an den Aufstieg, ein falscher Tritt bedeutete einen Sturz, den er kaum überleben würde. Je höher er kam, desto vorsichtiger wurde er. Der Wind zerrte an ihm, die Finger waren trotz der Handschuhe steif gefroren. Doch umkehren wollte er nicht, dafür hatte er sich schon zu weit nach oben gekämpft.

Außer Atem erklomm er die letzten Treppenstufen und ließ sich in den Schnee plumpsen, um sich ein wenig zu erholen. In zweihundert Schritt Entfernung stand der Feuerturm, das Ziel seines kurzen, wenn auch anstrengenden Kletterausflugs.

Durch die dicke Kleidung in seiner Bewegungsfreiheit erheblich eingeschränkt, erhob er sich umständlich und bahnte sich einen Weg durch das hohe, kalte Weiß. Hier oben auf den Felsen kam es ihm noch kälter vor, und er beeilte sich, um hinter die einigermaßen warmen Mauern des runden Gebäudes zu gelangen.

Auf der Aussichtsplattform erschien eine Gestalt, und Lorin winkte ihr fröhlich zu.

Etwas zögernd erwiderte der Mann den Gruß und verschwand im Innern des Turmes.

Als der Junge die Tür erreichte, wurde sie ihm schon geöffnet. Ein typischer Kalisstrone mit grünen Augen und dem ausrasierten Bärtchen hielt den auf der Innenseite zusätzlich angebrachten Vorhang zur Seite und bat ihn freundlich herein.

»Du hast den Aufstieg bei dem Wetter gewagt?«, fragte er erstaunt.

»Ja«, bibberte Lorin, und seine Zähne schlugen schnell aufeinander. Dankbar nahm er den Becher mit Tee, den der Mann ihm reichte.

»Und das hast du ganz allein geschafft?« Der Knabe

nickte; sein Gesicht fühlte sich an, als wäre es zu Eis erstarrt. »Wie heißt der tapfere Mann?«

»Lorin«, stotterte er und erwartete, dass die Freundlichkeit des Mannes erstarb.

Doch zu seinem Erstaunen änderte sich im Verhalten des Wächters nichts.

»Willst du später auch einmal ein Türmler werden?«, erkundigte er sich und beobachtete den Tee trinkenden Jungen aufmerksam.

»Gern. Lieber würde ich zur Miliz. Sie werden mich aber nicht lassen.«

»Wieso denn das? Ein so mutiger Junge wie du hätte es schon verdient. Oder sind deine Augen zu schwach?«

Nun war das Misstrauen Lorins geweckt. Seinen Namen kannte jeder in der Stadt, und spätestens jetzt hätte der Wärter wissen müssen, dass er als Fremdländler niemals die Erlaubnis für den Dienst in der Bürgerwehr erhalten würde. Irgendetwas stimmte hier ganz und gar nicht.

»Was war denn vorhin mit dem Feuer los?«, wollte er wissen.

Das Gesicht des Mannes verriet die plötzlich aufkommende Anspannung. »Wieso? Hat man die Rauchsäule weit sehen können?«

»Ich weiß es nicht«, log der Knabe und ließ seinen Blick im Zimmer umherschweifen. Es schien soweit alles in Ordnung zu sein. »Vielleicht haben sie schon den Alarm weitergegeben.«

»Verdammt«, entfuhr es dem Wärter. »Ich meine, das wäre verdammt schlecht. Ich bin aus Versehen gegen die Schale mit dem Öl gekommen, als ich meine Runden auf der Plattform drehte, und bevor ich etwas dagegen tun konnte, entstand ein bisschen Qualm.«

»Dann schickt doch einfach das Entwarnungssignal hinterher«, schlug Lorin vor. »Die drei kurzen Punkte.«

»Gute Idee, Kleiner. Das sollte ich wohl tun, was?« Hastig erhob sich sein Gastgeber und lief die Stufen hinauf. »Nimm dir Tee, so viel du möchtest.«

Der Knabe dachte nicht daran. Das Zeichen, das er dem Wächter genannt hatte, bedeutete allerorten »Alarm«. Und die Tatsache, dass der Mann die einfachsten Signale nicht kannte, verhieß nichts Gutes.

Schnell stellte er den Becher auf den Tisch und folgte dem falschen Wärter.

Nach gut dreißig Stufen kam ihm ein dünnes rotes Rinnsal entgegen. Er tastete nach seinem Messer, das er unter seiner dicken Felljacke trug, und zerrte es hervor.

In einer Mischung aus Angst, Neugier und nie gekannter Aufregung schlich er die restlichen Stufen nach oben. Das Herz pochte ihm bis zum Hals.

Der Mann stand mit dem Rücken zu ihm, vor sich die große überdachte Feuerschale, in der keine Flammen züngelten, und versuchte, die verloschenen Kohlestücke wieder zum Brennen zu bringen. Rechts und links von ihm lagen drei Tote, deren warme Blutlachen in der klirrenden Kälte dampften.

Lorin hielt sich den Mund zu, um den Schrei zu unterdrücken. Was sollte er nur tun?

Das Feuer erwachte mit einem fauchenden Geräusch zum Leben. Die Hand des Mörders wanderte zur Kette, die den Mechanismus mit dem Klappdach und dem Ölgefäß verband.

Lorin würgte leise, und der Mann wandte sich um.

»Da ist wohl jemand neugierig geworden, was?« Er zog seinen Dolch unter der Jacke hervor und kam auf den Jungen zu. »Dein Pech, Kleiner.«

Lorin drehte sich auf dem Absatz um und hastete die Stufen hinunter, rannte zur Tür und riss sie auf. Dann sprang er hinter den Vorhang in Deckung.

Sein Verfolger fiel auf die List herein und hastete an dem Versteck vorbei ins Freie.

Lorin schlug die Tür zu. Die schweren Riegel legten sich krachend vor den Eingang. Er musste die Stadt warnen, was immer auch der Mann beabsichtigte.

Keuchend lief er die Treppe hinauf und warf zunächst einen Blick von der Plattform die Klippen hinab.

Diesen Teil des Strandes hatte er auf seiner Fahrt nicht einsehen können, und so erstarrte er, als er die vielen Schiffe sah, die sich etliche Schritt unter ihm versammelt hatten.

Das mussten Lijoki sein. Allem Anschein nach waren die Strandräuber gerade dabei, mehrere plump wirkende Wassergefährte, die mit dem Kiel auf dem Sand lagen, ihrer Fracht zu berauben.

Als einer der Säcke ein Stück aufriss, verstand Lorin, was die Lijoki da unrechtmäßig zu ihrem Eigentum machten. Wertvolle Körner rieselten in die See. Sie hatten die Getreidelieferung in einen Hinterhalt gelockt!

Als sich Lorin umwandte, stand der Mörder der Türmler mit gezückter Waffe grinsend vor ihm und stieß zu.

Der Knabe unterlief den Stich, wie es ihm Waljakov gezeigt hatte, und rutschte dem Mann durch die Beine.

Dann sprang er auf und zog an der Kette, um einen Schwall Öl in die Flammen zu gießen. Jetzt ging es nicht mehr darum, eine konkrete Nachricht auf den Weg zu schicken, die anderen Feuertürme sollten nur aufmerksam werden. Er hakte den Zug fest, sodass unentwegt brennbare Flüssigkeit in die Schale floss.

Eine gewaltige schwarze Wolke stieg auf, die größer und größer wurde.

Fluchend kam der Lijoki auf Lorin zu. Der Absatz des Knaben traf den Angreifer wuchtig auf den Spann; mit seinen magischen Fertigkeiten versetzte er ihm einen Stoß, dass er gegen das Ölbehältnis taumelte.

Seine rechte Seite war mit dem Brennstoff befleckt. Mit der Messerspitze nahm der Knabe ein Kohlestück auf und warf es gegen den Mann. Augenblicklich stand dessen Jacke in Flammen. Kopfüber sprang der Strandräuber über die Zinnen des Turms, um das Feuer im hohen Schnee zu löschen.

Lorin entdeckte den Wurfhaken und das Seil, mit dem der Lijoki zuvor offenbar auf den Turm gekommen war und die Wärter überrascht hatte. Kurzerhand zog er das Tau in die Höhe, während der qualmende Strandräuber sich tobend im Schnee wälzte.

Auch am Strand war man auf die schwarze Wolke aufmerksam geworden, das Umladen ging nun hektischer vonstatten. Von den anderen Feuertürmen wuchsen ebenfalls Rauchsäulen in den Himmel. Man verlangte eine Erklärung und löste gleichzeitig Warnzeichen aus.

Vor seinem geistigen Auge sah Lorin, wie die großen Mannschaftsstrandsegler mit Milizionären besetzt wurden und die kleine Streitmacht aufbrach. Und er sah voraus, dass die Kalisstri ihn für das Geschehen verantwortlich machen würden.

Doch in diesem Augenblick erfüllte ihn der Stolz darüber, dass er es war, dem die Aufdeckung des schändlichen Überfalls und die Rückeroberung des Feuerturmes gelungen war. Damit sollte aber jede weitere Beteiligung von seiner Seite abgeschlossen sein. Eingreifen konnte er von seinem Aussichtsturm aus nicht, und so musste er tatenlos mit ansehen, wie die Lijoki ihre Boote bemannten und sich mit ihrer Beute aus dem Staub machten, während die ersten Segel der Gleiter am Strand auftauchten.

Die Miliz kam zu spät.

Lediglich der Mörder der Turmwächter, der seinen Abstieg nicht rechtzeitig begonnen hatte, wurde festgenommen.

Bürgermeister Kalfaffel umrundete mit sorgenvoller Miene die verbliebenen fünfzig Säcke mit Getreide, die von der Miliz in dem städtischen Lagerhaus abgeladen worden waren. »Das wird niemals ausreichen, um alle Bewohner durch den Winter zu bringen«, schätzte der Cerêler bitter. »Es kommt aber auch wirklich alles zusammen.«

Rantsila, der Führer der Bürgerwehr, machte ein verärgertes Gesicht. »Als ob die Lijoki genau gewusst hätten, wann die Lieferung ankommen soll.« Er trat gegen einen der Säcke. »Vermutlich wussten sie es wirklich, weil ihnen jemand aus der Stadt Bescheid gegeben hatte.«

»Verrat?«, fragte der kleinwüchsige Heiler ungläubig. »Bei allem Respekt, aber ich glaube wirklich nicht daran, dass auch nur einer der Städter so etwas tun würde. Schließlich sitzen wir alle in einem Boot.«

»Wir müssen nur nachschauen, in welchem Haus in den nächsten Wochen kein Hunger ausbrechen wird, und ich bin mir sicher, wir haben den Schuldigen entdeckt.« Rantsila schüttelte den Kopf. »Ohne einen Hinweis auf den Lieferungstag wäre den Lijoki dieser Überfall niemals geglückt. Sie haben alles genau geplant, einschließlich der Ermordung der Türmler.«

Kiurikka wollte den Mund öffnen, aber Kalfaffel hob die Hand. »Hohepriesterin, wenn Ihr nun sagen wollt, dass das alles nur wegen der Lästerung der Fremdländler geschehen ist, spart Euch Euren Atem. Ausnahmsweise dürfte in diesem Fall eine Person aus Bardhasdronda an unserer Lage schuld sein. Ihr werdet das auch nicht wegdiskutieren können, dafür seid Ihr zu schlau und zu einsichtig. Betet lieber, dass wir innerhalb der nächsten Tage von irgendwoher etwas zu essen bekommen.«

Die drei Menschen schauten sich in der leeren Lagerhalle um. Sie hätte inzwischen voller Getreide sein sollen, aber nun stand die Stadt vor der schlimmsten Katastrophe der letzten Jahrzehnte.

»So wie ich die Sache sehe, werden die Einwohner zunächst ihre Haustiere essen müssen«, überlegte die Hohepriesterin laut. »Danach schicken wir die Milizionäre auf Rattenfang. Sollte uns das Ungeziefer ausgegangen sein, bevor Hilfe eintrifft, dann wisst Ihr, was Bardhasdronda bevorsteht.« Unheilvoll hallte ihre Stimme durch das fast leere Gebäude. Sie stieß das Stabende auf den Boden. »Auch wenn Ihr es nicht hören wollt, Bürgermeister: Die Fremdländler haben Ulldrael und damit den Zorn Kalisstras zu uns gebracht. Mag sein, dass sie nichts mit dem Überfall zu schaffen haben. Ich kann mir aber gut vorstellen, dass sie allein aus Bosheit mit den Strandräubern gemeinsame Sache gemacht haben. Bedenkt, wer zuerst da draußen war und das Geschehen meldete, als es bereits zu spät war.«

Der Cerêler schaute sie böse an. »Ihr werdet solche Äußerungen schön für Euch behalten. Es sind Vermutungen, die derart verworren sind, dass selbst ein kleines Kind sie als Unsinn erkennen würde.«

»Ich bin mir sicher, dass viele Menschen in der Stadt anders denken«, widersprach die Hohepriesterin schneidend. »Zudem ist mir aufgefallen, dass keiner der Fremdländler den Winter über hungern musste, obwohl sie kaum Geld haben dürften, während bei manch anderem dank der Rationierung des Getreides schon die Kleider vom dürren Leib fallen.«

»Zu schade, dass die Cerêler nichts gegen Hunger machen können«, bedauerte Rantsila. »Aber vielleicht sollten wir das Boot der Fremdländler wirklich durchsuchen. Wenn wir bei ihnen Getreidesäcke finden, haben wir wenigstens Schuldige, die wir dem Volk zeigen können.«

»Ihr macht es Euch alle sehr einfach, wenn es um die Suche nach dem oder den Verrätern geht, wie?«, schalt

Kalfaffel sie aufgebracht. »Es wäre zu schön, die passenden Sündenböcke parat zu haben, ich weiß. Aber findet Euch damit ab, dass die Verantwortlichen aus unseren eigenen Reihen stammen und wahrscheinlich mit Hingabe über die Fremdländler schimpfen, während sie schon an den Kuchen und das Brot denken, das sie sich in aller Heimlichkeit backen werden. Es soll ihnen im Halse stecken bleiben.«

Nach dem Ausbruch des Bürgermeisters wagte keiner der Anwesenden etwas zu sagen.

Der tosende Wind strich um das Gebäude, rüttelte am Gebälk, brachte weiteren Frost und noch mehr Schnee mit sich. Innerhalb der nächsten Stunden würde die Stadt restlos im Weiß versunken sein.

»Ich bleibe dabei, Bürgermeister«, zeigte sich Kiurikka beharrlich. »Beraumt eine Untersuchung an, weshalb die drei im Winter niemals zu darben brauchen, obwohl sie kaum Geld haben. Ihr werdet sehen, wir entdecken in ihnen die Verräter. Und dann nehme ich Eure Entschuldigung gern an.«

Das Tor zur Halle wurde geöffnet. Es waren Matuc und Lorin, dick mit Pelzen behangen, um sich gegen den tobenden Schneesturm zu schützen.

»Das passt ja hervorragend«, murmelte Rantsila und richtete sich ein wenig auf. »Damit haben wir uns einen Weg gespart.«

»Meinen Gruß, werte Dame und meine Herren. Ulldrael der Gerechte möge Eure Schritte behüten und Euch Nahrung geben«, rief der Geistliche von weitem, während er auf das Grüppchen zuhumpelte. Lorin lächelte schüchtern dem Bürgermeister zu, der sein Lächeln erwiderte. »Mein Ziehsohn hat mir von seinem Abenteuer berichtet.«

»Durch deine Schuld«, zischte Kiurikka Matuc an, »ist die Stadt dem Untergang geweiht, es sei denn, Kalisstra wird durch ein Opfer versöhnlich gestimmt.«

»Was wäre, wenn Ulldrael ein Wunder geschehen ließe?«, entgegnete der Mönch freundlich.

»Du und der Gerechte tragen doch die Verantwortung für all das«, schmetterte die Hohepriesterin ihn ab, aber der Cerêler war aufmerksam geworden.

»Ich vermute einfach einmal, Matuc«, begann er, »dass dein Weg dich nicht nur zufällig in dieses Gebäude geführt hat.«

»So ist es, Bürgermeister.« Matuc schaute in die Runde. »Als Lorin mir erzählte, dass die Getreideladung an die Lijoki verloren ging, wusste ich, dass nun meine Gelegenheit gekommen ist zu beweisen, dass Ulldrael in seiner Güte uns alle retten kann.«

»Und wie sollte er das bewerkstelligen?«, verlangte die Frau zu wissen. Ihre grünen Augen spieen Gift und Galle in Richtung des Geistlichen, der die Unfreundlichkeit großzügig übersah. »Lässt er Korn regnen oder es auf den Dächern wachsen?«, höhnte sie.

Als Antwort nahm Matuc seine Rechte aus der Manteltasche und bot ihnen eine birnengroße Frucht mit dunkelbrauner Schale auf der ausgestreckten Handfläche dar. »Ulldrael der Gerechte war mit mir, schon seit letztem Jahr.«

»Was soll das sein?«, fragte der Führer der Miliz und nahm die Frucht in die Hand. »Es ist hart.« Vorsichtig roch er an der Schale. »Und es riecht nach nichts.« Er reichte sie an den Bürgermeister weiter. »Erklärt uns das.«

»Als wir vor vielen Jahren durch Ulldraels Gnade an Land gespült wurden, haben wir beinahe unser vollständiges Hab und Gut verloren.« Matucs Blick schweifte in die Vergangenheit. »Außer unserem Leben retteten wir einen Sack mit etwas, was es in Kalisstron nicht gab. Ihr haltet es gerade in Euren Fingern. Das, was so unscheinbar aussieht, ist eine Süßknolle.«

»Und?«, meinte Kiurikka mürrisch und beäugte das Gewächs.

»Wenn man sie in Salzwasser kocht, schmeckt sie hervorragend und vertreibt den Hunger«, erklärte der Mönch mit einem Strahlen im Gesicht. »Stellt Euch vor, aus einer dieser Knollen, wie wir sie schon seit Jahrhunderten in Tarpol anbauen, erhält man zehn bis zwanzig neue.«

»Zum Pflanzen wird es wohl ein wenig zu spät sein«, meinte Rantsila spitz. »Und eine Knolle reicht nicht aus, um alle Städter zu ernähren. Das Messer müsste schon sehr scharf sein, um solch dünne Scheiben zu schneiden.«

»Der Vorteil dieser Süßknolle ist, dass sie selbst im eisigsten Klima wachsen kann. Sie braucht kein Licht, nur ein wenig Erde.« Der betagte Mann konnte sich die triumphierende Miene nicht verkneifen. »Die alte Stápa hat mir all ihr Land überlassen, um die Süßknollen zu pflanzen, und keiner von Euch hat jemals etwas bemerkt. Jahr für Jahr habe ich angebaut, und als ich im Sommer hörte, dass die Fische ausblieben, ging ich ein Wagnis ein.« Matuc setzte sich auf einen kleineren Stapel Säcke. »Ich habe alle meine Knollen gesetzt. Sie müssten nun reif sein, der Frost hat sie haltbar gemacht. Alles, was wir tun müssen, ist die Erde aufzutauen und die Knollen aus dem Erdreich zu holen. Ulldrael der Gerechte hat uns gerettet.«

Kiurikka schwieg, Kalfaffel blinzelte den Geistlichen überrascht an, und Rantsila schaute zur Hohepriesterin, als wollte er etwas sagen.

»Das ist der Grund, weshalb Ihr keinen Hunger leiden müsst, richtig?«, vermutete der Cerêler erleichtert. »Ihr hattet Süßknollen eingelagert?«

Der Knabe nickte. »Auch wenn uns das Geld an allen Ecken und Enden fehlt, gibt die Ernte genügend her, dass wir von der Rationierung nicht betroffen waren. Ich habe unseren Anteil immer dem Kalisstratempel gespendet, damit die Armen etwas zu essen haben.«

Das Gesicht der Hohepriesterin entgleiste, und sie senkte beschämt den Blick.

Der Führer der Miliz trat vor und reichte dem verdutzten Geistlichen die Hand. »Auch wenn Ihr es vorhin nicht hören konntet, so sprach ich schlecht über Euch. Nehmt dafür meine Entschuldigung.« Die grünen Augen des Milizionärs blickten aufrichtig und ehrlich.

»Das tue ich mit Freude«, schlug Matuc ein und erhob sich von den Säcken. »Ich habe mir noch etwas überlegt.«

»Nur zu«, sagte Kalfaffel. »Ich weiß gar nicht, wie ich und die Stadt Euch danken sollen.«

»Herr Rantsila hat mich auf eine Idee gebracht. Wenn etwas von den Knollen übrig wäre, könnte man sie doch neu anpflanzen.« Matuc stampfte mit dem Holzbein auf den Hallenboden.

Der Cerêler begriff. »Wir schaffen die aufgetaute Erde in die Halle und setzen ein paar von den Knollen?« Er klatschte begeistert in die Hände. »Wir könnten uns einen nachwachsenden Vorrat anlegen. Aber wie schnell gedeihen sie?«

»Sie brauchen zum Ausreifen zwei bis drei Monate«, schätzte Matuc. »Aber wenn wir es schaffen, die Temperatur in dem Gebäude etwas in die Höhe zu treiben, könnte es uns schneller gelingen. Es käme auf einen Versuch an.«

»Dann sollten wir es wagen«, sagte Kalfaffel. »Das ist ein historischer Augenblick auf Kalisstron. Zum ersten Mal zeigt eine andere Gottheit ihre Gnade. Es ist eine glückliche Fügung, dass ausgerechnet Bardhasdronda in diesen Genuss kommt.«

»Ich denke, dass der Gerechte an der Stadt noch

etwas gut zu machen hatte.« Der Mönch wiegte den Kopf hin und her. »Eine Bedingung stelle ich aber.«

»Und die wäre?«, fragte der Bürgermeister unsicher.

»Kein Geld, nein, das wäre nicht rechtens«, beruhigte Matuc den Mann. »Ich verlange lediglich, dass die Menschen erfahren, durch und von wem sie die Süßknollen bekamen und dass es Ulldrael der Gerechte war, der sie vor dem Hungertod bewahrte. Das soll auch schon alles sein.«

»Ich sorge dafür«, sagte der Milizionär und nickte. »Und Kiurikka wird sicher nichts dagegen haben.« Er wandte seinen Kopf zur Seite.

Doch die Hohepriesterin war in aller Stille gegangen.

»Das war übrigens sehr tapfer, was du getan hast«, meinte Rantsila und beugte sich zu Lorin hinunter.

»Darf ich denn dann zur Miliz, wenn es so weit ist?«, traute sich der Knabe zu fragen, um die günstigen Umstände auszunutzen.

Der Mann wechselte einen schnellen Blick mit dem Cerêler. »Nein, kleiner Mann. So weit würde ich nicht gehen. Die Bestimmungen sagen, dass kein Fremdländler in die Reihen der Verteidiger treten darf, egal wie beliebt oder unbeliebt er ist.«

»Gibt es denn keine Möglichkeit?« Enttäuscht kniff Lorin die Lippen zusammen. »Ich wünsche es mir so sehr.«

»Vielleicht können wir etwas machen«, meinte Kalfaffel geheimnistuerisch. »Wärst du mit einem Posten als Türmler einverstanden?« Rantsila schaute den Bürgermeister nachdenklich an und meinte dann: »Die Statuten beschränken sich nur auf die Miliz, wenn ich mich recht erinnere«, erklärte er. »Und da er sich schon einmal als sehr aufmerksam erwiesen hat, wäre diese Aufgabe seiner würdig, denke ich.« Er blickte zu Lorin. »Na, junger Mann, wie sieht es aus? Ist das eine Sache, die dir entgegenkommt?«

»Es ist zwar nicht die Miliz«, meinte der Knabe ein wenig aufgemuntert, »aber es würde mich freuen. Oder, Matuc? Bitte, sag ja. Und Waljakov frage ich auch. Wir wären ein tolles Gespann, das über die Stadt wacht und sie vor allen Gefahren warnt.«

Der Geistliche lächelte. »Aber sicher, Lorin.«

Der Junge warf sich seinem Ziehvater an den Hals. »Danke. Ich kann auch schon alle Zeichen auswendig, die man als Türmler wissen muss.« Wie ein Wasserfall zählte er die Signale auf, bis ihn Rantsila bremste.

»Ja, ja, ich sehe schon, das wird einer der besten Wächter, den wir jemals auf einem der Türme sitzen hatten«, lachte der Mann. »Aber mehr ist nicht drin, Lorin. Den Wunsch nach der Miliz werden wir dir nicht erfüllen können.«

Kalfaffel klappte die Aufschläge seines Mantels nach oben. »Ich kehre ins Rathaus zurück und lasse gleich die Ausrufer durch die Stadt eilen. Es muss ja einiges organisiert werden, wenn wir die …«

»Süßknollen«, half Matuc lächelnd.

»Genau. Die Süßknollen vom Acker bringen wollen.« Der Bürgermeister schien völlig aus dem Häuschen zu sein. »Matuc, ich sah die Stadt bereits ein zweites Mal untergehen, aber nun wird sie durch Eure Vorsehung bewahrt.«

»Und durch die Gnade des Gerechten, die wir bei aller Freude nicht vergessen wollen«, fügte der Mönch hinzu. »Ich begleite Euch und erkläre, wie ich mir die Anpflanzung in der Halle vorgestellt habe.«

Kurz bevor sie den Ausgang erreichten, wandte sich der Cerêler um. »Ich möchte Euch keine falschen Hoffnungen machen, Matuc. Ihr werdet vermutlich mit nur wenig Dank rechnen dürfen. Kiurikka sorgt mit Sicherheit dafür, dass die Gaben Ulldraels bald schon als die Gnade Kalisstras angesehen werden.«

»Ich bin zuversichtlich, Bürgermeister, dass immerhin einige der Städter in Erinnerung behalten werden, wem sie ihr Leben zu verdanken haben. Und diese wenigen reichen mir schon aus, das Wort des Gerechten nach ganz Kalisstron zu tragen.«

»Ich sehe schon, Ihr habt viel vor«, meinte Kalfaffel. »Ich respektiere Eure Absichten, aber ich zweifle an ihrem Gelingen.« Seine kleine Gestalt verschwand in den wirbelnden Flocken des Schneegestöbers.

Wir werden sehen, dachte Matuc gelassen. *Der Glaube wird Früchte tragen, genau so wie die Süßknollen. Bekehre ich nur einen der Kalisstri, wird er zehn weitere auf die Seite von Ulldrael dem Gerechten bringen, und das voller Überzeugung.*

»Woher wussten die Lijoki eigentlich, dass die Ladung mit dem Getreide kommen sollte?«, fragte Lorin Rantsila, als dieser gerade die Halle verlassen wollte.

»Du bist doch ein aufgeweckter Bursche«, gab der Milizionär zurück. »Was denkst du?«

Der Knabe überlegte einen Moment, dann richtete er seine blauen Augen auf den Mann. »Es wird ihnen wohl jemand gesagt haben.«

»Das denken wir auch. Hoffentlich finden wir den Kerl, bevor er eines Nachts die Stadttore für die Halsabschneider öffnet und sie uns im Schlaf die Gurgeln durchschneiden.«

»Matuc, weißt du was? Du missionierst die Kalisstri, und ich finde zusammen mit Waljakov den Verräter«, verteilte Lorin die Aufgaben neu, was den Mönch sehr amüsierte. »Und dann, wenn ich den Überläufer ausgemacht und Bardhasdronda gerettet habe, werden mich die Leute ganz von selbst in die Bürgerwehr stecken.«

»So einen Helden müssten wir natürlich in unsere Reihen aufnehmen«, lachte Rantsila. »Und nun pass auf, dass der Wind dich halbe Portion nicht davonträgt. Sage deiner Schwester einen schönen Gruß von mir.« Der Anführer der Miliz verschwand. Der Junge glaubte gesehen zu haben, wie der Mann einen roten Kopf bekam.

»Das wird Arnarvaten aber gar nicht gefallen«, murmelte er feixend. »Das Schwert gegen die Verse. Das wird noch lustig werden.«

»Komm schon, du vorlauter Lausebengel«, befahl ihm Matuc. »Wir müssen zum Rathaus und anschließend deiner Schwester die guten Neuigkeiten überbringen.«

Kontinent Tarpol, Königreich Barkis (ehemals Tûris), Verbotene Stadt, Frühjahr 458 n. S.

Pashtak eilte zielstrebig durch die Stadt, ohne einen Blick nach rechts und links zu werfen, wie er es sonst tat, um sich am Fortschritt zu erfreuen.

Der innere Kreis der Stadt Sinureds erhob sich vollständig errichtet: Die Gebäude übertrafen sich an Pracht, die alten Ornamente, die von den Eroberern vor mehr als 450 Jahren in mühsamer Arbeit zerschlagen worden waren, prangten wieder an den Wänden, und der alte Tempel zu Ehren Tzulans reckte sich in voller Schönheit empor.

Auch der polierten Fassade aus schwarzem, rot geädertem Blutstein oder den mächtigen Granitmauern der auferstandenen Festung des Tieres widmete Pashtak keinerlei Aufmerksamkeit.

Grübelnd und mit gesenktem Kopf marschierte er durch die Straßen, schnurstracks auf dem Weg zur Versammlung der Wahren. Der Grund, weshalb sich die Tzulani und Kreaturen trafen, blieb mit schöner Regelmäßigkeit der gleiche.

Immer zwei Stufen auf einmal nehmend, hastete er die Treppen zum Versammlungsgebäude hinauf und betrat schwungvoll den Raum, in dem sich bereits alle Mitglieder des Gremiums eingefunden hatten.

»Verzeiht, aber ich musste dem Jüngsten noch schnell die Windeln wechseln«, murmelte er eine Entschuldigung und warf sich in seinen Sessel.

Der Vorsitzende, ein Tzulani namens Leconuc, nickte ihm zu. »Alle anderen Fortentwicklungen in der Stadt bringen wenig, wenn diese Morde weitergehen«, setzte er seine Rede fort. »Wir haben den Sumpf zu einem großen Teil trocken gelegt, wir haben die Fläche der Stadt ausgedehnt und den Wald gerodet, um Getreide anbauen zu können. Wir gewinnen Torf, den wir in der Umgebung verkaufen können, und auch unsere Salben und Tinkturen erfreuen sich einer gewissen Beliebtheit. Wir sind dank des Kabcar sogar rechtlich gleich gestellt.« Er deutete auf die Kleidungsstücke, die auf dem Tisch lagen. »Aber jedes Mal, wenn ein Mensch einem Mord zum Opfer fällt oder er nur in der Nähe unserer Stadt verschwindet, gehen die Geschäfte auf Null zurück. Und es kostet uns einen Monat oder mehr, um ein paar Wagemutige zu finden, die sich in die Mauern wagen.«

»Diese Morde müssen endlich ein Ende finden«, rief einer aus dem Gremium seine Ansicht in den Raum. »Wir sollten die Nymnis endlich zu Verantwortung ziehen. Ihre Lügen können wir nicht länger dulden.«

Die anderen murmelten ihre Zustimmung, außer Pashtak und Lakastre, die den Ausführungen des Vorsitzenden aufmerksam gelauscht hatten.

»Korrigiert mich, wenn ich etwas verpasst habe, aber die Nymnis kommen für die Taten nicht in Frage«, meinte Pashtak leise und pulte mit dem Nagel des kleinen Fingers ein Stückchen Fleisch aus den spitzen Fangzähnen. »Sicher, es sind gefräßige Mitbewohner, aber gleichzeitig von erschreckend geringem Geist. Sie würden die Knochen der Opfer herumliegen lassen oder sich bei jeder passenden Gelegenheit gegenüber anderen verraten. Bisher haben wir jedoch kaum Hinweise auf die Morde, außer gelegentlich Blutspuren oder ein Kleidungsstück. Es muss eine andere, listigere Kreatur am Werk sein.« Alle Augen richteten sich auf ihn. »Was seht ihr mich so an? Ich habe mir nur meine Gedanken gemacht.«

»Das sehe ich, Pashtak. Und offensichtlich mehr als der hoheitliche Beamte, der die Fälle untersuchen soll«, sagte Leconuc. »Wie wäre es, wenn du ihm zur Hand gehen würdest?«

»Nein, danke. Ich muss mich schon um den Wiederaufbau der Bibliothek kümmern«, meinte er und hob abwehrend eine der klauenbewehrten Hände, während ihm ein leises Grummeln entfuhr.

»Es wäre wirklich das Beste, wenn sich einer aus unseren Reihen der Sache annehmen würde«, unterstützte Kiìgass den Vorschlag. »Pashtak kennt sich in der Stadt aus, er weiß um die Eigenarten der verschiedenen Mitbrüder und -schwestern, und er gehört zu denen, die von Anfang an den Aufbau geleitet haben. Ich stimme dafür, dass er unsere eigene Kommission leitet, die parallel zu den Untersuchungen des Kabcar ermittelt.«

Die Arme der anderen schnellten zur Zustimmung in die Höhe. Lakastre warf Pashtak ein schadenfrohes Grinsen zu.

»Angenommen«, verkündete Leconuc. »Ich werde mich mit der Bibliothek beschäftigen.« Eindringlich schaute er Pashtak in die roten Augen mit der gelben Iris, die wenig Begeisterung über die neue Aufgabe verrieten. »Hiermit verleihe ich dir den Titel Inquisitor. Es ist sehr wichtig, dass wir zu schnellen Ergebnissen gelangen. Die Entlarvung des Mörders hat Vorrang vor allem anderen. Ich möchte nicht, dass sich die Menschen aus den Städten der Umgebung zusammenschließen und aus Empörung hier einfallen. Da würden sich die Soldaten des Kabcar vermutlich eher ihnen anschließen, als uns zu verteidigen.«

Die Versammlung der Wahren löste sich auf, ohne dass die Proteste Pashtaks beachtet wurden. Seine Arme fielen herab.

»Wie soll ich das Shui erklären?«, seufzte er und stützte die knochigen Wangen in beide Hände. Unglücklich schaute er aus dem Fenster. Auch der Anblick des Säulenmonuments zu Ehren des Gebrannten Gottes mit der Kugel obenauf – eine architektonische Meisterleistung – vermochte seine Laune nicht zu heben. Etwas von dort reflektierte die gleißenden Strahlen der Sonnen, und er schloss geblendet die Augen.

Er erhob sich, um seiner Gefährtin von seiner neuen Stellung zu berichten. Um ein Haar wäre er dabei in Lakastre hineingerannt, die unbemerkt neben ihm gestanden hatte.

»Hoppla«, machte er und blinzelte. »Entschuldigung, ich bin noch ein wenig blind.« Er rieb sich die Augen. »Ich sollte nachts unterwegs sein.«

»Das wirst du in nächster Zeit bestimmt sehr oft sein. Ich wollte dir zu deiner neuen Aufgabe gratulieren«, sagte sie freundlich. »Inquisitor. Das klingt sehr gewichtig.«

»Mal sehen, was Shui davon halten wird.« Pashtak musterte die Witwe Boktors. »Du siehst hervorragend aus, Lakastre.«

»Das macht der Frühling«, erklärte sie. »Ich halte es ganz wie die Natur. Ich blühe auf, wenn die Sonnen wieder öfter vom Himmel herabstrahlen und uns mit ihrer Wärme verwöhnen.« Das Bernstein ihrer Augen glomm schelmisch. »Zu schade, dass du wenig davon haben wirst. Die Nächte sind immer noch sehr kalt.«

»Wer sagt denn, dass der Mörder im Dunkeln unterwegs ist?«, widersprach der Inquisitor. »Oder war das eben eine Art Geständnis?«

Die Frau lachte, ihre scharfen Eckzähne wurden sichtbar. »Nun übertreibe es nur nicht mit deinen Verdächtigungen.«

Pashtak lächelte ebenfalls; die bedrohliche Ansicht seines Kiefers und der entblößten Beißwerkzeuge erzielten keinerlei einschüchternde Wirkung bei Lakastre. »Wie geht es deiner Tochter? Hat sie den Tod ihres Vaters überwunden?«

Die Frau wurde ernst, das warme Feuer um ihre Pupillen erlosch. »Dass Boktor ausgerechnet jetzt, wo wir die Sümpfe beinahe trocken gelegt haben, wie sein Bruder Boktar an Fieber sterben musste, ist schon mehr als grausame Ironie. Das versteht sie nicht. Dass man den Tod nicht umgehen kann, hat sie akzeptiert.«

»Dein Mann hat in dir eine würdige Nachfolgerin in der Versammlung«, lobte er sie und nickte ihr zu. »Du bist eine echte Ausnahme, wie ich finde. Keine bekennende Tzulani, keine von uns, und dennoch bedenkst du alles, was der Stadt zum Vorteil gereichen kann.«

»Ich versuche, das Zünglein an der Waage zu sein und auf Gerechtigkeit zu achten«, gab sie zurück. »Wir beide machen eine hervorragende Arbeit, Pashtak.« Sie legte ihre verätzte Linke kurz auf seine Schulter und wandte sich dann zum Gehen. »Ich wünsche dir den Erfolg, den wir alle benötigen. Wenn du Unterstützung bei deinen Ermittlungen brauchst, so weißt du, wo du mich findest.«

Nachdenklich schaute er ihrer Silhouette nach; die schwarzen Haare wehten in der lauen Frühlingsbrise. Was war an ihr anders als sonst? Er hatte sie noch lange nicht von der Liste der Verdächtigen gestrichen, denn jener Anblick, als sie ihn damals in so völlig veränderter Gestalt vor den herabstürzenden Teilen beim

Monument gerettet hatte, wollte ihm nicht aus dem Gedächtnis gehen.

Obgleich sie erst drei Monate in dem Gremium saß, richteten sich alle Tzulani bewusst oder unbewusst nach ihrer Meinung, und das fiel eigenartigerweise nur ihm auf. Die Ausdünstungen der Männer, wenn sie Lakastre sahen, waren erfüllt von Lockstoffen und Begierde nach Paarung. Ein Blick ihrer Augen, und es herrschte Einigkeit bei den männlichen Nackthäuten.

Der eigentümliche Geruch hatte gefehlt, dämmerte es ihm. Der Geruch des Todes. Nun ja, es wurde eben Frühjahr. Sie würde aufblühen. Vom Stinkmorchel zur betörenden Rose.

Einerseits fühlte sich Pashtak durch die Ernennung zum Inquisitor geschmeichelt, traute man ihm doch die Aufklärung der Morde zu; andererseits bedeutete das Amt wahrscheinlich noch mehr Arbeit und Aufwand als die Betreuung der Bibliothek, die er vorher wahrgenommen hatte.

Band für Band tauchten die uralten Bücher auf, die einst in der Hauptstadt Sinureds gelagert waren und die nun von den zurückkehrenden Kreaturen mitgebracht wurden. Über Generationen hinweg mussten sie an geheimen Orten aufbewahrt worden sein.

Doch der Zustand der Bücher versetzte die Hand voll Tzulani, die als Bibliothekare fungierten, abwechselnd in Tobsuchts- und Ohnmachtsanfälle. Die Restaurierung der Seiten würde wahrscheinlich ebenso lange dauern, wie ein Abschreiben in Anspruch genommen hätte.

Pashtak liebte es, in den alten Schriften zu blättern. Nachdem man ihm das Lesen und Schreiben beigebracht hatte, konnte er nicht mehr aufhören, Folianten, Nachschlagewerke, Berichte und Geschichten zu verschlingen. Und diese Passion war es, die ihm die Betreuung der Bibliothek einbrachte.

Das hatte jedoch vorerst ein Ende – nun mussten seine geistigen und realen Spürsinne zum Einsatz kommen.

Auf dem Weg nach Hause erstand er vorsichtshalber ein schönes Stück frisches Fleisch, das er als Opfergabe anbieten wollte.

Kaum öffnete er die Tür, fielen seine vier Töchter und drei Söhne über ihn her und redeten alle gleichzeitig auf ihn ein.

Der frisch ernannte Inquisitor erfuhr gleichzeitig von den neuesten Abenteuern, die mehrere seiner Sprösslinge erlebt hatten, von den Ungerechtigkeiten, die anderen widerfahren waren, von siegreichen Prügeleien, von erfolglosen Jagderlebnissen und überstandenen Krankheiten.

Vorsichtig schob er sich durch die Behausung, während die Kinder wie Kletten an allen Zipfeln hingen und an ihm zerrten. Lächelnd hielt er Shui das Fleischstück hin und schnurrte.

Argwöhnisch schaute sie ihn von der Seite an. »Was hast du angestellt, Pashtak?«

Sogleich herrschte Stille.

Gebannt erwarteten die Jungen und Mädchen die Antwort ihres Vaters, der ins unbarmherzige mütterliche Verhör genommen wurde, ganz wie sie es des Öfteren erfuhren.

»Ich? Natürlich nichts.« Die Köpfe seines Nachwuchses ruckten hinüber zur Mutter.

Shui prüfte das Fleisch, roch daran und knallte es auf die Anrichte. »Dann freut es mich umso mehr.«

Erleichtert atmete Pashtak auf. »Ich bin zum Inquisitor ernannt worden. Ich soll die Mordfälle an den Nackthäuten lösen.«

Mit kraftvollen Bewegungen trennte seine Gefährtin das Gewebe vom Knochen. Fasziniert beobachtete er, wie die Muskeln an ihren Armen arbeiteten; die Schneide des Messers rutschte nicht einmal ab.

»Und das bedeutet, dass du mir wahrscheinlich noch weniger im Haushalt helfen kannst als bisher, richtig?«

Er hatte den lauernden Unterton in der harmlosen Frage durchaus bemerkt. Sein Schnurren verstärkte sich, um seine Gefährtin zu beschwichtigen. »Das kann man so nicht sagen«, druckste er herum, um sich nicht festlegen zu müssen.

Shui wandte sich ihm zu, das Messer drohend in seine Richtung gereckt. »Ich kann dir sagen, liebster Gefährte, dass, wenn du mir nicht zur Hand gehst, ich jemanden in deiner unmittelbaren Nähe kenne, die zur Mörderin wird. Wir haben sieben bezaubernde Kinder, und ich habe nicht vor, sie allein großzuziehen.«

»Ich werde da sein«, versprach er ihr. »Ich kann mir die Zeit einteilen.« Er witterte in ihre Richtung. »Du riechst übrigens sehr aufregend«, gurrte er und wollte sie in die Arme nehmen.

»Nimm dir eine Nase voll am Hintern deines Jüngsten«, stieß sie ihn feixend von sich. »Dann vergeht dir alles, woran du eben in deinem frühlingshaften Kopf gedacht hast. Wickel ihn und dann komm zu Tisch. Bis du fertig bist, habe ich das Essen zubereitet.«

Wie auf einen unausgesprochenen Befehl hin lärmten seine Sprösslinge von neuem.

Es hätte schlimmer kommen können. Seufzend machte sich der Inquisitor an die Arbeit, umringt von seinen lieben Kleinen.

Nach dem Essen brachte er zusammen mit Shui die Kinder der Reihe nach ins Bett, bevor er sich mit drei Markknochen auf das Flachdach seines Hauses zurückzog, um die Sterne zu betrachten und nachzudenken.

Ein kräftiger Biss, und der Knochen brach entzwei. Genussvoll sog er das vom Kochen noch warme Mark heraus und ließ es auf der Zunge zergehen, während sich seine Augen gen Himmel richteten. Die Gestirne waren in Aufruhr, die beiden roten Doppelgestirne wurden größer und größer.

Ob sie wohl auf Ulldart herabstürzen werden?, fragte Pashtak sich insgeheim. *Und was sollen sie wohl bedeuten?*

Die Versammlung vertrat die Ansicht, dass Tzulan mit diesem Zeichen seine Wachsamkeit signalisieren wollte – als Drohung für alle, die es wagen sollten, eine Hand gegen die Stadt zu erheben.

Die hart gesottenen Tzulani verfolgten die Auffassung, dass der Gebrannte Gott sein Kommen ankündigte und die Dunkle Zeit damit ihrem Höhepunkt zusteuerte.

Falls sie Recht behielten, so erfreute das den Inquisitor keineswegs. Er war zufrieden mit den Verhältnissen, so wie sie sich gestalteten. Mensch und Sumpfkreatur begegneten sich nach wie vor mit Misstrauen und Reserviertheit, aber die Zahl der Übergriffe sank rapide. Der Frieden tat beiden Seiten gut, man lernte voneinander.

Beinahe befand man sich auf dem Weg zu einem halbwegs normalem Miteinander, und das Letzte, was sich Pashtak wünschte, war ein nach Tod, Blut, Verderben und Vernichtung geifernder Tzulan, der seine Anhänger zum sinnlosen Kampf aufrief.

Echte Eiferer fand man glücklicherweise nur selten innerhalb der Mauern. Die meisten beschränkten sich auf Selbstverstümmelungen in den Tempeln oder grausame Tieropferungen.

Sinured, zu dessen Ehren die Stadt aufgebaut wurde, hatte sich bislang zweimal sehen lassen. Seine Kampfkraft und sein erschreckendes Äußeres wurden vom Kabcar an der Front im Süden benötigt.

Als die Versammlung der Wahren dem »Tier« die Stadt gezeigt hatte, hatte Pashtak den Eindruck gehabt, dass sich der vom Meeresgrund zurückgekehrte Kriegsfürst amüsierte.

Er hatte die Arbeit in einer Weise gelobt, wie es Erwachsene bei ihren Kindern tun, wenn diese trotz dilettantischer Baukunst und schiefen Bauklotztürmen ein paar aufmunternde Worte erwarten. Sinured hatte dem Inquisitor damals das Gefühl gegeben, dass er nicht viel für die Siedlung übrig hatte, die einem Gast so wenig von der Düsternis vermittelte, die sie vor mehr als 450 Jahren aufgewiesen hatte.

In hohem Bogen flog die ausgelutschte Hälfte des Markknochens vom Dach. Pashtak kehrte zu seiner eigentlichen Aufgabe zurück und entzündete eine Anzahl von Kerzen, ehe er ein Blatt Papier herausnahm und sich Aufzeichnungen machte.

Dreiundachtzig Menschen waren seit 444 verschwunden oder gestorben. Angefangen hatte es mit den drei Kaufleuten, die zum Handel in die Stadt gekommen waren, fünfzig weitere waren auf Nimmerwiedersehen gefolgt.

Der Inquisitor nahm an, dass sie alle Opfer desselben Mörders geworden waren; ein »Verschwinden«, wie Leconuc es beschönigend nannte, kam für ihn nicht in Frage. Als ob er damals schon geahnt hätte, dass man ihn mit den Untersuchungen betrauen würde, hatte er sich die Daten der Morde genau aufgeschrieben, und nun ordnete er den Zahlen die Fundorte der Kleidungsstücke zu.

Nur in insgesamt vier Fällen war etwas entdeckt worden, meistens blutige Unterwäsche. Das sprach dafür, dass der Mörder seine Opfer auszog, bevor er sie entsorgte – oder was er sonst mit ihnen anstellte. Doch ehe er sich den Verstand über diesen Punkt zermartern wollte, suchte er in den Daten nach einem möglichen Hinweis. Es könnten Ritualhandlungen gewesen sein, Opferungen zu Ehren einer Gottheit vielleicht. Er knackte grübelnd den nächsten Knochen auf. Spontan fielen ihm keine überirdischen Wesen ein, die er mit den Tagen in Verbindung bringen konnte.

Es starben nur Menschen, umgebracht in loser Reihenfolge, anfangs drei auf einen Schlag, danach immer nur einzelne, der letzte Unglückliche gestern. Ihre Berufe unterschieden sich – vom Jäger über den Torfstecher bis hin zu Händlern. Angefangen hatte alles in jener Nacht, als Lakastre ihm das Leben gerettet hatte. Und wie es bisher aussah, war und blieb sie seine Hauptverdächtige. Aber welches Motiv könnte sie haben? Auf Spekulationen wollte er sich nicht verlassen. Er war Inquisitor und musste Beweise beschaffen.

Gleich am folgenden Tag wollte er die Tatorte aufsuchen und sich ein wenig umsehen. Danach beabsichtigte er, die Bibliothek zu besuchen, um in den alten Aufzeichnungen zu schmökern. Abgesehen davon, dass es ein sehr guter Vorwand war, ein bisschen zu lesen, würde er unter Umständen einen Hinweis darauf entdecken, ob es in der Vergangenheit der Stadt ähnliche Begebenheiten gegeben hatte.

Vielleicht suchte er ja auch in einer völlig falschen Richtung. Lakastre als Mörderin hinzustellen erschien ihm zu einfach. Eigentlich würde es ihn nicht wundern, wenn da etwas aus den dunklen Ruinen der Stadt gekrochen wäre, was schon früher hier sein Unwesen getrieben hatte.

**Großreich Tarpol, Königreich Hustraban,
Südgrenze zu Ilfaris, Eispass, Frühsommer 458 n. S.**

Die Festung Windtrutz erhob sich majestätisch und unbesiegt über dem Eispass und sicherte den einzigen Weg von Norden her über die Bergkette gegen jegliche Einmarschversuche.

Seit dem missglückten Ansturm im frühen Winter verhielten sich die Streitkräfte des Kabcar ruhig. Es wäre ein Ding der Unmöglichkeit gewesen, bei den Temperaturen einen neuerlichen Feldzug gegen die Burganlage zu wagen. Die Soldaten wären erfroren, ehe sie nur ein einziges Katapult errichtet hätten.

Nun aber, mit Ausbruch des Tauwetters, waren die schmalen, steilen Steinstraßen, die zur Festung führten, wieder passierbar, und die zwölfhundert Mann Besatzung von Windtrutz rechneten mit der nächsten Welle von hoheitlichen Truppen.

Der Staatenbund nutzte das Frühjahr, um sämtliche entstandenen Schäden an den Mauern auszubessern, wobei die angereisten Handwerker kurzerhand auf die Steine zurückgriffen, die von den zerstörten Türmen herrührten. Das Material diente ihnen dazu, die Schutzwälle noch zusätzlich zu stabilisieren.

Mit der Schneeschmelze transportierte man außerdem dreißig Bombarden aus Kensustria heran; auch das Ungeheuer von Feuergeschütz, das die hoheitlichen Truppen bei ihrem Rückzug zurückgelassen hatten, eigneten sich die Verteidiger an. Die Schmiede entfernten den Kopf des Gebrannten Gottes und feilten die Sprüche zu Ehren Tzulans aus dem Lauf, um sie durch Loblieder auf Ulldrael den Gerechten zu ersetzen. Selbst die Matafundae ragten pünktlich zum ersten Frühsommertag im Burghof in das strahlende Blau.

Die nächsten Angreifer würden Schwierigkeiten haben, auch nur näher als einen Warst an Windtrutz heranzukommen. Sollten sie die Salven aus den Bombarden überstehen, blieben immer noch die Repetierkatapulte und Schleudern.

Entsprechend entspannt gestaltete sich die Lage innerhalb der Mauern. Niemand der Soldaten rechnete damit, dass dieses Bollwerk jemals fallen würde.

Hetrál stand im Hof, eine Hand an einen mächtigen Stützbalken der Matafunda gelegt, und betrachtete »seine« Festung.

Obwohl es allmählich Sommer wurde, war die Luft noch empfindlich kühl. Doch den Vergleich mit den unsäglichen Graden des Winters hielt sie nicht stand. Noch vor wenigen Monaten hatte es ausgesehen, als schlüge das letzte Stündlein, sowohl das von Windtrutz als auch seines. Nun aber ließ er sich von der Hochstimmung seiner Leute anstecken und zweifelte nicht einen Lidschlag lang daran, dass das Gute auf ewig von hier oben das Böse in Schach zu halten vermochte.

So wie die neuesten Berichte besagten, zeigte sich das »Böse« in Form neuer Truppen wenig einsichtig. Mit zwanzigtausend Bewaffneten, davon achttausend Kavalleristen, rollte das nächste Heer auf den Eispass zu. Doch zuvor vernichtete es, sozusagen zum Aufwärmen, die zweitausend eigenen Soldaten, die sich im unmittelbar angrenzenden Hustraban einen angenehmen Winter gemacht hatten, indem sie die Gehöfte und Städte heimsuchten. Es schien, als wäre mit dem Tod von Osbin Leod Varèsz die Disziplin wie eine Fessel von den Überlebenden abgefallen, die sich nun am brutalen, sinnlosen Abschlachten erfreuten.

Angeblich führte Mortva Nesreca persönlich die Streitmacht an, die gegen Windtrutz ritt. Dessen Brillanz, was die Strategie anbelangte, war bereits 443 im Verlauf der Schlacht von Dujulev sichtbar geworden.

Komm nur, silberhaariger Dämon, dachte Hetrál grimmig und legte die Rechte an den Griff der aldoreelischen Klinge. *Ich zeige dir, was mein Schwert vermag. Es ist das passende Mittel, dich zu Tzulan zu schicken.*

Der Kommandant war umsichtig genug, sich nicht allein auf die starken Mauern und die Macht der eigenen Bombarden zu verlassen. Er hatte Späher ausschwärmen lassen, die den Aufstieg vom Pass aus überwachten. Der Turît traute dem Konsultanten des Kabcar jede Hinterlist zu, und bevor dieser Mann mit irgendeiner neuen mörderischen Erfindung erschien, würde er verschiedene Stellen des Passes sprengen lassen und die Hohlwege unpassierbar machen. Der Weg nach Süden blieb immer noch für ihn offen.

Hetrál nickte den drei Ordensrittern zu, die sich ständig in seiner Nähe aufhielten und als seine Leibwache dienten: das Abschiedsgeschenk von Nerestro von Kuraschka, der sich in diesem Augenblick wohl wieder in seiner eigenen Burg befand.

Die Nachricht, dass etwas Unbekanntes die wertvollen aldoreelischen Klingen stahl und die Besitzer umbrachte, beunruhigte den Meisterschützen zu diesem Zeitpunkt nur wenig. So sicher wie er war außer dem Kabcar wahrscheinlich niemand sonst auf Ulldart. Selbst Hemeròc, dieses seltsame Wesen, das durch die Schatten kommen und gehen konnte, wie es ihm gefiel, flüchtete vor dem Schwert, das sogar magische Angriffe zurückzuschlagen vermochte.

Der Kommandant stieg auf den Wehrgang hinauf, um den Eispass von oben zu betrachten. Seit Tagen fühlte er ein unerklärliches Kribbeln im Magen, das seiner Erfahrung nach nichts Gutes verhieß.

Als ob er es geahnt hätte: Kaum befand er sich über dem Tor, sah er einen Reiter heranpreschen.

Er hastete die Stufen wieder hinab und befahl die Offiziere in die große Halle des Hauptgebäudes. Dort berichtete der Bote, dass sich der Zug von zwanzigtausend hoheitlichen Soldaten die ersten Schritte des Passes hinaufwand. Im Tross hätten sie fünfzig kleinere Bombarden auf Lafetten, die lediglich von acht Pferden gezogen werden müssten.

Die Nachricht sorgte für unterschiedliche Vorschläge. Einige stimmten dafür, die Truppen bis vor die Festung kommen zu lassen, um sie mit sämtlichen Fernwaffen ein zweites Mal auszurotten. Andere plädierten dafür, umgehend die Durchgänge sprengen zu lassen, denn die Übermacht zehn zu eins könnte durchaus gefährlich werden.

»Nesreca muss etwas mit sich führen, was ihn sicher macht, uns im Handumdrehen zu besiegen«, ließ Hetrál einen der Ordensritter sagen, die seine Gestensprache erlernt hatten. »Bedenkt, dass er mit zwanzigtausend Menschen und mehr als achttausend Pferden in eine Gegend zieht, die keinerlei Nahrung bietet. Dass die Verproviantierung über den Pass für uns leicht zu unterbrechen ist, müsste ihm klar sein.«

»Er wird sich auf die Überlegenheit seiner Fußtruppen verlassen«, steuerte einer der Offiziere bei. »Ich möchte Tzulans Namen nicht beschreien, aber selbst unsere Munition ist begrenzt. Und er hat fünfzig Bombarden dabei.«

»Meiner Meinung nach«, sagte der Bote, »sind sie aber viel zu klein, um etwas gegen die Mauern ausrichten zu können. Selbst wenn sich immer vier oder fünf auf eine Stelle in der Umschanzung konzentrierten, würde es zu lange dauern und wir könnten das Feuer erwidern.«

Der Kommandant dachte nach. »Kann es sein, dass er ein Invasionsheer mit sich führt? Wir wissen, dass die Dinge in Ilfaris nicht zum Besten stehen und dass die übrigen Truppen im Westen und Osten einmarschieren. Es macht keinen Sinn, achttausend Reiter gegen eine Festung dieser Größe auszusenden. Auch die Bombarden sind eher für einen schnellen, leichten Einsatz gedacht und nicht für die Belagerung einer Burganlage, wie er sie vor sich hat.« Hetrál spielte mit seinen goldenen Ohrringen; seine Entscheidung war gefallen. »Sprengt den Pass. Die Sache ist mir zu gefährlich. Nesreca ist sich zu sicher, dass er an uns vorbeikommt. Sollten es Teile seines Heeres überleben, schießen wir sie eben von oben zu Klump. Und ich will die Mannschaften in Alarmbereitschaft haben. Tag und Nacht. Die Zeit des Wartens ist vorüber.«

Die Offiziere verschwanden, und der Bote lief zu seinem Pferd, um die Order des Turîten zu überbringen.

Bald darauf grollte künstlicher Donner die Berghänge hinab.

»Kommandant, kommt und seht Euch das an!« Eine der Wachen rüttelte Hetrál aus dem Schlummer. »Da steht ein Unterhändler vor dem Tor.«

Noch ein wenig verschlafen verließ dieser sein Nachtlager. Schnell warf er sich in seine Lederrüstung und rannte zum Wehrgang.

Das Licht der ersten aufgehenden Sonne umspielte einen schlanken Mann in der grauen Uniform der hoheitlichen Truppen. Lange silberne Haare fielen auf seinen Rücken und schmiegten sich dicht an den Stoff. Die Hände nach hinten verschränkt, wartete er ruhig darauf, dass er einen Gesprächspartner bekam. Von weiteren Soldaten fehlte jede Spur. Nesreca war allein erschienen.

Als spürte er die Anwesenheit des Turîten, hob er den Kopf. Die unterschiedlich farbigen Augen funkelten amüsiert, das ansprechende Gesicht war eine Maske falscher Freundlichkeit.

»Ich grüße Euch, Meister Hetrál. Für einen fahnenflüchtigen Abtrünnigen, der die Befehle seines Kabcar missachtet hat, habt Ihr es weit gebracht.« Er deutete auf die Mauern. »Ihr seid schon wieder ein Kommandant geworden. Mal sehen, ob Ihr Euer Amt ein weiteres Mal so schlecht erfüllt wie in Tûris.«

»Zu schade, dass die Steine Euch nicht zusammen mit Euren Leuten erschlagen haben«, ließ Hetrál hinabrufen. Am liebsten hätte er allen Katapulten der Burg das Signal zum Schießen erteilt, aber wahrscheinlich würde es dem Konsultanten nicht viel ausmachen. Er sollte es vielleicht versuchen. Bei Ulldrael, wenn Nesreca ihn zu sehr reizte, würde er ihn unter einem Berg von Pfeilen begraben und das Ganze mit unlöschbarem Feuer dekorieren, gekrönt von einem tausend Pfund schweren Stein.

»Welche Steine denn?«, erkundigte sich der Mann mit den silbernen Haaren erstaunt. »Ach so, Ihr meintet die Stümper, die das Feuer nicht schnell genug an die Lunte bekamen ... Wir haben sie, mit Verlaub, aus den Hängen geschossen. Die neuen Präzisionsbüchsen sind hervorragende Waffen und durchschlagen sogar auf hundertfünfzig Schritt noch eine Rüstung. Und um Euch ein wenig in falscher Sicherheit zu wiegen, haben wir ein paar Fässer in einer Schlucht gezündet. Wir verderben Euch den Tag noch früh genug.«

»Hört auf, Euch selbst zu beweihräuchern, und sprecht«, ließ der Kommandant ausrichten.

Der Konsultant lachte leise. »Dass Ihr, ausgerechnet Ihr, von ›sprechen‹ redet, finde ich amüsant.« Ganz vorsichtig nahm er die Hände vom Rücken und faltete sie vor dem Bauch. »Ich bin hier, um Euch folgenden Vorschlag zu unterbreiten: Gebt Windtrutz auf und lasst uns in aller Ruhe passieren, oder Eure Vernichtung wird unabwendbar sein. Gefangenschaft oder Tod, Ihr habt die Wahl.«

»Hier war schon einmal ein Feldherr, der Sprüche klopfte und kurz darauf seinen Kopf verlor«, brüllte Hetráls Übersetzer wütend nach unten, der sich durch die überhebliche Art Nesrecas herausfordern ließ. »Aber der Großmeister ...«

Hastig trat ihm der Kommandant auf den Fuß, dass der Mann aufschrie und seinen Vorgesetzten groß anblickte. Dann verstand er, welchen Fehler er beinahe begangen hätte. »Wir werden uns nicht ergeben, sondern alle Versuche mit Ulldraels Beistand ebenso zurückschmettern, wie wir das bei Varèsz getan haben«, rief er im Namen Hetráls.

»Und wenn Ulldrael der Gerechte aber ausgerechnet heute etwas anderes zu tun hat?«, erkundigte sich Nesreca galant. »Zufällig weiß ich, dass er dringend an einem anderen Ort gebraucht wird, und da ist mein Angebot an Euch wirklich mehr als ein Entgegenkommen. Der Kabcar hätte Verwendung für die Festung und würde es bedauern, wenn er sie ausradieren müsste.«

»Sag deinem Kabcar, dem verwünschten Tzulan-Günstling, dass wir uns niemals ergeben werden. Damit ist jedes weitere Wort überflüssig.«

»Dann wird es mich freuen, Euch Eurer gerechten Strafe zuzuführen, der Ihr Euch seit Jahren immer wieder entzogen habt, Kommandant Hetrál«, rief der Konsultant und wandte sich mit einer geschmeidigen Drehung um. »Ihr wollt doch nicht etwa auf einen unbewaffneten Unterhändler schießen lassen?«, rief er, während er sich entfernte.

Der Arm des Meisterschützen ruckte in die Höhe, und ein Repetierkatapult spie eine Reihe von Geschossen aus.

Elegant drehte sich Nesreca zur Seite, und die Speere schlugen wirkungslos auf das Felsgestein.

Im nächsten Augenblick riss die Sehne der Fernwaffe und schlug dem Katapultisten ins Gesicht. Schreiend ging er zu Boden, Blut quoll zwischen den Fingern hervor, die er sich vor die getroffene Stelle hielt.

Als die Aufmerksamkeit sich wieder nach draußen richtete, fehlte von dem silberhaarigen Mann jede Spur.

Hetrál verließ den Wehrgang nicht mehr. Er wollte mit eigenen Augen sehen, was sich der Konsultant einfallen lassen würde, um Windtrutz in die Knie zu zwingen. Nach wie vor bezweifelte er, dass eine Waffe mächtig genug war, den Wall einzureißen. Und selbst wenn, die eigenen Geschütze reichten ebenso weit.

Am Ende des kleinen Plateaus erschienen am Nachmittag zwei Gestalten, die sich gemütlich näherten.

Eine davon erkannte der Kommandant als Nesreca, die zweite, wesentlich kleinere war ein Junge von geschätzten vierzehn Jahren.

Die Sehhilfe zeigte ihm, dass der Knabe ebenfalls die hoheitliche Uniform trug, und wenn er sich recht erinnerte, saßen auf der Brust und auf den Schulterpolstern die Insignien eines Tadc.

Hetrál fühlte sich plötzlich an die Zeit in Granburg erinnert, als er den Kabcar noch als Thronfolger kennen gelernt hatte. Der Junge da unten hatte aber nur entfernte Ähnlichkeit mit seinem Vater, die Züge seiner Mutter traten deutlicher hervor. Voller Schrecken fiel ihm ein, dass man sich erzählte, der Konsultant bilde den Tadc in der Kunst der Magie aus.

Weitere Erinnerungen stiegen auf.

Er sah die blauen Blitze, die aus den Fingerspitzen des Kabcar gestiegen waren und ihn verbrannt hatten. Aber reichte diese Kunst aus, um die gewaltigen Mauern einzureißen? Was hatten sie vor?

Er ließ eine der Bombarden einen Warnschuss abfeuern. Die Kugel krachte zehn Schritt links von dem Duo in den Fels und zersprang.

»Das ist nahe genug«, ließ er rufen.

Govan zuckte zusammen, als das Geschütz in ihre Richtung feuerte; unbewusst fasste er Nesrecas Hand.

»Ihr müsst keine Angst haben, hoheitlicher Tadc«, beruhigte ihn der Konsultant. »Sie können Euch nichts anhaben. Ihr tragt Kräfte in Euch, die allem überlegen sind, was sie Euch entgegenstellen.«

Der Junge atmete schnell. »Ich bin sehr aufgeregt, Mortva.« Seine braunen Augen schweiften über die Mündungen der Bombarden, die sich drohend gegen ihn reckten. Er sah die Katapulte und die vielen, vielen Soldaten, die auf den Zinnen standen und feindselig zu ihm herüberstarrten. »Ich bekomme Zweifel, ob es mir gelingen wird. Wenn ich nun etwas falsch mache?«

»Ich kann Euch verstehen, hoheitlicher Tadc. Es ist immerhin eine Art Feuertaufe.« Der Mann mit den silbernen Haaren setzte seinen Weg fort. »Kommt, wir gehen noch ein wenig näher heran. Ich beschütze Euch. Ihr kümmert Euch einzig und allein um die Vernichtung der Festung, einverstanden?« Das grüne und das graue Auge richteten sich beruhigend auf ihn. »Tut es für Euren Vater.«

»Nein, Mortva.« Entschlossen folgte Govan ihm. »Ich tue es für dich.«

In zweihundert Schritt Abstand blieben sie stehen und sprachen sich ab, dann stellte sich Nesreca hinter den Knaben und legte ihm beide Hände auf die Schultern.

Der Thronfolger senkte den Kopf, dann bewegten sich seine Hände. Nach wenigen, vermeintlich wirren Fuchteleien formten die Finger ein leuchtendes Muster bei jeder Geste.

Feuert alles, was wir haben, auf die beiden ab.

Der Offizier schaute den Kommandanten irritiert an. »Habe ich eben eines Eurer Zeichen falsch verstanden? Meintet Ihr …«

Hetrál schlug nur auf die Zinne und starrte seinen Untergebenen an.

»Es ist ein Kind, Kommandant«, wagte dieser einen letzten Widerspruch. »Ich kann mir nicht vorstellen, dass …«

Auf der Stelle, gestikulierte der Turît und wünschte

sich, eine Stimme zu haben. *Das ist kein Kind. Das ist womöglich unser Untergang.*

Der blasse Offizier schwenkte verstört die Fackel, die Zweifel waren nicht überwunden.

Und alles, was die Festung an Fernwaffen zu bieten hatte, entlud sich in einem ohrenbetäubenden Donnern, Dröhnen und Rumpeln.

Als die beiden Fässer mit unlöschbarem Feuer der Matafundae auf den Mann und den Jungen niedergingen, verschwanden ihre Gestalten in lodernden Feuerbällen.

Govan sah die brennenden Behälter zielgenau auf sich zukommen und wandte sich zur Flucht.

Die Hände seines Mentors, die sich wie Klammern unbarmherzig um seine Schultern schlossen, verhinderten jedoch ein Entkommen vor dem tödlichen, alles zu Asche verwandelnden Regen, der auf ihn herabprasseln würde. Vor Angst schreiend, presste er die Lider zusammen; die Gesten, mit denen er eben noch eine magische Reaktion in Gang hatte setzen wollen, erstarrten in der Bewegung.

Dumpf krachte es. Govan spürte die verderbende Hitze, die sich mehr und mehr steigerte.

Aber er verbrannte nicht.

Zögerlich öffnete er die Augen und fand sich inmitten einer schützenden Sphäre wieder, an deren irisierenden Wänden das zähflüssige Gemisch aus Pech, Schwefel und anderen Zutaten herabrann. Mit offenem Mund schaute er in die Flammen, in deren Mittelpunkt er stand, ohne zu vergehen.

»Es gibt wahrscheinlich niemanden auf diesem Kontinent«, hörte er die sanfte Stimme Nesrecas, »der inmitten einer solche Hölle gestanden und überlebt hat.«

»Kann ich das auch, Mortva?«, flüsterte Govan fasziniert und legte eine Hand an die Hülle. Sie fühlte sich heiß an, aber sie hielt der Kraft des Feuers stand.

»Ja. Ihr wisst nur noch nicht, wie.«

Ein großer Schatten senkte sich auf sie herab. Instinktiv duckte sich der Tadc, doch der mehr als tausend Pfund schwere Steinbrocken prallte gegen die Halbkugel und zerbarst in kleine Teile.

Govan lachte auf. »Damit sind wir unbesiegbar, Mortva!«

»Bis zu einem gewissen Maß«, schränkte der Mann mit den silbernen Haaren ein. Seine Stimme klang etwas angestrengt. »Es ist auf Dauer sehr ermüdend. Würdet Ihr, hoheitlicher Tadc, fortfahren?«

Hetrál schaute zufrieden auf das Inferno, in dem Nesreca und der Thronfolger versunken waren. Die Flammen loderten so hoch, dass er nichts erkennen konnte.

Dann, auf einen Schlag, erlosch das Feuer.

Umgeben von gesprungenen Bombardenkugeln und zertrümmerten Steingeschossen, standen die beiden Gestalten unversehrt in einem Kreis unverbrannten Gesteins, während sich der Fels um sie herum schwarz gefärbt hatte. Nicht einmal die Uniformen wirkten angesengt.

Ein erschrockenes Raunen lief durch die Reihen der Verteidiger.

»Du hättest das Angebot von Mortva annehmen sollen«, rief der Knabe hochmütig. »Die Waffen, die ihr habt, schrecken uns nicht.« Während er redete, nahmen seine Hände das Gestikulieren auf. »Aber wir haben etwas, dem ihr nicht standhalten könnt. Ihr habt eure Wahl getroffen.«

Die Arme fielen herab, der Thronfolger schloss die Augen.

Es würde nur eine Möglichkeit geben, eine Niederlage zu verhindern. Hetrál zog seine aldoreelische

Klinge und stürmte den Wehrgang hinab. *Ich schicke dich zu Tzulan, Nesreca. Samt dem Jungen.*

Als der Kommandant den ersten Treppenabsatz erreichte, erbebten die Steine unter seinen Füßen. Ein Riese schien sich einen unterirdischen Weg durch den Berg zu bahnen und erschütterte die gesamte Burganlage. Es folgten mehrere rasche, harte Stöße hintereinander, die Hetrál stürzen ließen. Kopfüber polterte er die restlichen Granitstufen hinunter, während sich der Fels beruhigte.

Vereinzelt waren Katapulte gekippt oder hatten sich selbstständig entladen, mehrere Bombarden waren aus den Wiegen gesprungen, die Kugeln rollten umher.

Ächzend stemmte sich Hetrál in die Höhe. Sein Blick fiel dabei auf eine Pfütze. Unmerklich zitterte das Wasser darin, die Dreckpartikel schwammen auf der unruhigen Oberfläche hin und her.

Die Schwingungen des Bodens nahmen zu, intensivierten sich von Lidschlag zu Lidschlag. Wie die Körner auf einem Rüttelsieb hüpfte und tanzte alles in der Festung, das nicht irgendwie festgemacht war.

Wieder lag der Turît auf dem Boden, umgeben von springenden Fässern. Im letzten Augenblick wich er einem Katapult aus, das vom Wehrgang herabfiel und krachend neben ihm zerbarst.

Das Rütteln hielt an, erste Ziegel lockerten sich an den Gebäuden und zerbarsten auf dem Pflaster des Innenhofs, die letzten Reste der zerschossenen Türme fielen in sich zusammen.

Hetrál taumelte wie ein Betrunkener zum Haupttor, um durch das kleine Türchen hinauszutreten und sich den beiden gefährlichen Angreifern zu stellen, auf die Macht seiner aldoreelischen Klinge vertrauend. Die Ordensritter waren plötzlich an seiner Seite, Schilde und Schwerter gezückt.

Mit Mühe gelang es den vier Männern, den Balken

vor dem Eingang zu entfernen. Staub und kleine Steinbrocken regneten auf sie herab. Lange würde die Mauer den Erschütterungen nicht mehr standhalten, die zermürbender waren als alle Bombardenschüsse auf einen Schlag.

In hundert Schritt Entfernung befanden sich der Mann und der Junge, harmlos, unbewaffnet.

Die Erde stand unvermittelt still.

Der Kommandant schnaubte und setzte zu einem Spurt an, als der Boden dreißig Schritt vor ihm aufbrach und einen breiten Spalt schuf, der entlang des gesamten Plateaus verlief. Loses Gestein stürzte in die Tiefe. Bald klaffte eine Lücke von acht Manneslängen auf, die sich schneller und schneller verbreiterte.

Hetrál wandte sich um und deutete als Zeichen des Rückzugs für die gesamte Burgbesatzung nach hinten. Die zwölfhundert Mann verließen ihre Posten und rannten ans gegenüberliegende Ende von Windtrutz.

Ihr Kommandant hingegen schlug einen anderen Weg ein, der ihn wieder auf die Zinnen der Außenmauer führte.

Die entfesselten magischen Energien frästen den Fels Stück für Stück weg und kamen unaufhaltsam näher.

Hetrál deutete auf ein gestürztes Katapult und richtete es zusammen mit den Ordenskriegern auf. Achtlos warf er das Magazin mit den Speeren zur Seite. Die Männer ruckten die Sehne mit einem Spannhebel nach hinten, bis sie endlich am Haltehaken einrastete.

Aufmerksam verfolgte der Konsultant die Vorgänge auf der Mauer. Noch beunruhigte ihn nichts.

Der Turît richtete den Lauf auf das Duo aus.

Ein guter Schuss, und sie waren zwei Sorgen mit einem Schlag los. Der stumme Meisterschütze visierte über den Speer die Gegner an. Wenn sie so stehen blieben, dürften sie Tzulan gleich ins Angesicht schauen.

Er nahm das herkömmliche Geschoss aus der Vertiefung, zog die aldoreelische Klinge und legte sie in den Lauf. Noch ein letztes Mal vergewisserte er sich, dass das Katapult sorgfältig arretiert war, und blickte mit einem Fernglas zu seinen Zielen.

Jetzt glaubte er, etwas wie Angst in Nesrecas Gesicht zu sehen. Er sagte ein einzelnes Wort.

Hemeròc, las Hetrál entsetzt von den Lippen des Beraters, dann fiel ein Schatten über ihn.

Der Stoß in den Rücken warf ihn gegen den Metallpanzer eines Ordensritters, und das Okular des Fernglases drückte sich schmerzhaft gegen sein Auge, sodass ihm die Tränen kamen. Halb blind tastete er nach der aldoreelischen Klinge, doch sie befand sich nicht mehr im Lauf.

Als er endlich etwas sehen konnte, erkannte er durch den salzigen Schleier hindurch, dass ein Ritter vor ihm sterbend auf dem Wehrgang lag, ein klaffendes, blutendes Loch im Rücken; ein Zweiter hockte benommen am Fuß des Aufgangs, vom Dritten fehlte jede Spur.

Er hat sich nicht einmal die Mühe gemacht, mich zu töten, dachte Hetrál und schaute die Zinnen hinunter, wo er den fehlenden Ordensritter in einer grotesken Haltung regungslos am Fuß der Mauer entdeckte.

Dann erreichte die Bruchkante des magischen Spalts die Leiche. Der gerüstete Körper rutschte ab und verschwand, um die eigene Achse wirbelnd, in der Schwärze.

Ulldrael der Gerechte muss wirklich an einem anderen Ort sein, dachte Hetrál und starrte wie hypnotisiert in den Schlund.

Nesreca beobachtete zufrieden, wie sein Helfer die aldoreelische Klinge raubte und durch den nächsten Schatten so schnell verschwand, wie er über die vier

Männer hereingebrochen war. Er selbst hatte sich, so unangenehm es ihm war, nicht bewegen können, weil er den unsichtbaren Schutz für Govan aufrechterhalten musste. Daher hatte er Hemeròc zu Hilfe gerufen.

Der Mann mit den silbernen Haaren frohlockte innerlich. Die Kräfte des Knaben mussten gewaltig sein, mächtiger als die seines Vaters. Soeben rauschte der vordere Teil der Festung in die Tiefe, der Innenhof lag ungeschützt.

Nichts schien den Energien ein wirkliches Hindernis zu sein. Das Bollwerk, errichtet vor hunderten von Jahren, wurde innerhalb kürzester Zeit von vorne nach hinten abgetragen und für die zwölfhundert Mann zur tödlichen Falle, aus der es kein Entkommen geben würde.

Govans Körper fühlte sich durch den Stoff der Uniform immer wärmer an. Schweiß perlte von seiner Stirn, aber auf seinem Gesicht lag ein glückselig-grausames Lächeln.

Mit einem wilden Schrei riss er die Arme unvermittelt nach oben und schob sie mit geöffneten Handflächen nach vorne, als wollte er etwas Unsichtbares von der Stelle bewegen.

Gleichzeitig schossen die vernichtenden, unsichtbaren Ströme vorwärts und gruben die Standfläche von Windtrutz ab.

Mauern, Häusern, Türme und Menschen sackten nacheinander in die Tiefe und verschwanden. Schließlich erhob sich am nackten Berghang nichts mehr, was an die Befestigungsanlage erinnert hätte.

Eine Staubwolke schwebte über dem Loch. Noch hörte Nesreca das leise, weit entfernte Rauschen von abrutschendem Geröll und Steinmassen.

Dann trat Stille ein.

»Das hat Spaß gemacht.« Govan öffnete die Augen und schaute über die Schulter zu seinem Mentor. Mit einer Hand wischte er sich den Schweißfilm von der Stirn. »Bist zu zufrieden, Mentor?«

»Besser hätte es selbst Tzulan nicht machen können«, lobte der Konsultant ehrlich beeindruckt und schritt zu der Bruchkante, um hinunterzublicken. Nichts Lebendiges würde aus diesem Abgrund hervorsteigen, Mensch und Tier lagen dort unten zusammen begraben unter den Trümmern der Festung, die ihnen einst Schutz und Zuflucht gewährt hatte. »Euer Vater wird stolz auf Euch sein, hoheitlicher Tadc.«

»Das Gefühlsleben meines Vaters ist mir egal«, antwortete der Thronfolger leichthin. Er trat neben den Mann mit den silbernen Haaren und stieß einen kleinen Stein mit der Fußspitze in die Schwärze. »Von mir aus hätte er in der Festung sein können.« Abrupt wandte er sich ab, um zurück zu dem wartenden Tross zu gehen. »Und nun vorwärts, Mortva. Wir müssen Ilfaris erobern.«

»Das wird ein Kinderspiel«, prophezeite Nesreca. »Aber überlasst es den Soldaten. Wir beide kehren in den Palast nach Ulsar zurück, um Euren großartigen Erfolg zu verkünden.«

»Nein«, sagte Govan fest. »Ich werde den Feldzug begleiten. Vielleicht benötigen die Männer meine Unterstützung.«

Der Konsultant verzog den Mund. »Und wie soll ich das Eurem Vater erklären? Er wird kein Verständnis dafür haben, dass sich der Thronfolger an vorderster Front aufhält und sich in Gefahr begibt.«

»Ich erwähnte es schon einmal, Mortva«, entgegnete der Tadc. »Die Ansichten und die Gefühlswelt meines Vaters sind mir gleichgültig. Was soll mir schon geschehen? Mit der Magie und dir zusammen bin ich unverwundbar.«

»Tut mir den Gefallen und begleitet mich zurück nach Ulsar«, versuchte es Mortva erneut. »Die Schlachten in Ilfaris werden schnell geschlagen sein, und dann stehen wir vor Kensustria, der eigentlichen Herausforderung für uns. Alles, was wir bisher erlebt haben, lief im Vergleich mit den Grünhaaren unter Ringelpietz. Ich kann für Eure Sicherheit nicht garantieren, hoheitlicher Tadc.«

Missmutig schaute Govan zu den zwanzigtausend Mann, die in einiger Entfernung angerückt kamen, um den höchsten Punkt des Eispasses zu überqueren. »Ich wäre aber so gern dabei.«

»Ein anderes Mal wieder«, vertröstete ihn Nesreca. »Es werden sich bestimmt noch genug Gelegenheiten ergeben.«

II.

**Großreich Tarpol, Hauptreich Tarpol,
Provinz Ulsar, Frühherbst 458 n. S.**

Tokaro war zu einem Gesetzlosen geworden und hatte sich einer Räuberbande angeschlossen. So manches Gut, das von den Günstlingen Aljaschas regiert wurde, fiel den Besuchen der Bande zum Opfer. Der junge Mann legte eine ganz erstaunliche Treffsicherheit mit der Büchse an den Tag und schuf sich einen hervorragenden Ruf beim einfachen Volk. Man gönnte den Räubern ihre Erfolge, weil sie mit ihren Überfällen diejenigen trafen, die die Strafe doppelt verdienten.

Nach einem gelungenen Raubzug in einem Wasserschlösschen versprach der Tag reiche Beute. Sicherheitshalber schickte die Bande einen Späher voraus, um nachzuschauen, ob ihnen Soldaten des Kabcar entgegenkommen würden. Derweil beriet man, wie viel Gold an welche Familien verteilt werden sollte.

Der Kundschafter kehrte schon bald zurück und meldete eine Kutsche, bewacht von fünfzehn Reitern, die ihnen auf der Straße in wenigen Minuten begegnen würde.

»Heute meint es das Schicksal aber gut mit den einfachen Leuten, oder, Männer?«, rief ihr Anführer Rovo ausgelassen. »Jetzt kommen die Reichen schon zu uns, um sich berauben zu lassen.«

»Oder sie haben unseren Schatz gerochen«, meinte einer der Räuber und klopfte gegen den Karren. »Die Reichen raffen immer weiter.«

»Stellt unser Vehikel quer auf die Straße«, befahl Rovo, »damit sie nicht passieren können. Vier bleiben hier, verstecken die Waffen und tun dann so, als wäre etwas kaputt. Der Rest ab in die Büsche.« Er sah zu Tokaro. »Und du hältst dich vollständig im Hintergrund. Versteck dich im Dickicht und schieß einen der Begleiter um, wenn sie sich zu sehr wehren. Aber bleib, wo du bist. Wir können es uns nicht leisten, dich zu verlieren.«

Der Junge lenkte den Hengst in das dichte Unterholz, machte ihn am Baum fest und rutschte auf dem Bauch bis an den breiten Weg heran.

Aus der Ferne hörte er das Rattern der Kutschräder, kurz darauf polterte das Gefährt an ihm vorbei, auf dessen Seite die Insignien des Kabcar gemalt waren. Ganz behutsam schob er sich aus seiner Deckung heraus, um das Geschehen verfolgen zu können.

Die Kutsche hatte in einigem Abstand zu dem Hindernis angehalten, und nun sprach eine der Wachen mit dem Räuber. Der Mann packte die Zügel des Reittieres und stieß einen Pfiff aus. Plötzlich sprangen die übrigen Gesetzlosen aus dem Wald, während die Soldaten ebenfalls zum Angriff übergingen.

Die Wachen des Kabcar wehrten sich ausgesprochen gut und glichen ihre Unterzahl bald aus. Nur gelegentliche Armbrustbolzen schossen einen der Begleiter aus dem Sattel, doch im Nahkampf war ihnen fast nicht beizukommen. Zwei Diener, die hinten dicht nebeneinander auf dem Gefährt saßen, holten ebenfalls Armbrüste hervor und schickten die Geschosse gegen die Gesetzlosen.

Tokaro pirschte sich lautlos auf gleiche Höhe mit den Livrierten und zielte auf den Oberschenkel eines der Männer. Er schwenkte den Lauf so weit zur Seite, dass er möglichst nicht den Knochen, sondern nur das Fleisch träfe. Bei der geringen Distanz würde eine Kugel ausreichen, beide Gegner zu verwunden.

Der Knabe löste die Büchse aus. Beinahe gleichzeitig schrien die Diener auf und fielen aus ihrem Hochstand hinter der Kutsche auf die Straße. Die weißen Strümpfe an den Waden färbten sich rot.

Nach dem lauten Knall stockte der Kampf; der entsetzte Ruf einer Frau drang aus der Fahrgastkabine. Diesen Augenblick der Ablenkung nutzten die Räuber für sich. Schließlich wussten sie im Gegensatz zu den gegnerischen Begleitern, woher der infernalische Lärm rührte.

Tokaro lud voller Konzentration nach, setzte anschließend den Langdolch in die Halterung unter den Lauf und stürmte aus dem Dickicht, genau auf den ungeschützten hinteren Teil der Kutsche zu. Unterwegs zog er sich das Halstuch vors Gesicht. Mit einem Satz war er auf dem Trittbrett, um nach den hoch gestellten Passagieren zu sehen. Wie gern hätte er das Gesicht von diesem Nesreca erspäht, um es mit einem Schuss aus der Büchse in Brei zu verwandeln. Es wäre das erste Mal, dass er mit den Kugeln töten würde.

Doch zu seinem Erstaunen entdeckte er eine ältere Frau, die sich schützend über ein Mädchen legte und um Gnade flehte.

Der Knabe senkte die Stimme, um gefährlicher zu wirken, und reckte den Dolch gegen den gewaltigen Busen der älteren Frau. »Gebt mir all Eure Wertsachen, und es wird Euch nichts geschehen. Die einfachen Leute von Ulsar werden es Euch danken, dass Ihr sie so fürstlich beschenkt.«

»Wage es nicht«, keifte sie und packte in einem Anfall von Todesmut den Lauf der Büchse, »Hand an uns zu legen.« Die kräftigen Finger schlossen sich um das Metall und rissen daran. »Gib deinen Spieß her, Halunke!«

»Weib, bist du verrückt?«, keuchte Tokaro und zerrte auf der anderen Seite. »Weißt du nicht, was das ist?« Er nahm eine Hand vom Kolben und griff nach einer Laterne, die seitlich an der Kutsche hing, um sie der Frau an den Schädel zu schlagen, bevor sie aus Versehen die Büchse abfeuerte und sich selbst tötete.

Besinnungslos sank sie in die Polster und gab den Blick auf ihre Begleiterin frei, die der ehemalige Rennreiter des Kabcar sehr gut kannte.

Er schaute in das betörend hübsche Antlitz von Zvatochna. Und er glaubte, sein Herz setze aus.

»Zurück, Räuber!«, schrie sie und hielt ein Stilett in beiden Händen. Ein kurzer Schwenk mit dem Lauf der Büchse, und der montierte Langdolch schlug ihr die zierliche Waffe aus den Fingern. Ihre Hände bewegten sich sofort, und dunkel erinnerte sich Tokaro daran, dass ihr Bruder und sie die Kunst der Magie beherrschten.

»Augenblicklich hört Ihr damit auf!«, herrschte er sie an und richtete die Mündung seines Gewehrs gegen ihren Unterleib. »Die Kugel fliegt zu schnell, als dass Ihr sie aufhalten könntet.«

Sie erstarrte. Ihre braunen Augen ruhten forschend auf seinem maskierten Gesicht. »Ich kenne dich doch.« Ihre Stimme klang wie süßer Honig in seinen Ohren und verklebte die klaren Gedanken. Seine Hand wurde unsicher. »Wer bist du?«

»Nein, Tadca, Ihr kennt mich nicht. Ich bin ein Räuber, ein Dieb. Wie solltet Ihr mich da kennen, wo Ihr Euch nur in bester Gesellschaft aufhaltet?« Er lachte bitter und senkte die Büchse.

»Du scheinst noch sehr jung zu sein«, meinte sie abschätzend. Ihre schönen Züge wurden sanft, bittend. »Wenn du dich jetzt meinen Männern ergibst, kann ich dafür sorgen, dass du nur lebenslange Haft bekommst an Stelle der Todesstrafe.« Ihr Vorschlag klang überraschenderweise so verlockend für ihn wie ihre Stimme. »Sei nicht dumm. Wie ist dein Name?«

Schon öffnete sich sein Mund, und wie benebelt wollte er ihn nennen, als ihn der warnende Ruf von Rovo aus der geistigen Benommenheit riss. »Da kommen noch mehr Reiter! Los, weg hier!«

Tokaro schüttelte sich und schaute Zvatochna verunsichert an. Dann fiel seine Aufmerksamkeit auf etwas Blinkendes, das sie um den Hals trug.

Das Amulett! Das gehörte ihm. Ein schneller Griff nach der Kette, und er hatte das Gesicht des Mädchens zu sich herangezogen. Durch das Tuch hindurch drückte er ihr einen Kuss auf die verführerischen Lippen und erfreute sich an dem Ausdruck in ihren aufgerissenen braunen Augen.

Im gleichem Moment fühlte er einen immensen Schlag, der durch seinen Körper fuhr und ihn rückwärts vom Trittbrett warf. Der Verschluss des Anhängers riss dabei, das Amulett verblieb in seinen Fingern.

Der Junge warf dem von langen schwarzen Haaren umrahmten Antlitz noch einen letzten Blick zu, bevor er sich aufraffte und Hals über Kopf ins schützende Unterholz eintauchte.

Das Donnern zahlreicher Hufe war zu hören, die Pferde der unvermittelt auftauchenden neuen Gegner trampelten an ihm vorbei und machten sich an die Verfolgung der Räuber.

Tokaro atmete in den Stoff seines Ärmels, damit er sich durch sein erregtes Luftholen nicht verriet. Noch war er viel zu dicht an der Straße.

»Ist mit Euch alles in Ordnung, hoheitliche Tadca?«, hörte er einen Mann fragen. Ein Pferd schnaubte.

»Ja, ich denke schon«, sagte sie leise. »Meine Begleiterin scheint er getroffen zu haben.«

»Ihr blutet, hoheitliche Tadca«, sagte die tiefe Stimme. Metall rieb an Metall.

»Das ist nur ein Kratzer. Es war der Verschluss meines Anhängers, den der unverschämte Kerl mir raubte. Er ist in den Wald geflüchtet.«

»Ich werde ihn Euch zurückbringen, hoheitliche Tadca.« Die Zweige des Unterholzes brachen, als der unbekannte Reiter sein Pferd auf die Spur des Knaben lenkte.

Tokaro steckte das Amulett ein, sprang auf und rannte los, um zu Treskor zu gelangen. Wenn er den Schimmel erreichte, würde er jedem Verfolger entkommen.

Der Hengst schnaubte glücklich, als er seinen Herrn sah. »Du musst einmal mehr fliegen wie der Wind. Jemand ist hinter uns her«, sagte er zu dem Tier und schwang sich in den Sattel. Die Feuerwaffe verstaute er in dem eigens angefertigten Halter seitlich der Packtaschen. Um das Schicksal der Räuber kümmerte er sich derzeit nicht, nun galt es, den eigenen Hals retten. Nachdem er das Schmuckstück der Tadca gestohlen hatte, rechnete er nicht mehr damit, dass sie sich für ihn einsetzen würde.

Tokaro ging das Wagnis ein und ritt in einem kleinen Bogen auf die Straße, wo Treskor seine volle Geschwindigkeit auszuspielen vermochte. Dem Hengst machte das Galoppieren Freude, wiehernd griff er aus und steigerte das Tempo Schritt um Schritt.

Doch bei der nächsten Biegung musste er seinen Schimmel hart zügeln. Unmittelbar vor ihm lieferten sich die gestellten Gesetzlosen einen Kampf mit Wachen des Kabcar und altertümlich gerüsteten Kriegern, die der Junge sofort als die Hohen Schwerter erkannte.

Fluchend riss er Treskor auf der Hinterhand herum. Durch die Menge wollte er aus Angst um sein Pferd nicht preschen, der Wald war zu dicht. Also musste er zurück.

Tokaro kehrte um und galoppierte los, als eine

schimmernde Gestalt auf einem Pferd zweihundert Schritt vor ihm aus dem Unterholz auftauchte.

Das Herz des Jungen pochte wild in seiner Brust, und das Blut rauschte ihm in den Ohren, als der Ritter, auf dessen geschlossenem Helm ein Schweif aus schwarzem und weißem Rosshaar wehte, seinen Schild hob und das Schwert aus der Scheide zog.

»Räuber!«, schallte die Stimme die Straße entlang. »Ich bin Nerestro von Kuraschka, Großmeister des Ordens der Hohen Schwerter. Ergib dich mir oder stirb.«

Der Knabe riss die Präzisionsbüchse aus dem Halfter, klappte das Visier hoch und richtete die Mündung auf den Ritter. »Das hier ist eine Waffe, die selbst Eure Rüstung durchschlägt, Großmeister«, schrie er zurück. »Gebt den Weg frei und lasst mich passieren.«

»Niemals«, lehnte der Ritter ab und drückte seinem Pferd die Fersen in die Flanken. Das Schwert nach vorn gereckt und den Körper hinter den Schild geduckt, jagte der gepanzerte Mann heran.

Tokaro schluckte schwer, als er den Kopf des Großmeisters im Mittelpunkt des Zielrähmchens zentrierte.

Das kannst du nicht tun. Es wäre dein erster Mord, und dazu noch an einem Mann, der dich zu deinem Knappen machen wollte, sagte eine Stimme in ihm. Näher und näher preschte der imposante Krieger. Die Diamanten am Griff der aldoreelischen Klinge funkelten auf. *Aber wenn ich ihn nicht erwische, verliere ich irgendein Körperteil. Schlimmstenfalls meinen Schädel. Ach, was soll's.*

Im letzten Augenblick riss er den Lauf zur Seite; die Büchse sandte die Kugel rauchend und krachend auf die Reise.

Das Blei durchschlug die polierte Metallpanzerung der Schulter und stanzte ein fingerdickes Loch in den Stahl. Doch nichts schien den Ordensritter aufhalten zu können. Wenn Tokaro den Einschuss, aus dem Blut sickerte, nicht sehen könnte, hätte er geglaubt, sein Ziel verfehlt zu haben.

Schnell duckte er sich seitlich an den Leib seines Reittieres, um dem kommenden Hieb zu entgehen und danach die Flucht nach vorn anzutreten. Bis der Ritter gewendet haben würde, wäre er schon längst über alle Berge.

Doch die kompromisslose Strategie seines Gegners machte ihm einen Strich durch die Rechnung.

Aus vollem Lauf prallte das gerüstete Pferd des Großmeisters gegen Treskor und warf den Hengst zu Boden; das Schwert zuckte durch Luft und kappte die hervorstehende Präzisionsbüchse um die Hälfte ihrer Länge.

Tokaro stürzte zusammen mit seinem Schimmel in den Graben. Moos dämpfte den Aufprall von Mensch und Tier.

Als sich der Knabe nach einem kurzen Augenblick der Orientierungslosigkeit erheben wollte, sah er die Gravuren auf dem Schild rasend schnell näher kommen. Mit einem dumpfen Laut knallte die Waffe an seinen Kopf. Er wurde ohnmächtig.

»Diese Waffe wird einmal der Untergang unseres Orden sein, Großmeister. Wenn es nun schon Kindern gelingt, mit dieser Erfindung einen Ritter aus dem Sattel zu holen.«

»Er hat mich nicht aus dem Sattel geholt. Er hat mich nur verwundet.«

»Und wenn diese Kugel, die Euch durch den Arm fuhr, das Gelenk getroffen hätte? Oder den Helm? Dann müssten wir uns einen neuen Großmeister wählen. Diese … Büchsen, oder wie auch immer man den knallenden Stock nennt, sollte man alle zerstören. Sie übertreffen die Armbrust um Längen.«

Eine gedämpfte Unterhaltung drang in Tokaros Bewusstsein. Er realisierte mit geschlossenen Augen, dass er in einem Feldbett lag und man ihm so ziemlich alle Kleidungsstücke ausgezogen hatte, bis auf den Unterleibswickel. Um seinen Oberkörper lag ein Verband. Als er sich bewegen wollte, spürte er einen Stich in seiner rechten Seite.

»Du hast dir bei dem Sturz drei Rippen gebrochen«, sagte die Stimme des Großmeisters. »Du kannst uns ansehen, wir wissen, dass du wach bist.«

Gehorsam hob der Knabe die Lider und schaute in das vertraute Gesicht Nerestros mit der goldenen Bartsträhne. Das Antlitz des jüngeren Mannes dahinter kam ihm vage bekannt vor. »Bin ich im Gefängnis?«, fragte er zögerlich.

»Nein, Tokaro«, sagte der Großmeister ernst. »Du bist in unserem Packzelt, in das dich meine Knechte geschafft haben. Du warst nach dem Treffer mit dem Schild ohne Besinnung.«

»Und warum liege ich hier und nicht im Kerker in Ulsar?«, wagte der Junge nachzuhaken. Seine blauen Augen hefteten sich auf die Bandage, die der Oberste der Ordensritter um die Schulter trug. »Werde ich abgeholt, oder bringt Ihr mich in die *Verlorene Hoffnung*?«

»Nichts würde ich lieber tun«, knurrte der andere Ritter.

»Danke mir nicht für meine Milde.« Nerestros Gesicht verlor seine Strenge nicht. »Der Mann neben mir ist mein treuer Senneschall, Herodin von Batastoia. Seiner Ansicht nach müsstest du in der Tat eine dem Gesetz entsprechende Bestrafung erhalten. Aber Rodmor von Pandroc und ein paar andere Recken haben mich gebeten, dir eine neuerliche Gelegenheit zu geben, um deine Wertigkeit unter Beweis zu stellen. Daher habe ich mich entschieden, dich für tot erklären zu lassen. Der Räuber und Dieb Tokaro Balasy starb ein paar Warst von hier auf der Landstraße, niedergestreckt durch Nerestro von Kuraschka, merk es dir.« Prüfend begutachtete er das Gesicht des Jungen. »Wenn wir dir erst einmal die Haare abrasiert haben, siehst du ohnehin ganz anders aus. Die Reifung lässt dich zu einem Mann werden, wie ich sehe. Und in deinem Alter kann sich ein Antlitz innerhalb von ein, zwei Jahren noch sehr verändern. Ich werde dich zu meinem Knappen machen und dich in aller Eile, aber durchaus gewissenhaft ausbilden. Rodmor war der Meinung, dass man ein solches Reittalent nicht verschleudern sollte.« Er pochte auf den glänzenden Knauf seines Schwertes. »So wie aus unansehnlichen Steinen Diamanten werden, so schleife ich dich zurecht, Tokaro. Das Überschüssige wird unter meinen Fingern verschwinden, ich bringe all deine Facetten zum Strahlen, mein Junge. Rodmor von Pandroc ist der Meinung, dass du der beste Reiter des Ordens sein wirst, den es jemals gab.«

»Und wenn ich nicht will?«, erkundigte sich der einstige Rennreiter, der sich seinen Fall und den rasanten Aufstieg noch nicht erklären konnte.

»Der Diamant will auch nicht geschliffen werden, aber dennoch strahlt er, wenn der Handwerker mit ihm fertig ist.« Die Augen des Großmeisters ruhten auf ihm. »Ich kann aus dem Märchen über deinen Tod jederzeit die Wahrheit werden lassen. Niemand würde um dich trauern, außer vielleicht deine unglückselige Mutter. Die Zukunft, die dir bevorsteht, ist wertvoller als dein gesamtes bisheriges Leben, Junge.«

»Wieso lasst Ihr mich nicht einfach laufen?«, machte Tokaro einen Gegenvorschlag. »Es hat mich niemand gefragt, ob ich das möchte.«

»Wenn das alles ist.« Der Ritter zückte sein Schwert, die Spitze senkte sich an die Kehle des Knaben. »Wähle, Tokaro Balasy. Märchen oder Wahrheit?«

»Ich werde Euer Knappe sein, Großmeister«, beeilte sich Tokaro zu versichern. »Ich mag Märchen.«

Ohne eine Regung zu zeigen, verstaute der gewaltige Mann seine Waffe wieder. »Eine gute Entscheidung, die hoffentlich keiner von uns beiden bereuen wird. Und nun erhole dich. Ich möchte schnell mit deiner Ausbildung beginnen.«

»Wie geht es Treskor?«, rief der Junge ihm nach und verzog das Gesicht, als er sich unachtsam von seinem Lager aufrichtete.

»Dein Hengst ist gesund und munter«, sagte der Ritter im Gehen und verließ das Zelt.

»Wer ist eigentlich dieser Rodmor von Pandroc?« Tokaro richtete seine Augen auf den Seneschall, der an einer Zeltstange lehnte und ihn unfreundlich musterte.

»Ein Freund aus alten Tagen, mit dem er gelegentlich spricht«, lautete die knappe Antwort. Herodin kam auf den Jungen zu. »Wenn es nach mir gegangen wäre, säßest du im Verlies, wo du hingehörst. Du hast großes Glück. Nutze diese Gunst des Augenblicks, und wehe, du wagst es, das Vertrauen des Großmeisters zu enttäuschen.« Er tippte ihm auf die Schulter. »Du wirst ihm beweisen, dass du dieses Brandzeichen nicht verdient hast, Bursche.« Seine Hände schlossen sich um die beiden Teile der Büchse. »Von diesen schrecklichen Waffen gibt es nur wenige. Angor möge ihre Baupläne vernichten.«

»Ich fand sie ganz praktisch«, murmelte der Knabe und streckte die Linke nach den Stücken aus. »Lasst sie mir. Vielleicht kann man sie reparieren. Ein guter Schmied wäre bestimmt dazu in der Lage.«

»Da bin ich mir sicher«, bestätigte Herodin und legte die Teile auf den Boden. Seine aldoreelische Klinge schnitt die Präzisionsbüchse in winzige Trümmer. »Und das sollte man verhindern.« Mit offenem Mund starrte Tokaro auf die Reste seiner geliebten Waffe. »Du wirst sie ohnehin nicht mehr nutzen können. Sie würde dich als den Jungen verraten, der aus dem Kerker entkam und eine der ersten Büchsen stahl. Diese Vergangenheit gibt es für dich nicht mehr.« Grußlos verließ Herodin das Packzelt.

Mal sehen, wie lange er bei den Blechsoldaten bleiben würde, dachte Tokaro. Wenn sie meinten, sie hätten einen Dummen gefunden, der alles mit sich machen ließ, waren sie einmal zu viel mit dem Kopf voran vom Pferd gefallen. Er legte einen Arm unter seinen Haarschopf und schaute zum Stoffdach hinauf. Wozu sich mit Schwertern abplagen, wenn die Zukunft den Büchsen und Pistolen gehörte? Sie waren veraltet und starben aus. Aber vielleicht konnte er tatsächlich noch etwas von ihnen lernen.

Seine Gedanken schweiften zu seiner Mutter nach Ulsar. Wie sie wohl seinen Tod verkraftete? Oder hatte sie sich für ihren Sohn geschämt und war glücklich, dass diese Last von ihr genommen wurde?

Dann sah er das liebliche, beseligende Antlitz von Zvatochna vor sich. Eilig tastete er nach seiner Hose und fand das Amulett, das er sich mehr oder weniger unabsichtlich angeeignet hatte. Zufrieden grinste er; seine Beute war ihm nicht abgenommen worden.

Die Vorstellung, dass er eines Tages als Ritter in schimmernder Rüstung zu ihr hinritt und ihr lachend das Kleinod als Zeichen seines Triumphs unter die Nase hielt, gefiel ihm.

Und dann werde ich einfach wieder davongaloppieren. Seine Finger schlossen sich um das kühle Metall des Schmuckstücks. *Das hier bekommst du nicht mehr wieder, Tadca. Es sei denn, du holst es dir.*

Großreich Tarpol, Königreich Barkis (ehemals Tûris), Verbotene Stadt, Frühherbst 458 n. S.

»Ich finde es wenig vertrauensfördernd, wenn wir unsere Stadt weiterhin als Verbotene Stadt bezeichnen«, gab Pashtak in der Versammlung zu bedenken. »Sie ist nun mal eben nicht mehr verboten.«

»Aber die Menschen selbst nennen sie doch so«, hielt Kiìgass dagegen. »Und der Name erinnert daran, wie sie uns verfolgten, bevor der Kabcar uns gleichstellte.«

»Dann sollten wir ihren Namen daran anlehnen«, schlug der Inquisitor vor. »Wie wäre es mit Stadt der Zuflucht, der Hoffnung, des Neubeginns, der Gemeinschaft?«

Die Versammlung schwieg. Jeder der Anwesenden brütete über einen passenden Namen nach, wobei das Problem darin bestand, dass die verschiedenen Gruppierungen jede für sich bereits eine Bezeichnung gefunden hatten. Doch es musste endlich ein Name her, mit dem auch die anderen Bewohner des Reiches etwas anfangen konnten.

In der Stille schweifte Pashtak gedanklich zu seiner eigentlichen Aufgabe. Erstaunlicherweise hatte sich der Mörder, den er im Auftrag der Versammlung stellen sollte, in den letzten Monaten bedeckt gehalten.

Nicht, dass er dies bedauerte. Weniger Tote bedeuteten weniger Gerede bei den Nackthäuten. Aber so konnte er den Verantwortlichen unmöglich fassen.

Schuld gab der Inquisitor allein den anderen Mitgliedern des Gremiums, die entgegen seiner Bitte seine Ernennung nicht geheim gehalten hatten. Die Nachforschungen gestalteten sich für ihn dadurch wesentlich schwieriger, der Übeltäter war gewarnt. Bei seinem nächsten Verbrechen würde er nun vorsichtiger zu Werke gehen, schlimmstenfalls verwischte er sogar nachträglich verräterische Spuren.

»Wie wäre es mit Ammtára«, sagte Lakastre leise. »Es bedeutet ›Freundschaft‹.«

»In welcher Sprache?«, fragte einer aus der Versammlung erstaunt nach. »Und wer garantiert uns, dass es auch wirklich diese Bedeutung hat?«

Pashtak beobachtete die schwarzhaarige Frau in der weiten, sandfarbenen Robe genau. Sie war wie immer freundlich, besonnen und höflich. Nichts verriet die zweite Natur, die in ihr wohnte und die anscheinend nur er kannte. Insgeheim zweifelte er daran, dass selbst Boktor als ihr langjähriger Gatte diese Seite jemals zu Gesicht bekommen hatte.

»Ich garantiere es dir«, gab sie friedlich zurück. »Ich habe die alten Sprachen studiert, die vor dem einheitlichen Ulldart von den Menschen gesprochen wurden. Es ist ein Dialekt aus dem südlichen Kontinent, datiert auf das Jahr 60 nach Sinured. Ich kann dir die Aufzeichnungen gern zeigen, wenn du darauf bestehst.«

»Aber ich bitte dich, Lakastre«, kam ihr eine Nackthaut zu Hilfe. »Wir glauben dir.«

Leconuc nickte. »Es ist ein klangvoller Name, dem ich nicht widersprechen kann.«

Kein Wunder, so wie du nach Paarungsbereitschaft duftest. Pashtak musste grinsen und zeigte die spitzen Zähne.

»Wenn es keine Einwände dagegen gibt, lasse ich die Bezeichnung gleich verbreiten.« Der Vorsitzende richtete seine Augen auf den Inquisitor. »Und gibt es etwas von unserem Mörder? Ich habe gehört, du verbringst viel Zeit in unserer neuen Bibliothek!?«

Pashtak seufzte laut auf und erhob sich von seinem Stuhl. Er realisierte sehr wohl, dass die Witwe Boktors plötzlich stocksteif und sehr viel aufmerksamer an ihrem Platz saß als zuvor. Ihre bernsteinfarbenen Augen streiften seine gedrungene Gestalt. »Wenn mich meine Ohren nicht im Stich gelassen haben, hat sich in den letzten Monaten niemand aus den Städten darüber beschwert, dass es unnatürliche Tode gäbe, die auf uns zurückgingen. Die Nackthäute«, ein paar Kreaturen schmunzelten, sofern es ihnen möglich war, »bringen sich im Augenblick gegenseitig um.«

»Wenn es in der Verbotenen ... in Ammtára ruhig bleibt, hat sich das Einsetzen eines Inquisitors ja schon bezahlt gemacht«, freute sich Leconuc.

Pashtak knurrte. »Ein momentaner Erfolg, mehr nicht, fürchte ich.«

»Weshalb so pessimistisch?« Lakastre stützte die Ellbogen auf die Tischplatte und legte ihr Kinn auf die gefalteten Hände.

Der Inquisitor zögerte, offen zu sprechen. Noch immer zählte er die schöne Witwe des einstigen Vorsitzenden der Versammlung zu den Verdächtigen. »Meine bisherigen Nachforschungen lassen diesen Schluss zu.«

»Du machst immer ein so großes Geheimnis aus deinen Ermittlungen«, sagte Kìgass.

Pashtaks Augen wurden schmal. »Das liegt nur daran, dass niemand in diesem Gremium eine Neuigkeit für sich behalten kann. Daher arbeite ich weiter wie bisher und präsentiere euch allen hoffentlich bald den Mörder.« Scheinbar zufällig blickte er dabei zu Lakastre. »Hinweise habe ich schon, aber Näheres zu sagen wäre unklug.«

»Meinetwegen«, gab Leconuc sichtlich unzufrieden auf. »Wir tagen wie gewohnt nächste Woche. Es wird Zeit, dass wir die Winterplanung in Angriff nehmen, damit keiner zu hungern braucht.«

Die Mitglieder des Gremiums erhoben sich nacheinander und verließen den Raum, bis nur noch Lakastre und der Inquisitor übrig waren.

Schließlich stand sie auf und trat zu ihm.

»Du verdächtigst mich, nicht wahr?«

Pashtak fühlte sich unwohl in seiner Haut, die Nackenhaare stellten sich ein wenig auf. »Ich verdächtige viele in der Stadt. Es gibt genügend von uns, die Grund haben, die Nackthäute zu töten, entweder um sich zu rächen oder weil sie einfach ihr Fleisch zu lecker finden, als dass sie darauf verzichten wollten.« Er sortierte seine Unterlagen und begab sich in Richtung des Ausgangs. »Aber wenn es dich beruhigt, du stehst nicht oben auf meiner Liste«, log er. »Die Nymnis sind meine Favoriten.«

»Da bin ich aber beruhigt«, meinte sie wenig erfreut. »Doch was ist, wenn dein Verdacht sich nicht bestätigt und es doch jemand anders sein sollte?« Sie stellte sich ihm in den Weg, betrachtete ihn von oben. »Jemand, der viel schlauer ist als die Nymnis? Jemand, der weiß, wie sehr du dich um deine Familie und deine Frau sorgst? Jemand, der dieses Wissen ausnutzen würde, um dich zum Schweigen zu bringen?« Das durchsichtige, warme Braun um ihre Pupillen flackerte, und für einen Lidschlag sah er das grelle Gelb durchschimmern, das er von ihrem ersten Zusammentreffen her kannte. Ihr Körpergeruch erinnerte ihn nach langer Zeit plötzlich wieder an Aas.

Der Inquisitor fühlte sich bedroht, und ein dumpfes, warnendes Grollen stieg aus einer Kehle, das die Frau instinktiv richtig einordnete. Sie tat einen Schritt nach hinten, um keine heftigeren Reaktionen zu provozieren.

»Wenn das der Fall wäre, würde ich der Versammlung den stinkenden Kadaver des Mörders zeigen«, knurrte Pashtak. »Der Übeltäter sollte innehalten, solange ich ihm noch nicht auf die Schliche gekommen bin. Oder, lieber noch, die Gelegenheit nutzen und sich aus dem Staub machen, wenn er sich nicht mehr sicher fühlt. Das ist mein Ratschlag.« Er ging an ihr vorbei. Seine Sinne sagten ihm, dass Lakastre ihn mit ihren Blicken verfolgte, aber er drehte sich demonstrativ nicht um.

Der dunkle Himmel kündigte einen drohenden Regenguss an, und so beschleunigte er seine Schritte. Er hatte noch eine Verabredung mit einem Toten, die er unbedingt wahrnehmen wollte, bevor das Wasser aus den Wolken seinen schädlichen Einfluss auf den Leichnam ausdehnen konnte.

Zu Hause hielt er sich nicht lange auf, sondern kramte lediglich einen Spaten aus dem Abstellraum und suchte dann über Umwege die Begräbnisstätte des Mannes auf, den er unbedingt untersuchen wollte. Dass die Dämmerung und die Wolken zunahmen und die Umgebung verdunkelten, störte ihn nicht. Er sah immer noch genug.

Grübelnd machte er sich an die Arbeit und trug Schippe für Schippe den Sand vom vorletzten Opfer des Mörders ab.

Anhand des »Sterbekalenders«, den er sich angefertigt hatte, hatte er etwas Merkwürdiges herausgefunden. Nach der Überprüfung aller Todestage hatte er entdeckt, dass von den einhundertdreiunddreißig Opfern immerhin neunzig zu solchen Zeiten verschwanden oder starben, die sich einem kultischen Fest zu Ehren der Zweiten Götter zuordnen ließen. Damit wäre es durchaus möglich, dass jemand den Geschöpfen Tzulans Menschenleben anbot, um sie gnädig zu stimmen. Blieben aber weiterhin dreiundvierzig Nackthäute, deren Ableben oder Verschwinden mit keinem bestimmten Tag übereinstimmte. Und das fand er seltsam.

Die Schaufel stieß auf Widerstand, knackend zerbrach der Schädel unter der Wucht, mit der Pashtak das Blatt seines Grabwerkzeugs führte. Vorsichtig legte er die Reste des Toten frei und überprüfte die verwesenden Leichenteile, ohne dabei mit der Wimper zu zucken.

Dem Unglücklichen hatte der Unbekannte die Kehle mit einem scharfen Messer durchtrennt und ihn verbluten lassen. Ansonsten fehlte jede Spur von Gewalteinwirkung.

Mittlerweile konnte er zwei Arten von Opfern unterscheiden.

Einer Minderheit derjenigen, deren Verwesungsstadium noch nicht zu weit fortgeschritten war, hatte man einfach nur die Kehle durchgeschnitten. Den anderen fehlten große Teile des Fleisches. Anhand der Wunden schätzte Pashtak, dass die Brocken ebenfalls mit einer glatten Schneide vom Knochen gelöst worden waren. Und es existierten Fälle, bei denen der Hals nach dem gleichen Muster durchschnitten worden war, aber auch Fleisch in größerem Ausmaß fehlte.

Der Inquisitor kam immer mehr zu dem Urteil, dass es sich womöglich um zwei unterschiedliche Verbrecher handeln könnte. Dann aber stellte sich die schwierige Frage, ob sie zusammenarbeiteten oder ob der eine den anderen bei seinem Tun beobachtete, um sich nachträglich Fleisch zu nehmen.

Erste Tropfen klatschten auf Pashtak herab, die Vorboten eines starken Regengusses, der kurz darauf einsetzte. Einigermaßen ordentlich legte der Inquisitor die Leichenteile wieder an die richtigen Stellen und sprang aus dem Loch.

Die Feuchtigkeit wusch, während er die Grube zuschaufelte, den Dreck und den Geruch des Todes von ihm, der sich in seiner Nase festgesetzt hatte und nur allmählich wich. Er bedauerte außerordentlich, dass es ihm bislang nicht vergönnt gewesen war, an den Tatorten neue Erkenntnisse zu finden, dafür lagen die Verbrechen alle schon zu weit zurück. Ihm wäre es sicher möglich gewesen, die Witterung des Mörders aufzunehmen, denn auf seinen im wahrsten Sinne des Wortes richtigen Riecher konnte er sich verlassen.

Als er seine Arbeit beendet hatte, schulterte er das Grabwerkzeug und schlenderte durch den Regen. Die Tropfen perlten von seinem Fell ab, sodass er nicht wirklich nass wurde. Aber da er das anklagende Gesicht von Shui bereits vor sich sah, die sich über den Geruch der Leiche mokieren würde, nahm er sich die Zeit und schrubbte sich im Platzregen gehörig ab.

Einer plötzlichen Eingebung folgend, lenkte er seine Schritte in Richtung des imposanten Mausoleums, in dem alle bedeutenden Einwohner der Stadt bestattet wurden, angefangen bei den Versammlungsmitgliedern bis hin zu den Tzulani-Priestern. Wenn einer der Mörder einfach nur Fleisch wollte, konnte er es sich auch auf einfachere Art und Weise besorgen als durch einen Mord.

Angst verspürte der Inquisitor nicht, als er die marmorne Halle betrat, in deren Wände die Grabkammern eingelassen waren. Er hatte so viele Tote gesehen, dass sie ihm nichts mehr ausmachten. Und vor was sollte er sich auch fürchten? Er war doch selbst ein Ungeheuer.

Zudem ging von den Toten keinerlei Gefahr mehr aus, einmal abgesehen vom Ungeziefer, das in den sich zersetzenden Körpern lebte und sich wehrte, wenn er zu tief in den Leibern bohrte. Ein Biss in Verbindung mit Leichengift könnte gefährlich werden.

Mit einem Ruck zog er die Deckplatte von Boktors Grabkammer, die sich direkt neben dessen Bruder Boktar befand, und zerrte die Bahre mit dem Leichnam heraus.

Sein Verdacht bestätigte sich. Der Unbekannte hatte dem ehemaligen Vorsitzenden der Versammlung der Wahren sorgsam das Fleisch von den Knochen geschält, der Schnitt durch die Kehle fehlte jedoch.

Eine Überprüfung der anderen Leichname ergab, dass etliche von ihnen, deren Tod nicht allzu lange zurücklag, eine ähnliche Behandlung erfahren hatten wie Boktor.

Pashtak war nun überzeugt, dass auch die wenigen Toten, die in Ammtára ihr Leben auf natürliche Weise verloren hatten, ihr Fleisch nachträglich einbüßten.

Doch er wollte sichergehen. Als er die blanken Knochen von älteren Skeletten anschaute und sie sorgsam betastete, spürte er hin und wieder Scharten in den Gebeinen.

Demnach musste er nach jemandem suchen, der sich schon seit längerer Zeit von Menschenfleisch ernährte. Pashtak war bereit, darauf zu wetten, dass er solche Kerben in allen Knochenresten seit 444 finden würde. Als er den Deckel der Grabkammer mit einem Ruck in die Öffnung drückte, bemerkte er einen dünnen Streifen beigen Stoffs, den er nach kurzer Begutachtung an sich nahm.

Die Vermutung, dass zumindest Lakastre einen gewissen Anteil an den Geschehnissen hatte, wurde für den Inquisitor immer mehr zur Gewissheit. Dennoch fehlten ihm die Beweise.

Gleich morgen wollte er sich in die Bibliothek aufmachen, um nachzuschlagen, ob es ähnliche Vorfälle schon einmal gegeben hatte. Und um den nächsten Zeitpunkt eines möglichen Mordes herauszufinden. Einer der Zweiten Götter würde bald wieder bereit zur Anbetung sein, schätzte er.

Aber wie sollte er den Mord, von dem er sich sicher war, dass er geschah, verhindern? Sollte er alle Nackthäute warnen? Welchen Eindruck würde das machen?

Wir wollen in Frieden mit euch leben, doch wir haben da eine Bande von Wahnsinnigen in Ammtára sitzen, die euch lieber opfern, als mit euch zu handeln. Stört euch aber nicht weiter daran. Ohne Helfer würde es eine nicht lösbare Aufgabe werden, sollte der Zufall ihm nicht zu Hilfe kommen.

Und im Augenblick wusste er nicht, welche von den beiden verdächtigen Gruppen zuerst losschlagen würde, Lakastre oder die anderen. Noch hatte er nicht herausgefunden, nach welchem Muster die Witwe Boktors mordete und in welchem Ausmaß sie Menschenfleisch benötigte. Es wurde Zeit, dass er sich einen Gehilfen zulegte.

Pashtak verließ das Mausoleum. Er watete durch die Pfützen und wusch sich erneut im Regen den Geruch der Toten aus dem Pelz.

Großreich Tarpol, Hauptreich Tarpol,
Provinz Ulsar, Spätherbst 458 n. S.

Erschöpft lehnte sich Lodrik auf seinem Stuhl zurück und rieb sich die Augen. Wieder hatte er zu lange über seinen Papieren gesessen. Ein wenig Bewegung würde ihm gut tun.

Langsam stand er auf, streckte sich und gähnte herzhaft, während er nach draußen in die weitläufigen Gartenanlagen schaute. Die trüben Wolken verschonten die Hauptstadt derzeit von Wasser.

Der Kabcar warf sich den Uniformrock über, den er achtlos mitten im Raum auf den Boden hatte fallen lassen, schnallte den Säbel um, steckte die beiden Pistolen in den Gürtel und trat hinaus in den Schein der aufgehenden Sonnen.

Leibwächter benötigte er innerhalb des Palastes nicht mehr, er verließ sich voll und ganz auf die intuitive Anwendung seiner magischen Fertigkeiten. Und die waren besser als alle Soldaten zusammen. Nur noch bei Massenveranstaltungen griff er auf die Bewaffneten zurück, die dazu dienten, die Menschen auf Abstand zu halten, damit er sich nicht zu sehr bedrängt fühlte. Doch innerhalb der Mauern genoss er seine Freiheit.

Die ganze Nacht hatte er über der neuen Herrschaftsform gebrütet, die er schon bald einzuführen gedachte.

Und er war ehrlich gespannt, wie die Menschen seines Großreiches darauf reagieren würden. Missbräuche der Freiheit durch die Mächtigen und Reichen würde er mit Hilfe seiner Truppen unterbinden. Nichts und niemand sollte seinen Untertanen, die er zu freien Staatsbürgern machen wollte, im Weg stehen. Die Erfahrungen, die er mit Königen und Herrschern hatte machen müssen, bestätigten ihn in seinem Entschluss. Im Grunde tat er das, worüber Norina mit ihm vor vielen, vielen Jahren auf dem Weg zum Gut ihres Vaters gesprochen hatte. Kein einzelner Mensch durfte so viel Macht besitzen.

Etwas angeschlagen von der Müdigkeit, spazierte er zwischen den Baumreihen entlang. Laub fiel von den Zweigen, die Natur bereitete sich auf den kommenden Winter vor.

Das Sterben vor dem Neubeginn, überlegte er und blieb stehen. *Wie alle anderen Reiche sterben müssen, bevor ich etwas Besseres, Gerechteres daraus gestalten kann. Schon bald wird es wahr werden.*

Seine Truppen hatten nach dem Fall von Windtrutz das gesamte Ilfaris erobert und umklammerten das verbliebene Kensustria von allen Seiten. Die Kämpfe würden verlustreich werden, aber am Ende bliebe den Grünhaaren nichts anderes übrig als die Kapitulation. Und dann würde auch dort Gerechtigkeit herrschen, und es gäbe keine Kasten mehr.

Lodrik beabsichtigte, die Kensustrianer zu diesem Zweck auf dem gesamten Kontinent verteilen zu lassen und sie mit der übrigen Bevölkerung zu vermischen. Das würde seiner Ansicht nach die letzten Kastenschranken spätestens nach zwei Generationen aufheben.

Für die Haltung der Aufständischen in der Provinz Karet und die Querulanten auf Rogogard brachte er jedoch kaum Verständnis auf. Sie mussten überzeugt werden, daran führte kein Weg vorbei.

Oder aber die Jahre würden ihnen beweisen, dass er niemals die Dunkle Zeit zu bringen gedachte. Oft musste er über diese Prophezeiung lachen. Doch es war ein bitteres Lachen, denn die Weissagung hatte viel Blut in der Erde Ulldarts versickern lassen. Doch das würde nie wieder geschehen, sobald er seine Visionen umgesetzt hätte. Wenn es jemand schaffte, allen Menschen den währenden Frieden zu bringen, dann war er es.

Plötzlich blieb er stehen. Der Kabcar glaubte, ein leises Weinen gehört zu haben. Vorsichtig ging er weiter, darauf bedacht, seine Schuhsohlen leise aufzusetzen.

Am kleinen Teich saß eine Frauengestalt in einfacher Bedienstetenkleidung, den Oberkörper nach vorn gebeugt, das Gesicht in den Händen vergraben; ihre Schultern bebten unter der Macht der Gefühle. Fasziniert beobachtete Lodrik, wie eine glitzernde Träne von der Hand perlte und auf die Oberfläche des Gewässers traf. So klein der Tropfen war, er schlug Wellen; kreisförmig breiteten sich die schwachen Schwingungen aus, ehe sie sich totliefen. Der Herrscher spürte Mitleid.

»Was kann ich für dich tun?«, fragte er sanft.

Erschrocken fuhr die Frau herum, und Lodrik erkannte zu seinem eigenen Erstaunen Dorja Balasy, die Mutter seines einstigen Rennreiters. »Verzeiht mir, hoheitlicher Kabcar, dass ich mich …«

Beschwichtigend hob der Mann die Linke. »Es ist schon gut.« Er ahnte, weshalb sie sich in ihrer Trauer hierher geflüchtet hatte. Schweigend setzte er sich neben die Frau, die knapp vier Jahre älter war als er, und schaute auf das mit Seerosen bewachsene schwarze Wasser.

»Man erzählt sich, dass Euer einstiger Rittmeister ein Räuber geworden sei«, schluchzte sie leise. »Die Leute sagen, der Großmeister der Hohen Schwerter habe ihn bei einem Überfall getötet.« Ihre von den Tränen geröteten Augen schauten ihn beinahe flehend von der Seite an. »Sagt, hoheitlicher Kabcar, ist es wahr?«

Lodrik musste schlucken. »So wurde es mir berichtet. Ein Bote der Ordenskrieger hat meine Tochter, die dein Sohn zusammen mit der Bande überfallen hat, nach Ulsar begleitet und ausführlichen Bericht erstattet.« Seine Wangenmuskulatur arbeitete. »Er starb durch die aldoreelische Klinge des Großmeisters. Es war ein schneller, gnädiger Tod, der ihm am Strick nicht vergönnt gewesen wäre.«

Die Magd stöhnte auf und weinte bitterlich.

»Es hätte viel aus ihm werden können«, sagte der Kabcar nach einer Weile. »Aber er war ein Gesetzloser. Ein Dieb, ein Räuber.«

»Er hat den Armen immer einen Anteil zukommen lassen«, schniefte Dorja. »Hoheitlicher Kabcar, es ist kein Unrecht, diejenigen zu bestehlen, die sich einen Dreck um ihre Schutzbefohlenen kümmern. Und er hat niemals jemanden getötet.« Erneut trat ein Strom Tränen aus ihren Augenwinkeln. »Es war nicht rechtens.«

Lodrik atmete schwer ein und legte zögernd eine Hand um die Schulter der Magd, die ihre Anstellung am Hof wieder angenommen hatte. »Ich wollte nicht, dass es so kommt. Seine Zukunft wäre wunderbar gewesen, wenn er diese unseligen Diebstähle nicht begangen hätte.« *Wenn er seine unselige Halbschwester nicht getroffen hätte.* »Aber ich konnte nicht anders, vor all den Leuten.«

Weinend warf sie sich an Lodriks Brust, alle Standesunterschiede vergessend.

Mit einem tiefen Seufzer schloss er sie in die Arme

und vergrub sein Gesicht in ihren Haaren. Gemeinsam teilten sie den Schmerz.

»Was war denn das für eine rührende Szene vorhin?«, begrüßte ihn Aljascha, als er ins Arbeitszimmer zurückkehrte. Sie stand an seinem Schreibtisch und hielt einige seiner Aufzeichnungen, die sie sich wohl durchgesehen hatte, in ihren schlanken Händen. Wie immer saß ihr Kleid tadellos an ihrem makellosen Körper. »Der Kabcar und eine einfache Magd, umschlungen, verträumt am Teich?« Die grünen Augen blitzten höhnisch auf. »Nein, wie verbunden der Herrscher doch mit dem gemeinen Volk ist.«

»Nicht jetzt. Tu mir den Gefallen und schweig«, sagte Lodrik kalt, streifte den Uniformrock ab und ging zum Schrank, um sich einen Schnaps einzugießen. »Leg meine Papiere wieder hin. Du verstehst den Inhalt sowieso nicht.«

»Säufst du schon wieder oder immer noch?« Sie ignorierte die Anweisung ihres Gemahls. »Wenn ich mir deine Ideen so ansehe, komme ich zu dem Schluss, dass du ständig betrunken bist.« Sie hielt ihm die Papiere hin. »Wie kommst du nur auf diesen Unsinn, Lodrik? Über was sollen meine Kinder später einmal regieren? Jetzt gehört uns bald der gesamte Kontinent, und du willst ihnen nichts hinterlassen außer ein paar Häusern und Burgen. Keine Macht, nichts.« Der Kabcar stürzte inzwischen das zweite Glas hinunter. »Ich habe mir das alles lange genug angesehen, und ich muss sagen, ich werde deinen Plänen nicht zustimmen.«

Hart knallte Lodrik das Glas auf den Tisch. »Schweig, Aljascha.« Sein Blick wurde starr.

Sie hob den Kopf leicht an und legte jenen arroganten Ausdruck auf ihr hübsches Antlitz, der alle Verachtung gegenüber ihrem Mann zum Ausdruck brachte.

»Ich bin die Kabcara, Lodrik. Du wirst dir anhören, was ich zu sagen habe. Wenn du tatsächlich dieses wirre Vorhaben in die Tat umsetzen willst, schere ich mit meiner Großbaronie aus. Lieber herrsche ich über ein kleines Territorium als über gar nichts.«

»Das geht nicht.« Lodrik zügelte sich, um sie nicht anzuschreien. »Alle Länder müssen mitmachen, damit das Vorhaben gelingt. Die Gleichbehandlung ist wichtig.«

»Es wird niemals gelingen«, sagte sie ihm mit einem silberhellen Lachen ins Gesicht und schleuderte die Blätter in die Luft. »Da, sieh doch! Alles nur Traumgespinste, die lediglich in deiner Phantasie existieren. Deine geliebten Untertanen werden sich einen Dreck um deine Anweisungen scheren.« Ein Luftzug erfasste die Schriftstücke und wirbelte sie im Raum umher. Mit beiden Händen griff die Kabcara nach dem hohen Stapel und warf ihn mit Schwung gegen die Decke. »Es regnet Unsinn, Lodrik. Du wirst scheitern, und unseren Kindern wird nichts bleiben.«

Lodriks blaue Augen leuchteten auf. »Weißt du, was ich nicht fassen kann? Dass ich dich einmal wirklich geliebt habe.« Langsam setzte er sich in Bewegung und stellte sich vor sie, ihr Antlitz betrachtend. Als Aljascha den Alkoholdunst roch, wandte sie ihr Gesicht angewidert ab. Der Herrscher schnaubte enttäuscht. »Aber du hast mich niemals ins Herz geschlossen. Ein dummer Junge, dessen Macht du anziehend fandest. Deshalb lagst du mit mir all die Jahre im Bett.« Er packte ihr Kinn und zwang sie, ihn anzublicken. Ihr Abscheu konnte offensichtlicher nicht sein. »Weißt du, dass du nichts Besseres bist als eine Hure? Nur ist deine Bezahlung höher.«

Der Schlag seiner Gemahlin erfolgte ansatzlos, und die Wucht ließ seinen Kopf zur Seite schnappen.

Lodrik ließ ihr Kinn los und überlegte kurz. Blaue

Blitze glitten an seinen Knöcheln entlang und konzentrierten sich an seinem Siegelring. Dann schlug er mit der geballten Faust zurück. Ihre roten Locken wirbelten durcheinander. Fast ohnmächtig brach die Kabcara zusammen und fiel auf den Boden.

»Ich lasse mich nicht länger von dir täuschen, Aljascha. Von mir aus soll es wieder so sein wie früher. Geh, läufige Hündin, und amüsiere dich mit allen Männern, die du findest. Ich werde dir jede Zärtlichkeit ersparen. Dieser Schlag war die letzte Berührung, die du von mir erhalten hast. Der Lohn für deine Falschheit.« Ohne Bedauern stieg Lodrik über sie hinweg und begann, die zerstreuten Papiere einzusammeln. Er hatte sie nicht nummeriert, also musste er sie aus dem Zusammenhang der Worte neu sortieren. Eine Arbeit, die Tage in Anspruch nehmen würde.

Aljascha erhob sich stöhnend und tastete nach ihrem Mundwinkel. »Blut!«, schrie sie auf. »Du hast mich geschlagen, dass ich blute!« Sie rannte zum nächsten Spiegel, und ein beinahe animalischer Laut des Leidens entfuhr ihr. Über ihren linken Unterkiefer lief ein roter Riss, den der Ring des Kabcar hinterlassen hatte.

In einem Anfall blinder Wut packte sie die Flasche mit dem Schnaps und warf sie auf den Boden. Das Glas zersplitterte, der hochprozentige Alkohol verteilte sich über die Notizen und verwischte die Tinte. Mit einer triumphalen Geste schleuderte sie eine brennende Kerze hinterher, bevor sie lachend den Raum verließ.

Augenblicklich schossen die Flammen in die Höhe. Verzweifelt versuchte der Kabcar zunächst, das Feuer auszutreten, dann schlug er mit dem Uniformrock auf die Brandherde ein. Bald eilten Diener herbei, um ihrem Herrn zu helfen und zu verhindern, dass das Zimmer lichterloh brannte.

Verzweifelt kroch Lodrik am Boden umher, raffte die

größtenteils vernichteten Schriftstücke zusammen und schüttelte nur fassungslos den Kopf. Die Arbeit von Monaten, von Jahren – einfach in Rauch aufgegangen. Wie ein Kleinkind hockte er inmitten des Durcheinanders, die Finger und die Kleidung schwarz vom Ruß. Letzte Aschereste schwebten durch die Luft und ließen sich auf den Möbeln nieder.

Er stemmte sich in die Höhe und rannte hinaus in den Garten. Seit langer, langer Zeit war er im Begriff, die Beherrschung zu verlieren. Die angestaute Wut, der Zorn auf seine Gemahlin entlud sich in einer Furcht erregenden Entladung von Magie, die in allen Farben des Spektrums schillerte.

Seine durchgedrückten Arme wiesen auf den Boden, gleißende Energieströme jagten aus seinen Händen und brannten ein Loch in die Erde. Ein orangefarbener Kreis aus Magie wurde um den Herrscher herum sichtbar, das pulsierende Leuchten nahm an Intensität mehr und mehr zu und lud sich auf.

»Aljascha!«, gab er seiner Abscheu in einem heiseren, lang gezogenen Schrei einen Namen. In einem Funkenregen stob die blendende Magie auseinander.

In der Hauptstadt des tarpolischen Großreiches erzitterte die Erde.

Alle Einwohner von Ulsar spürten die anhaltende Erschütterung, die Teller und Besteck in den Regalen und Schubladen zum Klappern und Tanzen brachten. Erst nach geraumer Zeit beruhigte sich das Erdreich wieder, und das Beben verebbte.

Lodrik schloss die Augen und sammelte sich. Nun, nachdem er seinen Fähigkeiten erlaubt hatte, mit aller Macht zu wirken, fühlte er sich unendlich gefasst und tief befriedigt. Aber die maßlose Enttäuschung über seine Gattin war nicht weniger geworden.

Die Dienerschaft suchte nach ihm, um sich nach seinem Befinden zu erkundigen.

»Lasst es gut sein«, beruhigte er die Livrierten und kehrte in sein Arbeitszimmer zurück. »Mir ist nichts geschehen.«

Zwei kensustrianische Abgesandte, die zur Kaste der Gelehrten gehörten, sprachen beim Kabcar vor. Sie erbaten für ihr Volk eine Frist von zwei Jahren, damit sich die Kensustrianer von Ulldart zurückziehen konnten. Sie wollten nicht länger auf dem Kontinent bleiben.

Lodrik lehnte ab. Er wollte das Land erobern. Selbst der Hinweis, dass das Heimatland der Kensustrianer von der Lage in Kenntnis gesetzt worden sei, beeindruckte ihn nicht. Er ließ die Gesandten hinauswerfen.

Nesreca gesellte sich zu ihm, und auch seine Gemahlin kehrte zurück. Um einen Haarreif hatte sie ein schleierähnliches Tuch drapiert, das ihr verletztes Antlitz verbarg.

Ein heißes Pieken im Magen sorgte dafür, dass der Kabcar auf seinem Stuhl kurz zusammenzuckte. Er musste etwas gegessen haben, was ihm nicht bekam. »Was machen meine Kinder?«

»Oh, Govan ist in Sachen Magie praktisch unschlagbar geworden. Ich finde es schade, dass Ihr Euer Potenzial so lange verheimlicht habt«, meinte sein Konsultant. »Ein solches Erdbeben erfordert gewaltige Mengen an Magie.« Er schaute zur Kabcara, deren Gesichtsausdruck er hinter dem weißen Gazestoff jedoch nicht erkennen konnte. Ihre Körperhaltung erschien ihm ein wenig verkrampft. »Zvatochna hat ein Talent, das wir beide zufällig entdeckten.«

»Ach?« Der Kabcar nahm einen Schluck Tee, um seinen Verdauungsapparat zu beruhigen. Augenblicklich rann scheinbar flüssiges Feuer durch seine Gedärme. Ein erster Verdacht kam in ihm auf, der ungeheuerlicher nicht sein konnte und den er ganz zu Beginn seines Herrscherdaseins schon einmal gegen seine Gemahlin gehegt hatte.

Der Mann mit den silbernen Haaren zauberte ein Lächeln auf seine Lippen. »Ich glaube, wir haben einen Ersatz für Varèsz gefunden.«

»Dann stellt mir den Mann vor, Vetter.« Lodrik senkte die halb volle Tasse und stellte sie ab. Im Tee selbst schmeckte er nichts Außergewöhnliches. Er konzentrierte sich auf seine geschärften Sinne und glaubte, einen schwachen Geruch von Angst wahrzunehmen, der von seiner Gemahlin ausging.

»Kein Mann, Hoher Herr. Es ist Eure Tochter. Ich dachte es mir beinahe schon, denn ihre rasche Auffassungsgabe ist offensichtlich. Vor zwei Tagen brachte ich ihr das Schachspiel bei, und vorhin hat sie mich bereits geschlagen.« Nesreca legte die Finger zusammen. »Ich habe ihr gesagt, dass sie sich doch einmal die Bücher über Taktik und Feldstrategie durchlesen solle. Doch leider scheint das Gebiet sie nicht zu interessieren. Ihre Mutter steuert dagegen.«

»Ist das so, Aljascha?«, wollte der Herrscher wissen und legte eine Hand auf den Bauch, als könnte er das Brennen damit lindern.

»Zvatochna soll sich ihr schönes Gesicht nicht zerstören, was im Laufe einer Schlacht sehr schnell geschehen kann«, antwortete sie eisig und schlug den Schleier zurück. Die Narbe an ihrem linken Unterkiefer leuchtete schwach rötlich. »Da, seht, was ein einziger Schlag mit einem Ring verursachen kann.« Ihr Körper bebte. »Meine Schönheit ist dahin, Lodrik. Nicht nur, dass meine Tochter mir den Rang bereits abläuft. Mein eigener Gatte richtet mich wie eine Dirne aus der Gosse zu.«

»Dann geh zu Jamosar und lass die Wunde behandeln, solange sie noch heilbar ist«, empfahl er ihr. Wieder zuckte er zusammen, als er einen Stich in seinem

Innern verspürte. Ein leichtes Schwindelgefühl erfasste ihn. Sein Konsultant sah ihn besorgt an.

Die Kabcara sprang auf und warf den Hut zu Boden. »Ich war bereits beim Cerêler«, schrie sie ihn hasserfüllt an. »Er kann nichts tun, weil du irgendetwas mit deiner verdammten Magie angestellt hast.« Sie brachte ihr Gesicht ganz dicht vor seine Augen. »Sie wird bleiben, du Narr. Du hast mich entstellt. Auf ewig.«

Lodrik musste lachen. »Wenn Waljakov noch leben würde, wäre er zutiefst befriedigt. So bekamst du nach Jahren Gleiches mit Gleichem vergolten.« Die nächste Schmerzwelle rollte heran; keuchend krümmte er sich zusammen und fiel vom Stuhl.

»Noch etwas Tee, mein Gemahl?«, sagte sie gehässig von oben herab und schüttete den letzten Rest ins Gesicht des Liegenden. »Er wurde nur für dich zubereitet. Ich hatte es satt zu warten, bis einem Fanatiker endlich das gelingt, worauf ich seit dem ersten Tag unserer Hochzeit warte. Diese Narbe war zu viel.«

Das heiße Getränke lief dem Herrscher in Augen und Nase, wo es sofort zu brennen begann. »Was ist das?«, presste er mühsam hervor. »Elende Giftmischerin! Ich …«

»Du wunderst dich, weshalb deine Magie dir nicht hilft, ist es nicht so?«, triumphierte sie. »Die Antwort ist ganz einfach: Ich habe dich mit Magie vergiftet.«

Nesreca, der außerhalb des Gesichtsfelds des Kabcar saß, wagte ein anerkennendes Nicken.

»Dein Hofcerêler hat mir schon manche Gefälligkeit erwiesen. Und er hat für mich einen tödlichen Stoff ein wenig mit Kräften behandeln lassen, ähnlich wie Heilsteine entstehen. Da deine Magie nichts Gutes tun kann, dachte ich mir, dass etwas Gift mit einem Schuss grüner Magie bestimmt tödlich wirkt.« Aljascha betrachtete ihn. »Und nun schaue ich dir beim Sterben zu.« Sie spuckte ihm ins Gesicht. »Du wirst dein viertes Kind nicht mehr sehen, das schwöre ich dir. Der Thron gehört mir.«

Der Konsultant trug einen schweren inneren Kampf aus. Stand er dem Kabcar nicht zur Seite, könnte ihm das später, sollte Lodrik überleben, zum Nachteil gereichen. Handelte er aber und der Herrscher starb trotzdem, wäre Aljaschas Vertrauen dahin.

Er setzte eine Verschwörermiene auf, blinzelte der Kabcara zu und sagte laut: »Ich hole Hilfe, Hoher Herr. Haltet durch!« Mit Zeichen machte er der rothaarigen Frau deutlich, dass er es nicht wirklich beabsichtigte, und lief hinaus.

Sie hat Recht, dachte Lodrik dämmrig. *Ich kann nichts Gutes mit meiner Magie bewirken. Es wäre mir nie aufgefallen, hätte sie es nicht ausgesprochen.* Er riss sich zusammen und stemmte sich auf die Beine. *Aber heilen kann ich mich selbst.*

Als er seine Fertigkeiten konzentrierte, schienen Feuer und Wasser in seinen Innereien aufeinander zu treffen. Er fürchtete, dass seine Bauchdecke barst und sich die Gedärme auf dem Boden verteilten. Aber nichts dergleichen geschah. Nur seine Körpertemperatur stieg, und Schweiß brach aus.

»Stirb endlich«, kreischte Aljascha. »Du wirst nicht weiterleben. Endlich bin ich an der Reihe. Der Kontinent gehört mir. Und ich regiere ihn, wie es mir gefällt.« Sie nahm ein Stilett hervor und rammte es ihrem Gatten in die Seite. Lodrik stöhnte auf. »Ha! Deine Magie versagt.« Noch zwei Mal stieß sie zu, Blut troff zu Boden.

Mit ungeheurer Willenskraft sammelte er alles an Magie, was er in sich trug. Als seine Gattin wie eine Furie nach seiner Kehle zielte, prallte die Waffe gegen einen unsichtbaren Schild.

»Nein!«, rief sie entsetzt. »So mächtig bist du nicht.«

Sie wich zurück, das Stilett klirrte auf den Marmor. »So mächtig darfst du nicht sein!«

»Doch«, sagte er schwach und richtete sich auf. »Du hast mich schon immer unterschätzt. Heute aber ein letztes Mal.« Die Wunden schlossen sich, das Brennen in seinen Innereien erstarb.

Lodrik fühlte sich ermattet, ausgelaugt und miserabel. Doch der Tod hatte ihn nicht bekommen. Zitternd nahm er eine Pistole aus dem Gürtel und richtete sie gegen sie.

Die Tür flog auf, und sein Konsultant stürmte zusammen mit Dienern in den Raum. Mit einem Blick erfasste er die Situation. »Nehmt die Wahnsinnige fest. Sie hat versucht, den hoheitlichen Kabcar umzubringen.«

Die Livrierten zögerten nicht, sondern ergriffen die Herrscherin, die sich wehrlos ihrem Schicksal ergab.

Der Arm des Herrschers senkte sich nicht, der Zeigefinger ruckte nach hinten und berührte den Abzug.

Ihre roten Locken wirbelten durcheinander, als das Blei durch sie hindurchfuhr und ihr ein paar Strähnen ausriss. Die Kugel verfehlte Aljaschas Gesicht um die Breite eines Nagels.

»Ich verdamme dich«, sagte Lodrik dumpf. »Kraft meines Amtes als Kabcar verdamme ich dich aus Ulsar.« Die rauchende Mündung senkte sich langsam. »Du hättest den Tod verdient, Aljascha Radka Bardri¢. Meine Ärzte werden dich untersuchen, ob du tatsächlich schwanger bist. Stimmt das, verdankst du dem Kind dein Leben. Andernfalls stirbst du. Du wirst morgen in aller Frühe aus der Hauptstadt gebracht, ohne Aufsehen, ohne Geld, ohne Dienerschaft. Ich werde der Eskorte einen Brief für den Gouverneur in Granburg mitgeben. Er wird angewiesen, dich in der Stadt in einem bescheidenen Haus unter Bewachung festzusetzen.« Auch wenn seine Knie wackelten und nachzugeben drohten, er blieb stehen. Die abgefeuerte Waffe warf er auf den Tisch. »Du erhältst alle Hilfe, die du brauchst. Dir wird ein monatlicher Haushalt von fünfhundert Waslec und eine Dienerin zugebilligt, mehr nicht. Du hast Hausarrest, solange du lebst.« Gleichgültig schaute er in ihre hellgrünen Augen. »Alle deine Rechte sind hiermit verloren, du bist weder Kabcara noch Vasruca der Großbaronie Kostromo. Das Kind erhält keinerlei Ansprüche auf den Thron. Und du wirst meine Kinder nie mehr wieder sehen. Solltest du jemals einen Fuß außerhalb deines Hauses setzen, werden die Wachen dich hinrichten.«

»Du solltest mich besser gleich töten«, zischte sie und warf sich nach vorne. Doch die Diener hielten sie fest. »Ich werde mir etwas ausdenken, Gemahl, das dich zu Fall bringt. Wenn ich den Thron nicht haben kann, sollst du ihn auch nicht erhalten.«

»Unter diesen Umständen untersage ich dir zusätzlich jeglichen Besuch. Deine Dienerin wird stumm und taub sein, weder lesen noch schreiben können, damit sie für deine Intrigen nicht anfällig ist.« Er nickte zur Tür. »Schafft sie hinaus.«

Nesreca stand plötzlich neben ihm und stützte ihn. »Es hat so kommen müssen, Hoher Herr«, schätzte er leise.

»Ich muss mich ausruhen«, sagte Lodrik schwach. »Berichtet meinen Kindern, was geschehen ist. Keine unnötigen Ausschmückungen, keine Beschönigungen, nur die Wahrheit, Mortva. Der Cerêler soll verhaftet und verhört werden.«

»So soll es geschehen.« Der Konsultant neigte den Kopf.

»Da wäre noch etwas.« Gestützt von der Dienerschaft, wankte er in Richtung Ausgang. »Lasst den Angriff auf Kensustria auf Eis legen.«

»Bis Eure Tochter sich weiter mit den strategischen

Büchern beschäftigt hat?«, vermutete sein Berater beflissen und folgte dem Herrscher.

»Erstens das, und ich muss meine Aufzeichnungen über das Zusammenleben aller Völker auf Ulldart überarbeiten. Aljascha hat sie zerstört. Ich werde von vorn beginnen müssen. Besucht mich morgen und berichtet mir.« Er verschwand in seinen Gemächern.

»Aber wir könnten den Kontinent doch zuerst in unsere Hand bringen«, rief Nesreca durch die Tür. »Und wer weiß, wie lange der Krieg mit den Grünhaaren in Anspruch nimmt? Arbeitet doch parallel dazu an Euren Dokumenten.«

Die Tür wurde aufgerissen, Lodriks müdes Gesicht erschien. »Möchtet Ihr auch einen Disput mit mir beginnen, Mortva? So ähnlich begann der Streit mit Aljascha heute Morgen, und ich habe keinen Bedarf nach einer Wiederholung der Ereignisse. Oder wollt Ihr meiner einstigen Kabcara nach Granburg folgen?«

Das Holz knallte in den Rahmen, der Luftzug ließ die silbernen Haare sich leicht bewegen.

Wie vom Donner gerührt stand Nesreca auf dem Korridor. »Na, ganz hervorragend!«, stieß er plötzlich aus. »Zuerst dreht dieses Weib durch, und jetzt kommt auch noch der Krieg ins Stocken.« Die Hände auf den Rücken gelegt, stürmte er aufgeregt davon. »Er hat ewig gebraucht, den wirren Unsinn zu Papier zu bringen. O Tzulan, wenn er wieder so lange benötigt? Vorher leite ich einen Thronwechsel ein.«

Doch zunächst wollte er etwas anderes überprüfen lassen.

Noch sehr genau erinnerte er sich an die Worte des Offiziers, als er vor den Mauern von Windtrutz stand. Wenn er sich nicht sehr täuschte, war der Großmeister der eigentliche Held, der unglückseligerweise den brillanten Varèsz getötet hatte. Sollte er dafür Beweise finden, wäre der Ritter geliefert. Und dann konnte er Hemeròc endlich zu seinem verdienten Spaß kommen lassen. Seine Laune hob sich wieder. Abgesehen davon brachte es ihm eine weitere aldoreelische Klinge.

Kalisstron, Bardhasdronda, Spätherbst 458 n. S.

Die Pechsträhne der Stadt schien ein Ende zu nehmen. Die Süßknollen gediehen, und die Fischschwärme kehrten zurück.

Lorin entdeckte immer mehr, dass er sich zu der Großnichte Stápas hingezogen fühlte. Aber er bemühte sich, seine Zuneigung für das Mädchen vor den anderen zu verbergen.

Er unternahm oft Ausflüge vor die Tore der Stadt in die Wälder. Der Junge zwängte sich durch Büsche und die niedrigen Äste der Tannen, Kiefern und Fichten, um nach einer weiteren halben Stunde zu seinem Lieblingsplatz zu gelangen. Es war eine dick mit Moos bewachsene Steingruppe, die sich auf einer kleinen Tannenlichtung erhob.

Um diese Zeit schienen die Sonnen genau auf den Mittelpunkt der freien Fläche und tauchten sie in warmes, weiches Licht. Staub und Pollen flirrten in der trüben Helligkeit, ein leichter Nebelschleier stieg auf, entstanden aus der Wärme und der Feuchtigkeit, die sich in der Nacht zuvor im Moos gesammelt hatte und nun verdampfte.

Vorsichtig machte sich Lorin an den Aufstieg und saß bald auf dem größten der absonderlich eiförmigen, runden Felsbrocken, der viermal so hoch wie er selbst war. Gedankenversunken begann er mit dem Schnitzen.

Gegenüber Blafjoll hätte er niemals zugegeben, dass er etwas für Jarevrån empfand. Mit dem klassischen Aussehen einer Kalisstronin schien sie die Neugier und die Offenheit ihrer Großtante geerbt zu haben. Auch schreckte sie nicht vor seinen magischen Fertigkeiten zurück. Ganz im Gegenteil, sie bedauerte außerordentlich, dass sie selbst nicht zu dergleichen in der Lage war.

Mit ihr streifte er durch Bardhasdronda und zeigte ihr die geheimsten Eckchen und Fleckchen, die er schon seit langem kannte. Bald würde er sie auch zu dieser Stelle im Wald bringen, die er als sein kleines Heiligtum ansah. Den fehlenden Spuren nach zu urteilen verirrte sich sonst niemand hierher.

Vielleicht würde er ihr dann sagen, dass er sie gern hatte. Schon der Gedanke sorgte für ein Bauchkribbeln, und die Vorstellung, allein mit dem Mädchen zu sein, machte ihn aufgeregt und freudig zugleich.

Währenddessen hatten seine Hände die groben Strukturen eines Fisches aus dem Walbein herausgeformt. Die Späne des harten Materials verteilten sich rings um ihn herum. Erschrocken zuckte er zusammen, als er unterhalb seines Platzes ein unterdrücktes Husten hörte. Wer auch immer die Lichtung betreten hatte, er hatte es sehr geräuschlos getan.

Einer Ahnung folgend, verhielt er sich still und drückte sich ganz flach an den Stein. Alle Sinne aufs Äußerste gespannt, lag er auf der Lauer.

Kurz darauf raschelte es im Unterholz, aus dem vier weitere Männer kamen, die Lorin anhand der Leder- und Pelzkleidung als Jäger einstufte. Nur waren es keine aus Bardhasdronda und hatten eigentlich nichts auf dem Land verloren, das zu der Stadt gehörte. Es galt als eherne Regel, an die sich die Jagdgemeinschaften gewöhnlich hielten.

»Gut, dass ihr gekommen seid«, hörte er die Stimme des für ihn Unsichtbaren, die ihm indes bekannt vorkam. »Wir müssen uns über das Geschäft unterhalten.«

»Deshalb haben wir ja den Weg aus Vekhlathi hierher gemacht«, gab offenbar der Anführer der Fremden zurück. »Dein Auftraggeber möchte etwas gefangen haben?«

»Genau. Und dazu benötige ich eure Hilfe, weil das Vieh einfach zu schlau ist.«

»Und was genau soll es sein?«, wollte der Unbekannte wissen.

»Ein Schwarzwolf, der in diesen Wäldern lebt. Die Bezahlung ist sehr gut.«

Die Jäger sahen sich an. »Ein heiliges Tier? Und wir sollen es töten?«, fragte der Wortführer ungläubig.

»Mein Auftraggeber benötigt es lebend«, kam die Antwort. »Ich bin ehrlich. Allein etwas so Gefährliches zu fangen ist nicht meine Sache. Lieber gebe ich etwas von dem Lohn ab und bin mir dafür sicher, dass ich es überlebe.«

»Die Hälfte«, verlangte einer der Jäger aus Vekhlathi.

»Ihr bekommt vierzig Teile von dreitausend, denn durch mich seid ihr erst an diesen Auftrag gekommen. Auf weitere Verhandlungen lasse ich mich nicht mehr ein. Die anstehende Winterzeit wird uns das Tier in die Arme treiben, wenn wir die Jagd geschickt angehen.« Die Fremden berieten sich leise, schließlich willigten sie in die Abmachung ein. »Gut. Dann treffen wir uns in einem Monat genau an dieser Stelle. Der erste Schnee müsste bis dahin gefallen sein. Ihr organisiert die notwendigen Käfige, ich suche die besten Orte aus, an denen man die Fallen aufstellen kann.« Eine Hand reckte sich in Lorins Gesichtsfeld, die einen Zettel an die Männer aus der Nachbarstadt übergab. »Das sind die notwendigen Sachen, die ihr besorgt. Bei Lieferung erhaltet ihr dann das Geld von mir.«

Der Anführer der Fremden überflog die Zeilen und nickte. »Das sollte machbar sein. Wir fangen das Viech bestimmt.«

»Und wenn wir uns dadurch den Zorn Kalisstras zuziehen?«, warf einer unsicher ein.

Ein leises Lachen ertönte. »Wir haben in Bardhasdronda ein paar Fremdländler, denen man alle Schuld in die Schuhe schieben kann. Das mache ich schon die ganze Zeit über.«

Jetzt erkannte Lorin die Stimme des Kalisstronen unter sich, und seine Finger gruben sich ins Moos. Soini!

Der grüne Teppich unter ihm geriet in Bewegung, eine ganze Moossode riss ab. Unaufhaltsam rutschte er langsam, aber sicher nach links.

»Dass ihr keinem etwas sagen dürft, versteht sich von selbst«, fügte Soini hinzu. »Wir sehen uns in einem Monat wieder. Und ihr erhaltet eine Anzahlung auf euren Anteil.«

Mit einem knappen Gruß zogen sich die Vekhlathis zurück, während Lorin verzweifelt nach Halt auf dem glatten Stein suchte. Mit Soini wollte er sich unter diesen Umständen nicht anlegen, Magie hin oder her.

Weil er nun etwas schräg hing, sah er den Pelzjäger mit dem Rücken zu sich stehen. Der Mann stopfte sich eine Pfeife und steckte sie umständlich in Brand.

Die rechte Hand des Knaben klammerte sich ins Moos, der Arm zitterte unter der Belastung.

Soini gab einen Laut des Erstaunens von sich und betrachtete den Boden. Langsam ging er in die Hocke, hob etwas auf und hielt es prüfend vor die Augen. Er hatte einen Walbeinspan gefunden, der von Lorins Schnitzerei stammte.

Er wollte sich gerade umwenden, als ein lang gezogenes Wolfsheulen in nicht allzu großer Entfernung ertönte.

Dem Jäger entfuhr ein Fluch. »Jetzt sollst du nicht hier erscheinen, verdammter Wolf.« Eilig löschte er seine Pfeife, nahm den Bogen von der Schulter und einen Pfeil aus dem Köcher, bevor er sich von der Lichtung entfernte.

Schon im nächsten Augenblick verlor das Moosstück den letzten Halt.

Für Lorin ging es ruckartig abwärts, wie eine Kugel hüpfte er von Stein zu Stein, bis er endlich im weichen Moos am Fuß der Felsbrocken aufschlug.

Mit einem schiefen Grinsen stemmte sich Lorin in die Höhe. Nun gut, jetzt hatten sie den Verräter. Wieder hörte er das Heulen eines Wolfs. *Und weil du mich gerettet hast, werde ich dafür sorgen, dass sie dich nicht erwischen. Die Schuld, dass du deinen Pelz lassen musstest, wird uns nicht in die Schuhe geschoben werden, darauf gebe ich dir mein Wort.*

Sein Blick wanderte hinauf zu der Stelle, von der er abgerutscht war. An Stelle des grünen Bewuchses zeigte sich schwarzes, poliertes Gestein.

Neugierig kletterte der Junge wieder hinauf, um sich den Felsen näher anzusehen. Mit Hilfe seines Schnitzmessers entfernte er weitere Soden, bis er eine große Stelle freigelegt hatte.

Behutsam tastete er das Material ab. Der Stein war vollkommen glatt geschliffen. Vorsichtig klopfte er mit dem Griff seines Messers dagegen. Zu seinem Erstaunen erklang ein gedämpfter, dunkler Ton.

Lorin fühlte sich unsicher. Auf der einen Seite würde das Abschälen des Mooses zwangsläufig Aufmerksamkeit bei eventuellen Besuchern auf sich ziehen. Andererseits wollte er unbedingt herausfinden, was es mit seiner Entdeckung auf sich hatte. Die Wissbegierde siegte.

Mit dem Einsatz des Übungsschwertes gelang es ihm, zügig zu arbeiten und einen Stein nach dem anderen von dem grünen, teppichartigen Bewuchs zu befreien. Alle diese eiförmigen Felsstücke unterschiedlicher Größe zeigten die gleichen Eigenschaften wie der größte von ihnen. Als er gegen den kleinsten schlug, ertönte ein heller Klang, der lange nachhallte.

Schnell fand er heraus, dass man eine bestimmte Anzahl von Tönen produzieren konnte, die sich variieren ließen, indem man die Fingerspitzen dämpfend auf den Stein legte. Ein wenig Übung, und es würde ihm möglich sein, ganze Lieder zu spielen.

Sollte dies ein Ort sein, an dem die Kalisstri früher Musik gemacht hatten? Er würde Jarevrån nicht eher hierher führen, bis er eine Melodie für sie komponiert hatte. Damit würde er sie sicher überraschen können. Das war mit Sicherheit etwas Einmaliges.

Als er die Moossoden sah, die sich um die Steine herum türmten, befielen ihn Zweifel, ob es eine so gute Idee gewesen war, sie zu entfernen. Doch er vertraute darauf, dass der fallende Schnee seine Tat verbergen würde. Sorgsam schichtete er die Stücke so auf, dass er sie als Treppe benutzen konnte, da er sich nun nicht mehr an dem Bewuchs auf die Steine ziehen konnte.

Er war gerade fertig, als er hinter sich ein leises Grollen vernahm.

Lorin musste sich nicht umdrehen, um zu wissen, wer da hinter ihm aufgetaucht war. Stattdessen stieg er mit ganz behutsamen Bewegungen auf den höchsten Stein, von wo aus er erst wagte, einen Blick nach unten zu werfen.

Ein neuer Besucher belagerte die Lichtung. Und zwar nicht irgendeiner, sondern ausgerechnet jenes Wesen, das zu den gefürchtetsten Raubtieren um Bardhasdronda gehörte.

Der Schwarzwolf, auf den es Soini und seine Kumpane abgesehen hatten, kauerte im Moos und beobachtete den Knaben. Wie den Gamur und den Hornwal betrachteten die Kalisstri das Tier als heilig, da es seine weißen, leuchtenden Augen der Legende nach von der Bleichen Göttin höchstselbst erhalten hatte.

Das war dem Jungen im Moment jedoch herzlich gleichgültig. Unpassenderweise erinnerte er sich ausgerechnet jetzt an die Geschichten von Arnarvaten, in denen die Schwarzwölfe selten eine sehr menschenfreundliche Haltung einnahmen.

»Und was machen wir jetzt, mh?«, fragte Lorin das heilige Tier. »Frisst du mich, oder lässt du mich nach Hause gehen?«

Der Wolf gähnte, legte den Kopf zwischen die Vorderpfoten und machte es sich bequem. Mächtige Muskeln zuckten unter dem dichten Fell. Der Anblick war faszinierend

»Das wird also eine Belagerung«, schloss der Junge aus dem Verhalten. »Ich sage dir was. Soini und vier andere wollen deinen Pelz, wenn ich sie richtig verstanden habe, also solltest du auf ihn Acht geben. Ich habe mit der Sache nichts zu tun, hörst du?«

Laut hörbar witterte der Wolf in seine Richtung, die Ohren neugierig aufgestellt.

»Ich tue dir nichts, und du tust mir auch nichts«, verhandelte Lorin, als hätte er es mit einem Menschen zu tun. Hoffentlich hatte es sich nicht herumgesprochen, dass er den Gamur getötet hatte, sonst glaubte ihm der Wolf nie.

Langsam versanken die Sonnen hinter den Bäumen, schlagartig wurde es eisig und dunkel im Wald. Die Nacht würde er in seiner leichten Bekleidung wohl nur mit viel Glück ohne größeren Schaden überstehen.

»Ich finde, dass du einen recht friedlichen Eindruck machst«, verkündete der Knabe und begann vorsichtig mit dem Abstieg. Das mulmige Gefühl im Bauch verdrängte er, um sich auf seine Kletterpartie konzentrieren zu können. Das Raubtier hob den Kopf. »Ich komme jetzt herunter, gehe ganz vorsichtig an dir vorbei und bringe dir das nächste Mal einen Knochen mit.« Sein erster Fuß setzte auf dem Waldboden auf.

Wie auf rohen Eiern gehend, schritt er mit pochendem Herzen und einer gehörigen Portion Angst im Nacken über die Lichtung, wobei er absichtlich keinen Blick nach hinten warf, aus Furcht, der Schwarzwolf könnte sich dadurch provoziert fühlen.

Kaum hatte er das Unterholz erreicht, rannte er los, und in einer neuen Bestzeit hetzte er durch das Dickicht auf die Straße, um nach Bardhasdronda zu spurten.

Er wollte niemandem etwas von seinem Erlebnis erzählen. Aber die Neugier siegte. Er musste das Geheimnis der Steine erfahren. Wenn sich jemand in der Stadt mit Geschichten auskannte, war es Arnarvaten.

»Ich habe eine Frage«, eröffnete er dem Geschichtenerzähler eines Abends. »Auf dem Markt unterhielten sich zwei Männer darüber, dass im Wald seltsame Steine stehen sollen, die Töne machen, wenn man dagegen schlägt.«

Arnarvaten sah noch einen Augenblick hinüber zur Küche, ehe er aus seinem Mantel schlüpfte und sich auf einen Stuhl platzierte.

»Oh, das ist keine Legende. Sie gibt es wirklich. Irgendwo.« Er tat sich schwer, in die richtige Erzähllaune zu kommen, rutschte auf der Sitzfläche hin und her und ließ den Durchgang zu der Kochnische nicht aus den Augen. Fatja ließ auf sich warten. »Vor mehr als fünfhundert Jahren entdeckten die Menschen aus Bardhasdronda die Klingenden Steine auf einem freien Feld. Und sie entdeckten auch, welche Eigenschaften die merkwürdigen Brocken hatten, von denen keiner wusste, wer sie dort abgelegt hatte. Nur die wenigsten entlockten ihnen die richtigen Töne, bei den meisten schepperten und krachten sie nur.« Der Kalisstrone fuhr sich über sein Kinnbärtchen. »Irgendwann gab es niemanden mehr, der sie beherrschte, der Wald wuchs, man vergaß sie. Ende der Geschichte.«

»Du hast heute Abend keine große Lust, Geschichten zu erzählen, was?«, schätzte Lorin.

»Nein, wirklich nicht.« Arnarvaten atmete laut aus und sank in sich zusammen. Unsicher stand er schließlich auf und langte nach dem Mantel. »Richte deiner Schwester aus, dass ich noch etwas nachlesen muss. Bald steht ein neuer Vortragswettbewerb an. Das kostet Vorbereitung.« Beinahe fluchtartig hastete er zur Tür und riss sie auf. »Bis dann.« Krachend fiel die Tür ins Schloss.

»Ist er weg?«, fragte Fatja aus der Küche. Ihre Stimme klang erstickt.

»Ja. Er muss sich noch auf den Wettbewerb vorbereiten«, gab Lorin die Ausrede des Geschichtenerzählers weiter.

Er hörte ein leises Schluchzen und wie sich seine Schwester die Nase schnäuzte. Dann klirrten die Tassen, eine davon zerschellte am Boden. Die Scherben flogen bis in den Gemeinschaftsraum.

Lorin half der schniefenden Frau, die Tonsplitter einzusammeln. »Keine Sorge, große Schwester«, meinte er aufmunternd und drückte sie an sich. »Dein Herz wird sich richtig entscheiden.«

»Oh, hört, wie er spricht, der Mann, der schon so viele Beziehungen hinter sich hat, wie Schneeflocken aus dem Himmel fallen. Danke für deinen Beistand, kleiner Bruder. Und nun ab ins Bett. Du musst morgen bestimmt wieder mit Blafjoll aufs Meer.«

Drei Wochen später lag das Land unter einer dicken Lage Schnee bedeckt.

Acht Tage lang waren große Flocken aus den Wolken gewirbelt, danach senkten sich die Temperaturen ab, dass der Atem in der Luft zu feinen Eiswölkchen gefror.

Mensch und Tier suchten die behagliche Wärme in

Haus und Stall, etliche wilde Waldbewohner zog es in Richtung der Stadt. Mehr als einmal musste die Wache die Tore schließen, weil sich Bären, angelockt von den Gerüchen, vor den Mauern herumtrieben.

Unter diesen Umständen war es Lorin nur schwer möglich, Ausflüge zu den Klingenden Steinen zu wagen. Aber bis zum Frühjahr wollte er nicht mehr warten, dafür brannte er zu sehr darauf, Jarevrån seine Überraschung zu zeigen.

Zu seiner eigenen Verwunderung stellte er fest, dass der Schnee nicht auf den blanken Steinen liegen blieb. Als wären die eiförmigen, glatten Brocken von innen gewärmt, schmolz jeder weiße Kristall, der sich auf sie senkte. Doch die Oberfläche fühlte sich kalt an, und die Steine schwangen wie immer, wenn er sie mit einem Ast anschlug.

Der Knabe hatte sich bei seinen beschwerlichen Ausflügen durch den tiefen Schnee seine Gedanken gemacht, weshalb die vergessenen Gesteinsstücke ausgerechnet bei ihm diese wunderschönen Töne erzeugten, anstatt wie in der Vergangenheit entweder völlig ihren Dienst zu verweigern oder die Menschen durch Scheppern in die Flucht zu schlagen. Ob es mit seiner Magie zusammenhing, dass er die Steine zum Klingen bringen konnte?

Eines Abends, kurz bevor er die Lichtung durchgefroren verlassen wollte, kam ihm ein Einfall.

Vorsichtig erteilte er dem größten der Brocken mit seinen Fertigkeiten einen leichten Schlag, wie wenn er einen Kieselstein wegschnippen wollte.

Das Resultat war überwältigend.

Nicht nur, dass der Ton klarer und reiner über die waldfreie Fläche hallte. Der Stein glomm schwach dunkelblau auf.

»Bei allen Göttern!« Behutsam wiederholte er seinen Versuch und hielt den magischen Reiz auf den Stein aufrecht. Der Ton wurde lauter, je länger er seine Fertigkeiten auf das Gestein einwirken ließ, das Leuchten intensiver.

Es bedurfte starker Konzentration, um alle Steine anzusprechen, aber es gelang. Ein wunderschönes, vielstimmiges Konzert hob an, begleitet von einem beruhigenden Schimmern.

Lorin konnte sich des wohligen Schauders, der ihm über den Rücken lief, nicht erwehren. Im Zustand des völligen Hochgefühls machte er sich kurz vor Einbruch der Dämmerung auf den Rückweg.

Doch seine ständigen Ausflüge vor die Tore der Stadt blieben nicht unbemerkt. Rantsila befragte ihn, was er so oft im Wald tat. Manche Bewohner argwöhnten, er träfe sich mit Feinden Bardhasdrondas. Lorin wollte sein Geheimnis nicht preisgeben und behauptete frech, er dressiere Eichhörnchen.

Seine Verstocktheit machte es nicht besser. Vorerst wurde ihm seine Bitte, ein Türmler zu werden, nicht gewährt.

Eine knappe Woche später verabredete er sich mit Jarevrån, um sie mit in den Wald zu nehmen. Er hatte ein großes Geheimnis aus seinem Vorhaben gemacht und ließ sich nicht erweichen, ihr einen Hinweis auf den Grund ihres Ausflugs zu geben. Proviant nahm er genügend mit, weil er bis zum Abend mit seiner Überraschung warten wollte.

Lorin staunte nicht schlecht, als sie mit einem Hundeschlitten auftauchte, um ihn abzuholen. Die Konstruktion des Schlittens ermöglichte es, vier Holzräder auszuklappen, mit denen man notfalls und auf kurzen Strecken auch ohne Schnee über Straßen fahren konnte.

Das Mädchen lächelte ihn an, ihre Augen blitzten auf. Die offensichtliche Provokation, mit dem Fremdländler umherzuziehen, machte ihr Spaß.

Am Stadttor wurden die Räder eingezogen, und auf den Metallkufen ging es über die Schneefläche, Lorin auf dem Sitz, Jarevrån hinter ihm stehend, um die Hunde und das Gefährt nach seinen Anweisungen zu lenken.

Absichtlich führte er sie abseits seiner üblichen Route an den Waldrand heran. Sie pflockten die Leinen der Hunde mit Hilfe von langen Metallhaken im Schnee fest und verschwanden im Unterholz.

Der Knabe kannte sich bestens aus, führte das Mädchen auf Umwegen durch den Wald, um ihr kurz vor dem Ziel die Augen zu verbinden. Sorgsam postierte er sie hinter einer großen Tanne.

»Du wartest hier«, befahl er ihr. »Ich rufe dich dann. Du musst nur geradeaus laufen.« Jarevrån nickte zögerlich.

Er wollte gerade aus dem Schutz eines überhängenden Astes treten, als auf der anderen Seite der Schneise mehrere mit weißen Pelzen bekleidete Gestalten zwischen den Bäumen auftauchten.

Augenblicklich wurde er sich seines Fehlers bewusst und huschte zurück unter die Tanne, warf sich zu Boden und zog Jarevrån zu sich herunter.

»Lorin, lass das. Es ist viel zu kalt für so etwas«, protestierte sie leise, aber nicht ganz ernsthaft. »Musste ich deshalb durch den Wald laufen, um neben einer Tanne von dir …«

Schnell legte er ihr eine Hand auf den Mund. »Bitte, Jarevrån, sei still. Es ist nicht das, wonach es aussieht.«

Sie nahm das Tuch von ihren Augen. »Eigentlich schade.« Sie grinste ihn an. »Aber es wäre mir wirklich zu kalt.« Dann wälzte sie sich zur Seite und folgte seinem Blick. »Hoppla! Du hast die Klingenden Steine gefunden?«

»Nicht nur die.« Er nickte nach vorne, um auf die im

Schnee fast nicht erkennbaren Jäger aufmerksam zu machen.

»Vekhlathi!«, entschlüpfte es ihren Lippen. »Was haben die denn hier zu suchen?«

Skeptisch schaute der Junge seine Begleiterin an. »Sag jetzt nicht, du denkst auch, dass ich ihnen unsere besten Wildstellen zeige.«

»Ach?«, meinte Jarevrån erstaunt. »Sagt man das?«

Lorin entspannte sich. »Ich habe sie belauscht, aber vergessen, dass sie sich heute wieder hier mit …«

»… Soini treffen wollten«, ergänzte das Mädchen verblüfft.

»Woher weißt du das?«

»Weil er eben gerade zu ihnen gekommen ist.« Sie deutete zur Lichtung, wo der Mann aus Bardhasdronda mit einer großspurigen Geste seine Kumpane begrüßte. »Begreifst du, was sie vorhaben? Es sieht nicht so aus, als wollten sie Hirsche jagen.«

»Sie haben es auf einen Schwarzwolf abgesehen«, erklärte Lorin ihr. »Jemand aus der Stadt hat Soini damit beauftragt, das Tier lebend zu fangen. Und weil er sich allein nicht traut, hat er sich Helfer aus Vekhlathi gesucht, der Feigling.«

Von ihrer Position aus konnten sie nicht hören, was die Männer besprachen. Abwechselnd hielten sie verschiedene Fallen in die Höhe, um sich anscheinend über die Art der Vorrichtungen zu einigen, die man einsetzen konnte, ohne das Raubtier schwer zu verletzen.

Lorin lachte leise. »Das ist alles nur Kinderspielzeug. Der Wolf wird sie einfach zu Eisenspänen zerkauen.«

»Hast du denn schon einen Schwarzwolf gesehen, du Angeber?«, wollte Jarevrån wissen.

»Aber ja«, gab der Junge genüsslich zurück und schielte zur Seite, um ihre Reaktion zu sehen. »Wir haben uns da vorne bei den Steinen getroffen. Ich saß auf dem größten der Brocken, und er belauerte mich.«

»Sicher, Lorin.« Sie griff in den Schnee und bewarf ihn damit. »Kühle deine Phantasie damit.«

Das puderige Weiß rieselte eiskalt seinen Nacken hinab, verteilte sich in Nase und Ohren. »Lass den Unsinn«, wies er sie zurecht, während er sich die Augen frei wischte. »Sonst bemerken sie uns.«

»Sie sind gegangen«, meldete sie als Entwarnung. »Glaube ich zumindest. In den Pelzen sind sie im Schnee so gut wie unsichtbar.« Jarevrån stand vorsichtig auf und pirschte sich auf die Lichtung vor. »Ja, sie sind weg.«

Mit seinen Fertigkeiten zupfte Lorin an einem überhängenden, Schnee beladenen Ast, unter dem das Mädchen stand, und ließ die kalte Last auf sie hernieder rieseln.

Quiekend versuchte die Kalisstronin, dem Schnee zu entrinnen, aber der Angriff erfolgte zu heimtückisch und zu schnell. Weiß von Kopf bis Fuß, stand sie schnaubend neben den Steinen.

Vor Schadenfreude lachend, nahm der Knabe den Korb, etwas trockenes Holz und folgte ihr. »Das war die Rache für vorhin.«

»Ein bisschen übertrieben«, meinte Jarevrån und schlang zitternd die Arme um sich. »Wenn ich krank werde, stecke ich dich an.«

»Dagegen müssen wir unbedingt etwas tun. Wärme soll helfen.« Mit Hilfe einer Zunderbüchse entfachte er ein kleines Feuer.

Das Mädchen trat an ihn heran und schmiegte sich an ihn. »Du hast Recht. Wärme tut gut.«

Verunsichert erstarrte Lorin. »Ich meinte das Feuer.«

»Aber das wird nicht ausreichen, fürchte ich«, flüsterte sie und legte seinen Arm um sich. »Schon viel besser.«

Plötzlich verwirrte ihn die Nähe zu Jarevrån, von der er so manche Nacht geträumt hatte. Scheu suchte er den Augenkontakt mit dem Mädchen. »Ich … ich … bin nicht besonders … ich habe keine … die anderen.«

Die Kalisstronin gab ihm einen schnellen Kuss. »Wolltest du das sagen, Lorin?«, fragte sie ihn erwartungsvoll. Ihr Gesicht hatte sich vor Aufregung leicht gerötet.

»Ich glaube, ja«, stimmte er abwesend zu und spürte die Berührung immer noch.

Jarevrån schluckte. »Dann sage ich es noch einmal in aller Deutlichkeit«, raunte sie, drückte ihre Lippen behutsam auf die seinen und ließ sie lange dort.

»Ja, ja!«, rief er überschwänglich. »Genau das war es!« Er jauchzte vor Freude und Glück.

»Nicht so laut«, versuchte sie ihn zu zügeln. »Die anderen …«

»Warum? Es ist doch keiner hier.« Er umfasste sie, hob sie mehr mit Magic als mit seinen eigenen Körperkräften an und drehte sich ganz schnell um die eigene Achse, sodass beiden bald schwindlig wurde und sie lachend in den weichen Schnee stürzten. »Siehst du? Es hat sich niemand beschwert.«

»Wozu auch?«, fragte eine bekannte Stimme hinter ihnen. »Ich finde das Paarungsgehabe von Fremdländlern lustig.« Erschrocken sprangen die beiden auf und entdeckten Soini, der sie schmierig angrinste. »Na, Zwerg? Was tust du hier? Ist das nicht die falsche Jahreszeit, um die Mädchen von Bardhasdronda zu verführen?«

»Wenigstens lassen sie sich von *ihnen* verführen statt von den Dummköpfen, die in der Stadt herumlaufen«, giftete Jarevrån zurück, ihre grünen Augen erbost zu Schlitzen verengt.

»Dein Vater wird sich freuen, wenn er das hört«, meinte der Pelzjäger gehässig. »Eine schöne Schande.«

»Verschwinde, Soini«, schaltete sich Lorin ein, dem bewusst wurde, dass er als Waffe nur sein selbst gemachtes Jagdmesser bei sich führte. »Geh und setz dich ins Warme. Aber vergiss nicht, mir die Schuld daran zu geben, dass die Zobel nicht da sind, wo du sitzt.«

Der unangenehme Mann zog die Nase hoch und spuckte in den Schnee. »Du erinnerst dich doch hoffentlich an mein Versprechen?« Er näherte sich dem Knaben, der die Kalisstronin hinter sich schob, um sie außerhalb der Reichweite von Soini zu bringen. »Wenn ich in diesem Winter nicht wenigstens vier Dutzend von den Viechern fange, weiß ich, wer durch seine Schmähungen die Bleiche Göttin verärgert hat. Die Fische sind zurück, aber das ist mir herzlich egal.« Er tippte auf seine Kleidung. »Pelze, alles andere zählt nicht.« Er stapfte los, der Schnee knirschte unter seinen Sohlen.

»Versuch es doch mit Ratten«, rief ihm der Junge nach. »Dann kannst du dir selbst das Fell über die Ohren ziehen.«

Soini blieb stehen. Blitzartig nahm er den Bogen von der Schulter, legte einen Pfeil auf die Sehne und drehte sich um. Die Spitze des Geschosses zielte auf das Herz des Knaben. »Wer sollte verhindern, dass ich dich jetzt töte, Zwerg?«

»Der Schwarzwolf hinter dir?«, schlug Lorin vor.

Der Kalisstrone fuhr fluchend herum, um sich der drohenden Gefahr zu stellen. Da rannte der Junge auch schon los und warf sich gegen den Rücken des Pelzjägers. Beide Kontrahenten fielen in den Schnee, der Pfeil schwirrte von der Sehne und verschwand ziellos im Wald.

Doch der Mann war wendig. Von irgendwo an seinem Gürtel zückte er ein langes Messer und stieß es dem Knaben aus der Drehung bis zum Heft in das

Schultergelenk. »Es macht keinen Unterschied, ob ich dich jetzt oder am Ende des Winters häute.«

Die Schmerzen und die Wut entfachten die magischen Kräfte Lorins von selbst.

Ein bläuliches Flimmern legte sich um die geballten Finger, und schon beim ersten Treffer, der an Soinis Unterkiefer landete, knackte der Knochen. Die zweite schimmernde Faust brach ihm das Riechorgan so gründlich, dass es fast nicht mehr zu erkennen war, sondern als undefinierbarer, blutender Klumpen mitten im Gesicht des Pelzjägers saß. Die geborstenen Reste des Nasenbeins ragten als Splitter durch die Haut.

Kreischend sprang der Kalisstrone auf und rannte davon, eine Spur roter Tropfen hinter sich her ziehend.

Jarevrån hastete an die Seite des Jungen und starrte auf die klaffende Schulterwunde. »Bei Kalisstra, wir müssen unbedingt zurück. Du verblutest mir sonst.«

Mit verzerrtem Antlitz wehrte Lorin sie ab. »Warte kurz«, presste er durch die Zähne und schloss die Augen. Nach einer Weile entspannte sich sein Gesicht.

»Und?«, wollte das besorgte Mädchen wissen. »Los, auf die Beine, sonst bist du in …«

Er legte ihr die Hand auf den Mund und öffnete seine Jacke, um ihr zu zeigen, was er getan hatte. Dampfend stieg die Körperwärme in die Luft. Die Haut war rot vor Blut, doch seine Begleiterin entdeckte nirgends eine Einstichstelle. Fragend schaute sie ihn an.

»Es ist die Magie. Ich heile mich damit selbst.« Vorsichtig schloss er seine Kleidung.

»Aber es hat nicht grün geflimmert, wie es das sonst bei den Cerêlern tut«, wunderte sich Jarevrån und schüttelte sich. »Weißt du, dass ein normaler Mensch wahrscheinlich an der Verletzung gestorben wäre? Was ist das nur für eine Magie, und woher kommt sie?« Sie winkte ab. »Vergiss die Frage. Viel wichtiger ist: Hast du Schmerzen? Bist du sicher, dass es dir einigermaßen gut geht?«

»Mir ist nur ein wenig schwindelig«, gestand er. »Man bekommt eben nicht jeden Tag ein Messer in die Schulter.«

Das Mädchen legte die restlichen Scheite in die Glut, um das Feuer höher brennen zu lassen. Nachdenklich starrte sie in die flackernden Flammen. »Was wird Soini wohl meinem Vater erzählen?«

»Er wird Lügen verbreiten. Und nachdem ich ihm die Nase gebrochen habe, habe ich mir seine Feindschaft wohl endgültig zugezogen, ob die Zobel nun kommen oder nicht.« Ein böses Grinsen stahl sich in sein Gesicht.

»Wir sollten zurück«, meinte Jarevrån ein wenig besorgt. »Bitte ... Ich will meinem Vater gleich die Wahrheit sagen, noch bevor Soini sein Schandmaul öffnen kann.« Sie warf Schnee auf die Flammen, um sie zu löschen. »Bist du mir sehr böse?«

»Nein, es ist mir auch lieber«, log er. »Die Kleidung wird nass, und das Blut klebt wie Harz.« Doch seine Enttäuschung über den raschen Rückzug von der Lichtung konnte er nur schwer verbergen.

Die Kalisstronin spürte die Stimmung des Jungen und schenkte ihm ein bezauberndes Lächeln. »Es war eine sehr schöne Überraschung, dass du mir die Klingenden Steine gezeigt hast. Ich denke, es weiß sonst niemand in der Stadt davon, mal abgesehen von dem Idioten Soini.«

Eigentlich hatte Lorin warten wollen, bis es noch dunkler geworden war. Aber er musste ihr seine Entdeckung zeigen. »Dreh dich um und schau auf die Steine«, bat er sie.

Sie sah ihn spitzbübisch an und kam seiner Aufforderung nach. »Ja, und?«

Er eröffnete die Melodie mit dem dunkelsten Ton, den er erzeugen konnte. Kaum verebbte er, brandete eine Symphonie aus Licht und Tönen auf und jagte einen Schauer der Faszination und Wonne durch die Körper der beiden jungen Menschen.

Lorin konnte nicht sagen, wie lange er die magischen Ströme aufrechterhielt. Aber irgendwann entglitten ihm die Ströme, und in einem letzten Ton und mit einem immer schwächer werdenden Glimmen des kleinsten Steins endete das unbeschreibliche Konzert.

Die Kalisstronin wandte sich mit großer Überwindung von der Gesteinsformation ab. Ihr Gesicht drückte unglaubliche Freude und Rührung aus. Zum Dank gab sie dem geistig völlig verausgabten Jungen einen gefühlvollen Kuss, nahm ihn dann bei der Hand, löschte das Feuer und lief schweigend mit ihm zurück zum Schlitten.

Lorin saß nicht einmal richtig auf dem Sitz, da verfiel er in einem dämmrigen Halbschlaf, in dem er die Reise nach Bardhasdronda wie im Traum erlebte.

»Hast du den Schwarzwolf gesehen, der am Waldrand stand? Ich hatte den Eindruck, als hätte er auch zugehört«, sagte sie, als sie das Stadttor erreichten. »Und das Seltsamste ist: Ich hatte keine Angst. Es war alles so friedlich.«

Der Knabe konnte nur nicken. Mit Mühe schaffte er es, sich aus dem Sitz zu wuchten, während das Mädchen das Gefährt für die Stadt umbaute.

Vor dem Hausboot angekommen, half sie ihm beim Aufstehen und umarmte ihn innig

»So etwas Schönes hat kein Kalisstri seit tausend Jahren erlebt«, raunte sie ihm zu, bevor sie ihn losließ. »Magie ist etwas Wundervolles.«

Ein wenig verlegen zog Lorin die Nase hoch. »Das war noch gar nichts. Warte, bis ich mich richtig gut mit den Steinen verstehe.«

»Kuriere dich erst einmal aus.« Jarevrån schwang sich auf den Schlitten, winkte ihm und verschwand zwischen den Gebäuden des Hafens.

Etwas wackelig auf den Beinen und mit leerem Kopf betrat er die Planken des Hausbootes. In Gedanken hörte er immer noch das Lied der Klingenden Steine.

Damit er keine unbequemen Fragen beantworten musste, schlich er sich am schnarchenden Matuc vorbei und zog sich die blutige Wäsche aus, um sie in Salzwasser einzuweichen.

Behutsam wusch er sich und betastete die nackte Stelle, an der das lange Jagdmesser Soinis eingedrungen war. Ein sanftes Brennen und eine trockene Kruste verkündeten ihm, dass der Heilungsprozess noch nicht vollständig abgeschlossen war.

Er hatte den Wolf nicht bemerkt, die Steuerung der Steine hatte ihn zu sehr in Anspruch genommen. Aber Lorin fasste es als gutes Zeichen auf, dass ein heiliges Tier der Bleichen Göttin sich nicht Hals über Kopf auf ihn warf und ihn verschlingen wollte. Von nun an wollte er noch öfter in den Wald, um die Fallen der Pelzjäger zu zerstören, ganz gleich, was Rantsila und die anderen von ihm dachten.

III.

**Kontinent Ulldart, Meddohâr,
Südostküste Kensustrias, Winter 458 n. S.**

»Ganz, ganz exquisit«, lobte König Perdór leise. »Vanille, zartbittere Schokoladenstückchen«, analysierte er die Zutaten des kleinen Törtchens, das ihm zum heißen, mit Sahne dekorierten Kakao gereicht worden war. Genussvoll biss er ab und stieß auf die Johannisbeermarmelade, die sich im Inneren befand. Er verdrehte glücklich die Augen. »Ich werde gleich ohnmächtig, Fiorell! Feinschmeckerische Verzückung überwältigt mich.« Er wandte sich zu einem seiner Diener, die er aus Ilfaris mitgebracht hatte. »Woher stammt diese Rezeptur?«

»Soweit ich weiß, hat der Koch eine alte Sammlung solchen Kleingebäcks ausfindig gemacht«, erstattete der Livrierte Bericht. »Die Verfasserin des Büchleins trägt den seltsamen Namen Tann'i Linde.«

»So seltsam ist der Name nun auch wieder nicht. Klingt höchstens ein wenig nach Wald. Vermutlich ist sie ein echtes Naturkind.« Der schlanke Hofnarr, der sein Rautentrikot gegen bunte, aber nicht weniger auffällige Kleidung getauscht hatte, beobachtete seinen Herrn. »Ihr stopft die Süßigkeiten in Euch hinein, dass es an ein Wunder grenzt, wenn die Konditoren mit dem Nachschub nicht in Verzug geraten.«

»Jeder trauert auf eine andere Weise«, gab der ilfaritische König zurück. »Meister Hetrál liegt irgendwo zusammen mit meinen Männern und den Resten der

Festung am Eispass, mein Reich wird Schritt für Schritt von den Truppen des Kabcar erobert.« Weit öffnete sich der königliche Mund und verschlang das restliche Törtchen mit einem einzigen Bissen.

»Und Ihr habt mir einst zum Vorwurf gemacht, ich stopfte alles in mich hinein.« Fiorell schüttelte den Kopf.

»Das waren andere Zeiten«, nuschelte Perdór, der den Einspruch nicht gelten lassen wollte. »Ich sitze im Exil und kann nur darauf vertrauen, dass die Kensustrianer ihr eigenes Land verteidigen. Die Angorjaner haben jedenfalls nicht viel getaugt und sind schneller zurückgewichen, als die Tarpoler angreifen konnten.« Seufzend fischte er ein weiteres Gebäckstück vom Tablett. »Aber wozu hätten sie auch kämpfen sollen? Tersion ist schon lange in der Hand des Kabcar.«

Fiorell nahm sich ebenfalls ein Törtchen und betrachtete es, als lägen die Lösungen aller Probleme zwischen schwarzen Vanillekörnchen und dunkelbraunen Schokoladenstückchen versteckt. »Selbst wenn sie es schaffen, die erste Welle des Großreiches abzuhalten, was kommt danach? Sich auf den Nachschub aus dem Heimatland zu verlassen, wo immer es auch liegen mag, ist keine besonders kluge Taktik gegen einen Feind, der über weitaus größere Möglichkeiten verfügt.«

Gequält verzog Perdór das Gesicht. »Wenn mir jemand gesagt hätte, dass es der Herrscher fertig bringt, die Schwarze Flotte mit seinen Geschützträgern zu versenken, ich hätte ihm ins Gesicht gelacht.«

»Sicher ist, dass nichts und niemand durch die Blockade bricht, die Bardri¢ um Kensustria gezogen hat«, fasste Fiorell die Tatsachen zusammen. »Wenn er die Palestaner nicht auf seiner Seite hätte, wäre ihm das niemals geglückt.«

Als der ilfaritische Herrscher die Zähne in das nächste Törtchen schlug, entfuhr ihm ein Laut der Überraschung. »Sieh nur, sie haben eine Nougatpraline in die Mitte eingebacken.« Er zeigte das abgebissene Stück seinem Hofnarr. Dabei löste sich ein Stückchen vom Gebäck und plumpste in die Tasse, wo es neben einem Klumpen Sahne einschlug. Kurz darauf tauchte es auf der anderen Seite des kleinen weißen Berges auf, bevor es sich mit dem Getränk voll saugte und versank.

Schweigend hatten die beiden Männer das triviale Schauspiel verfolgt. Dann hoben sie gleichzeitig ihre Köpfe und schauten sich an.

»Denkst du das Gleiche wie ich?«, erkundigte sich Perdór.

»Ich kann nicht den ganzen Tag Essen im Sinn haben«, meinte Fiorell. »Aber wenn Ihr das Aufsehen erregende Geschehen in Eurer Tasse meintet, Majestät, ich glaube, ja.«

Probehalber warf der Herrscher ein zweites Stückchen vom Gebäck in den Kakao, um das Experiment zu wiederholen. Es gelang. »Man müsste also auf die Schnelle ein Fahrzeug entwickeln, das unter den Feinden hindurchtaucht«, überlegte er halblaut und schob sich den Rest des Törtchens in den Mund. »Dann könnte man ganz bequem ihre Schiffsrümpfe anbohren, sie versenken und mit einem Konvoi durchbrechen. Oder sie alle der Reihe nach versenken. Sie schwimmen ja wie die Enten auf dem Teich; es müsste ein Leichtes sein, sie alle zu erwischen.« Gedankenverloren spielte er mit seinen grauen Bartlocken.

»Auch wenn ich denke, dass die Ingenieure der Kriegerkaste schon lange auf diese Ideen gekommen sind, vorschlagen sollte man es Moolpár unbedingt.« Fiorells Gesicht zeigte erste Spuren von leichter Zuversicht. »Vorausgesetzt, es ist noch nicht zu spät.«

»Wir sollten uns gleich auf den Weg zu Moolpár machen.« Der korpulente König erhob sich. »Dabei kann ich noch einmal einen Blick auf die wunderbare Architektur von Meddohâr werfen. Wenn dieser Krieg zu Ende ist, möchte ich auch ein paar solcher Bauwerke in meinem Land haben.«

Fiorell kippte samt dem Stuhl nach hinten, rollte sich ab, drückte sich in den Handstand und stellte sich dann ganz langsam hin. »Den Architekten möchte ich sehen, der nicht aus Kensustria stammt und Euch diese seltsam anmutende Pracht baut, ohne dass sie nach drei Tagen in sich zusammenbricht.«

»Kannst du nicht mehr aufstehen wie ein normaler Mensch?«, wunderte sich Perdór.

»Ich könnte schon, aber ich will nicht.« Fiorell bleckte die Zähne. »Der Unterschied ist, dass Ihr es nicht könntet, selbst wenn Ihr wolltet.« Der Hofnarr warf sich auf den Rücken und imitierte das mögliche Verhalten seines Herrn. »Zu Hilfe, zu Hilfe! Ich kann mich nicht mehr bewegen.« Ansatzlos federte er in die Höhe. »Wie ein kleiner, pummeliger Maikäfer würdet Ihr herumrollen, Majestät.«

»Die Törtchen sind mir zu schade, um sie nach dir zu werfen«, knurrte der ilfaritische Herrscher böse und watschelte zum Ausgang. Ein lachender Fiorell folgte mit ein wenig Abstand, um nicht nachträglich das Opfer eines Racheakts zu werden.

Der Anblick von Meddohâr fesselte den rundlichen König jedes Mal aufs Neue.

Die Kensustrianer hatten mancherorts Bauwerke erschaffen, die jeglichen Naturgesetzen zu widersprechen schienen.

Mächtige Obergeschosse, die von filigranen Säulen getragen wurden, gehörten zu den kleineren Beweisen überlegener Architekturkunst der Grünhaare. Farbenfrohe Mauern, erbaut aus unterschiedlich bunten Steinen, bildeten einen Kontrast zu weißen und schwarzen Wänden. Eine einheitliche gestalterische

Linie gab es selten, dennoch zogen die Kensustrianer mehrstöckige, quadratische Wohnhäuser mit hell gehaltenen Flachdächern vor, um die Hitze der Sonnen zur reflektieren. Zwischen den Etagen spannten sich Brücken, die mehrere Häuser miteinander verbanden. Was er beim ersten Betrachten für Aquädukte gehalten hatte, entpuppte sich bei näherem Hinsehen als mehrstöckig angeordnete Geh- und Fahrwege, die Meddohâr zu einer Stadt mit mehreren Etagen werden ließen.

Am absonderlichsten und gewagtesten stellten sich die Tempeldistrikte des Volkes dar, das erst im Jahre 66 nach Sinured auf Ulldart angekommen war. Sechsundfünfzig verschiedene Kultstätten zählte Perdór, eine atemberaubender als die andere, eine prächtiger bemalt und gestaltet als die andere. Von Fresken über Statuen, Malereien bis zur Einbeziehung von Wasserspielen und Pflanzen, nichts war den Erbauern unmöglich.

Manche Innenhöfe glichen wunderschön blühenden Gärten, andernorts hatte man künstliche Wasserfälle angelegt, und wieder andere Heiligtümer wiesen mit Spiegeln, Diamanten oder anderen Edelsteinen verblendete Arkaden auf, die sich beim richtigen Stand der Sonnen in ein überdimensionales Kaleidoskop verwandelten.

Perdór kam sich inmitten der Pracht wie ein staunendes Kind vor, so völlig verschiedenartig präsentierte sich das Land dem prominenten Flüchtling, obwohl es in unmittelbarer Nachbarschaft zu seinem eigenen Territorium lag.

»Wir hätten schon viel eher längere Reisen durch dieses wunderschöne Land machen sollen«, bedauerte der ilfaritische König, als er auf der obersten Stufe der breiten, weißen Treppe stand und seinen Blick über Meddohâr schweifen ließ.

»Vor ein paar Jahren hätte Euch das allerdings noch den Kopf gekostet«, erinnerte Fiorell ihn daran, dass die Kriegerkaste Fremden gegenüber einst weniger aufgeschlossen war. »Danach kamen die Priester, und nun regiert wieder das Schwert über das Land.« Er begann mit dem Abstieg der steilen Stufen. »Aber sie haben gelernt, oder?«

»In der Tat«, bestätigte Perdór lächelnd, als er an die Eigenarten der Kämpfer dachte. »Sie warten nun immerhin ab, bis man den ersten Satz gesprochen hat, bevor sie zuschlagen.« Gemächlich stieg er hinab; aufgrund seiner geringen Körpergröße und seiner kürzeren Beine hatte er leichte Schwierigkeiten, die auf kensustrianische Kriegermaße ausgelegte Treppe zu begehen. »Aber ganz so schlimm ist es nicht. Sie haben sich den Flüchtlingen gegenüber sehr großzügig verhalten.« Er stakste mehr, als dass er majestätisch schritt, was seinen Hofnarren, der schon lange am Fuß der Treppe angelangt war, zu einem unverhohlenen Grinsen veranlasste.

»Eine Gams ist ein tölpelhaftes Schaf gegen Euch«, begrüßte er ihn.

»Diese verdammten Stufen«, schimpfte der Herrscher und schaute missmutig zurück. »Wenn ich bedenke, dass ich da wieder hinauf muss!«

»Denkt an die Törtchen, die Ihr zurückgelassen habt«, empfahl der Spaßmacher. »Ihr werdet vermutlich vor mir oben angekommen sein.« Er winkte einem der bereitstehenden kleinen Gefährte zu, die von den Untersten des Kastensystems, den Unfreien, gezogen wurden.

Jeweils zwei Leute standen bereit, um die kleinen, einachsigen Kutschen – »Sharik« genannt – in leichtem Trab vorwärts zu bewegen. Perdór hatte darauf bestanden, während seines Exils keinerlei herausragende Privilegien zu genießen, außer einem eigenen Häuschen mit großer Küche. Ansonsten musste sich der Herrscher von Ilfaris in Meddohâr bewegen wie alle anderen Kensustrianer auch. Die schnellste und einfachste Methode, in den voll gestopften Straßen sein Ziel zu erreichen, waren diese Kutschen.

»Wie wäre es, wenn Ihr einmal mit den beiden Kerlen tauschen und das Gefährt ein wenig ziehen würdet?«, schlug Fiorell vor, verschränkte die Arme hinter dem Kopf und lehnte sich zurück. »Es würde Eurer Figur gewiss gut tun.«

»Das ist eine hervorragende Idee«, sagte Perdór. »Ich werde das sogleich in Erwägung ziehen.« Er rückte sein leichtes, helles Wams zurecht, genoss den Fahrtwind, der ein wenig Abkühlung verschaffte, und bewunderte die Bauten, die sie recht zügig passierten. »Aber nur, wenn du dich in die Speichen des Rades flechten lässt. Dann ziehe ich die Sharik rund um Meddohâr, lieber Fiorell. Du wärst überrascht, welche Ausdauer ich hätte.«

Der Hofnarr lehnte dankend ab.

Die Einwohner der Stadt kümmerten sich nicht sonderlich um das merkwürdige Gespann, das sich durch die Straßen kutschieren ließ. Der König fühlte sich in seinem Eindruck bestätigt, dass einzig und allein die Kriegerkaste die fremdenfeindlichen Zeitgenossen des Landes waren.

Die Sharik hielt vor einer Pforte an, die angesichts der Mauer, in die sie eingebettet war, eher wie ein Mauseloch wirkte denn wie ein Einlass, durch den zwei Mann nebeneinander schreiten konnten.

Nach einem kräftigen Klopfen und kurzer Wartezeit wurden Perdór und Fiorell, nachdem sie ihr Anliegen vorgebracht hatten, von einer Eskorte ins Innere der Festung gebracht, die den Hauptsitz der Kriegerkaste in Meddohâr darstellte und in welcher der König der Kensustrianer residierte.

Der ilfaritische Herrscher hatte inzwischen verstanden, dass der Ausdruck »König« nur bedingt zutraf, es aber keine angemessene Übersetzung für den kensustrianischen Titel in Ulldart gab. Auch die Rechten und Pflichten des »Königs« unterschieden sich weit von denen seiner Amtskollegen in den anderen ulldartischen Reichen.

Daher war auch der Begriff »Königreich« nur teilweise zutreffend. Der Mann symbolisierte die Kriegerkaste und leitete die Geschicke des gesamten Reiches. Dennoch war es legitim, wenn die anderen Kasten, abgesehen von den Unfreien, ebenfalls Verhandlungen mit anderen Reichen aufnahmen. Aber den Anweisungen des »Königs« mussten sich im Zweifelsfall alle unterwerfen.

Da zurzeit das Wissen der Krieger so notwendig wie beinahe noch nie in der Geschichte Kensustrias war, gab es keinerlei Reibungspunkte innerhalb des gesellschaftlichen Miteinanders, was schon einmal anders gewesen sein musste, wie Perdór aus Andeutungen Moolpárs herausgehört hatte.

Er entsann sich, dass die Krieger schon einmal als Retter des Kontinents fungiert hatten. Im Jahre 135 nach Sinured hatten sie einen K'Tar Tur namens Braggand, der sich Ulldart aneignen wollte, vernichtet. Nun setzte man ähnliche Hoffnungen in sie, nur dass die Vorzeichen diesmal wesentlich ungünstiger standen als damals.

Eintretende Krieger hielten vor einer weiteren Pforte an, an der man sich bücken musste, um hindurchzugelangen. Der Raum dahinter war klein und leicht mit ein paar Mann zu verteidigen, danach folgte ein enger Gang, durch den nur eine Person schreiten konnte. Andere Eingänge ins Herz der Bastion gab es nicht, Effektivität ging über Etikette. Angreifer erhielten somit keinerlei Gelegenheit, die Festung ebenerdig in einem Sturmangriff zu nehmen, und der Weg über die Mauern wäre verlustreich.

Bei der letzten Pforte mussten Perdór und Fiorell beinahe auf Händen und Füßen rutschen. Die beiden Ilfariten passierten einen letzten schmalen Gang und standen endlich in einer großen, hohen Halle, die wohl als Versammlungsort der Kaste gedacht war.

Licht fiel durch schießschartengroße bunte Glasfenster herein, ein paar Kohlebecken und Petroleumfackeln verbreiteten einen warmem Schein. Säulen ragten bis zur Decke hinauf und trugen ein schwarzes Kuppeldach.

In der Mitte der Halle erhob sich ein langes, mannshohes Steinrechteck, zu dem Stufen hinaufführten. Dort oben saßen neun Kriegerinnen und zehn Krieger, die Beine übereinander geschlagen, die Augen geschlossen und scheinbar in Trance versunken.

Sie waren noch größer als die den Ilfariten bekannten Kensustrianer. Ihre Rüstungen unterschieden sich sichtlich von denen der Eskorte und Moolpárs oder Vyvú ail Ra'az'. Sie wirkten aufwändiger gestaltet, bestanden weitestgehend aus einem schimmernden, nachtgrünen Metall und zeigten keine der üblichen Holz- und Lederkomponenten. Auf der Brustseite aller Panzerungen prangten goldene Intarsien unbekannten Musters. Jeweils zwei Schwerter lagen vor ihnen, deren Schneiden in der Hülle nach unten zeigten; ein unscheinbarer Stab ruhte hinter ihnen am Boden.

Einer der Kensustrianer wandte den Kopf zu den Ankömmlingen und bedeutete ihnen, nach oben zu kommen.

Zögerlich und äußerst beeindruckt von der gesamten Szenerie, gehorchten der König und sein Narr. Die übrigen Kämpfer veränderten ihre Haltung nicht und schienen keinerlei Notiz von ihnen zu nehmen. Erst jetzt sahen die beiden, dass die dunkelgrünen, offen getragenen Haare von schwarzen Strähnen durchzogen waren.

»Setzt Euch.« Der Kensustrianer deutete auf die beiden Kissen, die im Zentrum der Steinplatten lagen. Seine Stimme klang voll und tief. Perdór erkannte, dass das Rechteck ein einziges Mosaik bildete, das wohl religiöse Symbole und Zeichen darstellte. »Ich bin Tobáar ail S'Diapán. Es freut mich, dem Herrscher von Ilfaris von Angesicht zu Angesicht zu begegnen.« Die bernsteinfarbenen Augen waren von einem sanften inneren Feuer erhellt und lenkten ein wenig von den gefährlich aussehenden Eckzähnen ab, die dem König einigen Respekt einflößten.

Amüsiert bemerkte er, dass auch die unerschütterlich frohe Natur Fiorells in dieser recht düsteren Umgebung einen Dämpfer erhalten hatte. Er deutete eine Verbeugung an. »Auch ich bin geehrt, mich mit Euch zu unterhalten. Soweit ich weiß, bin ich das erste Staatsoberhaupt Ulldarts, das mit Euch spricht.«

Der Kensustrianer nickte langsam. »Außer Euch gibt es derzeit auch nur ein weiteres. Und ich hoffe sehr, dass es nicht hier ankommt«, scherzte er leise lachend. »Das ist auch der Grund, weshalb wir uns treffen.«

»Ich dachte eigentlich, ich sollte zu Moolpár gebracht werden«, wunderte sich der dickliche Ilfarit. »Wie komme ich zu der Ehre, mit dem Herrscher von Kensustria zu parlieren?«

»Ich kenne Euch schon sehr lange, Perdór«, eröffnete Tobáar mit seiner tiefen, beruhigend wirkenden Stimme. »Jedenfalls aus Berichten, die man mir darbrachte. Und ich dachte, es sei an der Zeit, dass wir uns begegnen. Vielleicht haben wir nie mehr die Gelegenheit dazu, je nachdem, was uns die Zukunft bringt. Ilfaris und Kensustria sind seit dem Jahr 136 eng miteinander verbunden. Und wir schulden Euren fernen Vorgängern Dank, dass man uns eine Bleibe hier auf Ulldart gab. Das alles waren Gründe, warum wir uns dem Staatenbund des Südens angeschlossen haben.«

»Und schon seid Ihr der einzige Staat im Bund«, sagte der Hofnarr verwegen. »Ihr hättet …«

Der Kensustrianer wandte sein schmales Gesicht langsam zu Fiorell und musterte ihn. Das Bernstein um seine Pupillen glomm auf. »Ihr seid also der Spaßmacher, von dem mir Moolpár berichtete. Ich glaube, er hat bis heute nicht verstanden, weshalb die Menschen des Humors bedürfen, wie ihn ein Hofnarr verbreitet. Ich habe mit den Jahren dazugelernt und verstehe den Grund.« Der warme, bräunliche Farbton wechselte zu einem grellen Gelb, das sich in die Augen Fiorells zu brennen schien. Die Aura von Ruhe um Tobáar schlug um, der Oberste der kensustrianischen Kriegerkaste verbreitete von einem Lidschlag auf den anderen unsägliche Furcht. »Ich habe aber nicht gesagt, dass ich jetzt Euren Frohmut benötige. Haltet Euch im Zaum.«

Mit größter Körperbeherrschung brachte Perdór seine Beine dazu, nicht loszulaufen, auch wenn jede einzelne Faser seines Körpers nach Flucht verlangte.

»Was genau wolltet Ihr mit Moolpár besprechen?«, fragte der Kensustrianer den ilfaritischen Herrscher.

Stockend legte Perdór seine Vorstellung von dem Gefährt dar, das unter den Feinden hindurchtauchen könnte, um sie auf diese Weise zu versenken.

»Das klingt vernünftig«, meinte Tobáar. »Noch ist es nicht zu spät. Die Kriegerkaste wird sich den Angreifern stellen, sollten sie noch so zahlreich sein.« Ein böses Lächeln huschte über sein Gesicht. »Ich danke Euch für Eure Anregung, Majestät.«

»Ich mache mir große Sorgen um das weitere Schicksal des Kontinents«, erwiderte der dickliche Herrscher. »Mit Verlaub, ich kann mir nicht vorstellen, wie Ihr das Böse aufhalten wollt. Ans Zurückschlagen wage ich nicht zu denken.«

Tobáar senkte für einen Moment die Lider. »Ich erkläre Euch, was wir beabsichtigen. Das Kensustria der Kriegerkaste wird sich nicht ergeben. Wir werden so lange wie möglich Widerstand leisten. Wir werden angreifen, wenn wir die Schwächen des Gegners erkennen. Wir werden keine Gnade gewähren. Alle anderen Kasten, außer den Unfreien, werden unser Reich verlassen und in unsere Heimat zurückkehren. Es müssen nicht mehr sterben als notwendig.«

»Könnten sie nicht bei der Verteidigung helfen?«, entschlüpfte es Fiorell.

»Nur den Besten steht es zu, Kensustria gegen die Angreifer zu behaupten«, erklärte Tobáar. »Mit Gebeten lassen sich die Truppen aus dem Norden nicht aufhalten. Nun werden wir unser Zögern teuer bezahlen. Die anderen werden das Land verlassen, und in zwei Jahren wird die Evakuierung abgeschlossen sein. Und bis dahin wird niemand ohne unsere Erlaubnis einen Fuß auf unser Gebiet setzen. Falls doch, verliert er ihn.«

»Und der Kabcar hat zugestimmt, dass Ihr Eure Leute in Sicherheit bringen dürft?«, wollte Perdór wissen. »Immerhin hat er auch die Schwarze Flotte versenkt.«

»Warum sollte er etwas dagegen haben?«, hielt der Kensustrianer dagegen. »Soweit ich weiß, wollen sich die ersten unbewaffneten Schiffe heute auf den Weg machen. Ich wünsche ihnen Glück.«

»Ihr meintet, dass Ihr Kensustria verteidigen wollt«, hakte der ilfaritischer Herrscher nach. »Wie lange?«

»Bis wir geschlagen sind«, lautete die lakonische Antwort. »Wir weichen nicht von dem Stück Land, das wir rechtmäßig erworben und kultiviert haben. Nichts von all dem, was wir geschaffen haben, wird ihnen zugute kommen. Wir lassen uns weder den Willen anderer aufzwängen, noch schenken wir ihnen etwas von dem, was wir erschaffen haben.« Tobáars sandfarbenes Antlitz glich dem einer Statue. »Mit dem Tod des letzten Kriegers endet Kensustria, vorher nicht.«

Der letzte Satz hallte noch lange zwischen den hohen Mauern nach. Es lag etwas Unumstößliches, etwas Endgültiges darin, das die beiden Ilfariten ergriffen schweigen ließ. Perdór erhob sich ungelenk und deutete eine Verneigung an, Fiorell folgte seinem Beispiel, dann verließen sie die Halle durch den Eingang, durch den sie gekommen waren.

Erst als sie vor den gewaltigen Mauern im Schein der strahlenden südlichen Sonnen standen, fiel die feierliche Beklemmung von den Männern ab.

»Tobáar hat uns soeben den Untergang der kensustrianischen Kultur verkündet«, fasste Perdór betreten zusammen. »Die Krieger werden alles vernichten, was an die Grünhaare erinnert.« Tief sog er die frische Luft ein. »Die ganze Pracht der Städte, die Bauwerke, alles dahin. Verflucht, ich hätte Zeichner an Stelle von Köchen mitnehmen sollen, damit die Nachwelt weiß, was sie verloren hat.«

Sie schlenderten die Straße entlang, jeder in Gedanken versunken. Wenig später erfuhren sie, dass die Blockadeschiffe des Kabcar das erste zivile Schiff der Kensustrianer versenkt hatten. Die Priester und Gelehrten wollten das Land verlassen, aber der Herrscher von Tarpol gewährte es ihnen nicht. Die Kensustrianer wurden zu Gefangenen im eigenen Reich.

Währenddessen übten Sabin und Soscha unentwegt. Der ehemalige Minenarbeiter gab sich Mühe, endlich Macht über seine magischen Fertigkeiten zu erlangen. Mehr als Misserfolge errangen sie jedoch nicht. Die junge Frau beendete die Experimente am späten Abend.

Soscha blätterte ihre Unterlagen durch. Sabin konnte

seine Magie noch immer nicht wirklich kontrolliert einsetzen. Unterbewusste Sperren, so vermutete die Frau, verhinderten eine bessere Ausnutzung seines magischen Potenzials, das sie als ein blaues Leuchten um ihn herum registrierte.

Zurzeit experimentierten sie, ab welchem Alkoholpegel diese geistige Barriere am leichtesten zu durchbrechen war. Mit starken Emotionen – die andere Möglichkeit, dieses mentale Hindernis zu überwinden – hatten sie keine guten Erfahrungen gemacht. Die zerstörerischen Energien, die Sabin aus dem Affekt heraus aus den Fingerspitzen sandte, zuckten ungezielt durch die Gegend und sorgten für wahllose Zerstörung. Das war aber nicht Sinn der Sache.

Mehrmals täglich verbrachten sie Zeit damit, dass Sabin Energien freisetzte und Soscha ihn überwachte; anhand des veränderten Leuchtens versuchte sie, ihm Ratschläge zu erteilen.

Aber entweder er begriff die Anweisungen nicht, oder die Magie hatte ihren eigenen Verstand, und der schien äußerst eigenwillig zu sein. Soscha hatte den ehemaligen Minenarbeiter als »Intuitiven« eingestuft, der nach dem gleichen Prinzip »funktionierte« wie die Cerêler: Sie gebrauchten weder Worte noch Gesten, um ihre Fertigkeiten anzuwenden.

Und dennoch machte Sabin Fortschritte, allerdings ungewollt. Sein herkömmliches blaues Schimmern war kräftiger, intensiver geworden; demnach hatte die Kraft als solche an Stärke zugenommen. Von nun an bedeutete jeder Versuch eine größere Gefahr für ihr eigenes Leben und alle Einrichtungsgegendstände um den Tersioner herum. Zu allem Überfluss, meinte Soscha zu spüren, hatte sich der Mann in sie verliebt. Doch sie empfand nichts für ihn.

Verärgert über sich selbst, da sie sich nicht konzentrieren konnte, warf sie sich das Kleid über und machte einen Spaziergang durch Meddohâr, um innerlich zur Ruhe zu kommen.

Die Gestirne wanderten in Richtung des Meeres, die weißen Häuser badeten in den Farben eines wundervoll anzusehenden Sonnenuntergangs.

Soscha betrat die kaleidoskopischen Arkadengänge des Tempels zu Ehren von Ioweshbra, einer Gottheit, die eine nicht geringe Anzahl eher niedrig gestellter Kensustrianer für alles Unerklärliche verantwortlich machten. Daher freundete sich auch die Ulsarin mit Ioweshbra an, weil sie Magie nach wie vor für etwas Unerklärliches hielt. Das verwirrende, sich immer verändernde Durcheinander von geometrischen Mustern und bizarren Kolorierungen faszinierte sie stets aufs Neue.

Als die Stadt in tiefer Finsternis lag, trat Soscha den Heimweg auf der untersten Ebene an. Nur wenige Bewohner Meddohârs begegneten ihr. Im Gegensatz zur Hauptstadt Ulsar musste eine Frau hier keine Angst haben, nachts allein durch die Straßen zu gehen. Auch wenn die Kensustrianer seltsam anzuschauen waren, so war ihnen die primitive Kriminalität in der Art, wie man sie in Ulldart allerorten traf, gänzlich unbekannt. Zudem sorgten Nachtwächter, die in erster Linie zur Verhinderung von Bränden ihre Runden drehten, für zusätzliche Sicherheit.

Soscha spazierte die Häuserreihen entlang, nahm den Geruch der ungewöhnlichen Bäume, Sträucher und Pflanzen auf, der in der Luft lag, und schmeckte die Nachtluft mit all ihren Nuancen auf der Zunge.

Verdutzt blieb sie stehen, als sich von vorn eine seltsam anmutende, intensive Lichtquelle näherte, die ihren Schein weit voraus warf. Sie schimmerte in einer Farbe, für die Soscha keinen Ausdruck kannte, und kam rasch näher. Nun hörte sie Geräusche, wie sie sie aus der Zeit in der *Verlorenen Hoffnung* noch in bester

Erinnerung hatte. Ein Tross Gerüsteter bewegte sich auf sie zu.

Die Ulsarin wusste nicht, warum sie zur Seite trat, vielleicht aus der Abneigung gegenüber Bewaffneten heraus. Sie huschte in den Torbogen eines Hausdurchgangs, um aus ihrem Schutz heraus die Krieger zu betrachten, die man tagsüber kaum in den Straßen sah.

Als die Angehörigen der Kriegerkaste ihren Standort schweigend passierten, erkannte sie ihren Fehler. Es war keine Laterne, die sie gesehen hatte. Das undefinierbare, intensive Leuchten umgab einen eindrucksvollen, großen Kensustrianer, der wie alle anderen in einer nachtgrünen Rüstung mit goldenen Brustintarsien steckte.

Sie legte eine Hand auf den Mund, um ihr überraschtes Keuchen zu unterdrücken. Die anderen neun Kriegerinnen und neun Krieger, die die üblichen hoch gewachsenen Kensustrianer an Größe noch übertrafen, schimmerten in der gleichen Farbe, wenn auch nicht so intensiv. Daher war ihr das Phänomen zunächst nicht aufgefallen.

Der Zug war an ihr vorüber. Wie mit dem Erdboden verwachsen, stand Soscha als lebendes Denkmal in dem Durchgang.

Panisch versuchte sie, die Hand vom Mund zu nehmen. Nichts tat sich.

Sie bemerkte lediglich, dass sie selbst von einem schwachen Glimmen in der unergründlichen Farbe bedeckt war, das sich nun langsam verlor. Als es verflogen war, erhielt sie die Kontrolle über ihre Glieder zurück und musste sich erst einmal setzen.

»Was war das?«, sagte sie zu sich selbst. »Ich werde demnächst viel zu Ioweshbra beten müssen, damit er mir hilft, dem Unerklärlichen auf die Spur zu kommen.« Sie erhob sich vorsichtig und legte die restliche Strecke zur Unterkunft zügig zurück.

Ihre Entdeckung bezeugte, dass einige der Kensustrianer magisches, wahrscheinlich intuitives Potenzial in sich trugen, das sie auch anwandten. Die unnatürliche Lähmung, von der sie ergriffen worden war, diente wohl als Schutz vor unliebsamen Verfolgern. Es blieb einzig die Frage, ob sie von dem Anwender der Kräfte bemerkt worden war oder ob die Magie von selbst reagierte und sie an einen Fleck bannte.

Aufgekratzt stürmte sie ins Haus und lief hinauf in ihr Arbeitszimmer, um augenblicklich ihre Eindrücke und Gedanken zu notieren. Wenn die Kensustrianer den Umgang mit den Energien beherrschten, würden sie ihr und Sabin bei der Ausbildung unter Umständen behilflich sein können.

Die Feder flog nur so über das Papier, und die Ulsarin vergaß alles um sich herum. Deshalb bemerkte sie den betrunkenen Tersioner, der sich ihr näherte, viel zu spät.

Er bedrängte sie, wollte sie von seiner Liebe überzeugen. Sie lehnte ihn ab, was seinen Zorn heraufbeschwor.

Urplötzlich brüllte er auf. Wie ein Freudenfeuer in der tiefsten Schwärze, so empfand Soscha das blaue Aufglühen der Magie um Sabin herum. Kurz darauf entluden sich die Energieströme ungezügelt in den Raum.

Unterschiedlich dick traten sie aus dem Tersioner aus, durchschlugen Möbel, frästen schwarzen Bahnen in die Wände und brachten Gegenstände zum Zerspringen. Gleich mehrere der zuckenden Strahlen erfassten Soscha, die dem kommenden Unheil nicht mehr ausweichen konnte. Lava schien durch sie hindurchzuschießen, sie fühlte sich aufgebläht und fürchtete, unter der ungebändigten Kraft wie ein übervoller Weinschlauch zu bersten. Kreischend fiel sie auf den Boden.

Die knisternden Blitze aus dem Körper des Minenarbeiters wurden schwächer und schwächer, nur die blauen Bahnen zwischen ihm und ihr rissen nicht ab. Im Gegenteil, sie bündelten sich zu einem einzigen Band, und das Knistern wurde zu einem aggressiven Zischen.

Der Mann kam langsam auf sie zu, jeder Schritt kostete ihn Mühe und Anstrengung. Bei der jungen Frau angelangt, fiel er auf die Knie und sank mit einem Stöhnen nach hinten. Wie ein einfarbiger Regenbogen stand die blaue Magie über den beiden Menschen, die Enden jeweils in den Leibern versenkt.

Abrupt riss der Strahl ab. Beißende Qualmwolken schwebten im Raum.

An Stelle des kräftigen Minenarbeiters lag der modrige, halb eingefallene Leichnam eines Greises im Zimmer, an dem nur die Reste der verschmorten Kleider einen Hinweis darauf gaben, um wen es sich in Wirklichkeit handelte.

Soschas Kleid war in Höhe des Bauchs weggebrannt, die verkohlten Ränder glommen und rauchten noch leicht. Die Haut darunter zeigte jedoch keinerlei Spuren von Verletzungen durch Feuer oder anderer Art.

Wände und Decke wiesen faustgroße Löcher und fingerdicke Risse auf, Kalk und Gesteinsstaub rieselten leise herab. Die Kraft Sabins war gefährlicher, als sie alle angenommen hatten.

Kontinent Kalisstron, Bardhasdronda,
Winter 458/59 n. S.

Lorin und Waljakov, der dem Knaben auf die Schliche gekommen und notgedrungen von ihm eingeweiht worden war, gingen auf die Jagd. Auf die Jagd nach den Fallen der Männer, die unbedingt einen Schwarzwolf fangen wollten.

Unvermittelt gerieten sie in ein Gefecht mit den Jägern und Soini. Lorin langte nach Pfeil und Bogen, um dem skrupellosen Mann, der sein Heil in der Flucht suchte, einen Gruß nachzusenden. Das Geschoss traf Soini ins rechte Schulterblatt, bevor er den Schutz des Dickichts erreichte. Die Jäger aber gerieten in eine der Fallen, die dem Schwarzwolf zugedacht war.

Lorin und Waljakov suchten nach ihrem überstanden Abenteuer Rantsila und Kalfaffel auf, um ihnen von dem verbrecherischen Vorhaben Soinis und den fremden Jägern zu berichten.

Der Anführer der Miliz, dessen Auge ein Veilchen zierte, gab den Fremdländlern auf Anweisung des Cerêlers ein Dutzend Männer sowie sechs Hundegespanne mit, damit sie die Gefangenen abholen konnten. Sehr zur Erleichterung des Knaben saßen die Vekhlathi immer noch hinter den engen Gitterstäben, keiner von ihnen war erfroren.

Bei ihrer Rückkehr hatte sich bereits eine kleinere Menschenmenge vor dem Gefängnis Bardhasdrondas eingefunden, welche die Ankunft der ertappten Verbrecher erwartete. Die Milizionäre brachten die gefangenen Vekhlathi in die Zellen, während Lorin seine Geschichte nun hochoffiziell zu Protokoll gab.

Kalfaffel stellte ab und zu Fragen, Rantsila aber hielt sich völlig zurück. Ihm schien es sichtlich unangenehm zu sein, dass er den Jungen fälschlicherweise verdächtigt hatte.

Danach war die Reihe an den Männern aus der Nachbarstadt. Der Anführer der Miliz begleitete Lorin humpelnd hinaus.

»Ich muss mich bei dir entschuldigen«, sagte er, und seine grünen Augen blickten geradeaus. »Wenn du mir erklärt hättest, was in Wirklichkeit in den Wäldern vorgeht, wäre alles anders gekommen.« Er nickte ihm knapp zu. »Aber bei der Abmachung bleibt es natürlich. Da kann ich keine Ausnahme machen.«

»Sicher«, antwortete Lorin und gab sich Mühe, nicht allzu unwissend zu wirken. »Ich verstehe das.«

Rantsila lächelte erleichtert. »Gut. Leichter werde ich es dir auch nicht machen.«

»Das verlange ich auch gar nicht. Ich schaffe das schon.« Der Knabe trat hinaus ins Schneegestöber, das mittlerweile eingesetzt hatte. Waljakov, der allein auf dem Platz wartete, glich mehr einem Schneemann als sich selbst. Die anderen waren wegen des schlechten Wetters in ihre Häuser zurückgekehrt.

»Ich bewundere deinen Mut«, verabschiedete sich der Mann.

Lorin lief seinem Waffenlehrmeister hinterher, der sich bereits in Bewegung gesetzt hatte. »Was ist das für eine Abmachung, die du mit Rantsila getroffen hast?«, fragte er ihn.

»Er wird einen Zweikampf mit dir austragen«, erklärte er wortkarg. »Verliert er, bekommst du deinen Posten.«

»Einen Zweikampf? Mit dem besten Kämpfer der Stadt?«, platzte es aus dem Knaben heraus.

»Zweitbesten«, verbesserte Waljakov. »Die Unterredung mit ihm verlief erfolgreich.«

Lorin hatte plötzlich eine Ahnung, woher die Blessuren des Kalisstronen stammten. »Aber ich weiß nicht, ob ich so weit bin.«

»Bis zum Frühjahr wirst du es sein.« Der hünenhafte Leibwächter steuerte die Gewächshallen an, die in der Obhut von Matuc lagen. »Ich bringe dich dazu.« Er öffnete die kleine Seitentür. Warme Luft strömte dampfend hinaus. »Und nun geh und berichte Matuc von deinem Erfolg. Er hat sich Sorgen um dich gemacht. Wir sehen uns morgen, direkt nach deiner Arbeit bei Akrar.«

Gehorsam betrat der Knabe die warme, nach Erde riechende Halle, in der einige Veränderungen vorgenommen worden waren, um die Süßknollen in der kalten Zeit gedeihen zu lassen. Große Feuer sorgten dafür, dass die Temperatur angenehm hoch blieb. Das Schmelzwasser des auf dem Dach tauenden Schnees leiteten die Helfer, die sich alle Ulldrael dem Gerechten angeschlossen hatten, über ein Innenrohr in ein gewaltiges Fass, um immer genügend Nass zur Bewässerung zu haben.

Als ein kleines Landwirtschaftswunder präsentierte sich die mehrstöckige Keimanlage für die jungen Süßknollen. Mannsdicke Baumstämme bildeten die Säulen der vier Etagen umfassenden Gewächsanlage. Auf einer Fläche von acht auf vier Schritt waren Bretter miteinander verbunden worden. Darauf hatten Helfer eine dünne Lage Erde geschüttet, in welche die jungen Erdfrüchte gesetzt und auf die nächste Keimebene gebracht wurden. Erreichten sie diese, bettete man sie in die schwere, lehmige Erde, wo der Reifungsprozess begann. Auf diese Weise sparte man Zeit – überlebenswichtig in den menschenfeindlichen, nahrungsarmen Wintern des Kontinents.

Lorin entdeckte seinen betagten Ziehvater in einem Kräuterbeet kniend. Matuc besaß den Ehrgeiz, nun auch die ein oder andere Kräutersorte im Winter zum Treiben zu bringen, bisher jedoch ohne Erfolg. Offensichtlich benötigten sie die Kraft der Sonnen.

Lorin räusperte sich.

Matuc hielt inne und warf einen Blick auf den Schatten, den der Knabe warf. Nach der kurzen Unterbrechung setzte er seine Arbeit an den zierlichen Halmen fort.

»Diese verdammten Gräser sind undankbar«, murmelte er, ohne sich umzudrehen. »Zuerst hilft man ihnen, unter den schwierigsten Umständen aufzuwachsen. Aber sind sie dankbar? Nein. Sie handeln nur nach ihrem eigenen Willen und machen, was sie wollen, ohne sich um die zu scheren, die sich liebevoll um sie gekümmert haben. Es ist ihnen gleich, wenn man sich sorgt.«

Der Junge wusste, dass der Geistliche nicht wirklich zu den Pflanzen redete. Er kniete sich neben den Mann auf die Erde und fuhr mit den Fingerspitzen über die Spitzen der Kräuter.

»Sie wissen es schon, wenn man sich um sie sorgt. Aber es fällt ihnen erst hinterher auf, wenn sie anderen durch ihr Verhalten Verdruss bereitet haben.« Er sah seinen Ziehvater von der Seite her an. »Es tut mir Leid, Matuc. Ich wollte nicht, dass du dir Sorgen machst. Aber diese Unternehmung sollte mein Geheimnis bleiben, bis ich mir ganz sicher war. Ich habe einem Schwarzwolf das Leben bewahrt. Die Vekhlathi haben ihm zusammen mit Soini nachgestellt und …«

»Das heilige Tier Kalisstras«, brummte der Geistliche. »Warum bin ich nicht überrascht?« Freundlich wandte er sich dem Jungen mit den blauen Augen zu. »Weißt du, dass du deiner Mutter sehr ähnelst? Wenn wir eines Tages nach Ulldart zurückkehren, werden einige Menschen sehr überrascht sein.« Er setzte sich so hin, dass er die ganze Halle überblicken konnte. »Sieh es dir an, Lorin. Ich habe Ulldrael auf diesen Kontinent gebracht.« Dann tippte er dem Jungen gegen die Brust. »Aber da hinein konnte ich ihn nicht setzen. Warum?«

»Aber ich glaube doch an den Gerechten«, protestierte Lorin, doch Matuc hob die Hand.

»Sicher glaubst du an ihn. Du glaubst an ihn, wie du an Kalisstra glaubst. Oder an andere Götter. Aber du bist dir seiner nicht sicher, und damit bist du nicht fest in deinem Glauben. Ich habe einfach Angst, dass es dir eines Tages zum Verhängnis wird. Deshalb habe ich mich so bemüht, dich voll und ganz mit den Lehren Ulldraels zu durchdringen.« Der betagte Geistliche lächelte schwach. »Ich habe das Unmögliche geschafft und Kalisstri zu bekennenden Ulldrael-Anhängern gemacht. Dagegen versagte ich bei dem Menschen, den ich von Kindesbeinen an erzog.«

»Es stimmt, ich fühle mich dem Gerechten nicht sonderlich verbunden. Er ist für mich eine Gottheit wie alle anderen auch«, erklärte Lorin zerknirscht. »Sei mir nicht böse. Es ist auch nicht deine Schuld.« Er hob einen Erdklumpen auf und zerbröselte ihn zwischen den Fingern. »Ich bin nichts Ganzes und nichts Halbes, weder Ulldarter noch Kalisstrone. Meine blauen Augen verraten jedem, dass ich ein Fremdländler bin. Und das andere Land kenne ich nur aus Erzählungen.«

»Es wird dich vielleicht eines Tages brauchen.« Matuc legte dem Jungen einen Arm um die Schulter. »Und du wirst es mögen. Wenn es der Wille des Gerechten ist, findest du dort zu deinem wahren Glauben.« Er stützte sich auf seinen Ziehsohn, um sich aufrichten zu können. »Und nun möchte ich hören, wo du warst und was du alles getrieben hast. Und wehe, deine Abenteuer waren die Sorgen nicht wert, die ich mir gemacht habe.«

Lorin half Matuc beim Aufstehen, ehe er sich selbst in die Höhe stemmte und die Erde von seinen Kleidern abstreifte. »Ich verspreche dir, dass ich dir von nun an alles erzählen werde.«

Gemeinsam verließen sie die umgebaute Lagerhalle und stapften durch die tanzenden Schneeflocken nach Hause. Und während der Junge Matuc seine Erlebnisse schilderte, geschah etwas Seltsames.

Zum ersten Mal, seit Lorin in Bardhasdronda war, grüßte ihn einer der Städter, der an ihnen vorüberging.

Verdutzt nickte der Knabe zurück und wäre beinahe mit dem nächsten Passanten kollidiert, wenn ihn sein

Ziehvater nicht im letzten Moment am Arm zur Seite gezogen hätte.

»Hast du das gesehen?« Der Junge deutete dem Mann hinterher. »Ich glaube, er hat mich gemeint.«

»Es wird sich herumgesprochen haben, dass du einem Schwarzwolf unter Einsatz deines eigenen Lebens gegen die Jäger beigestanden hast«, vermutete Matuc.

Nun achtete Lorin genau auf die Gesichter der Menschen, die ihnen begegneten. Zu seiner großen Freude wiederholte sich das für ihn so ungewohnte Ereignis noch zweimal, bis sie beim Hausboot angekommen waren.

Kaum hatten sie ihre schweren Jacken abgelegt, erschien Blafjoll, der vor Neuigkeiten schier zu platzen schien. Weil Fatja nicht in ihrer Behausung war, kümmerte sich Lorin um die Zubereitung des Tees.

»Stellt euch vor, was der Bürgermeister beschlossen hat«, begann der bekehrte Walfänger aufgekratzt. »Er hat Soini verstoßen.«

»Das ist doch mal was«, lachte der Junge und reichte die Tassen herum. Die drei stießen zusammen auf die freudige Nachricht an. »Dann haben die Vekhlathi ihn also nicht gedeckt?«

Blafjoll schüttelte den Kopf und rieb sich schadenfroh das Kinnbärtchen. »Sie hatten eine solche Wut auf ihn, weil er sie im Wald euch überließ, anstatt sie zu befreien, dass sie ihm alles in die Schuhe schoben.«

»Und wer war der Auftraggeber Soinis?«, fragte Matuc.

»Das wussten sie nicht«, sagte Blafjoll bedauernd. »Wenn er aus Bardhasdronda stammt, droht ihm das gleiche Schicksal wie dem Pelzjäger: die Verbannung auf Lebenszeit.«

»Das hat er sich auch verdient«, meinte Lorin und

setzte sich zu ihnen. Sein Blick wanderte durch das Fenster nach draußen, wo der Schnee sich auf dem schmalen Sims türmte.

»Wenn Kalisstra Soini ihre Gnade gewährt, dann hat ihn der Schwarzwolf erwischt«, tat der Kalisstrone seine Meinung kund. »Alles ist besser, als ein Heimatloser zu sein.«

Matuc schaute ungewollt zu seinem Ziehsohn. Doch dessen Augen waren immer noch auf die wirbelnden Flocken vor dem Glas geheftet. »Was geschieht mit ihm, wenn er sich wieder blicken lässt?«

Blafjoll wischte sich die von der Kälte gerötete Nase am Ärmel ab. »Das wird er nicht wagen. Es würde für ihn das Todesurteil bedeuten. Dennoch wird er sich rächen wollen. Soini ist ein Hundsfott. Aber leider ein Hundsfott mit einer sicheren Hand, einem guten Auge und einem Bogen.«

»Wisst ihr, dass Rantsila mich verdächtigte, ich könnte gemeinsame Sache mit den Piraten machen?«

»Rantsila ist bei deiner großen Schwester nicht angekommen. Und da wird er auf dich nicht gut zu sprechen sein«, vermutete der Walfänger grinsend. »Nimm es ihm nicht übel. Eigentlich ist er ein feiner Kerl. Und der beste Kämpfer.«

»Der Zweitbeste«, korrigierte Lorin vergnügt. »Und bald nur noch der Drittbeste.«

»Gibt es da etwas, das ich wissen sollte?«, erkundigte sich Matuc alarmiert. »Wolltest du mir denn nicht alles erzählen?«

Notgedrungen erklärte der Knabe, welche Abmachung Waljakov mit dem Milizionär getroffen hatte.

»Rantsila wird dich grün und blau schlagen«, schätzte der Kalisstrone sichtlich vergnügt. »Und es wird ihm ein besonderes Vergnügen sein.«

»Nein, keine Angst«, beruhigte ihn Lorin feixend. »Wir schlagen uns nicht mit den Fäusten. Soweit ich weiß, wird es ein echter Zweikampf mit Schwertern sein.«

Blafjoll verzog beeindruckt das Gesicht und prostete dem Knaben zu. »Darauf trinke ich.«

»Dem Glatzkopf werde ich gehörig die Meinung sagen. Einen Jungen gegen einen ausgebildeten Soldaten antreten zu lassen«, empörte sich Matuc und wollte aufstehen. »Dem hat die Kälte wohl den Verstand eingefroren!«

»Nein, nein, lieber Ziehvater.« Der Junge drückte ihn mit sanfter Gewalt zurück in den Sitz. »Es ist gut so. Endlich werde ich ausprobieren können, was mir meine Ausbildung bei Waljakov gebracht hat. Und bis zum Kampf ist es noch eine Zeit hin. Ich werde noch härter üben als bisher.« Er öffnete die Hand, und wie von Geisterhand bewegt, flog der Teekessel heran, ohne dass auch nur ein Tropfen verloren ging. »Und meine Magie habe ich auch noch.«

Kontinent Ulldart, Großreich Tarpol, Provinz Ker, Burg Angoraja, Winterende 458/59 n. S.

Eine der beiden Gestalten, die im verschneiten Burghof ihre gemeinsame Waffenübung abhielten, warf urplötzlich den Schild zur Seite, packte das Schwert mit beiden Händen und drang brüllend auf den Gegner ein, der sich aus Angst vor Prügel vollständig hinter die Deckung seiner Paradewaffe zurückzog und es nicht wagte, den Kopf hervorzustrecken. Ein Tritt des Angreifers gegen das metallbeschlagene Holz warf ihn schließlich in den Schnee.

»Er hat eine furchtbare Technik.« Herodin schüttelte bedächtig den Kopf. Er hatte den Ausgang des Übungskampfes vom Fenster des Durchgangs aus verfolgt. »Und er beherrscht sich noch nicht gut genug.

Wildes Drauflosstürmen ist schlecht und gegen alles, was Angor von uns verlangt. Disziplin ist nach wie vor ein Fremdwort für ihn.«

»Was erwartet Ihr, Seneschall?«, verteidigte Nerestro von Kuraschka den Verlierer des Kampfes. »Alles, was er über Schwerter weiß, haben ihm Gesetzlose beigebracht, die sich auf ungezieltes Hauen und Stechen beschränken.« Seine Rechte fuhr die gefärbte blonde Bartsträhne entlang. »Ich finde, er hat große Fortschritte gemacht. Wenn es Frühling wird, schicke ich ihn zu einem Turnier. Er wird verlieren, aber Erfahrung sammeln.«

Ohne ein weiteres Wort wandte sich der Großmeister der Hohen Schwerter vom Fenster ab, um seinen Weg in Richtung des Waffensaals einzuschlagen. Die Schmerzen, die er beim Gehen im Rücken spürte, zeigte er nicht. Doch die langen Jahre im Sattel und das Tragen der schweren Rüstungen forderten im fortgeschrittenen Alter ihren Tribut.

Schweigend gingen die Männer nebeneinander her, bis sie die breite Eichentür vor dem Raum erreichten.

»Es sieht nicht gut aus, oder?«, fragte Nerestro, ehe er öffnete und eintrat. »Rodmor von Pandroc hat merkwürdige Andeutungen gemacht.«

»Er hatte wohl Recht, Großmeister«, bedauerte Herodin mit verkniffenem Gesicht. »Aber lasst es Euch selbst erzählen.«

Der Oberste des Ordens trat in den Saal, dessen Wände mit Schwertern, Morgensternen, Äxten, Beilen und anderen Waffen geschmückt waren. Verschiedene Schilde mit den unterschiedlichsten Wappen hingen ebenfalls dort. Während er zu seinem Platz am Kopfende der schwarzen Tafel schritt, betrachtete er die ältesten von ihnen, die einst Zeugnis seiner überlegenen Kampfkunst gewesen waren. Nun erinnerten sie ihn mehr an Mahnmale als an Trophäen. Keiner von denen, die die Schilde einst besessen hatten, lebte noch. Die meisten von ihnen waren bei Telmaran elend zu Grunde gegangen.

Ähnlichen Charakter besaß das Sammelsurium an Flaggen, Standarten und Fahnen, die von einer Balustrade herabhingen. Andenken an gute Freunde oder geschätzte Gegner.

Erst als er sich auf den geschnitzten Lehnstuhl setzte, hatte er Augen für die Anwesenden. Sieben Ritter, gerüstet in Kettenhemden und kostbare Pelze zum Wärmen, warteten darauf, dass ihr Großmeister das Treffen eröffnete. Auf dem Tisch lagen drei Schilde.

»Wir leben und dienen Angor, dem Gott des Krieges und Kampfes, der Jagd, der Ehrenhaftigkeit und der Anständigkeit«, begann Nerestro, zog seine aldoreelische Klinge und küsste die Blutrinne. Behutsam legte er das kostbare Schwert vor sich, die Spitze von sich weg zeigend. »Wir haben uns eine neue Bestimmung gesucht, indem wir diese Waffen vor dem Zugriff eines Unbekannten zu schützen suchten.« Er erhob sich. »Und was haben wir erreicht? Berichtet!«

»Es ist so, dass unsere Suche erfolglos war«, gab Kaleíman von Attabo Auskunft. »Wir fanden weder in der ehemaligen Burg von König Tarm noch in den Besitztümern des verstorbenen Herrschers Mennebar Hinweise auf die aldoreelischen Klingen. Angeblich sei, so sagte uns die Dienerschaft, niemals eine solch kostbare Waffe zu sehen gewesen.« Seine Unterkiefer mahlten. »Dafür verloren wir zwei unserer Brüder und eine Schwester, die den Besitzer in der Baronie Serinka beschützen wollten. Wir wissen nicht, was sie getötet hat. Ihre Leichen wurden zusammen mit dem Vasruc in dem Raum gefunden, in dem das Schwert aufbewahrt worden war.«

»Die ilfaritische Klinge ging mit der Festung Windtrutz schon vor längerer Zeit verloren«, ergänzte der

Großmeister die schlechten Nachrichten. »Unser Orden besitzt demnach also die letzten vier.«

»Und es bleiben jene zwei, die mächtigsten aller Klingen, die ausschließlich für den Kampf gegen Sinured angefertigt wurden und an einem geheimen Ort vor dem Bösen versteckt liegen«, erinnerte der Seneschall. »Wissen wir über ihren Aufenthaltsort bereits Genaueres?«

»Angor hat sie dummerweise so gut versteckt, dass wir noch keinerlei Erkenntnisse über ihren Verbleib erlangt haben. Die Archive, die wir durchforsten ließen, ergaben nichts außer Verweise auf ältere Sammlungen.« Kaleíman wirkte unzufrieden. »Und damit ist ungewiss, ob denn das Böse sie nicht schon lange in seinem Besitz hat. Aber selbst wenn es lästerlich klingen mag: wer sagt uns, dass die beiden letzten, besonderen Schwerter überhaupt existieren?« Ein Murren lief durch die Reihen der Anwesenden. »Ich weiß, dass es einigen nicht passt, wenn ich so denke. Es mag daran liegen, dass wir eine neue Generation der Ritterschaft sind. Dennoch, diese Gedanken sind berechtigt.«

Herodin nickte aufmunternd, und Kaleíman fuhr fort. »Diese beiden Klingen sind nur aus der Legende bekannt. Was ist, wenn sie sich bereits unter denen befinden, die wir an den Unbekannten verloren haben? Wenn sie gar nicht versteckt waren? Oder wenn eine von ihnen gerade vor uns auf dem Tisch liegt? Ich habe die Aufzeichnungen studiert, und es findet sich darin nichts darüber, wie sie beschaffen sind. Wie, so frage ich die Runde, sollen wir sie überhaupt von den anderen unterscheiden?«

Die Ritter schauten ihren Ordensführer abwartend an.

»Es wird Zeit, dass ich den Kabcar in Kenntnis setze«, entschied Nerestro. Gedankenverloren fuhren seine Finger über den Griff seiner aldoreelischen Klinge. »Und wir dürfen uns nicht dadurch schwächen, dass wir uns über den ganzen Kontinent verteilen. Die anderen beiden Träger der Schwerter sollen unverzüglich in meine Burg kommen. Wenn immer einer von uns über die anderen wacht, wird der, der die Klingen einsammelt, keine Gelegenheit erhalten, uns zu überraschen. Und dann töten wir den, der es gewagt hat, sich mit den Hohen Schwertern in die Schranken zu wagen.«

Mit einer Geste bedeutete er den Versammelten, sich zu erheben. Eigenhändig brachte er die Schilde der Kriegerin und der Krieger an der Wand an. Gleichzeitig knieten sich die Ritter auf den Boden und sprachen Gebete zu Angor, damit er die Ordenszugehörigen bei sich aufnehme. Mehr als zwei Stunden verharrten sie so im Waffensaal, bis sich Nerestro erhob.

»Zwei Dutzend unserer Ritter behalte ich hier bei mir, den Rest teilt Ihr in zwei Gruppen, die den Besitzern der aldoreelischen Klingen entgegenreiten sollen, um ihnen wenigstens etwas Schutz zu bieten«, befahl er seinem Seneschall.

»Habt Ihr einen Verdacht, wer sich die Schwerter nimmt, Großmeister?«, fragte Kaleíman.

»Keinen, den ich beweisen kann«, deutete Nerestro an. »Und es würde Euch nichts nützen, wenn ich ihn äußerte.« Seine Augen schweiften über die Gesichter seiner Untergebenen. »Ihr wisst, was auf dem Spiel steht. Wenn diese letzten vier Waffen verschwinden, gibt es nichts, was Sinured und seine Verbündeten, an welcher Stelle auch immer sie sitzen, aufhalten könnte. Nicht einmal die vom Kabcar so viel gepriesene Magie. Über alles andere, was Ihr zu den besonderen Schwertern gesagt habt, werde ich nachdenken, Kaleíman von Attabo.«

Die Gerüsteten verließen den Waffensaal.

Nerestro ließ sich auf seinen Stuhl fallen. »Ach, Ihr meint, ich habe mich lange genug zum Narren halten lassen?«, sprach er müde in die leere Luft. »Ich habe geschworen, mich nicht mehr in die Politik einzumischen. Und dem Hause Bardri¢ bin ich treu ergeben, so lautete die Vereinbarung, die ich damals mit dem Kabcar traf, um den Orden vor dem Untergang zu bewahren.« Er schwieg einige Zeit, seine Miene wurde wütend. »Mich zu beleidigen fruchtet nicht, Rodmor von Pandroc! Verschwindet!« Er legte sich die Hände auf die Ohren und schloss die Augen. »Ich sage dem Kabcar Bescheid, mehr werde ich nicht tun. Und nun lasst mich in Ruhe!«

Die Sonnen versanken; ihr warmer, goldener Schein fiel durch die Fenster, legte sich auf den Großmeister und wärmte ihn. Seufzend nahm er die Hände weg und ließ den Kopf kreisen, bis seine Nackenwirbel knackten.

Dann öffnete er die Augen, die nun einen entschlossenen Ausdruck trugen. Er verließ den Waffensaal und begab sich in seine Schreibstube, um einen Brief aufzusetzen, den er durch einen Boten nur dem Kabcar persönlich aushändigen lassen wollte.

Ausführlich schilderte er die bisherigen Ereignisse rund um die aldoreelischen Klingen und verschwieg auch nicht, dass Meister Hetrál, wie ihm zugetragen worden sei, von Hemeròc angegriffen worden war. Er legte die Vermutung nahe, dass entweder Hemeròc oder eine noch vertrautere Person im Umfeld des Herrschers ein doppeltes Spiel trieb. Ausdrücklich wies er darauf hin, dass das Böse etwas vorbereitete und er nicht wusste, was es beabsichtige. Das sollte ausreichen, um den Kabcar ein wenig aufmerksamer zu machen.

Nach einigem Zögern fügte er einige Zeilen an, in denen nur der Herrscher eine besondere Bedeutung erkennen würde, und siegelte den Umschlag.

Kurz danach preschte ein Botenreiter zum Burgtor hinaus.

Prustend tauchte Albugast aus dem Zuber auf und wischte sich die verbliebene Seife aus den blonden Haarstoppeln, die auf dem ansonsten kahl rasierten Kopf standen. Entspannt ließ er sich in dem riesigen Behälter treiben und genoss die Wärme, die ihn von allen Seiten umgab und seine verspannten Muskeln lockerte. Die ätherischen Öle, die in das Wasser gegeben worden waren, wirkten zusätzlich wohltuend.

Die Gestalt seines ärgsten Widersachers erschien in der Tür der kleinen Badekammer, dem wärmsten Raum in der ganzen Burg, abgesehen von den Frauengemächern – zumindest früher. In der Kemenate wurde schon lange nicht mehr geheizt.

Tokaro warf einen Blick auf Albugast, der ihn wie immer mit Missachtung strafte.

Der blonde, gut aussehende und vor allem äußerst ehrgeizige Mann hätte der nächste Knappe des Großmeisters werden sollen, doch das Auftauchen des einstigen Gesetzlosen machte diese Pläne zunichte. Stattdessen wurde er einem anderen Ordensritter zugeteilt, der bei weitem nicht das Prestige eines Nerestro von Kuraschka vorzuweisen hatte. Dafür verabscheute Albugast den Konkurrenten, feindete ihn an, wo es nur ging, und ließ seit seinem Erscheinen auf der Burg keine Gelegenheit aus, ihn bloßzustellen.

Zu allem Überfluss schien der Großmeister die Ausbildung des unbekannten Jungen, den er eines Tages wie ein Findelkind mitgebracht hatte, aus irgendeinem Grund mit Gewalt voranzutreiben. Die Aufmerksamkeit, die auf die täglichen Übungen gelegt wurde, war ungleich höher als bei allen anderen. Dafür erfuhr man nicht das Geringste über die Vergangenheit des Neulings. Adliger Herkunft, da war sich Albugast sicher, konnte er bei den fehlenden Manieren nicht sein. Der Neid nagte an ihm, und er richtete seine Wut über die Zurücksetzung voll und ganz auf seinen Widersacher.

»Verschwinde, Filzlaus«, begrüßte er Tokaro unfreundlich. »Der Zuber ist voll.«

»Ich will gar nicht hinein. Es schwimmt genug Dreck darin herum, dass man danach noch mal baden müsste«, sagte der Junge mit den leuchtend dunkelblauen Augen, der mehr und mehr zum Mann geworden war.

Ohne auf das Fluchen des Knappen zu achten, zog er sich grinsend zurück, um sich in der Rüstkammer unbeobachtet von den anderen umzuziehen und zu waschen.

Wenn auch nur einer der Männer sein Brandzeichen entdecken würde, wäre sein Dasein als zukünftiger Ritter Angors zu Ende. Da ihm die Ausbildung derzeit gefiel, wollte er das aber nicht in Kauf nehmen.

Dass er die Nähe der anderen im unbekleideten Zustand mied, machte ihn zu einem Sonderling. Nacktheit gegenüber den eigenen Mitgliedern bedeutete nichts Anstößiges im Orden, und dass ihm diesbezüglich Privilegien eingeräumt wurden, sorgte für Gerüchte. Die Ringerübungen absolvierte er ebenso in einem reißfesten Lederhemd wie das Laufen, Schwimmen oder andere Körperertüchtigungen. Die Ausrede, er trage am gesamten Oberkörper einen hässlichen Hautausschlag, verlor mehr und mehr an Glaubwürdigkeit.

In aller Eile streifte Tokaro das Kettenhemd ab und wechselte die verschwitzte Kleidung. Nachdem er den Übungskampf hinter sich gebracht hatte, stand nun Armbrustschießen an.

Der Umgang mit der Fernwaffe fiel ihm sehr leicht, aber noch lieber hätte er seine Büchse zurück. Er vermisste das Donnern, den Rückschlag, der den Schaft gegen die Schulter drückte, und den Geruch des Pulverdampfes. Zudem waren die Feuerwaffen, was den Durchschlag auf größere Entfernung anbelangte, der Armbrust überlegen.

Den wattierten Waffenrock auf der Haut und das

Hemd aus unzähligen geflochtenen Ringen darüber, trabte er in die Halle, in der die Schießübungen stattfanden. Unterwegs steckte er sich drei eingelagerte Winteräpfel ein, falls er Hunger bekommen sollte. Kurz nach ihm erreichte Albugast den Übungsplatz.

Einer der erfahrenen Ritter erschien und koordinierte den Ablauf des Unterrichts. Die aus Stroh geflochtenen Zielkörbe wurden in fünfzig Schritt Entfernung aufgestellt – eine Entfernung, über die Tokaro, besäße er seine Büchse noch, in schallendes Gelächter ausgebrochen wäre. Schweigend und geordnet wiederholten die Jungen im ständigen Wechsel Laden und Schießen. Der Ritter verließ den Saal.

Einfach nur in die Mitte zu treffen war dem Ulsarer zu langweilig. Daher begann er, mit den Bolzen eine gerade Linie von oben nach unten zu ziehen. Der erste Schuss ging in den äußersten der neun unterschiedlich farbigen Ringe, exakt über der mit einem roten Punkt markierten Mitte. Zufrieden lud er nach.

Albugast lachte laut. »Schaut, wie zielsicher unser Frischling ist.« Er betätigte die Winde an seiner Armbrust, um damit die Sehne nach hinten zu ziehen, legte einen Bolzen in den Schaft und setzte das Geschoss nach kurzem Zielen fast mittig ins Ziel. »So geht das, du Taugenichts.«

»Auf unbewegte Gegenstände zu schießen ist keine große Kunst«, meinte Tokaro abfällig.

Sein Rivale lächelte. »Und du hast eine Eingebung, woher wir ein anderes nehmen sollten?«, erkundigte er sich herausfordernd. »Dachtest du dabei an dich?«

»Ja«, sagte der Junge und lud seine Waffe. »Jeder von uns geht bis ans Ende der Halle, ausgestattet mit zehn Bolzen. Und dann gehen wir aufeinander zu und feuern alle drei Schritte auf uns.«

Albugasts Gesicht zeigte seine Irritation über diesen Vorschlag in aller Deutlichkeit. »Hast du den Verstand verloren?«

»Heißt das, du bist feige?«, konterte Tokaro genüsslich, hob den Lauf, ohne zu zielen und drückte den Abzug nach hinten. Der kurze, massive Pfeil bohrte sich ins Zentrum der Scheibe. »Dann machen wir etwas anderes, bis du dich traust, gegen mich anzutreten.« Er nahm einen der Äpfel hervor. »Einer der anderen wird ihn in die Luft werfen. Wer den Apfel erwischt, hat gewonnen und muss einen Tag lang die Aufgaben des anderen mit übernehmen.«

Mittlerweile ruhten die Übungen in der ganzen Halle. Alle wollten sehen, wie der Wettkampf zwischen Albugast und Tokaro enden würde.

»Einverstanden«, stimmte sein Kontrahent zu. »Ich zuerst.« Der erste Bolzen zischte an dem fliegenden Obststück vorbei, beim zweiten Versuch streifte er es. »Das genügt wohl.«

»Dir vielleicht«, meinte der einstige Rennreiter des Kabcar, hob den Apfel auf und warf ihn hoch in die Luft. Das Obst beschrieb eine Kurve, wie es der junge Mann geplant hatte, und landete genau in den Händen von Albugast.

Die Armbrust richtete sich auf den Apfel, den der überrumpelte Knappe genau vor der Mitte seines Oberkörpers hielt. »Ich habe nicht gesagt, dass man ihn während des Fluges treffen muss. Du hättest genauer zuhören sollen.« Die anderen Knappen lachten. Tokaros Augen bohrten sich in die seines Rivalen. »Wenn du es noch einmal wagst, mich vor allen anderen einen Taugenichts zu nennen, Albugast, wirst du erfahren, was für ein Gefühl es ist, einen Bolzen zwischen die Rippen zu bekommen. Ich bin ebenso viel wert wie du, Ordensbruder. Du magst älter sein, aber nicht besser als andere. Und nun wirf.«

Verunsichert von der plötzlichen Entschlossenheit und Härte, die er seinem Gegenspieler niemals zugetraut hätte, kam Albugast der Aufforderung nach. Auf dem höchsten Punkt des Fluges zerplatzte der Apfel in mehrere Teile, gesprengt vom zielsicher abgeschossenen Bolzen.

»Was ist hier los?«, herrschte der zurückgekehrte Ordensritter die Knappen an. »Euch werde ich lehren, was Disziplin bedeutet.« Er ließ sie die Armbrüste in den Nacken legen und Laufrunden drehen, bis sie vor Anstrengung nur noch keuchten. Danach wurde das Übungsschießen fortgesetzt, immer wieder unterbrochen von Ausdauereinlagen.

An den Blicken der anderen jungen Männer erkannte Tokaro im Lauf des restlichen Tages zwei Dinge. Zum einen war er in ihrem Ansehen um einiges gestiegen, und zum anderen hatte er sich in Albugast nun einen vollendeten Feind geschaffen, der ihm das Leben im Orden zur Hölle machen würde.

Aber was wäre das Leben ohne eine echte Herausforderung? In Hochstimmung feuerte er einen weiteren Bolzen unmittelbar unter den allerersten und vervollständigte die angefangene Linie aus Geschossen Schuss um Schuss.

Kontinent Ulldart, Großreich Tarpol,
Hauptstadt Ulsar, Winterende 458/59 n. S.

Mortva Nesreca begann damit, die aldoreelischen Klingen, die sich in seinem Besitz befanden, durch alte Rituale und den Einsatz seiner Magie eine nach der anderen einzuschmelzen. Die Schwerter wurden zu nutzlosen, unansehnlichen Metallklumpen.

Aber eine Klinge, die ihm seine Helferin aus Serinka brachte, entpuppte sich als Fälschung. Der Konsultant verstand, dass ihm der Ordensritter auf die Schliche kam.

Er hoffte nur, dass sie nicht noch mehr Fälschungen in der Sammlung hatten. Er musste es sofort überprüfen.

Die letzten Flocken fielen aus den grauen Wolken, größtenteils mit Regen vermischt. Der Winter im Großreich Tarpol näherte sich seinem Ende.

Der Konsultant nahm die Stufen des Nebeneingangs und warf einem Diener seinen Mantel zu. Glitzernd rannen die Wassertropfen die langen Haare hinab und verdampften, als sie den Uniformrock berührten. Ohne sich aufzuhalten, schritt Nesreca in seine Gemächer, öffnete die beiden Flügeltüren des riesigen schwarzen Lackschranks gleichzeitig und betrachtete die verbliebenen zehn Klingen, die in all ihrer von Meisterhand geschaffenen Pracht in den Halterungen hingen. Keine der Waffen machte auf ihn den Eindruck, eine raffiniert angefertigte Fälschung zu sein.

Behutsam zog er die erste aldoreelische Klinge aus der Scheide und fuhr prüfend mit dem Daumen über den Stahl. Er schien immens scharf zu sein. Als er sich einen leichten Schnitt zufügte, presste er die Zähne zusammen. Was in seinen Händen lag, musste ein Original sein.

Fluchend hängte er das Schwert zurück und wiederholte die Prozedur, bis er ein weiteres Mal fündig wurde. Eine Schneide war nicht in der Lage, ihm Schaden zuzufügen.

Grollend schlug er die Imitation mit der flachen Seite gegen die Wand, sodass die Klinge knapp oberhalb des Hefts in zwei Teile zersprang. Verächtlich warf er den Griff auf den Boden und verließ seine Unterkunft. Jetzt musste er handeln, bevor ihn die Hohen Schwerter noch mehr foppen konnten.

Zählte er alles zusammen, so kam er nur auf insgesamt neunzehn der aldoreelischen Klingen. Vier besaßen noch die Ritter, vier echte hatte er bereits vernichtet, zwei Fälschungen musste er abziehen und die neun restlichen im Schrank hinzuzählen.

Aber wo hatten die Eisenkrebse die ausgetauschten Klingen verborgen? Er würde sie den Ort in den kommenden Verhören herausschreien lassen. Seine Finger glitten durch sein silbernes Haar. Was war nur los auf Ulldart? Zuerst brach Aljascha aus dem Bündnis aus, und nun fühlten sich die Ritter berufen, nicht länger Helden zu spielen, sondern auch noch welche sein zu wollen. Unwillkürlich ballte er die Fäuste. Was kam als Nächstes?

Die vor kurzem fertig gestellte Bardri¢-Oper Ulsars war besetzt bis auf die letzten Ränge. Auf acht Stockwerken verteilten sich die Logen und Emporen mit den Wohlhabenden und neuen Adligen, in den Parkettreihen saß das einfache Volk.

Samt und weitere teure Stoffe verkleideten das Mauerwerk, überall funkelte und glitzerte das Blattgold, riesige Kronleuchter mit geschliffenen Kristallen sorgten für die stimmungsvolle Beleuchtung des gewaltigen Saals.

Es roch nach einer Mischung aus frischem Holz und Apfelblütenduft, der aus den porösen, mit Essenzöl getränkten Steinen stammte, die über den Lampen angebracht worden waren. Durch die Wärme gaben sie das Aroma frei und sorgten so für eine angenehmere Luft in der Oper.

Lodrik saß in der mittleren Etage in der »Kabcar-Loge«, die den besten Blick und das beste Hörerlebnis versprach. Immer wieder nickten ihm Menschen zu und deuteten stummen Applaus an, um ihre Anerkennung und Freude über den Bau, der auf Geheiß des Herrschers entstanden war, zum Ausdruck zu bringen.

Dennoch bemerkte er, dass etliche Ränge für höher gestellte Persönlichkeiten leer blieben. Es musste sich um die Ulsarer handeln, die zu den engsten Freunden Aljaschas gehörten und nun die Rache des Kabcar fürchteten. Oder durch ihr Fehlen Protest signalisieren wollten.

Doch Lodrik hatte bislang von einer Verhaftungswelle abgesehen, auch wenn er sehr wohl wusste, dass etliche der Neuen im Adelsstand seiner Gemahlin ihre Unterstützung zugesichert hatten. Sie sollten fortan in stetiger Angst und Ungewissheit leben. Vielleicht würde er tatsächlich einen aus ihren Reihen arretieren lassen, nur um ihre Besorgnis zu schüren.

Seine verstoßene Gattin befand sich, so war ihm vom Gouverneur in Granburg gemeldet worden, in der Provinzhauptstadt und schien sich in ihre Strafe zu fügen. Ihre Drohung würde er nicht vergessen. Doch im Augenblick konnte ihm die Kabcara gestohlen bleiben. Wenn Tzulan ein Einsehen hatte, nahm er sie während der Niederkunft zu sich. Es wäre das Beste für das Kind.

Wohlig räkelte sich der Herrscher in seinem äußerst bequemen Sessel, streckte sich dezent und nahm einen Brief aus dem Ärmelaufschlag seiner Uniform, die nach wie vor eher schlicht als protzig gehalten war, trotz aller Macht, die ihn umgab und die er besaß.

Kurz überflog er den Inhalt ein weiteres Mal und verstaute das Papier wieder; dann langte er nach dem Programmheft auf dem Sitz neben sich, das ihm der Leiter der Oper persönlich überreicht hatte.

»Licht im Dunkel« lautete der pathetische Name der Aufführung. Es ging um einen jungen Mann, der König wurde, zahlreiche Neuerungen in seinem Land zum Wohle der Bevölkerung einführte und nebenbei noch einen Krieg gewann.

Lodrik musste lächeln. Der Titel der Oper war die

genaue Umkehrung dessen, was der gesamte Kontinent bei seinem Machtantritt gefürchtet hatte.

»Was spielen sie heute Abend, Hoher Herr?« Sein Konsultant tauchte durch die Vorhänge und ließ sich neben ihm nieder. »Ganz Ulsar muss wohl zur Premiere versammelt sein.«

»Es scheint langweilig zu werden«, gab Lodrik gut gelaunt zurück. »Die Geschichte ist schon lange bekannt. Aber wenn die Musik gut komponiert ist, bleibe ich bis zum Schluss.« Er reichte Nesreca das Heft hinüber. »Danach folgt der Ball in der Eingangshalle, und dann wäre das Pflichtprogramm für heute wieder erfüllt.«

Nesreca las die Zeilen nur oberflächlich. »Übrigens ein sehr guter Einfall, durch die Eintrittsgelder der Wohlhabenden die einfachen Ulsarer in die Vorstellung zu lassen, ohne einen Obolus von ihnen zu verlangen.«

Das Stimmen der Instrumente im Orchestergraben übertönte das Stimmengemurmel der Besucher und verkündete den baldigen Beginn der Vorstellung.

»Bei aller Freude über das Erreichte«, begann Nesreca vorsichtig seinen Vorstoß, »ich muss Euch etwas mitteilen, Hoher Herr.«

»Wird es meine gute Laune etwa zerstören?«, wollte Lodrik amüsiert wissen. »Ich kann mir allerdings nicht vorstellen, dass es im Augenblick etwas gibt, was dazu in der Lage wäre.«

Die Miene seines Beraters wurde bedauernd. »Oh, wie ich wünschte, dass Ihr Recht behieltet«, seufzte er. »Aber ich habe den schlimmen Verdacht, dass der Großmeister der Hohen Schwerter seinen Eid Euch gegenüber brach.«

»Ihr habt einen Verdacht, oder hofft Ihr, dass es so ist?«, meinte Lodrik freundlich.

Nesreca beschlich das Gefühl, dass der Herrscher wusste, was er zu sagen beabsichtigte. Und dass er mit seinem Vorhaben, den Orden in Misskredit zu bringen, scheitern würde.

»Ich habe erfahren, dass nicht dieser Turît, der Befehlshaber der vernichteten Festung Windtrutz, Osbin Leod Varèsz getötet hat, sondern der Großmeister der Hohen Schwerter selbst, Nerestro von Kuraschka. Der Orden hintergeht Euch, Hoher Herr. Lasst mich eine Untersuchung durchführen.«

Lodrik lächelte verschmitzt. »So, so. Und woher habt Ihr Eure Weishcit, Mortva? Die Insassen der Festung sind alle tot, und soweit mir berichtet wurde, führte Varèsz einen Angriff, von dem keiner seiner Leute zurückkehrte.«

»Nein, nicht alle«, hielt der Berater dagegen. »Es gab mehrere, die sich in letzter Sekunde zurückziehen konnten, und …«

Der Arm des Herrschers legte sich beruhigend auf die Schulter seines Konsultanten. »Vetter, ich soll eine Untersuchung anordnen und sie Euch übertragen, weil eine Hand voll Feiglinge den Hergang der Dinge anders schildert, als es der Wirklichkeit entspricht?« Der Mann an der Spitze des tarpolischen Großreiches schüttelte sachte den blonden Schopf. »Ich weiß, dass Ihr Nerestro von Kuraschka nicht leiden könnt. Aber gebt Acht, welchen Eurer Spione Ihr zukünftig vertraut und welchen nicht. Wenn der Großmeister Eure falschen Behauptungen vernimmt, wird er Euch ein weiteres Mal zum Zweikampf fordern.« Lodrik lehnte sich zurück und widmete seine Aufmerksamkeit der Bühne, wo sich gerade der Vorhang öffnete. »Zudem weiß ich, wo er zum Zeitpunkt der Belagerung am Eispass war.« Nesreca starrte seinen Herrn mit großen Augen an. »Ich hatte ein geheimes Treffen mit ihm, um ihn zu überzeugen, doch auf meiner Seite zu kämpfen. Ihr seht, er kann unmöglich in Ilfaris gewesen sein.«

»Er war in Ulsar?« Der Berater blinzelte und fühlte

sich, als fände das Gespräch in der Loge in einem schlechten Traum statt. »Aber das kann nicht sein.«

Lodriks Antlitz wandte sich ruckartig herum, das Blau um seine Pupillen schien gefroren zu sein. »Ihr wollt mich also einen Lügner nennen, Mortva? Mich?«

Nesreca schloss für einen Moment die Lider und atmete tief ein, bevor er antwortete. »Nein, natürlich nicht, hoher Herr«, entgegnete er schleppend. »Da wäre noch eine Sache, wenn wir schon einmal die Gelegenheit haben, in aller Ruhe …«

Das Orchester schmetterte den Militärmarsch der Bardri¢s. Alle Anwesenden erhoben sich von den Plätzen und blickten zum Kabcar, der langsam aufstand, die Hände an die Balustrade legte und sich glücklich strahlend seinem Volk präsentierte.

Mit einem Laut des Unmuts sackte der Konsultant in seinem Sessel zusammen, stützte die Ellbogen auf die Lehnen und legte die Fingerspitzen aneinander. Gereizt stieß er die Luft aus und wartete notgedrungen, bis die Melodie verklungen war, um das Gespräch wieder aufzunehmen.

Die hoheitliche Musik verklang; vielfaches Rascheln zeigte, dass sich die Besucher setzten.

Mit Hilfe von Seilwinden wurden die Kristalllüster in die Decke hinaufgezogen, die Luken schlossen sich hinter ihnen und ließen den Opernsaal in Dämmerlicht liegen. Die Ouvertüre begann, Pauken und Blechbläser fluteten den Raum mit einem martialischen Tongewitter.

»Wie weit seid Ihr mit der Bearbeitung Eurer Papiere über die Zukunft Ulldarts?«, meldete sich Nesreca zu Wort.

»Wenn ich Euren Satz übersetze, lautet die Frage: Wann greifen wir Kensustria an?«, meinte Lodrik spitz. »Meine Gemahlin hat ganze Arbeit geleistet. Ich werde mindestens ein Jahr benötigen, bis ich sämtliche Einzelheiten meiner Aufzeichnungen rekonstruiert habe. Was sie nicht zu Asche verbrannt hat, ist zumeist unkenntlich gemacht worden.« Er setzte sich auf, um einen Blick in den Orchestergraben werfen zu können, wo etwas mehr Ruhe eingekehrt war. Nun wechselten sich Fagott, Streicher und Hörner ab und intonierten das Thema der Oper.

»Und was ist mit Kensustria?«, hakte der Konsultant nach.

»Wir haben Zeit.« Der Herrscher nahm sein Opernglas zur Hand und beobachtete die Musiker. »So etwas müsste man können«, meinte er bewundernd. »Mir ist aufgefallen, dass Ihr mich viele magische Dinge gelehrt habt, Mortva. Nur nichts Sinnvolles, wie Menschen zu heilen und dergleichen.« Sein Blick wanderte durch den Saal, strich über die Gesichter der Zuhörer. »Ihr habt mich nur gelehrt zu zerstören.«

»Zu dem Zeitpunkt, an dem ich zu Euch kam, brauchtet Ihr nichts anderes dringender als dieses Wissen«, antwortete Nesreca pikiert auf den unterschwellig geäußerten Vorwurf. »Und Ihr habt es in der Tat gebraucht, wenn ich Euch daran erinnern darf.«

»Sehr richtig, ich habe es gebraucht«, bestätigte Lodrik, setzte das Fernglas ab und betrachtete den Mann von der Seite. »Aber weshalb bringt Ihr meinem Sohn und meiner Tochter die gleichen Dinge bei wie mir? Weshalb zeigt Ihr ihnen nur die Zerstörung und nicht das Schöne, das Gute?«

»Wir beginnen mit dem Einfachen.« Der Berater lächelte boshaft. »Und danach kümmern wir uns um den Rest. Das verspreche ich Euch, Hoher Herr.« Seine Hände umschlossen die Lehnenenden. »Also möchtet Ihr Kensustria so lange von einem Angriff verschonen, bis Ihr Eure ...«, er beherrschte sich, um auf die Schnelle ein anderes Wort zu suchen, »... Visionen eines neuen Ulldart neu bearbeitet habt? Ich rate Euch, zögert nicht länger. Wer weiß, was die Menschenfresser im Süden in der Zwischenzeit alles aushecken. Und wenn ihre Flotte zurückkehrt, gewaltiger und stärker als je zuvor? Das Land müsste vorher am Boden liegen und sich Euch ergeben haben.«

Der erste Akt begann, Sänger liefen, Arien schmetternd, über die große Bühne und besangen die Not des Landes, das unter der Knute der Brojaken litt.

»Mortva, meine Geduld neigt sich allmählich dem Ende zu«, warnte ihn der Herrscher. »Wenn ich Ulldart einer neuen Form des Miteinanders zuführe, hat alles genau durchdacht zu sein. Gerade die Einplanung der Kensustrianer ist eine Angelegenheit, die mit größtem Fingerspitzengefühl betrieben werden muss, weil sie so völlig andersartig sind als wir. Und dennoch gehören sie dazu.« Er lauschte dem Chor, der auf die Bühne getreten war und ein melancholisches Stück zum Besten gab. »Wenn wir schon gerade beim Fragen sind, Vetter, was wisst Ihr über aldoreelische Klingen?«

Nesreca war froh, dass es so düster in der Loge war und sein Herr seinen erschrockenen Gesichtsausdruck nicht sehen konnte. »Ich?«, entgegnete er scheinbar ruhig. »Nun, es sind mächtige Waffen, die im Großen und Ganzen wohl im Besitz der Hohen Schwerter sein dürften. Weshalb fragt Ihr?«

»Wenn nun genau diese besonderen Klingen eine nach der anderen verschwänden, welchen Schluss zöget Ihr dann daraus?«

»Ich würde denken, dass jemand die Waffen einsammelt, um sie in seinen Besitz zu bekommen. Sie sind sehr viel wert. Aber welcher Wahnsinnige würde sich dafür mit dem Orden anlegen?«

»Genau dieser Frage sollten wir uns bei nächster Gelegenheit stellen«, empfahl der Herrscher huldvoll. »Die Hohen Schwerter haben es sich zur Aufgabe gemacht, die einmaligen Schwerter zu bewahren, wie mir der Großmeister übermittelte. Und er ließ mir ausrichten, dass Unbekannte sie zu seiner Verwunderung an sich genommen haben.« Nun lehnte er sich zu seinem Berater hinüber. »Wenn die letzten vier Klingen, die im Besitz der Ritter sind, ebenfalls dem Kontinent verloren gehen oder ihren Besitzern etwas zustoßen sollte, werde ich all diejenigen zu einer Unterredung bitten, von denen ich glaube, dass sie am ehesten vom Verlust der kostbaren Waffen profitieren. Im Übrigen erwarte ich, dass die bereits gestohlenen Klingen ganz schnell wieder auftauchen. Haben wir uns verstanden, Mortva?«

Der Berater erwiderte nichts. Seine Gedanken drehten sich im Kreis, zu unvermittelt konfrontierte ihn sein Herr mit der Drohung.

Die Musik endete, der erste Akt war vorüber.

»Haben wir uns verstanden?«, hallte die nachdrückliche Frage des Kabcar durch die Stille des Opernhauses. Seine Augen leuchteten dunkelblau im Zwielicht.

Alle Köpfe ruckten herum, die Aufmerksamkeit richtete sich auf die schwer einsehbare Loge des Herrschers. Ein allgemeines Gemurmel erhob sich, und hier und da klappten Fächer auf, hinter denen sogleich Vermutungen und Ansichten ausgetauscht wurden.

Einer der Diener, die vor der Tür warteten, vernahm den Ruf ebenfalls und reagierte, indem er mit einer hastigen Verbeugung eintrat, die Vorhänge der Loge schloss und somit die Männer den Augen der anderen Besucher diskret entzog.

»Ja, Hoher Herr.« Nesreca verneigte sich widerwillig, erhob sich und ging zur Tür. Die Spannung zwischen den beiden Männern war greifbar, und der Diener wich bis an den Rand des Raums zurück. »Verzeiht meinen raschen Aufbruch, aber ich habe dem hoheitlichen Tadc versprochen, noch bei ihm vorbeizuschauen, bevor er zu Bett geht.« Fluchtartig stürzte der Mann mit den silbernen Haaren hinaus.

Lodrik seufzte und sank im Sessel zusammen. Nerestro hatte also mit seiner Einschätzung Recht bewiesen.

Niemals im Leben hatte er sich – umringt von tausenden von Menschen – ähnlich allein gefühlt wie in dieser Sekunde. Er würde sich nicht einmal auf seine Kinder verlassen können, mit Ausnahme vielleicht von Krutor.

Govan und Zvatochna aber standen vermutlich auf der Seite des Mannes, den er einst gerufen hatte, um sich gegen seine Feinde durchzusetzen. Anscheinend würde er bald gegen den antreten müssen, der ihm Hilfe gewährt hatte. Denn Ulldart, sein Ulldart denen zu überlassen, die für das Schlechte einstanden, allen voran Sinured und seine Soldaten, das brachte er nicht übers Herz.

Der zweite Akt begann, und auf ein müdes Zeichen des Kabcar hin öffnete der Diener den Sichtschutz und schenkte ihm bereitstehenden kalten Sekt ein, bevor er sich aus der Loge zurückzog.

Das Kinn auf das Geländer gelegt, verfolgte Lodrik die Ereignisse auf der Bühne, die nichts anderes darstellten als die künstlerische Umsetzung seines Lebens bis zum Zeitpunkt seiner Inthronisation. Zu Lebzeiten bereits im Mittelpunkt einer solchen Aufführung zu stehen befremdete ihn ein wenig.

Ohne wirklich auf die Schönheit des Gesangs und die Perfektion der Tänze zu achten, hing er seinen eigenen Gedanken nach. Es bereitete ihm keinerlei Schwierigkeiten, für den Großmeister gelogen zu haben, teilte ihm Nerestro doch in dem Schreiben mit, dass er einen neuen Knappen in seine Dienste genommen habe: *Einen jungen, wenn auch ungestümen Mann, der einmal der beste Reiter des Landes sein wird und so blaue Augen hat, wie ich sie bisher nur zweimal in meinem Leben gesehen habe,* lautete die Stelle, die den Ausschlag gegeben hatte, dem Großmeister Schutz zu gewähren. Tokaro, so verstand Lodrik die Botschaft des Ordenskriegers richtig, lebte noch und fand Unterschlupf bei dem Menschen, der ihn von Anfang an in die Lehre hatte nehmen wollen.

Natürlich könnte er die Invasion Kensustrias jederzeit befehlen. Lodrik spürte jedoch, dass die Niederwerfung der Grünhaare den Endpunkt einer Entwicklung markierte, deren Ausgang er noch nicht einzuschätzen vermochte.

Der Ausbruch seiner Gemahlin Aljascha aus der jahrelangen Maskerade der liebenden Gattin trieb sein Misstrauen gegen die, die ihm nahe standen, ins Unendliche. Und mit Sicherheit gehörte Mortva zu denen, die der Kabcara als Erste gratuliert hätten, wäre ihr Plan aufgegangen. Das Vertrauen zu dem rätselhaften Mann mit dem Silberhaar, das schon früher erschüttert worden war, verging nun vollständig.

Ulldrael der Gerechte scherte sich einen Dreck um den Kabcar, zumal der sich nie dazu herablassen würde, das Wesen um Beistand zu bitten, das ihn durch Untätigkeit erst in die Arme des Gebrannten Gottes getrieben hatte. Mittlerweile war der Kult um den Gerechten durch seine Anweisung als geistliches Oberhaupt so verändert worden, dass Ulldrael es vermutlich mit einem zufriedenen Lächeln zur Kenntnis nähme, sollte er im Kampf gegen die Mächte des Bösen und die einstigen Verbündeten zu Grunde gehen.

Gegen seinen Willen tauchten die Gesichter derer vor seinem inneren Auge auf, die ihm vor Jahren den Rücken zugewandt hatten und die nun alle gestorben waren – abgesehen von seinem einst treuesten Freund und Ratgeber Stoiko, den er nun irgendwo im Süden vermutete.

Mehr und mehr verdichtete sich seine Überzeugung, dass sie alle irgendwie ins Intrigennetz seines Vetters geraten waren. Genau wie er.

Nur durfte die »Fliege« Lodrik im Gegensatz zu den anderen bereits eingesponnen und vernichteten Beutetieren noch ein wenig zappeln, bevor die »Spinne« Mortva auch ihn umgarnen und auffressen würde. Norina und Waljakov hatten ihn damals vor Sinured und seinem Berater gewarnt, vor ihrer Unkontrollierbarkeit, doch er hatte ihnen kein Gehör schenken wollen. Wie töricht er gewesen war.

Die Schuldgefühle, seine Freunde durch seine eigene Verblendung in den Tod auf hoher See getrieben zu haben, überwältigten ihn. Eine Träne schimmerte im Augenwinkel. Wie würde wohl sein Stück auf der Bühne des Lebens enden?

Während am Ende des letzten Akts der Opernheld seinen glorreichen Sieg über alle Schwierigkeiten feierte und die Zeit der Sorglosigkeit unter seiner Führung anbrach, schluchzte der echte Kabcar wie ein kleines Kind in seiner Loge.

Erst nach einer Weile gelang es ihm, sich zusammenzureißen, aufzustehen und den Darstellern stehend Beifall zu spenden. Die Tränen des Herrschers interpretierten die Ulsarer als Zeichen der großen Freude, dass man ihm auf diese besondere Weise huldigte.

Lodrik besah sich die Menge zu seinen Füßen und rund um ihn herum.

Bevor auch nur ein Soldat seinen Fuß auf kensustrianisches Territorium setzte, würde er in Ulsar ein wenig durchkehren. Diese Menschen, die ihm seit Jahren vertrauten, würde er niemals dem Bösen überlassen, das ganz offensichtlich etwas plante. Und wer brauchte schon Verbündete? Er hatte die Magie und die Macht. Er war der Kabcar, der Hohe Herr! Er würde ihnen zeigen, wer das Sagen hatte.

Sein Applaudieren wurde schneller, lauter, als feuerte er sich selbst an.

»Bravo«, rief er glühend hinunter zu den Musikern und Schauspielern, die Handflächen flogen nur so hin und her. Er nahm sein Glas Sekt und riss es in die Höhe. »Auf eine erfreuliche Fortsetzung der Oper!«

Zvatochna betrachtete ihr überirdisch schönes Antlitz nachdenklich im Spiegel.

Ein Augenaufschlag genügte, und die Männer im Saal, ganz gleich welchen Alters, waren ihr verfallen. Lachte sie, verstummten die Gespräche, weil jeder den Klang ihrer Stimme hören wollte. Das Lächeln ließ die eisigsten Herzen entflammen und in diesem verheerenden Feuer vergehen.

An diesem Abend jedoch verharrten die Mundwinkel, Freude suchte man im Gemüt der Tadca vergebens.

Schweigend griff sie nach dem Kamm und burstete sich mit schwerfälligen, lustlosen Bewegungen die langen schwarzen Haare, ein Privileg, das vor wenigen Monaten nur ihrer Mutter vorbehalten gewesen war. Doch seit ihr Vater die Kabcara verbannt hatte, musste sie auf gewöhnliche Zofen vertrauen, von denen es ihr keine recht machen konnte.

Sie kämmte immer langsamer, bis sie die Arbeit schließlich ganz einstellte, sich erhob und aus ihrem Kleid schlüpfte.

Nackt huschte sie durch ihr Gemach und begutachtete sich von allen Seiten im vollständig verspiegelten Paravent, der in einer Ecke des luxuriös eingerichteten Raums stand.

Sie war körperlich zur Frau gereift, die reflektierende Oberfläche ließ daran keinen Zweifel aufkommen. Und die äußerliche Perfektion, die sie von ihrer Mutter geerbt hatte, konnte Männern den Verstand rauben, wie sie des Öfteren feststellte. Sie verführte die unterschiedlichsten Männer mit Worten und Gesten, doch sobald sie mehr von ihr wollten, wies sie die Bittsteller rigoros zurück. Ihre Jungfräulichkeit würde sie gewiss nicht an einen einfachen Offizier, Adligen oder Mundschenk verschleudern.

Seit einiger Zeit wusste sie, dass sie einen weiteren Verehrer auf ihrer schier endlosen Liste verzeichnen durfte. Und er beobachtete sie in diesem Augenblick; sie spürte seine Anwesenheit.

»Govan, lass den Unsinn«, gab sich Zvatochna vorwurfsvoll. »Wie kann man nur seiner eigenen Schwester nachstellen?« Schnell griff sie nach ihrem seidenen Nachthemd und warf es sich über. Die Konturen ihres Körpers blieben weiterhin sichtbar, jedes noch so kleine Detail zeichnete sich durch den fließenden Stoff ab. Die langen, gelockten Haare umrahmten ihr Antlitz und fielen locker auf ihre Schultern.

Ein leises Lachen kam aus Richtung des Eingangs.

»Verzeih mir, aber nenne mir einen Mann in Ulsar, der dir widerstehen kann, Schwester!« Der Tadc streckte den Kopf durch den Türspalt. »Und die Gelegenheit war gerade so günstig.« Er lief auf sie zu und umarmte sie, glücklich drückte er sie an sich und stöhnte auf. »Es tut gut, dich zu sehen. Wir müssen zusammenhalten, nachdem der Kabcar unsere Mutter nach Granburg verbannt hat.«

Sie entwand sich elegant seiner aufdringlichen, ganz und gar nicht geschwisterlichen Liebkosung. Die Tadca würde nicht den Fehler begehen und es sich mit ihrem Bruder verderben, dafür war sie zu berechnend. Govan, das war ihrer Ansicht nach unvermeidlich, würde als Erstgeborener den Thron Tarpols besteigen. Und sie hatte nicht vor, jenen Augenblick irgendwo in der Verbannung zu verbringen. Daher nutzte sie seine Schwäche ihr gegenüber für sich aus. »Ich wollte zu

Bett gehen und noch ein wenig in den Büchern lesen, die Mortva mir gegeben hat.«

Sie eilte zum Bett und verschwand bis zur Hüfte zwischen den dicken Laken.

Der junge Mann schlenderte ihr hinterher, setzte sich zu ihr auf die Kante und nahm eines der Werke in die Hand. *»Moderne Abhandlung über Feldschlachten«*, las er den Titel und reichte ihr die Lektüre. »Wird dir das süße Träume bescheren, geliebte Schwester? Wie viele Bücher dieser Art hast du gelesen?«

Zvatochna lächelte ihn an, ein gewinnendes Strahlen, das wie das Geschoss eines Meisterschützen mitten ins Ziel traf und einen Scheit mehr in das Feuer legte, das im Herzen ihres Bruders für sie brannte. »Es dürften um die dreißig Exemplare sein«, schätzte sie, während ihre Finger über seinen Handrücken streichelten. »Aber sie sind veraltet. Unser Heer gebraucht Waffen, die in keinem Standardwerk aufgeführt sind. Ich werde also eine völlig neue Strategie gegen die Kensustrianer ersinnen müssen.« Sie zuckte mit den Schultern, woraufhin das Nachthemd links ein wenig mehr herabrutschte. »Aber das ist kein Problem.«

»Vater hat beschlossen, den Grünhaaren noch eine Frist zu geben, bis er seine unsinnigen Gedanken über das neue Ulldart geordnet hat«, erklärte Govan, dessen braune Augen sich auf die weiße Haut seiner Schwester hefteten. »Du wirst dir alle Zeit nehmen können, die du brauchst.«

»Ich weiß nicht, ob ich es überhaupt tun soll«, sagte sie. Sie öffnete die Hand, und der Kamm bewegte sich mittels Magie durch die Luft zu ihr. »Ich soll die Truppen zum Sieg führen, damit wir anschließend all unsere Macht verlieren, die wir uns unter so viel Blut erkämpft haben? Dafür hat unsere Mutter sich nicht all die Jahre mit dem Kabcar geplagt.«

Aber ehe das Werkzeug sie erreichte, umschlossen

Govans Finger den Griff. Wortlos machte er sich daran, die schwarzen Locken seiner Schwester zu pflegen. »Ich weiß, wie du empfindest«, stimmte er Zvatochna schmeichelnd zu. »Und auch ich bin nicht einverstanden mit dem, was unser Erzeuger beabsichtigt.«

Die Blicke ihrer braunen Augen trafen sich, und beide lasen bei ihrem Gegenüber die gleichen Gedanken. In stillem Einvernehmen lächelten sie sich an. Der Tod ihres Vaters war beschlossen.

»Und wie sollen wir es bewerkstelligen?« Die Tadca drehte ihrem Bruder den Rücken zu, damit er besser an ihre Haare gelangte. »Er ist kein Anfänger, was den Umgang mit Magie anbelangt.«

»Er ist mächtig. Ich bin ihm jedoch überlegen«, beruhigte Govan sie, der in seiner Arbeit völlig versunken schien. »Tzulan ist mit mir.« Beinahe andächtig führte er das Werkzeug durch die Strähnen, berührte die Haare feierlich und sog ihren Geruch in sich auf.

»Wir können ihn nicht einfach vernichten«, warf seine Schwester ein. »Wir müssen uns etwas ausdenken, was ihn uns für alle Zeiten vom Hals schafft und uns dabei nicht als vatermordende Geschwister vor dem Volk dastehen lässt. Er ist eine verehrte, ja geradezu vergötterte Berühmtheit im Reich, eine Ikone, und sein Tod wird die Menschen zunächst lähmen. Fordern wir ihren Zorn und ihren Hass auf uns heraus, wird uns alle Magie der Welt nichts nutzen.«

Govan schwieg; nur das Geräusch der Kammzähne, die durch ihre Haarpracht glitten, war zu hören.

»Du hast Recht«, sagte er nach einer Weile. »Ich habe vergessen, dass du von uns beiden die Strategin bist. Also werde ich es dir überlassen, wie wir vorgehen.« Er senkte seine Lippen auf die weiche, duftende Haut ihres Schulterblatts. »Ich bewundere alles an dir. Deine Intelligenz, deine Skrupellosigkeit.« Wieder küsste er sie, diesmal im Nacken. »Und deine Schönheit.«

Sie lachte auf und setzte sich wieder richtig hin. »Wir beide werden Ulldart fest in unserer Hand halten und es nie mehr loslassen.«

Govan fasste aufgeregt ihre Hand und presste sie an seine Brust. »Warum sich nur mit dem Kontinent abgeben, wenn wir unsere Macht ausdehnen können?« Er rutschte näher heran, und seine Augen funkelten vor Begeisterung. »Meine Magie, deine Feldherrenkunst und unsere Soldaten sollten sich nach neuen Herausforderungen umsehen. Das Kaiserreich Angor lag mit uns im Krieg. Warum sollten wir nicht da weitermachen, wo wir aufgehört haben? Und Kalisstron liegt so nahe, dass wir mit den Schiffen innerhalb weniger Wochen dort sein können. Der Gebrannte Gott unterstützt uns, seine Anhänger stehen uns zu Diensten, wie mir Mortva sagte.«

»Oh, mein ehrgeiziger Bruder«, sagte sie und lächelte ihn an. »Lass uns zuerst Kensustria erobern und den letzten Widerstand in Karet und auf Rogogard brechen. Danach nehmen wir uns die ganze Welt.«

»Versprochen, Zvatochna?«, fragte er atemlos.

»Versprochen.« Sie küsste seine Fingerspitzen und bannte seinen Blick mit ihren faszinierenden haselnussbraunen Augen.

Der Tadc schluckte nervös. »Was machen wir mit Krutor?«

Die junge Frau rutschte ein wenig mehr unter die Bettdecke als Zeichen, dass von ihrer Seite aus das Gespräch bald beendet sein würde und sie schlafen wollte. »Unser Bruder ist ein Kind im Geiste. Er wird sich mit Freuden in die Reihen unserer Soldaten stellen und mit seinen Kräften Angst und Schrecken verbreiten. Um ihn mache ich mir keine Sorgen, wir halten ihn gefügig.« Zvatochna streichelte Govans rechte Wange und berührte seine Lippen. »Doch wie wird sich Mortva verhalten, wenn wir uns an die Macht begeben?«

»Er ist mehr, als er zu sein vorgibt, das ist gewiss.« Die Lider geschlossen, genoss er den schmetterlingsgleichen Körperkontakt zwischen ihm und der Tadca. »In ihm finden wir Rückhalt für alle weitere Vorhaben. In ihm und Tzulan.«

»Dennoch müssen wir seine Macht beschneiden«, blieb sie standhaft. »Ansonsten denkt er noch, wir ließen uns von ihm ebenso etwas vormachen, wie er es jahrelang bei unserem Vater und unserer Mutter geschafft hat. Doch auch er wird magisch äußerst gefährlich sein.«

»Mach dir um ihn keine Sorgen, geliebte Schwester«, säuselte Govan und legte seinen Kopf auf ihren Bauch. »Er steht auf unserer Seite.«

Sie strich ihm durch das dunkelblonde Haar. »Wie du meinst. Ich werde mich fortan damit beschäftigen, wie wir unseren Vater loswerden.« Ihre Hand hielt plötzlich inne. »Und ich weiß auch schon wie.«

»Schon?« Der Tadc schnellte begeistert in die Höhe. »Du bist mir unheimlich.«

»Aber nicht doch«, wehrte sie ab. »Ich werde eine Nacht darüber schlafen, und morgen erzähle ich dir alles Weitere. Wir werden ihn bei seinem Tod zu einem Helden machen, das ist sicher. Wir geben dem Volk jemanden, den es hassen kann, so wie ich ihn dafür hasse, dass er mir Mutter genommen und sie entstellt hat.«

»Ich brenne schon darauf.« Govan erhob sich, winkte ihr von der Tür aus noch einmal zu und verschwand. Klackend rastete das Schloss ein.

Zvatochnas Mundwinkel wanderten in die Höhe. Mit einem stillen Lächeln auf den Lippen schlief sie ein, in Gedanken bereits bei ihrem neuen Leben als Mitherrscherin über das größte Reich, das diese Welt jemals sehen würde.

IV.

Kontinent Ulldart, Königreich Barkis (ehemals Tûris), Ammtára (ehemals die Verbotene Stadt), Winterende 458/59 n. S.

Nachdenklich drehte und wendete Pashtak das beige Stück Stoff, das er in der Grabkammer von Boktor gefunden hatte, in seiner Hand. Der schwache Geruch von Verwesung, der anfangs dem Leinen angehaftet hatte, war verflogen.

Der Inquisitor nahm zunächst an, der Geruch stamme von dem Toten, doch mehr und mehr erinnerte er sich an eine Besonderheit, die er bei anderer Gelegenheit bereits bemerkt hatte – jedoch an einer lebenden Person, die in der Versammlung der Wahren nur einige Plätze von ihm entfernt saß. Dies untermauerte seine These, Lakastre habe etwas mit dem Fleischdiebstahl an den Leichen zu tun. Pashtak glaubte nicht, dass die Witwe der Leiche ihres Mannes in aller Heimlichkeit ihre Ehre erwies, indem sie nachts ins Mausoleum schlich und um ihn weinte. Das passte nicht zu ihr.

Blieben die Morde, die von einer anderen Seite begangen wurden und die er stets einem kultischen Datum zu Ehren eines der Zweiten Götter zuordnen konnte. Drei solcher Termine waren bisher vergangen, ohne dass sich etwas ereignet hätte. Jedenfalls nicht in Ammtára.

Deshalb beschloss der Inquisitor, sich in den Nachbarstädten der Nackthäute umzuhören, ob sich dort etwas Unerklärliches zugetragen habe. Mit Braunfeld wollte er beginnen.

Diese Entscheidung führte zu langen Disputen mit seiner Gefährtin, die ihn bereits am Galgen oder an einer Stadtmauer baumeln sah, aufgeknüpft von aufgebrachten Nackthäuten. Zu allem Unglück verfügte er über eine Statur, die nicht eben geeignet war, sich unerkannt und unbehelligt zwischen den Städtern zu bewegen. Dennoch musste er es wagen, wenn er neue Beweise für seine Theorie über die Ritualmorde erbringen wollte.

Mit Anbruch des neuen Tages machte er sich auf den Weg und marschierte durch die letzten Überreste des immer schneller tauenden Schnees. Um ihn herum gluckerte und tropfte es, das Schmelzwasser rann in kleineren Bächen die gelegten Drainagen entlang und floss ab, ohne Schaden anzurichten. So erhielt das trocken gelegte Moor nicht mehr Wasser, als sich vermeiden ließ. Die Rückkehr der Mückenschwärme und ein neuerlicher Ausbruch des Sumpffiebers konnten auf diese Weise vermieden werden.

Bis zum Abend bewältigte er die halbe Strecke und rastete am Rand einer Weggabelung im Schutz eines Baumes. Dort entfachte er ein Feuer und packte das gebratene Fleisch aus, das ihm die besorgte Shui mitgegeben hatte. Kurz wärmte er es an, schlug dann die spitzen Zähne in das Stück und riss hungrig einen Bissen heraus. Mehr als einmal stellte er sich die Frage, was an Menschenfleisch so besonders war, dass man es unbedingt essen musste. Probieren wollte er es keinesfalls, denn dabei spukte ihm die Angst im Kopf herum, er könnte wie die Nymnis Gefallen am Geschmack finden.

Grübelnd verzehrte er seine Ration, war aber noch nicht ganz satt. Also fing er sich ohne viel Aufwand einen unvorsichtigen Schneehasen und röstete ihn über den Flammen. Seine Jagdinstinkte nutzten ihm immer noch, auch wenn das bequeme Leben in Ammtára ihn fauler werden ließ. Da er zu hungrig war, um länger zu warten, machte er sich über die halb gare Beute her; dunkelroter Bratensaft lief ihm das Kinn herab.

Ein einzelner Reiter näherte sich im Halbdunkel und zügelte sein Pferd, als er den Feuerschein sah.

»Verzeih, kannst du mir sagen ...«, setzte der Mann an, der ganz den Eindruck eines Boten machte, und zuckte erschrocken zusammen, als er erkannte, was er da vor sich hatte. Sein Blick heftete sich auf den blutigen Schnee, die linke Hand ruckte an den Griff seines Rapiers.

Pashtak öffnete den Mund, um etwas zu erwidern. Zwischen den spitzen Zahnreihen hingen noch Reste vom Hasen.

Das Pferd, vom Geruch des Inquisitors verschreckt, machte einen Satz zur Seite. Mit Muhe hielt sich der Reiter im Sattel. »Verdammte Bestie«, fluchte er und preschte die Straße entlang.

»Ich hoffe, du hast deinen Gaul gemeint«, rief Pashtak ihm hinterher und sprang auf die Beine. Mit einer Hand wischte er sich das Blut von den Lippen und vom Fell. *Das hat ja hervorragend gepasst. Das dumme Ungeheuer sitzt fressend im Schnee.* Dennoch empfand er die Reaktion des Unbekannten als keinesfalls angemessen. »Ich ein Bürger Tarpols wie du!«, rief er dem Reiter nach.

In Braunfeld kam er schließlich gemeinsam mit dem Kommandanten der Wache, Oberst Ozunopopp, einer Verschwörung von Tzulani auf die Spur. Die Sekte betrieb einen Kult zu Ehren des Dunklen Gottes und zeichnete für zahlreiche Menschenopfer verantwortlich.

In einem Haus entdeckten sie mehrere Schriftzeichen und Symbole aus Kreide an den Wänden sowie eigentümlich geformte Dolche mit Schriftzeichen auf der Schneide. Die Symbole sagten dem Inquisitor nichts. Er fertigte eine Zeichnung davon an, um in der Bibliothek von Ammtára danach zu suchen.

Pashtak gelang es, die Mörder und Verschwörer zu belauschen. Sie rechneten fest damit, dass sich die Prophezeiung erfüllen und der Kabcar die Dunkle Zeit zurückbringen werde. Ihnen lag nichts an Frieden und Wohlstand. Allem Anschein nach saßen die Drahtzieher der Verschwörer in Ulsar und Ammtára.

Ozunopopp saß da wie vom Donner gerührt, stocksteif und blass, als ihm der Inquisitor die Neuigkeiten verkündete. »Das wird Euch einen Orden einbringen«, vermutete der Oberst. »Diese Verschwörung aufzudecken ist eine Meisterleistung, die nicht zu überbieten ist, Inquisitor. Der Kabcar wird Euch sehen wollen, Ihr werdet nach Ulsar reisen und ihm persönlich die Hand schütteln.«

Pashtak lachte, auch wenn ihm die Kehle wehtat. »Ihr seid sehr voreilig. Zunächst muss die Nachricht nach Ulsar gelangen. Und wie kommen wir an den Verschwörern am Hof vorbei, von denen ich annehme, dass sie existieren? Wer sagt uns letztendlich, ob er uns überhaupt glauben wird?«

»Wenn wir es nicht versuchen, können wir es nicht wissen«, gab sich Ozunopopp zuversichtlich und schenkte sich Tee ein. »Der Herrscher ist ein sehr misstrauischer Mensch, wie man sich erzählt, und nach der Geschichte mit seiner Gattin, nun ja, wird er gewiss sehr aufgeschlossen sein.«

Vier Tage später befand sich Pashtak wieder an der Kreuzung, eine halbe Tagesreise von Ammtára entfernt. Er verspürte eine gewisse Befriedigung, wenigstens einige Mitglieder der Mördersekte in die Hände der Justiz gespielt zu haben. Mindestens drei von ihnen liefen aber noch durch die Gegend und würden, wenn er sie richtig einschätzte, von ihren Taten nicht lassen. Sie würden sich einen anderen Ort suchen und da weitermachen, wo sie aufgehört hatten. Er selbst stand mit Sicherheit nun auf ihrer Liste ganz oben. Dieser Gedanke beunruhigte ihn leidlich; weit mehr sorgte er sich um seine Familie. Wenn die Tzulani ihnen auch nur drohten, würde er sie einzeln zur Strecke bringen und sie eigenhändig Ulldrael dem Gerechten opfern.

Nach einer Stunde Marsch roch er einen schwachen Duft von verwesendem Fleisch.

Neugierig folgte er der Spur, verließ die Straße und stieß nur wenige Schritte neben der befestigten Strecke auf die Überreste eines Pferdes und seines Reiters. Allem Anschein nach handelte es sich um den unfreundlichen Mann, der ihn auf seiner Hinreise als »Bestie« tituliert hatte.

Der Blick des Inquisitors blieb an den Satteltaschen des toten Pferdes hängen. Wo der Unglückliche wohl hingewollt hatte? Man sollte wenigstens seine Verwandten informieren, dass er verschieden war.

Um einen Aufschluss über die Herkunft des Verunglückten zu erhalten, durchsuchte er dessen Kleider und Satteltaschen. In einem Hohlraum unter dem Sitzpolster des Sattels entdeckte er eine wasserdichte, verplombte Lederröhre, in der Dokumente transportiert wurden, adressiert an Leconuc – den Tzulani, der die Versammlung der Wahren führte.

Pashtak pfiff leise durch die spitzen Zähne. »Das nenne ich doch mal einen Fund.« Er wog das Behältnis in der Hand. »Ich bin Inquisitor, und ich habe die Pflicht, alle Vorgänge zu untersuchen«, sagte er zu sich selbst, während er es einsteckte und seine Inspektion fortsetzte. Aber außer ein paar Münzen fand er nichts weiter, was ihm verdächtig erschien.

Gedankenversunken machte er sich auf den Marsch. Die Rolle unter seinem Gewand wurde mit jedem Schritt schwerer und schien laut den Namen des Empfängers zu rufen.

Ganz wohl war ihm nicht, dass er sich das Stück angeeignet hatte und nicht sofort abgeben würde. Aber nach den Vorkommnissen in Braunfeld musste er so handeln. Wenn Leconuc sich mit den restlichen Tzulani verbündete oder gar schon verbündet war, stand Ammtára vermutlich vor dem Ende des friedlichen Miteinanders. Die Anhänger würden die Opferungen zu Ehren des Gebrannten Gottes aufnehmen und sich die Feindschaft der übrigen Städte zuziehen.

Oder war das vielleicht sogar beabsichtigt? Würde ihr Zuhause erneut zum Stammsitz Sinureds, von dem nur Tod und Verderben für die Nackthäute ausging? Wenn die Dunkle Zeit anbrach, würde es so kommen.

Pashtak verfiel in einen leichten Dauerlauf, um schneller bei Shui und den Kindern zu sein.

Kurz vor Einbruch der Nacht erreichte er die Tore Ammtáras.

Seine Pflicht wäre es gewesen, die Versammlung umgehend von den Ereignissen in Kenntnis zu setzen. Aber solange er sich nicht sicher sein konnte, dass die Tzulani mit der Sache nichts zu tun hatten, wollte er keine Aussage machen. Notfalls würde er alle anderen Sumpfwesen zusammentrommeln, um die Nackthäute aus Ammtára zu werfen, sollten sie wirklich an den Umtrieben in Ulsar beteiligt sein.

Verschwitzt und hechelnd betrat er sein Haus, begrüßte seine Gefährtin und die Kinder ausgiebig und verteilte die Geschenke unter der zeternden Meute, um sich danach in sein Arbeitszimmer zu verkriechen.

Shui spürte, dass er mit etwas Wichtigem beschäftigt war, sagte aber nichts zu ihm.

Er entzündete mehrere Lampen, legte die Rolle vor sich auf den Tisch und machte es sich in seinem Stuhl gemütlich. Scheu betrachtete er das Lederbehältnis, gerade so, als wartete er darauf, dass die Tür aufflöge und ein erboster Leconuc hereinstürmte, um sein Eigentum zu verlangen.

Doch er benötigte die Gewissheit, und so brach er die Versiegelung, entfernte den Verschluss und zog das Stück Pergament hervor. Gespannt überflog er die Zeilen, ohne jedoch etwas Verfängliches zu entdecken. Ein Tzulani aus Ulsar, dessen Name ihm nichts sagte, richtete die besten Grüße aus, erzählte von den imposanten Bauwerken der Hauptstadt, allen voran der Kathedrale, und davon, dass alles gut werden würde, wenn der Krieg gegen die Kensustrianer beendet wäre ... Dazu musste er aber erst einmal begonnen werden! *Möge das Feuer der brennenden Augen Tzulans uns die Wahrheit zeigen*, schloss der Brief.

Ein wenig enttäuscht ließ er das Blatt sinken, um es kurz darauf näher zu untersuchen.

Er las die Anfangsbuchstaben der einzelnen Wörter, las die Reihen von oben nach unten, las Abschnitte rückwärts und gab sich alle erdenkliche Mühe, um einem eventuellen Geheimnis auf die Spur zu kommen. Doch es fiel ihm lediglich auf, dass der Schreiber kurz zuvor Süßknollen geschält haben musste; das Papier roch danach.

Stutzig geworden über die letzten Worte des Schreibers, hielt er das Blatt über eine Kerze.

Das Dokument färbte sich dunkelbraun – und gab dem Inquisitor sein Geheimnis preis. In der Hitze der Flammen zeigte sich eine zweite Botschaft.

Aufgeregt erwärmte Pashtak den Bogen, bis er die Nachricht vollständig sichtbar gemacht hatte. Aber der

Verfasser hatte sie diesmal verschlüsselt, zu lesen waren nur seltsame Zeichen und Symbole.

Gleich morgen würde er in die Bibliothek gehen und sich auf die Suche nach einem Hinweis machen, mit dessen Hilfe er die geheime Mitteilung verstünde. Vorher sollte Leconuc diese Nachricht nicht erhalten. Er würde der Versammlung irgendein Märchen auftischen, was er angeblich in Braunfeld erlebt hatte. Die Wahrheit würde unter diesen Umständen nicht über seine Lippen dringen.

Kontinent Ulldart, Meddohâr,
Südostküste Kensustrias, Winterende 458/59 n. S.

In ihrem Traum hörte sie ein Rauschen, ein ständiges Auf und Ab, wie das Flüstern angenehmer, warmer Worte, das mal lauter, mal leiser wurde.

Ihr Verstand driftete durch schillernde Sphären, sie flog um den gesamten Kontinent, betrachtete voller Verwunderung den Palast des Kabcar in Ulsar und sah die Verbotene Stadt. Kurz darauf glitt sie über das offene Meer; Rogogards belagerte Inselfestungen huschten unter ihr vorüber, bevor sie zum ersten Mal in ihrem Leben die Gestade eines anderen Landes sah, von dem sie annahm, es sei Kalisstron.

Urplötzlich schwebte sie steil nach oben, stieg höher und höher, den Sonnen entgegen, ehe sie vor sich die rot glühenden, Angst einflößenden Sterne Arkas und Tulm entdeckte.

Ihr Geist drehte abrupt ab, zog eine Schleife und kehrte im Sturzflug nach Ulldart zurück. Sie versuchte, sich an den Wolken festzukrallen, um ihren Fall zu bremsen, doch die Gebilde zerstoben unter der Berührung zu nichts. Unaufhaltsam raste sie hinab.

Sie erkannte die vertraute Silhouette der Stadt Meddohâr und schoss genau auf das Dach eines Hauses zu. Instinktiv wollte sie die Arme vors Gesicht legen, als könnte das den Aufprall dämpfen, der einen Lidschlag später erfolgte …

Soscha riss die Augen auf und erkannte die intakten Deckenbalken über sich. *Was …?*

Von rechts schob sich das überglückliche Gesicht Stoikos in ihr Blickfeld, von links das misstrauische des Hofnarren, das sich augenblicklich zu einer fröhlichen Fratze verwandelte. Das Klingeln von Schellen tönte in ihren Ohren.

Ihr Ziehvater nahm sie mit einem Schluchzen in die Arme und drückte sie an sich, während die Ulsarin immer noch über ihre »Fahrt« nachdachte. Sie musste kichern, als sein stattlicher Schnurrbart kitzelnd über ihre Wange strich.

»Kind, da bist du wieder!«, sagte der einstige Vertraute des Kabcar mit erstickter Stimme; die Rührung verschlug ihm die Sprache. »Ich wusste es! Ich wusste es die ganze Zeit über.«

»Gar nichts wusste er, aber gehofft haben wir alle«, gab Fiorell seinen Kommentar dazu, katapultierte sich auf ihrer Bettkante in den einarmigen Handstand und betrachtete kopfüber das Gesicht der jungen Frau fröhlich feixend. »Tatsächlich, kein bisschen verwest.«

»Bitte?«, raunte Soscha. Ihre Kehle war trocken, der Geschmack in ihrem Mund fürchterlich. Sie wollte sich bewegen, fühlte sich aber dermaßen matt, dass es ihr gerade noch gelang, sich ein wenig zur Seite zu drehen, wo Stoiko stand.

»Warte.« Er setzte ein Glas mit Wasser an ihre aufgerissenen Lippen. Kühl und erfrischend rann das Nass in ihre Kehle. »Ist es jetzt besser?«, erkundigte er sich sorgenvoll, nachdem sie das Glas geleert hatte. Sanft strich er ihr über das Haar. »Ulldrael der Gerechte und alle Götter Kensustrias müssen dir beigestanden haben.«

»Und das sind wahrlich viele«, meinte der Spaßmacher, pendelte zurück und setzte elegant auf dem Boden auf. »Es sind so viele, dass man ein Jahr braucht, um für jeden ein Gebet aufzusagen.« Er absolvierte einen Luftsprung, schlug die Hacken zusammen und rasselte dazu mit seinem Narrenstab. »Ich lasse Eure Grube wieder zuschaufeln und sage dem Pralinigen Bescheid. Das Dickerchen wird vor Freude dahinschmelzen, wie ein Stück Konfekt in seinem Mund.« Schon war Fiorell verschwunden.

Soscha schaute ihm hinterher und richtete schließlich ihre Augen auf ihren Mentor. »Wie hat er das gemeint … das mit der Grube?«

Stoiko fasste ihre Hand und drückte sie leicht. »Du warst drei Monate lang wie tot. Wir haben dich neben den Überresten Sabins gefunden. Du hast nicht mehr geatmet, dein Herzschlag war nicht mehr zu hören. Wir legten dich ins Bett und warteten ab, was geschehen würde. Niemand, nicht einmal die Cerêler, konnte sich eine Vorstellung davon machen, was sich ereignet hatte.«

»Und was geschah dann?«, forschte sie kraftlos nach.

»Nichts. Du lagst im Bett, und es geschah nichts.« Stoiko schauderte. »Es war furchtbar, weil niemand wusste, was man unternehmen sollte. Einige Gelehrte, die wir befragten, wollten dich aufschneiden und in dir nachsehen, was geschehen sein mochte. Wie gut, dass wir es nicht zugelassen haben.«

»Ich wäre euch in der Tat sehr böse, wenn meine Innereien nun neben meinem Bett in einem Eimer lägen«, meinte die junge Frau. Dann wurde sie wieder ernst. »Drei Monate?«

Ihr Mentor nickte. »Du lagst einfach nur im Bett, und weil dein Körper nicht verfiel, beschlossen wir, so lange zu warten, bis die Verwesung einsetzen würde. Vorher wollten wir nichts unternehmen. Einer der Diener blieb immer Tag und Nacht an deiner Seite – und vor drei Nächten zuckten deine Augenlider.«

Ihr fiel auf, wie müde der ältere Mann wirkte. »Und seitdem sitzt du hier?«

»Es war es wert«, gab er glücklich zurück. »Aber verzeih mir, wenn ich mich bald zurückziehe. Meine Knochen sehnen sich nach Schlaf.« Besorgt fuhr er über ihre Stirn. »Weißt du, was damals geschah? Kannst du es mir erzählen?«

In aller Kürze berichtete Soscha, wie es zu dem Unglück gekommen war, das zu Sabins Tod geführt hatte. Danach war sie so erschöpft, dass sie einschlief.

Als sie erwachte, musste es Nachmittag sein. Warm fielen die goldenen Sonnenstrahlen in ihr Gemach.

Sie fühlte sich wesentlich kräftiger und wollte es wagen, sich von ihrer Lagerstätte zu erheben. Was hätte sie wohl getan, wenn sie in einer Gruft oder Ähnlichem zu sich gekommen wäre?

Vorsichtig stützte sie sich auf die Ellbogen und arbeitete ihren Oberkörper langsam in eine aufrechte Haltung.

Als ihr Blick dabei auf ihre rechte Hand fiel, keuchte sie erschrocken auf. Sie schimmerte in einem dunklen Blau. Dasselbe Leuchten umgab auch ihre Linke, sogar ihren ganzen Leib, wie sie feststellen musste. Es war das gleiche Blau, in dem einst der Tersioner gestrahlt hatte.

Soscha sank zurück in die Kissen. Ich bin magisch. Ich trage diese Kraft, die einst Sabin gehörte, nun in mir. Der ehemalige Minenarbeiter hatte ihr seine Fertigkeiten übertragen und war danach gestorben, und ihr Körper und ihr Verstand hatten offensichtlich eine Ruhephase benötigt, um das »Geschenk« des Mannes zu verarbeiten.

Die Ulsarin hob ungläubig ihre linke Hand vors Gesicht, um sie genauer zu betrachten. Das blaue Flirren und Schimmern wich nicht.

Ruckartig setzte sie sich auf, wobei sie den leichten Schwindelanfall ignorierte, streckte ihre Linke aus und konzentrierte sich darauf, mit Hilfe der Magie ein Fenster zu öffnen. Sie bemerkte, dass das Blau sich intensivierte; dann zuckte ein blauer Faden von dem Leuchten fort und legte sich um den Griff.

Die Klinke am Rahmen zitterte leicht und drehte sich ganz langsam, bis sich klickend der Schließmechanismus löste. Nun musste sie das Fenster nur noch aufziehen, aber es widersetzte sich dem Versuch aus der Ferne.

»Verdammt, geh auf«, zischte sie erbost. Das Azur um sie herum strahlte auf, Dutzende Energiestrahlen stoben von ihr weg.

Krachend rissen sämtliche Fensterflügel aus der Verankerung, die Scheiben flogen aus dem Rahmen und klirrten auf den Boden, die Scherben verteilten sich im ganzen Raum.

Verdutzt über das Resultat, musste Soscha lachen. *Danke, Sabin. Ich werde dein Opfer und deine Gabe in Ehren halten.*

Moolpár hob den Kopf, die bernsteinfarbenen Augen zeigten deutlich seine Überraschung. »Ich wusste nicht, dass unsere Anführer magisch begabt sind«, gestand er einem abwartenden Perdór ehrlich ein. »Woher auch? Von uns hat niemand die Fähigkeit, diese Kräfte zu sehen. Soscha ist die einzige Person, die dazu im Stande ist.«

Stoiko und der Herrscher von Ilfaris tauschten schnelle Blicke aus. Der kensustrianische Botschafter rief bei den Männern nicht den Eindruck hervor, als sagte er die Unwahrheit.

Die Ulsarin schaute aus dem Fenster, um die Schönheit von Meddohâr im Schein der Monde zu bewundern, ehe sie sich Moolpár zuwandte. »Euer König und seine Begleiter verfügen allerdings über eine Magie, wie ich sie bisher noch nie gesehen habe. Es könnte daran liegen, dass Euer Volk nicht von Ulldart stammt und deshalb mit anderen Gaben ausgestattet ist.«

»Daraus ergibt sich die spannende Frage«, warf der dickliche Herrscher ein, »ob somit auf anderen Kontinenten Magie noch vorhanden ist beziehungsweise stärker genutzt wird als bei uns. Das Kaiserreich Angor können wir getrost außen vor lassen. Wenn sie dem Kabcar etwas Ebenbürtiges entgegenzusetzen gehabt hätten, wäre es zum Einsatz gekommen.«

»Und mit allen anderen Reichen hatten wir in der jüngsten Vergangenheit nur wenig zu schaffen«, bedauerte Stoiko. »Die Palestaner und die Agarsiener, die mit ihren Schiffen weit herumkamen, erwähnten nichts über Magie, selbst nicht in friedlichen Zeiten.«

Perdór spielte an den Korkenzieherlocken seines Barts herum; die gedrehten Strähnen hüpften auf und nieder. Ganz nebenbei gönnte er sich eines der kleinen Gebäckstücke, die er zu seiner neuen Leibspeise erkoren hatte. Die Krümel verteilten sich auf seinem brokatenen Rock.

»Wir sollten uns ein paar kleine Vögel zulegen«, schlug Fiorell amüsiert vor. »Sie würden Euch den Pelz sauber halten. Und bei der Menge an Bröseln, die Ihr produziert, wärt Ihr von Piepmätzen nur so bedeckt. Ihr hättet nicht nur einen Vogel, sondern derer viele.« Er wedelte mit den Armen. »Und schwupps, könntet Ihr zudem fliegen, Majestät. Vorausgesetzt, es wären sehr, sehr viele Vögel. Oder Geier, die Euer Gewicht hochhievten. Das wäre ein Mahl! Anschließend würden sie an Überzuckerung sterben.«

Kauend warf ihm der Ilfarit einen bösen Blick zu; ein Wurfgeschoss war leider nicht zur Hand, mit dem er den Hofnarren zum Schweigen hätte bringen können. Moolpár musste seine Gedanken erraten haben und bot ihm wortlos seinen Dolch an, was der König grinsend ablehnte. »Vielleicht brauchen wir ihn noch.«

»Wenn Ihr seiner überdrüssig seid, gebt mir Bescheid. Ich erledige das für Euch.« Der Kensustrianer schien sein Angebot todernst zu meinen. Die Anwesenden schauten ihn entgeistert an. Die Mundwinkel des Kriegers wanderten langsam in die Höhe, spitze Eckzähne wurden sichtbar. »Ich lerne Euren Humor allmählich, nicht wahr?«

Fiorell entspannte sich und balancierte seinen Schellenstab auf der Spitze des kleinen Fingers aus. »Ein Grünhaar mit Empfinden für Heiterkeit, wie nett. Jetzt kann es nur aufwärts gehen.«

Stoiko räusperte sich. »Moolpár, vielleicht finden wir eine Lösung des Rätsels, wenn wir von Euch erfahren, woher Euer Volk stammt.«

»Erstens denke ich nicht, dass dies von Bedeutung ist«, wehrte der Diplomat ab, »zweitens weiß ich es nicht. Ich bin als Krieger erzogen worden, nicht als Geschichtswissenschaftler. Ich kenne die Traditionen unserer Kaste, die uns von unserer Heimat mitgegeben wurden, aber wo sie ist, das hat mich nicht zu kümmern. Wenn es jemand wüsste, dann einer aus der Kaste der Gelehrten.« Aufrecht saß er auf dem Stuhl, die Haltung drückte sein Standesbewusstsein aus. »Und auch sie würden es Euch nicht sagen. Niemand soll unsere Heimat finden, niemand soll sie betreten, wenn wir ihn nicht eingeladen haben.« Behutsam nahm er die Schwerter vom Rücken und legte sie vor sich auf den Boden. »Und was die Farben der Magie anbelangt: Kann es nicht auch daran liegen, dass Ihr bisher einfach nur wenig Magienutzer gesehen habt? Ihr seid, wenn ich Euch daran erinnern darf, mit Euren Forschungen nach zwei Jahren noch am Anfang.« Er wandte sich zu der Ulsarin. »Aber da Ihr nun selbst diese Gabe nutzen könnt, werdet Ihr schneller vorankommen, nehme ich an.«

»Unwahrscheinlich ist beides nicht.« Soscha zögerte. »Moolpár, wäre es möglich, dass ich mit Eurem König sprechen dürfte? Mit seiner Hilfe wäre es vielleicht möglich, die Gabe der Magie besser zu verstehen«, bat sie eindringlich. »Wenn er die Kräfte nutzt, so weiß er, wie man sie handhabt.«

»Sicher, sie könnte auch zu Nesreca gehen und ihn bewundern, wenn er seine Fähigkeiten einsetzt, um sie knusprig zu grillen. Dummerweise wäre das eine einmalige Erfahrung«, steuerte Fiorell bei. »Aber wir brauchen sie und ihr hübsches Köpfchen noch. Und daher wäre es schon gut, wenn Ihr sie zu diesem Finsterling bringen könntet.« Sofort schlug er sich die Hand vor den Mund. »Entschuldigung, das ist mir so herausgerutscht. Aber Vertrauen erweckend wirkt er beim besten Willen nicht.« Er warf sich in seiner übertriebenen Manier auf die Knie. »Bitte, bitte, lasst mich am Leben. Diese Majestätsbeleidigung war ausnahmsweise nicht beabsichtigt.«

»Ich betrachte Euch als einen der Unfreien«, erklärte Moolpár ruhig. »Und diese sind nicht in der Lage, die Ehre des Königs zu beschmutzen, es sei denn, sie berührten ihn. Dann müsstet Ihr sterben. Aber Worte treffen ihn nicht.« Seine Augen verengten sich. »Kommt jedoch nicht auf den Gedanken, dass dies bei mir ebenso zutrifft. Ich reagiere auf Beleidigungen empfindlich.«

»Immer noch?«, erkundigte sich der Spaßmacher traurig. »Obwohl wir uns schon so lange kennen?« Er klimperte mit den Wimpern.

»Ich habe noch keinen Grund gesehen, Euch deshalb alles zu erlauben, auch wenn Euch Perdór dafür entlohnt, dass Ihr Euch alles erlauben dürft«, erläuterte der Kensustrianer. »Den Sinn dieses Geschäfts werde ich niemals verstehen.« Er nahm die Schwerter, stand auf und wandte sich der jungen Frau zu. »Ich werde beim König anfragen, ob er Euch empfängt. Es wäre vermutlich für beide Seiten von Vorteil«, sagte er und empfahl sich.

»Das ging aber gerade noch einmal gut, mein lieber Fiorell«, meinte Perdór und langte nach dem letzten Törtchen. »Irgendwann wird er ausprobieren, wie viele Scheibchen man aus deinem dürren Körper hobeln kann.«

»Seit Ihr mir von Eurem Treffen mit Tobáar ail S'Diapán erzählt habt«, warf Stoiko ein und fuhr sich über den Schnauzbart, »muss ich die ganze Zeit an diese andere Kensustrianerin denken ... Belkala, so hieß sie doch, die Priesterin, die mit dem jetzigen Großmeister liiert war. Was wohl aus ihr geworden ist?«

»In Berichten über den Orden taucht sie jedenfalls nicht mehr auf. Nach Telmaran ging sie wohl verloren«, verkündete der ilfaritische Exilkönig und wuchtete sich hoch. »Ich mag zwar nicht mehr in meinem geliebten Reich weilen, aber meine Spione arbeiten noch immer – so gut sie eben können. Nesreca hat ein Netz von Gegenspionen und Geheimdienstlern geschaffen, die wie die Wühlmäuse tätig waren, um meine besten Spürnasen in Ulsar auszuschalten. Die Hohen Schwerter sind übrigens die Besitzer der letzten vier aldoreelischen Klingen auf Ulldart, alle anderen sind verschwunden oder gestohlen worden.«

»Verfluchter Nesreca«, sagte Stoiko. »Nur er kann dahinter stecken. Dass Lodrik nach wie vor so blind sein kann, verwundert mich sehr.«

»Was erwartet Ihr, wo er doch den Einflüsterungen des silberhaarigen Dämons jahrelang schutzlos ausgeliefert war?«, meinte Fiorell ernsthaft. »Immerhin hat er sich seine Alte vom Leib geschafft. Eine Intrigantin weniger am Hof.«

»Warum aber zögert er?«, murmelte Perdór, nahm ein Stück Konfekt aus der mit Eis gefüllten Schale auf dem Schrank und versenkte eine weiße Praline in seinem Mund. »Der Kabcar hat Kensustria von allen Seiten eingeschlossen, er hat die Schwarze Flotte versenkt, er hat überlegene ...«

»Vermutlich überlegene«, präzisierte der Spaßmacher, während er Eisstücke aus der Schüssel klaubte und damit jonglierte.

»... Truppen und verfügt mit seinen magischen Fertigkeiten und denen seiner Kinder über ein ungeheueres Zerstörungspotenzial.« Vorsichtig zerbiss der rundliche König die mit geschlagener Sahne gefüllte Köstlichkeit; Erdbeerlikör verteilte sich an seinem Gaumen. »Was hält ihn von einem Angriff ab? Ich bewundere die Fähigkeiten der Kriegerkaste und die ihrer Ingenieure, aber rein zahlenmäßig sind sie den Truppen des Kabcar unterlegen.«

»Vielleicht möchte er erst alle aldoreelischen Klingen in seinen Besitz bringen«, meinte Soscha.

»Glaube ich nicht.« Perdór schüttelte den Kopf, dass die Locken wippten. »Die Schwerter sind für die Einnahme von Kensustria nicht wichtig. Irgendetwas hat ihn dazu bewogen, vorerst von einem Einmarsch abzusehen. Es gibt Berichte aus Ulsar, dass er sich in aller Öffentlichkeit mit seinem Berater gestritten hat. Vielleicht hat es etwas damit zu tun.«

»Und wenn er endlich erwacht?«, hoffte Stoiko. »Das könnte doch nur Gutes für uns bedeuten.«

Der ilfaritische Herrscher seufzte. »Wenn der Kabcar die Befehlsgewalt über das Heer hätte, ja. Aber ich zweifle daran. Über die Hälfte der Truppen bestehen aus Tzulandriern, und die sind allein Sinured ergeben. Selbst wenn er versuchen würde, das Steuer herumzureißen und Ulldart vom Bösen zu befreien, stünde er vor dem Problem, dass er eine unkontrollierbare Streitmacht gegen sich hätte.« Eine weitere Praline verschwand in seinem Mund. »Wäre es möglich, dass er nach einem Ausweg sucht, wie er sich von den Geistern, die er rief, befreien kann, ohne dass der Kontinent in eine wahrlich Dunkle Zeit gerät?«

»Kann er das erreichen?«, raunte die Ulsarin abwesend. »Wird am Ende nicht er die Dunkle Zeit bringen, sondern die, die ihm für den Augenblick noch dienend zur Seite stehen?«

»Wenn Nesreca an purer Macht gelegen wäre, hätte er den Kabcar schon lange vom Thron gestoßen, dessen Kinder umgebracht und als entfernter Vetter die Regentschaft übernommen«, hielt Perdór dagegen. »Betrachten wir das Ganze im Zusammenhang mit dem Raub der aldoreelischen Klingen, wird das Ereignis, das sich da zusammenbraut, noch erschreckender. Keine Waffen, kein Hindernis für das Böse.«

»Und seine Magie?«, gab Soscha zu bedenken.

»Er ist allein«, meinte Stoiko niedergeschlagen. »Vielleicht hat er noch seine Kinder. Aber wozu Nesreca und seine beiden übermächtigen Helfershelfer alles in der Lage sind, können wir nur erahnen.« Mit Schaudern dachte er an seine Befreiung zurück, bei der er um ein Haar Opfer von Hemeròc geworden wäre. »Sie sind alle drei mächtiger als er«, sagte er zu seiner Ziehtochter.

»Wenn Sinured schon da ist und sich einige der Zweiten Götter auf Ulldart aufhalten, was könnte dann noch schlimmer kommen?«, stellte die Ulsarin in den Raum.

Keiner wagte es, darauf zu antworten.

Doch aller Augen wanderten zum Fenster, um zu den rot glühenden Doppelgestirnen Arkas und Tulm zu blicken, um die herum sich der Sternenhimmel so drastisch gewandelt hatte.

Zwei Stunden später betrat Soscha staunend die hohe, von Säulen getragene Halle, in die das Licht der Monde durch das nun offene Kuppeldach hereinfiel und das lange, mannshohe Steinrechteck in der Mitte des riesigen Gebäudetraktes beschien.

Wie ihr aus den Erzählungen Perdórs bekannt war, saßen neun Kriegerinnen und zehn Krieger mit übereinander geschlagen Beinen und geschlossenen Augen auf dem riesigen Podest. Für die Ulsarin hatte das Bild den Anschein, als badeten die Statuen gleichen Kämpfer in den silbrigen Strahlen der Nachtgestirne, wie sich die Menschen an der Wärme der Sonnen erfreuten.

Es waren die Männer und Frauen, die sie vor mehr als drei Monaten durchs nächtliche Meddohâr hatte gehen sehen. Auf der Brustseite aller Panzerungen prangten die goldenen Intarsien mit den unbekannten Mustern. Auch wenn das fahle Mondlicht sie beleuchtete, erkannte die junge Frau ihr magisches Glühen wieder.

»Setz dich.« Einer der Kensustrianer deutete auf ein Kissen vor sich. »Ich bin Tobáar ail S'Diapán, wie du sicher weißt.« Neugierig betrachtete sie die bernsteinfarbenen Augen. »Du hast Moolpár gesagt, du wollest mich sprechen und es drehe sich um Magie …«

Erst nach einem inneren Anlauf schaffte sie es, auf die Frage zu antworten. Zu eindrucksvoll präsentierte sich das Wesen, das an der Spitze des kensustrianischen Reiches stand. »Ich bin in der Lage, diese Energien zu sehen, wenn sie vorhanden sind. Bei Euch erscheint mir die Magie ebenso stark wie fremd.« Soscha senkte ihr Haupt. »Wenn Ihr willens seid, mich zu unterrichten, dann bitte ich Euch inständig, mir die Geheimnisse der Magie zu weisen. Ich weiß niemanden sonst, den ich fragen könnte.«

»Außer deinen Feinden«, meinte Tobáar gelassen.

Kalt schimmerten die Reißzähne. »Wenn ich es täte, welchen Lohn könntest du mir bieten?«

»Ich unterstütze Euch im Kampf gegen die Angreifer«, versicherte Soscha aufgeregt.

»Du bist keine Kriegerin, Soscha«, meinte der Kensustrianer mit der tiefen Stimme. »Du wärst uns dabei nicht von Nutzen.« Die Abfuhr wirkte für die junge Frau, in der Hoffnung gekeimt hatte, wie ein Schlag ins Gesicht. »Hast du eine Ahnung, welcher Erfahrung es bedarf, um diese Gabe zu beherrschen? Vollständig zu beherrschen?«

»Ich denke, es wird mehrere Jahre dauern«, schätzte die Ulsarin vorsichtig.

Ein dunkles, gutmütiges Lachen drang aus der Kehle Tobáars. »Dann gebrauchen wir unterschiedliche Arten dieser Fähigkeiten.« Er deutete auf die Reihen seiner Kriegerinnen und Krieger. »Was denkst du, wie alt sie sind?« Soscha hatte nicht die leiseste Vorstellung von der Lebenserwartung eines Kensustrianers, daher zuckte sie hilflos mit den Achseln. »Nach eurer Zeitrechnung etwa zweihundertdreißig Jahre«, lüftete der Herrscher sein Rätsel. Sein ernstes Gesicht näherte sich dem der jungen Frau. »Und nun errate mein Alter, Mensch.«

Der Herzschlag der Ulsarin beschleunigte sich, sie wurde nervös und rang gegen den Befehl ihres Instinkts, die Beine in die Hand zu nehmen und vor dem zu flüchten, was ihr so nahe gekommen war. Ihr Verstand dagegen wirkte wie gelähmt, sie brachte kein Wort hervor.

Der Kensustrianer lachte erneut. »Ich vermute, du kannst dir denken, dass ich älter als meine Begleiter bin. Etwa die Hälfte meiner Existenz habe ich damit zugebracht, die Magie, wie du sie nennst, zu verstehen.«

»Sie zu verstehen?« Soscha begriff nicht.

»Ich erteile dir nun deine erste und einzige Lektion«, eröffnete ihr Tobáar. »Die meisten begehen den Fehler, die Magie einfach nur anzuwenden, ohne ihrer Stimme zu lauschen. Sie benutzen sie. Aber die Kraft wehrt sich dagegen, indem sie unkontrolliert ausbricht, stärker wird und einen dabei völlig auszehrt. Der Vermessene wird dazu gebracht, sie immer häufiger anzuwenden, und jedes Mal verliert er dabei Lebenszeit. Nur wer sie respektiert, wird ein langes Dasein haben.« Er neigte den Kopf nach hinten, schloss die Augen und genoss das silbrige Licht der Monde auf seiner Haut. »Hast du dich jemals gefragt, weshalb die Cerêler niemals alt werden?«

»Und der Kabcar?«, flüsterte sie.

»Er hat einen guten Lehrmeister. Dennoch bezweifle ich, dass sich Nesreca die Zeit genommen hat, seinen Lehrling auf die Nebeneffekte seiner Gabe hinzuweisen«, antwortete Tobáar. »Das war auch der Grund, weshalb ich zunächst nicht einschritt. Ich dachte, die Magie frisst ihn auf, bevor er zu einer wirklichen Gefahr für uns wird. Aber ich habe mich getäuscht.« Schlagartig öffnete er die Lider und wandte sich Soscha zu. »Nun werden wir ihm zeigen, was es bedeutet, sich mit uns anzulegen. Selbst wenn es ihm und seinen Soldaten gelingt, uns zu besiegen, werden sie nichts von Kensustria erhalten. Kein Stein wird auf dem anderen bleiben.« Er lächelte sie an. »Die Zeit, dich auszubilden, haben wir nicht. Ich werde bald dorthin gehen, wo ich die größten Übel finde, um mich ihnen zu stellen und sie zu vernichten. Du wirst dich selbst unterweisen müssen. Aber erinnere dich immer daran: Höre auf die Stimme der Magie.«

Er schloss die Augen, und die Ulsarin verstand es als Hinweis, dass die Unterredung beendet sei. Sie stieg die Stufen hinunter und machte sich auf den Weg zum Ausgang.

»Moolpár ist schon von mir gewarnt worden. Wenn du oder deine Freunde jemandem verraten sollten, dass wir über Magie verfügen«, hörte sie die Stimme Tobáars rufen, »werden wir euch alle zur Rechenschaft ziehen. Dieses Geheimnis ist unsere größte Waffe gegen den Kabcar und seine Verbündeten.«

Soscha wandte sich um, um ihr Schweigen zu beteuern, und erstarrte. Alle Kensustrianer blickten sie an; um ihre Pupillen glühte es in grellem Gelb. Der Ausdruck auf ihren Gesichtern besiegelte ein gnadenloses, lautloses Versprechen.

Eine Welle der Angst schwappte bei diesem Anblick über ihr zusammen. Ohne sich um die Etikette zu scheren, ließ sie sich von ihren Instinkten mitreißen, drehte sich auf dem Absatz um und rannte los.

V.

**Kontinent Kalisstron, Bardhasdronda,
Frühjahr 459 n. S.**

Waljakov übte mit Lorin, um ihn auf das Duell mit Rantsila vorzubereiten.

Auch die Suche nach dem Diamanten gab der Junge nicht auf. Unablässig suchte Lorin weiter nach ihm, um den Fehler wieder gutzumachen und die Anerkennung der Religionsvorsteherin zu erringen. Nur bei strengstem Frost gönnte er sich eine Pause. Die Kalisstri beobachteten seine vergeblichen, nichtsdestoweniger hartnäckigen Versuche, den Diamanten aus dem Anhänger zu finden, mit Respekt und hielten ihn insgeheim wegen dieser besonderen Obsession für mehr als merkwürdig.

Aber Lorin fühlte sich an sein Versprechen, das er Kiurikka einst gegeben hatte, gebunden. Mit Sieben und Rechen ging er zu Werke, die dünnsten Drahtgeflechte fertigte er an, alles nur, um den winzigen Edelstein aus dem Erdreich zu filtern.

Die Erfolglosigkeit, die ihm beschieden war, entmutigte ihn nicht etwa; der Junge betrachtete es als eine Prüfung von Kalisstra, die ihm den getöteten Gamur erst vergeben würde, wenn er der Hohepriesterin das Schmuckstück überreichte, das sein Ziehvater der Frau versehentlich vom Hals gerissen hatte.

Dann entdeckte er, weshalb seine Suche erfolglos geblieben war.

Er beobachtete eine Ratte dabei, wie sie sich eine

herrenlos auf dem Boden liegende Münze schnappte und davonlief. Er folgte dem Tier und gelangte in ein Haus, dessen Besitzer, Pirnaba, sich eine kleine Armee von diebischen Helfern gezüchtet hatte. Die Nager sammelten alle verlorene Schmückstücke und Münzen in den Gassen und Häusern Bardhasdrondas ein, um sie ihrem Herrn zu bringen.

Gerade als Lorin die Kammer fand, in dem ein Säckchen mit allen Beutestücken lagerte, drangen vier Unbekannte in das Haus des Mannes ein und verlangten ihre Schnupftabaksdose zurück. Eine Ratte habe sie gestohlen und sie zu diesem Haus geführt. Sie töteten Pirnaba und jagten den Jungen durch sämtliche Räume, bis ihm mitsamt der Beute die Flucht gelang. Die Tabaksdose behielt er, die Diamanten aber gab er Kiurikka zurück, die sie freudlos entgegennahm. In seinem Raum angekommen, entzündete er eine Lampe und besah sich die Tabaksdose genauer.

Welches Geheimnis verbirgst du, dass man Menschen dafür tötet?

Nach einer oberflächlichen Inspizierung, bei der er nichts entdeckte, ging er sorgfältiger zu Werke, drückte und klopfte so lange an der Dose herum, bis sich eine flache Metallscheibe aus dem Verschluss löste und ein Versteck offen legte. Darunter befand sich ein sorgsam gefalteter Zettel mit Notizen, die in krakeliger Schrift verfasst waren.

Zum einen waren es Zahlenangaben, zum anderen erkannte Lorin eine Zeichnung, die er für einen Ausschnitt aus Bardhasdronda hielt. Wenn er alles richtig entzifferte, stellten die hastig gemalten Striche den Markplatz und den Brunnen dar. Um die eingefasste und befestigte Quelle hatte der Zeichner einen doppelten Kringel und die Zahl 15, daneben die Zahl 34 geschrieben.

Das ergab absolut keinen Sinn.

Er legte Dose und Zettel auf den Tisch neben sich und zog sich die Decke über. Nun musste er schlafen, um für den Zweikampf mit Rantsila ausgeruht zu sein.

Lorin durchlebte einen furchtbaren Albtraum.

Er träumte, dass sich ein Fremder auf dem Boot zu schaffen machte, und als er die Augen aufschlug, blickte er in das Gesicht jenes Handlangers, der ihm an der Tür zu Pirnabas Haus die Rückkehr angedroht hatte.

Der Junge wollte etwas unternehmen und sammelte seine Magie, da durchschnitt der Dolch des Angreifers seine Kehle. Gnädigerweise verwandelte sich der Traum wieder zurück in einen unruhigen Schlummer.

Geweckt wurde Lorin vom Schrei seines Ziehvaters. »Was, bei Ulldrael dem Gerechten, ist hier geschehen?«

Schlaftrunken stemmte sich der Knabe in seinem Bett in die Höhe und betrachtete das getrocknete Blut, das sich auf dem Laken um ihn herum verteilt hatte.

Das Sprechen gelang ihm nicht, das Schlucken bereitete ihm unendliche Mühe und Schmerzen. Reflexartig wanderte seine Hand zur Kehle, wo sie auf verkrusteten Lebenssaft traf.

»Nasenbluten«, krächzte er erklärend und wollte aufstehen, um sich zu waschen. *Es war kein Traum. Sie waren hier drinnen und haben …* Nach wenigen Schritten befiel ihn ein starker Schwindel, die Kammer schien sich um ihn zu drehen, und er verlor das Bewusstsein.

Als er wach wurde, schaute er in die fürsorglichen Gesichter von Fatja, Matuc und Waljakov. Er lag in seinem Bett, das neu bezogen worden war.

»Nasenbluten?«, schnaubte der Leibwächter. »Ziemlich viel Blut für die Nase eines Knirpses.«

»Was ist geschehen, kleiner Bruder?«, erkundigte sich die Borasgotanerin und legte ihm ein Kissen unter den Kopf, ehe sie ihm sanft über die schwarzen Haare strich.

Sein Kopf schnellte herum, um nach der Dose zu sehen. Doch sie war ebenso verschwunden wie der Zettel.

Stockend berichtete er die Wahrheit über die Abenteuer, die er im Hause Pirnabas erlebt hatte. Und er zeichnete die Angaben des Zettels getreu auf ein Stück Papier, das ihm Matuc sogleich aus der Hand riss und an Fatja weiterreichte.

»Bring das zu Rantsila, er soll sich den Kopf darüber zerbrechen«, wies er sie an. »Und du, Lorin, wirst liegen bleiben, bis du dich erholt hast.«

»Ohne die Magie wärst du jetzt tot«, brummte Waljakov. »Was die See, Nesrecas Helfer, die Wölfe und die Kälte nicht geschafft haben, wäre ein paar Halsabschneidern um ein Haar gelungen.«

»Nicht auszudenken, wenn du wirklich ums Leben gekommen wärst«, seufzte Fatja und drückte ihn an sich. Im Stillen dachte sie dabei an ihre Visionen und Lorins Rolle darin. Aber all das lag so lange zurück, dass sie nur noch entfernte Vorstellungen davon besaß, was sie damals in jener Kneipe vor Tularky in den Augen der Brojakin alles gesehen hatte. Doch auch Matucs Schicksal sprach davon, dass der Knabe Großes vollbringen sollte.

Dunkel erinnerte sie sich noch daran, dass sie etwas an ihrer Prophezeiung gestört hatte. Oder zumindest zum Grübeln gebracht hatte, wie die Dinge eines Tages zusammenlaufen sollten.

War da nicht von einem Bruder die Rede gewesen? Aber wie sollte das möglich sein, wenn Norina tot auf dem Grund der See lag? War damit alles verloren, oder würde diese eine Zukunft sich nicht so erfüllen, wie sie sie gesehen hatte? Sie lächelte den leichenblassen Lorin an und stand auf. »Erhol dich. Ich sage Rantsila Bescheid.«

»Der Zweikampf«, fiel es dem Knaben ein, und

schon war er im Begriff aufzuspringen. »Ich muss aufstehen und mich ihm stellen. Wie sieht es denn aus, wenn ich so lange um eine Gelegenheit bettele und dann nicht erscheine? Er muss mich für einen kompletten Feigling halten.«

»Wenn er diese Geschichte hört, wird er dich für alles andere als einen Feigling halten«, grummelte der Leibwächter. Seine mechanische Hand drückte den Schützling zurück in die Kissen. »Erstaunlich, dass du überhaupt noch Blut in dir hast.«

Mit einem unglücklichen Seufzen gab Lorin der Kraft Waljakovs nach. »Aber ich werde dem Rätsel auf den Grund gehen«, versprach er sich und allen Anwesenden, was Matuc zu einem Kopfschütteln veranlasste.

»Dass du immer noch nicht genug hast! Kalisstra hat uns gnädig auf ihrem Kontinent aufgenommen und uns haufenweise Proben oder Abenteuer bestehen lassen. Es reicht, würde ich sagen. Lass Rantsila die Sache in die Hand nehmen.«

»Aber es kommt doch auf ein Abenteuer mehr oder weniger auch nicht mehr an«, sagte Lorin schwach und drehte die Argumentation seines Ziehvaters einfach um. »Vielleicht ist das der Abschluss der Prüfungen?«

»Werde gesund, Knirps, dann sehen wir weiter«, gab der Hüne seinen knappen Kommentar ab. Dann zwinkerte er Lorin zu. »Unter Umständen könnte ich noch einmal mit dem Milizionär reden, was meinst du?«

»Ihr geht jetzt alle und lasst meinen kleinen Bruder schlafen«, befahl Fatja energisch, scheuchte die Männer mit der unwiderstehlichen Autorität einer Frau hinaus und deckte Lorin zu. »Und du, Lorin, halte deine vorwitzige Nase aus Sachen heraus, die dich nichts angehen.« Ihre braunen Augen wurden ernst, sorgenerfüllt. »Das meine ich so, wie ich es sage. Bring dich nicht in Gefahr. Es mag sein, dass dich deine Heimat für Größeres benötigt. Mit diesen paar Lijoki wird die Stadtwache auch ohne deine magische Hilfe fertig.« Sie strich ihm über den Kopf. »Ich werde dich notfalls am Bett festbinden.«

»Aber dann hätten die Piraten ein noch einfacheres Spiel mit mir«, widersprach der Knabe müde.

»An mir kommen sie nicht vorbei«, scherzte Fatja. »Ich passe auf dich auf. Mit einer Borasgotanerin legt man sich nicht an. Wir haben das Feuer im Blut.«

Lorin glitt in einen erholsamen Schlaf.

Die junge Frau gesellte sich zu Matuc und Waljakov. »Und nun?«, wollte sie wissen.

Der Leibwächter schaute sie an. »Ich werde hier übernachten, falls die Mörder noch einmal zurückkommen sollten. Er ist noch zu schwach, um sich wehren zu können.«

»Gewiss hat Soini damit zu tun. Und was immer der Pelzjäger beabsichtigt, es wird nichts Gutes sein, wenn er sich mit den Erzfeinden der Städter zusammengetan hat«, schätzte Matuc. »Er wird sich für die Verbannung rächen wollen.«

»Ich hoffe sehr, dass Rantsila aus dem Gekrakel schlau wird«, sagte Fatja zweifelnd, während sie die Skizze betrachtete.

»Der Knirps hatte Recht. Wir müssen der Sache selbst auf den Grund gehen«, meinte der Leibwächter nachdenklich.

»Was?«, entfuhr es dem Mönch und der Schicksalsleserin beinahe gleichzeitig.

Waljakovs Muskulatur, die trotz des fortgeschrittenen Alters noch immer eindrucksvoll war, spannte sich an. Ein untrügliches Zeichen, dass er keinen Widerspruch duldete. »Wir haben mit Sicherheit einen Verräter in der Stadt, dem diese Dose gestohlen wurde. Wenn er nun mitbekommt, dass der Junge noch lebt, wird er sich denken können, dass er sein Geheimnis an andere verraten hat. Die Lijoki werden daraufhin ihr

Vorhaben fallen lassen, um irgendwann zuzuschlagen, wenn keiner mehr daran denkt.«

Matuc verstand die Gedanken des Kämpfers. »Wenn sie glauben, dass Lorin tot ist, wähnen sich die Piraten in Sicherheit.«

»Die Kunst besteht für uns aber darin herauszufinden, was sie überhaupt planen«, warf Fatja unwirsch ein. »Ansonsten bringen wir Bardhasdronda eher in Gefahr, als dass wir hilfreich sind, ihr Meistergehirne.«

»Dann denk nach, kleine Hexe.« Waljakov drückte ihr den Zettel in die Hand. »Ich hole Arnarvaten und Blafjoll, sie sollen uns helfen.« Er stapfte hinaus. Die Aussprache war für ihn beendet und die Entscheidung gefallen.

Verwirrt schauten Matuc und die junge Frau dem resoluten Kämpfer durchs Fenster nach.

»Ich wusste ja, dass alte Menschen schwierig werden«, äußerte Fatja und ging in die Kuche, um Tee zu bereiten. »Aber dass sich der Altersstarrsinn schon so früh bei ihm einstellt, hätte ich nicht geglaubt.«

»Was soll das heißen?« Matuc fühlte sich in die Gruppe der »Alten« eingeschlossen. »Bin ich etwa auch starrsinnig geworden?«

Fatjas Lachen drang aus dem hinteren Teil des Hausbootes. »Nein, Matuc.« Ihr Gesicht erschien im Türrahmen, ihre Mandelaugen blitzten schelmisch. »Du warst es schon immer.«

»Ich bevorzuge den Begriff ›selbstbewusst‹«, grummelte er und setzte sich in den Sessel, um in bequemer Position auf die anderen zu warten.

Kontinent Ulldart, Inselreich Rogogard, Frühjahr 459 n. S.

Die fünf Dharkas nahmen die Ladung auf, die sie auf ihrer letzten Fahrt an die tarpolische Nordwestküste an die Aufständischen in der Provinz Karet liefern sollten.

Ausgerechnet im Stammland des mächtigsten Mannes auf Ulldart leisteten die eigenen Leute erbitterten Widerstand gegen seine Herrschaft und wehrten sich gegen die Anordnungen des Gouverneurs mit solcher Inbrunst, Waffengewalt und Verschlagenheit, dass die Soldaten nichts tun konnten, als der langen Liste von Überfällen auf eine Garnison oder eine Abgabensammelstelle einen weiteren hinzuzufügen.

Die Steilhänge und Berge der Provinz machten es für Häscher, die sich nicht wenigstens genauso gut wie die Einheimischen auskannten, zu einem Ding der Unmöglichkeit, die Verantwortlichen zu verfolgen und zur Rechenschaft zu ziehen. In Ulsar schien man jedoch genug von den Unternehmungen der Abtrünnigen zu haben, und die Gangart gegenüber den Aufständischen hatte sich verschärft.

Die unbeteiligten Dörfer, die zum eigenen Schutz die Fahnen des Kabcar aus den Fenstern ihrer Gebäude hingen, um sich durch die offen gezeigte Loyalität vor Übergriffen der Soldaten zu schützen, berichteten den Rogogardern von riesigen Ansammlungen von Beobachtern.

Die fliegenden Wesen kreisten auffällig oft um die Hänge, lautlos hielten sie Ausschau, aber nicht wie früher, still, bewegungslos auf den Dächern der Häuser verharrend. Sie flatterten geschäftig umher, lauschten an Kaminen und an Scheiben. Bald setzte sich die Ansicht durch, dass die uralten Wesen auf der Suche nach Hinweisen waren, wie man die Rebellen finden und zur Strecke bringen könnte.

Gleichzeitig erschienen immer häufiger Wachschiffe in den Gewässern der Küste, meist ein Bombardenträger zusammen mit drei kleineren, schnelleren Seglern, die eine Hetzjagd auf die von den Geschützen angeschlagenen Feinde veranstalteten.

Ein Dutzend Segler hatte das Inselreich Rogogard auf diese Weise bereits verloren, und nur noch die Dharkas unter dem Kommando von Torben Rudgass waren in der Lage, der Gefahr zu entgehen.

Doch der Gouverneur hatte Posten an Land aufgestellt, die jedes fremde Segel am Horizont aufspürten und meldeten. So geriet das Löschen der Ladung zu einem Wettrennen gegen die Zeit und gegen die berittenen Truppen des Kabcar.

Zu allem Unglück lag der Blockadegürtel fest um Kensustria, weswegen keine weiteren Güter mehr aus diesem Land herbeigeschafft werden konnten. Gelegentliche todesmutige Schmuggler ermöglichten keine dauerhafte Versorgung der Kareter, und weil auch auf Rogogard keine unerschöpflichen Vorräte an Getreide, Gemüse und Fleisch lagerten, würden nach diesem letzten Konvoi die Fahrten zu den Aufständischen eingestellt werden müssen.

Der offizielle Pakt mit dem Inselstaat Tarvin war nicht zu Stande gekommen; die drei Könige hatten sich nicht auf ein solches Wagnis einigen können und daher die Bitte von Torben Rudgass abgelehnt.

Hinter vorgehaltener Hand aber hatte Varla erfahren, dass man in Wahrheit viel zu viel Angst vor dem mächtigen Großreich Tarpol und einem Vergeltungsschlag hatte. Die Leichtigkeit, mit der die Nachbarn, die Angorjaner, aus Tersion vertrieben worden waren, steigerte die Bedenken der tarvinischen Könige. Und so blieb Rogogard für den Augenblick völlig auf sich gestellt.

Torben schritt über das Deck seiner Dharka, legte die

Hand mal hier, mal da aufs Holz, um das Schiff an seiner Haut zu fühlen. Sämtliche Schadstellen waren ausgebessert, der Zustand des Seglers hätte besser nicht sein können. Nur um die Mannschaft sorgte er sich. Den Männern kam allmählich die Motivation für die Sache abhanden, und ein wenig konnte er sie schon verstehen. Sollte Kensustria in naher Zukunft fallen, so wären die Inselfestungen westlich von Ulldarts Festland das einzige Stück Erde, das dem Kabcar nicht gehörte.

»Das ist kein Pferd«, sagte Varla belustigt. Im Gegensatz zu Torben trug sie bereits ihre leichte Rüstung und schien gewappnet zu sein für den baldigen Aufbruch. »Du musst das Schiff nicht aufmuntern. Es verrichtet seinen Dienst auch ohne Handauflegen, Striegeln oder Bürsten.« Sie kam näher und küsste ihn sanft auf den Mund.

»Ich bilde mir aber ein, dass es dann besser durchs Wasser gleitet«, erklärte der Freibeuter und betrachtete sie glücklich. »Das ist eine Art Aberglaube.« Torbens wettergegerbtes Gesicht richtete sich auf die Mole, wo die Arbeiter die Lastkräne bedienten und den Laderaum seines Schiffes füllten. »Das wird die letzte Fahrt sein. Und dann?«, murmelte er.

Die Tarvinin legte ihre Hand auf seine Schulter. »Du hast zwei Möglichkeiten. Du kommst mit mir in meine Heimat, wenn die Flotte des Kabcar in euren Gewässern kreuzt.« Er schaute sie mit seinen graugrünen Augen an, als hätte sie den Verstand verloren. »Ich weiß, ich weiß, du stolzer Pirat«, sagte sie. »Ich wollte dich nur daran erinnern, dass du allemal um den sicheren Untergang herumkommst.«

»Unsere Festungen halten jeden Beschuss aus«, meinte er knapp.

Varla blieb unerbittlich, ihre Miene wurde freudlos. »Glaubt ihr wirklich, dass ihr gegen die Truppen und

Flotten des Kabcar bestehen werdet? Was haben sie euch ins Essen getan? Wie kann man nur so verbohrt sein?« Sie setzte sich auf die Reling und nahm seine Hände. »Die tarvinischen Könige haben euch doch gesagt, dass ihr Zuflucht nehmen könnt. Packt eure Sachen und verschwindet von den Inseln, bevor dieser Bardri¢ auftaucht und euch ebenso zu Brei verarbeitet, wie er das mit den Soldaten bei Dujulev, bei Telmaran oder auf allen anderen Schlachtfeldern getan hat. Ihr werdet ihn nicht aufhalten können.«

»Wir werden uns nicht ergeben.« Torben blickte sie entschlossen an. »Wir haben erfahren, dass die Kensustrianer ebenso bis zum letzten Krieger ausharren und kämpfen werden.«

»Dann haben sie's dem Kabcar aber ganz schön gezeigt«, spottete die Kapitänin, und ihre braunen Augen blitzten wütend auf. »Er ist sicherlich so sehr von eurem Widerstand beeindruckt, dass er sich zurückziehen wird.« Sie seufzte, ihr Zorn wandelte sich in Bedrücktheit. »Das wird euer Ende sein.«

Der Freibeuter schluckte und wischte sich mit dem Ärmel die Nase ab. »Dann wird es eben so sein. Vielleicht geschieht ein Wunder, wie damals am Eispass.«

Varla stand auf und nahm ihn in die Arme. »Ich warte mit dir, Torben.«

Sein Gesicht verfinsterte sich. »Und wenn es nicht kommt?«

Varla zuckte mit den Schultern. »Dann hatten wir eine wunderbare Zeit zusammen, die wir gemeinsam beschließen.«

Eng umschlungen standen sie an Deck und hielten sich gegenseitig fest, Kraft aus der Nähe und Wärme des anderen schöpfend.

»Verzeihung, Kapitäne«, räusperte sich der erste Maat etwas verlegen neben ihnen. »Der Hetmann will euch beide sehen.«

»Die Pflicht ruft.« Torben machte sich von Varla los. »Obwohl ich mich nicht erinnern kann, etwas von einer Besprechung gehört zu haben.« Die Kapitänin schien genauso überrascht.

Als sie die Stube Hetmann Jonkills, des militärischen Führers der rogogardischen Flotte, betraten, trafen sie auf fast alle großen Obmänner des Inselreiches.

Ein jeder von ihnen verwaltete eine Insel und sorgte als Schiedsmann für gütliche Einigungen unter den Einwohnern. Im Notfall musste er auch die Verteidigung organisieren, und genau darum, so schätzte Torben, würde es sich gleich drehen. Auf dem Tisch lag eine Karte mit dem Seegebiet rund um die Inseln.

»Gut, dass Ihr beide gleich erschienen seid«, begrüßte Jonkill sie. Er trug, wie alle anderen im Raum mit Ausnahme von Varla, einfache Kleidung aus Wollstoff in gedeckten Farben. Lediglich die Spange, mit der sein Umhang zusammengehalten wurde, wies ihn in seinem hohen Amt aus. »Wir wollen Euch auch nicht lange aufhalten. Unser Wunsch ist, dass Ihr auf Eurer Rückfahrt von Karet unsere sechs vorgelagerten Inseln benachrichtigt, sie mögen sich mit all ihrem beweglichen Hab und Gut auf Verbroog, die westliche Hauptinsel, zurückziehen. Wir werden dort unsere Verteidigung konzentrieren.«

»Rechnen wir denn bereits mit einem Angriff?«, wunderte sich Torben. »Oder ist es lediglich eine Vorsichtsmaßnahme?«

»Wenn wir gezwungen sind, schnell zu weichen, verlieren wir zu viel kostbaren Proviant«, erklärte der Hetmann ruhig. »Daher meine Anordnung. Ich möchte uns die Gelegenheit verschaffen, so lange wie möglich einer Belagerung standzuhalten.« Er stützte sich auf den Tisch, als wöge sein Körper Tonnen. »Wenn wir Glück haben, bereiten die Kensustrianer dem Kabcar dermaßen Magenschmerzen, dass er uns vorerst in

Ruhe lässt, um all seine Soldaten gen Süden zu hetzen. Und wer weiß, was bis dahin zu unseren Gunsten alles eintreten kann.«

»Und wenn nicht?«, wagte die Tarvinin den Einwurf. »Es ist vor allem im Krieg sehr unvernünftig, auf ein göttliches Wunder zu warten. Und der Gott, der dem Kabcar die meisten Wünsche erfüllt, steht nicht auf unserer Seite.«

Jonkill lächelte. »Wir Rogogarder sind ein äußerst freiheitsliebendes und eigenwilliges Völkchen. Der Kabcar kann an unsere Tür pochen, aber freiwillig werden wir ihn nicht hereinlassen. Sollte er wirklich all unsere Bastionen bezwingen, verhandeln wir neu. Hat er nicht mehr als Unterjochung anzubieten, wird der Kampf erst mit unserem letzten Mann enden.«

»Was für Schädel hat Ulldrael der Gerechte eigentlich geschaffen?« Varla schüttelte den Kopf. »Ganz Ulldart muss von ihm gemacht worden sein, als der Lehm besonders hart gewesen ist. Und im Innern hat er Euch weich gelassen, wie mir scheint.«

Die Rogogarder lachten und fassten den verzweifelten Ausruf als Kompliment auf.

»Ich rechne nicht damit, dass Kensustria innerhalb eines Jahres fällt, dafür sind die Krieger zu stark und zu gut ausgebildet. Er wird es mit Gegnern zu tun haben, die auf seine Soldaten völlig anders reagieren als die Truppen, die sich ihm bisher in den Weg stellten. Selbst die Magie bringt, wenn ich die kensustrianische Mentalität richtig einschätze, sie nicht derart aus dem Gleichgewicht wie andere.« Der Hetmann reckte sich in die Höhe. »Und diese Zeit nutzen wir, um uns einzugraben und die Festungen auf Verbroog so zu verbessern, dass die Bombardenkugeln an ihren Mauern zerplatzen. Außerdem reichen unsere Katapulte weit.« Jonkill nickte zum Ausgang. »Und nun hurtig, Kapitän, damit wir unsere Leute schnell von den Inseln schaffen. Ich habe gehört, dass der Thronfolger sich angeblich in der Nähe von Karet aufhalten soll. Und ich meine nicht den Krüppel.«

»Bei Taralea«, meinte Torben erschrocken. »Wir wissen noch alle, was sein Auftauchen am Eispass zur Folge hatte!«

»Eben«, gab ihm der Hetmann Recht, dem die Sorge ins Gesicht geschrieben stand. »Darum beeilt Euch.«

Varla und der Freibeuter eilten zum Hafenbecken zurück, wo die letzte Kiste an Bord gehievt wurde.

»Lass die Schiffe zum Auslaufen klarmachen, ich komme gleich«, sagte Torben.

»Du willst dich noch verabschieden, nicht wahr?« Die Tarvinin verstand. Ihr Tonfall verdeutlichte, dass sie über sein Vorhaben nicht sonderlich begeistert war. »Mach es kurz, sonst verpassen wir die Flut.« Abrupt wandte sie sich um und lief zu ihrer Dharka, dem einzigen Segler, der durch und durch aus tarvinischem Material bestand.

Torben verzog den Mund und sah Varla hinterher. Allmählich müsste sie doch wissen, dass seine Gefühle für sie unerschütterlich waren. Er trabte die Straße entlang zu der kleinen Hütte, klopfte an und trat ein.

Die ältere Frau, die er als Pflegerin in Lohn genommen hatte, kniff die Lippen zusammen, als sie ihn sah, und schüttelte nur leicht das graue Haupt, wie sie es immer tat, wenn der Rogogarder zu Besuch kam.

»Wenn ich Euch nur einmal nicht den Kopf schütteln sähe«, seufzte Torben.

»Nichts wünschte ich mir sehnlicher, Kapitän Rudgass«, gab die Frau nicht minder betrübt zurück. »Ich denke, es ist ein hoffnungsloser Fall. Die Götter müssen ihr den Verstand genommen und nichts zurückgelassen haben als Luft.« Sie stand auf, stellte die Schale mit dem Essen ab und trat ein wenig zur Seite, um den Mann schauen zu lassen.

Norina saß mit ausdruckslosen Augen im Sessel, starrte durch Torben hindurch und wischte sich ganz langsam ein wenig Brei von den Lippen, um ihn sich vom Finger zu lecken. Sie wirkte dabei völlig gedankenversunken und nahm anscheinend nichts von alledem wahr, was um sie herum geschah.

Der Freibeuter ging in die Hocke und versuchte, ihre Aufmerksamkeit zu erlangen. Doch sie reagierte nicht auf seine Bemühungen, sondern starrte in die Ferne, als sähen ihre Augen eine andere Welt.

Was hatte er nicht alles versucht, um den Geist der Brojakin zurückzuholen …

Seit ihrer Befreiung, oder wie immer man die Unternehmung in Jökolmur nennen wollte, hatte sie nicht mehr gesprochen. Gelegentlich wiederholte sie ihren Namen, den sie von den Lijoki bekommen hatte, dann brabbelte sie etwas, was entfernt an »Norina« erinnerte. Aber etwas Klareres drang nicht aus ihrem Munde.

Torben vermutete, dass die Erfahrungen in Kalisstron ihren Verstand angegriffen hatten und sie deshalb nicht in der Lage war, sich mitzuteilen. Und damit enthüllte sich leider auch nicht, was aus den anderen an Bord der *Grazie* geworden war. Zeit, die ganze kalisstronische Küste abzusuchen, hatte er nicht. Doch die Hoffnung, dass auch die anderen überlebt hatten, war genährt.

»Kümmert Euch gut um sie, so wie Ihr es immer haltet«, sagte Torben niedergeschlagen und erhob sich. »Vergesst nicht, die …«

»… Namen der anderen ständig zu wiederholen«, führte die Pflegerin die Anweisung fort. »Kapitän Rudgass, ich tue seit einem Jahr nichts anderes. Ich werde die Namen Norina, Waljakov, Matuc und Fatja mein Leben lang nicht mehr vergessen.«

»Verzeiht«, entschuldigte sich der Freibeuter.

»Schon vergessen. Ich weiß, wie sehr Ihr um das Schicksal und das Wohl der Dame besorgt seid.«

Norina stand auf, ging bedächtig zu dem kleinen Lackkästchen und klappte den Deckel auf. Sofort ertönte die Melodie, und die beiden tarpolischen Figürchen tanzten umeinander herum. Dann kehrte die Brojakin an ihren Platz zurück und summte das Lied mit.

Torben verließ die Hütte und begab sich mit wenig fröhlichen Gedanken zur Anlegestelle, wo die *Varla* im Wasser dümpelte. Seine Dharka lag als Einzige noch vertäut an der Mole.

»Leinen los«, befahl er beim Betreten der Laufplanke. »Den Kurs kennt ihr ja.«

Varla legte ihre Hand auf die seine, und Torben zuckte ertappt zusammen. »Wo warst du mit deinen Gedanken, mein Pirat?«, neckte sie ihn und schenkte ihm mit der Linken Wein in das Kristallglas. »Doch nicht etwa bei der Brojakin?«

Der Rogogarder war nicht so wahnsinnig, es zuzugeben. Sie würde ihm niemals abnehmen, dass er sich lediglich Sorgen um die Brojakin machte. »Ich dachte über die Aufständischen nach und was wohl mit ihnen geschieht, wenn der Tadc seine Wut an ihnen auslässt. Stimmt es wirklich, dass die Beobachter die Rebellen aufspüren, dann dürfte es für den Jungen keine Schwierigkeit bedeuten, ihre Versammlungsorte zu Staub werden zu lassen.«

Die Tarvinin fiel auf die Ausrede herein. »Vermutlich werden sie so schnell sterben wie die tapferen Männer in Ilfaris.« Sie nippte an ihrem Wein. »Aber wenn es sein muss, dass auch die Piraten sich in die Reihe der toten Helden stellen, wird eine Frau unter ihnen sein.«

Torben küsste ihre Fingerspitzen, stand auf und zog sie mit sich zu seiner Koje.

Eng umschlungen sahen sie einander in die Augen.

Ihre Lippen trafen aufeinander, zuerst zurückhaltend und sanft, dann steigerten sich die Liebkosungen ins Leidenschaftliche.

»Ich habe mir etwas überlegt.« Varla schnappte nach Luft und schob den Rogogarder von sich. »Wenn wir auch Bombarden hätten, könnten wir die Festungen effektiver verteidigen.«

»Die Fracht aus Kensustria wurde aber versenkt«, raunte Torben und rückte augenblicklich nach. Seine Finger fanden die Schnüre ihrer dunkelbraunen Lederkorsage, die sie über der weißen Bluse trug.

»Finger weg, du aufdringlicher Seeräuber«, befahl sie scherzend und schlug nach ihm. »Ich meinte, wir könnten einen ihrer Bombardenträger entern.«

Der Kapitän löste den Verschluss und widmete sich bereits den ersten Knöpfen ihrer Wäsche. »Aber natürlich.« Sanft landeten seine Lippen auf ihren entblößten Schultern und wanderten zu ihrem Dekolletee. »Warum nehmen wir uns nicht gleich drei oder vier, rudern damit den Repol aufwarts bis kurz vor Ulsar und schießen die Hauptstadt in kleine Steinbröckchen?«

Varla packte ihn bei den Ohren und zog seinen Kopf in die Höhe. »Warum schaltet ihr Männer immer den Verstand aus, wenn ihr nackte Frauenhaut seht?«

»Es könnte daran liegen, dass so viel Verführung jegliches Denken im Keim erstickt«, erwiderte Torben, und sein Gesicht verzog sich zu einer Grimasse. »Autsch. Findest du lange Ohren ansprechend, oder weshalb tust du mir das an?«

»Der Schmerz soll dein Denken beschleunigen«, sagte sie. »Ich meinte das eben völlig ernst.« Sie ließ seine Ohren los und zog ihre Bluse hoch, damit die Schultern wieder bedeckt waren. »Wir wollen doch nicht, dass du schon wieder aufhörst zu denken.«

»Danke.« Der Rogogarder setzte sich auf und lehnte sich gegen den Pfosten des Himmelbetts. »Die Nachbauten der turîtischen Galeeren zu knacken ist zu verlustreich. Sie würden uns wegpusten, bevor wir uns auf sie schwingen und sie entern könnten. Ganz zu schweigen von den schnellen Seglern, die sie begleiten. Diesen Aufwand sind sie nicht wert.«

»Es sind sechzig dieser kleineren Bombarden, Torben«, erinnerte ihn seine Gefährtin. »Das ist eine Feuerkraft, die von einer Festung aus mehr als tödlich ist. Erinnere dich, was sie damals alles angerichtet hat.« Ihr Lächeln wurde listig. »Mit ein wenig Einfallsreichtum kommt man weiter als mit brachialer Gewalt.«

»Nun bin ich aber wirklich neugierig geworden«, gestand er.

Varla spielte mit den eingeflochtenen Muscheln in seinem Bart und stieß die goldenen Kreolen an seinen Ohren an. »Angenommen, eine dieser schwimmenden Festungen würde auf eines unserer Schiffe treffen.« Sie packte ihn bei den Oberarmen, ihr Tonfall wurde mitreißend. »Eine wilde Jagd beginnt! Und unser Schiff würde in heller Aufregung alles über Bord werfen, um schneller als der Verfolger zu sein.«

»Unsinn«, winkte Torben ab. »Die Dharkas sind doch ohnehin schneller als …« Sein sonnengebräuntes Antlitz hellte sich auf. Lachend warf er sich auf sie und küsste sie wild auf den Mund. »Du bist ja ein ganz schön schlaues Weibsbild. Darf ich sagen, es wäre mein Einfall gewesen?« Er zerzauste ihre kurzen schwarzen Haare.

»Untersteh dich«, warnte sie. Mit einer leichten, verführerischen Bewegung ließ sie die Bluse von der Schulter rutschen. »Du darfst aber etwas ganz anderes, Kapitän Rudgass.«

»Dann will ich mal nicht so sein«, feixte er und nahm ihr Angebot an.

Da es bei ihrem Liebesspiel recht turbulent zuging, bemerkten die beiden zunächst nicht, dass auch die Bewegungen der Dharka heftiger wurden.

Erst als sie ein heftiges Rollen in einem ungünstigen Moment überraschte und sie aus dem Bett fielen, begraben unter einem Berg von Laken und Decken, unterbrachen sie die Zweisamkeit.

»Ich dachte schon, du wärst es, die meine Welt in Drehung versetzt«, bemerkte Torben außer Atem, während er eilig in seine Kleider sprang.

»Du siehst niedlich aus, wenn du so ohne alles durch die Kajüte hüpfst«, lachte die Tarvinin und suchte ihre Wäsche zusammen.

Der Seegang nahm unvermindert zu, alle losen Gegenstände rollten und rutschten durch die Behausung des Kapitäns. Fluchend warf der Freibeuter einen Blick durch das Heckfenster. Der vorabendliche Himmel auf dieser Seite der Dharka schimmerte in den schönsten Farben. Nichts deutete auf einen Sturm hin.

Kurz darauf pochte es an der Tür; ein Matrose verlangte die Anwesenheit des Kapitäns an Deck.

Varla und Torben polterten die wenigen Stufen hinauf. Ein ungetrübter Blick auf den Horizont ließ beide an einem Unwetter zweifeln. Und dennoch hob und senkte sich der Bug des Seglers wie ein bockiges Pferd, Gischtschleier stoben den Großmast hinauf, und die See schäumte. Eine Rückkehr der Tarvinin an Bord ihrer eigenen Dharka war unter diesen Bedingungen unmöglich.

»Seit wann ist das so?«, fragte Torben seinen Maat, den er am Ruder fand. Zu viert hielten die Männer das Steuerrad, und ihre Gesichter zeigten die Anstrengung.

»Es kam ganz plötzlich, kaum fünf Minuten, nachdem wir die zweite der vorgelagerten Inseln passierten«, gab der Offizier ratlos Antwort. »Ein unsichtbarer Sturm, Kapitän?«

»Wie soll denn das zugehen?« Der Rogogarder machte aus seiner Ablehnung dieses Gedankens keinen Hehl.

»Was geschieht hier?«, flüsterte Varla und spähte

über die Wasserfläche. Die Arbeiten ruhten; die Seeleute warteten gebannt, was sich als Nächstes ereignen würde.

Urplötzlich beruhigte sich das Meer, die Bastsegel hingen erschlafft an den Rahen.

Etwas Glitzerndes erhob sich in breiter Front am Horizont; ein leises Rauschen drang zur Besatzung, wurde lauter und lauter.

»Flutwelle!«, brüllte der Mann im Krähennest unvermittelt. »Flutwelle voraus!«

Sein Schrei löste die Starre der Menschen. Der Kapitän gab fieberhaft Befehle, ließ alle Segel reffen und den Bug der *Varla* in spitzem Winkel zu der anrollenden Welle stellen. Die übrigen Schiffe taten es ihm nach.

»Und nun sollten wir alle beten«, sagte Torben heiser, den Blick auf die Wand aus Wasser geheftet, die sich vernichtend auftürmte. Ihre Höhe übertraf alles, was er in seinen Jahren als Freibeuter gesehen hatte.

Gischt und Schaum wehten heran, von einem eiskalten Wind über das Deck gefegt – Vorboten des kommenden Unheils. Der Bug hob sich bereits knarrend an und setzte sich auf den ersten Ausläufer der Flutwelle. Der Schatten des flüssigen Bergs legte sich rasend schnell über die Planken. Torbens Hand fasste unwillkürlich nach der seiner Gefährtin. »Taralea sei uns gnädig.«

Die *Varla* überstand die Flutwelle, büßte jedoch zwei Dutzend Matrosen, sämtliche Ladung, die sich an Deck befunden hatte, sowie den kleineren der Masten ein. Zumindest verfügte sie über mehr Glück als andere Schiffe des Verbandes. Nachdem die Naturgewalt über sie hinweggerollt war, fehlte eine der Nachbauten aus Rogogard. Die Flotte bestand nur mehr aus vier Seglern.

Zwei der Dharkas wiesen starke Beschädigungen auf, und im tarvinischen Original stand der Laderaum unter

Wasser, nachdem irgendein Gegenstand ein Leck geschlagen hatte. Doch das Loch konnte abgedichtet werden, und nun mussten die Pumpen bedient werden.

Torben befand es als das Beste, unter diesen Umständen zuerst die Insel Lofjaar anzulaufen und die Schäden beheben zu lassen. Alles andere ergab wenig Sinn; die Gefahr, von Bombardenträgern und den Seglern des Kabcar aufgebracht zu werden, war für ihn zu groß. Nicht einmal die Aufständischen in Karet könnten von ihm verlangen, die wertvollen Dharkas auf diese Weise aufs Spiel zu setzen.

Varla kehrte an Bord ihres Schiffes zurück, während Torben Vollzeug setzte und mit dem Segler vorfahren wollte, um auf Lofjaar alles für eine schnelle Reparatur in die Wege zu leiten. Notfalls würde er persönlich ein paar Dachstühle einreißen, um an Holz für die Planken und Masten zu kommen.

Lofjaars Einwohnerzahl schwankte zwischen sechs- und siebentausend, so genau konnte man das nie sagen. Wie alle vorgelagerten Inseln diente das Eiland für die Schafzucht. Doch die Befestigungen galten, da es die erste der rogogardischen Inseln war und sich in Sichtweite des tarpolischen Festlands befand, als besonders beständig. Hier würde sich der Kabcar gehörige Wunden schlagen lassen müssen.

Im Morgengrauen erreichte die *Varla* die Küste.

Die Oberfläche des Meeres war übersät mit Trümmerstücken von Schiffen wie von Behausungen. Gelegentlich trieb ein Toter am Rumpf der Dharka vorüber. Aus den schlimmsten und gleichzeitig verdrängten Befürchtungen wurde Gewissheit: Die Flutwelle musste Lofjaar mit ihrer ganzen Macht getroffen und ausgelöscht haben.

»Schiffe voraus!«, verkündete der Ausguck, der sich auf dem kleineren Mast platziert hatte. »Zehn palestanische Kriegskoggen, zehn tzulandrische Segler und fünf Bombardenträger liegen im Hafen von Lofjaarsgrund.«

»Wie kann das sein?«, entfuhr es Torben entsetzt. »Wieso haben sie die Flutwelle überstanden und die Menschen nicht?«

»Kapitän«, rief der Mann im improvisierten Krähennest aufgeregt hinab, »das eine ist kein Bombardenträger. Es ist eine ähnliche Bauart, nur größer.«

Der Freibeuter lief zum Bug, klappte das Fernrohr auf und beobachtete die mächtigste der fünf Galeeren. Als die albtraumhafte Gestalt an Deck trat, begannen seine Hände zu zittern.

So groß wie drei Männer erhob sich ein gepanzertes Wesen an Bord, dessen lange schlohweiße Haare sachte im Wind wehten. Der teilnahmslose, unmenschliche Blick schien sich durch die geschliffenen Linsen des Fernrohrs direkt in Torbens Pupille zu bohren. Der riesige Mund öffnete sich zu einem lautlosen Lachen, die Reißzähne wurden deutlich sichtbar.

Sinured!

Die eisenbeschlagene Keule ruckte in die Höhe. Der einstige barkidische Kriegsfürst wandte den Schädel zur Seite und erteilte ganz offensichtlich Anweisungen.

»Ruder hart Steuerbord, abdrehen und Vollzeug setzen«, befahl der Rogogarder sofort. »Nichts wie weg von hier. Jetzt müssen wir uns nicht mehr nur mit übermächtigen Waffen, sondern auch mit übermächtigen Wesen herumschlagen. Das ist ein bisschen zu viel für meinen Geschmack.«

»Die Invasion hat also begonnen?«, meinte sein Maat dumpf.

»Und das schneller, als wir alle gedacht haben. Jetzt weiß ich auch, woher diese Flutwelle aus heiterem Himmel kam.« Mit Wucht schob er das Fernrohr zusammen. Seine Hände krampften sich um das Messing, dass die Knöchel weiß wurden. »Der Tadc selbst hat sie uns mit seiner verfluchten Magie geschickt.«

»Was können wir dagegen tun?«, wollte der Offizier wissen.

Torben kehrte zum Ruder zurück und blieb ihm die Antwort schuldig.

Die Kareter würden die Ladung nicht erhalten, nun hatte Rogogard Vorrang. Die anderen Inseln mussten gewarnt, der Widerstand zügig organisiert werden. Selbst wenn es nur wie das verzweifelte Zappeln eines Fischs in der Pfanne sein sollte. Vielleicht konnte man dem Koch ein paar Finger abbeißen.

Eine Hand stützte Sinured auf seine Waffe, ein Bein stemmte er auf die Bordwand seiner Galeere, und in dieser entspannten Haltung beobachtete er das unbekannte Segelschiff, das sich trotz eines fehlenden Mastes rasch weg von Lofjaarsgrund bewegte. Ein leises Lachen stieg in ihm auf, als er den Flüchtenden nachblickte.

Wie ein Unwetter würde er zusammen mit seinen Leuten über die Rogogarder hereinbrechen, wie ein Sturm würde er alles packen, zu Boden reißen und zerschlagen, was sich ihm nicht beugte.

Er freute sich bereits, seiner endlosen Zerstörungswut an den Festungen freien Lauf zu lassen, wie es ihm der Hohe Herr erlaubt hatte.

Eine Bestückung seines fliegenden Kampfschiffes mit Bombarden untersagte er den Ingenieuren des Hohen Herrn auch weiterhin, so etwas Neumodisches wollte er nicht an Bord haben. Einfache Katapulte und die richtigen Soldaten genügten vollauf, und Sinured wusste sehr wohl um die Wirkung seiner Galeere auf die Feinde. Auch die Piraten von Rogogard würden gegen die Angst, die sie verbreitete, nicht gefeit sein.

Der Kriegsfürst nahm den Fuß von der Bordwand

und ging zur landwärts gewandten Seite des Schiffes. »Sucht mir Überlebende und opfert sie unserem Beschützer. Tzulan hat uns ein leichtes Spiel verschafft, und so soll es bleiben«, rief er dröhnend zu seinen Leuten hinunter. »Der Rest legt in einer Stunde mit mir zusammen ab. Der Hohe Herr verlangt, dass wir die letzten dreckigen Flecken auf der Landkarte beseitigen. Und ich werde ihn nicht enttäuschen.«

Das geschäftige Treiben am Ufer verstärkte sich. Die Besatzungen zweier Kriegskoggen blieben auf Lofjaarsgrund, um Jagd auf unversehrte Einwohner zu machen, der Rest bereitete sich auf das Ablegen der Invasionsflotte vor.

Als die von Sinured angegebene Zeit verstrichen war, befand sich die Armada in breiter Formation auf See. Nichts sollte ihr entkommen. Ihr Kurs führte sie zielstrebig zur zweiten der vorgelagerten Inseln.

Über ihnen schwebte die riesige Galeere des auferstandenen barkidischen Kriegsfürsten; die Trommel schlug dumpf, die Ruder hoben und senkten sich in ruhigem Takt, als bewegten sie sich wirklich im Wasser.

Hinter ihnen stiegen dichte schwarze Rauchwolken in den Himmel: Die ersten Opferfeuer auf Lofjaarsgrund waren entfacht worden.

Kontinent Ulldart, Großreich Tarpol,
Hauptstadt Ulsar, Frühjahr 459 n. S.

»Wartet, ich helfe Euch«, sagte Krutor gutmütig und bückte sich, um dem Diener Beistand zu leisten, die Scherben des Geschirrs von den schwarz marmorierten Steinplatten des Fechtsaals aufzulesen.

»Hoheitlicher Tadc, ich bin nicht hochwohlgeboren wie Ihr«, machte ihn der Livrierte auf die falsche Ansprache aufmerksam.

»Entschuldige bitte. Ich wollte nur höflich sein.« Der missgestaltete Junge sammelte die Bruchstücke in seiner übermenschlich großen Handfläche, die dort wie zierliche Splitter wirkten, und kippte sie auf das Tablett, das der Diener ihm hinhielt. »Schon sind wir fertig.«

Beide richteten sich auf. Der freundlich grinsende Krutor überragte den Mann um mehr als die Hälfte, doch das Wachstum seines verkrüppelten Körpers schien immer noch nicht abgeschlossen zu sein. Unter der Anleitung von Hemeròc war aus ihm ein gefährlicher, furchtloser Kämpfer geworden, der mit seiner überlegenen Stärke jeden Gegner bezwang.

Betrachtete man ihn im Alltag am Hofe, wo er sich in einer Mischung aus Hopsen und Laufen vorwärtsbewegte, traute man ihm die akkuraten, präzisen Schläge und schnellen Reaktionen gar nicht zu, die er bei den Übungen gegen seinen Lehrmeister an den Tag legte. Gelang es einem, über seine Furcht einflößende Gestalt, die unterschiedlich hohen Schultern, die schiefen Gliedmaßen, verkrümmten Beine sowie den symmetrielosen Schädel und das abstoßende Gesicht hinwegzusehen, so entdeckte man in dem Tadc ein Gemüt von unglaublicher Wärme. Doch nur die Wenigsten vermochten das Zerrbild zu durchschauen und die wahre, durch und durch gutherzige Natur Krutors zu erkennen.

Die Bediensteten, die schon lange mit ihm zu tun hatten, wussten es. Den Mägden und Dienern tat es in der Seele weh, wenn sich Krutor beispielsweise vergeblich bemühte, sich einem Pferd zu nähern, ohne dass es voller Angst davonstob.

Ulldrael hatte ihm aber nicht nur das menschliche Äußere genommen. Der Verstand des Thronfolgers war irgendwann in seiner Entwicklung stehen geblieben, während sich um seine Knochen mächtige Muskeln gelegt hatten. Niemand bestand gegen ihn im Kampf, aber wenn es um einfaches Rechnen, Lesen und Schreiben ging, benötigte der missgestaltete Spross des Kabcar eine kleine Ewigkeit, bis er etwas zu Stande brachte.

Ganz so einfältig, wie die meisten annahmen, fühlte sich der Krüppel keinesfalls. Das Denken fiel ihm allmählich leichter, dennoch behielt er nach außen seine naive Art bei. So wurde in seiner Gegenwart leichtfertiger etwas geäußert, was man sonst nur hinter vorgehaltener Hand sagte. Auf diese Weise gelang es Krutor sehr zügig herauszufinden, welche von den Dienern es ehrlich mit ihm meinten und welche nicht.

Alle, die Krutor kannten, verstanden den Hass, den der Herrscher von Tarpol gegen Ulldrael hegte, erst recht. Das Volk liebte den Kabcar und befolgte die Abänderungen der Lobpreisungen zu Ehren des Gerechten; nur vereinzelt weigerten sich welche, von den alten Sprüchen und Riten abzuweichen. Sie verschwanden irgendwo im Dunkel, ohne dass sich jemand um ihr Schicksal kümmerte.

»Ich bringe Euch gleich eine neue Kanne mit Wasser, hoheitlicher Tadc«, verabschiedete sich der Livrierte.

»Nein, lass nur«, rief Krutor hinterher, »ich kann es mir selbst holen. Der Brunnen ist gleich im Garten.«

»Nein, hoheitlicher Tadc. Ich bin dazu da, um Euch Eure Wünsche zu erfüllen«, beharrte der Diener nachsichtig lächelnd. »Und es war meine Ungeschicklichkeit, dass Ihr nun dursten müsst.«

»Ich hätte die Tür auch langsamer öffnen können.« Krutor nahm die Verantwortung für den Unfall auf sich. »Klirr, klirr. Meine Schuld. Geh nur.« Der Mann verbeugte sich und verschwand.

Der Thronfolger lief hinüber zu den großen, gläsernen Flügeltüren und öffnete sie vorsichtig, um den Griff nicht zu beschädigen. Obwohl die Ausgänge sehr hoch gestaltet waren, musste er sich bücken, um ins Freie zu gelangen.

Singend lief er durch den sonnendurchfluteten Garten, und dass er die Töne dabei nur selten traf, störte ihn nicht weiter. Gelegentlich blieb er stehen, sah Vögeln beim Nestbau zu und versuchte, ihre bezaubernden Lockrufe zu imitieren. Wenn eines der Tiere scheinbar antwortete, klatschte er vor Freude in die Hände und hüpfte weiter den Weg entlang, bis er schließlich beim kleinen Teich angelangt war.

Da er sich unbeobachtet glaubte, watete er ein paar Schritte in das Gewässer und ließ sich das Quellwasser aus dem Springbrunnen in den Mund schießen. Lachend schluckte er das Nass, und als er genug hatte, füllte er sich damit die Backen, stellte sich in eine heldenhafte Positur, wie er es von Statuen her kannte, und spie einen dünnen Strahl in hohem Bogen aus.

»Du kannst das sehr gut, Bruder«, lobte ihn eine Stimme in seinem Rücken.

Ertappt und rot vor Scham drehte Krutor sich um. »Ich wollte nur was trinken, Govan. Und da ist mir eingefallen, wie die steinernen Männer immer aussehen. Das wollte ich auch mal versuchen.« Planschend kehrte er ans Ufer zurück und schaute auf den Erstgeborenen herab. Innerlich wie äußerlich konnten Brüder nicht ungleicher sein. »Du verrätst mich nicht?«

»Ach was, Bruder«, winkte Govan großzügig ab. »Ist das nicht ein herrlicher Tag?«

»Ja«, sagte der Krüppel glücklich und lachte hohl. »Sollen wir üben, Govan?«

»O nein, danke«, wehrte dieser ab. »Mir steckt der Schwertschlag, den ich von dir erhalten habe, immer noch in den Knochen.«

Entsetzt starrte ihn Krutor an. »Das wollte ich nicht«, stotterte er. »Ich wollte nicht, dass dir mein Schwert im Knochen steckt. Warst du schon bei einem Cerêler?«

Geduldig schüttelte Govan den dunkelblonden Schopf. »Das ist doch nur so eine Redensart. Es bedeutet, dass du ein zu harter Gegner für mich bist.«

»Ach, so ist das!« Zufrieden grinste sein Bruder. »Auch wenn ich keine Magie kann, bin ich in einigem doch besser.« Stolz setzte er sich vor Govan auf die Erde, um mit ihm auf gleiche Augenhöhe zu gelangen. »Mir widersteht keiner, sagt Hemeròc. Auch wenn ich ihn nicht leiden kann.« Er reckte einen Zeigefinger in die Luft. »Aber er macht mir schon lange keine Angst mehr. Nichts macht mir mehr Angst.«

»Ich bewundere dich«, lobte ihn Govan und klopfte ihm auf die schiefe Schulter. »Aber was stellst du eigentlich mit deinen Fertigkeiten an? Willst du nicht in den Krieg ziehen, um Vater bei seinen Plänen zu unterstützen, wie es deine Schwester und ich tun?«

»Darf ich das denn?« Das Gesicht des Krüppels wurde sehr aufmerksam, die Augenbrauen wanderten in die Höhe. »Patsch, patsch! Das würde mir bestimmt gefallen.«

»Würdest du auch deiner Schwester und mir zur Seite stehen, wenn wir auf dem Thron sitzen?«

Krutor sah ihn so überrascht an, als hätte er sich in einen Haufen Schmetterlinge verwandelt. »Aber natürlich. Ihr seid doch meine Geschwister.« Er legte die Stirn in Falten. »Will denn Vater nicht mehr regieren? Ist er krank? Hat er keine Lust mehr?«

»Aber nicht doch. Vater wird bestimmt noch sehr lange Kabcar sein«, beschwichtigte ihn Govan augenblicklich, nutzte jedoch zugleich eine Bemerkung seines Bruders für seinen Plan. »Andererseits … Du hast sicherlich auch bemerkt, dass er sich immer mehr zurückzieht. Die Diener sagen, manchmal brabbele er vor sich hin wie ein kleines Kind. Ich glaube, sein Verstand hat Schaden genommen, als Mutter ihn vergiften wollte.« Zufrieden registrierte er, dass Krutor gebannt an seinen Lippen hing. »Es muss nichts bedeuten – aber es kann. Notfalls müssen wir bereit sein, die Regentschaft über unser geliebtes Land schnell zu ergreifen, um unseren Feinden keine Gelegenheit zu geben zu erstarken. Man sollte stets an das denken, was vor einem liegt.«

Suchend betrachtete der missgestaltete Junge den Boden. »Da ist nichts«, verkündete er. »Warum soll man an etwas denken, was nicht da ist?«

»Du armes Geschöpf«, seufzte der Thronfolger und streichelte seinem Bruder über die entstellte Hälfte seines Gesichts. »Was hat dir der so genannte gerechte Ulldrael nur angetan?« An dem fragenden Ausdruck in den Augen seines Bruders erkannte er deutlich, dass dieser nicht wusste, wovon er sprach.

»Ist das einer der Diener?«, erkundigte sich der Krüppel unsicher. »Darf man denn heißen wie ein Gott?«

Govan lächelte ihn nachsichtig an und stand auf. »Ulldrael wird bald keine Rolle mehr spielen. Überhaupt werden die so genannten Götter kaum noch eine Bedeutung haben, wenn ich mit allem fertig bin. Aber das dauert noch. Eines nach dem anderen.« Sie schlenderten den gepflasterten Weg zurück zum Palast, den Govan gekommen war. »Du wirst niemandem von dieser Unterredung erzählen, und ich sage keiner Seele etwas über dein Bad im Teich. Kann ich also auf deine Unterstützung zählen, Bruder?«, fragte er über die Schulter.

»Tausendmal ja«, bestätigte der missgestaltete Junge überschwänglich nickend.

Der Thronfolger schenkte ihm ein Lächeln. »Das wird auch Zvatochna sehr erfreuen. Wir werden immer zueinander stehen, drei geeinte Geschwister. Was sollte uns da noch aufhalten?« Er ging allein weiter und verschwand um die Ecke hinter einem großen Nadelbusch.

Krutor sprang auf. Sein schwacher Geist versuchte, die seltsamen Worte seines Bruders näher zu erkunden.

Einige Behauptungen verstand er ganz und gar nicht. *Vater arbeitet an seinen Papieren,* wusste der Tadc. Wirres Zeug redend, hatte er ihn noch nie erlebt. Er war der Einzige, der sich ständig um ihn gekümmert und ihn normal behandelt hatte. Dagegen hafteten ihm die recht derben Späße Govans auf seine Kosten noch sehr genau im Gedächtnis. Die magischen Strahlen schmerzten. Krutor beschloss, nicht zu viel auf das Gerede über die Krankheit des Vaters zu geben.

Abwesend streifte er durch den Garten; die Vögel um ihn herum, die surrenden Insekten und die wunderschön blühenden Blumen interessierten ihn nicht mehr. Wenn er nur einen hätte, mit dem er spielen könnte. Wo wohl Tokaro war? Niemand hatte ihm vom Tod des ehemaligen Rennreiters berichtet, und daher glaubte er, den Jungen, der ihn damals im Stall so schwer beeindruckt hatte, eines Tages wieder zu sehen.

»Patsch, patsch«, lachte er laut und übermütig, als er sich an die Prügel erinnerte, die Govan bei all seinen magischen Fertigkeiten von dem Jungen mit den blauen Augen hatte einstecken müssen. Ihm würde er gern noch mal begegnen. Oh, und dem schönen Pferd, Treskor. Am besten, er fragte Mortva. Der wusste doch sonst auch alles. Und danach würde er zu seinem Vater gehen und sich um ihn kümmern. Wenn er wirklich krank war, brauchte er ihn.

Summend kehrte Krutor in den Fechtsaal zurück.

Lodrik ordnete die Unterlagen über die Neuordnung des Kontinents ein weiteres Mal und legte sie neben sich auf den Schreibtisch. Seine Vorstellungen zum Wohle aller umzusetzen würde nicht leicht werden. Und dennoch, ein Einzelner durfte eine solche Macht auf Dauer nicht haben. Das führte nur zu Übermut, Hochmut und Selbstüberschätzung, wie er sie bei sich selbst schon des Öfteren und zu seinem großen Bedauern bei vielen Herrschern in der Vergangenheit entdeckt hatte. Er würde ein neues Zeitalter unter den Völkern einläuten, eine neue, gemeinschaftliche Form des Zusammenlebens, bei dem niemand übervorteilt oder unterdrückt würde.

Stolz strich er über den ansehnlichen Berg von Schriftstücken, mit deren Ausarbeitung er Jahre seines Lebens verbracht hatte.

Dabei hatte er zuerst nur aus Trotz gegen die Behandlung der anderen Reiche über sie herrschen wollen. Als spukte der Geist Norinas in seinem Kopf, hatte er seine Absichten überdacht. Die Vernunft hatte Einzug gehalten. Es musste etwas Großes, Neues her. An dem Gelingen seines Plans, der in mehreren Stufen ablaufen sollte, zweifelte er nicht. Dafür war alles zu gut durchdacht und überlegt. Weder Menschen noch Sumpfkreaturen würden sich seinen Ideen verschließen können, die einleuchtender nicht sein könnten. Und bis alle Anweisungen in die Tat umgesetzt wären, wollte er die Funktion des beschützenden Beobachters übernehmen.

Zu diesem Schutz gehörte, dass er sich zunächst einiges vom Hals schaffte, das auf seinem Kontinent nichts zu suchen hatte und alle Veränderungen blockieren würde. Die Worte des Großmeisters und das Schreiben eines Obersten aus dem ehemaligen Tûris über eine Verschwörung der Tzulani taten ihr Übriges, ihm die Augen für das Offensichtliche zu öffnen …

Ein Diener trat nach kurzem Klopfen ein und verkündete die Ankunft von Zvatochna und Govan. Lodrik ließ sie hereinbitten.

Sehr selbstbewusst betraten seine beiden Kinder sein Arbeitszimmer. Zvatochna trug eines der Kleider ihrer

Mutter, leicht gekürzt, aber dennoch zierte es sie ungemein und unterstrich ihre aufblühende Weiblichkeit.

Der Herrscher wusste, dass Zvatochna ihn damit treffen wollte. Ihr Verhältnis zueinander befand sich ohnehin auf dem Tiefstpunkt, nachdem er ihre Mutter nach Granburg verstoßen hatte.

Govan, gekleidet in die typische tarpolische Uniform mit allem, was dazu gehörte, verband mehr mit dem silberhaarigen Konsultanten als mit seinem leiblichen Vater. Wie auch immer er es betrachtete, diese beiden würden ihm kaum mit großem Einsatz zur Seite stehen.

Sie verneigten sich vor ihm, wie es die Etikette befahl, doch etwas weniger tief, als man hätte erwarten können. Der Kabcar registrierte es ohne große Verwunderung und hieß sie auf den bereit gestellten Stühlen Platz nehmen. Schweigend warteten sie ab, was ihr Vater ihnen eröffnen wollte.

»Ich möchte euch beide in meine Absichten einweihen, bevor es jemand anders hören wird«, begann er und ließ, da sie sich im privaten Rahmen befanden, die Anredefloskeln beiseite. »Nicht einmal Mortva kennt meine Anordnungen bezüglich der Umstrukturierung des Kontinents. Da ich euch beide sozusagen um den Thron bringen werde, denke ich, dass es nur gerecht ist, wenn ihr es zuerst erfahrt.«

»Ich brenne schon darauf zu vernehmen, worüber du so lange gebrütet hast, Vater«, meinte Zvatochna mit einem liebevollen Lächeln. Die Blicke ihres Bruders, die auf dem Stapel mit Aufzeichnungen ruhten, wünschten den Blättern dagegen ein jähes Ende im Kamin.

Eigenhändig goss Lodrik seinen Kindern Tee ein. »Ich weiß, dass ihr keinen besonderen Bezug zu mir habt. Ich habe euch vernachlässigt und stellte stets das Wohl meiner Untertanen über die Stunden, die ich mit euch hätte verbringen können«, sagte er nach einigem Ringen mit sich selbst. »Nun gedenke ich euch auch noch etwas zu nehmen, worauf ihr vielleicht schon Hoffnungen hegtet. Jeder von euch, auch Krutor, erhält eine großzügige Aussteuer, die euch ein angenehmes Leben ermöglichen wird, auch ohne den Thron. Die Macht, die ich habe und schon bald, so die Götter wollen, nicht mehr besitzen werde, werdet ihr nicht benötigen. Euch kommt lediglich die Aufgabe zu, euch an meiner Vision eines friedlichen Ulldart zu beteiligen.«

»Vater, wie soll das angehen?«, warf Govan ungeduldig ein. »Ich kann mir nicht vorstellen, dass die Menschen des Kontinents sich um deine Anweisungen scheren. – Es gibt zu viele, die sich an das klammern werden, was sie besitzen«, fügte er ungläubig hinzu.

»Wie Recht du hast, mein Sohn.« Lodrik nickte ihm mit einem Lächeln zu. »Sie werden ebenso überzeugt werden müssen wie du.« Der heranwachsende Mann wurde knallrot, weil sein Vater ihn durchschaut hatte. »Du magst ein sehr guter Magier sein, aber das Schauspielern gelingt dir mir gegenüber nicht. Darum höre mir nun gut zu und lasse dich von meiner Idee begeistern.«

Zvatochna nahm eine Tasse, reichte sie ihrem Bruder und warf ihm dabei einen warnenden Blick zu. Anschließend langte sie selbst nach einem der filigranen Porzellangefäße und nickte ihrem Vater zu. »Wir beide sind ganz Ohr und glücklich darüber, dass wir es als Erste hören dürfen«, versicherte sie.

Lodrik atmete auf und begann, in groben Zügen seinen Traum zu erläutern, den er in verschiedenen Stufen umsetzen wollte. Zwischendurch machte er Skizzen, um seine Gedankengänge zu verdeutlichen, und redete sich so heiß, dass seine Wangen vor Aufregung glühten.

In seiner Besessenheit merkte er nicht, dass die leidenschaftlich vorgetragenen Worte von Govan und Zvatochna abglitten und in ihrem Geist lediglich drei Konsequenzen herausgefiltert wurden: Untertanenverlust, Herrschaftsverlust, Machtverlust. Unter diesen Voraussetzungen würden sie niemals diesem Unsinn zustimmen.

Hölzern rührte der Tadc in seinem Tee, seine Schwester lauschte den Ausführungen, ohne deren Sinn zu erfassen. Doch ihre Mimik täuschte die perfekte Fassade von Aufmerksamkeit vor.

Über eine Stunde redete Lodrik, bis er endlich zum Schluss fand.

Gespannt und etwas erschöpft schaute er in die Gesichter seiner Kinder. »Was haltet ihr davon?«

»Ich bin erstaunt und zutiefst beeindruckt, was du geleistet hast, Vater«, gab Zvatochna mit großen Augen ihr diplomatisches und durchaus mehrdeutiges Urteil ab. »Ich habe mir nicht in meinen kühnsten Träumen vorstellen können, dass du ein solcher Philosoph, ein solcher Menschenkenner und zu so etwas im Stande bist.«

»Ja. Wer außer dir wäre dazu in der Lage gewesen?«, sagte Govan durch die Zähne.

Der Kabcar ließ sich in seinen Sessel fallen, er wirkte enttäuscht. »Ihr müsst mir nichts vorspielen. Ihr lehnt meine Pläne ab, das sehe ich euren Gesichtern an.« Er blickte auf seinen Sohn. »Jedenfalls auf deinem Gesicht. Deine Schwester beherrscht die Kunst der Schauspielerei noch besser als eure Mutter, daher kann ich nicht sagen, was sie davon hält.« Zvatochna täuschte die Beleidigte vor. »Aber ich vermute, sie wird eher dir zustimmen als mir.«

»Du schätzt uns völlig falsch ein. Sieh, lieber Vater, unsere Meinung ist nicht maßgebend«, erwiderte die Tadca sanft. Ihre braunen Augen verstrahlten Wärme und Ehrlichkeit. »Wir sind … wir waren die Thronfolger. Du bestimmst die Geschicke der Menschen, und wir beugen uns ebenso deinem Willen wie sie. Wenn du möchtest, dass Ulldart zu etwas Neuem wird, soll es eben so sein.«

Lodrik geriet ins Schwanken. Das bezaubernde Antlitz seiner Tochter schien die Wahrheit zu verkünden. Auch wenn die überirdische Schönheit des reifenden Mädchens auf ihn nicht so wirkte wie auf andere Männer, konnte er sich ihren Augen nur schwer entziehen. Mit Mühe erinnerte er sich an die Falschheit von Aljascha und daran, dass seine Tochter schon bei mehreren Gelegenheiten ihr Talent im Lügen und Betrügen unter Beweis gestellt hatte.

»Und da du nun fertig bist, sollten wir uns darüber unterhalten, wie wir die Grünhaare so schnell wie möglich unterwerfen«, holte ihn Govan aus seinen Überlegungen. »Meine verehrte und geliebte Schwester hat sich bereits Strategien ausgedacht, wie wir unnötig lange Kämpfe vermeiden können.« Zvatochna nahm einen keinen Stapel von Papieren aus der mitgebrachten Dokumententasche und reichte sie ihrem Vater, der sie auf der Stelle überflog. »Und nach den ersten vernichtenden Siegen von Sinured im Norden gegen die Rogogarder wird die Moral der Kensustrianer nicht unbedingt besser werden.«

Abwesend hob der Kabcar den Kopf. »Was macht Sinured auf Rogogard?«, wollte er wissen. Er gab die Aufzeichnungen an die Tadca zurück. »Brillant ausgedacht, aber es ist mir zu hart. Ich will das Land nicht so zurichten, wie du es vorsiehst. Trotzdem danke, Tochter.« Lodrik wandte sich seinem ältesten Sohn zu. »Was ist mit Sinured?«, wiederholte er nachdrücklich.

»Nun, dein Verbündeter hat einen Vorstoß gegen das Inselreich unternommen«, berichtete er. Mit einer Hand rückte er den Kragen seiner Uniform zurecht.

»Ich dachte, er hätte den Befehl von dir erhalten. Zwei Inseln befinden sich, wenn ich richtig gehört habe, bereits in der Hand seiner Truppen, die den Einwohnern keinerlei Gnade gewähren.«

»Nun ist es endgültig genug«, brach es aus dem Herrscher erbost hervor, und seine Fäuste ballten sich.

»Soll das heißen, der Kriegsfürst hat ohne deine Anweisungen gehandelt?«, setzte Zvatochna verblüfft nach. »Wie kommt dieses impertinente Wesen dazu? Es muss ihm wohl zu lange gedauert haben.«

Oder jemand hat den Hund von der Kette gelassen, zu der nur ich Zugang habe. »Das wird es sein«, nickte Lodrik beherrscht. »Aber wenn er gedacht hat, ich lasse ihm das durchgehen, hat er sich getäuscht. Ich werde ihn auf der Stelle nach Ulsar beordern.« Er stemmte sich aus seinem Sitz hoch und rief lautstark einen Diener herbei.

In aller Eile kritzelte er eine Notiz an Mortva auf einen Fetzen Papier und wies den Livrierten an, die Anweisung auf der Stelle zu überbringen. Dann setzte er sich wieder und versank, die Stirn in die gefalteten Hände gestützt, in dumpfes Brüten.

»Wie geht es nun weiter, Vater?«, fragte Zvatochna süß. »Was hast du vor?«

»Er wird herkommen«, antwortete der Kabcar, und der Tonfall verhieß dem Kriegsfürsten, den er vom Meeresgrund heraufbeschworen hatte, nichts Gutes. »Alles Weitere sehen wir dann. Bis es so weit ist, sind alle Angriffe eingestellt.« Er nickte zur Tür, und seine Kinder erhoben sich. »Geht nun bitte.«

Als die Tür hinter ihnen ins Schloss fiel, huschte ein Grinsen über das Gesicht des Tadc. Er fasste nach der Linken seiner Schwester und küsste behutsam den Handrücken. Hand in Hand liefen sie den Korridor entlang. Zvatochnas Plan schien zu gelingen.

»Du musst lernen, dich zu gedulden«, schärfte sie ihm freundlich, aber bestimmt ein und löste ihre Hand aus der seinen. Es war ein Zeichen der Ungnade. »Es ist uns gelungen, seine Aufmerksamkeit auf andere zu lenken. Also verderbe uns nicht alles, nur weil du dein Gemüt nicht im Zaum halten kannst.«

»Verzeih mir«, bat Govan flehend. Er eilte um sie herum und stellte sich vor sie, um sie zum Anhalten zu bringen. »Es wird nicht mehr vorkommen, geliebte Schwester.«

Die junge Frau schenkte ihm noch einen missbilligenden Blick, bevor ihre Mandelaugen freundlicher wurden. Elegant reckte sie ihm ihren linken Arm entgegen, den der Tadc beinahe gierig ergriff, um einen inbrünstigen Kuss auf die Fingerknöchel zu pressen.

»Vergeben und vergessen«, ließ sie ihn wissen und strich über seine dunkelblonden Haare. »Nun lass uns gehen und uns auf den Tag vorbereiten, an dem die große Abrechnung mit Sinured bevorsteht.« Sie über legte kurz. »Ich habe Krutor vorhin aus dem Garten kommen sehen. Du hast doch nicht etwa mit ihm über unsere Pläne gesprochen? Diesem Dummkopf etwas anzuvertrauen wäre mehr als töricht.«

Govan schüttelte knapp den Kopf, ohne dabei die Hand seiner Schwester freizugeben. Zärtlich strich er über die Pulsader. »Nein.«

»Sehr gut. Dann wird alles so geschehen, wie es soll.«

Die Geschwister setzten ihren Weg fort, um sich in die Gemächer zurückzuziehen.

»Hast du Zeit, Vater?«

Überrascht schaute Lodrik auf. »Krutor«, rief er freudig und erhob sich. Die Zeit war über seiner Grübelei rasch vergangen, und die untergehenden Sonnen warfen bereits lange Schatten in sein Arbeitszimmer. »Komm herein. Was möchtest du?«

Der monströse Junge humpelte herein, eine Hand hinter dem schiefen Rücken verborgen. »Ich habe etwas für dich.« Als er vor dem Kabcar stand, hielt er ihm einen Strauß Blumen hin. »Selbst gepflückt.«

Der Herrscher lächelte und nahm das Geschenk entgegen, um es in eine Vase zu stellen. »Das ist sehr lieb von dir, Krutor.« Unschlüssig stand der Tadc vor dem Schreibtisch, als wollte er noch etwas sagen, wagte es aber nicht, sein Anliegen vorzubringen. »Du hast doch etwas«, erleichterte Lodrik seinem zweiten Sohn den Anlauf.

»Ich«, druckste der junge Mann etwas verlegen herum, »ich wollte nur wissen, was du mit Govan und Zvatochna besprochen hast.«

»Ach so. Ich erklärte ihnen, was in Zukunft auf Ulldart alles anders sein wird«, meinte der Kabcar leichthin und nahm einen Scheit, um ihn ins Kaminfeuer zu legen.

»Erklärst du es mir bitte auch, Vater?«, bat Krutor schüchtern. »Ich möchte es auch wissen.«

Lodrik ging vor der Feuerstelle in die Hocke und betrachtete seinen missgestalteten Spross nachdenklich. »Warum nicht?« Polternd landete das Holzstück in den Flammen, knackend und prasselnd flogen kleine Funken in die Höhe und tanzten den Schlot hinauf. »Setz dich zu mir«, lud er den Tadc ein, während er es sich auf dem Kullac-Fell bequem machte.

Krutor hüpfte lachend herbei und begab sich in den Schneidersitz, stemmte die Ellbogen auf die Knie und stützte den asymmetrischen Schädel darauf, als wäre sein Rückgrat nicht in der Lage, das Gewicht des Kopfes zu tragen. Betrachtete man die Schatten, welche die beiden Menschen an die Wand warfen, hätte man Lodrik für das Kind gehalten.

Der Herrscher wiederholte seine Ausführungen geduldig, zeichnete noch mehr Skizzen als bei seinen anderen beiden Nachkommen und hoffte auf irgendeine Äußerung, die zeigte, dass Krutor einen Bruchteil von dem begriff, was er ihm liebevoll erklärte.

Der Tadc lauschte mit angestrengtem Gesichtsausdruck. Offensichtlich gab er sich Mühe, das Gesagte mit seinen beschränkten geistigen Möglichkeiten zu verarbeiten. Nach zwei Stunden endete Lodrik.

»Ich glaube, ich habe nicht alles kapiert«, sprach Krutor langsam. »Aber manches.« Das schiefe Gesicht klarte sich auf. »Wir sind dann alle gleich? Niemand muss mehr kämpfen?«

»Ganz recht, mein Sohn«, stimmte ihm der Kabcar zu. »Gut! Sehr gut!«

»Aber warum habe ich dann gelernt, wie man kämpft?« Er winkelte seine Beine an und schaute in das Feuer.

»Du wirst mit mir zusammen dafür sorgen, dass die Ulldarter Frieden untereinander halten, bis alle den Sinn der Neuordnung verstanden haben«, versprach ihm Lodrik, völlig verwundert über das Mitdenken seines Sohnes. »Da kann es nicht schaden, sich seiner Haut erwehren zu können, auch wenn es gewiss nicht notwendig ist.«

Einverstanden mit dem Vorschlag seines Vaters, lachte der Verkrüppelte auf. »Wir beide halten zusammen.« In einem Anflug von starken Gefühlen schloss er Lodrik in die Arme und drückte ihn an sich. »Ich bin glücklich, dass du nicht dumm bist wie ich.«

»Du bist nicht dumm«, widersprach ihm der Kabcar. »Wer sagt denn so etwas?«, erkundigte er sich, wobei er sofort ein Mitglied aus der Dienerschaft in Verdacht hatte. Doch an dem furchtbar erschrockenen Krutor erkannte er, dass anscheinend mehr dahinter steckte als nur eine unhöfliche und unangebrachte Hänselei.

»Nein, nein, niemand sagt so etwas«, wiegelte der

entstellte Junge haspelnd ab und machte die Sache für den Herrscher noch unglaubwürdiger.

Behutsam stand Lodrik auf und richtete die Augen auf seinen Sohn. Dessen Pupillen zuckten unruhig nach rechts und links, wichen dem Blau aus, bis er letztendlich den Kopf senkte.

Der Herrscher drückte Krutors Kinn nach oben. »Sag mir die Wahrheit.«

»Ich habe es doch versprochen«, jammerte der Krüppel und sprang auf. »Vater, ich soll den Mund halten, sonst verrät er dir, dass ich im Teich gestanden …« Mit einem Laut der Verzweiflung schlug Krutor sich eine Hand auf den Mund, mit der anderen hieb er sich gegen die Stirn. »Ich bin doch dumm.« Er zitterte vor lauter Aufregung am ganzen Leib.

»Beruhige dich, mein Sohn«, sagte der Kabcar und versuchte eine List. »Was hast du Govan versprochen?«

»Du weißt es ja!«, staunte sein Spross. »Hast du uns belauscht? O bitte, schimpf nicht, dass ich im Teich stand. Aber ich hatte Durst und wollte etwas trinken, und dann wollte ich so sein wie eine Statue, so hübsch, dass alle nach mir schauen, und dann …«

Beschwichtigend hob Lodrik die Hände. »Vergiss den Teich, Krutor. Das ist nicht schlimm. Aber was hat dein Bruder über mich gesagt?«

»Du hast zu weit weg gestanden, nicht wahr?« Der missgestaltete Junge gab auf. »Er sagte, du bist merkwürdig und brabbelst, seit Mutter versucht hat, dich zu töten«, seufzte er und ließ die ungeraden Schultern hängen. »Aber ich habe ihm nicht geglaubt. Du bist ganz normal.« Er kniff die Mundwinkel zusammen. »Ich bin dämlich.«

»Nein, mein Sohn.« Lodrik lächelte seinen Sprössling an und schlang die Arme um dessen Oberkörper. »Du bist ein wunderbarer Mensch, den die Rache eines

Gottes traf, weil er mich nicht bekommen konnte.« Zärtlich strich er über das entstellte Gesicht. »Oder weil er mich so viel stärker treffen konnte … Ulldrael ist ungerecht, merke dir das. Und weil alle Götter ungerecht sind, werden wir sie in dem neuen Ulldart abschaffen. Niemand braucht sie. Stattdessen sollten wir uns mehr umeinander kümmern, nicht wahr?«

»Wird das denn den Göttern recht sein?«, wagte Krutor einen vorsichtigen Einwand.

»Wir fragen sie einfach nicht«, sagte Lodrik böse. »Aber zuerst beseitigen wir das greifbare Übel, das sich auf diesem Stück Land ausbreitet. Sobald das erreicht ist, halten bessere Zeiten Einzug.« Er schritt zu seinem Arbeitstisch und legte sich das Henkersschwert um. »Genug für heute. Lass uns zu Bett gehen. Und kein Wort darüber zu Govan.«

»Schon wieder ein Geheimnis?«, meinte Krutor unglücklich, während er neben seinem Vater zum Ausgang hüpfte.

»Es ist kein Geheimnis«, stellte der Kabcar fest. »Wir sagen es ihm einfach nur nicht. Noch nicht.« Lodrik löschte eine Lampe nach der anderen und verließ als Letzter den Raum.

Doch in einer schattigen Ecke wurden plötzlich zwei rote, augengroße Punkte sichtbar.

VI.

Kontinent Ulldart, Großreich Tarpol, Provinz Ker, Burg Angoraja, Frühjahr 459 n. S.

Tokaro hatte genug von seiner harten Ausbildung, er wollte kein »Blechsoldat« werden. In aller Heimlichkeit stahl er sich eines Nachts in den Stall, um mit Treskor auf und davon zu reiten. Doch der Seneschall bemerkte sein Tun und überredete ihn zu bleiben. Jedenfalls dachte der junge Mann, es sei der Seneschall. Als er Herodin etwas später auf die Unterredung ansprach, wusste der Ritter von nichts.

In den folgenden zwei Wochen widmete sich Tokaro derart intensiv seiner Ausbildung, dass alle auf der Burg mehr oder weniger offen staunten.

Er stand als Erster auf und legte sich als Letzter zur Ruhe, und die Waffenübungen absolvierte er mit einer Disziplin, welche die Lehrer beinahe an ein Wunder Angors glauben ließ.

Tokaro wiederum beäugte all jene genauer, die von der Statur in etwa dem Seneschall glichen, ob es einer von ihnen gewesen war, der ihm im Stall begegnet war. Allerdings entdeckte er niemanden, der auch nur ungefähr die Stimme Herodins besaß.

Die größten Stärken des Jungen mit den blauen Augen lagen in der unfassbaren Treffsicherheit mit der Armbrust und dem unglaublichen Geschick im Umgang mit seinem Hengst bei allen reiterischen Übungen.

Der Seneschall rief auf Geheiß des Großmeisters ein kleines Turnier aus, bei dem sich die angehenden Ritter im Lanzenstechen messen sollten. Es war Tokaro, der als Sieger gegen Albugast hervorging.

Nerestro entwich ein erleichtertes Seufzen und machte sich auf, die beiden Gegner persönlich für ihre Tapferkeit zu loben. Schwankend standen sie mit verzerrten Gesichtern vor dem Oberhaupt des Ordens, die Helme unter den Arm geklemmt.

»Albugast, ich erkenne deine Fertigkeiten an und zolle ihnen Respekt«, begann der Großmeister. »Du wirst einmal zu den Mitgliedern unseres Ordens zählen, an die man sich wegen ihrer Tapferkeit, ihres Mutes und ihres Könnens im ganzen Reich erinnern wird.« Dann wandte er sich Tokaro zu. »Du hast einen Knappen im Lanzengang besiegt, der dir in der Ausbildung zeitlich weit voraus war. Angor muss dir bei deiner Geburt gnädig gewesen sein, dass er aus dir einen solchen Reiter werden ließ. Wenn noch ein paar Monate ins Land gezogen sind, so soll deiner baldigen Schwertleite nichts im Wege stehen. Daher will ich nun eine wichtige Voraussetzung erfüllen.«

Der Ordensritter zog seinen Dolch, ritzte sich damit seinen Handrücken und ließ etwas Blut auf die Klinge laufen. Auffordernd hielt er Tokaro die Schneide hin. »Koste davon.«

Herodin verfolgte den Vorgang mit großen Augen, Albugast schien der Ohnmacht nahe.

Behutsam kam der einstige Rennreiter dem Befehl nach, ohne genau zu wissen, welche rituelle Handlung Nerestro da vollzog. Er konnte sich nicht erinnern, dass etwas in den Maßregeln der Hohen Schwerter dazu geschrieben stand. Doch vor aller Augen zu fragen, was vor sich ging, oder gar den Gehorsam zu verweigern wagte er nicht.

»Nun gib mir etwas von deinem Blut«, verlangte der Großmeister, was Tokaro auch umgehend erfüllte. Die Prozedur wiederholte sich nun umgekehrt.

»In mir ist ein Teil von dir, in dir fließt etwas von mir«, erklärte Nerestro feierlich und hob den Dolch hoch. »Hiermit bist du mein Sohn und von heute an Tokaro von Kuraschka. Du bist der Erbe, den ich nicht bekam, dir werden einmal meine Burg und all meine Ländereien gehören. Vermögend, wie du es ab diesem Augenblick bist, ist es dir gestattet, die höheren Weihen des Ordens zu erhalten.« Er schloss ihn in die Arme, drückte ihn an sich und gab ihm einen Kuss auf Wangen und Stirn. »Mein Sohn.«

Tokaro schluckte und folgte dem Beispiel des Großmeisters. Seine Knie zitterten, und das nicht nur wegen des Gewichts der Rüstung, die immer schwerer zu werden schien. Ein Gefühl der Dankbarkeit und der Rührung stieg in ihm auf. Der Ritter kannte ihn nicht einmal wirklich, und dennoch nahm er ihn als seinen Sohn an. Forschend schaute er in die Augen seines neuen Vaters und fand dort nichts als reine Freude.

Die Ritter brachten Hochrufe aus. Zur Feier des Ereignisses gab man den Rest des Tages zur freien Verfügung, und am Abend sollte ein Festessen stattfinden.

»Komm, mein Sohn. Ich denke, du wirst einige Fragen haben«, sagte der Großmeister leise und bedeutete ihm, ihn zu begleiten. »Du wirst auf alles ehrliche Antworten erhalten.«

Albugast starrte dem Duo hasserfüllt nach.

»Ich werde dich zu meinem Knappen machen«, bot ihm Herodin an, der im Gegensatz zum Großmeister die Verbitterung und maßlose Enttäuschung bei dem blonden Jüngling bemerkte.

»Bei allem Respekt, Seneschall, aber ich lehne ab.« Albugast verneigte sich tief. »Ich werde ebenfalls bald zum Ritter werden, genau wie der glückliche Tokaro von Kuraschka. Mein jetziger Herr ist mir gut genug. Trotzdem, habt meinen aufrichtigen Dank für Euer großzügiges Angebot.« Nach einer weiteren Verbeugung lief er in Richtung der Unterkünfte, um sich aus der Rüstung helfen zu lassen.

Herodin beschlich das ungute Gefühl, dass der Großmeister mit der Adoption des einstigen Rennreiters einen schweren Fehler begangen hatte. Den Ehrgeiz Albugasts schätzte er turmhoch ein, den Stolz sogar noch höher; dem Geltungsdrang des blonden Knappen lief es klar zuwider, in der zweiten Reihe zu stehen.

Der Seneschall hoffte, dass der junge Mann nicht aus verletztem Selbstbewusstsein heraus etwas plante, was dem Orden und dem Zusammenhalt schaden würde. Zwist in den eigenen Reihen wäre das Letzte, was die Hohen Schwerter in einer Zeit brauchten, wo das Böse die Krallen nach den letzten vier aldoreelischen Klingen ausstreckte.

Herodin beschloss, ein wachsames Auge auf Albugast zu haben.

Tokaro saß an dem schwarzen, langen Tisch des Wappensaals. Neben ihm hatte Nerestro Platz genommen, in der Rechten einen schweren Silberpokal mit dunklem Wein. Mit der Linken schob er seinem angenommenen Sohn ebenfalls einen Pokal hin. Der Jüngling nahm einen Schluck und verzog anerkennend die Mundwinkel. »Ein guter Tropfen.«

Der Großmeister prostete ihm zu und lachte leise. »Damals, im Gestüt des Kabcar, hast du den Wein auf den Teppich gespuckt«, erinnerte er sich. »Du hast mein Angebot beim ersten Mal ausgeschlagen, und es wäre dir beinahe zum Verhängnis geworden. Erfreue dich über den Ausgang des Abenteuers. Du wirst noch einiges erleben, wenn du Ritter geworden bist. Rodmor von Pandroc hat mir gesagt, dass man bei den Jenseitigen große Stücke auf dich hält.«

»Wie schmeichelnd«, meinte Tokaro. »Sagt, ist Rodmor auch der Grund, weshalb Ihr mich adoptiertet?«

»Es kamen mehrere Umstände zusammen«, antwortete der gewaltige Mann nach einer Weile versonnen und strich sich über die goldene Bartsträhne. »Ich will, dass du Ritter wirst. Über deine Verfehlungen der Vergangenheit sehe ich hinweg. Danke mir nicht für meine Milde.« Nerestro stand auf und blieb vor dem Sammelsurium an Flaggen und Schilden stehen. »Die Zeit kennt keine Gnade. Du kannst sie nicht bekämpfen. Da auch mein Leben nicht unendlich währt, ist es an der Zeit, dass ich meine Besitztümer in guten Händen weiß.«

»Ich bin ein verurteilter Dieb«, brach es aus dem jungen Mann ungläubig heraus.

»Und ein Räuber«, ergänzte der Großmeister. »Aber du hast mit den Armen geteilt. Du hast mit deiner ...«, er suchte nach dem passenden Wort, »Büchse niemals einen Menschen getötet. Du hast selbst mich verschont, als ich dir auf dem Weg gegenüberstand.«

»Ich habe verzogen«, log Tokaro brummend.

Lächelnd drehte sich der Ritter zu ihm. »Du bist ein besserer Schütze als Meister Hetrál. Du hättest mir genau in die Pupille schießen können, Tokaro.« Er stellte sich an die Seite des jungen Ulsarers, eine Hand auf dessen Schulter gelegt. »Im Inneren bist du ein guter Mensch. Ich habe deinen wahren Kern erkannt, und auf das Brandzeichen gebe ich einen morschen Schild. Das allein wäre schon Grund genug gewesen, dich als meinen Sohn anzunehmen.«

»Und was kam noch dazu?«, wollte der Rennreiter wissen.

»Die Empfehlung Rodmors«, meinte Nerestro trocken. »Und mein Trotz, weil so viele immer noch denken, du wärst es nicht würdig, einer der Hohen Schwerter zu werden.« Er goss sich Wein nach. »Du hast davon gehört, dass die aldoreelischen Klingen geraubt werden.« Seine Hand legte sich um die Parierstange der kostbaren Waffe, die er an seiner Hüfte trug. »Die Besitzer sind bisher alle gestorben, hingemetzelt von denjenigen, die sie im Namen eines anderen einsammeln. Ich stehe somit ebenfalls auf ihrer Liste. Es wird nur eine Frage der Zeit sein, wann ich Besuch von ihnen erhalte.«

»Wissen wir denn, wer verantwortlich dafür ist? Es macht auf mich den Eindruck, als wäre es ein offenes Geheimnis.«

Der Großmeister nahm Platz und schaute in die blauen Augen Tokaros. »Ich erzähle dir nun ein paar Geschichten aus meinem Leben. Und ich will, dass du aufmerksam zuhörst, mein Sohn. Wer weiß, wann meine Stunde schlägt und alles zu spät ist.«

Nach einem weiteren Schluck begann Nerestro alle Begebenheiten zu schildern, die sich seit dem Auftauchen von Matuc und Belkala ereignet hatten. Mehr als einmal stiegen dem gealterten Großmeister die Tränen in die Augen, als er von der Kensustrianerin und der Liebe zu ihr sprach.

Gebannt lauschte Tokaro den Worten des Ritters, und so verpassten sie das Fest, sie verpassten den Untergang der Sonnen und den Aufgang der Monde.

Erst als das Morgengrauen einen neuen Tag verkündete, endeten die Ausführungen Nerestros, die er in keiner Weise geschönt oder geschmälert hatte.

Schweigend legte der Junge die Hand auf die seines Ziehvaters und drückte sie sanft.

Kontinent Ulldart, Königreich Barkis (ehemals Tûris), Ammtára (ehemals die Verbotene Stadt), Frühjahr 459 n. S.

Der Tzulani näherte sich vorsichtig. »Ich würde gern nach Hause gehen, Inquisitor.«

Pashtak zog blitzartig sein Notizheft über die Kopie der Zeichen, die er auf dem Dolch in Braunfeld gesehen hatte, und streckte die Klaue aus, studierte dabei aber weiter den Folianten, den er in einem entlegenen Regal gefunden hatte. »Gebt mir den Schlüssel zur Bibliothek. Ich sperre sie ab, wenn ich gehe. Und ich werde sowieso wieder vor Euch hier sein.«

Der Mann reichte ihm den Schlüsselbund, murmelte einen Gruß und verschwand die Treppe hinunter. Wenig später fiel das Tor dröhnend ins Schloss.

Der Inquisitor befand sich nun mit dem verschollenen Wissen von Jahrhunderten allein in dem fertig gestellten und renovierten Gebäude.

An seinem Platz stapelten sich die Bücher, Nachschlagewerke und Abhandlungen. Überall hatte er Lesezeichen eingehängt, farbige Schnürchen an den jeweiligen Stellen klassifizierten die Brauchbarkeit der gefundenen Informationen. Mitunter zerfiel ein Buch in seinen Händen zu Staub, weil es seit Jahrzehnten nicht richtig aufbewahrt und nur durch die Buchdeckel zusammengehalten worden war.

Seit der Rückkehr aus Braunfeld hatte er Tage und Nächte in diesem Bau verbracht, und seine Augen brannten mittlerweile, als hätte jemand Pfeffer hineingestreut. Vorsichtig rieb er die überanstrengten Lider und schloss sie für eine Weile, um ihnen Erholung zu gönnen.

Pashtak sog den Geruch der Bücher in sich auf. Das viele Papier und Pergament erzeugten einen charakteristischen Duft, der Wissen für ihn sehr gegenständlich machte.

Plötzlich mischte sich ein bekannterer Geruch unter. *Der Tod,* fiel es dem Inquisitor ein, die Nackenhaare stellten sich auf.

Als er die Augen öffnete, stand Lakastre unmittelbar neben ihm und beugte sich halb über ihn.

Knurrend fuhr er zurück, die Hände krümmten und hoben sich zur Abwehr.

»Das sind sehr interessante Aufzeichnungen, die du da gefunden hast.« Sie lächelte ihn an und zeigte ihre Reißzähne. »Nanu? Du bist sehr schreckhaft für jemanden, der einen Mörder fangen soll.«

Pashtak zwang sich dazu, die begonnene Abwehrbewegung abzubrechen und sich stattdessen durch das Nackenhaar zu fahren. »Sagen wir, es ist ein Berufsleiden, ständig zu erschrecken.« Er bemerkte, dass sie so stark wie noch nie nach Verwesung roch. Ihre dunkelgrünen Haare hingen wie gefärbtes Stroh vom Kopf, das Bernstein ihrer Augen flackerte unstet, ein aggressives Gelb schimmerte durch. »Du siehst furchtbar aus. Wechselst du das Fell?«

Sie lachte rau. »Danke, Inquisitor. Sehr liebreizend von dir. Ich leide in der Tat ein wenig unter dem Übergang der Jahreszeiten.« Lakastre wandte ihre Aufmerksamkeit seinen Unterlagen zu. »Was suchst du in den ganzen Büchern? Meinst du, der Name des Mörders steht bereits irgendwo niedergeschrieben?«

Ihre Nähe und vor allem ihre abartigen Ausdünstungen machten ihn nervös, und so stand er auf, umrundete den Tisch und positionierte sich auf der gegenüberliegenden Seite. Die Luft wurde augenblicklich besser. Sie sah ihm leicht irritiert zu. »Ich gehe Spuren nach. Sagen wir, es gibt da ein paar gewisse Anhaltspunkte, die ich überprüfen muss.« Er könnte sie um Beistand bitten. Zu den Tzulani gehörte sie nicht, also könnte es ihr egal sein, was er in dieser Hinsicht herausfand. Und sie würde sich dadurch sicherer fühlen und vielleicht einen Fehler bei ihrem nächsten Mord begehen, anhand dessen er sie überführen könnte. Er richtete seinen Finger auf sein Notizheft. »Heb es hoch und sieh nach der Zeichnung.« Sie kam seiner Aufforderung nach. »Ich versuche, sie zu entschlüsseln. Ich bin noch nicht allzu weit gekommen, aber wenn ich das Gefundene richtig ausgewertet habe, dann handelt es sich dabei um alte Symbole, die ganz bestimmte Tzulani-Priester verwendeten, wenn sie dem Gebrannten Gott Menschenopfer darbrachten. Jeder Priester gebrauchte dabei seinen eigenen Dolch. Aber es ist mir noch nicht gelungen, Näheres über diese Sekte herauszufinden.«

Schweigend betrachtete die Frau die Skizzen. »Nein, es tut mir Leid«, bedauerte sie nach einer Weile. »Ich erkenne nichts davon.« Ihre Augen wanderten über die verstreuten Bücher.

»Dann versuch einmal, das unterste Buch des vierten Stapels zu entziffern«, bat er sie. »Mir ist es nicht möglich, etwas davon zu verstehen. Das Einzige, was ich zu erkennen glaube, ist die Zeichnung einer Steinsäule. Mir scheint es, als wären das hastige Aufzeichnungen, die nur der Zufall in die Bibliothek geführt haben kann.«

Neugierig griff sie nach dem fleckigen Einband und zog ihn mit einem kurzen Ruck heraus, ohne die aufgetürmten Werke zum Umstürzen zu bringen. Als sie auf den Buchdeckel schaute, entschlüpfte ihr ein überraschtes Schnauben. »Ich hätte nicht gedacht, dass ich in Ammtára etwas Derartiges finden würde«, sagte sie mehr zu sich selbst als zu dem Inquisitor. Behutsam schlug sie den Band auf, setzte sich auf Pashtaks Stuhl und begann augenscheinlich zu lesen, als wäre es eine Selbstverständlichkeit.

»Wärst du so freundlich, mir zu sagen, was da steht?«, erkundigte er sich, und ein aufgeregtes Girren entrutschte ihm. »Du scheinst es zu verstehen, nicht wahr?«

»Der Ausdruck ›verstehen‹ wäre übertrieben«, gab sie abwesend zurück, voll und ganz auf die Zeilen und Zeichnungen konzentriert. »Es ist sehr mühsam.« Sie blätterte rasch weiter. »Es sind handschriftliche Bemerkungen, die, und damit gebe ich dir Recht, nicht für den Verbleib in einer Bibliothek gedacht waren. Darin ist die Rede von einem Palast und einem Sarkophag, mit dem es etwas Besonderes auf sich hat, wenn ich das Gekritzel richtig deute.« Sie schleuderte das Buch achtlos auf den Tisch. »Mir scheint, es handelt sich um einen Bericht, der dringend an einem anderen Ort erwartet worden ist.«

»Hast du herausfinden können, von wann diese Notizen stammen?«, wollte der Inquisitor wissen. »Und du bist mir immer noch eine Antwort darauf schuldig, um welche Sprache es sich dabei handelt.«

Lakastre senkte den Kopf ein wenig, ihre Zunge fuhr über die Lippen, ihre Augen ruhten auf ihm. »Es ist alt«, wich sie einer genauen Datierung aus. Geschmeidig stand sie auf und umrundete den Tisch, doch Pashtak wich ihr aus. »Wo willst du denn hin?«, fragte sie ihn spöttisch. »Hast du Angst vor mir, Inquisitor?«

»Mir ist nur eingefallen, dass ich noch etwas in einem der Bücher nachschauen wollte«, log er und kramte auf dem Tisch herum, wobei er immer darauf achtete, dass sich der Abstand zwischen ihm und Lakastre nicht verringerte. Der Vergleich zwischen einem pirschenden Raubtier und seiner Beute war nicht von der Hand zu weisen.

»Das ist albern«, ärgerte sie sich schließlich. »Bleib doch stehen.«

»Ich suche etwas«, erwiderte er. Ihr Verwesungsgeruch schlug ihm auf die empfindliche Nase. »Das Buch kann überall sein. Ich werde in den Regalen nachsehen, vielleicht hat es eine Nackthaut zurückgestellt.« Er deutete über seine Schulter in den rückwärtigen Bereich. Die langen Korridore würden es ihm ermöglichen, bei einer eventuellen Flucht seine Geschwindigkeit voll auszunutzen.

Als hätte sie seine Gedanken gespürt, sprang sie mit einem Satz auf die Arbeitsfläche des Tisches und kauerte sich zusammen, alle Muskeln ihres Körpers gespannt. Pashtak kannte das Verhalten nur zu genau. Ihr Gesicht hatte sich verändert, war grober, maskuliner geworden, grellgelb glühten ihre Augen.

Was sich da zum Angriff bereit machte, glich dem Wesen, das ihn damals vor dem herabstürzenden Steinbrocken bewahrt hatte, aufs Haar. Das musste die andere Seite von Lakastre sein. Die Seite, die für all die Morde verantwortlich war, die nicht in den Verantwortungsbereich der Sektierer fielen.

»Mutter!«, schallte es durch das Gebäude. Der Kopf eines Mädchens im Alter von knapp fünfzehn Jahren erschien am Treppenaufgang. Ihre langen dunkelbraunen Haare wehten hinter ihr her, als sie die letzten Stufen mit riesigen Schritten nahm und sich vor dem Inquisitor aufbaute. »Da bist du ja. Wir waren doch vorhin verabredet, hast du das vergessen?« Sie streckte eine Hand nach der Frau aus. »Komm herunter. Was soll denn der Inquisitor von dir denken?«

Das grellgelbe Leuchten riss abrupt ab, warmer Bernstein kam wieder zum Vorschein, und Lakastres Körperhaltung lockerte sich. Beschämt stieg sie von den Büchern und hüpfte zurück auf den Boden. Nach einem flüchtigen Blick zu Pashtak eilte sie die Treppe hinunter.

»Mutter, warte!«, rief das Mädchen ihr hinterher. »Verzeiht Ihr, Inquisitor«, bat sie. »Sie hatte einen fürchterlichen Albtraum, der sie ein wenig durcheinander brachte.« Und schon nahm sie die Verfolgung Lakastres auf. Ihre Schritte verklangen in der Halle, und wieder fiel die Tür krachend ins Schloss.

Pashtak zuckte bei diesem Geräusch zusammen. Die lähmende Wirkung, die von den gelben Pupillen ausgegangen war, fiel von ihm ab. Hatte ihm ihre Tochter gerade das Leben gerettet?

Er kannte das Mädchen nicht sonderlich gut, es hielt sich in der Öffentlichkeit vornehm zurück. Er konnte nicht einmal sagen, welche Tätigkeit die Nachfahrin Boktors ausübte oder welchen Namen sie trug. Ganz am Rande hatte er bemerkt, dass sie ihrem Vater nicht sonderlich glich, ihr Antlitz aber noch weniger mit dem ihrer Mutter gemein hatte.

Sein Unterbewusstsein meldete ihm aber noch etwas.

Das Mädchen trug über seiner Kleidung eine beigefarbene Robe, bei der ein Stückchen Stoff an der Schulter fehlte. Girrend suchte er das Beweisstück hervor, das er in der Grabkammer Boktors gefunden hatte. Die Farben stimmten zumindest überein.

Dann war sie es vielleicht, die sich an den Leichen zu schaffen machte? Oder halfen sich Mutter und Tochter gegenseitig?

Nachdenklich kehrte er an den Tisch zurück und schichtete die Bücher wieder aufeinander, die durch Lakastres Sprung in Unordnung geraten waren.

Das kleine Notizheftchen konnte er allerdings nirgends entdecken. Die Frau musste es mitgenommen haben.

Tatsächlich betrat Pashtak die Bibliothek in den frühesten Morgenstunden als Erster, der Tzulani wartete noch nicht einmal vor der Tür.

Ausgestattet hatte er sich mit einem Beutel voller Proviant und einem Kurzschwert, das er nun immer bei sich tragen wollte. Keiner der Mörder, weder Lakastre noch die Sektierer, würden ihn bekommen, ohne nicht mindestens ein paar Stiche zu kassieren.

Als er summend die letzten Stiegen ins obere Stockwerk hinaufstapfte und den Blick hob, prallte er zurück und wäre um ein Haar die Treppe hinuntergefallen.

»Guten Morgen, Inquisitor«, grüßte ihn Lakastre, die auf dem Stuhl saß und ihn offensichtlich erwartete. Heute sah sie im Gegensatz zur gestrigen Nacht hübsch, ausgeruht und ausgeglichen aus. Die Witwe Boktors präsentierte sich dem Äußeren nach wie ein herkömmliches Nackthautweibchen, selbst der Geruch passte. Unschlüssig stand Pashtak auf dem Absatz und knurrte leise.

Sie erhob sich und entfernte sich von seinem Platz. »Ich kann deine Abneigung und dein Verhalten sehr gut verstehen. Ich bin hier, um mit dir zu reden.«

»Du willst mir wieder drohen, wie du es schon einmal getan hast?«, vermutete er. Wie war sie hereingekommen? »Damals, unmittelbar nach der Ratssitzung, machtest du Bemerkungen über meine Familie. Erspar es dir und mir.«

Lakastre schüttelte zaghaft den Kopf. »Nein, deshalb bin ich nicht hier. Ich mache selten die gleichen Fehler zweimal. Ich wollte dir die Aufzeichnung zurückbringen.« Sie nahm das Büchlein aus einer Falte ihrer Robe und legte es auf den Tisch. »Du findest auf der ersten Seite einen Zettel mit Übersetzungen von dem, was ich verstanden habe, auch wenn es nicht sehr viel war. Es ist ein sehr alter Dialekt, der nicht mehr gesprochen wird. Die Qualität des Papiers ist nicht die beste, das kam erschwerend hinzu.«

Aufmerksam musterte er die Frau, die mit ihm zusammen in der Versammlung der Wahren saß. »Was war mit dir gestern? Deine Tochter sagte, du habest unter den Nachwirkungen eines Albtraums zu leiden. Du aber meintest, es sei der Wechsel der Jahreszeiten.« Hart blickte er sie an. »Wenn ihr lügt, dann stimmt euch wenigstens vorher ab. Alles andere lässt Ausreden nur unglaubwürdig erscheinen.«

Sie öffnete den Mund, als wollte sie etwas sagen, entschied sich dann aber anders. Sie nickte ihm zu, ging an ihm vorbei und verließ die Bibliothek. Kein Verwesungsgeruch, nicht einmal ein Hauch davon, blieb zurück.

Pashtak setzte sich an seinen Tisch und las die Übersetzung, die Lakastre noch in der Nacht angefertigt hatte. Ihre Handschrift war deutlich, klar und schön geschwungen.

»Es muss ein gewaltiger Krieg stattgefunden haben.

Ich bin auf ein altes Schlachtfeld gestoßen, das die Menschen ›Blutfeld‹ nennen.

Es ist immer noch eine stinkende, morastige Ebene zwischen zwei Hügeln, übersät mit den verrottenden Knochen von Mensch und Tier. Faulende Schäfte von Spießen und Lanzen stehen aus der gärenden Erde hervor.

Vor nicht allzu langer Zeit endete Fürst Sinureds Herrschaft und damit auch die Epoche, die heute die Dunkle Zeit genannt wird. Die vereinigten Heere von Ulldart und göttliche Hilfe, was immer das auch bedeuten mag, schlugen die überraschten Seestreitkräfte Sinureds vor der Küste Sinurestans.

Das Ende des Kriegsfürsten ist ungewiss, obwohl die Rogogarder behaupten, sie hätten das Flaggschiff des Tyrannen vernichtet. Die übrigen sinuredischen Truppen flüchten oder werden erschlagen.

Mitläufer, Denunzianten und Kollaborateure werden mit Hilfe der Bevölkerung schnell ausfindig gemacht, festgesetzt und verurteilt. Je nach Schwere ihres Vergehens müssen sie lebenslänglich Zwangsarbeit verrichten oder am Strick baumeln.

Die ehemaligen Königreiche, die Sinured zu einem einzigen, gigantischen Reich zusammengefasst hatte, formie-

ren sich wieder nach den alten Grenzen, die vor Sinureds Machtergreifung Gültigkeit hatten.

Ein eigener Kriegsrat ist ins Leben gerufen worden, der sich über das Schicksal von Sinurestan Gedanken machen soll. Der Rat beschloss 1. eine Entmilitarisierung auf viertausend Mann zu Wasser und zu Lande, 2. die Reduzierung der Landfläche um ein Drittel zu Gunsten Aldoreels, Tarpols und Palestans sowie 3. die Umbenennung des Landes nach dem Mann, der die Seestreitkräfte Sinureds so famos überlistet hatte: Admiral Tûris aus Rogogard.

Noch ist eine Ansiedlung nicht empfehlenswert. Man sollte warten, bis die Dinge sich festigen.«

Der Inquisitor ließ das Blatt sinken. Wenn es sich hierbei wirklich um einen Augenzeugenbericht handelte, betrug das Alter des Büchleins geschätzte 458 Jahre. So schlecht konnte die Qualität des Papiers demnach nicht sein. Er nahm sich die nächste Seite vor.

»Die Königreiche entfernen alle Erinnerungen an den verhassten Kriegsfürsten, und der Wiederaufbau auf Ulldart beginnt.

Die ehemalige Hauptstadt sowie die schweren Wehranlagen werden bis auf die Grundmauern abgerissen, der Zutritt in die Ruinen wird den Soldaten und den Bewohnern bei Todesstrafe untersagt.

Die inneren politischen Wirren sind noch nicht beendet.

Wie ich heute erfuhr, hat die Baronie Jarzewo die Zeit der Verwirrungen genutzt und sich von Borasgotan losgesagt. Und Baronin Eltra die Blutige, eines von Sinureds einundzwanzig Kindern, hat sich mit einer Hand voll Getreuen das Gebiet der heutigen Baronie Kasan gesichert, bestehend aus Territorien Tarpols, Borasgotans und Hustrabans.

Neue Kämpfe werden aber meiner Einschätzung nach kaum zu fürchten sein, die Reiche sind noch zu schwach.«

Pashtak nahm sich etwas zu essen aus seinem Proviantbeutel, goss Wasser aus der Flasche in seinen Becher und legte die Füße hoch, um völlig entspannt in die Aufzeichnungen der Vergangenheit einzutauchen.

»Die Menschen Ulldarts glauben an die Macht besonderer Waffen.

Zwei davon, angeblich die stärksten …, die als … bezeichnet werden, sollen dorthin gebracht und aufbewahrt werden, wo das Böse am Schlimmsten wütete, eingeschlossen in Sarkophage aus Stein, um sie gegen Diebstahl zu schützen.

Von ihnen versprechen sich die Menschen, dass allein ihre Gegenwart alles Böse abzuschrecken vermag.

Heute haben sie eine davon in die Trümmer des sinuredischen Palastes gebracht. Die andere Waffe soll, ebenfalls in einem Sarkophag aus Stein, nach Ulsar in ein Gotteshaus gebracht werden.

Ich halte das für einen Aberglauben, den man als Beweis für die Rückständigkeit der Bewohner betrachten kann, wenn man, wie ich, nur auf Messbares und Sichtbares vertraut.

Meine Empfehlung an den Gelehrten lautet, noch abzuwarten, bis sich alles in geordneten Bahnen bewegt.

Unser Zuzug wäre im Augenblick eher unpassend.

Ich werde mich weiter umsehen und Berichte senden, sobald es mir möglich ist.«

»Rätsel über Rätsel«, sagte Pashtak halblaut und legte die Lektüre zur Seite. Für die Aufklärung brachten die Zeilen eines seit langem verstorbenen Unbekannten nichts, aber es gefiel ihm, einen Blick zurück in eine Zeit zu werfen, als sich noch alles im Aufbruch befand.

Wer er wohl war?, fragte sich der Inquisitor. Die Worte klangen sehr nüchtern und distanziert, als hätte der Schreiber so gar nichts mit den Ereignissen auf Ulldart zu tun gehabt. Oder als bemühte er sich um objektive Distanz.

Wahrscheinlich, so vermutete Pashtak anhand des Wortlauts, handelte es sich um einen Menschen, der nach einer Bleibe für sich und weitere seines Schlages Ausschau gehalten hatte. Vielleicht waren es Gebildete gewesen, die durch Sinured ihre Heimat verloren hatten und auf der Suche nach einem ruhigen Fleckchen Land waren. Sollten die Beobachtungen des Schreibers richtig sein, hatte sich einst irgendwo in Ammtára eine »mächtige Waffe« in einem »Sarkophag aus Stein« befunden. Vielleicht tat sie das immer noch.

Sobald er, Pashtak, diese Morde endlich aufgeklärt und alle Hintermänner entlarvt hätte, würde er sich um das neue Rätsel kümmern – falls er dann noch am Leben wäre. Doch im Augenblick hatte die Gegenwart Vorrang vor allem anderen.

Konzentriert machte sich der Inquisitor an das Nachschlagen und Bücherwälzen, um die Zeichen auf dem Dolch und die Botschaft an Leconuc zu entschlüsseln.

Als sich der Tag mit einem prächtigen Farbenspiel am Himmel verabschiedete und die Augen Tzulans glutrot über Ulldart aufzogen, betrachtete Pashtak die Früchte seiner Arbeit. Dass er endlich die Botschaft an den Vorsitzenden der Versammlung mit der Hilfe alter Aufzeichnung übertragen hatte, bereitete ihm eine verständliche Befriedigung. Gleichwohl, was er da zu lesen bekam, schmeckte ihm gar nicht.

Die Nachricht bestätigte das, was er in Braunfeld in Erfahrung gebracht hatte. Die Tzulani als Ganzes, und keineswegs irgendwelche Sektierer, schienen sich unter dem Deckmantel loyaler Gefolgschaft in allen wichtigen Ressorts des Reiches auszubreiten und hochzudienen, bis sie sich in verantwortlichen Positionen befanden. Mit Sicherheit fand dies nicht die Billigung des

Kabcar, der zwar die Lehren Ulldarts mehr und mehr in den Hintergrund drängte, sich aber auch nicht offen zu Tzulan oder seinen Kindern bekannte.

Pashtak erinnerte sich an eine Bemerkung darüber, dass in Ulsar ohne Wissen des Herrschers regelmäßig Menschenopfer dargebracht würden. Und genau darum drehte sich die Botschaft an Leconuc.

Ein Tzulani aus der Hauptstadt wollte wissen, ob die Opfer in der Umgebung von Ammtára in ausreichender Zahl vorhanden seien oder ob man noch welche rechtzeitig zum Termin »anliefern« solle. *Wir können nicht riskieren, eine derart große Anzahl von Ungläubigen dem Tod zu übergeben. Das Verschwinden würde selbst im gewachsenen Ulsar Aufmerksamkeit erregen und unangenehme Nachfragen hervorrufen,* lautete ein Absatz. *Fünfzig Stück könnten wir jedoch abgeben, den Rest beschaffen wir euch aus den umliegenden Totendörfern. Hinzu kommen dreißig Freiwillige aus unseren Reihen, die ihr Leben für die Stärkung Tzulans und der Zweiten Götter gerne geben.*

Der Inquisitor berechnete das Datum des besonderen Tages und stieß auf einen Zeitpunkt in drei Monaten, der dem Gebrannten Gott allein geweiht war. Ihm zu Ehren sollten so viele Menschen wie möglich sterben, damit die Dunkle Zeit anbreche. *Unsere Seher haben verkündet, dass sie unmittelbar bevorsteht,* schloss der Brief, und Pashtak sah den Schreiber vor seinem inneren Auge, wie er freudig die Feder führte und es kaum noch erwarten konnte, bis die Jahre des immer fester werdenden Friedens endlich vorüber wären.

Angewidert warf er das Stück Papier auf den Tisch und knurrte es an.

Was sollte er nun tun? Das Einfachste wäre, er gäbe Leconuc eine überarbeitete Version des Briefs. Das eigentliche Problem, nämlich die Absicht der Tzulani, hätte er damit nicht aus der Welt geschafft. Vermutlich war er allein auch nicht dazu in der Lage. Hoffentlich stieß Ozunopopp beim Kabcar auf offene Ohren. Das war vermutlich das Einzige, was dem Treiben dieser Verblendeten Einhalt gebieten könnte.

Nichtsdestotrotz würde er alle aus der Versammlung der Wahren zusammenrufen, die nicht der Gemeinde des Gebrannten Gottes angehörten. Pashtak wollte den Widerstand gegen die Pläne der Tzulani organisieren, und wenn er dazu alle Nackthäute aus Ammtára werfen müsste. Die Stadt und das Zusammenleben erschienen ihm wichtiger als der Anbruch der Dunklen Zeit, von der er und seine Artgenossen ohnehin nichts haben würden. Das, was bislang erreicht worden war, würde er nicht aufgeben, sondern mit Zähnen und Klauen verteidigen. Was wohl geschähe, wenn er seine Erkenntnisse in der Versammlung vortrüge? Mord und Totschlag in der Stadt oder stilles Einverständnis zwischen seinen Artgenossen und den Nackthäuten?

Die Verantwortung lastete schwer auf ihm, denn schon lange ging es nicht mehr nur um die Aufklärung von einigen grausamen Morden. Er musste sein Vorgehen genau durchdenken, um eine Möglichkeit zu finden, die den geringsten Schaden in der Gemeinschaft anrichtete.

»Das hat aber Zeit bis morgen«, murmelte er gähnend und entblößte sein imposantes Gebiss. Er streckte sich in seinem Stuhl, kratzte sich hinterm Ohr und stand auf, um die Unterlagen zu ordnen und einzupacken.

Er wollte zurück zu Shui und den Kindern. Beim wilden, ausgelassenen Spielen mit seinen Sprösslingen würden die Sorgen, die ihn belasteten, Augenblicken des glücklichen Beisammenseins weichen.

Er trat an die Balustrade, um von oben einen Blick in das große, hallenähnlichen Gebäude zu werfen, das voll gestopft mit Büchern war. Regal stand an Regal;

die Werke waren bisher nur nach ihrem Anfangsbuchstaben geordnet, eine durchgehende Sortierung nach dem Inhalt existierte nicht. Deshalb benötigte er auch so lange, um bedeutsame Bücher zu finden, von denen vermutlich nicht einmal der Bibliothekar ahnte, welche Inhalte sie hatten – sonst wären sie dem öffentlichen Zugriff schon längst entzogen worden.

Befand er sich üblicherweise allein in dem Bauwerk, so entdeckte er ganz plötzlich zwei noch recht junge männliche Nackthäute, die er noch nie in der Bibliothek zu Gesicht bekommen hatte. Seine Haare stellten sich auf.

Es war der Auftakt zu einem versuchten Attentat auf den Inquisitor.

Kontinent Kalisstron, Bardhasdronda,
Frühjahr 459 n. S.

Jarevrån und Lorin teilten das Lager, ohne jemandem davon zu erzählen. Die Lichtung mit den klingenden Steinen wurde ihr Zufluchtsort. Die Kalisstronin hatte sich für den Fremdländler entschieden, eine mutige Wahl, die ihr sicherlich noch Ärger einbringen würde.

Lorin untersuchte mit seinen Freunden den Zettel aus der Schnupftabaksdose. Gemeinsam entzifferten sie die Nachricht. Zum Teil handelte es sich um die Positionsangaben einer Grotte, die rund zehn Meilen außerhalb der Stadt am Meer lag. Als sie die Zeichnung mitsamt den Zahlen erforschten, spitzte die Großnichte Stápas den Mund.

»Das scheint der Marktplatz zu sein, oder?« Die anderen nickten. »Die Fünfzehn kann ich nicht einordnen. Aber zum Vierunddreißigsten, wenn das ein Tag sein sollte, fällt mir die Nacht des Winters ein. Das ist in einer Woche.«

»Aber natürlich.« Der Walfänger schlug sich gegen die Stirn. »Darauf hätte ich auch kommen können.«

»Das liegt an dem Tabakqualm. Der benebelt das Hirn«, sagte die Borasgotanerin freundlich und sprach dabei, als hätte sie es mit einem Geistesschwachen zu tun.

»Die Nacht des Winters«, wiederholte Matuc. »Die Nacht, in der kein Kalisstri vor die Tür darf, weil der Geist des Winters ein letztes Mal über das Land streift und all die für immer zeichnet, die ihm dabei begegnen.«

»Seitdem es vor einundvierzig Jahren einer gewagt hat, sich nicht an das Gesetz der Bleichen Göttin zu halten, und am nächsten Morgen erfroren aufgefunden wurde, wird sich niemand in Bardhasdronda in jener Nacht aus dem Haus wagen«, erklärte Jarevrån. »Meine Großtante hat mir die Geschichte immer wieder gern erzählt. Ihr solltet sie in eure Sammlung aufnehmen«, empfahl sie Fatja.

»Das ist der beste Zeitpunkt für einen Überfall, den ich mir vorstellen kann«, merkte Waljakov an. »Wenn ich mich richtig erinnere, wagt sich nicht einmal die Miliz in diesen Stunden hinaus.«

»Heißt das, selbst wenn wir den Zeitpunkt herausgefunden haben, zu dem die Lijoki angreifen, wird sich trotzdem niemand um sie kümmern?«, fragte Lorin.

»Ha«, stieß Matuc zufrieden aus und stampfte mit seinem Stock auf. »Würden die Kalisstri an Ulldrael den Gerechten glauben, hätten wir diese Schwierigkeiten nicht.«

»Niemand verlässt seine Behausung«, unterstrich Jarevrån nachdrücklich. »Es ist das Gesetz Kalisstras. Und wer es bricht, stirbt.«

»Sie packen uns beim Glauben. Wer hätte gedacht, dass die Lijoki ein so schlaues Völkchen sind?« Blafjoll kratzte sich am Bart. »Nun, damit kämen zur Verteidigung nur diejenigen in Frage, die auf die Seite des Gerechten gewechselt sind, nicht wahr?«

»Pah«, kam es verächtlich aus dem Mund des Leibwächters. »Wenn Ihr die Angreifer zu Tode reden wollt, dann stellt Matuc, die alte Gebetsmühle, ganz vorne mit auf. Und die kleine Hexe direkt daneben. Aber echte Krieger habt ihr leider keine.«

»Ich bin auch noch da«, protestierte Lorin. »Zusammen mit den anderen schaffen wir es.«

»Über die Mauern werden sie nicht kommen, denn die Miliz wird die Wachtürme besetzt halten«, überlegte Waljakov. »Aber wie wollen sie sich Eintritt verschaffen?«

Jarevrån legte den Zettel zurück auf den Tisch. »Mit fünfzehn Mann durch den Brunnen«, sagte sie halblaut.

»Natürlich!«, rief der Glatzköpfige und starrte die junge Frau entgeistert an. »Wäre es möglich, dass zwischen dem Brunnen und diesen Grotten ein Verbindungsgang besteht? Sie gelangen ins Herz der Stadt, ohne dass es jemand bemerkt, überwältigen die Wachposten der Miliz und öffnen die Tore für den Rest der Mörderbande.«

»Aber sie haben nicht mit uns gerechnet«, meinte Fatja aufgeregt. »Wir schlagen sie in die Flucht.«

»Eine Woche ist nicht sehr viel Zeit«, überlegte Waljakov. »Und wir haben einen Verräter in der Stadt, der ebenfalls Schwierigkeiten machen wird, wenn wir allzu offensichtlich Vorbereitungen treffen.«

Und so berieten sie sich, was zu tun sei.

Etwas später, als Fatja und Lorin allein waren, erhielt sie plötzlich eine Vision. Der Geist der Schicksalsleserin schien durch die Pupillen Lorins wie durch ein Tor in eine mögliche Zukunft zu fahren.

Plötzlich stand sie neben Lorin auf einem tobenden, dunklen Schlachtfeld; rechts von ihrem Bruder befand sich ein anderer junger Mann, der einen langen Eisenstab in der Hand hielt und etwas schrie. Um sie herum hieben und stachen Menschen aufeinander ein, sie erkannte Kalisstri, Ulldarter und Wesen mit fremdartigeren Gesichtern und grünen Haaren. Es donnerte unablässig, und die Erde hob sich gelegentlich, als stürzte etwas heulend vom Himmel und schlüge gewaltvoll in den Dreck. Krater taten sich auf, und Mensch und Tier in der unmittelbaren Umgebung brachen zusammen. Schreie und das Klirren von Waffen erfüllte die Luft, es rumpelte um sie herum, Funken und magische Blitze stoben auf. Die Welt schien unterzugehen.

In der Dunkelheit durchbrach ein Lichtschein die düsteren Wolken und fiel auf ein ungleiches Kämpferpaar.

Fatja erkannte den Jungen von damals wieder, dessen furchtbare Bestimmung sie vor vielen Jahren in Granburg gesehen hatte. Er taumelte nun als Mann vor Sinured hin und her, reckte kraftlos ein herrlich gearbeitetes Schwert gegen das Ungeheuer, bevor er zusammensackte. In einiger Entfernung hörte sie Lorin etwas rufen.

Die Szenerie wechselte, sie sah die schrecklichen Konturen Sinureds lachend auf sich zukommen, hörte das Sausen der eisenbeschlagenen Deichsel, die herabfuhr und sie traf. Es wurde finster.

Mit verklärtem Blick und erschreckend laut pochendem Herzen kehrte die Seherin in die Gegenwart zurück und schaute sich orientierungslos um. Ihr Verstand benötigte einige Zeit, bis er wahrnahm, dass keinerlei Gefahr drohte, weder ihr noch Lorin. Sie schnaufte wie nach einem anstrengenden Lauf, ihr wurde schwindelig. Schnell lehnte sie sich gegen die Wand, um nicht zu fallen.

Ihr kleiner Bruder regte sich ganz langsam, die Pupillen zogen sich zusammen und schlossen den Durchgang, den sie für ihre Ausflüge in das Schicksal eines Menschen nutzte.

»Was«, stammelte er nicht minder konfus, »was ist denn eben geschehen?« Erschrocken betrachtete er das weiße Gesicht der jungen Frau. »Habe ich etwas mit meiner Magie gemacht? Wurdest du verletzt?«

»Nein, nein«, wehrte sie schwach ab. »Es hat nichts mit deinen Kräften zu tun. Es ist nur so, dass meine eigenen Fähigkeiten nach langer Zeit erwacht sind, und das ist ziemlich überraschend für mich.«

»Du hattest eine Vision?«, fragte Lorin aufgeregt. »Hast du etwa meine Bestimmung gesehen?«

Fatja nickte langsam. Ihr Kopf fühlte sich an, als wären die Schädelwände so zerbrechlich wie Eierschalen. »Gib mir Zeit bis morgen, damit ich mich etwas erholen kann«, bat sie ihn. »Würdest du mich bitte in mein Bett bringen? Und kümmere dich um das Essen, sonst brennt es an.«

Sofort half er seiner angeschlagenen Schwester zu ihrer Lagerstätte, wo sie innerhalb weniger Lidschläge einschlief.

»Fatja hat eben eine Vision gehabt«, verkündete er Matuc und Arnarvaten, als sie zurückkamen und am gedeckten Tisch Platz nahmen. »Sie ist sehr erschöpft. Anscheinend hat sie etwas aus meiner Zukunft gesehen.«

»Dann hoffen wir, dass es nur Gutes ist, das wir zu hören bekommen, wenn sie sich erholt hat«, meinte der Geschichtenerzähler zu dem jungen Mann und stand auf, um nach Fatja zu sehen …

Dichter schwarzer Qualm drang aus der Küche.

»Verflucht, das Abendessen«, rief Lorin und stürmte in die kleine Kammer, um zu retten, was zu retten war. Mit einer Pfanne, in der sich die verkohlten Reste eines Fisches befanden, kehrte er zurück. »Das war wohl nichts.«

»Aber im Gegenteil. Das sieht ja ganz köstlich aus«, freute sich Matuc und zückte die Gabel. »Los, her damit.«

Ein wenig erschüttert blickte der junge Mann auf das schwarze Etwas. »Du willst das essen?«

»Na und? Fatja kocht doch immer so«, entgegnete Matuc amüsiert und kratzte die verbrannte Kruste ab. »Ah, innen ist es herrlich geraten.«

In fragwürdigem Genuss schwelgend, machte sich der abgehärtete Geistliche über die Überbleibsel her, während sich Lorin und Arnavaten mit Brot und etwas Trockenfisch zufrieden gaben.

Der Junge konnte es kaum erwarten zu hören, welches Schicksal die Götter ihm vorbehielten. Daran, dass es etwas Schlechtes sein könnte, dachte er nicht einmal.

Tags darauf erkundeten Lorin und Waljakov die Grotte. Sie entdeckten dort die Vorbereitungen der Piraten, die den Brunnenschacht wirklich benutzen wollten, um die Stadt heimtückisch zu überfallen.

In der Nacht, in der die Angreifer ihren Plan in die Tat umsetzen wollten, legten sie sich auf die Lauer. Sie fingen die Schar Piraten ab, die aus dem Brunnen stieg. Der Trupp sollte das Stadttor öffnen.

Die Gardisten wussten jedoch Bescheid.

Die Finsternis brachte den Piraten eine blutige Niederlage. Rantsila blieb durch und durch ein Kalisstrone und setzte keinen Fuß ins Freie, was ihn und die anderen Milizionäre allerdings nicht davon abhielt, durch die Fenster und Schießscharten zu spähen.

Waljakov öffnete zum Schein die kleine Tür im großen Stadttor Bardhasdrondas. Sofort sammelten sich rund hundert der Angreifer, die in einiger Entfernung gewartet hatten, vor dem schmalen Durchgang und wollten in die Siedlung drängen, um die Menschen im Schlaf zu überfallen.

Doch diejenigen, die sich hindurchzwängten, wurden mit Pfeilen und Bolzen empfangen, und die erste Welle beutegieriger Lijoki versickerte unter dem Beschuss der Verteidiger zu einem unbedeutenden Rinnsal. Nur eine Hand voll entkamen den Geschossen und zogen sich zurück.

Am nächsten Morgen startete eine Expedition unter der Führung von Lorin und Waljakov zu der Grotte, um nach dem Rechten zu schauen. Der Eingang wurde nach der Überprüfung zum Einsturz gebracht, der Gang vom Brunnenschacht bis zur Tropfsteinhöhle mit Steinen gefüllt.

Das Verhör ihrer sechzehn Gefangenen erbrachte, dass die Bewohner Bardhasdrondas knapp einer Katastrophe entgangen waren. Die Lijoki hatten nicht beabsichtigt, einen der Menschen am Leben zu lassen, sondern sich von Haus zu Haus zu schleichen und zu morden.

Soini, der gemeinsame Sache mit den Angreifern gemacht hatte, befand sich nicht unter den Toten; er musste sich rechtzeitig genug abgesetzt haben.

Ein Sturm der Begeisterung fegte durch Bardhasdronda. Die Menschen ließen die Fremdländler hoch leben, weil diese sie vor dem sicheren Ende bewahrt hatten.

Schon am nächsten Tag gab Kalfaffel ein schnell organisiertes Fest. Man beging die Rettung Bardhasdrondas ausgiebig, aber mit der stets üblichen kalisstronischen Beherrschtheit

Lorin und Jarevrån zeigten ihre Zuneigung nun offen, während sie auf dem Marktplatz zwischen den Ständen umherliefen und von den dargebotenen Köstlichkeiten probierten. Der junge Mann mit den bemerkenswert blauen Augen musste nicht ein einziges Mal in die Tasche greifen, um nach einer Münze zu suchen. Alles, was er, Jarevrån und seine Freunde aßen und tranken, ging auf Kosten der dankbaren Bürger.

Plötzlich stand Rantsila vor Lorin und zog sein Schwert. »Es ist an der Zeit, Junge.«

»Jetzt?«, fragte Lorin und drückte dem Mädchen seinen Becher in die Hand.

»Gäbe es einen besseren Augenblick als die Stunde eines Triumphs?« Der Milizionär hob seine Stimme. »Hört her, Leute aus Bardhasdronda. Lorin wird nun einen Strauß gegen mich auszutragen haben. Schlägt er mich, wird ihm die Ausnahme gewährt, als Fremdländler in die Miliz unserer Stadt eintreten zu dürfen und für das Wohl ihrer Bürger zu streiten.« Er schaute den Jungen an. »Keine Magie, Lorin, denk an die Abmachung«, sagte er leise, aber bestimmt. »In keiner Form.«

»Ich werde mich daran halten«, bestätigte Lorin und zog seine Klinge.

Die Zuschauer bildeten einen Kreis um die beiden Kämpfer, an dessen Rändern der junge Mann auch die Gesichter von Waljakov, Matuc und allen anderen erkannte, die ihm etwas bedeuteten. Die Gespräche verstummten, und Kalfaffel begab sich auf seinen Balkon, um von oben einen besseren Überblick zu haben.

Rantsila eröffnete den Zweikampf mit einer Folge von Schlägen, die Lorin als bloße Finten erkannte. Er gab sich wenig Mühe mit der Parade; mochte sein Gegner nur denken, dass es ihm Schwierigkeiten bereitete. Dann stieß er schnell wie eine Schlange vor und erwischte den Milizionär beinahe am Arm. Fluchend gelang es Rantsila im letzten Moment, die Klinge abzuwehren und sich wegzudrehen.

Doch Lorin setzte nach, hing wie ein bissiger Terrier an dem Soldaten und brachte ihn bald in arge Bedrängnis. Einen Gegner derart dicht auf dem Pelz zu haben verwirrte Rantsila, der den Angreifer mit einem Hieb des Griffschutzes gegen den Kopf zurückschleuderte.

Der Junge schwankte ein wenig, und die kleine Platzwunde schloss sich beinahe augenblicklich. Wütend schüttelte er seine Benommenheit ab und attackierte den Anführer der Bürgerwehr flammend, wobei er alle Ratschläge Waljakovs beherzigte.

Die unkonventionelle Kampfesweise brachte Rantsila erneut in Verlegenheit, bis die Schneide Lorins endlich einen Weg durch die Deckung fand und das Hemd an der Schulter aufschlitzte.

Als der Soldat verblüfft nach dem Treffer sah, zuckte Lorins geballte Faust vor und hieb dem Kontrahenten wuchtig in den Magen, sodass Rantsila keuchend in die Knie ging und sich den Bauch hielt.

Am Kribbeln im Arm erkannte Lorin, dass er sich vor lauter Aufregung hatte verleiten lassen, Magie zur Verstärkung seines Schlags einzusetzen. Enttäuscht von sich selbst schloss er die Augen, während ihn der Bürgermeister als Sieger ausrief.

»Nein«, rief er und hob die Arme. »Nein. Ich bin nicht der Sieger. Die Wucht des Fausthiebs stammte von meinen Fertigkeiten, nicht von meinen Muskeln.« Beschämt blickte er zu seinem Waffenlehrmeister, der ihn ausdruckslos musterte.

»Aber der Schnitt an der Schulter geschah doch ohne Magie?«, pustete Rantsila hinter ihm und reckte sich vorsichtig.

»Ja, aber …«

»Dann hast du gewonnen, Lorin. Was danach geschah, ist zweitrangig«, erklärte der Anführer der Miliz mit einem Lächeln, das wegen der Schmerzen im Unterleib ein wenig schief geriet.

»Wenn Rantsila das so sagt, wer will dagegen sein?«, fragte Stápa in die schweigende Runde. »Ich sage, nehmt den Bengel in die Miliz auf.« Sie zwinkerte ihm zu. »Wir wären ja mit Muschelschalen gepudert, wenn wir auf so einen Kämpfer verzichteten.«

Die Menschen applaudierten begeistert, nahmen Lorin auf die Schultern und trugen ihn unter den Balkon, um ihn hinauf zum Bürgermeister zu hieven. Vor dem Cerêler kniete der überwältigte Junge nieder.

»Heute macht die Stadt zum ersten Mal in ihrer langen Geschichte eine Ausnahme«, sagte Kalfaffel feierlich. »Zum einen, weil du und deine Freunde dafür gesorgt haben, dass wir überhaupt noch eine weitere Geschichte haben dürfen, und zum anderen, weil du die Auflagen erfüllt hast, die dir zur Bedingung gemacht wurden. – Hiermit, Lorin, wirst du in die Reihen der Bürgerwehr vorgelassen und erhältst die gleichen Rechte sowie Pflichten, die ein Kalisstrone in unserem Land hat. Du bist in die Gemeinschaft der Kalisstri aufgenommen. Als äußeres Zeichen für diese Aufnahme sei dein Name von dem heutigen Abend an Lorin Seskahin.«

Lorin stand auf. Er umklammerte das Geländer des Vorbaus, und sein Blick schweifte freudig über die Gesichter der Anwesenden, die ihm anerkennend zunickten. Weil ihm ein Kloß im Hals steckte, winkte er einfach nur und rannte hinunter, um Jarevrån vor aller Augen in die Arme zu schließen.

»Willst du für immer an meiner Seite bleiben?«, raunte er ihr mit belegter Stimme ins Ohr und beobachtete erwartungsvoll ihr Gesicht.

Ihre grünen Augen schimmerten. »Ja, Lorin«, antwortete sie fest und drückte ihn an sich. »Ich werde dich nie mehr hergeben.«

»Ulldrael sei gepriesen«, murmelte Matuc und wischte sich eine Träne aus dem Auge. »Wer hätte gedacht, dass der Junge auch etwas anderes als Schwierigkeiten verursacht?«

»Wir können eine Doppelhochzeit daraus machen«, schlug Fatja vor. Liebevoll sah sie zu Arnarvaten.

Waljakov trat mit Verschwörermiene an Rantsila heran. »Danke, dass Ihr den Knirps aufgenommen habt.«

»Er hat es verdient«, stöhnte der Milizionär mehr als er sprach.

»Wenn Ihr ihm böse gesonnen wäret, so wäre er nach Eurem Schlag mit dem Griffschutz bereits aus dem Rennen gewesen«, sagte der Leibwächter und tippte sich an die Stirn. »Er hat seine Magie eingesetzt, um sich zu heilen.«

»Ach, das.« Rantsila grinste verzerrt. »Wie sagte die alte Stápa vorhin? Wir wären ja mit Muschelschalen gepudert, wenn wir auf so einen Kämpfer verzichteten.« Waljakov wollte ihm wohlwollend auf die Schulter schlagen, aber der Mann hob zur Abwehr die Hände. »Nein, ich verzichte, weiß aber die Geste zu schätzen. Wenn mich jemand berührt, falle ich wie ein Sack zu Boden.«

»Daran will ich nicht Schuld sein«, lachte der Hüne. »Und wann seid Ihr wieder in der Lage zu kämpfen?«

»Wieso?«, erkundigte sich der Befehlshaber der Bürgerwehr alarmiert. »Rechnet Ihr mit neuen Schwierigkeiten durch die Lijoki?«

»Nein«, meinte Waljakov gehässig. Klackend schloss sich seine mechanische Hand um die Gürtelschnalle, und die Oberarmmuskulatur schwoll zu einem wahren Gebirge an. »Ich wollte auch zur Bürgerwehr. Die Konditionen sind mir bekannt. Und so ein kleiner Säbeltanz mit Euch …«

»Da drüben ist jemand, mit dem ich sprechen muss«, entschuldigte sich Rantsila hastig und verschwand in der Menge.

VII.

**Kontinent Ulldart, Meddohâr,
Südostküste Kensustrias, Frühjahr 459 n. S.**

Soscha atmete tief ein, sammelte sich innerlich und fixierte das Holzstück in der Mitte des schmucklosen und ansonsten leeren Raumes. Ihre Hand öffnete sich, und sie nahm wahr, wie sich das blaue Leuchten um ihre Finger verstärkte.

Ein fadendicker Ausläufer reckte sich blitzartig zu dem Gegenstand, zog ihn mit sich und beförderte ihn schließlich genau in die Hand der jungen Ulsarin. Dann endete das Glühen.

Soscha betrachtete kritisch die Haut ihrer Hand, ob Falten zu sehen wären. Wann wohl die frühzeitige Alterung einsetzte, von der Tobáar gesprochen hatte?

Seit dem Gespräch mit dem mächtigen Kensustrianer saß ihr die Angst vor ihren eigenen Fertigkeit im Nacken.

Was der jahrhundertealte Krieger ihr von der Magie erzählt hatte, bestärkte sie in ihrem Wunsch, diese Macht so schnell wie möglich loszuwerden. Aber nicht unkontrolliert, wie das bei dem bedauernswerten Sabin der Fall gewesen war.

Bei jedem Experiment, das sie durchführte, schrie alles in ihr danach, den Versuch sofort abzubrechen, um nichts heraufzubeschwören, was aus dem Ruder lief und sie am Ende tötete.

»Die Stimme der Magie«, raunte sie nachdenklich. Für sie blieb sie stumm. Wie sollte es ihr gelingen, die

Magie nicht einfach nur zu sehen, sondern auch zu hören? Gelang dieses Kunststück wohl am ehesten bei der Anwendung oder in einer Phase tiefster Ruhe?

Seufzend erhob sie sich und verließ das Zimmer, um sich auf den riesigen, flachen Balkon zu begeben und von ihrer Liege aus die faszinierende Stadt zu betrachten, wie sie es so gern tat.

Die Frühlingssonnen schienen mit mächtiger Kraft auf das südlich gelegene Land, sodass sich Soscha bald ihrer dicksten Kleider entledigte. Grübelnd schweifte ihr Blick über Meddohâr, bis sich ihre Lider senkten und sie eindöste.

Die Ulsarin glaubte sich in ihrem Dämmerschlaf unendlich leicht, ihr Körper schien von der Liege abzuheben wie eine Feder und als Spielball des angenehm warmen Windes über die Bauten zu wirbeln. In diesem Zustand der Entspannung, zwischen Traum und Wirklichkeit, ließ sie ihre Gedanken treiben, ohne ihrem Unterbewusstsein irgendein Hindernis entgegenzustellen.

Dann spürte Soscha das Blau, die Magie, die in ihr war.

Wie ein scheues Tier, das sich in der Dämmerung aus dem Wald auf die Wiese wagte und nach allen Seiten Ausschau nach möglichen Feinden hält, so vorsichtig signalisierte die Macht ihre Anwesenheit, immer bereit, sich sofort in die Tiefen zurückzuziehen, aus denen sie kam.

Das fremde Gefühl verstärkte sich, die Magie wollte ihr anscheinend etwas zu verstehen geben. Die Ulsarin lauschte in sich hinein.

Eine Woge von behaglichen Empfindungen umspülte ihren Geist, sie schwamm in einem Meer aus Herzlichkeit und Geborgenheit. Das Blau strich um sie herum, benahm sich wie ein schüchterner Liebhaber, der nicht recht wusste, wie weit er bei der ersten Verabredung gehen durfte.

Kannst du sprechen oder dich irgendwie äußern?, versuchte es Soscha.

Alles, was sie zur Antwort erhielt, waren ein paar wunderschöne, undefinierbare Töne, die unglaubliche Gemütsbewegungen in ihr auslösten. Sie hatte nicht den Eindruck, dass der Klang in irgendeiner Weise gereizt war, sondern eher freundschaftlich, neugierig. Auch wenn es keine Worte waren, die die Magie gebrauchte, ging diese Art von Unterhaltung tiefer als alles andere.

Es ist das erste Mal, dass ich dich auf diese Weise wahrnehme. Du bist ein fester Teil von mir, nicht wahr? Aber wie kann ich dich verstehen?

»Soscha?«, fragte eine Männerstimme nachdrücklich.

Der Zustand der Leichtigkeit wurde unterbrochen. Soschas eigentliches Bewusstsein reagierte auf den äußeren Reiz mit der Rückkehr in die Wahrnehmung der wirklichen Welt um sie herum. Das Blau verschwand ohne Vorwarnung und hinterließ ein Gefühl der Verlassenheit bei der jungen Frau. Ein wenig verärgert öffnete sie die braunen Augen und warf dem ungebetenen Besucher einen bösen Blick zu. »Ja?«

Stoiko zuckte wegen der Heftigkeit der Anrede mit dem Kopf zurück. »Entschuldige, dass ich deinen Schlaf unterbrochen habe. Aber es gibt Neuigkeiten, die ich mit dir teilen wollte.« Der einstige Vertraute des Kabcar schaute sie prüfend an. »Ist alles in Ordnung mit dir?«

Die Ulsarin strich sich über die halblangen braunen Haare und hörte in sich hinein. Doch die Magie war verschwunden. »Ja, doch. Kein Grund zur Besorgnis. Ich hatte nur einen interessanten Traum, das war alles.« Sie lächelte ihn an. »Da fällt das Aufwachen besonders schwer, und daher war ich ein wenig gereizt.« In aller Eile erhob sie sich von der Liege. »Welche Neuigkeiten bringst du? Gute, oder?«

Stoiko begleitete sie ins Haus, wo ihnen ein Bediensteter etwas zu trinken brachte.

»Perdór hat mir erzählt, dass Torben Rudgass Norina gefunden hat«, begann er glücklich, wenngleich etwas in seinem Unterton verriet, dass der Anlass zur Freude nicht ungetrübt war.

»Das ist doch hervorragend!«, rief Soscha und warf sich ihrem Ziehvater an die Brust. »Wo war sie denn all die Jahre? Dann wirst du sie bald wieder sehen?«

Traurig schüttelte der gealterte Stoiko den Kopf. »Bei den gegenwärtigen Umständen wäre es unverantwortlich, ihr oder mir eine Schiffsreise nach Rogogard zuzumuten. Wenn der Kabcar erfährt, dass sie noch lebt, wird er alles daran setzen, sie in seine Gewalt zu bringen. Hinzu kommt …« Er stockte und nahm einen Schluck Wasser. »Hinzu kommt, dass sie wohl ihr Gedächtnis verloren hat. Torben befreite sie in Jökolmur aus der Hand eines Menschen, der sie als Sklavin von Strandräubern gekauft hatte.« Seine Hand zitterte. »Wer weiß, was sie ihr angetan haben. Oder ihrem Kind, das entweder auf dem Grund des Meeres ruht oder irgendwo in Kalisstron sitzt. Es ist schrecklich, dass die Ungewissheit niemals endet.«

»Das bedeutet doch gleichzeitig Hoffnung.« Beruhigend streichelte Soscha über die ergrauenden Haare des Mannes. »Vielleicht wird sie ihr Gedächtnis wieder finden, wenn sie dich sieht. Aber du hast Recht, zu diesem Zeitpunkt wäre es eine schlechte Idee, ins Inselreich zu segeln. Hat man eine Spur von den anderen, die dir so am Herzen liegen?«

Stoiko stand auf und schaute aus dem Fenster hinaus auf das Meer, als könnte er über das Wasser nach Kalisstron blicken und das Schicksal seiner verschollenen Freunde erkunden. Doch der Kontinent lag weit entfernt.

»Nein«, antwortete er nach einer Weile leise. »Torben

ist zu sehr mit der Kriegführung beschäftigt, als dass er ein weiteres Mal in See stechen und suchen könnte. Und es gibt keinerlei Gewähr, dass die anderen ebenso überlebt haben wie Norina.« Er stieß ein kurzes, freudloses Lachen aus. »Vielleicht ist sie besser bedient als wir alle. Was gäbe ich dafür, nichts von dem zu wissen, was in der Vergangenheit geschah und immer noch um uns herum geschieht. Da hat sie es doch wesentlich einfacher.«

Die Ulsarin erhob sich, stellte sich neben Stoiko und lehnte ihren Kopf an seine Schulter. »Es wird nicht alles so schlimm enden, wie es begonnen hat. Die magischen Fähigkeiten der Kensustrianer werden dem Kabcar und seiner Brut zu schaffen machen. Und bis dahin habe ich meine Magie im Griff, sodass ich ihnen helfen kann.«

Stoiko schenkte ihr ein Lächeln. »Ich wünsche dir, dass es dir gelingt. Wenn du aber nach dem Tod des armen Sabin lieber die Finger von diesen Energien lassen willst, können wir alle es mehr als nur verstehen. Es ist so, als ließe man sich mit einem dressierten Bären ein. Die Tiere sind kräftig und stark und tanzen anscheinend nach der Pfeife der Dompteure. Aber so manchen Mann haben sie mit ihren Pranken ohne einen ersichtlichen Grund erschlagen.« Ihre braunen Augen trafen sich, und Soscha erkannte die Sorge ihres Ziehvaters. »Niemand ist dir böse, wenn du deine Versuche beendest.«

»Es kann sein, dass ich einen Schritt weiter gekommen bin«, deutete die Ulsarin an.

Stoiko tat, als überhörte er dies, gähnte herzhaft und wischte sich über den braunen Schnauzbart. »Ich gehe früh zu Bett und bin bei aller Hoffnungslosigkeit Ulldrael erst einmal dankbar, dass er Norina unter den Lebenden weilen ließ. Er wird einen Grund gehabt haben. Ich sollte mir angewöhnen, ähnlich zuversichtlich zu denken wie du, Soscha.« Er ging zur Tür. »Es wird der Anfang einer Schicksalswende sein. Gute Nacht.«

»Gute Nacht«, erwiderte sie freundlich und begab sich zurück in den Stuhl, um in aller Ruhe ihr Glas zu leeren.

Ans Ausruhen dachte sie allerdings noch lange nicht.

Sie wollte sehen, ob sich die Magie auch bei einem nächsten Experiment zeigte. Der Vergleich mit dem Tanzbären haftete in ihrem Gedächtnis.

Sie lehnte sich zurück in die Kissen und schaute zur Decke. Wenn die Magie ihren freien Willen hatte, wie würde sie handeln, wenn man sie zu etwas zwang? Soscha verstand, dass es sich darum drehte, wie sie aus dem »Tanzbären« Magie etwas formte, das mit ihr freiwillig und ungezwungen zusammenarbeitete.

Ein anderes Bild entstand in ihrem Kopf. Es war wie beim Streicheln eines Fells. Gegen den Strich empfand das Tier es als unangenehm, aber wenn sie auf die Wuchsrichtung achtete, hielt es still und genoss die Berührung.

Ein Tier zeigte allerdings unmissverständlich, was es mochte und was nicht. Nun galt es, auf alle noch so geringen Hinweise der Kräfte zu achten, die mit ihr auf rätselhafte Art und Weise verwoben waren.

Eilig betrat sie den Versuchsraum, legte das Holz in die Mitte und konzentrierte sich.

Das Blau um ihre Hand verstärkte sich wie gewohnt. In Gedanken versuchte sie, die intuitive Formel anders zu gestalten, weniger befehlend und mehr freundlich bittend wie unter Gleichgestellten und keinesfalls als Herrin.

Zuerst änderte sich nichts, das magische Leuchten schimmerte auf, ein einzelner, dünner Strang schnellte hervor und umfasste das Holzstück, um es in die Hand der Ulsarin zu befördern.

Aber im Gegensatz zu dem üblichen gefühllosen, höchstens ein wenig kribbelnden Vorgang stellte sich für einen winzigen Lidschlag ein sehr angenehmes Gefühl ein, so als führte die Energie ihre Aufgabe mit Freude aus. Doch dieser Moment gestaltete sich zu kurz, als dass sich Soscha sicher sein konnte.

Dennoch glaubte sie sich in ihrer Annahme bestätigt, es bei der Magie mit einer Sache zu tun zu haben, die über ein simples Werkzeug einiger Privilegierter hinausging.

Sie betrachtete das dunkle Blau, in dem sie sachte schimmerte. Ihre Zuversicht, mit dieser besonderen Macht immer vertrauter zu werden, stieg. Und sie würde sicherlich nicht so lange benötigen wie Tobáar und sein Gefolge.

Sehr zufrieden begab sie sich in ihr Schlafzimmer, um sich für den kommenden Tag auszuruhen.

Die Angst vor der Magie war nun einem gewissen Respekt gewichen. Soscha verstand, dass sie es nicht mit einem Feind zu tun hatte, der nur darauf wartete, dass sie einen Fehler beging.

»Ich werde dir nicht meinen Willen aufzwingen, und du wirst mich weder älter machen noch umbringen«, sagte sie halblaut, während sie sich unter die dünnen Seidenlaken legte, als verstünde die Macht ihre Worte.

Gewiss war es ein enormer Vorteil gegenüber dem Kabcar und den Seinen, von der Schädlichkeit der Magie zu wissen, wenn man ihr Gewalt antat. Vielleicht verweigerte sie irgendwann einfach ihren Dienst, wenn man sie über Gebühr gebrauchte und immer Stärkeres von ihr verlangte? Vielleicht brachte sie den Anwender auch einfach um und befreite sich so von dem Joch. Soscha hielt sich die Hände vor die Augen und betrachtete das marineblaue Leuchten versonnen. *Schlaf gut, was auch immer du bist.*

Ob es nun ein Trugbild war oder nicht, die junge

Frau glaubte, ein Flimmern bemerkt zu haben, als antwortete die unglaubliche Energie ihr auf diesem Weg.

»Wie putzig. Da kommt der kleine Koloss von Meddohâr«, meinte Fiorell, als er Perdór keuchend die Stufen erklimmen sah.

Prustend und schnaufend lehnte sich der ilfaritische Herrscher gegen eine Säule, unfähig, etwas zu entgegnen. Aber seine Gesten sprachen für sich.

Augenblick stürmte der Hofnarr auf die andere Seite und stemmte sich gegen den Pfeiler, als kostete es eine immense Anstrengung, ihn vor dem Umstürzen zu bewahren. »Bringt die Frauen und Kinder weg. Ich kann ihn nicht mehr lange halten!«, sagte er gepresst und mit knallrotem Kopf. Sein Spiel war wie immer perfekt.

Die umstehenden Kensustrianer bedachten den Mann mit irritierten Blicken und zogen sich aus der unmittelbaren Umgebung des inzwischen stadtbekannten Duos zurück, als hätten die beiden eine ansteckende Krankheit.

»Hervorragend«, lobte Perdór ironisch. Mit einem Taschentuch wischte er sich den Schweißfilm von der Stirn. »Wieder ein Steinchen mehr im Mosaik, das am Tage unserer Abreise das Bild eines vollkommen idiotischen, peinlichen Herrschers hinterlassen wird.« Er reckte sich und nahm sein Fernglas, um einen Blick in Richtung des Hafens zu werfen. Eine kleine Flotte machte sich zum Auslaufen bereit.

»Den Göttern sei Dank, ich habe Meddohâr vor dem sicheren Untergang bewahrt.« Fiorell ließ die Säule los, die zusammen mit achtzehn weiteren ein steinernes Dach über dem Aussichtspunkt trug, der nur durch 1111 Stufen erreichbar war. »Nicht auszudenken, wenn dieses riesige Marmordach den Hang hinabgedonnert wäre und Menschen in den Tod gerissen hätte.«

»Ein Hurra auf den Hofnarren«, merkte Perdór ohne jegliche Begeisterung an. »Generationen von kleinen Kensustrianern werden aus Dankbarkeit nach dir benannt werden, wenn du deine Heldentat publik machst. Die Mütter werden die Kinder durchnummerieren müssen, um Verwechslungen zu vermeiden.« Er schüttelte sich, die Augen noch immer auf den Hafen geheftet. »Welch eine grausame Vorstellung, dein Name könnte tausendfach erschallen.«

»Mir gefällt die Idee recht gut«, erwiderte Fiorell und gesellte sich an die Seite seines Herrn. »Heute soll es wirklich geschehen?«

»Meine Quellen, deren Vertrauen ich gewann …«

»Gekauft habt Ihr sie Euch, Majestät, gekauft. Mit Pralinen und anderem Naschwerk, das die Kensustrianer bis dahin noch nicht kannten«, fiel der Narr ihm ins Wort. »Ihr führt sie geradewegs in die Schokoladenabhängigkeit. Pfui, schämt Euch.«

»… haben sich nicht getäuscht«, vollendete Perdór seine Bemerkung. Er war die spontanen Unterbrechungen seitens seines Hofnarren seit Jahren gewohnt. »Es legen zehn Schiffe ab, mit Kurs auf das Heimatland der Kensustrianer.« Eine Hand wanderte zu seinem Gürtel und fischte eine Praline heraus.

»Da hat der Mensch mal ein wenig geschwitzt, und schon stopft er sich wieder mit dem süßen Zeug voll«, meckerte der Spaßmacher äußerst vorwurfsvoll.

»Glaubst du, dass ein Sturz die 1111 Stufen hinab tödlich wäre?«, erkundigte sich Perdór liebenswürdig und senkte das Fernglas.

Abschätzend betrachtete Fiorell die Tiefe und das Gefälle. »Vermutlich.« Dann begriff er den Grund der Frage und machte hastig einen Schritt weg von der ersten Stufe.

»Wir haben uns verstanden«, meinte Perdór boshaft grinsend und widmete sich dem Geschehen im

Hafen. »Nimm dir lieber dein Fernglas und beobachte mit, du Spaßpraline. Vier Augen entdecken mehr als zwei.«

»Wenn Euch der Zucker und der Kakao nicht die Pupillen getrübt haben«, brummte der Hofnarr, zückte sein Glas und vollführte noch rasch einige Balance- und Jonglierkunststücke, bevor er es so einsetzte, wie es dem eigentlichen Zweck entsprach.

Die kensustrianischen Segler, allesamt kleinere, wendige und sehr windschnittige Zweimaster, verließen den schützenden Hafen und näherten sich in Keilformation der Blockadekette, die rings um die Küste gelegt worden war. Sie bestand aus Bombardenträgern und kleineren Segelschiffen, die jeglichen Wasserverkehr durch Beschuss zum Erliegen bringen sollten.

Die Ruder des Bombardenträgers bewegten sich und drehten die schwere Galeere in eine günstigere Schussposition. Das Donnern eines ersten Warnschusses grollte zu den beiden Beobachtern hinauf, eine Fontäne spritzte eine Viertelmeile vor dem Bug des ersten Seglers in die Höhe.

»Da, Majestät!«, rief Fiorell aufgeregt. »Etwa zwanzig Säbellängen neben der Galeere schwimmt ein Algenteppich.«

»Gute Tarnung, ihr Grünhaare«, freute sich Perdór. »Damit werden die Feinde ihr Lebtag nicht rechnen.«

Der grüne Bewuchs dümpelte in den sanften Wellen und trieb scheinbar zufällig immer näher an das Kriegsschiff heran, an dem nun die Luken der Backbordseite aufklappten und die Mündungen der Bombarden erschienen.

Die kensustrianischen Segler setzten Vollzeug und fächerten auseinander.

Plötzlich entstand hektische Betriebsamkeit an Deck der Galeere, der Rumpf mit den ausgefahrenen Geschützen hob sich Stückchen für Stückchen. Irgendwo unterhalb der Wasserlinie musste ein Leck entstanden sein.

Eine schnell abgefeuerte Salve verfehlte ihr Ziel, die Kugeln klatschten ins Wasser, ohne Schaden anzurichten. Das Kriegsschiff drehte sich um hundertachtzig Grad, stellte sich mit dem Heck nach oben auf – und versank. Das Meer um die Galeere brodelte und blubberte, als Wasser in das Schiff einströmte und die Luft aus dem hölzernen Leib drückte.

Die kensustrianischen Segler passierten die Stelle mit voller Geschwindigkeit, noch ehe die anderen Schiffe der Blockadekette recht verstanden, was geschah.

Eine palestanische Kriegskogge bekam ebenfalls Schlagseite und versank innerhalb weniger Minuten. Alle Schiffe der Kette, die längere Zeit an einem Ort ankerten, erlitten das gleiche Schicksal, nur die kreuzenden feindlichen Segler, die vergeblich versuchten, die wagemutigen Kensustrianer einzuholen, schienen immun gegen diese rätselhaften Vorgänge zu sein.

»Diese kensustrianischen Ingenieure sind echte Meister ihres Fachs.« Perdór wählte eine stärkere Vergrößerung.

»Schade ... Wenn diese Tauchtonnen nur genauso schnell wie ein Segler sein könnten, wäre die Belagerung zur See innerhalb eines Monats aufgegeben«, sagte Fiorell bedauernd.

»Tauchtonnen«, wiederholte der ilfaritische König vorwurfsvoll. »Wie kann man eine solche technische Leistung mit einem derart despektierlichen Ausdruck belegen?«

»Und wie, bitteschön, lautet die korrekte Bezeichnung, Ihro allwissende Pralinigkeit?«, entgegnete der Hofnarr.

Perdór schwieg einen Moment.

»Da haben wir's«, tönte Fiorell triumphierend. Es ist nicht weit her mit Eurem Wissen, was?«

»Es ist ein unterseeisches Tauch-Sabotage-Schiff«, sagte der exilierte Herrscher etwas unsicher. »So oder so ähnlich hat es der Ingenieur genannt. Auf alle Fälle klang es besser als Tauchtonne ... Oh, sie sind schon wieder dabei, die Lücken zu schließen und den Blockadegürtel enger zu schnallen. Ich hoffe, unsere kensustrianischen Verbündeten schaffen es, diese Unternehmung ohne Verluste durchzuführen.«

»So, wie es aussieht, haben die zehn Segler den Durchbruch tatsächlich geschafft. Ab nun werden nur noch Stürme verhindern können, dass sie ihr Ziel erreichen«, schätzte der Spaßmacher die Situation ein. »Wo auch immer das sein mag.«

»Und noch viel spannender dürfte die Frage sein, mit was sie von dort zurückkehren.« Der König schlenderte unter den Säulen entlang. »Niemand hat mir gesagt, welche Aufgabe diese zehn Schiffe haben. Ob sie über das Schicksal der schwarzen Flotte berichten? Ich weiß nur, dass sich an Bord in erster Linie Gelehrte befinden und noch ein paar Handwerker.«

»Wenn sie einen kensustrianischen Hilferuf transportieren, dann bin ich sehr auf das Echo gespannt«, meinte Fiorell und schloss mit ein paar Flickflacks zu Perdór auf.

»Was auch immer wir zu hören bekommen, es wird dem Kabcar hoffentlich mächtig aufs Gehör schlagen«, sagte der Herrscher und verstaute das Fernglas. »Es scheint sich ein handfester Disput zwischen ihm und Sinured abzuzeichnen. Allem Anschein nach handelte das Ungeheuer gegen den Willen Bardri¢s, und dummerweise ist es dieses Mal damit aufgeflogen. Ich will nicht wissen ...« Er hielt inne und hob den Zeigefinger. »Falsch, ich weiß es ja, was dieses Relikt aus den schlimmsten Tagen des Kontinents während der Eroberungskriege alles angestellt hat. Und dieser Nesreca wird jede Kunde über Gräueltaten abgefangen haben, so wie ich den silberhaarigen Dämon einschätze.«

»Hoffen wir mal, dass es der letzte Fehler Sinureds war und der Kabcar echte Konsequenzen daraus zieht. Seine Tochter soll die Stelle seines Strategen einnehmen, und da käme es doch gerade recht, wenn sein Sohn den Platz Sinureds bei den Truppen anstrebte«, vermutete Fiorell.

»Ach so? Du meinst, er plant eine Ablösung, um über eine besser kontrollierbare Spitze zu verfügen?« Seine kurzen, wulstigen Finger durchwühlten die Spirallocken seines Bartes. »Es könnte möglich sein. Und weil Sinured aufsässig war, zieht er den Wachwechsel einfach vor, um diesen Unsicherheitsfaktor auszuschalten.«

»Ob das ein Glück für Rogogard ist, muss sich noch herausstellen«, warnte der Hofnarr. »Den Gerüchten zufolge geht die vernichtende Flutwelle, die über das Inselreich rollte und die vorgelagerten Inseln schwer traf, einzig und allein auf das Eingreifen des Thronfolgers zurück, nicht auf eine Laune der Natur. Und wenn der von seinem Vater geschickt wurde, die Seeräuber zu befrieden, fürchte ich nicht nur um das Leben der Schafe auf den Felsbrocken.«

»Die Brojakin sollte wirklich weggeschafft werden, bevor der Kabcar erfährt, wo sie sich befindet«, meinte Perdór. »Im Grunde war sie auf Kalisstron besser aufgehoben als in der stärksten Festung der Freibeuter. Der Kabcar wird ein schnelles Ende im Norden haben wollen, um seine vereinten Kräfte nach Kensustria zu verlagern. Und das wiederum bedeutet – jedenfalls wenn ich der Herrscher des Großreiches und so rücksichtslos wie dieser wäre –, dass die Rogogarder die volle magische Breitseite erhalten werden.«

»Ich hoffe mal, die Langbärte kommen zur Vernunft

und suchen das Weite, statt den heldenhaften Niedergang zu bevorzugen wie unsere kensustrianischen Freunde hier.« Fiorell kratzte sich am Kopf. »Wie sehen denn unsere Reisepläne aus, Majestät? Oder malen wir uns schon im Voraus Fähnchen mit dem tarpolischen Wappen, um die Eroberer herzlich willkommen zu heißen?«

»Niemals, mein bester Fiorell«, lehnte der König ab und blieb im Schatten stehen. »Aber andererseits empfände ich unseren Tod doch als ein bisschen sinnlos. Daher schlage ich vor, wir tauchen bei passender Gelegenheit unter, um uns mit Hilfe eines Schiffes in die nähere Umgebung abzusetzen. Ich fände Kalisstron wirklich reizvoll. Zudem wäre es natürlich eine neuartige kulinarische Erfahrung für mich. Das ist nicht zu verachten.«

»König ohne Land sucht Gegend zum Regieren«, schlug der Spaßmacher vor. »So müsstet Ihr Euch bei den Kalisstri vorstellen. Aber soweit wir wissen, haben sie keine Könige.«

»Wie ärgerlich«, grummelte Perdór. »Ich werde mich als Pralinenmeister verdingen. Das ist etwas, was ich ebenfalls sehr gut beherrsche. Aber zuerst warten wir mit Spannung ab, was denn die militärischen Fähigkeiten der Krieger alles bewirken.«

»In den letzten Tagen rollten einige Karren aus Meddohâr, wenn ich alles richtig beobachtet habe«, erinnerte ihn Fiorell. »Taralea weiß, woher sie diese seltsamen, haushohen Tiere haben, die sie zum Ziehen der Wagen und zum Reiten benutzen … Die Mauern der städtischen Festung jedenfalls sind mit Bombarden bestückt worden, wie ich sie noch nie gesehen habe. Und kleinere Exemplare davon lagerten auf den gepanzerten Kutschen.«

Perdór hatte am Fuß des Berges die Silhouette Moolpárs ausgemacht und winkte ihm.

Der Kensustrianer winkte zurück und machte sich an den Aufstieg zu den beiden Ilfariten.

Oben angelangt, begrüßte ihn der ilfaritische König. »Wir disputierten gerade über die Situation auf Rogogard.«

»Die Seeräuber sind weit weg und völlig auf sich allein gestellt«, fasste der Diplomat die Lage unbarmherzig zusammen. »Sie werden in wenigen Wochen nichts mehr an Widerstand aufzubieten haben, danach fallen die Nester der Rebellen in Karet. Dann beginnt der Kampf gegen uns, und die erste Woche wird den Kabcar mehr Soldaten kosten als die Schlachten der letzten Jahre.«

»Ihr habt doch hoffentlich niemandem erzählt, dass Tobáar magisch befähigt ist?«, vergewisserte sich Perdór und senkte dabei seine Stimme zu einem Flüstern.

»Wo denkt Ihr hin?« Der Kensustrianer legte den unteren seiner Haarzöpfe zurecht, damit er nicht vor den Griffen der Schwerter baumelte. »Im Übrigen ist das eine Neuigkeit, die auch beim kensustrianischen Volk alles andere als Freude auslösen würde.« Fiorell und sein Herr horchten auf. Aber zu genaueren Äußerungen ließ sich Moolpár nicht hinreißen. Stattdessen schwärmte er von dem gelungenen Ausfall. Die Aufgabe der zehn Schiffe ließ auch er unerwähnt, Fragen über das Vorgehen und spezielle Angriffspläne wich er aus. »Versteht es bitte nicht falsch«, entschuldigte er sich knapp. »Aber Tobáar will es so.«

»Natürlich, bester Moolpár.« Perdór nickte huldvoll. »Ich kenne meinen Ruf als Spion, und mir freiwillig Geheimnisse anzuvertrauen wäre schon reichlich seltsam.«

»Gibt es Meldungen darüber, wie das restliche Reich zu dem ständigem Eroberungsdrang des Kabcar steht?«, erkundigte sich der Kensustrianer, während sie sich nebeneinander an den Abstieg machten.

»Das ist ein Phänomen, wie es in keinem Buche steht.« Fiorell lachte bitter auf. »Nesrecas Bänkelsänger und Schauergeschichtenerzähler leisten nach wie vor gute Arbeit. Und dementsprechend wenig Vorbehalte hat man gegen einen Angriff auf Kensustria, einmal abgesehen von den Ilfariten, die ein wenig vertrauter mit Eurer Kultur sind. Die Lügenmären, die man von Dorf zu Dorf weiterträgt, sind ungeheuerlich.« Er zwinkerte dem Krieger zu. »Wusstet Ihr, dass alle Kensustrianer heimlich Menschen fressen und sich in mordende Bestien verwandeln, wenn man ihnen nach dem Tod nicht den Kopf abschlägt?«

Vor lauter Heiterkeit entging dem Spaßmacher, dass die Bernsteinaugen Moolpárs für einen winzigen Moment zu Schlitzen wurden; sein Lachen, mit dem er in den Heiterkeitsausbruch des Hofnarren einstimmte, klang künstlich.

»Dann sollte man uns wohl besser alle zu den Bestien in die Verbotene Stadt bringen«, bemühte er sich zu scherzen.

»Ihr seid nicht auf dem Laufenden«, rügte ihn der König scherzhaft. »Die Kreaturen, die eine ganz erstaunliche Art von Zusammenleben, disziplinierter Ordnung sowie Ruhe schufen, nennen sie inzwischen Ammtára.«

»Ammtára«, echote der Kensustrianer ungläubig und hielt inne.

»Weshalb beschleicht mich allmählich der Gedanke, dass Ihr einiges vor uns verbergt, mein geschätzter Moolpár?«, ging der dickliche Herrscher freundlich, aber bohrend in die Offensive. »Ist es etwas Besonderes, dass die Stadt so heißt? Angeblich bedeutet das Wort ›Freundschaft‹«.

»Freundschaft«, wiederholte Moolpár auch dieses Wort. »Dass ich nicht lache.«

Fiorell betrachtete die Züge des Kriegers. »Ich glaube,

er war in seinem vorherigen Leben ein sprechender Vogel. Einer von der Art, die alles nachplappern, was man ihnen vorspricht.«

»Und du warst ein Vogel, der von seinem Besitzer höchstwahrscheinlich in die Pfanne gehauen wurde«, schätzte Perdór. »Halte deinen vorlauten Schnabel und gib unserem Freund die Gelegenheit, sich von deinem Geschwätz und seiner Überraschung zu erholen.«

»Hier ist nicht der richtige Ort, um die Angelegenheit zu besprechen«, überwand Moolpár sich nach großem Zögern. »Folgt mir.«

Neugierig geworden, begleiteten die beiden Ilfariten den Diplomaten und Krieger in sein Haus, wo er ihnen als Erstes etwas zu trinken und dem König wortlos einen halben Laib Brot, kaltes Fleisch und Käse vor die Nase stellte. Dankbar langte Perdór zu.

»Ich habe die Geschichte schon einmal erzählt«, begann Moolpár. »Damals hörte sie ein Ritter namens Nerestro von Kuraschka, den ich unterwegs in Patamanza traf. Er erzählte mir von der Ausgestoßenen der Priesterkaste, Belkala, die sich in Tarpol aufhalten sollte. Sie war vor vielen Mondumläufen die Hohepriesterin des Gottes Lakastra und belebte seinen Kult in Kensustria von neuem. Dank ihrer Energie fand der Glaube an ihn großen Zulauf. Doch sie veränderte seine Lehre, was wiederum den Widerstand der gesamten Priesterkaste auf den Plan rief. Vorgeworfen wurde ihr, die Menschen durch falsche Visionen zum Glauben gerufen zu haben. Nach dem Beschluss der Priesterkaste verwies man sie wegen des Frevels des Landes und der Kaste. Sie beherrscht Künste, die nicht rechtens sind, und wer ihr einmal verfallen war, kommt nie wieder über sie hinweg. Ich traf sie kurze Zeit darauf in Patamanza.«

Kauend lauschten die beiden Männer den Schilderungen. Jedes Mal, wenn der Hofnarr seine Finger nach dem Essen ausstreckte, stach der König mit einer Gabel nach ihm.

»Mein Schüler und ich stellten die Lügnerin und fanden heraus, dass der Fluch, mit dem sie belegt wurde, in Erfüllung gegangen war. Sie hatte sich nach ihrem Tod in ein Wesen verwandelt, das alle Kensustrianer verabscheuen.«

»Was hat das mit der Verbotenen Stadt zu tun?« Fiorells Neugier brach durch, was der König mit einem Tritt gegen sein Schienbein quittierte.

»Geduld«, mahnte Moolpár. An seinem Gesicht erkannten beide, dass es ihm sichtlich Schwierigkeiten bereitete, über die Angelegenheit zu sprechen. Etwas Größeres musste der Zurückhaltung zu Grunde liegen. »Das erkläre ich noch. Auf alle Fälle entkam sie uns an diesem Tag, und wir hatten wichtigere Dinge zu erledigen, als eine verfluchte Verstoßene für immer vom Kontinent zu schicken.«

»Was ist das Besondere?«, hakte Perdór vorsichtig ein. »Warum ist den Kensustrianern dieses Wesen zuwider?«

»Sie wurde zur …«, er suchte nach einem passenden Begriff, »… Fresserin. Sie verzehrt das Fleisch ihrer Artgenossen und das von eurer Art.« Der Ekel stand ihm ins Gesicht geschrieben. »Etwas Schlimmeres gibt es unserer Vorstellung nach nicht.«

»Das klingt so, als hätte es diese Fresser früher schon gegeben«, mutmaßte der König.

»Nur die widerlichsten Frevler sind dazu verdammt, nach ihrem Tod in dieser Gestalt zurückzukehren. Und sie sind üblicherweise auszumerzen.« Der Kensustrianer schluckte. »Bisher nahm ich immer an, es träfe nur die religiösen Abtrünnigen. Sie verwandeln sich, ihre Augen leuchten gelb, sie werden schlimmer als Tiere.«

In Perdórs Verstand keimte ein ungeheuerlicher Gedanke auf. Der Anblick von Tobáar und seiner Gefolgsleute, die Eindrücke, die ihm Soscha nach ihrer Rückkehr zitternd berichtet hatte, waren ihm noch bestens in Erinnerung. Sollte Tobáar, der Anführer der kensustrianischen Kriegerkaste, ebenfalls ein solches Wesen sein? Doch er scheute sich davor, seinen Verdacht laut auszusprechen.

Zu unsicher erschien ihm die mögliche Reaktion Moolpárs, in dessen Innerem ein Kampf tobte. Etwas in die Schlacht zu folgen, das er normalerweise zu vernichten hatte ... Dieser Gedanke musste einen Zwiespalt auslösen, um den der König den Krieger nicht beneidete.

Moolpár räusperte sich. »Wie auch immer, Belkalas Versprechungen nach, so erzählte man sich, sollte Lakastra zu Ehren eine Stadt errichtet werden, die sie Ammtára nennen wollte.«

»Und es bedeutet nicht Freundschaft?«, fragte Fiorell und schaffte es gerade noch rechtzeitig, seinen Mittelfinger vor den Zinken von Perdórs Gabel in Sicherheit zu bringen.

»Es bedeutet ...«, wieder suchte Moolpár nach einer passenden Übersetzung für das kensustrianische Wort, diesmal allerdings vergebens. »Ich finde nichts, was dem gleich kommt. Ich werde nachdenken und es Euch wissen lassen.«

»Nun scheint es, dass die ehemalige Priesterin ihren Weg bis nach Tûris gemacht hat«, schloss Perdór aus dem Gehörten. »Dann hat sie die Schlacht bei Telmaran überstanden und den Ritter verlassen, um sich inmitten der Bestien eine neue Existenz aufzubauen, wo sie am wenigsten auffällt.«

»Aber sie besitzt noch so viel Trotz, dass sie die Stadt mit einem kensustrianischen Namen bedenkt.« Fiorell schürzte die Lippen. »Das muss eine ganz schön eigenwillige Frau sein.«

»Sie ist keine Frau. Sie ist ein tödliches Ungeheuer«,

stellte der Krieger unwirsch richtig. »Wenn die Sache mit dem Kabcar ausgestanden ist, trage ich unserer Kaste diesen Umstand vor. Wir werden nach Tûris ziehen und die Fresserin vernichten.«

»Wie kann das geschehen, wenn sie doch bereits tot ist?«, wollte der Spaßmacher wissen.

»Ich werde ihr den Kopf von den Schultern trennen und sie verbrennen«, schwor Moolpár. Er stand auf. »Ihr habt gehört, weshalb ich vorhin so seltsam reagierte. Ich bitte Euch, behaltet die Kunde über Ammtára für Euch. Es wäre möglich, dass sich einige aus unserem Volk verpflichtet fühlten, einen zweiten Kriegsschauplatz zu eröffnen, einzig von dem Wunsch beseelt, diese Stadt dem Erdboden gleichzumachen, deren Name eine einzige Herausforderung an alle Kensustrianer ist, die an Lakastra glauben. Oder die von religiösem Fanatismus beseelt sind. Nun wünsche ich Euch beiden eine gute Nacht.« Er nickte dem Herrscher zu. »Den Schinken dürft Ihr gern mitnehmen, wenn Euch noch nach Fleisch gelüstet.«

»Dem vergeht der Appetit nicht so schnell.« Fiorell winkte beruhigend ab, während sie zum Ausgang schritten. Nach einer kurzen Verabschiedung begaben sie sich schweigend auf den Weg zu ihrer Unterkunft. Ein jeder hing seinen eigenen Gedanken nach.

»Was denkst du über Tobáar?«, wollte Perdór abwesend wissen, als ein Diener ihnen die Tür öffnete.

Fiorell überlegte kurz, bevor er antwortete. »Seit ungefähr einer Stunde das Gleiche wie Ihr, Majestät.«

»Und was denkst du über die Kensustrianer?«, meinte der Herrscher.

»Ihr denkt an die Sagen, die man sich in Tarpol über die Grünhaare erzählt, vermute ich.« Der Hofnarr wanderte zu seinem Zimmer. »Ich sage, es erweist sich wieder einmal eine alte Volksweisheit als zutreffend:

Jede Legende birgt einen wahren Kern in sich.« Er betrat den Raum.

»Fiorell?«

Der Kopf des Narren erschien im Türrahmen. »Ja, Majestät?«

»Verschließe die Tür und die Fenster gut. Und achte auf deinen Hals.«

Wortlos reckte der Spaßmacher eine massive Holzlatte in die Höhe. »Davon habe ich sieben Stück, und sie sind dazu da, um alle möglichen Eingänge zu verbarrikadieren«, erklärte er. »Ich habe auf Volksweisheiten schon immer viel gegeben.«

Kontinent Ulldart, Inselreich Rogogard,
Frühsommer 459 n. S.

Torben und Varla war es gelungen, einen der berüchtigten Bombardenträger namens *Schalmei* durch eine List zu entern und ihn zur Verteidigung des Inselreiches an sich zu reißen. Danach wollte der Freibeuter einem ganz besonderen Menschen einen Besuch abstatten.

Die Licht der nachmittäglichen Sonnen fiel durch die dicken Butzengläser in das Zimmer und tauchte den Raum in einen goldenen Schein. Inmitten der überirdisch wirkenden Strahlen saß Norina auf einem Stuhl, die Hände im Schoß gefaltet, die Augen auf die Scheiben gerichtet, um die beiden hellen Gestirne durch die gelben Scheiben zu betrachten.

Auf dem Tisch neben ihr stand das Lackkästchen, die kleinen Figürchen vollendeten ihre letzten Bewegungen, die Melodie der Spieluhr wurde langsamer und langsamer, bis sie mit einem letzten zögerlichen Ton abbrach.

Die Tarpolin erwachte aus ihrer Apathie, beinahe mechanisch hoben sich ihre Hände und langten nach dem seitlich angebrachten Schlüssel, um mit kurzen, knappen Drehungen die Feder des Mechanismus neu aufzuziehen. Sofort hüpfte der kleine Holzbrojak um die Tänzerin herum, das Lied erklang zum wiederholten Mal.

Norina richtete ihr Gesicht nach vorne, schloss lächelnd die Lider und genoss die Wärme der Sonnen.

Leise öffnete sich die Tür, und Torben betrat das Zimmer.

Seufzend näherte er sich der in ihrer eigenen Welt versunkenen Brojakin, ging vor ihr in die Hocke und betrachtete sie betrübt. Während seiner Abwesenheit hatte sich nichts an ihrem Verhalten geändert.

»Hört Ihr mich?«, sagte er leise. Er ergriff ihre Hände und drückte sie sanft. »Norina, was auch immer Euch angetan wurde, verschließt Euren Verstand nicht länger vor mir. Wenn Ihr wisst, was aus den anderen geworden ist, wo sich Euer Kind befindet, dann erzählt es mir endlich. Sie sind doch wichtig für Ulldart, wenn alles stimmt, was Ihr und die anderen mir damals berichtet habt.«

Die Tarpolin lächelte weiterhin still vor sich hin.

»Verdammt!«, rief der Rogogarder verzweifelt, ließ ihre Finger los und knallte den Deckel des Kästchens zu. Als wäre die Spieluhr über die Behandlung empört, endete das Stück mit einem Misston. Torben stand auf und lehnte seine Stirn ächzend gegen die Wand.

Norina riss die Augen auf und schaute verunsichert zu Torben; daraufhin schweifte ihr Blick verwirrt durch das Zimmer. Sie erhob sich und öffnete die Fensterflügel. Vor ihr lag eine Straße, die sie nicht kannte und an die sie sich nicht erinnern konnte.

»Wir sind nicht mehr auf See, oder?«

Torben fuhr überrascht herum und starrte die Frau an, die am Sims stand und sich neugierig nach vorn lehnte, um nach der Stadt zu schauen. Er war derart verblüfft, dass er keinen Ton hervorbrachte.

Norina wandte sich ihm zu. »Ihr seid in den paar Wochen rapide älter geworden, Kapitän Rudgass«, sagte sie freundlich. »Euren Bart tragt Ihr auch anders als sonst.« Ihr Gesicht verzog sich für einen Moment voller Schmerzen, ihre Hand wanderte an ihren Kopf. »Habe ich die Überfahrt nach Rogogard verschlafen? Und wo ist mein Junge?«

»Norina, ich ...«, stammelte der Freibeuter freudig, und ein Leuchten legte sich auf sein Gesicht, als er in ihre klaren Mandelaugen sah. »Ihr erinnert Euch wieder?«

Sie runzelte die Stirn. »Was soll das heißen? Wir waren an Bord der *Grazie*, und ein Balken schlug gegen meinen Kopf.« Sie hielt inne und schien zu überlegen. »Ich kann mich nicht entsinnen, was danach geschah.« Ihre Finger fuhren prüfend über die Stelle, an der sie damals das Holzstück getroffen hatte, und sie sah Torben entsetzt an. »Wo sind die anderen? Wo ist mein Kind?« Sie ließ sich auf den Stuhl fallen.

»Ihr seid in Verbroog und in meiner Obhut«, erklärte Torben vorsichtig. »Was wisst Ihr denn noch von damals?«

Die Tarpolin betrachtete ihre Hand. »Ich bin auch älter geworden«, murmelte sie dumpf. »Welches Jahr schreiben wir?« Torben schwieg. »Welches Jahr?«, verlangte sie nachdrücklich zu erfahren.

»Vierhundertneunundfünfzig«, antwortete er knapp.

»Bei Ulldrael.« Ihre Augen weiteten sich. »Dann sind seit jener Sturmnacht mehr als fünfzehn Jahre vergangen. Fünfzehn Jahre.« Sie warf einen Blick hinaus. »Holt meinen Sohn. Er muss inzwischen ein junger Mann sein! Ich möchte ihn bitte sehen. Und Matuc, Fatja und Waljakov, all die guten treuen Freunde. Sie sind doch wohlauf, oder?«

Der Freibeuter wich den forschenden Augen aus und schaute auf die Holzdielen.

»Ich«, setzte sie an, doch ein Laut des Schmerzes entwich ihr, beide Hände ruckten an ihre Stirn. »Ein Strand«, stöhnte sie, »ich sehe einen Strand, an dem Matuc und Fatja liegen. Ich habe meinen Jungen in die Kleidertruhe gelegt und bin den Strand entlang gegangen.« Sie keuchte auf. »Männer in einem Boot. Sie nahmen mich mit und …« Klar schaute sie in seine Augen. »Ihr müsst ihn finden, Torben. Er ist wichtig für das Schicksal Ulldarts.« Abrupt verstummte sie.

Augenblicklich befand sich der Mann an ihrer Seite. »Norina, bleibt mit Eurem Verstand hier, ich flehe Euch an!«

Eine Träne rann über ihre Wange und tropfte zu Boden. Ihr Blick ging plötzlich durch den Freibeuter hindurch; sie klappte vorsichtig den Deckel des Kästchens auf, um das Lied ertönen zu lassen.

»Norina!«, rief Torben verzweifelt und schüttelte sie.

Aber der Geist der Brojakin befand sich an dem eigenen, für ihn unerreichbaren Ort.

»Sie hat mit mir gesprochen. Und sie hat sich teilweise daran erinnert, was sich in Kalisstron zutrug.« Der Kapitän setzte seinen Grog auf einer Zinne ab und schaute Varla an, die sich mit ihm zusammen in der Inselfestung traf, um die Montage der Bombarden zu begutachten. Unter ihnen erstreckte sich die schmale Hafeneinfahrt zur rogogardischen Stadt. »Das bedeutet, dass die anderen noch am Leben sind. Ist das nicht großartig?«

»Das bedeutet, dass sie vor fünfzehn Jahren am Leben waren, Torben«, dämpfte die Tarvinin seine Zuversicht. Ihr Geliebter verzog das Gesicht und winkte ab. »Da gibt es nichts zu deuteln«, wies sie ihn zurecht. »Bei aller Freude, die ich verstehe, musst du dennoch fürchten, dass deine anderen Freunde nicht unter den Lebenden weilen.« Sie strich ihm über die Wange. »Ich will nur nicht, dass du dir falsche Hoffnungen machst.«

»Sie sitzen irgendwo auf Kalisstron und warten nur darauf, dass wir sie abholen«, entgegnete er trotzig. »Wir brauchen ihren Sohn, um gegen das Übel zu kämpfen, das sich unter dem Deckmantel der Freundlichkeit ausgebreitet hat. Wir benötigen alle, die schon einmal mit Lodrik Bardri¢ zu tun hatten.«

»Meinst du nicht, dass der Kabcar inzwischen erfahren hat, wen du auf Verbroog als deinen Gast beherbergst?«, meinte die Tarvinin vorsichtig. »Wenn es stimmt, was du mir über das Verhältnis zwischen ihr und dem Herrscher berichtet hast, wird er sie auch jetzt noch, nach all der Zeit, vielleicht fangen wollen, um sich an ihr für den Verrat zu rächen.«

»Verrat?« Torben lachte bitter und leerte sein Glas. »Ich sehe es umgekehrt. Der Kabcar hat all die verjagt und verraten, die sich wirklich um ihn sorgten. Geflüchtet ist sie. Geflüchtet vor einem Mann, der nicht mehr klar denken konnte und dessen Verstand von den Einflüsterungen eines Ungeheuers beeinflusst wurde.« Er beobachtete, wie die Arbeiter mit Hilfe von Flaschenzügen die schweren Geschütze in die Wiegen betteten. »Du warst damals nicht dabei, als Paktaï uns angriff.«

»Entschuldige mal, aber mich hat sie kurzerhand über Bord meines eigenen Schiffes geworfen«, protestierte Varla.

»Das ist nicht das Gleiche. Du hättest sie so sehen müssen wie Waljakov und ich. Ich habe sie mit Speeren an den Turm der Kogge genagelt, aber sie lebte immer noch und tobte wie ein rasendes Tier. Wenn mich alle Erzählungen nicht überzeugt hätten: der Kampf gegen dieses Ungeheuer, das im Namen des Kabcar handelte, hat mir die Augen restlos geöffnet. Wir benötigen mehr als Bombarden und Mut, um gegen die Gesellen aus Tarpol zu bestehen. Und Norina hat gesagt, dass ihr Sohn dieser Beistand sei. Nicht zuletzt deswegen muss man nach ihnen suchen.«

Als die erste der Bombarden einen donnernden Schuss abgab, schreckten die beiden zusammen.

»Soll das heißen, wir haben die Geschütze umsonst gestohlen?«, hakte Varla ein. »Brauchen wir den Knaben, wenn wir siegen wollen?«

»Du verstehst mich falsch. Ich glaube nicht, dass wir siegen können, wir können uns lediglich behaupten. Du hattest mit deinen Worten Recht.« Der Rogogarder nickte zur Stadt hinunter. »Ich habe mir einige Nächte den Kopf zerbrochen. Alle unsere Geschütze und Mauern bringen uns nichts, solange wir gegen einen Gegner stehen, der eine überlegene Waffe hat. Von Kensustria kann niemand aufbrechen, sie sind eingeschlossen. Einzig wir sind dazu in der Lage.«

Die Tarvinin legte eine Hand auf die von den Sonnen erwärmte steinerne Brustwehr. »Du meinst diese magischen Fertigkeiten? Und ihr Sohn soll sie besitzen?«

»Das weiß ich nicht«, gab er zu. »Aber wenn er so wichtig für Ulldart sein wird, muss etwas an ihm sein. Vielleicht vernichtet er ja auch diese Energien? Dann sähe es schon wieder viel besser aus. Die Tzulandrier, Palestaner und Tarpoler würden sich an den rogogardischen Felsen aufreiben wie ein Stück Schnur.«

»Die Folgerung aus deinen Worten ist, dass wir uns auf die Suche machen müssen«, murmelte sie. »Man sollte aber wenigstens herausfinden, wo wir suchen sollten.«

»Den ungefähren Ort, an dem wir sanken, hatte ich bereits errechnet«, erklärte er, plötzlich ergriffen von einer Unruhe. »Ich spreche mit dem Hetmann, dass er mir die Erlaubnis gibt, mich ans Aufspüren zu machen.«

»Er wird sie dir nicht geben, Torben«, schätzte die Tarvinin. »Du bist der Held Rogogards.«

»Dann soll es sich einen neuen Helden suchen«, brummte er und zog sie mit sich zum Abstieg. »Außerdem schickt man nur die Besten auf solche Missionen.«

»Und mit meiner Dharka haben wir Kalisstron im Handumdrehen erreicht«, fügte sie hinzu. »Oder hast du geglaubt, ich würde dich allein gehen lassen?«

Torben blieb stehen, umfasste ihre Hüften und sah in ihre Augen. »Nein«, antwortete er ernst. »So wenig, wie ich dich allein gehen lassen würde. Ich kenne deine Besorgnis, du denkst, dass mein Herz noch für Norina schlägt.« Varla wollte etwas erwidern, aber er legte ihr den Zeigefinger auf die Lippen. »Ja, mein Herz schlägt noch für sie, wie es für alle guten Freunde schlägt.« Er nahm ihre Hand und legte sie auf seine Brust. »Aber für dich hege ich ganz andere Empfindungen. Solltest du jemals einen wirklichen Grund und einen echten Beweis für Zweifel an meiner Aufrichtigkeit haben, so töte mich.« Der Rogogarder zückte seinen Dolch und drückte ihr ihn in die Hand. »Ich hätte nichts anderes verdient, würde ich dich belügen.«

Die Tarvinin schluckte und küsste ihn wortlos. Sie reichte ihm den Dolch zurück, dann grinste sie und tippte auf den Griff ihres eigenen Messers. »Danke für das Angebot. Ich bin bestens gerüstet und zugleich zuversichtlich, es niemals annehmen zu müssen.«

VIII.

**Kontinent Ulldart, Großreich Tarpol,
vier Warst nördlich der Hauptstadt Ulsar,
Frühsommer 459 n. S.**

Die Natur scheint sich gegen mich verschworen zu haben, dachte Lodrik schwermütig und blickte zu den dunklen Wolken hinauf. Blitze zuckten am Himmel und entluden sich knisternd in die Erde. Er meinte, jeden einzelnen Schlag zu spüren, und ein unheilvolles Kribbeln lief sein Rückgrat entlang. *Oder aber es endet etwas, wie es vor vielen Jahren einst begann.*

Er kannte das Licht, das die kahlen Wände des alten Steinbruchs, an dessen oberem Rand er stand und den er für das Zusammentreffen mit Sinured gewählt hatte, in ein schmutziges Orange badete. Er kannte diese besondere Stimmung aus Granburg, er kannte sie aus Dujulev.

Weder das eine noch das andere verband er mit freudigen Erinnerungen.

Er stieg von seinem Pferd, was seine Begleiter als Signal verstanden, ebenfalls abzusitzen. Zwanzig seiner besten Leibwächter hatten ihn unterwegs vor eventuellen aufdringlichen Bittstellern bewahren sollen, die sich aber nicht blicken ließen. Ganz Ulsar befand sich in Erwartung des kommenden, heftigen Unwetters, das sich unmissverständlich ankündigte, innerhalb der Mauern.

Der Kabcar schritt zusammen mit vier seiner Soldaten zu dem großen Prunkzelt, das am Rand des Steinbruchs aufgestellt worden war, um nicht im Freien auf die Ankunft des Wesens zu warten, das Verrat an ihm begangen hatte. Und das heute für dieses und all seine weiteren Vergehen bezahlen sollte.

Als er ins Innere des Zelts trat, erhoben sich Govan und Zvatochna und verneigten sich. Mortva wandte sich um und deutete, unverbindlich lächelnd, gleichermaßen eine Verbeugung an.

Ein Schlangennest, zuckte es Lodrik durch den Kopf, während er den Helm abnahm und die halblangen Haare zu einem Zopf flocht. Den prunkvollen Reisemantel warf er unachtsam über einen Stuhl.

Im Gegensatz zu sonst lag ein Brustpanzer schützend um seinen Oberkörper; darunter trug er ein dicht geflochtenes Kettenhemd. Mit der Hand am Hinrichtungsschwert, die blauen Augen energisch auf die Wartenden gerichtet, wirkte der Mann in einer besonderen Weise herrisch und ausgesprochen Respekt einflößend, wie man es schon lange nicht mehr von ihm gewohnt war. Die Verunsicherung der kleinen Versammlung darüber genoss er.

»Wo ist Krutor?«, verlangte er zu wissen.

»Vater, er ließ ausrichten, ihm sei schlecht und er werde nachkommen, sobald sein Befinden sich verbessere«, gab seine Tochter beflissen Auskunft.

Der Kabcar warf sich in seinen Sessel, die Pupillen wanderten von einem zum anderen. »Wir werden es auch ohne seine Hilfe schaffen.«

»Was denn *schaffen*, Hoher Herr?« Sein Konsultant nahm ebenfalls Platz. »Traurigerweise habt Ihr niemanden darüber in Kenntnis gesetzt, was genau wir hier sollen. Es geht um die anberaumte Unterredung mit Sinured, vermute ich?«

Govan starrte ausdruckslos auf den Tisch, seine Gleichgültigkeit offen zur Schau stellend.

Seine Schwester dagegen lächelte ihren Vater liebevoll an. »Was beabsichtigst du, Vater?«

Lodrik zog die Handschuhe fester und ballte die Rechte zur Faust. »Heute beginne ich mit einigen ersten Schritten, die den Kontinent unweigerlich in eine neue Zeit führen«, eröffnete er. Dass sein Sohn mürrisch schnaubte, entging ihm nicht. »Sinured hat bei so vielen Gelegenheiten mein Vertrauen missbraucht, dass er eine Lehre verdient.«

Mortvas silberne Haare schimmerten auf, als wollten sie einen Geistesblitz nach außen sichtbar machen. Der Berater neigte den Kopf ein wenig nach vorn, das graue und das grüne Auge flackerten. »Ihr habt Euch diesen *Schritt* sehr genau überlegt, Hoher Herr? Ihr wisst, dass mehr als die Hälfte unserer Truppen aus Tzulandriern besteht, die dem Kriegsfürsten treu ergeben sind?« Seine schmeichelnde Stimme nahm einen mahnenden Unterton an. »Ihr solltet die Lehre nicht zu streng ausfallen lassen, wenn Ihr versteht, was ich meine. Eine Rebellion innerhalb des eigenen Heeres niederzuschlagen kostet unnötig viele Ressourcen und stärkt nur unsere Feinde.«

»Danke, Vetter«, erwiderte der Herrscher lakonisch und machte keinerlei Anstalten, sich näher zu seinen Plänen zu äußern. Stattdessen nahm er seine Pistolen aus dem Gürtel und überprüfte sie mit routinierten Handgriffen.

Mortva blinzelte irritiert und wechselte einen schnellen Blick mit Zvatochna; Govan stierte weiterhin auf den Tisch. Langsam streckte er seine Hand aus und schlürfte von dem aromatisierten Wasser, das sich in einem großen Pokal befand.

Der Konsultant holte Luft. »Haben die Gouverneure schon Anweisungen erhalten, dass sie ein wachsames Auge auf die Truppenteile in ihrer Nähe haben sollten? Wenn nicht, dann müssten wir …«

Lodriks Arm schnellte in die Höhe, Mortva verstummte. »Verehrter Vetter, entspannt Euch. Die Lage meines Reiches und seine Geschicke sollen von nun an Euer Ressort nicht mehr sein«, sagte er ruhig und hielt die geöffnete Handfläche nach hinten.

Einer der Leibwächter zog ein Dokument aus der Ledertasche und reichte es dem Herrscher.

Der Kabcar entrollte es und breitete es auf der Arbeitsfläche vor sich aus. Ein Diener brachte Tintenfass und Feder. Ausladend unterschrieb Lodrik und presste seinen Siegelring in die angehängte kleine Wachstafel. Anschließend schob er das Schriftstück schwungvoll über den Tisch, sodass es vor Mortva zum Liegen kam.

»Was ist das?«, wunderte sich der Mann mit den silbernen Haaren und drehte das Papier so, dass er es lesen konnte. Seine Augen wurden groß, als er die ersten Zeilen entzifferte.

»Eure Entlassungsurkunde, treuer Vetter und Konsultant«, antwortete Lodrik gelassen. »Ich benötige Eure Ratschläge nicht mehr. Echte Feinde habe ich keine mehr, und die letzten Schlachten können meine Kinder führen, die perfekt von Euch unterrichtet wurden. Eure kostbare Zeit will ich daher nicht länger verschwenden.« Voller Schadenfreude, dass ihm diese erste Überrumplung gelungen war, lachte er auf. »Ich habe Euch die Leitung der Universität in Berfor übertragen, wo Ihr doch so fleißig Militärgeschichte studiert habt. Ihr seid nun Dozent mit einem stattlichen Einkommen.« Er legte die Fingerspitzen aneinander und ließ seinen Berater, der fassungslos auf das Dokument blickte, nicht einen Lidschlag lang aus den Augen. »Ich dachte mir, dies wäre der günstigste Zeitpunkt. Vielleicht nimmt Euch Sinured mit, und Ihr müsst keinerlei Kräfte beim anstrengenden Marsch vergeuden.«

»Das ist …«, stammelte Mortva, hob die Urkunde und klatschte mit dem Handrücken gegen das Papier.

»Sehr großzügig, ich weiß«, sagte der Kabcar, der

sich an der Sprachlosigkeit seines Konsultanten labte. »Wenn Ihr aber lieber an anderen Orten zugegen sein wollt, um Menschen zu helfen, wie Ihr es bei mir getan habt, will ich Euch nicht aufhalten. In dem Fall zahle ich Euch eine gehörige Summe in bar aus.«

Sein Vetter räusperte sich. »Hoher Herr, darf ich mir Bedenkzeit ausbitten?«

Lodrik lächelte scheinbar verständnisvoll. »Aber sicherlich, Mortva. Nehmt Euch bis morgen früh Zeit. Und dann geht.«

Mit einem Knall landete der Pokalfuß auf dem Tisch, und Govans Blick bohrte sich hasserfüllt in die Gestalt seines Vaters.

Der Kabcar übersah die Entgleisung absichtlich. »Das war der erste Schritt«, verkündete er zufrieden. »Und sobald Sinured angekommen ist, werdet Ihr Zeuge des nächsten. Ich will, dass ihr beide«, wandte er sich seinen Sprösslingen zu, »seht und versteht, dass ich meine Pläne durchsetzen werde. Und dabei Eure Unterstützung erwarte. Ich rechne nicht damit, dass Ihr sie mir verweigert.«

»Niemals, Vater«, bestätigte Zvatochna augenblicklich. »Wir haben dir bereits gesagt, dass wir uns dem Wohl des Kontinents unterordnen werden. Egal, was passiert, wir werden hinter dir stehen. Nicht wahr, Govan?«

»Natürlich«, knurrte der Tadc. »Wir werden immer hinter dir stehen, geliebter Vater.« Der junge Mann lächelte grimmig bei der Vorstellung, wie eine von ihm geführte Klinge von hinten in den Hals seines Erzeugers eindrang und den Lebensfaden kappte.

Ein warmer Wind, der den Geruch von Meer, Verwesung und Fäulnis mit sich trug, brachte die Stoffwände zum Flattern. Eine der Leibwachen stürmte ins Zelt. »Er kommt, hoheitlicher Kabcar.«

»Nun wird es Zeit für den zweiten Schritt«, sagte Lodrik, setzte sich den Helm auf und forderte die Anwesenden mit einer knappen Geste auf, das Zelt zu verlassen. »Ihr dürft gern mit nach draußen kommen, Vetter. Auch wenn Ihr Euch nicht mehr in meinen Diensten befindet.«

»Zu gütig, Hoher Herr. Gern nehme ich das Angebot an. Diesen Spaß möchte ich nicht verpassen.« Der Konsultant erhob sich elegant; seine diplomatische Gewandtheit war zurückgekehrt, das Gesicht hatte sich zu einer Maske vollendeter Freundlichkeit gewandelt.

Sie begaben sich vor das Zelt. Die Wolken wirbelten scheinbar doppelt so schnell umeinander und stoben am Himmel entlang, als flüchteten sie vor dem, was aus ihnen hervorstieß.

Ein langes, gewaltiges Schiff senkte sich aus Schwindel erregender Höhe nieder, gleißende Blitze umspielten den Leib der bekannten Galeere, die dem felsigen Untergrund immer näher kam und mit einem Knirschen aufsetzte.

Die folgende Prozedur kannte Lodrik noch zur Genüge. Damals, in Dujulev, als Sinured zum ersten Mal erschienen war, hatte er eine immense Furcht unter den Soldaten beider Seiten ausgelöst.

Planken wurden von unsichtbaren Kräften ausgelegt. Die seltsam anzuschauenden Krieger schritten mit bleichen, leblosen Gesichtern und stumpfen Augen die dunkle Laufplanke hinab und bildeten ein Spalier.

Auf dem Deck des Schiffes reckte sich eine riesige Gestalt in die Höhe, dreimal so groß wie ein ausgewachsener Mann. Die langen schlohweißen Haare reflektierten die unaufhörlich aus den Wolken herabfahrenden Energiebahnen; Licht und Schatten wechselten sich auf dem grausamen Gesicht Sinureds ab.

Das »Tier«, jenes monströse, legendäre Wesen mit der schwarzen, verbrannt wirkenden Haut, setzte seinen Fuß auf die Planken und schritt die Rampe herab.

Hände wie Pranken umfassten Eisendeichsel und Schild. Die muskelbesetzten Arme und Beine des Kriegsfürsten und die stellenweise mit grünlichem Belag bedeckte Panzerung, in der immer noch die Löcher von den Speeren der rogogardischen Katapulte zu sehen waren, wirkten auf die Tadca wie auf hunderte Menschen vor ihr: Sie machte unwillkürlich einen Schritt nach hinten.

Die Soldaten Sinureds nahmen Habachtstellung ein. Wie ein wandelnder Turm walzte das Wesen heran, die roten Augen glommen fast spöttisch auf, als es den Kabcar erreichte und eine Speerlänge vor ihm stehen blieb. »Hoher Herr.« Die gigantische Keule stieß mit dem Ende auf den Boden, dann sank der barkidische Kriegsfürst vor Lodrik auf die Knie und beugte den schlohweißen Schopf. »Lang lebe der Kabcar von Tarpol mit all seinen Ländern.«

»Du hast mir einst vor vielen Jahren einen Eid geleistet«, erinnerte ihn der Herrscher. Sein Tonfall verriet keine Spur von Angst oder Besorgnis, er sprach mit ihm wie zu einem seiner Untergebenen. »Du hast geschworen, all meinen Befehlen, die ich dir und deinen Truppen erteile, immer zu gehorchen. Du hast geschworen, das tarpolische Reich und das tarpolische Volk gegen all seine Feinde zu beschützen und die Menschen, Sitten und Gebräuche zu achten.«

Sinured hob den Kopf. »Ich leistete Euch, hoheitlicher Kabcar, dieses Gelübde.« Voller Neugier funkelten die rot glühenden Augen den Kabcar an, spitze Reißzähne wurden im riesenhaften Rachen sichtbar.

»Nun, im Verlauf der Befreiungen hörte ich etliche Geschichten über dich und deine Leute«, sagte er kühl, »die ich lange Zeit für Lügenmärchen des Feindes hielt. Das Verbrennen von Städten, die Opferung von Unschuldigen und die unnötigen Grausamkeiten, die du in meinem Namen begangen haben sollst, erscheinen mir inzwischen jedoch nicht mehr als Hirngespinste. Ich vertraute lange blind auf dein Wort. Und die Worte anderer. Dennoch stellte ich bei meinen Nachforschungen fest, dass sich vieles so zutrug, wie es mir zu Ohren kam.«

Nesreca schaute zu den Wolken, die vom einsetzenden Sturm über den Himmel gepeitscht wurden. Ein schneller Blick huschte über die Kinder des Kabcar, die er erzogen hatte.

Sinureds Augen verengten sich zu Schlitzen. »Ich habe das Land erobert, wie Ihr es wolltet, Hoher Herr. Diejenigen, die starben, verdienten den Tod. Und bedenkt, dass Ihr meine Hilfe nicht nur Eurer Anrufung verdankt. Andere Mächte sind verantwortlich für meine Rückkehr.«

»Aber ohne mein Gesuch um Hilfe lägest du immer noch tot auf dem Meeresgrund und wärst Fischfutter«, unterbrach ihn Lodrik energisch. »Dennoch ist das nicht der Grund, weshalb ich dich kommen ließ. Du hast eine Verfehlung begangen, die sämtliche von dir geleisteten Schwüre bricht. Und das muss geahndet werden.«

Das Lauernde im Gesicht Sinureds verwandelte sich in Ratlosigkeit. Er war sich keiner Schuld bewusst.

»Vielleicht war es ein Fehler, dir die Verwaltung deiner Heimat Barkis zu überlassen. Dir gefiel vermutlich der Gedanke, selbst ein Herrschender zu sein und nach Jahren der Dienerschaft in eigener Verantwortlichkeit zu erobern«, fuhr der Kabcar fort.

»Hoher Herr, von was sprecht Ihr?«, verlangte der Beschuldigte zu wissen.

»Ich spreche davon, dass du ohne meine Erlaubnis vernichtend über Rogogard hereinbrachst«, spie ihm Lodrik entgegen. »Dein Platz ist der eines Hundes, der seinem Herrn zu dienen hat, nicht mehr und nicht weniger. So weit habe ich dich nicht von der Kette gelassen, dass du mir durchgehst und zu eigenen Fahrten aufbrichst.« Eine scheinbar flüchtige Handbewegung, und die titanische Gestalt war in einer schillernden Sphäre gefangen. »Und es wird Zeit, dass ich den Hund, der anscheinend die Tollwut hat, erschlage, bevor er noch mehr Unheil anrichtet, sodass ich ihn selbst mit meinen magischen Kräften nicht mehr aufhalten kann.« Die schimmernde Kugel zog sich Stückchen für Stückchen zusammen. »Ich werde dich auf ein normales Maß schrumpfen lassen, und dann wollen wir sehen, ob du immer noch das Furcht einflößende Tier aus den Legenden und Mythen bist.«

»Aber ich handelte auf Euren Befehl hin, Hoher Herr«, protestierte Sinured polternd und schaute gehetzt auf die immer enger werdende durchsichtige Blase. Die eisenbeschlagene Deichsel, die den Knienden überragte, bog sich gefährlich unter dem magischen Druck und barst.

»Nun windet sich der Hund und klafft, weil er die Schmerzen fürchtet«, meinte der Kabcar mitleidslos. Die Sphäre verringerte ihren Durchmesser stetig, sodass sich der grausame Riese zusammenkrümmen musste.

Sinured versuchte, sich mit seinen gewaltigen, übermenschlichen Kräften gegen die flirrenden Wände zu stemmen, nur um einsehen zu müssen, dass er den magischen Fertigkeiten seines Herrn unterlegen war. »Seht in der Galeere nach, Hoher Herr. Dort liegt Euer Schreiben.«

Lodrik nickte einem seiner Soldaten zu, der an Bord des Schiffes eilte, um nach etlichen Minuten mit einem Blatt Papier zurückzukommen.

Der Kabcar nahm es an sich und las die Zeilen, die in seiner Handschrift verfasst worden waren. Augenblicklich flog sein Kopf herum zu seinem Konsultanten, in dessen Antlitz Staunen zu sehen war.

»Seht nicht mich an, Hoher Herr«, verteidigte er sich. »Damit habe ich nichts zu tun.«

Langsam zerriss Lodrik das Schreiben, der heftige Wind nahm die Fetzen mit sich und verteilte sie in der Umgebung. Seine Finger zuckten, eine zweite Blase entstand wie aus dem Nichts und hüllte den Berater ein.

»Ich habe mir die Sache mit der Stelle eines Dozenten in Berfor anders überlegt, Mortva. Was auch immer Ihr seid, ich benötige Eure Art ebenso wenig in dem neuen Ulldart wie dieses Ungeheuer aus einer längst vergangenen, schrecklichen Zeit«, sagte er bedächtig. »Zu viele Intrigen und Erfindungen, zu viel Leid gehen auf Euch zurück. Ich weiß, dass Ihr die aldoreelischen Klingen sammelt und Schlimmstes im Schilde führt. Aber es wird Euch nicht gelingen. Euch beide für immer von dieser Welt zu entfernen ist das Beste, was ich tun kann, bevor die neue Ära anbricht.«

Die Hände des Konsultanten vollführten Gesten und Symbole, doch gegen den magischen Käfig kam er nicht an. Er begann damit, jene Barrieren aufzuheben, die seine ursprüngliche Gestalt daran hinderten, aus der dünnen, menschlichen Hülle, die ihn umgab, hervorzubrechen.

Die bleichen Soldaten, die regungslos an der Rampe gestanden hatten, ruckten herum und stürmten lautlos auf den Kabcar zu. Ihre Absicht schien unmissverständlich.

Sie legten nur wenige Schritte zurück, als aus den Fingern Lodriks Blitze hervorschossen. Die Energien durchdrangen die schon seit Jahrhunderten toten Leiber und zerfetzten sie.

Doch damit war es dem Kabcar noch nicht genug; seine lange gezügelten Fertigkeiten drängten mit aller Gewalt nach außen.

»Zerfalle!«, stieß er hervor und richtete die Finger gegen die Galeere.

Eine blaue Aura hüllte ihn ein, zwei armdicke Strahlen verließen die ausgestreckten Hände, die innerhalb weniger Lidschläge und in einer donnernden Detonation aus dem Rumpf ein Häufchen Asche machten. Die Druckwelle verteilte die schwarzen, stinkenden Flocken in der Umgebung, der heftige Wind trug sie weiter davon. Nicht ein einziges Mal zeigte ein Flackern der Blasen, dass die Konzentration des Kabcar abnahm.

Die Pferde waren schon lange durchgegangen, das Zelt lag am Boden des Steinbruchs. Die Leibwache stemmte sich gegen den immer stärker werdenden Sturm und wusste nicht, was sie unternehmen sollte.

»Das werde ich mit allen tun, die es wagen, sich an meinen Untertanen zu vergreifen«, sagte Lodrik. Das Blut rauschte in seinen Ohren, und das Gefühl der Unverwundbarkeit, der Stärke und des Triumphs versetzte ihn in eine grenzenlos euphorische Stimmung.

Das Licht der Umgebung änderte sich zu einem dunklen Gelb, das Unwetter steigerte sich zu seinem Höhepunkt.

Blitz um Blitz stieß hervor und schlug in die magischen Zellen ein. Die beiden Insassen vollführten die absurdesten Zuckungen im Inneren, denn die Gewalten der Natur bereiteten ihnen sichtlich Schmerzen.

»Das soll Euer Ende sein«, verkündete Lodrik entrückt. »Ihr habt mich hintergangen, Ihr habt meine Untertanen hintergangen. Damit ist nun ein für allemal Schluss. Als Sühne für all Eure Untaten werdet Ihr mit Schmerzen aus dem Leben scheiden. Und es wird sich keiner finden, der einem von Euch beiden nachtrauert.«

Eine Hand legte sich auf Lodriks erhitzte Schulter. »Vater, das werde ich nicht zulassen.«

Der Kabcar drehte sich langsam um und schaute in die braunen Augen seines Sohnes. »Wie kannst du es wagen? Hat Mortva dich dermaßen verdorben, dass du dich sogar gegen den stellst, der dich gezeugt hat? Dem du deine Existenz verdankst?«

Als Antwort flutete Govan den Körper seines Vaters mit unendlichen Schmerzen. Schreiend brach Lodrik in die Knie.

Die eigenen magischen Schutzkräfte versagten bei dem unvermittelten Angriff. Vergleichbares war ihm bisher niemals widerfahren; die Marter wirkte lähmend, seine Aufmerksamkeit geriet ins Wanken, die Sphären um seine Gefangenen flimmerten.

Der Tadc schaute mit gleichgültigem Antlitz auf seinen Erzeuger und ging in die Hocke.

»Ich lasse mir den Thron nicht nehmen, Vater. Er gehört mir.« Zärtlich platzierte er die Hand auf der Stirn des Herrschers. »Lass die beiden frei.« Wieder jagte ein Gefühl durch ihn, als ränne glühende Säure in seinen Adern und erstickte den geringsten Ansatz von mentalem Widerstand im Keim. Er versuchte, sein Schwert zu ziehen, doch Krämpfe zwangen ihn dazu, die Waffe fallen zu lassen. »Bitte, Vater.« Aus den kurzen Attacken wurde eine sich steigernde Qual, die ihn der letzten Konzentration beraubte. Die Kugeln lösten sich auf, Sinured und der Konsultant waren befreit.

»Zvatochna«, presste Lodrik mühevoll flehend durch die Zähne.

Doch die schöne, junge Frau hatte nur ein helles, höhnisches Lachen für ihren Vater übrig. »Nach allem, was du Mutter antatest, was du uns antun wolltest, glaubst du wirklich, ich würde dir auch nur einen Finger reichen? Warum sollte ich einem Menschen meinen Beistand gewähren, dessen wirre Vorstellungen uns alles nehmen, auf das wir sehnsüchtig warten?« Sie trat an die Seite ihres Bruders und küsste ihn sanft auf die Schläfe. »Govan und ich sind uns einig. Ulldart benötigt einen neuen Kabcar.«

Ohne sichtliche Anstrengung hielt der junge Mann die magische Fessel um seinen Vaters aufrecht. »Wir haben alles arrangiert«, sagte er unberührt. »Wir wollten dieses Zusammentreffen mit Sinured und abwarten, was die Situation ergibt.«

»Es hat sich alles so entwickelt, wie wir es voraussahen«, lächelte die Tadca, stellte sich hinter den hockenden Bruder und legte ihre schlanken Finger auf dessen Schultern.

»Sei nicht so bescheiden«, verbesserte Govan genüsslich. »Sag ihm ruhig, dass der Plan von dir stammt. Und der Angriffsbefehl auf Rogogard.«

Lodrik keuchte auf, unfähig, sich gegen die Zauberkunst seines Sohnes zu wehren. Er hatte sich vorhin zu sehr gegen Mortva und den zurückgekehrten Sinured verausgabt, nun fühlte er nur mehr einen schwachen Rest von Magie in sich. Zumal ihn das Gefühl überkam, dass ein nicht geringer Teil einfach so verschwunden war. Und die magische Entkräftung nahm zu. Es musste an Govans Berührung liegen. Solche Schmerzen hatte er noch nie empfunden, außer an jenem Tag, als ihn in Granburg der Blitz Tzulans getroffen hatte.

Die Leibwachen standen steif wie Porzellanpuppen.

»Nun denn, Vater. Ich nehme mir deine Magie. Du wirst sie nicht mehr benötigen, wenn du tot bist«, eröffnete ihm Govan. »Ich bin gespannt, was eintritt, wenn man dir deine Fertigkeiten entzieht.« Der Kopf des Thronfolgers näherte sich ihm und drückte ihm einen angewiderten, schmatzenden Kuss auf die Wange. »Und nun mach Platz für den neuen Kabcar, dem Ulldart viel zu klein ist.«

Eine unvorstellbare Gewalt riss an Lodriks Innerstem, Intimstem.

Die Welt um ihn herum verschwamm, die Gesichter vor ihm verwischten zu rosafarbenen Flecken. Krämpfe schüttelten ihn durch, er verlor jegliche Kontrolle über seinen Körper, während etwas anderes, Unbeschreibliches, das seit vielen Jahren ein Teil von ihm war, schonungslos von ihm gelöst wurde. Er fühlte sich, als weidete ihn sein Sohn bei lebendigem Leib aus, entfernte jedes einzelne Organ.

Und die Magie.

Seine Sicht verdunkelte sich.

Die Augen des Kabcar brachen.

Govan sog ächzend wie ein Erstickender die Luft ein, schwankte gegen seine Schwester und taumelte nach vorne, bevor er einknickte und zu Boden sank. Die magischen Kräfte, die er sich angeeignet hatte, waren kurz davor, ihn zu überwältigen.

Der Tadc spürte körperlich, wie seine und die fremde Magie miteinander rangen. Sie trugen in ihrem Herrn scheinbar einen Machtkampf aus, wer von beiden die dominierende Kraft sein sollte. Keuchend presste er einen Hand auf den Leib, der in Flammen zu stehen schien.

»Govan!«, rief Zvatochna besorgt und wollte zu ihm eilen, aber Nesrecas Hand schloss sich um ihre Schulter.

»Bleibt, Hohe Herrin«, empfahl er bestimmend. »Wartet ab, wie es endet.«

»Wie was endet, Mortva?«, fragte sie aufgebracht. Sie bemerkte etwas erschrocken, dass das ansonsten so ansprechende Gesicht des Mannes, der sie in der Magie unterwies, grober wirkte. Unter der Haut hob sich etwas anderes, Gefährlicheres ab, und seine eher durchschnittliche Statur war angewachsen.

Der seltsam veränderte Mentor nickte zu Govan.

Der junge Mann schien mit zerstörerischen Energien geradezu überladen zu sein. Sein Körper strahlte die Hitze eines Freudenfeuers aus, ohne dass sich auch nur eine einzige Brandblase bildete. Die Luft flimmerte. Die Uniform dagegen verging ansatzlos zu nichts, selbst die Asche verbrannte bei den Temperaturen auf der Haut des Tadc.

Eine gleißende Aura entstand um ihn herum, die rasch ihre Farben wechselte, mal strahlte sie blau, danach orange, bis der rötliche Ton schließlich die Oberhand gewann. Aus der Hand, mit der sich Govan auf dem Boden abstützte, löste sich ein türkises Flirren, das sich innerhalb eines Lidschlags auffächerte und spinnennetzartig ausbreitete.

Der Steinbruch erbebte unter den Anwesenden, zuerst kaum spürbar, dann immer stärker, bis einzelne Brocken abbrachen und in die Mulde stürzten.

Das Beben steigerte sich, Risse und Furchen entstanden unter den Füßen der Tadca. Die Erdstöße nahmen an Heftigkeit zu.

»Wir müssen hier weg, Hohe Herrin«, entschied der Konsultant und zerrte sie hinter sich her; Sinured folgte ihm.

»Aber was wird aus meinem Bruder?« Zvatochna versuchte, sich aus dem Griff Nesrecas zu befreien. Einen Moment lang dachte sie darüber nach, ihre eigenen magischen Fertigkeiten einzusetzen. Doch das Kalkül siegte über alles andere. Sollte Govan es nicht schaffen, würde sie als Kabcara allein auf dem Thron des Großreichs sitzen. Immer noch die Widerstrebende spielend, ließ sie sich von dem Mann mit den silbernen Haaren wegziehen.

Die Risse im bebenden Fels wuchsen an, verbreiterten sich zu Spalten. Der massive Stein gab den magischen Kräften nach, gewaltige Brocken und Schuttmassen polterten in das über Jahre hinweg von Bergarbeitern geschaffene künstliche Tal, wo sie zum Liegen kamen.

Auch die Fläche unter Govan rutschte ab. Doch eine

schützende, flimmernde Kugel entstand um ihn herum und bewahrte ihn vor dem Sturz in die Tiefe.

In der Sphäre richtete sich der Thronfolger auf und blickte unter sich, wo die Leiche seines Vaters zusammen mit dem Gestein in den Staubwolken der Lawine verschwand.

Die Leibwache erlitt das gleiche Schicksal, sie endete wie ihr Herr irgendwo zwischen und unter Tonnen von Fels. Pferde, Zelt, Teile der Ausrüstung nahmen denselben Weg und wurden verschüttet.

Govan glitt in seiner Blase majestätisch durch die tosende Luft, senkte sich vor den Wartenden herab und hob den magischen Schild auf.

Sofort sank Nesreca auf die Knie. »Der Kabcar ist tot. Es lebe der Kabcar.« Auch Sinured beugte sein Haupt vor dem jungen Mann.

Govan lachte. »So schnell habt Ihr die Seiten gewechselt, Mortva?«

»Ich habe die Seiten nicht gewechselt, Hoher Herr«, entgegnete der Konsultant und hob einen langen, staubigen Reisemantel auf, den der Wind herbeitrug. Beiläufig erkannte er darin das Kleidungsstück Lodriks wieder. »Ich habe nur auf Euch gewartet, Hoher Herr.«

Der Tadc nahm den Mantel seines Vaters aus der Hand seines Mentors und bedeckte seine Blöße. »Und Ihr denkt, das Warten habe sich gelohnt?«, erkundigte er sich spöttisch.

»Das Warten hat sich, wie mir scheint, für alle gelohnt«, hielt Nesreca amüsiert dagegen. Er deutete hinab zu den sich auftürmenden Geröllmassen. »Ihr habt eine ganz erstaunliche Vorliebe dafür, das Gewaltigste, was die Natur hervorbrachte, mit Eurer Magie zum Einsturz zu bringen. Zuerst Windtrutz und nun das.«

»Ja«, sagte Govan leise, dann lachte er auf. »Nichts kann mir Stand halten. Ich hatte den besten Lehrer, den es gibt, Mortva. Und Eure Leistungen sollen nicht vergessen werden.« Nachdenklich schaute er auf seine Hände. »Ich hatte das Gefühl zu vergehen, mich unter den magischen Kräften aufzulösen. Kann es sein, dass die Magie meines Vaters mit mir rang? Dass sie sich widersetzte?«

»Das ist möglich«, sagte der Konsultant. »Aber Ihr habt bewiesen, dass Ihr sie zähmen könnt.«

Der junge Mann überlegte, horchte in sich hinein.

Auch wenn seinem magischen Potenzial ungeheure Energien hinzugefügt worden waren, hatte er den Eindruck, dass ihm ein winziger Teil aus dem Bestand seines Vaters entschlüpft war.

»Was geschieht nun?«, wollte der Tadc nach einer Weile wissen und wandte sich dem eingestürzten Steinbruch zu. »Wie erklären wir das dem Volk?«

»Um den Menschen endlich wieder ein Gefühl der Wut und des Hasses auf jemanden zu geben, schlage ich vor, wie immer die Schuld den Kensustrianern zu geben«, regte der Mann mit den silbernen Haaren süffisant an. »Ein Anschlag käme gerade recht und würde uns die Sammelstellen mit Freiwilligen nur so überschwemmen, die gegen die Grünhaare ins Feld ziehen wollen.«

»Wie könnt ihr beide es wagen? Ihr wollt einfache Untertanen in den Tod schicken? Wenn Vater das wüsste«, empörte sich Zvatochna und funkelte sie wütend an. Eine einsame Träne rann ihr über das Antlitz und tropfte vom bebenden Kinn. Doch sogleich fiel ihre Maskerade der Trauer, und ein boshaftes Gelächter schallte den Männern entgegen. »Ich habe Euch wirklich unsicher gemacht, nicht wahr?«

»Schwesterherz, du bist unerreicht«, lobte ihr Bruder, nahm ihre Hand und küsste sie sanft. »Es wird mir eine Freude sein, eine solch begnadete Mimin und Strategin an meiner Seite zu wissen.«

Zvatochna fuhr ihm zärtlich über die Haare. »Mit meinen Angriffsplänen wird die Offensive gegen Kensustria ein Kinderspiel sein. Oder findest du sie ebenfalls zu hart, zu rücksichtslos?«

»Aber ganz im Gegenteil«, beschwichtigte der Tadc sie vergnügt. »Nach einer gewissen Trauerphase werden sich einige Dinge tun, die manche durchaus als zu hart empfinden könnten. Aber ich schere mich nicht im Geringsten um meine zukünftigen Kritiker. Ich weiß, wie man sie zum Verstummen bringt.« Der Sturm ließ nach, Regen setzte ein und drückte die Staubwolken nach unten. »Seht ihr, selbst die Elemente sind auf meiner Seite.«

»Vielleicht sind es die Tränen Ulldraels?«, scherzte Nesreca. »Er wird den Tod des Kabcar und das Ende einer Ära beweinen.«

»Ich wüsste nicht, was es da zu heulen gibt«, meinte Govan geringschätzig. »Noch nicht. Ich werde die Lehren des Gerechten schon bald einer neuen Bedeutungslosigkeit zuführen, dann kann er meinetwegen jammern. Aber noch ist die Zeit nicht gekommen.« Der Tadc drehte sich zu Sinured um. »Und nun zu dir. Du wirst die Truppen weiterhin führen, wie du es zu meines Vaters Zeiten tatest. Du wirst in aller Eile Rogogards Widerstand für mich brechen und dann in den Süden ziehen, um gegen Kensustria zu kämpfen.« Das riesenhafte Wesen deutete eine devote Verbeugung an. »Ich verspreche dir, dass nach dem Fall Kensustrias die Eroberungen noch lange nicht abgeschlossen sein werden. Unsere Welt hat so viel mehr zu bieten als nur Ulldart«, eröffnete der Tadc. »Und du, Sinured, könntest mein Heer und meine Flotte anführen, wenn ich mit dir zufrieden bin. Und es mag sein, dass ich dir einen eigenen Kontinent schenke. Tzulandrien würde dir sicherlich gefallen, nehme ich an. Sollte ich dagegen einen Grund finden, etwas an deinem Verhalten oder deinen Erfolgen auszusetzen, überlasse ich es deiner Phantasie, was ich mir dir anstelle. Die Männer werden mir auch ohne dich gehorchen, darauf kannst du dich verlassen.«

Ein letztes, beinahe zaghaftes Donnergrollen ertönte in einiger Entfernung, die Tropfen fielen stärker und dichter aus den Wolken.

»Lasst uns nach Ulsar zurückkehren«, verlangte die Tadca wehleidig. »Der Regen durchnässt mir die Kleider.«

»Sinured, besorge uns eine Kutsche«, verlangte Govan. »Wir laufen ihr auf der Hauptstraße entgegen.« Er reichte seiner Schwester seinen Arm, den sie mit einem viel versprechenden Augenaufschlag umfasste.

Der Kriegsfürst machte sich mit gewaltigen, Raum greifenden Schritten seiner mehr als mannshohen Beine auf den Weg.

Nesreca hingegen schlenderte an den Rand des Steinbruchs und sah die Klippe hinab, wo Tonnen von Gestein das imposante Grab seines alten Schützlings bildeten.

Der Konsultant lächelte versonnen. In seinem Blick stand beinahe so etwas wie Bedauern. Etwas abseits entdeckte er das Exekutionsschwert, das der Kabcar noch aus seiner Zeit in Granburg besaß. Der Mann mit den silbernen Haaren nahm es auf und betrachtete die Gravuren.

»Kommt Ihr, Mortva?«, rief Govan aus einiger Entfernung.

»Sogleich, Hoher Herr«, antwortete der Mann mit den silbernen Haaren über die Schulter hinweg.

Er hob das Schwert; schwungvoll holte er aus und warf es hinunter in die Schuttmassen, wo es klirrend zwischen Felsen verschwand.

Nesreca drehte sich um und beeilte sich, um zu seinem neuen Herrn aufzuschließen.

Das laute Schluchzen, das durch die Räume des Palastes hallte, rührte jeden der Bediensteten bis ins Mark. Nur selten ebbten die Töne ab; dann aber schwollen sie umso lauter an und glichen dem Heulen eines einsamen, verletzten Tieres.

Krutor trauerte auf diese erschütternde, ergreifende Weise seit Tagen um seinen Vater. Beinahe ununterbrochen waren seine Elegien zu vernehmen, und er verweigerte Nahrung ebenso wie Flüssigkeit.

Hatten Govan und Zvatochna eher mit einem Anfall unendlicher Wut und großflächiger Zerstörung des Palastes gerechnet, überraschte sie nun die Empfindsamkeit des missgestalteten Bruders; sein kindliches Gemüt vermochte den Schmerz nur so auszudrücken. Der Hass auf diejenigen, die Lodrik nach den Darstellungen seiner Geschwister getötet hatten, würde unweigerlich folgen.

Über die Untertanen des Kernreiches Tarpol aber legte sich ein Zustand der Ohnmacht.

Die Erschütterung über den Verlust des geliebten und beinahe vergötterten Herrschers, der in all den Jahren der Regierung nur Wohlstand und einen Ausgleich zwischen Arm und Reich geschaffen hatte, lähmte das Land. Niemand konnte es fassen, dass Lodrik tatsächlich einem Anschlag der Kensustrianer zum Opfer gefallen sein sollte, und nur allmählich setzte sich die Erkenntnis bei den Untertanen durch.

Ein Verständnis für die Lage fehlte Krutor allerdings noch, und er gab sich ganz seinem seelischen Schmerz hin. Lediglich wenn Zvatochna in seinem Zimmer erschien und ihm tröstend die Hände auf den Kopf legte, dämmte sich der Strom der Tränen ein.

»Du musst begreifen, dass Vater nicht mehr zurückkommt«, sagte sie leise und bettete seinen deformierten Schädel auf ihre Knie. »Wir sind jetzt diejenigen, die die Fürsorge für die Menschen auf dem Kontinent übernehmen müssen. Und wir rechnen dabei fest mit dir, lieber Bruder.«

Aus der mächtigen Brust des Heranwachsenden drang ein Schluchzen. »Ich will nicht regieren. Vater soll das machen.«

Die Tadca strich ihm beruhigend über das Haar. »Vater ist tot, Krutor. Er wird niemals mehr wieder zurückkehren. Die Kensustrianer haben ihn umgebracht, nun liegt er begraben unter Tonnen von Felsen.«

»Wir lassen ihn aber nicht dort liegen, oder?« Sein Kopf ruckte hoch, flehend schaute er seine schöne Schwester an.

»Wir haben schon hunderte von Arbeitern in den Steinbruch geschickt, die nach ihm suchen sollen«, erklärte sie beschwichtigend. »Und er erhält ein würdiges Begräbnis, wie es sich für einen Helden, der er war, gebührt.«

»Und wir machen alle gleich?«, erinnerte sie der Krüppel an die Pläne Lodriks. »Vater wollte das doch.«

Zvatochna schenkte ihm ein wehmütiges Lächeln und strich ihm über die Stirn. »Ja, das machen wir. Wir sorgen dafür, dass sich Vaters Wille erfüllt.« Sie nahm seine Hände. »Aber jetzt noch nicht. Erst müssen wir die letzten Widerstrebenden besiegen, damit wir Vaters Idee von einem besseren Reich in die Tat umsetzen können.« Ihre Hand langte nach dem Tablett mit Essen und hielt es ihm hin. »Dazu brauchen wir dich. Gesund und bei Kräften. Du bist doch unser bester Kämpfer, lieber Krutor.«

»Ich werde die Grünhaare zu Brei zerstampfen«, grollte er und nahm den halben Laib Brot. Ohne großen Genuss biss er ein Stück ab und kaute zäh. »Ich habe keinen Hunger. Wie kommt das?«

»Du bist voller Trauer. Deshalb willst du nichts essen«, sagte seine Schwester teilnahmsvoll.

Ein wenig unsicher und erstaunt zugleich blickte er sie an. »Und du nicht?«

»Doch, aber …« Die Tadca nickte hastig, eine Träne quoll aus dem Augenwinkel hervor, ihre Schultern bebten unter einem gespielten Anfall von Verzweiflung. »Aber sicher«, sagte sie mit erstickter Stimme und nahm ein Taschentuch hervor. »Ich zwinge mich dazu, nicht unter meiner Trauer zusammenzubrechen. Denn ich will Kensustria nicht die Genugtuung geben, dass sie die Kinder des Kabcar durch Gram töten.« Sie warf sich an Krutors Hals und drückte ihn. »Govan, du und ich, wir zeigen es ihnen, nicht wahr?«, weinte sie.

»Natürlich«, versprach ihr Bruder sofort und schluchzte von neuem. Vorsichtig erwiderte er ihre Umarmung; die Angst, seine Schwester mit seinen enormen Kräften zu verletzten, saß tief. »Govan wird Kabcar?«

»Er ist der Älteste von uns«, stimmte sie zu und löste sich aus seinen Armen. »Das Volk wird ihn bald ebenso lieben wie Vater.« Sie stand auf. »Vergiss nicht zu essen.«

Eilig grabschte der Krüppel nach einem gebratenen Huhn und schlug die Zähne hinein. »Ich werde essen. Und wie ich essen werde. Und gleich morgen fahre ich nach Kensustria, um mit den Soldaten gegen die Mörder zu kämpfen.«

»Darüber reden wir noch einmal«, sagte sie ruhig von der Tür aus. »Wir dürfen nichts überstürzen, das würde dem Feind nur helfen.« Sie tippte sich gegen die Schläfe. »Mit Köpfchen, Krutor, kommen wir viel weiter. Verstehst du?«

Er nickte grimmig und imitierte die Bewegung seiner Schwester. »Ja. Mit Köpfchen.«

Zvatochna verließ das Zimmer. Ihr von gespielter Trauer tief bewegtes Antlitz wandelte sich zu einem freudigen. Sie war mit dem Ergebnis ihrer Lügen mehr als zufrieden.

Tarpol und große Teile der angeschlossenen Königreiche schrien nach Vergeltung für den Tod ihres Vaters, die Rekrutierstellen quollen über, die Schlangen wuchsen ins Unendliche.

Währenddessen fuhren die Waffenschmieden ihre Produktionen auf die höchste Stufe, das gewonnene Erz bekam fast keine Gelegenheit abzukühlen, die Gussformen für Bombarden standen parat, die Hämmer machten aus dem Stahl in aller Eile Schwerter. Die Zahl der Krieger, die Govan unterstanden, wuchs von Lidschlag zu Lidschlag. Wenn ihr eigentlicher Plan scheitern sollte, würden sie Kensustria mit Menschen überschwemmen können.

Die letzten falschen Tränen abtupfend, betrat sie das Arbeitszimmers ihres Vaters. Govan, die Uniformjacke und das Hemd geöffnet, hockte vor dem knisternden Kamin, einen Stapel Papiere auf der einen, eine halbvolle Flasche Schaumwein auf der anderen Seite und das volle Glas vor sich. »Stell dir vor, ich verbrenne jedes einzelne Stückchen seiner wirren Gedanken«, begrüßte er sie voller Behagen. »Langsam, ganz langsam. Und ich hoffe, sein Geist, oder was immer von ihm übrig ist, verspürt dabei Schmerzen.« Genüsslich nahm er das nächste Blatt mit den handschriftlichen Aufzeichnungen und ließ es in die gierigen Flammen segeln. Dann leerte er das Glas, um sich anschließend lachend zurücksinken zu lassen. »Ach, was für eine Last ist von mir genommen. Bald bin ich Kabcar, ich habe die Frau an meiner Seite, die ich verehre, und ich herrsche in Kürze über einen Kontinent.« Er hob die Flasche und ließ sich den moussierenden Wein in den Mund laufen. »Heute Ulldart, morgen das nächste Reich.« Er schluckte geräuschvoll und schaute zu seiner Schwester, die sich an den Tisch gesetzt hatte. »Was meinst du, sollen wir zuerst einnehmen? Angor oder Kalisstron?« Seine Augen wanderten hinauf zur Decke, die mit einem Freskogemälde verziert war. »Angor ist schön warm, aber Kalisstron beheimatet die besseren Pelztiere. Dafür sollen sie noch kältere Winter haben als wir.«

Zvatochna zog die Schublade auf und nahm die Schreibutensilien hervor, die ihr Vater benutzt hatte. »Du bist zu voreilig.«

»Falsch.« Er hob einen Finger und verbesserte sie. »Ich bin zuversichtlich und setze mein ganzes Vertrauen auf deine militärischen Fähigkeiten.«

Die junge Frau nahm ein Blatt Papier und malte zufällige Muster darauf, während sie in Gedanken die Eroberungspläne durchging. »Wir werden den Kensustrianern Gelegenheit geben, sich im Kampf mit uns zu messen. Sie werden schnell erkennen, dass sie weder gegen unsere Bombarden noch gegen unsere Truppen bestehen können. Auch ihre technischen Kniffe werden ihnen nichts bringen. Diesmal sind wir auf alles vorbereitet, was sie uns entgegenwerfen könnten.«

»Und die Vorgehensweise, verehrte Schwester, wird wie aussehen?«

»Ich habe mir zehn Stellen entlang ihrer Grenze ausgesucht, die sehr leicht einzunehmen sind. Dort werden wir Scheininvasionen durchführen. Doch in Wirklichkeit brechen wir andernorts durch. Ich setze voll und ganz auf die Kavallerie, die in Kensustria recht gute Einsatzbedingungen vorfindet. Zusammen mit den Geschützbatterien werden sie die Grünhaare schnell bezwungen haben.« Sie zerknüllte das Papier. »Nehme ich an.«

Govans Augenbrauen wanderten erstaunt in die Höhe. »Nimmst du an? Wie darf ich denn das verstehen?« Ein weiteres Blatt flog in den Kamin und verging in den Flammen. »Selbstzweifel oder mangelndes Vertrauen in unsere Soldaten?«, erkundigte er sich.

Die Tadca schüttelte den Kopf. »Die Kensustrianer

haben sich noch nie an einer Feldschlacht beteiligt. Jedenfalls gibt es keine Aufzeichnung darüber, wie sie vorgehen. Es kann sein, dass wir mit unserer Strategie völlig falsch liegen. Deshalb werde ich notgedrungen mitreisen, um direkt auf die Manöver des Gegners reagieren zu können. Die Entfernung ist zu groß. Bis die Nachrichten in Ulsar eingetroffen sind, können die Einheiten schon längst aufgerieben sein.«

Der zukünftige Kabcar machte ein unzufriedenes Gesicht. »Das passt mir nicht. Womöglich stößt dir dabei etwas zu.«

Lächelnd stand sie auf und ließ sich neben ihrem Bruder vor dem Kamin nieder; eine Hand legte sich auf seine Schulter. Der Anblick und die Nähe besänftigten das Gemüt des jungen Mannes augenblicklich. »Ich weiß deine Fürsorge zu schätzen. Aber wenn wir rasch siegen wollen, muss ich mit dem Heer ziehen. Außerdem habe ich neben meiner Leibwache meine Magie, die, auch wenn sie nicht so stark ist wie deine, gewiss ausreicht, mich gegen andere spielend zu verteidigen.« Sie küsste ihn sanft auf die Wange. »Du wirst sehen, ich bin bald wieder zurück und bringe dem neuen Kabcar einen ersten Triumph. Den ersten von vielen.«

Govan zeigte unmissverständlich, dass er keinerlei große Begeisterung empfand. Dennoch sah er den Sinn in den Worten seiner Schwester. Ein langer Krieg im Süden war das Letzte, was er benötigte.

»Krutor wird auf dich aufpassen. Einen besseren Beschützer wirst du nirgends finden.« Sein Kopf bewegte sich nach vorn, ihre Gesichter näherten sich. »Ich würde Ulldart in ein Meer aus Feuer verwandeln, wenn dir ein Leid geschähe«, raunte er und leckte sich über die trockenen Lippen.

Zvatochna erkannte seine Absicht und wich ihm elegant aus. Sie nahm die Schaumweinflasche und hielt sie mit einem Laut des Bedauerns vor seine Nase. »Leer. Dabei hätte ich so gern mit dir auf den Erfolg im Süden angestoßen.«

»Am Wein soll es nicht scheitern.« Der Tadc benutzte seine Magie, um an der Schnur zu ziehen und den Dienern zu signalisieren, dass ihre Anwesenheit gewünscht wurde.

Als er seine Fertigkeit einsetzte, spürte er, wie die Energie versuchte auszubrechen. Sie wartete, lauerte, wisperte und bettelte, dass er sie zu allen möglichen und unmöglichen Gelegenheiten zur Anwendung brächte. Manchmal wurde ihm diese Magie etwas unheimlich, doch er war zu stolz, um Mortva um Rat zu fragen.

Seit dem magischen Mord, den er an seinem Vater begangen hatte, steigerte sich sein Verlangen, die zerstörenden Kräfte zu entfesseln, mit ihnen zu experimentieren. Nichts auf diesem Kontinent war ihm ebenbürtig.

Während er eine neue Flasche orderte, erhob sich Zvatochna und richtete ihre Garderobe – ein umgeschneidertes, noch mehr auf Figur gestaltetes fliederfarbenes Kleid der Kabcara – vor dem großen Spiegel.

»Er müsste bei so viel Schönheit augenblicklich in tausend Stücke zerspringen«, sagte Govan fasziniert, der ihre Bewegungen und Handgriffe voller Bewunderung beobachtete, wie er es so oft heimlich tat. An ihren Reaktionen meinte er zwar zu erkennen, dass auch sie ihm nicht abgeneigt war, dennoch scheute sie vor einem entscheidenden Hinweis ihrer Gunst zurück. Wohl auch deshalb, weil Verbindungen unter Geschwistern im Volk abgelehnt wurden. Herrscherfamilien bildeten dabei keine Ausnahme.

Zvatochna betrachtete das selige Gesichte ihres Bruders. »Wie wäre es, wenn wir Mutter als Wiedergutmachung zurück an den Hof holen würden?«, schlug sie beiläufig vor. Sie drehte sich zu ihm, sodass sein Blick zwangsläufig auf ihren nackten Hals, die Schultern und ihr Dekolletee fallen musste. »Sie würde sich sehr freuen, Govan.«

Der Tadc schreckte zusammen. »Nein«, schoss es sogleich aus seinem Munde. Alle Reize seiner Schwester verloren bei dem Gedanken daran, dass ihre Mutter unter Umständen Ansprüche auf den Thron geltend machen könnte, ihre Wirkung. »Sie bleibt vorerst in Granburg, und zwar zu den Bedingungen, wie unser Vater es in seinem Urteil festschrieb.« Govan zeigte sich unnachgiebig. »Bedenke, sie hat sich des versuchten Mordes am Kabcar schuldig gemacht. Vor Zeugen.«

Die junge Frau lachte ihrem Bruder ungläubig ins Gesicht. »Und das sagt mir derjenige, der den Kabcar umgebracht hat?«

»Von mir weiß es das Volk aber nicht«, hielt er dagegen. »Und deshalb sage ich, sie bleibt, wo sie ist. Aber besuchen darfst du sie jederzeit, wenn du möchtest.«

»Danke, mein hoheitlicher Kabcar«, sagte sie bitter und machte einen übertriebenen Knicks. »Ich werde Eure Großmut vor dem Volk bis in die Himmel hinauf rühmen.«

»Sei mir doch nicht böse, geliebte Schwester«, seufzte Govan, den sofort die Angst packte, auf Dauer bei ihr in Ungnade zu fallen. »Ich werde dir alle Wünsche erfüllen, wenn wir auf dem Thron sitzen. Die Zeremonien sind bereits organisiert. In drei Wochen gebe ich dem Land einen neuen Kabcar.«

Es klopfte, der bestellte Schaumwein wurde gebracht.

Kurz nach dem Diener trat Mortva ins Zimmer und verneigte sich. »Ich wünsche dem Hohen Herrn und der Hohen Herrin einen angenehmen Abend.«

»Mortva, schön, Euch zu sehen«, begrüßte Govan

ihn beinahe überschwänglich und füllte ein Glas für ihn mit. »Trinkt mit uns auf den anstehenden Erfolg im Süden.«

»Nur zu gern«, sagte ihr Mentor und langte nach dem Schaumwein.

»Wie weit seid Ihr mit dem Sammeln der Schwerter?«, erkundigte sich Zvatochna, nippte an ihrem Glas und ließ den Mann nicht aus den Augen. »Vater machte da eine recht interessante Andeutung. Und was habt Ihr mit diesen Wunderklingen vor?«

Der Konsultant hob leicht die Schultern. »Das war eine reine Verdächtigung Eures Vaters. Ich habe keine Ahnung, was er damit meinte.«

»Noch so eine Lüge, Mortva, und ich suche mir einen anderen Berater«, unterbrach ihn der Tadc gespielt vorwurfsvoll. »Und das, obwohl ich Euch mehr als alle anderen schätze.« Er lächelte seine Schwester kurz an. »Mit einer Ausnahme, natürlich.«

»Um mich zu entlassen, müsstet Ihr mich erst wieder einstellen, Hoher Herr«, machte ihn Mortva auf den Umstand aufmerksam, dass der Kabcar ihn aus dem Amt geworfen hatte.

»Spaß beiseite«, sagte Govan hart. »Was macht Ihr mit den aldoreelischen Klingen, Mortva?« Er nahm den Waffengürtel, an dem ein schmuckloses Schwert befestigt war, vom Sessel und schnallte ihn etwas ungeschickt um. Der süße, dennoch starke Alkohol benebelte seinen Verstand.

Nesreca schien verstanden zu haben, dass der Tadc Bescheid wusste, und setzte das Glas ab. »Nun«, erklärte er, »sie sind für unsere Absichten gefährlich, weil sie alle aufhalten könnten, die auf unserer Seite kämpfen. Und deshalb horte und vernichte ich sie.«

»Interessant. Also hatte Vater Recht«, sagte der Tadc. »Und wie sollte man wohl die beständigste Waffe Ulldarts vernichten können?«

»Es gibt Mittel und Wege, Hoher Herr.« Der Mann mit den silbernen Haaren vermied eine konkrete Antwort. »Ich habe sie zu Klumpen geschmolzen. Vier fehlen uns allerdings noch. Sie sind im Besitz der Angor-Ritter.«

»Aha. Und Ihr setzt vermutlich Paktaï und Hemeròc ein, um schnell an die Schwerter zu kommen?«, verlangte Govan zu wissen. Mortva neigte sein Haupt an Stelle einer Antwort. Der Thronfolger kicherte und setzte sich auf den Arbeitstisch; seine Füße baumelten hin und her. »Meine Neugier ist mehr als geweckt. Ruft mir Paktaï.«

Die Kerzen flackerten, in einer dunklen Ecke des Raumes glommen die Augen der unheimlichen Frau rot auf, die aus den Schatten trat und sich vor den Geschwistern verneigte. Sie hatte ihr Äußeres, ebenso wie der Konsultant, in all den Jahren nicht geändert.

»Du wirst also von meinem Mentor zusammen mit Hemeròc quer durch alle Reiche gehetzt, um die aldoreelischen Klingen zu suchen, habe ich Recht?« Das Wesen in Gestalt einer Frau wechselte einen schnellen Blick mit dem Berater. »Nein, schau nicht zu ihm.« Govan hüpfte unbeholfen von der Arbeitsplatte und stellte sich vor sie. »Ich bin der Hohe Herr. Er ist nur Mortva.« Musternd glitten seine Augen über die Gestalt seines Mentors. »Oder was auch immer.«

»So ist es, Hoher Herr«, krächzte Paktaï.

Govan schnappte sich den Brieföffner und rammte ihn seinem Gegenüber in den Hals. Ungerührt blickte Paktaï den Tadc an, als dieser den spitzen Gegenstand wieder herauszog; sie hatte nicht einmal gezuckt.

»So, so, nicht nur, dass sie durch Wände zu gehen vermag, sie ist auch noch unverwundbar«, sagte der junge Mann halblaut mit schwerer Zunge. »Eine ganz erstaunliche Brut.«

Zvatochna beobachtete das Schauspiel mit einem

unguten Gefühl. Ihr Bruder war von aufbrausendem Naturell, doch zusammen mit den Wirkungen des Schaumweins war er unberechenbar. Wollte er sich einfach mit einem Gegner messen, der ihn mehr forderte als die Auseinandersetzung mit ihrem Vater?

»Ihr seht, Hoher Herr, als Gehilfen sind sie sehr nützlich«, sagte Mortva erheitert. Paktaï warf ihm einen mörderischen Blick zu.

»Nur eine aldoreelische Klinge vermag sie oder Hemeròc zu verletzen?«, vergewisserte sich Govan erneut, während er die Einstichstelle prüfend begutachtete. Die Frau nahm die Behandlung teilnahmslos hin. »Das gilt auch für Euch, Mortva, oder?« Er schaute lauernd zu dem Mann mit den silbernen Haaren.

»Vielleicht«, sagte der Konsultant knapp und legte die Arme auf den Rücken.

»Ja«, bestätigte Paktaï gehässig grinsend.

Ansatzlos zog Govan das Schwert aus der Scheide und holte in einem großen Bogen beidhändig aus. Die Klinge fuhr in den Leib der unheimlichen Frau wie eine heiße Nadel in Wachs. Paktaï starrte entsetzt auf die Waffe und wollte nach dem Tadc greifen, der sich jedoch mit einer magischen Barriere vor ihrer Berührung schützte.

Zufrieden betrachtete er das verzerrte Gesicht von Mortvas Helferin. »Es stimmt tatsächlich. Die aldoreelischen Klingen taugen mehr als jedes andere Schwert.«

»Hoher Herr«, keuchte die Frau. »Was ...«

»Ein Test. Nur ein Test.« Der Thronfolger drehte am Griff, die Schneide bewegte sich in der Wunde, Paktaï stöhnte auf. »Seht genau her, Mortva, geliebter Mentor«, empfahl Govan eisig und angestrengt zugleich. »Ich empfinde Dankbarkeit Euch gegenüber, ich betrachte Euch als mein Vorbild. Aber Ihr dürft keine Geheimnisse vor mir haben. Solltet Ihr versuchen, mit mir das gleiche Spiel zu treiben wie mit meinem Vater, werdet Ihr dieser Kreatur bald folgen.«

Mit einem Ruck entfernte er die Schneide aus dem Körper der Zweiten Göttin und trennte ihr mit einem sauberen Schlag den Kopf von den Schultern, bevor sein Konsultant und seine Schwester zu protestieren oder einzugreifen vermochten.

Paktaïs Kopf rollte über den Teppich und hinterließ eine Spur aus durchsichtiger Flüssigkeit; ihr Körper stürzte zu Boden und verlor seine Proportionen. Knirschend dehnte und streckte er sich um mehr als das Doppelte, und die Haut brach auf, weil sie dem schnellen Wachstum nicht folgen konnte. Aus der menschlichen Hülle schlüpfte etwas Größeres, Mächtigeres.

Zwei weitere Arme wurden sichtbar. Der kräftige Körper des Wesens schien mit einer schimmeligen Kruste überzogen zu sein. Der abgeschlagene Schädel vergrößerte sich ebenfalls, zwei gekrümmte, spitze Hörner stießen aus den Schläfen hervor, die Kiefer schwollen an, enorme Zähne wurden sichtbar. Klauen mit langen Nägeln zerfetzten im Todeskampf den Teppich und hinterließen tiefe Kratzer im Marmor darunter.

Dann flackerte das bedrohlich rote Glimmen in den Augenhöhlen auf. Das Ende des Wesens schien gekommen.

Ohne darüber nachzudenken, was er tat, kniete sich der Tadc neben die sterbende Zweite Göttin, legte eine Hand auf den Brustkorb und suchte nach möglicher Magie, die er sich aneignen konnte.

Weil die Erfahrung, die er bei der Absorption der Fähigkeiten seines Vaters gewonnen hatte, noch sehr frisch war, wusste er sehr genau, was er tun musste. Die Übernahme gelang ohne Schwierigkeiten; die Magie schien zu ahnen, dass das Wesen, in dem sie saß, verging. Mühelos nahm er die Energien in sich auf, der befürchtete Kampf und die Schmerzen in seinem persönlichsten Winkel blieben aus. Er hatte lediglich den Eindruck, körperlich größer und stärker geworden zu sein. Als er sich aufrichtete, ereilte ihn ein leichter Schwindelanfall, der glücklicherweise rasch vorüberging. Selbst sein Schwips war verflogen.

Govan reinigte die Klinge an den Überresten des toten Wesens, bevor er sie in der Scheide verstaute und sich seiner Schwester und dem Berater zuwandte. »Ich habe mir erlaubt, mir ebenfalls eine aldoreelische Klinge zu besorgen. Ich bin der Meinung, man sollte für alles gerüstet sein«, sagte er zu Mortva. »Und damit sie nicht jeder gleich erkennt, ließ ich den Griff ein wenig verändern.«

»Ihr habt Euch Zugang zu meinen Gemächern verschafft, Hoher Herr?« Der Konsultant konnte es nicht fassen.

»Es sind, wenn man es genau nimmt, meine Gemächer, Mortva, ich bin Tadc und Kabcar. Also kann ich die Räume betreten, wie ich Lust und Laune habe«, korrigierte ihn der junge Mann und funkelte ihn an. »Keine Geheimnisse mehr, versprochen?«

»Ich verspreche es Euch«, gab der Mann mit den silbernen Haaren zurück und blickte erschüttert auf die Überbleibsel seiner Gehilfin. »Aber Ihr hättet sie nicht vernichten müssen.«

»Wie rührend«, seufzte der Thronfolger gespielt.

»Nein, ich denke lediglich pragmatisch. Uns fehlt nun eine wichtige Unterstützung«, meinte Mortva säuerlich. »Hemeròc allein wird im Kampf gegen die Ritter keine überragenden Chancen haben, dafür sind die Schwerter zu mächtig. Und mit List erreicht man bei den ohnehin argwöhnischen Blechsoldaten gar nichts mehr.«

»Es kommt auf die List an«, meldete sich Zvatochna, die sich ebenfalls von ihrer Überraschung erholt hatte und mit Abscheu auf den vergehenden Körper Paktaïs blickte. »Wenn wir sie hierher nach Ulsar bitten, um zu Ehren des großen Lodrik Bardri¢ ein paar Lanzengänge zu reiten, müssen sie kommen. Auf die entsprechende Formulierung der Einladung kommt es an. Beispielsweise könnten wir den Hinweis einfließen lassen, dass unser Vater es war, der trotz der Irrungen des Ordens selbigen nicht verbot, sondern ihm erlaubte, neu zu erstehen. Einem Turnier können sie nicht widerstehen. Und wir haben die Schwerter direkt vor der Pforte und müssen sie Hemeròc nur noch bei günstiger Gelegenheit pflücken lassen.«

»Warum sollten wir uns nur mit den Schwertern zufrieden geben, wenn wir den ganzen Orden einkassieren können?«, warf Mortva ein. »Erstens sind die Besitztümer der Mitglieder nicht zu verachten, zweitens verursachen die Ritter mit ihrer Starrköpfigkeit nur Scherereien. Sie werden sich einem neuen Kurs niemals unterwerfen. Ulldart den Gerechten haben sie toleriert, aber solltet Ihr eines Tages Tzulan als die maßgebliche Gottheit auf Ulldart ausrufen, werdet Ihr mit ihrem Widerstand rechnen müssen.«

»Und da ich damit nicht allzu lange warten möchte, sollten wir die Ritter schnell abschaffen«, beschloss der Tadc. Er setzte sich wieder auf den Schreibtisch und schenkte sich von dem perlenden Getränk nach.

»Wir könnten das eine tun, ohne das andere zu lassen.« Die Tadca stellte sich an die Seite ihres Bruders und langte elegant nach seinem Glas, um einen Schluck zu nehmen. »Lade sie zu einem Turnier ein, und Mortva fertigt in der Zwischenzeit eine Anklageschrift gegen die Hohen Schwerter an. Verrat, Mitwisserschaft an Feindesvorhaben, Mittäterschaft oder dergleichen, aber bitte nicht zu überzogen.« Sie wartete auf eine Reaktion des Konsultanten. »Mit ein paar Münzen müssten sich genügend Zeugen finden lassen, die falsche Aussagen machen. Das Turnier nutzen wir, um vielleicht sogar einen Anschlag durchzuführen, denen wir dann ihnen in die Schuhe schieben. Auf diese Weise sind die Hohen Schwerter, nachdem sie ihre Waffen verloren haben, nichts weiter als Geschichte.«

Mortva applaudierte begeistert. »Ich müsste gelegentlich bei Euch in die Lehre gehen, Hohe Herrin. Ihr seid mir mehr als ebenbürtig.«

»Hört, hört«, lachte Govan. »Das war ein Eingeständnis. Und nun geht, geliebter Mentor, und zerbrecht Euch ein wenig den Kopf über weitere Schandtaten gegen die Ritter.«

Der Konsultant verneigte sich und stieg ungerührt über den Leichnam Paktaïs hinweg.

»Was sollen wir mit der Unglückseligen machen?«, rief ihm der Tadc nach.

»Oh«, sagte der Berater von der Tür aus und wandte sich um. »Zweite Götter benötigen eine Ewigkeit, bevor sie restlos zerfallen. Ich lasse sie, mit Eurer Erlaubnis, später wegschaffen und in einer Gruft ablegen. In hunderten von Jahren kann jemand ihren Staub zusammen kehren.« Nach einem bestätigenden Nicken Govans eilte er davon.

Kaum fiel die Tür ins Schloss, fasste Zvatochna ihren Bruder am Arm. »Das war äußerst gefährlich, beinahe töricht von dir.«

Trotzig blickte er sie an. »Du hast selbst gesagt, wir sollen seine Macht beschneiden. Ich habe ihm eine Warnung gegeben, und die hat er mit Sicherheit verstanden. Mehr werde ich nicht gegen ihn unternehmen.«

Ihr Zeigefinger tauchte ins Glas, die feuchte Spitze fuhr seine Unterlippe entlang und benetzte sie mit Alkohol. »Du bist zu impulsiv, Govan. Du wirst an dir arbeiten müssen, damit du gewiss nicht einmal etwas Dummes anstellst«, rügte sie ihn. »Was wäre gewesen, wenn die aldoreelische Klinge gegen Paktaï versagt hätte?«

Er schnappte nach ihrer Hand, doch lachend entzog Zvatochna sie ihm.

»Du hast keine Vorstellung, welche Kräfte in mir schlummern, Schwesterherz«, gestand er ihr. »Ich fühle mich beinahe bis zum Bersten mit Magie gefüllt, sie drängt nach draußen und möchte sich mir zeigen. Möchte zerstören.« Govan packte ihr Handgelenk und zog sie zu sich heran, die Gier glänzte im Schwarz seiner Pupillen. »Ich trage die Magie eines Geschöpfs in mir, das Tzulan selbst formte. Diese Empfindung ist unbeschreiblich.« Er senkte die Stimme, sein Gesicht rückte näher an das seiner Schwester. »Ich fühle mich beinahe selbst wie ein Gott.« Sein Adamsapfel hüpfte auf und ab. »Möchtest du einen Gott küssen, Zvatochna?«

»Es reicht mir schon aus, wenn ein Gott mich berührt.« Sie streichelte ihm über die Wange, er schloss die Augen und genoss die sanfte Liebkosung, schmiegte sich der Hand entgegen. »Und mehr wage ich nicht zu wollen.« Zvatochna entwand sich seinem Griff. »Wir sehen uns morgen, Bruder.«

Als das unmissverständliche Klacken der Tür ertönte, ruckten seine Lider nach oben, und eine Welle der Wut schwappte über seinen Geist. Die neu gewonnen Kräfte schienen dieses Gefühl noch zu verstärken und bis in den letzten Winkel seines Verstandes zu tragen.

Er wollte seine Enttäuschung über die Abfuhr mit einem Fluch herausschreien, doch stattdessen schossen purpurne Flammen weit aus seinem Mund, verbrannten den Schreibtisch, den Stuhl und alles, was dem unnatürlichen Feuer im Weg stand, ja selbst das metallene Kaminbesteck zerfloss zu einem Bach geschmolzenen Eisens.

Sollte er am Ende mehr von Paktaï übernommen haben als nur die Magie? Govan betastete seine Lippen, denen das Feuer nichts zu Leide getan hatte.

Um seinen Verdacht zu bestätigen, zog er den Uniformrock aus, rollte die Ärmel des Hemdes nach oben und zückte seinen Dolch. Die Spitze der Stichwaffe setzte er senkrecht auf den Unterarm.

Nach einem letzten Zögern und einem tiefen Durchatmen spannte er die Muskulatur an und trieb in Erwartung eines immensen Schmerzes die Klinge in das eigene Fleisch.

Mortva schritt die Korridore entlang, fuhr sich über das Gesicht und betrachtete sich prüfend an einer der verspiegelten Wände.

So war es zwar keinesfalls geplant gewesen, aber Govan übertraf all seine Erwartungen. Als hätte Tzulan ihn selbst gezeugt. Dennoch sollte er sich in Acht nehmen, bevor er das Schicksal von Paktaï teilte. Sobald Ulldart an Tzulan gefallen war, würde er gehen.

Der Konsultant betrat sein Gemach, öffnete den großen Schrank und nahm die restlichen aldoreelischen Klingen heraus, um sich schnurstracks in die kleine Schmiede zu begeben.

Der Gedanke, dass sein mehr als gelehriger Schüler womöglich nicht nur eine der Waffen gestohlen hatte, gefiel ihm nicht. Dadurch gelangte der Junge in den Besitz von Druckmitteln, denen selbst er sich beugen musste. Er hoffte aber darauf, bei passender Gelegenheit die Waffe des Thronfolgers gegen eine Attrappe austauschen zu können. Was der Junge konnte, konnte er schon lange.

In der halb eingestürzten Schmiedehütte angekommen, warf er die kostbaren Schwerter achtlos zu Boden. In Windeseile traf er seine Vorkehrungen, fachte die Esse an und vollzog die Beschwörung.

So schnell wie niemals zuvor murmelte er die rituellen Formeln, seine Hände malten magische Zeichen in die Luft, eine Waffe nach der anderen schmolz und verwandelte sich in einen Klumpen unscheinbaren Metalls.

Alles andere wurde nebensächlich, er benötigte jeden Rest an Magie, sodass er sogar die Barrieren aufhob, die seine wahre Gestalt verbargen.

Zuerst verwandelte sich sein Schatten, der hinter ihm über die kahlen Wände tanzte, danach folgte sein Körper.

Wie eine Raupe entpuppte sich der Konsultant, das menschliche Äußere platzte ab und fiel wie ein unnötiger Kokon zu Boden; einzig die Haare, Strähnen aus festem Quecksilber gleich, blieben dieselben.

Sein Leib, seine Gliedmaßen schossen in die Höhe, die Muskulatur schwoll an und machte aus dem Berater ein Furcht erregendes Wesen, das drei Hörner auf dem Schädel und ein Paar schillernder, transparenter Schwingen auf dem Rücken trug. Ein knielanger Lendenschurz aus schwarzem Stoff bedeckte den Unterleib, um den Körper spannten sich kreuz und quer Eisenketten, Stahlbänder saßen an den Unterarmen und -schenkeln, die das Rot der Glut zurückwarfen.

Die Augen erhielten dreifach geschlitzte, magentafarbene Pupillen, mitten auf der Stirn prangte ein kreisrundes, tätowiertes Zeichen. Nichts deutete mehr auf den Konsultanten hin, und jeder zufällige Betrachter wäre schreiend vor Furcht davongelaufen.

Zwei Tage arbeitete er ohne Unterlass, schließlich war das Werk der Zerstörung vollendet. Die Kraft, sich beim nächsten Aufgang der Sonnen in die Gestalt des Beraters zurückzuverwandeln, fehlte ihm.

Also zog er sich in die dunkelste Ecke der verlassenen Schmiede zurück, legte die Schwingen um sich und ruhte sich aus.

Erst als die folgende Nacht anbrach, fühlte er sich so weit regeneriert, dass er wieder das vertraute, harmlose Äußere von Mortva Nesreca annehmen konnte.

Immer noch erschöpft und ausgelaugt, klaubte er die Diamanten aus dem Sieb und verwahrte sie in der Rocktasche.

Nachdenklich betrachtete er die grob geformten, ausgekühlten Metallklumpen, die aufgereiht in dem dunklen Schrank lagen und einmal aldoreelische Klingen gewesen waren. Mortva wollte sie an einem Ort wissen, wo sie niemand mehr fand, um ihnen die ursprüngliche, selbst für ihn tödliche Form wieder geben zu können. Gleichzeitig sollten er und Hemeròc diese Plätze nicht kennen, um zu vermeiden, dass man es ihnen bei einer ungünstigen Gelegenheit entlockte, auf welche Art auch immer. Sie mussten irgendwo verschwinden. Am besten in den Tiefen der Meere.

Auf dem Rückweg zum Palast kam ihm eine Idee.

Und so geschah es, dass am folgenden Tag mehrere Fuhrunternehmen in Ulsar Aufträge erhielten, unscheinbare, aber äußerst schwere Kisten samt eines Begleitbriefs in die unterschiedlichsten Küstenstädte des Kontinents zu transportieren.

ZWEITES BUCH

I.

**Kontinent Kalisstron, Bardhasdronda,
Frühjahr 459 n. S.**

Für Waljakov fand sich ein Verwendungszweck, der ganz nach dem Geschmack des Einzelgängers war, den man »Eisblick« nannte. Er versah Dienst auf einem der Feuertürme und liebte die Einsamkeit der Bauten.

Lorin besuchte ihn oft und erzählte ihm dabei von seiner Absicht zu heiraten. In wenigen Monaten sollte es soweit sein. Er verschwieg nicht, dass sich indes neuer Ärger anbahnte. Die Nachbarstadt Vekhlahti stahl einige der Süßknollen von den Feldern Bardhasdrondas, um eigenen Anbau und Handel mit der Frucht zu betreiben.

Er nahm die Aufzeichnungen Waljakovs über die Schiffsbewegungen an sich und kehrte zur Stadt zurück, um Rantsila die Dokumente zu überbringen. Nach einem knappen Klopfen stürmte er in das Zimmer des Milizionärs und grüßte militärisch. Anschließend legte er ihm den Tornister mit den eingesammelten Berichten auf den Tisch.

»Ah, Seskahin«, meinte der Anführer der Bürgerwehr freudig. »Wie immer in Eile.« Er nickte in Richtung der Tür. »Der Mann, dem du eben die Tür an den Kopf geschlagen hast, heißt Hedevare, und der, den du ignoriert hast, ist Hørmar.«

Lorin wandte sich zu den beiden Gästen um und entschuldigte sich mit rotem Kopf für seinen forschen Auftritt.

»Sie sind aus der Stadt Kandamokk, nördlich von Vekhlathi, und berichteten mir, dass unsere diebischen Nachbarn sich mit anderen zusammentun. Sie gewähren den Lijoki offenbar Unterschlupf für ihre Unternehmungen.« Die Besucher nickten, leicht verwundert darüber, dass der Milizionär so offen vor einem halben Jungen über brisante Neuigkeiten sprach.

Kalfaffel, der cerêlische Bürgermeister, stieß zu der kleinen Versammlung hinzu, und Lorin fühlte, wie ihn eine gewisse Aufregung ergriff, als gehörte er zu einem Kreis Auserwählter. Er ließ sich von Hedevare und Hørmar ihre Beobachtungen schildern.

Auch das Oberhaupt von Bardhasdronda stimmte in die Vermutungen Rantsilas mit ein. »Es scheint, als hätten wir uns zu früh gefreut, die Seeräuber los zu sein.« Kalfaffel steckte sich eine Pfeife an und paffte hektisch, als wollte er die Kammer völlig einnebeln. »Unter diesen Umständen werden die Vekhlathi kaum bereit sein, unsere Frist anzuerkennen.«

»Ich ordne verstärkte Kampfübungen an«, meinte der Anführer der Bürgerwehr. »Damit alle jederzeit gewarnt und gewappnet sind. Sollten sich Spione der Nachbarstadt bei uns aufhalten, umso besser. Dann wissen sie, dass sie sich blutige Nasen holen werden.«

»Und natürlich sind wir für Verbündete mehr als dankbar«, sagte der Cerêler zu den Männern aus Kandamokk. »Unsere Städte haben früher schon gut zusammengearbeitet.«

»Aus diesem Grund sind wir ja auch hier.« Hørmar legte ein gesiegeltes Schreiben seines Stadtobersten vor. »Wir haben die Erlaubnis, mit euch ein Bündnis einzugehen, das im Fall eines Angriffs beiden Seiten das Recht auf Unterstützung zusichert.«

Kalfaffel las die Zeilen und reichte das Papier an Rantsila weiter, der es überflog und dann Lorin gab.

Vor Stolz über die Gleichberechtigung und das Vertrauen musste der junge Mann mehrmals Anlauf nehmen, um den Sinn der Worte zu verstehen. Bedeutsam schauend hielt er dem Bürgermeister das Papier hin. »Es sieht gut aus.«

»Wenn unser Held das sagt«, meinte der Cerêler und setzte seine Unterschrift sowie das Zeichen der Stadt Bardhasdronda darunter. Eine Abschrift behielt er für sich, die andere gab er Hørmar zurück. »Wir tauschen uns gegenseitig aus. Im Augenblick sollten wir nichts unternehmen, aber sobald Vekhlathi und die Lijoki deutliche Vorbereitungen für einen Angriff treffen, schlagen wir zu.«

»Angriff ist die beste Verteidigung«, sagte Rantsila.

Die beiden Gäste wechselten einen schnellen Blick. »Das sieht unser Bürgermeister genauso«, sagte Hedevare. »Wir werden Spione nach Vekhlathi senden, nur zur Sicherheit.« Sie grüßten und verließen das Zimmer.

»Ich höre schon Kiurikka«, meinte Kalfaffel müde und ließ sich auf einen Stuhl in der Nähe des kleinen, bauchigen Ofens in der Mitte des Raumes sinken. »Sie wird den Süßknollen die Schuld geben, und somit ist einmal mehr Ulldrael der Gerechte der Übeltäter, der unsere Stadt ins Verderben stürzt.«

»Ich weiß nicht, ob sie dann wirklich glücklich ist, sollte es tatsächlich so kommen«, sagte Lorin.

In der Zwischenzeit hatte der Milizionär damit begonnen, die ersten Protokollbücher zu lesen. Schon stieß er einen Pfiff aus. »Da haben wir doch etwas. Feuerturm elf hat ein fremdes Segel gesichtet.«

»Elf?« Der Cerêler überlegte. »Das ist der nördlichste von allen. Es werden Palestaner gewesen sein«, meinte der Bürgermeister, doch Rantsila schüttelte den Kopf.

»Es war ein Dreimaster mit geriffelten Segeln.«

Kalfaffel und Lorin schauten beide nicht besonders intelligent drein.

»Was, bei allen Wundern der Bleichen Göttin, soll

denn ein geriffeltes Segel sein?«, wollte der Bürgermeister wissen und zog schneller an der Pfeife. »Stehen da weitere Vermerke?«

»Nein. Nur: Dreimaster, morgens, drei Strich nach Aufgang der ersten Sonne, geriffeltes Segel, schnelle Fahrt nach Norden«, gab er die schriftliche Meldung wieder.

»Könnte es sein, dass sich die Vekhlathi nicht nur die Lijoki als Verbündete genommen haben?«, warf der Jungmilizionär ein. »Sind das vielleicht Rogogarder?«

»Sie haben für gewöhnlich andere, plumpere Schiffe. Und die Türmler kennen diese Modelle sehr gut, glaub mir.« Rantsila blätterte in den Seiten hin und her. »Es hat keinen Zweck, ich muss mit größter Sorgfalt an die Sache heran. Jede Einzelheit ist wichtig, wenn wir herausfinden möchten, welche Gemeinheiten unsere Nachbarn planen.«

»Dann gehe ich wohl besser«, verabschiedete sich Lorin.

»Kein Wort über das, was du hier gehört hast, Seskahin«, mahnte ihn Kalfaffel. »Auch nicht zu Jarevrån, hast du verstanden? Die Aufregung wird noch groß genug werden.«

»Und morgen möchte ich dich hier sehen«, fügte der Anführer der Bürgerwehr hinzu, ohne die Nase von den Aufzeichnungen der Turmbesatzungen zu heben. »Sobald die Sonnen aufgehen. Du wirst kleinen Gruppen Kampfunterricht geben.«

Wie angewurzelt blieb Lorin stehen. »Ich?«

Rantsila feuchtete einen Finger an und studierte die nächste Seite. »Du hast mich im Zweikampf geschlagen. Wer also wäre besser geeignet, die Männer einzuweisen und tüchtig auf Vordermann zu bringen? Niemand kann es mit deiner Kondition aufnehmen, Stellvertreter.«

Nun war die Überraschung vollkommen. »Stellvertreter?«

»Wieso wiederholst du alles, was dir Rantsila sagt?«, fragte der Cerêler. »Glaubst du es ihm nicht?«

»Oh, danke!« Er grüßte, riss die Tür auf, rannte hinaus und schloss sie. Gleich darauf öffnete sie sich wieder, und Lorins glückliches Gesicht erschien. »Darf ich *das* jemandem erzählen?«

Rantsila und Kalfaffel nickten synchron.

Schon war der junge Mann mit den blauen Augen wieder verschwunden; man hörte ausgelassenes Hundegebell und das Lachen von Jarevrån.

»Dafür, dass er über enorme Fähigkeiten verfügt und ein echter Held ist, bleibt er erfreulich normal«, sagte der Cerêler amüsiert.

»Er ist eben noch ein halbes Kind. Und ich würde sagen, er ist von Grund auf gut.«

Der Bürgermeister schwieg und paffte lautstark.

Bis heute waren ihm die Begebenheiten nicht aus dem Kopf gegangen, als er Lorin zum ersten Mal getroffen hatte. Die Art, wie die grüne Magie seiner Gattin Tjalpali an dem Säugling zerstoben war und wie es sie ein halbes Jahr danach beinahe das Leben gekostet hätte, als sie versucht hatte, das kranke Kind mit Hilfe der Gabe Kalisstras zu heilen, ließen die Zweifel an dem »Guten« nie ganz verschwinden.

Etwas musste an dem Jungen sein, was nicht nur freundlich war und seinem eigentlichen Wesen zuwiderlief. Doch das Feld der Magie, um das es sich hierbei zweifelsohne handelte, war zu unbestellt, zu unbekannt.

So blieb Kalfaffel nichts anderes übrig, als ein wachsames Auge auf den Jungen zu haben, um die kleinste Veränderung in seinem Verhalten sofort zu bemerken. Eine Begabung, die eine andere Kraft zerstörte, die ihrerseits Menschen heilte und niemandem schadete, konnte nichts Gutartiges sein. Und gnade ihnen Kalisstra, wenn sie sich gegen sie wenden sollte.

»Vier Augen sehen mehr als zwei«, sagte der Bürgermeister und griff nach einem der Bücher. »Wir wollen heute ja noch fertig werden.«

Kontinent Ulldart, Königreich Barkis (ehemals Tûris), Ammtára (ehemals die Verbotene Stadt), Frühjahr 459 n. S.

Pashtak hatte sich auf die Suche begeben, um den ersten Palast Sinureds zu erkunden. Er fand das Gebäude, entdeckte aber nichts außer Steinsarkophagen mit den sterblichen Überresten längst vergessener Krieger. Diese galt es, so genau wie möglich zu untersuchen.

Nach dem fehlgeschlagenen Attentat auf ihn in der Bibliothek hatte er seine Arbeit an der gefälschten Botschaft an den Vorsitzenden der Versammlung der Wahren mit größter Sorgfalt abgeschlossen. Auch die geheime Botschaft hatte er abgeändert, den Brief in die Lederhülle gepackt und sich auf den Weg zu Leconuc gemacht, den er verdächtigte, zu den Verschwörern zu gehören.

Doch es sollte ganz anders kommen.

Der Inquisitor überführte Leconucs Sekretär, der sich mit einem Kreis von fanatischen Tzulangläubigen umgab, des Verrates. Im Kampf gegen die Widersacher stand ihm Lakastre zur Seite, die sich sogleich an die Verfolgung einer Fünfergruppe machte; Pashtak jagte den Vertrauten Leconucs.

Der Sekretär und seine Begleiterin ergaben sich, als sie bemerkten, wer ihnen an den Fersen hing. Pashtaks Ruf als Kämpfer musste seit dem Gemetzel in der Bibliothek, als er mithilfe von Lakastre fünf Attentäter bezwungen hatte, geradezu legendär sein.

Pashtak verschnürte die Verräter und alarmierte eine der Patrouillen aus Nimmersatten, die sich die beiden Nackthäute unter den Arm klemmten und sie wie Puppen zum Gefängnis transportierten.

Den Brief nahm er vorsichtshalber wieder an sich und deponierte ihn im Haus der Verschwörer, damit ihn andere Tzulani fänden.

Der Sekretär und die unbekannte Frau lagen am nächsten Morgen tot in ihren Zellen. Sie hatten sich die Pulsadern an den Kanten hervorspringender Steine aufgeschlitzt und waren verblutet.

Von den anderen fünf Verschwörern hörte Pashtak ebenfalls nichts mehr. Es wunderte ihn nicht einmal.

Dann machte er sich auf den schweren Weg zu Leconuc, dem er – außer Shui und Lakastre – als Einzigem in Ammtára vertraute.

II.

**Kontinent Ulldart, Großreich Tarpol,
vier Warst nördlich der Hauptstadt Ulsar,
Frühsommer 459 n. S.**

Govan beobachtete die Schmiede vom Fenster des Rathauses aus, wie sie in den Gerüsten herumkletterten und die Einzelstücke der Statue seines Vaters zusammensetzten.

Vier Speerlängen würde sie groß sein und den Verstorbenen lächelnd abbilden, die Linke an seinem Schwert; der rechte Arm würde in die Ferne deuten als Zeichen, dass er ursprünglich noch mehr hatte erobern wollen als nur Kensustria. Jedenfalls gedachte Govan, es so auszulegen.

Es hatte keines Erlasses bedurft, um Freiwillige zu finden, die den Männern zur Hand gingen.

Kaum hatte sich in der Hauptstadt herumgesprochen, was dort auf dem Platz vor der Kathedrale entstand, strömten die Bewohner in Scharen herbei, um an Stricken zu ziehen und Taue zu halten, während die Handwerker eine Komponente nach der anderen aneinander fügten und Bolzen in die rechten Stellen trieben. Govan erspähte zwischen den Untertanen auch die enorme Statur seines Bruders Krutor, der ein Seil hielt, an dem sonst zehn Mann gezerrt hätten.

Selbst nach seinen Tod mobilisiert er die Menschen wie keiner jemals vor ihm. Der Tadc und designierte Kabcar lehnte eine Hand an den Fensterrahmen und legte seinen Kopf an das Glas. Mortvas Einschätzung, dass man seinen Vater vergessen werde, war ein Trugschluss. Also musste er alles unternehmen, um größer als Lodrik Bardri¢ zu sein, ganz gleich wie. Er würde ihn durch seine Taten aus dem Bewusstsein der Menschen drängen.

Govan warf einen Blick über die Schulter nach hinten und musterte den leeren Saal mit den vielen Stühlen, in dem sich einst die Brojaken und Adligen des Landes getroffen hatten, um dem Kabcar Vorschriften zu machen und die Geschicke nach eigenem Gutdünken zu lenken.

Die Brojaken waren eine durchaus praktische Gruppe von Menschen, die er nun für seine Zwecke einzuspannen gedachte. Seine Mutter hatte mit der Neugründung der Adelsstände die Vorarbeit geleistet, seine Schwester würde sie vollenden. Die Rückkehr zum alten System und die restlose Aufhebung aller Reformen seines Vaters hatte er schon beschlossen, als er noch ein kleiner Junge war und die Geschichten über das alte Tarpol las.

Alle, die Macht hatten, sollten sie entsprechend einsetzen. Furcht regierte noch immer am besten. Furcht und Gold. Beides konnte er in Massen verbreiten, wenn ihm danach war.

Govans braune Augen wandten sich wieder dem Geschehen auf dem Platz zu, wanderten über die geschäftige Menge hinweg und fixierten die Fassade der Kathedrale, die, obwohl schon fertig gestellt, wieder mit Stützwerken, Gestellen und Verstrebungen umgeben war. Der Tadc hatte angeordnet, ein paar stilistische Neuerungen anbringen zu lassen.

Von diesen Veränderungen hatte er eines Nachts geträumt.

Er war in dieser Vision um das Gebäude geflogen, das so ganz anders, noch düsterer und finsterer aussah, als es sich bisher präsentierte. Und genau so wollte er die Kathedrale haben, mit der er noch Großes vorhatte.

Damit nicht genug. Die Pläne zur Veränderung der Hauptstadt lagen schon in den Schubladen bereit; seine Architekten hatten ohne Unterlass an den Reißbrettern gesessen, bis der Thronfolger nach zwei Wochen zufrieden genickt hatte. Sobald er auf dem Thron säße, würde sich das Gesicht Ulsars gehörig wandeln.

Govan verschwendete keine Zeit. Er wollte sich und seine Macht wie Wasser nach allen Seiten ausbreiten, und das mindestens so unaufhaltsam, notfalls auch so zerstörerisch wie das Naturelement selbst. Ulldart würde der Mittelpunkt seines Imperiums werden.

Natürlich wollte er die Frau an seiner Seite, die ihn ohnehin schon unterstützte. Doch ihr Herz wahrhaftig zu entflammen war ein Kunststück, das ihm trotz aller Magie noch nicht gelungen war.

Dafür musste er zusehen, wie sich andere wie die Bienen um seine Schwester sammelten, in der Hoffnung, von ihrem Nektar zu kosten und sich an mehr als nur ihrem betörenden Anblick zu erfreuen.

Auch er wünschte sich genau das.

Govans Atem ging schwer, die Gedanken wühlten sein jähzorniges Temperament auf. Seine Kräfte wisperten ihm lockend zu, dass er ihnen freien Lauf lassen möge. Gelegentlich tat er das auch, gönnte sich gewaltige Eruptionen und fing die vernichtenden Energien in spektakulären Effekten ab.

Nur im Augenblick war er nicht in der Stimmung für diese Spielereien. Er wollte etwas restlos auslöschen, jedoch nicht mitten in der Hauptstadt.

»Hoher Herr, hier seid Ihr.« Mortva Nesreca trat an ihn heran. »Ich wollte mit Euch die Vorbereitungen für die Krönungsfeierlichkeiten in einer Woche besprechen.« Das dämonische Wesen in menschlicher Gestalt blickte ebenfalls auf den großen Marktplatz. »Wie wacker das Volk doch teilnimmt, nicht wahr?«

»Es leidet mehr, als ich es tue. Sie werden ihn schwer vergessen«, prophezeite der Tadc mit düsterer Stimme.

»Sie werden ihn vergessen, sobald Ihr die ersten Erfolge erzielt«, widersprach Nesreca sanft und legte die Rechte nach hinten. Jede Bewegung, jede Betonung, der ganze optische Eindruck gestalteten sich perfekt.

Die Vergänglichkeit, das bemerkte Govan einmal mehr, berührte seinen Konsultanten erfolglos. Wie zuvor präsentierte sich der Vertraute als gut aussehender, bartloser Mann um die dreißig Jahre von durchschnittlicher Statur und mit glatten silbernen Haaren, die offen bis über die Schultern auf den Rücken hingen. Das grüne und das graue Auge schauten derzeit interessiert hinab auf das Geschehen.

Der junge Herrschersohn fuhr sich durch die halblangen Haare. »Schaffen es die Steinmetzen und Kunstschmiede?«

Bedächtig nickte Nesreca. »Pünktlich zur Krönung ist die Kathedrale für Euch bereit, Hoher Herr.« Er wandte sich zu dem jungen Mann, den er beinahe wie einen Sohn großgezogen hatte. Im aufwändig gestalteten, bestickten Soldatenrock glich er im Halbdunkel fast Lodrik. Nur die Bescheidenheit seines leiblichen Vaters hatte er nicht geerbt. Der Uniformstoff strotzte vor Gold- und Silberfäden, Ornamenten und Wappensymbolen. »Und was ist mit den Gaben fürs Volk?«

»Was soll damit sein?«, meinte der Tadc gelangweilt. »Sie sollten mir etwas bringen. Schließlich übernehme ich ihren Schutz in der größten Not.«

»Die Hohe Herrin orderte bereits Ochsen, Brot, Wein und Bier für eine große Feier«, erklärte sein Konsultant. »Ich wollte das nur von Euch bestätigt wissen.«

Govan drehte sein Gesicht zu Nesreca. »Wenn meine Schwester Euch etwas befiehlt, dann habt Ihr das gefälligst auch zu tun, Mortva. Ich vertraue ihr voll und ganz.«

Der Berater verneigte sich leicht. »Ansonsten sind die Einladungen an die Adligen des Landes ergangen. Die Abgesandten der Vizekönigtümer werden es dagegen nicht schaffen, in so kurzer Zeit nach Ulsar zu kommen.«

»Mein Vater fing ähnlich stürmisch an«, kommentierte Govan knapp. »Und er wurde der mächtigste Mann der Welt. Gäbe es ein besseres Vorbild? Ich will einfach nur möglichst schnell den Titel des Kabcar tragen.« Der Konsultant lachte leise und samten. »Was ist daran so unterhaltsam, geschätzer Mentor?«, erkundigte Govan sich verdutzt.

»Es ist für Euch doch nichts weiter als eine Zwischenstation«, schätzte er. »Selbst der Titel des *¢arije* ist nur ein Trittstein auf Eurem Weg an den Gipfel der Macht.«

»Ihr müsst es wissen, Mortva. Ihr habt mich gelehrt, dass Macht etwas sehr Nützliches und Schönes ist.«

Nesreca schien nach wie vor belustigt. »Ich habe es Euch gelehrt, ja, gewiss. Die Umsetzung in die Wirklichkeit liegt ganz in Euren jungen Händen. Und wie mir scheint, werden diese Hände formend und gestaltend wirken.« Er öffnete die Fensterflügel. Die Geräusche – das Hämmern und Schmieden, die Rufe der Arbeiter, das Rauschen des Windes – und die Gerüche der Stadt wehten in das riesige Zimmer. »Hört, Hoher Herr. Welche Laute und Düfte wird der Wind uns morgen bringen? Vielleicht das Aroma eines neuen Landes?«

Govan grinste und atmete tief ein. »Nein, lieber Mortva. Morgen riechen wir noch nicht das Odeur anderer Küsten. Aber es wird nicht lange dauern. Zvatochna besiegt die Grünhaare im Handumdrehen, Ihr werdet sehen. Mein nächstes Ziel habe ich bereits herausgesucht. Irgendwann wird der Wind, egal von woher er weht, immerzu nur aus meinem Reich kommen.« Er stockte, überlegte und lachte unvermittelt los. »Mir ist eben eingefallen, dass ich dann einen eigenen Titel erfinden müsste. Ȼarije oder Kaiser ist das Höchste, was man auf Ulldart werden kann.« Er schritt hinaus auf den schmalen Balkon, von dem üblicherweise die Flaggen gezeigt wurden. »Aber wie soll ich mich nennen, wenn ich mehr als einen Kontinent beherrsche?« Sein durchschnittliches Gesicht nahm einen geradezu entrückten Ausdruck an. »Wie nennt sich ein solcher Gebieter, Mortva?«

Der Konsultant kreuzte schmunzelnd die Unterarme auf Bauchhöhe. »Es gibt vermutlich unangenehmere Dinge, als eine Bezeichnung für einen nie da gewesenen Regenten zu suchen, Hoher Herr.«

Einer der Schmiede hatte die Gestalten auf dem Vorbau des Ratsgebäudes entdeckt. Sofort rief er den Menschen auf dem Platz etwas zu, und alle schauten zu Nesreca und dem Tadc. Die Menge fiel auf die Knie und wünschte Govan ein langes Leben.

»Seht sie Euch an, Mortva. Sie preisen meinen Namen, als stünde mein Vater auf dem Balkon. Und sie werden schon bald zu tausenden für mich sterben.« Mit einer äußerst herablassenden Bewegung forderte der Thronfolger seine Untertanen auf, sich zu erheben. »Was wäre ein Herrscher ohne Volk? Man braucht es, um mit ihm ans Ziel seiner Wünsche zu gelangen.« Er winkte ihnen kurz zu und zg sich dann schnell vom Fenster zurück.

»Ist das die richtige Einstellung?«, merkte der Konsultant provozierend an und schloss die Fenster. »Euer Vater hatte die Maßgabe, für das Volk da zu sein.« Gespannt wartete er auf die Erwiderung.

Der Tadc blieb grübelnd vor dem in Öl gebannten Konterfei seines Erzeugers stehen. »Der Pöbel ist für mich da«, antwortete Govan nach einer Pause. »Es wäre das erste Land, in dem die Rollen zwischen Herrschenden und Beherrschten umgedreht wären. Wenn sie tun, was ich von ihnen verlange, wird es ihr Schaden nicht sein, und beide Seiten werden glücklich.« Er tippte gegen die Leinwand. »Das muss aber nicht zwingend so sein. Im Gegensatz zu *diesem* Bardri¢ reicht es mir aus, mich notfalls allein glücklich zu fühlen.« Govan schritt tatkräftig zum Ausgang, wo die Leibwachen warteten. »Vorwärts, Mortva. Ich will sehen, was die Arbeiten im Steinbruch machen. Je eher wir die Leiche meines Vaters finden und nach allen Regeln der Religion verbrennen, desto besser.«

Der Konsultant schaute zur Stück um Stück wachsenden Statue Lodriks und zuckte bedauernd mit den Achseln, ehe er seinem Herrn hinaus zur Kutsche folgte.

Zu hunderten schufteten Menschen in den Trümmern des eingestürzten Steinbruchs und machten sich an die Kräfte zehrende Aufgabe, den toten Körper des Herrschers zu suchen, der ihnen Wohlstand und Sicherheit gebracht hatte.

Schon zwei Wochen lang zerklopften sie riesige Felsbrocken zu Geröll, um die Leiche von Lodrik zu bergen und sie einer Beerdigung zuzuführen, wie sie der bisher größte Bardri¢ der Geschichte verdiente.

Doch noch suchten sie vergebens, nicht der kleinste Hinweis war zu finden.

Govan stieg auf einer Erhebung aus der Kutsche und schritt an die Bruchkante, um einen Blick auf die Menschen zu werfen, die von hier oben wie geschäftige Insekten wirkten. Mehr bedeuteten sie dem Tadc auch nicht.

»Wurden die Steine nach Ulsar zur Kathedrale transportiert?«, erkundigte er sich bei dem herbeieilenden Vorarbeiter, der die Grabungen organisierte.

»Wie Ihr befohlen habt, hoheitlicher Tadc.« Der Mann verneigte sich tief. Der junge Mann verscheuchte den Untergebenen mit einer Geste.

»Da hatte der Tod meines Vaters mehr als nur einen Vorteil«, sagte er süffisant zu Nesreca. »Ich komme schneller an das Baumaterial für meine neue Stadt.«

Plötzlich entstand an einer Stelle helle Aufregung; die Menschen strömten herbei, um nach dem Rechten zu sehen.

Govan und sein Konsultant machten sich neugierig auf den Weg und kamen gerade rechtzeitig, um zu sehen, wie Teile des großen Prunkzeltes sowie der zersplitterte Helm eines Soldaten unter einem der Brocken hervorgeholt wurden. Es roch durchdringend nach Verwesung. Anscheinend wühlten sich die Ulsarer näher heran.

Die Menschen fielen vor dem Thronfolger auf die Knie, murmelten Segenswünsche und Beileidsbekundungen.

»Meinen Dank, Volk«, meinte Govan recht oberflächlich und presste sich ein parfümiertes Taschentuch vor Mund und Nase, um den Fäulnisgestank nicht ertragen zu müssen. »Bald haben wir diejenigen, die meinen Vater feige und hinterrücks ermordeten, am Boden und werden sie zertreten. Ich und alle Untertanen verlangen nach Rache für diese Tat. Und die werden wir bekommen«, versprach er ihnen. »Mit eurer Hilfe. Sucht meinen Vater, und danach tragen wir seinen Namen auf unseren Klingen bis ins Herz von Kensustria, um den Mördern zu zeigen, was die Feindschaft von Tarpol bedeutet.«

Er wandte sich ab und kehrte zu dem Gefährt zurück, während die Menschen Hacke, Pickel und Schaufel umso inbrünstiger einsetzten.

Govan nahm in den Polstern Platz und ließ sich von einem Diener etwas zu trinken bringen. Genüsslich trank er einen Schluck und betrachtete den mitgenommenen Steinbruch.

Unfassbar, welche Kräfte hier gewütet hatten. Mit den gleichen Fingern, die gerade den wertvollen Kristallbecher hielten, ohne ihn zu zerstören, konnte er Sturmfluten auslösen und Berge zum Einsturz bringen. Seine Kräfte. Er nahm einen weiteren Schluck. »Wir sollten schleunigst etwas gegen die Aufständischen in Karet unternehmen. Aber nicht so ineffektiv, wie das mein Vorgänger tat.« Govan hielt Nesreca die Handfläche hin. »Ich werde die Modrak auf sie hetzen. Alle Modrak. Der Himmel wird sich über Karet verdunkeln, und innerhalb einiger Nächte werden die Nichtsnutze und Störenfriede ausradiert sein.«

Der Mann mit den silbernen Haaren runzelte die Stirn.

»Was ist, Mortva?«, verlangte der Tadc ungeduldig und bewegte die Finger. »Heraus damit.«

»Das Amulett war nicht im Palast. Ich habe bereits alles abgesucht und fürchte, Euer Vater trug es bei seinem Ableben, Hoher Herr«, antwortete er. »Ich glaube mich im Nachhinein richtig zu erinnern, dass ich die Kette um den Nacken gesehen habe.«

»Dann rufe ich sie ebenso.«

Der Mann schüttelte bedauernd den Kopf. »So einfach ist es leider nicht. Noch sehen sie den toten Herrscher als Hohen Herrn an. Und so lange Ihr den Talisman nicht an Euch bringt, die Modrak ruft und sie von Eurer Nachfolgerschaft überzeugt, müsst Ihr auf sie verzichten.«

»Bei Tzulan!«, fluchte der Thronfolger, formte eine Faust und schlug zornig gegen die Kutschentür. »So eine Schlamperei, Mortva. Das hätte Euch nicht passieren dürfen.«

»Mir, Hoher Herr?«, erwiderte sein Vertrauter ungläubig. »Nachdem Ihr vor Magie zu explodieren drohtet, war es niemandem möglich, in Eure oder seine Nähe zu kommen. Außerdem hatte ich in der Situation andere Sorgen.«

Verstimmt schleuderte der Tadc den Becher hinaus und klopfte gegen den Fahrzeughimmel. Die Kutschte wendete, rollte über die Kristallsplitter und kehrte nach Ulsar zurück.

»Haben sich die Hohen Schwerter wenigstens gemeldet?«, wollte er mürrisch wissen.

»Nerestro von Kuraschka sagte sein Erscheinen und das seiner Ritter in zwei Wochen zu, jedoch würden sie es bis zu Eurer Krönung nicht mehr schaffen«, gab sein Berater Auskunft. »Alle anderen Vorbereitungen laufen, ich habe eine Anklageschrift verfasst und mehrere Zeugen beschafft. Meine Spione leisteten zudem weitere Arbeit. Mit ein wenig Glück wird es uns gelingen, sogar einen ihrer Ritter gegen den Orden aussagen zu lassen.«

»Wie das?« Govan hob neugierig das Haupt.

Nesreca lächelte. »Wartet es ab, Hoher Herr. Mir wurde von Unstimmigkeiten und Unzufriedenheiten berichtet, die ich zu nutzen gedenke. Es würde die Vernichtung der Angor-Gläubigen perfekt machen, wenn sich einer ihrer Brüder gegen sie wendete. Und es ist nicht irgendein niederer Stallbursche, den ich im Auge habe.«

»Sehr gut«, lobte der Tadc wieder einigermaßen versöhnt. »Aber wenn Ihr Euch sicher seid, will ich den Namen unseres Trumpfs. Keine Geheimnisse, Mortva, bedenkt das. Und veranlasst, dass der Pöbel im Steinbruch schneller arbeitet. Werft meintewegen Gold in die Felsspalten oder stellt ihnen Einpeitscher zur Seite.« Er legte eine Hand an die Stirn und blickte hinaus. »Ich brauche das Amulett.«

Zvatochna lächelte den Mann an, der sich sofort ein Messer in die Brust gerammt hätte, wenn sie es von ihm verlangte. »Ich sehe schon, Vasruc Tchanusuvo, meine Mutter traf damals die rechte Wahl, Euch in den Kreis der Adligen aufzunehmen.« Sie bedachte den Tarpoler mit einem Blick aus ihren braunen Augen, der alles aus seinem Verstand drängte, was einen klaren Gedanken zu fassen vermochte. »Ich werde Euch nicht vergessen, wenn mein Bruder den Rat wieder ins Leben rufen möchte. Ihr könntet einen festen Sitz dort erhalten, wenn …«

Absichtlich ließ sie den Satz unvollendet und beugte sich ein wenig nach vorne, um ihr Dekolletee besser zur Geltung zu bringen.

Tchanusuvo klebte mit seinen Pupillen an ihrer Haut und starrte auf die Ansätze der weiblichen Erhebungen. »Wenn?«, fragte er heiser. »Sprecht, hoheitliche Tadca. Alles, was Ihr wünscht, soll in Erfüllung gehen.«

Glockenhell ertönte ihr Gelächter; der kleine Fächer schnappte auf, hinter dem sie ihr überirdisch schönes Antlitz geschickt verbarg. »Bringt mich nicht auf falsche Ideen, Vasruc. Es würde mir durchaus ausreichen, wenn Ihr mir Treue schwörtet.« Sie legte eine Hand auf seinen Unterarm. »Nur Euer Wort als Mann und Adliger«, raunte sie. »Ihr hättet die Dankbarkeit einer leidenschaftlichen Frau.«

Der Fächer sank, Tchanusuvos Lippen näherten sich dem Mund der Schwester des Thronfolgers, ohne dass er es merkte. »Ich schwöre Treue bei meiner Seele«, flüsterte er, trunken von der Schönheit und der Faszination ihres Wesens.

Im letzten Augenblick fuhr der Luftwedel dazwischen, und erschrocken zuckte der Vasruc zurück.

»Ich danke Euch, Tchanusuvo.« Die Tadca erhob sich und präsentierte ihm den Anblick ihrer vollkommenen Figur in einem aufwändig geschneiderten, engen Kleid.

Ganz langsam und provozierend dicht schritt sie an ihm vorüber, sodass er ihr Parfüm riechen musste.

Der Wunsch seiner nächtlichen Träume war zum Greifen nah und dennoch unerreichbar für ihn. Aber die Hoffnung, vielleich doch einmal ihre Haut oder die schwarzen Haare zu berühren und andere Dinge mit ihr zu tun, starb zuletzt.

Zvatochna fasste seinen Arm und geleitete ihn zur Tür. Folgsam wie ein Lamm trottete er neben ihr her. »Und nun entschuldigt mich, mein lieber Vasruc. Ich habe noch andere Dinge zu erledigen. Zum Wohle unseres Reiches.«

»Natürlich«, hauchte er und rannte beinahe gegen die Tür. Mit Mühe fand er die Klinke, drückte sie nach unten und verließ den Saal rückwärts gehend.

Kaum hatte sich der Eingang geschlossen, lachte die Tadca leise auf.

Sie war mehr als zufrieden, als sie an den Tisch zurückkehrte und die Liste durchlas. Auf ihr fanden sich alle Namen der neuen Adligen und Brojaken, die ihre Mutter gegen Zahlung erheblicher Mittel berufen hatte. Und genau diese schwor die junge Frau einen nach dem anderen auf sich ein. Bisher erwies sich das als einfaches Unterfangen.

Weniger leicht würde es werden, die Schnitzer und Unachtsamkeiten ihres Bruders auszubügeln.

Zvatochna beobachtete Govan sehr genau und fand, dass er eine gewisse Herzlichkeit im Umgang mit Menschen quer durch alle Schichten vermissen ließ. Noch kreidete es ihm niemand an. Vermutlich schoben sie sein Verhalten auf den Verlust des Vaters, aber er musste sich auf Dauer ändern, wenn er die Gunst der Menschen nicht verlieren wollte. Spätestens mit der Rückkehr zum alten System hatte er zum Schauspieler zu werden, und zwar in der gleichen Perfektion, die sie an den Tag legte.

Niemandem war es möglich zu sagen, ob sie sich tatsächlich in der nach außen gezeigten Stimmung befand oder nicht. Govan würde bei aller Macht, die er besaß und auf die er sich ihrer Meinung nach viel zu sehr verließ, lernen müssen, Freundlichkeit, Verständnis und Anteilnahme vorzutäuschen. Diese hervorstechenden, echten Eigenschaften ihres Vaters würde das tarpolische Volk nicht vergessen.

Aus dem mit drei Schlössern sowie einer magischen Sperre versehenen Schrank hinter sich nahm sie eine Mappe mit Karten und Aufzeichnungen: die exakten Pläne für den Angriff auf den einzigen noch gefährlichen Gegner – Kensustria.

Sie klatschte in die Hände, als sie die riesigen Zahlen der Freiwilligen las, die sich in den verschiedenen Garnisonen und Werberstuben zum Kampf gegen die Grünhaare gemeldet hatten. Sie würden nützen, den Feind zu ermüden, bevor die eigentlichen Truppen zum Angriff übergingen.

Zvatochna nickte in Gedanken und bestätigte innerlich die Auswahl der zehn Orte, an denen die Freiwilligen beinahe gleichzeitig in Kensustria einfallen sollten, um die Streitmacht der Verteidiger zu teilen und in Atem zu halten. Erst am zweiten Tag würden die erfahrenen und gedrillten Teile des Heeres aus Tarpolern und Tzulandriern an einem ganz anderen Ort zum Einsatz kommen. Ihre Aufgabe würde es sein, mit schneller Kavallerie und leichten Bombardenbatterien die kensustrianischen Einheiten von hinten anzugreifen.

Die Tadca öffnete die Spangen und zog die Nadeln aus ihrem Schopf, um die langen schwarzen Haare auf ihre nackten Schultern fallen zu lassen. Dann öffnete sie die ersten Haken ihres Mieders, um mehr Luft zu bekommen; die engen Schuhe landeten polternd auf dem Teppich.

Ihr Blick schweifte über die Karte, die, was das Gebiet des Feindes anging, erschreckend leer war. Es existierte lediglich das Wissen um die Küstenlinie und die Topografie vor dem Jahr 66 n.S.; mit dem Einzug der Kensustrianer und der Abschottung des Landes über die Jahrhunderte hinweg war der Informationsfluss versiegt. Doch aus den einstigen Mooren und Sümpfen waren bestimmt Städte in den Himmel gewachsen. Keiner konnte indes sagen, wo welche Siedlungen lagen und was die Angreifer alles erwartete.

Diesen Umstand hatte Zvatochna mehr als einmal verflucht.

Den Einmarsch nach Überschreiten der Landesgrenze weiter zu planen machte keinen Sinn. Die Truppen würden improvisieren müssen. Sie als Befehlshaberin würde improvisieren müssen. Die vorgesehenen Erkundungsflüge der Modrak, die sie von Govan zu verlangen gedachte, minimierten das Risiko. Sie benötigte Korridore, durch die ihre Kavallerie schnell zu den Feinden reiten konnte. Hatte man die Hauptstreitmacht der Grünhaare erst ausgeschaltet, konnte man in aller Ruhe zur restlichen Eroberung schreiten.

Theoretisch.

Nichts, absolut nichts an diesem Feldzug war zwingend und vorhersehbar. Zvatochna schnaubte unzufrieden. Sie war sich sicher, dass umgekehrt die Spione Perdórs, der irgendwo in Kensustria abgeblieben war, eifrig notierten und meldeten, mit welchen Zahlen die Verteidiger rechnen mussten.

Aber die tarpolische Technik und die Masse an Menschen machten viele unbekannte Komponenten in diesem Überfall wett. Die Tadca siegelte die Befehle an die Garnisonsobristen und Werberoffiziere, schrieb die letzten Marschrouten und stellte Zeitpläne auf, wann die einzelnen Kontingente sich wo zu melden hatten, um eine Kontrolle des Ablaufs zu ermöglichen. Dabei waren die Wege der Einheiten, die sie absichtlich klein gehalten hatte, so gewählt, dass die Ziele nicht sofort ersichtlich wurden, um die Spitzel des kleinen dicken Königs so lange wie möglich im Unklaren zu lassen.

Widerstrebend nahm sie ihren zweiten strategischen Entwurf in die Hand, den ihr Vater als »zu hart« bezeichnet hatte.

Einerlei, sie würde ihn zur Anwendung bringen, falls ihr erster Versuch fehlschlüge. Sie sah ihn schwerlich als zu hart an. Ihr behagte nicht, dass große Teile des Landes verwüstet werden sollten. Wenn sie Glück hatten und Tzulan auf ihrer Seite stand, würde dieser Plan in der Dunkelheit des Schranks verborgen bleiben.

Eine andere Sache schmeckte ihr ebenfalls nicht. Wegen der Unberechenbarkeit der Lage in Kensustria musste sie selbst mit den Truppen reisen; in drei Wochen wollte sie aufbrechen, um zu ihnen zu stoßen. Dabei machte sie sich weniger Sorgen um sich selbst als vielmehr um den dann frisch gekrönten Kabcar.

Hoffentlich machte er in ihrer Abwesenheit nicht alles zunichte, was sie mühevoll und trotz der Trauerphase bei den Adligen erreicht hatte. Sein Temperament war zu unstet. Dennoch führte an ihrer Reise kein Weg vorbei.

Sorgsam packte sie die Unterlagen zurück in den Schrank, als es gegen die Tür pochte. »Nein!«, rief sie herrisch zum Eingang. In ihrem gelockerten Zustand wollte sie niemanden empfangen.

»Ich bin's«, kam Krutors Stimme gedämpft durch das Holz. »Darf ich hereinkommen, Schwester?«

Schnell überprüfte Zvatochna ihr Antlitz in einem der allgegenwärtigen Spiegel, in denen sie sich zu bewundern pflegte, schuf mit ein wenig Konzentration

Tränen in ihren Augenwinkeln und schluchzte leise. »Natürlich«, rief sie erstickt.

Die Tür schwang auf, und der helle Durchgang verdunkelte sich schlagartig, als sich die gewaltige Gestalt ihres verkrüppelten Bruders durch den Rahmen schob.

Als hätte der Architekt des Palastes vor vielen Jahrzehnten geahnt, dass sich einmal ein übergroßer Mensch durch die Korridore und Türen bewegen müsste, schien alles auf den Maßstab des Tadc ausgelegt. Der Jüngste des Geschwistertrios passte bei seinen fast schon monströsen Ausmaßen gerade eben durch die Öffnung. Mit der Kraft der hoheitlichen Missgeburt konnte sich schon lange niemand mehr messen.

Krutor übte das richtige Gehen, und aus den grotesken Hüpfern war ein schnelles Humpeln geworden, das ihn etwas Menschlicher erscheinen ließ. Ein Blick auf sein missgestaltetes Gesicht hingegen erschreckte nach wie vor den ein oder anderen unvorbereiteten Besucher des Palastes.

Meistens trieb sich Krutor bei den Dienstboten herum und half, wo er nur konnte, vom Stallausmisten bis zum Fegen der Küche. Er bestand darauf, den anderen zur Hand zu gehen.

In letzter Zeit pendelte er zwischen dem Steinbruch und der zu errichtenden Statue hin und her. Zvatochna wusste, dass es ihn innerlich beinahe zerriss, weil er sich nicht entscheiden konnte, was ihm wichtiger war.

»Fahren wir bald?«, fragte er ungeduldig. »Ich habe genug geübt. Ich will Grünhaare töten.« Sein schiefes Gesicht nahm einen bedrohlich düsteren Ausdruck an, reine Mordlust und unversöhnlicher Hass waren in die Linien eingegraben. »Alle Grünhaare.«

Beruhigend fuhr ihm Zvatochna über die intakte Gesichtshälfte. »Gedulde dich noch ein wenig, Bruder. Du wirst deine Rache früh genug bekommen, das verspreche ich dir.« Sie seufzte und täuschte ein Weinen vor.

Wie ein tapsiger Bär nahm Krutor sie in die starken Arme und drückte sie äußerst vorsichtig an sich, wie er es immer tat. »Ich vermisse Vater auch sehr«, sagte er traurig. »Warum haben die Grünhaare das getan? Vater wollte doch nichts Böses. Er wollte doch alle Bewohner auf Ulldart zu Freunden machen.« Gequält blickte er in die braunen Augen seiner Schwester. »Ist das so schlimm?«

Die Tadca lächelte schwach. »Nein, das ist nicht schlimm.«

»Wenn wir die Grünhaare getötet haben, machen wir dann alle zu Freunden?«, wollte er von Zvatochna wissen. »Wie Vater es wollte?«

»Wir werden es versuchen«, wich sie aus, zog seinen Kopf nach unten und gab ihm einen langen Kuss auf die Stirn. »Zuerst krönen wir Govan zum Kabcar, dann sehen wir uns das Turnier an, und anschließend reisen wir sofort zu unseren Soldaten. Und nun geh ins Bett, Krutor.«

Der Krüppel nickte zögernd. »Gut, Schwester.« Er strich ihr liebevoll über den Schopf. »Du musst keine Angst haben, wenn wir unterwegs sind. Ich beschütze dich. Niemand wird dir etwas zu Leide tun.«

Krutor winkte ihr und ging hinaus. Dafür eilte sein Bruder ins Zimmer. Sofort richtete sich sein Blick begehrlich auf die geöffneten Haken des Mieders.

»Du möchtest dich wohl bald zurückziehen?«, schätzte er.

»Ich habe eben die Karten durchgeschaut«, gab sie gähnend zurück und reckte sich. »Eigentlich bin ich nicht mehr hier.« Die Tadca legte den Kopf in den Nacken. »Diese ständige Sitzerei sorgt nur für einen steifen Nacken. Ach ja, denkst du daran, dass die Modrak umgehend mit ihren Aufklärungsflügen beginnen? Je eher ich die Korridore einzeichnen kann, desto besser für die Planung.«

Mit einem Laut des Missfallens setzte sich Govan in den Sessel. »Es wird keine Modrak geben.« Er faltete die Hände zusammen und biss leicht auf den Knöcheln herum. »Mein Vorgänger hatte das Amulett bei sich, mit dem man die Kreaturen herbeirufen kann.«

Die junge Frau schwieg bestürzt. »Das heißt, meine Kavallerie muss blind in unbekanntes Gelände reiten?«

»Unsere Kavallerie. Es ist nicht unbekannt«, knurrte der Thronfolger gereizt. »Wir haben Karten.«

»Die beinahe vierhundert Jahre alt sind, geschätzter Bruder«, erwiderte Zvatochna etwas härter als beabsichtigt. »Weißt du, was man auf dieses Material geben kann? Weißt du, was sich in dieser Zeit alles ändern kann?«

»Sie können auch keine Berge versetzen!«, rief Govan wütend. »Wenn meine Leute Feiglinge sind, gehe ich eben allein nach Kensustria.«

Zvatochna wollte ihn nicht weiter reizen, sie fürchtete einen unkontrollierten Ausbruch seiner Kräfte. Daher senkte sie die Stimme, zwang sich zu einem Lächeln und stellte sich hinter ihren Bruder, um ihn durch eine leichte Massage zu entspannen. Sanft drückten ihre schlanken Finger die stahlharten, verkrampften Nackenmuskeln und lockerten sie.

»Natürlich haben wir genügend Freiwillige, aber wir müssen sie so einsetzen, dass wir etwas davon haben. Die berittenen Einheiten und die Bombarden sind kostbar; sie zu opfern wäre töricht. Deshalb muss ich wissen, wie es aussieht.«

»Ich kann die Modrak nicht herbeihexen«, grummelte Govan etwas besänftigter. »Wir müssen warten, bis sie die Leiche unseres Vaters gefunden haben.«

So ungern sie es tat, aber sie musste dem Tadc Recht geben. »Ich lasse den Aufmarsch wie geplant weiterlaufen«, erklärte sie. »Aber ich werde mir etwas einfallen lassen, falls die Leute den Toten nicht finden.«

»Nicht auszudenken«, stöhnte der Thronfolger auf. »Die Leute würden sich bestimmt Geschichten ausdenken und ihn zum Heiligen machen, der nach seinem Tod von Ulldrael dem Gerechten geholt wurde oder so etwas in der Art. Notfalls schlagen wir einen Bettler tot und stecken seinen Kadaver in eine Uniform, damit die Einfaltspinsel etwas zum Beerdigen haben.«

Ein Leuchten entstand in ihrem Gesicht. »Mir kommt da eine Idee.« Rasch umrundete sie den Sessel und kniete sich vor ihren Bruder. »Du hast mir doch etwas von diesen seltsamen Holztrümmern erzählt, die einer deiner Spähtrupps bei der Festung Windtrutz gefunden hat. Diese Überreste kensustrianischer Gleiter?«

Govan starrte auf ihren Brustansatz. »Ja«, sagte er langsam. Es dauerte eine Weile, bis er die Tragweite ihres Einfalls erkannte. »Aber sie waren beinahe vollständig zerstört.«

Zvatochna fasste seine Hände. »Wir haben Ingenieure, die das Fehlende schnell ergänzen können. Ich lasse die Überreste suchen und wiederherstellen.« Sie lachte aufgekratzt, überwältigt von dem Gefühl, einen Ausweg gefunden zu haben. »Wer braucht schon die Modrak?« Sie warf sich jauchzend in seine Arme.

Ihr Bruder erwiderte die Zärtlichkeit hastig, seine Hände ertasteten die Linien ihres warmen Körpers. In seiner Vorstellung umarmte er seine nackte Schwester, und die Umarmung ging über in ein Liebesspiel, in die Erfüllung seiner Träume …

Doch der Moment der intensiven Nähe endete nach wenigen Lidschlägen. Zvatochna drückte sich von ihm ab und sprang auf. »Noch heute wird der Bote losreiten.« Sie raffte die Schuhe an sich, drückte ihm einen schmatzenden Kuss auf die Wange und lief hinaus. »Gute Nacht, mein Kabcar.« Die Tür knallte ins Schloss.

Mit diesem unromantischen Geräusch lösten sich die letzten Phantasien Govans auf. Das Gefühl der Ruhe und Wärme wich abrupt, sein Puls beschleunigte sich, die Erregung steigerte sich weiter und schlug um in Wut darüber, wieder nicht ans Ziel gelangt zu sein.

Noch immer roch er ihr Duftwasser, was Öl ins Feuer seiner Leidenschaft goss. Er benötigte göttlichen Beistand, da er ahnte, dass seine Magie in diesem Fall nichts auszurichten vermochte. Und was lag näher, als den anzurufen, der ihm bisher gnädig gewesen war?

Tzulan musste ihm helfen. Er sollte bewirken, dass Zvatochna sich ihm zuwandte. Und wenn er ihm dafür ganz Ulsar opfern musste. Der Tadc schnellte aus dem Sessel, befahl seinen Wachen, sich zur Ruhe zu begeben, und verschwand in seinen Gemächern.

Kurz darauf hetzte eine dunkel gekleidete Gestalt ihr Pferd zu einer der kleinen Pforten hinaus und ritt durch die Gassen der nächtlichen Hauptstadt in Richtung der Kathedrale.

An diesem Abend erwartete Zvatochna eigentlich, dass ihr Bruder in ihrem Schlafgemach erschien, um ihre Haare zu bürsten. Doch die Tadca musste diese Aufgabe selbst erledigen. Nachdenklich bürstete sie die Strähnen und schlüpfte anschließend in einem leicht durchsichtigen Nachtgewand zwischen die Laken des breiten Betts, in dem sie jede Nacht und immer allein schlief. Mit den Männern und ihren Gelüsten zu spielen bedeutete für die schöne junge Frau nicht, sich von ihnen berühren zu lassen.

Dadurch, dass sie ihnen mit Worten, Gesten und Blicken alles versprach, schürte sie Hoffnungen. Weil eben noch niemand von sich behaupten konnte, die Gunst der Tadca genossen zu haben, lieferten sich die Adligen und Einflussreichen ein Rennen darum, der erste Glückliche zu sein. Ihre Jungfräulichkeit war dabei zusätzlicher Ansporn.

Ihr Anspruch an die Bewerber hatte allerdings einen entscheidenden Nachteil: eine leere Schlafstätte.

Noch kannte sie die Freuden der körperlichen Liebe nur aus Erzählungen ihrer Mutter und aus Büchern und konnte sich so gar nichts darunter vorstellen, wenn andere in blumenreichen Sätzen, mal derb, mal sehr vornehm, von Gefühlen und Empfindungen beim Akt sprachen.

Es war nicht so, dass sie keine Lust verspürte. Doch Zvatochna zügelte im Gegensatz zu ihrer Mutter die Neugier und wartete auf den Mann, dem sie erlauben würde, »die Rose der Weiblichkeit zum Erblühen und Beben zu bringen«, wie es in einer der Schriften umschrieben wurde. Die ganzen Tchanusuvos Tarpols und selbst ihr Bruder Govan kamen als Gärtner allerdings nicht in Frage. Eher blieb die Rose eine Knospe.

Einmal, zum unpassendsten Zeitpunkt überhaupt, hatte sie so etwas wie ein heißer Schauder überfallen, als sie in die Augen eines Mannes geblickt hatte.

Es waren die blauen Augen des forschen Räubers gewesen, der sie damals in ihrer Kutsche so dreist überfallen und ihr dazu ihren Anhänger gestohlen hatte.

Es wird seine Tollkühnheit gewesen sein, die mir imponiert hat. Zumal gemunkelt worden war, dass der junge Gesetzlose der ehemalige Rennreiter Tokaro Balasy gewesen sein sollte und er durch einen Hieb des Großmeisters der Hohen Schwerter getötet worden war. Der Rennreiter, der durch ihr Zutun erst zum Gesetzlosen geworden war.

Auch wenn sie es niemals zugegeben hätte, sie bedauerte ihre Tat von damals. Und jetzt, nachdem sie eine gewisse Attraktivität des jungen Mannes nicht verleugnen konnte, reute es sie umso mehr.

Sie hatte damals nur schauen wollen, ob sie ihn ebenfalls um den Finger wickeln konnte wie alle anderen. Ihn hätte sie nicht von der Bettkante gestoßen, wenn – ja wenn er nur ein Mann von Stand gewesen wäre. Aber die Kompromittierung vor aller Augen, ihre Gunst einem ehemaligen Stallburschen versprochen zu haben, durfte sie sich als Tochter des Kabcar nicht erlauben.

Mein Favorit, lautete die Bezeichnung. Sie erinnerte sich an sein entgeistertes Gesicht, als Nesreca und die Wachen ihn abgeführt hatten. Sie drehte sich zur Seite und seufzte tief. «Nun bist du tot, Tokaro. Wie schade.« Die Tadca schloss die Augen. «Sehr schade.«

III.

Kontinent Ulldart, Kensustria, Meddohâr, Frühsommer 459 n. S.

Fiorell hatte vor nicht allzulanger Zeit ein besonderes Abenteuer bestanden. Er war vor einem monströsen Geschöpf geflüchtet, das die Kensustrianer zur Jagd auf Menschen züchteten. Dabei war er nur knapp dem Tode entronnen.

Perdór kraulte sich die grauen Bartlocken. Auf der einen Seite beruhigte es ihn, dass sein Vertrauter den Fängen des Worrpas entkommen war, auf der anderen Seite konnte er seine Belustigung bei der Vorstellung, wie Fiorell über den Platz sprang und die keineswegs gefährdeten Kensustrianer retten wollte, schwerlich unterdrücken.

Der Hofnarr sah ihm die Zwiegespaltenheit an.

»Ja, ja, lacht nur, Eure Pralinigkeit«, maulte er vorwurfsvoll. »Euch hätte diese Ausgeburt an Zähnen, Krallen und Boshaftigkeit mit zwei Schritten eingeholt und verspeist.« Er rückte die frischen Kleider, die er sich angezogen hatte, zurecht. »Aber nein, ich vergaß. Es hätte sich an Euch einen Bruch gehoben, und Ihr wärt mit dem Leben davongekommen.«

Der ilfaritische Herrscher äugte zu den kleinen Schalen. »Schau doch dorthin.« In einer befanden sich Obstspalten, in der anderen in Schokolade gehüllte Leckereien. »Du täuschst dich sehr. Ich lebe gesünder als vorher. Ich strafe die Schokolade mit Missachtung und esse den ganzen Tag schon Obst.«

»Obst?« Fiorell angelte sich einen Schnitz und biss davon ab. »Ja, tatsächlich, eine Rulana-Frucht.« Anklagend deutete er auf das Weiße im Inneren. »Aber sie besteht aus reinem Marzipan! Ihr wolltet mich hereinlegen, Majestät.«

»Um den Zwist beizulegen, werde ich die Streitgegenstände an mich nehmen«, verkündete Moolpár feierlich und zog den zweiten Untersetzer mit schokoladeüberzogenen Köstlichkeiten zu sich heran.

»Da!«, rief der Hofnarr zu seinem König. »Ihr habt ihn angesteckt mit Eurer Abhängigkeit von Süßigkeiten. Er wird bald nicht mehr in seine Rüstung passen.« Kritisch schweiften seine Augen über die Gestalt des Kensustrianers. »Ich sehe es ganz deutlich, er hat schon ein paar Pfunde zugenommen.« Fiorell blies die Backen auf. »Majestät, Ihr solltet ihm schnell einen Posten anbieten, denn als Krieger taugt er in einem halben Jahr gewiss nicht mehr.«

Verunsichert blickte Moolpár auf das Konfekt und fuhr sich am Hals entlang, um nach Anzeichen eines Doppelkinns zu fahnden. Zu spät begriff er, dass er dem Narren auf den Leim gegangen war.

Der Spaßmacher nutzte die Gelegenheit und eroberte blitzartig die Schale zurück. »Genauso hat das Worrpa-Weibchen auch geschaut, als es in den Brunnen gefallen ist.«

»Und so blickt ein Worrpa-Männchen, wenn es seine Beute zerreißt«, erklärte der Krieger, und seine Miene verfinsterte sich bedrohlich.

»Bitte, bitte«, meldete sich Perdór schlichtend. »Ihr wolltet uns doch etwas von Tobáar ausrichten, verehrter Moolpár, nicht wahr?«

Stocksteif richtete sich der Kensustrianer auf. »Der Führer der Kriegerkaste hat beschlossen, ein weiteres Zeichen von Vertrauen zu setzen, und bittet Euch, Majestät, dass Ihr die Koordination der eingehenden Mitteilungen, Nachrichten und Erkenntnisse übernehmt. Nicht nur die Eurer Spione, sondern auch die unserer Kundschafter.«

Der dickliche Ilfarit deutete eine Verbeugung an, um angemessen auf das Angebot zu reagieren. »Ich fühle mich mehr als geehrt, dass Tobáar ail S'Diapán mich mit dieser Aufgabe betraut.«

»Sapperlott, er muss schon ziemlich verzweifelt sein, wenn er Euch da ranlässt«, meinte Fiorell schnippisch. »Wenn ich daran denke, wie viele Akten und Berichte Ihr schon verschlampt habt.«

»Hört nicht auf ihn«, fiel ihm der König ins Wort.

»Ich gebe nichts auf die Worte eines Mannes, der enge, rautenverzierte Trikots trägt und gelegentlich Frauenkleider anzieht«, zerstreute der Kensustrianer etwaige Bedenken.

Fiorell blinzelte verdutzt. »Wer behauptet denn so etwas?«

»Niemand, Hulalia«, gab Moolpár lakonisch zurück.

»Aha, ich verstehe. Majestät, Ihr habt unseren Verbündeten von meinem kleinen Kabinettstückchen erzählt?«

»Aber natürlich«, feixte Perdór. »Du bist doch ein Held.«

»Ein Held wäre er gewesen, wenn er die Festung allein eingenommen hätte«, erwiderte der kensustrianische Diplomat. »So bleibt er eben ein Possenreißer mit gelegentlichen Anfällen von Wagemut.«

»Vielen Dank.« Der Hofnarr verbeugte sich. »Übrigens, wenn wir schon bei der Garderobe sind: Euer schickes Gewand, das sich unter Eurer Rüstung befindet, kennt man bei uns auch.« Er zupfte an einem Stück des weißen Stoffs. »Die Damen nennen es Unterrock.« Fiorell grinste Moolpár ins Gesicht. »Ihr seht, die Verwandtschaft zum weiblichen Geschlecht ist bei uns beiden gegeben. Sollen wir zusammen einen Stickkursus besuchen? Oder Weben lernen? Ich mache Euch ein nettes Rautentrikot. Mit Monogramm.«

Als der Kensustrianer den Mund zu einer Erwiderung öffnete, schob ihm der Narr eine mit Schokolade überzogene Leckerei zwischen die Lippen und machte den Krieger sprachlos.

»Ihr wisst schon, nur ein kleiner Anfall von Wagemut, Moolpár«, erklärte er lachend und brachte sich mit einem Salto rückwärts außer Reichweite des kensustrianischen Schwertes.

Der überrumpelte Mann mit den langen grünen Haaren und den bernsteinfarbenen Augen schluckte geräuschvoll, riss seine Waffe aus der Scheide und wollte sich an die Verfolgung machen. Sein Sinn für Humor war trotz aller Abhärtung im Umgang mit dem Hofnarren gestorben. »Beweist, dass Euer Wagemut von Dauer sein kann, Spaßaffe!«

Fiorell beobachtete die Bewegungen des Kämpfers sehr genau, um nicht Opfer der Klinge zu werden, und machte ein unschuldiges Gesicht. »Nein, schon vorüber. Tut mir Leid, diese Anfälle vergehen wie im Flug. Aber wenn sich wieder einer anbahnen sollte, seid Ihr der Erste, den ich benachrichtigen werde.«

Perdór stellte sich zwischen die beiden Streithähne. »So haltet doch ein, ich bitte die Herrschaften um ein wenig mehr Ernst in dieser Angelegenheit.«

»Er hat angefangen«, beschwerte sich Fiorell gespielt beleidigt.

Dieses Mal bewahrte Moolpár die Beherrschung. Stoisch nahm er Platz und ignorierte fortan die Kommentare des Possenreißers sowie dessen Anwesenheit. Von einem der Bediensteten ließ er riesige Stapel von Schriftstücken bringen. Ein etwas kleinerer Kensustrianer in einer einfachen Robe und mit kurzen Haaren betrat den Raum, warf sich demütig zu Boden und presste die Stirn auf die Holzdielen.

»Das ist ein Schriftgelehrter, der Euch die Nachrichten ins Ulldart übersetzen wird«, erklärte der Krieger. »Wenn er seine Aufgabe nicht erfüllt, wie es sein sollte, gebt mir einen Hinweis und Ihr erhaltet Ersatz.«

Perdór eilte zu ihm und half ihm auf. »Steh doch auf. Ich bin zwar ein König, aber diese Förmlichkeit ist nicht notwendig. Wir sind doch nur in aller Güte aufgenommene Vertriebene in diesem schönen Land.«

Doch der Gelehrte machte keine Anstalten, sich zu bewegen, und verharrte in der unterwürfigen Position.

»Auf die Beine«, befahl der Krieger. »Du wirst ihren Anweisungen folgen, als wären sie Krieger.«

Der Mann erhob sich und stellte sich an die Wand, um auf Anordnungen zu warten.

Der Herrscher von Ilfaris erinnerte sich an die Einteilung der Kensustrianer in Kasten und daran, dass er noch nie mit zwei Angehörigen verschiedener Kasten in einem Raum gewesen war.

Der Krieger stand auf; der bernsteinfarbene Ring um seine Pupillen drückte Verwunderung über das irritierte Verhalten des Königs aus. »Ich sehe Euch erstaunt?«

»Ja«, gestand Perdór. »Ich war nicht darauf gefasst, dass die Unterschiede und Verhältnisse so deutlich zu Tage treten.«

Moolpár ging zur Tür; sein schmales, bartloses Gesicht war voller Ernst. »Als ich durch Ulldart reiste, sah ich viel härtere Umgangsformen. Wir erteilen den anderen Kastenangehörigen Befehle, aber wir achten sie im Großen und Ganzen. Was im übrigen Ulldart nicht immer der Fall ist. Die Fürsten und all die anderen benehmen sich oft weitaus schlechter gegenüber ihren Untergebenen.«

»Da habt Ihr Recht«, stimmte der exilierte König nach kurzem Nachdenken zu. »Wenn es auch nicht auf mein Reich zutrifft.« Der rundliche Ilfarit sammelte all seinen Mut. »Moolpár, Ihr habt im Mundwinkel noch etwas Schokolade. Ihr solltet sie entfernen.«

Die Hand des hoch gewachsenen Kämpfers bewegte sich langsam nach oben, verharrte aber, als er das grinsende Antlitz des Hofnarren sah. Dann bleckte er die Reißzähne. »O nein, Majestät, Ihr werdet mich nicht reinlegen. Es reicht für heute.« Ohne einen Gruß verließ er den Raum.

Fiorell prustete los. »Majestät, wollen wir wetten, wie lange er so durch die Gegend läuft?« Er imitierte die strengen Züge und den gebieterischen Tonfall des Kriegers. »Soll ich dir deinen Schädel spalten? Da ist keine Schokolade.« Schelmisch lächelte er seinen Herrn an.

»Irgendwann bröckelt es ab«, schätzte Perdór seufzend. »Was man auch tut, bei den Kriegern scheint wirklich so gut wie alles falsch zu sein.« Sein Blick fiel auf den Gelehrten, der sie mit offenem Mund anstarrte. »Ja?«

»Nichts, nichts. Mich hätte Moolpár vermutlich schon lange getötet, wenn ich mir diese Umgangsformen erlaubt hätte«, sagte der Kensustrianer beinahe schon ehrfürchtig.

»Wenn Ihr wüsstet, wie oft er es bei mir schon versucht hat«, lachte der Hofnarr und klopfte dem Kensustrianer auf die Schulter. »Ihr seid uns also für das geheime Unternehmen zugeteilt worden? Wie lautet Euer Name?«

»Ich bin Mêrkos, Magister in Sprache und Schrift, Angehöriger der Gelehrtenkaste, wie Ihr an meiner Statur und meinen Kleidern sehen könnt.« Gehorsam verneigte er sich. »Und nun Euch zugeteilt.«

Der kleine König hielt ihm mit Gönnermiene die

falschen Rulana-Früchte hin. »Willkommen bei den Spionen, Mêrkos. Auch wenn wir uns bewusst sind, dass Euer Volk im Kastenwesen lebt … wenn wir zusammensitzen, betrachten wir uns eher als gleichberechtigt, einverstanden?«

Der Kensustrianer schien zu zögern, die drohenden Worte Moolpárs klangen ihm noch in den Ohren.

»Es hat ja auch praktische Gründe«, meinte Fiorell gedehnt. »Nehmt einmal an, Ihr tragt einen Stapel Bücher …« Bei den Worten drückte er Mêrkos nacheinander mehrere schwere Folianten in die Hände. »Obenauf kommen Feder, Tinte und Schreibpapier«, auch diese Utensilien wanderten auf den kleinen Berg, »und dazu hättet Ihr drei dieser Schokoladenbomben im Mund«, schon kaute der grünhaarige Mann auf dem Konfekt herum, »und ausgerechnet jetzt kämen das hochwohlgeborene Pummelchen und ich ins Zimmer.« Der Spaßmacher stemmte die Arme in die Seiten und schaute den Kensustrianer abwartend an. »Na, was ist? Los, auf die Knie, wie vorhin! Und zwar ein bisschen zackig. Oder auch ›Hopp, hopp‹, wie der Pralinige zu sagen pflegt!«

Mêrkos gab etwas sehr Unglückliches von sich, was keiner der beiden Ilfariten verstand, denn das Marzipan verklebte ihm den Gaumen. Seine Arme zitterten gefährlich, der Turm aus Schriftstücken drohte einzustürzen.

»Seht Ihr«, bemerkte Fiorell. »Das geht einfach nicht.«

Ächzend knickte der Kensustrianer ein, doch der Hofnarr fing Tintenfass und Federkiel blitzschnell auf.

»Ja, Ihr habt Recht«, meinte Mêrkos hilflos.

Der Spaßmacher befreite ihn zusammen mit dem König von den Folianten und stellte ihn auf die Beine. »Er hat es verstanden, Majestät«, sagte er zu Perdór. »Er lernt schneller als Ihr.«

Ansatzlos ließ sein Herr den schweren Wälzer fallen,

der mit bösartiger Genauigkeit den kleinen Zeh des Possenreißers traf. Fluchend und wehklagend hüpfte Fiorell durch den Raum.

»Das war der Ausgleich für die Gemeinheit an dem armen Mêrkos. Und nenn mich nie wieder Pummelchen«, warnte ihn der Herrscher mit eiskaltem Blick, »sonst ist es das nächste Mal etwas Schwereres, das auf dir landet, mein spitzzüngiger Freund. Oder ein Worrpa wird dich in deinem Gemach erwarten.« Mit einem herzlichen Lächeln widmete er sich dem erschrocken wirkenden Gelehrten. »Und wir machen uns nun an die Arbeit, Mêrkos. Es wäre doch gelacht, wenn wir aus den Meldungen der wenigen Tapferen, die für uns die Augen und Ohren offen halten, nichts von Wichtigkeit herauszögen.«

»Es ist mir ein Vergnügen.« Schon befand sich sein Oberkörper auf dem Weg nach unten zu einer Verbeugung, doch mitten in der Bewegung bremste er ab und richtete sich wieder auf. »Und seid versichert, Majestät, ich meine es so.«

Während Perdór und Fiorell sich schweigend daran begaben, die eigenen Nachrichten durchzusehen, übersetzte Mêrkos sehr schnell die Meldungen kensustrianischer Grenzposten und Patrouillen ins Ulldart.

Bis spät in die Nacht saßen die drei Männer beisammen und lasen, bis ihnen die Augen brannten und sämtliche Notizzettel mit Vermerken bekritzelt waren.

Dann verschwand Fiorell, um mit Stoiko zurückzukehren, der ihnen zur Hand ging. Schließlich interessierte sich der einstige Vertraute des Kabcar sehr dafür, was sein Schützling tat.

Und wie es der Zufall wollte, bekam er die Nachricht in die Finger, die keine zwei Wochen alt war.

Seine braunen Augen füllten sich mit Tränen. Wieder und wieder las er die Zeilen. »Der Kabcar ist tot, lang lebe der Kabcar«, flüsterte er. »Diese Worte habe ich zu ihm gesagt. In Granburg.«

»Das muss schon lange her sein«, schätzte der Hofnarr abwesend und kratzte sich am Hintern.

»Sehr lange«, entgegnete Stoiko traurig. »Zu diesem Zeitpunkt befand er sich auf dem besten Weg, das Land später so gut zu regieren wie noch kein Kabcar vor ihm.«

Verstohlen wischte er sich den feuchten Schimmer aus den Augen und fuhr sich über den breiten Schnauzbart, in dem die grauen Haare sprossen. Sein mit den Jahren gereiftes und vom Aufenthalt im Gefängnis mit Furchen gezeichnetes Gesicht zeigte Rührung. Er stand auf und schritt zum Balkon, um nach den Sternen zu schauen, deren Schönheit von den sich abzeichnenden Tzulan-Umrissen gestört wurde.

Im Geiste kehrten die Erinnerungen an viele schöne und mitunter auch komische Momente im gemeinsamen Leben mit Lodrik zurück, von den ersten Gehversuchen, die der mittlerweile betagte Mann als sehr junger Vertrauter miterlebt hatte, über die ersten Sätze, die Ausflüge.

Und er erinnerte sich an die furchtbaren Momente, wenn der Vater seinen Schützling ausschimpfte und verhöhnte und die Gäste der Bankette hinter vorgehaltener Hand Witze über den dicken Jungen machten.

Keines dieser Großmäuler hatte es nach der Thronbesteigung gewagt, sich über ihn lustig zu machen. Stoikos Hände ballten sich zu Fäusten. *Dass ich ihn überlebe, hätte ich allerdings nicht gedacht.* Die Trauer brach mit aller Macht über ihn herein, Tränen liefen seine Wangen hinab.

»Verzeiht, dass ich vorhin nicht gleich reagierte.« Fiorell trat an ihn heran, seine übliche Komik hatte er abgelegt. »Ich war schon einmal feinfühliger.«

»Dass sein Tod mir immer noch so nahe geht«, bemerkte Stoiko mit belegter Stimme. »Er wäre ein großartiger Mensch geworden, wenn man ihn nicht in die Arme des Bösen getrieben und verdorben hätte. Norina und er …« Ein Schluchzen schüttelte ihn, er schloss die Augen, um sich zu fangen. »Norina und er waren ein so schönes Paar. Verfluchtes Testament, verfluchter Arrulskhán und verfluchter Nesreca!«

»Niemand hat ihn so gut gekannt wie Ihr. Und wenn Ihr sagt, dass er im Grunde ein guter Mensch war, werde ich es nicht bestreiten«, meinte der Hofnarr. »Gebt Euch Eurem Schmerz hin, und danach habt Ihr wie wir die Pflicht, Euch gegen seine Hinterlassenschaft zur Wehr zu setzen.«

»Seine Hinterlassenschaft? Damit meint Ihr seine Kinder, denke ich.« Stoiko räusperte sich und versuchte, die Fassung wiederzugewinnen.

»Es wird sich nun bald zeigen, welche Variante der Prophezeiung die richtige ist«, schaltete sich Perdór ein, der sich zu den beiden Männern gesellt hatte. »Stoiko, Ihr habt mein tiefes Mitgefühl. Ich teile Eure Meinung über Lodrik.« Nachdenklich zeigte er hinauf zu der flirrenden Tzulan-Silhouette, geformt aus unzähligen Sternen, die ihre angestammte Bahn verlassen hatten. »Es stellt sich die Frage: Endet die Dunkle Zeit nun, oder beginnt sie erst recht?«

Erstaunt schaute ihn der Tarpoler an. »Das fragt Ihr Euch allen Ernstes, Majestät? Govan wird ihm auf den Thron folgen, und wir beide wissen, wer den Jungen erzogen hat, der beinahe im gleichen Alter wie sein Vater die Macht erhält.«

»Es waren weder ein weiser Stoiko Gijuschka noch ein aufrechter, wenn auch bärbeißiger Waljakov«, sagte der ilfaritische König. »Ich weiß es sehr genau. Wenn Nesreca beim Tadc und kommenden Kabcar noch bessere Arbeit geleistet hat als beim bedauernswerten Lodrik Bardri¢, ist alles, was wir bisher erlebt haben, nur ein Spaziergang gewesen.«

»Ohne ein Pessimist sein zu wollen, stimme ich Euch zu.« Stoiko erschauderte. »Wenn ich daran denke, wie Menschen verachtend Nesreca stets vorging und wie er selbst den Thronfolger mit in die *Verlorene Hoffnung* nahm, um ihm die Folterungen zu zeigen.«

Die Augen Tzulans – Arkas und Tulm – glommen auf, als weideten sie sich an den Zweifeln, Ängsten und Sorgen sowie der Trauer der drei Männer hoch über den Dächern von Meddohâr.

»Du wirst unterliegen!«, brach es aus dem einstigen Vertrauten des Kabcar zornig hervor. Wütend reckte er den beiden Himmelskörpern die Faust entgegen. »Das Gute wird siegen!«

Perdór legte ihm kurz die Hand auf die Schulter und kehrte ins Haus zurück, Fiorell folgte ihm.

Was nun, gerechter Ulldrael?, fragte Stoiko ins Leere. *Nimm ihn in aller Gnade bei dir auf oder gewähre seiner Seele wenigstens einen Platz dort, wo sie Frieden finden kann und nicht als Geist durch die Welt ziehen muss. Du kennst sein wahres Wesen. Und ich werde alles tun, um dem Bösen, dem nun die Schleusen geöffnet sind, Einhalt zu gebieten.*

Der Tarpoler suchte sich einen Liegestuhl und drehte ihn so, dass er entgegengesetzt zu Arkas und Tulm saß. Er richtete den Blick auf jenen Teil des nächtlichen Himmels, der beinahe unheimlich leer und finster erschien. Müde und von Kummer erfüllt, deckte er sich mit einem Überwurf zu.

«Wenn du uns doch nur ebenfalls ein Hoffnungszeichen senden würdest, Gerechter. Nur ein einziges! Das würde all den rechtschaffenen Menschen Mut machen, sich gegen das Kommende zu stellen«, flüsterte er.

Aufmerksam betrachtete er das Firmament, bis seine Lider schwer und schwerer wurden.

Bitte, Ulldrael, bat er. *Ein Lichtschimmer oder irgendetwas.*

Doch der Himmel blieb schwarz.

Enttäuscht schloss Stoiko die Augen und schlief ein.

Eine einsame Sternschnuppe zog ihre Bahn und hinterließ einen schwach glühenden Schweif in der Finsternis, aus dem sich die vagen, kaum zu erkennenden Umrisse einer Ähre formten.

Auch wenn der Tarpoler tief und fest schlummerte, das Zeichen wurde von anderen gesehen.

Perdór war auch am folgenden Morgen unerschütterlich wach und rührig. Noch im Morgenrock, der um das Bäuchlein gefährlich spannte, lief er um den behelfsmäßigen Kartentisch herum und betrachtete die Aufzeichnungen von allen Seiten.

Das einzig gesicherte Wissen hatten sie über die Standorte der kensustrianischen Truppen, die nicht selbst aktiv werden sollten, sondern den Gegner zu beobachten hatten. Was diesen Gegner anging, behalf man sich derzeit mit Vermutungen und Wahrscheinlichkeiten. Das sollte sich durch Perdórs Arbeit ändern.

Gelegentlich hielt der König im Laufen inne und langte nach dem Tablett mit kleinen Schnittchen: Brotscheiben, die appetitliche Konfitüren und andere, bisher ungekannte Köstlichkeiten zierten. Stück für Stück verschwanden sie im Magen des Herrschers. Eine große Karaffe verflüssigte Schokolade, die mit einer anregenden Substanz versehen war, stand die ganze Zeit über parat. Mit klaren Augen verschaffte sich Perdór einen Eindruck von der Lage.

Stoiko hingegen lehnte ermüdet an der Wand. Die Nacht im Freien und in einer absolut schiefen Haltung hatten seinem Kreuz nicht gut getan. Die verspannten Muskeln und Sehnen brachten eine seltsame Idee hervor.

»Was ist, wenn er gar nicht tot ist?«, fragte er mehr sich selbst als den König.

»Ich vermute, Ihr meint den Kabcar?«, erkundigte sich der dickliche Mann und stellte die Tasse auf den Unterteller. Er atmete tief ein. »Nein, ich bin leider ziemlich sicher, das Lodrik Bardri¢ nicht mehr unter den Lebenden weilt. Mehrere Quellen haben mir die Nachricht zugespielt. Interessant wird es dagegen zu erfahren, wer den Anschlag inszeniert hat.«

Stoiko ging langsam zum Fenster und schaute hinaus. Vor dem Haus bezogen zwei Krieger Position, die zum formalen Schutz des Gebäudes eingesetzt wurden. Die Gesichter zeigten keinerlei Regung. Nachdenklich wandte er sich wieder zu Perdór um, der ihn beobachtet hatte, als hörte er die Gedankengänge mit an. »Und was ist, wenn sie es doch waren? Wenn die Kensustrianer ein solches Kommando auf den Kabcar gehetzt haben, wie sie es seinerzeit bei Alana von Tersion taten?«

»Seid Ihr etwa im Begriff, den Lügen von Nesreca auf den Leim zu gehen, Gijuschka?«, meinte Perdór leicht tadelnd. Er zwang sich aber zur Nachsicht gegenüber dem Mann, der den Kabcar schon von klein auf gekannt hatte. »Was hätten unsere Gastgeber vom Tod des Kabcar?«

»Wer außer uns ist sich im Klaren darüber, dass der silberhaarige Dämon der Schuldige ist? Habt Ihr jemals mit Tobáar darüber gesprochen, wo die Schwierigkeit in Tarpol und der Ausgangspunkt des unvorstellbaren Krieges liegen?«, wollte der Vertraute aufgewühlt wissen. »Hat sich der kensustrianische Anführer jemals darum gekümmert und Kenntnis davon erhalten?« Erregt wies er auf die Landkarte. »Ich bin mir sicher, dass die kensustrianischen Feldherren es als eine gute Taktik ansehen, wenn man vor dem Beginn eines Angriffs den Menschen tötet, mit dem alles begann. Wenn ich beim Schachspiel nach wenigen Zügen den gegnerischen König schlage, ist es das Beste, was mir passieren kann.«

»Das setzt voraus, dass die Partie begonnen hat«, hakte der Ilfarit bedächtig ein. »Und außerdem … Tobáar verkennt die Lage keineswegs. Mit dem Ableben Lodriks tritt genau das ein, was die Lage für uns im Süden verschlimmert. Die Tarpoler rennen in Scharen zu den Garnisonen, um sich als Freiwillige zu melden, und das Volk schreit unversöhnlich nach dem Blut der Kensustrianer, was dem Thronfolger zur Erreichnung seines Ziels praktisch alles erlaubt. Mit Lodriks Tod haben die Kensustrianer gar nichts erreicht. Sie wussten, wer dem geliebten Kabcar nachfolgt. Und dass man ihn nicht mit herkömmlichen Mitteln schlagen kann, leuchtet ihnen ebenso ein.«

Stoikos Miene war ein offenes Buch, im seinem Inneren mussten Hoffnung und Verzweiflung miteinander ringen. »Im Grunde weiß ich, dass Ihr Recht habt«, gestand er ein und sackte zusammen. »Dass Nesreca ihn getötet hat, steht außer Zweifel. Durch Govan kommt er seinen Plänen näher. Verzeiht meinen Ausbruch.«

»Dass Euer einstiger Herr eine Entscheidung traf, die ihn in den Widerstand gegen den Berater und denjenigen trieb, dessen Augen wir des Nachts am Himmel sehen, war sein Todesurteil.« Perdór nippte an seiner Schokolade. »Apropos Entscheidung. Unser Entschluss, in Kensustria Unterschlupf zu suchen, macht uns beim restlichen Volk auf Ulldart oder zumindest in Tarpol und Tûris nicht eben beliebt. Kollaborateure. Verräter an dem Mann, der so viele Besserungen brachte … Blumen wird es dafür kaum geben.«

Stoiko lächelte schwach. »Hättet Ihr wirklich nein gesagt, als Euch das Angebot Tobáars erreichte?«

»Ich überdachte die Sache sehr genau und kam zu der Ansicht, dass wir dem Schrecken ein schnelles

Ende setzen müssen. Schachbildlich gesprochen: ein Ende, bei dem nur der König und die stärksten Figuren fallen. Die Bauern sollten dieses Mal größtenteils ungeschoren davonkommen.« Entschlossen wandte er sich den Zeichnungen zu. »Kommt, Gijuschka, wir stellen die Markierungen des Gegners nach den neuesten Berichten um.«

Skeptisch begab sich der Vertraute an die Seite des Königs. »Ehrlich gesagt, ich habe sehr große Angst um die Bauern«, meinte er nach einer Weile. »Habt Ihr gesehen, welche seltsamen Tiere und Maschinen die Kensustrianer besitzen? Die Epsiode, die Fiorell beinahe das Leben kostete, gibt uns einen ungefähren Vorgeschmack auf das, was den Tzulandriern und unseren Leuten bevorsteht.«

»Es ist mit nichts von dem vergleichbar, was den Soldaten bisher im Weg stand«, bestätigte der ilfaritsche König. Er kramte in Ordnern umher, bis er endlich ein Bündel Konstruktionszeichnungen in die Luft hielt. »Hier, das sind Gerätschaften, mit denen sie unlöschbares Feuer in einem gebündelten Strahl verschießen können. Ganz zu schweigen von ihren Repetierkatapulten und Bombardengattungen, deren Namen ich vergessen habe. Grätschen und Mörsche oder so ähnlich. Sie verwenden keine Steinkugeln mehr, sie haben die Produktion auf Eisen umgestellt. Und sie schießen mit ihren Feuerwaffen weiter als jede Bombarde des Kabcar.«

»Woher habt Ihr das?«, staunte der einstige Vertraute und besah sich die Pläne. Die Erfinder lieferten sogar Tabellen über Kernschussweiten und zu erwartende Auswirkungen eines direkten Einschlags. Die furchtbaren Zahlen fraßen sich in Stoikos Erinnerung fest. Die Ingenieure hatten ganze Arbeit geleistet.

»Mêrkos brachte sie mit. Ich bat ihn darum.« Mit Schwung landeten die Blätter auf dem Tisch. »Jeder

Treffer wird Dutzende Menschenleben kosten und mindestens ebenso viele Verstümmelte hinterlassen. Die Kensustrianer haben noch ganz andere, schreckliche Vorrichtungen, wie ich erfahren habe. Die Aussicht auf die massenweise Vernichtung von Bewohnern unseres Kontinents ist der Grund, weshalb ich ihnen zu einem schnellen Sieg und zum Einstellen der Kämpfe verhelfen möchte. Das und das Ende der Vorherrschaft des Bösen auf Ulldart.«

»Ich werd verrückt. Der kleine Koloss von Meddohâr ist ja schon wach«, tönte Fiorells Stimme durch das große Zimmer. Ein vorwurfsvoller Blick traf den exilierten Herrscher. »Und natürlich hat er schon fast die ganzen Brote gefuttert. So wird niemals Fleisch an mich dünnen Haken kommen«, jammerte er und sicherte sich die restlichen Schnittchen. Neugierig beäugte er die Karten. »Allmählich bekomme ich eine seelische Erschütterung. Ich bin doch eigentlich Hofnarr und kein Kartenleser. Und dennoch mache ich seit Jahren nichts anderes als das.« Er seufzte, schob sich sein Frühstück in den Mund und kaute unglücklich auf beiden Backen. »Das waren noch Zeiten, als man meine Jonglier- und Akrobatikkünste forderte.«

»Und als wir dir eine Katze zuwarfen, kam prompt die Beschwerde«, erinnerte ihn Perdór und bedeutete dem Diener mit einem Nicken, dass er Nachschub an Schokolade und Essbarem wünschte.

Derweil leerte sein Possenreißer die Karaffe, indem er aus der Tülle trank. Dann balancierte er sie auf seiner Nasenspitze aus und lief damit umher, ohne dass sie ins Wanken kam. »Ich kann es immer noch, Majestät.« Ohne die Karaffe aus den Augen zu lassen, angelte er nach Zuckerstücken und jonglierte damit. Eines seiner Beine spreizte er vorsichtig im rechten Winkel ab. »Na?«

»Eine Katze müsste man haben«, meinte der König. »Oder einen Worrpa. Den würde selbst der Beste der Spaßmacher nicht in der Luft halten. Aber du wirst alt. Du klingst ein wenig angestrengt.« Perdór tat so, als wäre ihm etwas hingefallen, bückte sich und band in aller Heimlichkeit und mit enormer Flinkheit den Schnürsenkel des Hofnarren am Kartentisch fest.

Stoiko beobachtete ihn und schickte einen Blick zur Decke. Er fuhr sich über den breiten Schnauzer und wartete ab.

»Ich wette, dass du es nicht schaffst, zu hüpfen, ohne dass die Sachen herunterfallen.«

»Um was?«, kam es von Fiorell wie aus der Büchse geschossen.

»Du wirst einen Tag lang als Hulalia durch die Gegend laufen.« Perdór lächelte. »Und wenn ich verliere, darfst du mich ein Leben lang mit ›hoheitliches Pummelchen‹ ansprechen.«

Ha!«, rief Fiorell. »Dann bereitet Euch schon mal darauf vor. Und nun seht her! Das könnte ich mit verbundenen Augen.«

Das Unglück nahm seinen Lauf. Der Spaßmacher konzentrierte sich und wollte tatsächlich springen, doch der Riemen bremste den Hopser ab und brachte den Hofnarren aus dem Gleichgewicht. Er geriet aus dem Takt; schon griff er an dem Zuckerstückchen vorbei, die Karaffe wankte und stürzte zu Boden. So ziemlich alles, was der akrobatische Ilfarit eben noch unter Aufbietung größter Geschicklichkeit zum Fliegen gebracht hatte, landete auf dem harten Boden.

Perdór brach in schallendes Gelächter aus und hielt sich das Bäuchlein. »Das wird besonders Moolpár freuen, wenn er Hulalia einmal sehen darf«, prustete er und konnte sich nicht mehr beruhigen, bis ein Livrierter den Nachschub an mundgerechten Leckerbissen brachte. Kichernd nagte der Herrscher an einer mit Vanille aromatisierten Zuckerstange. »Ich sage dir, wann ich die hinreißende Hulalia sehen möchte.«

Fiorells Augen sprühten Tod und Verderben. »Das war unlauter!« Schmollend löste er den Schnürsenkel vom Tischbein. »Das zahle ich Euch heim, Majestät.«

»Aber natürlich«, winkte Perdór großzügig ab. »Nun wollen wir uns aber an die Arbeit machen, nicht wahr, Stoiko?«

Der einstige Vertraute des Kabcar strich sich die schulterlangen Haare aus dem Gesicht. »Diese kleine Einlage hat ihre Spuren hinterlassen.« Er wies auf die Karte, auf der die Markierungen verschoben waren. »Jetzt dürfen wir alles neu ordnen.«

Zufrieden feixte der Hofnarr in die Runde. »Das hat der Pralinige nun davon.« Er streckte dem verdrießlich schauenden König die Zunge heraus und ging. »Ich werde nach Soscha sehen. Meinetwegen können sich Majestät die Finger wund schieben.« Wie eine Diva, das Kinn in die Höhe gereckt, rauschte er davon.

»Er scheint bereits für seine Rolle als Hulalia zu üben«, bemerkte Perdór und kraulte seinen Bart. Dann kramte er die Notizen, die er bereits auf einen Ablagestapel verbannt hatte, wieder hervor und rückte die Markierungen an ihre richtige Position. Stoiko ging ihm zur Hand.

Bald wurde ihnen klar, dass sich größere Ansammlungen von tzulandrischen und ulldartischen Einheiten an bislang fünf verschiedenen Punkten entlang der Grenze bildeten.

»Wer leitet diese Aufmärsche? Wissen wir das?«, wollte Stoiko wissen. »Nach dem Tod von Varèsz dachte ich, dass sich die Tzulandrier erst mal um die Nachfolge des Feldherrn schlagen. Doch die Soldaten marschieren, als gäbe es keinerlei Unterbrechung.«

»Eine gute Frage. Da alles so reibungslos weiterläuft, wird jemand den Marschallstab übernommen haben, der entweder in der Rangfolge weit oben steht oder sich auf Grund seiner Fähigkeiten Respekt bei den Tzulandriern und Tarpolern verschafft hat.« Der ilfaritische König machte keinen Hehl daraus, dass auch er nichts wusste, sondern nur Vermutungen anstellen konnte. »Nesreca ist schon lange zurück in Ulsar, Govan wird es nicht sein, er hat alle Hände voll mit den Vorbereitungen für die Inthronisation zu tun. Außerdem denke ich nicht, dass er über die notwendige Beherrschtheit und den taktischen Blick verfügt. Es käme nur Sinured in Frage.«

»Ich spreche diesem Monstrum feinfühliges Planen ab.« Stoiko schüttelte das Haupt. »Es muss ein Verstand sein, der rücksichtslos und zugleich gewitzt ist. Wenn Zvatochna etwas von ihrer Mutter geerbt hat, könnte ich mir vorstellen, dass sie in der Lage wäre, die Heerscharen zu kommandieren.«

Perdór grübelte nach und knabberte währenddessen an dem mit Zuckerkristallen umgebenen Holzstöckchen. »Zuzutrauen wäre es ihr. Wenn sie tatsächlich an der Führung des Angriffschlags gegen Kensustria beteiligt ist, wird sie bald in Richtung Front abreisen. Sonst dauert das Übermitteln der Nachrichten zu lange.« Die Augen des exilierten Regenten verschmälerten sich. »Und dann wäre es an der Zeit, ein kensustrianisches Sonderkommando auf den Weg zu schicken.«

»Bedenkt, auch sie ist magisch begabt.«

Perdór lächelte verschmitzt. »Und wir haben eine Geheimwaffe. Eine junge Frau, die im Gegensatz zu den anderen die Magie von ihrem Wesen her zu verstehen scheint und mit ihr kommuniziert. Soscha wird, wenn sich unsere Theorie über die Befehlsgewalt der gegnerischen Einheiten bewahrheitet, bald ihre Feuertaufe erleben.« Er zählte die Aufmarschzonen an seinen Fingern ab. »Bislang fünf mögliche Orte, an denen die Einfälle stattfinden könnten. Vom Scheinangriff und der Konzentration auf einen Punkt bis zur gleichzeitigen Invasion ist im Augenblick alles möglich.« Vorsichtig ging er die Hocke, stützte das Kinn auf die Tischplatte und betrachtete die Karte. «Das wird mehr ein Lotteriespiel als strategisches Handeln.«

Nach kurzem Klopfen öffnete sich die Tür, und ein Bediensteter brachte neben neuen Zuckerstangen zwei weitere Botschaften. Hastig öffnete Perdól die Schriftrollen und verzog das Gesicht.

»Es geht um Rogogard. Rudgass schreibt, eine Angriffsflotte unter dem Befehl von Sinured, die sich wohl die Hauptinsel vornehmen soll, sammele sich.« Er ließ das Papier sinken. »Fünfzig Schiffe, darunter wahrscheinlich fünfzehn Bombardenträger und andere Boote, hinter deren Bordwänden es von Geschützen nur so wimmelt. Das wird die Piraten ganz schön durchschütteln. Aber bei der Menge an Bombarden, die sie sich zusammengeentert haben, wird es den Kabcar einiges an Schiffen und Leuten kosten. Ich hoffe, die Rogogarder halten lange durch.«

»Mindestens so lange wie wir, das wäre wünschenswert. Solange der Kabcar seine Kräfte aufteilen muss, kann es uns nur recht sein.« Stoiko zuckte zusammen. »Was ist mit Norina?«

Der dickliche Herrscher überflog den Text. »Rudgass will sie weg von Rogogard bringen, sollte sich die Lage verschlimmern. Er ist sich sicher, dass sie und ihr Sohn eine wichtige Rolle im Kampf um Ulldart einnehmen werden.« Wortgetreu gab er die knappe Schilderung des Piraten von der kurzzeitigen Verbesserung ihres geistigen Zustands und ihre Bemerkungen wieder. »Ich schätze, er macht sich stehenden Fußes … oder sagt man fliegenden Rumpfes … auf nach Kalisstron, um nach der Bande zu suchen.«

Stoiko befiel ein Schwindel erregendes Glücksgefühl. Die Nachricht, die der König mit solch großer Gelassenheit verlas, bedeutete ihm viel mehr, als Perdór ahnte. Waljakov und all die anderen könnten noch leben! Das Kind auch! Er klammerte sich am Tisch fest. *Bei Ulldrael, das wäre ein Wunder, das wir dringend brauchten.* Eine Träne der Rührung rann ihm die Wange herab.

Der Ilfarit bemerkte es und strahlte über das ganze Gesicht. »Das nenne ich doch endlich einmal eine aufbauende Neuigkeit. Wenn Rudgass mit dem Sohn Norinas zurückkehrte, wird spätestens dann die Geschichte eine entscheidende Wendung nehmen. Ulldrael der Gerechte hat zwar etwas länger gebraucht, aber er kümmert sich doch um das Land, das er erschaffen hat, nicht wahr? Herrlich, ganz herrlich ist das. Da muss ich sofort etwas essen.«

Gefangen von der kleinen Hochstimmung, nahm er sich eine frische Zuckerstange, die mit einer honigartigen Substanz überzogen war, und steckte sie sich in den Mund.

Augenblicklich veränderte sich sein Gesichtsausdruck. Das Naschwerk schien fest mit den Lippen verbunden zu sein.

»Wasch bedeutet dasch?«, wunderte er sich.

Stoiko, der zuerst einen Anschlag fürchtete, betrachtete den Stab näher. Vorsichtig zerrieb er ein wenig von der Substanz zwischen den Fingerkuppen. Die Klebekraft war enorm.

»Ihr seid jemandem im wahrsten Sinne des Wortes auf den Leim gegangen«, stellte er fest und musste ein Lachen unterdrücken. »Der Stab wurde mit irgendeinem Harz behandelt.«

»Isch werde den verfuchten Spaffmacher eigenhändig in Honig kunken und den Bienen schum Frasch vorwerfen!« Zuerst versuchte Perdór noch, den Stab mit Gewalt von den Lippen zu lösen, aber die Haut machte geradezu den Eindruck, eins mit der klebrigen Substanz geworden zu sein. »Wie geht dasch wieder ab? Musch isch mein Leben lang scho dursch die Gegend laufen?«

»Ihr solltet in Zukunft Eure Wetten ehrlich austragen, damit Euch so etwas nicht mehr geschieht«, empfahl der einstige Vertraute des Kabcar. »Geht nur und lasst Euch helfen. Ich stelle inzwischen die Pappsoldaten weiter auf.« Perdór nickte und verließ das Zimmer.

Zu spät fiel dem Tarpoler ein, dass eine Nachricht noch nicht gelesen war.

Er faltete das Papier auseinander und überflog die Zeilen. Die Modrak zogen sich aus Karet zurück. Welchen Sinn machte denn diese Anweisung? Die fliegenden Ungeheuer stellten doch eine hervorragende Waffe für unzugängliches Gelände dar. Er las den zweiten Abschnitt. Die Leiche Lodriks war noch immer nicht gefunden worden, obwohl sie fast den gesamten Steinbruch auf den Kopf gestellt hatten.

Der Schluss, den er daraus im Stillen ableitete, kam selbst ihm abwegig vor.

Was war, wenn der Befehl an die Modrak nicht von Govan stammte, sondern von einem anderen? Bei aller Magie, die Lodrik besaß – würde er einstürzende Berge überstehen können?

Tief in Gedanken versunken blickte Stoiko auf die Karte. Seine Augen wanderten unbewusst zu dem Punkt, über dem klar ULSAR zu lesen stand.

Fiorell fand Soscha in ihrem Ruheraum auf dem Bett, die Augen geschlossen, den Körper völlig entspannt.

Nichts deutete nach außen darauf hin, dass die junge Ulsarin vermutlich gerade mit einer der rästelhaftesten Kräfte des Kontinents Zwiesprache hielt – eine Fähigkeit, die sie, abgesehen von den Mächtigsten der kensustrianischen Kriegerkaste, zu einem privilegierten menschlichen Lebewesen auf Ulldart werden ließ.

Der Hofnarr betrachtete die Frau und ließ sich geduldig auf einem Stuhl nieder. Erstens war er hier vor Perdórs Rache sicher, zweitens hatte er sich bei dem missglückten Sprung wohl leicht den Knöchel verstaucht und war froh zu sitzen, und drittens wollte er Soscha nicht unnötig aus ihrer Konzentration reißen oder was immer man benötigte, um mit den Energien in Kontakt zu treten.

Niemand hätte geahnt, dass Magie so etwas wie einen eigenen Willen besaß. Als Soscha ihre Ansicht zum ersten Mal geäußert hatte, hatte allgemeine Ungläubigkeit geherrscht. Letztlich blieb ihnen aber nichts anderes übrig, als es zu akzeptieren, da ihnen diese besondere Gabe nicht gegeben war.

Nach den Vorgängen um den unglücklichen Sabin zu schließen, verband sich mit der Weitervermittlung der magischen Fähigkeit eine immense Gefahr für Spender und Empfänger. Da die Risiken nicht erschlossen waren, wurden Übertragungsversuche nicht in Betracht gezogen …

»Oh … hallo, Fiorell«, grüßte Soscha den Hofnarren ein wenig desorientiert. Sie stemmte sich von der Matratze hoch und setzte sich auf die Bettkante. »Ihr seid schon etwas länger hier.«

»Ja«, sagte der Mann, erhob sich und machte eine tiefe Verbeugung. «Ich wollte nur nach Euch sehen. Diese Magie ist mir einfach nicht geheuer.«

»Pst«, machte die junge Frau. »Sagt so etwas doch nicht. Sie kann Euch hören.« Fiorell blickte erschrocken drein, und Soscha lächelte. »Nein, sie kann Euch natürlich nicht hören. Dennoch, sie nimmt Eure Anwesenheit sehr wohl wahr. Sie hat mir gleich mitgeteilt, dass ich nicht mehr allein im Raum bin.«

»Dann gibt sie einen ganz hervorragenden Wachhund für Euch ab«, meinte der Spaßmacher. »Ihr seid zu Scherzen aufgelegt? Heißt das, Eure gute Laune stammt von neuen Erkenntnissen?«

Die Ulsarin mit den braunen Haaren und den braunen Augen streckte sich ein wenig. »Ich lerne bei jeder Unterhaltung mit dieser Kraft hinzu. Aber sie ist nach wie vor sehr misstrauisch, ähnlich wie ein Tier, das seine Zeit braucht, um sich an den Menschen zu gewöhnen.«

»Dass Euch die Magie mal nicht in die Hand beißt.« Fiorell setzte sich vorsichtig wieder hin, um seinen lädierten Fuß nicht zu sehr zu belasten.

»Was hat Euch denn gebissen?«, erkundigte sie sich, stand auf und kam zu ihm.

»Oh, nichts. Nur Seine Pralinigkeit geruhten, mit mir ein abgekartetes Spiel zu treiben. Dabei habe ich mir wohl etwas am Gelenk zugezogen. Ich bin auch nicht mehr der jüngste Hofnarr.«

Als Soscha das Hosenbein des Spaßmachers nach oben zog, zeigte sich darunter ein geschwollener Knöchel. »Das sieht nicht gut aus.« Sie schaute ihn prüfend an. »Dürfte ich ein Experiment mit Euch durchführen?«

Fiorell verstand sofort und hob die Arme. »Nein, nein, verehrte Soscha. Eher lasse ich mir von Seiner Dralligkeit auf die Zehen treten, als dass ich der Magie als Versuchskaninchen diene.« Die Ulsarin legte die Fingerspitzen auf die Schwellung, und der Possenreißer zuckte zusammen. »Autsch!« Er seufzte und ergab sich in sein Schicksal. »Na, was soll's. Versucht, was Ihr wollt.«

Soscha gab ihm einen schnellen Kuss auf die Wange und beugte sich zu der verletzten Stelle, legte die Hände darauf und schloss die Augen. Der Ilfarit ratterte in Gedanken ein Gebet nach dem anderen herunter.

Das Gelenk kribbelte, wurde warm, dann endete das Gefühl.

Die junge Frau öffnete die Lider und atmete tief durch. »Und?«

Probehalber trat Fiorell auf, innerlich auf den Schmerz gefasst. Aber er spürte nichts. »Scheint geholfen zu haben.« Aus dem Stand absolvierte er einen Salto vorwärts. »Ihr seid besser als mancher Cerêler«, rief er erstaunt. »Aber es hat nicht grün geschimmert. Wieso das?«

Soscha erhob sich und lächelte zufrieden. »Das bleibt mir leider noch verborgen. Ich weiß nur, dass ich mit blauer Magie arbeite. Starker, potenter Magie. Und dass sie wohl auch in der Lage ist, Verletzungen anderer zu heilen. Ihr habt selbst gesehen, wie schnell ich Euch geheilt habe.«

»Ganz erstaunlich.« Fiorell wunderte sich immer noch. »Aber ich werde mich gewiss nicht darüber beschweren.«

Soscha schritt an ihr Schreibpult und notierte sich, was sie soeben mit Hilfe des Spaßmachers und der Magie geleistet hatte. Ihre Aufzeichnungen, die sie sich seit Beginn ihrer Versuche machte, füllten mittlerweile zwei Hefte – Forschungsergebnisse, die in dieser Art und Weise in keiner Bibliothek zu finden waren.

»So, ich würde sagen, es reicht für heute.« Sie legte die Feder zur Seite. »Ich werde noch ein wenig durch die Stadt spazieren.« Die junge Frau schlüpfte in ihre Schuhe und ging zusammen mit Fiorell hinaus. »Ich bin nun schon so oft unterwegs gewesen und entdecke jedes Mal wieder etwas Neues in den Gassen. Die Kensustrianer sind schon ein ganz erstaunliches Volk.«

»Haltet Euch von den Worrpa fern«, wies sie der Hofnarr an und beschrieb die Tiere knapp. »Sie sind auf Menschen abgerichtet und würden ein so zartes Wesen wie Euch so schnell verschnabulieren, wie das Pummelchen einen Keks verdrückt.«

Soscha lachte auf. »Wo ist denn eigentlich Seine Hoheit?«

»Och, dem verklebt bestimmt etwas gehörig den Gaumen«, sagte der Hofnarr und rieb sich die Hände. »Ihr hättet keine Freude an ihm.«

»Dass Ihr beide immer im Wettstreit liegen müsst, wer nun das letzte Wort beim Schabernack hat.« Die Ulsarin schüttelte gespielt vorwurfsvoll den Kopf.

»Es ist eine gute Tradition«, verteidigte sich Fiorell. »Man braucht in Zeiten wie diesen gelegentlich etwas zum Lachen, sonst würde man schlicht verzweifeln.« Soscha trat hinaus und bewegte sich in Richtung eines Marktplatzes. »Und vergesst nicht, Majestät von Euren Fortschritten zu erzählen, wenn Ihr zurück seid«, rief er ihr nach. Sie winkte und bog in die nächste Gasse ab.

»Fortschritte?«, sagte eine Grabesstimme in seinem Rücken.

Der Possenreißer drehte sich zu Perdór um, dessen Lippen zwar von der Leimrute erlöst, aber dafür mit einer dicken Schicht Heilsalbe bedeckt waren. »Nanu, Majestät? Habt Ihr Eure wählerische Schnute an heißem Kakao verbrüht?«, erkundigte er sich unschuldig. »Oder war es ein garstiges Wort, das die Hautlappen rund um Eure Futterluke zum Explodieren brachte?«

»Das war dein Werk, Spitzbube.« Der exilierte König bebte, dass seine Löckchen hüpften. »Die Haut haben sie mir abgerissen, diese Diener mit dem Feingefühl einer fingerlosen Sumpfbestie. Nur wegen deines hinterhältigen Anschlags.«

»Ich? Das soll ich gewesen sein?«, fragte Fiorell gedehnt und legte die Fingerspitzen auf die Brust. »Wer verknotet denn anderen heimlich die Schnürsenkel unter dem Tisch?«

»Ich bin der König. Das ist mein gutes Recht«, brummte Perdór missgelaunt. Offenbar nahm er seinem Spaßmacher den letzten Streich ernsthaft übel. »Und von welchen Fortschritten posaunst du hier herum?«

»Soscha hat meinen Knöchel, der unter Euch zu Schaden kam, mit ihrer Magie geheilt«, erklärte der Hofnarr und machte eine demonstrative Bewegung mit dem Fuß. »Sie wird sicherlich auch etwas gegen Eure Schwelllippen tun können.«

»Sicherlich.« Ansatzlos schnellten seine Arme nach vorne und stülpten Fiorell die Narrenkappe über. Ein Geräusch ertönte, als träte man in Schlamm. »Aber ob sie deine Haare auch wieder wachsen lassen kann, darauf bin ich gespannt.«

»Das habt Ihr nicht wirklich getan, Majestät!« Der Possenreißer wollte sich die schellenbesetzte Kappe rasch vom Kopf ziehen, doch der Filz, der Leim und seine Haarpracht hatten sich bereits miteinander verbunden. »Dafür werdet Ihr büßen.«

»Verklag mich doch«, riet Perdór mit einem bösartigen Grinsen, das Tzulan alle Ehre gemacht hätte.

**Kontinent Ulldart, Großreich Tarpol,
Hauptstadt Ulsar, Frühsommer 459 n. S.**

Govan, bekleidet mit einer besonders auffälligen Paradeuniform, ergötzte sich an dem Erstaunen der Ulsarer, die mit offenen Mündern ins Innere der Kathedrale strömten. Der Tadc stand an der Stelle, an der einst das Abbild des Gerechten seinen Platz gehabt hatte.

Statuen jeglicher Art suchte man in dem riesigen, von hohen Säulen getragenen Bauwerk vergebens.

Schlicht und schmucklos präsentierte sich der Innenraum, von den Pfeilern hingen die Standarten der Barri¢-Dynastie. In riesigen Eisenschalen flackerten unzählige Feuer und beleuchteten das Gotteshaus mit einem dunkelroten Schein.

Nicht die neue Schlichtheit zog die Menschen in ihren Bann.

Es war die architektonische Veränderung, welche die Düsternis der Kathedrale dermaßen verstärkte, dass man, selbst wenn man es nicht wollte, die Stimme senkte und eher eingeschüchtert als ehrfurchtsvoll das Bauwerk betrat. Zumal die nicht minder finstere Fassade ihren Teil dazu beitrug, die Besucher einzustimmen. Nachträglich angesetzte schwarze Eisenspitzen, -dächer, -türmchen und Steinfiguren erweckten den Eindruck einer wehrhaften Festung, in der ein Furcht einflößender Herrscher hausen musste.

Jeder, der sich überwand, durch das maulähnliche Portal zu schreiten und seinen Fuß auf die Steinplatten zu setzen, verstand augenblicklich, dass eine Kathedrale dieser Art wenig mit Ulldrael zu tun hatte.

An Stelle der bunten Motive der Fensterbilder saß in erster Linie dunkles Glas in den Fensterbögen. Übereinander angeordnete Rosetten schirmten mehr Strahlen ab, als sie hereinließen, und filterten die Helligkeit auf ein eigenartiges Zwielicht herunter.

Zwischen den Verstrebungen der Stützpfeiler befanden sich düstere, schmiedeeiserne Gebilde, die das Licht zusätzlich brachen, bizarre Schatten an die Wände und auf den Boden des Gebäudes warfen.

Dennoch ließen sich die Ulsarer nicht gänzlich abschrecken, denn sie alle wollten miterleben, wie der junge Tadc die Nachfolge seines Vaters offiziell antrat. Mehr als fünftausend Menschen füllten die Kathedrale, noch mehr drängten sich auf dem Platz vor dem Gotteshaus zwischen den Ständen rund um die Statue von Lodrik.

Doch der Tod des beliebten Kabcar schlug den Ulsarern wie auch dem restlichen Reich aufs Gemüt, die Stimmung wollte weder fröhlich noch ausgelassen werden, da konnten sich die Musikanten noch so sehr Mühe geben. Dumpf hallten ihre Töne im Gebäude wider und wurden leiser und leiser, als die Wachen die massiven, beschlagenen Portaltüren schlossen.

Grabesstille breitete sich im Inneren aus.

Govan begab sich an seinen Platz neben seiner Schwester. Ein Blick aus den Augenwinkeln genügte ihr, um seine Aufregung zu erkennen. Kurz drückte sie seine Hand. Er lächelte angespannt zurück. Bis jetzt hatte er sie im Unklaren darüber gelassen, was er zusammen mit Nesreca geplant hatte.

Hoch über den Köpfen der Menschen schlugen Helfer die Klangscheiben an, deren Töne tiefer als gewöhnlich dröhnten.

Als der letzte Schall verebbte, ertönte der Bardri¢-Militärmarsch, zu dessen Melodie sich der Tadc getragenen Schritts nach vorn begab.

Ein überraschtes Murmeln lief durch die Kathedrale. Die Ulsarer warteten auf das Erscheinen der Ulldrael-Mönche. Doch von den Geistlichen fehlte jede Spur.

Als der junge Mann seine Position erreichte, endete die Musik. Die Uniformstickereien aus purem Gold, die Edelsteine und Orden glänzten und reflektierten jeden noch so geringen Lichtschimmer und verliehen der Gestalt eine beinahe überirdische Aura.

Zufrieden musterte Nesreca den Tadc und wartete darauf, zum Einsatz zu kommen.

»Tarpoler und Ulsarer! Untertanen!«, rief Govan in das Schweigen. »Heute werde ich dem Mann nachfolgen, dessen Bestimmung es war, für unser Land mehr als alle anderen vor ihm zu erreichen.« Er machte eine

Pause, damit die Menschen ihren Erinnerungen nachhängen konnten. »Es war nicht rechtens, dass er durch einen feigen Hinterhalt sterben musste. Trotz aller Magie gelang es ihm nicht, dem Anschlag der Kensustrianer zu entkommen. Und das hat auch einen Grund.« Theatralisch hob er die Arme. »Seht euch um. Nirgends werdet ihr das Abbild Ulldraels finden. Ich habe ihn für immer aus diesen Hallen verbannt.«

Aus dem Flüstern wurde ein Raunen.

»Ja, wundert euch nur. Aber vernehmt die Wahrheit: Einzig der so genannte Gerechte trägt die Schuld daran, dass mein Vater und euer geliebter Herrscher dem Untergang geweiht war. Er nahm ihm in größter Not seine Kräfte, um ihn in die Hand der Feinde zu geben.« Klar und deutlich kam die Lüge über die Lippen des angehenden Herrschers.

»Ich habe gehört, wie er den Gerechten verzweifelt anflehte und es nicht verstand, warum er im Stich gelassen wurde«, fuhr Govan beschwörend fort. »Aber Ulldrael erklärte sich nicht. Für ihn war mein Vater nur ein Spielzeug.« Die Rechte stieß anklagend nach oben. »Aus dem Himmel schoss der Strahl hinab, der gleiche Strahl, der ihn einst in Granburg traf und ihm die Magie schenkte. Weil der Gerechte mit dieser Tat sein wahres Antlitz zeigte, entsage ich fortan diesem Gott, der meinen Vater ein Opfer der Kensustrianer werden ließ.« Er senkte den Arm. »Ich fürchte den Zorn eines verschmähten Gottes nicht. Ich habe mich einem anderen zugewandt. Einem Wesen, auf das bereits mein Vater vertraute und auf das Ulldrael eifersüchtig war. Deshalb musste mein Vater sterben. Doch Tzulan ist mit mir. Und ihr werdet sehen, mit ihm vollenden wir das, was Lodrik Bardri¢ begonnen hat. Ulldrael der Gerechte wacht nicht länger über uns«, rief der junge Mann begeistert. »Tzulan hält nunmehr seine schützende Hand über uns. Er zeigt sein Angesicht am Himmel, formt sich mehr und mehr aus den Sternen, um seine Macht zu verdeutlichen und unseren Gegnern zur Warnung zu sagen: Seht her!« Der Tadc breitete die Arme aus. »Seht her! Tzulan der Gebrannte wird all die, die nicht an ihn glauben, vernichten.« Er machte eine umarmende Geste. »Und wir, das Volk von Tarpol, wir stehen auf seiner Seite.«

Nesreca stand auf und brachte Govan die Krone. Das unermesslich kostbare Gebilde aus Iurdum, geflochtenem Gold und Silber, gespickt mit Edelsteinen und Karfunkeln, machte neben der Uniform des Tadc beinahe einen armseligen Eindruck.

Govan nahm sie entgegen, hielt sie vorsichtig in den Händen und hob sie empor.

Der Stand der Sonnen war nun ideal und tauchte den jungen Mann in blutrotes Licht.

Die Schatten der einzelnen Rosetten und schmiedeeisernen Gebilde verbanden sich zu einem Bild. Ohne dass die Menschen es richtig sehen konnten, entstand die schwarze Silhouette des Gebrannten Gottes in gewaltigen Ausmaßen auf dem Boden der Kathedrale. Ein heißer Wind strich durch den Raum.

»Ich schwöre, das Beste für Land und Leute zu tun, meine Gesetze zu achten und andere Menschen zurück zu meinen Gesetzen zu führen. Ich schwöre, dass mit mir eine neue Zeit in Tarpol anbrechen wird, wie sie damals auch bei meinem Vater Einzug hielt. Dazu erhalte ich den Beistand Tzulans.«

Der uralte Amtseid der Bardri¢s war in den Worten des Tadc, der sich selbst krönte, nicht mehr wiederzuerkennen. Auf den Kniefall verzichtete er ganz.

»Ich erkläre vom heutigen Tag an, dass der Kult des Gebrannten Gottes wieder ausgeführt werden darf, sofern seine Anhänger keinem meiner Untertanen damit ein Leid zufügen.« Er wandte sich den Ulsarern zu. »Den Orden Ulldraels mit all seinen Privilegien hebe ich hiermit auf. Mögen die Brüder und Geistlichen in den Klöstern weiterhin seinen Namen preisen, aber mir wird er nicht mehr über die Lippen kommen. Mögen sie seine Rituale fortführen, hier werden sie nicht mehr stattfinden. Wer sich von uns abwendet, von dem wenden auch wir uns ab.« Feierlich senkte er die Krone auf sein Haupt. »Nicht, weil ich will, sondern weil ich muss, besteige ich den Thron. Ich trete das Amt für dich an, Vater.« Ruckartig löste er die Finger von dem juwelenbesetzten Zeichen seiner Macht, schloss die Augen und genoss die Hochstimmung. Die Stunde seines ersten Triumphs.

»Lang lebe der Kabcar von Tarpol«, rief Nesreca und ging auf die Knie.

Die Untertanen folgten dem Beispiel des Konsultanten. Ergriffen von den Worten des treuen Sohnes und in Erinnerung an die Taten seines Vaters zögerten die Ulsarer keinen Lidschlag und verneigten sich vor dem neuen Kabcar, der sich selbstbewusst seinen Leuten prasentierte.

Magisches Leuchten umspielte seinen Körper und vollendete den Eindruck, ein Gott sei in dem ihn umgebenden Licht herabgestiegen, um sein auserwähltes Volk zu führen und zu schützen.

Als er Tzulan pries, sprachen sie ihm alle ohne Ausnahme nach. Dumpf hallte der lange nicht mehr von so vielen Menschen auf einen Schlag ausgesprochene Name zwischen den Säulen wider.

Die Klangscheiben dröhnten erneut und verkündeten die Einsetzung des neuen Herrschers, der mit mehr Reformen begann, als es sein Vater damals gewagt hatte.

Zvatochna, die wie Krutor nur den Kopf gebeugt hielt, musste ihrem Bruder Anerkennung zollen. Sie hatte damit gerechnet, dass der Mob Govan auf der Stelle zerreißen würde. Doch der Kabcar hatte die richtigen Worte gefunden und die Besucher im wahrsten Sinne des Wortes verzaubert. Er hatte den Bann gebrochen. Dafür schuldete ihm der Gebrannte etwas. Selbst wenn sie in ein paar Stunden über die Verehrung des Gebrannten Gottes nachgrübelten, würden sie feststellen, dass nichts Schlimmes passiert war. Tzulan schien ein Gott wie jeder andere auch.

Die junge Frau spürte, dass ihr Bruder sich in einem tranceartigen Zustand befand, gefangen von der Stimmung und den eigenen Gedanken an Zukünftiges.

Aber die Ulsarer erwarteten weitere Worte.

Zvatochna wandte sich anmutig an das Volk. »Nun geht hinaus und feiert, Tarpoler! Feiert zu Ehren meines Vaters, rühmt seinen Namen und wünscht dem neuen Kabcar die gleiche glückliche Hand in all seinen Unternehmungen.«

Benommen, schier trunken von dem Erlebten und den starken Eindrücken, verließen die Menschen die Kathedrale und warfen einen letzten schüchternen Blick auf den unbeweglichen, beinahe zur Statue gewordenen Herrscher.

Als sich die gewaltigen Portale öffneten, schien den ein oder anderen die Wirklichkeit zurückzuholen, die in der rätselhaften Atmosphäre des Gotteshauses zuvor fast verloren gegangen war.

»Habt Ihr ihm diesen Ratschlag erteilt, Mortva?«, verlangte die Tadca von dem Konsultanten zu wissen. »Ihr gebt mir Bücher über Strategie und Taktik und macht dabei auf mich plötzlich den Eindruck eines Glücksspielers.« Sie hob ihre Stimme nicht, und trotzdem klang die Maßregelung drohender, gefährlicher als jedes laute Wort. »Krutor, bitte, geh hinaus und sorge dafür, dass die Fässer angeschlagen werden. Wir kommen gleich nach.«

Der riesenhafte Krüppel nickte eifrig. »Govan hat toll geredet«, sagte er ehrfürchtig in Richtung des Kabcar, der allmählich wieder zu sich fand. Die Magiekorona reduzierte sich mehr und mehr. »Ulldrael ist ein blöder Gott.« Er humpelte hinaus.

»Es hatte nichts mit Glück zu tun, Hohe Herrin«, gab der Mann mit dem Silberhaar lächelnd zurück, als der missgestaltete Tadc außer Hörweite war, und neigte demütig den Kopf. »Wir mussten diese Lage nutzen, um das Umschwenken vollkommen zu machen. Unter diesen Bedingungen ist die Hinwendung zu Tzulan die leichteste Übung.«

»Und welchen Sinn macht diese religiöse Umorientierung meines Bruders? Brauchen wir ihn denn, den Gebrannten Gott?«

Die Freundlichkeit um die Lippen des Beraters wurde eine Spur süffisanter, von unten herauf blickte er sie an. »O ja, Hohe Herrin. Ich denke schon, dass Ihr seine Unterstützung benötigt.« Mit einem Blick über die Schulter vergewisserte er sich, dass Govan noch zu abgelenkt war, um das Gespräch zu verfolgen. Er machte einen Schritt auf die Tadca zu.

»Was Ihr erreicht habt und was Ihr seid, ja, selbst Eure makellose Schönheit verdankt Ihr einzig und allein dem Gebrannten«, schnarrte er mit schmeichelnder Stimme. Sachte hob er die Hand und fuhr mit dem Handrücken zärtlich an ihrer zarten Wange entlang. Die junge Frau fühlte sich durch den direkten Affront des Mannes überrumpelt. »Wenn Ihr noch mehr haben wollt, noch mehr Macht, immer währende Schönheit und Jugend, dann solltet Ihr an Tzulan festhalten und ihm geben, was ihm gebührt. Euer Bruder weiß das.«

Zvatochnas Gesicht verfinsterte sich, ihr Arm hob sich zum Schlag gegen den Berater. Doch sie hielt in der Bewegung inne. Etwas an dem Ausdruck in den unterschiedlich farbigen Augen Nesrecas warnte sie. Möglich, dass es auch nur die unbeirrbare Ruhe war, die der Konsultant verströmte.

»Dieses eine Mal werde ich Euch die Impertinenz verzeihen, die Tadca von Tarpol berührt zu haben«, sagte sie mit bebender Stimme. »Weil Ihr mich viel gelehrt habt. Aber solltet Ihr es noch einmal wagen, das schwöre ich meinetwegen auch bei Tzulan, werde ich herausfinden, wie Ihr auf die aldoreelische Klinge reagiert, einerlei, was für ein Geschöpf Ihr seid.«

»Ihr gleicht Eurer Mutter, wenn Ihr Euch erregt«, meinte Nesreca galant. »Nur solltet Ihr mit Ärger etwas sparsamer umgehen, er bereitet Euch hässliche Falten und gräbt Furchen in Euer Antlitz, Hohe Herrin.«

Govan stöhnte behaglich auf und kam die Stufen herab. »Ich muss wohl von dem ganzen Geschehnis eingenommen worden sein«, meinte er verzückt. »Als ich in diesem roten Licht stand ... mir war, als hörte ich die Stimme Tzulans zu mir sprechen.« Er erschauderte, wirkte plötzlich enttäuscht. »Aber ich verstand ihn nicht.«

»Noch nicht«, beruhigte ihn Nesreca. »Aber ich denke, wenn Eure Gaben zunehmen, wird sich der Gebrannte Euch immer mehr geneigt zeigen. Geneigter als Eurem Vater.« Der Berater nahm die Blicke der Tadca wahr. »Aber das hat Zeit. Nun sollten wir dem Volk seinen Kabcar zeigen.« Er deutete eine Verbeugung an. »Mein Kompliment übrigens, Hoher Herr. Eure Rede war brillant.«

»Wir haben sie zusammen geschrieben, Mortva«, gab Govan das Lob zurück und schritt mit Raum greifenden Schritten zum Portal. »Zvatochna, komm. Du sollst an meiner Seite stehen.« Der Kabcar fasste ihre Hand und drückte sie freudig. »Das ist ein ganz hervorragender Tag!«

Da war sich Zvatochna nicht mehr so sicher. Die Andeutungen des Konsultanten machten sie misstrauisch. Als ihre Mutter einmal davon gesprochen hatte, dass sich hinter dem stets freundlichen, zuvorkommenden Mortva mehr verbarg, hatte sie ihr nicht glauben wollen. Sie erkannte deutlich, dass das Wesen, das sich unter der menschlichen Hülle versteckte, sie selbst nicht als bloße Erfüllungsgehilfin betrachtete, wie ihr Bruder das tat.

Als Govan zusammen mit seiner Schwester am Ausgang der Kathedrale erschien, jubelten die Massen den beiden zu. Nesreca hielt sich vornehm im Hintergrund und überließ die beiden jungen Leute der Begeisterung der Einwohner der Hauptstadt sowie den angereisten Gästen.

Danach entlud der Kabcar ein magisches Feuerwerk, wie es Ulsar noch niemals gesehen hatte.

Die tödlichen Energien schossen gut sichtbar in den Himmel, kreiselten und verwirbelten miteinander, die Farben mischten sich. Wind kam auf, der sogar die Wolken anzutreiben schien, so groß war die Macht des neuen Herrschers, von dem Hitzewellen ausgingen wie von einer Schmiedeesse.

Bevor die Kleider Feuer fingen, beendete er die Demonstration seiner Macht, riss die Hände nach oben und pries Tzulan. Und die Menschen stimmten ekstatisch, leidenschaftlich und aus vollem Herzen mit ein.

Stunden später stand der Kabcar auf einem der vorderen Türme der Kathedrale zwischen schrecklich anzuschauenden Steinchimären und schaute auf die feiernden Menschen zu seinen Füßen herab. Die Luft zerrte und riss an seinen Kleidern, als wollte sie ihn in die Tiefe stürzen.

Überall auf dem Marktplatz loderten kleine Feuer, die für Licht sorgten, die Stände und Buden schenkten noch immer Alkohol in Strömen aus, der Geruch nach Gebratenem und Gesottenem hing über der Stadt.

Der Wind trug ihm das vielfache Gemurmel und gelegentliche Lachen der Untertanen zu, das Klacken und Klirren der aneinander stoßenden Krüge, die unterschiedlichsten Gesänge, das fidele Lied einer Geige und mehrerer Flöten, das Wummern der Pauken und das Prasseln der Feuer.

Ihr armseligen kleinen Lichter. Langsam hob sich sein Blick und schweifte über die Dächerlandschaft der Hauptstadt. Sanft beschienen die Monde die Flächen. Die Augen Tzulans überstrahlten den Glanz der restlichen Sterne, klar streckte der Gebrannte Gott seine Hand aus. *Er reicht sie mir zum Bündnis. Und er soll es bekommen*, dachte Govan.

Seine Augen kehrten zur lärmenden Menge zurück. Es wurde Zeit für ein paar Gaben.

Eilig lief er die Stufen hinab, rannte die Balustrade innerhalb des Gebäudes entlang und erreichte über eine weitere Treppe den Seitenausgang. Rasch tauschte er sein prunkvolles Gewand gegen einfache dunkle Kleider, zog sich einen Hut tief ins Gesicht und trat ins Freie.

Er mischte sich unter die Feiernden und drückte sich stille Gassen entlang, um betrunkene Bettler zu finden.

Schließlich wurde er fündig. Allem Anschein nach verhandelte eine Hure – ihrer schweren Zunge nach zu urteilen musste sie etliche Biere genossen haben – mit einem besoffenen Freier.

Govan tat das Einfachste. Er kaufte sich bei den beiden ein und gab vor, ein Liebesspiel zu dritt unternehmen zu wollen.

Auf Umwegen lotste er die kichernde Frau und den blöde lachenden Mann zurück zur Kathedrale, ließ sie hinein und bugsierte sie in den vorderen Bereich. Ehe sie wussten, was ihnen geschah, schleuderte er sie in das Loch und opferte sie dem Gebrannten Gott.

Govan fiel auf die Knie. »Nimm meine bescheidenen

Opfer gnädig an, Gebrannter Gott. Nimm sie wie die anderen, die ich darbrachte, und steigere meine Kraft.«

Der intensive Schein dreier Monde, die beinahe vollständig übereinander standen, fiel durch die Rosette und flutete den vorderen Teil der Kathedrale mit dunkelrotem Schimmer. Der Kabcar verstand es als Zeichen der Annahme. »Danke, Tzulan.«

Etwas später offenbarte ihm Mortva, dass die Anhänger des Gebrannten Gottes, die bislang im Verborgenen ihre Opferungen vollzogen hatten, bereit seien, Govan loyal zur Seite zu stehen.

Der Kabcar ging den Pakt mit den Tzulani ein. Die Zahl der Opfer stieg.

IV.

Kontinent Ulldart, Großreich Tarpol, zehn Warst vor der Hauptstadt Ulsar, Frühsommer 459 n. S.

In Gedanken versunken, schritt Nerestro von Kuraschka in der Abenddämmerung den Weg zwischen den bunten, prachtvollen Zelten entlang, in denen achtundvierzig Ritter der Hohen Schwerter, des Ordens zu Ehren des Gottes Angor, samt ihrem Gefolge nächtigten. Die restlichen Angehörigen würden im Lauf des morgigen Tages zu ihnen stoßen und den Tross vervollständigen.

Die Wachen befanden sich auf ihren Posten. Genügend viele Kämpfer verfügten über einen leichten Schlaf, um bei einer Bedrohung sofort nach den Waffen greifen und sich verteidigen zu können.

Und dennoch vermochte der Großmeister das ungute Gefühl nicht abzuschütteln, das er seit der Einladung zu diesem Wettstreit in der Hauptstadt in sich trug. Was nutzten scharfe Schwerter und das Beherrschen von Kriegsmanövern, wenn der Feind sich nicht an die Regeln hielt?

Auch sein Seneschall, Herodin von Batastoia, sowie Rodmor von Pandroc teilten seine Ahnung. Aber dagegen angehen konnten beide nicht.

Die Formulierung der Einladung gewährte nicht den leisesten Spielraum, um eine Ausrede zu ersinnen, mit deren Hilfe man die Teilnahme am Turnier verweigern könnte. »Zum Ruhm des hoheitlichen Kabcar, Lodrik Bardri¢, heldenhafter Retter und Bewahrer des Reiches

Tarpol, großmütiger Befreier von Unterdrückung und unbotmäßiger Herrschaft«, lautete der an sich harmlos wirkende Satz. Die Reihung der Titel und damit der Verweis auf das Geleistete machten eine Absage unmöglich. Genauso gut hätte man dem Leichnam ins Gesicht spucken können.

Alle wussten, dass Bardri¢ es gewesen war, der die Neugründung der Hohen Schwerter erlaubt und ihre endgültige Auflösung vereitelt hatte. Das Volk Tarpols würde die Weigerung des Ordens nicht verstehen, geschweige denn hinnehmen.

Wenn es eine Falle sein sollte, um an die letzten der aldoreelischen Klingen zu gelangen, war sie sehr abscheulich angelegt. Nerestro spielte nachdenklich mit der goldgelben Bartsträhne, die gegen die Brustpanzerung schlug. Nur Nesreca war zu so etwas fähig. Aber wenn er ihre Waffen haben wollte, so würde er bluten. Vielleicht bekamen sie die Gelegenheit, das Scheusal für immer von Ulldart zu entfernen.

Ein stechender Schmerz im Rücken ließ ihn die Zähne zusammenbeißen. Seine Wirbelsäule revoltierte gegen das Gewicht der Metallpanzerung.

Verdammte Zipperlein. Ich sollte schon lange unter der Erde sein. Aber Angor gönnt mir den Tod im Wettstreit nicht. Ein grimmiges Lächeln legte sich auf sein Antlitz.

Brummelnd legte er eine Hand an den Fahnenmast, an dem die prunkvolle Standarte der Hohen Schwerter weithin sichtbar hing, und dehnte sich vorsichtig, um die Knochen dazu zu bringen, wieder in die alte Position zu springen oder wenigstens eine zu finden, die ihm weniger Schmerz bereitete.

Sein Blick fiel zufällig auf die weniger prächtige Zeltwand einer Unterkunft für Knechte, hinter der man die Silhouetten eines Mannes und einer Frau beim Liebesspiel erkannte, bis der Mann die Hand auf den

Docht presste und das Innere der Unterkunft verdunkelte.

Wuchtig hämmerte Nerestros gepanzerte Faust gegen das runde Holz des Mastes. Der flüchtige Anblick hatte dem Großmeister die qualvollen Erinnerungen an Belkala zurückgebracht – an die einzige Frau, die sein stolzes Herz jemals erobert hatte und die nach ihrer Verstoßung durch ihn in seiner Brust nichts als eine blutende Ruine hinterlassen hatte.

Er presste die Stirn an den rauen Mast. Er büßte schon so lange dafür, dass er sie verjagt hatte. Wann würde das ein Ende haben?

Eine Hand legte sich sanft von hinten auf seine Schulter.

»Belkala?«, raunte er hoffnungsvoll und wandte sich um, nur um in die blauen Augen seines Adoptivsohns zu blicken. Ein wattierter Waffenrock umgab seinen Körper, und ein Schwert baumelte an seiner Seite.

»Nein, Vater«, antwortete er mitleidig und drückte ihm sanft den Oberarm. Er wusste um das Leid Nerestros. »Ich sah dich hier stehen und dachte, du brauchst vielleicht …«

Der Großmeister schüttelte sachte das Haupt, auf dem fingerkuppenlange braune Haarstoppel standen, die übliche Haartracht der Ritter. »Nein, Tokaro von Kuraschka.« Sein Gesicht wurde freundlich. »Aber ich sehe einmal mehr, ich habe mich in deinem guten Wesen nicht getäuscht, als ich dich damals auf der Straße verschonte. Danke mir nicht für meine Milde.« Er bemerkte den etwas bangen Ausdruck des angehenden Ritters. »Du hast Angst davor, in jene Mauern zurückzukehren, aus denen man dich mit Schimpf und Schande verstieß, habe ich Recht?«

Tokaros Wangenmuskeln arbeiteten. »Nein, nicht direkt Angst«, entgegnete er stockend. »Aber was, wenn man mich erkennt?«

»Den Sohn Nerestros von Kuraschka?«

»Ich meine Tokaro Balasy, den Stallburschen. Den Rennreiter des Kabcar. Den Dieb und Gebrandmarkten?«, verbesserte der junge Mann den Ordenskrieger.

»Ihn gibt es nicht mehr«, fiel ihm Nerestro hart ins Wort. »Ich habe ihn damals auf eigenen Wunsch getötet und seine Leiche im Straßengraben verfaulen lassen. Balasy wurde von den Füchsen und Raben gefressen. Und jeder, der etwas anderes behauptet, wird sich im Zweikampf mit mir messen müssen.« Stolz reckte er sich. »Du hast dich während der Ausbildung sehr verändert, Tokaro. Du bist männlicher geworden.« Spielerisch fasste er seinem Adoptivsohn ans Kinn. »Und viel kantiger als vorher, ein echtes Rittergesicht. Ein Heldenantlitz, von dem keiner in Ulsar deine Vergangenheit ablesen wird.«

Tokaro grinste. »Ich glaube, ich wollte das nur noch einmal hören. Du verstehst meine Vorbehalte? Ich will nicht der Grund sein, weshalb ein schlechtes Licht auf den Orden der Hohen Schwerter fällt.«

»Gibt es denn noch Licht in Tarpol?«, meinte Nerestro und wies nach oben. »Dieses Licht jedenfalls ist so schlecht, dass dein Makel wie reines Weiß wirkt.« Er schlug ihm auf die breiter gewordene Schulter. »Los, bring deinen alten Vater in sein Zelt.«

Gemeinsam kehrten sie zur Unterkunft des Großmeisters zurück. »Fühlst du dich bereit, einen weiteren Schritt zu tun?«, fragte der Ritter seinen Sohn vieldeutig.

»Wie meinst du das?« Verwundert schaute er den Kämpfer an.

»Wie wäre es, wenn du nach Abschluss des Turniers die Schwertleite erhieltest? Albugast und du, ihr seid die fähigsten Anwärter, die ich seit der Zeit des Neuaufbaus gesehen habe.« Ein wenig vorwurfsvoll pochte er Tokaro gegen die Brust. »Auch wenn er dir im Zweikampf am Boden in Stil und Technik überlegen ist, so gab es in unserem Orden niemals einen besseren Reiter als dich, soweit ich mich erinnern kann.«

»Ich verdiene die Ehre nicht. Noch nicht. Aber es wäre mehr als rechtens, an Albugast die Erhebung in den Ritterstand zu vollziehen«, lautete Tokaros Gegenvorschlag. »Er fühlt sich vom Großmeister zurückgesetzt und falsch behandelt, wenn ich die Blicke, die er mir und dir zuwirft, richtig deute.«

»Herodin berichtete Ähnliches«, bestätigte Nerestro, während sie ins Innere des Zeltes traten, wo die Knappen sofort damit begannen, dem Großmeister die Rüstung abzunehmen. Diesen Luxus gönnte sich Nerestro gern, auch wenn er dank der Konstruktionsweise selbst aus dem Metallpanzer gekommen wäre.

»Und deshalb bin ich mir bei ihm nicht sicher. Vielleicht benötigt er noch eine Weile, bis er erstens zur Vernunft und zweitens zur Einsicht kommt, dass zu viel Ehrgeiz schädlich ist.« Ein wohliges Seufzen entfuhr ihm, als die schweren Stiefel von seinen Füßen gezogen wurden. »Du wirst als Erster Ordensritter«, verkündete er seinen Entschluss. »Deine Haltung ist die bessere.«

»Aber ...«, versuchte Tokaro zu protestieren, auch wenn sein Innerstes laut jubelte. Der Großmeister hob die Hand, die Unterredung war für ihn beendet. »Ich bin müde, und übermorgen steht der Einzug in Ulsar an. Wir werden alle unsere Sinne benötigen, um die Schlingen zu erkennen, die Nesreca für uns auslegt. Die aldoreelischen Klingen sollen nicht ihm gehören.« Er schenkte seinem angenommenen Sohn ein Lächeln. »Und nun freue dich auf das Turnier und deine Schwertleite, mein Sohn.«

Der ehemalige Rennreiter verneigte sich und verließ das Zelt.

Ordensritter, wiederholte er fassungslos vor Glück. Auch wenn es ihm ein bisschen albern erschien, lief er zu den Stallzelten und berichtete Treskor von den aufregenden Ereignissen, die ihn in Ulsar erwarten sollten.

Der Hengst spielte mit den Ohren, schnaubte und spürte die Erregung seines Herrn. Nach einem Kuss auf die Nüstern machte sich Tokaro auf zu seinem eigenen kleinen Zelt.

Die leichte Panzerung und die Kleider flogen auf den vorgesehenen Ständer; gedanklich beschäftigte er sich dabei mit einer Frau.

»Was könnte ich Zvatochna wohl sagen?«, sinnierte er halblaut vor sich hin. »Wie geht es dir, Lügenluder? Willst du deinen Anhänger zurück haben?« Grinsend malte er sich die abenteuerlichsten Wortduelle mit der mächtigsten Frau Ulldarts aus, aus denen er immer als Sieger hervorging. Während er in Phantasien schwelgte, streifte er sich das dünne Leinenunterhemd über den Kopf und stand mit nacktem Oberkörper im Zelt.

Er hörte nicht, wie die Stoffbahnen des Eingangs bewegt wurden. Erst als ihn der hereinströmende Nachtwind zum Frösteln brachte, verstand er, dass er nicht allein war.

Das Brandzeichen!

Als er sich umwandte, fehlte vom Eindringling jede Spur.

Hastig legte er sich seinen Umhang über die Schultern und warf fluchend einen Blick nach draußen. Aber er entdeckte niemanden, der sich in irgendeiner Weise auffällig verhielt. Keiner schrie Zeter und Mordio ob der unglaublichen Entdeckung, die er gerade auf dem Rücken des angehenden Ritters gemacht hatte.

Langsam zog er sich ins Zeltinnere zurück, plumpste

auf sein Lager und trat wütend gegen die Stiefel. Wer war das gewesen? Und was hatte er gesehen? Seufzend kippte er zur Seite und deckte sich zu.

Die Ungewissheit ließ ihn nicht einschlafen.

Jedes Mal, wenn eine Wache seinen Eingang passierte, rechnete er damit, dass eine Abordnung aufmarschierte und ihn vor den Großmeister zerrte, um diesem das Zeichen des Ausgestoßenen zu zeigen. Eine Zeit lang dachte er ernsthaft an Flucht.

Irgendwann übermannte ihn doch die Müdigkeit, und er glitt in einen unruhigen Schlummer, der ihm keine Erholung brachte.

So beschloss der junge Mann, die mysteriöse Angelegenheit auf sich beruhen zu lassen.

Eine Woche darauf erschienen die Hohen Schwerter in Ulsar.

Die rund dreihundert Mann starke Truppe hatte sich vor den Mauern der sich beinahe um das Doppelte ausgedehnten Stadt niedergelassen und ihre Zelte errichtet.

Anschließend ritten die sechzig Ordenskrieger in voller Rüstung durch das Haupttor, begleitet von wehenden Standarten, Wimpeln, den eigenen Musikanten und Knappen, die sie wie ein geordneter Bienenschwarm umgaben.

Jedoch, die Instrumente schwiegen. Das Hauptbanner, das seit der Neugründung des Ordens das Wappen der Bardri¢ in sich trug, wurde auf Halbmast vorneweg getragen.

Als der herrlich anzuschauende, blinkende und blitzende Tross durch die Straßen ritt, drängten sich die Menschen an den Rändern der Wege und an den Fenstern, um einen Blick auf die merkwürdig anzuschauenden Kämpfer zu erhaschen, deren martialische Pracht so seltsam antiquiert wirkte.

Die Ulsarer säumten die Straße zum Palast, weil sie annahmen, der Großmeister wolle den neuen Kabcar beglückwünschen.

Die Ordenskämpfer dagegen bewegten sich zielstrebig in Richtung des Marktplatzes, ohne ein Anzeichen dafür, dass es sich um einen Irrtum ihres Anführers in der Wahl der Strecke handelte. Als die Bewohner verstanden, was die Ritter beabsichtigten, erhob sich ein Murmeln in ihren Reihen.

Schweigend erreichten sie den Ort, an dem die Statue von Lodrik stand.

Nerestro rief ein paar Befehle, die Doppelreihe der Gerüsteten fächerte auseinander und bildete eine Linie. Langsam trabten fünf Dutzend Mann auf das Ehrenmal zu und formierten sich zu einem Dreieck, dessen Spitze auf den in Bronze gegossenen, überlebensgroßen Herrschers wies. Eine weitere Anordnung ertönte, und die Abteilung hielt an; die Lanzen senkten sich nacheinander vor der Statue, und die Ordensangehörigen beugten die Häupter zum Gedenken an den Kabcar.

»Ehret die Toten!«, schallte die Stimme des Großmeisters deutlich über den grabesstillen Platz. »Ehret Lodrik Bardri¢! Sein Andenken soll für immer bewahrt werden.«

Minutenlang verharrten die Ritter in dieser Position und boten den überwältigten Ulsarern ein eindrucksvolles Schauspiel.

»Der Kabcar ist tot, es lebe der Kabcar.« Nerestro gab das Zeichen zum Aufbruch, die Standarte wurde bis ans Ende der Fahnenstange gezogen, und der Rest des Gefolges schloss zu den eigentlichen Gotteskriegern auf.

Erst als der Zug den Marktplatz vollständig verlassen hatte, setzten die Fanfaren und Pauken ein. Die hohen Häuserfronten warfen den Hall zurück, und die beschlagenen Hufe klapperten über das Kopfsteinpflaster.

Der Seneschall lenkte sein Pferd an die Seite des Großmeisters. »Ihr habt dem Kabcar die Stirn geboten, bevor Ihr ihn zum ersten Mal saht«, meinte Herodin.

Nerestros Gesicht wirkte wie aus Stein gemeißelt. »Ich verdanke seinem Vater mehr als ihm. Wenn er sich ebenso für uns einsetzt, wird ihm der Orden im Fall seines Ablebens ebenfalls diese Ehre erweisen, bevor er seinen Nachfolger aufsucht«, erklärte er kühl. »Außerdem soll Nesreca ruhig wissen, was ich von ihm und dem Thronfolger halte, der sich von Ulldrael dem Gerechten lossagte. Ich bin gewiss kein Freund des Ährensammlers, aber habt Ihr die Kathedrale gesehen?«

Der Seneschall nickte knapp. »Es sieht so aus, als bräche die Dunkle Zeit mit dem neuen Herrscher an.«

Der Kampfhandschuh des Großmeisters legte sich an den Griff der aldoreelischen Klinge. »Nun ja, wir haben dem Hause Bardri¢ Treue geschworen, daher werden wir uns nicht gegen es wenden. Aber warnen kann man den jungen Mann vor den Machenschaften Nesrecas trotzdem.«

»Manchmal frage ich mich, wie weit Treue gehen darf und welchen Sinn Schwüre machen«, warf Herodin ein.

»Es ist kaum der Ort, über einen Gelöbnisbruch zu beraten«, beendete Nerestro streng die Unterhaltung. Dass er sich diese Frage insgeheim selbst schon gestellt hatte, traute er sich nicht zu sagen. »Lasst uns abwarten, welchen Eindruck Govan Bardri¢ auf uns macht.«

Sie ritten in den Palasthof ein und entdeckten die riesigen Gerüste, die sich um den protzigen Regierungssitz erhoben. Vereinzelt waren erste Steinmetzen bei der Arbeit, die sich an der Fassade zu schaffen machten; an anderen Stellen wurden Steinchimären mit Lastrollen nach oben gezogen. Großmeister und Seneschall wechselten bedeutungsvolle Blicke.

Während die Angor-Ritter in den Sätteln ihrer Pferde blieben, saßen die beiden Höchsten des Ordens ab und marschierten durch die vielen Korridore, Gänge und über Treppen, bis sie ins Audienzzimmer gelangten, wo sie von Govan, Zvatochna, Krutor und Nesreca empfangen wurden.

Die Augen des missgestalteten Tadc glänzten auf, als die Gerüsteten eintraten. Die Begeisterung für die Glaubenskrieger sprang ihm förmlich aus dem Gesicht.

Der Kabcar, gekleidet in eine üppig bestickte Uniformvariation, schaute beinahe gelangweilt auf die Besucher, seine Schwester dagegen schenkte ihnen ein gewinnendes Lächeln, sodass den beiden Männern beinahe das Herz stehen blieb. Der Konsultant, der mit gefalteten Händen schräg neben dem Thron stand, nickte knapp.

Nerestro und Herodin ließen sich auf ein Knie herab und beugten ihre Häupter vor dem jungen Herrscher. Dass dem Großmeister diese Geste Schwierigkeiten bereitete, war offensichtlich. Als ihn sein Seneschall stützen wollte, untersagte es ihm der Anführer mit einer knappen Geste. »Der Kabcar ist tot, lang lebe der Kabcar.«

»Ist das Eure ehrliche Ansicht, oder wiederholt Ihr der Einfachheit halber die Floskeln?«, entgegnete Govan blasiert.

»Die aufrichtigen Worte des Großmeisters des Ordens der Hohen Schwerter sind keine Phrasen, hoheitlicher Kabcar«, erwiderte Nerestro mit gerunzelter Stirn. »Ich fühle mit Euch, denn der Verlust muss sehr leidvoll für Euch sein. Ich kannte Euren Vater recht gut und verdanke ihm sehr viel. Wir werden sein Andenken immer bewahren. Ihm zu Ehren wollen wir sehr gern ein Turnier abhalten, wie Ihr es wünschtet.«

»Nicht meinem Vater habt Ihr viel zu verdanken, sondern dem Haus Bardri¢. Ich wünschte es mir auch nicht, ich *verlangte* es in Anbetracht der Geschichte des Ordens«, präzisierte der Kabcar nüchtern. »Ich rechne mit der gleichen Treue. Seid Ihr bereit, Euren Eid von damals nun auch mir zu leisten?«

Nerestro musste sich beherrschen, um keine allzu unbotmäßige Erwiderung hervorzustoßen.

Die Tadca versuchte, den Ritter mit beschwichtigenden Blicken zu besänftigen. »Verzeiht meinem Bruder, wenn er etwas hart erscheint. Der Tod unseres geliebten Vaters«, ihre Stimme wurde brüchig, »und die Gewissenlosigkeit, mit der die Kensustrianer gegen uns vorgingen, macht uns alle zu anderen Menschen.« Die junge, wunderschön anzusehende Frau zückte ein Taschentuch und tupfte sich ein paar Tränen aus den Augenwinkeln. Die Schultern des Tadc bebten, und ein dumpfes Schluchzen kam aus der breiten Brust.

»Ich weiß, wie es ist, sich derart verloren zu fühlen«, sagte der Großmeister erweicht.

»Ich danke Euch für Euer Entgegenkommen und Eure Rücksichtnahme«, meinte der Kabcar mit einem verächtlichen Zug um den Lippen. »So schwört denn, dass Ihr mir und dem Haus Bardri¢ die Treue halten werdet, jetzt und was immer die Zukunft bringen möge.« Sein durchschnittliches Gesicht nahm einen lauernden Ausdruck an. »Und schwört, dass jede noch so kleine Verfehlung Euer Ende und das des Ordens sein wird.«

Nerestro erhob sich, richtete sich zu seiner vollen Größe auf und erwiderte den Blick des Throninhabers. »Ich leiste gerne den Eid auf das Haus Bardri¢. Doch das Schicksal des Ordens von dem Verhalten und möglichen Verfehlungen Einzelner abhängig zu machen, das kann ich beim besten Willen nicht tun, hoheitlicher Kabcar.«

Govan sog lautstark die Luft ein. »Ich gebe Euch etwas Bedenkzeit, wenn Ihr wollt.«

»Und ich frage Euch, was Ihr damit bezweckt«, polterte der Großmeister los. »Hat Euch der Berater zu diesem Wortlaut geraten?« Er streckte den Finger aus und deutete auf den verwirrt blickenden Nesreca. »Hütet Euch vor den Einflüsterungen dieses Mannes, hoheitlicher Kabcar. Ihr tätet Euch selbst einen Gefallen, Euch auf Euer eigenes Urteilsvermögen zu verlassen, ehe Ihr dem folgt, was Euch Nesreca empfiehlt.« Seine Augen hefteten sich auf den jungen Herrscher. »Ich habe den Eindruck, dass er schon wieder etwas beabsichtigt.«

Govan sprang zornig auf. »Großmeister, hütet Eure Zunge!«

»Dann fragt ihn, was er mit …« Seine Aufmerksamkeit fiel durch Zufall auf das Schwert an der Seite des Herrschers von Tarpol. Die Entdeckung verschlug ihm die Sprache.

»Wonach soll ich ihn fragen?«, verlangte der Kabcar zu wissen.

Nerestro deutete eine Verbeugung an. »Verzeiht, hoheitlicher Kabcar, dass ich meiner Leidenschaftlichkeit erlaubte, mein Benehmen hinfort zu reißen. Aber es ist ähnlich wie bei Euch. Der Schmerz über den Verlust des großen Staatsmannes und Feldherrn trübt mein Urteils- und Denkvermögen. Man sagt Dinge, die man danach nicht mehr versteht.« Herodin betrachtete ihn von der Seite, als hätte der Großmeister den Verstand verloren. »Ich entschuldige mich bei Euch, Nesreca«, wandte er sich an den Berater, lächelte ihn an und legte dabei eine Hand absichtlich an den Griff seiner aldoreelischen Klinge. »Aber Ihr dürft mich gern zu einem

Duell um Eure Ehre herausfordern, wenn Ihr darauf besteht.«

Abwehrend hob der Mann mit den silbernen Haaren die Linke. »Nein, vielen Dank, werter Großmeister. Daraus entstand schon einmal Ungemach. Ich bin nach wie vor kein Freund des Schwertes und überlasse das Kämpfen denen, die etwas davon verstehen. Und meine Ehre wird sehr gut damit leben können, von einer Persönlichkeit wie Euch ein wenig angekratzt worden zu sein.« Er machte einen nachsichtigen Eindruck. »Ich weiß, dass Ihr mir nicht sonderlich gewogen seid, aber Ihr seid wenigstens ehrlich. Das schätze ich.«

»Ja, diese Eigenschaft besitzt heutzutage beinahe keiner mehr auf Ulldart«, stimmte Nerestro zu. »Hoheitlicher Kabcar, ich erkläre vor allen Mitgliedern der hoheitlichen Familie, dass die Hohen Schwerter dem Haus Bardri¢ stets ergeben sein werden. Alles andere kann und werde ich nicht belobigen.«

»Nun denn«, meinte Govan sichtlich missgestimmt. »Ich akzeptiere diesen Eid. Führt das Turnier durch und zollt meinem Vater den Respekt, den er verdient hat, und danach kehrt zu Eurem ritterlichen Tagesgeschäft zurück.« Der junge Mann erhob sich und verbarg seinen Ärger über das Verhalten des Großmeisters nicht. »Ihr könnt gehen, Nerestro von Kuraschka. Und vergesst nicht, beim Standbild meines Vaters vorbeizusehen.«

Die beiden Ordenskrieger schritten rückwärts in Richtung des Ausgangs. »Dort waren wir bereits, hoheitlicher Kabcar«, sagte Nerestro ernst. »Es ist ein gelungenes Abbild, das würdige Bildnis des Mannes, dem das Land und die Menschen treu zu Füßen lagen.«

»Und so wird es bei mir weitergehen«, verabschiedete Govan die Gäste.

»Großmeister«, schallte die Stimme Krutors aufgeregt durch den Saal. Die ganze Zeit über hatte er sich im Zaum halten können, doch nun musste eine drängende Frage von seiner Seele. »Großmeister, darf ich auch ein Ritter werden?« Bewundernd hingen seine Augen an den schimmernden Rüstungen. »Ich würde ein aufrechter Krieger zu Ehren Angors sein.«

Nerestro lächelte den verunstalteten Tadc an, der ihn um mehr als die Hälfte überragte. »Daran zweifele ich nicht, Hoheitlicher Tadc. Seht Euch in aller Ruhe das Turnier an und überdenkt Eure Bitte. Es wäre uns zwar eine sehr große Ehre, ein Mitglied der Bardri¢-Familie in unseren Reihen zu haben, doch es sprechen gewisse Maßgaben eher dagegen.«

»Ist es, weil ich ein Krüppel bin?« Die breiten Schultern des riesigen Jungen sanken enttäuscht herab.

Herodin eilte seinem Freund und Vorgesetzten zur Hilfe. »Hoheitlicher Tadc, wir sind ein Orden, der ganz auf die Kraft der Pferde setzt. Wenn Ihr ein Reittier besitzt, das Euch trägt ...« Er ließ den Satz unvollendet.

Krutor seufzte und kniff die Mundwinkel zusammen. »Nein«, räumte er traurig ein. »Nein, Ihr habt Recht. Ich, Krutor, bin dumm.«

Weil Großmeister und Seneschall nicht wussten, was sie erwidern sollten, verneigten sie sich hastig und verließen das Audienzzimmer, um sich nach draußen zu begeben.

»Der Junge dauert mich«, meinte Herodin unterwegs. »Wäre es nicht möglich, eine Ausnahme zu machen?«

»Und ihn damit erst recht zur Zielscheibe von Spott und Hohn zu machen?« Der Großmeister legte seinem Untergebenen eine Hand auf die Schulter. »Glaubt mir, es tut auch mir Leid, ihn enttäuschen zu müssen. Aber er in unseren Reihen? Als was? Als unstandesgemäßer Fußsoldat? Oder soll er zwischen unseren Pferden mit nach vorne stürmen? Soll er sich beim Lanzengang zu Fuß in die Schranken begeben und gegen uns anrennen? Wir haben dem Tadc einen Gefallen getan, indem wir ihn abwiesen.«

Im Hof angekommen, halfen die Bediensteten dem Großmeister per Winde in den Sattel, und der Tross setzte sich in Bewegung, um in ihrer Zeltstadt weitere Vorbereitungen für den Wettstreit zu treffen.

»Ist Euch aufgefallen, welche Waffe der Kabcar an seiner Hüfte trägt?«, fragte Nerestro den Seneschall, als sie sich vom Palast entfernt hatten.

Herodin überlegte. »Es war ein ungewöhnlich schmuckloses Schwert, wenn ich mich recht entsinne«, sagte er. Nach kurzem Grübeln schaute er bestürzt zum Großmeister. »Bei Angor! Der Griff hatte Ähnlichkeit mit dem einer aldoreelischen Klinge.«

»Ich bin mir sicher, dass es eine solche Waffe war«, sagte Nerestro grimmig. »Die Art des Knaben gefiel mir schon bei seinen ersten Worten nicht. Da er eine aldoreelische Klinge führt, deren Besitz er sogar noch vor anderen verheimlicht, fühle ich mich in meiner Ansicht bestätigt, dass Nesreca ihn in seinem Sinn erzogen hat. Es klebt das Blut unserer ermordeten Brüder an den Händen des neuen Kabcar.«

»Aber was machen wir nun?« Der Seneschall schien ratlos.

»Zuerst führen wir das Turnier durch. Vielleicht ergibt sich etwas, aus dem wir einen Vorteil ziehen können«, entschloss sich der Großmeister. »Anschließend ziehen wir uns so schnell wie möglich in unsere Hauptfeste zurück und harren aus. Die Debatte über den Sinn von Treueschwüren werde ich nun mit Freuden führen.«

»Wenn es uns die vergangenen Taten der Kensustrianer nicht unmöglich machten, mit ihnen zu paktieren, hätte ich vorgeschlagen, dass wir uns zu den Grünhaaren begeben und gegen die Tzulandrier kämpfen«, äußerte Herodin seine Gedanken laut. »Die Brut von Tzulans Kontinent abzuschlachten kann nur im Sinne Angors sein. Und wir hätten nicht gegen den Schwur gehandelt.«

»Wir werden sehen«, meinte Nerestro finster, während er sich im Sattel zur Seite drehte, um einen Blick auf den Palast und danach auf die Kathedrale zu werfen.

Unter dem Beifall der Ulsarer ritten sie durch die Stadt, über der sich in der Vorstellung der beiden Ordensritter schwarze Schatten ausbreiteten, die von den beiden auffälligsten Gebäuden auszugehen schienen.

»Ich finde nicht, dass er so aussieht, als hätte ihn ein Steinschlag zermalmt«, gab Nesreca seine Meinung kund und beugte sich ein wenig nach vorne, um den Leichnam besser betrachten zu können. Dabei achtete er darauf, dass sein silbernes Haar nicht nach vorne rutschte und mit dem Blut in Berührung kam. »Vielmehr erinnert mich der Tote an Personen, die von Kutschen überrollt wurden.« Der Konsultant richtete sich auf. »Du musst dir etwas mehr Mühe geben, Hemeròc. Mach aus ihm einen Lodrik, der von einem gewaltigen Felsen und nicht von einem Kiesel getroffen wurde.«

Mit einem Schnauben legte das Wesen die Marmorplatte auf den erkalteten Körper und presste. Krachend barst der Brustkorb unter dem übermenschlichen Druck, gab dem Gewicht des Steins und der Gewalt des Zweiten Gottes nach.

Abseits von allen neugierigen Augen und Ohren, tief im abgelegensten Winkel der *Verlorenen Hoffnung*, beschäftigten sich die beiden damit, aus einem unbekannten, toten Verbrecher, den sie in die Kleider des verstorbenen Kabcar gesteckt hatten, einen Ersatz für den noch immer nicht gefundenen Vater Govans zu machen.

Der Konsultant hatte darauf bestanden, so schnell wie möglich eine Leiche vorzuweisen und nach allen notwendigen Riten zu bestatten, um dem Volk zu zeigen, dass ihr alter Herrscher ein für alle Mal gegangen war. Die Menschen des Reiches sollten sich voll und ganz auf seinen Sohn konzentrieren und nicht einem Gespenst oder der wirren Idee nachjagen, Lodrik Bardri¢ könne womöglich das Attentat überstanden haben.

»Vergiss nicht, dass du später den Kopf im Steinbruch zerschmetterst«, sagte der Berater. »Er muss völlig unkenntlich sein und darf nur an den Haaren und den Kleidern identifiziert werden.«

Hemeròc quetschte den ohnehin geschundenen Kadaver ein letztes Mal und brach mit spielerischer Leichtigkeit die Beine des Opfers, ohne auf die Anweisungen einzugehen. Doch Nesreca wusste, dass ihn sein Handlanger sehr genau verstand.

Er ging zur Tür, um die riesigen Gefängniskatakomben zu verlassen und die nächsten Todeskandidaten für die Opferung in der Kathedrale auszusuchen. Die Zusammenarbeit mit den Tzulani verlief reibungslos.

»Leg ihn anschließend an einem Ort ab, an dem sie noch nicht gesucht haben, und deponiere einen passenden Brocken auf ihm. Sieh zu, dass dich niemand sieht. Wenn du alles so erledigst, wirst du dich bald an jemand ganz Besonderem austoben dürfen.«

Gut gelaunt schritt der Mann mit den silbernen Haaren voran und unterschrieb im Wachhaus mit dem Zeichen des Kabcar die Verlegung von vierzig Gefangenen, die durch einen Trupp abgeholt werden sollten. Dass diese Abordnung aus Anhängern des Gebrannten Gottes bestand, wussten nur er und Govan.

Auf dem Heimweg zum Palast las er sich in aller Ruhe die Notizen für die Anklageschrift gegen den Orden der Hohen Schwerter durch, die er nach der Unterredung mit Nerestro von Kuraschka um weitere Punkte ergänzt hatte: das Verweigern eines Eides durch den Großmeister, die Missachtung eines Wunsches der hoheitlichen Familie in Gestalt von Krutor sowie die Missachtung des Kabcar durch mangelnden Respekt und Nichteinhaltung des Protokolls.

Bereits notiert hatte er vernachlässigte Treuepflicht gegenüber dem Haus Bardri¢, weil sich die Glaubenskrieger nicht an dem Kampf gegen die Feinde im Süden beteiligten, sowie eine Verschwörung gegen den Thron, was ihm allerdings selbst ein wenig zu konstruiert erschien.

Leider gab es keine Zeugen aus den Reihen der Ritterschaft.

Noch nicht.

Aber nach allem, was ihm einige aufmerksame Augen berichtet hatten, herrschte in den unteren Rängen ein gewisser Unmut, was die bevorzugte Behandlung eines gewissen Anwärters gegenüber anderen anging.

Dazu würde er im Laufe des Turniers seine Spione überall haben. Jeder noch so kleine Disput, ja, selbst der geringste missgünstige Blick würde ihm gemeldet werden, und er gedachte seinen Nutzen daraus zu ziehen.

»Anhalten!«, befahl er dem Kutscher augenblicklich, als er eine wachsende Menschenansammlung am Westtor sah. »Los, wir fahren sofort dorthin.«

Die umstehenden Ulsarer machten dem Fahrzeug mit dem Wappen des Kabcar Platz. Nesreca schwang sich hinaus und verlangte von dem Hauptmann der Wachmannschaft zu wissen, was der Grund des Auflaufs sei. Neben dem Gerüsteten stand ein einfacher

Mann mittleren Alters, dessen Gesicht eine Gemütserregtheit sondergleichen widerspiegelte.

»Lasst es Euch von dem hier erklären«, gab der Soldat das Wort weiter. Ungeduldig funkelte der Berater den Ulsarer an, der seinen Rucksack abnahm und ein Bündel blutiger Wäsche zeigte.

Hemeròc war sehr schnell, dachte Nesreca zufrieden, als er das zerfetzte Wams Lodriks erkannte.

»Seht, Herr!«, haspelte der Handwerker herunter. »Seht, was wir entdeckt haben.« Eilig holte er die vergessene Verbeugung vor dem Berater nach. »Ich bin Mogulew, Herr. Wir haben die Kleider des Kabcar … die Kleider des Vaters des Kabcar gefunden«, verbesserte er sich und hielt die Sachen gut sichtbar für alle in die Höhe.

»Dann können wir dem Toten endlich eine würdige Bestattung …«, begann Nesreca und spielte den Erschütterten. Doch Mogulew unterbrach ihn.

»Nein, Herr, eben nicht! Das ist seine Gewandung.« Er kramte in dem riesigen Sack und legte der Reihe nach zwei Pistolen und die Scheide des Exekutionsschwerts auf die Bank, auf der gewöhnlich die Wachen ruhten.

Ehrfürchtig bestaunten die Bewohner die Funde.

Eiskalt überlief es den Berater, als er die Gegenstände betrachtete und verstand. Sie mussten den echten Lodrik gefunden haben. »Wo ist der Kabcar?«, herrschte er Mogulew gereizt an und packte den Mann mit einer Hand am Rockaufschlag. »Seid Ihr verrückt geworden, den Herrscher zu entkleiden?«

»Aber nein!«, rief Mogulew entsetzt. »Wir fanden die Sachen in einem Teil des Steinbruchs, den wir noch nicht abgesucht haben. Sie lagen in einer Art Hohlraum und klebten in einem See aus getrocknetem Blut fest.«

Nesreca stieß den Helfer unsanft zurück und fuhr

sich mit der Rechten über den Mund. Verdammt. Er hatte es beinahe schon geahnt. Er nahm eine der zerkratzten, unbrauchbar gewordenen Pistolen auf. »Ist das alles, was ihr dort entdeckt habt?«, wollte er wissen. »Rede!«

»Sicher, Herr«, stammelte Mogulew unsicher. »Wir haben jeden Stein umgedreht, ohne dass wir einen weiteren Hinweis auf den Verbleib des Kabcar finden konnten.«

»Die Kensustrianer haben seine Leiche mitgenommen, um sie zu schänden«, flüsterte jemand aus der Menge.

»Unsinn. Tzulan hat ihm das Leben gerettet, und nun irrt er durch die Gegend«, schlug ein anderer vor.

Die Ulsarer wurden mutiger, sie drängten sich heran, jeder schien Nesreca nun seine eigene Erklärungsvariante für die merkwürdige Begebenheit anbieten zu wollen, auf die der Berater gern verzichtet hätte.

Denn er ahnte die ungeheuerliche Wahrheit.

Wütend stopfte er die Sachen in den Rucksack, nahm den Behälter an sich und kehrte in die Kutsche zurück.

»Was sollen wir nun tun, Herr?«, rief ihm Mogulew nach.

»Brecht die Arbeiten im Steinbruch ab«, befahl er. »Ich schicke einen Suchtrupp aus, der den alten Kabcar finden wird, wenn ihn die Kensustrianer nicht schon lange verschleppt haben.« Das Gefährt klapperte davon, zurück zum Regierungssitz.

Auf alle Fälle musste das Gerede der Leute so schnell wie möglich beendet werden, bevor sich jemand berufen fühlte, größeren Unsinn zu verbreiten. Die Idee mit den Kensustrianern gefiel ihm, es würde die Menschen noch mehr aufstacheln.

Sie brauchten keinen geisterhaften Lodrik, auf dessen Rückkehr das Volk voller Sehnsucht wartete, während es seinen Sohn nur als Übergangslösung betrachtete. Die Zeit des alten Kabcar war abgelaufen, und dabei würde es bleiben. Nesrecas Verstand brütete neue Variationen aus.

Doch der Konsultant musste zwei Tage später, zu Beginn des Turniers, eingestehen, dass sich die Meldung verselbstständigt hatte und die Gerüchteküche über den Verbleib Lodriks nur so brodelte.

Ein Teil der Menschen glaubte an die Version der nachträglichen Schändung des Leichnams des alten Kabcar, ein anderer Teil bevorzugte die Möglichkeit, der geliebte Herrscher taumele nach dem Attentat und dem Verlust seiner Magie hilflos durch die Wälder. Wieder andere sprachen hinter vorgehaltener Hand davon, der Herrscher habe sich in Luft aufgelöst, um in Zeiten der Bedrängnis des tarpolischen Volkes in einem Lichtschein zurückzukehren.

So sehr Nesreca den Gegner im Süden verantwortlich machen wollte, die Ulsarer vergaßen die anderen Spielarten nicht, und das zum Ärgernis von Govan und Zvatochna. Krutor hingegen gehörte zu denen, die lieber annahmen, Lodrik irre umher und warte auf Beistand.

Nicht zuletzt trug der Berater selbst indirekt zur allgemeinen Verwirrung und dem Aufkommen von neuem Gerede bei. Als ihm einfiel, Hemeròcs Auftrag zurückzuziehen, hatte der Zweite Gott seine Arbeit schon verrichtet und den Leichnam dort abgelegt, wo er von den letzten, bereits im Abzug befindlichen Helfern entdeckt wurde. Der zweite Lodrik machte die Verwirrung vollkommen.

Schlimmer noch: Die beigebrachten Verstümmelungen reichten nicht aus. Ein Ulsarer mit zwielichtiger Vergangenheit, der zu den Hilfsarbeitern gehörte, behauptete gar, der Tote sei ein Bekannter von ihm gewesen, und verwies auf eine Narbe am Rücken des Leichnams, die man unter dem zerschlissenen Hemd sehen konnte. Bevor der Mann weiter Unruhe verstreuen konnte, verschwand er auf Nimmerwiedersehen. Sein Abgang goss noch mehr Öl ins Gerüchtefeuer.

Govan schäumte vor unbändiger Wut; magische Eruptionen erhellten den nächtlichen Himmel über Ulsar.

Nichtsdestotrotz, das Turnier der Hohen Schwerter sollte stattfinden – ungeachtet der neuen, aber immer unbestätigten Nachrichten über den Verbleib Lodriks.

Den gefundenen Leichnam bestattete Govan unter Einhaltung der notwendigen Rituale, und die Ulsarer nahmen regen Anteil an der Zeremonie, wenngleich die Unsicherheit deutlich in der Luft lag. Doch niemand wagte es, seine Zweifel laut auszusprechen, als der Holzstapel Feuer fing und den Toten in Brand setzte.

Hoch erhoben sich die imposanten Holztribünen rechts und links des Turnierplatzes; sie waren für gut viertausend Menschen gedacht. In der Ehrenloge sollten die hoheitliche Familie und der neu gegründete Stand der Adligen und Großbauern Platz finden.

Schon am frühen Morgen füllten sich die Bänke mit Schaulustigen. Man brachte Proviant mit, um das Spektakel beobachten zu können, ohne dabei Hunger und Durst zu leiden.

Nachdem sich der Kabcar mitsamt seinen Geschwistern und den Reichen des Landes in der Loge niedergelassen hatte, zogen die Hohen Schwerter in strenger Formation ein. Wimpel, Banner und Fahnen wehten stolz im leichten Wind, die Militärmusik der Pauken und Trompeten unterstrich den Gesamteindruck. In Höhe der Loge der hoheitlichen Familie grüßten die Ritter mit gebeugten Häuptern.

Einer der Gerüsteten an der Seite des Großmeisters hielt den Kopf etwas länger in Richtung der drei Geschwister gerichtet, die Augen hinter dem Visier schienen auf die Tadca fixiert.

Zvatochna lächelte dem Ritter zu, doch einer der Neuadligen namens Tchanusuvo empörte sich halblaut über den unstandesgemäßen Blickkontakt zur Schwester des Kabcar.

Die Tjosten begannen, die Ordenskrieger schonten dabei weder sich noch das Material und fochten zur Ehre des verstorbenen tarpolischen Herrschers, als säße ihnen ein Kensustrianer im Sattel gegenüber.

Der Reihe nach umarmten Ritter scheppernd den Boden, gelegentlich schlugen sie gegen die Bande oder auf die Mittelschranke, glücklicherweise ohne dabei größere Verwundungen zu erleiden. Brüche, Verstauchungen und Ausrenkungen waren bis zu einem gewissen Maß üblich.

Großmeister und Seneschall traten gegeneinander an. Nerestro von Kuraschka beförderte seinen Stellvertreter erst im fünften Umlauf aus dem Reitsitz und hatte große Schwierigkeiten, sich nach einem gut platzierten Treffer auf dem Rücken seines Pferdes zu halten. Dennoch setzte er sich bis zum Abend gegen die restlichen Streiter durch. Am folgenden Tag sollten die Knappen zeigen, wie es um ihr Können stand.

Die hoheitliche Familie ließ es sich im Anschluss nicht nehmen, zu den Rittern zu gehen und ihnen persönlich zu danken.

Während sich Govan mit dem Großmeister unterhielt und sich offensichtlich Mühe gab, den schlechten Eindruck, den er bei seinem ersten Treffen hinterlassen hatte, zu tilgen, beobachtete Nesreca sehr aufmerksam die Gesichter der Knappen, die ihre tagtäglichen Übungen durchführten.

Zwei Gruppen schienen sich gebildet zu haben. Die

kleinere scharte sich um einen stattlichen jungen Mann von gutem Wuchs. Dessen Augen sprühten Tod und Verderben, als der Großmeister von der vorgesehenen Schwertleite seines Ziehsohns sprach, die im kleineren Kreis vor der Abreise aus Ulsar stattfinden sollte.

Der Konsultant grinste zufrieden. Ein schnell befragter Diener berichtete ihm, dass es sich um Albugast handele, den ehemaligen Knappen des Großmeisters, der zu Gunsten des Ziehsohns ausgetauscht worden war.

Zvatochna aber hörte dem Gespräch ihres Bruders nur mit halbem Ohr zu. Ihre braunen Augen suchten die Umgebung ab, ob sie den Angor-Gläubigen entdeckte, der ihrem Blick so frech standgehalten hatte. So schlenderte sie langsam durch das Lager, spähte verstohlen in Zelteingänge, schaute sich in allen Ecken und Winkeln so unauffällig wie möglich um, ohne jedoch fündig zu werden.

Krutor befand sich dort, wo es ihn immer hinzog. Mitten unter dem einfachen Volk.

Er half den verdutzten Ritterknechten beim Säubern der Pferde, wobei es ihm bei seinen ungeschlachten Ausmaßen keinerlei Mühe bereitete, Sattel und Panzerung der Reittiere abzunehmen.

Als handelte es sich bei den schweren Metallplatten um leichte Bleche, nahm er sie behutsam herunter und reichte sie dem Gesinde. Danach bürstete er das Fell des jeweiligen Pferdes mit einer Akribie, dass er die Bediensteten in helles Staunen versetzte. Die Pferde der Ritter, geschult durch jahrelange Übungen, ertrugen die Anwesenheit des fremden, einschüchternd großen Menschen auffallend kaltblütig. Andere Artgenossen hätten schon lange die Flucht ergriffen.

»Ich habe dich gleich erkannt«, raunte er einem besonders schönen Schimmel ins Ohr. »Weißt du, wer ich bin?« Liebevoll strich er dem Hengst über die Nüstern und kraulte ihn unterm Kinn. »Ich verrate dich nicht. Du sollst bei den Rittern bleiben.«

»Verzeiht, hoheitlicher Tadc.« Tokaro näherte sich dem riesenhaften Krüppel, immer noch Rüstung und Helm tragend. »Er kann unberechenbar bei Fremden sein.« Er wollte die Gefahr einer Entdeckung so gering wie möglich halten, und das geschlitzte Visier bot einen einigermaßen guten Schutz vor neugierigen Blicken. Sein Schicksal wollte er nicht herausfordern.

Krutor wirbelte herum. »O nein, keine Angst, Herr Ritter. Ich mache das Pferd nicht kaputt.«

»Ganz im Gegenteil«, beruhigte ihn Nerestros Ziehsohn und klopfte seinem Schimmel auf den muskulösen Hals, bis der Vierbeiner schnaubte. »Ihr macht das sehr gut. Es gefällt ihm. Sonst lässt er niemanden an sich heran.«

»Treskor ist ein schönes Pferd«, sagte Krutor freundlich, und das entstellte Gesicht verzog sich bei dem Versuch eines Lächelns. Dann beugte er sich nach vorne. »Das ist das Pferd von dem Rennreiter meines Vaters«, raunte er mit Verschwörermiene. »Eigentlich müsstet Ihr es uns zurückgeben, weil der Dieb getötet wurde. Aber wir haben keine so guten Reiter wie der Orden.« Mit ausladenden Bewegungen striegelte er weiter. »Daher schenke ich es Euch.«

Tokaro versuchte, sich nichts anmerken zu lassen. »Ihr scheint ein gutes Gedächtnis zu haben, hoheitlicher Tadc.«

Krutor feixte. »Der Reiter war ein ganz Netter, nicht so wie die anderen. Ich hätte ihn gern zum Freund gehabt.«

»Er Euch auch«, kam es schnell über die Lippen von Nerestros Ziehsohn. »Ich meine … so, wie ich Euch einschätze, seid Ihr auch ein Netter.« Er nickte seinem

Pferd zu. »Schaut, Treskor ist der gleichen Meinung. Er hätte sich sonst sicherlich gegen Euch zur Wehr gesetzt. Ihm sind Rang und Namen herzlich gleichgültig. Und wer kein gutes Herz hat, dem verpasst er einen Tritt.«

Überglücklich jauchzte Krutor auf und legte die Mähne des Streitrosses zurecht, als hätte es einen Schönheitswettbewerb und keinen Lanzengang zu bestehen. »Ihr seid mindestens genauso nett wie Tokaro.« Er wandte sich dem Gerüsteten zu, der in seinem metallenen Schutz gehörig ins Schwitzen kam. »Wollt Ihr mich einmal im Palast besuchen, zusammen mit Treskor? Ich würde mich freuen.«

Artig verbeugte Tokaro sich vor dem Tadc. »Wenn ich die Gelegenheit bekomme, mache ich Euch gern meine Aufwartung.«

Schon fiel die Hand des Krüppels auf seine Schulter. »Wunderbar! Zeigt mir noch Euer Gesicht, Herr Ritter. Ich will wissen, wer hinter dem Blech steckt.«

»Oha, hoheitlicher Tadc, das geht nicht.« Tokaro zog sich langsam zurück. »Mein Visier klemmt, es muss sich verhakt haben. Ich bin auf dem Weg zum Schmied.«

»Soll ich mal kräftig ziehen?«, bot Krutor sogleich an. »Ich bin sehr stark.«

»Nein, nein«, wehrte der angehende Ordenskrieger eilig ab und sprang zum Ausgang des Pferdezeltes. »Aber Ihr werdet mich an meinem Pferd erkennen.« Tokaro hob die Hand zum Gruß und drehte sich um.

Dass jemand vor ihm stand, registrierte er zu spät.

Mit einem dumpfen Poltern prallte er gegen das unvermutete Hindernis, das er durch die einengende Maske nur undeutlich wahrnahm. An dem überraschten, hellen Aufkeuchen seines Opfers erkannte er, dass er wohl eine Frau gerammt hatte, die eben zu Boden ging.

Umständlich schob er das Visier hoch und schaute nach der Verunglückten. »Zvatochna!« Sofort schlug er den improvisierten Sichtschutz wieder nach unten. »Ich meine, hoheitliche Zvatochna … ich … Tadca.«

Wutschnaubend wischte die mächtigste Frau des Kontinents die losen Haarsträhnen aus ihrem Antlitz, während ihre Augen erbost funkelten. »Wenn das nicht der Ritter ist, der mich vorhin so aufdringlich angesehen hat«, begrüßte sie ihn von unten. Dann hielt sie ihm den rechten Arm entgegen. »Worauf wartest du? Sind das die Manieren, die man von einem halben Ritter erwarten darf?«

Einerseits verlangten seine Beine, dass er losrannte, andererseits sagte ihm sein Verstand, dass Flucht das Dümmste wäre, was er in dieser Lage tun konnte.

Zaudernd packte er ihre Hand und zog sie in die Höhe. »Ich habe Euch nicht gesehen, hoheitliche Tadca«, entschuldigte er sich und hoffte, dass das Zittern in der Stimme nicht zu hören war. »Das Visier.« Er klopfte zur Erklärung gegen die Klappe.

»Und warum öffnest du es dann nicht?«, fauchte sie patzig. »Es sieht nicht so aus, als brächen sogleich Reiterhorden oder Pfeilschauer über uns herein, gegen die du dein Augenlicht schützen müsstest.«

»Nun, vielleicht muss ich mich gegen Eure Schönheit abschirmen«, schlug er vor und absolvierte endlich die längst überfällige Verbeugung.

Die Augenbrauen der bezaubernden Frau wanderten in die Höhe. »Nanu? Steckt in diesem Berg aus Metall ein Poet mit schmeichelnder Zunge?« Neugierig warf sie einen Blick durch die dünnen Gitter des Visiers, ohne die Gesichtszüge zu erkennen. Sie konnte lediglich ein Paar dunkelblauer Augen ausmachen.

»Die Scharniere sitzen fest, hoheitliche Tadca«, erklärte er seine Unhöflichkeit.

»Weshalb hast du mich vorhin so angesehen?«, verlangte sie zu wissen.

»Ist das ein Wunder bei der Schönheit, die Ihr Euer Eigen nennen dürft?«, sagte er hohl unter seinem Helm. »Sollte ich denn wegschauen und mich an anderen ergötzen?«

Zvatochna spitzte die Lippen. »Nun, ich stelle dir mein Antlitz gern zur Verfügung, damit du dich satt daran sehen kannst. Aber tue es weniger auffällig, wie andere auch. Du hast Unmut in den Reihen der Bojaken und Adligen erregt.«

»Das lasst meine Sorge sein, hoheitliche Tadca. Die meisten von ihnen sind Maulhelden, die sich hinter ihren Wachen verstecken, wenn es darauf ankommt. Zudem gibt es kein Gesetz, das es mir verbietet, Menschen anzuschauen, so lange ich will. Daher nehme ich mir die kleine Freude heraus, Euch weiterhin zu betrachten.« Er stapfte an ihr vorbei. »Wenn Ihr einen Adligen findet, der sich deshalb mit mir schlagen möchte, schickt ihn nur herbei. Und nun entschuldigt mich, der Schmied muss dieses Visier lösen.«

Mit offenen Mund starrte Zvatochna dem Ritter nach, der schon bald unsicher abbog und aus ihrem Blickfeld geriet.

Er hat mich einfach stehen lassen, huschte es ihr fassungslos durch den Sinn. *Er hat es gewagt, die Schwester des Kabcar einfach wie eine unliebsame Person stehen zu lassen.*

Krutor trat aus dem Pferdezelt. Vereinzelt hingen ihm Strohhalme an der kostspieligen Kleidung. Betreten klaubte er die Überbleibsel seiner Stallarbeit zusammen und übergab sie dem Wind. Danach entfernte er das Gras vom aufwändig geschneiderten Kleid seiner Schwester.

»Warst du auch im Stall?«, erkundigte er sich vorsichtig.

»Nein«, sagte sie, immer noch konsterniert von dem Verhalten des Ritters. »Mich hat eben einer der Angor-Gläubigen umgerannt, weil sein Visier klemmte.«

Ihr Bruder lachte dröhnend. »Das war der Ziehsohn des Großmeisters, glaube ich. Auf alle Fälle haben sie die gleichen Wappen auf der Rüstung.«

»Interessant«, meinte sie nur vieldeutig. Diese Augen kamen ihr seltsam bekannt vor. Es müssten jedoch die Augen eines Toten sein. Ihr Herz hüpfte aufgeregt. »Wie heißt er?«

Krutor zuckte mit den Achseln. »Er hat seinen Namen nicht genannt. Aber er will zum Tee kommen.«

»Wie schön.« Zvatochna ergriff die Hand des missgestalteten jüngeren Bruders und ging zurück in Richtung des Turnierplatzes. »Komm, es wird dunkel, und Govan wartet bestimmt schon auf uns.«

Albugast schoss herum, die Hand mit dem fließend gezogenen Dolch zuckte nach vorn und hielt kaum einen Fingerbreit vor dem Hals des Unbekannten inne.

»Wer bist du, dass du dich wie ein Dieb ins Zelt schleichst?«

»Für einen Menschen, der scheppernde Rüstungen trägt, habt Ihr ein sehr gutes Gehör«, sagte eine freundliche, warme Stimme. Der Unbekannte trat nach vorne in den Lichtschein der Petroleumlampe. Silbernes Haar schimmerte auf und wirkte wie feinste Fäden aus hochwertigem Silber. »Ich komme zu Euch als ein Freund.«

Der Knappe zog die Schneide zurück, als er den hoch gestellten Gast und die Uniform erkannte. »Verzeiht meinen Empfang, Herr. Ich wusste nicht, dass der Konsultant des Kabcar auch die niederen Ränge des Ordens besucht.« Albugast steckte die Waffe zurück und schaute den Mann, der nie zu altern schien, wie sich das Volk erzählte, abwartend an. »Habt Ihr Fragen an mich?«

»Nein, nicht wirklich«, meinte Nesreca leichthin und nahm auf einem der Feldhocker Platz. »Nicht eben luxuriös«, kommentierte er und rutschte ein wenig hin und her. »Aber Ihr werdet bald besser sitzen, schätze ich. Ich habe Euch beobachtet, wie Ihr Euch heute in den Exerzitien am Rande des Turniers geschlagen habt. Ihr seid meiner Meinung nach der beste der Knappen, und wie ich hörte, steht Eurem Ritterschlag nichts mehr im Wege.«

»Nein, da seid Ihr beim Falschen, um Glückwünsche auszusprechen«, knurrte Albugast und fuhr sich aufgewühlt durch die kurzen blonden Stoppeln. »Nicht ich, sondern Tokaro von Kuraschka wird die Schwertleite erhalten.«

»Tokaro? Tokaro von Kuraschka?« Alle Sinne der Niedertracht erwachten in dem Berater. »Aha, ich verstehe, der Sohn des Großmeisters wird vorgezogen«, sagte er provokant. »Nun ja, Blut ist dicker als Wasser.«

»Er ist nur ein Adoptivsohn«, verbesserte ihn der Knappe. »Warum seid Ihr hier, Herr? Ich habe den Eindruck, Euer Besuch beruht nicht auf simpler Neugier.«

Nesreca legte die Arme auf den kleinen Tisch und faltete die Hände. »Ihr habt Recht. Ist Euch etwas an diesem ... Sohn aufgefallen?« An der Reaktion erkannte der Berater sofort, dass er mit seiner Annahme ins Schwarze getroffen hatte. »Weist er ungefähr hier«, er tippte sich aufs Schulterblatt, »ein Brandzeichen auf?« Mit dem Fingernagel ritzte er ein geschwungenes »I« ins Holz. »Es ist die Strafe für einen Dieb.«

Albugast starrte in die Flamme der Lampe. »Ich weiß es nicht«, log er unsicher.

»Wenn Ihr Euch erinnert, lasst es mich wissen. Ich hätte Euch ein interessantes Angebot zu unterbreiten, dem Ihr gewiss kaum widerstehen könnt.« Nesreca erhob sich und schlenderte zum Ausgang. »Das käme allerdings nur in Frage, wenn Ihr mir weitere Informationen zu diesem Adoptivsohn geben könntet. Unter Umständen handelt es sich bei ihm um einen sehr gefährlichen Gesetzlosen, dem es vor Jahren gelang, sich der Rechtsprechung des Kabcar zu entziehen.«

»Und was würde mit ihm geschehen, wenn man ihn fasste?«, traf ihn die halblaute Frage des Knappen in den Rücken.

Nesreca stand still und gönnte sich ein abgründiges Lächeln, bevor er sich mit wohlgefälliger Miene Albugast zuwandte. »Dann würden wir Anklage gegen ihn erheben und ihn verhaften. Er wäre für immer ein Insasse der *Verlorenen Hoffnung*.« Bedauernd hob er die Achseln. »Aber wo es keinen gibt, der ihn anzeigt, können wir natürlich nichts tun. Die Belohnung, die einem solchen Mann zusteht, ist äußerst hoch.« Er nickte dem angehenden Ritter zu und schritt zum Ausgang. »Erinnert Euch, Albugast«, riet er ihm abschließend. »Dann erwartet Euch noch viel mehr als nur der Ritterschlag, das verspreche ich Euch. Es könnte der Beginn von etwas völlig Neuem sein.« Nesreca verschwand in die Nacht.

Der junge Mann sank seufzend auf sein hartes Feldbett und überdachte das Gehörte.

In den frühen Morgenstunden begannen die Knappen mit ihrem Wettstreit, bei dem es in erster Linie darum ging, sich zu behaupten und weitere Erfahrung mit Pferd und Lanze zu sammeln.

Govan verfolgte die Mühen mit offensichtlicher Langeweile. Dafür saßen ein begeisterter Krutor und eine gespannte Zvatochna in der Ehrenloge, die jeden Tjost aufmerksam verfolgten. Natürlich fand sich auch der Konsultant ein.

»Ich habe eine kleine Attraktion arrangiert«, erklärte

er dem Kabcar, »die dem Volk und dem Feind zeigen wird, dass unsere Waffentechniker keineswegs schlafen. Ich nahm mir die Freiheit heraus, auch Euch damit zu überraschen.« Er setzte sich neben seinen Schützling. »Und bevor Ihr mich zurechtweist, Hoher Herr, es ist kein wirkliches Geheimnis, ich wusste nur früher darüber Bescheid.«

»Nun seid Ihr im Irrtum, Mortva«, gab Govan zurück. »Ich weiß, was meine Tüftler ersonnen haben, und dass Ihr dieses ... diese Erfindung vorführen möchtet, finde ich sehr gut.« Er wies nach unten auf den Turnierplatz, wo ein weiterer Knappe in den Staub fiel und der Sieger seinen verdienten Applaus erhielt. »Es wird ihnen zeigen, dass man sie auf dem Schlachtfeld nicht mehr benötigt. Niemand wird ihnen nachweinen.« Seine braunen Augen wanderten ziellos über das Geschehen. »Na, ich werde ihnen eine letzte Freude gönnen, bevor ich sie ihrer Vernichtung zuführe.«

Der Kabcar stand auf und ließ die Signalhörner schmettern. »Höret, ihr Knappen. Ich habe beschlossen, dass ihr nicht allein um eure Ehre kämpfen sollt.« Govan deutete auf die Ehrenloge mit den Adligen und deren Familien. »Ein jeder suche sich seine Favoritin aus, für die er in die Schranken reitet. Da ich weiß, dass das Rittertum eine teure Angelegenheit ist, erhält der Sieger des Wettstreits das Gewicht seiner Dame von mir in Gold aufgewogen.«

Die Ulsarer klatschten, die Knappen schlugen gegen die Schilde, um ihre Zustimmung zu zeigen. Nacheinander ritten die angehenden Ordensritter heran, um die Lanzenspitze vor dem Mädchen zu senken, das sie sich auserkoren hatten. Auch den jungen Frauen bereitete es sichtliches Vergnügen, dass nun jemand mit ihren Farben stritt und ihren Namen wenigstens für den heutigen Tag berühmt machte.

Zvatochna schaute über die Menge der Knappen, ob sie nicht den Jungen entdeckte, der das Wappen Nerestros auf der Brust trug. Tatsächlich bewegte sich der Ziehsohn des Großmeisters als Vorletzter gemächlich auf die Loge zu.

Nesrecas Augen verengten sich zu Schlitzen, als er das Pferd betrachtete. Er griff sich ein Fernrohr und spähte nach dem Brandzeichen, das er auf der linken Hinterbacke des Streitrosses vermutete. Doch an Stelle des Wappens des Kabcar prangte auf der anderen Seite das Symbol der Hohen Schwerter. Er richtete das Fernrohr auf das Gesicht des Reiters, doch das Visier behinderte die Sicht, und der Konsultant erlangte bezüglich seines Verdachts noch immer keine Gewissheit. Ärgerlich schob er das Fernrohr zusammen und lehnte sich zurück, um nach einem Pokal mit Wein zu greifen.

Die Tadca legte sich bereits verstohlen ihr Taschentuch zurecht, was ihr älterer Bruder sehr genau zur Kenntnis nahm.

»Kennst du ihn, Zvatochna?«, erkundigte er sich neugierig und legte eine Hand auf die ihre. »Du zückst schon das Tuch, obwohl er nicht einmal vor unseren Sitzen steht und es nicht sicher ist, dass er dich zu wählen wagt.«

Die schwarzhaarige junge Frau lächelte ihren Bruder gewinnend an. »Govan, was denkst du von mir? Ich will nur nicht stundenlang suchen müssen, wenn es ein Knappe endlich wagt, die Scheu zu überwinden und die Tadca als Dame zu benennen.«

Aus den Reihen der Wartenden preschte unvermittelt ein anderer Anwärter vor, überholte den Ziehsohn Nerestros und brachte sein Pferd vor der Loge zum Stehen; der bunt bemalte Schaft senkte sich eine Handbreit vor Zvatochnas Nasenspitze.

»Ich, Albugast von Butillana, möchte zu Ehren der

hoheitlichen Tadca fechten«, verkündete der Bursche keck.

Zvatochna beherrschte sich und schenkte dem Bewerber einen tiefen Blick, verfluchte innerlich jedoch seine Familie bis ins letzte Glied, während sie ihr Taschentuch an der stumpfen Spitze befestigte. »Reitet und siegt für mich, Albugast.«

Der Knappe riss die Lanze nach oben, grüßte mit einem Nicken und passierte Tokaro, der angehalten hatte, mit verächtlicher Miene.

Nun waren alle Töchter der Reichen und Mächtigen an die Knappen vergeben. Der Ziehsohn stand vor der Wahl, entweder ohne Favoritin ins Feld zu ziehen oder ein unstandesgemäßes Mädchen zu wählen, was zugleich eine Kränkung für alle anderen darstellte.

Tokaros blaue Augen suchten die Reihen der Tribünen ab, ob ihm jemand besonders auffiel. Er lenkte Treskor nach rechts. Eine Marketenderin, die sich, den Rücken zum Geschehen, mit dem Verkauf von Bier beschäftigte, spürte, dass sich unvermittelt alle Blicke auf sie richteten. »Was ist? Will noch jemand einen Krug?«, fragte sie vorsichtig und fuhr herum, als sie das Schnauben eines Pferdes hinter sich hörte.

Tokaro senkte die Lanze. »Würdet Ihr mir die Ehre erweisen, holde Jungfrau?«

»Jungfrau?«, wunderte sie sich und grinste. Die Besucher lagen vor Heiterkeit in ihren Sitzen. »Wenn Ihr ein paar Jahre früher erschienen wärt, dürftet Ihr mich noch so nennen.« Dann begriff sie, dass es dem Knappen der Hohen Schwerter ernst war.

Geschmeichelt und etwas verlegen fummelte sie an ihrem verschwitzten Halstuch herum, das halb zwischen ihren Brüsten klemmte, und band es an der Lanze fest. Danach gab sie dem Ende der langen Waffe einen frivolen Kuss.

»Er war zu lange mit dem Räubergesindel zusammen«, meinte Herodin knapp.

Nerestro begutachtete amüsiert die entsetzten Gesichter der Adligen. »Ich finde, er bringt ein wenig Auflockerung in die Sache. Vergesst nicht, Seneschall, das Engagement für die einfachen Tarpoler liegt ihm im Blut. Schließlich haben wir in ihm einen selbst ernannten Beschützer eines Totendorfes vor uns, erinnert Euch.«

»Aber eine Marketenderin?«, seufzte Herodin verzweifelt. »Warum hat er nicht gleich eine Dirne genommen?«

»Als wäre das ein Unterschied.«

Zvatochna schäumte vor Wut, als sie das Zeichen der anderen Frau im Wind flattern sah. Absichtlich schaute der Recke mit den dunkelblauen Augen in ihre Richtung.

»Nun ist es genug!«, erboste sich Tchanusuvo künstlich. »Er hat es schon wieder getan und die hoheitliche Tadca angestarrt.« Er erhob sich von seinem Sitz und verbeugte sich vor der schönen Frau. »Ich werde anschließend von ihm Genugtuung fordern, hoheitliche Tadca.«

»Tut, was Ihr nicht lassen könnt, Tchanusuvo«, sagte sie. »Aber bleibt bitte in einem Stück. Es wäre schade.«

Stolz setzte sich der Adlige an seinen Platz, die neidischen Blicke der anderen trafen ihn.

»So ein impertinenter Kerl«, meinte Govan und stützte sein Kinn auf die Hand. »Aber seine Respektlosigkeit imponiert mir. Endlich mal jemand, der unterhaltsam ist. Ich will später unbedingt mit ihm sprechen.«

Nach einem kurzen Umbau des Turnierplatzes sollte ein so genannter Buhurt ausgetragen werden. Die Anwärter auf den Rittertitel teilten sich in zwei Gruppen auf und führten Massenlanzengänge durch. Wer in den Staub fiel, schied aus.

Schließlich standen sich auf jeder Seite drei Knappen gegenüber. Nerestro verkündete den freien Kampf im Sattel ohne die Zuhilfenahme der langen Spieße.

Nun droschen die sechs mit ihren Holzknüppeln und Schilden aufeinander ein, bis nur noch Albugast und Tokaro standen und sich die anderen mit schmerzenden Knochen oder dröhnenden Schädeln vom Platz entfernten.

Die Marketenderin feuerte den Adoptivsohn des Großmeisters mit derben Rufen und Sprüchen an, dass die ein oder andere edle Dame in der Ehrenloge errötete und ganz zart Besaitete in vorgetäuschte Ohnmacht fielen. Die Ulsarer legten sich ebenfalls für den frechen Knappen ins Zeug, denn sie verstanden ihn als Streiter der Einfachen und Niederen.

Wie schwer die letzten beiden Kontrahenten atmeten, erkannte man deutlich an dem schnellen Auf und Ab der Rüstungen.

Albugast verschaffte sich Kühlung, indem er sein Visier öffnete, der Ziehsohn des Großmeisters dagegen zeigte sein Gesicht immer noch nicht und schwitzte in der stickigen Luft unter dem Helm.

Die anderen Knappen reichten den Widersachern Lanzen, der Tjost mit anschließendem Zweikampf sollte über den Gewinner entscheiden.

Mit einem Anfeuerungsruf schmetterte der blonde Anwärter die Klappe seines Kopfschutzes nach unten und jagte dem Pferd die Sporen in die Seite. Wiehernd jagte das Tier los.

Was niemand vermutete: Tokaro war der Besinnungslosigkeit nahe. Die Hitze machte ihm zu schaffen, aber das Visier zu öffnen wagte er nicht. Er klemmte die Lanze unter den Arm, heftete seine Augen auf die Gabe der Marketenderin und benutzte den auffälligen Stoff am Ende des stumpfen Spießes als Ziel- und Orientierungshilfe.

Er hörte die frenetischen Rufe der Ulsarer und Tarpoler um sich herum, die leiser und leiser wurden. Die Anspannung lähmte ihre Stimmen.

Der Schild Albugasts wuchs, raste heran, bis endlich auch der einstige Rennreiter Treskor mit einem Schenkeldruck bedeutete loszustürmen.

Nach wenigen Speerlängen ereignete sich bereits der Zusammenprall, und Tokaro verdankte es allein seinem Reitgeschick, dass er nicht aus dem Sattel flog. Dagegen bereitete es seinem Gegner keine Mühe, den wenig heftigen Treffer der Lanze gekonnt abgleiten zu lassen.

Tokaros Kreuz fühlte sich an, als wäre es geborsten. Da er aber seine Arme und Beine sehr wohl spürte, musste es noch intakt sein. Lange würde er nicht mehr durchhalten. Jetzt musste die Entscheidung fallen.

Beim nächsten Anreiten täuschte er einen hohen Stoß an und riss den stumpfen Spieß im letzten Moment nach unten, direkt auf die Seitenkante des Schildes. Albugast fiel auf das Manöver herein, das Ende des Lanze glitt ab, traf ihn in die Seite, und die Hebelwirkung beförderte ihn aus dem Reitsitz.

Die Ulsarer schrien begeistert auf, selbst Krutor klatschte, hörte aber sofort auf, als ihn ein vorwurfsvoller Blick seiner Schwester traf.

»Ganz hervorragend, nicht wahr?«, meinte Govan. »Es scheint, als zögest du gegen eine Marketenderin die Kürzere, geliebte Schwester«, meinte der Kabcar. »Ich wette, das ist ein einmaliges Ereignis auf dem ganzen Kontinent.«

Während sich der blonde Knappe umständlich aus dem Dreck stemmte, hielt Tokaro an und stieg ab, fasste den Griff seines Schilds fester und nahm die Keule aus dem Gürtel.

Da beide junge Männer gleichermaßen angeschlagen waren, erinnerte der Zweikampf mehr an das Getorkel von verfeindeten Betrunkenen.

Schließlich fielen beide vor Erschöpfung um. Das Duell wurde unterbrochen, um den Finalisten eine einstündige Ruhepause zu gönnen.

Doch die Untertanen Govans feierten Tokaro, während er in Richtung des Zeltes hinkte, als wäre er bereits der Sieger.

Die Marketenderin rannte herbei und gab ihm einen Kuss auf den verbeulten Helm. Groß erschien ihre halb entblößte Oberweite vor seinem Visier.

»Macht ihn fertig, Herr Ritter, und ich lasse Euch die ganze Nacht mit mir verbringen, ohne dass Ihr etwas zahlen müsst«, flüsterte sie ihm zu und kehrte an ihren Bierstand zurück.

»Das sind Aussichten«, stöhnte Tokaro und nahm die eiserne Maske ab, sobald der Eingang seiner Unterkunft geschlossen war. »Bei Angor, Albugast ist einfach der Bessere von uns beiden.« Ächzend legte er sich auf das Feldbett, breitete ein Tuch über sein Gesicht und schloss die Augen, um sich zu entspannen.

Einer der anderen Knappen streckte seinen Kopf herein. »Das musst du dir ansehen, Tokaro. Sie bereiten eine Büchsenmaschine vor. Eine neue Erfindung des Kabcar.«

Die Qualen verflogen von selbst, als der einstige Rennreiter mit einem Schlag an die Waffe erinnert wurde, die ihm so sehr lag. Mehr als Schwert und Lanze.

Mit der Hilfe seines Freundes hastete er mehr schlecht als recht nach draußen und vergaß vor lauter Aufregung sogar, den Helm anzulegen.

An einem Ende der Kampfbahn stellten Helfer gerade mehrere lebensgroße Puppen auf. In zweihundert Schritt Entfernung stand eine Vorrichtung zwischen den Zelten, die drei Dutzend Büchsenläufe in sechs Reihen übereinander auf einer Radlafette angeordnet trug. Die Mündungen wurden mit Hilfe einer Ladevorrichtung gestopft, die es ermöglichte, jeweils eine Linie auf einen Schlag zu laden.

»Was Ihr hier seht, Untertanen«, verkündete der Kabcar selbstgefällig von der Loge herab, »ist eine Büchsenmaschine. Sie verbindet die Feuerkraft einzelner Waffen wahlweise zu einer vernichtenden Salve oder kann Reihe für Reihe gezündet werden.« Er wandte sich an die Helfer an der Vorrichtung. »Eine Salve!«

Der Bediener fasste sechs Schnüre mit einer Hand, zwei Knechte griffen in die Speichen, um ein Verreißen zu verhindern. Kurz darauf ertönte mehrfaches Knattern, und eine große Rauchwolke formte sich aus dem Qualm, der aus den Mündungen der Büchsen stieg. Beinahe gleichzeitig zerfetzte es die Puppen.

Die Zuschauer stießen Laute des Erschreckens aus, zahlreiche Pferde wieherten wegen der unerwarteten Knallerei. Schließlich begannen die Ulsarer zu applaudieren und zu johlen.

Herodin rümpfte die Nase und spie aus. »Angor sollte den Erfinder in Stücke schlagen. Was sind das für Zeiten, in denen jeder Idiot mit einer kleinen Bewegung die besten Krieger töten kann?«

»Wir müssen uns ja nicht vor die Mündung stellen«, meinte der Großmeister wenig glücklich. »Aber ich sehe es genauso wie Ihr.«

Die Nachladeprozedur der Büchsenmaschine hatte begonnen, und schnell wurde deutlich, dass die neue Wunderwaffe einen entscheidenden Nachteil besaß. Nach dem Abfeuern sämtlicher Läufe benötigte die Mannschaft kostbare Zeit, um die Bereitschaft herzustellen.

»Pah! Stünden wir auf dem Schlachtfeld, wären sie

schon lange tot«, kommentierte der Seneschall nun wesentlich zufriedener. »Ein schneller Vorstoß unserer Reiterei, und sie würden samt ihrer Maschine niedergetrampelt.«

Nesreca entdeckte Tokaro durch die dichten Schwaden des Pulverdampfs, und ein Grinsen stahl sich auf sein Gesicht. Ohne den Hinweis von Albugast hätte er ihn zwar nicht mehr wiedererkannt, so aber sah er deutlich den Dieb vor sich, den er damals gebrandmarkt hatte. Daraus würde er eine Anklage gegen den Orden zimmern, die besser und wasserdichter nicht mehr sein könnte.

Tokaro bemerkte, auch wenn ihn die Faszination für die krachenden, lärmenden und stinkenden Büchsen in Beschlag nahm, dass sein Gesicht nun für jedermann sichtbar war.

Schnell kehrte er ins Zelt zurück, wo er über die Fortsetzung des Zweikampfs unterrichtet wurde. Nun sollten sie auf die schweren Rüstungen verzichten und nur in Kettenhemden antreten.

Ungestüm zurrte er das Halstuch der Marketenderin an seinem Oberarm fest.

Die beiden Knappen standen sich kurz darauf gegenüber und setzten ihr Duell fort.

Albugast spielte seine überlegene Technik gegen Tokaro aus und brachte den einstigen Rennreiter rasch in Schwierigkeiten. Dessen Schild verbog sich unter der Wucht der mit eiskaltem Zorn geführten Attacken mehr und mehr, sein Arm wurde taub, während sein anderer Arm die Keule kaum mehr packen wollte.

»Ich habe immer gesagt, dass Albugast der bessere Bodenkämpfer ist«, sagte der Seneschall kaum erfreut. »Tokaro hätte ihn beim ersten Durchgang noch einmal mit der Lanze angreifen sollen.«

Nerestro verkrampfte sich zusehends; er fühlte jeden einzelnen Hieb, den sein Adoptivsohn einstecken musste. »Wenn er aus diesem Kampf als Sieger hervorgeht, hat er sich die Schwertleite mehr als verdient.«

»Wenn«, wiederholte Herodin viel sagend.

Urplötzlich wendete sich das Kampfglück.

Tokaro befand sich bereits mit einem Knie am Boden und verteidigte sich mit letzter Kraft, als Albugast bei einem weiteren Hieb das Gleichgewicht verlor und ins Trudeln geriet.

Natürlich nutzte der Ziehsohn des Großmeisters diese Einladung zu einer Angriffsserie, die ihn zwar ins Keuchen brachte, seinen Kontrahenten aber nach hinten drängte. Albugasts Schläge schienen an Wirksamkeit zu verlieren, dafür machte es den Eindruck, als wäre Angor persönlich in Tokaro gefahren und habe ihm frischen Mut, größere Stärke und überragende Schnelligkeit verliehen.

Als seine Keule ein weiteres Mal auf den Schutz seines blonden Widersachers traf, schmetterte die Waffe derart heftig auf den Schild, dass der Arm dahinter brach. Albugast biss die Zähne zusammen und focht weiter.

Der nächste Schlag landete auf dem Verschluss der Rüstung, die sich sofort lockerte und ihren Träger mehr behinderte als schützte.

Tokaro rammte mit einer kreiselnden Bewegung die Schildkante in den zum Schlag erhobenen Arm des Gegners und schlug mit der Waffe zu.

Das Ende der Keule steuerte zunächst wie gewollt auf die Körpermitte, schien aber unvermittelt ein Eigenleben zu entwickeln. Gegen den Willen des einstigen Rennreiters schepperte die Waffe gegen den Kopf Albugasts, der wie vom Blitz getroffen zu Boden fiel.

Der Adoptivsohn des Großmeisters war bestürzt.

Die eigenen Feldscher rannten herbei und versorgten den Unterlegenen, während die Ulsarer ihrem Helden zujubelten, der das Volk gegen die Adligen und Reichen vertreten hatte.

Aber wirklich zufrieden fühlte sich Tokaro nicht, der keine Erklärung für den am Schluss so unerwartet verlaufenden Zweikampf fand. Er folgte mit Blicken der Bahre, auf der der Ohnmächtige vom Turnierplatz getragen wurde. Und dabei entdeckte er eine Gestalt, die sich heimlich an den Büchsenmaschinen zu schaffen machte. Die Ausrichtung der Läufe machte den jungen Knappen stutzig.

Er pfiff gellend nach Treskor, der sogleich angetrabt kam. Mit letzter Kraft schwang er sich in den Sattel, einen Wurfspeer in der Hand, und tat so, als wollte er eine Ehrenrunde drehen.

»Ulldrael der Gerechte und die Mächte des Guten werden dich vernichten, Govan Badri¢!«, schrie der Attentäter und angelte nach der Leine, um die tödliche Salve auszulösen.

Treskor preschte heran. Mit einem gewagten Sprung setzte der Hengst über die Maschine und trat auf ein Kommando seines Reiters mit den Hinterläufen aus. Die Lafette tat einen Satz. Knatternd enluden sich die Büchsen. Die achtundvierzig Kugel schlugen in den hölzernen Unterbau der Tribüne ein, ohne Schaden anzurichten.

»Du kannst stolz auf dich sein, demjenigen das Leben gerettet zu haben, der Ulldart ins Verderben führen wird!«, zischte der Schütze und wandte sich zur Flucht.

»Aber i-ich …«, stotterte Tokaro.

Schon eilten die Wachen des Kabcar herbei. Doch eine Gefangennahme gelang ihnen nicht: Der Attentäter richtete den Dolch gegen sich selbst, als er die Ausweglosigkeit seiner Lage erkannte.

Die Besucher waren aufgesprungen, Nesreca lehnte sich zum Kabcar hinüber und raunte ihm etwas ins Ohr.

Der Herrscher erhob sich. »Wir haben einen jungen Helden unter uns«, schallte seine Stimme in die angespannte Stille hinein. »Nicht nur, dass er den Zweikampf gegen seinen Konkurrenten gewonnen hat, er bemerkte als Einziger die Gefahr, die der hoheitlichen Familie drohte.« Er wies auf die Stelle vor der Ehrenloge. »Komm her und lass uns sehen, welcher mutige Streiter sich hinter dem Visier verbirgt, damit dein Kabcar dir angemessen danken kann, Knappe.«

Wenn Tokaro das gewusst hätte, wäre er dem Mörder noch zur Hand gegangen. Mit einem unguten Gefühl lenkte er seinen Schimmel vor den Gleichaltrigen. Zvatochnas anmutiges Gesicht war freundlich, Krutor zappelte unruhig hinter den beiden hin und her. Die Begeisterung über die Tat des netten Ritters, dessen Pferd er so gut kannte, drohte ihn zu überwältigen.

»Mein Name ist Tokaro von Kuraschka«, klang es dumpf unter seiner eisernen Maske, »und mein Helm hat sich leider verklemmt, hoheitlicher Kabcar, sodass ich Euch in dieser Aufmachung begegnen muss.«

»Euer Orden scheint schlechte Schmiede zu haben«, entgegnete Govan bissig. »Ich habe gehört, das passiert dir ständig, Tokaro von Kuraschka. Nun denn, weil du zweimal erfolgreich warst, gewähre ich dir eine höhere Siegprämie. Ich werde deine Herzensdame, dein Pferd und dich in voller Rüstung in Gold aufwiegen lassen.« Ein Raunen lief durch die Reihen der Ulsarer.

»Ferner wirst du mir heute Abend Gesellschaft leisten, Tokaro von Kuraschka, wenn ich zu deinen Ehren einen Maskenball veranstalte. Bis dahin sollten eure Schmiede den Helmverschluss besiegt haben. Diese Verkleidung werde ich nicht gelten lassen. Auch alle anderen Ritter und Knappen sollen meine Gäste sein, und für die Untertanen fließt der Wein in Strömen vor der Kathedrale!«, verkündete er und nahm Platz.

Unter dem frenetischen Jubel der Bevölkerung ritt Tokaro zurück zu seinem Vater und Herodin, die ihn zu seiner Tat beglückwünschten.

Doch ehe er sich weiter auf die müden Schultern klopfen ließ, suchte er das Zelt auf, in dem Albugast lag.

Der angehende Ritter hatte die Augen geschlossen. Ein Verband zierte seinen Schädel.

»Wie geht es ihm?«, fragte Tokaro den Feldscher und trat zögerlich näher.

»Er hat einen harten Kopf und wird es überleben«, meinte der Medikus. »Meiner Einschätzung nach benötigt er nicht einmal die Dienste eines Cerêlers, um heute Abend auf den Beinen zu sein. Aber es wird schon noch eine Weile dauern, bis er zu Bewusstsein kommt.«

Der junge Mann mit den dunkelblauen Augen kniff die Mundwinkel zusammen und verschwand so leise, wie er gekommen war.

Bedrückt schlich er sich in seine Unterkunft, befreite sich vom Kettenhemd, dem wattierten Waffenrock darunter und den Stiefeln, um sich hinzulegen. Grübelnd verschränkte er die Arme hinter dem Kopf.

Sollte er es beim Ball einfach drauf ankommen lassen? Immerhin war er der Sohn des Großmeisters der Hohen Schwerter. Was konnte ihm schon geschehen? Der Anblick der Tadca wirkte gleich einem Funken, der das erloschene Feuer seiner Gefühle für die sichtlich herangereifte junge Frau zum Lodern brachte. Oder bildete er es sich nur ein?

Seine Hand wanderte unter das Untergewand und griff nach dem Amulett, das er ihr bei der Begegnung im Wald geraubt hatte. *Ach, was soll's. Angor hat mir auf wundersame Weise zum Sieg verholfen, da werde ich auch dem Pferdeschinder Govan und seiner Schwester unbeschadet gegenübertreten können. Ich werde ihr einen gehörigen Schrecken einjagen.*

Der Junge glitt in einen erholsamen Schlummer.

Der große Ballsaal schimmerte in düsterem Glanz.

Nerestro von Kuraschka musste schon zweimal hinschauen, bis er die Örtlichkeit wiedererkannte, an der er Lodrik damals seine Aufwartung gemacht hatte.

Zwar prangten immer noch Blattgold und Stuck an Wänden und Decke. Indes, die Handwerker hatten die Verzierungen aus Gips nachträglich derart verändert, dass die Leichtigkeit verloren gegangen und einer bedrückenden Schwere gewichen war.

Schwarze und rote Wandmuster schluckten viel Licht der Kronleuchter und schufen eine finstere Stimmung in dem Raum, in dem früher ausgelassene und fröhliche Feste stattgefunden hatten.

Die Ritterschaft hatte sich beim Maskieren aufs Notwendigste beschränkt und sich in aller Eile phantasiereiche Augenmasken besorgt; ansonsten marschierten sie in polierten leichteren Rüstungen auf.

Umso mehr legten sich die anderen Gäste ins Zeug. Nahezu alles an Kostümierung, von unterschiedlichen Tierarten über Gegenstände bis hin zu ausgefallenen Kleidungsstücken, fand sich in dem Saal wieder. Musik spielte leise im Hintergrund, Diener liefen umher, um Getränke und Kleinigkeiten zu servieren. Getanzt wurde noch nicht, der Kabcar musste die Marmorfläche erst freigeben.

Zvatochna bildete in einem beeindruckenden, alle männlichen Sinne betörenden weißen Kleid den Mittelpunkt. Um sie herum bildete sich eine Traube von Männern. In ihren schwarzen, kunstvoll frisierten Haaren funkelten und glänzten Diamanten und andere Edelsteine, und die Maske über ihrer Augenpartie in

Form eines Schmetterlings, gearbeitet aus verschiedenfarbigen Seidenstoffen, raubte der Tadca keineswegs die Faszination.

»Sie hätte als Berg erscheinen müssen«, meinte Herodin hintergründig und erntete einen fragenden Blick des Großmeisters. »Es scheint so, als wollten alle Männer sie besteigen«, erklärte er und erntete schallendes Gelächter von denen, die den Witz hörten.

Krutor steckte in einem Kostüm, das ihn wie ein Turm aussehen ließ, was sich angesichts seiner Monstrosität geradezu anbot. Dämlich fand Tokaro nur, dass das missgestaltete Gesicht des Tadc aus einem Fenster des aus Pappmaché gefertigten Miniaturgebäudes schaute und die Entstellung unvorteilhaft hervorhob.

»Die Besitzer der aldoreelischen Klingen bleiben zusammen«, befahl der Großmeister leise. »Die anderen halten Augen und Ohren offen, um jede Tücke sofort zu bemerken. Ansonsten wünsche ich allen viel Vergnügen.«

Die Ritter verteilten sich.

»Wohin willst du?«, hörte Tokaro die Stimme seines Ziehvaters hinter sich, als er sich auf die Tadca zu bewegte. »Gehörst du auch zu den Gipfelstürmern?« Er nickte in Richtung der schönen Frau. »Ich kannte ihre Mutter, und ich sage dir, sie wurde von ihrem Gemahl nicht umsonst verstoßen. An deinem Schicksal sehe ich, dass die Tadca dieses unglückselige Talent geerbt hat.«

»Ich weiß, danke für die Warnung«, beruhigte er den Großmeister im Gehen. »Keine Bange, ich kenne ihre Art sehr gut.« Zielstrebig steuerte er auf die Schwester des Kabcar zu und arbeitete sich rasch nach vorne durch, wobei ihn die missgünstigen Blicke der anderen Werber trafen.

»Ich grüße Euch, hoheitliche Tadca.« Tokaro verneigte sich leicht vor ihr.

Zvatochna täuschte Ratlosigkeit vor. »Wer könnte das nur sein? Wie hat sich der Fremde hereingeschlichen?« Sie lachte hell auf und klappte ihren Fächer auseinander. »Ohne deinen Helm erkenne ich dich schwerlich wieder.« Die Kante des Wedels pochte gegen seine Maske. »Und selbst jetzt verbirgst du dein Gesicht.«

»Es ist ein Maskenball, hoheitliche Tadca«, sagte er frech. »Ihr müsst schon bis Mitternacht warten, bevor ein jeder hier sein wahres Antlitz zeigt. Da wird Euch auch die Verwandtschaft zum Kabcar nichts bringen.«

»Unverschämter Bengel«, empörte sich Tchanusuvo, der als Einhorn erschienen war, künstlich und überlaut. »Man sollte den Knappen Respekt lehren, auch wenn er dem Herrscher von Tarpol das Leben rettete«, sagte er zu seinem Nachbarn, der heftigst seine Zustimmung nickte.

Tokaro überhörte das Angebot für ein Duell großzügig, dafür spürte er seine Knochen noch zu sehr. »Euer Recke hat sich wacker geschlagen, wenn er auch der Unterlegene war«, erinnerte er die stolze Frau. »Da sieht man, dass auch dem niederen Volk die Götter mitunter wohlgesonnen sind.« Er nahm das Tuch der Marketenderin heraus und schwenkte es vor ihrer Nase.

»Angor hatte seinen guten Tag«, gab die Tadca amüsiert zurück. »Aber ich bin mir sicher, dass dir dieses Kunststück kein zweites Mal gelingen würde.«

»Was habt Ihr denn Albugast im Fall eines Sieges versprochen?«, wollte er wissen.

»Was gewährt denn deine Jungfer dir?«, hielt sie dagegen. »Es dürfte gegen das, was ich zu bieten hätte, verblassen.«

Tokaros Grinsen wurde anzüglich. »Ich habe keine Vorstellung, wie Ihr nackt ausseht, hoheitliche Tadca, auch wenn die Gedanken der Männer um Euch herum nur um diesen einen Traum kreisen.«

Tchanusuvo stemmte die Arme in die Seiten. »Nun verlange ich Genugtuung, Bursche.« Er zog sich einen Handschuh aus, um damit zuzuschlagen.

»Damit es sich lohnt, sage ich zu Euch, dass Ihr das Horn nicht auf dem Kopf, sondern im Schritt tragen solltet«, provozierte ihn der angehende Ritter. »Lasst Euren Handschuh stecken und zieht lieber gleich Euren Säbel, um Euch zu verteidigen.«

»Bis zum ersten Blut«, meinte die Tadca lächelnd. »Aber haltet ein wenig Abstand, damit kein Tropfen auf mein Kleid kommt. Und keine Toten oder Schwerstverletzten.«

Ein Adliger reichte Tchanusuvo seine Waffe. Tokaro nahm sein Schwert zur Hand und wartete geduldig, bis sein Gegner im Kostüm des Fabelwesens seine Bereitschaft signalisierte. »Ich warne Euch, ich habe einen anstrengenden Tag hinter mir und bin nicht sonderlich auf lange Gefechte aus«, verkündete er. »Und gegen Euch wird es sehr schnell gehen.«

Der Mann stürmte los, die Spitze des Säbels nach vorne gereckt.

Mit Leichtigkeit parierte Tokaro den Angriff, packte den Mann am aufgesetzten Horn und wackelte daran. »Es scheint Euch direkt aus der Stirn gewachsen zu sein, Tchanusuvo.«

Grunzend hieb der Adlige zu, doch der Adoptivsohn des Großmeisters blockte erneut, ohne das Horn loszulassen. »Ich habe gehört, Einhörner seien sehr elegant.« Er lief los und zerrte den fluchenden Mann hinter sich her. »Oh, das ist ein zorniges Einhorn. Sicher will es mit dem Kopf durch die Wand.«

Tokaro rannte auf eine der Türen zu, die Gäste sprangen lachend zur Seite.

Aus vollem Lauf bugsierte er den Adligen mit dem

Horn gegen das Holz, die Spitze durchstieß die Tür und steckte fest. So sehr Tchanusuvo zerrte und tobte, er blieb gefangen.

»Erstes Blut, Knappe«, erinnerte ihn Zvatochna, die in die allgemeine Heiterkeit einstimmte. Irritiert bemerkte sie, dass sie den jungen Ordenskrieger überaus anziehend fand. Und dass er ihr irgendwie bekannt vorkam.

»Ihr habt gehört, was die Tadca forderte«, meinte der Junge mit den dunkelblauen Augen in bester Laune.

»Gnade!«, heulte sein lächerlicher Widersacher.

Er ging zu einer der Hofdamen, verbeugte sich und stahl sich eine Haarnadel aus ihrem Kopfschmuck. Mit einer ausladenden Geste holte er Schwung und stieß sie dem Adligen ins Gesäß, dass dieser vor Schreck und Schmerz einen Hüpfer nach vorn machte und sich noch tiefer in der Tür verrannte.

Triumphierend hob Tokaro die Nadel in die Höhe, an deren Ende es rot und feucht schimmerte. »Erstes Blut«, stellte er trocken fest. Die Besucher applaudierten, während Tchanusuvo sich um den Spott über das besiegte Einhorn nicht mehr zu sorgen brauchte.

»Ihr habt einfach kein Glück mit Euren Kavalieren. Schon wieder habt Ihr verloren.«

»Kein Wunder, wer kann schon gegen einen Helden bestehen?« Zvatochna verscheuchte die sie umlagernden Adligen mit dem Zucken ihres Fächers. Dann hielt sie Tokaro ihren Arm hin. »Dann ist es besser, ich suche mir jemanden, der immer gewinnt. Willst du mein Gesellschafter des Abends sein?«

»Es sieht so aus, als wäre Euer Ziehsohn als Erster am Gipfel«, sagte Herodin, der die Posse verfolgt hatte, zu Nerestro. Dann entdeckte der Seneschall in der Menge das bittere Gesicht Albugasts. Von hinten schob sich der Konsultant an ihn heran und machte ihn auf sich aufmerksam. Der blonde Jüngling nickte unschlüssig und folgte dem Mann mit den silbernen Haaren.

»Das gibt Ärger«, machte er den Großmeister auf das Gespann aufmerksam, das soeben hinter einer Säule verschwand.

»Suchen wir sie. Wo dieser Mensch auftaucht, ist selten Gutes im Gange«, knurrte Nerestro, und seine Hand schloss sich um den Griff der aldoreelischen Klinge. Doch hinter der Säule fanden sie nur mehr kichernde Frauen vor, die den großspurigen Ausführungen einer Hofschranze lauschten.

»Ich weiß, wer du bist«, sagte eine leise Stimme über Tokaros Kopf, während ein gigantischer Schatten auf ihn fiel. »Du bist Vaters Rennreiter.«

Ein Gefühl, als überliefe ihn kochende Säure, schoss durch seinen Körper. Hinter ihm stand der Turm auf zwei Beinen, aus dessen Fenster das Gesicht Krutors schaute. Völlig auf dem linken Fuß erwischt, wusste er nicht, was er dem Tadc entgegnen sollte. Schweigend starrte er in die Höhe, sein Mund klappte auf und zu.

Der entstellte Junge zwinkerte ihm zu. »Ich verrate dich nicht. Ich kann dich viel zu gut leiden. Du warst damals schon nett zu mir, und du bist es immer noch.« Stolz legte sich auf die Züge des Tadc. »Daran habe ich dich erkannt. An deiner Freundlichkeit und an deinem Pferd.« Eine der riesigen Hände legte sich vertrauensvoll auf Tokaros Schulter. »Freunde?«

Erleichtert atmete Tokaro auf. »Ja, sehr gern, hoheitlicher Tadc. Freunde.«

»Aber nur, wenn du nicht mehr stiehlst«, verlangte Krutor mit ernstem Gesicht.

»Ich verspreche es.«

»Haust du Govan noch mal auf die Nase? Das hat sich seitdem keiner mehr getraut.«

»Ich glaube nicht, dass es eine gute Eingebung wäre.«

Zvatochna, die sich eben leise mit einigen Dienern besprochen hatte, kehrte zurück. Wie von der Schönheit und der Aussicht gelähmt, schauten die beiden Männer auf die Frau, die herannahte und zuerst ihrem Bruder, danach dem Ritter ein hinreißendes Lächeln schenkte, das Stahl zum Schmelzen brachte.

»Entschuldige die Unterbrechung, aber ich musste noch ein paar Anweisungen geben. Wenn man sich auf andere verlässt, ist man verlassen.« Sie blickte den Adoptivsohn Nerestros an und war fasziniert von den dunkelblauen Augen hinter der Maske.

Urplötzlich setzte das Erkennen ein.

»Natürlich, du bist es!«, raunte sie. »Wie kannst ... Pah, ich rede doch nicht mit dir.« Die Tadca hielt inne und schaute zu ihrem Bruder. »Krutor, sag dieser Person, dass sie von allen guten Geistern verlassen ist, sich hierher zu trauen. Und sag ihr, dass ich mein Amulett wiederhaben möchte.«

Der verkrüppelte Riese wollte die Lippen bewegen, als sich die Starre Tokaros löste. »Aha, die hoheitliche Tadca erinnert sich wieder an den kleinen dummen Stallburschen, den sie damals dem Berater zum Fraß vorwarf?«, brach es aus ihm heraus.

»Sag ihm, dass ich den verurteilten Verbrecher nicht höre«, meinte sie schnippisch und wandte sich demonstrativ ein wenig ab. Der Fächer schnellte vor ihr Gesicht und wippte hin und her.

»Ich soll dir sagen ...«, begann Krutor ein wenig unglücklich. Er hätte am liebsten die Läden vor seinem Turmfenster geschlossen.

Der einstige Rennreiter hob die Hand. »Schon gut. Richtet Ihro Hochnäsigkeit aus, dass sie sich auf ihre Schönheit nichts einbilden muss. Aber auf ihre Falschheit darf sie aus ganzem schwarzem Herzen stolz sein.« Zvatochna sog hörbar die Luft ein. »Sagt ihr auch, dass der dumme Junge damals wirklich sein Herz an sie gehängt hatte und alles getan hätte, um einmal an ihrer Seite sein zu dürfen.« Er näherte sich unstandesgemäß dicht ihrem Ohr. »Und vergesst nicht, ihr zu sagen, dass er ihr diesen Verrat niemals vergeben wird, weil sie ihm mit ein paar wenigen Worten alle Vorstellungen und Illusionen, die für ihn keine waren, zerschmetterte.«

Mit einem Fauchen wandte sie sich um. Das Braun und das Blau ihrer Augen trafen aus nächster Nähe aufeinander, versanken tief ineinander.

Die Tadca schluckte, ihr Puls raste, ihr Gemüt befand sich in hellem Aufruhr. Statt eine bissige Erwiderung anzubringen, fühlte sie das Verlangen, den jungen Mann zu küssen und zu spüren.

»Sorge dafür, dass niemand in unsere Nähe gelangt, Krutor«, bat sie in freundlichstem Tonfall, bevor sie ihren Gesellschafter heimlich in einen Seitensaal schob, der bei Tokaro schlechte Erinnerungen wach rief.

»O nein. Nicht schon wieder.« Seine Hand lag bereits auf der Klinke. »Ich gehe besser, bevor du mich wieder aufforderst, genügend Gold für dich aus den Jackentaschen zu stehlen.« Dass er sie duzte, fiel ihm in seiner Aufgeregtheit nicht weiter auf.

»Ich habe niemals verlangt, dass du für mich stiehlst«, erwiderte sie und nahm ihre Maske ab.

Seine Finger verharrten auf der Klinke. »Ich stahl, weil ich schnell an Münzen kommen wollte, ehe ein anderer, ein Vermögender dir seine Aufwartung machte und dich mir wegschnappte. Du wolltest nur einen reichen Mann, einen standesgemäßen. Und als die Wahrheit ans Licht zu kommen drohte, hast du mich eiligst verleumdet.«

Zvatochna senkte ihr Antlitz; wie aus dem Nichts heraus entstand Kummer. »Die Götter mögen wissen, wie oft ich mir Vorwürfe gemacht habe, dass ich so handelte«, gestand sie leise. »Aber ich hatte nicht den Mut, vor all den Reichen und Mächtigen zuzugeben, dass ich mich dir versprochen hatte.«

»Ja, ich weiß«, sagte er hart. »Ich war nur ein Experiment. Du wolltest sehen, was du mit deiner Schönheit bei einfachen Menschen erreichst.«

Die Tadca plumpste auf einen niedrigen Hocker, ungeachtet ihres Kleides. »Anfangs mag es sich so verhalten haben, aber ...«

»Aber?«, drängte Tokaro hoffnungsvoll.

»Aber dann habe ich festgestellt, dass du mir fehlst«, beichtete sie. Groß blickten ihre braunen Augen den Ritteranwärter an. »Als du mich damals im Wald überfielst, erkannte ich deine Augen wieder und spürte Freude, auch wenn unser Zusammentreffen unter schlechten Sternen stattfand.« Zvatochna betrachtete ihre Füße. »Ich habe deinen Tod beweint, und als ich beim Turnier das ersehnte Blau hinter dem Visier sah, wollte ich es nicht wahrhaben.« Sie erhob sich und trat dicht an ihn heran. »Umso glücklicher bin ich jetzt.«

Ihr Kopf rückte ein winziges Stück nach vorne, und ihr Mund öffnete sich leicht.

Seine Hände bewegten sich ohne eigenes Zutun, legten sich an ihre Taille. Bevor sich ihre Lippen trafen, zog er den Kopf zurück.

»Ich bin allerdings immer noch der Gleiche, Zvatochna. Der Standesunterschied steht allem im Weg, ich bin ein Gebrandmarkter, dem innerhalb der Mauern Ulsars der Tod droht. Und dennoch würdest du mich nehmen?« Fassungslos betrachtete er ihr hübsches Gesicht. Das Licht der Monde brach sich in den Diamanten in den schwarzen Haaren.

»Nein«, sagte sie, und ihre Stimme klang plötzlich kühl. »Ich wollte sehen, ob du auf die gleiche List zweimal hereinfällst.« Gerade wollte er sie entsetzt von sich stoßen, als sie ihn lachend beruhigte und seine Hände wieder auf ihre Hüfte legte. »Nein, nur ein Scherz, Tokaro.«

»Ein schlechter«, stotterte er, noch immer erschüttert von ihrer ersten Antwort.

»Hast du vergessen, wen ich meinen Bruder nennen darf?« Sie strahlte ihn an, machte einen Schritt nach hinten und löste die Haken ihres Kostüms. »Er kann alles für null und nichtig erklären, was mein Vater über dich verhängte.«

»Obwohl ich dem Tadc die Nase gebrochen habe?«, feixte der junge Mann und beobachtete die Tadca bei ihrem Tun. »Was wird das?«

Die Handschuhe fielen zu Boden, ihr Kleid glitt von ihren Schultern. Zvatochna zeigte sich in ihrer unverhüllten Schönheit und wirkte im Schimmer der Gestirne wie eine vom Himmel herabgefahrene Göttin.

»Das hat vor dir noch nie ein Mann gesehen, Tokaro«, sagte sie beinahe schüchtern und ärgerte sich selbst über die nicht gekannte Schwäche, die er bei ihr auslöste. »Und du sollst auch ansonsten der Erste sein.«

Der Adoptivsohn des Großmeisters schluckte hektisch, ein trockenes Gefühl breitete sich in seiner Kehle aus. Selbst wenn er nicht gewusst hätte, dass die kleinste Berührung seinen Tod bedeutete, er würde sich nicht zurückhalten können. Dafür waren die alten, vergessen geglaubten Empfindungen zu stark und die Sinneseindrücke zu überwältigend. Er kam auf sie zu. »Ich fühle mich geehrt«, wisperte er.

Hastig entledigte er sich seiner dünnen Lederfingerlinge und gab dem Drang nach, ihre Haut berühren zu wollen.

Als er kurz davor stand, ihre nackte Schulter zu berühren, empfand er ein leichtes Kribbeln in den Fingerkuppen, das er auf seine Erregung zurückführte.

Kaum berührte seine Hand die warme, seidige Haut, erhielt er einen schmerzhaften Schlag, und die junge Frau stöhnte überrascht auf. »Was ...?«

»Vielleicht habe ich mich durch irgendetwas aufgeladen«, mutmaßte er und versuchte, sie zu küssen. Ihre Lippen trafen sich, und Tokaro hatte das Gefühl, Albugast würde ihm einen Hieb mit der Keule auf den Mund verpassen.

Ächzend sank Zvatochna in sich zusammen und lag gebettet auf ihrem Kleid am Boden.

Ich darf sie nicht anfassen, verstand er. *Unsere Körper dürfen einander nicht berühren. Aber wieso?* Fluchend zog er sich die Handschuhe über und deckte die verführerische Frau zu, bis sie zu Bewusstsein kam und ihn benommen anschaute.

»Was machst du mit mir?«, fragte sie stockend. »Ich fühle mich ... geschwächt.« Vorsichtig tastete sie nach ihm, und Tokaro zuckte zurück.

»Nicht«, warnte er. »Unsere Haut darf anscheinend nicht direkt in Kontakt kommen.«

Die Tadca wirkte enttäuscht. »Aber wie sollen wir dann ...«

Er zuckte mit den Schultern. »Wir werden das Rätsel zu einem anderen Zeitpunkt lösen. Aber jetzt sollten wir zurück zum Ball, bevor unsere Abwesenheit zu sehr auffällt.«

Zvatochna erhob sich und schlüpfte in ihr Kleid. »Und wenn schon. Ich bin die Tadca.« Sie gab ihm einen Kuss auf den Arm, nichts geschah. Sanft streichelte sie ihn. »Wir müssen den Grund für diese Reaktion schnell herausfinden. Ich habe endlich jemanden gefunden, dem ich das erlaube, wonach sich andere sehnen.«

Sie kehrten nacheinander und an verschiedenen Stellen des Ballsaals zu den Gästen zurück.

Nerestro entdeckte Albugast an einem der Büffets, an dem er unschlüssig vor Köstlichkeiten stand, die man selbst als Ritter selten zu Gesicht bekam, so ausgefallen und exquisit waren sie.

Die vier Träger der aldoreelischen Klingen kreisten den Knappen ein.

»Was wollte Nesreca von dir?«, eröffnete der Großmeister ohne Umschweife das Verhör.

Der junge Mann tat überrascht. »Er fragte mich, ob ich derjenige sei, der demnächst die Schwertleite empfängt. Und ich sagte ihm, dass er Eurem Sohn seine besten Wünsche übermitteln solle, Großmeister.« Die Augen trotzten denen des hoch gewachsenen Ritters. Ohne sich abzuwenden, schaufelte er sich irgendetwas von der Servierplatte auf den Teller.

»Das war alles? Sprich, Albugast«, hakte Nerestro misstrauisch nach. »Dieser Mann ist heimtückischer als die Gemüter aller Sumpfbestien Ulldarts zusammen. Lass dich nicht mit ihm ein.«

»Redet man über mich?«, machte Nesreca auf sich aufmerksam, der wie aus dem Boden gewachsen neben dem beladenen Tisch stand und sich wählerisch nur die besten Sachen aussuchte. »Ich hoffe, es ist nur Gutes?«

»Bei Euch? Schwerlich«, schnaubte der Großmeister und entließ den Knappen mit einem Nicken. »Ich denke, es ist Zeit für ein offenes Wort, Nesreca.«

»Schon wieder, Großmeister?« Genüsslich biss der Mann mit den silberfarbenen Haaren ein Stück Obst an. »Deliziös«, kommentierte er.

»Es möge Euch im falschen Hals stecken bleiben«, wünschte Herodin freundlich.

Verwundert stellte der Konsultant den Teller ab und bemerkte, wie ihn die Ritter so umgaben, dass niemand ihn sehen konnte; dafür waren die Staturen der Krieger zu breit. »Wohlan, dann sprecht ein offenes Wort, Großmeister.«

»Ihr habt Jagd auf meine Ordensmitstreiter machen lassen, um an die aldoreelischen Klingen zu gelangen«, sagte ihm der Oberste der Glaubenskrieger auf den Kopf zu. »Und Ihr habt durch Euren Schoßhund Varèsz den ehrwürdigen Gregur Arba von Malinkur feige im Kerker ermordet, damit ich an seine Stelle trete. Ich war anfangs wirklich blind genug, Eure Lügenmärchen zu glauben. Ich schwor sogar Treue.« Seine Hand legte sich an den Griff des besonderen Schwertes. »Sammelt Ihr die Klingen immer noch, Nesreca? Wollt Ihr sie haben?« Nerestros Augen wurden zu Schlitzen. »Ihr dürftet sogar das Körperteil aussuchen, in das die Schneide fahren soll. Euer Helfer Hemeròc ist machtlos gegen die von Angor gesegneten Waffen.« Er beugte sich zu dem Konsultanten. »Auch Ihr seid machtlos gegen sie, und deshalb wird es Euch niemals gelingen, sie uns zu rauben. Aber gebt mir eine Gelegenheit, nur eine einzige, und ich werde Euch den Kopf von den Schultern schlagen. Lasst Eure Finger von meinen Rittern und Knappen, das ist die letzte Warnung. Dankt mir nicht für meine Milde, Euch vorher zumindest gewarnt zu haben. Das Maß ist voll. Kein Schwur der Welt wird Euch mehr vor uns schützen.«

»Sehr imposant, Großmeister.« Tatsächlich wirkte der Berater beeindruckt von der Ansprache des Ritters. »Aber Ihr werdet den Eid doch nicht brechen wollen, den Ihr dem toten Lodrik Bardri¢ und vor wenigen Tagen seinem Sohn gegeben habt? Das wäre mehr als anmaßend.«

»Es waren falsche Voraussetzungen. Ich wurde getäuscht«, knurrte der Großmeister. »Und Angor gab mir die Einsicht, dass dieser Weg der ehrlichere, bessere ist.«

»Sicher wurdet Ihr getäuscht«, sagte Nesreca gut gelaunt. »Aber wer weiß das schon in Tarpol? Ihr und ich. Und ich sage Euch voraus, dass das Volk eher mir als Euch Glauben schenkt.«

»Wir sind zum einen hier, um den Mann zu ehren, dem wir unsere Existenz verdanken. Andererseits nutze ich die Gelegenheit und verkünde, dass sich die Hohen Schwerter nicht länger an meinen Eid auf das Haus Bardri¢ gebunden fühlen«, eröffnete Nerestro mit gewisser Schärfe in der Stimme. »Noch ein einziger Toter, der auf Euch geht, noch eine einzige verschwundene Klinge, und ich befördere Euch persönlich in den Abgrund, aus dem Ihr und Euer Helfer aufgestiegen seid. Das wiederum war ein Eid.«

»Wenn Ihr aber nun der wärt, der als Nächster stirbt?«, erkundigte sich der Konsultant verschlagen.

»Es sind noch genügend von uns da, um Euch zu erlegen«, grollte der Seneschall.

»Ich verstehe.« Nesreca verschränkte die Arme auf dem Rücken. »Der Kabcar wird nicht sehr erfreut sein, Eure Entscheidung und die Lossagung vom Herrscherhaus zu vernehmen. Ich bin gespannt, wie er diesen Schritt ausdeutet.«

»Mit Eurer Hilfe gewiss nur falsch«, meinte Nerestro. »Aber ich bleibe bei meinem Entschluss. Ich habe sehr genau gesehen, welches Schwert der Kabcar an seiner Seite trägt. Ich vermute, dass es ein Geschenk von Euch ist? Er ist zu feige, es offen zu tragen.«

»Es hat andere Gründe«, wich der Berater aus. »Ach ja, Euer Orden scheint ohnehin im Niedergang begriffen zu sein«, fügte er nach einer kleinen Pause an. Er stellte sich ein wenig auf die Zehenspitzen, um dem Anführer der Glaubenskrieger etwas ins Ohr zu sagen. »Ich habe da jemanden in Euren Reihen gesehen, den ich einst auf Geheiß des Kabcar mit glühendem Eisen als Dieb kennzeichnete. Und nun, o Wunder, erscheint er wieder am Hof, als wäre nichts gewesen.«

Nerestro packte den Mann am Arm und bugsierte

ihn in den Schutz einer Säule; seine drei Begleiter blieben etwas zurück. »Diese Person, die Ihr meint, ist tot. Und dabei wird es bleiben.« Der Großmeister machte mit Blicken deutlich, wie ernst es ihm war. »Tokaro ist mein Adoptivsohn und bald ein vollwertiges Mitglied der Ritterschaft. Tut Euch den Gefallen und behaltet Euer Wissen für Euch. Ich kann zwar nicht durch Wände gehen wie Eure Helfer, aber Mauern werden mich nicht aufhalten, Nesreca.«

Eine rasche Bewegung, und die aldoreelische Klinge funkelte auf. Schon bohrte sie sich ein Stück weit in den Oberschenkel des Konsultanten. Ein Laut des Schmerzes drang aus dem Mund des Mannes mit dem Silberhaar.

»Wenn ich gewollt hätte, so rollte nun Euer Kopf«, meinte Nerestro und zog die Klinge zurück. Schmatzend kam sie zum Vorschein, eine durchsichtige Flüssigkeit haftete daran.

»Wenn ich wollte, lägt Ihr in Ketten«, erwiderte Nesreca gepresst und versuchte, seine Stimme nicht zu angestrengt klingen zu lassen. Aber das Brennen der Wunde stellte eine echte Herausforderung an seine Selbstbeherrschung dar. »Ein Ruf von mir …«

Der Großmeister schüttelte langsam den Kopf, ein wölfisches Grinsen trat auf sein Antlitz. »Ihr mögt schlimmer als ein abgrundtief schlechter Mensch sein, aber mein Schwert wäre schneller als der Schall gewesen.« Seelenruhig verstaute er die Klinge, nachdem er sie an der Kleidung des Mannes gereinigt und die Blutrinne geküsst hatte. »Hütet Euch vor mir, Nesreca. Und hütet Euch vor Angor.« Er kehrte zu seinen Rittern zurück und steuerte auf das Essen zu.

»Hemeròc!«, zischte Nesreca, und sofort trat der Zweite Gott aus einem nahen Schatten. »Du brennst doch darauf, das Duell zu Ende führen, das du damals auf dem Marktplatz begonnen hast. Nun ist es so weit.« Er kreuzte die Arme vor der Brust. »Wenn sie in ihr Lager zurückgekehrt sind und schlafen, machst du dem ein Ende. Und bring mir sein Schwert.«

Das unheimliche Wesen brummte erwartungsvoll. »Sehr gern.«

Schon verschwand Hemeròc wieder in einer dunklen Nische.

Zvatochna hatte den Konsultanten bei dem kurzen Treffen mit seinem Helfer beobachtet und ahnte, welche Anweisung er gegeben hatte.

Sie lächelte in einem fort, heuchelte Interesse an den Themen schwafelnder Brojaken und machte sich dennoch Gedanken darüber, ob und wie sie Tokaro vor dem drohenden Schicksal bewahren konnte, zusammen mit den anderen Angor-Verehrern in einem Gefängnis oder an einer Hinrichtungsstätte zu enden.

Die Tadca wollte den großen Plan nicht in Gefahr bringen. Zwar spielten die Hohen Schwerter nur eine geringe Rolle im Krieg mit dem Süden, aber ihre aldoreelischen Klingen lagen ihrem Bruder zu sehr am Herzen. Würde sie ihm nachweislich einen Strich durch diese Rechnung machen, wüsste sie nicht, zu was er im Affekt alles im Stande wäre. Sie schätzte ihren Geliebten so ein, dass er die anderen Ritter dummerweise nicht im Stich lassen würde. Schon gar nicht kurz vor seiner Schwertleite.

Die Haupttür flog plötzlich auf, ein heißer Wind schoss durch den Raum und löschte alle Kerzen.

Ein verbrannter Mensch schwebte majestätisch herein, die Arme beinahe waagerecht weggestreckt; in seinen Augen loderte Feuer, enorme Hitze ging von ihm aus. Der schwarze Leib steckte in teuren Kleidern, und dunkelroter, magischer Flammennebel umspielte den Unbekannten. »Kniet nieder vor mir!«, befahl er herrisch.

»Tzulan!« Die Tadca erschrak und wich zurück, wie es die restlichen Gäste des Balls auch taten. »Der Gebrannte Gott ist herabgestiegen.«

»So früh?«, wunderte sich Nesreca.

Panische Schreie gellten durch den Saal.

»Angor!«, erscholl der Ruf des Großmeisters, und die Hohen Schwerter rannten herbei, die aldoreelischen Klingen gezückt und kampfbereit.

Tzulan senkte sich langsam auf den Marmor herab, der Stein bekam durch die glühende Hitze augenblicklich Risse.

»Beruhigt Euch, Ihr tapferen Ritter«, lachte der furchtbare Gott mit einer allzu bekannten Stimme. Das glühende Wabern endete abrupt, und die Hitze schwand von einem Lidschlag auf den anderen.

Der Gebrannte langte in eine Schüssel mit Punsch und rieb sich über die verkohlte Haut. Darunter zeigte sich normales Rosa. »Es ist zwar noch nicht Mitternacht, aber ich erkläre mich Euch, bevor Ihr mich angreift.«

»Ihr seid der Kabcar?«, erkundigte sich Nerestro vorsichtig, doch die Spitze seiner Waffe hielt er nach wie vor erhoben.

»Höchstpersönlich«, erwiderte Govan. »Das ist doch ein Maskenball, oder? Und da dachte ich, ich suche mir etwas aus, was bestimmt niemand anderer sonst zu tragen wagt.« Er ließ seinen Blick durch den Saal schweifen.

Manche Adlige hockten unter Tischen, andere befanden sich bereits beim Ausgang; ihre Frauen und Töchter hatten sie zur Seite gestoßen oder schlicht vergessen in ihrer Kopflosigkeit. Andere kauerten umgerempelt auf dem Fußboden und versuchten, sich vor den trampelnden Füßen zu schützen. Teile des Büffets lagen in Trümmern, etliche andere Möbel hatten gelitten.

»Die Überraschung ist gelungen, wie ich sehe.«

»Selbst für einen mächtigen Menschen wie Euch ist es anmaßend, sich als Gott zu verkleiden, hoheitlicher Kabcar«, knurrte der Großmeister.

»Aber den Preis für die originellste Maskierung darf ich mir gutschreiben«, entgegnete Govan leichthin und widmete sich seinen Gästen. »Oder?«

Nesreca applaudierte als Erster, danach fielen mehr und mehr ein, abgesehen von den Hohen Schwertern und denjenigen, denen immer noch Furcht und Entsetzen in den Knochen steckten.

Die Musiker begannen wieder zu spielen, wenn auch das erste Lied furchtbar klang. Die Instrumente schienen ebenso verstimmt wie die Menschen.

Govan wandelte in seiner täuschend echten Verkleidung unter den Gästen und holte sich der Reihe nach Lob und Anerkennung für seine Maskerade ab, wobei er zu gern erklärte, wie ihm die Imitation verbrannter Haut so täuschend echt gelungen war.

Tokaro schüttelte den Kopf, nahm sich aber zusammen, als er den Kabcar auf sich zusteuern sah.

»Das ist doch der junge Held, der mir das Leben rettete«, begrüßte ihn Govan von oben herab. »Ist dir das Geld zugekommen, Knappe?«

Der angehende Ritter verneigte sich knapp. »Ich danke Euch für Eure Großzügigkeit, hoheitlicher Kabcar. Es ist mehr, als ich für diese selbstverständliche Tat verdient habe.«

»Hört, hört, welche Bescheidenheit er an den Tag legt«, meinte der Herrscher, der kaum älter war, in gönnerhafter Weise. »Du kommst mir merkwürdig vertraut vor, Tokaro von Kuraschka. Mit deinem Rufnamen, das sei dir gestanden, verbinde ich wenig Gutes. Vielleicht bilde ich es mir deswegen ein.«

Wie aus dem Nichts stand Nesreca neben seinem Herrn. »Verzeiht, dass ich kurz unterbrechen muss«, meinte er knapp und flüsterte dem Kabcar etwas ins Ohr.

Tokaro spürte, das ihm einer der Diener im Vorbeigehen einen Zettel zusteckte. Ohne dass die beiden anderen etwas zu sehen bekamen, las er die Nachricht. *Verschwinde, liebster Tokaro! Nesreca weiß, wer du bist, und will dich auffliegen lassen*, stand auf dem Papier, das keine Unterschrift trug.

Und trotzdem wusste er, von wem die Botschaft stammte.

Vermutlich erklärte Nesreca Govan in diesem Augnblick, wem er sein Leben verdankte. Der gesamte Orden wäre in Gefahr, wenn herauskäme, dass der Großmeister Verbrecher aufnahm und vor der Rechtsprechung der Krone schützte.

Als er sich umwandte, lächelten der Konsultant und der Kabcar ihn an.

»Nun ja, für seinen Namen ist man selten verantwortlich«, sagte der Herrscher von Tarpol versöhnlich. »Und du bist das genaue Gegenteil von dem, der denselben Namen trug. Du bist kein Dieb, der fremdes Geld, hoheitliche Pferde und Büchsen stiehlt.«

Was sollte das Theater? Wollte er sein schönes Fest nicht vermiesen? Wenn dem so war, gedachte der Junge mit den dunkelblauen Augen diesen Umstand zu seinen Gunsten zu nutzen und zu flüchten, so lange Gelegenheit dazu war. »Ich bin ein Gläubiger Angors. Und das ist, wie Ihr sicherlich wisst, der Gott des Krieges und Kampfes, der Jagd, der Ehrenhaftigkeit und der Anständigkeit. Schon das macht mir schnöden Diebstahl oder Raub unmöglich.«

»Von Euch, *Tzulan,* sagt man jedoch, dass Ihr Zerstörung um der Zerstörung willen, das Streben nach materiellem Gut und unendlicher Macht seid«, warf sein Adoptivvater ein, der sich mit seinen drei Begleitern zu Tokaro gesellte. »Verlangt Ihr von Euren Anhängern ständige Grausamkeiten, blutige Kriege und Opferungen von Menschen?«

Auf einen Schlag herrschte Totenstille im Ballsaal, die mühsam erzwungene Fröhlichkeit verflog.

Der Kabcar wirkte einige Lidschläge lang wie ertappt und wusste nicht, was er diesen Ungeheuerlichkeiten mit Worten entgegensetzen sollte.

»Wie könnt Ihr es wagen?«, fauchte er schließlich. »Ich zerstöre nicht, ich errichte ein neues Reich, das sich von Küste zu Küste spannen wird. Wer mir Rücksichtslosigkeit vorhält, missversteht mich und verwechselt es mit meiner Zielstrebigkeit. Grausamkeiten finden sich in allen Kriegen.« Die warnenden Blicke seines Beraters ignorierte er. »Und über die Gerüchte von Menschenopfern in der Kathedrale kann ich nur lachen! Das sind Märchen, die den Hirnen kranker Neider entspringen.« Seine Wut brachte seinen Körper zum Erzittern, er geriet immer mehr außer sich. Roter Flammennebel umgab ihn und schuf, seinen Worten zum Hohn, die Illusion des leibhaftigen Tzulan. »Aber dass Ihr auf so etwas hereinfallt, das hätte ich im Leben nicht angenommen. Und es ist eine Frechheit, solch infames Geschwätz vor den Ohren meiner Gäste zu verbreiten, Nerestro von Kuraschka!«

Der Großmeister schaute sehr zufrieden. »Hoheitlicher Kabcar, ich meinte nicht Euch. Ich sprach Euch als den an, den Ihr so trefflich darstellt: den Gebrannten Gott. Ich stellte lediglich dessen Eigenschaften denen meines Gottes gegenüber.« Er verneigte sich. »Es tut mir Leid, dass Ihr das falsch aufgefasst habt.« Nerestro deutete zum Ausgang. »Verzeiht, wir wollten uns verabschieden, hoheitlicher Kabcar. Da unsere Abreise morgen bevorsteht, müssen wir uns früh zur Ruhe begeben. Wir danken für Eure großzügige Gastfreundschaft. Über alles Weitere hat Euch sicher Euer Konsultant in Kenntnis gesetzt.«

Der mächtigste Mann des Ordens der Hohen Schwerter verneigte sich ein weiteres Mal und verließ zusammen mit den anderen Rittern den Ball.

»Alles Gute!« Krutor winkte Tokaro unverhohlen nach. »Besuch uns mal wieder.«

Der junge Mann erwiderte den Gruß etwas unsicher.

Das Schweigen der Adligen und Reichen war nun ein peinlich berührtes geworden, man wagte nicht einmal mehr zu tuscheln. Ausdruckslos stierte Govan auf die Stelle, an der eben noch der Großmeister gestanden hatte. Seine Hände ballten sich zu Fäusten, die Knöchel waren weiß vor Anstrengung.

»Spielt auf, Musikanten!«, rief Nesreca. »Und Ihr, liebe Gäste, genießt den Abend, der noch lange nicht vorbei sein wird.«

Die verunsicherte Menge kam der Aufforderung nach, auch wenn der Spaß an dem Fest schon lange verflogen war. Die Ereignisse des Balls würden genügend Gesprächsstoff für die kommenden Wochen liefern.

»Für einige bringt schon die Nacht das Ende«, raunte der Kabcar tonlos. Kalt blickte er seinen Berater an. »Schickt die Wachen im Morgengrauen los und lasst die ganze Angorbande verhaften.« Seine Aufmerksamkeit richtete sich auf einen jungen Brojaken, der versuchte, seine Schwester mit der Rezitation von Gedichten zu beeindrucken. »Und den dort auch.«

Irritiert beobachtete Nesreca den Großgrundbesitzer. »Was hat er getan, dass man ihn anklagen könnte? Er unterhält sich nur mit der Tadca.«

»Eben«, sagte Govan düster. »Ich bin nicht in der Stimmung zu diskutieren. Denkt Euch etwas aus und werft ihn in den Kerker. Und lasst durch die Blume verbreiten, dass es allen so ergehen wird, die sich meiner Schwester auf diese Weise nähern.« Der Kabcar betrachtete sein scheinbar verkohltes Äußeres, das sich in einer Fensterscheibe spiegelte. »Ich würde jetzt gern jemanden töten, Mortva.« Er legte seine Fingerspitzen gegen die glatte, kühle Oberfläche. »Einfach so, um mich abzureagieren. Um jemanden leiden zu sehen.« Sein Gesicht hellte sich auf. »Sagt, sitzt nicht dieser Cerêler, der ehemalige Hofheiler, noch in der *Verlorenen Hoffnung*?« Nesreca nickte. »Dem werde ich heute Nacht noch einen Besuch abstatten. Es ist Zeit für ein Experiment.«

Ein winziger Stoß Magie, und das Glas bekam knisternd Risse.

Auf dem Rückweg zur Zeltstadt der Hohen Schwerter ritt Tokaro schweigend neben dem Großmeister her, gedanklich damit beschäftigt, wie sehr er den Worten und vor allem der Warnung Zvatochnas vertrauen konnte. Sie hätte sich ihm beinahe hingegeben, also schätzte er schon, dass er auf sie bauen konnte. Doch der jüngste Eindruck war nach wie vor von schmerzhaften Erinnerungen an die Vergangenheit überschattet.

Er zwang sich dazu, seine Flucht aus Ulsar zu planen.

Er würde einen Brief an seinen Ziehvater schreiben, in dem er alle Beweggründe darlegte. Mit einem Teil seiner Prämie, den er in seinem Zelt aufbewahrte, würde er sich aus dem Staub machen und sich außerhalb von Tarpol begeben, weitab von den Hohen Schwertern und der Rache des Kabcar.

Tokaro seufzte, als er sich das Bild Zvatochnas vor Augen rief. Er tastete nach ihrem Anhänger um seinen Hals, den er ihr in dem ganzen Durcheinander vergessen hatte zurückzugeben. Wenn seine Identität unerkannt geblieben wäre und der Kabcar ihn in den höchsten Adelsrang erhoben hätte, säße er an ihrer Seite, wie er es sich ausgemalt hatte … Doch dann schalt er sich selbst einen Narren.

Niemand im Tross zeigte sich gesprächig. Nerestro verkündete unterwegs, warum er das Treuegelöbnis auf das Haus Bardri¢ einseitig gelöst hatte. Es regte sich kein Widerspruch.

Im Lager angekommen, stiegen sie ab.

»Bevor wir alle uns zur Ruhe begeben, muss ich etwas ansprechen, was mir äußerst unangenehm ist«, erhob sich plötzlich Albugasts Stimme. »Aber ich kann nicht länger schweigen, um des Ordens willen.«

»Wenn du es bis jetzt geschafft hast, dann hat es auch Zeit bis morgen«, meinte Herodin unfreundlich.

»Seneschall, es ist dringend, und alle haben das Recht, die Wahrheit zu erfahren«, erwiderte der Knappe hartnäckig. »Ich habe durch Zufall etwas entdeckt, das unsere Gemeinschaft im ganzen Reich in Verruf bringen wird, wenn es ans Licht kommt.« Sein Gesicht wurde ernst. »Wir haben einen verurteilten Verbrecher in unseren Reihen.«

Nun schenkten die Gerüsteten dem Knappen doch Aufmerksamkeit und rückten näher.

Tokaro machte einen Schritt nach vorn und stellte sich Albugast gegenüber. »Erspar dir deine weiteren Worte. Mein Abschied ist seit wenigen Stunden beschlossene Sache.«

Nerestro wollte etwas sagen, aber Herodin berührte ihn leicht am Arm und schüttelte sachte den Kopf. »Lasst es ihn selbst erklären, Großmeister«, sagte er leise.

»Ja, ich habe einst gestohlen, aber ich bereue es sehr. Ich wurde getäuscht und hereingelegt, was aber keine Entschuldigung sein soll. Ein Dieb ist ein Dieb.«

Mühsam entledigte er sich seiner Rüstung, zog den Waffenrock aus und ließ das Leinenhemd so weit herabhängen, dass man das Brandzeichen des Kabcar erkennen konnte.

»Ich wurde von Nerestro von Kuraschka aufgenommen, weil er mich von früher kannte, als ich noch in den Diensten des Kabcar stand.« Er ließ den Blick in die Runde schweifen. »Ich erhielt vom Großmeister eine neue Gelegenheit zu beweisen, dass ich mehr als nur ein Verbrecher bin. Und ich denke, ich habe den meisten des Ordens gezeigt, dass ich würdig gewesen wäre.« Tokaro holte Luft. »Ich verbarg mein Brandzeichen aus Angst, ich könnte von den Hohen Schwertern verstoßen werden. Meine Vergangenheit hat sich nun gerächt.«

»Ihr habt gesehen, welche Mühe er sich gab und welche Anstrengungen er auf sich nahm, um einer von uns zu werden«, sprach der Großmeister eindringlich. »Seine Taten liegen weit zurück und haben nichts mit dem Menschen gemein, der vor uns steht. Ich bitte die Ritterschaft, eine Ausnahme zu gewähren.«

Kaleíman von Attabo trat vor. »Habt Ihr von seiner Vergangenheit als Dieb und verurteilter Verbrecher gewusst, Großmeister?«, erkundigte er sich neutral.

»Ich kannte den Jungen, bevor er zum Gesetzesbrecher wurde, und sah ihn als aufrichtigen Menschen, dem Unrecht zuwider lief und der sich nicht unterdrücken ließ«, lautete die Antwort des Ordensführers. »Deshalb, und wegen der Fürsprache von Rodmor von Pandroc, entschloss ich mich, über die Fehler Tokaros hinwegzusehen und ihn aufzunehmen. Würde ich einen nichtsnutzigen Verbrecher als Sohn annehmen, Kaleíman von Attabo?«

Der Glaubenskrieger lächelte schwach. »Nein, Großmeister. Ihr würdet keinen Gauner an Eurer Seite dulden. Ich weiß das, und die Übrigen von uns wissen das auch. Aber es wird andere geben, die dem Orden aus den Taten Eures Ziehsohns einen willkommenen Strick drehen werden, sobald sie die Gelegenheit dazu erhalten. Nachdem Ihr die Treue zum Haus Bardri¢ aufgekündigt habt, müssen wir umso vorsichtiger sein. Unser Gönner Lodrik Bardri¢ ist tot, und damit starb, so hatte es beim Ball den Anschein, das letzte Fünkchen Anstand und Verstand auf dem Thron.« Er trat an den Adoptivsohn Nerestros heran und legte ihm die Hand auf die Schulter. »Niemand macht dir aus der Vergangenheit einen Vorwurf. Wir haben deine ehrlichen Bemühungen gesehen. Doch bleiben kannst du nicht, Tokaro, und du hast es bereits selbst erkannt. Auch das spricht für dich.«

Tokaro senkte den Kopf. »Ich habe verstanden, dass ich zu leicht zu einer Gefahr werden kann. Wenn man mich fragt, werde ich sagen, dass ich Euch alle vorsätzlich täuschte, um aufgenommen zu werden und meiner Verurteilung zu entgehen.« Er schluckte. »Ich werde die Zeit bei den Hohen Schwertern niemals vergessen.«

Kaleíman sah ihn an, und aufrichtige Anerkennung leuchtete in seinen Augen. »Auch wir werden dich in bester Erinnerung behalten, auch wenn unsere Zungen vielleicht etwas anderes sagen werden, um den Schein zu wahren. Und Angor wird dich beschützen.«

Der Ritter reichte ihm die Hand und verließ den Platz. Nacheinander passierten die Ordenskrieger den jungen Mann und verabschiedeten sich von ihm.

Albugast beobachtete die bewegende Szene mit Neid. »Soll er denn ungestraft davon kommen?«, fragte er halblaut. »Er hat den Orden bewusst an den Rand eines neuen Abgrunds geführt, und nur der Schutz Angors bewahrte uns bislang davor, dass man es entdeckte.«

»Ach ja, der Haudegen mit den wachsamen Augen.« Nerestro fuhr herum. »Dir gebührt großer Dank, Albugast, dass du uns vor einem Hochstapler und Betrüger gewarnt hast. Wenn man uns fragt, wer diesen Schwindler entlarvte, sei gewiss, dass wir dich gebührend loben«, sprach er abfällig. »Er wird ein Andenken von mir erhalten, das er nicht mehr vergisst.« Seine Augen blitzten wütend auf. »Und du wirst als Nächster die Schwertleite erhalten, wie du es immer schon wolltest, nicht wahr, Albugast?« Er kam näher, und der Knappe wich zurück. »Aber nicht aus meiner Hand. Ich trage ebensolche Schuld an dem möglichen Ungemach wie Tokaro selbst. Weil ich ihn als Sohn annahm, werde ich das verantwortungsvolle Amt des Großmeisters an Herodin abgeben. Wenn ich mich morgen früh erhebe, will ich nur noch ein einfacher Ritter sein.« Breit baute er sich vor dem blonden Jüngling auf. »So wachsam, wie du gegenüber Tokaro warst, so wachsam werde ich von nun an dir gegenüber sein. Sollte ich entdecken, dass du irgendetwas mit Mortva Nesreca zu schaffen hast, wirst du aus unserer Gemeinschaft verstoßen.« Abrupt machte er kehrt und ging in sein Zelt. »Tokaro, ich will dich gleich sprechen.« Sein Adoptivsohn nickte und lief zur eigenen Unterkunft.

Und so sah keiner der beiden das selbstzufriedene Grinsen, das sich auf Albugasts Gesicht stahl.

Als Tokaro das Zelt des Großmeisters betrat, saß Nerestro auf einem Feldstuhl; eine Hand lag locker auf der Lehne, die andere fasste den Griff der aldoreelischen Klinge, die mit der Spitze im Boden steckte.

Im Licht der Lampen und Kerzen war sein Adoptivvater eine eindrucksvolle Erscheinung: Die schimmernde, gravierte Vollrüstung, das markante Gesicht mit der langen goldenen Bartsträhne und die vielen glitzernden Diamanten am Knauf der Waffe fesselten den Blick des Jungen.

»Ziehen wir heute Nacht schon los?«, wunderte er sich.

»Nein. Es ist Zeit für das Andenken, von dem ich vorhin sprach«, erwiderte der Ritter ernst. Er stemmte sich aus seinem Sitz. »Knie nieder, Tokaro von Kuraschka, und empfange das, was dir gebührt.« Mit einem leisen Geräusch glitt die aldoreelische Klinge aus ihrer Hülle, schoss herab und verringerte im letzten Moment die Geschwindigkeit. Beinahe unmerklich tippte die Spitze auf die rechte Schulter des Jungen.

»Hiermit schlage ich dich zum Ritter des Gottes Angor, Tokaro. Wo immer du sein wirst, Angor wird dich beschützen, so lange du dich an die Regeln hältst, denen du verpflichtet bist. Auch ohne Orden.« Das Ende der Waffe senkte sich auf die andere Schulter nieder. Dann verstaute er das Schwert in der Scheide und bedeutete dem überwältigten Knappen, sich zu erheben.

»Eines Tages wirst du eine wichtige Aufgabe übernehmen, mein Junge. Rodmor von Pandroc hat es mir gesagt. Er und die anderen Krieger sind sich da sehr sicher. Und wenn du sie erfüllst, sollst du sie mit der Hilfe und im Namen Angors bewältigen. Als ein Ritter und nicht als ein Knappe, dem die Schwertleite wegen unbedeutender Dinge versagt werden musste.«

»Ich weiß nicht, was ich sagen soll«, gestand Tokaro ein.

»Es ist nicht notwendig, dass du etwas sagst«, meinte der Großmeister, dem die Rührung deutlich anzusehen war. »Du wirst immer mein Sohn und der Erbe all meiner Besitztümer bleiben, ganz gleich, was kommen mag. Die Zeiten werden sich, nicht zuletzt dank deines Eingreifens, wieder ändern, wie mir Rodmor versicherte. Das lässt mich mit einem guten Gefühl zurück.« Er breitete die Arme aus und umarmte Tokaro. »Auch wenn ich nur kurze Zeit dein Vater war, werde ich dich vom Grunde meines Herzens vermissen.«

Ein dicker Kloß steckte dem jungen Mann im Hals. »Ich verdanke dir mehr, als ich auszudrücken vermag«, äußerte er mit erstickter Stimme. Tränen rannen ihm heiß die Wangen herab. »Ich werde Angor und dir Ehre machen.«

Sie lösten sich und betrachteten einander.

»Ich habe noch etwas für dich, Sohn.« Nerestro zog die aldoreelische Klinge ein weiteres Mal und küsste die Blutrinne feierlich. Dann hielt er sie Tokaro mit dem wundervoll gearbeiteten Heft voraus hin.

»Für mich?«, staunte der Ritter mit großen Augen und umfasste ehrfürchtig den Griff.

»Ich kenne niemanden, der würdiger wäre.« Der Großmeister zwinkerte. »Außer Herodin, aber der hat schon eine. Danke mir also nicht für meine Milde.« Während Tokaro die herausragende Waffe noch betrachtete, ritzte Nerestro ihm mit der Klinge den Handrücken an. Blut floss auf die Schneide. »Verreibe es auf dem Griff, damit sie weiß, dass sie einen neuen Herrn hat«, wies er ihn an. »Nur so leistet sie dir treue Dienste.«

Der Adoptivsohn kam der Aufforderung nach. *Nun bin ich ein echter Ritter*, dachte er voller Freude, die sogar die Trauer über den Abschied ein wenig milderte. Er berührte die längliche Vertiefung in der Mitte der flachen Schwertseite mit den Lippen und verstaute die Klinge in der Hülle.

»Und nun reite«, verabschiedete ihn der Großmeister. »Nutze die Nacht, denn ich fürchte, Albugast hat sich noch ganz andere Dinge ausgedacht, um dich zu vernichten. Dass sein Stolz und sein Ehrgeiz so unersättlich sind, hätte ich niemals für möglich gehalten. Ich muss blind gewesen sein, dies nicht bemerkt zu haben. Treskor steht parat; dazu ist dir ein Packpferd bereitgestellt worden, auf dem du das Notwendigste findest, was ein fahrender Ritter benötigt.«

»Ich werde dich und Angor in meinem Herzen tragen«, versprach Tokaro.

Sie umarmten einander ein letztes Mal, dann verließ der junge Mann die Unterkunft.

Traurig setzte sich der Großmeister auf seinen Stuhl und schloss die Augen. »Schon wieder habe ich jemanden verloren, den ich liebe, Rodmor. Doch dieses Mal konnte ich nichts dagegen tun.«

Er döste ein.

Irgendwann flackerten die Kerzen und erzeugten ein unruhiges Licht, das seinen dämmernden Geist aus dem leichten Schlummer weckte.

Nerestro hörte das Knarren von Lederstiefeln, Metallteile stießen aneinander, als bewegte sich ein Gerüsteter leise in seinem Zelt.

»Hast du etwas vergessen, Tokaro?« Er öffnete die Augen.

Eine Gestalt in schwarzer Lederrüstung, auf die silberne Metallstücke lamellenhaft aufgebracht worden waren und deren Enden bis weit über die Knie reichten, stand vor ihm. Miteinander verflochtene Kettenringe schützten die muskulösen Unterarme, die Hände steckten in Panzerhandschuhen.

Das hohlwangige Gesicht des Besuchers mit dem Dreitagebart befand sich nur eine Klingenbreite von dem seinen entfernt. An Stelle der Augen glomm bedrohliches Rot in den Höhlen, die von den herabhängenden, schwarzen und ölig wirkenden Haaren etwas verdeckt wurden.

Ohne zu zögern, schlug Nerestro mit der Rechten zu, doch ihm war, als hätte er gegen Stein gehauen. Hemeròc bleckte die Zähne, trat zu und beförderte den Großmeister rückwärts vom Stuhl. Scheppernd schlug er auf dem Boden auf.

»Ich bringe das zu Ende, was ich begann«, sagte das Wesen düster, machte einen Satz und hockte lauernd auf dem Tisch. Genüsslich zog es eine gezackte Klinge. »Niemand überlebt einen Zweikampf mit mir.«

Längst stand der Ritter wieder auf den Beinen und langte automatisch an die Seite, an der seine aldoreelische Klinge üblicherweise baumelte. Er fasste ins Leere.

Hemeròc flog heran und prallte gegen Nerestro, warf ihn trotz seiner Körpermasse und der Rüstung um. Dann riss er ein Stück aus dem Sitzkissen heraus und stopfte die Federn dem Großmeister in den Mund, damit der nicht um Hilfe rufen konnte. »Ich habe den Eindruck, dass du es mir zu leicht machst«, knurrte er und zerrte Nerestro hoch. »Du bist alt geworden.«

Der Großmeister keuchte; der Flaum kratzte so sehr im Hals, dass er kein Wort herausbekam. Rasch nahm er zwei Morgensterne vom Zeltmittelpfosten und drosch auf den Eindringling ein. Insgeheim hoffte er, dass einer der anderen Träger der aldoreelischen Klingen durch den Lärm aufmerksam würde.

Tatsächlich öffnete sich plötzlich der Eingang. Albugast kam herein und starrte auf den ungleichen Zweikampf.

»Hol Herodin und die anderen«, krächzte der Großmeister. »Wir können einen von Nesrecas Brut besiegen.«

Hemeròc schaute grollend über die Schulter, die Augen glühten rot auf. Der Knappe stierte das Wesen an, wich zurück und rannte hinaus. Auf die erlösenden Alarmrufe wartete Nerestro vergebens.

Albugast hatte sich also tatsächlich mit dem Bösen eingelassen. Der Ritter verstand und parierte die für ihn mittlerweile viel zu schnellen Hiebe seines Gegners.

Schließlich drangen erste warnende Rufe durch die

Zeltstadt. Nerestro hörte das Donnern von zahlreichen Pferdehufen, die sich aus allen Richtungen näherten. Mit einem Wutschrei warf er sich nach vorne, drosch das Schwert Hemeròcs zur Seite und schlug ihm eine der dornengespickten Eisenkugeln des Morgensterns mitten ins Gesicht; die zweite Kugel drang in den Hals ein.

Nerestro rannte an dem irritierten Widersacher vorbei, um sich nach draußen zu begeben und eingreifen zu können.

Doch der Zweite Gott ließ das nicht zu. Er bekam die Halsberge der Rüstung zu fassen und hob den Großmeister samt des metallenen Schutzes ohne sichtliche Anstrengung vom Boden hoch. Die Stellen, an denen ihn die Morgensterne getroffen hatten, präsentierten sich bereits wieder unverletzt.

»Das war ein sehr gutes Manöver. Ein Mensch wäre sicherlich tot.« Langsam setzte er die Spitze seiner Waffe an eine Gelenkstelle der Rüstung seitlich des Körpers. »Nun triff Angor, Großmeister.«

V.

**Kontinent Kalisstron, Bardhasdronda,
Frühsommer 459 n. S.**

Der Frühsommer begann schlecht. Stápa starb und vererbte ihren gesamten Besitz ihrer Großnichte Jarevrån. Matuc erhielt von der jungen Frau die Erlaubnis, auf ihrem Land einen Tempel für Ulldrael den Gerechten zu bauen.

Als sie eines Abends zu dritt zusammensaßen, wurde die Tür geöffnet und Fatja stand mit strahlender Miene auf der Schwelle.

»Da bin ich wieder! Die große Geschichtenerzählerin aus dem fernen Kontinent Ulldart hat ihre Reise durch das Umland beendet und einen Sack voller Neuigkeiten mitgebracht. Habt ihr mich vermisst?« Sie bemerkte die ernsten Gesichter um sich herum. »Wie es scheint, habe ich etwas verpasst.«

In aller Kürze berichtete Lorin vom Tod der Stadtältesten, während sich Jarevrån tapfer beherrschte, um nicht neuerlich in Tränen auszubrechen.

Die Borasgotanerin atmete tief ein und rang mit der Fassung. Aber auch sie hatte Neuigkeiten zu verkünden. Eine Vision hatte sie heimgesucht.

»Das Ganze war merkwürdiger denn jemals zuvor«, begann Fatja nach einer Weile zu erzählen. »Arnarvaten und ich waren in Vekhlathi und schafften es, den Betreiber der angesehensten Teestube dazu zu bringen, uns einen Abend lang auftreten zu lassen, obwohl das nicht eben einfach war. Sie sind nicht gut auf Leute aus

Bardhasdronda zu sprechen. Mein Zukünftiger beendete sein Lied und machte mir Platz, und ich begann mit der Legende über die Modrak.«

»Schauermärchen«, meinte Matuc leise. »Sie müssen auf die Kalisstri ungemein wirken. Da sie weder Sumpfkreaturen noch diese fliegenden Bestien haben.«

»Und Kalisstra sei Dank dafür«, sagte die Borasgotanerin. »Ich habe noch immer Albträume, wenn ich an sie denke.« Sie erschauderte. »Auf alle Fälle verschwamm der Raum plötzlich vor meinen Augen, und ich schwöre, ich habe den Njoss nicht gekostet.«

»War es nicht bisher so, dass es eines Auslösers bedurfte, damit deine Gabe sich entfaltete?«, warf der Mönch, stutzig geworden, ein.

Die Borasgotanerin zuckte ratlos mit den Achseln. »Das ist es ja. Ich weiß nur noch, dass ich einem der Gäste in die Augen schaute, und dann holte Arnarvaten mich schnell von der Bühne und log den enttäuschten Leuten etwas von einem Schwächeanfall vor.« Fatja wirkte verunsichert. »Ich habe ein wenig Angst davor, dass mich die Visionen zu ungünstigeren Zeitpunkten heimsuchen, wenn ich beispielsweise eine Straße überqueren möchte. Kein schöner Abgang, von einem lahmen Pferdefuhrwerk überrollt zu werden, dem man sonst mit spielerischer Leichtigkeit entkommen wäre.«

»Und der Gast?«

»Ich dachte, du wolltest wissen, was mit der Vision ist?«

»Wenn der Mann aber der Auslöser war?«, wurde Matuc deutlicher.

Die junge Frau runzelte die Stirn, ihr Gesicht nahm einen angestrengten Ausdruck an. »Kann nicht sein«, meinte sie nach einigem Nachdenken. »Ich sah einen Mann, na ja, einen jungen Mann, ungefähr so alt wie mein kleiner Bruder. Er stand an Deck eines Schiffes und …«, sie grinste, »übergab sich die ganze Zeit. An seiner Seite hing ein Schwert, dessen Griff er mit Lappen umwickelt hatte. Und dann sah ich hinter ihm seltsam anzuschauende Männer. Sie deuteten auf eine Küstenlinie. Ich erkannte die Hafeneinfahrt von Bardhasdronda. Dann wechselte die Szenerie.« Fatja nahm der Bericht von ihrer Vision deutlich mit. Ihre Hände zitterten. »Und sie macht mir am meisten zu schaffen. Ich irrte durch eine düstere, finstere Stadt. Die Häuser, deren Fassaden mit verworrenen Reliefs und Mosaiken versehen waren, schoben sich von allen Seiten auf mich zu, ragten wie Furcht erregende Berge in die Höhe. Auf den Dächern lauerten steinerne Wasserspeier und andere schreckliche Wesen und verfolgten mich mit ihren toten Augen. Obwohl ich wusste, dass die Sonnen hoch am Himmel stehen mussten, war es am Boden merkwürdig lichtlos. Ich hastete von einer hellen Stelle zur nächsten, immer in der Hoffnung, bald an ein Stadttor zu gelangen, durch das ich fliehen konnte. Schließlich hielt ich vor einem riesigen Gebäude an, das alle anderen überragte, sowohl von der Größe als auch von seiner Finsternis her. Um dieses Gebäude herum schien ewige Nacht zu herrschen.«

Während sie das Bauwerk weiter beschrieb, entstand bei Matuc der Verdacht, dass es sich um die einstige Ulldrael-Kathedrale handeln könnte. Doch an die vielen Eisenspitzen, die angebrachten Türmchen und anderen Dinge erinnerte er sich nicht.

»Ich betrat das Gebäude gegen meinen Willen durch das gigantische Portal, das für Riesen gemacht sein musste, und sah, wie …« Die Borasgotanerin verstummte, Entsetzen spiegelte sich auf ihrem Gesicht. »Ich sah, wie sie hunderte von Menschen durch ein Loch im Boden stießen. Einer nach dem anderen stürzte in die Schwärze. Der Name des Gebrannten Gottes schallte zum Dach des grausigen Gebäudes empor.«

Ihr Atem beschleunigte sich. »Ich kehrte auf dem Absatz um und stürzte hinaus. Die Sonnen«, sie geriet ins Stocken, »sie verdunkelten sich, und die Sterne standen klar und deutlich am Firmament. Aus den Konturen des Gebrannten Gottes formte sich ein Sternenregen, der auf den Platz niederging.« Sie fasste nach den Fingern des Geistlichen. »Matuc, ich habe gesehen, wie Tzulan herabstieg«, flüsterte sie furchtsam. »Und die Menschen liefen herbei, jubelten ihm zu und begrüßten ihn, allen voran ein junger Mann in der Uniform des Kabcar, der nicht Lodrik war.« Fatja endete und schlug die Hände vors Gesicht.

Tröstend strich der betagte Mann ihr über die schwarzen Haare. »Es ist gut, Fatja. Es kann dir nichts geschehen. Der Gebrannte ist immer noch am Himmel, Arkas und Tulm hängen weit über unseren Köpfen und können uns nichts anhaben.«

»Aber es wird nicht mehr lange so sein, wenn ich die Erscheinung richtig deute. Ist dies das Zeichen zur Rückkehr? Oder eine Warnung, dass wir die Dunkle Zeit nicht mehr aufhalten können?«

»Ulldrael hat uns damals nicht vor den Schergen Nesrecas bewahrt, damit wir tatenlos das unaufhaltsame Vordringen Tzulans und seiner Gefolgschaft vom anderen Ufer aus betrachten.« Matuc erhob sich und lief auf und ab. »Wir müssen die anderen in Kenntnis setzen«, entschied er. »Du musst deine Visionen ein weiteres Mal darlegen«, sagte er und bedachte sie mit einem fürsorglichen Blick.

Abends kamen alle zusammen. Waljakov, Lorin und Rantsila, der einen Stapel Blätter bei sich trug, betraten die Stube, man grüßte einander und nahm Platz.

»Ich habe gehört«, begann Rantsila, »die Fremdländler wollen im Anschluss an unsere kleine Sitzung noch Dinge in eigener Sache beraten, deshalb beeilen wir uns.« Er breitete die Blätter aus. »Das hier sind die

Stellen aus den Berichten der Feuertürme, die mir besonders wichtig erschienen. Unser geheimnisvolles Schiff mit den geriffelten Segeln tauchte zweimal auf.« Sein Zeigefinger tippte auf die jeweiligen Eintragungen. »Einmal war es Richtung Vekhlathi unterwegs, dann fuhr es vor kurzem Richtung Süden und nahm scheinbar Kurs aufs offene Meer. Wir nehmen an, dass sie sich Verstärkung geholt haben, um etwas gegen uns ...«

»Geriffelte Segel?«, meinte Waljakov unterbrechend. »Was bedeutet das?«

Rantsila suchte in den Unterlagen und legte eine Zeichnung vor.

Der K'Tar Tûr erkannte die Segel auf Anhieb. »Bei allen Göttern«, entfuhr es ihm überrascht. »Sie sehen aus wie die Segel der Schiffe, auf der uns die Häscherin Nesrecas nachsetzte und uns schließlich versenkte. Der Pirat erzählte etwas von einer Frau, die die kleine Flotte befehligte. Ich bin mir ziemlich sicher. Ich stand damals mit Rudgass an Deck, als sie aufschlossen.«

»Das heißt, entweder sie haben die Suche nach uns niemals aufgegeben, oder es gibt noch zahlreiche andere von ihnen, die mit den Vekhlathi gemeinsame Sache machen«, meinte Matuc aufgeregt. »Anscheinend haben wir es mit Piraten zu tun.«

»Reichen die Lijoki nicht mehr aus«, warf der Anführer der Miliz ein, »dass sie sich Verbündete aus anderen Kontinenten suchen müssen?«

»Vielleicht haben sie sich dermaßen blutige Nasen vor den Toren Bardhasdrondas geholt, dass sie erst ihre Wunden lecken müssen, bevor sie zu ihrem niederträchtigen Geschäft zurückkehren«, warf Lorin ein.

Fatja wurde aschfahl. »Ich glaube, ich habe dieses Schiff in einer Vision gesehen«, flüsterte sie. Sie wechselte einen schnellen Blick mit dem Geistlichen. »Die

Männer mit den fremden Gesichtern.« Sie schloss ihre Augen. »Und ich glaube, dass ihre Segel so aussahen. Ich bin mir nicht sicher.«

»Dann birgt es doppelte Gefahr.« Waljakov rieb sich den kurz getrimmten Bart.

Rantsila verzog den Mund. »Nun, mit solch schlechten Nachrichten hatte ich nicht gerechnet. Was wisst ihr über die Fremden?«

»Sie sind nicht aus Ulldart und anscheinend auch nicht aus Kalisstron«, fasste der Waffenmeister Lorins zusammen. »Ich vermute, dass sie aus Tzulandrien stammen.«

Der Mönch nahm hastig einen hastigen Tee.

»Von diesem Land, das der Gebrannte Gott schuf, habe ich nur Schlechtes gehört«, äußerte sich der Führer der Miliz bedächtig. »Wenn sich die Vekhlathi mit ihnen eingelassen haben, droht uns mehr als nur ein Krieg zwischen Städten. Noch niemand hat es gewagt, Fremdländler – und schon gar nicht verdorbene Fremdländler – hinzuzuziehen.«

»Wir haben sie, glaube ich, gesehen«, schaltete sich Arnarvaten ein. Alle Augen richteten sich auf den Geschichtenerzähler. »Ich erinnere mich, wie wir in Vekhlathi waren und in einer Gaststätte auftraten, in der du«, er blickte zu Fatja, »das Bewusstsein verlorst. Dort waren Menschen, die sich merkwürdig verhielten … Sie drückten sich in den dunkelsten Ecken herum, um nicht richtig gesehen zu werden.«

Fatja bestätigte das. »Ich entsinne mich, dass ich Ähnliches in einer Gasse erlebte. Und als ich ihnen folgen wollte, verschwanden sie so schnell, dass ich ihre Spur in den schmalen Sträßchen verlor.«

»Also müssen wir davon ausgehen, dass unsere Nachbarn längst mehr als nur einen Streit um die Süßknollen austragen wollen.« Der Milizionär lehnte sich zurück. »Aber ich habe nicht verstanden, weshalb

Euch die Tzulandrier noch immer verfolgen sollten.« Abwartend schaute er in die Runde.

»Nein, das habt Ihr falsch verstanden«, beruhigte Matuc ihn ein wenig zu schnell. »Wir kennen sie eben nur von früher. Schließlich waren sie es, die unser Schiff versenkten, da bleiben wenig gute Erinnerungen.« Er lachte reichlich gespielt.

»Aber was machen Tzulandrier so weit im Norden?« Rantsila blieb beharrlich.

Waljakov zuckte mit den Achseln, die blasse Fatja fasste Arnarvatens Hand, Lorins Augen hatten sich auf die Kerze geheftet.

Nur der Mönch wandte sich dem Kalisstronen zu. »Ich weiß es nicht. Es wäre gut, wenn wir schnell Nachricht aus Ulldart erhielten. Wenn sich die Tzulandrier als neue Herren der Meere fühlen, dann stellt sich die Frage, was mit den Palestanern und den Rogogardern geschehen ist.«

Der Anführer der Bürgerwehr erhob sich unzufrieden. »Gut, wenigstens wissen wir, dass die Vekhlathi einen größeren Schlag planen. Sobald dieses Schiff mit den geriffelten Segeln auftaucht, sollen die Feuertürme ein Signal geben, damit wir gewarnt sind. Es ist an der Zeit, dass ich den Bürgermeister und unsere Verbündeten in Kenntnis setze, um die Gegenschläge vorzubereiten.« Er nickte in die Runde und verschwand.

Niemand sprach ein einziges Wort. Nur das Geräusch der Wellen, die draußen gegen die Kaimauern und gegen den Rumpf des Hausbootes schlugen, klang gedämpft zu ihnen herein.

»Ich bringe Menschen doch nicht durch meine Anwesenheit in Gefahr?«, wollte Lorin schließlich wissen. »Suchen die Tzulandrier nach mir?«

»Ich schätze, sie wissen inzwischen sehr wohl, wo du zu finden bist«, sprach sein Waffenmentor. »Einer der Lijoki oder der Vekhlathi wird ihnen gesteckt haben, wo sich Fremdländler gleich rudelweise und seit Jahren herumtreiben.« Er legte seine mechanische Hand auf die Tischplatte. »Sie suchen sich Verbündete. Sie sind zu wenige, um Bardhasdronda allein angreifen zu können. Und sie wissen, dass wir ihre Segel kennen.«

»Machen wir uns nichts vor«, erhob Matuc seine Stimme. »Nesreca hat niemals aufgegeben.«

»Umso mehr Spaß wird es uns bereiten, seine Schergen auf den Grund der See zu schicken«, sagte Waljakov finster. »Und danach sollten wir schleunigst in Erfahrung bringen, was sich in unserer Heimat abspielt.«

Lorin schwieg. *Es ist eure Heimat, nicht meine*, wollte er sagen, und dass ihm die Menschen in Bardhasdronda wichtiger waren als der ganze Kontinent Ulldart zusammen, den er nur aus Erzählungen kannte. Daher würde er zuerst die Kalisstri schützen, ehe er auch nur einen Zeh auf die Planken eines Bootes setzte, das ihn an die Küsten brachte, von denen seine ihm gänzlich unbekannte Mutter einst geflohen war.

Doch seine Freunde würden es nicht verstehen, befürchtete er. »Ja, vernichten wir die Tzulandrier«, meinte er deshalb lakonisch. Er erhob sich und ging zur Tür. »War das alles? Ich möchte noch zu Jarevrån.«

Matuc wollte noch etwas sagen, aber Fatja entließ den Jungen mit einem Kopfnicken.

»Es ist schon rätselhaft genug für ihn gewesen«, erklärte sie, als er gegangen war.

So schilderte sie die Vision des veränderten Ulsar im kleineren Kreis, was einen immensen Eindruck auf den K'Tar Tûr machte, der sich zudem in seiner Annahme, es handele sich bei dem Schiff um Tzulandrier, bestätigt sah.

»Es wird Zeit, dass wir zurückkehren und Ulldart vom Bösen befreien. Ich halte die Augen offen. Kein

Segel wird mir entgehen.« Routiniert legte er sich den Harnisch an und verschwand durch die Tür.

»Nachdem sich alle so sehr auf ihre Muskeln und Kampfkraft verlassen, rede ich mit den höheren Mächten.« Matuc stemmte sich auf und begab sich vor seinen Ulldrael-Schrein, um den Gerechten um Beistand zu bitten.

**Kontinent Ulldart, Großreich Tarpol,
zwölf Warst südwestlich der Hauptstadt Ulsar,
Frühsommer 459 n. S.**

Obwohl die Sucharbeiten im Steinbruch auf Befehl des Kabcar längst beendet worden waren, herrschte reger Betrieb in dem Trümmerfeld.

Angereiste Tarpoler und Ulsarer pilgerten zu der Stelle, an der die Bergungsmannschaft die blutigen Kleider Lodriks in einem Hohlraum entdeckt hatte. Man brachte Blumen und legte sie ehrfurchtsvoll dort ab, andere nahmen kleine Steine als Andenken mit, wieder andere riefen Tzulan, Ulldrael den Gerechten und die Göttermutter Taralea an, dass sie den Herrscher bald wieder zurückschicken sollten.

Der karge Platz wurde – sehr zum Missfallen von Nesreca und Govan – zu einer Stätte der Hoffnung für diejenigen, die sich mit dem Tod des Herrschers nicht abfinden wollten. Zumal die Version über das göttliche Eingreifen und die Rettung des geliebten Kabcar mit einer Vehemenz durch die Reiche geisterte, dass der Konsultant nicht mehr allein an die Sehnsüchte der Bevölkerung glaubte. Er hatte Perdór in Verdacht, diese Kunde bewusst auszustreuen und zu schüren, um damit die Position seines Schützlings zu schwächen. Solange die Tarpoler Gedanken an die unmögliche Rückkehr Lodriks verschwendeten, würde Govan niemals richtig als Kabcar angenommen werden.

Von den Machenschaften im Hintergrund ahnten die Frauen, Männer und Kinder nichts, die sich im Steinbruch aufhielten. Sie flehten die Götter weiterhin an. Bis weit in die Abendstunden liefen sie vor die Tore der Stadt, ausgestattet mit Laternen und Fackeln. Eine kleine Lichterkette aus Petroleumlampen wies den Menschen nachts die Route zum beleuchteten Fundort der kaiserlichen Kleidung.

Die in Lumpen gehüllte Gestalt, die sich von allen unbemerkt am oberen Rand des Steinbruchs erhob, betrachtete das Treiben zu ihren Füßen und lächelte still.

Ganz in der Nähe knackte ein Ast, die Geräusche von Stiefeln, aneinanderreibendem Metall und fluchenden Männern näherten sich.

Abrupt bückte sich die Gestalt, nahm ihr Schwert auf und verschwand in der Nacht.

Ohne Rücksicht auf sich selbst hastete sie durchs Unterholz; Zweige und Äste peitschten ihr ins Gesicht und hinterließen blutige Schrammen. Ihre Beine bewegten sich auf und ab, trugen sie fort von der Stelle, bis die Füße schwer und schwerer wurden.

Keuchend warf sich der Flüchtende in den kühlen, feinen Sand eines größtenteils ausgetrockneten Bachbetts, packte die Waffe mit beiden Händen und lauschte, ob seine Flucht bemerkt worden war.

Nur die Nacht redete mit der Gestalt in ihrer eigenen Sprache. Leise strich der Wind durch das Schilf, Tiere veranstalteten ihr Konzert, leise gluckerte das schmale Rinnsal hinter ihr. Die Anspannung des Flüchtenden wich, aufatmend sackte er zusammen und rang nach Atem. Das gedämpfte Plätschern erinnerte ihn an den Durst, den er vorher aus Angst vor den Häschern nicht zu stillen gewagt hatte. Er rammte das Schwert in den Sand, rutschte zum Bach und schöpfte Wasser mit den Händen, um zu trinken.

Dabei fiel sein Blick auf eine Pfütze unmittelbar vor

ihm, in der sich die Monde und seine bis fast zur Unkenntlichkeit verdreckten Gesichtszüge spiegelten.

Beinahe ungläubig betastete der Mann die allmählich verkrustenden Kratzer auf den Wangen und am Hals und zeichnete mit dem Zeigefinger die Konturen des blassen, mit hellen Bartstoppeln versehenen Antlitzes nach. Die Züge wirkten eingefallen, abgehärmt und vermittelten eine tiefe Traurigkeit.

Schau, was aus dir geworden ist, Lodrik Bardri¢, dachte er schwermütig. *Vom mächtigsten Mann des Kontinents hin zu einem Wesen, das selbst das Reich der Toten nicht haben wollte.* Er berührte die Wasseroberfläche, das Spiegelbild verzerrte sich. Schwungvoll schüttete er sich das kalte Nass ins Gesicht. Die Wunden brannten augenblicklich, dreckiges Wasser perlte aus dem Bart und troff zu Boden. Er verharrte vornübergebeugt. Wenn es ein Traum war, dann erwachte er nicht.

Lodrik stand auf, zog die Klinge aus dem Sand, schulterte sie und trabte weiter, ohne zu wissen, wohin.

Sein Verstand, so empfand er es zumindest, war durcheinandergeschüttelt worden. Alle Gedanken, alle Ideen, alle Erinnerungen und Eindrücke wirbelten umher, kollidierten miteinander, verschmolzen und bildeten ein Gemisch, in dem er sich nicht zurecht fand.

Verwirrt und abwesend wanderte er immer geradeaus.

Sein Hunger meldete sich mit Vehemenz, als er irgendwann den schwachen Geruch von Feuer wahrnahm. Einer der elementarsten Triebe riss ihn aus seiner Betäubung und erweckte seine Sinne zum Leben.

Lodrik fasste das Schwert fester und schritt aus. Schließlich gelangte er auf eine Lichtung.

Die Reste von verkohlten Palisaden erhoben sich dort, letzte schwarze Mauerreste standen wie Gebäudeskelette auf dem Areal dahinter.

Verteidigungsbereit stieg er über die Reste der menschlichen Behausungen. In dem ein oder anderen Pfosten steckten Armbrustbolzen, und bei näherer Betrachtung entdeckte er große, dunkelbraune Flecken auf der Erde der Ansiedlung.

Ein Totendorf. Gedankenblitze aus seiner Jugend schossen aus der hintersten Ecke seines Hirns und beleuchteten das entstellte Gesicht des Vorstehers in Granburg, dem die Fleisch- und Knochenfäule das Gesicht zerfraß. Jemand hatte ein Totendorf überfallen. Was konnte man denn diesen armen Teufeln noch rauben?

Getrieben vom Hunger, machte er sich auf die Suche nach etwas Essbarem und durchforschte die Trümmer nach nicht verbrannten Vorräten.

Tatsächlich fand er einen gesprungenen Topf mit eingelegtem Kraut und einen nur halb verbrannten Laib Brot. Gierig machte er sich darüber her. Doch schon nach den ersten Bissen fühlte er sich satt. Als er sich zu einem weiteren zwang, stieg Übelkeit in ihm auf, und nur mit Mühe behielt er die Nahrung bei sich.

Den Hufschlag hörte er viel zu spät und fuhr erst herum, als der Reiter das zusammengestürzte Tor passierte.

Lodrik ließ seine Beute fallen und suchte zwischen den Ruinen Schutz.

Der Reiter stieg, den Geräuschen nach zu urteilen, ab und rannte zwischen den zerstörten Überresten umher, dabei rief er immer wieder die Namen Damascha und Bjuta. Seine junge Stimme klang voller Sorge.

Dann kam er in seine Richtung.

Lodrik rutschte in seinem Versteck weit nach hinten in die Schatten und reckte das Schwert nach vorne, um den Mann jederzeit aufspießen zu können.

»Ich habe dich vorhin gesehen«, sagte der Reiter bedächtig. »Ich tue dir nichts. Ich gehöre nicht zu denen, die das Dorf überfallen haben.« Ein Teil seines Gesichts erschien zwischen den Trümmerstücken. Lodrik erkannte im Glanz der Monde blaue Augen. »Wer war das, und wann geschah es?«

»Geh weg!«, befahl der immer noch verstörte ehemalige Herrscher von Tarpol panisch. »Oder ich steche zu. Ich weiß nichts, ich habe nichts gesehen.«

»Wenn du nicht rauskommst, komme ich eben zu dir. Ich muss mit dir sprechen.« Der junge Mann ging in die Hocke und machte Anstalten, in das Loch zu kriechen.

Sofort ruckte die Spitze der Waffe nach vorn. Mit einem Fluch sprang der Reiter nach hinten weg, ein Kettenhemd klirrte leise. »Schon gut, schon gut«, sagte er beschwichtigend. »Ich lass dich ja in Ruhe.«

Die Stiefel entfernten sich vom Eingang zu Lodriks Versteck. Das Leder des Sattels knarrte, als der junge Mann aufstieg. »Ich habe dir etwas zu essen dagelassen«, rief er und schien auf eine Antwort zu warten. Vorsichtshalber schwieg der einstige Herrscher.

Das Pferd schnaubte, Hufschläge erklangen und wurden rasch leiser. Dann war Lodrik allein in den Ruinen.

Dennoch wartete er eine geraume Zeit, bis er aus dem Loch kroch. Über Umwege pirschte er sich an den Beutel heran, der mitten auf dem Weg lag, und untersuchte den Inhalt.

Es befand sich nichts darin, was seinen Geschmack sonderlich angesprochen hätte, und allein der Geruch nach frischer Wurst brachte ihn zum Würgen. Früher hätte er ohne mit der Wimper zu zucken die Zähne hineingeschlagen.

Etwas abseits des Geisterdorfes richtete Lodrik sein Nachtlager ein und gönnte sich Ruhe, immer mit der Angst im Nacken, dass die Häscher seines Sohnes auftauchten. Echter Schlaf wollte sich nicht einstellen.

Beim kleinsten Geräusch fuhr er auf, die Hand sofort am Schwert. Den sich ankündigenden Morgen empfand er beinahe schon als Erlösung, denn die Dunkelheit enthielt seinen Augen zu viel vor. Im Tageslicht sah er seine Feinde besser.

Lustlos biss er in das letzte Stück Brot und kaute beinahe angewidert auf der Wurst herum, und das ungeachtet der Tatsache, dass die Lumpen, die er sich von den Suchtrupps zusammengestohlen hatte, weit um seinen abgemagerten Körper flatterten.

Danach erklomm er den Baum, unter dem er gerastet hatte, um sich von der Krone aus zu orientieren. Sosehr er das Licht schätzte, er musste die Lider immer mehr zusammenkneifen, je höher er stieg. Weit entfernt erkannte er die Ausläufer der gewachsenen Hauptstadt als kleine Punkte, aus denen vereinzelt fadendünne Rauchsäulen aufstiegen.

In der anderen Richtung befand sich nichts außer Wald. In relativer Nähe zu seinem Standort lag der Repol und strömte gelassen wie seit Jahrhunderten in Richtung des Meeres.

Unentschlossen und unsicher darüber, was er als Nächstes tun sollte, begann Lodrik den Abstieg. Sein Fuß rutschte weg, und die Finger griffen nach einem dünnen Zweig, der augenblicklich brach. Instinktiv wollte er auf seine magischen Fertigkeiten zurückgreifen. Anstatt aber aus dem vollen Reservoir seiner Macht schöpfen zu können, fand er nur einen schwachen Rest, der nicht ausreichte, um etwas gegen den drohenden Fall zu bewirken.

Wie etwas Totes krachte er aus den Ästen herunter und schlug hart auf der Erde auf. Ein stechender Schmerz in der Schulter brachte ihn zum Aufschreien.

Mühsam stemmte er sich auf, um die Verletzung zu betrachten, die ihm seine Kletterpartie eingebracht hatte. Rund um das Gelenk bildete sich ein Bluterguss, der linke Arm war kaum zu bewegen. Die Schrammen auf der Haut verheilten ebenso wenig wie die Kratzer im Gesicht. Noch vor nicht allzu langer Zeit hätten sie sich innerhalb von Sekunden geschlossen.

Von den eigenen Kindern verraten, von Toten aus dem Jenseits gejagt und der Magie beraubt, fragte er sich nach dem Sinn seiner Rückkehr in diese Welt.

Die Sonnen zogen ihre Bahn, ohne dass sich Lodrik vom Fleck rührte.

Nachdenklich heftete sich sein Blick auf das Henkersschwert, das neben ihm auf dem Boden ruhte. Er kämpfte mit sich, überlegte, was er tun sollte.

Die Nacht brach an. Die Kälte kroch in den Wald, Nebel stieg auf und umgab ihn.

Der einstige Kabcar hatte sich entschlossen.

Er würde nicht leben, um ständig auf der Flucht zu sein. Er nahm die Waffe auf, rammte den Griff in das Erdreich und setzte sich die Spitze auf Herzhöhe an die Brust. Es würde das erste Mal sein, dass sich jemand mit dieser Klinge selbst richtete. Seine Finger strichen über die Gravuren. Wenn er nicht zu den anderen durfte, würde er sich seinen eigenen Ort wählen, an dem er seine Ruhe fand.

Etwas flog mit einem leisen Rauschen durch die Luft und landete vor dem über das Schwert gebeugten Lodrik.

Trotz der Dunkelheit erkannte er im Schimmer der Monde ein Bündel leer gedroschener, vom Flegel zerschlagener Ähren.

Erschrocken fasste Lodrik nach dem Griff der Waffe und richtete die Spitze nach vorne.

Ein unheimliches Frauenlachen ertönte. Dann trat ein dürres altes Weib in einer dunklen Robe aus Dunstschleiern hervor, in der Rechten locker eine schwarze Sichel haltend. Ihr Gesicht wurde durch eine Kapuze verborgen.

»Nanu, Lodrik Bardri¢? Eben wolltest du dich noch töten, und im nächsten Moment versuchst du dich gegen jemanden zu verteidigen, der dir das bringen könnte, nach dem du dich sehnst?« Ihre Stimme klang reibend und knarrend wie ein betagter Baum, der sich gegen den Wind stemmte. Und ihre Anwesenheit verbreitete bei dem einstigen Kabcar Angst. Kreatürliche Angst.

Sie hockte sich ihm gegenüber, und dort, wo sie die Erde berührte, erstarb alles Leben. Pflanzen verdorrten innerhalb von Augenblicken. Gras wurde braun, jedes noch so kleine, unscheinbare Insekt verging.

Ihre knöchrige Hand pflückte ein Gänseblümchen. Sofort fielen die Blütenblätter herab, und die geschundene Blume ließ den Kopf hängen.

Lodriks Verstand weigerte sich, die ungeheure Vermutung, die er hegte, zu akzeptieren. »Wer bist du?«, wagte er erstickt zu fragen.

»Ich bin die Schwester desjenigen, von dem du dich abwandtest. Du befandest dich bereits in meiner Hand, doch du selbst hast dich gerettet.« Die schwarze Sichel malte seinen Namen in den Untergrund. »Du bist der Erste seit langer, langer Zeit, der sich meiner Macht widersetzt hat. Nun bin ich neugierig geworden und warte, was geschieht.«

»Ich war wirklich tot?«, hauchte er und ließ die Klinge sinken. Fassungslos betrachtete er seine bleichen, abgemagerten Finger. Die Glieder traten überdeutlich unter der Haut hervor.

»Dein Erlebnis hat dich gezeichnet, wie du siehst. Und du warst gerade dabei, einen Versuch zu unternehmen zu sterben«, sagte sie freundlich. Das geschwärzte Erntemesser rotierte einmal in der Hand der alten Frau. »Ich warte gern. Ein weiteres Mal lasse ich dich nicht entkommen.« Sie deutete auf den Ährenstrauß. »Ich habe dir etwas zur Begrüßung mitgebracht, das zu dir passt. Die Halme sind leer, nutzlos und tot. Sie haben ihre Aufgabe erfüllt und müssen gehen.« Die Frau hielt inne. »Aber warum bist du nicht gegangen?«

»Ich habe mich selbst vor dem endgültigen Tod gerettet?« Lodrik verstand nicht. »Ich dachte, die Geister … Ulldrael wollte mich nicht aufnehmen, weil ich mich wegen dem, was er mir antat, von ihm lossagte.«

»Mein Bruder hat dir gar nichts angetan.« Seine Besucherin schüttelte den Kopf unter der Kapuze, der Stoff geriet dadurch leicht in Bewegung. »Wir alle haben genug mit dem zu tun, der sich immer offensichtlicher am nächtlichen Firmament abzeichnet. Mein Bruder hat sogar versucht, euch alle zu warnen. Aber die Tzulani waren schneller. So nahmen die Dinge durch dich ihren Lauf.«

»Was hätte ich denn tun sollen?«, rief Lodrik verzweifelt.

Mit Wucht bohrte sich die schwarze Sichel in den Stamm einer Ulme. Kurz darauf segelten die ersten gelben und braunen Blätter herab. Der Baum starb in Windeseile.

»Reicht dir das als Antwort? Niemand macht dir einen Vorwurf, Lodrik Bardri¢. Du musstest die Prophezeiung erfüllen, egal in welcher Weise. Aber niemand von uns rechnete damit, dass der Gebrannte bereits so sehr erstarkt war, dass er Schergen nach Ulldart senden und dem Schicksal nachhelfen konnte. Das brachte ihm unschätzbare Vorteile. Du warst anfangs zu jung und zu naiv, um dem gerissenen Ischozar standzuhalten. Und irgendwann zu überheblich.«

Der einstige Herrscher über Tarpol richtete sich auf, die Schulter schmerzte unglaublich. »Wäre mein früher Tod die einzige Lösung gewesen? Wenn ich mir damals am Verhandlungstisch vor den Augen aller Diplomaten den Dolch durch die Kehle gejagt hätte, wie sähe es dann aus?«

»Vermutlich wäre Arrulskhán daraufhin in dein Land einmarschiert und hätte es besetzt«, schätzte die Frau.

»Das wäre für meine Untertanen der Dunklen Zeit gleichgekommen«, meinte Lodrik aufbegehrend.

»Möglich.« Sie nickte. »Dafür wird sich bald ganz Ulldart über die Dunkle Zeit freuen dürfen. Die Saat deiner Lenden wird zusammen mit den Beeinflussungen Ischozars Tzulan zurückbringen, und zwar in nicht allzu ferner Zukunft. Sicher, du brachtest auch Gutes. Aber deine zahllosen Neuerungen und Veränderungen, die dir die Liebe deines Volkes sicherten, werden schon bald vergehen und vergessen sein.« Das spitze Ende der Sichel fuhr mitten durch seinen in den Boden geschriebenen Namen. »Ohne dich, Lodrik Bardri¢, wäre das alles niemals geschehen, auch wenn das Übel nicht während deiner Regentschaft an die wahre Macht gelangte. Nun kommt es umso leidenschaftlicher und inbrünstiger zum Zug.«

Der Mann ließ das Schwert fallen, schlug sich die Hände vors Gesicht und kämpfte gegen die immensen Gefühlsregungen an: Wut und Hass auf die, die ihn benutzt hatten. Die eigene Schuld, so arrogant und vermessen gewesen zu sein zu glauben, das Böse im Zaum halten zu können. Scham über alle Taten, die er unter dem Einfluss seiner falschen Freunde begangen hatte, obwohl er sie hätte durchschauen müssen. Gram über die Toten, die sein Tun gebracht hatte und noch bringen würde.

Norina und Waljakov, Stoiko und Meister Hetrál, die mehr Weitblick besaßen als ich. Was habe ich ihnen in meiner Blindheit nur angetan? Seine Gefühle entluden sich in einem Weinkrampf. »Wie kann ich dafür Buße tun?«, schluchzte er unglücklich.

»Bemitleidenswert«, sagte die Alte beim Anblick des am Boden zerstörten Herrschers. »Vollständige Sühne wird kaum erreichbar sein. Da du mir schon einmal entkommen bist, solltest du die Gelegenheit nutzen. Es gibt nach wie vor Menschen, die dem Gebrannten trotzen. Vermutlich würde es helfen, diejenigen mit Stumpf und Stiel auszurotten, die Tzulan selbst nach Ulldart schickte. Und mit ihnen diejenigen, die zu seinen willigen Helfern wurden. Ohne die Menschenopfer und die Verschlimmerung der Lage auf dem Kontinent ist es dem Übel nicht möglich, die finsteren Pläne in die Tat umzusetzen. Noch kann Tzulan nicht geradewegs in die Geschicke eingreifen. Andere müssen in seinem Namen schreckliche Taten vollbringen.«

»Ich kann der Dunklen Zeit Einhalt gebieten?« Lodrik horchte auf. »Aber wie? Govan hat mir meine Magie beinahe vollständig genommen. Er ist so stark, dass ihn nichts aufzuhalten vermag.«

Die Frau lachte. »Ob man die Dunkle Zeit aufhalten kann, wirst du erst sehen, wenn du es versuchst. Es steht dir natürlich frei, dich in dein Schwert zu werfen.« Sie stand auf. »Wenn du alles überdacht hast und dich doch nicht für den Tod entscheidest, nutze den Umstand, dass du im Jenseits warst. Es eröffnet dir etwas, was dir bisher versagt blieb.«

Sie wandte sich um und schritt lautlos in den Nebel. Mit ihr wich das Gefühl des unsäglichen Grauens. Nur Verwirrung blieb zurück.

War dies tatsächlich Vintera, die Todesgöttin, oder eine Ausgeburt meines angegriffenen Verstandes? Grüblerisch nahm er das Ährenbündel auf. Ein vom Dreschflegel verschontes Korn fiel heraus und blieb in seiner Hand liegen.

Nicht nutzlos, dachte er. *Aus einem einzigen Korn gedeiht wieder eine ganze Garbe.* Er umschloss es.

Lodrik erinnerte sich, irgendein Schmuckstück, das

er um den Hals getragen hatte, nach seiner Flucht aus dem Steinbruch in eine der Taschen der zerlumpten Kleider gesteckt zu haben.

Fieberhaft wühlte er in den Taschen. Bange Sekunden vergingen, bis er das Amulett mit dem glimmenden Stein und den rätselhaften Inschriften fand. Nach kurzem Zögern drehte er den Karfunkel in der Fassung und wartete.

Bald rauschten lederartige Schwingen durch die Dunkelheit. In den Kronen der Bäume raschelte es bedeutungsvoll. Purpurfarbene, ochsenaugengroße Punkte glommen durch das Blätterdach, spähten umher, ehe die mageren Wesen zu Boden sprangen und sich Lodrik vorsichtig näherten.

Du bist nicht mehr der Hohe Herr!, raunte es vielfach in seinem Kopf. *Du warst tot. Du bist tot. Wir spürten es und zogen uns zurück, um abzuwarten. Ein anderer, Würdigerer sitzt an deiner Stelle.*

Ein Modrak löste sich aus der Gruppe der legendären Kreaturen und reckte fordernd die Hand in seine Richtung.

Gib uns das Amulett. Es steht dir nicht länger zu, Mensch. Wir bringen es ihm, damit er uns rufen kann, wenn er seine Diener benötigt.

Der ehemalige Kabcar ahnte, dass er die Fassade eines Schreckensherrschers aufrechterhalten musste, und handelte.

Die Klinge des Henkersschwertes beschrieb blitzend einen Halbkreis und trennte dem Wesen den Unterarm ab. Ein vielstimmiger Aufschrei schallte durch seinen Geist.

»Ich bin der Hohe Herr«, verkündete Lodrik gebieterisch, und seine blauen Augen erstrahlten im Dunkel. »Ein anderer hat sich etwas genommen, was ihm nicht gebührt.« Der verletzte Beobachter sprang kreischend zurück und presste die Klaue gegen die offene Wunde, aus der Flüssigkeit sprudelte. Das Schwert deutete auf ihn. »Hegt jemand von euch Zweifel daran, dass ich der Hohe Herr bin, der trete vor und hole sich das Amulett.«

Wir fürchten uns nicht vor Menschen.

Ein zweiter, entfernt stehender Modrak stieß sich ab. Die Schwingen breiteten sich ein wenig aus und verliehen ihm die Möglichkeit, den Sprung durch ein kurzes Gleiten zu verlängern.

Lodrik drehte sich in die Richtung des Angreifers, presste ihm die Hand mitten ins knochige Gesicht und aktivierte seinen spärlichen Rest Magie, um den Beobachter zur Abschreckung der Übrigen eindrucksvoll vergehen zu lassen.

Das Resultat seiner Bemühung gestaltete sich anders, als er es von früher gewohnt war.

Über das Antlitz des Modrak huschte ein grellblauer Blitz, der den Schädel für einen Sekundenbruchteil durchsichtig werden ließ, Gehirn und Augen, Sehnerven, Kiefer und Zähne durch die Haut hindurch erhellte und beleuchtete.

Sonst geschah nichts.

Lodrik zog seine leicht erwärmte Hand zurück.

Die Kreatur starrte ihn an, stand stocksteif und zitterte am gesamten knochigen Leib wie Espenlaub. Dann fiel sie vor ihm auf die Knie, küsste überschnell die bloßen Füße und kroch fluchtartig zurück an ihren Platz, während die restlichen Beobachter vorsichtshalber zurückwichen.

Wir haben verstanden, Hoher Herr, hallte es furchterfüllt durch seinen Verstand. *Strafe uns nicht, weil wir nicht begriffen haben.*

»Ich will, dass ihr euch weiterhin im Verborgenen haltet, bis ich weiß, wie ich euch im Kampf gegen den falschen Hohen Herrn einsetze«, rief er. »Haltet eure Augen auf und berichtet mir darüber, was der Hochstapler tut. Aber hütet euch. Er ist gefährlich.« Er hob die Arme. »Fliegt, Modrak!«

Gehorsam erklommen die Wesen die Bäume und verschwanden in den Wipfeln.

Ein paar Blätter segelten nieder, kleinere Äste knackten, dann hörte Lodrik nur noch das charakteristische Rauschen ihrer Flügel, die aussahen, als wären sie mit dunklem, von Adern durchzogenem Pergament bespannt.

Nachdem er sich sicher war, dass sich keiner der Beobachter in seiner Nähe befand, hockte er sich schnell auf den Boden. Die Anstrengung und die Nutzung des Quäntchens Magie brachten ihn an den Rand der Besinnungslosigkeit.

Und das Schlimmste daran: Er hatte keine Ahnung, was er bei dem Modrak, der eigentlich wie eine Seifenblase hätte bersten sollen, angerichtet hatte.

Der einstige Herrscher über Tarpol und zwei Drittel Ulldarts betrachtete seine schäbige Garderobe. Nun, wenn er sich schon entschloss, seinem feinen Sohn das Leben zu einem nicht mehr endenden Schrecken werden zu lassen, wollte er das wenigstens in besserer Kleidung tun.

Er stand auf, um dorthin zurückzukehren, wo er den Reiter getroffen hatte. Mit ein wenig Glück würde er irgendwo in den Trümmern des Totendorfes etwas Besseres zum Anziehen finden. Oder zumindest etwas weniger Zerschlissenes.

Der einsame Mann machte sich auf den Weg. Das Licht der Gestirne reichte ihm plötzlich völlig aus, einen Fuß sicher vor den anderen zu setzen.

Gezeichnet vom Jenseits – Worte der unheimlichen Frau, die er für Vintera hielt. Sie war das Gegenstück zu Ulldrael dem Gerechten. Wo sie ihre schwarze Sichel schwang, wuchs nichts mehr.

Die Äußerungen der Göttin des Todes, der Krankheit und Qual, der Lehre vom menschlichen Körper, der Wissenschaft von Leben und Tod sowie des Mordes und der Schatten, hatten ihm kaum mehr Klarheit verschafft. Aber sie nahmen ihm wenigstens die Entschlusslosigkeit, egal ob Trugbild oder nicht.

Es schien, als hätte es seinen Preis, wenn man Vinteras Sichel entkam. Er presste das Korn, das Symbol seiner wiedergewonnenen Hoffnung, in seine Faust. Wenn es ihm gelang, Nesreca und Govan samt seiner Schwester und der übrigen Schlangenbrut aufzuhalten, war es ihm das wert. Ein anderes Gesicht entstand vor seinem inneren Auge. Könnte er Norina wieder sehen, um sie um Verzeihung zu bitten, so nähme er alles in Kauf.

Kontinent Ulldart, Großreich Tarpol, Hauptstadt Ulsar, Frühsommer 459 n. S.

Die Verhandlung gegen die Hohen Schwerter verlief schnell und rechtmäßig. Mit Hilfe der Zeugenaussage von Albugast wurde der Orden des Verrates an Kabcar Govan überführt. Der junge Herrscher hatte bereits weitergehende Pläne für den Abtrünnigen der Hohen Schwerter. Er sollte an der Spitze eines neuen Ordens stehen. Noch im Gerichtssaal sprachen der Kabcar und Mortva darüber.

»Wir werden Großmeister Albugast einige der Ländereien anvertrauen, die nun der Krone gehören«, überlegte Govan laut. »Ich denke da an … Kuraschka. Die Burg Angoraja benötigt einen neuen Namen.«

»Wir könnten die Strukturen der Hohen Schwerter vom Aufbau her übernehmen, die Titel ein wenig abändern und ein paar fanatische Tzulani als ersten Grundstock aufnehmen.« Der Konsultant deutete als

Zeichen des Aufbruchs zur Tür. »Habt Ihr Vorstellungen, wie Euer Orden aussehen soll?«

»O ja«, sagte der Herrscher und ging zusammen mit Nesreca die Treppen hinunter zur Kutsche, um zum Palast zurückzukehren. »Ich sehe die Rüstungen genau vor mir. Sie werden dunkelrot und Furcht einflößend sein. Als gemeinsames Wappen möchte ich eine stilisierte Flammensäule.« Das Gefährt setzte sich in Bewegung, während Govan über das Aussehen seiner Ritter sinnierte. »Mortva, sucht mir die besten Kämpfer aus der Leibwache, steckt sie mit Tzulani-Priestern zusammen und lasst sie zu begeisterten Anhängern des Gebrannten werden. Ich will in einem halben Jahr einen militärisch ebenso effektiven Orden, wie es einst die Hohen Schwerter waren.« Sein Gesicht verdunkelte sich. »Aber mit einem hatte Herodin leider Recht.«

»Und das wäre?«

»Hemeròc hat kläglich versagt«, stieß Govan enttäuscht aus.

»Ihr meint, weil er die aldoreelische Klinge des Großmeisters nicht zu Euch brachte?« Auch Nesreca wirkte wenig zufrieden. »Ich habe ihn bereits gerügt, Hoher Herr. Und auf die Suche geschickt.«

Die Kutsche hielt an, schweigend stieg der Kabcar aus, eilte die Stufen hinauf und schritt geradewegs in die Unterkunft seines Beraters. Die magischen Sicherungen hielten ihm nicht stand. Schnaufend stand er mitten in dem fast leeren Zimmer, in dem der riesige, lackierte Schrank stand. Er riss die Flügeltüren auf. Doch noch immer hingen nur drei der sagenumwobenen Waffen dort.

Wütend wandte er sich zu dem Mann mit dem Silberhaar um. »Anscheinend ist er noch nicht fündig geworden. Ruft ihn herbei, Mortva.«

»Es ist nicht so einfach, jemanden zu finden, wenn man nicht weiß, wo er sich ungefähr aufhält, Hoher Herr.« Dennoch sprach er den Namen seines Dieners aus.

Hemeròc erschien umgehend und kniete nieder.

»Du hast den Großmeister getötet. Gut, von mir aus«, empfing ihn Govan schlecht gelaunt. Anklagend wies er auf den Waffenschrank. »Aber wie kann es sein, dass ein Zweiter Gott nicht in der Lage ist, einen Jungen zu finden?«

»Er muss vor mir beim …«, versuchte sich Hemeròc krächzend zu verteidigen.

Doch der Herrscher hob die Hand. »Es ist mir gleich, welche Ausreden du von dir gibst. Du hast versagt.« Govan zog seine aldoreelische Klinge und rammte sie dem Wesen durch den Leib. »Versagt wie Paktaï.« Hemeròc stöhnte auf.

Nesreca sah das Schlimme kommen. »Hoher Herr, tut es nicht! Wir brauchen ihn noch.«

»Ich brauche ihn nicht mehr, Mortva. Für Versager ist kein Platz um mich herum.« Ein vieldeutiger Blick traf den Berater. »Merkt Euch das sehr gut.« Die Hand des Kabcar wollte sich auf die Schulter des Zweiten Gottes legen, der allerdings sehr wohl wusste, was ihn erwartete.

Unmenschlich brüllend sprang er zurück, die Schneide des Schwertes glitt aus ihm heraus. Durchsichtige Flüssigkeit troff zu Boden. »Es war niemals vereinbart, dass ich für Tzulan sterben soll«, donnerte er schmerzerfüllt, während er seine wahre Gestalt annahm. Die menschliche Hülle platzte auf und fiel in Fetzen zu Boden. Etwas anderes, Gefährlicheres kam zum Vorschein.

»Vereinbarungen ändern sich«, meinte der Konsultant ruhig.

Bevor die Verwandlung beendet war, attackierte Govan den Zweiten Gott mit einer Serie magischer Entladungen.

Nur mit Mühe wehrte Hemeròc sie ab. Nesreca übernahm das Abfangen der abgleitenden Strahlen, um großflächige Zerstörungen innerhalb des Regierungssitzes zu verhindern.

Das Antlitz des Kabcar leuchtete vor Begeisterung, er genoss die Herausforderung, endlich einen Gegner vor sich zu haben, der nach dem ersten Stoß Magie nicht sofort zu Asche oder irgendwelchen unappetitlichen Überresten zerfiel. Lachend setzte er seine eigenen und die geraubten Kräfte ein.

Schließlich packte der Kabcar die aldoreelische Klinge mit beiden Händen und eröffnete den Nahkampf.

Alle Abwehrversuche seines Gegners, der mit seinem schrecklich anzusehenden Dämonenschädel inzwischen an die Decke stieß, scheiterten an der magischen Schutzbarriere, die um Govans Körper flirrte. Sämtliche Schläge seiner Klauen wurden dicht vor dem Körper des jungen Mannes gebremst. Auch die stachelbewehrten Tentakeln, die Hemeròc aus dem Rücken wuchsen, vermochten nichts auszurichten.

Letztlich brachte die aldoreelische Klinge das Ende.

Zur Hälfte der Länge nach gespalten, krachte der Zweite Gott auf den Boden. Schließlich nahm sich der Kabcar die Magie des sterbenden Wesens und trennte den hässlichen Kopf vom Rumpf.

Keuchend setzte sich Govan nieder, seine Waffe klirrte zu Boden.

»Das war ein Kampf«, japste er erschöpft. »Besser als jede Übungsstunde. Und viel befriedigender.« Er lockerte sich den Kragen, öffnete Jacke und Hemd. »Ich fühle mich furchtbar heiß.«

»Das rührt daher, dass Ihr Eure Kräfte recht verschwenderisch eingesetzt habt«, erklärte Nesreca. »Ihr erinnert Euch doch noch an die Lektionen, die ich Euch erteilte? Eure Kleider können durchaus Feuer fangen.« Abschätzend betrachtete er den Leichnam seines Helfers. »Ihr habt uns schon wieder einen Verbündeten genommen, Hoher Herr.«

»Ich habe jemanden beseitigt, der als Verbündeter nichts taugte«, verbesserte Govan lachend und wischte sich den Schweiß von der Stirn. Die Magie des Getöteten pulsierte durch ihn hindurch und verband sich mit seinen vorhandenen Kräften. Doch es gab kein schmerzhaftes Ringen der unterschiedlichen Energien, das Fremde wurde einfach absorbiert und hinzugefügt. Die Magie, die sich nun Dunkelviolett zeigte, musste immens stark sein.

»Wir haben aber sonst keinen mehr. Er hätte noch gute Dienste leisten können.«

Der Kabcar schloss die Augen und zwang seine Atmung durch Konzentration, sich zu verlangsamen. »Ich habe immer noch Euch, geliebter Mentor«, erwiderte er ruhig.

Nesreca überlegte, wie der junge Mann das gemeint haben könnte.

»Tzulan mag mir verzeihen, dass ich seine Kreaturen töte. Aber sie sind seiner nicht würdig. Und außerdem bin ich so stark, dass ich getrost auf Handlanger wie Hemeròc verzichten kann.« Seine braunen Augen richteten sich auf seinen Konsultanten. »Ich habe nicht einmal all meine Fertigkeiten zum Einsatz gebracht, Mortva, und dennoch gegen einen Zweiten Gott gesiegt.« Seine Züge wurden ernst. »Ich würde auch Euch besiegen. Ich bin mehr als ein Halbgott.« Er betrachtete seine Finger.

Nesreca kam eine Idee, wie er den Herrscher weiterhin in seiner Hand halten könnte. »Wahrlich, Ihr seid mehr als das.« Er verneigte sich devot. »Dennoch fehlen Euch leider ein paar Attribute, Hoher Herr, die Euch wahrlich zum Gott werden ließen.«

»Ich weiß«, knurrte Govan mürrisch.

Der Mann mit den silbernen Haaren schlenderte

herüber. »Ich könnte mit Tzulan reden. Vielleicht stattet er Euch mit den fehlenden Eigenschaften aus, wenn er selbst erst vollständig zurückgekehrt ist«, schlug er harmlos vor. »Und je schneller das voran geht …« Absichtlich ließ er den Satz unvollendet.

»Ein Gott sein«, wisperte der Kabcar voller Begeisterung. »Das würde mir gefallen. Wann gab es das, dass der Pöbel von einem zum Gott aufgestiegenen Menschen regiert wurde?« Versonnen steckte er die aldoreelische Klinge ein. »Das wäre die Erfüllung meiner Träume, Mortva.« Er stand auf und stellte sich vor seinen Berater. »Ich verlange von Euch: Lasst ihn Wirklichkeit werden. Alles andere betrachte ich als Versagen Eurerseits. Und Ihr wisst, was ich von Versagern halte.«

»Es wird nur möglich sein, wenn Ihr Euren Teil dazu beitragt, Hoher Herr.«

»Das werde ich.« Der junge Mann ging zum Ausgang. »Werft den Kadaver in dieselbe Gruft, in der Paktaï liegt und vor sich hin rottet«, wies er an. »Ich werde mich ein wenig zurückziehen.« Er stand bereits halb in der Tür, als er den Kopf drehte. »Ach ja, und besorgt mir die aldoreelische Klinge und den Dieb dazu. Ich muss mit ihm noch ein paar Dinge abrechnen, die ich ihm von früher schuldig bin. Veranlasst alles, was notwendig ist.« Govan überlegte. »Und bewirkt, dass meine Anrede geändert wird. Von heute an soll mich das Volk ›göttlicher Kabcar‹ nennen. Demnächst wird sich noch mehr ändern. Jetzt werde ich erst einmal schlafen. Danach möchte ich wissen, warum die Modrak wie die Ölgötzen auf den Dächern hocken, anstatt mir zu gehorchen.« Er ging hinaus.

Seufzend nahm Nesreca die drei Waffen aus dem Schrank und machte sich auf den Weg in die kleine Schmiede, um die aldoreelischen Klingen einzuschmelzen und ungefährlich zu machen.

Warum die geflügelten Ungeheuer zur alten Passivität zurückkehrten, das wüsste er selbst nur zu gern, sah aber keine Möglichkeit, es herauszufinden. Im schlimmsten Fall hatte Lodrik wirklich überlebt und sie mit dem Amulett unter seiner Kontrolle behalten. Doch das erschien Nesreca zu abwegig. Man sollte einen Modrak fangen und aushorchen. Das würde das Beste sein. Während er in der Schmiede die Vorbereitungen traf, bereitete ihm der Auftrag, das letzte der auf dem Kontinent bekannten Schwerter zu beschaffen, weiteres Kopfzerbrechen.

Man müsste ihm jemanden auf die Fersen setzen, der ihn kennt. Abwesend schaute er in die glühende Esse und rührte die Kohlen in ihrem Bett mit der bloßen Hand um, ohne dass sich Verbrennungen auf seiner Haut zeigten.

Natürlich! Er würde die Nachricht verbreiten lassen, dass Tokaro den Großmeister getötet hatte, um dessen Klinge zu stehlen. Das erste Schwert flog in die Glut. Und dann würde er einem aus der Ritterschaft die Gelegenheit zur Flucht geben, und seine Spione würden ihm folgen und sich zu dem kleinen Dieb führen lassen.

Zufrieden begann er die Beschwörungszeremonie, um den Schutzzauber der Waffe außer Kraft zu setzen, damit die Klinge ihre gefährliche Form verlor und zu einem nutzlosen Klumpen Metall wurde.

Kontinent Ulldart, Königreich Barkis (ehemals Tûris), Ammtára (ehemals die Verbotene Stadt), Frühsommer 459 n. S.

Auf seinem Weg zu Lakastres Haus ging Pashtak noch einmal die Notizen durch, auf denen Leconuc die wichtigsten Tagesordnungspunkte der Versammlung zusammengefasst hatte, angefangen vom Tod des Kabcar bis hin zur Einberufung der Tzulani als Beamte im gesamten Reich. Außer in Ammtára.

Der Inquisitor musste grinsen, ein amüsiertes Schnurren drang aus seiner Kehle. Die Passanten, die ihm entgegenkamen, wichen dem Sumpfwesen wie selbstverständlich aus.

Im Geiste kehrte er zu den Ereignissen zurück, die sich vor wenigen Wochen ereignet hatten.

Nachdem er dem Vorsitzenden der Versammlung der Wahren über die Ungeheuerlichkeiten, die sich unter den Tzulani innerhalb der Stadtmauern abspielten, einen umfassenden Bericht abgeliefert hatte, war Leconuc erst einmal schockiert gewesen. Zwar gehörte auch er zu den Gläubigen des Gebrannten, stand aber weit entfernt von diesem schädlichen Fanatismus. Inzwischen hatten sie die letzten Verschwörer ausgehoben. Neue Morde blieben seitdem aus. Es schien, als wären die langen Ermittlungen ein durchschlagender Erfolg.

Die Sitzung heute war bald beendet gewesen. Man wollte die Bewohner der Stadt in einer Abstimmung selbst darüber entscheiden lassen, ob sie sich den Befehlen des Kabcar Govan, dessen Handlungen sie nicht nachvollziehen konnten, beugen wollten. Es schien, als handelte es sich bei dem neuen Herrscher um einen Tzulani. Einen radikalen Tzulani. Das freute niemanden.

Ohne sich lange aufzuhalten, eilte Pashtak weiter durch die Straßen, um zum Haus seiner Amtsgenossin zu gelangen. Sie hatte in der Versammlung gefehlt. Sorgsam wich er jeder Pfütze, jedem noch so kleinen Dreckhügel aus, um seine Robe nicht zu beschmutzen.

Dabei stellte er Überlegungen an, wie er Lakastre dazu bewegen konnte, vom Töten abzulassen. Das Gefühl der Dankbarkeit kämpfte gegen die Pflicht des Inquisitors. Schwieg er, machte er sich an den nächsten Toten ebenso schuldig.

Reichten die Toten auf den Bestattungsstellen aus,

um sie zu versorgen? Oder war ihr das nicht genug? Notfalls müsste sie aus Ammtára verschwinden. Das wäre das Beste. Hoffentlich sah sie es ein.

Als er ihr Haus erreichte, hob er unschlüssig die krallenbewehrte Hand, um nach der Kette zu greifen, die die Glocke im Haus zum Klingen brachte.

Just in diesem Augenblick öffnete sich die Tür, und die Tochter der Witwe Boktors stand vor ihm. Sie erschrak vor dem unvermuteten Besucher ebenso wie der Inquisitor vor ihr.

Nach der Schrecksekunde lachten beide erleichtert. Jeder von ihnen hatte den Eindruck, von dem anderen bei etwas Verbotenem überrascht worden zu sein.

Verdammt, wie hieß das Mädchen noch mal?

»Inquisitor Pashtak«, begrüßte sie ihn freundlich und blieb auf der Schwelle stehen. »Was führt Euch hierher?«

»Ich suche deine Mutter ... Kind.« Seine gelben Augen wanderten an ihrem heranreifenden Körper vorbei in die Dunkelheit des Flurs. Er meinte, eine Bewegung ausgemacht zu haben. Der Geruch von Verwesung drang aus dem Eingang. Seine Nackenhaare richteten sich auf, ohne dass er es wollte.

»Ist sie da?«, verlangte er mit belegter Stimme zu wissen. »Ich muss mit ihr über das reden, was die Versammlung besprochen hat. Wir brauchen ihre Entscheidung.«

»Nein.« Der Kopf des Mädchens senkte sich abweisend. Die langen dunkelbraunen Haare fielen auf das einfache Kleid. Zum ersten Mal sah er ihre Augen aus unmittelbarer Nähe. Sie waren karamellfarben, doch weniger intensiv leuchtend wie das Bernstein ihrer Mutter. Dafür fasste ein dünner gelber Kreis die Pupillen ein, der ihren Blick äußerst eindringlich und anziehend wirken ließ.

»Nein?«, wiederholte er überrascht. »Nein, sie will

sich nicht dazu äußern, oder nein, sie ist nicht da, Kind?«

»Mein Name ist Estra. Und meine Mutter ist nicht da, Inquisitor«, sagte sie hastig. »Lebt wohl.« Sie trat einen Schritt zurück, um die Tür zu schließen.

Pashtak drückte sich gegen die Tür. »Nicht so geschwind. Wann kommt sie zurück? Es ist wichtig.«

Das Mädchen stand still, als lauschte es auf etwas. »Sie wird sich bei Euch melden, Inquisitor.«

»Das ist nett«, sagte er und präsentierte sein fabelhaftes Jagdgebiss. »Mir fällt gerade ein, dass sie immer noch ein Buch von mir hat, das ich dringend bräuchte. Es liegt in ihrem Arbeitszimmer.«

Er schlängelte sich an Estra vorbei, ehe sie reagieren konnte. Kaum stand er im Flur, schaute er sich um, entdeckte allerdings niemanden.

Alle Vorhänge des Hauses waren zugezogen, nur schemenhaft würde ein normaler Mensch die Möbel erkennen. Doch seine Augen kompensierten das schwache Licht spielend.

»Ich weiß, wo es ist«, sagte er und trabte los.

Seine Nackenhaare waren nach wie vor aufgestellt. Seine Nase meldete ihm, dass Lakastre ganz in seiner Nähe sein musste.

»Bleibt dicht bei mir, Inquisitor«, riet ihm seine junge Begleiterin knapp und eilte mit der gleichen Sicherheit wie er durch das weitläufige Anwesen, das einst Boktor gehört hatte. Schließlich standen sie im Arbeitszimmer.

Pashtak tat so, als wüsste er, wo er zu suchen hatte; ungeduldig beobachtete ihn Estra. Da läutete die Klingel Sturm.

»Geh nur. Ich habe es sicher gleich gefunden«, meinte der Inquisitor und stöberte in den Büchern auf dem Schreibtisch herum. »Es wird mich schon nichts fressen.«

Wieder ertönte die Glocke, als wollte der Besucher sie im nächsten Moment aus der Wand reißen.

»Bleibt im Arbeitszimmer, bis ich zurück bin.« Estra ging hinaus und machte die Tür zu. Kaum hörbar drehte sich der Schlüssel im Schloss und wurde abgezogen.

Hinter ihm klickte es leise.

Knurrend fuhr er herum, duckte sich zusammen und krümmte die Klauen, um seine Fingernägel jederzeit zum Einsatz bringen zu können. Seit sie die Tzulani verhaftet hatten, trug er das Kurzschwert nicht mehr bei sich, was er jetzt sehr bedauerte.

Ein Teil der Holzvertäfelung war zurückgeschwungen und gab einen finsteren Gang frei. Selbst seine Pupillen mussten ohne etwas Licht passen. Schwarz und bedrohlich lag die Öffnung vor ihm.

Aus seiner Kehle grollte ein lang anhaltender, warnender Laut. Der Verwesungsgeruch nahm zu, wehte aus dem Geheimgang heraus, als führte er direkt in eine Grube voller Toter.

Der Inquisitor wandte den Blick nicht ab. Die Angst, dass ausgerechnet jetzt Lakastre in ihrer zweiten Gestalt herausschnellte und ihn angriff, war zu groß. Er wagte nicht einmal zu blinzeln. Statuengleich verharrte er, alle Muskeln in Bereitschaft, die Sinne bis zum Äußersten gespannt.

Nichts geschah.

Er hörte ein leises Keuchen, und zwei grellgelbe Punkte glommen auf. Lakastre gab sich zu erkennen.

Lautlos kroch sie aus dem Gang. Sie hatte ihre zweite Gestalt angenommen, unschwer erkennbar an dem groben, maskulinen Antlitz und den leuchtenden Augen. Ihr Körpergeruch, durch seine empfindliche Nase mehrfach verstärkt, wirkte wie ein abstoßendes Gas. Mit einem angewiderten Niesen wich er zurück, immer auf einen Ausfall der Frau vorbereitet.

Doch Lakastre wirkte sehr ruhig, beinahe entspannt. Der Inquisitor hatte lediglich den Eindruck, dass sie das Laufen anstrengte, dass jede Vorwärtsbewegung Kraft kostete, die sie sich einteilte. Schließlich nahm sie an dem breiten Arbeitstisch Platz und betrachtete den Gast.

»Setz dich doch, Pashtak«, bat sie ihn vertraulich. »Du sagtest Estra, dass die Versammlung etwas entscheiden wollte und mein Votum benötigte?« Ihre Brust hob und senkte sich schwer.

Pashtak beschloss, ihr reinen Wein einzuschenken. »Das ist eigentlich nebensächlich. Ich möchte mit dir über das sprechen, was du bist.« Er manövrierte sich halb hinter einen Sessel, den er als Schutz benutzen konnte, sollte die unberechenbare Frau etwas Feindseliges beabsichtigen. »Ich weiß, dass ein Teil der Morde auf dich zurückfällt. Ich habe die Indizien zusammengetragen. Du hast getötet, um an das Fleisch der Nackthäute zu kommen. Und du hast es dir auch von den Toten genommen.« Gespannt lehnte er seinen Oberkörper leicht nach vorne, die Vorsicht wich der Neugier. »Wieso?«

»Du willst wissen, ob ich eine Gefahr für die Gemeinschaft in Ammtára bin, die man beseitigen muss«, brachte sie es auf den Punkt.

Pashtak girrte verlegen. »Und? Bist du es?«

Zu seinem Entsetzen nickte sie bedächtig. »Ich bringe den Tod unter die Leute, wenn ich nicht genügend Leichen in den Friedhöfen finde. Gelegentlich muss ich töten, um zu überleben, wie alle anderen Wesen auch.« Sie lachte dunkel. »Dummerweise brauche ich Menschenfleisch. Mit einem Hasen bin ich nicht zufrieden zu stellen.«

»Es gibt keinen Ersatz? Was passiert, wenn du nicht … jagst?«

Lakastre hob die Hand ein wenig, sodass sie dort

lag, wo etwas mehr Helligkeit durch die Vorhänge drang. Ihre Haut zeigte Falten und dunkle Flecken, an mehreren offenen Stellen sickerte Wasser hervor. »Ich zerfalle. Ich verwese, wie es ein Toter nun einmal tut.«

»Du bist tot und lebst dennoch?« Grauen erfasste den Inquisitor. »Du hast ein Kind zur Welt gebracht. Wie geht das? Es gibt niemanden, der so etwas kann.« Er witterte sorgsam, um irgendeinen Hinweis auf weitere Gerüche zu bekommen. »Bist du so etwas wie ein Gott?«

Lakastre hustete, ihr Atem ging pfeifend. »Die Göttin der Fäule? Nein, ich bin kein Gott. Ich frevelte jedoch einst, und man sagt, dies sei seine Strafe. Aber mir wurde auch der Wunsch von ihm gewährt, nach meinem Tod zurückzukehren. Der Handel hatte auch einen Nachteil, wie du siehst.«

»Ich würde nicht aus dem Grab zurückkehren wollen.« Pashtak schüttelte sich. »Welchen Grund hattest du?«

Die Frau schwieg lange. »Die Hoffnung.« Sie legte eine Hand an ihre Schläfe. »Die Hoffnung, etwas verhindern zu können. Die Hoffnung, etwas zurückgewinnen zu können. Es gelang mir in beiden Fällen nicht.«

Der Inquisitor wurde nicht recht schlau aus dem Gehörten.

Sie löste etwas von ihrem Hals und warf es auf den Tisch, ein knackendes Geräusch erklang. Pashtak erkannte ein kleines Amulett mit seltsamen Schriftzeichen, das genau in der Mitte auseinander gebrochen war. »Meine Zuversicht hat ein Ende.«

»Was bedeutet das alles?«, fragte er leise.

»Ich liebte einst, Pashtak.« Ihr Gesicht wandte sich ihm zu. »Und ich liebe immer noch. Doch es geschahen Dinge, die keiner von uns beiden beeinflussen konnte. Die alles zwischen uns zerstörten.« Ihre Stimme zitterte. »Ich musste ihn gehen lassen, und er ließ mich gehen, obwohl er in seinem tiefsten Innern wusste, dass er seine wahren Gefühle verriet.«

»Du hast ausgeharrt, weil er eines Tages zurückkehren könnte?«

»Das Herz macht uns zu Narren, Pashtak«, seufzte sie. »Wir verschwenden Zeit damit, auf es zu hören, weil es uns Dinge eingibt, an die wir normalerweise niemals glauben würden. Aber nun kann selbst das Herz meinen Geist nicht mehr beeinflussen.«

»Hat er eine andere gefunden?«

Lakastre schloss die Augen, die gelben Punkte erloschen. »Er ist tot. Nur wird er nicht zurückkehren. Also gehe ich zu ihm.«

Beide hörten, wie der Schlüssel hastig ins Schloss gesteckt wurde und Estra voller Sorge hereinstürmte. »Mutter!«, rief sie.

»Es ist in Ordnung«, beruhigte sie Pashtak. »Wir bereden die Punkte der Versammlung.« Sie nickte ihrer Tochter zu.

Zögernd wandte Estra sich zum Ausgang. »Dann möchte ich nicht weiter stören. Ruft mich, falls Ihr mich benötigen solltet, Inquisitor.« Das Mädchen ging wieder, wenn auch deutlich misstrauisch.

»Hat sie dir geholfen, an das Fleisch der Toten zu kommen?«, fragte Pashtak.

»Estra kennt viele meiner Geheimnisse und half mir, wenn der Hunger zu groß wurde«, bestätigte sie indirekt die Annahme des Sumpfwesens. »Aber sie hat niemals getötet, Pashtak. Ich allein trage die Verantwortung für die Morde.« Sie erahnte die nächste Frage. »Nein«, lächelte sie schwach, »sie benötigt kein Menschenfleisch. Sie ist ein ganz normales Mädchen, das seinen Vater niemals kennen lernen wird.«

»Wieso? Ich dachte …« Die Augen des Inquisitors wurden groß. »Sie ist die Tochter deiner großen Liebe!«

»Sagt dir der Name Nerestro von Kuraschka etwas?«, wollte sie wissen, musste husten und hielt sich den Hals.

»Der Großmeister der Hohen Schwerter?« Pashtak pfiff beinahe vor Aufregung. »Estra ist seine Tochter?«

Lakastre griff in die Schublade und nahm einen Brief hervor, den sie ihm zuschob. »Ich habe verfügt, dass du zusammen mit deiner Familie in dieses Haus einziehen kannst.« Sie richtete ihre Augen bittend auf Pashtak. »Auch wenn sie beinahe wie eine junge Frau aussieht, Estra ist immer noch ein halbes Kind. Ich möchte, dass du dich ihrer annimmst und ihr zur Seite stehst, wenn sie jemanden braucht. Nimm sie in die Lehre, damit sie eines Tages in die Versammlung der Wahren einziehen kann und mich würdig vertritt. Lesen, Schreiben und Rechnen habe ich sie gelehrt. Ulldart, die Dunkle Sprache, selbst meine Heimatsprache beherrscht sie fließend.«

Zuerst nahm er ihre letzte Bemerkung gar nicht recht wahr, zu groß waren die Neuigkeiten und die neue Verantwortung, die auf ihn zukam. »Deine Heimatsprache?«, hakte er schließlich nach. »Ich dachte, du wärest ein halbes Sumpfwesen?« Lakastre schüttelte den Kopf, und er bemerkte ihre dunkelgrünen Haare. Hatte sie früher nicht schwarzes Haar gehabt?

»Mein wirklicher Name lautet Belkala«, sagte sie langsam. »Ich stamme aus Kensustria und war eine Priesterin des Gottes Lakastra, ehe man mich wegen … religiöser Meinungsverschiedenheiten aus dem Land wies. Meine ganze Geschichte auszubreiten dauert zu lange. Kurz gesagt, weil ich nicht zurück in meine Heimat wollte und einen Ort suchte, wo ich nicht auffiel, wählte ich die Verbotene Stadt. Sie wuchs mir rasch ans Herz, ich half ihr, sich zu entwickeln und zu formen, wenn die Bewohner es auch mit Blutgaben bezahlten.« Belkala musste pausieren, das Reden strengte sie sehr an. »Es ist seltsam, wenn man innerhalb weniger Tage so schnell altert«, wunderte sie sich. »Der Zerfall ist schmerzhaft, obwohl ich tot bin. Luft bräuchte ich nicht mehr zum Leben, und dennoch bereitet mir das Atmen Schwierigkeiten.«

Eine Kensustrianerin. Eine mit einem Fluch belegte Kensustrianerin, dachte der Inquisitor. Unruhe erfasste ihn, ließ ihn zappelig werden. »Es interessiert mich, warum du mit deinem Tod nicht warten willst, bis Estra älter geworden ist.«

»Je länger ich dem Verfall trotze, desto mehr benötige ich an Nahrung. Innerhalb der letzten Jahre hat sich der Bedarf gesteigert, und ich habe nicht vor, als ständig mordende Bestie zu enden. Es wäre fatal für Ammtára, wenn weitere Menschen verschwinden würden, nachdem du die Mordserie aufgeklärt hast.« Belkala lächelte, und ihre spitzen Eckzähne wurden sichtbar. »Ich muss mich bei dir bedanken, dass du meine Taten nicht der Versammlung offenbart hast.«

»Ich stand vor einem technischen Problem. Ich wusste es, aber wie sollte ich es beweisen?«, wich er aus und hob die Schultern. »Du hast weniger Spuren hinterlassen als die Tzulani.«

»Dein Wort hätte genügt, um die anderen misstrauisch werden zu lassen. Da hätten selbst meine bescheidenen Fähigkeiten versagt, sie mit meinem Charme zu bezaubern. Ich danke dir dafür.« Die Kensustrianerin deutete zum Ausgang. »Die Versammlung wird ohne mich entscheiden müssen. Ich bitte dich, Inquisitor, mich nun allein zu lassen. Ich werde in wenigen Stunden einen Anblick bieten, der die stärksten Männer vor Grauen zum Schreien bringt.«

Pashtak nahm das Kuvert. »Weiß Estra, dass ich hier einziehen und ihr so eine Art Vormund sein werde?« Erschüttert sah er, wie ein trübes Rinnsal aus ihrem Ärmel sickerte und über die Tischplatte lief. Der Gestank brachte ihn wieder zum Niesen; seine Nase wollte den Geruch mit aller Macht hinauswerfen.

»Noch nicht«, meinte Belkala dumpf. »Meine letzten Worte werden es ihr verkünden.« Sie grinste. »Ich mache ihr damit einen Widerspruch unmöglich.« Sie hob die Hand zum Gruß. »Pass auf dich und die Stadt auf, das ist mein einziger Wunsch.«

Der Inquisitor nickte ihr mitfühlend zu und verließ langsam das Zimmer.

Die Kensustrianerin schaute zu, wie die Türklinke sich hob, als er sie auf der anderen Seite losließ. Sie hörte, wie er den Korridor entlang ging, wie der Einlass des Hauses geöffnet und geschlossen wurde.

Stille senkte sich herab.

So ruhig, so friedlich. Belkala betrachte ihre sich in Auflösung befindlichen Finger.

Das Ergebnis der Abstimmung auf dem großen Platz vor dem einstigen Palast Sinureds fiel so aus, wie es die Stadtoberen erhofft hatten. Alle Bewohner Ammtáras sprachen sich gegen die Wiederaufnahme von Menschenopferungen aus. Die Wesen mit höherer Intelligenz zeigten sich entsetzt über die neue Richtung, die in Ulsar eingeschlagen wurde.

Und so beschlossen die Einwohner darüber hinaus, das Umland über die Situation in Kenntnis zu setzen und auf das neuerliche Verschwinden von Menschen vorzubereiten. Die Boten würden sich zusammen mit den Abschriften der Tzulani- Briefe aus Ulsar am folgenden Tag auf den Weg machen. Die Ironie der Geschichte: Dieses Mal würde Ammtára der sicherste Zufluchtsort vor fanatischen Tzulani sein.

Nachdem die Abstimmung vollzogen war, hieß es, einem traurigen Anlass Tribut zu zollen.

Die Bewohner zogen in einer schier unendlichen Prozession an der aufgebahrten Lakastre vorbei, die der

Stadt ihren Namen gegeben hatte. Dem Begriff »Freundschaft« war die große Siedlung voll und ganz gerecht geworden.

Estra und Pashtak standen leicht versetzt vor den Mitgliedern der Versammlung neben der Toten. Beide hatten vereinbart, das Geheimnis der Kensustrianerin zu hüten; sogar das Haar hatten sie ihr nachträglich wieder schwarz gefärbt, damit keinerlei Verdacht entstünde. Offiziell war sie am gleichen Fieber gestorben, das auch ihren Mann dahingerafft hatte.

Bis spät in die Nacht dauerte es, bevor schließlich alle der Witwe Boktors die letzte Ehre erwiesen hatten. Müde und traurig verabschiedeten sich die beiden vom Gremium und traten gemeinsam den Heimweg an.

»Kanntet Ihr meinen Vater, Inquisitor?«, erkundigte Estra sich. »Den Großmeister der Hohen Schwerter?«

»Lassen wir doch die gehobene Anrede«, schlug Pashtak vor. »Erstens kann ich das nicht leiden, zweitens sind wir beinahe so etwas wie eine Sippe.« Er dachte an seine Schar Kinder und welches seltsame Bild Estra dazwischen abgeben würde. »Zugegeben, eine ungewöhnliche Sippe«, feixte er, wurde aber gleich wieder ernst. »Nein, ich kannte ihn nicht.«

Das Mädchen betrachtete den Sternenhimmel, das Abbild Tzulans und die leuchtenden Gestirne Arkas und Tulm, der Sage nach die Augen des Gebrannten. »Ich würde gern mehr über ihn erfahren. Sie hat mir zwar die Wahrheit über meine Abstammung gesagt, aber was nützt es, wenn die Neuigkeit mehr Fragen aufwirft?«

»Das ist das Interessante an den Menschen«, grunzte Pashtak. »Sie wollen immer herausfinden, woher sie kommen und was alles in der Vergangenheit geschah.« Er tippte sich gegen die Brust. »Ich bin nicht gerade darauf erpicht herauszufinden, was denn mein Vater alles gemacht hat. Es ist für mich unerheblich, ich lebe mein Leben auch ohne Wissen über ihn.«

Estra machte ein ungläubiges Gesicht. »Aber wenn er nun bewundernswerte Taten vollbracht hätte, auf die du stolz sein könntest?«

»Würde es etwas an meinem Leben ändern?«, hielt er dagegen.

»Vielleicht nicht. Aber eines deiner Kinder, dem du davon erzähltest, könnte sich ihn als Vorbild nehmen und ebensolche Dinge tun«, erwiderte sie hartnäckig.

»Das könnte auch jeder andere tun, der von seinen Taten hört«, sagte er nach kurzem Überlegen.

»Kennst du den Begriff Tradition nicht?«, wunderte sie sich und gab den Disput auf. »Ich jedenfalls möchte das Amt meiner Mutter in der Versammlung fortführen.«

Der Inquisitor nickte. »Dann sorgen wir dafür, dass du ihre würdige Nachfolgerin wirst. Obwohl ich, wenn ich die Sache richtig betrachte, fast nichts mehr an dir auszubilden habe. Ich bin ja auch völlig überraschend und ohne Vorkenntnis in das Gremium gekommen.« Pashtak dachte nach, ob er seine nächste Frage stellen sollte. »Der Leichnam deiner Mutter sah bei der Zeremonie nicht so schrecklich entstellt aus, wie sie mich bei unserem Abschied glauben machen wollte.«

»Vertrau mir, ihr Anblick war furchtbar. Doch Lakastra verzieh ihr alle Taten der Vergangenheit und gab ihr nach ihrem Tod ihre alte Gestalt wieder.« Sie schaute ihren neuen Hausgenossen an. »Hast du gesehen, wie glücklich sie wirkte? Mein Vater und sie müssen sich bei den Toten vereint haben.« Estra wirkte gelöst.

»Nehmen wir es einfach einmal an«, sagte Pashtak, um ihre Hoffnung nicht zu zerstören.

»Was macht denn ein Inquisitor, wenn er alle Verbrechen aufgeklärt hat?«, wollte die Tochter Belkalas wissen.

»Er bereitet junge Damen auf die Versammlung vor und geht in seiner freien Zeit kleineren Rätseln nach«, gab Pashtak ungenau zur Antwort. »Ich stöbere in alten Büchern.«

»Ach ja. Mutter übersetzte ein Büchlein für dich«, erinnerte sich Estra.

»Kensustrianisch«, entfuhr es dem Sumpfwesen verblüfft und schlug sich an die Stirn. »Natürlich, das Büchlein war auf Kensustrianisch geschrieben. Dann ist es fast vierhundert Jahre alt.«

»Ich weiß nicht, wo die Heimat der Kensustrianer ist«, sagte die Frau. »Mutter hat es mir nicht erklärt. Was hast du aus dem Bericht erfahren?«

Pashtak bleckte die Zähne. »Ich habe da einen Vorschlag. Wie wäre es, wenn ich dich zu meiner Inquisitorengehilfin mache? Allerdings müsstest du über alles Schweigen bewahren, was wir herausfinden.«

Estra lächelte schwach. »Vielen Dank, ich nehme das Angebot sehr gern an. Gehen wir die Sache in einer Woche an, wenn du mit deiner Familie eingezogen bist. Ich möchte vorerst ein wenig allein sein und meine Ruhe haben.«

Der Inquisitor hatte vollstes Verständnis für die Trauernde, die sich wacker hielt. Sie waren an dem Haus angekommen. »Ich sehe übermorgen bei dir vorbei, einverstanden? Wir könnten gemeinsam essen gehen.«

Ein Blick ihrer karamellfarbenen Augen streifte über seine gedrungene Gestalt. »Sehr gern.« Nach kurzem Zögern beugte sie sich vor und nahm ihn in die Arme. »Danke für alles, Pashtak. Wir werden gute Freunde werden.« Sie stieg die Treppen hinauf und trat durch die Tür ins Innere des Hauses.

»Das hoffe ich doch sehr«, murmelte Pashtak berührt und schlug den Weg zu Shui und den Kindern ein.

Dabei bemerkte er ein mit breiten Schwingen ausgestattetes Wesen, das lautlos über ihn hinwegglitt. Nur das leise Rauschen des Windes war zu hören, als der recht eindrucksvolle Schatten über die Straße huschte.

Während er weiterlief, verfolgte Pashtak den seltsamen Gast mit Blicken und sah schließlich, wie er sich mit einer eleganten Bewegung auf einem der höchsten Gebäude niederließ. Die Hautflügel falteten sich zusammen, und schon glich der Beobachter einer leblosen Steinfigur, die niemand bewusst zur Kenntnis nehmen würde.

Der Inquisitor überlegte, ob die Rückkehr der Beobachter wohl ein gutes oder ein schlechtes Zeichen war. Dabei übersah er eine kleine Unebenheit des Weges und geriet ins Straucheln. Siedend heiß fiel ihm ein, dass er nicht beim Schneider gewesen war und es sich um seine letzte gute Robe handelte, die er am Körper trug.

Um einen Sturz in den Dreck und damit eine Standpauke seiner Gefährtin zu vermeiden, machte er einen Ausfallschritt und trat dabei in den Stoff seiner Gewandung. Mit einem reißenden Geräusch entstand ein gewaltiger, horizontaler Schlitz im unteren Drittel der Robe. Niedergeschlagen besah er sich den Schaden. Wenn das Wesen von seinem Aussichtspunkt in schallendes Gelächter ausgebrochen wäre, hätte es ihn nicht gewundert.

Aber glücklicherweise war es stumm.

VI.

Kontinent Ulldart, Inselreich Rogogard, Hauptinsel Verbroog, Sommer 459 n. S.

Sinureds Flotte machte aus ihrer Anwesenheit kein Geheimnis. Außerhalb der Schussreichweite der Bombarden lagen fünfzehn Schiffe – fünf Galeeren und zehn schnelle Schaluppen – vor Anker und riegelten die Hafeneinfahrt ab.

Rund um die rogogardische Hauptinsel patroullierten Zweimaster, um jeden noch so kleinen Versuch des Ausbruchs oder der Unterstützung von außerhalb zu verhindern.

Wochenlang war es den Freibeutern gelungen, mehrere erfolgreiche Kaperfahrten gegen die hoheitliche Armada zu unternehmen und ihnen die Schiffe samt Bombarden zu stehlen.

Die großen Feuerwaffen wurden an strategisch wichtigen Punkten aufgestellt, sodass es beinahe keinen Ort der Küste um die Festung gab, an dem ein Gegner anlegen konnte, ohne Gefahr zu laufen, von einer der Steinkugeln getroffen zu werden.

Die kleineren Geschütze ruhten auf radgelagerten Lafetten, damit man sie nach Bedarf an andere Stellen fahren und sich gegen Eroberungsversuche vom Hinterland aus verteidigen konnte. Die Späher hatten bisher jedoch keinerlei Hinweise darauf, dass der Gegner zu Fuß anrückte.

Auf die Belagerer schien die waffenstarrende, nachträglich verstärkte Freibeuterbastion tatsächlich Eindruck zu machen. Bevor man einen Angriff gegen das Herz des rogogardischen Inselreichs wagte, wollte man möglichst viel Material zusammenziehen.

Möglichst viel tzulandrisches Material.

Die Nachricht hatte sich verbreitet, dass die palestanischen Verbündeten nicht immer das hielten, was sie versprachen. Auch wenn sie gute Seefahrer und noch bessere Kaufleute waren, in Gefahrensituationen verlegten sie sich mehr aufs Feilschen als aufs Kämpfen, was vor allem bei den tzulandrischen Seeoffizieren, den Magodanen, für Ärger sorgte. Mehr als einmal ging ein Seescharmützel schlecht für die Truppen des Kabcar aus, weil die palestanischen Kriegskoggen plötzlich abdrehten. Darauf folgten die unfassbarsten Ausreden, um das Verhalten zu rechtfertigen.

Dessen ungeachtet gelang es den hoheitlichen Meeresstreitkräften, alle östlichen Inseln des Piratenstaats in ihre Gewalt zu bringen. Die Übermacht war zu gewaltig, zu überlegen, als dass die kleinen und mittleren Festungen den geballten Bombardenbeschüssen hätten trotzen können.

Der Vormarsch des Kabcar endete jedoch hier, in Verbroog.

Gleichzeitig würde sich mit der Schlacht um diese Befestigung alles entscheiden. Fiel sie in die Hände der Tzulandrier, Tarpoler und Palestaner, galt Rogogard als besiegt.

Jonkill, der rogogardische Hetmann und damit Anführer in militärischen Dingen, betrachtete das morgendliche Meer und spielte gedankenverloren mit der Fibel seines Umhangs.

Schon seit Stunden starrte er einfach nur hinaus und überlegte, ob er einen Ausfall wagen sollte, um dem Feind weitere Schiffe zu nehmen. Das Blut des Freibeuters drängte nach einem handfesten, entscheidenden Kampf statt des langen Wartens. Aber er besann sich. Grimmig setzte er seinen Becher auf die Zinne ab.

Der Gegner schien seine Gedanken vernommen zu haben.

Zwei weitere Schiffe, schwerfällige Dreimaster ohne Bewaffnung, glitten von Nordosten heran und gesellten sich zu den Bombardenträgern.

Jonkill schob sich einen Priem in den Mund, kaute darauf herum und packte sein Fernrohr aus.

Er sah, dass Lastkräne drei Dutzend lange Beiboote zu Wasser ließen, deren Bug mit Segeltuch abgedeckt war.

Aufgeregt drehte er das Fernglas schärfer, um Einzelheiten ausmachen zu können.

Mehrere Tzulandrier, die nichts außer einem leichten Lendenschurz trugen, bemannten die Boote und ergriffen die Ruder. Die kleinen Wassergefährte nahmen Fahrt auf und schlugen einen wilden Zickzack-Kurs ein, der sie auf Umwegen zur vorderen Mauer der Hafeneinfahrt brachte.

Die Besatzungen der ersten Verteidigungslinie reagierten mit dem Beschuss der Walnussschalen.

Gelegentlich durchschlug eine Steinkugel den dünnen Rumpf eines Beiboots und verwandelte die Planken augenblicklich in Splitter. Eines der Gefährte verging nach einem Treffer mitten in den mit dem Tuch abgedeckten Teil in einem gigantischen Feuerball.

Unterdessen gab der rogogardische Hetmann Alarm für den Rest der Festung. Melder sammelten sich bei ihm, um seine Anweisungen unverzüglich weiterzuleiten.

Nach der ersten Beschießung folgte auf rogogardischer Seite die Ladephase, was den neunzehn übrigen Tzulandriern einige ungefährdete Schritte erlaubte. Dann tauchten die Ruder auf einen Schlag ins Wasser, bremsten die Fahrt und hielten die Boote ruhig an einem Fleck. Der Blickschutz wurde überall entfernt, darunter befand sich jeweils eine Bombarde.

Jonkill fluchte. »Unsere Schiffe sollen angreifen!«, befahl er einem Läufer.

Die Tzulandrier feuerten ihre Geschütze auf die vordersten Stellungen der Freibeuter an der Einfahrt ab und erzielten passable Erfolge. Auf der linken Seite explodierte die Batterie der zehn gestohlenen Bombarden, bevor sie eine weitere Salve abgeben konnte.

Nach der Antwort der Rogogarder trieben nur noch sieben Beiboote vor dem Durchlass.

Dumpfe Trommelschläge ertönten, die Ruderblätter der fünf Bombardenträger hoben und senkten sich. Die gefährlichen Waffen rückten auf der angeschlagenen Flanke vor, die nach dem schnellen Vorstoß nur noch von den Hängen herab Gegenwehr leisten konnte. Die beiden Dreimaster setzten ebenfalls Segel, ließen den Galeeren aber den Vortritt, damit sie mit ihren Geschützbreitseiten die Hänge ausputzten.

Jonkill sah den Dampf, der aus den Mündungen der feindlichen Bombarden quoll; erst einen Lidschlag später hörte er das anhaltende Donnern der Pulverentladungen. »Taralea sei mit meinen Männern«, bat er laut.

In die Stellungen am Berg fuhren hundertfünfzig Geschosse auf einen Schlag und richteten unvorstellbare Verwüstungen an. Geröll und Schuttmassen setzten sich in Bewegung, rauschten in die Tiefe und klatschten ins Wasser. Mit ihnen fielen weitere zehn wertvolle Bombarden und fünfzig Rogogarder.

Der Hetmann erkannte den Vorteil, den die Tzulandrier bei ihrem Angriff hatten. Die Galeeren waren im Gegensatz zu den übrigen Seglern flacher. Je näher sie der hohen Mauer der Einfahrt seewärts kamen, desto kleiner wurden sie als Ziel für die Kanonen der Festung. Schließlich verschwanden sie vollständig dahinter, ohne dass ein ernsthafter Schaden an den Schiffen entstanden wäre.

»Blast die Mauer weg!«, brüllte er seinen Bombardieren zu. »Wir brauchen freies Schussfeld, sonst zerlegen sie auch die andere Seite der Einfahrt.«

Alle Rohre der Festung konzentrierten ihre vernichtende Macht auf das, was eigentlich als Schutz gegen den Angreifer gedacht gewesen war.

Währenddessen, so ersah Jonkill an den Wirkungen der gegnerischen Salven, schossen die Tzulandrier die Stellungen zur Rechten aus den Abhängen. Zur gleichen Zeit meldeten die Späher weitere Segel und mehrere Galeeren.

»Los, Männer! Für Rogogard!«, fachte der Hetmann die Entschlossenheit seiner Leute an. »Wir werden diesen Abschaum zurückschlagen und vernichten!« Jonkill gab sich alle Mühe, so aufrichtig wie möglich zu klingen.

Doch als er die zahlreichen Buge am Horizont erblickte, drohte sein Mut zu sinken.

Torben Rudgass hätte sein Fernrohr aus lauter Enttäuschung am liebsten gegen die Bordwand geschlagen. Die geschliffenen Linsen dafür zu betrafen, dass sie die Ausmaße der sich abzeichnenden rogogardischen Niederlage in aller Deutlichkeit und Größe zeigten, machte keinen Sinn, also senkte er das Fernrohr einfach.

Er kam direkt aus Kalisstron, um in den vereinbarten Abständen zu Hause nach dem Rechten zu sehen und Neuigkeiten auszutauschen.

Schon bei der Abfahrt aus der Stadt namens Vekhlathi hatte den Freibeuter ein seltsames Gefühl befallen, dass sich Großes in seiner Heimat anbahnte.

Die Bestätigung erhielt er nun.

»Du hattest anscheinend den richtigen Riecher«, meinte Varla, die sich neben ihn gesellte. »Diesen Angriff …« Sie schwieg und legte ihrem Gefährten stattdessen die Hand auf die Schulter.

Der Rogogarder betrachtete die vielen schwarzen Punkte auf dem Meer. Jeder Fleck bedeutete ein gegnerisches Schiff, und sie alle nahmen Kurs auf Verbroog. Aus der Ferne grollte das Rumpeln der Bombarden.

»Wir müssen den Eingeschlossenen helfen und auf alle Fälle Norina dort herausholen«, sagte er entschlossen. »Sie ist wichtig.«

»Mit der Dharka mitten ins Getümmel zu segeln käme einem Selbstmord gleich«, entgegnete die Tarvinin entsetzt über die Vorstellung, an den Mündungen der Gegner vorbeizuziehen. »Wir müssten von hinten durch den Ring der Galeeren. Es ist zu eng, wir können unsere Geschwindigkeit und Wendigkeit dort nicht ausspielen. Wir kämen nicht einmal bis zur Hafeneinfahrt.«

»Nicht mit der Dharka«, sagte Torben bestätigend und deutete auf eine palestanische Kriegskogge, die hinter dem übrigen Verband zurückgeblieben war.

Torben gelang ein Meisterstück. Er enterte mehrere feindliche Schiffe und beschoss die Gegner mit ihren eigenen Waffen. Danach wechselten die Piraten in die Beiboote, um sich abzusetzen. Verborgen in den Schleiern des Pulverrauchs, padelten sie unter seiner Leitung in Richtung Durchlass. Um sie herum erhoben sich die Rümpfe der kämpfenden Schiffe.

Die schnellen Beiboote wurden kaum beachtet. Eine größere Gefahr bildeten dagegen Salven, die ihr Ziel verfehlten. Ein verirrter Pfeilschauer kostete drei Männer das Leben und sorgte für etliche Verwundete.

Erst als sich die Nussschalen der befestigten Kaimauer näherten, wagte es der Freibeuter, die rogogardische Flagge hissen zu lassen. Jetzt konnte er nur beten, dass kein nervöser Bombardier vor lauter Aufregung auf sie feuerte.

Jonkill heftete seinen Blick auf den Mann, der im ersten der Beiboote stand, wild mit den Armen wedelte und immer wieder auf sein Gesicht deutete.

Rudgass!, dachte er verblüfft. Ihm also verdankten sie, dass die hoheitlichen Truppen sich gegenseitig beschossen hatten. Er machte sich auf den Weg nach unten, um den Kapitän zu begrüßen, der wieder einmal einen seiner tollkühnen Streiche gespielt hatte.

Als der Hetmann die Stellung mit den Bombarden passierte, hörte er, wie der Offizier den Feuerbefehl erteilte.

»Kommando widerrufen!«, schrie Jonkill entsetzt und war mit einem Satz bei den Soldaten, die sogleich die Fackeln zurückrissen. »Das sind unsere Leute.«

In dem nun folgenden, kurzen Moment der Stille hörten alle das charakteristische Zischen einer Zündschnur.

»Sie haben uns erkannt«, sagte Torben, während er die schweigenden Geschützreihen betrachtete.

»Das hätte uns noch gefehlt, dass deine Piratenfreunde ihren besten Mann zu den Fischen schicken«, meinte Varla, die zu seinen Füßen saß und das Geschehen auf See im Auge behielt. »Du scheinst keine Neider unter deinen Leuten zu haben, die die Situation ausnutzen wollen.«

»Ich bin viel zu beliebt«, meinte der Freibeuter leichthin. »Steuert die hintere …«

Ein einzelnes Krachen ertönte, eine der Bombarden entlud sich und schickte eine Kugel auf die Reise.

Der Freibeuter ließ sich geistesgegenwärtig fallen, das Geschoss pfiff über ihn hinweg und brach über die mittlere Ruderreihe herein.

Das Beiboot zerfiel in zwei Hälften, auch Torben

rutschte, umgeben von Trümmerstücken, ins kühle Wasser. Als er auftauchte, färbte sich das Meer um ihn herum rot. Mehrere Tarviner schrien um Hilfe.

»Varla?«, rief er voller Sorge um seine Gefährtin. Er paddelte auf der Stelle, drehte sich um die eigene Achse, um sie irgendwo auszumachen.

Die anderen Boote glitten heran und nahmen die Verletzten sowie die Schiffbrüchigen auf. Gleichzeitig kamen Rogogarder aus dem Schutz der Kaimauer hervor und warfen Taue ins Wasser, um bei der Bergung zu helfen.

Torben zog sich in eines der Dingis und suchte von oben. Da entdeckte er ihren Körper, der mit dem Gesicht nach unten im Wasser trieb. Wie von Sinnen warf er sich in die Fluten, schwamm zu ihr und drehte sie auf den Rücken, um sie vor dem Ertrinken zu bewahren. Dabei ertastete er einen langen Splitter, der in ihrer Seite steckte. Zusammen mit einigen Tarvinern bugsierte er sie vorsichtig in ein Beiboot und brachte sie zum Aufgang, wo ihn Jonkill und zahlreiche Helfer erwarteten.

Ein leichenblasser Offizier stand neben dem Hetmann. »Wir wussten nicht, dass Ihr es seid, Kapitän«, stammelte er geschockt.

Torben betrachtete das fahle Antlitz der Tarvinin und wischte ihr das Wasser aus dem Gesicht. »Lasst es gut sein.« Er beherrschte sich, um dem Mann nicht einen Fausthieb zu verpassen. »Aber betet wie ich, dass sie es überlebt.«

Varla öffnete die Augen, ihre Lider flatterten. »Scheint so, als hättest du doch Neider, was, Torben?«, flüsterte sie und versuchte zu lächeln. Sie schielte auf das Bruchstück, das aus ihr herausragte, und wurde noch weißer. Schnell schloss sie die Augen.

»Los, bringt sie zu einem Cerêler!«, verlangte er, und die Männer trabten mit der Bahre los.

»Wir haben keine solchen Heiler hier, Kapitän Rudgass.« Der Hetmann trat an seine Seite. »Aber sie wird es trotzdem schaffen.«

»Es tut mir Leid, ich hielt Euch für ein Kommando des Kabcar«, versuchte es der bedrückte Offizier erneut.

»Es ist geschehen, beruhigt Euch«, sagte Torben kalt. »Es hätte ebenso ein Feind sein können.« Er wandte sich dem rogogardischen Anführer zu. »Ich möchte etwas Trockenes zum Anziehen, und danach erstatte ich Bericht, Hetmann.« Er ließ die beiden stehen und ging ins Innere der Bastion.

Dabei dachte er einzig und allein an das Wohlergehen der Frau, die er über alles liebte. Alles andere wurde zur unwichtigen Nebensache.

Bevor er sich mit Jonkill traf, schaute er im Lazarett der Rogogarder vorbei, wo ihn das schmerzerfüllte Stöhnen der verwundeten Tarviner empfing. Einer von ihnen hatte soeben seinen rechten Unterarm eingebüßt; die Feldscher kauterisierten die Wunde mit glühenden Eisen.

Halb entblößt lag die ohnmächtige Varla auf einem Tisch. Blut sickerte neben dem Splitter heraus und bildete eine schmale Pfütze; rote Schlieren bedeckten auch einen Teil ihrer Bauchdecke.

Nackte Angst erfasste den Rogogarder. Er nahm ihre wie tot wirkende, kalte Hand und hielt sie. »Hilft ihr denn niemand?«, sagte er laut in den Raum hinein.

Einer der Feldscher legte das Eisen zur Seite, klopfte dem Tarviner aufmunternd auf die Schulter und kam zu Torben herüber.

»Ihr Herz schlägt, und das im Moment noch sehr gut. Unsere Schwierigkeiten beginnen, sobald wir das Holz aus der Wunde ziehen.« Der Heilkundige deutete auf ihren Lebenssaft. »Davon wird sie anschließend jede Menge verlieren. Das ist die eigentliche Gefahr.« Abschätzend betrachtete er ihren Leib. »Sie sieht kräftig aus. Mit ein wenig Glück schafft sie es.«

»Mit ein wenig Glück?«, begehrte der Freibeuter auf und wollte seinen Landsmann packen.

»Genau das braucht sie. Wir tun unser Bestes.« Der Feldscher blieb unbeeindruckt. »Nun tretet zur Seite, Kapitän, und lasst uns unsere Arbeit machen.« Mit Lederriemen fixierte er die Beine und Arme, damit sich die Frau während des Eingriffs nicht aufbäumen konnte.

Torben küsste ihre Stirn und verließ beinahe fluchtartig das Lazarett.

Jonkill und seine Offiziere standen um den Kartentisch herum und analysierten die Lage, in der sich Verbroog befand. Der Neuankömmling starrte abwesend auf die Skizze, nahm Gesprächsfetzen wahr, ohne deren Sinn zu erfassen, bis er den Hetmann mehrmals seinen Namen rufen hörte. Ertappt hob er den Blick.

»Ich habe Verständnis, dass Ihr all Eure guten Wünsche Eurer Frau zukommen lasst, aber wir benötigen Euren Verstand hier, Kapitän«, sagte der Hetmann freundlich und vorwurfsfrei. Torben nickte. »Ihr habt mit Eurem Kabinettstück für großen Schaden beim Gegner gesorgt. Die hoheitliche Armada hat einiges an Feuerkraft verloren.«

»Es wird aber nicht lange vorhalten, Hetmann«, bedauerte der Rogogarder. »Wir haben unglaublich viele Schiffe vor Verbroog gesehen. Ohne eine List wären wir niemals durch diese Linien gelangt.«

»Unsere einzige Hoffnung ist ein Überraschungssieg der Kensustrianer«, befand einer der Offiziere. »Wir können nur versuchen durchzuhalten und uns mit allem verteidigen, was wir haben.«

»Wie lange reichen die Vorräte aus?«, wollte Torben wissen.

Jonkill winkte ab. »Vorräte? Mindestens ein Jahr, wenn wir haushalten. Wir müssen uns etwas einfallen lassen, wie wir die nachrückenden Bombardenträger daran hindern, in eine bessere Schussposition zu kommen. Immerhin sind sie schon hinter der ersten Hafenmauer.«

»Wenn ich das richtig gesehen habe, haben wir bereits unsere Stellungen rechts und links in den Steilhängen verloren«, sinnierte der Freibeuter. »Wenn man die Klippen sprengt, müsste es durch die herabfallenden Brocken zu flach für die Galeeren werden.«

»Flankierend versenken wir zwei oder drei wertlose Schiffe im Durchlass, um uns die lästigen Vorstöße der gegnerischen Segler vom Leib zu halten«, ergänzte der Hetmann. Sein Gesicht und das der Anwesenden spiegelte neu gewonnene Zuversicht wider. »Damit halten wir lange genug durch. Und den kleinen Kabcar wird es fuchsteufelswild machen.« Die Offiziere und Jonkill lachten.

Eine Flutwelle, wie der Kabcar sie schon einmal bewirkt hatte, würde im Falle von Verbroog nicht ausreichen, dafür lag die Festung zu geschützt.

»Bei all dem Durcheinander habe ich fast vergessen zu fragen, welchen Erfolg Eure Suchmission im fernen Kalisstron hatte«, wandte sich der Anführer der Rogogarder an Torben.

»Wir sind guter Dinge, dass wir sie bald nach Ulldart bringen können. In einer Stadt erhielten wir Hinweise auf eine kleine Ansammlung Fremdländler, die seit mehreren Jahren schon auf dem Kontinent leben sollen. Aber welcher Nationalität sie sind, konnte uns niemand sagen. Bei ähnlichen Anhaltspunkten stießen wir immer nur auf Palestaner, die sich mit ihren Kontoren häuslich niedergelassen hatten«, erzählte er. »Deshalb kehre ich so bald wie möglich wieder auf die Dharka zurück. Ich habe den Eindruck, dass jeder Augenblick, um den sich die Ankunft der Hoffnungsträger verzögert, haufenweise Menschenleben kostet.« Er zögerte. »Nehmt mir diese Vorsichtsmaßnahme nicht übel, Hetmann, aber ich würde Norina Miklanowo gerne mitnehmen.«

Jonkill überlegte. »Nein, ich trage es Euch nicht nach. Nur wie wollt Ihr und Eure Leute von hier fortkommen?«

»Über den Landweg«, erwiderte Torben ohne Zögern. »Ich habe mit meinen Leuten auf der eroberten tarpolischen Kogge vereinbart, dass sie heute Nacht von Bord gehen werden und zu uns schwimmen. Es sollte ihnen gelingen. Vorher richten sie die Bombarden noch aus und legen lange Lunten, um den hoheitlichen Truppen einen Abschiedssalut zu geben.« Die Rogogarder grinsten. »Anschließend laufen wir zu unserem Schiff, das wir in einer nahen Bucht zurückgelassen haben.«

»Und wohin wollt Ihr Norina bringen?«, fragte Jonkill.

»Ich werde sie nach Kalisstron mitnehmen«, log er.

Niemand sollte den Aufenthaltsort kennen, damit im Falle der Einnahme von Verbroog dem Kabcar und vor allem Nesreca kein einziger Hinweis gegeben werden konnte. In Wirklichkeit würde er dorthin segeln, wo er den Menschen blind vertraute, auch wenn sich der Ort im unmittelbaren Feindesland befand. Er ging zur Tür. »Wenn man mich nicht mehr benötigt, würde ich gern nach Varla sehen.«

Der Hetmann entließ ihn mit einem knappen Nicken.

Torben lief zurück ins Lazarett. Varla ruhte auf einem einfachen Lager, die Augen geschlossen. Zärtlich strich er über die kurzen schwarzen Haare und liebkoste ihr Gesicht.

Die Frau schlug die Lider auf und lächelte. »Hast du

ihn leben lassen?« Sie bemerkte sein fragendes Gesicht. »Ich meine den Bombardier.«

Torben schaute gespielt grimmig. »Sein Kopf wird als Kugel dienen«, knurrte er, dann hellten sich seine Züge auf. »Nein, ich habe ihn verschont, weil ich wusste, dass du überlebst.« Er küsste sie vorsichtig auf den Mund. Entkräftet erwiderte sie die Zärtlichkeit. »Du wirst bald schon wieder herumspringen«, machte er ihr Mut. »Wir nehmen dich auf einer Trage mit zurück zur Dharka.«

»Das wird kaum möglich sein«, bemerkte der Feldscher, der ein Lager weiter bei einem anderen Verletzten nach dem Rechten sah. »Ihre Wunde würde sofort aufreißen und das bisschen Blut, das sie in sich behalten hat, in hohem Bogen von sich geben. Mindestens zwei Wochen absolute Ruhe.«

»Zwei Wochen?«, entfuhr es den beiden gleichzeitig.

Dann schwiegen sie. Die zwei Liebenden wussten, was das bedeutete.

»Du wirst ohne mich aufbrechen«, befahl Varla, ehe der Freibeuter etwas sagen konnte. »Zwei Wochen Zeitverlust können wir uns nicht erlauben.«

Er senkte seine Stimme. »Ich werde dich nicht zurücklassen. Wenn die Hoheitlichen in der Zwischenzeit Verbroog einnehmen, was dann?«

Sie feixte. »Dann wirst du wieder mal eine Heldentat vollbringen müssen und mich aus den Fängen des Feindes befreien,« meinte sie leise. »Das passt doch ganz hervorragend zu deinem Ruf, oder?« Die Tarvinin fasste ihn im Genick und zog ihn zu sich herunter, um ihn zu küssen. »Nimm Norina und bring sie weg. Wir sehen uns wieder.«

Torben umarmte sie vorsichtig. Der Entschluss behagte ihm nicht. »Ja, wir sehen uns wieder«, versprach er. »Ich stürme alle Mauern dieser Welt, um dich zu befreien, ganz gleich, wo es ist.« Ernst sah er sie an.

»Nanu?«, wunderte sie sich amüsiert. »So kenne ich den lachenden Rogogarder überhaupt nicht.«

Das Herz des Piraten klopfte vor Aufregung. »Noch niemals zuvor hat mich eine Frau derart in ihren Bann geschlagen wie du«, gestand er ihr aufrichtig. »Einmal dachte ich schon, ich hätte dich verloren, und vorhin sorgte ich mich wieder um dich. Jedes Mal kehrt es sich zum Guten. Dennoch fürchte ich den Tag, an dem es nicht so sein wird.«

»Der Tag wird niemals kommen«, beruhigte sie ihn und streichelte seine Hand.

»Wir sind füreinander bestimmt«, sagte Torben feierlich und versuchte, seine Aufregung herunterzuschlucken. Ein dicker Kloß saß in seiner Kehle. »Und ich will, dass du meine Frau wirst, Varla. Würdest du einen wie mich zum Gemahl nehmen?«

Bewegt blickte sie in seine grüngrauen Augen. »Ja«, raunte sie. »Aber nur, wenn du mir versprichst, mich niemals zur Witwe zu machen.«

Der Freibeuter nickte. »Das Gleiche gilt natürlich auch umgekehrt.«

Sie nahmen sich ein letztes Mal in die Arme und küssten sich innig. Varla unterdrückte dabei den Schmerz in ihrer Seite; das Glücksgefühl dämpfte das unangenehme Stechen zusätzlich. Ohne ein weiteres Wort verließ Torben den Raum und winkte ihr zum Abschied.

Doch die Tarvinin war so entkräftet, dass sie bereits schlief.

**Kontinent Kalisstron, Bardhasdronda,
Sommer 459 n. S.**

Jarevrån und Lorin feierten Hochzeit auf der Lichtung, wo die Klingenden Steine standen. Lorin zeigte, welche Macht er über das Gestein besaß, und verzauberte alle Gäste mit dem rätselhaften Gesang des eigentlich toten Materials.

Waljakovs Herz sollte an diesem Abend endlich eine Aufgabe bekommen, auf das es schon lange wartete. Es schlug nämlich für eine Frau. Der Kämpfer entdeckte sie unter den Priesterinnen von Kalisstra. Sie hieß Håntra und war von ihrer Gestalt her eine typische Kalisstronin. Ihren Blicken zufolge erwiderte sie seine Gefühle.

Doch der Besuch Soinis trübte die Feier. Er legte einen Hinterhalt, um Rache an Lorin zu üben. Jarevrån, Arnarvaten und Fatja entgingen knapp dem Tod. Beim Kampf um die Freunde setzte der Junge die Magie so zügellos wie sein Vater ein und erschrak sehr über sich und seine Fähigkeiten. Der Pelzjäger verging in den gleißenden Energien.

Tags darauf trafen sie sich beim Bürgermeister.

»Soini hat in dem Glauben, dass er mich ohnehin töten würde, gesagt, dass er mit neuen Verbündeten zusammenarbeite, mit den neuen Herrschern von Kalisstron«, sagte Lorin. »Er nannte sie ›Eroberer‹.«

»Was bedeutet denn das nun wieder? Eine Invasion?«, stieß Kalfaffel ungläubig hervor. »Das hat unser Land schon seit Jahrhunderten nicht mehr erlebt. Die letzte Strafexpedition führten wir gegen die Rogogarder, weil sie unsere Küstenlinien unsicher machten.«

»Dann hat es etwas mit den seltsamen Segeln zu tun, die unsere Feuertürme gesichtet haben«, warf Rantsila ein. »Sie unternehmen womöglich Erkundungsreisen, um die besten Plätze für eine Landung zu entdecken.«

»Und Menschen wie Soini gehen ihnen dabei noch zur Hand«, fügte der Cerêler hinzu.

»Ich nehme an, dass er etwas übertrieben hat, weil er den Anschein erwecken wollte, zu den neuen Herren über Kalisstron zu gehören«, fuhr Lorin fort. »Aber sonst hat er nichts mehr gesagt.« Beschämt senkte er den Blick. »Wir hätten vielleicht noch mehr herausfinden können, wenn …«

Waljakov schwieg. Für den K'Tar Tûr kam nur eine Erklärung in Frage: Der Kabcar wollte seine Macht über das Meer hinaus ausdehnen und sandte Tzulandrier aus. »Fragt die Palestaner«, regte er an. »Sie müssen doch wissen, was sich abspielt.«

»Die Palestaner haben ihre Kontore im Frühjahr weitestgehend geräumt, wie ich erfuhr«, verkündete Kalfaffel. »Nur in Vekhlathi sind noch welche ansässig.«

»Es ist ein Ablenkungsmanöver«, sagte Waljakov überzeugt. »Ich wette, dass die Palestaner sich inzwischen mit dem Kabcar arrangiert haben. Sie stiften die Vekhlahti mit geschäftlichen Zusagen und Handelsverträgen an, die Süßknollen zu stehlen, bringen Zwist in die Städte und sorgen so dafür, dass sich die Kalisstri gegenseitig schwächen, bevor sie oder die Tzulandrier hier einfallen.«

Der Cerêler schaute in die Runde. »Ich kenne die Palestaner zwar nicht so gut wie jemand, der von Ulldart stammt, aber so wie Ihr es sagt, klingt es erschreckend einleuchtend.« Kalfaffel suchte sich seine Pfeife heraus, stopfte sie umständlich und entzündete sie mit einem Span. »Allerdings sind es nur Behauptungen.« Hastig paffte er Rauch in den Raum.

»Ein paar gute Leute, ein kurzer Besuch im palestanischen Kontor in Vekhlahti, und wir wissen mehr«, meinte Waljakov trocken. Die mechanische Hand schloss sich klackend um den Griff seines Säbels.

»Diplomatie«, entgegnete der Cerêler schlicht. »Wenn

wir die Waffen gebrauchen, wird nichts Vernünftiges dabei herauskommen. Wahrscheinlich würde der Krieg dann erst recht beginnen.«

Rantsila schien eher dem Vorschlag Waljakovs zuzustimmen. »Ich wage einzuwerfen, dass unsere Nachbarstadt nicht unbedingt bereit ist, auf unsere Vorschläge zu hören, schon gar nicht, wenn wir keinerlei Beweise haben und die Kaufleute sie mit Geld locken. Also brauchen wir vorher die Beweise.«

»Ich kenne ihren Bürgermeister recht gut«, überlegte der Cerêler, der ein Kommandounternehmen verhindern wollte. »Man müsste es auf einen Versuch ankommen lassen.« Grübelnd blickte er einem Qualmkringel hinterher. »Wenn wir Kiurikka als Unterhändlerin schicken? Sie stünde als Hohepriesterin der Bleichen Göttin am wenigsten im Verdacht, einen Vorteil aus der Geschichte ziehen zu wollen.«

Waljakov schnaufte. »Wenn wir sie schicken, können wir gleich die Zinnen Bardhasdrondas besetzen lassen.«

Kalfaffel schien seine Eingebung dennoch für einen guten Gedanken zu halten. »Nein, wir versuchen es zunächst auf diese Weise. Einschleichen könnt ihr euch immer noch. Ich treffe mich morgen mit ihr und erkläre ihr die Angelegenheit. Zum Mittagessen kommt ihr zu mir, und ich berichte, einverstanden?«

Die Versammlung löste sich auf, lediglich Lorin blieb sitzen und hielt Jarevråns Hand. »Es geht um meine Magie, Kalfaffel«, erklärte er. »Wie gelingt es den Cerêlern, ihre Kräfte dort einzusetzen, wo es hilft und nicht schadet?«

Der Bürgermeister erkannte die Verzweiflung, die innere Not des Jungen. »Ich kann es dir nicht erklären, obwohl auch ich seit eurem Auftauchen viel darüber nachgedacht habe«, sagte er. »Wir werden damit geboren und verstehen von Anfang an, damit umzugehen.

Vielleicht kann unsere Magie nur heilen, vielleicht vermag deine Kraft viel zu viel. Doch es gibt niemanden, der dir helfen kann. Du musst selbst herausfinden, wie du Unheil verhinderst.«

»Ich traue mich schon gar nicht mehr, sie einzusetzen«, gestand er dem Stadtoberhaupt. »Bei der kleinsten Anwendung fürchte ich, jemanden zu verletzen oder gar zu töten.« Er drückte die Hand seiner Frau. »Was ist das für eine Magie?«

»Keine cerêlische. Und das ist die einzige, die ich kenne, Seskahin.«

Lorin stand enttäuscht auf. »Trotzdem danke, Kalfaffel.«

Kontinent Ulldart, Vizekönigreich Ilfaris, Herzogtum Séràly, zehn Warst nordwestlich der kensustrianischen Grenze, Sommer 459 n. S.

Die tarpolischen Einheiten wollten ihren Teil des Ruhmes an der Eroberung Ulldarts haben und scherten sich vor lauter Kampfeswille nicht um die Befehle, die sie erhalten hatten.

Als die Kommandeure den Angriffsbefehl erteilten, behielten die Tzulandrier ihre Position bei und ließen die Tarpoler ins Verderben rennen.

Nachdem Zvatochna und Krutor in Séràly eingetroffen waren, hörten sie während des Abendessens von dem Gemetzel.

Es gab keine Hinweise auf den Verbleib der zwölftausend tarpolischen Soldaten. Die Kensustrianer griffen bei ihren Abwehrstrategien auf bisher unbekannte, verheerende Waffen zurück, mit denen die Ulldarter nicht gerechnet hatten. Bombarden grollten in so weiter Entfernung, dass man sich sicher glaubte, bis es ohrenbetäubend pfiff und etwas zwischen den Reihen einschlug. Andere Soldaten lösten feindliche Sprengfallen aus, und zu guter Letzt erschienen Grünhaare wie aus dem Nichts in den Flanken oder hinter den Frontlinien, schlugen zu und verschwanden wieder.

Einer Feldschlacht stellten sich die Kensustrianer nicht.

Dabei gelang es manchen tarpolischen Einheiten, überraschend tief in feindliches Territorium vorzustoßen, ohne auf Gegenwehr zu stoßen, wie die letzten Meldungen berichteten.

Und genau diese Verbände waren es, zu denen nach wenigen Tagen die Verbindung abriss. Keine Läufer, keine Reiter, keine Brieftauben, nichts kehrte an den Ausgangsort zurück. Die losgeschickten Meldehunde, die man ihnen nachsandte, verschwanden auf Nimmerwiedersehen.

Das gleiche Schicksal traf die Kavallerie mitsamt ihrer leichten Bombarden, die durch ihre Geschwindigkeit vernichtend wie ein Sturm über die Kensustrianer hätte hereinbrechen sollen. Deren letzte Nachricht hatte das Hauptquartier vor drei Tagen erreicht, seitdem galt die mehrere tausend Reiter starke Einheit als vermisst.

Die fünfzigtausend Tzulandrier standen als beinahe Einzige noch an den Ausgangspunkten der Vorstöße und harrten aus.

Nach wie vor herrschte Ungewissheit über die Verschollenen. Nicht einmal mehr die Erkundungsgleiter kehrten von ihren Flügen zurück.

Es schien, als wäre Kensustria wie ein Mahlstrom, der alles, was einen Fuß auf den fremden Boden setzte, ansaugte und verschlang.

Verwundete aller Fronten berichteten von besonderen gegnerischen Kriegern mit glühenden gelben Augen, riesigen Reißzähnen und schwarzen Strähnen im grünen Haar, die sich schnell und lautlos bewegten.

Ihr Auftauchen und ihre Schwerter verhießen den sicheren Tod.

Andere wollten gesehen haben, wie selbst die gezieltesten Treffer den Kensustrianern nichts anhaben konnten. Pfeile und Schwerter prallten an ihren schimmernden, nachtgrünen Rüstungen mit den goldenen Intarsien ab.

Das bedeutete, dass die Sagen und Märchen über die Abstammung der Grünhaare schon lange bekannt waren. Die Ereignisse frischten die Erinnerungen an die Schauergeschichten auf und verstärkten die Wirkung ins Unermessliche.

Zvatochna erkannte eines glasklar: Unter diesen Umständen war ein zweiter Eroberungsversuch zum Scheitern verurteilt, selbst wenn die Tzulandrier mit vorrückten. Sobald auch nur etwas aus dem Gebüsch spränge, das ungefähr einem Kensustrianer glich – und sei es ein Reh mit grünem Efeu auf dem Kopf –, würden die verschreckten Ulldarter um ihr Leben rennen.

»Was machen wir denn nun?«, meinte ihr Bruder, der ratlos wirkte und mit einem Stückchen Brot die letzten Reste der Mousse aus der Schüssel wischte. »Govan wird das alles gar nicht gefallen.«

»Mir gefällt es auch nicht«, fauchte Zvatochna ärgerlich. »Ich gehe zu Bett. Gute Nacht.«

Sie zog sich zurück. Während eine Zofe ihre Haare bürstete, nahmen die nächsten Maßnahmen in ihrem Geist Gestalt an.

Die Ströme von Freiwilligen durften mit den Schauergeschichten nicht in Kontakt kommen. Also würde sie die einzelnen ulldartischen Verbände zu größeren zusammenschließen und sie isoliert von den neuen Truppen lagern lassen.

Sobald der Nachschub aus den Werbestuben und den Offizierskasernen über den Repol in Ilfaris angelangt war, würde sie den Plan zur Ausführung bringen, den ihr verstorbener Vater als zu hart betrachtet hatte. Die Verzögerungen mussten sie und Govan eben hinnehmen, es gab keine Alternative dazu. Doch danach würde es schnell gehen.

Gegen die Kensustrianer ist nichts zu hart, entschied sie schläfrig und legte sich auf ihr weiches Lager. Sie erfreute sich ein wenig an dem Gedanken, dass Rogogard vermutlich bereits gefallen war oder in diesem Augenblick von Sinured erobert wurde.

Ihr schlaftrunkener Verstand setzte das Gesicht des jungen Rennreiters an den Anfang eines beginnenden Traums. Lächelnd glitt sie in den Schlummer und verbrachte dort eine kleine Unendlichkeit voller Zärtlichkeit mit dem Abbild Tokaros, dem die Flucht dank ihrer Warnung so glücklich gelungen war.

Kontinent Ulldart, Großreich Tarpol, Hauptstadt Ulsar, Sommer 459 n. S.

Hin- und hergerissen las Mortva Nesreca die Nachrichten, die sich im Arbeitszimmer des Kabcar stapelten. Die einen bedeuteten den vollendeten Sieg über die lästigen Piraten im Norden; die Einnahme von Verbroog vervollständigte den oberen Teil der Landkarte, was die Besitzungen und eroberten Reiche anging.

Es wäre nicht vordringlich notwendig gewesen, die Rogogarder auszuschalten. Sie erreichten mit ihren gelegentlichen Überfällen kaum mehr als das Schlagen kleiner Wunden, die schneller verheilten, als die Feinde ihre Schwerter schleifen konnten.

Der Süden musste fallen.

Ausgerechnet dort verliefen die Dinge anders, als man es plante. Die Eitelkeit der eigenen Offiziere, der Wettlauf um Ehre, einiges an Geltungssucht und rücksichtsloser Eifer hatten alles, was man über Monate hinweg an der Grenze zu Kensustria aufgebaut hatte, in nur einer Woche zunichte gemacht.

Zvatochna schickte eine dicke Mappe mit Anweisungen, auf welchen Wegen und aus welchen Gebieten die Freiwilligen anrücken sollten. Spätestens bis zum Frühjahr nächsten Jahres sollte das Doppelte der alten Stärke in den Feldlagern erreicht sein. Der Schlag, der zu diesem Zeitpunkt erfolgen sollte, würde den Kensustrianern das Rückgrat oder wenigstens die Moral brechen.

Er blickte sich um, ob alles für das Arbeitstreffen mit Govan vorbereitet war.

Seine Augen hefteten sich auf einen Zettel, der halb unter der Schreibtischunterlage herausschaute. Ohne zu zögern, griff er danach, um ihn zu überfliegen.

Zu seinem Erstaunen war es die Nachricht von Commodore Fraffito Tezza, der von ersten Erfolgen zur Anbahnung eines Krieges berichtete; der Ausbruch stehe kurz bevor.

Nachdenklich senkte er den Wisch. Wo wollte Govan denn noch einen Krieg anzetteln? Nesreca hörte, wie die Klinke heruntergedrückt wurde. Hastig beförderte er die Nachricht an ihren alten Platz, drehte sich blitzschnell um und lächelte in Richtung des Eingangs.

Govan erschien mit einem abwesenden Gesichtsausdruck, drückte die Tür ins Schloss und bemerkte seinen Berater erst, als er beinahe mit ihm zusammenstieß. »Oh, Mortva. Wie schön, Euch zu sehen.«

»Ich hoffe, Ihr sagt das auch noch, wenn ich mit Euch die Neuigkeiten durchgegangen bin«, sagte der Konsultant halb im Scherz, halb im Ernst. Der junge Herrscher nahm Platz und starrte ins Nirgendwo. »Was ist mit Euch, Hoher Herr?«

»Ich unternahm vorhin ein Experiment, Mortva«, erzählte Govan schleppend. »Ich besuchte die *Verlorene*

Hoffnung, um die nächsten Opfer für Tzulan auszusuchen. Dabei erinnerte ich mich, dass Chos Jamosar noch immer einsaß.«

»Einsitzt«, verbesserte der Berater gefällig.

Govans Kopf drehte sich ruckartig wie der einer Marionette, und die braunen Augen betrachteten Nesreca ausdruckslos. »*Einsaß*«, beharrte er. »Ich habe mich immer gefragt, was wohl passiert, wenn man ihnen die Magie raubt, wie ich es bei meinem Vater tat.« Er streckte den Zeigefinger aus und legte die Spitze an die Stirn seines Konsultanten. »Dort berührte ich den Cerêler und tastete nach seiner Gabe. Der Gabe der Bleichen Göttin.«

Nesreca bewegte sich ein wenig zur Seite und tat so, als holte er ein Buch. In Wirklichkeit wollte er seinem Schützling keinerlei Gelegenheit geben, sich auch an seinen Kräften schadlos zu halten.

Govan grinste schwach. »Ihr fürchtet mich also inzwischen auch, Mortva?« Er senkte den Finger. »Ich nahm mir seine Macht. Verglichen mit der eines Zweiten Gottes war sie allerdings enttäuschend. Wie ein Schluck schales Bier nach einem guten Wein.«

»Trotzdem enthalten beide Alkohol. Und darauf kommt es Euch wohl an?«

Der Kabcar nickte. »Damit habt Ihr Recht. Ich werde alle Cerêler einsammeln lassen und in die *Verlorene Hoffnung* sperren, damit ich gelegentlich meine eigene Macht auffrischen kann. Der Pöbel hat sie lange genug für sich beansprucht, nun mache ich meine Rechte als Herrscher geltend.«

»Was geschah mit Jamosar?«, wollte Nesreca wissen.

Govan stieß ein grausames Lachen aus. »Er starb, lieber Mortva. Er wand sich ein wenig am Boden, und als ich ihm all seine Magie genommen hatte, hörte sein Herz einfach auf zu schlagen. Ich hätte mir gewünscht, dass es ein wenig aufregender wäre, wie bei Euren

Helfern. Aber es war mittelmäßig. Ich werde mir mein Pensum durch die Menge verschaffen müssen, nicht durch die Qualität.« Der junge Herrscher räusperte sich und läutete nach einem Diener, der Getränke servieren sollte.

»Ich habe von unseren Rechtsgelehrten die Gesetze durchsehen lassen, auf welche Vergehen die Todesstrafe verhängt wird. Es sind erschreckend wenige. Unsere Codices sind reichlich lasch. Das ist der Grund, weshalb das größte Gefängnis der Stadt beinahe leer ist.« Der Kabcar schaute zur Decke. »Also denke ich, dass man einige Maßnahmen verschärfen sollte. Es beruhigt die Menschen, weil sie wissen, dass die Verbrecher keine Gnade mehr bekommen werden.«

»Und ab welcher Tat möchtet Ihr die Exekution als Strafe sehen, Hoher Herr?« Strategisch geschickt legte der Berater die Nachricht mit dem Sieg über Rogogard obenauf.

»Meiner Ansicht nach ist Ehebruch etwas Schreckliches. Oder unsittliche Buhlerei. Oder Taschendiebstahl«, sinnierte er. »Man sollte alles mit dem Tod bestrafen«, entschloss er sich zufrieden. »Das wird die Kriminalität erheblich senken und Tzulan neue Opfer besorgen. Ich will, dass sämtliche Verbrecher in meinen Reichen nach Ulsar verlegt werden. Ach ja: Die Totendörfer in Tarpol wurden niedergebrannt?«

»So ziemlich alle, von denen die Garnisonen in den Provinzen Kenntnis hatten«, berichtete Nesreca. »Es kann sein, dass wir die ein oder andere Ansammlung noch nicht bemerkt haben, aber das dürfte nur eine Frage der Zeit sein.«

»Proteste des Pöbels?«

Der Konsultant schüttelte den Kopf. »Wir haben verbreiten lassen, dass sich aus diesen Zusammenrottungen von Leiden eine tödliche Krankheit ausbreitet. Dennoch scherte sich niemand wirklich darum.«

»Perfekt!« Govan klatschte in die Hände. »Als Nächstes sind die Bettler an der Reihe. Gebt ein Bankett in einer Scheune außerhalb der Stadt, verriegelt die Tore und verbrennt den Abschaum zu Ehren Tzulans. Und gebt Nachricht an alle Gouverneure, die den Tzulani angehören, sie sollen das Gleiche tun.« Er las die Nachricht aus Rogogard. »Wer sagt es denn? Meine Opfer haben uns den Beistand des Gebrannten Gottes gebracht. Das Inselreich ist nun ein Teil meines Imperiums! Das ist endlich mal ein Triumph.«

Das Gelächter erstarb abrupt, als er die ersten Zeilen aus dem Brief seiner Schwester las.

Das Papier entzündete sich von selbst und verbrannte in seiner Hand, ohne dass die Flammen Schaden an seiner Haut anrichteten.

»Habt Ihr Vorschläge, wie wir aus dieser Lage einen Vorteil ziehen können, Mortva?«

»Nun, es wird uns Freiwillige bringen, das ist sicher. Das ist, um ehrlich zu sein, aber auch schon der einzige Vorteil.« Der Konsultant hatte sich für die Wahrheit entschieden. »Aber was bedeutet schon ein Jahr? Es wird schneller herumgehen, als Ihr jetzt denkt.«

Govan lächelte grimmig. »Ich werde mir die Zeit mit etwas anderem vertreiben. Ich erhöhe die Steuern und setze das System der Leibeigenschaft wieder ein. In allen meinen Reichen, von Rundopâl bis Aldoreel und Serusien. Ich möchte den Brojakenrat einberufen, damit er sich um die Eintreibung der Gelder kümmert und die Garnisonen sich voll auf die Ausbildung neuer Soldaten konzentrieren können.« Er sprang auf und schaute aus dem Fenster über die Dächer von Ulsar. »Meine Untertanen sollen ihren Beitrag zu meinem Ruhm leisten. Jede Familie gibt mir einen Sohn in mein Heer, das ist ein Befehl.« Mit glänzenden Augen schaute er seinen Mentor an. »Und damit alle sehen, wie viel Selbstvertrauen ich habe, setze ich für den Winter meine Krönung an.«

»Welche Krönung?«, wiederholte Nesreca.

»Ich habe ein riesiges Reich, und der Titel Kabcar genügt mir nicht länger«, erläuterte Govan selbstherrlich. »Ulsar soll in einem rauschenden Fest versinken, wenn ich, Govan Bardri¢, mich zum ¢arije kröne.« Der junge Mann legte den Kopf in den Nacken und rief: »¢arije!«

Erneut glitt sein Blick über die Silhouette der Hauptstadt, die sich dank der unermüdlichen Arbeit der Steinmetzen mehr und mehr wandelte.

»Ist sie nicht wunderschön?«, raunte er leicht entrückt. »Dabei ist die Umstrukturierung noch gar nicht abgeschlossen. Sie ist würdig, die Residenz eines ¢arije zu sein, der auf dem besten Weg ist, selbst diesen Titel noch zu übertrumpfen. Sie wird Tzulan mit einem würdigen Äußeren empfangen. Schon jetzt erfreut er sich daran, wenn er vom Himmel herabblickt.«

»Ganz hervorragend, Hoher Herr«, stimmte Nesreca zu. »Wenn ich mir noch einen Hinweis erlauben darf: Was sollen die Truppen machen, die nun unbeschäftigt in Rogogard sitzen? Sollen wir sie zu der Hohen Herrin schicken? Sie kann jede Unterstützung gebrauchen.«

Govan dachte nach. »Ihre Taktik ging nicht auf, sie muss nun schauen, wie sie mit dem zurecht kommt, was sie hat.« Der junge Herrscher rieb sich die Hände. »Ich werde einen kleinen Wettbewerb zwischen Geschwistern beginnen. Die Maßgabe lautet: Wer ist wohl zuerst an seinem Ziel?«

»Das verstehe ich nicht«, meinte sein Berater. »Wollt Ihr Kensustria von der See her angreifen und vor ihr zum Erfolg gelangen?«

»Nein, lieber Mortva«, gab Govan gut gelaunt zurück. »Jeder sollte sich mit einem eigenen Reich beschäftigen, das ist nur gerecht.« Er wanderte zur Landkarte, nahm einen Zeigestock und tippte auf den südlichsten Zipfel Ulldarts. »Zvatochna erobert Kensustria«, die Spitze ruckte schräg nach links oben und tippte gegen den angrenzenden Kontinent, »und ich kümmere mich um Kalisstron. Das ist der Grund, weshalb die in Rogogard versammelten Seestreitkräfte dort bleiben. Sie sollen sich den kommenden Winter über erholen und die Schäden an den Festungen reparieren. Im Frühsommer schlagen wir gegen das Land der Bleichen Göttin los, zeitgleich mit meiner Schwester.«

»Möge der Bessere gewinnen.« Unverhofft ergab der Zettel, den Mortva vorhin gefunden hatte, einen Sinn. Govan hatte es von Anfang so geplant. Wo sein Vater zu zurückhaltend gewesen war, da übertrieb er nun.

Natürlich war sein Schützling auf dem besten Weg, die Dunkle Zeit einzuläuten und die Rückkehr Tzulans zu ermöglichen. Aber wenn er mit seinen Vorhaben scheiterte, würde er damit auch alles andere vernichten. Die Eröffnung einer zweiten Front erschien Nesreca zu früh.

Vorsichtig schaute der Konsultant in die Augen des jungen Mannes und entdeckte wieder ein irres Flackern darin. Ob er den Jungen, den er selbst ausgebildet hatte, notfalls noch aufhalten konnte, wollte er lieber nicht herausfinden. Die Macht, die der so unscheinbar wirkende Mensch in sich trug, überragte die seine mittlerweile bei weitem. Wahrscheinlich müsste der Gebrannte selbst eingreifen.

»Ich denke, dass sich weitere Niederlagen in Kensustria vermeiden lassen«, meinte der Kabcar, »wenn wir auf die Modrak zurückgreifen könnten. Aber es fehlen uns immer noch das Amulett und der Leichnam meines Vaters. Könnt Ihr mir dazu wenigstens Erfreuliches berichten, Mortva?«

»Ich wünschte, es wäre so«, seufzte der Konsultant und fuhr sich über die silbernen Haare. »Doch beides ist wie vom Erdboden verschwunden.«

»Ich habe ihm seine Magie geraubt. Er muss demnach so tot sein wie Jamosar«, brach es aus Govan wütend hervor. »Und da er als Leiche nicht weglaufen kann, muss er doch in diesem verdammten Steinbruch zu finden sein, oder etwa nicht? Haben wir wenigstens einen Beobachter fangen können, wie Ihr es plantet?«

»Es soll arrangiert werden, wenn Ihr es möchtet, Hoher Herr.«

Der Kabcar erteilte mit einer knappen Geste die Anweisung hierfür. »Diese Kreaturen werden sich mir erklären müssen, warum sie ihrem neuen Herrn nicht dienen.« Er legte eine Hand an den Griff seines Schwertes und wurde dabei an einen weiteren ausstehenden Punkt erinnert. Der Konsultant verstand den auffordernden Blick sofort.

»Ich ließ einen der Besten der Hohen Schwerter recht spektakulär entkommen, nicht ohne vorher den Hass gegen Tokaro Balasy geschürt zu haben. Meine Spione verfolgen ihn auf Schritt und Tritt«, erklärte er. »Wie es aussieht, befindet er sich tatsächlich auf der Suche nach dem Dieb und angeblichen Mörder des Großmeisters, der die letzte der fehlenden aldoreelischen Klingen bei sich trägt. Ich bin sehr zuversichtlich. Auch wenn Balasy ein zugegebenermaßen mutiger Junge ist, so hat er gegen einen erfahrenen Ordenskrieger keine Aussichten auf Erfolg.«

»Immerhin«, knurrte Govan. »Veranlasst die Vorbereitungen zu meiner Krönung als ¢arije und setzt eine Belohnung auf dieses verdammte Amulett aus. Sagt, es sei ein Andenken an meinen Vater und von ideellem Wert. Wer es sieht oder beschafft, soll tausend Waslec erhalten.« Der Kabcar wandte sich zur Tür. »Ich ziehe mich zurück.«

Nesreca schwenkte einen Briefumschlag. »Ihr habt den hier vergessen, Hoher Herr.«

Govan hob die Hand, und das Kuvert flog dank der Magie direkt in seine Finger. Er erkannte das Siegel der Vasruca von Kostromo, seiner Mutter. Die Stirn des Herrschers legte sich in Falten, der Mund bekam einen verächtlichen Zug. Fauchend vergingen Umschlag und Schriftstück zu Asche, der wächserne Verschluss schmolz und troff zu Boden.

»Soll ich ihr das als Antwort senden?«, bemerkte der Konsultant trocken.

»Ja«, stimmte der Herrscher zu. »Und kürzt ihre Zuweisungen auf das alte Maß zurück. Schreibt, wir hätten eine Schlacht verloren und müssten sparen.« Lachend verließ er den Raum.

»Wenn ich nicht wüsste, dass du immer noch über uns schwebst, Gebrannter«, murmelte Nesreca in einer Mischung aus Ehrfurcht und Verzweiflung, »würde ich sagen, du bist in diesem Jungen wieder geboren.«

Er setzte sich an den Schreibtisch und begann, nach den Anweisungen des Kabcar zu handeln.

Kontinent Ulldart, Großreich Tarpol, Provinz Granburg, Hauptstadt Granburg, Spätsommer 459 n. S.

Aljascha hatte von ihrem Hausarrest und der Frechheit ihres Sohnes genug. Sie plante ein Treffen mit einer Frau, die ihr bei der Rückkehr nach Ulsar behilflich sein konnte. Aljascha musste in die Hauptstadt gelangen, um an der Quelle der Macht zu sitzen.

Kaya Jukolenko, die Witwe des Gouverneurs, den Lodrik als Tadc eigenhändig exekutiert hatte, galt als einflussreichste Dame Granburgs. Mit ihr einen Handel zu schließen könnte für ihre Pläne nur von Vorteil sein. Zumal sie beste Beziehungen zum momentanen

Statthalter des Kabcar hatte und Lockerungen erwirken konnte.

Da Jukolenkos Frau auf keine ihrer Einladungen reagierte, wollte sie sich selbst auf den Weg zum Anwesen außerhalb der Provinzhauptstadt machen. Die Wachen vor der Tür gedachte sie durch eine gehörige Portion Charme und Unverfrorenheit zu überrumpeln, und die Wut, die sie nach der Lektüre des Briefes spürte, tat ihr Übriges dazu.

Sie warf sich ihr Cape über und ließ Berika die Tür öffnen, als die Kutsche vorfuhr und vor dem Haus anhielt.

Die beiden Wachen schauten Aljascha verdutzt an, als sie erhobenen Hauptes zwischen ihnen hindurch marschierte. Sie erholten sich jedoch schnell von ihrer Überraschung und liefen neben ihr her.

»Kehrt sofort ins Haus zurück«, verlangte einer der Soldaten entschlossen. »Oder wir bringen Euch gegen Euren Willen dorthin.«

Aljascha blieb stehen, und die grünen Augen blitzten mörderisch. »Du redest mit der einstigen Kabcara von Tarpol, die auch dir Befehle erteilte, Bursche«, zischte sie ihn von oben herab an. »Ich gehe, wann es mir passt. Und untersteht euch, auch nur einen eurer stinkenden Finger an mich zu legen.«

Der Bewaffnete wich zurück und ließ sie passieren. Als sie vor der Kutsche stand, griff sein Kamerad doch zu, wenn auch etwas zögerlich. »Es tut mir Leid, aber wir haben die Anweisung des Kabcar.«

»Des alten Kabcar«, erwiderte sie scharf, riss sich mit einem energischen Ruck los und setzte sich in die Kutsche. »Er ist tot, erinnere dich, Mann.«

Doch der Mann zeigte sich stur. »Niemand hat die Order aufgehoben. Steigt aus und folgt mir.«

»Zurück!«, befahl sie. »Du wirst mich nicht aufhalten, Bursche.«

Doch der Mann packte sie am Oberarm und zog. Aljascha hielt dagegen und wollte gerade zutreten, als ihre Finger den Halt verloren.

Mit einem leisen Aufschrei stürzte sie aus der Kutsche und schlug der Länge nach auf das Kopfsteinpflaster.

Augenblicklich breitete sich ein Brennen in ihrem Unterleib aus, und eine vorübergehende Gleichgewichtsstörung als Folge ihres Sturzes vereitelte, dass sie sich aus eigener Kraft erhob.

»Mein Kind«, ächzte sie und presste die Hände auf den Bauch, der sich anfühlte, als wäre etwas darin geplatzt.

Sie sah noch das entsetzte Gesicht ihrer Magd, dann verlor sie das Bewusstsein.

Aljascha erwachte aus ihrer Benommenheit und fand sich in ihrem Bett wieder. Neben ihr tupfte Berika ihr die Stirn ab; ein blutiges Stück Stoff befand sich in ihrer Hand. Sie lächelte ihre Herrin schüchtern an.

»Ich habe nach einem Cerêler geschickt«, erklärte sie. »Er wird bald hier sein, um nach Euch und Eurem Kind zu schauen.«

Die einstige Kabcara betastete vorsichtig die Stirn und fand eine klaffende Wunde unterhalb des Haaransatzes. Sie wollte sich etwas zur Seite drehen, doch schon setzten die Schmerzen ein. Aljascha schrie auf und hielt sich den Bauch, ihr Atem ging keuchend, und vor Schmerzen vermochte sie kein Wort hervorzubringen. Tränen stiegen ihr in die Augen.

Hilflos musste sie warten, bis der kleinwüchsige Heilkundige eintraf, und litt Krämpfe, wie sie sie selbst bei der anstrengenden Geburt der Drillinge nicht hatte erdulden müssen.

»Mein Name ist Pedda Jebalar, Herrin. Ihr hattet großes Glück«, grüßte der Cerêler, als er in das Zimmer trat. »Ich befand mich beinahe schon auf dem Weg nach Ulsar.« Berika nahm ihm den leichten Mantel ab. Der Heilkundige wusch sich die Hände in der bereitgestellten Schüssel und legte Aljaschas Bauch frei. »Aber ein Hilferuf hat natürlich immer Vorrang.« Vorsichtig tastete er über die Bauchdecke, die sich inzwischen dunkel färbte.

»Tu etwas!«, befahl Aljascha gepresst, ihre Hände krallten sich um die Bettpfosten. »Ich will mein Kind nicht verlieren.«

»Die Hülle, die das ungeborene Leben einschließt, ist beschädigt«, lautete die niederschmetternde Diagnose des Mannes. »Ich muss versuchen, meine Kräfte durch Euch hindurch wirken zu lassen. Und das ist nicht eben einfach, Herrin.«

Die Frau biss die Zähne zusammen und unterdrückte einen wilden Schrei. Ihre Beherrschung wollte nicht mehr lange halten. »Mach hin. Dein Lohn wird fürstlich sein.«

Jebalar schloss die Augen, legte seine Hände auf die Haut und konzentrierte sich auf den Heilungsprozess, der dem Nachwuchs der Frau des Leben bewahren sollte.

Der gesamte Bereich ihres gewölbten Unterleibs schimmerte grünlich. Das Gesicht des Heilers wirkte dabei zuerst aufmerksam und gespannt. Doch im Laufe der Behandlung veränderten sich die Züge, schlugen um in Erstaunen und wandelten sich in Angst. Schweiß perlte von seiner Stirn. Der Cerêler riss die Lider auf.

»Was, bei Kalisstra der Bleichen Göttin, tragt Ihr da in Euch, Herrin?«, keuchte Jebalar auf. Er löste sanft den Kontakt zur Haut der Kabcara, das Grün seiner Magie verringerte sich. »Das ist …«

Mehrere dunkelrote, bindfadendünne Strahlen durchdrangen den Bauch von innen heraus, ohne Aljascha zu verletzen, und erfassten die Handflächen des Heilers. Gegen seinen Willen zogen sie die beiden Hände zurück auf die Stelle, an der sie eben noch gelegen hatten.

»Nein! Lass mich!« Der Cerêler stemmte sich dagegen und versuchte sich loszureißen, aber etwas heftete ihn an den Leib der einstigen Kabcara. Er schnappte nach Luft, japste und hechelte, bevor er von einer Sekunde auf die andere neben dem Bett zusammenbrach. Die Augen starrten leblos zur Decke.

Berika, die während des Vorgangs zurückgewichen war, näherte sich vorsichtig ihrer Herrin. »Was war das?«, fragte sie gedämpft. »Geht es Euch …«

Aljascha betrachtete ihren Unterleib. Die Färbungen und Blutergüsse waren verschwunden, die Schmerzen mit ihnen gegangen. Vorsichtig stand sie auf. Sie fühlte sich erfrischt und ausgeruht wie nach einer erholsamen Nacht.

»Mir geht es gut«, sprach sie langsam.

Es kribbelte in ihrem Gesicht, als kitzelte sie jemand mit einer Feder. Die Frau schaute in den Spiegel und stellte freudig fest, dass die klaffende Platzwunde sich von selbst schloss. Die Wundränder bewegten sich aufeinander zu, verschmolzen ohne sichtliche Rückstände und wurden zu neuer, reiner Haut, ohne eine Narbe zu hinterlassen. Als sie mit einer hektischen Bewegung das Blut von der Stelle wischte, deutete nichts mehr auf ihre Verletzung hin.

Aljascha warf einen Blick über die Schulter auf den leblosen Heiler.

»Er ist tot, Herrin«, meldete die Magd und drückte ihm die Lider zu.

Aljaschas Kopf schnellte herum, und ihre hellgrünen Augen musterten ihr Spiegelbild. Ohne sich umzuwenden, streckte sie eine Hand nach hinten aus. »Gib mir das Rasiermesser.«

Berika kam der Aufforderung nach. Mit der Präzision eines Chirurgen zog die rothaarige Frau die Narbe nach, die Lodriks Ring hinterlassen hatte.

»Herrin, was tut Ihr da?« Das erschrockene Gesicht des Dienstmädchens erschien auf der polierten Oberfläche. »Euer schönes Gesicht!«

Aus dem Schnitt quollen ein paar rote Tropfen. Die Verletzung schloss sich langsam, und mit ihr verschwand die verhasste Narbe. Die kirschfarbenen Perlen rannen über ihr Gesicht und erweckten den Anschein, die ehemalige Kabcara weine Blut an Stelle von Tränen. Ein seliges Lächeln formte sich auf ihren Lippen.

»Du wirst das, was du hier gesehen hast, für dich behalten, Berika, wenn du am Leben bleiben und weiterhin eine sehr gute Bezahlung erhalten möchtest«, ordnete sie in süßlichem Tonfall an und hielt das Rasiermesser so, dass sich die Klinge am Hals des Dienstmädchens spiegelte. »Der Cerêler starb an Entkräftung, das wird die offizielle Verlautbarung sein.« Zärtlich strich sie über den runden, prallen Bauch. »Aber er hat mein Kind, mein unersetzbares, mein geliebtes Kind gerettet.«

Die Magd nickte. »Ich verstehe, Herrin.«

»Ich habe nichts anderes erwartet.« Sie klappte das Messer zusammen. »Und nun sorg dafür, dass der Leichnam aus meinem Zimmer verschwindet.«

Während Aljascha sich an den Schreibtisch zurückzog, um mehrere Briefe aufzusetzen, sorgte ein herbeigerufener Pferdeknecht dafür, dass der tote Heiler recht unwürdig in einen Sack wanderte und ohne große Aufmerksamkeit zu seiner Familie gebracht wurde.

Die rothaarige Frau stand auf, suchte sich einen kleinen Handspiegel und stellte ihn vor sich auf die Holzplatte, um ihre wiedergewonnene Makellosigkeit bewundern zu können.

Ich liebe dich über alles, mein Kind, dachte sie und fuhr sich über die Stelle, an der ihr Gemahl ihr eine Narbe geschlagen hatte. Jebalar würde Ulsar nicht mehr zu sehen bekommen. Dafür war sie sich jetzt absolut sicher, eines Tages wieder im Palast zu sitzen. Vielleicht würde sie die Unterstützung ihrer anderen undankbaren Kinder nicht mehr benötigen, wenn sie einen magisch derart befähigten Nachwuchs austrug.

Sie streichelte den gewölbten Leib und machte sich ans Schreiben.

VII.

Kontinent Ulldart, Großreich Tarpol, Provinz Sora, Provinzhauptstadt Sora, Spätsommer 459 n. S.

Wenn man auf etwas in den Straßen nicht achtete, dann waren das Bettler.

Und genau aus diesem Grund war Lodrik in eine solche Verkleidung geschlüpft, um sich unbemerkt, aber stetig von Ulsar wegzubewegen. In dieser Umgebung kannten ihn zu viele Menschen. Die Tarpoler würden ihn in einem Triumphzug zum Palast tragen, wo Govan ihm dieses Mal endgültig den Garaus machen könnte. Dieses Wagnis wollte und würde er nicht eingehen.

Im Totendorf hatte er ein paar Sachen gefunden, die er zu einem späteren Zeitpunkt tragen würde; im Augenblick bevorzugte er das zerschlissene Gewand und das ungepflegte Äußere eines Vagabunden. Das Schwert und die anderen Kleider schleppte er in einem Sack mit sich und tingelte entlang des Repol bis nach Sora. Gelegentlich nahmen ihn Flussschiffer mit, und auf diese Weise sparte er Zeit und Kraft.

Auf seinem Weg durch sein Reich hörte er Neuigkeiten, die ihn erschreckten. Sein Nachfolger trat alles, was er geschaffen hatte, mit Füßen und richtete das Tarpol ein, das es noch vor seinem eigenen Vater gewesen war. Die Brojaken gingen bei der Steuereintreibung mit einer Gründlichkeit vor, dass es mehr und mehr Pächter wieder zurück in die Leibeigenschaft trieb, weil sie die Abgaben nicht leisten konnten.

Währenddessen rekrutierten die Werbestuben einen Freiwilligen nach dem nächsten für den Krieg gegen den Süden, wo das Heer des Kabcar eine schreckliche Niederlage hatte einstecken müssen. Dafür stand in Rogogard, so erzählten sich die Leute, kein Stein mehr auf dem anderen. Als Zeichen des Sieges wollte sich Govan zum ¢arije ausrufen lassen. Wichtigtuer munkelten gar, der Kabcar werde bald Kalisstron wegen der schönen Pelze angreifen und einnehmen.

Je weiter sich Lodrik von Ulsar entfernte, desto weniger Verständnis brachten die Menschen für die hoheitlichen Anordnungen auf, und je ländlicher die Gegend war, desto ulldraelgläubiger blieben die Männer, Frauen und Kinder. Die Verwurzelung im überlieferten Glauben saß tief.

Man murrte, dass der Herrscher etliche Cerêler an seinen Hof zog und das gewöhnliche Volk den Krankheiten überließ. Die herkömmlichen Pflegestätten waren zwar gut bei einfachen Erkrankungen, aber gegen richtig schwere Erkältungen, Lungenentzündungen oder schlimmere Dinge, die einst ganze Landstriche entvölkert hatten, halfen eben nur die Fertigkeiten der kleinwüchsigen Heilkundigen.

Sora, die pulsierende Provinzhauptstadt mit etwas mehr als dreißigtausend Einwohnern und günstig an den Gestaden des Repol gelegen, folgte hingegen dem Kurs des Kabcar.

Der Gouverneur setzte die Befehle aus Ulsar mit eiserner Disziplin um und unterstützte die Großgrundbesitzer gegen renitente Kleinbauern, die ihre Freiheit schon zu lange genossen hatten, um sich von Emporkömmlingen Vorschriften machen zu lassen.

Lodrik gefiel es nicht, dass ihn die Hafenwache beim Passieren der Tore misstrauisch ansah.

Schnell bog er in eine Seitengasse der unbekannten Stadt ab, um sich den Blicken des Gardisten zu entziehen. Er würde sich nicht lange in den Mauern aufhalten, sondern wollte sich sofort nach einer neuen Mitreisegelegenheit umschauen.

»Hey, du!«, rief ihm der Gardist nach. »Was suchst du hier?«

»Ich bin auf der Suche nach einem Kahn, der einen Vagabunden wie mich fortträgt«, erklärte er und begab sich in eine unterwürfige Pose.

»Bevor du gehst, solltest du dir den Schmaus für die Bettler Soras nicht entgehen lassen«, riet ihm der Mann. »Sie haben sich draußen bei der großen Scheune versammelt. Ein Bankett zu Ehren Tzulans und des göttlichen Kabcar.«

»Wie nobel«, meinte Lodrik und wandte sich zum Weitergehen. *Göttlich? Der Junge ist wahnsinnig geworden.*

»Das war ein Befehl«, meinte die Wache mit Nachdruck. »Du kommst mit mir, ich bringe dich zum Stadttor, und einer wird dich dorthin begleiten. Die anderen sind schon alle da.«

»Ich bin nicht hungrig, ich möchte nur weg«, versuchte der ehemalige Kabcar von Tarpol dem Angebot zu entgehen. »Ich suche mir ein Boot.«

Energisch kam der Gardist auf ihn zu und trieb ihn mit seinen Speer vorwärts. »Zuerst wird gegessen, Bettler.«

»Zurück!« Lodrik berührte das Gesicht des Mannes und setzte seine Kräfte ein. Ein kaum sichtbares blaues Flimmern erschien.

Die Augen und Pupillen des Wärters weiteten sich vor Entsetzen, bevor er sich in Herzhöhe an die Brust griff und lautlos auf dem Pflaster zusammenbrach. Den Herzschlag suchte der einstige Herrscher vergebens. So, wie der Mann aussah, war er vor Angst gestorben.

Lodrik rannte die Gasse hinunter und hastete um mehrere Ecken.

In einem öffentlichen Badehaus machte er Rast und entledigte sich mit schnellen Schnitten seines Barts; die blonden Haare wusch er eilig. Seine völlig verdreckten Kleider landeten in der Brennkammer des Kessels, der für warmes Wasser in den Thermen sorgte.

Einmal mehr fielen ihm beim Blick in den Spiegel die Veränderungen an ihm auf.

Er bestand nur noch aus Haut und Knochen, das Gesicht war dürr und traurig, tiefe Falten lagen um Augen, Mund und Nase. Seine Haut schien auszubleichen, die Fingernägel gewannen an Härte und wuchsen so schnell, dass er mit dem Schneiden kaum nachkam.

Nein, so wird dich bestimmt niemand erkennen, dachte er schwermütig. Er kleidete sich in ein passables Gewand, in dem man ihn für einen Kaufmann halten konnte, und trat wieder hinaus auf die Straße, die übrigen Habseligkeiten auf dem Rücken tragend.

Lodrik blinzelte wegen der Helligkeit, die draußen herrschte, suchte sich ein schattiges Plätzchen und überlegte. Er musste Govan aufhalten, aber angesichts der immensen magischen Überlegenheit seines ältesten Sohnes hegte er Zweifel, wie er seinen Vorsatz in die Tat umsetzen sollte. Noch immer konnte er sich nicht erklären, was es mit seiner Magie auf sich hatte. Zwar setzte er sie erfolgreich ein, aber was sie bei einem Gegner eigentlich bewirkte, davon wusste er nichts.

Wo war sie hin?, fragte er sich zum wiederholten Mal. Und was machte Govan damit? Absorbierte er sie und fügte sie seinem eigenen Potenzial hinzu? Raubte er sie und gab sie einfach frei?

Der einstige Kabcar wusste, dass seine eigenen Kräfte reduziert worden waren, fast auf ein Nichts, wie es den Anschein hatte.

Doch Govans magischer Diebstahl schien noch etwas anderes angerichtet, nämlich seine Kräfte verändert zu haben. Lodrik erzielte Effekte, die er so nicht wollte und keinesfalls kontrollieren konnte. Es war wie das Abfeuern einer Waffe, bei der man nicht wusste, wohin das Geschoss flog und was den Lauf eigentlich verließ.

Anstatt die Gegner zu Asche zu verbrennen, was ihm früher ein Leichtes gewesen war, wirkte die Magie nun auf den Verstand und den Geist seiner Opfer. Die Modrak hatten sich vor Furcht handzahm gebärdet, der Gardist war anscheinend vor Schreck gestorben.

Lodrik kratzte gedankenverloren über einen Holzbalken, in dem der harte Fingernagel eine tiefe Rille hinterließ; ein kleiner Span fiel auf das Kopfsteinpflaster. Er hatte sich zu etwas gewandelt, das jenseits des Menschlichen lag. Sollte das Vinteras Zeichen an ihm sein? Gab er das Grauen weiter, das er aus der Welt der Toten herübergebracht hatte?

Mit den vielen Ungewissheiten beschäftigt, bemerkte er die ältere Frau, sie sich seinem Refugium näherte, eher zufällig.

Sie bewegte sich zügig auf ihn zu, ohne ihn allerdings im Schatten des Mauervorsprungs zu sehen, hinter den er sich zum Schutz vor neugierigen Blicken zurückgezogen hatte.

Geh weg.

Die Bürgerin verlangsamte ihr Tempo, die Füße hoben und senkten sich deutlich zögerlicher. Sie schaute alarmiert in die verdunkelte Gasse und blieb stehen.

Geh weg!

Vorsichtig machte sie einen Schritt nach hinten und presste das Bündel Waren, das sie bei sich trug, wie zum Schutz dicht an ihren Körper. Ihr Gesichtsausdruck verriet Lodrik, dass ihr die Gasse, durch die sie gewiss seit Jahren lief, plötzlich nicht mehr geheuer war.

Er beobachtete sie nun mit voller Aufmerksamkeit. *Verschwinde!*

Die Städterin fuhr mit einem leisen Schrei zusammen, als hätte er ihr einen Peitschenhieb verabreicht. Sie wich zurück, drehte sich auf den Fersen um und rannte den Weg hinunter, den sie gekommen war.

Die Magie wirkte, ohne dass er das vertraute und geliebte Kribbeln verspürte. Der Wunsch, stärker und mehr davon anzuwenden, ging ihm völlig ab. Dafür drehte sich alles um ihn herum.

War es das, was Vintera meinte? Kunststücke, die ihm vorher nicht gelingen wollten? Lodriks Verwirrung wich Unsicherheit. Was von alledem, was er im Wald erlebt hatte, entsprach der Wirklichkeit, was entsprang seiner Einbildung?

Konnte ein Mensch aus dem Jenseits zurückkehren, oder waren es nur Hirngespinste, Trugbilder seines Verstandes als Folge von Govans Angriffen?

Nach wie vor erinnerte er sich sehr genau daran, wie sein Sohn ihn attackiert hatte. Aber die Zeit danach gestaltete sich als ein ungelöstes Rätsel, erschien ihm wie ein verschwommener Traum.

Wenn er sich zu erinnern versuchte, sah er Berge, die mit ihm in die staubige Tiefe stürzten. Riesige Felsbrocken rasten rechts und links an ihm vorbei, waren rund um ihn herum und begruben ihn unter sich. Die scharfen Kanten ritzten seine Haut, türkisfarbenes Schimmern umhüllte seinen Körper.

Ihm fiel der zerquetschte Leib eines seiner Leibwächter ein, dessen Blut ihn von oben bis unten tränkte; das Gespräch mit seinem verstorbenen Vater und seinem alten Lehrer aus Granburg, Miklanowo, hörte er bruchstückhaft.

Die schützenden Wände des Hohlraums, der sich inmitten des granitenen Chaos auf wundersame Weise um ihn herum gebildet hatte, entstanden vor seinem geistigen Auge; er sah sich herauskriechen und sich in der Umgebung verbergen, wohl wissend, was ihm bei seiner Entdeckung durch Govan blühte.

Sollte ihn seine Magie vor Vinteras schwarzer Sichel bewahrt haben? Ein Satz, den Ulldraels Schwester von sich gegeben hatte, kam ihm in den Sinn. *Ich soll seit langen Jahren der Erste gewesen sein, der ihr entging,* dachte er. Mehr und mehr gab sein Gedächtnis Wissen frei, das er vor langer Zeit scheinbar sinnlos studiert hatte. *Nekromantie!,* durchzuckte es ihn, als er sich der Passagen des Buches entsann, das ihm Mortva einst zum Studieren an die Hand gegeben hatte und an dem er sich als Jugendlicher verzweifelt und vor allem vergeblich versucht hatte.

Seine Finger schlossen sich um den Beutel, in dem er das hüllenlose Schwert aufbewahrte, und zogen die Waffe heraus. *Ein Seelenfresser, der mir seine Last nicht offenbaren wollte.* Sachte tippte er gegen die Klinge, ein schwaches Geräusch ertönte. »Vielleicht bist du nun dazu bereit.«

Die Fingerkuppen fuhren über die Bannsprüche, die eingravierten Symbole, die einst den Henker vor den Rachegeistern seiner Opfer bewahren sollten.

Der einstige Kabcar hatte sich um die Hinrichtungsinstrumente und deren Beschaffenheiten nicht gekümmert. Nun fragte er sich, ob alle Schwerter und Säbel, die Scharfrichter gebrauchten, Verzierungen in solcher Pracht aufwiesen oder ob er, ohne es zu ahnen, dem Henker aus Granburg etwas ganz Besonderes abgenommen hatte.

Lodrik raffte sich auf, packte die Waffe weg und wanderte ziellos durch die Stadt.

Sora hatte er nie besucht, dafür war seine Amtszeit zu geschäftig und ereignisreich gewesen. Die Häuser und größeren Gebäude glichen architektonisch denen der Hauptstadt, ohne dabei den verschwenderischen Prunk aufzuweisen.

Als er am Gouverneurspalast vorbeikam und die Baugerüste entdeckte, blieb er stehen und starrte mit offenem Mund auf die Veränderungen an der Fassade. Steinmetzen schlugen die alten Ulldraelsymbole aus den Felsquadern, an anderer Stelle hievten mehrere Arbeiter Tzulan-Figuren nach oben, und über dem Eingangsportal prangte der Spruch: *Der Gebrannte schütze deine Wege*, darunter: *Lang lebe Govan Bardri¢*. Was Lodrik begonnen hatte, vollendete sein ältester Sohn mit aller Konsequenz.

Ein schneller Abstecher zum Ulldrael-Heiligtum zeigte ihm, dass er mit seiner düsteren Einschätzung Recht behielt. Der Tempel war geschlossen worden; Handwerker trugen das Gebäude Stein für Stein ab und karrten das so einfach gewonnene Material zur Residenz des Statthalters.

Die Tore verschlossen hielt auch die angesehene Universität Soras, angeblich aus Mangel an Gelehrten.

Neben dem Seiteneingang stand stattdessen das Schild *Werberstube*. Davor warteten drei junge Burschen geduldig, eingelassen zu werden. Anhand ihrer Kleidung erkannte er in ihnen ehemalige Studiosi, die das Buch gegen die Waffe tauschen wollten.

Ein Gefühl brachte den ehemaligen Herrscher des Landes dazu, sich in ihre Richtung zu bewegen, um sie zu fragen, warum sie sich die Schließung der Bildungsstätte gefallen ließen.

Da öffnete sich die Tür, ein Uniformierter trat heraus, musterte sie und blickte schließlich zu Lodrik. »Willst du dich auch dem Heer anschließen, Händler?«, wurde er gefragt. »Wir können jeden starken Arm gegen die Grünhaare gebrauchen.« Prüfend besah er den einstigen Kabcar. »Aber um ehrlich zu sein, du scheinst nicht gerade tauglich zu sein, so dürr wie du bist. Du siehst aus wie ein Totengräber. Überleg es dir lieber noch einmal.«

»Danke«, brachte Lodrik mit Mühe heraus und wandte sich abrupt um.

Es machte ihm im Grunde nichts aus, dass sich Govan vom Gerechten abkehrte. Jedoch sprach die allgemeine Tendenz dafür, dass Tzulans Stern immer heller wurde. Und mit diesem Wachstum schwand all das, was er zu seiner Amtszeit den Menschen gebracht hatte, und die Grausamkeiten nahmen zu. Wahrscheinlich sah es in allen größeren Städten wie in Sora aus.

Er erkannte dabei auch, dass er allein nichts gegen seine Kinder ausrichten konnte. Er musste sich Verbündete suchen, die ihn unterstützten und die er angemessen unterstützen konnte. Als Einzelner würde er in seinem eigenen Land immer auf der Flucht sein, bis man ihn erkannte und es keine Gelegenheit mehr gab, Vinteras schwarzer Sichelschneide zu entkommen.

Die einzigen Verbündeten jedoch waren die, die er zu Zeiten seiner Regentschaft selbst noch bekämpft hatte, um sie in sein visionäres Reich der Gleichberechtigten einzugliedern.

Ein bitteres Lachen entfuhr ihm. *Ich Träumer. Es hätte nie und nimmer zum Erfolg geführt.* Ulldrael oder wer auch immer hätte ihm die notwendige Einsicht schenken müssen, seine Spinnereien über Bord zu werfen, damit er sich mit dem Verwalten seines riesigen Reiches beschäftigte und daselbst für Gerechtigkeit sorgte, anstatt Unmögliches anzustreben und dabei den Blick für die Wirklichkeit zu verlieren.

Sein Ziel stand fest.

Er würde nach Kensustria reisen und dem letzten Widerstand, der sich gegen Govan erfolgreich behauptete, seine Mitarbeit antragen. Lodrik wollte Perdór treffen und ihm alles schildern. Der Herrscher von Ilfaris wusste sicherlich, was zu tun wäre.

Ihm stand eine gefährliche Reise bevor, die aber das einzig Richtige war.

Die Nacht verbrachte er in einem der zahlreichen Gasthäuser, bezahlte mit ein paar angesengten, leicht verformten Waslec, die aus den Ruinen des Totendorfes stammten, und begab sich bei Anbruch des Morgens zum Fluss, um sich auf einem der Kähne einzuquartieren. Die *Soranjalev* nahm ihn auf, und schon eine halbe Stunde später glitt der Bug des trägen Bootes stromabwärts. Unterwegs hörte er die Kunde, dass die Scheune, in dem das Bankett der Bettler stattgefunden hatte, abgebrannt war. Zusammen mit den Menschen.

Zuerst die Totendörfer. Lodrik glaubte nicht an einen Zufall. Er durchschaute Govans Vorgehensweise. *Jetzt die Bettler und Vagabunden. Wann wird er sich an meinen anderen Untertanen vergreifen?*

Deprimiert, müde und geblendet von der Helligkeit der immer höher steigenden Sonnen begab er sich unter Deck, wo er eine kleine Kabine gemietet hatte, und legte sich in die harte Koje.

Zweihundert Warst legte Lodrik auf dem Strom zurück, bis er sich endlich dazu durchrang, eine Beschwörung zu wagen.

Beim nächsten Hafen ging er an Land, erstand ein kleines Zelt, die benötigten Utensilien und etwas Proviant, um die kommenden Tage in einem abgelegenen Waldstück zu verbringen, damit niemand seine Versuche bemerkte.

Auf einer winzigen Lichtung in der Tiefe eines Tannenhains baute er die Kerzen auf, ritzte die Schriftzeichen, so gut er sich noch an sie erinnerte, mit einem Messer in den Boden und rammte das Henkersschwert im Zentrum des Kreises in die Erde. Gefasst nahm er vor der Waffe Platz und versuchte, sich mit aller Inbrunst die Wortlaute ins Gedächtnis zu rufen, bevor er nur eine einzige Silbe von sich gab.

Ein letzter Blick zu den schimmernden Sternen über sich, und Lodrik begann.

Nach einer Stunde musste er sich eine Pause gönnen. Schweißgebadet nahm er einen langen Zug aus dem Trinkbeutel und schüttete sich etwas Wasser ins Gesicht. Ans Aufgeben dachte er noch lange nicht.

Kaum hob er von neuem an, leuchtete das erste aufgeschmiedete Bannzeichen knapp unterhalb des Hefts türkisfarben auf. Ein Stöhnen, ein schweres Seufzen war zu hören.

Hatten seine Nackenhaare einst beinahe senkrecht gestanden, so verspürte er nun kein bisschen Furcht vor dem, was die Klinge verlassen sollte und ihn erwartete. Seine Lippen formten ungerührt die Beschwörungssprüche, bis das nächste Symbol auf der Klinge erglühte. Der dritte Bannspruch glomm direkt danach auf.

Ein Funkeln breitete sich entlang der Mitte aus und brachte alle aufgeschmiedeten und eingravierten Zeichen zum Strahlen, bis das Schwert die gesamte Lichtung in hellblaues Licht badete.

Mit einem leisen Geräusch, ähnlich einem Luftzug, der durch die Fenster pfiff, schoss eine wabernde, schwach konturierte Gestalt aus einem der Symbole, umkreiste Lodrik und zog ihre Bahnen um das Henkersschwert. Der Angriff auf ihn, wie damals, als er es im Keller des Palastes versucht hatte, unterblieb.

»Es funktioniert«, meinte Lodrik knapp und betete die Formeln weiter herab.

Immer mehr der durchsichtigen Schemen drangen aus den mystischen Schnörkeleien, flogen um die Klinge, angezogen wie die Motten vom Licht einer Fackel. Es mussten über dreißig dieser Geisterwesen sein, die sich auf der baumlosen Fläche tummelten, ohne sich großartig um ihren Beschwörer zu kümmern.

Eines der Geschöpfe löste sich aus dem wirbelnden Pulk und näherte sich dem ehemaligen Kabcar. »Du hast sie befreit«, sagte das flackernde Blau eines Mannes. »Wie hast du das gemacht? Du bist der Erste, der diese Leistung vollbracht hat.«

»Jukolenko?«, fragte Lodrik unsicher.

»Du sprichst mit Canuzy, keinem Geringeren als dem Erschaffer dieses Schwertes«, erhielt er zur Antwort. »Ich habe es vor langer Zeit geschmiedet. Es müssen schon einige hundert Jahre ins Land gegangen sein.«

»Und wieso wohnst du selbst in ihm?«

»Es wurde angefertigt von fünf Meistern ihres Fachs und gehärtet im Blut von vier Menschen«, lautete die Erklärung. »Ich habe meine Helfer umgebracht, um an ihren Lebenssaft zu gelangen. Man entdeckte die Tat und köpfte mich mit unserem gemeinsamen Werk.« Das Leuchten glomm einen Augenblick intensiver. »Ich bin die älteste Seele hier drin und stolz, dass es uns geglückt ist, ein solch unvergleichliches Gefängnis zu bauen.«

»Was ist der Sinn eines solchen Zuchthauses?«, verlangte Lodrik zu wissen.

Das hellblaue Flirren rückte etwas dichter heran. »Wir wollten etwas erschaffen, das den schlimmsten Verbrechern die schlimmste Strafe zukommen lässt: ewige Verdammnis an einem Ort, von dem es kein Zurück mehr gibt. Sie sollten auf ewig ihre Taten büßen und Qualen leiden.«

Lodrik lachte böse. »Es ist dir und deinen Freunden wahrlich gelungen.«

Einige der durchscheinenden Konturen kreisten plötzlich schneller, und er vernahm ein vielfaches Aufkreischen und Jammern.

»Du hast sie verärgert«, erklärte Canuzy. »Wenn man scheinbar unendlich lange eingesperrt ist und die Zellentür sich unvermittelt einen Spalt öffnet, erwartet man Freiheit und keinen bösartigen Spott.«

»Sie werden noch viel verärgerter sein, wenn sie hören, was ich mit ihnen vorhabe.« Der einstige Herrscher Tarpols gab sich Mühe, trotz aller Anstrengung unnachgiebig und hart zu klingen. »Ich bin von heute an euer Meister. Ihr alle werdet mir gehorchen und die Aufgaben erfüllen, die ich euch auftrage. Oder ich werde der schlimmste Aufseher eures Gefängnisses sein, den ihr euch vorstellen könnt.«

Nun huschten die nebulösen Schemen wie ein aufgescheuchter Insektenschwarm umher.

»So einfach wird es nicht werden, wie Ihr Euch das vorstellt«, erklärte die Seele des Schmieds. »Zwar sind wir Euren Beschwörungen gefolgt und erschienen. Dennoch werdet Ihr für jeden Dienst, den wir Euch gewähren, eine Gegenleistung erbringen. Alle Gefangenen erhalten Nahrung.«

»Und was verzehren Seelen wie ihr?«

Eine zweite leuchtende Gestalt zischte heran, eine Frau. »Wir verlangen für jede Anstrengung einen Fingerhut Eures Blutes, Meister«, wisperte sie mit einer melodiösen Stimme. »Natürlich für jede Seele.«

»Das ist kaum akzeptabel.« Lodrik wurde erst herrisch und danach sofort milder. »Ein Tropfen sollte ausreichen. Dafür verspreche ich euch, dass ich euch alle freilasse, wenn ich mein Ziel erreicht habe. Die Ächtung soll lange genug gewährt haben.« Die flirrenden, türkisfabenen Gespinste standen still und lauschten. »Bis ich meine Absicht verwirklicht habe, wird es nicht lange dauern. Ein Lidschlag im Vergleich zu der Zeit, die ihr bislang im Schwert verbracht habt.« Er deutete in die Höhe. »Fliegt nach Ulsar und tötet Govan Bardri¢, seine Schwester Zvatochna, Mortva Nesreca und Sinured. Danach …«

»Wir vermögen viel, aber wir sind nicht allmächtig«,

unterbrach ihn die weibliche Seele beinahe singend. »Wir sind in einem gewissen Abstand an die Klinge gebunden, Meister.«

Lodrik verstand, dass seine erste Aufgabe darin bestand, herauszufinden, was seine Seelenkreaturen auszurichten vermochten und wer ihm alles zur Verfügung stand. Das würde sicherlich einige Stunden in Anspruch nehmen. Andererseits brauchte er lange, bis er in Kensustria ankam.

»Ihr werdet wieder in die Klinge zurückkehren, bis ich euch rufe«, befahl er.

Eine der verdammten Seelen nach der anderen verschwand durch die leuchtenden Symbole in dem Metall, bis nur noch fünf von ihnen auf der Lichtung unschlüssig kreisten, misstrauisch geworden gegenüber dem Menschen, der sich als »Meister« präsentierte, und wenig begeistert davon, wieder in das Jahrhunderte alte, stählerne Gefängnis einzufahren.

»Ich habe es euch befohlen«, wiederholte der einstige Kabcar mit aller Autorität.

Da noch immer keine der durchsichtigen Figuren Anstalten machte, seiner Aufforderung nachzukommen, schritt er ohne zu zaudern auf die nächste zu, tauchte seine Finger in sie ein und aktivierte seine Magie.

Mit einem entsetzten Kreischen stob der Schemen auseinander. Zurück blieben flackernde Fragmente der Silhouette, die auseinandertrieben und deren Glühen rasch schwächer wurde.

Blitzartig fuhren die übrigen Verbrecherseelen in ihre tödliche Behausung aus geschmiedetem Eisen. Die Bannsymbole erloschen, das Hinrichtungswerkzeug steckte harmlos in der Erde. Nichts deutete darauf hin, dass es ein Geheimnis in sich barg.

Lodrik begriff nicht recht, was er angerichtet hatte.

Die letzten glimmenden Reste des Geistgeschöpfs

hafteten puderig an seinen Fingerspitzen und -nägeln, bevor auch sie ihre Leuchtkraft verloren und verschwanden. Als das letzte Funkeln erlosch, war er sich sicher, soeben die Seele eines Menschen für immer vernichtet zu haben.

Nachdenklich packte er den Griff und zog die Waffe aus der Erde, reinigte die leicht erwärmten Gravuren und verstaute die Klinge im Beutel.

Ein Nekromant. Es scheint, als käme immer mir die Aufgabe zu, Neuheiten auf Ulldart einzuführen. Erschöpft löschte er die Kerzen und glitt unter die grobe Decke.

Warum ausgerechnet ihm die Beschwörung gelungen war, entzog sich seiner Kenntnis. Wichtiger war, *dass* es ihm gelang.

Vielleicht musste man selbst dem Tode nahe gewesen sein, um die Seelen zu kontrollieren. Im fahlen Licht der Gestirne betrachtete er seine blasse Haut. Oder musste man ganz tot gewesen sein?

Lodrik legte sich auf die Seite, eine Hand am Heft seines Schwertes, das er durch das Tuch hindurch spürte. Mit seinen neuen Untergebenen erschien es ihm nicht mehr gänzlich unmöglich, Govan aufzuhalten – und unter Umständen, nachdem er sie irgendwie freigelassen hatte, sogleich eine neue Seele ins Gefängnis zu sperren.

Kontinent Ulldart, Kensustria, Meddohâr, Frühherbst 459 n. S.

»Zuversicht und Trostlosigkeit lagen noch nie so eng beieinander wie in den letzten Wochen.« Fiorell rückte seinen Strohhut gerade, den er seit dem heimtückischen Anschlag Perdórs trug,, während er mit der freien Hand die Nachrichten nach ihrer Aktualität ordnete. »Der totale Verlust Rogogards gegen den Sieg im

Süden.« Unglücklich schaute er zu seinem Herrn. »Ich weiß nicht, ob man sich darüber aufrichtig freuen kann. Die kensustrianischen Krieger haben rund fünfzehntausend Mann vernichtet. Fünfzehntausend Ulldarter. Dazu kommen noch große Teile der Wahnsinnigen dieser Kavallerieeinheit, die wirklich dachten, ihre Vorbereitungen blieben unseren Verbündeten verborgen.«

Der ilfaritische König hob mahnend den Zeigefinger. »Sei nicht ungerecht. Sie hätten alle Angreifer auslöschen können, wenn du dich erinnerst. Ohne unser Einwirken und das Zugeständnis Tobáars, der seinen Feldherren durchaus hätte folgen können, würden nun mehr als hunderttausend Frauen um ihre Söhne und Ehemänner trauern.«

Der Hofnarr jongliere lustlos mit ein paar Markern und legte sie schließlich zur Seite, um eine Münze zwischen den Fingern seiner rechten Hand hin und her wandern zu lassen. »Es ist verrückt. Wir müssen den Kensustrianern noch dankbar sein, dass sie sich nicht so vernichtend zur Wehr setzten, wie sie eigentlich dazu im Stande wären. Das restliche Ulldart ahnt nicht einmal, welchen katastrophalen Ausgang der schwachsinnige Feldzug des Kindkönigs nehmen wird. Die nächste Welle wird genauso wirkungslos gegen die kensustrianische Verteidigungsmauer schwappen und sich daran aufreiben wie die erste.« Die Münze flog hoch in die Luft, rotierte um die eigene Achse und landete ohne zu wackeln mit der flachen Seite auf der ausgestreckten Fingerkuppe des heute nicht zu Scherzen aufgelegten Spaßmachers.

»Vierunddreißigtausendeinhundertzwanzig Gefangene, die Mehrzahl stammt aus dem Kavallerieregiment.« Perdór unterstrich das Ergebnis seiner Addition zweifach, um es hervorzuheben. Landsleute, deren Leben sie gerettet hatten und die nun hinter der Front in behelfsmäßigen Lagern eingesperrt saßen.

Die Verluste der Kensustrianer beliefen sich auf hunderteinundzwanzig Mann, die aller Wahrscheinlichkeit nach durch Glückstreffer der ulldartischen Bombardenlafetten ums Leben gekommen waren. Mit einem Ruck richtete der König sich auf.

»Wie auch immer, unsere Aufgabe wird es sein, aus dem Geschehen eine Mixtur anzurühren, die uns zum Vorteil gereicht.« Er nahm die Aufzeichnungen zur Hand. »Unsere Leute in den verschiedenen Reichen werden das Märchen von der Unbesiegbarkeit der Kensustrianer weiter verbreiten. Zu den Halbwahrheiten der Überlebenden über die monströsen Krieger mengen wir noch andere Dinge, die richtig Angst machen. Ich will, dass jeder neue Rekrut von den sagenhaften Kräften der Kensustrianer erfährt, damit sich seine Hose füllt, wenn ein Busch im Wind raschelt.«

Äußerst zufrieden las er die Nachricht, dass die verwirrende Affäre über den Verbleib von Lodrik Bardri¢s Leichnam noch immer nicht aufgeklärt war.

Er würde die Variante forcieren, in der der alte Kabcar verwirrt durch die Lande streifte und sein Sohn den Thron unter keinen Umständen räumen wollte. Er wackelte mit den Fingern und schnappte sich ein Stück Konfekt, ein hauchdünnes Täfelchen aus zwei unterschiedlichen Schokoladesorten.

»Habt Ihr die Neuigkeiten aus Ulsar gelesen, Majestät?«, fragte Fiorell. »In den Provinzhauptstädten Karet, Ulsar, Ker, Granburg, Berfor, Sora und Restyr starben Bettler in Folge eines Festessens. Überall waren es Unfälle: Brände, Blitzschläge, umgefallene Kerzen, außer Kontrolle geratene Lagerfeuer und Ähnliches.«

»Arme Seelen«, seufzte Perdór. »Sie wurden genauso Opfer von Tzulan wie die unzähligen Totendörfer, die dem Erdboden gleichgemacht wurden.«

»Er stopft dem Gebrannten die Gaben nur so ins gefräßige Maul«, der Hofnarr verzerrte das Gesicht zu einer Fratze, »was auch recht einfach ist, nachdem in diesen Städten die Gouverneure ausgetauscht wurden. Scheinen alles Tzulani zu sein.«

»Immerhin, nicht überall kommen Govans Methoden gut an«, meinte Perdór ein wenig zuversichtlicher. »Die Rücknahme der Reformen, die drastischen Gesetzesverschärfungen, die Soldatenpflicht, höhere Steuern sowie großkotzige Adlige und Brojaken haben einiges an Verstand in den Reichen wachgerüttelt.« Perdór schob sich ein weiteres Schokoladenplättchen in den Mund, nicht bevor er es intensiv gemustert hatte. Einen Racheakt Fiorells für die Glatze schloss er nicht aus. »Das unverblümte Abreißen der Ulldraeltempel oder das dreiste Umwidmen in Tzulanstätten hat etliche dazu bewogen, über den Sohn von Lodrik Bardri¢ nachzudenken. Meine Lieblinge sind im Augenblick die Aufständischen in Karet. Sie erhalten Beistand aus der Bevölkerung, damit sie ihren Widerstand aus den Bergen heraus fortsetzen, nachdem Rogogard als Nachschublieferant ausgefallen ist. Und die Warteschlangen vor den Werberstuben haben sich beinahe in Nichts aufgelöst, die ersten harten Steuereintreiber erhielten Schläge von Dorfbewohnern. Der Wind, der Govan den Rücken stärkte, flaut ab, mein geschätzter Fiorell. Es wird nicht mehr lange dauern, bis er sich dreht. Und wir spielen dabei ein bisschen Wettergott.«

Der Spaßmacher gab dazu keinen Kommentar ab. Seine eigenen Favoriten waren die Bewohner der Stadt Ammtára, die seit nicht allzu langer Zeit den Zusatz »frei« führte. Sie widersetzten sich nicht nur den indirekten Befehlen des Kabcar für Menschenopfer, sie schrieben darüber hinaus sämtliche Korrespondenzen zwischen den Tzulani in ihrer Heimat und in Ulsar ab, verbreiteten sie in Flugschriften und distanzierten sich von den Geschehnissen. Sie warnten alle Menschen, sich vor den Fanatikern des Gebrannten Gottes in Acht zu nehmen.

Unter anderen Umständen hätte Fiorell vermutet, dass Perdór dahinter steckte, um einen weiteren Keil einzuschlagen, aber nach mehreren Meldungen aus turîtischen Dörfern sowie Städten in der Nachbarschaft der vorbildlichen Siedlung der Sumpfwesen glaubte er an die Echtheit.

In Dreiergruppen wanderten die Kreaturen, die man einst wegen ihres Aussehens, ihrer Geschichte und mancher ihrer Taten gehetzt hatte, umher und warnten die anderen vor den Machenschaften sowie dem Tun der Tzulani-Brut. Mehr und mehr schenkte man den Wesen Glauben.

»Was für ein verdrehter Kontinent«, entschlüpfte es ihm leise.

»Wenn ich mir so anschaue, was sich im Norden zusammenbraut, werden wir bald nicht mehr die Einzigen sein, die um ihre Freiheit bangen müssen«, machte ihn sein Herr auf eine völlig andere Entwicklung aufmerksam. »Hier.« Die Spitze des Zeigestocks schlug auf Verbroog. »Wenn du mich fragst …«

»… was ich hiermit tuc …«

»… rüstet sich der Größenwahnsinnige für eine Ausdehnung in Richtung Kalisstron.«

»Ein Zweifrontenkrieg?« Ungläubig blickte der Possenreißer zu Perdór. »Das kann er nur riskieren, wenn er sich trotz der eingefahrenen Niederlage seines Sieges im Süden durch und durch sicher ist. Was ich anzweifle, Majestät.«

»Wenn er sich aber mit seinen gewaltigen magischen Kräften an die Spitze eines Heeres stellt und seine Schwester noch mitbringt, wage ich wiederum deinen Zweifel anzuzweifeln«, gab der pummelige Herrscher zurück. Er kratzte sich mit dem Zeigestock am Rücken. »Man müsste die Kalisstri warnen. Andernfalls würde es sie unvermittelt treffen, und die wichtigen Anfangssiege wären Govan sicher. Die Städtebünde, so liberal sie eingestellt sein mögen, können der geballten Armada von Sinured und den tzulandrisch-palestanischen Flottenverbänden keine echten Hindernisse in die Fahrrinne legen. Die Kaufleute bringen dank ihrer Kontore die Ortskenntnis mit, die Tzulandrier die benötigte Schlagkraft.«

»Der Süden, Majestät«, blieb Fiorell beharrlich bei seiner ersten Frage. »Wie will er den Süden knacken? Nur mit einer Armee und seiner Magie kann er sich auf Dauer nicht halten. Noch ist er nicht in der Lage, sich aufzuteilen.«

»Eben. Das kann nur bedeuten, dass er etwas in der Hinterhand hat, das von der Wirkung her stark genug ist, um die Kensustrianer nachhaltig zu schwächen.« Seine Augen verengten sich zu Schlitzen. »Wenn ich daran denke, dass die Tadca in meinem Schlösschen sitzt und sich die Leckereien aus meinen Vorratskellern schmecken lässt, könnte ich wie ein zu heiß gebratener Kugelfisch platzen!« Er raufte sich die grauen Löckchen. »Womöglich hat sie noch die Rezeptur für meine gefüllten Törtchen entdeckt und gestohlen. Die Einzigartigkeit wäre dahin.«

»Süßmäuliger Jammerlappen«, beschimpfte ihn der Hofnarr. »Denkt lieber daran, dass wir weder vom Schicksal Miklanowos noch von Rudgass etwas wissen, seitdem die Festung der Piraten fiel.«

»Ja, ja, ich weiß«, winkte der König ab. »Lass mich doch ein wenig lamentieren. Ich hoffe aber ehrlich, dass sie etwas in den Küchen zurücklässt. Wenn wir eines Tages – eines nicht allzu fernen Tages – wieder in die Normalität zurückkehren und Frieden herrscht, will ich ein Festessen. Hoffentlich rührt sie meine Köche nicht an.«

Er bedauerte, dass die Tadca wieder aus Séràly abgereist war. Er hatte gehofft, dass ein schnelles kensustrianisches Kommando die Schwester des Größenwahnsinnigen Bardri¢ entführen könnte. Aber wenn die neue, unweigerlich erfolgende Offensive anrollte, würde sie wieder nach Ilfaris und zu den Truppen reisen. Dann müsste es ihnen irgendwie gelingen, Soscha in die Nähe der magiebegabten Tadca zu bringen.

»Wo ist eigentlich das junge Fräulein, das sich so herrlich gut benehmen kann?«, wollte er wissen.

Fiorell deutete nach oben und meinte damit, dass sich die Ulsarin wie immer mit dem Erforschen ihrer Fertigkeiten beschäftigte. »Sie möchte Euer feistes Marzipangesicht nicht sehen, weil sie Angst hat, die Kräfte könnten sich wegen Eures Anblicks erschrecken«, sagte er unschuldig und bewegte sich zur Tür. »Die Magie ist eine sehr sensible Pflanze.«

»Sehr komisch, Glatzkopf«, erwiderte der König eingeschnappt. »Hier hast du deinen Auftrag für die kommenden Tage: Wir müssen herausfinden, was aus Rudgass und der Brojakin wurde. Ich vermute, dass sie als Gefangene auf Verbroog sitzen. Bis Nesreca erfährt, wer ihm da unverhofft ins Netz ging, müssen wir sie herausholen. Miklanowo spielt eine wichtige Rolle im Kampf um das Schicksal des Kontinents, wenn ich die Meldung von Rudgass recht in Erinnerung habe.«

Der Hofnarr legte sein Haupt schief. »Der Pirat hat es doch bis jetzt immer irgendwie geschafft, aus dem Schlimmsten das Beste zu machen. Die Tarvinin und er sind ein ganz hervorragendes Gespann.« Er trat auf den Gang. »Ich bringe den anderen die neuen Zahlen, Majestät.«

Einen Lidschlag später war Perdór allein. Sein Blick wanderte zur großen Detailkarte Kensustrias, die man mit ein paar Nadeln am Gebälk aufgehängt hatte. Er würde vieles darum geben zu wissen, was der Kabcar vor seinen Spionen zurückhielt und was ihn unerschütterlich an einen schnellen Einzug ins Land der Grünhaare glauben ließ.

Es könnte sich auch um ein Täuschungsmanöver handeln. Perdór kannte den ältesten Sohn Lodrik Bardri¢s noch nicht gut genug, um ihn und seine Reaktionen wahrhaftig einzuschätzen. Die Berichte aus der tarpolischen Hauptstadt wiesen Govan als einen wahren Choleriker aus, eine Gemeinsamkeit, die alle männlichen Bardri¢s teilten. Er neige dazu, so hieß es, seine Magie massenwirksam einzusetzen und die Bewunderung, vielleicht auch die Furcht der Untertanen zu wecken.

Sein Machthunger gestaltete sich grenzenlos, den jungen Mann selbst stellte Perdór, was die Rücksichtslosigkeit anging, etliche Stufen höher als seinen Berater. Dennoch reichte es nicht aus, um Prognosen zu wagen.

Mit besorgter Miene las er die Nachricht, dass mehrere Cerêler auf dem Weg nach Ulsar seien, um sich für die Anstellung als Hof-Heiler zu bewerben.

Üblicherweise bestellten die Herrscher jenen Cerêler zu sich, von dem am besten gesprochen wurde und der die spektakulärsten Erfolge vorweisen konnte.

Dass die Cerêler nun aus allen Teilen des Großreiches in die Hauptstadt reisten, bereitete Perdór nur weiteres Unwohlsein.

Das Volk wäre ohne jede Hilfe, sollte eine schwere, ansteckende Krankheit ausbrechen. Es konnte nicht sein, dass dies in seinem Sinn war, dazu brauchte er die freiwilligen und zum Dienst gepressten Soldaten zu sehr für seinen Krieg. Was also hatte er mit all den Cerêlern vor? Was machte die kleinwüchsigen Menschen für den Kabcar so interessant, dass er sie nach Ulsar bestellte?

Der König beobachtete, wie das Schokoladentäfelchen zwischen Daumen und Zeigefinger in Windeseile schmolz. Ein Gedanke traf ihn unvermittelt.

Ihre Magie! Was ist, wenn er sie wegen ihrer Magie benötigt? Das wiederum ergäbe einen triftigen Grund für die Invasion Kalisstrons, die Heimat der Cerêler.

Perdór schnalzte mit der Zunge, richtete seinen brokatenen Morgenmantel, den Fiorell inzwischen spöttisch als »Rund-um-die-Uhr-Umhüllung« bezeichnete, und schob sich rasch das Schokoladentäfelchen in den Mund.

Der Exilherrscher ging an sein Stehpult und setzte eine Nachricht auf, die allen Cerêlern, die sich noch nicht auf der Reise nach Ulsar befanden, eine Warnung sein sollte – wenngleich er nicht ganz genau wusste, wovor er sie warnen sollte. Doch sie geradewegs ins Verderben ziehen lassen, das durfte er nicht. Er betete, dass man seinen Botschaften Glauben schenkte. Wenn es ihm gelänge, ihre Aufmerksamkeit zu wecken, wäre vielleicht auch schon etwas gewonnen.

Die Feder huschte über das Papier, und er klingelte nach einem Bediensteten, der die Zeilen zur Vervielfältigung in die Schreibstuben brachte.

Der König drehte eine Bartlocke um den kleinen Finger und bedachte eine andere, größere Landkarte mit dem darauf eingezeichneten Ulsar mit einem knappen Blick. Im Grunde müsste man selbst handeln, agieren statt zu reagieren, und auf verschlungenen Wegen bis in die Hauptstadt eilen, um die Quellen des Bösen auszuschalten. Alle Bardri¢s würden genauso darunter fallen wie Nesreca und Sinured. Wenn man die Häupter abtrennte, könnte man mit der entsprechenden Vorbereitung aus der Verwirrung eine neue Ordnung entstehen lassen, die Frieden brächte.

Doch die tzulandrisch-tarpolische Kriegsmaschinerie aufzuhalten, das war eine Arbeit, die man auf diese Weise nicht realisieren konnte.

Soscha reichte, bei aller Ausbildung und Magiebefähigung, als Assassinin nicht aus, und die Kensustrianer kämen keine zwanzig Warst weit, ohne dass sie entdeckt würden.

**Kontinent Kalisstron, Bardhasdronda,
Frühherbst 459 n. S.**

Waljakov erhielt überraschend Besuch. Håntra erschien bei seinem Feuerturm und brachte einen Korb voller Leckereien mit, die sie gemeinsam am Plateau verzehren wollten.

Doch plötzlich kam ein heftiger Wind auf. Eine Bö erfasste die Frau und trieb sie in Richtung Abgrund. Der Hüne sprang auf und bekam sie am Gürtel zu fassen. Doch er trat dabei ins Leere, taumelte und glitt über den Rand der Felskante.

Geistesgegenwärtig zog er sein Schwert und rammte es in eine Felsspalte. Das Metall verkantete sich und bog sich bedrohlich unter der Last. Doch glücklicherweise war ihr Sturz nicht unbemerkt geblieben. Die Türmler eilten herbei und zogen die beiden nach oben. Keuchend sank Waljakov auf den Fels, die Hand immer noch am Gürtel der Frau.

Weit draußen waren mehrere Fischerboote auszumachen, die von ihrer Fahrt zurückkehrten und vor dem immer stärker werdenden Wind im heimatlichen Hafen Schutz suchten. Bald würden nur noch Wahnsinnige den Weg über das tobende Wasser wagen.

»Danke, dass du mir das Leben gerettet hast«, sagte Håntra nach einer Weile, schmiegte sich an ihn und gab ihm einen Kuss auf die Wange. Dann fuhr sie ihm mit der Hand am Unterkiefer entlang und streichelte den silbrig weißen Bart.

Waljakov seufzte. Dies war genau das Terrain im

Leben eines Mannes, auf dem er so unbedarft wie kein Zweiter war, einmal abgesehen von dem jungen Lodrik.

Sicher, es hatte Frauen in seiner Vergangenheit gegeben. Meist waren es Kämpferinnen seiner Art gewesen, mit denen er niemals lange zusammengeblieben war, bis er sich endgültig für die Einsamkeit entschieden hatte.

Was sich nun anbahnte, schien den Rahmen dessen, was er erlebt hatte, zu sprengen. Damit konnte er nicht umgehen. Er nahm Håntras Hand und küsste sie.

Die Kalisstronin schien mit dem kargen Geständnis zufrieden zu sein. Ein Leuchten ging über ihr Antlitz, sie gab ihm einen neuerlichen Kuss auf die Wange.

Waljakov wandte sich ihr zu, und seine eisgrauen Augen verloren zum ersten Mal seit langer, langer Zeit die Kälte. All seine Bedenken versanken beim Blick in die tiefgrünen Augen dieser Frau. So etwas fühlte er zum ersten Mal in seinem bewegten Dasein: Geborgenheit, Sicherheit, Wärme.

Lorin stand auf dem Wachturm über dem Westtor von Bardhasdronda und schaute mit dem Fernrohr hinüber zur Baustelle, wo der Ulldrael-Tempel immer weiter in die Höhe wuchs. Angefangen hatte Matuc mit einer kleinen Hütte, die auf einer gestampften Grundplatte ruhte. Inzwischen waren die Gläubigen dazu übergegangen, massive Steinquader aufeinander zu schichten. Parallel dazu versorgten sie noch die Gewächshäuser inner- und außerhalb der Stadt, damit der Anbau der Süßknollen zu keiner Zeit vernachlässigt wurde. Das Geschenk Ulldraels an Kalisstron fand sich auf vielen Tischen der Familien wieder; vor allem Ärmere profitierten von den Schenkungen, die der Geistliche durchführte.

Lorin entschloss sich, Matuc zu besuchen. Er fand ihn vor dem Rohbau.

»Ulldrael sei mit dir.« Der Mönch betrachtete den jungen Mann von der Seite. »Auch auf die Gefahr hin, dass du es nicht hören willst: Dein Glaube könnte etwas mehr Intensität vertragen, mein Junge. Wenn wir gegen das Böse auf Ulldart ziehen …«

»… verlasse ich mich auf meine Magie und meine Freunde, Matuc«, blockte der Milizionär den erneuten Bekehrungsversuch seines Ziehvaters freundlich, aber eindringlich ab. »Wenn Ulldrael, Kalisstra oder ein anderer der guten Götter mir Beistand anträgt, werde ich mich nicht dagegen sträuben. Bis dahin bringe ich ihnen Respekt entgegen, jedoch kein Vertrauen.« Lorin sah Matuc an, dass seine Antwort nicht so ausfiel, wie der Mönch sie gern gehört hätte. »Gräme dich nicht. Vielleicht liegt es an meinen Kräften, weshalb ich nicht der überzeugteste Gläubige bin.« Er klopfte ihm auf die Schulter. »Vielleicht ändert sich das eines Tages.«

»Bis dahin freue ich mich über meine Erfolge auf Kalisstron«, meinte der Geistliche ein wenig versöhnt. »Was gibt es Neues aus den Nachbarstädten?« Er hakte sich bei Lorin ein und unternahm mit ihm einen kleinen Rundgang über die Baustelle.

»Wir beabsichtigen, mit einer kleinen Abordnung in Vekhlathi einzudringen und nach den Palestanern zu suchen.« Der Milizionär grinste. »Waljakov ist sich sicher, dass er eine Krämerseele auf hundert Schritt erkennt, allein schon wegen des Gangs eines ›turtelnden Täuberichs‹. Die diplomatischen Versuche der Hohepriesterin haben nichts erreicht, der Bürgermeister nahm keine Verhandlungen mit ihr auf. In dem Brief, den man ihr mitgab, glaubt der Glatzkopf Formulierungen zu erkennen, die palestanischen Klauseln aufs Wort gleichen.«

Er erzählte weiter, dass es keinerlei neue Schiffssichtungen mehr gab. Die tzulandrischen Verbündeten hatten anscheinend begriffen, dass ihr Auftauchen zu auffällig für einen Überraschungsangriff war.

Der taktische Zusammenschluss von Bardhasdronda mit der Stadt Kandamokk nördlich von Vekhlathi brachte eine vorläufige Sicherheit.

»Und wir haben damit Zeit, unseren Nachbarn die Augen über die Palestaner zu öffnen, sobald wir Beweise für deren Unredlichkeit im Kontor finden«, schloss Lorin.

»Und wann soll die Unternehmung stattfinden?«

»Wir wissen es noch nicht genau«, wich der junge Mann aus. »Lange warten wir nicht mehr. Ich fühle mich in meinem Verdacht bestätigt, dass die Seehändler hinter unserem Zwist mit Vekhlahti stecken.«

Matuc blieb vor der großen Ulldraelstatue aus Walbein stehen, die Blafjoll geschnitzt hatte. »Ich hatte auf Ulldart wenig mit den Palestanern zu tun«, erinnerte er sich, »aber es würde sehr gut zu ihnen passen. Die wenigsten Kaufleute kennen Moral und Loyalität. Geld und Macht sind das, was sie schätzen.« Er verneigte sich vor dem Abbild des Gerechten und begleitete seinen Ziehsohn zur Pforte. »Dann will ich dich nicht länger aufhalten,« verabschiedete er ihn. »Du wirst Einiges zu tun haben.«

»Bete, dass unser Vorhaben gelingt«, bat er den Geistlichen. »Auf dich wird Ulldrael mehr hören als auf mich.«

Der Mönch schenkte ihm ein gütiges Lächeln. »Er würde auch dir zuhören, Lorin. Wenn du es ernst meinst.« Matuc winkte ihm zu und ging zurück in den Rohbau.

Im üblichen Dauerlauf machte Lorin sich auf den Rückweg und kehrte pünktlich auf seinen Posten zurück.

Zusammen mit Rantsila ging er die Aufzeichnungen der Feuertürme durch, ohne dabei auf Auffälligkeiten zu stoßen. Die tzulandrischen Verbündeten der Vekhlathi schienen wie vom Erdboden – oder der See – verschluckt.

Lorins Dienst endete mit einem letzten Rundgang, bevor er gegen Mitternacht zu Jarevrån ins Bett stieg. Wie immer tauschten sie verliebte Zärtlichkeiten aus, und wie fast immer endete es damit, dass das junge Ehepaar eine Stunde später als beabsichtigt erschöpft in die Kissen sank, eng umschlungen und voller Glück.

Das alles aufgeben für ein unbekanntes Land mit unbekannten Menschen? Lorin presste seine Frau an sich und grübelte bis zum Morgengrauen.

Das Eindringen in die verfeindete Nachbarstadt wurde schwieriger als erwartet. Dennoch schafften sie es, in die Mauern von Vekhlathi und das Kontor der Palestaner zu gelangen. Sie überwältigten die Kaufleute und ihre tzulandrischen Leibwächter und brachten schließlich in Erfahrung, dass die Palestaner hinter dem Diebstahl der Süßknollen steckten. Sie hatten die Vekhlathi damit gelockt, einen Handelsvertrag abschließen und die Süßknollen nur über diese Stadt beziehen zu wollen. Allerdings dachten die Kaufleute niemals daran, einen solchen Vertrag zu unterzeichnen. Ihr Aufrag war es vielmehr, für Unruhen auf Kalisstron zu sorgen.

Die Neuigkeit, dass Govan auf dem Thron saß und Lodrik gestorben war, machte Waljakov sehr zu schaffen.

Atrøp, der cerêlische Bürgermeister von Vekhlathi, führte das Verhör in seinem Dienstzimmer.

»Folglich hätte es das zugesicherte Handelsabkommen nicht gegeben?«, verlangte er zu wissen.

Patamo Baraldino, der letzte Überlebende der palestanischen Kauffahrer, schaute an die Decke des Raumes. »Das kann ich nicht mit Sicherheit verneinen«, wich er aus, »aber es dürfte recht unwahrscheinlich sein, dass der Vertrag in allen Punkten voll zum Tragen gekommen wäre. Allerdings bin ich darüber kaum in Kenntnis gesetzt, was der Kaufmannsrat mit dem Kabcar verabredet hat.« Er richtete seinen brokatenen Rock. »Ich weiß nur, dass wir hier sind, um Unruhe zu stiften.«

»Das alles spricht dafür, dass sich eine Gefahr dem Kontinent nähert, die völlig überraschend über Kalisstron hereinbrechen sollte«, schloss Lorin beschwörend die Anhörung, bei der sie schon zwei Stunden verweilten. Er nahm die Unterlagen und hielt sie hoch. »Der andere Kauffahrer ist leider tot. Wenn es uns trotzdem gelingt, dies hier zu entschlüsseln, werdet auch Ihr restlos überzeugt davon sein, den Falschen vertraut zu haben, Atrøp.«

Der Cerêler, der abgesehen von der kindlichen Statur nichts mit Kalfaffel zu tun hatte, schien ohnehin bereits umgestimmt zu sein. »Wir werden auf alle Fälle keinerlei bewaffnete Konflikte zwischen den Städten herbeiführen«, sicherte er zu. »Das alles ist viel zu unübersichtlich. Die Entwicklung deutet darauf hin, dass wir uns von den Palestanern und ihren hochtrabenden Versprechungen blenden ließen.« Er nahm die Papiere an sich. »Ich lasse Abschriften machen, damit sich die klügsten Köpfe aus Vekhlathi und Bardhasdronda damit beschäftigen können.«

»Ich danke Euch, Bürgermeister«, sagte der junge Mann erleichtert und atmete auf. Die Gefahr eines Krieges war somit vorerst gebannt. »Was gedenkt Ihr zu tun, wenn neue Tzulandrier oder Palestaner auftauchen?«

»Festsetzen«, entschied der Cerêler. »Vielleicht erfahren wir von denen mehr. Ich habe lediglich Angst davor, dass sie den Überfall vorziehen, wenn ihre Spione sich nicht mehr melden.«

»Wenn sie so weit wären, würden wir ihre Segel

schon längst sichten«, gab Waljakov seine Einschätzung ab. »Sie sind sicherlich noch mit den Vorbereitungen beschäftigt. Hätten sie eine große Übermacht zur Verfügung, brauchten sie die kalisstronischen Scherereien nicht anzuzetteln, um den Gegner im Inneren zu schwächen.«

»Das macht Sinn«, stimmte Atrøp dem Hünen zu. »Man sollte alle Küstenstädte vor fremden Segeln und Schiffstypen und nicht zuletzt vor den Palestanern warnen. Alles, was aus Ulldart kommt, muss mit Vorsicht betrachtet werden. Wie wäre es, wenn ich Boten nach Norden, Bardhasdronda Nachrichten in den Süden schickte?« Er setzte ein paar Zeilen an Kalfaffel auf und reichte sie Lorin. »Hier, gebt meinem Amtskollegen das, Seskahin.« Er lächelte vorsichtig. »Unsere Städte sollten schnell wieder Freundschaft schließen, damit wir uns gegen die Fremdländler besser zur Wehr setzen können.«

»Einverstanden«, strahlte der Anführer der Truppe. »Ihr macht uns damit sehr glücklich.«

Der kleinwüchsige Heiler deutete eine Verbeugung an. »Der Dank gebührt voll und ganz Euch, Seskahin. Von Eurem Mut habe ich schon viel gehört. Jetzt weiß ich, dass nicht ein Wort davon erfunden ist. Ohne Euch und Eure Wachsamkeit wäre es gewiss zu einem großen Unglück gekommen. Das wird niemand in diesem Teil Kalisstrons vergessen.«

Sie schüttelten sich die Hände und verließen die Amtsstube.

Waljakov sorgte sich. »Wenn die Tzulandrier immer noch die gleiche Schlagkraft besitzen, wie ich sie erlebt habe, dürfen sie den Fuß nicht auf den kalisstronischen Strand setzen«, meinte der Glatzkopf. »Die Miliz wird den schlachtenerfahrenen Soldaten kein ebenbürtiger Gegner sein.«

»Warten wir ab, was die anderen dazu sagen.« Der

junge Mann betrachtete das offene Meer und stellte sich eine Vielzahl von fremden Segeln vor. Die Angreifer würden zu tausenden an Land stürmen, Bardhasdronda und den Rest der Ostküste einfach überrollen und die Kalisstri unterjochen.

Was würde dann aus ihm und Jarevrån, was aus ihren Nachkommen werden? Selbst wenn ihm der Gedanke nicht gefiel, in unbekanntes Terrain zu reisen, fremde Menschen zu treffen und in die absolute Ungewissheit zu gehen: Könnte er mit seinem Einschreiten die Wahrwerdung der düsteren Vision eines unterdrückten, von Eroberern geschundenen Landes verhindern, würde er das Wagnis in Kauf nehmen. Um Jarevrån jegliches Unheil zu ersparen.

»Warten wir, was die anderen sagen«, wiederholte er langsam und stand auf, um einen Blick auf die Silhouette der Stadt zu werfen.

Obwohl er sich dagegen wehrte, gaukelte ihm seine Phantasie tzulandrische Eroberer vor, die die Mauern wie Heuschrecken erklommen und Bardhasdronda plünderten.

Sein vager Entschluss wandelte sich zur Gewissheit. Er würde handeln.

»Eine Gefahr muss aufgehalten werden, bevor sie bei uns ankommt. Sobald die Witterung es zulässt, breche ich nach Ulldart auf«, verkündete Lorin in Kalfaffels Haus.

Waljakov, Matuc und Fatja, die ebenfalls im Wohnzimmer des Bürgermeisters saßen, schauten ihn wie auf einen stummen Befehl hin an.

»Es soll nicht egoistisch klingen«, warf der Cerêler behutsam ein, »aber einen Helden wie dich, einen magisch begabten Helden, bräuchten wir dringend hier in unseren Reihen.«

»Bei allem Respekt«, schaltete sich der Hüne ein,

»aber sollten die Tzulandrier mit ihrer Flotte aufkreuzen, bräuchte es ein Heer von Magiern, um sie aufzuhalten. Wenn man eine Überschwemmung eindämmen möchte, stopft man das lecke Fass und wischt nicht so lange auf, bis es leer ist.«

»Genauso sehe ich es auch«, sagte Lorin. »Der Angriff muss im Keim erstickt werden, indem ich mich denen stelle, die der Grund dafür sind.« Seine blauen Augen leuchteten auf. »Wenn ich alles richtig verstanden habe, bin ich der Einzige, der meinen Geschwistern etwas entgegenzusetzen hat.« Er blickte zu seinem Ziehvater. »Zuerst, das gebe ich zu, wollte ich Kalisstron nicht verlassen. Es ist meine Heimat. So dachte ich noch vor kurzem. Die Ulldarter sollen ihre Angelegenheiten selbst regeln und uns in Ruhe lassen. Aber dummerweise tun sie das nicht.« Seine Augen blickten die Anwesenden der Reihe nach an, während er redete. »Mein Bruder will offensichtlich noch mehr Land, das er beherrschen kann. Und ich werde ihn aufhalten. Warte ich ab, ist der Ausgang zu ungewiss.« Er senkte seine Stimme. »Versage ich, spielt es sowieso keine Rolle mehr. Vielleicht kehre ich nicht mehr zurück, vielleicht bleibt meine Unternehmung nur ein Versuch. Doch alles andere fruchtet nichts. Ich bin jedenfalls bereit, mich meinem Schicksal, meiner Bestimmung zu stellen.«

Fatja nahm seine Hand und drückte sie, Matuc nickte ihm zu, Waljakovs Miene erschien unlesbar wie immer. Kalfaffel dagegen brauchte eine Weile, um sich von der Überraschung zu erholen.

»Ich hatte schon mehrfach Visionen«, meldete sich Lorins große Schwester. »Es ist so, wie er es vermutet. Seine Zukunft, sein Handeln ist eng mit den Geschehnissen auf Ulldart verbunden. Alles Entscheidende wird sich dort abspielen, nicht auf Kalisstron.«

Schweigen senkte sich auf die Versammlung nieder.

»Wenn es so sein soll, gebe ich dir das beste Schiff und die besten Seeleute«, sagte der Bürgermeister und stopfte sich seine Pfeife. »Du wirst sicher in Ulldart ankommen, sobald die Winterstürme vorüber sind.« Er reichte ihm die Hand, ohne Angst zu haben, dass es zu einer magischen Reaktion kam. »Wenn du Teil eines höheren Geschehens bist, Seskahin, soll es nicht daran scheitern, dass wir Menschen aus Bardhasdronda dich nicht dorthin brachten, wo du dringend benötigt wirst.«

»Und rate, wer dich begleitet«, sagte der einstige Leibwächter. »Ich muss noch ein paar Rechnungen begleichen, und wenn es das Letzte ist, was ich tue.«

Matuc stampfte mit seinem Gehstock auf. »Das Schiff wird richtig voll werden.«

»Vielen Dank, Kalfaffel«, sagte Lorin. »Entschuldigt mich, ich will Jarevrån nicht in Unkenntnis lassen. Im Übrigen bitte ich, dass meine Abreise bis zum eigentlichen Tag geheim gehalten wird. Ich mag es nicht, die nächsten Wochen von den Menschen angestarrt zu werden, was bestimmt passieren würde.« Er grüßte in die Runde und verließ das Haus des Cerêlers.

»Mein kleiner Bruder ist ziemlich tapfer und sehr erwachsen für sein Alter«, befand die Borasgotanerin. »Er ist recht selbstlos.«

»Wie alle Helden«, meinte Waljakov trocken und stand auf.

»Glücklich bin ich nicht mit der Sache. Wenn meine Visionen doch nur deutlicher ausfielen.«

»Ich weiß, wie es endet. Ohne Propheterei, kleine Hexe«, grollte der einstige Leibwächter, bevor er ging. »Wir gewinnen.«

Leise lachend löste sich die Versammlung auf.

Doch die Heiterkeit wirkte verkrampft. Wohl war keinem, wenn er an das Kommende dachte.

Waljakovs Leben wurde durch die Liebe komplizierter, aber nicht weniger schön.

»Ich habe einen Entschluss gefasst«, eröffnete ihm Håntra bei einem Spaziergang. »Ich werde aus dem Tempeldienst ausscheiden und mit dir nach Ulldart kommen, wenn du eines Tages gehst.« Die grünen Augen der Priesterin hefteten sich liebevoll auf das Antlitz des Kriegers, um an seinem Ausdruck abzulesen, was er davon hielt.

Waljakov war überwältigt und strahlte sie an. Doch sofort erlosch die Freude.

»Es wird schon bald so weit sein. Ich weiß nicht, ob ich lebend von diesem Gang zurückkehre«, sagte er ihr ehrlich. »Sollte mir etwas geschehen, säßest du mutterseelenallein auf einem fremden Kontinent.« Er sah ihr die Enttäuschung an, streichelte ihr Gesicht und schluckte. »Ich verspreche dir, dass ich zurückkehren und dich holen werde. Zwei Jahre sollst du warten. Halte ich diese Frist nicht ein, such dir einen guten Kalisstronen.«

Håntra küsste seine Fingerspitzen. Sie würde auf ihn warten, egal wie lange es dauerte. Sie lächelte ihn an und legte den Kopf an seine Brust.

Waljakov berührte ihr schwarzes Haar mit den Lippen. Er löste sich widerwillig von ihr, küsste sie auf den Mund und schritt die Straße entlang, um die Freunde zusammenzurufen.

Die Zeit schien nun wirklich reif, die Dinge in der Heimat ins rechte Lot zu rücken.

Und zwar so rasch wie möglich, um die Frau an seiner Seite zu bekommen, die ihm ihr Herz geschenkt hatte. Er würde es unter keinen Umständen mehr missen wollen.

VIII.

Kontinent Ulldart, Großreich Tarpol, Provinz Huron, Frühherbst 459 n. S.

Unter den Ästen einer mächtigen Ulldrael-Eiche graste ein stattlicher Schimmel und zupfte wählerisch die spärlichen Grashalme, die sich unter dem gefärbten Laub des Baumes verbargen.

Eine Schicht Morgentau lag auf dem Boden und über allem, was über Nacht im Freien gelegen hatte. Ein dünner Nebelschleier hing über dem Land und löste sich allmählich in den Strahlen der Sonnen auf.

Es raschelte über dem Streitross, ein paar welke Blätter schwebten herab, gefolgt von einer frierenden Gestalt, die sich steif aus dem Geäst der Eiche hangelte und sich Wärme in die kalten Finger blies, während sie auf der Stelle hin und her hüpfte.

»Das war das letzte Mal, dass wir uns einfach so in die Landschaft gelegt haben. Ich gönne mir bei der nächsten Übernachtung eine Scheune.« Tokaro klapperte mit den Zähnen. »Es ist nachts einfach zu kalt.«

Die Nächte verbrachte er meist in den Bäumen; Treskor würde ihn durch lautes Schnauben vor eventuellen unliebsamen Überraschungen warnen, gegen die er dann von oben vorgehen könnte.

Der Hengst schnaubte; weiß stieg die Atemluft aus seinen Nüstern.

»Ja, natürlich, dir macht es nichts aus.« Mit kräftigem Pusten entfachte er die Glut des Lagerfeuers. Etwas Reisig und eine Hand voll Blätter, und die Flammen erwachten zu neuem Leben. Wohlig seufzend reckte der junge Mann die Finger gegen die Hitze und taute auf. Bevor er sich wieder in den Sattel schwang, wollte er die Kälte aus dem Körper treiben.

Seit Wochen ritt er umher, besuchte die unterschiedlichen Anwesen von Ordensbrüdern, nur um kurz darauf wieder zu flüchten, weil Brojaken, andere Adlige oder Soldaten erschienen, um die Güter, Burgen und Schlösser in den Besitz der Krone zu ziehen sowie alle Ansässigen zum Verhör zu bringen.

Bardri¢ führte die Jagd auf die Hohen Schwerter mit aller Härte. Wahrscheinlich befand er sich auf der Suche nach der letzten, ihm fehlenden aldoreelischen Klinge. Aus Furcht, daran erkannt zu werden, verbarg er sie sorgfältig und trug ein gewöhnliches Schwert.

Die Order des Kabcar musste ihn irgendwann überholt haben. Denn als er sich erhob und seinen Blick in Richtung der Burg vor sich lenkte, die einst Herodin von Batastoia gehört hatte, beobachtete er, wie die Standarte auf dem Burgfried eingeholt und die des Kabcar gehisst wurde. So ähnlich würde es auf Angoraja, dem Sitz des Großmeisters, auch aussehen.

Es tat ihm nicht Leid, dass er sein Erbe verloren hatte. Er wusste nicht einmal, wie viele Ländereien Nerestro von Kuraschka sein Eigen genannt hatte. Doch es ärgerte ihn maßlos, dass Bardri¢ sich einer feigen Intrige bediente, um den Orden zu vernichten. Tokaro hatte die Bekanntmachungen über den Prozessverlauf gelesen. Konstruiert bis zum letzten Anklagepunkt, gestützt von der Aussage gekaufter Zeugen und eines Verräters, erschien die Angelegenheit unbedarften Betrachtern beinahe plausibel. Und so war der Aufschrei über das Verbot der Hohen Schwerter eher ein leiser. Der Vorwurf, die Ritter beherbergten Kriminelle in ihren Reihen, traf ihn jedoch, weil es vermutlich der einzige Sachverhalt war, der zu Recht auf der Liste der Beschuldigungen stand.

Verbittert nahm er die aldoreelische Klinge aus seinem Rucksack und vollführte das morgendliche Gebet an Angor, küsste die Blutrinne und verstaute die Waffe so in einer Deckenrolle, dass man sie nicht sah, er sie aber mit einer leichten Drehung aus dem Versteck ziehen konnte, falls er sie an Stelle des einfachen Schwertes benötigte.

Seine Ordenskleider hatte er schon lange gegen das einfache Gewand eines fahrenden Abenteurers ausgetauscht, und seinen Kurzhaarschnitt verbarg er unter einem Barett, an dem drei schwarze Rabenfedern steckten.

Mit routinierten Handgriffen zäumte er Treskor auf und schwang sich in den Sattel. Sein Magen knurrte laut.

»Wir suchen uns jetzt einen Bauernhof, bei dem wir etwas zu essen kaufen können. Für mich Schinken, Brot und sonst was, du bekommst einen Eimer Hafer. Geld haben wir ja.«

Der junge Mann grinste schadenfroh, als er mit dem Säckchen voller Waslec klimperte. Über genügend Münzen verfügte er ja, und das nicht nur dank eines kleinen Besuchs bei einem hoheitlichen Steuereintreiber. Weil er größere Städte mied, um den Kontakt mit Offiziellen so gering wie möglich zu halten, tat er sich mit dem Ausgeben des Vermögens eher schwer. Und so verschenkte er bereits händeweise Waslec an Bedürftige.

»Ich weiß, was wir beide machen.« Tokaro kraulte seinen Hengst liebevoll zwischen den Ohren. »Wenn sie mich schon an einen Strick hängen wollen, sollten wir das fortsetzen, was wir vor der Begegnung mit Nerestro anfingen. Wir waren doch sehr gute Straßenräuber.« Er genoss die Wärme der Herbstsonnen auf der

Haut. »Wir sind aufgestiegen und dürfen uns nun Raubritter nennen. Wir sind der Adel unter den Banditen.« Treskor wieherte leise seine Zustimmung – oder jedenfalls legte sein Reiter es so aus. »Wir sagen Bardri¢ den Kampf an, plündern Garnisonen und geben das Geld den Armen, nachdem wir vorher einen kleinen Eigenanteil abgezogen haben«, erläuterte er dem Hengst. »Bei dem Verhalten des Kabcar werden wir in Windeseile beliebt.«

Er würde den Herrscher, der etwa so alt war wie er, durch seine Taten verspotten, ihn und seine Leute vorführen und sie bloßstellen, damit das Volk über den eingebildeten Kabcar lachte, lachte und lachte.

Schon kurz danach erhielt er Gelegenheit, sein Räuberhandwerk unter Beweis zu stellen. Auf einem Bauernhof vertrimmte er die Steuereintreiber nach Strich und Faden.

Er ging sogar noch weiter. Nachts bugsierte er seine Gefangenen an eine Kreuzung, verband ihnen die Augen, zurrte ein großes Seil um ihre Oberkörper und zog sie mit Treskors Hilfe an einem Baum hinauf. Dann riss er ihnen die Hosen herunter und schüttete mehrere Säcke mit Waslec unter ihnen aus.

Als im Morgengrauen der erste Kutscher die Strecke entlang kam, musste er beim Anblick der seltsamen, zeternden Frucht herzhaft lachen. Zwar konnte er das Schild mit der Aufschrift ZIEH AN DEN GLOCKEN, UND SIE SCHEISSEN WASLEC nicht lesen, doch er bediente sich an den Münzen und erzählte die Geschichte der drei rätselhaften Wohltäter sofort auf dem nächsten Markt weiter.

Bis zum Abend waren die drei Beamten die Attraktion der umliegenden Städte und Dörfer, bis der Garnisonshauptmann schließlich davon erfuhr und sie losschneiden ließ.

Es mussten wohl doch halbwegs Studierte oder zumindest Lesekundige unter den Schaulustigen gewesen sein. Angeblich waren die Männlichkeiten des Trios vom ruppigen Ziehen arg gerötet.

Von dem geraubten Geld fand sich keine Spur, dafür tauchten die leeren Kisten sporadisch an allen möglichen Orten auf. Der Gouverneur hegte den Verdacht, dass der Räuber die Waslec an die Menschen verteilte, Beweise fand er allerdings keine dafür.

Noch am selben Tag setzte der Statthalter ein Kopfgeld auf den frechen Wegelagerer aus. Der Gouverneur hetzte ihm Spurenleser auf die Fährte, begleitet von einer ganzen Schwadron.

Der Ordensritter verdankte es einem Zufall, dass er seine Verfolger bemerkte. Bei der Rast auf einer Anhöhe sah er, wie die berittene Einheit in weiter Entfernung genau den gleichen Weg nahm wie er.

Schimpfend sprang er in den Sattel und befand sich seither auf ständiger Flucht – nicht ohne dabei jede Gelegenheit zu nutzen, den Untertanen Gutes zu tun und den Kabcar ihrem Gelächter preiszugeben. Dafür erhielt er von den Mutigsten der Provinzler Unterschlupf, Essen und ein Dach über dem Kopf.

Doch das Glück sollte ihn in Ludvosnik vorerst verlassen.

Tokaro musste Treskor einem Schmied anvertrauen, damit er ein verlorenes Eisen ersetzte. Er selbst nächtigte in einer Scheune und wurde von einem Dutzend Stadtwachen gestellt. Jemand hatte ihn erkannt und die Gardisten auf ihn gehetzt.

Da bekam er unerwartete Hilfe.

Kaleíman von Attabo, der aus der Haft ausgebrochen war, griff in den heftigen Kampf ein, lockte dafür aber die Schergen Nesrecas auf die Fährte des einstigen Mitbruders. Der Plan des Konsultanten, den Ritter absichtlich entkommen lassen, um an das Schwert zu gelangen, schien aufzugehen. Kaleíman war der festen Überzeugung, Tokaro habe sich die wertvolle Klinge unrechtmäßig angeeignet. Aber der Junge konnte ihn vom Gegenteil überzeugen. Gemeinsam flüchteten sie und trennten sich vor den Toren der Stadt, um Nesrecas Männer abzuschütteln.

Normalerweise hätte Tokaro die Männer bald abgehängt. Doch im Kampf mit den Gardisten hatte er sich eine Verletzung zugezogen, die heftig pochte.

Er machte sich ganz flach und gab seinem Hengst das Zeichen zum Galopp. Nach einem kurzen Sprint, um die Verfolger auf Abstand zu bringen, wechselte Treskor in einen leichten Trab. Der Hengst schien ermüdet von der tagelangen Beanspruchung, die letzten Reserven neigten sich dem Ende zu.

Der junge Ordenskrieger lenkte ihn im Schritt ins Dickicht und begab sich in die Hand seines Gottes.

Die Wachen ritten heran und preschten an ihm vorbei, ohne ihn zu bemerken. Die List war aufgegangen.

Ein Stück weiter fand er die eingefallenen Reste einer ehemaligen Handelsstation und suchte darin Unterschlupf. Bis zum Tagesanbruch verharrte er an diesem Fleck, damit sich sein Streitross etwas erholte.

Obwohl es im Lauf der Nacht recht frisch wurde, bemerkte er, dass seine Stirn sich heiß anfühlte; Schweißperlen sammelten sich darauf. Die Wunde am Bein hatte sich wohl entzündet. Er musste unbedingt einen Cerêler finden, der ihn heilte.

Zerschlagen und keinesfalls erholt führte er Treskor in der Dämmerung zurück auf die Straße und folgte ihr, bis er von weitem ein Fischerdörfchen erkannte, in dessen Hafen ein großes Schiff lag.

Sein fiebriger Verstand sagte ihm, dass er auf der Stelle Hilfe benötigte, und wenn es sich nur um einen Pferdedoktor handelte. Hauptsache, jemand verfügte über irgendwelche Kräuter, die gegen Wundbrand halfen.

Der Schimmel wieherte warnend.

»Halt!«, brüllte eine Stimme hinter ihm, anscheinend noch recht weit entfernt. »Im Namen des Kabcar, Ihr seid verhaftet, Tokaro Balasy.«

»Du musst erneut laufen wie der Wind, Treskor«, sagte Tokaro seufzend und schaute nach hinten, wo er fünf Reiter entdeckte, die nur die Männer Nesrecas sein konnten.

Schnaubend, als wollte er seinem Unmut über die ständige Rennerei Luft machen, setzte sich der Hengst in Bewegung und flog nur so über die Straße. Tokaro hielt sich mehr schlecht als recht auf dem Rücken seines Hengstes und überließ es ihm, sich einen Weg zu suchen.

Mitten in dem Dörfchen hielt Treskor so ruckartig an, dass es den Reiter beinahe aus dem Sattel befördert hätte, und wendete um neunzig Grad, um sich eine andere Passage durch die Siedlung zu suchen.

Verschwommen erkannte der angeschlagene Ritter, dass die Stadtwache ausgerechnet jetzt von ihrer bislang erfolglosen Suche nach Ludvosnik zurückzukehren gedachte und er ihr in die Arme gelaufen war.

Die Hufe des Hengstes trommelten auf und nieder. Morast spritzte auf, Menschen sprangen zur Seite. Die Häuserwände huschten an dem jungen Mann vorüber, bis es unvermittelt hell wurde. Blinzelnd orientierte er sich neu und bemerkte fluchend, dass der Schimmel an dem befestigten Kai stand und nicht wusste, wohin er sollte.

Ein Blick über die Schulter zeigte ihm, dass die Wachen sich aufgeteilt hatten und aus allen Richtungen auf ihn zukamen.

Tokaro riss Treskor nach rechts und lenkte ihn auf den Steg, an dessen Ende sich das Schiff mehr und mehr entfernte. Erste Schüsse wurden auf ihn abgefeuert, eine Kugel schlug glucksend ins Wasser ein, eine andere sirrte in eine Bohle.

»Das schaffen wir«, raunte er dem Hengst ins Ohr und deutete nach vorn. »Da müssen wir hin. Wir beide.« Ein kurzer Augenblick der Konzentration von Ross und Reiter …

»Hatt, hatt!«

Der Schimmel explodierte von einem Lidschlag auf den nächsten, streckte sich weit und raste auf das Ende der kleinen Anlegebrücke zu. Im rechten Moment hob sich Tokaro aus dem Sattel. Das Streitross stieß sich aus vollem Lauf ab.

»Im Namen des hoheitlichen Kabcar, Govan Bardri¢«, hallte die Stimme des Mannes, der am Ende des Stegs stand, über das Wasser, »komm sofort zurück und händige mir den Mann aus, der soeben auf dein Schiff gelangte.« Hinter ihm reihten sich die Wachen auf.

»Im Namen von wem?«, kam es vom Segler zurück, als hörte der Sprecher zum ersten Mal vom neuen Herrscher. Die restliche Besatzung lachte rau.

»Ich bin ein Beauftragter von Mortva Nesreca, dem Berater des Kabcar. Der gesuchte Verbrecher Tokaro Balasy, ein ehemaliges Mitglied des verräterischen Ordens der Hohen Schwerter, muss nach Ulsar gebracht werden, um der gerechten Strafe zugeführt zu werden«, erklärte der Agent unwirsch. »Wird's bald?«

»Oho!« Der Seemann schien beeindruckt zu sein. »Im Namen von Nesreca suchst du den Jungen? Dann muss es ja etwas ganz Besonderes mit ihm auf sich haben.«

»Das geht dich einen feuchten Kehricht an.« Der Agent wies den Anführer der Wachen an, mehrere Fischerboote zu besetzen und das Schiff zu verfolgen, solange es noch nicht unter Vollzeug segelte. »Kehr zurück, und eine Belohnung ist dir sicher. Der Kabcar wird dir dankbar sein.«

»Ihr habt es gehört, Männer«, meinte der Rufer. »Erweist den Leuten auf der Anlegestelle den gleichen Respekt, den ihr auch dem hochwohlgeborenen Bardri¢ entgegenbringen würdet.«

Der Segler begann mit einem Wendemanöver.

Als die Bordwand mit ihrer Breitseite zum Steg lag, öffneten sich verborgene Geschützklappen, und zwei Bombarden zielten vom Bug her auf die Verfolger.

Die Uniformierten flohen kopflos, stießen und schubsten sich gegenseitig.

»Bist du schwachsinnig?«, schrie der Scherge des Konsultanten und riss die Handbüchse aus dem Gürtel, eine verzweifelte Geste angesichts der großen Kaliber, die auf ihn anlegten.

»Einen Salut!«, befahl der Kapitän bissig. »Einen Salut für die Getreuen von Bardri¢ und Nesreca!«

Donnernd entluden sich die Treibladungen und schickten die Kugeln aus den Bombarden. Der Himmel verdunkelte sich unter dem Schauer, der auf kürzeste Distanz über die hoheitlichen Truppen hereinbrach.

Tokaro erwachte aus dem Schlaf, riss die Augen auf und bemerkte, dass sich in dem kleinen Raum, in dem er lag, alles um ihn herum bewegte. Gurgelnd stieg sein Mageninhalt nach oben, der junge Mann neigte sich über die Kante und erbrach sich in einen Eimer, der dort bereit stand und nicht mehr ganz leer war.

Mehrfach würgte und spuckte er, doch außer grünlichem Schleim kam nichts. Erschöpft sank er in die Kissen.

Halb entkleidet lag er unter einer Schicht dicker Laken, sein verletztes Bein zierte ein Verband. Noch immer drehte sich die Einrichtung. Dunkel erinnerte er sich daran, wie er vor den Schergen des Kabcar geflohen war. Ab einem gewissen Zeitpunkt versagte ihm jedoch das Gedächtnis seinen Dienst.

Das Schiff?, fiel es ihm nach einer Weile wieder ein. Was natürlich auch das Knarzen des Raumes und die schlingernden Bewegungen erklärte.

Vorsichtig stemmte er sich hoch und versuchte aufzustehen. In der Wunde machte sich ein schmerzhaftes Ziehen breit. Tokaro biss die Zähne zusammen und humpelte weiter Richtung Ausgang.

Er tastete sich durch die Eingeweide des Seglers bis zu einer Stiege, die nach oben führte. In unregelmäßigen Abständen spritzte Seewasser auf und sickerte an der Holzkonstruktion nach unten. Das Pfeifen des Windes, der sich in der Takelage fing, und das Knattern der Leinwand hörte er bis nach unten. Der Rumpf rollte nach links, und der junge Ordensritter hastete prompt zurück in die Kajüte, um sich ein weiteres Mal in den Eimer zu übergeben.

Dann machte er sich wieder auf den Weg an Deck.

Langsam erklomm er die Treppe und stand auf den Planken, während um ihn herum die kräftige Brise dafür sorgte, dass sich die seltsam geformten, geriffelten Segel bis zur Belastungsgrenze blähten.

Der Bug tauchte tief nach unten, als wollte er sich durch die auftürmenden Wellenberge graben, und hob sich kurz darauf in die Höhe. Gischt erfüllte die Luft. Innerhalb von kürzester Zeit wurde Tokaro durchnässt bis auf die Knochen.

Ein Mann auf dem Oberdeck winkte ihm zu, und ein Matrose eilte herbei, um den Verletzten sicher ans Steuer zu geleiten.

Der Angor-Ritter hatte den Eindruck, als wäre er der Einzige, der mit dem rauen Wetter kämpfte. Die Seeleute, die ein Gemisch aus allen Reichen Ulldarts zu sein schienen, bewegten sich mit traumwandlerischer Sicherheit über die nassen Bretter oder hingen in den

Wanten, um den Anweisungen ihres Kapitäns nachzukommen.

»Ein schlechter Zeitpunkt für einen Spaziergang«, brüllte ihn der Befehlshaber gut gelaunt an, um die Geräusche von Wind und Wellen zu übertönen.

Ein typischer Rogogarder mittleren Alters stand vor ihm, sonnengebräunt und wettergegerbt; in den geflochtenen Bartsträhnen hingen zierliche Muschelstücke. Auf dem Kopf trug er hellblonde, kurz geschorene Haare, und jeweils drei goldene Ringe zierten seine Ohrmuscheln.

Freundlich legten sich die grün-grauen Augen auf den Gast, und seine Rechte streckte sich ihm entgegen. »Feinde von Nesreca und Bardri¢ sind meine Freunde. Willkommen an Bord der *Varla*. Ich bin Torben Rudgass, Kapitän der rogogardischen Flotte.«

Dankbar ergriff der Junge die Hand. »Ich bin Tokaro …«

»… Balasy, ich weiß«, sagte der Freibeuter und grinste zahnlos. »Nesrecas Männer haben es uns gesagt.«

»Ich schulde Euch unendlich viel, Kapitän Rudgass. Was geschah mit meinem Pferd?«

»Wir haben es in die Suppe geschnippelt, nachdem es sich bei Eurem kühnen Sprung den Hals brach.« Lachend schlug er ihm auf den Oberarm. »Nein, natürlich nicht. Wir haben es eingesalzen. Dann haben wir länger etwas davon.«

Tokaros Augen wurden groß, er machte einen Schritt nach links und erbrach sich.

»Das habt Ihr in der Kajüte ständig getan«, kommentierte der Rogogarder. »Ein Ritter, der einen Ritt auf den Wellen nicht verträgt, das hat schon etwas Komisches.«

»Findet Ihr?«, meinte der junge Mann mit den blauen Augen unglücklich.

Torben blinzelte ihm zu. »Nein, ich wollte Euch nur

aufziehen. Ich sage Euch die Wahrheit, bevor Ihr vor Schreck noch mehr kotzt und mein Schiff versenkt. Euer Hengst steht unter Deck, die Blessuren heilen recht gut. Nur der gebrochene Vorderlauf wird seinen Einsatz für Euch zukünftig in Frage stellen.« Er deutete auf Tokaros Verband. »Schont Euch. Es hat einiges an Mühen gekostet, die Blutvergiftung ohne einen Cerêler aufzuhalten.«

Tokaro wollte unter Deck, um nach dem Streitross zu sehen, als ihm noch etwas einfiel. »Wohin fahrt Ihr, Kapitän? Ich wäre Euch dankbar, wenn Ihr mich irgendwo in der Gegend an Land setzen würdet.«

»Das täte ich sehr gern. Aber nachdem Ihr eine Woche im Fieber lagt …«

»Eine Woche?«

»… wird es ein wenig dauern, bis wir festen Boden unter die Füße bekommen.« Der Freibeuter deutete auf den Horizont. »Unser nächster Halt ist Kalisstron. Um genauer zu sein, Bardhasdronda.«

»Was? Das geht nicht!«, begehrte der Ordenskrieger auf. »Ich muss nach Tarpol und mich mit einem Freund treffen. Die Verfolger werden ihn gewiss …«

Der Rogogarder schüttelte den Kopf. »Nein, junger Ritter. Die Leute aus Satucje werden zwar einen neuen Steg bauen müssen, aber die Häscher des silberhaarigen Dämons existieren nicht mehr. Euer Freund ist sicher vor ihnen. Ihr dagegen werdet in den Genuss kommen, einen neuen Kontinent zu betreten. Das ist der Preis dafür, dass Ihr noch lebt. Mein Vorhaben ist zu wichtig. Wir reden später, wenn der kleine Sturm sich etwas beruhigt hat.«

Seufzend ergab sich Tokaro in sein Schicksal und hinkte den Aufgang hinunter.

»Das ist übrigens ein sehr schönes Pferd«, schrie ihm der Freibeuter nach. »Woher habt Ihr es? Bislang habe ich nur ein solch schönes Exemplar gesehen.«

»Ein Geschenk«, antwortete Tokaro lakonisch und machte sich auf, den Hengst zu besuchen.

Treskor schwebte in einer Haltevorrichtung aus Segeltuch mit den Hufen knapp über dem Boden des Laderaums und kaute etwas trockenes Brot. Die Besatzung hatte ihm den rechten Vorderlauf mit zwei Holzlatten geschient, und damit er die verletzte Stelle nicht belastete und sich dadurch Schmerzen zuzog, hatten sie ihn einfach etwas angehoben. Doch helfen würde es nicht.

Freudig wieherte das Pferd, legte den Kopf auf Tokaros Schulter und schnaubte zufrieden.

Mit feuchten Augen streichelte er dem Tier die Nüstern. »Du hast mir das Leben gerettet, treuer Freund.« Behutsam untersuchte er das geschwollene Bein; das Streitross zuckte zusammen, als er die gebrochene Stelle berührte. Aufmunternd strich er ihm über die Ohren. »Das kriegen wir wieder hin.«

Der Ordensritter wusste nur noch nicht, wie er das Wunder bewerkstelligen sollte.

Kontinent Ulldart, Königreich Barkis (ehemals Tûris), Ammtára (ehemals die Verbotene Stadt), Herbst 459 n. S.

Bei ihren Untersuchungen der Steinsarkophage hatten Pashtak und Estra zunächst keinen echten Erfolg zu verzeichnen. Alles, was sie von der aldoreelischen Klinge darin fanden, war die leere Scheide.

Es war die Tochter der Kensustrianerin, die schließlich etwas entdeckte.

In einem der Steinsärge fand sie eine Linie, die nicht recht zu den anderen Verzierungen passen wollte. Sie bemerkten mit etwas Suchen immer an der gleichen Stelle der Ruhestätten eine jeweils anders angeordnete Linie und in der letzten eine stilisierte Großkatze.

Normalerweise hätte keiner der beiden dem Fund etwas Besonderes zugemessen und die Kratzer für fehlerhaftes Arbeiten der Steinmetzen gehalten. Aber mit Hilfe der Hülle der aldoreelischen Klinge deuteten sie das Abbild des Raubtiers sogleich als Symbol Angors, des Kriegsgotts.

Setzten sie die neun Striche auf einem Blatt Papier zusammen, ergab sich zu ihrer Überraschung ein dreidimensional aufgemalter Quader, an dessen unterem Ende sich das Katzenzeichen befand.

Pashtak knurrte unzufrieden. Damit hatten sie ein neues Rätsel geschaffen. Dann weiteten sich seine gelben Augen.

»Sie haben die Klinge in einem der Steinbrocken eingeschlossen und im alten Palast gelassen«, erklärte er Estra aufgeregt. »Sieh doch, der Sarkophag aus Stein ist nicht das Grabmal eines Kriegers. Sie haben das Schwert aus Vorsicht eingelagert und den Brocken mit einem Hinweis versehen, damit sie es in den Ruinen wieder finden!« Girrend wartete er auf ihre Meinung.

»Warum sollten sie eine so mächtige Waffe an den Ort bringen, wo das Böse hauste und wohin es am wahrscheinlichsten wieder zurückkehrt?«

»Um das Böse durch die Wirkung der Klinge fern zu halten oder sie in unmittelbarer Nähe zu haben, wenn es ausbrechen sollte«, versuchte sich der Inquisitor an einer Auflösung des Rätsels. »Wie man einen Eimer Wasser neben das Herdfeuer stellt. Und das andere Schwert schafften sie in die Kathedrale, um am Ort des Guten jederzeit Zugriff auf die aldoreelische Klinge zu haben. Einer der Plätze, so dachten sie, sei immer erreichbar.«

»Das erscheint mir verwegen, aber nicht unsinnig«, stimmte seine Gehilfin zu. »Aber«, sie schlug sich entsetzt an die Stirn, »dann finden wir weder die eine noch die andere.«

Damit lag die junge Frau leider richtig.

Die Kathedrale in Ulsar war zwischenzeitlich eingestürzt, wieder errichtet und umgebaut worden. Wahrscheinlich befand sich der fragliche Quader entweder irgendwo in ihrem Fundament oder sonst wo in den Mauern des entweihten Gotteshauses, in dem die Tzulani Menschenopfer darbrachten.

Der allererste Palast Sinureds in Ammtára dagegen war von den Baumeistern als eine Art Steinbruch verwendet worden, und sämtliche noch brauchbaren Materialien hatten dem Aufbau der Stadt der Freundschaft gedient.

Doch seltsamerweise schwanden die gute Laune und vor allem der Eifer des Inquisitors nicht. »Dann wissen wir ja, was wir beide zu tun haben.« Estra schaute ihn irritiert an. »Wir wühlen uns weiter durch die Vergangenheit«, meinte er und warf sich seinen Mantel über. »Komm, wir statten einem Bekannten einen Besuch ab. Er hat damals als einer der Ersten beim Aufbau mitgeholfen. Wenn wir Glück haben, erinnert er sich, wohin die Quader gingen.«

Weniger zuversichtlich folgte ihm seine Gehilfin. Da ihr Mentor nicht daran dachte, langte sie im Vorbeigehen nach der Schwertscheide und steckte sie unter ihr Cape. Der Fund musste wohl gehütet werden.

Pashtak und Estra bekamen einen gewaltigen Schrecken, als der Tzulani ihnen eine Vielzahl von Gebäuden aufnotierte, die von der eingestürzten Residenz Sinureds profitiert hatten. Nicht weniger als fünf Häuser, meistens kleinere Bauten, bestanden zu einem guten Teil aus den Steinen des alten Palasts.

Die beiden bedankten sich und begannen mit ihren Ermittlungen. Sie würden die Häuser zunächst von außen besehen und später unter einem Vorwand die Räume durchstreifen. Dennoch, der Steinblock konnte im schlechtesten Fall so ungünstig liegen, dass man das Zeichen des Raubtiers nicht erkannte. Dann würde die aldoreelische Klinge für immer verschollen bleiben oder nur durch einen Zufall entdeckt werden.

Beim dritten Besuch erlebten sie eine Überraschung. Das Gebäude war nur zur Hälfte errichtet worden. Sie erfuhren von den Bewohnern, dass man damals einen Teil der Blöcke freiwillig abgegeben hatte, damit ein Heiligtum zu Ehren des Gebrannten errichtet werden konnte.

Estra und Pasthak erklommen das achteckige Bauwerk zu Ehren des Gebrannten Gottes. Und tatsächlich stießen sie auf der Spitze einer der Stützsäulen, welche die polierte Kugel trug, auf die aldoreelische Klinge. Sie bargen sie mit geeinten Kräften. Doch dabei wurde das Bauwerk zerstört: Die riesige Granitkugel rollte in den Tzulantempel und zerschlug das Gebäude. Ein deutliches Zeichen, wie Pashtak girrend befand. Sie erzählten niemandem etwas von ihrem Abenteuer.

Einige Tage nach dem Vorfall ereignete sich das nächste Unvorhergesehene. Die Versammlung der Wahren wurde außerhalb des üblichen Besprechungszeitraums einberufen. Auch Estra sollte daran teilnehmen.

»Zwei Gründe habe ich, euch alle an diesem Morgen zusammenzubitten«, begann Leconuc. »Zum einen möchte ich euch um die Zustimmung bitten, dass Inquisitor Pashtak sich um das verwunderliche Zusammenbrechen des Tzulan-Monuments kümmert. Ich möchte ausschließen, dass es sich dabei um die Tat von Ulldrael-Fanatikern handelt. Andernfalls könnte man es durchaus als Zeichen ansehen.«

Unbehaglich rutschte Pashtak auf seinem Stuhl hin und her. Er gab sich Mühe, seine Verlegenheit zu verbergen.

Das Gremium stimmte geschlossen für die Untersuchung.

In dem Fall würde Pashtak dafür sorgen, dass die Ereignisse mit Sicherheit als eine göttliche Weisung gesehen werden würden.

Leconucs Ausdünstungen verrieten ihm, dass die zweite Angelegenheit anscheinend weniger leicht wurde. Erstaunt bemerkte er die Spur von Angst, die sich in Leconucs charakteristischen Körpergeruch mischte.

»Ein Bote hat die Ankunft hochrangiger Gäste angekündigt, die auf dem Rückweg aus Ilfaris einen Umweg über Ammtára nehmen.« Der Vorsitzende stützte sich am Tisch ab und schaute in die Gesichter der Versammelten. »Wir erwarten im Lauf des Nachmittags einen Überraschungsbesuch der hoheitlichen Tadca, Zvatochna Bardri¢, und ihres Bruders Krutor. Was immer das zu bedeuten hat.«

Das Gremium reagierte zunächst mit Schweigen. Dann ging das Spekulieren los. Nachdem jeder zu seiner Meinung gekommen war, sprachen alle durcheinander, ohne sich durch Leconuc zur Ordnung rufen zu lassen. Die einen fürchteten um den Fortbestand Ammtáras, die anderen sahen es als Signal, dass man die Stadt und ihre Bemühungen anerkannte. Wieder andere beschworen die magische Vernichtung durch die Tadca als Strafe für den Verrat am Herrscher herauf.

»Ruhe!«, schrie der Vorsitzende irgendwann mehrfach hintereinander, bis die Debatten in leises Gemurmel übergingen und letztlich erstarben. »Es bringt nichts, sich den Kopf zu zerbrechen, wir müssen abwarten, was sie beiden möchten. Sie kommen ohne ein Heer«, versuchte er die schlimmsten Befürchtungen zu zerstreuen. Die Tatsache, dass die junge Frau bei ihren angeborenen Fähigkeiten Soldaten unter Umständen gar nicht benötigte, unterschlug er. »Wir begrüßen sie, als handelte es sich dabei um eine völlig übliche Unterredung, arrangieren einen Rundgang und präsentieren die letzten Erfolge.«

»Wie die zerbrochenen Pfeiler des Ehrenmals und der eingestürzte Tzulantempel«, grollte der Inquisitor mit Galgenhumor und erntete verhaltenes Gelächter. Estra grinste breit.

»Und weil du die Verschwörung aufgedeckt hast«, sagte Leconuc freundschaftlich zu Pashtak, »wirst du es übernehmen, die Tadca über alles zu unterrichten.« Dieses Mal fiel das Lachen um ihn herum ein wenig lauter, schadenfroher aus. Pashtak knurrte. »Natürlich sind wir immer mit dabei, und ich übernehme den Empfang. Aber als ein Bewohner Ammtáras der ersten Stunde könntest du nicht prädestinierter sein. Wir finden uns alle am Haupttor ein, wenn sie ankommen. Und nun geht nach Hause und macht euch keine Sorgen. Das heben wir uns für den Zeitpunkt auf, wenn wir wissen, was sie hier wollen.«

Der Inquisitor und seine Gehilfin machten sich auf den Weg zum einstigen Monument.

Sie taten so, als suchten sie die Stelle fein säuberlich nach Spuren und Hinweisen ab, Pashtak nahm sogar das Köfferchen mit, in dem er die Utensilien aufbewahrte, um die Sarkophage zu untersuchen, und setzte sie spektakulär ein. Die Neugierigen kamen voll auf ihre Kosten.

Anschließend verhörten sie die Anwohner, ohne Hinweise zu erhalten. Dazu kamen die Aussagen von Estra selbst, die angab, spazieren gegangen zu sein und nichts bemerkt zu haben.

Endlich erreichte sie die Nachricht, dass die hoheitlichen Geschwister eintrafen.

»Wir jagen noch eine Woche hinter allen möglichen Spuren her, damit die Versammlung und die anderen Einwohner zufrieden sind«, sagte er ihr unterwegs, »und erklären dann, dass wir keine Hinweise auf Sabotage fanden. Ich opfere zwei Ziegen, wenn das hier vorüber ist.«

»Du hast deine Robe kaputtgemacht.« Das Mädchen musste ein Lachen unterdrücken. »Ich weiß ehrlich nicht, wie du das immer schaffst.«

»Shui ist auch ganz begeistert von meinem Talent.« Unglücklich schob er einen Finger durch das Loch, das er sich wohl an einer Bruchkante in den Stoff seiner guten Robe gerissen hatte.

Pashtak bemühte sich, seinen Lederschurz, den er eigentlich trug, um so etwas zu verhindern, über die Stelle zu schieben. Die Zeit reichte nicht mehr aus, um nach Hause zu gehen und sich eine Ersatzrobe anzuziehen.

»Die Tadca kann ruhig sehen, dass wir hart an der Aufklärung von Ungereimtheiten arbeiten.« Als sie das Tor erreichten, gab er schließlich die Versuche auf.

»Ich wette, dass sie es sehen wird. Frauen sehen so etwas immer«, meinte Estra hintergründig und begab sich leicht versetzt an seine Seite, wie es sich für eine Gehilfin schickte.

Die übergroße Kutschte rollte durch das Tor, umgeben von berittenen Gardisten, und hielt auf ein Zeichen Leconucs an. Ein Rudel Diener sprang von der Kutsche und umschwärmte das Gefährt. Sie klappten eine sehr stabile Treppe aus und legten Teppiche zurecht, damit die Schuhe der Thronfolgerin nicht mit der Straße in Berührung kämen. Leise pochte einer von ihnen gegen die Kutschentür.

Die Gardinen wurden zurückgezogen, und das Gesicht einer sehr jungen Frau, kaum älter als Estra, zeigte sich.

Für den Inquisitor glichen die Menschen einander sehr, und so bemerkte er, was die Schönheit anging, kaum echte Unterschiede. Doch dieses Mädchen wich auf seltsame Weise von allem je Dagewesenen ab. Während er sich über die Vollkommenheit der Züge wunderte, war die Luft plötzlich von sehr aufdringlichen

Düften der männlichen Menschen erfüllt. Die Wirkung der Tadca auf das Liebesverlangen und die Paarungsbereitschaft war enorm.

»Ich glaube, wir haben Frühling«, raunte er Belkalas Tochter zu. »Die Männchen sind ganz aufgeregt.« Am liebsten hätte er sich die Nase zugehalten.

Der Blick der mächtigsten Frau des Kontinents wanderte über die Versammlung, haftete für einen Moment auf der kaputten Robe des Inquisitors und schweifte anschließend über die Bauten der Stadt, die man von hier aus sehen konnte.

»Das ist also Ammtára«, stellte sie neutral fest, und ihr Antlitz verschwand wieder.

»Sie ist schön und klug«, wisperte Estra frech.

Ein Lakai öffnete den Verschlag, der viel zu breit war für die zierliche Person.

Der Grund hierfür offenbarte sich sofort.

Statt der Tadca trat ein Mensch heraus, den Pashtak sofort für einen Bewohner seiner Stadt gehalten hätte, wüsste er nicht über die missgeformte Gestalt des Jüngsten der Drillinge Bescheid.

Krutor, gekleidet in einen eigens angefertigten Uniformrock, gab sich Mühe, einigermaßen würdevoll aus der Kutsche zu steigen. Die verstärkten Federn der Kutsche bogen sich nach oben, das Gefährt schaukelte sachte.

Unverholen neugierig schaute er in die Runde, vor allem die Sumpfkreaturen weckten seine Wissbegierde. Der Inquisitor glaubte, die unzähligen Fragen hinter der unförmigen Stirn lesen zu können, die sich dort im höchstwahrscheinlich zurückgebliebenen Geist aufstauten. Wie ein kleines Kind betrachtete er die Gestalten, freute sich über das Unbekannte und das Neue, das er erkunden konnte.

Ihm folgte Zvatochna, deren voller Anblick zu einem erneuten Ausstoß von Lockstoffen bei den Männern führte. Ähnliche Erfolge hatte in der Vergangenheit die jugendliche Belkala erzielt, aber einen derartig penetranten Gestank hatte er noch nie erlebt. Ein schneller Schwenk über die Mimik seiner Artgenossen verriet ihm, dass einige mit der Fassung rangen. Dabei verzichtete die junge Frau darauf, ihre Reize in irgendeiner Weise zu betonen. Das aufwändig verzierte Kleid verhüllte ihren Körper und zeigte kein bisschen nackte Haut.

Sie sah ermüdet und ein wenig gereizt aus, was wohl an den Strapazen der Fahrt lag.

Die Gremiumsmitglieder beugten das Haupt vor den beiden hoheitlichen Geschwistern.

»Willkommen in Ammtára, hochwohlgeborene Tadca«, begrüßte Leconuc die einzige Tochter des verstorbenen Kabcar. »Und auch Euch entbiete ich meine besten Wünsche, hochwohlgeborener Tadc«, richtete er sich an Krutor.

Der Vorsteher dürfte mit Abstand das einzige Oberhaupt einer Stadt sein, das nicht einmal mit der Wimper zuckte, als sich der junge Mann mit einem schiefen Lächeln für die Freundlichkeit bedankte. Das Leben in Ammtára härtete ab. Hässlichkeit definierte sich innerhalb dieser Mauern völlig anders.

Die Schwester des Kabcar nickte knapp. »Bevor wir uns zusammensetzen und ihr den Grund meines Besuches erfahrt, würde ich mich sehr gerne frisch machen. Wo kann ich das?« Abwartend schaute sie von einem zum anderen.

»Inquisitor Pashtak wird Euch gern sein Haus zur Verfügung stellen«, flüchtete sich der Vorsitzende in ein Angebot, bei dem Pashtak vor Verblüffung aufgrunzte.

»Ein Inquisitor?« Zvatochnas braune Augen hefteten sich auf die gedrungene Gestalt des Sumpfwesens. »Ach, dann warst du es, der die Hintergründe der Morde aufdeckte?«

Der Ermittler verbeugte sich. »Es ist mir eine Ehre, Euch in meinem Haus zu empfangen.«

»Sehr gut. Ich bin gespannt.« Sie wandte sich auf dem Absatz um und stieg wieder in die Kutsche. »Lauf vor. Wir folgen dir.«

Pashtak bleckte die Zähne in Richtung Leconuc und knurrte bösartig. Der Vorsitzende versuchte, mit Gesten seine Hilflosigkeit auszudrücken.

Er schickte Estra los, damit sie Shui und die Kinder vorwarnte, während er einen Umweg nehmen würde und Zeit herausschindete, die sie für ein schnelles Aufräumen nutzen könnten.

Der Inquisitor schritt neben dem Gefährt der so völlig unterschiedlichen Geschwister her, erklärte dies und jenes, hielt kleinere Anekdoten und Geschichten zu Bauten bereit und erzählte etwas zu den Einrichtungen, angefangen von der Bibliothek bis hin zur Verwaltung.

Dem Krüppel fiel frühzeitig das eingestürzte Tzulan-Ehrenmal auf, und ein wenig verlegen erläuterte Pashtak, dass nach seinen ersten Ermittlungen ein Statikfehler oder aber der absackende Untergrund für den Unfall verantwortlich war. Den Verlauf, den die Kugel genommen hatte, kommentierte er nicht.

Krutor lachte und wollte sich gar nicht mehr beruhigen, als sie die zerstörte Stätte des Gebrannten Gottes passierten. »Tzulan hat ganz schön Pech«, meinte er nur wahrheitsgemäß und gluckste vor sich hin, bis sie auf Drängen der ungnädigen Tadca direkt zu Pashtaks Haus fuhren.

Sein Unwohlsein steigerte sich. »Es ist aber nichts in Ordnung gebracht, hoheitliche Tadca.«

Shui und Estra hatten aber wahre Wunder vollbracht.

Es roch nach aromatischen Kräutern, die Flure und Zimmer zeigten nicht die Spur von Unordnung. Die ausgelassene Rasselbande, die sein Nachwuchs normalerweise darstellte, war innerhalb einer halben Stunde zu einer lieben Horde von unschuldig blickenden Sumpfwesen geworden, die der Größe nach geordnet Spalier standen und Blumen streuten.

Seine Gefährtin lächelte ihm hinreißend zu und übernahm die Führung Zvatochnas, die zwei Zofen mit schweren Koffern in ihrer Begleitung hatte, um sie in halbwegs angemesse Räumlichkeiten zu bringen.

Krutor dagegen fand die Sprösslinge des Inquisitors unwahrscheinlich interessant und verweilte bei ihnen.

»Was habt ihr ihnen ins Essen getan?«, wollte Pashtak leise von seiner Gehilfin wissen. »Seit wann sind meine Kinder so friedlich? Das ist mir unheimlich.«

»Nur ein paar freundliche Worte«, meinte Estra, und ihre karamellfarbenen Augen blitzten schelmisch.

Die schüchterne Zurückhaltung, die seine Söhne und Töchter zuerst gegenüber dem hochrangigen Besuch einnahmen, endete sehr rasch, zumal der Tadc seine helle Freude mit dem aufgeweckten Nachwuchs hatte.

Er stellte ihnen Fragen zu Ammtára, was sie den Tag über machten, was sie aßen, was sie am liebsten spielten. Immer, wenn der Inquisitor eingreifen und den missgestalteten Menschen von seinen Kindern erlösen wollte, winkte der lachend ab.

Schließlich zerrten sie ihn hinaus in den Garten, um ihm die besten Plätze zum Verstecken zu zeigen. Pashtak und Estra hörten gleich darauf Abzählreime. Krutor rannte am Fenster vorbei und warf sich kopfüber in einen Strauch, der kaum ausreichte, um seine riesige Gestalt zu verbergen.

»Meine Kinder spielen mit dem Tadc von Tarpol Verstecken«, murmelte Pashtak fassungslos und beobachtete das muntere Treiben, die Arme vor der Brust verschränkt.

Shui näherte sich ihm, das Gesicht zu einem einzigen Vorwurf verzogen. »Zieh dich um, Inquisitor«, empfahl sie ihm im Vorbeigehen. »Wie schaffst du es immer, deine Roben zu zerfetzen?« Sie rumorte in der Küche herum. »Ich soll dir von der Tadca ausrichten, dass sie hier speisen möchte. Sie hat keine Lust, wieder durch die Gegend zu fahren, und schickte ihre Diener los, etwas Essbares zu besorgen. Das Treffen mit der Versammlung findet hier statt.« Shui nickte Estra zu. »Wärst du so lieb und würdest Leconuc und den anderen Bescheid geben? In zwei Stunden sollen sie hier sein.«

Die Tochter Belkalas kam dem Auftrag auf der Stelle nach.

Der Inquisitor fühlte sich mit einem Mal reichlich überflüssig. »Und was mache ich?«

Der Kopf seiner Gefährtin erschien halb im Türrahmen. »Du ziehst dich um. Du willst doch einen guten Eindruck hinterlassen«, erinnerte sie ihn. »Frauen sehen so etwas.«

Er hob die Arme. »Und dann?«

»Wirst du ein braver Gastgeber sein.« Sie kümmerte sich darum, dass der hoheitliche Koch das notwendige Geschirr fand, das er zur Zubereitung der Speisen für die Tadca benötigte.

Murrend stapfte Pashtak in sein Ankleidezimmer und suchte sich eine neue Gewandung heraus, kehrte bald zurück und setzte sich schmollend ins Esszimmer, in dem die Lakaien mit Tischdecken beschäftigt waren. Zwischendurch erschien einer seiner Jüngsten und bat artig um Erlaubnis, sich verkleiden zu dürfen.

»Macht nur, was ihr wollt«, gewährte er die Bitte. Jubelnd rannte sein Sohn hinaus. »Ich bleibe hier sitzen und warte, dass die Tadca zu mir kommt«, beschloss er verstimmt und streckte die Beine aus. »Zuerst latsche ich mir die Füße platt, und jetzt interessiert sich niemand mehr für mich.«

Irgendwann begann es, nach Essen zu riechen. Der Küchenmeister schien in Aktion getreten zu sein und brutzelte etwas für die hoheitlichen Geschwister zurecht, das vermutlich von den Ausgaben her eine Familie ein Jahr lang mit normaler Kost ernähren würde.

»Ach, hier bist du«, sagte Shui.

»Wo soll ich denn sonst sein?«, gab er schnippisch zurück und blickte geradeaus.

»Vielleicht gibt es einen Fall aufzuklären«, hörte er die Stimme Zvatochnas.

Siedend heiß durchlief es ihn. Sofort sprang er auf und verneigte sich vor der Schwester des Kabcar, die ihre schlichte Reisegarderobe gegen aufwändigere ausgetauscht und sich frisch gemacht hatte.

Ihre Schönheit kam auf diese Weise noch stärker zur Geltung, wenn überhaupt eine Steigerung möglich war. Sie duftete dezent nach Rosenwasser.

Wenn Leconuc und die anderen sie so sahen, würde Pashtak die Fenster öffnen müssen, um nicht an ihren Drüsenprodukten zu ersticken. »Verzeiht mir meine Unhöflichkeit, hoheitliche Tadca«, haspelte er eine Entschuldigung.

»Schon geschehen.« Sie schenkte ihm ein Lächeln. »Meine Laune hat sich merklich gebessert. Da sehe ich manches nach.« Sie schwebte durch den Raum und setzte sich an den Kopf der Tafel, Diener schoben ihr den Stuhl zurecht. »Wo ist mein Bruder?« Vom Garten her erschollen ein gespielt böses Gebrüll und aufquiekendes, wohlig erschrockenes Lachen. »Vergiss meine Frage. Wenn er Hunger hat, wird er sich zu uns gesellen. Er ist von einfacher, aber gutmütiger Natur.«

Es wurde aufgetischt.

Dinge, von denen der Inquisitor nicht einmal wusste, dass es sie in Ammtára gab, standen zum Verzehr bereit. Der ilfaritische Koch erschien und betete der Tadca die verschiedenen Köstlichkeiten herunter, die er gezaubert hatte.

Da Shui, Estra und er großzügigerweise zum Bleiben gebeten wurden, kamen sie in den Genuss ganz erstaunlicher Geschmackserlebnisse, die seine Famula als Mensch am ehesten schätzen konnte.

Für seinen Gaumen schmeckten die Gewürze allerdings zu streng heraus, und das Fleisch war beinahe verbrannt. Er bemühte sich, nicht allzu viele Geräusche beim Essen zu fabrizieren, und wenn es die hübsche junge Herrscherin hörte, tat sie, als bemerkte sie nichts. Ihr Bruder stürmte herein, klaubte sich voller Spieleifer etwas zusammen und rannte wieder hinaus, um sein Treiben fortzusetzen.

Nach einer halben Stunde endete das Mahl, die Lakaien räumten ab und servierten Obst als Dessert.

»Ich denke, wir können in ein paar Dingen schon vorgreifen«, schlug Zvatochna vor, während sie sich eine kleine Beere herauspickte. »Du könntest mir erzählen, wie es sich mit den Taten der Tzulani in Ammtára verhielt.«

Pashtak begann mit seiner Schilderung der damaligen Ereignisse, ließ nichts aus und beschönigte nichts. Er verschwieg auch nicht, dass ihm die Art der Tzulani, Kinder und Unschuldige zu opfern, nicht behagte.

»So drangen wir in jener Nacht in den Tempel ein und überwältigten die Verbrecher. Denn laut des Erlasses des Kabcar handelt es sich dabei um Verbrecher. Wir haben sie überführt.«

»Demnach wäre mein Bruder auch ein Verbrecher«, hakte sie nachdenklich ein. »Ich erinnere mich, dass die Versammlung die geheimen Korrespondenzen der Tzulani im Umland veröffentlichte. Und darin ist doch die Rede davon, der Kabcar heiße die Opferungen ausdrücklich gut.« Sie lächelte ihn an. »Oder?«

Er nahm all seinen Mut zusammen und antwortete: »Hoheitliche Tadca, ich habe die Gesetze nicht erlassen. Aber wenn Euer Bruder unvorsichtig genug ist, sich beim Brechen seiner eigenen Direktiven erwischen zu lassen, muss er damit rechnen, dass man ihn dahingehend beschuldigt. Wollt Ihr die Beweise sehen?«

Shui stieß hohe, warnende Töne aus, die nur er hören konnte. Estras Hände knüllten die Serviette zusammen.

Die Tadca blickte ihn nur an. Beinahe unmerklich nickte sie. »Du nimmst das Amt des Inquisitors sehr ernst, Pashtak. Das ist gut. Aber überlege, wie weit du gehen darfst. Wie weit diese Stadt gehen darf, wenn sich ihr Gesicht nicht drastisch ändern soll.« Sie warf ihr Mundtuch mit einer lässigen Handbewegung auf den kleinen Unterteller. »Mein Bruder ärgert sich sehr über das, was Ammtára tut. In seinen Augen verhält die Stadt sich ihrem Herrn gegenüber ungebührlich, respektlos. Er ist ein sehr aufbrausender Mensch.« Ihr Blick heftete sich auf das Antlitz des Sumpfwesens. »Das werde ich in der Versammlung noch einmal wiederholen. Überlegt sehr genau, was ihr tut. Und um euch auf den rechten Pfad zu führen, dazu sind mein jüngerer Bruder und ich hier.«

»Anders ausgedrückt, Ihr werdet verlangen, dass wir unsere kleinen Gesandtschaften aus der Umgebung zurückpfeifen?«

»Ich sehe, du verstehst es, deine Gedanken sehr rasch zu ordnen.«

Er lehnte sich zurück. Sorgsam achtete er auf jede Veränderung an ihrem Schweißgeruch. Sie schien noch völlig ausgeglichen zu sein. Von ihren magischen Fertigkeiten ging nichts aus, das er durch Sehen, Hören oder Riechen erfahren konnte.

»Der Kabcar hat die Gesetze verschärft und all das zurückgenommen, was Euer Vater auf den Weg brachte. Wir in Ammtára fragen uns natürlich, was aus der rechtlichen Gleichstellung der Sumpfwesen und Menschen wird. Plant er, diese Klausel in die ursprüngliche Form zurückzubringen, hoheitliche Tadca?«

»Aber nein«, erwiderte sie aalglatt. »Nein, keineswegs. Gut, dass du mich daran erinnerst. Vielmehr appelliere ich an die Pflichten, denen ihr als Untertanen des tarpolischen Großreiches nachkommen müsst. Du weißt schon, der älteste kriegstaugliche Sohn, der in das Heer meines Bruders eintreten soll.«

Bestürzt schaute er sie an. »Die Truppen mischen? So weit geht die Toleranz bei vielen Menschen noch nicht. Es würde Unruhe in den eigenen Reihen bringen.«

Sie schüttelte den Kopf, die Perlenschnüre und anderen Verzierungen in ihrem schwarzen Haar pendelten leicht. »Ich denke an den Aufbau eines ganz eigenen, gesonderten Kontingents, das an Schlagkraft einem herkömmlichen weit überlegen ist. Es wird gegen die Kensustrianer großartige Dienste leisten.« Die Schwester des Kabcar nippte an ihrem Glas. »Bis zum Sommer nächsten Jahres soll es so weit sein. Wie findest du das?«

»Erschreckend«, entfuhr es dem Inquisitor. Estra trat ihm gegen das Bein. »Erschreckend gut«, verbesserte er sich. »Aber wir sind eine freie Stadt, hoheitliche Tadca.«

Sie hob langsam die makellosen Schultern. »Dazu existiert nichts Verbindliches. Aus diesem Zusatz leiten sich keinerlei Ansprüche auf eine gesonderte Behandlung ab.«

Pashtak bemerkte aus den Augenwinkeln eine Bewegung. Eine seiner Töchter lief an der geöffneten Tür vorbei und zog etwas Langes im Triumphzug hinter sich her.

Wenn ihn seine Sinne nicht sehr getäuscht hatten,

handelte es sich bei dem Gegenstand um etwas sehr Gefährliches.

»Entschuldigt mich«, stieß er hervor und sprang auf.

Er trat hinaus und entdeckte die feine Rille, die sich die Treppe hinunter, am Esszimmer vorbei und um die Ecke zog. Seine schlimmsten Befürchtungen erfüllten sich.

Er gab ungewollt ein aufgeregtes Girren von sich und hetzte seiner Tochter nach, um ihr den Fund abzujagen. Nicht nur, dass er die Existenz des Gegenstands geheim halten musste, es bedeutete auch eine Gefahr für Leib und Leben seiner Kinder.

Gerade als er am Eingang vorbeirannte und etwas Schimmerndes um die nächste Ecke verschwand, läutete die Glocke.

Fluchend riss er die Tür auf und schaute in das Gesicht Leconucs. Hinter ihm drängelten sich die anderen Mitglieder der Versammlung auf der Treppe.

»Was?«

Irritiert von der Unfreundlichkeit und dem Grollen in der Kehle, hörte der Vorsitzende auf zu strahlen. »Wir sind hier, um …«

»Ihr seid zu früh«, unterbrach der Inquisitor gehetzt. »Kommt in einer Stunde wieder.« Schwungvoll warf er die Tür ins Schloss und verfolgte sein Kind weiter.

»Wer war das?«, erkundigte sich Shui.

»Niemand«, rief er vorgetäuscht fröhlich aus dem Gang. Da klingelte es erneut. »Mach nicht auf. Das ist der … Wind.«

Nun erschien seine Gefährtin mit besorgtem Blick. »Der Wind zieht nicht an der Leine.«

»Manchmal schon«, behauptete er von unterwegs. »Um diese Tageszeit ist er besonders stark.«

»Sei nicht albern.« Sie öffnete.

Er entdeckte seine Tochter, die mit dem Rücken zu

ihm stand und etwas in den Händen hielt. Ohne ein Wort drehte er sie erleichtert um.

Sie lachte ihn glücklich an und zeigte ihm stolz einen Apfel, den etwas in der Mitte gespalten hatte. »Schau, was ich kann.«

Die aldoreelische Klinge suchte er vergebens. »Wo ist denn das Ding hin, mit dem du das so toll gemacht hast?«, fragte er liebenswürdig. »Hast du es versteckt?«

Sein Nachwuchs biss in die eine Apfelhälfte. »Gisasch hat es. Er möchte etwas schnitzen.«

»Und wo ist dein Bruder?« Pashtak zwang sich zur Ruhe.

Sie hielt ihm die andere Hälfte hin. »Willst du?«, bot sie ihm kauend an.

Er grabschte nach dem Stück Obst. »Wo?«, fauchte er.

»Oben«, kam die Antwort, und schon rannte er zur Treppe. »Oder draußen«, hieß es nach einigem Zögern.

Ruckartig bremste er und bog ab, um nach draußen zu gelangen. Er wühlte sich durch seine ihm entgegenkommenden Amtsgenossen und witterte, um Gisaschs Geruch aufzunehmen. Tatsächlich schien sich sein Sohn im Freien aufzuhalten.

Er hetzte hinaus und blieb stocksteif stehen.

Gisasch stand mit erhobenem Schwert vor seinem jüngeren Bruder, der einen armdicken Knüppel mit beiden Händen waagerecht vor dem Körper hielt und Anweisungen gab, wie man das Holz am besten durchtrennte. Würde die Klinge nur etwas zu weit gehen, fiele der Junge in zwei Teilen auf den Rasen.

»Halt, Gisasch!«, befahl er, doch sein Spross konnte den begonnenen Schlag nicht mehr abfangen, dafür wog das Schwert zu viel.

Pashtak wollte nicht hinsehen und schloss schnell die Augen. In seiner Einbildungskraft wälzte sich einer seiner Nachkommen schon im eigenen Blut, und abgetrennte Körperteile lagen neben ihm.

Als der Schrei ausblieb, wagte er es, die Lider zu heben.

Krutor stand wie aus dem Nichts neben Gisasch, hielt dessen Hände vorsichtig umfasst und nahm ihm die aldoreelische Klinge ab.

»Das ist nichts für Kinder«, mahnte er. Die Waffe wirkte in seiner Pranke wie ein Zahnstocher. Überall an seiner Uniform befanden sich Grasflecken, Blätter und kleinere Zweige schauten stellenweise aus der Kleidung hervor. Das Toben mit den Kleinen hatte seine Spuren hinterlassen.

Der Inquisitor wusste nicht, ob er sich freuen oder fluchen sollte. Hastig kratzte er sich und trat näher. »Danke, hoheitlicher Tadc, dass Ihr eingegriffen habt. Es hätte ein Unheil geschehen können.«

»Ja«, stimmte der Krüppel gutmütig zu. »Du solltest auf deine Schwerter besser achten.« Seine Aufmerksamkeit richtete sich auf die aldoreelische Klinge. »Ich weiß, was das ist. Mein Bruder sammelt sie«, meinte er nach einer Weile.

»Das … soll ein Geschenk für ihn werden. Irgendwann später. Und deshalb dürft Ihr es nicht verraten, dass ich so etwas besitze. Ihr wollt doch nicht, dass meine Überraschung verdorben wird?«

Der verwachsene Tadc machte nicht den Eindruck, als wäre er von der Vorstellung begeistert. »Mein Bruder ist kein sehr netter Mensch. Jemand müsste ihm noch einmal auf die Nase hauen, aber es traut sich keiner.« Er dachte nach. »Eigentlich hat er keine Geschenke verdient. Behalte das Schwert lieber für dich.«

Pashtak nieste verblüfft. Sein Ermittlerblut meldete sich, während er seine Kinder ins Haus schickte. »Wenn Euer Bruder schon so viele Klingen besitzt, was macht er denn dann mit ihnen? Er kann sie ja nicht alle auf einmal führen.«

Krutor lachte. »Nein. Dazu hat er zu kleine Hände.« Er beugte sich zu der untersetzten Gestalt des Inquisitors hinab und machte ein verschwörerisches Gesicht. »Ich glaube, Mortva macht sie kaputt. Mit seiner Magie.«

»Und was sagt Eure Schwester dazu, hoheitlicher Tadc?«

»Nichts. Ich glaube, es ist ihr ganz recht.«

»Und Euch nicht?«

Krutor reichte ihm die aldoreelische Klinge. »Ich mag vieles nicht, was Govan tut. Aber er ist mein Bruder, und deshalb helfe ich ihm.« Er zupfte ein paar Halme von seiner Uniform. »Ich würde gern Grünhaare töten, um Vater zu rächen. Aber sie hauen vor uns ab, wenn wir angreifen.«

»Wir sollten wieder hineingehen. Ihr wollt sicherlich an der Versammlung teilnehmen.«

Der übergroße Krüppel, der es an Stärke mit jedem der Nimmersatten aufnehmen konnte, verneinte schüchtern. »Ich würde lieber mit deinen Kindern spielen. Sie sind so nett wie du.« Er strahlte den Inquisitor erwartungsfroh an. »Die ganze Stadt ist aufregend. Alles ist so anders. Ich bin nichts Besonderes. Keiner starrt mich an, so wie sie es woanders tun.«

Dieses Gefühl kannte Pashtak nur zu gut. »Aber sicher, hoheitlicher Tadc. Mein Nachwuchs hat Euch bereits ins Herz geschlossen.«

»Können wir Freunde sein?«, fragte Krutor unvermittelt. »Ich mag deine Söhne und Töchter. Ich würde gern öfter zu Besuch kommen.« Die riesige Hand schob sich nach vorne. »Es wäre mir eine Ehre.«

Sumpfwesen und Tadc schlugen ein, wobei die Klaue des Inquisitors zur Gänze zwischen den Fingern des möglichen Thronfolgers verschwand.

Dann begab er sich in aller Heimlichkeit in sein Schlafzimmer, um die Waffe zurück in die Hülle zu schieben und sie an einem sichereren Platz zu verstecken. Auf der Suche nach Kostümierungsmöglichkeiten musste sein Nachwuchs über die aldoreelische Klinge gestolpert sein.

Als er in seinem Wohnzimmer erschien, blickten ihn die Versammelten fragend an.

»Ich musste einen Streit schlichten«, log er, begab sich an seinen Platz und vermied es, jemandem in die Augen zu schauen.

Die Tadca rauschte herein, das Gremium stand auf und verneigte sich. Nachdem sich alle gesetzt hatten, wiederholte Zvatochna in knappen Worten, was sie bereits Pashtak eröffnet hatte. »Ich empfehle Ammtára dringend, sich zu besinnen«, endete ihre Rede.

»Hoheitliche Tadca, es war der Beschluss der ganzen Stadt, so zu verfahren«, sagte Leconuc. »Wir haben es nicht allein entschieden.«

»Ihr lebt aber nicht in einem Land, in dem das Volk entscheidet, was gut für es ist«, fuhr sie ihm ins Wort. »Die Selbstverwaltung gilt nur bis zu einem gewissen Bereich, ab da unterliegt ihr alle der Rechtsgewalt des Kabcar.« Hart drangen ihre Sätze aus dem Mund, wobei sie das Gesicht nicht ein einziges Mal drohend verzog. Das Selbstverständliche wirkte besser. »Ich lege der Versammlung nahe, dass sie die Einwohner zusammentrommelt und die Lage erklärt. Sie werden ein Einsehen haben.«

»Heißt das, wir sollen uns auch an den Opferungen beteiligen, hoheitliche Tadca?«, erkundigte sich der Inquisitor höflich.

Zvatochna wandte sich ihm zu. »Wenn es der Wille des Kabcar ist, werdet ihr das wohl tun müssen.«

»Und wenn er vorher die Gesetze geändert hat«, fügte Pashtak liebenswürdig hinzu. »Außerdem hätten wir momentan ein logistisches Problem, da der Tempel eine einzige Ruine ist. Findet Ihr es nicht seltsam, dass die Kugel des eingestürzten Tzulan-Monuments ausgerechnet in die heilige Stätte des Gebrannten fährt und sie in Trümmer schlägt?«

Die Tadca betrachtete ihn ausdruckslos. »Ich diskutiere nicht über Unfälle mit dir.«

»Aber der Kabcar ist doch das religiöse Oberhaupt des Reiches«, blieb er beharrlich und musste sich beherrschen, keinen süffisanten Unterton in seine Formulierungen zu legen. »Würdet Ihr ihn bitte in unserem Namen befragen, was es zu bedeuten hat? Unsere Priester sind derzeit völlig ratlos, weshalb so etwas geschah.«

»Sag ihnen, es sei ein unbedeutendes Unglück.« Zvatochna stand auf. Die ablehnende Haltung des Gremiums und der leise Spott überraschten sie und brachten sie in Rage. »Ich habe meine Botschaft überbracht. Man erwartet mich in Ulsar. Mein Bruder verlangt ein klares Signal von Ammtára, was er zu erwarten hat.«

Leconuc, der aus allen Poren seines Leibes nach Paarung und Angst gleichzeitig stank, wagte es, indirekten Widerstand zu leisten und sich um eine echte Aussage zu drücken. »Wir berufen die Bewohner ein und erklären es ihnen, hoheitliche Tadca. Ein Bote wird Euch …«

»Nein.« Eine schillernd violette Aura entstand um die erboste Frau. Ihre Rechte zuckte hoch, der Zeigefinger richtete sich auf den Vorsitzenden. Blass wich er einen Schritt zurück. »Ich verlange auf der Stelle eine Antwort. Ihr seid die Verantwortlichen für die Geschicke der Stadt, ihr werdet in der Lage sein, die Bestien zu steuern.«

Pashtak knurrte dumpf. Mit nur einem einzigen Wort hatte die Tadca ihre Einstellung gegenüber der Stadt und ihren Bewohnern verraten.

»Was wäre die Konsequenz einer Absage?«, erkundigte sich Leconuc.

»Lass es darauf ankommen«, sagte Zvatochna schneidend.

Der Vorsitzende atmete tief durch, sammelte seinen Mut. »Ich werde nichts sagen, weil ich die …«

Die Schwester des Kabcar streckte die Hand aus. Ein mattvioletter Strahl hob den Führer der Versammlung in die Luft und katapultierte ihn mit Wucht nach hinten gegen die Tür.

»Nur ein kleiner Vorgeschmack des Kommenden, wenn mein Bruder von eurer Haltung erfährt.« Zvatochna verließ den Raum und rief etwas. Man hörte den protestierenden Krutor, und bald darauf klapperte die Kutsche davon.

»Tat es sehr weh?«, wollte Pashtak von Leconuc wissen, der immer noch an der gleichen Stelle stand.

»Die Magie nicht«, antwortete er gequält, »aber die Türklinke.«

Da sahen sie die ersten Blutspuren, die hinter ihm am Holz hinabrannen. Das Metall verband den Vorsitzenden mit der Tür und wirkte als Widerhaken.

In ihrer Not bauten sie die Tür aus und trugen den jammernden Leconuc wie auf einer Bahre zum nächsten Heilkundigen.

Der seltsame Zug erregte großes Aufsehen, schon bald kursierten die wundersamsten Gerüchte über den Vorfall in der Stadt. Die Stimmung gegen den Kabcar und seine Schwester heizte sich auf. Nebenbei erfuhr der Inquisitor, dass Krutor zusammen mit seinen Kindern einen Stadtrundgang gemacht hatte und sich ganz im Gegensatz zur Tadca begeistert von Ammtára zeigte. Die Bewohner unterschieden ihn, wahrscheinlich auch wegen seines unmenschlichen Äußeren, klar von seinen beiden Geschwistern.

Pashtak, der vor dem Haus des Heilkundigen zusammen mit den Mitgliedern der Versammlung und zahlreichen anderen wartete, machte sich schwere Vorwürfe, die Tadca so weit gereizt zu haben. Dass sie ihren Zorn auf den Vorsitzenden und nicht auf ihn gelenkt hatte, empfand er als besonders schlimm. Eigentlich müsste er da drinnen liegen.

Der Eingang schwang auf.

Der Medikus, dessen Lederschurz von oben bis unten mit rotem Lebenssaft getränkt war, erschien. Die Gespräche erstarben auf der Stelle, Menschen und Sumpfwesen hingen gebannt an seinen Lippen.

Er hielt ein rot gefärbtes Etwas in die Höhe, das der Inquisitor als seine Türklinke erkannte. Polternd fiel sie zu Boden. Man sah ihm an, dass er etwas sagen wollte. Doch er schüttelte nur den Kopf und ging wieder hinein.

»Leconuc ist tot!« brüllte einer, und ein Aufschrei stieg aus tausend Kehlen. Wäre die Tadca nun in greifbarer Nähe, müsste sie all ihre Magie aufwenden, um unbeschadet aus den Mauern zu entkommen.

»Auch wenn es respektlos aussieht, wir benötigen unbedingt einen Nachfolger. Es kommen schwere Zeiten auf uns zu«, sagte Kiìgass im Hintergrund zu den Mitgliedern des Gremiums.

Pashtak betrachtete fassungslos das triefende Stück Metall, das dem Vorsitzenden so unerwartet den Tod gebracht hatte. Es roch sogar noch nach Leconuc.

Da wurde es still vor dem Haus.

Plötzlich meinte er, unzählige Augen auf sich gerichtet zu spüren. Unbehaglich wandte er sich um und schaute auf die Bewohner.

»Pashtak ist der Schlaueste von uns! Er soll der neue Vorsitzende sein!«, kam es irgendwo aus der Menge. Die Masse nahm den Vorschlag mit Begeisterung auf und rief seinen Namen. An den Gesichtern seiner Amtskollegen las er die breite Zustimmung zu dieser Forderung ab.

Er hob die Arme. »Geht nach Hause und versucht, euch zu beruhigen, Freunde. Besonnenheit ist gefragt.«

Die Menschen und Sumpfkreaturen verharrten unschlüssig.

»Wirst du den Vorsitz übernehmen?«, verlangte Kiìgass zu wissen. »Du bist der Fähigste von uns.«

Seufzend ergab sich der Inquisitor dem Druck. »Ich werde Leconuc ein würdiger Nachfolger sein«, versprach er. Die Bewohner jubelten ihm zu, und er musste unzählige Hände schütteln und bekam Schulterklopfer, bis sich die Ansammlung endlich auflöste und er in Begleitung von Estra nach Hause zurückkehrte.

Wohl war ihm dabei nicht. Er kam sich vor wie ein Erbschleicher. »Wie erkläre ich das bloß Shui?«

Estra grinste.

IX.

**Kontinent Ulldart, Großreich Tarpol,
Hauptstadt Ulsar, Herbst 459 n. S.**

Zvatochna hatte während der Heimreise kein einziges Mal mehr gesprochen.

Sie ärgerte sich darüber, dass es den Sumpfbestien gelungen war, sie derart aufzubringen, dass sie ihre so berühmte Diplomatie außer Acht gelassen und sich für eine körperliche Drohung entschieden hatte, indem sie Leconuc ihre Kräfte offenbart hatte.

Mit verheerenden Folgen, wie sie erfuhr.

Govan hatte selbst Schuld. Sie an einen Ort zu schicken, der vor Ausgeburten der Hässlichkeit nur so wimmelte. Eine einzige Beleidigung der Augen. Im Ballsaal, auf dem Parkett, in der Theaterloge, bei einem Empfang, an allen möglichen Plätzen wäre sie erfolgreich gewesen. Aber nicht inmitten von Bestien.

Ihr missgestalteter Bruder hinkte schaukelnd neben ihr her durch den Palast von Ulsar, grüßte wie immer die entgegenkommenden Diener aufs Freundlichste und sprach sie sogar mit Namen an.

Die Geschwister wurden angekündigt und traten in den riesigen Thronsaal, vor dem die Innenausstatter ebenso wenig zurückgeschreckt waren wie die Architekten vor dem Äußeren des Gebäudes.

Die Grunddüsternis passte hervorragend zu der Stimmung, in der die Tadca sich befand, auch wenn sie die neue Symbolik und Finsternis in Ulsar nicht sonderlich schätzte. Labile Menschen würden an grauen Wintertagen an Selbstentleibung denken.

Govan, der mit den Ansprüchen an seine protzige Garderobe wahrscheinlich wieder einen Schneider in den Wahnsinn getrieben hatte, lustwandelte an den Porträts ihrer gemeinsamen Ahnen entlang, ein Glas Wein in der Hand.

»Zvatochna! Geliebte Schwester!« Rasch stellte er das Glas ab, breitete die Arme aus und lief auf sie zu.

Ein inniges Seufzen entfloh seinem Mund, als sie sich umfassten, seine Lippen pressten sich länger und heftiger auf die ihrigen, als es ein Bruder tun durfte. Er drückte sie an sich und schien sie nicht mehr loslassen zu wollen.

»Ich habe dich so sehr vermisst«, raunte er in ihr Ohr und roch an ihrem Hals. »So sehr.« Endlich lockerte er seinen fast gewaltsamen Griff und drückte Krutor kurz. »Es ist schön, euch beide gesund und munter wieder zu sehen.« Er lotste sie zu einem Tisch, auf dem einige Kleinigkeiten und Tee angerichtet waren. »Eine Stärkung zum Aufwärmen, nach der Fahrt durch mein doch stellenweise recht kühles Reich.«

Der verkrüppelte Tadc häufte sich Törtchen und Kekse auf den Teller und hinderte mit der freien Hand den Lakai daran, ihm einzugießen. »Das kann ich selbst«, sagte er. »Du musst nicht alles für mich machen.«

»Ach ja, das hat mir irgendwie gefehlt«, sagte Govan und warf begierige Blicke auf die Gestalt seiner Schwester. Er nahm ihre Hand und drückte sie. »Erzählt mir von euren Abenteuern.«

Zvatochna musste sich eingestehen, dass sie die gute Laune des Kabcar angesichts der schlechten Neuigkeiten, die im Grunde schon lange keine mehr waren, einigermaßen überraschte. Sie schob es auf ihre Wirkung. Knapp schilderte sie die Schwierigkeiten, die man im Süden mit den Kensustrianern hatte, und legte ihre Pläne zur passenden Antwort auf die Niederlage dar, die im Sommer in die Tat umgesetzt werden sollten.

»Bis dahin müssten die Freiwilligen an Ort und Stelle eingetroffen sein. Auch neue Offiziere stehen uns zur Verfügung. Die Kensustrianer greifen bei ihren Attacken die höheren Ränge gezielt an, um die restliche Einheit zu verwirren und kopfscheu zu machen.« Sie biss vornehm ein kleines Stück vom Gebäck ab. »Wir werden beweisen, dass wir ebenfalls andere Taktiken beherrschen als nur die Feldschlacht. Wenn dieser Schlag ihnen nicht das Genick bricht, so wird es sie wenigstens nachdenklich machen. Sie mögen unverwundbar sein, wie sich die Abergläubischsten im Heer erzählen. Aber ihr Land ist es nicht.«

Der Kabcar setzte die Tasse ab und applaudierte begeistert. »Sehr gut, liebe Schwester. Ich sehe schon, es wird schwer, das kleine Rennen gegen dich zu gewinnen.«

»So geübt ist sie im Laufen auch wieder nicht«, meinte Krutor und schlürfte an seinem Getränk. »Du kannst es schaffen.«

»Würdest du es mir erklären, Govan?«, verlangte Zvatochna freundlich zu wissen. »Ein Rennen, ohne das Ziel zu nennen, ist nicht unbedingt redlich.«

»Der Hohe Herr meinte damit«, erklang die Stimme des Konsultanten, der wie aus dem Nichts hinter einer Säule hervortrat, »dass Ihr, hoheitliche Tadca, Kensustria erobert haben solltet, bevor er die gesamte Ostküste Kalisstrons in seinen Besitz gebracht hat.« Tief verneigte sich Mortva Nesreca vor den Neuankömmlingen. »Willkommen zu Hause, hoheitliche Tadca und hoheitlicher Tadc. Wir haben uns alle nach Euch gesehnt.«

»Ein militärischer Wettlauf«, begriff Zvatochna. »Du

gehst davon aus, dass die Flotte mit den Kalisstri leichtes Spiel haben wird?«

»Ich bereite mir die Spielfläche dort ein wenig vor, bevor ich meine Leute antreten lasse«, erklärte Govan verschmitzt. »Die Kalisstri werden nicht wissen, wie ihnen geschieht. Die Hinterhältigkeit der Palestaner und ihr Geschick, durch Intrigen Unsicherheit zu verbreiten und Menschen zu etwas anzustiften, wurde jahrelang unterschätzt.« Er beugte sich vor, noch immer lagen seine Finger auf ihrem Handrücken. »Willigst du in unsere kleine Abmachung ein?«

»Was bekommt denn der Sieger?«, warf der Tadc ein.

»Ein sehr guter Hinweis«, lobte Nesreca den Krüppel. »Der Hohe Herr hat sehr gut aufgepasst.«

Govan betrachtete ihr betörendes Antlitz. »Jeder verspricht, dem anderen einen Wunsch zu gewähren. Was immer es sei.«

»Was immer?«, wiederholte sie ungläubig. »Nun, das ist sehr gewagt, wie ich finde.« Dann lachte sie glockenhell auf, legte den Kopf in den Nacken und die Hand an ihre Kehle. »Andererseits, es hat seinen Reiz.« Sie schaute ihm tief in die Augen. »Gut, Bruder. Ich willige ein. Aber hüte dich, sonst verlange ich am Ende den Thron von dir«, warnte sie ihn mehr aus Spaß. Sie nahm die Wette nicht sonderlich ernst.

»Du würdest ihn erhalten«, erwiderte er ohne Zögern. Nichts an seiner Miene verriet, dass er sich einen Scherz erlaubte. »Krutor und Mortva sind unsere Zeugen: Was immer es ist, Zvatochna. Ich werde mich daran halten. Und meinen Gewinn ebenso von dir einfordern.« Langsam spielte er mit ihren Fingern. »Bin ich nicht grundgütig, dass ich dir keinerlei Vorhaltungen mache?«, wechselte er den Gesprächsgegenstand.

»Wegen der Verluste im Süden? Ja, in der Tat, Bruder.« Die Tadca nickte ihm zu und versuchte nicht daran zu denken, was er von ihr begehrte. »Ich habe auf deinen Wunsch hin Ammtára besucht und mit der Versammlung gesprochen«, wechselte sie das Thema.

»Gesprochen?« Der Kabcar lachte amüsiert auf. »Dann redest du anscheinend in meiner Sprache. Du hast den Vorsitzenden auf einen Speer gespießt, weil er dir widersprach, erzählt man sich. Das hat bei deinen Brojakenfreunden einen mächtigen Eindruck hinterlassen, das lass dir gesagt sein.« Er feixte.

»Was?« Krutors unförmiger Kopf fuhr nach oben. Von diesen Neuigkeiten war er nicht in Kenntnis gesetzt worden. »Warum hast du das gemacht?«, beschwerte er sich vorwurfsvoll bei seiner Schwester.

»Es war ein Unfall, liebster Krutor«, beschwichtigte sie ihn. »Ich habe ihn gestoßen, und er fiel so hart und unglücklich gegen die Türklinke, dass sie ihn verletzte. Daran starb er.« Bittend blickte sie ihn aus ihren braunen Augen an, ihr Tonfall klang reuig. »Ich wollte es wirklich nicht, du musst mir glauben. Und ich fühle Schuld.«

Krutor nickte verzeihend und schaute in die Teetasse, um nach Krümeln darin zu fahnden.

»Sie weigern sich weiterhin, die Verbreitung der Lügen über mich, ihren Kabcar, zu unterlassen?«, schätzte Govan. »Dann machen wir die Stadt eben dem Erdboden gleich. So viel Ungehorsam werde ich nicht hinnehmen, nicht einmal aus der Stadt, in der einst Sinured residierte. Übrigens, ich sende ihn dir in den Süden. Mir scheint, seine Kampfkraft ist zu Lande besser aufgehoben.« Er nahm einen Keks in die Hand. »Und auf dem Weg nach Kensustria kann er in seiner alten Heimat vorbeischauen und Ammtára vernichten. Er soll die Stadt Tzulan opfern, dann haben alle etwas davon.« Das Gebäckstück zerplatzte, als er einen leichten Stoß Magie hineinjagte. Die Krümel gingen in Flammen auf und sorgten für ein kleines Feuerwerk. »Das wird das richtige Zeichen sein, die …«

Ein gewaltiger Schlag traf den Tisch, das Besteck sprang in die Luft, Tassen kippten um, und die Kekse verteilten sich. Schwungvoll war die geballte Faust seines jüngeren Bruders auf das Möbelstück niedergefahren. Böse blitzten die Augen des Krüppels den Kabcar an. »Nein.«

Nesreca hob eine Augenbraue. Eine offene Auflehnung wagte der geistig zurückgebliebene Tadc hiermit zum allerersten Mal.

»Nein?«, echote Govan. »Hast du eben nein zu mir gesagt?«

»Bitte«, versuchte Zvatochna den Kabcar zu beruhigen und legte ihre Hand auf seinen Arm. »Denk daran, was er ist.«

Krutor verstand die Bemerkung jedoch anders. »Genau, denk daran. Ich bin der Tadc. Ich habe fast so viel Macht wie du.«

»Nun bin ich wirklich überrascht«, gestand der Herrscher und stieß die Luft aus. »Krutor, sie verspotten mich und verbreiten Unwahrheiten. Soll ich das hinnehmen?«

»Das ist kein Grund, eine ganze Stadt kaputtzumachen.« Er neigte seinen Kopf und schaute den Kabcar an wie ein angriffslustiger Stier.

»Krutor«, versuchte es Zvatochna und schenkte ihm einen zutiefst freundlichen Blick, der ein wenig für Entspannung sorgte. »Wir müssen ein Land regieren, das im Krieg mit einem sehr, sehr starken Gegner ist. Und da können wir es uns nicht erlauben, dass an anderer Stelle Unruhe aufkeimt.« Sie nahm das grobschlächtige Antlitz des jüngeren Bruders zärtlich zwischen ihre Hände und küsste behutsam die Wange. Seine Erregung über die Worte des Kabcar spürte sie ganz deutlich. »Wir müssen zusammenhalten. Vater wollte es so.«

In Govan flammte die Eifersucht auf.

Doch der Tadc ließ sich nicht überzeugen. »Ich hätte ihm ja geholfen, im Süden. Ich wollte gegen die Grünhaare kämpfen, aber sie waren nicht da.«

»Ich habe die Gesetze verschärfen lassen«, schaltete sich der Herrscher mit Nachdruck ein. Die ungewohnte Widerborstigkeit stellte seine Beherrschung auf eine harte Probe. »Weit geringere Dinge als Verleumdung stehen unter Todesstrafe. Und da soll ich für Ammtára, das Lügen über mich verbreitet, eine Ausnahme machen?«

Finster wandte sich der Tadc seinem Bruder zu. »Wer sagt, dass es Lügen sind, hm? Du hast eben von Opferung gesprochen. Nicht ich.«

»Nun habe ich aber genug!« Govan sprang auf. »Ich lasse diese Stadt einebnen.«

Krutor richtete seine schiefe Statur in die Höhe und betrachtete sein Gegenüber mit entschlossenem Trotz. Die kräftigen Arme kreuzten sich ganz langsam vor der Brust. »Und ich stelle sie hiermit unter meinen Schutz«, lautete seine aufsässige Erwiderung.

»Du wagst es?« Ein Knistern erfüllte die Luft, die Magie lud sich im Körper des Kabcar auf und bereitete sich auf einen Schlag vor.

»Hoher Herr, wir sollten die Unterredung abbrechen«, empfahl Nesreca und stellte sich vor den Krüppel, um einen Angriff abzufangen. Langsam ging er auf seinen Schützling zu. »Haltet Euch zurück«, flüsterte er ihm zu. »Das Volk liebt Krutor. Wenn auch er auf mysteriöse Weise verschwindet, ohne dass wir eine plausible Erklärung finden, kann es höchst unangenehm werden.«

»Ein Verblödeter wird mich doch nicht daran hindern, das zu tun, was rechtens ist«, brüllte Govan los. »Ammtára wird fallen!«

»Es sind meine Freunde.« Krutor gab selbst angesichts eines magischen Gewitters, das über ihn hereinzubrechen drohte, nicht auf. »Und du brauchst mal wieder was auf die Nase, damit du vernünftig wirst.« Schadenfroh verzog sich sein entstelltes Gesicht. »So wie das damals Tokaro gemacht hat.« Er drehte sich zum Ausgang. »Ich habe keine Lust mehr, mit dir zu reden. Außerdem bin ich bestimmt viel zu verblödet dazu.« Drohend hob er den Zeigefinger. »Ammtára steht unter meinem Schutz«, bekräftigte er noch einmal. »So stark wie Sinured bin ich auch. Ich mache ihn kaputt, wenn er kommt.« Der Tadc ging ein paar Schritte, kehrte zurück, um sich die Schüssel mit den Keksen zu nehmen, und verließ den Thronsaal.

Mordlüstern starrte ihm sein Bruder nach. »Er weiß nicht, wie nahe er eben dem Tod war«, wisperte er emotionslos.

»Ihr tatet das Richtige, Hoher Herr«, lobte der Konsultant. »Die Stadt kann man immer noch bestrafen, wenn der Süden gefallen ist. Uns fällt gewiss eine Ausrede ein, die wir dem Tadc präsentieren. Man könnte es weniger offensichtlich arrangieren. Ich dachte da an einen Brand oder Ähnliches.«

Govan antwortete nicht. Mit ausdruckslosem Gesicht rauschte er hinaus und ließ die beiden anderen ratlos zurück.

»Was wird er wohl unternehmen?«, überlegte Zvatochna laut. »Ich fürchte um Krutor.«

Nesreca setzte sich neben sie und goss sich in aller Ruhe etwas Tee ein. »Nein, sorgt Euch nicht, Hohe Herrin. Er wird in die *Verlorene Hoffnung* gehen und das an Verbrechern auslassen, was er eigentlich mit seinem Bruder beabsichtigte.« Gelassen steckte er sich ein Stück Gebäck in den Mund. »Anschließend zapft er die magischen Reservoirs der eingesperrten Cerêler ab, um das Verbrauchte … aufzufüllen. Oder was immer er sonst damit unternimmt.«

Sie blickte den Konsultanten an. »Das klingt, als

wäre das der übliche Tagesablauf, seit ich weg gewesen bin.«

»Man kann es so nennen, ja, Hohe Herrin«, bestätigte er. Er nahm sich etwas Zeit, bevor er weitersprach. »Die Untertanen machen sich Gedanken über den Verbleib der Heiler. Man sah sie einreisen, aber nicht mehr weggehen. Andere Cerêler überdachten unerwartet ihr Vorhaben, nach Ulsar zu kommen. Es scheint, als hätte sie jemand davor gewarnt, einen Fuß in die Hauptstadt zu setzen.«

»Wie viele hält er gefangen?«

»Er nennt es ›beherbergen‹«, stellte Nesreca richtig. »Insgesamt dürften es zwanzig gewesen sein, drei davon starben, weil er ihnen zu viel Kräfte entzog. Mittlerweile scheint er die passende Dosierung herausgefunden zu haben, damit sie seinen Raub überleben. Der Hohe Herr hat mich damit beauftragt, die restlichen Cerêler in seinem Reich aufzuspüren und hierher bringen zu lassen.« Er neigte sich vertrauensvoll zu ihr. »Habt Ihr eine Vorstellung, welchen Eindruck das bei den Untertanen macht, die übrigens wegen jeder Kleinigkeit zu lebenslanger Haft oder zum Tod verurteilt werden? In seiner Gnade lässt er ihnen sogar die Wahl. Ein echter Zyniker.«

»Eure Schule, Mortva.« Die Schilderung der Vorgänge machte Zvatochna unruhig. »Wie ist die Stimmung bei den Menschen?«

»Ihr wollt wissen, ob Ihr einen Aufstand befürchten müsst, Hohe Herrin?«, fragte er lächelnd. »Nein, noch ist es nicht so weit. Der Tod des alten Kabcar und die verheerende Niederlage bieten noch ein ordentliches Polster. Doch die Leidensfähigkeit ist nicht unendlich, gerade mit Blick auf die verschärften Steuern.« Sein graues und grünes Auge suchten den Blick der Tadca. »Ich habe versucht, ihn dazu zu überreden, dass er die Rücknahme der harten Gesetze innerhalb eines gewissen Zeitraums verkündet, um wenigstens den Anschein zu erwecken, es werde sich wieder etwas ändern.«

»Er hat abgelehnt?«

»Ich gestehe es ungern ein, aber er hört immer seltener auf meine Ratschläge.« Traurig nickte der Berater. »Euch wären diese Fehler sicherlich nicht passiert. Ihr seid mehr mit den unterhändlerischen Gaben Eurer Mutter gesegnet – abgesehen von dem kleinen Ausrutscher in Ammtára, Hohe Herrin. Ihr werdet die Brojaken und Adligen besänftigen müssen. Es haben sich Lücken aufgetan.«

»Sagt nicht, dass er welche umgebracht hat?« Die junge Frau sah all ihre Arbeit in Ulsar, die sie in den Aufbau von Vertrauen investiert hatte, zunichte gemacht. Dabei brauchten sie den Rückhalt der Reichen. Und der Garnisonen.

Ihr Bruder übersah diesen Umstand nur allzu gern. Auch wenn er auf herkömmliche Weise unbesiegbar geworden war, ohne die Streitmacht würde er seine hochfliegenden Eroberungspläne im Alleingang ausführen müssen.

Und die Allmacht, ein Land wie Kensustria als Einzelner in die Knie zu zwingen, traute sie ihm nicht zu.

»Es handelte sich dabei um zwei Offiziere, die Obersten Gajeschlik und Olitkow. Sie zählten zu Euren glühendsten Verehrern, Hohe Herrin. Dummerweise machten sie keinen Hehl daraus.« Er blickte zur Decke. »Versteht Ihr, seine Eifersucht nimmt allmählich erschreckende Ausmaße an. Jeder, der in Eure Nähe kommt, Euch länger ansieht oder mit Euch redet, läuft Gefahr, unter einem Vorwand inhaftiert zu werden.«

Dunkel erinnerte Zvatochna sich an ein Gespräch, das vor langer Zeit zwischen ihr und dem Berater stattgefunden hatte – und bei dem es sich um die Übernahme des Throns gedreht hatte.

Mit Mutter zusammen wäre das Regieren einfacher. Die alten Gedankengänge kehrten zurück. *Govan will einfach zu schnell zu viel.* Sie würde sich mit politischer Macht begnügen. Ihr Bruder trachtete trotz seiner völligen Überlegenheit gegenüber allen Lebewesen auf Ulldart danach, ein Gott zu werden. Dabei wurde es immer offensichtlicher, dass er weder auf die Menschen noch auf das Land Rücksicht nahm.

Nesreca betrachtete ihr Gesicht und schien die Gedanken hinter ihrer Stirn zu lesen. Er versuchte mit seinen leisen Einflüsterungen zu retten, was er zu bewahren im Stande war.

Sein Schützling entwickelte sich unkontrollierbar. Es nützte nichts, wenn die Menschen den Kabcar stürzten, bevor Tzulan in seiner alten Macht wieder auferstand. Es fehlte nicht mehr allzu viel, das Ziel lag in greifbarer Nähe. Dennoch, ob man kurz vor dem Erreichen der Absicht scheiterte oder am Anfang, für das Versagen war das ohne Bedeutung.

Durch einen Wechsel zu Zvatochna und hastige Reformen könnte der weiter aufkochende Volkszorn gekühlt werden. Andernfalls zeichnete sich die Katastrophe ab. Karet und Ammtára sah er als beste Beispiele. Die kleineren Übergriffe gegen Steuereintreiber quer durch das ganze Land glichen Funken, die rasch einen Brand auslösen konnten.

Der Berater spürte, dass sich die Tadca seinen Argumenten nicht so vehement entzog, wie sie es vor einigen Monaten noch getan hatte. Dafür besaß sie zu sehr die Anlagen ihrer Mutter, welche sie zu einer Herrscherin machten, die ihre Gelegenheiten ergriff.

Nun wollte er die letzten Nägel einschlagen, die die Schatulle des Zweifels vollends verschlossen.

»Verfügt Ihr über genügend Phantasie, Euch den Wunsch auszumalen, dessen Erfüllung er von Euch verlangen wird?«, fragte er harmlos und nahm sich einen Keks, um ihn auf dem Tisch zu platzieren. Nesreca griff einen weiteren und legte ihn exakt obenauf.

»Ich verstehe Eure Andeutung, Mortva«, meinte die hübsche junge Frau voller Abscheu. In ihrer Vorstellungskraft sah sie ihren nackten Körper unter dem ihres Bruders liegen. »Wer sagt, dass ich seine Forderung erfülle?«, gab sie zurück. Sie spürte den Kuss, den er ihr bei der Begrüßung aufgezwungen hatte, und wischte sich unbewusst die Lippen.

»Nun, Wettschulden sind Ehrenschulden«, meinte Nesreca leichthin. »Und, ganz im Vertrauen, er wird mit aller Gewalt auf der Einlösung bestehen. Ihr habt es vor Zeugen versprochen, Hohe Herrin.« Der Mann mit den silbernen Haaren, der niemals alterte, hob in einer abwehrenden Geste seine Rechte. »Nicht, dass ich darauf bestünde, dass Ihr Euch dem Kabcar hingebt. Dennoch fühlt er sich nun legitimiert. Ihr gabt ihm die Einwilligung. Und er wird sich seinen Gewinn, an dem ich nicht zweifle, abholen. Freiwillig oder nicht.« Der Konsultant verzog beinahe mitleidig das Gesicht. »Denn was könntet Ihr, bei allem Respekt, seinen Fertigkeiten entgegensetzen?«

»Erst muss er die kalisstronische Küste einnehmen.« Nesreca lächelte mitleidig. »Habt Ihr schon einmal einen Kullak gesehen, wenn er eine Beute haben will?« Sein Antlitz veränderte sich, wurde erschreckend grausam und dämonisch. »Er ist fest entschlossen und lässt nicht locker, bis er sein Opfer zur Strecke gebracht hat. Weil er es will. Gnadenlos will.« Er kam ihr ganz nahe. Zvatochna schluckte. »So gnadenlos, wie Govan Euch will, Hohe Herrin. Begehrt«, raunte er. »Und Euch zur Gemahlin haben will.«

»Nein!« Die Tadca sprang auf. Unwillkürlich dachte sie an Tokaro. »Wer sagt mir, dass Ihr kein doppeltes Spiel treibt, Mortva, um mich auszuhorchen und meinem Bruder zu berichten? Ihr seid sein Mentor, sein Vertrauter.«

Von einem Lidschlag auf den anderen wurde aus dem unheimlichen Wesen wieder der schmeichelnde, zuvorkommende Nesreca. Überlegen langte er in seine Tasche und legte einen Zettel auf den Tisch, ohne auf die handgeschriebenen Zeilen zu schauen. »Verschwinde, liebster Tokaro! Nesreca weiß, wer du bist, und will dich auffliegen lassen«, zitierte er mit verstellter Stimme zärtlich die Nachricht, ehe er in seinem normalen Tonfall weitersprach. »Wenn ich Euch aus dem Weg räumen wollte, Hohe Herrin, wäre es mir ein Leichtes. Diese Botschaft, nun, sie trägt keine Unterschrift. Aber der Schwung der Handschrift ist unverkennbar, findet Ihr nicht auch?« Er lächelte charmant.

»Eine Fälschung«, retournierte sie harsch.

»Sicherlich«, meinte der Berater amüsiert. »Aber, was glaubt Ihr, würde der Kabcar sagen, wenn er erführe, dass Ihr Schuld am Entkommen von Tokaro Balasy tragt, der mit der letzten der aldoreelischen Klingen auf und davon ist? Was könnte aus Eifersucht werden, wenn er erkennt, dass seine Begehrte in Wahrheit einem anderen nachtrauert und wohl noch immer verbunden ist?«

Sie wurde blass.

Nesreca stand auf und reichte ihr den Zettel. »Nehmt ihn als Zeichen meines Vertrauens, Hohe Herrin. Ist damit unsere Zusammenarbeit besiegelt?«, fragte er lauernd, als sie hastig die Finger danach ausstreckte.

Zvatochna nickte.

Der Zettel wechselte den Besitzer.

»Ich empfehle mich. Wir sollten uns bei Gelegenheit treffen, um unsere Vorbereitungen zum Thronwechsel zu besprechen.« Tief verbeugte sich der Mann mit dem Silberhaar. »Ich freue mich auf unsere Zusammenarbeit, Kabcara.« In aller Ruhe schritt er zur Tür hinaus, die Hände auf dem Rücken verschränkt.

Hochverrat oder von meinem Bruder gegen meinen Willen genommen werden?, wägte sie innerlich ab und musste sich setzen. Die Frage hatte sich schnell entschieden. *Kabcara Zvatochna klingt sehr gut.*

Sie legte die Nachricht, die sie Tokaro einst geschrieben hatte, auf den Unterteller. Etwas Magie, und der Beweis ihrer Zusammenarbeit mit einem gesuchten Verbrecher verging in einem violetten Feuer.

Kontinent Ulldart, Kensustria, Meddohâr, Spätherbst 459 n. S.

Keine Spur von unserem Piratenpaar. Besorgt durchforstete der ilfaritische König die zusammengetragenen Botschaften aus Verbroog. Die Sonnen waren schon lange versunken, doch der rundliche Mann schuftete immer noch.

Nach der Eroberung der Festung schienen die tarpolisch-tzulandrischen Besatzer dazu übergegangen zu sein, ihre Gefangenen per Schiff und Landweg nach Ulsar zu transportieren, während sie weitere Schiffe in den schützenden Fjorden sammelten.

Diese Umschichtung erschien Perdór sehr aufwändig und sehr unsinnig. Viel einfacher wäre es gewesen, die Rogogarder auf einer der unbedeutenderen Inseln festzusetzen oder an Ort und Stelle hinzurichten.

Etliche der Cerêler, die sich in die finsteren Mauern der Stadt begeben hatten, kehrten nicht mehr zu ihren Familien zurück. Stattdessen erhielten die Angehörigen die Nachricht, sie befänden sich als Gast des Kabcar auf unbestimmte Zeit in Ulsar.

Er nahm die Schreibfeder, um seinen Spionen in Tarpol, die er beinahe an zwei Händen abzählen konnte,

Anweisungen zu geben. Sollte einer von ihnen Torben und Varla oder Norina unter den Gefangenen erkennen, sollte alles geschehen, was zur Befreiung notwendig war.

Als er die Spitze des Kiels ohne hinzuschauen in das Tintenfass tunken wollte, verfehlte er unerwartet den Rand. Das eckige Ende traf lediglich Papier.

Er wunderte sich und wiederholte die Bewegung.

Der Behälter rutschte selbstständig zur Seite und wich der Feder aus.

Der König runzelte die Stirn und drehte sich um, ohne jemanden zu entdecken. Ein Verdacht keimte in ihm auf.

»Soscha, hör auf, einen alten Mann wie mich mit solchen magischen Spielereien zu necken. Und vor allem zu erschrecken. Mein Herz ist nicht mehr das Beste, Liebes.«

Keine Antwort.

Er nahm das Fässchen zur Hand und begutachtete es. Er fand weder Schnüre noch andere Hilfsmittel, die auf einen Schabernack Fiorells hinwiesen. Vorsichtig stellte er es wieder hin und wartete ab.

Etwas zupfte ihn an den Bartlocken.

»Soscha, lass das!«

Die Schreibfeder flog hoch, tauchte in die Tinte und setzte die Spitze aufs Papier. »Bist du Perdór?«, las er erstaunt vor. Der Kiel fiel um.

Perdór bückte sich, um unter den Tisch zu schauen. Doch hier war es so leer wie im übrigen Zimmer.

Die Feder schnellte nach oben und unterstrich die Frage doppelt, drängte auf eine Antwort, ehe sie zur Seite kippte.

»Ja doch, ich bin es«, beeilte sich der Ilfarit zu versichern. »Und wer bist du?«

Ein Windstoß fuhr durch den Raum und wirbelte die Blätter umher. Er hörte das leise, äußerst melodiöse

Lachen einer Frau. Unsichtbare Hände brachten seine Haare durcheinander und drehten an den grauen Korkenzieherlöckchen seines Bartes. Man schubste ihn hin und her, wirbelte ihn um die eigene Achse, bis ihm schlecht wurde.

»Aufhören!«, befahl Perdór, und das Treiben erstarb. »Welcher Spuk sucht mich denn hier heim?« Wütend zerrte er an seinem Morgenrock und richtete ihn, während die Blätter auf ihn herabsegelten.

Wieder schrieb der Gänsekiel wie von Zauberhand. »Der Meister will dich sehen.«

»So, will er das?« Aufgebracht rannte er zur Tür und riss sie auf. »Fiorell!«, schrie er. »Wenn das einer deiner Späße ist, kannst du dich auf was gefasst machen! Schaff dich auf der Stelle hierher! Hopp, hopp!«

Es dauerte eine Weile, bis sein Hofnarr in Nachtkleidern erschien. Er stand mit kleinen Augen im Türrahmen, eine lange Mütze mit Bommel zierte seinen Kopf. Und er sah verschlafen aus. »Was denn, Majestät? Ist eine Praline ausgelaufen?«

Misstrauisch betrachtete er das verknitterte Gesicht des Mannes. »Wo warst du eben?«

»Ich komme direkt von einem Empfang, seht Ihr das nicht? Ich tanzte mit den Schönheiten Kensustrias und wurde zum bestangezogenen Mann des Abends erkoren«, erklärte er trocken und kratzte sich gähnend am Hintern. »Mal ehrlich, Majestät, wonach sieht es denn aus?«

»Du hast wirklich geschlafen?« Der Argwohn gegenüber dem Possenreißer wich nur langsam. Dafür lieferten sie sich zu viele Schlachten.

»Geträumt wie ein Schlafbiber«, schwor Fiorell tranig. »Bis mich Euer Geplärre sehr unsanft weckte. Was ist denn? Plagt Euch ein Delirium schocoladicum?«

Ausnahmsweise glaubte ihm der Herrscher. »Nichts«, meinte er schließlich. Es schien alles ruhig. »Ist es möglich, dass Magie sich verselbstständigt?«

»Bin ich Soscha?«, konterte Fiorell ungnädig und wandte sich um. »Gute Nacht, Majestät. Und nur zu Eurer Erklärung: Ich werde mich bestimmt nicht mehr aus den Kissen heben.«

Da täuschte er sich allerdings gewaltig.

Kaum hatte er die Decke aufgeschüttelt und war unter die wärmenden Laken geschlüpft, wurde sein Name wieder durch die Flure des Hauses gebrüllt. Er stülpte sich das Kissen über den Kopf und gab sich Mühe einzuschlafen.

Doch seine Anstrengungen endeten spätestens, als Perdór in sein Zimmer stürmte, ihn ohne eine Erklärung aus dem Bett zerrte und in den Raum schob, in dem der König und er üblicherweise arbeiteten. Aus der mühevoll hergestellten Ordnung war ein heilloses Durcheinander geworden.

»Saubere Arbeit, o Vater aller Pralinen«, lobte der Hofnarr ironisch. »Sucht Euch einen anderen Dummen zum Aufräumen. Was habt Ihr getan? Einen Sturm hereingelassen?«

»Hier spukt es.«

Fiorell lachte auf. »Sicher, Majestät. Und meine Mütze brennt lichterloh.«

Die Kerze auf dem Tisch erhob sich und legte Feuer an den Bommel. Fluchend riss der Narr sich die Mütze vom Kopf und trampelte auf ihr herum.

»Sehr komisch. Wollt Ihr das Haus in Schutt und Asche legen, Majestät?« Doch der königliche Ilfarit stand mehr als zwei Speerlängen vom Tisch entfernt. »So gelenkig seid Ihr nicht.« Der Mann stockte erstaunt. »Wie …?«

Der Gänsekiel schwebte in die Lüfte und kritzelte etwas auf das Blatt.

»Das ist bestimmt für dich«, meinte Perdór gönnerhaft. »Etwas schreibt Botschaften.«

»Jetzt weiß ich, warum Ihr mich vorhin nach vakanter Magie fragtet.« Vorsichtig näherte er sich dem Tisch und äugte auf die Nachricht. »Ist ja herzallerliebst. Da steht: Verschwinde.« Beiläufig las er die anderen Sätze. »Wer ist denn der Meister? Soscha kann es nicht sein, sonst stünde hier ›Meisterin‹.«

»So weit war ich auch schon. Was macht man gegen einen Spuk?«

»Ich hole Soscha«, entschloss sich Fiorell. »Sie wird am besten wissen, was zu tun ist.«

Die Tür klappte zu und widersetzte sich allen Versuchen, sie zu öffnen.

Die Notiz erhob sich und drängte sich zwischen die Finger des Königs, die Feder schrieb »Folge mir«. Dann verharrte das Schreibutensil in Nasenhöhe des Herrschers.

»Wenn es ein Trick von Nesreca ist, Euch auszuschalten?«, gab der Spaßmacher zu bedenken. »Bleibt lieber hier. Wir holen Hilfe. Die Ulsarin wird schon wissen, was man gegen die Plage ausrichtet.« Es klatschte vernehmlich, als er für diesen Vergleich eine Ohrfeige kassierte. Fiorell hob die Arme wie ein Preisboxer und drosch Luftlöcher. »Komm her, du Gespenst! Nimm das!«

Betörendes Frauenlachen erklang. Die Unsichtbare schien sich prächtig zu amüsieren.

»Lustig, lustig, trallala«, giftete Fiorell und rotierte um die eigene Achse, die Hände nach wie vor zur Abwehr bereit, um einen Hinweis auf die Angreiferin zu entdecken. »Ich hoffe, du genießt die Vorstellung. Wenn ich dich kriege, Geist, fülle ich dich in eine Flasche und versenke sie im Meer.«

Schwach schimmernd manifestierte sich die türkisfarbene Silhouette einer Dame in einem Abendgewand, wie es schon seit vielen Jahrzehnten aus der Mode gekommen war. Das Geisterwesen schwebte auf den Hofnarren zu und fuhr durch ihn hindurch.

Fiorell krümmte sich zusammen, die Haare auf seinen Armen standen senkrecht nach oben, seine Zähne klapperten.

»Eiskalt«, bibberte er. »Als ob man in eine Schneewehe geworfen wird. Bist du verrückt, Spuk?« Er stakste zum Feuer, um sich aufzuwärmen.

»Ich wollte dir zeigen, dass du gegen mich nicht bestehst«, sprach der Schemen singend. »Leg dich nicht mit mir an und verhalte dich ruhig.« Sie wandte sich Perdór zu. »Der Meister will dich sehen. Folge der Feder.« Die Umrisse begannen wieder zu verblassen.

»Wer ist dein Meister?«, verlangte der ilfaritische König zu wissen. »Und wer bist du?«

»Ein Freund. Mehr darf ich dir nicht sagen.« Ihre Stimme wob einen Klangteppich, der sich schmeichelnd um die Ohren und den Verstand legte, zum Zuhören zwang und die Gedanken in Watte packte. »Ich bin Fjodora Turanow. Oder vielmehr das, was von mir übrig blieb.«

»Turanow? Die legendäre tarpolische Diva Turanow, die vor hundert Jahren hingerichtet wurde, weil sie mehrfachen Ehebruch mit anderen Frauen beging?«, staunte Perdór. »Deshalb der reichlich theatralische Auftritt. Wie ist das möglich, dass der Geist in Kensustria auftaucht?«

»Man kennt mich noch?«, sang der Geist erfreut, und die Silhouette wurde kräftiger. »Schnell, welches Stück darf ich für dich singen, Perdór? Der Meister weiß meine Stimme leider nicht zu schätzen. Wünsch dir etwas.«

»Sollten wir das nicht verschieben, bevor die Sahnepralinen sauer werden?«, warnte der Hofnarr feixend vom Kamin her. »Ich meine, du bist vielleicht schon ein wenig aus der Übung.«

Ihre Umrisse verschwanden, dafür erhob sich das Tintenfass und ergoss seinen Inhalt über Fiorell.

»Können wir die Kostprobe auf später verschieben? Bring mich bitte zu deinem Meister«, schlug der kräftige König vor, den nun die Neugier gepackt hatte.

Einen Reim machen konnte er sich allerdings noch nicht auf das Geschehen. Sollte am Ende ein neuer, schüchterner Kensustrianer aufgetaucht sein, der Magie beherrschte und es nicht wagte, sich zu melden? Aber was hatte er dann mit Spukgestalten zu tun, die aus einem ganz anderen Teil des Kontinents stammten?

Er warf sich seinen Mantel über und tauschte die Pantoffel gegen festes Schuhwerk.

Bald lief er allein durch das nächtliche Meddohâr, während die Schreibfeder vor ihm her wirbelte, als spielte der Wind mit ihr.

Einige Kensustrianer grüßten den König freundlich; er erwiderte die Aufmerksamkeiten und hoffte inständig, dass sich niemand darüber wunderte, wie eine Feder um ihn herum kreiste, obwohl kein Hauch durch die Gassen fegte.

Die Wachen am Tor ließen ihn passieren und warnten ihn davor, sich bei seinem Spaziergang zu später Stunde zu weit zu entfernen. Es könne gut sein, dass sich ein Worrpa in der Nähe aufhielte.

Zögernd verließ er den Schutz der mächtigen Mauern und folgte der Feder. Nach einer Viertelstunde segelte das scheinbar von Leben erfüllte Schreibutensil ins Unterholz und schwebte durchs Dickicht. Nach einer Weile gelangte der keuchende Herrscher an einen Platz, der weniger überwuchert war und an dem die Baumkronen ein schützendes Dach bildeten. Die Feder glitt sachte zu Boden.

Perdór angelte ein Taschentuch aus seiner Manteltasche, um sich den Schweiß abzutupfen. »Sind wir da? Wo ist denn der Meister?«

Eine dunkle Gestalt, gekleidet in schlichte, robuste Kleidung und eine Gugelkappe tief ins Gesicht gezogen, trat hinter einem Baumstamm hervor. »Ihr sucht mich, Majestät. Ich bin erfreut, Eure Bekanntschaft zu machen.«

»Warten wir ab, ob ich mich freue, Euch kennen zu lernen«, meinte der Ilfarit vorsichtig. »Ihr seid ein Mensch? Wie habt Ihr es geschafft, an den kensustrianischen Verteidigern vorbeizukommen und den Spürnasen der Worrpa zu entgehen? Ihr müsst Einiges beherrschen, um bis nach Meddohâr gelangt zu sein.«

»Es war nicht leicht«, stimmte der Meister zu. »Trotz allem hat Euch meine Botin erreicht. Und Ihr seid erschienen. Ihr werdet sehen, dass es sich gelohnt hat.« Er verschwand kurz hinter dem Baum und breitete eine Decke für den Herrscher aus. »Nehmt Platz, Majestät.« Er wartete, bis sein Gast saß, und lehnte sich gegen den Stamm. »Ich biete Euch meine Zusammenarbeit gegen den Kabcar und seine Schwester an.«

»Wie habt Ihr mich eigentlich gefunden?«, fragte Perdór.

»Macht mich dieses Können nicht zusätzlich interessant?«, antwortete der Meister mit einer Gegenfrage. »Ich werde vieles erst nach und nach preisgeben, wenn ich weiß, dass ich Euch vertrauen kann.«

Der Ilfarit dachte nach. »Nun, dann sagt mir wenigstens, wer Ihr seid. Und wie Ihr es erreicht habt, dass Eure Magie wuchs und gedieh, ohne dass man Euch ausgebildet hat.«

»Meine Kräfte sind von selbst besser geworden, aber sehr schwach, wenn man sie mit denen des Kabcar vergleicht. Weil ich sehr genau weiß, dass ich allein nichts gegen ihn und seine Geschwister auszurichten vermag, reiste ich in das Land, das sich erfolgreich gegen den wahnsinnigen Despoten zur Wehr setzt. Zugegeben, ich verfüge über bescheidene Mittel. Indes, sie sind, gezielt eingesetzt, durchaus von Nutzen.«

Der Mann achtete darauf, dass die Kapuze stets einen Schatten auf sein Gesicht warf. Das Einzige, was Perdór erkannte, waren ein blonder Bart, sehr helle Haut und ein Paar möglicherweise blauer Augen. Genauere Konturen des Antlitzes machte er nicht aus.

»Und was verlangt Ihr für Eure Dienste? Oder seid Ihr ein tarpolischer Patriot?«

Ein trauriges Lachen ertönte. »Ja, das wäre der rechte Begriff. Ich verlange nichts. Alles, was ich möchte, ist, gegen den Kabcar aussichtsreich zu Felde zu ziehen und ihn aufzuhalten, bevor er das vollendet, was ... sein Vater erst ermöglichte. Die Dunkle Zeit muss vereitelt werden, koste es, was es wolle.« Ein verirrter Mondstrahl fiel durch das Blätterdach, beinahe weiß leuchteten die fahlen Handrücken des Unbekannten auf, und der Herrscher erkannte lange, spitze Fingernägel. Hastig steckte der Mann sie in seine weiten Ärmel. »Weist mich nicht ab. Ihr braucht mich und meine Kräfte.«

»Ihr habt also einen Geist zu Eurer Verfügung, wenn ich das richtig verstehe?« Perdór schmunzelte. »Bei allem Respekt, Ihr werdet gegen Bardri¢ mehr aufbieten müssen als eine tote Diva, die Menschen frieren lässt, wenn sie durch sie hindurch schwebt, oder die Tintenfässer und Gänsekiele zum Fliegen bringt.«

»Ihr hegt Zweifel an meiner Nützlichkeit?« Langsam breitete er die Arme aus. »Ihr sollt eine Kostprobe erhalten, Majestät.«

Die Demonstration begann mit einer Kühle, die dem ilfaritischen Exilkönig in die Schuhe kroch und die er zuerst für die Auswirkungen des Herbstes hielt.

Doch aus der Frische wurde um ihn herum klirrender Frost, der die Bäume und Büsche mit einer Eisschicht überzog und sie wie glasiert wirken ließ. Knisternd breitete sich die eisige Kälte bis zum letzten Blatt aus.

Einen Lidschlag später brachte ein gewaltiger Windstoß die gefrorenen Pflanzen, so groß und mächtig wie sie waren, zum Erzittern. Die fragilen Zweige, Äste und Stämme barsten klirrend in tausenden winziger Eissplitter auseinander, die Bruchstücke glitzerten im Licht der Monde und Sterne, während sie zu Boden fielen.

Beide Männer standen nun auf einer Lichtung, die sich auf sechzig Fuß Durchmesser erstreckte. Lediglich der Baum hinter dem Meister war von der Attacke verschont geblieben.

»Zeigt euch unserem Gast!«, lautete sein harter Befehl.

Flirrende, türkisfarbene Gebilde, Wolken gleich und nicht größer als ein Kinderkopf, entstanden um Perdór und schwirrten und zuckten über die freie Fläche.

»Nicht weniger als fünfunddreißig Geister gehorchen meinen Anordnungen«, erklärte der Unbekannte düster. Er weidete sich an der Sprachlosigkeit des ilfaritischen Herrschers. »Sie vermögen viel. Sie verbreiten Angst, sie bewegen Dinge und lassen sie lebendig werden. Wenn sie ihre Stimmen zu einem Schrei erheben, gerinnt das Blut in den Adern der Feinde, und am helllichten Tag bringen sie Dunkelheit.« Eine knappe Geste, und die leuchtenden Gespinste verschwanden. »Ist Euch an meinem Beistand gelegen, Majestät?«

Perdór fühlte sich unbehaglich. Man kannte die Nuancen der Magie noch nicht sonderlich genau. Soscha experimentierte seit geraumer Zeit und entdeckte dabei immer noch Feinheiten.

Angesichts dessen, was er eben erlebt hatte, beschlich ihn der Verdacht, dass diese Magie nicht sonderlich freundlich sein konnte, wenn sie Geister in Schach hielt.

Er hüstelte. »Verzeiht mir mein Schweigen«, sagte er mit belegter Stimme. »Ich habe zuvor noch nie Spukgestalten gesehen – und nun gleich so viele davon. Wer hätte gedacht, dass es sie wirklich gibt und sie keine Ammenmärchen sind?« Sein Lachen klang reichlich nervös. »Ich werde mich mit meinen Freunden zusammensetzen und ihnen von Eurem Angebot erzählen. Allerdings werdet Ihr nicht umhin können, mehr über Euch zu verraten. Wie Ihr schon sagtet, Vertrauen ist in diesen Zeiten dünn gesät.«

»Wem sagt Ihr das?«, meinte der Mann mit bitterem Unterton.

Der Ilfarit stapfte über die tauenden Eistrümmer in Richtung Straße. »Wir treffen uns morgen früh …«

»Nein. Die Nacht ist mir lieber. Sagen wir, bei Einbruch der Dämmerung.«

»Einverstanden. Wir erwarten Euch am Westtor. Ich gebe Euch mein Wort, dass Euch nichts geschehen wird, wie auch immer die Verhandlungen laufen.« Er hob die Hand zum Gruß. »Wie war noch gleich Euer Name?«

»Den werdet Ihr früh genug erfahren«, wich er mit Schwermut in der Stimme aus. »Aber wenn Ihr einen benötigt, sucht Euch einen aus, der Euch gefällt. Es ist mir gleich, Majestät.«

Aufmerksam beobachtete er, wie Perdór den Rand der künstlich geschaffenen Schneise erreichte und verschwand.

Lodrik umrundete den letzten Baum, der wirkte, als hätte er all die anderen Pflanzen umgestoßen und vernichtet, um im Mittelpunkt zu stehen. Dort steckte das Henkersschwert in der Wurzel, die Symbole glommen in der Dunkelheit.

Er zog seinen Dolch aus dem Gürtel und raffte den rechten Ärmel nach oben. Ein mit unterschiedlich frischen Narben übersäter Unterarm kam zum Vorschein.

Die Spitze der Waffe ritzte die wachsbleiche Haut ein, bis die ersten Blutstropfen hervorquollen. Er lehnte sich an den Stamm und streckte die Rechte waagerecht vom Körper.

Das Zeichen wurde verstanden.

Sofort flammten die Seelen auf und stürzten sich eine nach der anderen auf ihn, um sich ihren Lohn für ihre Dienste zu nehmen, bevor sie in die Klinge einfuhren.

Erschöpft sank Lodrik an der rauen Borke entlang zu Boden. Die zahlreichen Fütterungen seiner Diener schwächten seinen abgemagerten Leib zusätzlich. Der Lohn für seine zunehmende Entkräftung war die Enthüllung sämtlicher Geheimnisse des Hinrichtungswerkzeugs sowie der Seelen, die er befehligte. Deren volle Macht er Perdór nicht gezeigt hatte.

Und nicht zeigen würde.

Die Abscheu vor dem neuen Verbündeten wäre danach sicherlich zu groß, um ihn an der Seite haben zu wollen.

Ein Zelt war neben dem Westtor errichtet worden, damit die anberaumte Besprechung mit dem Unbekannten nicht vor aller Augen und Ohren geführt werden musste. Zudem setzte ein Nieselregen ein, vor dem die Stoffbahnen Schutz boten. Mehrere kensustrianische Wachen hatten um die Unterkunft Stellung bezogen.

Die kleine Delegation harrte unter einem Baldachin aus und spähte in die diesig graue Dämmerung, um den Gast rechtzeitig zu sehen und zu begrüßen.

Soscha, Perdór, Stoiko und Fiorell gaben sich Mühe, ruhig zu wirken. Allerdings hatte die schaurige Schilderung des ilfaritischen Königs Spuren an ihrem Nervenkostüm hinterlassen. Lediglich Moolpár der Ältere machte einen wirklich gelassenen Eindruck.

Der Wind frischte plötzlich auf. Die Brise strich um

das Zelt, wehte um die Männer und die Frau, bewegte den Ledervorhang am Eingang hin und her, ehe sie sich wieder legte.

»Geister«, flüsterte Fiorell und tat übertrieben verängstigt, um sein eigenes Unbehagen zu überspielen. »Er schickt bestimmt seine Geister, um sich umzuschauen.«

Die Ulsarin erschauderte und zog ihren Umhang fester um die Schultern. Sie erkannte keinerlei magische Regsamkeit. Entweder es handelte sich bei dem Zug um einfache Luft, oder aber der Fremde griff auf Magie zurück, die sie nicht erkannte. Was sie beunruhigend fand. Es würde all ihre Theorien über den Haufen werfen.

Ein sehr schlanker Mann kam die Straße entlang, der von Perdór sofort als der »Meister« erkannt wurde.

»Das ist er.«

Gespannt warteten sie, dass er sich näherte.

Die Gugel verbarg den größten Teil des nun glatt rasierten Gesichts, die Hände steckten in den Ärmeln seiner weiten Kleider. Auf dem Rücken trug er einen schweren Seesack, seine Hosen und Stiefel verrieten, dass er lange unterwegs gewesen sein musste und sich selten in sauberer Umgebung aufgehalten hatte. Der Schmutz und die Erde aus allen möglichen Reichen, die er durchquert hatte, um nach Kensustria zu gelangen, hafteten an ihm und bedeckten Leder und Stoff fast vollständig.

Der an seinem Umhang abperlende Regen löste den Dreck, braune Tröpfchen fielen zu Boden. Obwohl alles an ihm an einen mittellosen Wanderer erinnerte, schritt er auf die Abordnung zu wie ein Staatsmann. Nichts verriet Unsicherheit.

»Schön, dass Ihr gekommen seid«, begrüßte ihn Perdór und streckte die Hand aus.

Im Gegenzug verbeugte sich der Unbekannte leicht;

die Arme blieben, wo sie waren. »Ich freue mich, dass meine Offerte wenigstens mit allen Beteiligten durchgesprochen wird.«

Der ilfaritische König senkte die Hand und stellte den Rest der Delegation vor.

Der Mann nickte ihnen zu, wie man dem Wackeln der Gugelkappe entnahm, und folgte ihnen ins Innere des Zelts. Dort nahm man Platz.

Der Fremde wiederholte sein Angebot, das er schon Perdór unterbreitet hatte, und wartete die Reaktion der Anwesenden ab.

Stoiko versuchte, unter die Kapuze zu schauen. Die Stimme des Mannes erschien ihm merkwürdig vertraut, obwohl die Melancholie nicht dazu passte. Die betreffende Person wollte ihm nicht einfallen.

Fiorell bemerkte mit einem gewissen Erstaunen, dass alle bewusst oder unbewusst vor dem neuen möglichen Verbündeten auf räumliche Distanz gingen. Sie hatten ihre Stühle etwas weggerückt und lehnten sich auf ihren Plätzen nach hinten. Selbst der so abgebrüht wirkende Kensustrianer hielt eine Hand in der Nähe seines Dolchs. Der Hofnarr spürte ein Fluidum des Unheimlichen, des Grausens, das von ihm auszugehen schien. Was er auf den Umgang des Menschen mit den Geistern schob.

Die Ulsarin befand sich offensichtlich im Bann des fremden Mannes, der noch immer seinen Namen nicht genannt hatte.

Soscha konnte in der Tat die Augen nicht von ihrem Gegenüber wenden und studierte seine magische Aura. Sie war im Grunde recht schwach und nicht sonderlich potent, wie sie an dem schwachen Türkis erkannte.

Doch etwas stimmte mit seinen Fertigkeiten nicht. Tiefschwarze Schlieren durchzogen sie, trübten sie ein und sorgten für Verunreinigung. Das Schwarz stellte

Soscha vor das Problem, dass sie die Stärke nicht einschätzen konnte. Schwarz kannte keine Abstufungen, was einen Nutzer dieser Magie zu einem tückischen Gegner machte.

Wenn sie diesen Mann als Freund in ihre Reihen aufnähmen, würde sie viele Stunden mit ihm verbringen, um seine Magie weiter zu erkunden. Sie hätte niemals angenommen, dass man mit den Kräften Geister befehligen konnte. Oder dass es überhaupt Geister gab.

Der Mann warf seinen Mantel ab, stellte den Seesack zu Boden, und der obere Teil eines blanken Schwertes wurde sichtbar.

Soscha beugte sich unwillkürlich nach vorn und überwand die leichte Ablehnung, die sie für ihn empfand, um die Waffe näher zu betrachten. Tatsächlich, sie war ebenfalls leicht magisch.

Er bemerkte ihr Interesse und legte rasch den Mantel über das Schwert. Doch sie hatte sich nicht getäuscht. Der Griff glomm in schwachem, kaum wahrnehmbarem Dunkelbraun. Zu Beginn ihrer Studien hätte sie den Hinweis sicherlich übersehen. Der Forscherdrang drohte sie zu überwältigen und eine Flut von Fragen aus ihrem Mund über den Mann hereinbrechen zu lassen.

Doch ähnlich wie Stoiko verknüpfte sie etwas mit dem Fremden. Vielmehr mit seinem Schwert.

Sie kramte in ihrem Gedächtnis auf der Suche nach einem Ereignis, das sie mit der Waffe in Verbindung bringen konnte. Einzelne Sequenzen aus der Kindheit tauchten auf, und die Personen um sie herum verschwammen. Soscha befand sich plötzlich wieder in Ulsar, in der heruntergekommenen Hütte ihrer Familie. Ihre Mutter kochte Süßknollen, neben ihr lag ihre kleinste Schwester. Ihr Vater saß am Tisch und unterhielt sich mit ihr. Die Tür flog auf, Männer stürmten in ihr Haus, und sie drängte sich mit ihren sieben Geschwistern in die hintere Ecke, während ihr Vater sie zu verteidigen versuchte. Sie sah, wie der Jüngste der Eindringlinge die Schwertspitze auf sie richtete und sie als Diebin beschimpfte. Groß baute sich der junge blonde Mann vor ihr auf und hielt ihr fordernd die Hand entgegen. Sie langte unter ihr Kleid und gab das Amulett heraus, das sie in der Gosse gefunden hatte.

Das Schwert des Kabcar! Es fiel ihr wie Schuppen von den Augen, und sie kehrte mit einem Schlag in die Gegenwart zurück.

Ob es damals schon magisch geleuchtet hatte, wusste sie nicht mehr zu sagen; wahrscheinlich hatte sie als kleines Kind in diesem Augenblick mehr Sorge um die Eltern und die Geschwister sowie schreckliche Angst um ihr eigenes Leben gehabt. Im Nachhinein betrachtet, war es sehr gut möglich. Die Gravuren, die sie eben auf der Klinge des Fremden gesehen hatte, dürften unverkennbar sein.

»Ich finde es sehr interessant«, meinte Perdór. Er wollte den Mann auf die Probe stellen, um seine Einstellung zu erkunden. »Doch Ihr müsst verstehen, dass wir nicht gleich alles Wissen mit Euch teilen können, das wir über den Kabcar gesammelt haben. Noch werden wir Euch in unsere Schlachtpläne einweihen. Ihr würdet Euch damit begnügen müssen, auf unsere Bitte hin an die Orte zu gehen, an denen wir Eure Geisterwesen sehr gut gebrauchen könnten, wenn die Truppen kommen. Es dürfte Euch ein Leichtes sein, sie mit aller Gewalt zurückzuschlagen.«

»Ihr missversteht mich«, meinte der Unbekannte aufgewühlt. »Ich will die Quellen des Bösen vernichten, nicht die Verblendeten, die dem Ruf des Wahnsinnigen folgen. Das Volk leidet genug. Die erste sinnlose Angriffswelle kostete tausende das Leben, und zahlreiche weitere werden folgen. Nach den Freiwilligen *zwingt* Govan nun die Menschen, sich für ihn und Tzulan in die Schlacht zu stürzen. Es ist ihm einerlei, wie viele dabei verrecken. Es gibt zwei Möglichkeiten: Er und Zvatochna kommen zu uns, oder wir gehen zu ihm. Begegnen wir uns, vernichten wir sie. Ebenso wie Nesreca und Sinured.«

»Die Quellen des Bösen?«, stieß Stoiko bitter aus. »Sie liegen schon lange tot und begraben unter der Erde.«

»Ihr meint den alten Kabcar?«, erkundigte sich der Fremde schwermütig.

»Nein. Ich meine diejenigen, die den alten Kabcar in die Arme des Gebrannten Gottes trieben. Arrulskhán und wie die vielen anderen Idioten hießen, die sich Tarpol unter den Nagel reißen wollten, weil ...« Er stockte mitten im Satz und winkte ab. »Lassen wir die alten Geschichten. Bekämpfen wir das, was aus den Machenschaften und dem vielen Leid hervorging.«

»Diese Einsicht teile ich mit Euch.« Perdór hatte die Anreden, die der Mann mit Blick auf die Herrscherfamilie gebrauchte, sehr wohl bemerkt. Und er achtete sorgsam auf den Tonfall des Fremden, der sich wie er um das Wohlergehen der einfachen Menschen sorgte. Er kam zu der Vermutung, einen hoch stehenden Tarpoler vor sich zu haben, unter Umständen einen adligen Dissidenten, der wegen kritischer Äußerungen vor Bardri¢ hatte flüchten müssen. »Unentdeckt nach Ulsar zu reisen ist Utopie. Nur wie bekommen wir ihn dann zu uns?«

Der Fremde überlegte. »Er würde kommen, wenn man ihn köderte. Wenn man ihn reizte. Mit etwas, was er in seiner grenzenlosen Machtbesessenheit unbedingt haben möchte. Dann ist er zu allem fähig.«

»Ihr scheint Ihn sehr genau zu kennen«, äußerte sich der rundliche König. »Wie kommt das? Erzählt von Euch.«

»Ich gehörte zu denen am Hof, die es schafften, ihm

lange Zeit sehr nahe zu stehen. Doch ich fiel in Ungnade und musste Ulsar rasch verlassen, um nicht endgültig ein Opfer seiner Gier zu werden.«

»Und welches Amt habt Ihr bekleidet, wenn ich fragen darf? Es muss schon etwas Besonderes gewesen sein«, hakte Perdór nach. Er kannte alle höheren Beamten dank seiner Spione mit Namen und war gespannt, welcher von denen, die ihm in den Sinn kamen, die Flucht vor dem Herrn ergriffen hatte. »Was wollte er von Euch?«

Der Unbekannte zögerte. »Er wollte meine Magie. Und freiwillig überließ ich sie ihm nicht.«

Der hoheitliche Ilfarit fühlte seine schlimmsten Vermutungen bestätigt, was das Schicksal der Cerêler in der Hauptstadt anging.

»Euer Name, Ihr Meister der Geister«, erinnerte ihn Fiorell an die Frage seines Herrn. »Noch habt Ihr ihn nicht genannt.«

Zaudernd senkte der Fremde den Kopf, nahm die Hände aus den Ärmeln, umfasste die Ränder seiner Kapuze und streifte sie langsam zurück. Blondes, verfilztes Haar kam zum Vorschein. Dann hob er den Kopf, bis er sein hageres Gesicht der Delegation zeigte. Seine dunkelblauen Augen schweiften ernst von einem zum anderen.

»O Ulldrael der Gerechte!« Stoiko klammerte sich an der Tischkante fest. »Sehe ich ein Gespenst, oder seid Ihr es wirklich?« Fassungslos erhob er sich und starrte den Mann an, den er das letzte Mal vor vielen Jahren in Ulsar gesehen hatte, als sie sich, von Wachen umringt, in der Dachstube gegenübergestanden hatten. »Ihr lebt?« Seine Gefühle rissen ihn hin und her. Freude rang mit dem Wissen über die Verbrechen und Toten, die zu Lasten seines einstigen Schützlings gingen.

Soscha verstand seinen Ausbruch heftiger Empfindungen. Ihr erging es nicht viel anders. Bei ihr überwog jedoch das Schlechte. Denn vor ihr saß der Herrscher, der ihr einen Teil ihrer Kindheit geraubt, sie von Vater und Mutter entführt hatte und sie im Kerker hatte schuften lassen. Vermutlich erinnerte er sich nicht mehr an sie. Vermutlich hatte er sie damals bereits vergessen, als er aus dem Haus ihrer Familie geschritten war und sich das Amulett um den Hals gehängt hatte.

»Ja, Stoiko, du täuschst dich nicht«, sprach der Mann mit erstickter Stimme. »Ich bin Lodrik Bardri¢.« Er stand auf, schob den Stuhl zur Seite und schritt hinüber zu seinem Vertrauten aus vergangenen Tagen. Dann sank er vor ihm auf die Knie. »Ich bitte dich um Verzeihung. Für alles, was ich dir antat. Auch wenn ich den Einflüsterungen Nesrecas erlag, rechtfertigt dies nicht mein Handeln. Nichts hielt mich damals davon ab, über die Worte und Ratschläge meines falschen Cousins nachzudenken und sie zu prüfen.«

Stoiko stiegen die Tränen in die Augen. »Was wurde nur aus Euch, Herr?« Er zog ihn auf die Beine. »Ist das der Preis der Magie?« Er schaute dem Mann in die Augen, wo er im Blau um die Pupillen fadendicke schwarze Streifen zu erkennen glaubte.

»Verzeihst du mir, wie ich dich behandelte?«, wollte er dumpf wissen.

»Ich vergebe Euch.« Er riss den einstigen Kabcar an sich und umarmte ihn. Lodrik schloss die Lider, dennoch quollen auch bei ihm Tränen hervor und rannen über seine Wangen. Vorsichtig erwiderte er die Geste der Freundschaft. »Ich vergebe Euch, weil Ihr endlich zur Vernunft gekommen seid.«

»Ich werde meine Fehler bereinigen. Und wenn ich es überleben sollte, stelle ich mich dem Urteilsspruch aller Reiche auf Ulldart«, versprach Lodrik und richtete seine Aufmerksamkeit auf die anderen, denen die Überraschung deutlich ins Gesicht geschrieben stand.

»Viele meiner Taten entsprachen denen eines Verbrechers, und genau so soll ich behandelt werden. Den Tod nehme ich klaglos in Kauf. Doch ich bitte Euch, Perdór und ihr alle, wartet mit meiner Verurteilung, bis wir Ulldart vom Bösen befreit haben. Ich werde euch eine Hilfe sein und mich nicht schonen.« Viel Schwermut lag in seiner Stimme. »Was bedeutet mein Leben im Vergleich zu den Gefallenen und den unzähligen Übrigen, die durch mein Tun oder Nichttun starben? So brachte ich selbst Unheil über das Land. Und nach meinem Sturz führt mein Sohn den Kontinent geradewegs weiter in den Untergang. Meine Pflicht ist es, meinen wahnsinnigen Spross aufzuhalten. Und das Land von dem zu reinigen, was ich einst brachte.«

»Damit haben wir die echte Bedeutung der verstümmelten Prophezeiung wohl endgültig gelöst«, meinte Moolpár ruhig. »Man hätte Euch töten müssen, bevor Ihr an die Macht gelangtet. Jetzt ergibt es keinen Sinn mehr, also fürchtet nicht, dass ein kensustrianisches Schwert auf Euch herabzuckt. Ihr seid lebend für uns viel mehr wert.«

»Damit Ihr es wisst, ich werde Euch nicht vergeben«, meldete sich Soscha wütend zu Wort. »Und ich werde die Erste sein, die Euch an das Gelöbnis erinnert, vor die Richter zu treten.« Sie hielt ihr Gesicht mehr ins Licht. »Erinnert Ihr Euch? Ihr warft mich wegen Eures Amuletts in die *Verlorene Hoffnung*, und wer weiß, was mir dort alles widerfahren wäre, hätte mich Stoiko nicht wie ein Vater aus dem Kerker gerettet.«

Lodrik runzelte die Stirn, er dachte nach. Dann klarten sich seine Züge auf. »Soscha Zabranskoi«, sprach er ihren Namen. »Ich vergaß dich nicht. Ein Mensch mehr, in dessen Schicksal ich eingriff. Auch dafür werde ich bezahlen, wie ich es verdiene.«

Der ilfaritische König wackelte mit dem grauen Lockenschopf. »Ich gestehe, ich hänge wegen Euch ein wenig in der Luft«, meinte er. »Dafür, dass Ihr meine Soldaten starben ließet, meine Festungen zerstörtet und Eure Truppen mein Land heimsuchten, dafür könnte ich Euch auf der Stelle eine Maulschelle verpassen, dass Ihr bis nach Tarpol fliegt. Dennoch teile ich die Ansicht meines Freundes Stoiko, dass wir alle nicht ganz unschuldig an den Entwicklungen waren. Tatenlosigkeit, Überheblichkeit, Gedankenlosigkeit, ach, man könnte so manches hinzufügen. Und so erwuchs dem Bösen eine Gelegenheit, die es nie mehr auf Ulldart erhalten wird, wenn wir mit ihm fertig sind. Die Klärung Eurer Schuld verschieben wir auf das Ende des Krieges, und Ulldrael der Gerechte sowie alle kensustrianischen und ulldartischen Götter müssen zusammenarbeiten, damit wir Tzulan in den Hintern treten können.« Perdór lächelte freundlich. »Lodrik Bardri¢, Ihr seid bei den Verteidigern von Ulldart willkommen. Auch wenn wir momentan ein wenig im Nachteil gegenüber dem Gernegroß sind, der Euer Sohn ist. Und nun berichtet, was Euch zustieß.«

Der einstige Kabcar von Tarpol, der ehemals mächtigste Mann Ulldarts und vielleicht sogar der bekannten Welt, gab haarklein alles wieder, was er unterwegs erlebt hatte. Wie es den Menschen erging, wie sie dachten, was Govan offensichtlich angeordnet hatte. Und wie er mit Hilfe seiner Geister die kensustrianischen Wächter getäuscht hatte, um bis nach Meddohâr zu gelangen.

Den Ausflug ins Reich der Toten verschwieg er. Seine Rettung schob er auf einen günstigen Zufall und verkaufte sie als Beleg dafür, dass er an der Befreiung der Reiche beteiligt sein sollte. Unter Umständen sogar sein musste.

»Euch ausfindig zu machen gelang mir mit der Unterstützung alter Bekannter.« Lodrik griff unter sein abgetragenes Hemd und nahm das Schmuckstück heraus, das Soscha und Stoiko augenblicklich erkannten. »Die Modrak müssen nicht nur herumsitzen. Sie sind in der Lage, im Verborgenen zu spionieren. Was sie zumindest in Kensustria auf mein Geheiß hin taten. Es gibt zurzeit nicht viele Menschen in diesem Reich.«

»Dunnerlittchen!« Fiorells Gesicht verzerrte sich, und er unterdrückte ein Gähnen.

Dafür riss die Ulsarin den Mund weit auf. »Entschuldigt, aber ich liege gleich mit dem Kopf auf dem Tisch und schlafe.«

»Ich habe schon verstanden«, meinte der ilfaritische König. »Wir begeben uns zu Bett, die Sonne geht schon bald auf. Und dann setzen wir unsere Unterredung fort. Es gibt noch so vieles zu besprechen. Gerade Soscha wird sich sehr für Euch interessieren, da es gilt, die Magie weiter zu erforschen und sie zu verstehen. Ich habe schon erste Ansätze ausgeheckt, wie man dem Kabcar ...«, er stockte, »... also, Eurem Nachfolger, solche Schwierigkeiten bereitet, dass er tausend Nesrecas brauchte, um Vorteile daraus zu ziehen.«

»Er hat Zvatochna an seiner Seite«, mahnte Lodrik müde. »Und sie ist im Vergleich zu ihrer Mutter wesentlich gefährlicher. Intelligenter. Ausgebuffter.«

Stoiko betrachtete die scheinbar um Jahrzehnte gealterten Züge seines einstigen Schützlings. »Es wird sich zeigen, ob sie gegenüber Nesreca immun ist, Herr. Am Gift dieses Wesens stirbt selbst die tödlichste Schlange und der gewaltigste Wal. Er wird virtuos Zwietracht zwischen den Geschwistern säen, wenn es ihm notwendig erscheint, wie er es damals bei Euch und uns tat. Entzweien und grundschlechte Worte ins Ohr träufeln, die den Verstand zersetzen, das ist die Kunst, die er meisterhaft beherrscht.«

»Meinen Verstand, so erscheint es mir rückblickend, hatte er durch seinen eigenen Willen ersetzt«, seufzte der einstige Herrscher. »Govan dagegen handelt wie er. Etwas Besseres konnte dem silberhaarigen Scheusal nicht passieren.«

»Wir reden weiter, wenn alle ausgeruht sind. Mich interessiert, was es mit den Geistern auf sich hat, woher Ihr sie ... bezieht und wie Ihr sie lenkt.« Perdór stemmte sich auf. »Wenn Soscha ...«

»Niemals!« Sie erstickte die nicht ausgesprochene Idee des Königs im Keim. »Ich werde mich nicht mit Toten einlassen. Sie verdienen ihre Ruhe. Schaut ihn an, er sieht ja beinahe selbst aus wie eine Schreckensgestalt.« Die Ulsarin betrachtete die ausgemergelten Wangen des entthronten Kabcar. »Die Magie präsentiert Euch die Rechnung für die jahrelange Nutzung, ohne dass Ihr sie respektiert habt. Nun raubt sie Euch Eure Kraft.« Soscha machte nicht den Eindruck, dass es ihr Leid täte. »Wir müssen bald miteinander reden, bevor sie Euch gänzlich ausgebrannt hat.« Ohne Gruß verschwand sie hinaus.

Stoiko sah Lodrik an, dass er nicht recht wusste, wie er die junge Frau einordnen sollte. »Soscha sieht Magie, Herr«, erklärte er. »Sie ist eine Art Medium, eine Magiekundige, die viel mehr ist als nur eine reine Nutzerin der Kräfte. Ich glaube, sie tauschen sich auf irgendeine Weise miteinander aus.«

»Mit der Magie sprechen?«, wunderte sich der Mann mit den blauen Augen.

Sein Vertrauter deutete zum Ausgang. »Das hat Zeit bis morgen. Perdór wird ein Zimmer für Euch einrichten lassen, in dem Ihr Euch ausruhen könnt.« Glücklich neigte er sein Haupt vor ihm. »Ich hätte niemals gedacht, Euch wieder zu sehen, Herr. Nun bin ich überzeugt, dass alles gut werden wird. Ihr habt die Geschehnisse mit ins Rollen gebracht, Ihr werdet sie auch zum Anhalten bringen.«

»Wo ist Norina?«, fragte Lodrik seinen Diener und Freund. »Ist sie nicht hier?«

»Ihr wisst, dass sie nicht tot ist?«, staunte er und fuhr sich über den ergrauten Schnauzer. »Woher?«

»Ich ahnte es! Stoiko, bitte, ich muss sie sehen«, flehte er ihn eindringlich an. »Wenn es noch Menschen gibt, die ich um Verzeihung bitten muss wie dich, dann sind es Norina und Waljakov! Wenn ich es wage, ihnen unter die Augen zu treten.«

Sein alter Mentor tat sich mit der Antwort schwer. »Norina wurde von Rudgass aus Kalisstron befreit und nach Rogogard gebracht, weil Kensustria blockiert wird. Die Piratenfestungen sind allerdings gegen Sinured gefallen. Perdór forscht nach, wohin sie als Gefangene gebracht wurden. Und betet zu Ulldart, dass Nesreca sie noch nicht erkannt hat.«

Sie verließen das Zelt und gingen durch den Regen zurück nach Meddohâr. Eine Abteilung kensustrianischer Wachen begleitete sie auf Befehl Moolpárs. Noch war das Vertrauen in den neuen Verbündeten nicht so grenzenlos, dass man auf eine Aufsicht verzichtete.

»Ist es ihr gut ergangen?«

»Sie hat ihr Gedächtnis verloren. Sie sanken in einem Sturm, als Nesrecas Schergin sie mit einem anderen Schiff rammte und aufbrachte. Rudgass suchte und fand sie schließlich.«

Ein wenig Eifersucht flammte in Lodrik auf und wärmte das abgestorbene, mit Traurigkeit gefüllte Herz. »Was ist mit dem alten Griesgram? Und dem Kind?«

Stoiko schüttelte bekümmert den Kopf.

»Es ist keine Magie, wie ich sie kenne.« Soscha lief vor dem ilfaritischen König auf und ab. »Seit er vor zwei Wochen ankam, studiere ich ihn. Diese … Verunreinigung kann ich nicht einordnen. Als wandelte sich seine Fertigkeit langsam, aber stetig um. Von Blau zu Schwarz.«

»Und über seine Stärke kannst du nichts sagen?« Fiorell imitierte ihren angespannten Gesichtsausdruck und rang ihr damit ein Lächeln ab. »Der Meister der Geister hat anscheinend noch ein paar Rätsel für uns auf Lager.«

»Wir sollten nicht vergessen, wer ihn ausbildete«, erinnerte ihn Perdór. »Nesreca gebraucht Magie so selbstverständlich wie andere Messer und Gabel. Kein Wunder … Einem der Zweiten Götter sollte das keinerlei Schwierigkeiten bereiten.«

»Das hat damit sicherlich nichts zu tun.« Die Ulsarin weigerte sich, von ihrem Standpunkt abzuweichen, auch wenn ihre Laune ein wenig gestiegen war. »Etwas ist mit ihm geschehen. Etwas so Einschneidendes, dass es seine innersten, intimsten Mächte verändert hat.«

»Hast du ihn danach gefragt?«

»Gerade daraus macht er ein Geheimnis. Er sagt, es könnte etwas mit dem magischen Raub zu tun haben, den sein Sohn an ihm beging.« Soscha kniff die Lippen zusammen. »Das nehme ich ihm nicht ab. Sabins Magie hat sich nicht verändert, als sie sich auf mich übertrug.«

»Lassen wir ihm doch die Aura …«, begann der König, doch die junge Frau ergänzte: »… des Unheimlichen, Majestät?« Sie warf den beiden Männern bedeutungsvolle Blicke zu. »Ihr habt es ebenso bemerkt, nicht wahr? Keiner fühlt sich in seiner Nähe besonders wohl. Etwas an ihm sorgt dafür, dass man ständig Gründe sucht, so rasch wie möglich von ihm wegzukommen.« Die Ulsarin erzitterte. »Mir ist dann, als befände ich mich in einer Gruft voller Gebeine. Oder neben einem geöffneten Sarg.«

Nach dieser Feststellung herrschte ungemütliches Schweigen im Raum. Niemand wusste so recht, was er entgegnen sollte.

Fiorell fiel die Kunde ein, dass Lodrik in Meddohâr, wie er einst, von einem Worrpa angegriffen worden sei. Doch das Tier hatte seine Bemühungen plötzlich abgebrochen und die Flucht vor dem Menschen ergriffen. Angeblich saß die Kreatur nach wie vor völlig verängstigt in ihrem Käfig und unternahm nicht einmal den Versuch, aus ihrer Behausung zu kommen. Weder Drohungen noch Lockmittel funktionierten.

Die peinliche Stille wurde durch ein leises Klopfen durchbrochen, und quietschend öffnete sich die Tür. Lodrik betrat den Raum und präsentierte sich in seiner neuen Garderobe, die er sich direkt nach seiner Ankunft hatte schneidern lassen.

Es war eine bodenlange, nachtblaue Robe aus schwerem Stoff, die in der Mitte tailliert gearbeitet war und um die Füße weit schwang. Die Ärmel überdeckten die Hände vollständig, die Schulterpartie wurde durch eine Lage schwarzen Stoffs verstärkt. Das Schwert, für das eine passende Hülle hergestellt worden war, trug er in der Linken.

Der Schnitt unterstrich die Hagerkeit des ehemaligen Kabcar, die dunklen Farben hoben die Blässe seines Gesichts zusätzlich hervor, die blonden Haare, nun sorgsam geschnitten und gewaschen, leuchteten beinahe schon.

»Ich entbiete Euch meinen Gruß. Habt Ihr schon angefangen, weitere Planungen zu betreiben?« Aufmerksam schaute er sich um. »Oder war eben von mir die Rede?«, fragte er ohne Argwohn, ohne mehrdeutiges Schwingen in der Stimme. »Wenn ja, könnte ich es gut verstehen. An Eurer Stelle würde ich mir auch nicht recht vertrauen.« Er suchte die Blicke der Männer und der Frau. »Und dennoch könnt Ihr es.« Er setzte sich neben den Kartentisch und betrachtete die Markierungen, die für die inzwischen zu Feldfestungen ausgebauten Lager der tarpolisch-tzulandrischen Truppen standen. »Nach der gestrigen Unterredung mit den Modrak gibt es nichts Neues zu berichten. Jedenfalls nichts, was Eure Spione nicht schon gemeldet hätten. In den Stützpunkten ist es ruhig, die Soldaten haben sich eingegraben«, verkündete er, um die Unterredung in Gang zu bringen.

Perdór zwang sich dazu, sich in die Nähe Lodriks zu begeben. »Und meine Leute erzählen ihnen die schönsten Schauermärchen über kensustrianische Ungeheuer und die furchtbaren Krieger der Grünhaare. Zusammen mit der Erinnerung an die Schlacht wirken diese Gerüchte doppelt gut.«

»Es ist an der Zeit, dass wir dem etwas Neues hinzufügen sollten«, meldete sich Stoiko von der Tür her und nickte grüßend in die Runde. »Wie wäre es, wenn wir die Rückkehr des Kabcar vermeldeten?«

»Das halte ich für keine gute Idee«, wehrte Lodrik ab. »Ich bleibe vorerst lieber tot.«

Soscha betrachtete ihn genau.

»Herr, die Kontingente bestehen in erster Linie aus Männern des Nordens. Tarpol, Tûris, Borasgotan und etwas Hustraban«, erklärte sein Vertrauter eifrig. »Das sind Leute, die Euch bei allem, was sonst noch geschah, dankbar sind. Eure Reformen gerieten nicht in Vergessenheit, keineswegs. Die Freiwilligen rannten zum Heer, um Euren Tod an den Kensustrianern zu rächen, nicht um Govans unersättlichen Besitzhunger zu stillen.«

Der ilfaritische König stimmte Stoiko zu. »Außerdem existieren die unterschiedlichsten Varianten über Euer derzeitiges Schicksal …«, Perdór geriet jedes Mal in Schwierigkeiten, weil er nicht wusste, wie er den neuen Verbündeten anreden sollte. Also verzichtete er auf einen Titel. »Ich selbst ließ schon streuen, dass Ihr eines Tages zurückkehren werdet. Ich konnte nicht ahnen, dass ich damit die Wahrheit verkündete.«

Der gestürzte Kabcar grübelte, ehe er einwilligte. »Bei näherer Betrachtung habt Ihr Recht.«

Perdór rieb sich die Nase, ihm kam ein weiterer Einfall. »Ich werde Euch eine Uniform nähen lassen, wie Ihr sie zu Eurer Amtszeit trugt und in der Euch die Soldaten kennen. Sobald die neuen Truppen da sind, werdet Ihr Euch den Tarpolern immer wieder zeigen. Ihr werdet von einem Lager zum nächsten ziehen und verlangen, dass sich die Soldaten nicht mehr an den Kampfhandlungen beteiligen. Ihr werdet Euren Thron zurückverlangen. Die Tzulandrier allein, so diszipliniert sie auch sein mögen, können gegen die Kriegerkaste nichts ausrichten. Spätestens dann, wenn seine Pläne zu scheitern drohen, erscheint Euer Sohn.«

»Es wird ihn in Rage versetzen«, stimmte Lodrik zu. »Allerdings fürchte ich um das Leben von weiteren Unschuldigen. Er wird sich an denen rächen wollen, die sich über diese Neuigkeiten zu auffällig freuen.«

»Nennt mich hart, aber ohne Opfer wird es nicht gehen. Man kann die Menschen darauf aufmerksam machen, dass der Kabcar Euch den Thron nicht zurückgeben und alle Sympathisanten mit dem Tode bedrohen wird«, legte der Hofnarr nach. »Ich setze auf den Berater. Bei der aufgeheizten Stimmung, die derzeit in Tarpol herrscht, wird ihm Nesreca dazu raten, Euch endgültig zu vernichten, anstatt die Menschen zu quälen. Selbst die Geduld der Tarpoler muss irgendwann enden.«

»Gut.« Lodrik teilte nun die Überzeugung der anderen. »Ich habe den Modrak befohlen, dass sie die Orte aufsuchen sollen, an denen Nesreca früher Waffen entwickeln und herstellen ließ. Sie werden Baupläne bringen und Sabotage betreiben, damit Govan recht bald das Pulver ausgeht, wie Ihr vorschlugt, Majestät.«

»Wie gut habt Ihr die fliegenden Wasserspeier unter Eurer Kontrolle?«, erkundigte sich der ilfaritische König bedächtig. »Besteht nicht die Gefahr, dass Euer Sohn sie für eigene Zwecke nutzt oder sie doppeltes Spiel treiben?«

Lodrik legte die Hand auf die Brust; unter dem Tuch zeichneten sich die Konturen des Amuletts ab. »Solange ich im Besitz dieses Anhängers bin, folgen sie mir. Ich habe sie davon überzeugt, dass ich derjenige bin, dem sie zu gehorchen haben. Wenn auch sie noch zu den Verbündeten meines Sohnes gehörten, wäre unser Kampf aussichtslos.«

»Sehr gut.« Perdór klatschte als Zeichen des Aufbruchs in die Hände, marschierte etwas zu schnell zum Ausgang und winkte in Richtung des Hofnarren. Je weiter er sich von dem neuen Verbündeten entfernte, desto erleichterter fühlte er sich. »Wir beide kümmern uns zusammen mit Mêrkos darum, dass wir ein paar schöne Schauergeschichten über die kensustrianischen Krieger zusammenbasteln, die man sich hinter den Palisaden erzählen wird, auf dass sich die Hosen so richtig schön füllen, wenn es im Unterholz knackt.«

»Möchtest du wieder ein wenig experimentieren?«, erkundigte sich der ehemalige Kabcar bei Soscha, die ablehnte.

»Da ich fest davon überzeugt bin, dass Ihr mir etwas verheimlicht und somit die Ansätze für meine Versuche verfälscht, hat es wenig Sinn«, meinte sie unfreundlich. »Die Ergebnisse sind auf diese Weise nicht zu gebrauchen. Wenn Ihr Euch entschlossen habt, mir zu sagen, warum sich Eure Fertigkeiten ganz offensichtlich wandeln, seid Ihr gerne eingeladen. Ansonsten nicht.«

Die Ulsarin folgte den beiden Ilfariten, sodass Lodrik mit Stoiko allein war.

»Erinnerst du dich an Rodmor von Pandroc?«, begann der Jüngere. Sein Vertrauter zuckte etwas ratlos mit den Achseln. »Ach nein, zu der Zeit warst du …«

Er brach verlegen mitten im Satz ab. »Der Großmeister der Hohen Schwerter, Ritter Aufbraus, Nerestro von Kuraschka, behauptete, er könne mit den toten Ordensrittern sprechen. Ich hielt ihn damals für einen Spinner.«

»Nun nicht mehr?«

Behutsam schüttelte Lodrik den Kopf. »Ich bin Herr über eine kleine Streitmacht von … Seelen, Stoiko.« Der ältere Mann erschrak. »Es sind die Seelen von Verbrechern, und sie vermögen weit mehr als das, was ich Perdór zeigte oder berichtete.« Er klopfte gegen die Schwertscheide. »Jedem Menschen, den ich damit töte, raube ich das Heiligste, was er besitzt. Was ihn vom einfachen Tier unterscheidet.«

»Herr, es waren Kriminelle, die durch diese Klinge starben«, beruhigte Stoiko die Zweifel. »Nun tun sie Buße, indem sie dazu beitragen, dem Guten zum Sieg zu verhelfen. Wir schaffen es.«

»Es ist beinahe wie früher.« Erstaunt legte sich das Blau auf das Antlitz des gealterten Lehrers. »Stoiko, wie gelingt dir das? Du müsstest unbändigen Hass auf mich verspüren, nachdem ich dich mehr als ungerecht behandelte und unsere Freunde teilweise in den Tod trieb.« Er senkte den Kopf. »Ich verstehe Soscha. Aber nicht dich.«

Stoiko atmete tief ein und legte seine faltige Hand auf das blonde Haar des jüngeren Mannes. »Ich sah Euch aufwachsen, Herr. Ich sah die hoffnungsvolle Entwicklung, die Ihr in Granburg nahmt, und bei Ulldrael, Ihr wärt der beste Kabcar geworden, den Tarpol in seiner langen Geschichte hatte. Ich sah auch, was Nesreca aus dem viel versprechenden Jungen machte, der zwischen die Räder des Schicksals und die Intrigen anderer Könige geriet.« Zärtlich strich er über die blonden Strähnen. »Soscha sieht in Euch lediglich denjenigen, der sie ins Gefängnis werfen ließ, mehr nicht. Dass Ihr nicht unschuldig seid, weiß ich. Aber ich verzeihe Euch, weil ich alle Hintergründe kenne. Waljakov erging es übrigens genauso.«

Lodriks Schultern bebten, und er klammerte sich wie ein kleines Kind an seinen Vertrauten, einstigen Diener und Freund. »Ich danke dir«, flüsterte er erstickt. Abrupt löste er sich von ihm, wandte sein Gesicht ab und rannte hinaus.

Stoiko schaute ihm nach, wischte sich selbst eine Träne ab und strich sich über den Bart. Er dachte an das bleiche Gesicht des einstigen Kabcar, die krallenförmigen Fingernägel und die Künste, mit denen er sich nun beschäftigte. Er seufzte.

Dennoch liebte er ihn nach wie vor wie einen Sohn. Denn sein Wesen, so meinte er voller Überzeugung zu spüren, hatte zu dem Guten zurückgefunden, das er einst in sich trug.

Kontinent Kalisstron, zehn Meilen vor Bardhasdronda, Spätherbst/Winter 459 n. S.

»Schaut mal, Ritter Wellenbrech, da vorne kommt unser Ziel in Sicht.« Torben Rudgass brachte die *Varla* auf Kurs, die es trotz aller Stürme geschafft hatte, sich durch das Meer bis nach Kalisstron zu kämpfen. Die Herbstwinde trieben schon erste Eisschollen auf der rauen See umher, die von irgendwo aus dem Norden stammten.

Mit hellgrünem Gesicht stand Tokaro auf dem Achterdeck und atmete tief ein und aus. Durch ein immenses Maß an Konzentration gelang es ihm, den trockenen Zwieback trotz der schaukelnden Bewegungen des Schiffes bei sich zu behalten. Das Kunststück glückte ihm allerdings nur an Deck. Im Rumpf des Seglers hätte er längst wieder den Eimer gefüllt.

Ein Stöhnen entwich ihm. »Ich werde Angor lobpreisen, sobald ich nur einen Fuß auf echtem Boden habe. Ich verstehe nicht, wie man gern auf solchen Kähnen fahren kann.« Schnell presste er ein Taschentuch vor den Mund und schluckte das, was sich in einem unachtsamen Moment den Weg nach oben gebahnt hatte, wieder herunter. »Ich habe mit Sicherheit etliche Pfund an Gewicht verloren.«

»Würdet Ihr etwas Gescheites essen und Euch ab und zu einen Löffel Tran gönnen«, bei diesem Wort hechtete Tokaro förmlich zur Reling und übergab den halb verdauten Zwieback den Fischen, »würde Euch nichts fehlen.« Der Rogogarder klopfte ihm aufmunternd auf den Rücken. »Wie macht Ihr das eigentlich beim Reiten? Tragt Ihr da einen Hafersack umgeschnallt?«

Der Ritter spuckte, rülpste unglücklich und richtete sich auf. »Ich schwöre Euch, dass alle wilden Ritter, die ich hinter mich brachte, nichts gegen das hier sind. Angor weiß schon, warum wir ein Orden sind, der zu Land kämpft und nicht zu Wasser.«

»Dafür kenne ich keinen Seemann, der richtig gut reitet.« Der Kapitän zwinkerte ihm zu und kehrte ans Steuerrad zurück, um den Männern bei der Navigation zu helfen.

Tokaro wankte auf das Hauptdeck hinunter und torkelte in der Hoffnung auf die Back, die frische Luft, die hier vorne wehte, möge die Übelkeit vertreiben. Das hoffte er nun schon so lange, wie er sich an Bord des Seglers befand.

Noch niemals in seinem ganzen Leben hatte er sich so hundeelend gefühlt.

Die ständige Kotzerei hatte ihm bei der Mannschaft die Ehrenbezeichnungen »Ritter Wellenbrech« und »Ritter Reling« eingebracht, die sich ansonsten in kameradschaftlicher Weise mit ihm beschäftigte, zumal er mit anfasste, wo es ihm als Landratte möglich war. Beispielsweise beim Betätigen des Ankerspills, der den mehr als eine Tonne schweren Anker nach oben hievte.

Das honorierten die Rogogarder durch anerkennende Blicke und einen großen Schluck Weinbrand. Erstaunlicherweise brachte der Alkohol etwas Erleichterung, auch wenn Tokaro mehr als einmal Kopfweh davon bekam.

Tokaro betrachtete die *Varla* als ein Schiff von Gesetzlosen. Die Rogogarder waren besiegt, er wurde gesucht, und keine von beiden Parteien brachte dem Kabcar sonderliche Zuneigung entgegen. Und das verband die Piraten und den Ritter auf eine besondere Weise.

Tokaro hatte an den vielen Abenden, die er in der Runde der Piraten verbrachte, erfahren, dass sich die Gefährtin des Kapitäns auf Verbroog befand, während die Insel gestürmt worden war. Entsprechend befand sich Rudgass in Sorge um das Wohl der Frau, dennoch glaubte er fest daran, dass sie sich vor der Eroberung hatte verbergen oder flüchten können.

An Bord befanden sich neben zahlreichen Rogogardern auch einige Männer aus Tarvin, deren Äußeres sich etwas von dem herkömmlichen Ulldarter unterschied. Sie gehörten zur Stammbesatzung und hatten Rudgass' Liebste offensichtlich aus ihrer Heimat begleitet.

Was genau der Freibeuter ausgerechnet jetzt in Kalisstron suchte, verschwieg er dem jungen Ordensritter. Tokaro wusste lediglich, dass er auf der Suche nach verschollenen Freunden war, die sich unter Umständen in Bardhasdronda aufhielten. Oder in einer anderen kalisstronischen Stadt.

Sie entdeckten eine weitere Gemeinsamkeit. Beide kannten den alten Kabcar, Lodrik Bardri¢. Als Torben die Geschichte seiner misslungenen Rettungsaktion in Granburg erzählt hatte, bei der er einen Teil seines Gebisses eingebüßt hatte, hatte Tokaro im Gegenzug von seiner Vergangenheit als Rennreiter des Herrschers berichtet.

Der junge Krieger bewunderte den schlitzohrigen, draufgängerischen Kapitän, der unterwegs noch die Zeit fand, ein palestanisches Handelsschiff aufzubringen, das geglaubt hatte, sich auf einer sicheren Route zu befinden. Die Schätze, fassweise Pulver, etliche Kanonen sowie Proviant, lagerten nun sicher im Laderaum des fremdartigen Segelschiffes, das einen Nachbau des tarvinischen Originals darstellte.

Tokaro verfügte – wenn er nicht gerade damit beschäftigt war, sein Essen von sich zu geben – über genügend Muße, um über die Vergangenheit nachzudenken. Immer wieder schwor er Rache für den Tod des Großmeisters, immer wieder tauchte das liebreizende Gesicht Zvatochnas in seinen Träumen auf. Jetzt, wo er sich sicher war, dass sie etwas für ihn empfand, erlosch der letzte Funke Hoffnung an eine gemeinsame Zukunft. Er konnte nicht einmal in ihre Nähe, ohne sofort verhaftet zu werden.

Govan und Nesreca würden ihr Fett abbekommen, das schwor er Angor mehrfach. Wobei es nicht gerade ungefährlich war, bei heftigem Wellengang nach dem Gebet die Blutrinne der aldoreelischen Klinge zu küssen.

Er hatte seinen Gott außerdem gebeten, Rudgass seine Freunde auf Anhieb finden zu lassen, damit sie schnell nach Tarpol zurückkehrten. Er brannte darauf, Kaleíman von Attabo beim ehrbaren Räubergeschäft beizustehen.

Was sein Herz und seine Gefühle anging, so pendelte er wie das Schiff zwischen den Wogen.

Einmal befand er sich kurz davor, den Anhänger

und damit die Erinnerung an die Tadca über Bord zu werfen und dem unmöglichen Wunsch nicht weiter hinterherzujagen. Als er das Schmuckstück jedoch in seiner Hand hielt und schon ausholte, entfachte sich die Hoffnung auf ein gemeinsames Glück in einem Verzweiflungsakt wie von selbst. Es gelang seinem Verstand nicht, ihm alle Zuversicht zu rauben.

In Gedanken versunken, spielte er mit dem Amulett, betrachtete abwesend die Silhouette der kalisstronischen Stadt und ließ seinen Blick die Küste entlang schweifen, wo sich in regelmäßigen Abständen Türme hoch über den Klippen erhoben.

Als die *Varla* mit einem kleinen Satz ins nächste Wellental rutschte, opferte er schon wieder seinen Zwieback den Meeresgöttern. In letzter Sekunde schnappte er die Kette mit dem Amulett, die beinahe durch die feuchten Finger geschlüpft wäre. Vorsichtshalber verschwand er kurz in seiner Kajüte und legte die aldoreelische Klinge an. Sollte es Schwierigkeiten geben, wollte er nicht waffenlos in der Gegend herumstehen. Den Griff umwickelte er mit ein paar Streifen Leinwand und fixierte sie mit Bindfaden. Eilig kehrte er an die Luft zurück.

Je näher sie der Hafeneinfahrt kamen, desto mehr tobte das Meer und schien das Schiff vor dem Erreichen des sicheren Hortes vernichten zu wollen. Die hohen Wogen brachen sich gischtend an den aufgeschütteten Steinbarrieren, die als Schutz der Ankerplätze angelegt worden waren.

Mit letztem Schwung und einem einzigen Segel glitt das Schiff ins Hafenbecken; der Steuermann suchte nach einem freien Platz, der für ein Gefährt dieser Größe ausreichte.

Es wunderte den Ritter nicht, dass bei diesem Wetter kein Mensch im Freien zu sehen war. Die Fischerboote lagen verzurrt an den Kais, größere Kähne suchten die Rogogarder vergebens, obwohl ein eigener Port existierte.

Bei einem der größeren Schuppen schwang die Tür auf. Ein Mann in wetterfester Kleidung trat heraus und wies auf einen Fleck unmittelbar an dem gemauerten Steg des Handelshafens. Die *Varla* hielt darauf zu.

Torben, der sich inzwischen umgezogen hatte und die gleichen Sachen wie die Tarviner trug, gesellte sich zu Tokaro.

»Nanu? Ihr habt ja plötzlich eine gänzlich andere Hautfarbe, Herr Ritter«, sagte er gutmütig. »Kaum sind wir in ruhigeren Gewässern, da werdet Ihr zu einem normalen Menschen.«

»Ein bisschen flau ist mir immer noch. Aber es legt sich allmählich.« Er zupfte an einem Stück Stoff. »Und Ihr seid unversehens kein Rogogarder mehr?«

Der Pirat verlor seine gute Laune nicht. »Ich tarne mich ein wenig im Schutz meiner Freunde. Ein Schal komplettiert meine Maskerade. Wisst Ihr nicht, dass die Kalisstri auf Rogogarder nicht sonderlich gut zu sprechen sind?« Der Angor-Ritter schüttelte den Kopf. »Tja, wie soll ich das sagen … wir haben sie ein paar Mal zu oft besucht, ehe wir uns dann langfristig den Palestanern zuwandten.«

»Aha.« Am Kapitän vorbei sah er, wie einige der Fischerboote ablegten. »Ihr werdet verstehen, dass ich im Fall eines Kampfes darauf beharren werde, dass ich nicht zu Euren Männern gehöre«, sagte Tokaro im Scherz und nickte zu den Nachen. »Die Fischer dort wollen bestimmt Euch in ihre Netze stopfen, was?«

Torben fuhr auf dem Absatz herum und entdeckte den Ärger, der sich anbahnte. Auf dem gemauerten Steg befestigten gerade hilfreiche Kalisstri die Taue der *Varla* und rannten anschließend Hals über Kopf davon.

Die Fischerboote fächerten auseinander.

»Ergebt Euch!«, erscholl eine Stimme. »Wir wissen, wer Ihr seid, wir haben eure Fahrt verfolgt. Und wir kennen eure Absicht. Was ihr zu erreichen versucht, wird euch nicht gelingen. Wenn ihr keinen Widerstand leistet, blüht euch nicht mehr als die Gefangenschaft. Andernfalls habt ihr den Rest euch selbst zuzuschreiben.«

Der Ordensritter erwartete eine Erklärung des Kapitäns. »Ihr wart demnach schon einmal hier in der Gegend und habt ein wenig geraubt und geplündert?«

»Unsinn«, knurrte der Rogogarder und gab leise Befehle, damit man sich im Fall eines Angriffs zur Wehr setzen konnte. Die Bombarden im Deck unter ihnen wurden geladen.

Er nahm sein Fernrohr hervor und betrachtete zuerst die Boote, danach die Umgebung.

Die Kähne mochten mit Katapulten und Bombarden bestückt sein, die Schuppen boten Platz für eine ganze Batterie Geschütze. Nur entdeckte er nichts.

Nachdem sich der Anflug von Aufregung gelegt hatte, meldeten sich erste Zweifel. Torben stand vor der Schwierigkeit, dass er die Lage schlecht einschätzen konnte.

Er scheute davor zurück, den Feuerbefehl zu erteilen. Die Fischerboote lagen genau längsseits zu seiner Steuerbordseite, eine Breitseite würde sie in Fetzen hauen. Erfahrene Kommandeure wussten um die Wirkung eines solchen Hagels und wären am Heck in Stellung gegangen. Handelte es sich dabei um ein paar mutige Stadtbewohner, die ihre Einwohner vor möglichen Seeräubern beschützen wollten, täte er mit dem Beschuss das Falsche.

Je länger er nachdachte, desto mehr gelangte er zur Ansicht, dass es sich nicht um Einheiten des Kabcar und des Konsultanten handelte, die ihm so mutig entgegentraten. Anscheinend wurde die *Varla* das Opfer einer Verwechslung. Oder wurde von den Kalisstri nicht dem richtigen Lager zugeordnet.

»Sprecht Ihr Kalisstronisch?«, erkundigte sich der Ritter.

»Nur ein paar Brocken, wie ›Gib mir alles‹, ›Das da auch‹ und ›Keiner rührt sich, sonst …‹«, meinte Torben. »Das reicht normalerweise an fremdsprachlichen Kenntnissen aus, wenn man sich auf hoher See begegnet.«

»Hervorragende Aussichten. Ich verstehe die Ablehnung der Leute hier.« Tokaro betrachtete die Vorgänge nicht weniger aufmerksam. »Dann versucht es doch mit Ulldart.«

Der Rogogarder entschied sich. Er formte die Hände zu einem Trichter. »Ihr seid einem Irrtum aufgesessen«, rief er hinüber zu den Hafengebäuden. »Wir sind aus Tarvin. Keine Piraten.« Er zwinkerte Tokaro zu. »Jedenfalls zurzeit nicht.« Er pumpte die Lungen voll Luft. »Schickt uns einen Unterhändler!«, brüllte er. »Wir wollen die Sache friedlich lösen!«

Die selbe Tür wie zuvor schwang auf. Eine Gestalt lief über die Anlandestelle und näherte sich unverzagt dem Schiff. Es war ein junger Mann, ungefähr in Tokaros Alter, nur im Wuchs weniger stark entwickelt.

»Schaut Euch den an! Ha, ein halbes Kind«, meinte Rudgass zu seinem Passagier und schaute daraufhin in ein vorwurfsvolles Gesicht, dessen jugendliches Alter er vergessen hatte. »Oh. Na, auch Kinder können schon was leisten. Ich meine, Ihr seid dagegen ein echter Mann. Ein Ritter …« Bevor er sich weiter in Ausflüchten verhedderte, gab er den Befehl, eine Planke auszulegen. Vorsichtshalber zog er das Tuch nach oben, um seinen Bart zu verbergen, und stellte ein paar Tarviner nach vorn.

Der junge Mann blieb stehen. »Ich bin Seskahin, stellvertretender Anführer der Miliz von Bardhasdronda. Wer seid ihr?«

»Kleiner, wir sind Händler aus Tarvin«, sagte Torben. »Wir wagten uns als Erste bis in den Norden, um nach neuen Geschäften Ausschau zu halten. Der Sturm zwang uns, hier Schutz zu suchen. Erklärst du uns, was die Begrüßung soll?«

»Aus Tarvin?«, erkundigte sich der Milizionär freundlich. »Und ihr seid das erste Schiff aus Tarvin, ja? Woher kommt ihr wirklich?«

»Aus Tarvin, Kurzer«, schlug Torben vor.

»Versuch es mit der Wahrheit«, empfahl der kalisstronische Unterhändler. »Auch wenn das Schiff sehr schnell ist, so gelangt ihr niemals in der kurzen Zeit in die Heimat und zurück. Wir haben euch in Vekhlathi gesehen, und das ist noch gar nicht so lange her.«

»Wir sind aus Ulldart«, antwortete Tokaro stattdessen. »Er ist aus Rogogard, ich bin aus Tarpol. Er ist hier, weil er jemanden sucht.«

»Vielen Dank, Ritter Reling«, grummelte der Pirat in Tokaros Richtung und zog sich das Tuch vom Gesicht. »Euer Blecharsch ist immerhin genauso dran wie meiner.«

»Gern geschehen. Angor ist der Gott der Ehrenhaftigkeit, und da dachte ich mir, ich erspare uns weitere Verwirrungen.« Leger lehnte der Ritter an der Reling. »Ihr seid dran, Kapitän Rudgass. Rettet unsere Afterballen.«

»Rudgass?«, wiederholte der junge Mann auf dem Steg verwirrt. »Kapitän Torben Rudgass?«

»Schau, schau. Ihr seid selbst an Orten berühmt, wo Ihr noch nie wart. Vielleicht haben die Kalisstri ein Kopfgeld ausgesetzt«, schätzte Tokaro. »Tröstet Euch, mir ergeht es in ganz Ulldart genauso.«

»Eben der, mein Junge«, seufzte der Rogogarder, schob die Tarviner zur Seite und trat an den Ausstieg. »Wir sind nicht gekommen, um Ärger zu machen. Ich suche …«

»… Matuc, Fatja und Waljakov!«, rief der Milizionär freudig. Er wandte sich zu den Gebäuden. »Es ist Torben Rudgass! Er hat uns gefunden! Kommt her!«

Plötzlich befiel den Kapitän eine ungefähre Ahnung, wen er da vor sich hatte.

Er eilte die Planke hinunter und betrachtete den Unterhändler mit den auffällig blauen Augen. Die Züge waren aus dieser Entfernung unverkennbar. »Bist du der Sohn Norinas?« Der Milizionär nickte. Er reichte ihm strahlend die Hand. »Dann darfst du Onkel Torben zu mir sagen.«

Die Türen der Lagerhäuser öffneten sich, Menschen strömten heraus und kamen näher, allen voran eine Gestalt, die durch ihre breite Statur deutlich herausragte.

»Ich werde verrückt! Bei allen schleimigen Meeresungeheuern, wenn das nicht Waljakov ist!«, stieß Torben überwältigt hervor und eilte dem Mann entgegen.

Er konnte nicht anders. Ehe sich der Hüne versah, drückte Torben ihn an sich und umarmte ihn in aller Freundschaft. Eine junge Frau stand plötzlich neben ihm, die ihn entfernt an die kleine Hellseherin erinnerte.

»Wenn das junge Fräulein nicht Fatja ist, fresse ich mein Schiff!« Er lachte los und schloss sie ebenfalls in die Arme.

»Haltet Euch zurück, fremder Herr. Ich bin verheiratet«, entgegnete sie gespielt geziert, bevor sie ihm einen Kuss auf die Wange gab. »Ich sah dich in meinen Visionen. Die Götter sind mit uns.« Es schien, als wollte sie noch etwas sagen, doch ein weiterer Verschollener traf ein.

»Die Götter, ja. Ulldrael der Gerechte vor allen anderen«, kam es aus der Menge. Ein betagter Mönch, gestützt auf einen Stock, trat hinzu und reichte dem Rogogarder die Hand. »Wir haben den Tag Eurer Rückkehr herbeigesehnt.«

»Matuc!« Torben fühlte sich wie im Paradies. Umringt von den Menschen, die er seit Jahren suchte und die er oftmals verloren geglaubt hatte, überwältigten ihn seine Gefühle. Er wusste nicht, wohin mit diesem Überschwang, stieß kurzerhand einen Freudenschrei aus und tanzte ausgelassen umher.

»Wie sieht es zu Hause aus?«, verlangte Waljakov knapp zu wissen. »Schnell, bevor der Steg durchbricht.«

»Schlecht, sehr schlecht«, antwortete der Rogogarder heiter. Noch immer konnte er es nicht fassen, dass seine Suche beendet war. Er hakte sich unter. »Aber es leben noch alle, die auf meinem Schiff waren.«

»Norina?« Der K'Tar Tûr spähte zum Schiff. »Ihr habt sogar Norina gefunden?«

»Es war ein ganz schönes Stück Arbeit.« Torben nickte grinsend, die anderen drei tauschten erleichterte Blicke. »Ich kann doch nicht zulassen, dass meine Passagiere sich in alle Windrichtungen verstreuen. Da habe ich sie eben zusammengesucht. Sie ist in Sicherheit.«

Ein kleinwüchsiger Mann kam nach vorn und wurde von Lorin als Bürgermeister Kalfaffel vorgestellt. Auf Drängen des Würdenträgers wurde das Treffen auf der Anlegebrücke abgebrochen und sollte in sein Haus verlegt werden, wo es sich gemütlicher und trockener erzählen ließ.

»Ich vermute, dass es mit Sicherheit etliche Zeit in Anspruch nehmen wird«, meinte der Cerêler. »An Tee und Essen soll es nicht mangeln. Sagt Euren Männern, dass sie ihr Nachtlager in einem der Lagergebäude einrichten können. Alles Nötige wird man ihnen bringen.«

»Ich bedanke mich für Eure Großzügigkeit.« Der Rogogarder deutete eine Verbeugung an und rannte zur *Varla*, um entsprechende Anweisungen zu geben.

Als er an dem Ritter vorbeilief, hielt er an. »Ich habe Hoffnung für Euren Hengst. Der Bürgermeister der Stadt ist Cerêler. Wenn wir dem Schimmel den Lauf noch einmal brechen, könnte er ihn heilen.«

»Natürlich!« Augenblicklich verflog Tokaros melancholische Stimmung, die sich eingestellt hatte, als er die große Freude am Steg beobachtet hatte, in die er nicht einbezogen wurde. »Das wäre dann auch für mich ein Tag der Freude. Ich werde ihn gleich fragen.«

Der junge Ritter hastete die Planke hinab und folgte Kalfaffel. »So wartet, Herr«, rief er. »Ich hätte eine Bitte an Euch, Herr. Mein Pferd hat sich den Vorderlauf gebrochen, und Euch müsste es doch ein Leichtes sein, es wieder gesunden zu lassen? Ihr könnt von mir fast alles verlangen, wenn es Euch gelingt, ihn zu heilen.«

»Die Aufregung hat Euch ein wenig unhöflich werden lassen«, meinte der Heiler gutmütig. »Stellt Euch doch vor.« Er musterte ihn. »Ihr seht nicht aus wie ein Rogogarder. Oder Tarviner.«

Der junge Angor-Gläubige wurde rot. Er riss sich sein Barett vom Kopf. »Ich bin Tokaro, Herr, und ich genoss die Gastfreundschaft von Torben Rudgass, der mich vor der Ergreifung durch die Häscher des Kabcar bewahrte. Dabei kam mein Hengst zu Schaden, den ich fast so sehr liebe wie mein Leben. Wärt Ihr so gütig?«

Fatja erkannte Tokaro auf der Stelle als den Mann wieder, den sie in ihren prophetischen Bildern gesehen hatte. Als sie seine Augen betrachtete, glaubte sie beinahe, in das leuchtende Blau ihres kleinen Bruders zu sehen.

Kalfaffel lächelte Tokaro an. »Aber sicher. Wenn man ihm noch helfen kann, werde ich es gern versuchen.«

Beide setzten sich in Bewegung. Da schoss Waljakovs Hand nach vorne und legte sich um den Oberarm des Jungen; die mechanische Hand griff nach dem Waffenarm, um ihn am Ziehen des Schwertes zu hindern. »Woher hast du die aldoreelische Klinge, Bursche?«, meinte er argwöhnisch.

Ein kurzer Blick nach unten zeigte dem Ritter, dass die leinene Umwicklung verrutscht war. Gefangen hing er im Griff des Mannes mit den eisgrauen Augen.

»Sie gehört mir«, entgegnete er. »Mein Vater gab sie mir kurz vor seinem Tod. Lasst mich auf der Stelle los.«

»Wie ist der Name deines Vaters?«, fragte Waljakov.

Trotz regte sich in Tokaro. »Was geht das Euch an?«

Kalfaffel breitete die Arme aus. »Bitte, auch wenn ich nicht weiß, was eine aljuselische Klinge ist, seid ein wenig friedlicher.«

»Waljakov, das ist der Junge aus meiner Vision«, schaltete sich die Borasgotanerin beschwichtigend ein. »Tu ihm nichts. Er ist ein Freund.«

»Keine Klinge gleicht der anderen. Ich kenne diese Waffe sehr genau. Und diese hier gehörte Nerestro von Kuraschka«, knurrte er bedrohlich. »Raus mit der Sprache.«

»Ihr habt Recht. Lasst mich los«, verlangte Tokaro nicht weniger entschlossen. »Er starb in Ulsar, als er zusammen mit anderen Mitgliedern unseres Ordens in einen Hinterhalt des Kabcar geriet. Das ist sein Vermächtnis an mich und die letzte Klinge, die nicht im Besitz des Kabcar ist. Es freut mich, dass Ihr meinen Vater so gut kanntet.«

Langsam löste sich der Griff.

»Ich schlage vor, du begleitest uns«, meinte der Hüne. »Du scheinst ebenfalls einige Neuigkeiten berichten zu können.«

»Erst, wenn Treskor in Ordnung ist.«

»Dein Pferd heißt Treskor?« Waljakov konnte die Überraschung nicht verbergen. »Wieso?«

»Ihr könnt mich nicht sonderlich leiden, nicht wahr? Oder gibt es einen anderen Grund, weshalb Ihr mich ständig angeht?« Tokaro blickte ihm ohne Furcht mitten ins Gesicht.

Da nahm auch der einstige Leibwächter die blauen Augen bewusst wahr. Rasch schaute er zu Lorin, wo er die identische Augenfarbe ausmachte.

»Um es mir endgültig bei dir zu verscherzen«, er drehte sich zu dem jungen Ritter um, »stelle ich dir noch eine Frage: Wer ist deine Mutter?«

Tokaro seufzte entnervt. »Meine Mutter ist Dorja Balasy. Nerestro von Kuraschka nahm mich an Sohnes Statt an. Und nun ist es genug.« Er stapfte den Steg entlang, Kalfaffel folgte ihm, warf dem Hünen aber einen vorwurfsvollen Blick zu.

Eine junge Balasy, das wusste er von früher, hatte einst als Magd gearbeitet. Am Hof von Ulsar. Zu einer Zeit, als man Lodrik nachsagte, er jage jedem Rock hinterher. »Sag mal«, Waljakov beugte sich zur Borasgotanerin, »kann es sein, dass unser Knirps einen Bruder bekommen hat?«

»Bist du seit neuestem gleichfalls visionär begabt?«, staunte sie, weil er ihre Vermutungen untermauerte. »Dann kann ich ja aufhören, Löcher in die Luft zu starren, und meinen zerbrechlichen Verstand schonen.«

»Ist euch aufgefallen, dass er die gleiche Augenfarbe hat wie ich?«, meinte Lorin, der von der leisen Unterhaltung nichts mitbekommen hatte, und schaute dem jungen Ritter nachdenklich hinterher.

»Das wollte ich auch gerade sagen«, schaltete sich Matuc ein. »Hat Norina vielleicht einen weiteren Sohn geboren?«

Fatja musste lachen. »So viele Geistesblitze.«

»Seine Mutter ist Dorja Balasy«, berichtete der K'Tar Tûr. »Sie war Magd am Hof von Ulsar.«

»Allmächtige Taralea und gerechter Ulldrael!«, entfuhr es dem Mönch. »Du meinst …? Dann könnte auch er die Fertigkeiten seines Vater geerbt haben?«

»Sag Arnarvaten Bescheid. Das wird alles sehr spannend«, freute sich die Schicksalsleserin. »Und er bekommt so viel Stoff für neue Geschichten, dass ein Leben nicht ausreichen wird, um sie zu erzählen.«

Lorins Gesichtsausdruck war nicht der hellste. »Ich verstehe leider gar nichts.«

Seine große Schwester legte grinsend einen Arm um seine Schulter. »Wenn alles stimmt, was wir vermuten, habe ich seit der Ankunft des Seglers zwei kleine Brüder anstatt eines einzigen. Die Mütter sind verschieden. Aber wenn wir die auffällige Augenfarbe als Indiz nehmen, ist der Vater derselbe.« Sie lachte auf. »Und ich dachte, das Schiff wäre tzulandrisch. Um ein Haar hätten wir die versenkt, die uns nach Ulldart bringen.«

»Man muss eben verstehen, was man sieht, kleine Hexe«, zog Waljakov sie auf. Er beobachtete mit Spannung, wie der Lastkran des Seglers montiert wurde und ein Schimmel aus der Ladeluke gehievt wurde. Unwillkürlich machte er einen Schritt nach vorn.

Er glaubte sein treues Streitross wieder zu erkennen, das vor vielen Jahren mit ihm zusammen untergegangen, aber im Gegensatz zu ihm nicht wieder aufgetaucht war. Er bewegte sich auf die *Varla* zu, um den Hengst näher zu betrachten.

Kalfaffel besah sich das Tier. Ein paar mutige Tarviner scharten sich um den Vorderlauf, entfernten die Schienen und brachen den Knochen auf Anweisung des Cerêlers ein weiteres Mal. Eilig sprangen sie zurück.

Aufgeregt und voller Schmerzen trat der Hengst um sich und zappelte in seiner Aufhängung, bis Tokaro zu ihm kam und ihm den Kopf streichelte.

Kalfaffel wartete, bis das Streitross weniger nervös war, und begann dann mit der Heilung. Je länger er konzentriert die Magie einwirkte, desto mehr beruhigte sich das Streitross.

Nach gar nicht langer Zeit erhob er sich, und der Arm des Lastenhebers schwenkte herum und setzte den Schimmel vorsichtig auf dem Steg ab, nur einen Schritt von Waljakov entfernt. Treskor stand ein wenig wackelig, hielt sich aber aufrecht.

»Vorsicht«, warnte ihn der Ordenskrieger und kam die Planke hinab. »Er mag keine Fremden.«

»Das kann ich gut verstehen«, brummte der K'Tar Tûr und streckte die Hand nach den Nüstern des Hengstes aus.

Zwar spielten die Ohren des Tieres, doch es stand still und ließ sich die Zärtlichkeit gefallen. Schließlich schnaubte Treskor und kam aufmerksam auf den Hünen zu. Mit Wehmut im Blick strich er über das Fell des Hengstes, der ein Nachkomme seines eigenen war.

Tokaro trat mit fassungslosem Gesicht neben ihn. »Das hat er noch nie gemacht.«

Waljakov wandte sich ab und kehrte zu den Freunden zurück, Torben und der junge Ritter folgten ihnen und schlossen zu der Menschenansammlung auf.

Der Pirat grübelte. Endlich erinnerte er sich, was er noch anmerken wollte. »Sag mal, ist dir aufgefallen, dass der Dreikäsehoch von Milizionär die gleiche Augenfarbe hat wie du?«, erkundigte er sich gedämpft bei Tokaro.

Fatja, die die Frage am Rande mitbekam, kicherte. »Und noch ein Geistesblitz.«

Nach drei Stunden des Erzählens saß die kleine Gruppe in Kalfaffels guter Stube, satt von Keksen und Tee, schweigend, jedoch innerlich aufgewühlt von dem Gehörten.

Tokaro saß der Schreck am meisten in den Gliedern.

Als die Theorie vorgetragen wurde, dass beide junge Männer den alten Kabcar zum Vater haben und Stiefbrüder sein könnten, wollte der Ordensritter nichts davon wissen.

Während er die Idee aus der ersten Bestürzung heraus ablehnte, kramte sein Verstand in den Erinnerungen an die Zeit in Ulsar. Die verspürte Vertrautheit zu Lodrik Bardri¢, dessen gelegentlich mehr als stolze Blicke zu seinem Rennreiter, die eigenartige Reaktion von Nesreca, der wohl aus einem Instinkt heraus die Verbindung zwischen Vater und Sohn spürte, an jenem Abend, an dem er gebrandmarkt worden war … all das ergab plötzlich einen Sinn.

Daraus folgte ein weiterer, wesentlich unangenehmerer Schluss. Nicht nur Krutor und Govan zählten zu seinen Blutsverwandten. Zvatochna war seine Halbschwester. Sollten die unsichtbaren Schläge eine Warnung ihrer magischen Kräfte gewesen sein? Damit zerbrachen die Hoffnungen endgültig. Nun bestand die Kunst darin, die junge Frau zu vergessen.

»Und du bist sicher, dass du nicht über Magie verfügst?«, bohrte Lorin nach. Vor der Anrede »Bruder« scheute er noch zurück. Er wollte warten, bis sie sich besser kannten.

»Das wüsste ich doch.« Er schüttelte den Kopf. »Ich spüre nichts in mir, was ungewöhnlich wäre. Weder kamen aus meinen Händen Strahlen, noch flogen Gegenstände um mich herum.«

»Aber er besitzt das besondere Schwert, das ich in den Visionen sah«, bemühte sich Fatja die Stimmung zu heben. Dass es sich in einigen Feinheiten von der aldoreelischen Klinge des Ritters unterschied, störte sie nicht. Sie rechnete dies ihrer Unkenntnis auf dem Gebiet der Waffen zu. »Die Brüder haben zueinander gefunden. Und gemeinsam halten sie das Böse auf.«

»Und zwar hurtig.« Torben lehnte dankend einen Becher Njoss ab und begnügte sich mit heißem Wasser, in das er Obstsaft kippte. »Wir können morgen ablegen.«

»Das Schiff würde die Überfahrt nicht überstehen«, warf Blafjoll ein. »Die Winterstürme, in die du unweigerlich geraten wirst, schlagen dir die Planken in kleine Splitter.«

»Das mag für Koggen zutreffen, aber nicht für Dharkas. Die Bauweise ist besser.« Der Rogogarder rührte um. »Wir können uns keinerlei Aufenthalt leisten, Freunde. Wer weiß, was bis zum Frühjahr alles auf Ulldart geschehen ist? Oder was ist, wenn die Invasionsflotte mit dem Frühlingswind über das Meer segelt und Kalisstron angreift?« Er nippte, packte ein Blechfläschchen aus, kippte sich eine dunkelbraune Flüssigkeit in sein Getränk und schaufelte Zucker hinterher. Nach kurzem Rühren kostete er erneut und schloss genießerisch die Augen. »Natürlich liegt die Entscheidung bei euch.« Er lehnte sich zurück und wartete.

»Wir alle lassen etwas auf Kalisstron zurück, was uns lieb und teuer ist«, äußerte sich Waljakov nach einer Weile. »Dennoch müssen wir nach Ulldart. Das Böse, und zwar das wirklich Böse, wie es in unserer Heimat haust, muss vernichtet werden. Danach kehre hierher zurück, wer möchte.« Er schenkte den beiden jungen Männern einen entschlossenen Blick. »Ich sage, wir segeln jetzt. Besser heute als morgen.«

Im Grunde wussten alle, dass er Recht hatte. Ebenso hafteten ihnen die Abenteuer der letzten Seereise unter rogogardischer Flagge im Gedächtnis.

»Begeben wir uns alle in die Hand des Gerechten und steigen in seinem Namen und mit seinem Segen an Bord«, meinte Matuc, der lange benötigt hatte, seine letzten Zweifel zu überwinden.

Tokaro verzog das Gesicht. »Ihr seid so sicher in dem, was ihr tut, dass ihr mich vergessen habt.« Alle Augen richteten sich auf den Ritter. Natürlich würde er sich an der Unternehmung beteiligen, doch es störte ihn, dass man über ihn entschied, als wäre seine Teilnahme eine Selbstverständlichkeit. »Mich hat noch niemand gefragt, ob ich mich daran beteiligen will.«

»Angor und Ulldrael sind Brüder, wenn auch sehr unterschiedliche«, meinte der Mönch. »Genau wie ihr beide. Nur zusammen, so sagen es die Weissagungen Fatjas, sind wir in der Lage, Ulldart und Kalisstron zu retten.« Er blickte dem Ordenskrieger in die Augen. »Was sonst könnte Govan und seine Schergen aufhalten, außer Magie und einer aldoreelischen Klinge? Die Götter sind nicht stark genug, um direkt einzugreifen, also benötigen sie unsere Unterstützung. Dafür erhalten wir ihren Beistand. Den auch du mehr als einmal von Angor empfingst, wenn ich an deine Abenteuer und die glücklichen Ausgänge denke, Tokaro von Kuraschka.«

»Anders gesagt: Wir bitten dich darum, dass du uns deinen Arm und dein Schwert zur Verfügung stellst«, sagte Fatja ernst.

Der Ordenskrieger lächelte sie freundlich an. »Gern.«

»Ich werde ein kleines Abschiedsfest für den Abend organisieren«, unterrichtete Kalfaffel sie. »Bardhasdronda wird seine Helden nicht gehen lassen, ohne ihre Taten, die sie auf Kalisstron begingen, gebührend gewürdigt zu haben. Dann könnt ihr morgen früh aufbrechen.«

Man verabredete sich zu einem späteren Zeitpunkt in einer der Lagerhallen, und die Runde löste sich auf.

Tokaro nutzte die Zeit, vorsichtige Runden auf dem Rücken seines Streitrosses zu drehen und durch die Gassen der unbekannten Stadt zu reiten. Torben ließ die Dharka auf Vordermann bringen, damit das Ablegen am nächsten Morgen reibungslos verlief.

Die Rückkehrer verbrachten die Stunden bis zum Fest damit, ihre wichtigsten Habseligkeiten zu verstauen und Angelegenheiten zu regeln.

So legte Matuc die Gemeinde Ulldraels in die Hände

von Blafjoll, der sich zu einem wahren Gläubigen entwickelt hatte. Fünf seiner Gläubigsten nahm er mit sich, sie sollten den wahren Glauben aus der Fremde in die Heimat tragen.

Lorin suchte sich den besten der Milizionäre aus, der an seine Stelle treten und Rantsila unterstützen sollte, und verbrachte zärtliche Stunden mit Jarevrån, ehe sie verspätet zu der Feier erschienen. Auch Waljakov und Håntra sowie Fatja und Arnarvaten zählten zu denen, die sich nicht an den genauen Beginn der Feierlichkeiten hielten.

Torben und Tokaro mussten sich erst an die zurückhaltende Art des Fröhlichseins der Kalisstri gewöhnen, nachdem sie durch allzu lautes Lachen Aufmerksamkeit erregt hatten.

Dennoch herrschte Ausgelassenheit, die nur von dem Wissen gedämpft wurde, dass Bardhasdronda auf einen Schlag Menschen verlor, die alle ins Herz geschlossen hatten – und von denen man nicht wusste, ob und in welcher Zahl sie zurückkehrten.

Kalfaffel versprach ihnen, dass sich die gesamte Ostküste Kalisstrons einigen und zu einem Städtebund formieren werde, um den Angreifern Paroli zu bieten, sollten sie früher als erwartet erscheinen. Vom möglichen Versagen der Gruppe sprach niemand.

Als die *Varla* am späten Morgen auslief und Kurs auf Ulldart nahm, drohte der massive Steg unter der Last der vielen Menschen zusammenzubrechen.

Dutzende Fahnen und hunderte Tücher wurden geschwungen, abwechselnd sang man Lieder zu Ehren von Kalisstra und Ulldart, auf dass das Schiff der Abenteurer auf den Segenswünschen dahingleiten möge.

Nach einer Weile geriet die Dharka außer Sicht. Ihr schaukelndes Heck wurde von den Gischtschleiern verdeckt, und die Menschen zogen sich in ihre Häuser zurück.

Nur noch drei Gestalten standen einsam am Port der Handelsschiffe und blickten in die Ferne. Regen und Wind schienen sie nicht zu stören.

»Sie kommen wieder«, sprach Jarevrån mit belegter Stimme zu sich selbst und zog die Stola fester. Ihre Augen blieben auf den Horizont gerichtet.

»Ich werde täglich zur Bleichen Göttin beten, dass sie es alle unbeschadet überstehen.« Håntra legte den Kopf in den Nacken und ließ die Tropfen auf ihr Gesicht prasseln. Kaltes Wasser und warme Tränen vermischten sich.

Arnvarvaten konnte nichts sagen, die Angst um Fatja schnürte ihm die Kehle zu. Er wollte dem Segler hinterher brüllen, er solle umkehren und ihm seine Liebe zurückbringen. Stattdessen ließ er den Kopf hängen und trottete niedergeschlagen in Richtung seines Zuhauses, das ihm in den kommenden Wochen und Monaten zu groß, zu leer, zu verlassen sein würde. Der Abschiedsschmerz brannte in seiner Seele, die Ungewissheit machte alles hundertmal schlimmer.

»Arnarvaten, warte!«

Er drehte sich um. Die beiden Frauen kamen auf ihn zu und nahmen ihn in die Mitte.

»Uns traf das gleiche Leid«, meinte Håntra betrübt. »Gemeinsam erträgt man es besser. Wir sollten gelegentlich zusammenkommen und einfach nur reden.«

Der Geschichtenerzähler schluckte schwer. »Ich werde ihr jeden Tag ein Gedicht schreiben. Bis sie zurückkommt.«

»Sie wird sich sehr darüber freuen, wenn sie die vielen Zeilen liest«, sagte Jarevrån sanft.

Still schritten sie durch die Straßen, ein jeder von ihnen mit dem Antlitz des geliebten Menschen vor Augen.

X.

**Kontinent Ulldart, Großreich Tarpol,
Hauptstadt Ulsar, Wintereinbruch 459 n. S.**

Die Fahnen und Banner mit dem Wappen der Bardri¢, die die Straßen säumten, blähten sich in dem starken Wind.

Schneeflocken jagten durch die Hauptstadt des Reiches, gelegentlich winkten einige Schaulustige dem gewaltigen Tross zu, der sich durch die Gassen in Richtung der Kathedrale wälzte.

Doch ansonsten schien die Mehrzahl der Untertanen es vorgezogen zu haben, zu Hause zu bleiben und sich die Reiter, die prächtigen Pferde und die Kutschen nicht anzuschauen, die an diesem Tag über das Kopfsteinpflaster klapperten und rumpelten. An manchen Fenstern, die auf der Route lagen, waren die Vorhänge sogar zugezogen, die Läden verschlossen.

Govan, der ein Vermögen in seine neue Krönungsuniform investiert hatte, saß in seiner protzigen Equipage und starrte feindselig aus dem Fenster. Er kochte. Er brodelte. Er stand kurz vor einer Explosion.

»Da wird ihr Kabcar zum ¢arije erhoben, und was macht dieser Abschaum? Er kümmert sich einen Dreck um seinen Herrscher!«, brach es hasserfüllt aus ihm hervor. Er spuckte vor Wut und zeigte mit dem Finger nach draußen. »Nichts! Bei meiner Krönung zum Kabcar säumten sie zu tausenden die Straßen.« Nesreca erwiderte nichts. Jeder Versuch würde eine Katastrophe anrichten. »Das werden sie mir büßen, mich vor den Gouverneuren und Vizekönigen so bloßzustellen.«

»Was wollt Ihr tun, Hoher Herr? Sie wegen Nichtfeierns einsperren?« Innerlich freute sich Nesreca, dass Govan einen Denkzettel erhielt. Andererseits verstand er es als Indiz dafür, wie wenig sich die Untertanen mit dem Herrscher identifizierten. Und das bedeutete nichts Gutes.

Als sie wieder einen der seltenen Zuschauer passierten, drückte der Kabcar die Scheibe nach unten und bewarf den armen Mann in seiner Rage mit Münzen. Wütend schmiss er den ganzen Sack voll Waslec aus dem Fenster, den er auf Anraten Mortvas als Almosen mitgenommen hatte.

»Nimm sie! Nimm sie alle und verschwinde!«, tobte er. Keuchend warf er sich in den Sitz zurück. »Ich hasse dieses Lumpengesindel. Ich sollte sie allesamt Tzulan überantworten.«

Die Kutsche hielt vor dem Gotteshaus an, Diener bereiteten den Ausstieg Govans vor. Er trat ins Freie.

Ein leerer Platz bot sich ihm dar. Hinter den Ständen, an denen heißer Gewürzwein und Bier auf Kosten des ¢arije zum Ausschank gebracht werden sollten, langweilten sich die Lakaien und tranken die Gaben selbst.

Bevor er einen neuerlichen Tobsuchtsanfall bekam, stand Zvatochna neben ihm, eingehüllt in dicke Pelze, und fasste ihn am Ellbogen, um ihn zu den Stufen der Kathedrale zu führen. Ihre Anwesenheit wirkte augenblicklich mildernd auf seine Gefühle.

Am Eingang angekommen, drehte er sich noch einmal um und besah sich den Tross, der ihn geleitete.

Fünfzig hochgerüstete Ritter bildeten seine neue Leibwache, die von keinem Geringeren als Albugast angeführt wurde. Der ehemalige Angor-Gläubige hatte seine Männer aus den Reihen fanatischer, kampfgeschulter Tzulani ausgesucht und schliff ihre Waffenfertigkeiten ständig nach.

Die Ritter trugen dunkelrote Rüstungen; auf den Schilden und ihrer Brustpanzerung loderte eine aufgemalte Flammensäule, die nur eine von Tzulans möglichen Erscheinungsformen darstellte. Auf Anraten Albugasts waren die Metallplatten nicht ganz so dick geschmiedet worden, damit die Ordenskrieger zu Fuß nicht so schwerfällig waren. Dennoch boten sie genügend Schutz. Für den Nahkampf trugen sie neben ihren Schwertern jeweils zwei Handbüchsen mit sich.

Die Leibwache hatte rechts und links der Treppe Stellung bezogen und lief neben dem Herrscher her, um ein eindrucksvolles Bild zu präsentieren.

Govan bezeichnete diese Männer vor Nesreca und seiner Schwester als seine »Kettenhunde«, die er nach Belieben von der Leine lassen würde, sollte ihm etwas in die Quere kommen, das man auf die Schnelle und dabei noch imposant lösen musste.

Er nickte Albugast zu. Der junge Tzulanritter neigte den Kopf vor dem Kabcar und lief schräg versetzt neben ihm.

Govan hielt zu den Klängen von Fanfaren und Trommeln Einzug in das finstere Gebäude, von dem sich das Volk erzählte, man höre gelegentlich Schreie herausdringen, obwohl die Mauern so dick und massiv waren.

Das dunkle Glas in den Fenstern und Rosetten hielt das Tageslicht fern. Die aufgestellten Fackeln und Schalen, in denen große Holzscheite verbrannten, verbreiteten einen rötlichen Schein.

Der junge Herrscher schritt über die absonderlichen Schatten am Boden hinweg zu der Stelle, an der er sich erst vor wenigen Monaten selbst zum Kabcar gekrönt hatte.

Die vorderen Reihen waren von Ehrengästen belegt, die übrigen Sitzgelegenheiten blieben leer. An den Gesichtern einiger Männer las er das Unwohlsein und die Beklemmung ab, die die umgebaute Kathedrale bei ihnen hervorrief.

Seine Augen glitten suchend über die Anwesenden. »Wo ist Krutor?«, wollte er von seinem Berater wissen. »Er hat sich verspätet.«

»Ja, Hoher Herr. Ich rate dazu, dass wir trotzdem beginnen.« Nesreca verschwieg ihm absichtlich, dass sein Bruder in aller Frühe nach Ammtára abgereist war. Die Diener hatten ihm eine entsprechende Nachricht übermittelt. Vermutlich traute der Tadc dem Wort seines Bruders nicht und begab sich persönlich in die Stadt, um notfalls eingreifen zu können, sollte Sinured mit einer Streitmacht auftauchen. Würde Govan diese Neuigkeit jetzt erfahren, brächte es das Fass zum Überlaufen. Und da wollte er nicht unbedingt daneben stehen.

Govan stieß unwirsch die Luft aus. Er verspürte nicht die geringste Lust, sich länger als notwendig mit der Zeremonie aufzuhalten. Der undankbare Pöbel verdarb ihm seine Feierstimmung gründlich, Krutors Unpünktlichkeit trug das ihre dazu bei.

Er begab sich in Position.

»Aufgrund des großen Andrangs und der Menschenmassen, die sich am Eingang drängeln, machen wir es kurz«, verkündete er schlecht gestimmt und winkte nach Nesreca, der die neue Krone bereithielt. Sie bestand aus reinem, massivem Iurdum, geschmückt mit Rubinen und Diamanten; Gravuren und Segenssprüche vervollkommneten das Bild. Ohne Umschweife setzte er sie sich auf den Schopf. »Von heute an bin ich ¢arije. Aber nicht nur von Tarpol, sondern vom gesamten Kontinent. Das restliche Stückchen, das mir noch fehlt, wird in wenigen Monaten mir gehören – dank meiner brillanten, genialen und bezaubernden Schwester«, er lächelte Zvatochna an, »die ich mit sofortiger Wirkung zur Kabcara von Tarpol ernenne.«

Zvatochna verneigte sich tief vor ihrem Bruder, die Gäste applaudierten. Doch in der riesigen, säulengestützten Kathedrale wirkte das Klatschen reichlich verloren und schwach.

»Als Kabcar war ich das geistige Oberhaupt, als ¢arije bin ich es nach wie vor.« Govan hob die Arme. »Das ist das neue Gotteshaus, wie es Tzulan würdig ist. Und er soll von nun an als einziger Gott über die Geschicke meines Reiches wachen. Anlässlich meiner Krönung verfüge ich, dass alle Riten, alle kultischen Handlungen zu Ehren Ulldraels bei Todesstrafe verboten sind.« Die Feuer in den Eisenschalen brannten höher und flackerten dunkelrot. »Wer den Namen Ulldraels nennt, ist des Todes. Schmückt das Symbol des Getreidegottes irgendeinen Gegenstand, wird er vernichtet, der Besitzer wandert in die *Verlorene Hoffnung*.« Der junge Mann umgab sich mit einer magischen Aura; alles an ihm schimmerte und blinkte überirdisch. »Alle Priester, Mönche und anderen Anhänger Ulldraels müssen abschwören, oder sie sterben für ihren falschen Glauben. Das ist mein Wort, das Wort eines ¢arije. Und das Gesetz.«

Die wenigen Menschen in der Kathedrale sprangen von den Stühlen auf, priesen seinen Namen und huldigten ihm.

»Meine Gratulation, Hohe Herrin«, raunte Nesreca Zvatochna zu. »So schnell kommt man an einen Titel, den man haben möchte.«

»Der nichts zählt, solange Govan an der Macht ist.« Sie betrachtete das entrückte Gesicht ihres Bruders. »Er ist wahnsinnig, Mortva. Seht Ihr das Flackern in seinen Augen? Entweder hat ihm die viele fremde Magie, die er sich raubt, den Verstand genommen, oder es war der Gedanke daran, selbst ein Gott zu werden.«

»Die Magie ist daran nicht schuld. Ich bin kerngesund.«

»Ihr seid auch kein Mensch, Mortva.«

Die Kabcara und der Berater verneigten sich ebenfalls vor dem ¢arije, als er in ihre Richtung blickte, Albugast sank auf ein Knie herab. Von unten schielte er allerdings zu dem betörenden Antlitz der jungen Frau an der Seite des Konsultanten. Was von diesem sofort bemerkt wurde.

»Ihr habt einen neuen Verehrer, Hohe Herrin.«

»Govans Oberkettenhund?« Sie lachte verächtlich.

»Wartet es ab. Er wird Albugast bald mehr vertrauen als Euch, wenn der sich richtig verhält«, sagte der Berater voraus.

»Und in einem entscheidenden Moment kann es von Nutzen sein, die Leibwache des ¢arije auf der eigenen Seite zu wissen«, vollendete sie, reckte sich ein wenig, warf dem blonden Jüngling einen vorgetäuscht schüchternen Blick zu und wandte sich rasch ab. Sie hatte ihren Haken ausgeworfen. Die Beute würde selbst ohne Köder so lange schnappen, bis sie an ihrer Leine hing.

»Lasst uns in meinem Palast feiern«, lud Govan die Gäste ein und bewegte sich, umringt von den Kriegern des Tzulanordens, zur Tür. »Die alten Zeiten sind nun endgültig vorüber.«

Der selbst ernannte Beherrscher des Kontinents trat hinaus und schaute auf die noch immer verwaisten Buden. Als er in der Entfernung eine Gestalt am äußersten Rand des Platzes durch die Schneeflocken eilen sah, reagierte er.

Eine knappe Geste, und magische Kräfte griffen nach dem Ulsarer. Sie warfen ihn auf den Boden und zerrten ihn rasend schnell durch den Schnee, bis er vor den

Stufen der Kathedrale anlangte und sich hustend aus dem Weiß stemmte. Überall an ihm hingen Schnee und Dreck, seine Nase blutete. Sein Körper hatte eine breite Bahn hinterlassen.

Sofort verneigte er sich vor dem Herrscher. »Eure Göttlichkeit«, grüßte er ihn devot. »Ich wünsche Euch alles …«

Govans Hände formten ein Zeichen, und der Stadtbewohner wurde von unsichtbaren Mächten in die Höhe gehoben und vor dem ¢arije unsanft zu Boden geschleudert. »Du musst nicht so tun, als interessiertest du dich für meine Krönung«, fauchte er ihn gereizt an. »Warum isst und trinkst du nichts? Warum sind die anderen nicht gekommen?«

»Ich muss mich um meine Familie kümmern, göttlicher ¢arije«, versuchte der Mann zu erklären und wischte sich die rote Flüssigkeit unter der Nase weg. »Eine meiner Töchter ist krank.«

»Ist das ein Grund, ein solch einmaliges Ereignis zu versäumen?«, schrie ihn Govan an. »Wie viele Kinder hast du?«

»Sieben«, antwortete der Ulsarer ängstlich.

»Sieben? Und da sorgst du dich um eines, als wäre es etwas Besonderes, während dein Kabcar zum ¢arije gekrönt wird, wie es noch keinen vor ihm gab?«, zeterte er ungläubig. »Wo wohnst du?«

»Ich … Eure Göttlichkeit … bitte«, bettelte der Mann, da er um das Leben seiner Familie fürchtete. Endlich deutete er auf eines der Häuser.

Voller Wut beugte sich der junge Mann herab. »Dann geh wieder dorthin.«

Seine Kräfte katapultierten den Ulsarer aus dem Stand nach hinten. In einer geraden Linie schoss er über den Platz auf den Eingang des Gebäudes zu, durchbrach dabei einen der Stände wie ein Bombardengeschoss und krachte durch das Holz der Eingangstür.

»Ihr wollt nicht mit mir feiern?«, schrie Govan heiser und mit rotem Gesicht über die freie Fläche. »So sollt ihr auch nichts bekommen!«

Seine Finger gestikulierten schnell, aber sehr präzise.

Opalisierende Wände schossen an den Rändern der riesigen Fläche in die Höhe, bewegten sich wie Pressen aufeinander zu und schoben die aufgebauten Stände zusammen. Den Bediensteten gelang im letzten Augenblick die Flucht, bevor sie zwischen den Bierfässern, Balken und Latten zerquetscht worden wären. Bier und Wein ergoss sich aus den geborstenen Behältern, das Gemisch verteilte sich auf dem Kopfsteinpflaster und rann in die Gosse.

Die übernatürlichen Energien formten einen großen Scheiterhaufen, den Govan mit einer weiteren Gebärde in Flammen aufgehen ließ. So hoch wie die aufragende Kathedrale loderte das Feuer in den Himmel; der Schein fiel auf die umliegenden Häuser und erweckte den Eindruck, halb Ulsar verbrenne. Die Hitze war so gewaltig, dass die Steine zerplatzten.

Govan ergötzte sich an dem Anblick, fachte den Brand mit Gesten immer wieder an, zauberte die unterschiedlichsten Farben ins Feuer und formte aus den Flammen die gigantischen Konturen Tzulans.

»Das ist der neue Gott Ulldarts«, sagte er selbstvergessen und starrte auf das glühende Abbild des Gebrannten. Dann riss er sich von dem Anblick los und stieg in seine Kutsche. Zvatochna folgte ihm. Die Gäste machten sich ebenfalls zur Abfahrt bereit.

Während im Palast die Krönung des Herrschers gefeiert wurde und aus der Kathedrale leise Schreie erklangen, flackerte die Lohe auf dem Marktplatz weiter.

Einen ganzen Tag und eine ganze Nacht brannte sie. Und war durch nichts zu löschen.

Mit einem raschen Federstrich unterzeichnete Govan ein paar Tage später die Kopfprämie für das Haupt eines jeden Modrak.

Wie er und sein Berater erfahren hatten, waren die fliegenden Wesen an mehreren Orten gleichzeitig eingebrochen und betrieben neuerdings Spionage und Sabotage. Die passive Haltung hatte ein Ende.

Mehrere Unterlagen über neue Waffenentwicklungen und Apparaturen gelangten in ihre Hände, und drei Produktionsstätten für Pulver vergingen nach ihrem Besuch in gewaltigen Feuerbällen.

Da die Soldaten in den Truppenstandorten nicht ausreichten, um die allgegenwärtigen Modrak zur Strecke zu bringen, wollte der Herrscher denjenigen die Gelegenheit geben, Geld zu verdienen, die sich vorher mit der Jagd auf Sumpfbestien beschäftigt hatten. Auf diese Weise würde er die fliegende Plage hoffentlich bald in den Griff bekommen.

Das Verhalten der Wesen passte leider hervorragend zu den Gerüchten, dass sein Vater keineswegs tot sei.

Die tzulandrischen Selidane berichteten immer wieder, dass sich die einfachen Kämpfer Geschichten vom alten Kabcar erzählten, die von seiner Rückkehr auf den Thron in Ulsar handelten.

Und es sollte sogar in mehreren Lagern zu Sichtungen gekommen sein.

Lodrik Bardri¢ sprach mit den Männern und bat sie, den Kampf nicht um seinetwillen zu führen. Sie sollten sich besinnen, nach Hause zurückkehren und dort »wachsam gegen alles Übel« sein.

Der ¢arije wusste ganz genau, wen dieser Schatten aus einer nicht allzu fernen Vergangenheit meinte. Und was er damit erreichen wollte.

Auch ohne Mortva kam Govan zu dem Entschluss, dem fetten Perdór das Lästermaul stopfen und die

Grünhaare allesamt zu Tzulan schicken zu müssen. Und Lodrik endgültig töten zu müssen.

Lustlos blätterte er die Korrespondenzen durch, die noch nicht von Mortva vorsortiert worden waren. Wahllos nahm er einen Brief heraus und öffnete gelangweilt den Umschlag.

Seine Augen wurden groß.

Der Bürgermeister von Potjulinsk, einer der kleineren Städte im Süden der Provinz Ulsar, erkundigte sich allen Ernstes nach der Glaubwürdigkeit der Meldungen über das Auftauchen seines Vaters. »Wenn ja, wäre es uns eine große Freude, Vater und Sohn gemeinsam regieren zu sehen«, endete das Schreiben.

»So weit sind wir also schon«, fluchte Govan und betätigte die Klingelschnur, um seine Diener herbeizurufen. »Sie wollen mich absetzen.« Er bestellte Albugast und Mortva auf der Stelle zu sich. Der Berater traf als Erster ein.

»Zwei Dinge«, schallte es ihm zur Begrüßung unfreundlich entgegen. »Wo sind Balasy und meine aldoreelische Klinge?«

Nesreca verneigte sich. »Verschwunden. Beides. Ebenso wie meine Agenten, die ich auf ihn ansetzte. Ebenso wie die Schwadron der Stadtwache von Ludvosnik, die ihn und den anderen Ritter verfolgte.«

»Na herrlich!« Govan stemmte die Arme in die Seite. »Ich habe den Eindruck, dass sich seit der Eroberung Rogogards alles zu meinem Nachteil entwickelt. Und anstatt auf die neuesten Ereignisse angemessen zu antworten, reist die Befehlshaberin der Streitkräfte des Südens mitten im Winter nach Granburg, um ihre Mutter zu besuchen, wie sie es schon so lange beabsichtigte.« Ihm kam in den Sinn, wie sehr seine Schwester die Verbannte mochte. Und wie gern sie sie in der Hauptstadt sähe. Er schnappte sich einen Zettel und schrieb die Befehle für die Selidane auf. »Hier.« Er reichte die Notiz seinem Berater, der sie las und knapp nickte. »Ob sie es befiehlt oder ich, macht keinen Unterschied. Der Schlag soll den Grünhaaren deutlich machen, das wir keineswegs bereit sind, von der Eroberung ihres Landes abzurücken, nur weil sich mein Vater auf ihre Seite geschlagen hat. Oder was auch immer dort herumläuft und sich für ihn ausgibt.«

»Dummerweise schenken ihm die Truppen nach und nach Glauben.« Der Mann mit den silbernen Haaren faltete das Papier sorgfältig. »Für mich gleicht es einem Wunder, dass er Eure Attacke überlebte. Es muss ein Rest Magie in ihm gewesen sein.« Deutlich stand ihm die Szenerie vor Augen. Und er erinnerte sich an das schwache türkisfarbene Leuchten, das über die Steine gehuscht war. »Seine eigenen Fähigkeiten haben ihn geheilt.«

»Nützen wird es ihm nichts«, grollte der ¢arije. »Ich habe mich dazu entschlossen, mich selbst in den Süden zu begeben, wenn sie sich nicht ergeben und mir alle Verräter überantworten. Ich will meinen Vater ein für alle Mal zu den Toten befördern. Außerdem gehen mir die ach so unbesiegbaren Kensustrianer auf die Nerven. Zvatochna und ich werden sie auf alle Fälle vernichten. Nichts ist mir gewachsen.«

»In der Tat, wenn wir wollen, dass diese Gerüchte verstummen, müssen wir die Wurzel fassen. Doch ich schlage vor, wir treffen einige Vorbereitungen, ehe wir nach Ilfaris aufbrechen.«

Nesreca vermutete, dass Perdór genau das erreichen wollte, weil er etwas in der Hand zu haben glaubte. Das Wagnis war es dem Konsultanten wert, zumal er es für unwahrscheinlich hielt, dass die Kensustrianer über etwas verfügen, was den Kräften seines leider übergeschnappten Zöglings ebenbürtig wäre.

Nun, im verwirrenden Schlachtengetümmel, inmitten von Bombarden, Menschen und Tierleibern, wäre es einfacher, etwas zu unternehmen, um den Kurs, den Ulldart nahm, ein wenig zu korrigieren. Indem er den Steuermann gegen eine Steuerfrau austauschte.

Die Kabcara leitete einiges in die Wege, um das Ruder des Reiches zu übernehmen; sie besuchte Adlige, Hauptleute und Brojaken so oft wie selten zuvor. Sie schickte verschlüsselte, auf den ersten Blick harmlose Nachrichten an Freunde ihrer Mutter, in denen sie nach der Entzifferung des Codes von einem Machtwechsel sprach und auf die Loyalität der Verschwörer setzte. Sie beschwor in ihren Schreiben geschickt die Vision eines Volksaufstands gegen die bestehende Ordnung herauf, ausgelöst durch die Anordnungen ihres Bruders, und packte die Mächtigen bei ihren schlimmsten Ängsten.

Dazu gesellten sich ein paar Spritzer Parfüm, ein warmes Lächeln und Augenaufschläge, gespickt mit reiner Sünde, und schon formierte sich hinter dem Rücken Govans eine Allianz von Günstlingen, die nur darauf warteten, dass ihm etwas zustieß.

Natürlich wusste er von den Bemühungen Zvatochnas; seine Leute hatten ihre Augen und Ohren überall. Er ließ sie gewähren, weil es ihm hervorragend in den Kram passte. Ihm hätten die notwendigen Personen nicht so rasch und einfach vertraut.

Der ¢arije goss sich Tee ein. »Wir nehmen die Cerêler mit, damit ich mich zwischendurch mit frischer Magie ausstatten kann. Nicht, dass ich es brauchte.« Doch das Gefühl wollte er nicht mehr missen. »Schickt einen Boten nach Granburg und setzt meine Schwester darüber in Kenntnis, dass wir Kensustria im Frühjahr Seite an Seite angreifen werden, Mortva. Ein anderer soll Krutor bei seinen hässlichen Freunden in Ammtára unterrichten. Er darf endlich an die Front.«

»Die Flotte auf Rogogard?«

»Sie hat ihre Befehle.« Govan hielt an der Landung auf Kalisstron fest.

Nesreca verschränkte die Arme hinter seinem Rücken. »Ihr wollt wohl, dass die Hohe Herrin das Wettrennen gewinnt, indem Ihr ihr unter die Arme greift?« Genüsslich erinnerte er den jungen Herrscher an die Abmachung, die er als sehr gutes Druckmittel gegen Zvatochna einsetzen konnte. »Oder wollt Ihr auf Euer Begehr verzichten?«

Govan legte die Finger an die Schläfe. »Nein«, entgegnete er langsam. »Ich werde mich mit ihr darüber unterhalten.«

Es klopfte, ein Lakai meldete die Ankunft des Großmeisters des Tzulanordens.

Albugast betrat das Zimmer; die blutrote Rüstung stand ihm ausgezeichnet. Er kniete vor Govan nieder.

»Ah, mein starker irdischer Arm!«, meinte der junge Mann glücklich. »Du wirst dich ausstrecken und etwas für mich vernichten.« Nesreca lauschte alarmiert. »Reite mit deinen Brüdern nach Potjulinsk und übereigne die Stadt mit allem, was darin ist, dem Gebrannten. Keine Gnade, keine Gefangenen. Das wird sie lehren, mir etwas vorschreiben zu wollen.«

Der Konsultant nahm das Schreiben in die Hand und überflog es. »Recht getan, Hoher Herr.«

Albugast erhob sich scheppernd, verneigte sich und machte sich auf den Weg.

»Ihr spracht von zwei Dingen, als ich hereinkam«, meinte Nesreca. »Was sollten wir noch bereden?«

Govan nickte dem Ritter nach. »Das hat sich soeben erledigt, liebster Mortva.«

Kontinent Ulldart, Großreich Tarpol, Provinzhauptstadt Granburg, Winter 459/60 n. S.

Die Glöckchen am Pferdegeschirr schellten fröhlich, die robusten Tiere stapften durch den Schnee und zogen das Gefährt mit den prominenten Insassen durch die verschneiten Wälder Granburgs. Begleitet wurden sie von einer Hand voll berittener Wachen. Die Atemluft der Vierbeiner verwandelte sich in der klirrenden Kälte in weißen Dampf.

Mutter und Tochter saßen in dem Schlitten, mehrere Lagen Decken und Pelze über die Knie und um den Körper gelegt. Schals schützten die empfindlichen Gesichter der Frauen vor Erfrierungen.

Aljascha zeigte der Kabcara die einsamen Weiten der Provinz, während sie sich auf dem Rückweg von einer neuen Freundin befanden. Die verstoßene Herrscherin verstand sich sehr gut mit Kaya Jukolenko, der Witwe des einstigen Gouverneurs, und vertiefte die Kontakte. Sie hatte auch bewirkt, dass sich Aljascha entgegen der Anordnung des ¢arije frei bewegen durfte.

»Ist sie nicht eine ganz reizende Person?«, schwärmte Aljascha. »Und wir drei teilen die gleichen Ansichten.« Sie lachte hell auf. »Eine ist entschlossener als die andere. Die gute Kaya hat sich nicht nur gefühlsmäßig, sondern auch finanziell schon lange wieder von dem Schlag erholt, den ihr Lodrik durch die Hinrichtung ihres Gatten zufügte.«

»Wir werden sie zum Dank zur Gouverneurin machen. Sie ist hervorragend dazu geeignet, dich in Granburg zu unterstützen«, bestätigte die Tochter. »Etwas Besseres hätte dir nicht passieren können.«

»Doch«, erwiderte Aljascha mit einem scharfen Unterton, »die Rückkehr nach Ulsar.«

Zvatochna seufzte. »Mutter, ich habe es dir bereits mehrfach erklärt. Govan wird Vaters Erlass nicht aufheben. Ich bin zwar Kabcara, aber was bringt es mir, solange mein Bruder noch an der Macht ist?«

»Eben. Das wollen wir ja ändern.«

Sie passierten das Tor Granburgs und erreichten bald darauf das Haus Aljaschas. Zvatochna stieg zuerst aus und schritt auf das Gebäude zu, vor dem die Bediensteten Aufstellung nahmen, um den hochrangigen Gast zu empfangen. Ansonsten interessierten sich die meisten Granburger nicht für die Kabcara. Einen Ball hatte es einen Tag nach ihrer Ankunft gegeben, die Einflussreichen hatten ihre Aufwartung gemacht und sondiert, wie weit die Bekanntschaft mit der Schwester des ¢arije von Nutzen sein konnte.

Dutzende Männer umschwärmten Mutter und Tochter, keiner der Freier durfte jedoch mehr tun, als die beiden Schönheiten mit den roten und schwarzen Haaren schmachtend zu betrachten. Das einfache Volk hielt Abstand und kümmerte sich darum, wie es über den harten Winter kommen konnte.

Die Damen verschwanden im Innern des Hauses, entledigten sich der Mäntel und begaben sich ins Teezimmer.

Zvatochna betrachtete den Körper ihrer Mutter, der die Schwangerschaft sehr gut bewältigt hatte. Nach der jüngsten Geburt des Sohnes präsentierte sie sich in einem engen Kleid und machte ihrer Tochter deutlich, dass sie ihr, was die Attraktivität ihres Leibes anging, in nichts nachstand. Sie musste zudem einen Weg gefunden haben, die verhasste Narbe entfernen zu lassen.

Die Kabcara kannte ihren jüngsten Bruder nur aus Erzählungen. Bislang hatte die Zeit dazu gefehlt, einen Blick auf ihn zu werfen. Jedenfalls fand ihre Mutter immer wieder eine neue Ausrede, um ihn nicht zu zeigen. Umgekehrt war Zvatochna auch keineswegs sonderlich erpicht darauf, das schreiende Bündel zu sehen. Wenigstens würde er ihr im Fall von Govans Ableben den Thron nicht streitig machen, denn Rechte standen ihm nicht zu.

»Meine Freunde in Ulsar sind dir gewogen?«, erkundigte sich Aljascha, und ihre Tochter nickte. »Das ist sehr gut.« Sie warf die roten Haare zurück, die ihre Schultern umspielten. »Wenn du diesen undankbaren Kerl zu seinem Gott beförderst, werden sie dir Unterstützung gewähren. Und sobald ich deine Nachricht erhalte, reise ich in aller Stille nach Ulsar, um dir zu helfen.« Sie langte nach der Hand ihrer Tochter und strahlte sie an. »Ich habe es immer gewusst, dass wir eines Tages gemeinsam über das ganze Reich regieren werden.«

»Ich kann mir nichts Schöneres vorstellen«, sagte die Kabcara und drückte ihre Finger.

Die Freude Aljaschas wich Besorgnis. »Du musst auf Nesreca achten. Er wird dich nur halten, so lange es ihm passend erscheint. Mein Beispiel muss dir eine Lehre sein. Vergiss nicht, was deine erste Tat sein wird, wenn Govan tot ist.«

»Ich nehme mir seine aldoreelische Klinge und schicke Mortva seinen beiden Helfern hinterher«, wiederholte sie gehorsam die Anweisung, die sie auswendig kannte. »Oder ich lasse es Krutor tun.«

Ihre Mutter zuckte mit den Achseln. »Wer es tut, ist gleichgültig. Aber er muss unter allen Umständen vernichtet werden. Wenn er ahnt, dass wir uns keinen Deut um Tzulans Rückkehr scheren, wird er die nächsten Intrigen einfädeln, bis er einen auf den Thron setzt, der ihm zu Willen ist.« Ernst schaute sie in die braunen Augen ihrer Tochter. »Sein Tod ermöglicht uns letztlich das sorgenfreie Herrschen.«

Zvatochna nahm einen Schluck vom heißen Tee. »Ich schlage vor, dass wir die Grünhaare in Ruhe lassen, wenn unser zweiter Schlag nichts bringt. Ich sehe es nicht ein, mich mit den Kensustrianern herumzuschlagen. Lieber richte ich mein Augenmerk auf den Kontinent Angor.«

»Hat Govan nicht vor, Kalisstron zu erobern, wie du mir sagtest? Wenn die Vorbereitungen doch schon mal angelaufen sind …«

»Mutter, die Kalisstri haben noch keinen Grund, uns den Krieg zu erklären. Das kann von mir aus noch lange so bleiben«, legte sie dar. »Jedoch wurde Alana die Zweite aus Tersion verjagt. Ihr Gemahl Lubshá Nars'anamm wird sicherlich schon seit einigen Jahren etwas vorbereiten, um seiner Frau ihr Reich zurückzuholen. Und das Kaiserreich Angor schätze ich wesentlich gefährlicher ein. Auch ohne Magie.«

»Ja, ich gestehe, du bist die Strategin von uns beiden.« Sie hob die Tasse als Zeichen der Anerkennung und des Lobs. »Also attackieren wir ein Land, das endlich mal angenehm warm ist und in dem man die öden Winter im Sonnenschein verbringen kann.« Aljascha schloss die Augen. »Palmen, weiße Strände, eine laue Brise. Männer zum Zeitvertreib.«

Ihre Tochter musste lachen. »Warte es ab, Mutter. Wenn wir die Kensustrianer nicht niederringen oder sie keinen Waffenstillstand schließen möchten, steht uns ein harter Brocken bevor.«

Die Magd meldete, dass der Junge nach seiner Milch verlangte. Die einstige Herrscherin über Tarpol entschuldigte sich und verließ das Zimmer, um ihren Sohn zu stillen.

Gleich darauf öffnete sich die Tür ein weiteres Mal, und dieselbe Bedienstete überbrachte eine versiegelte Depesche, die das Siegel Govans trug.

»Der Meldereiter soll warten. Vielleicht sende ich etwas zurück«, befahl Zvatochna, während sie das Siegel brach, die Schnur entfernte und die Nachricht las.

Sie verwünschte Govans Ungeduld und ließ sich Papier und Feder bringen, um ihn umzustimmen. Ihre Hand bewegte sich beim Schreiben langsamer und langsamer.

»Er kann reiten.« Sie schickte die Magd hinaus. Gedankenverloren trank sie ihren Tee. Jetzt musste sie beten, dass die Kensustrianer davon so erschüttert und gelähmt waren, dass sie nicht unverzüglich einen Gegenschlag durchführten. Ihre Lager würden dem kaum Stand halten.

Aljascha kehrte zurück und bemerkte auf Anhieb, dass etwas nicht stimmte. Ihre Aufmerksamkeit richtete sich auf den geöffneten Brief. »Du machst dir Sorgen, Liebes. Was wollte der Reiter?«

»Govan hat einen Teil meines Plans zur Ausführung gebracht«, seufzte sie. »Ich muss sofort nach Ulsar. Oder am besten, ich reise nach Ilfaris und sende von unterwegs meine Anweisungen an die unterschiedlichen Garnisonen, damit ich im Fall eines Angriffs eine Hysterie unter den ulldartischen Kontingenten verhindere. Tzulan stehe uns bei.« Zvatochna erhob sich, beugte sich über ihre Mutter und küsste sie auf die Stirn. »Gib den meinem kleinen Bruder von mir. Sag ihm, dass seine Schwester sich freut, ihn in Ulsar bei ihrem feierlichen Einzug als echte Kabcara zu sehen.« Ihre Lippen berührten die Wangen ihrer Mutter. »Die waren für dich.« Sie ging zur Tür und winkte. »Warte auf meine Nachricht, und dann flieg wie der Wind in die Hauptstadt, Mutter.«

Aljascha lächelte ihr zu und hob die Hand zum Gruß. Dann verschwand ihre Tochter.

Sie läutete nach Berika, damit sie Tee nachschenkte, während sie zum Fenster schritt und die überstürzte Abreise ihres *Mädchens* verfolgte. Ein letztes Winken von ihr, ein Lächeln zum Abschied hinter dem Glas hervor, und der Schlitten schoss davon.

Die falsche Freundlichkeit der ehemaligen Kabcara

erstarb. Sinnierend lief sie durch die Räume, um nach ihrem jügsten Spross zu schauen. Noch vor einigen Monaten hätte sie ihrer Tochter die Augen auskratzen können, weil sie nichts für sie getan hatte. Diesen Jähzorn hatte sie in einen Plan umgewandelt, demzufolge ihr jüngster Sohn, der nach der Fütterung friedlich in seinem Bett schlummerte, einst auf dem Thron in Ulsar säße. Nicht heute, aber in einer nicht allzu fernen Zukunft.

Die plötzliche Zuneigung ihrer Tochter basierte für Aljascha einzig auf dem Umstand, dass die junge Frau ihren Beistand benötigte, wenn sie sich zur alleinigen Herrscherin aufschwingen wollte. Ohne die Krise und die Zuspitzung der Lage würde sie weiter in Granburg sitzen bleiben und praktisch kaum eine Rolle im Leben Zvatochnas spielen.

Das würde sich bald ändern.

Leise öffnete sie die Tür zum Kinderzimmer und beugte sich über das Bettchen. Das Mützchen, das den kleinen Kopf wärmte, lugte unter der dicken Decke hervor, die Augen hielt der Säugling fest geschlossen.

Aljascha gab ihm einen liebevollen Kuss auf den Kopf. Sie richtete das Federbett und verließ lautlos den Raum.

**Kontinent Ulldart, Großreich Tarpol,
Provinz Huron, Satucje, Winter 459/60 n. S.**

Die *Varla* lag vertäut im kleinen Hafen des Fischerdorfes. Alle Handwerker und Zimmerleute klopften, hämmerten und dichteten mit Hochdruck am Rumpf des tarvinisch-rogogardischen Seglers, um die Schäden so rasch wie möglich zu beseitigen.

Einen langen Aufenthalt konnte man sich nicht leisten, die Gefahr der Entdeckung bestand nach wie vor.

Sollte ihre Unterstützung für die Feinde des »göttlichen ¢arije« bekannt werden, brauchten sich die Menschen nicht mehr weiter um die Zukunft zu scheren. Andererseits musste die Fahrt zügig weitergehen, um die wertvolle Fracht nach Kensustria zu bringen.

Torben Rudgass hatte tatsächlich geschafft, was noch keinem gelungen war. Er hatte die See zwischen Ulldart und Kalisstron bezwungen, die in diesen Monaten als unschiffbar galt.

Vielleicht lag es am beschworenen Beistand der Götter, vielleicht schlicht an dem Können des Piraten, vielleicht war es auch einfach nur Glück. Ganz ohne Blessuren war die *Varla* nicht davongekommen, doch sie hatte Stürme und Eisschollen überstanden.

Nun befanden sich die Passagiere im kleinen Haus von Laja, einer gealterten, doch noch immer sehr rüstigen Fischerwitwe, die einst dem Rogogarder das Leben gerettet und ihn gesund gepflegt hatte, als er als Gefangener an die Küste gespült worden war. Sie kümmerte sich seit der Abfahrt um die verwirrte Frau, die Rudgass aus Jökolmur gerettet hatte und hier vor dem Zugriff der Feinde verbarg.

Mit Spannung warteten die Besucher, dass Norina erschien.

Die Tür zum Nebenzimmer öffnete sich, und Laja führte die Tarpolin herein. Apathisch blickte die hoch gewachsene Brojakin in die Gesichter der Anwesenden, ohne eine Reaktion zu zeigen.

Torben kam an ihre Seite. »Norina, schau, wen ich dir mitgebracht habe«, sagte der Rogogarder sanft zu ihr. »Das ist Waljakov, erinnerst du dich?«

Der Hüne stand auf und kam näher. »Herrin?«

Ihre Augen gingen durch ihn hindurch. Genauso wenig geschah etwas bei Matuc und Fatja.

Lorin betrachtete seine Mutter und erkannte, wie sehr sich ihre Züge glichen. Unsicher erhob er sich, stellte sich vor sie und versuchte, ihre Aufmerksamkeit auf sich zu lenken. »Mutter?«, fragte er behutsam und fasste ihre Hände. »Ich bin Lorin. Dein Sohn.«

Der Kopf der Brojakin senkte sich ein wenig, ihre Blicke trafen sich. Für einen Moment wich der Schleier, der ihre Pupillen trübte. Sie lächelte den jungen Mann an, und er spürte, wie sie seine Finger leicht drückte. Dann wurde ihr Gesicht erneut leer.

»Sie wird ihren Geist nie mehr zurückerhalten«, meinte Torben niedergeschlagen. »In euch habe ich die letzte Hoffnung gesetzt.« Er bedankte sich bei Laja für die Betreuung der Brojakin. »Ich werde schauen, was das Schiff macht.«

Der Leibwächter sah noch eine Spur kälter aus als sonst. Das Schicksal der Frau, die er nun so lange kannte, bewegte ihn. Doch eine Gefühlsregung wollte er sich nicht erlauben, und so verhärtete sich sein Antlitz. Matuc und Fatja waren ebenfalls unglücklich.

Tokaro bedauerte den wenig erfreulichen Ausgang des Wiedersehens der alten Freunde. In seinem Kopf aber beschäftigte er sich mit etwas ganz anderem.

Der junge Ritter nickte in die Runde und verließ das Haus, vor dem er Treskor angebunden hatte. Er schwang sich in den Sattel des Hengstes und ließ ihn gemütlich auf einen kleinen verschneiten Hügel traben. Dort hielt er an und stemmte sich in die Steigbügel, um einen Blick auf die wie mit Zucker bestreut wirkende Umgebung zu werfen.

Die Unsicherheit nagte an ihm. Wankelmut machte sich breit.

Sicher, er hatte zugesagt, seinem Halbbruder und dessen Freunden zu helfen.

Der junge Ritter hatte gehofft, während der Überfahrt Freundschaft mit seinem Blutsverwandten zu schließen. Aber so recht warm wurde er nicht mit ihm.

Ihn beschlich das Gefühl, dass die Alchemie zwischen ihnen nicht stimmte.

Seine ständige Übelkeit ermöglichte eine nur schwache Annäherung, und er fühlte sich nach wie vor als Außenseiter.

Die Gruppe kannte sich seit Jahren, lebte zusammen in einem fremden Land und vertraute einander blind. Er dagegen gehörte nur dazu, weil die junge Borasgotanerin ihn in einer ihrer Visionen erkannt haben wollte. Und weil er zufällig die gleiche Augenfarbe besaß wie das kleine magische Wunder mit dem affigen Kinnbärtchen.

Er hätte viel lieber gewusst, wie es Kaleíman von Attabo erging.

Was hindert mich daran, einfach loszureiten und mich auf meine eigene Art um den Kabcar zu kümmern?, wisperte es in seinen Gedanken. Das ehrbare Räuberdasein gefiel ihm zu gut. Er wollte der Held der einfachen Leute sein.

»Tokaro!«

Ein wenig erschrocken wandte er sich um und entdeckte Lorin, der den Hügel im Dauerlauf erklomm. Ohne außer Puste zu sein, stand er bald neben dem Hengst und streichelte ihn. »Du fühlst dich nicht recht wohl bei uns, stimmt's?«, begann sein Halbbruder, der einen Rucksack auf dem Rücken trug.

Tokaro suchte ertappt nach einer Ausflucht, entschied sich dann jedoch für die Wahrheit. »Ja.« Kurz legte er Lorin dar, worüber er soeben und auch die halbe Fahrt über gegrübelt hatte. »Das ist der Grund, weshalb ich viel lieber auf Treskor davonreiten würde.«

Lorin grinste breit. »Oh, wie gut ich das verstehe.«

»Ach?«, machte sein Halbbruder, der viel eher mit einer Predigt gerechnet hatte. »Jetzt bin ich neugierig geworden.«

»Ich bin ein Fremder auf Ulldart. Auch wenn meine Mutter und mein Vater von hier sind, sehe ich das Land nicht als meine Heimat an. In Kalisstron wartet die Frau, die ich liebe und zu der ich wieder zurückkehren möchte, wenn wir unsere Aufgabe erfüllt haben.« Lorin schaute den Reiter freundlich an. »Zuerst wollte ich gar nicht hierher. Ich dachte mir: Sollen die Ulldarter ihre Angelegenheiten doch selbst regeln. Aber was auf dem Spiel steht, geht inzwischen über die Grenzen von Ländern hinweg. Und deshalb sollten sich die Länder zusammentun. So wie wir es taten.«

Tokaro überlegte.

»Es kann sein, dass Angor dir die aldoreelische Klinge überließ«, sprach sein Halbbruder nach einer Weile, »weil er wusste, dass dieses Schwert im Kampf gegen das Böse unverzichtbar ist. Wer sonst könnte Sinured, Govan und die anderen aufhalten, wenn nicht wir beide? Ich habe meine Magie, dich schützen die Kräfte der Waffe. Siehst du, wie wir uns ergänzen? Dennoch werden wir dich nicht aufhalten, wenn du nicht mit uns kommen möchtest und deinen eigenen Weg als ehrbarer Wegelagerer gehst.«

Tokaro hatte sich entschieden. »Ich werde eine Rüstung brauchen.« Er grinste von seinem Pferd herunter. »Was wäre ein Mitglied der Hohen Schwerter ohne sie? Wenn ich schon auf dem Schlachtfeld ein Held sein soll, möchte ich standesgemäß aussehen.«

Der Kalisstrone lachte. »Das lässt sich sicher in Kensustria regeln.« Er reichte ihm den Rucksack. »Den wollte ich dir noch geben.«

»Ist das die Belohnung für meine Entscheidung?«

»Du hättest es sowieso bekommen. Ich kenne mich damit nicht aus.«

Tokaro kramte in dem Beutel herum und nahm eine Handbüchse hervor. »Na, so gut wie die große Variante ist sie nicht, aber es reicht für den Anfang.« Er wog die Feuerwaffe in der Hand. »Sie fasst sich gut an.« Eine große Anzahl von Kugeln und das passende Pulver waren auch vorhanden. »Damit werde ich die Truppen des hoheitlichen Idioten Mores lehren.« Freudig sprang er aus dem Sattel, zog den Handschuh aus und hielt dem jungen Mann die Rechte hin. »Wenn wir uns noch ein wenig besser kennen lernen, könnten wir glatt Freunde werden.«

Als Lorin die Finger umschloss, fiel im siedend heiß ein, dass er unter Umständen auf die angeborenen Fertigkeiten seines Bruders ebenso ansprach wie auf die Zvatochnas. Er hatte ihn auf den Umstand aufmerksam gemacht, aber bisher war es nie zu einem Kontakt ohne schützende Kleidung oder Leder dazwischen gekommen.

Ihre Haut berührte sich, und nichts geschah.

Erleichtert atmete er auf.

»Ich werde mit Treskor noch ein wenig herumreiten, damit er sich wieder ans Laufen gewöhnt. Die lange Zeit der Verletzung und das Herumstehen im Schiff haben ihn unruhig werden lassen. Er möchte sich am liebsten mit dem Wind messen.« Er stieg wieder auf.

»Dann werde ich nicht länger stören«, verabschiedete sich sein Halbbruder und schritt die Anhöhe hinunter. »Ich bin froh, dass du bei uns bleibst. Man kann vor seiner Bestimmung eben nicht davonlaufen.«

Tokaro und der Hengst jagten davon, beide genossen es, einen festen Untergrund unter sich zu haben, auch wenn es im Freien reichlich kalt war. Das Streitross galoppierte zunächst noch vorsichtig, aber irgendwann brach das Temperament durch, und die Geschwindigkeit steigerte sich von Hufschlag zu Hufschlag, bis sein Reiter in einer Art Rausch aufjauchzte.

Nach zwei Stunden waren sie zurück im Dorf.

Steif und durchgefroren rutschte der junge Angor-Ritter vom Sattel des Schimmels, führte ihn in einen

Stall und wischte ihn trocken, klopfte das Eis und den Schnee vom Fell, während seine Zähne so schnell klapperten, dass er keine Silbe hervorbrachte.

Er stakste in das Haus von Laja und pellte sich aus seiner dicken Kleidung, die ihm wegen des eisigen Windes kaum gegen die schneidende Kälte geholfen hatte. Seine Finger, seine Zehen und sein Gesicht fühlten sich taub an. Er setzte sich ans Feuer.

Die anderen schienen gegangen zu sein, nur sein Halbbruder saß am Tisch und starrte abwesend auf die Maserungen der Tischplatte.

»An was denkst du?«, erkundigte sich Tokaro, nachdem seine Kiefer nicht mehr wie lose Bleche im Sturm gegeneinander schlugen.

Erstaunt hob Lorin den Kopf. »Ich dachte eben, wie schade es ist, dass sich Mutter nicht mehr richtig erinnern kann«, erzählte er. »Es gibt so viele Fragen, die ich ihr stellen wollte. Über meinen Vater, über sie selbst, über die ganzen Geschehnisse, die sich vor meiner Geburt ereigneten.« Er seufzte schwer. »Alles bleibt im Dunkeln.«

Tokaro nahm den Rucksack auf, setzte sich zu ihm und goss sich einen Becher Tee ein, damit die Hitze in sein Inneres zurückkehrte. »Ich habe Vater gekannt. Ein harter, aber gerechter Mann, würde ich sagen. Er machte Eindruck auf die Menschen.« Seine Mundwinkel wanderten nach oben. »Aber unsere Geschwister, mal abgesehen von Krutor, sind hinterhältige, verwöhnte Zuckerärsche.« Seine gute Laune legte sich schlagartig. »Ich habe ein Anliegen. Niemand von uns weiß genau, was sich in den kommenden Wochen und Monaten ereignen wird. Sollten wir aber auf unsere Schwester treffen, dann bitte ich dich, sie mir zu überlassen, wenn es die Gelegenheit erlaubt«, sagte er eindringlich. »Und schone Krutor. Er ist im Grunde gut. Nur ohne Durchblick. Glaub mir, ich kenne sie beide gut genug. Triffst du jedoch auf Govan, mach ihn fertig.«

»Gab es etwas zwischen dir und Zvatochna, weshalb du ihr gegenübertreten möchtest?«

Tokaro druckste etwas herum, schließlich legte er einen Anhänger auf den Tisch. »Wenn alles anders gelaufen wäre, säße ich in diesem Augenblick vielleicht an ihrer Seite.«

Lorin nahm das Liebespfand und betrachtete es, bevor er es an seinen Halbbruder zurückgab. »Dann bin ich froh, dass es nicht so gekommen ist. Sonst stünden wir uns als Feinde gegenüber und wüssten nicht einmal etwas von unserer Verwandtschaft.«

»Und ich hätte mit meiner eigenen Schwester eine Nacht verbracht«, ergänzte Tokaro. Solche Beziehungen waren zwar vor allem in Tersion nichts Ungewöhnliches, für die nördliche Welt bedeuteten sie allerdings Unheil. »Es ist gut, so wie es kam.«

»Und was machst du, wenn du sie wieder siehst?«

»Ich bete zu Angor, dass ich sie überzeugen kann, die Seiten zu wechseln«, verriet er. »Zwar darf meine Liebe zu ihr nicht sein, aber …«

Lorin machte ein nachdenkliches Gesicht. »Wenn uns aber nichts anderes übrig bleibt? Wenn sie Widerstand leistet und Govan zum Sieg verhelfen möchte, was dann?«

»Dann, Bruder«, sagte er traurig, »wirst du einschreiten müssen. Meine Gefühle für sie verhindern, dass ich es schaffe, sie zu verletzen. Geschweige denn, sie notfalls zu …« Das Wort kam ihm nicht über die Lippen.

Ihr die aldoreelische Klinge durch den vollendeten Leib zu jagen oder den zarten Hals zu kappen, ihr bezauberndes Antlitz voller Schmerzen zu sehen. Er fürchtete, dass sie genau diese Schwäche im entscheidenden Augenblick ausnützen würde.

»Gut, ich verspreche es dir«, willigte sein Gegenüber ein.

Tokaros Linke bewegte sich nach vorne, er wollte die Hand seines Bruder als Zeichen des Danks drücken.

Als sich die Finger berührten, erhielten beide einen gewaltigen Schlag.

Während der ehemalige Rennreiter nur zusammenzuckte, riss es Lorin rückwärts vom Stuhl.

Das Möbelstück kippte um, er schleuderte mit Wucht nach hinten und prallte hart gegen die Wand, wo er stöhnend nach unten rutschte und auf dem Hosenboden sitzen blieb. Getrocknete Kräuter rieselten auf ihn herab.

»Bist du verrückt geworden?«, beschwerte er sich benommen. Das Zimmer tanzte um ihn herum, sein Halbbruder befand sich gleich viermal vor ihm. »Zuerst warnst du mich davor, so etwas zu tun, und nun probierst du es selbst aus?«

»Das hätte nicht passieren dürfen!«, verteidigte sich Tokaro überrumpelt. »Vorhin war davon nichts zu spüren. Da habe ich nicht einmal ein Kribbeln gespürt.«

»Von was redest du?«, wunderte sich Lorin, stemmte sich in die Höhe und musste sich am Kamin abstützen, um nicht gleich wieder umzufallen. Ihn durchrann ein schreckliches Gefühl, das Blut rauschte in seinen Ohren.

»Auf der Anhöhe«, meinte sein Halbbruder mit Nachdruck.

»Ich war auf keiner Anhöhe«, meinte Lorin unfreundlich und stellte den Stuhl hin. Schwer plumpste er auf die Sitzfläche und hielt sich den Kopf. Etwas anderes, seine Magie, war durch den Vorfall in Aufruhr geraten. Zum ersten Mal spürte er sie deutlich. Hitzewellen durchfluteten ihn.

»Wir haben uns doch vorhin auf dem Hügel vor Satucje getroffen, oder etwa nicht?«, fragte Tokaro gereizt. Er hielt den Beutel mit der Handbüchse hoch. »Die hast du mir gegeben, und wir sprachen über die Zweifel bei diesem Abenteuer, das uns bevorsteht.«

Wortlos schnappte Lorin den Rucksack, wobei er darauf achtete, nicht mit der bloßen Haut an die seines Blutsverwandten zu gelangen, und warf einen Blick hinein. »Das ist die Handbüchse des Palestaners.« Verwundert richtete er seine blauen Augen auf Tokaro. »Ich hatte sie im Schiff zwischen meinen Sachen aufbewahrt und schon beinahe vergessen.« Er schaute ihn an, als erwartete er eine Erklärung.

Stattdessen sprang der Ritter auf und lief zur Tür. »Komm mit.« Schon war er draußen.

»Wohin denn?«, fragte sein Halbbruder etwas zu spät und rannte hinterher.

Sie liefen zum Stall, in dem Treskor stand und Heu fraß. Er wieherte seinem Herrn zu, ließ aber den anderen jungen Mann nicht aus den Augen. Der Schweif peitschte die Luft.

»Geh näher zu ihm.«

Lorin lachte ungläubig. »Du bist wohl nicht bei Trost? Seit wann sind Pferdetritte gut für die Gesundheit?«

»Bitte. Wenn sich seine Ohren nach hinten legen, kehrst du langsam zurück, und ich beruhige ihn.«

»Und warum sollte ich das tun?«

»Weil ich auf dem Hügel mit jemandem sprach, der genauso aussah wie du, der mir die Handbüchse gab und der meinen Hengst streichelte, ohne dass er sich dagegen gewehrt hätte«, sagte Tokaro.

»Und wenn er mich jetzt tritt, hast du den Beweis, dass ich es nicht war«, meinte sein Halbbruder vorwurfsvoll. Er hoffte, dass seine Magie notfalls eingriff.

Zögernd ging Lorin einen Schritt auf das Streitross

zu, das sofort aufhörte zu kauen. Bei der nächsten Bewegung von ihm klappten die Lauscher nach hinten, und der Hengst schnaubte warnend.

»Das reicht«, pfiff ihn der Tarpoler eilig zurück, ehe sein Halbbruder mit einem hufeisenförmigen Abdruck auf der Stirn durch die Gegend lief. »Lass uns nach den Fußspuren schauen.«

Sie stapften durch den Schnee, gelangten bald an den Rand der Siedlung und sahen schon von weitem die Fährte, die das Pferd hinterlassen hatte. Doch die Abdrücke eines Menschen fehlten.

Tokaro dachte an die Unterhaltung zurück.

»Wie soll ich das deuten?« Ratlos hob Lorin die Arme. »Aber eine Halluzination kann es nicht gewesen sein.« Er schaute auf den Beutel. »Irgendwie bist du in den Besitz der Handbüchse gekommen.«

»Denkst du, ich würde in deinen Sachen wühlen und stehlen?« Schmerzhaft kehrte die Erinnerung an die entwürdigende Szene zurück, als er vor aller Augen als Dieb überführt und gebrandmarkt worden war. »Ich habe deine Sachen nicht angefasst.«

»Nun sei doch nicht so empfindlich. Ich habe ja auch nicht gesagt, dass du mich bestohlen hast.« Sein Halbbruder drückte ihm den Rucksack mit der Waffe darin in die Arme. »Wer auch immer sie dir gegeben hat, er wird gewusst haben, was er tat. Behalte sie.« Neugierig geworden neigte er sich nach vorne. »Über was hast du denn mit meinem Doppelgänger gesprochen?«

Tokaro winkte ab. »Nicht so wichtig. Gehen wir zurück. Ich war für meinen Geschmack schon viel zu lange in der Kälte.«

Sie liefen nebeneinander durch den Schnee, das Weiß knirschte unter ihren Sohlen.

Der Ritter dachte daran zurück, wie er die Hohen Schwerter hatte verlassen wollen, ihn aber die Unterredung mit dem vermeintlichen Seneschall an der Flucht gehindert hatte.

Er wünschte sich, dass diese Erscheinung ein Gesandter Angors gewesen war. Oder Angor selbst. »Bist du dir sicher bei dem, was wir hier tun?«, erkundigte er sich bei Lorin. Er entschloss sich, die Unterredung mit dem Doppelgänger preiszugeben, und verschwieg auch nicht seine eigenen Zweifel.

Zu seiner Erleichterung bestätigte der Kalisstrone das, was er vorhin schon auf der Anhöhe gehört hatte. »Wenn es dich beruhigt: Wer auch immer sich für mich ausgab, er teilte meine Einstellung.«

»Ich fände es besser, wenn wir den anderen davon nichts berichteten«, bat Tokaro seinen Halbbruder, als sie die Tür erreichten.

»Um aller Götter willen, bloß nicht! Matuc wäre der festen Überzeugung, dass dir Ulldrael der Gerechte erschienen ist«, meinte Lorin vorgetäuscht verzweifelt. »In seiner Anschauung ist er so unerschütterlich wie die Klippen vor Bardhasdronda. Und das hat dazu geführt, dass er den Gerechten unaufhörlich preist, bis wir es nicht mehr hören können.« Er schlug Tokaro vertrauensvoll auf die Schulter. »Ich schweige, Bruder. Schon in meinem eigenen Interesse.«

Tokaro atmete erleichtert auf. Zum einen, weil niemand etwas von der Episode hören würde, und zum anderen, weil er zum ersten Mal so etwas wie Vertrauen zu seinem Blutsverwandten empfand.

Sie betraten das Haus der Fischerswitwe und setzten sich.

»Sag mal, wie ist es eigentlich um deine Reitkünste bestellt?«, fragte Tokaro. »Reichen sie für eine Schlacht aus?« Er schmunzelte. »Du musst nicht so mustergültig sein wie ich.« Ein großer Schluck Tee verschwand in seinem Mund.

Der Kalisstrone rieb sich verlegen den Bart. »Vermutlich bleibe ich im Sattel, wenn jemand das Pferd führt.«

Prustend spie der Ritter das Getränk aus, die Antwort machte ihn fassungslos. »Du Magiegenius kannst nicht reiten?«

Lorin schüttelte den Kopf. »Hundeschlitten sind meine Stärke. Und meine Ausdauer beim Laufen ist riesig«, bot er einen Ersatz an.

»Damit haben wir mehrere Möglichkeiten.« Tokaro hob den Zeigefinger. »Erstens, du klemmst dir die Lanze unter den Arm und rennst selbst ins Getümmel«, der Mittelfinger schnellte nach oben, »wir nageln Rollen unter einen Hundeschlitten«, der Ringfinger reckte sich auf, »oder ich bringe dir bei, wie man sich im Sattel hält, wenn das Pferd nicht geführt wird. Was ich für das Beste halte. Ich glaube nicht, dass ich eine Hand frei habe, wenn ich am Fechten bin.«

Der Kalisstrone wollte nur ungern eingestehen, dass er mehr als Respekt vor Pferden verspürte. Um genau zu sein, fürchtete er sich ein wenig vor den mächtigen Vierbeinern. »Wenn es nicht anders geht«, stimmte er widerwillig zu.

»Du hast keine andere Wahl, wenn du nicht eine halbe Stunde später als die anderen im Gefecht sein willst.« Er stieß seinen Becher an den seines Halbbruders. »Nur Mut. Du schaffst es.«

Noch nicht ganz überzeugt, lächelte Lorin Tokaro an.

Während draußen der tarpolische Winter sein strenges Regiment führte, brach das Eis zwischen den beiden jungen Männern.

Kontinent Ulldart, Vizekönigreich Ilfaris, Herzogtum Séràly, ein Warst nordwestlich der kensustrianischen Grenze, Winter 459/60 n. S.

Lodrik ritt durch die Nacht und lenkte das Pferd entlang der Straße unmittelbar auf Paledue zu, das Lager des Gegners.

Sein Wallach, der einen breiten Schnitt an der Kehle aufwies, flog mit einer beinahe übernatürlichen Geschwindigkeit über den befestigten Untergrund. Die Augen des Nekromanten sahen im Licht der Monde genug, um Schlaglöchern rechtzeitig auszuweichen.

Unter seiner Uniform trug er den Rückzugsbefehl für die kensustrianische Spezialeinheit bei sich, die als Antwort auf die Dammsprengung das Kastell der tarpolisch-tzulandrischen Truppen vernichten sollte.

Die anderen Angriffe auf die übrigen Befestigungen waren im letzten Moment verhindert worden. Die Männer wussten nicht, wie knapp sie dem sicheren Tod entronnen waren.

Nur dieser Zug von etwa dreihundert Kriegern war schneller vorgestoßen, und der Befehl hatte ihren Sammelpunkt zu spät erreicht. Zufällig war der einstige Kabcar hinzu gekommen und hatte die Zustellung der Order übernommen, obwohl keiner daran glaubte, dass er die Entfernung in der kurzen Zeit überbrücken könnte.

Sobald er außer Sichtweite der Verbündeten gewesen war, hatte er sein Reittier getötet und mehrere Seelen in den Kadaver einfahren lassen. Sie verliehen dem wiederbelebten Wallach die Beschleunigung und die unendliche Ausdauer.

Erfolg war ihm dennoch nicht beschieden. Er hörte schon von weitem, dass er es nicht rechtzeitig schaffen würde.

Bombarden donnerten, schossen aus lauter Hilflosigkeit auf einen unsichtbaren Feind, der sich vermutlich schon lange in den eigenen Reihen befand.

Die zackigen, teilweise eingerissenen Palisaden hoben sich im Feuerschein wie die Zähne im Unterkiefer eines Modrak ab, und an einigen Stellen des Kastells waren Brände ausgebrochen. Das Klirren von Schwertern drang an seine Ohren.

Lodrik dachte nicht ans Aufgeben. Er wollte so viele seiner Untertanen wie möglich vor der Rache der Kensustrianer retten und dirigierte das Pferd zum weit geöffneten Haupttor, aus dem ihm die Truppen in heller Furcht entgegengerannt kamen. Sie flüchteten vor dem Gegner, den sie für unbesiegbar hielten.

Der einstige Kabcar preschte durch ihre Reihen, um nach dem Anführer der Kensustrianer zu suchen. Erste Tarpoler erkannten seine Uniform, blieben stehen und machten andere auf den wie aus dem Nichts erschienenen Reiter aufmerksam, der in höchster Not zu seinen Leuten zurückkehrte.

Sein Name verbreitete sie wie ein Lauffeuer unter den Soldaten. Das Reißausnehmen geriet allmählich ins Stocken. Hunderte Augenpaare verfolgten die Gestalt des geliebten Herrschers.

Ein Teil der Geschütze war von den Kensustrianern erobert und um hundertachtzig Grad gewendet worden. Die eigenen Kugeln flogen den Tzulandriern und Ulldartern um die Ohren, hieben alles auseinander, was ihnen auf ihrer Bahn im Weg stand.

Nur noch ein harter Kern hielt den Angreifern im Zentrum des Kastells Stand, formierte sich zu einem Kreis und wehrte sich nach Kräften. Schon schwenkten die Bombarden auf das Grüppchen der Tapferen.

Lodrik erstarrte, als er die monströse, verkrüppelte Gestalt sah, die sich in vorderster Linie befand und mit ihren zwei Dreschflegeln auf die grünhaarigen Angreifer einknüppelte. Unter der Wucht der eisenbeschlagenen Holzstücke flogen die Kensustrianer, die mit der Bekämpfung des Riesen ihre Schwierigkeiten hatten, weit durch die Luft, bevor sie aufschlugen und sich nicht mehr erhoben.

Dann löste sich der Anführer der dreihundert Krieger aus dem Schatten – einer der gefürchteten Unbesiegbaren in der dunkelgrünen Rüstung mit den goldenen Verzierungen. In seinen Händen hielt er zwei Schwerter, und die Augen glommen giftgelb.

Der Nekromant sprang aus dem Sattel. »Beschützt mich«, befahl er seinen Geistern, die augenblicklich aus dem Leib des Pferdes fuhren. Als kappte man die Fäden einer Marionette, stürzte der Wallach in sich zusammen und blieb wie hingeworfen liegen.

Lodrik rannte durch das Lager. Jeder, der sich ihm unbewusst oder bewusst näherte, Freund oder Feind, wurde von unsichtbaren Kräften zur Seite gestoßen.

Durch die Barriere, die ihn umgab, war gleichzeitig der Blick auf ihn frei.

Und wieder erkannten ihn einige der Freiwilligen, riefen voller Begeisterung seinen Namen und zeigten mit dem Finger auf ihn. Jeder, der eben noch Verzweiflung und Furcht im Herzen getragen hatte, kehrte zurück, nahm die weggeworfene Waffe auf und wandte sich den Feinden zu. Das Erscheinen des Kabcar schien das Blatt zu wenden.

Doch noch mehr Tote zu verschulden – egal, auf welcher Seite – lag nicht in der Absicht Lodriks.

Der Kensustrianer und sein Sohn lieferten sich einen erbitterten Kampf. Mehrfach gelang es dem Krieger, Krutor zu verwunden. Die Schneiden schnellten nach vorn, perforierten die Rüstung und schlugen Wunden. Aber die Widerstandskraft des verkrüppelten Tadc sorgte dafür, dass er nicht einknickte.

Trotzdem war es ein ungleiches Gefecht. Der Kensustrianer schützte sich mit seiner Magie vor der Wirkung der Dreschflegel.

Nach einer Finte stieß der Krieger die Klingen an der Deckung des jungen Mannes vorbei und parallel in den Körper seines Sohnes.

Schnaufend fiel der Tadc auf die Knie, schlug dabei zu und drängte den Feind zurück. Die Schwerter steckten noch in seinem Körper, der Kensustrianer war plötzlich waffenlos.

Ehrfurchtsvoll schaute der Anführer auf den Riesen, der nicht aufgeben wollte, sich aufrecht hielt und seinen Gegner sogar noch auslachte. Die Tränen, die ihm in Sturzbächen die Wangen hinabliefen, gebar jedoch der Schmerz, nicht der Hohn.

»Halt!«, rief Lodrik entsetzt und griff auf seine eigenen Kräfte zurück. Nicht allein der Klang seiner Stimme machte auf ihn aufmerksam, er verstärkte magisch die Wirkung seiner Präsenz und erzwang, dass selbst die Kensustrianer von ihren Gegnern abließen und auf den Neuankömmling starrten. Sein Name wurde geflüstert.

Er schritt selbstsicher auf den Anführer zu, langte unter die Uniform und überreichte ihm das Schreiben. Der Kensustrianer las die Zeilen, und das Gelb seiner Augen erlosch. Ein kurzer Befehl, und seine Leute verstauten die Waffen.

Das Flüstern der Ulldarter wurde zu einem Raunen.

Der ehemalige Herrscher lief zu seinem verwundeten Sohn. »Wir holen einen Cerêler. Er wird dich heilen, mein Junge.«

»Vater?« Krutor lächelte, das entstellte Gesicht drückte unbändige Freude über das Wiedersehen aus. Er warf die Dreschflegel zu Boden. »Du bist gar nicht tot? Dann stimmt es also? Dann habe ich ganz viele Grünhaare ganz falsch kaputtgemacht.« Gequält blickte er nach unten, wo die Griffe der Schwerter aus ihm herausragten. »Schau, was sie dafür gemacht haben.« Angst schlich sich in seine Stimme. »Muss ich sterben?«

Behutsam strich Lodrik über den deformierten Schädel seines Jüngsten. »Nein. Ein Heiler wird dich vor dem Tod bewahren. Halte aus.« Er richtete sich auf.

Die Soldaten betrachteten ihn voller Verwunderung. Voller Hoffnung.

»Untertanen«, hob er die Stimme, »ja, ich bin es. Lodrik Bardri¢, der rechtmäßige Herrscher von Tarpol. Gestürzt von seinem eigenen Sohn, der mein Reich, der ganz Ulldart ins Unglück führt.« Er drehte sich ein wenig, damit ihn alle sehen konnten. »Govan raubte mir viel. Meine Gestalt, einen Teil meiner Magie. Aber nicht die Liebe meines Volkes!« Die Männer johlten als Zeichen der Zustimmung. »Ich weiß, dass ihr hier seid, um meinen Tod an den Kensustrianern zu rächen. Doch ich lebe. Deshalb sage ich zu euch: Geht nach Hause. Kümmert euch um eure Familien, versteckt sie vor meinem Sohn und seinen Leuten, damit sie über den Winter kommen. Lasst das Kämpfen gegen die Kensustrianer sein, denn sie sind meine Verbündeten. Ich werde Govan schon bald seines Amtes entheben.«

»Wir helfen Euch!«, schrie jemand aufgebracht, und die Menge stimmte sofort ein. Es dauerte eine Zeit, bis sie sich von ihm durch Gesten beruhigen ließen.

»Nein«, befahl er. »Ihr würdet nichts gegen ihn ausrichten. Er würde euch mit einem Lachen töten und euch Tzulan opfern. Geht nach Hause und erzählt allen, die ihr trefft, die Zeit meines Sohnes wird nicht mehr lange …«

Etwas flog surrend aus der Dunkelheit heran, wurde knapp vor Lodriks Kopf von seinen unsichtbaren Beschützern abgefangen und zu Boden geworfen.

Ein tzulandrisches Kriegsbeil lag zu seinen Füßen.

Einer der ulldartischen Soldaten hatte den Werfer erkannt, der eben noch Seite an Seite mit ihm gegen die Grünhaare gefochten hatte, und zückte wutentbrannt seinen Dolch. »Verräterischer Hundsfott!« Bis zum Heft trieb er dem Tzulandrier die Klinge in den Leib.

Einen Lidschlag lang geschah nichts.

Dann entlud sich die Empörung über den versuchten Mord an dem verehrten Kabcar. Der Dolchstoß bildete den Auftakt zu einem unbeschreiblichen Kampf, bei dem Ulldarter und Kensustrianer sich gegen die Tzulandrier stellten.

Lodrik gelang es nicht, die hochgekochten Gemüter zu beruhigen. Daher widmete er sich seinem schwer verwundeten Sohn und beruhigte ihn.

Es dauerte nicht lange, und die einstigen Verbündeten, die Sinured gebracht hatte, lagen tot auf der Erde. Die Ulldarter feierten ihren Sieg.

Nachdenklich drehte Lodrik eines der Schwerter, das der Cerêler seinem Sohn aus dem Körper gezogen hatte, in seinen Händen hin und her.

Selbst der kleinwüchsige Heiler, den seine dienstbaren Seelen ausfindig gemacht hatten und der von den ulldartischen Truppen sofort nach Paledue geholt worden war, hatte unverhohlen seine Verwunderung über Krutors Zähigkeit ausgedrückt.

Achtlos warf Lodrik die Waffe auf den Tisch und eilte in das Zimmer, wo man aus mehreren Decken ein improvisiertes Bett für den Tadc errichtet hatte.

Erschöpft lag der Cerêler daneben und schlummerte. An verschiedenen Stellen des verwachsenen Körpers seines Sohnes waren Verbände angelegt worden; die Blessuren mussten auf natürliche Weise verheilen. Der kleinwüchsige Mann hatte all seine Magie auf die beiden Wunden im Unterleib des Krüppels konzentriert.

Leise schlich Lodrik an Krutors Lager und hockte sich neben ihn.

Der Cerêler murmelte etwas im Schlaf und rückte von dem Nekromanten weg. Seinem Sohn dagegen schien die Ausstrahlung des Unheimlichen und des Todes wenig auszumachen.

Der ehemalige Kabcar saß einfach nur da und betrachtete Krutor. Die Lider des gigantisch großen jungen Mannes, bei dessen Anblick man gern die wenigen Lebensjahre vergaß, flatterten und hoben sich.

»Vater«, sagte er schwach, aber glücklich. Dann wechselte der Ausdruck im groben Gesicht. »Ich muss mich bei den Kensustrianern entschuldigen. Sie haben keine Strafe verdient. Du lebst ja. Auch wenn du dich verändert hast. Du bist ein bisschen gruselig.«

»Ich werde ihnen sagen, dass es dir Leid tut«, versprach Lodrik. »Sieh zu, dass du wieder auf die Beine kommst.«

Krutor schaute böse. »Ich werde Govan dazu zwingen, dass er dir den Thron gibt. Ich boxe ihm auf die Nase. Er hat viel angestellt, seit du ... weg warst. Sie dachten, ich merke es nicht. Aber ich bin kein Verblödeter, wie Govan sagt.« Er nahm die Hand seines Vaters, die zwischen seinen Fingern gänzlich verschwand. »Ich helfe dir.«

»Du bist viel zu schwach«, lehnte Lodrik ab.

»Aber er hat doch seine Magie. Und so ein Schwert, das durch alles durch geht«, rebellierte Krutor kraftlos.

»Ich weiß. Wir sind ganz viele, mein Sohn.«

»Und wenn ihr auch eines von den tollen Schwertern hättet?«, meinte er begeistert. Er senkte seine Stimme zu einem Flüstern. »Ich weiß, wo noch eines ist, das Govan nicht kennt.«

Lodrik horchte auf. »Wo soll es denn sein?«

Zufrieden, dass er seinem Vater behilflich sein konnte, strahlte der missgestaltete Junge. »In Ammtára, bei meinen Freunden. Ich habe die Stadt unter meinen Schutz gestellt, weil ich nicht will, dass Govan oder

Sinured sie kaputtmachen. Das Schwert gehört Pashtak, dem Inquisitor. Eigentlich ist er jetzt der Vorsitzende. Er hat's gefunden. Wenn du ihm sagst, dass ich dich geschickt habe, wird er es dir geben.«

Der einstige Kabcar überlegte. »Ich könnte die Modrak …«

»Nein.« Krutor schüttelte den schiefen Schädel. »Er kann die Flieger nicht ausstehen.«

»Ich werde mir etwas ausdenken, damit er mir Glauben schenkt.« Er streichelte die Wange seines Sohnes, der die Augen schloss und näher an die knochige Hand rückte.

»Ich freue mich, dass ich dich gefunden habe«, murmelte der Tadc undeutlich und glitt in den Schlaf.

Lodrik schluckte, die Ergriffenheit übermannte ihn. Vorsichtig drückte er seinen Sohn an sich, stand auf, nahm die Schwerter, die Krutor durchbohrt hatten, und verließ das Gebäude. Draußen erwartete ihn der Kensustrianer und nahm dankend seine Waffen entgegen.

Das Kastell Paledue befand sich buchstäblich in Auflösung.

Die Zelte waren in der Mehrzahl abgebaut, damit sie unterwegs als Unterschlupf benutzt werden konnten. Die toten Tzulandrier lagen auf einem großen Haufen, sie würden den wilden Tieren als Nahrung dienen.

Waffen, Wertgegenstände, Proviant, jeder der Abreisenden nahm sich, was er brauchte. In großen Pulks liefen und ritten die Ulldarter frohgemut in ihre Heimatländer, um die Rückkehr des alten Kabcar zu verkünden.

Andere zogen aus, um die anderen Kastelle von der tatsächlichen Ankunft des beliebten Herrschers zu unterrichten und die Soldaten zum Nachhausegehen zu überreden. Ihre Arbeit wog mehr als jede siegreiche Schlacht.

Lodrik winkte ihnen zu. Sie riefen seinen Namen und wünschten ihm ein langes Leben.

»Mein Sohn entschuldigt sich dafür, dass er in seiner Verwirrung einige Eurer Männer erschlug«, sagte er zu dem beeindruckenden Anführer des kensustrianischen Kommandounternehmens, ohne den Blick abzuwenden.

»Euer Sohn ist ein erschreckender Gegner«, zollte der Krieger seinen Respekt. »Ich bin froh, dass er nun auf unserer Seite steht.«

Eine Woche später transportierten sie den Verletzten ins Landesinnere von Kensustria, damit er Perdór Bericht über die Vorhaben seiner Geschwister erstatten konnte.

Das Kastell Paledue suchte man nach dem Abrücken der Kensustrianer vergebens. Nur ein paar Aschehaufen und die Leichen der Tzulandrier markierten den Ort, an dem vor nicht allzu langer Zeit die Truppen ausgeharrt hatten.

Kontinent Ulldart, nordwestliches Kensustria, Drocâvis, Winter 459/60 n. S.

Die Stadt am westlichen Rand Kensustrias, am Ufer des Flusses Câvis gelegen, konnte es mit der filigranen Schönheit Meddohârs nicht aufnehmen, wie Fiorell nach ihrer Ankunft sogleich nörgelnd feststellte.

Man hatte sich zu einem Umzug entschlossen, da sich die Belagerung anders als geplant entwickelte. Perdór wollte näher am Hauptgeschehen sein, die Nachrichten würden von den Grenzpunkten her schneller übermittelt werden. Dank der Modrak beinahe innerhalb von Stunden.

Also siedelten sie in die Stadt über, die auf Grund der Grenzlage eine einzige Bastion war.

Die massiven Häuser standen immer in Ringen dicht an dicht angeordnet, sodass Angreifer mühsam einen Wall nach dem anderen erobern mussten, sollte es ihnen überhaupt gelingen, die Stadtmauern zu erklimmen.

Inmitten der Kreise erhob sich die Festung.

Unzählige Brücken verliefen wie Krakenarme in alle Richtungen der Stadt und hinauf zu den Wehrgängen der Mauer, um die Krieger ohne Aufenthalt an den Ort zu bringen, an denen Feinden ein Durchbruch gelungen sein sollte. Selbstverständlich waren diese Brücken so konstruiert, dass man sie einstürzen lassen konnte, um sie für den Gegner unbrauchbar zu machen.

Alles in Drocâvis machte den Eindruck, selbst den Einschlag der Monde überstehen zu können, so solide präsentierten sich die Bauten aus reinem, hellgrauem Granit.

Und dennoch wollte die Stadt nicht mit Farben geizen. Künstler hatten die martialischen Objekte mit Malereien verschönert. Die nicht ganz so üppig ausstaffierten Tempel lockerten das Bild einer reinen Militärstadt auf, auch wenn sie nicht recht in die soldatische Symmetrie passten.

Die Tarpoler und Ilfariten fanden Unterschlupf in einer ungenutzten Kultstätte, deren Gottheit momentan aus der Mode gekommen war. Bunte Wände, Symbole und seltsame Gegenstände verschönerten die unzähligen Räume, in denen sie ihren Kommandostab aufbauten.

Die Stimmung in Kensustria schwankte.

Die überraschende Sprengung eines Hauptdeichs und zweier Schutzdämme dahinter hatte eine Flutwelle über das kultivierte Ackerland gebracht. Hunderte waren durch die Kriegslist des wahnsinnigen ¢arije Govan in den salzigen Fluten versunken, bis es den Baumeistern gelungen war, die Lücke zu schließen und die Überschwemmung aufzuhalten.

Die Tat löste verständlicherweise den Wunsch nach Vergeltung aus, aber die Einheiten, die gegen die Kastelle zogen, wurden auf eindringliche Intervention Perdórs zurückbeordert. Diese Eskalation würde einzig Govan nützen.

Die erfreuliche Wendung, die dank des Eingreifens des alten Bardri¢ eingetreten war, brachte den Freunden die Zuversicht zurück. Eines der hoheitlichen Geschwister, im Grunde der Beliebteste des Trios, stand zudem jetzt auf ihrer Seite. Zwar hatte er keinen Einblick in die genauen Pläne, aber seine Erzählungen reichten aus, um einige Lücken zu schließen und Eindrücke abzurunden.

»Der kleine Tzulan gerät immer mehr in Schwierigkeiten«, freute sich der rundliche König. »Das bringt mir direkt meinen Appetit zurück.« Er schaute sich nach seiner Schale mit Pralinen um, fand sie aber leer vor.

»Ihr habt Euren Vorrat aufgebraucht, Gierschlund«, meinte sein Hofnarr schadenfroh.

Der Herrscher grübelte. »Ich könnte den alten Kabcar bitten, dass er seine Modrak für mich nach Séràly schickt und Konfekt bringen lässt.«

»Der Meister der Geister wird einen seiner geflügelten Freunde in Euren Hintern beißen lassen, Majestät. Die Modrak würden sich wundern, wenn sie ihr Leben für Süßigkeiten aufs Spiel setzen müssten.« Fiorell hob das Blatt mit der Strichliste. »Hier, zweiundzwanzig der Wasserspeier hat es schon erwischt. Trotz aller Vorsicht.«

»Ja, ich sehe es doch ein.« Mit unwirschem Gesicht wandte er sich einer Nachricht zu, die ihm nicht gefiel. »Wir haben Segelsichtungen von tzulandrischen Kontingenten mit Kurs auf Rogogard. Der wahnsinnige Kleine hortet die Schiffe und wartet wie ein Geier darauf, dass der Frühling ihm den Angriff auf Kalisstron ermöglicht.«

»Schlecht für die Kalisstri, gut für uns. Die Ignoranz des ¢arije kommt uns zu Gute. Wenn er sie uns ebenfalls in den Nacken hetzte, müsste Ulldrael vorbeikommen und helfen.«

»Die Umsetzung der geraubten Baupläne aus den Verstecken des Kabcar läuft?«

»Ich vermute es. Moolpár stolzierte hier vor kurzem mit einem sehr zufriedenen Gesicht vorbei«, antwortete der Spaßmacher. »Nicht mehr lange, und das Zeug ist fertig. Nur die Bedienung der Apparate werden wir durch Ausprobieren herausfinden müssen.«

Perdór wackelte mit dem Kopf, dass die Löckchen auf und nieder hüpften. »Heikel, heikel.«

Mêrkos betrat den Raum. »Ich soll Euch zum Hafen bringen«, sagte er. »Wir haben Besuch bekommen.«

»Vielleicht ist es Govan, der sich ergeben möchte«, feixte Fiorell. »Oder wurden Eure schmachtenden Hilferufe gehört und die Götter sandten Euch einen schwimmenden Fresskorb?«

»Oder einen immer währenden Knebel für deinen Mund«, knurrte sein Herr.

Auf den Luxus einer Sharik mussten sie in Drocâvis verzichten. Zu Fuß ging es mit Moolpár, Stoiko und Soscha durch die Stadt, bis sie an den Toren in Richtung des Flusses angelangten.

Eine arg ramponierte Dharka wurde gerade vertäut, mehrere Planken ausgelegt. Ein Kran hievte einen Schimmel aus dem Laderaum.

Ein typischer Rogogarder erschien an Deck, schwenkte seinen Hut und winkte ausgelassen zu der Gruppe herunter.

Stoiko kniff die Augen zusammen und fuhr sich über den Schnauzbart. »Rudgass? Ich werd verrückt.«

»Bitte nicht«, bemerkte Perdór trocken. »Wir brauchen jede graue Zelle.«

Der Pirat ging federnden Schritts die Planke herunter und verneigte sich. »Da bin ich, Majestät. Ich war überrascht, als ich von Eurem Umzug hörte. Aber die freundlichen Kensustrianer wiesen mir den Weg. Sie wussten, dass ich zu den Freunden gehöre.«

»Es freut mich außerordentlich, den Mann kennen zu lernen, der weder Tod noch Tzulan fürchtet«, meinte der ilfaritische König und streckte seine Hand aus. »Auch wenn Ihr ohne Erfolg durch die Weltmeere kreuztet.«

»Wie seid Ihr durch die Blockade gelangt, alter und treuer Freund?«, wollte Stoiko wissen, als er an die Reihe mit dem Händeschütteln kam.

»Welche Blockade?« Irritiert hob Torben die Augenbrauen. Dann musste er lachen. »Die Palestaner, so scheint es, haben sich zurückgezogen. Es steht keine einzige ihrer Koggen mehr vor der Küste«, berichtete er. »Ich wollte es Euch selbst sagen, deshalb ließ ich die Botschaft verheimlichen. Sozusagen als frohe Kunde.«

»Das kann keine Anordnung des ¢arije gewesen sein«, vermutete Perdór verblüfft.

»Ist es auch nicht«, schaltete sich Moolpár wissend ein. »Wir erhielten Besuch von einer palestanischen Abordnung, die sich mit uns treffen möchte. Die Ankunft der Delegation behielt ich für mich, um Kapitän Rudgass seine Überraschung nicht zu verderben.« Er zeigte seine Eckzähne. »Sie ist wohl gelungen.«

Der Herrscher kam aus dem Staunen nicht mehr heraus. »Wohl wahr.«

»Es ist wie immer. Da kommt die Krämerseele zum Tragen. Sie sehen, dass mit dem größenwahnsinnigen Möchtegerngott kein Staat zu machen ist, und seilen sich mal wieder ab.« Fiorell ahmte die umständliche Vorstellung eines Palestaners nach, näselte plötzlich so arrogant und affektiert wie einer der Seehändler. »Mir deucht, wir sollten miteinander ins Geschäft kommen, ehe es uns ins Salz regnet, nicht wahr?«

Alle lachten.

»Ach ja, ich habe noch ein paar Mitbringsel.« Torben gab das verabredete Zeichen in Richtung des tarvinischen Seglers. »Ich mag es nicht, ohne Erfolge irgendwo aufzutauchen«, meinte er verschmitzt.

»Soll das heißen ...«, brach es aufgeregt aus Stoiko hervor, »... soll das heißen, Ihr habt sie gefunden?«

Wortlos deutete der Rogogarder auf den Ausstieg.

Zuerst wurde der Kopf von Norina sichtbar, die von Fatja vorsichtig das schwankende Brett hinabgeführt wurde. Es folgte die markante Gestalt des Leibwächters, dahinter erschienen Matuc und seine Kalisstri in den Gewändern von Ulldraelmönchen.

Lidschläge darauf lagen sie sich mit Stoiko in den Armen und feierten ein Wiedersehen mit reichlich Freudentränen. Nur Norina stand unbeteiligt daneben und bemerkte nicht, wie viel Seligkeit um sie herum herrschte.

Selbst Perdór konnte sich der Wirkung der Szenerie nicht entziehen. Fiorell wischte sich die Nase und reichte dem König das benutzte Taschentuch, das dieser annahm. Erst als er sich schnäuzte, fiel ihm der Streich auf und er rempelte dem Narr in die Seite. Der rempelte zurück.

Als sich die erste Aufregung legte, stießen zwei junge Männer vom Deck des Seglers dazu.

Soscha stieß leise die Luft aus. »Das nenne ich magisches Potenzial«, flüsterte sie dem Herrscher zu und nickte in Richtung des Kleineren der beiden. »Der andere trägt dafür eine aldoreelische Klinge an seiner Seite. Sie hat das gleiche Schimmern wie die des Großmeisters, als ich ihn einst in Ulsar sah.«

»Hat dieser Pirat es doch tatsächlich geschafft, die Brojakin samt des Sohnes ausfindig zu machen!« Perdór klatschte begeistert. »Man müsste das Gewicht des Mannes in Iurdum aufwiegen, so wertvoll ist er für uns.«

»Das habe ich gehört.« Torben drängte die Gruppe mit sanfter Gewalt zum König, seinem Spaßmacher und der ulsarischen Magiekundigen und stellte sie der Reihe nach vor. Da er Soscha nicht kannte, umschrieb Perdór an seiner Stelle ihre Aufgabe als »Wissenschaftlerin der Magie«.

Der Junge, der als Tokaro von Kuraschka vorgestellt worden war und ihr eben noch die Hand reichen wollte, riss den Arm ruckartig zurück.

»Das war recht unhöflich«, meinte die junge Frau. »Bin ich eines Ritters nicht würdig genug?«

Der Angor-Ritter deutete verschämt eine Verbeugung an. »Ich fürchte um Euer Wohl, meine Dame. Das ist alles. Mein Körper wirkte bisher auf die meisten Menschen mit Magie, indem er einen Schlag gegen sie ausführte.«

»Ach?«, machte Soscha begeistert. »Das will ich sehen.« Bevor Tokaro etwas dagegen unternehmen konnte, fasste sie ihn an.

Nichts geschah.

Der Ritter atmete erleichtert auf. Die Ulsarin dagegen blickte enttäuscht auf die Hände, die sich berührt hatten. Sie ließ los, packte zu, ließ los, packte zu, bis der junge Mann sich ihrem Zugriff entzog.

»Ihr hattet großes Glück, meine Dame.« Ein boshaftes Grinsen entstand in seinem Gesicht. »Seht, was bei meinem Bruder geschieht.« Sein Zeigefinger tippte gegen den Handrücken Lorins. Schreiend sprang der Kalisstrone zurück und verfluchte seinen Blutsverwandten. »Zufrieden, edle Dame?« Er grinste breit.

Soscha hielt sich eine Hand vor den Mund. Die Entladung, die sie eben hatte beobachten dürfen, stellte etwas völlig Neues dar.

Von einer Sekunde auf die andere war eine grellgraue Aura um den Ritter entstanden, den sie eben noch als nichtmagisch eingestuft hatte. Nach der Berührung fiel sie einfach zusammen und verschwand wieder. Selbst bei genauer Betrachtung entdeckte sie keinerlei Hinweise auf die Kräfte, die sein Halbbruder dagegen in hohem Maße aufwies.

»Das war ... beeindruckend«, meinte sie, noch immer gebannt.

»Verzeiht. Ich muss mich um mein Pferd kümmern.« Der Lastkran seilte den Hengst endgültig ab.

Tokaro schnalzte leicht und stellte sich ein wenig abseits der Menschen. Der stolze Schimmel trabte auf seinen Reiter zu und legte den Kopf auf seine Schulter, froh, dass die Schiffsreise zu Ende war. Tokaro klopfte ihm auf den Hals und sprach freundlich zu ihm. Soscha wollte eben schon nach seinem Halbbruder schauen, als sie dieses Schimmern um den Ritter entdeckte, sobald er in die Nähe des Rosses gelangte.

»Ich zeige Euch eine Unterkunft, in der Ihr ein wenig Ruhe von der anstrengenden Reise findet. Das Haus neben dem Tempel steht Euch zur Verfügung«, bot Moolpár an. Seine bernsteinfarbenen Augen betrachteten Norina. »Ich werde ein paar unserer Ärzte herbeiholen lassen, damit sie sich die Frau ansehen. Vielleicht finden sie einen Weg, ihr zu helfen.«

»Ich wäre Euch zu ewigem Dank verpflichtet«, sagte Torben aufrichtig.

»Wie ich«, ergänzte Lorin.

Sie kehrten zu dem verlassenen Tempel zurück, und die Gruppe teilte sich auf. Man verabredete ein Treffen in den Abendstunden. Das Wiedersehen sollte mit einem kleinen Fest gefeiert werden.

Als sich die Menschen zerstreuten, hielt Stoiko den K'Tar Tûr am Arm fest. Er wartete, bis sie allein zwischen den Gebäuden standen. »Der Junge ist auch hier, Waljakov.«

»Welcher Junge?«

»Unser Schützling aus vergangenen Zeiten. Lodrik.«

Waljakov runzelte die Stirn. »Er ist tot, wurde uns gesagt.« Die mechanische Hand schloss sich klackend zu einer Faust. »Oder?«

Stoiko verneinte. »Die Magie hat ihn vor dem endgültigen Tod bewahrt. Sein Sohn raubte ihm einen Großteil seiner Kraft und veränderte ihn. Nicht nur äußerlich. Ich glaube, auch innerlich. Er ist trauriger, melancholischer geworden.«

Waljakov lehnte sich an die Wand, das Rückenteil seines Harnischs erzeugte ein metallisches Geräusch. »Er lebt.« Die Gefühle spielten verrückt, doch die Freude über diese Nachricht überwog alles andere.

Sein Freund wusste, wie ihm zu Mute war, und lächelte nur still.

»Wo ist er? Warum hat er uns nicht begrüßt?«

»Er schämt sich. Und er ist etwas empfindlich geworden, was das Sonnenlicht angeht«, erklärte sein Gegenüber nachdenklich. »Du wirst sehen, was ich meine, alter Griesgram.« Er machte einen Schritt nach vorn und umarmte den Leibwächter noch einmal. »Wer hätte das gedacht?«

»Dass wir uns lebend wieder sehen?«, fragte der Hüne und erlaubte sich den Scherz, ebenfalls zuzudrücken. Stoiko wich die Luft aus den Lungen. »Ich hielt es für unwahrscheinlich.« Er schlug ihm auf die Schulter. »Aber nicht für unmöglich. Die anderen werden viel zu erzählen haben. Ich rede immer noch nicht gerne. Aber Fatja wird plappern wie ein Wasserfall.« Seine Freude wich. »Ich bitte alle Götter, dass sie der Herrin ihren Verstand zurückgeben.«

»Es ist bedrückend, sie so zu sehen. Was war sie einst für eine kampfbereite, couragierte Frau«, seufzte der Vertraute des Kabcar. Er musterte das gealterte Gesicht des K'Tar Tûr. »Was wirst du tun, wenn du den Jungen triffst?«

»Ich sollte ihm den Hintern versohlen«, brummte er.

Das Fest im größten Raum des Tempels begann früh und dauerte lange.

Fern blieben der verletzte Krutor und Lodrik, der sich laut Perdór irgendwo an der Grenze aufhielt, um durch sein Erscheinen die letzten Zweifler der ulldartischen Kontingente zum Abzug zu bewegen.

Matuc ließ es sich nicht nehmen, die Zeichen und Symbole Ulldraels des Gerechten aufzuhängen, damit in der Kultstätte auch wieder eine Gottheit Einzug hielt.

Den ganzen Abend bis in die frühen Morgenstunden verbrachten sie damit, sich die Geschehnisse in Kalisstron und Ulldart zu erzählen, und trotz der schrecklichen Ereignisse wurde dennoch viel gelacht. Die Menschen verspürten eine Zuversicht und einen Zukunftsglauben wie schon seit Jahren nicht mehr.

Dass Waljakov auf seine alten Tage sein Herz für die Damenwelt entdeckt hatte, sorgte vor allem bei Stoiko für Erheiterung. Der Bericht über das Ende der Hohen Schwerter löste ebenso Betroffenheit aus wie die Schilderung vom Fall Rogogards.

Torben verkündete, dass er in zwei Tagen aufbrechen wolle, um nach Varla zu suchen. Da die Spione des ilfaritischen Königs sie noch nicht in Ulsar entdeckt hatten, vermutete er sie in einem der Gefangenenlager auf Verbroog, wo sie auf die Deportation in die Hauptstadt und ihre Opferung zu Ehren Tzulans wartete. Niemand zweifelte daran, dass ihm eine wagemutige Befreiungsaktion gelingen würde.

Tokaro stahl sich davon und suchte den Ort im Tempel auf, an dem sich Krutor befand und seine Verletzungen auskurierte. Heimlich betrat er den Raum, in dem ein paar Kerzen brannten, in deren Licht der missgestaltete Junge ein Buch las.

Sein deformierter Schädel wandte sich langsam zum Eingang. »Du bist doch Vaters Rennreiter! Ich meine, der Ritter. Mein Freund.« Aufrichtige Freude spiegelte sich auf dem Gesicht des Verletzten.

»Genau. Ich wollte dir guten Tag sagen.« Der Angor-Ritter trat an das Bett und reichte dem Tadc die Hand. »Ich habe gehört, du warst sehr tapfer, alter Haudegen.«

»Ich hab sie ganz gut vermöbelt. Aber sie mich auch.« Der Tadc zeigte stolz auf seine Verbände. »Es waren keine Degen. Ich habe Dreschflegel benutzt. Aber die Grünhaare hatten ganz schön Angst vor mir. Und jetzt sind sie unsere Freunde.« Er senkte den Blick. »Schade, dass ich ein paar kaputtgemacht habe. Aber ich wusste ja nicht, dass sie auf Vaters Seite sind.« Krutor setzte sich ein wenig auf. »Und wo kommst du her? Geht es Treskor gut?«

»Ich bin viel herumgekommen. Und dem Pferd geht es gut.«

»Ein schönes Pferd.« Listig blinzelte er dem Ritter zu. »Weißt du was? Jetzt können wir Govan zusammen auf die Nase boxen!«

Tokaro lachte laut, und der missgestaltete Riese stimmte mit ein. »Das wird uns einen ganz schönen Spaß bereiten, was?« Der Tadc nickte eifrig. »Ich gehe wieder nach unten. Wir sehen uns jetzt bestimmt öfter, sobald du gesund bist.«

»Bestimmt.« Krutor winkte ihm nach, als der Ordenskrieger hinausging und die Tür leise zuzog.

Tokaros kurzer Ausflug war unbemerkt geblieben. Er war gespannt, wie sein Vater reagierte, wenn er seine beiden unehelichen Söhne vor sich sah, und bedauerte, dass er nicht an der Feier teilnahm.

Sinnierend nahm er einen Schluck Wein. Seine Augen schweiften über die Gesichter der neuen Verbündeten und Vertrauten.

Die Nachtluft spielte mit den Vorhängen, die vor der spaltbreit geöffneten Glastür hingen. Von hier aus gelangte man auf einen Balkon, der eine Übersicht über die umstehenden Gebäude erlaubte.

Sachte wehte der Stoff vor und zurück, schlug Wellen, als bestünde er aus Wasser, und zuckte im nächsten Moment wie lebendig. Die Monde sandten ihr silbriges Licht durch das Fenster in den Raum, in dem eine Person ruhte.

Norina lag in ihrem Bett, eine dicke Decke über sich, unter der sich ihr Körper abzeichnete. Ihr schwarzes Haar bildete einen Kontrast zu dem lavendelfarbenen Kissenbezug, auf dem ihr Kopf ruhte. Das Antlitz der Brojakin wirkte entspannt, sie schlief traumlos.

Etwas rüttelte leise am Fenster.

Ein heftiger Windstoß wirbelte die Vorhänge durcheinander, und für einen kurzen Augenblick zeichneten sich in dem fließenden Stoff die Konturen eines Frauengesichts ab. Dann bewegte sich die Verriegelung der Tür, bis sie aufsprang und sich gänzlich öffnete. Ein leises Raunen und Wispern erfüllte das Schlafzimmer, eine Brise fuhr durch den Raum, die sich abrupt legte.

Eine sehr schlanke Gestalt in einer nachtblauen Robe schwang sich auf den Balkon, ihr blondes Haar leuchtete im Schein der Gestirne.

Vorsichtig näherte sie sich dem Eingang und betrat das Innere des Gebäudes, bis sie am Kopfende des Lagers stand. Geräuschlos setzte sich der Besucher auf die Bettkante, die Hände in den Ärmeln der Robe verstaut, und blickte auf die Frau.

Er kannte jede Einzelheit ihres Gesichts, das ihm ein wenig älter, aber nicht weniger bekannt erschien. Die kleine Narbe an der rechten Schläfe, die Züge ihres Antlitzes – wie oft hatte er all das in seinen Träumen gesehen. Wie sehr hatte es ihm gefehlt.

Nun befand sie sich unmittelbar neben ihm, und dennoch wagte er es nicht, sie zu wecken. Er wusste, dass ihr Zustand sein Verschulden war.

Vor Aufregung pochte sein Herz laut und schnell. Schon fürchtete er, das Trommeln in seiner Brust werde ihn verraten. Unwillkürlich neigte er sich nach unten und kam dichter an das Gesicht der Brojakin heran.

Da öffneten sich ihre mandelbraunen Augen und schauten geradewegs in das Blau.

Lodrik konnte sich nicht abwenden, und ihre Blicke verschmolzen miteinander.

Die Zeit stand still.

Eine Ewigkeit verharrten sie so, nicht einmal ein Blinzeln unterbrach das Band, das sich zwischen ihnen gebildet hatte.

Dann weiteten sich die Pupillen Norinas, bis sie das Braun beinahe völlig an den Rand drängten, und zogen sich wieder auf eine normale Größe zusammen. Der Schleier der Stumpfsinnigkeit, der ihre Augen so lange getrübt hatte, verflog.

»Lodrik?«, stammelte sie leise.

Erschrocken fuhr er zurück, sprang auf und rannte zur Balkontür.

Norina richtete sich auf, betrachtete in aller Eile ihre Umgebung und fand sich nicht zurecht. Sie befand sich weder in einem Gefängnis noch in Tarpol oder Rogogard. Die Art der Einrichtung passte nicht. »Was geht hier vor?«, wollte sie von ihrem einstigen Geliebten wissen. »Wo bin ich? Was …?«

Der einstige Kabcar befand sich in völliger Verwirrung. »Norina … ich … Wir sehen uns gewiss noch. Lass es dir von jemand erklären.« Er lief auf den Balkon und kletterte hinunter.

Die Brojakin stieg rasch aus dem Bett und rannte hinterher.

Die Aussicht auf das nächtliche Drocâvis bedeutete eine weitere Überraschung. Sie vermutete, dass sie sich in Kensustria befand. Genau sagen konnte sie es nicht.

Sie erinnerte sich, dass sie irgendwann mit Torben

gesprochen und ihn gebeten hatte, nach den anderen zu suchen. Das Bild eines jungen Mannes entstand vor ihrem Gesicht, der sie anlächelte und den sie »Mutter« sagen hörte. Wie viel Zeit war seitdem vergangen? Sie verfolgte die flüchtende Gestalt in der nachtblauen Robe mit ihren Blicken. Was machte er hier?

Es half nichts, sie benötigte jemanden, der ihr alles erklärte. Und zwar schleunigst.

Norina betrachtete sich im Spiegel, als sie sich einen Morgenmantel überwarf. Die Alterung schien nicht allzu weit fortgeschritten zu sein. Wenigstens war sie keine Greisin geworden.

Sie riss die Tür zu ihrem Zimmer auf und ging durch das unbekannte Gebäude. Weil sie niemanden fand, trat sie auf die Straße und hörte Gespräche, die aus dem tempelähnlichen Bauwerk gegenüber drangen. Wenn sie sich nicht sehr täuschte, meinte sie, bekannte Stimmen zu erkennen. Einbildung oder nicht, sie brauchte Gewissheit.

Die Brojakin zurrte den Morgenmantel zusammen und schritt entschlossen auf den Eingang zu.

»Größte Aufmerksamkeit, bitte sehr. Und hopp«, rief Fiorell und warf das nächste Glas in die Höhe, das mehrfach um die eigene Achse rotierte und sich oben auf ein anderes setzte. Der Turm, bestehend aus nunmehr acht der zerbrechlichen Gefäße, geriet ins Wanken.

Der Hofnarr vollführte vorsichtige Ausgleichbewegungen, und somit blieb die Konstruktion, deren Sockel auf seiner Stirn ruhte, intakt. Er streckte die Arme waagerecht vom Körper weg.

»Darf ich um ein bisschen Beifall bitten? Ich mache das hier nicht zum Vergnügen.«

Er schielte nach dem schweigenden Publikum. Seltsamerweise glotzten ihn die Freunde nur an.

»Was denn, ist das etwa nicht spektakulär genug?«, beschwerte er sich. »Na schön. Werft mir ein paar Kandisbrocken zu. Irgendetwas. Ich jongliere damit auch noch, wenn es sein muss.«

Fatja tastete abwesend nach der Schüssel, ohne den Blick vom Possenreißer zu nehmen, und kippte ihm den Inhalt vor die Füße.

»Bravo, Ausgeburt der Gescheitheit. Wie soll ich denn da rankommen?« Fiorell ging vorsichtig in die Hocke und versuchte, mehrere Stückchen davon aufzuklauben. Was ihm auch gelang. Bald wirbelten sechs der süßen Brocken durch die Luft. »Na, was jetzt? Applaus, Volk!«

Der Beifall ertönte direkt hinter ihm. »Sehr gut!«, lobte eine Frau. »Ihr habt nichts verlernt, Fiorell.«

»Wenigstens eine, die meine Kunst würdigt«, freute er sich. Dann erkannte er die Stimme wieder. »Miklanowo?«

Ohne nachzudenken, drehte er sich um und richtete seinen Blick geradeaus, um die Besucherin anzuschauen. Die Gläser stürzten um ihn herum zu Boden, die Kandisstücke fielen wie brauner Hagel hinterher. Genauso entgeistert wie die anderen starrte er auf Norina.

»Ich brauche dringend ein paar Erklärungen.« Die Brojakin kam die Stufen herunter. »Wo sind wir?«

»Ulldrael dem Gerechten sei Dank«, raunte Matuc, der als Erster die Fassung zurückgewann. »Sie ist wieder gesund!«

Und wie einige Stunden zuvor am Kai lagen sich die Menschen in den Armen und konnten das Glück nicht fassen, mit dem sie gesegnet worden waren. Waljakov, Stoiko und Torben schämten sich ihrer Tränen nicht.

Als Norina vor ihren Sohn Lorin trat, ihn lange mit feuchten Augen betrachtete und voller Liebe in die Arme schloss, reichte Fiorell seinem schluchzenden

Herrn Perdór hilfreich ein Taschentuch. Natürlich wieder ein benutztes.

Niemand bemerkte in dem Freudentaumel, dass Lodrik im Schatten eines Torbogens stand und alles beobachtete.

Ohne auf sich aufmerksam zu machen, verließ er den Tempel.

Anstatt sich am folgenden Tag mit der palestanischen Delegation zu treffen, verbrachten die Freunde die Stunden damit, Norina die Geschehnisse der letzten Jahre, die an ihr vorübergegangen waren, schonend beizubringen. Lodrik, der Auslöser der Gesundung, erschien vorerst nicht.

Die Granburgerin unterhielt sich lange mit ihrem erwachsenen Sohn, auch Stoiko und Waljakov, die treuen Gefährten aus guten und schlechten Tagen, erhielten den Dank und die Aufmerksamkeit, die ihnen gebührte.

Erst einen Tag nach der vereinbarten Verabredung trafen Perdór, Moolpár und Fiorell mit der Delegation zusammen, die aus einem einzigen üppig dekorierten Palestaner namens Fraffito Tezza bestand.

Schnallenschuhe, Weißhaarperücke, aufdringliches Parfüm, ein aufwändig gearbeiteter Brokatrock mit langen Schößen, elegante Beinkleider und ein Gehstab: Der Commodore war ein Palestaner durch und durch.

Es erfolgte die Begrüßungszeremonie mit dem üblichen Hofknicks und dem Wirbeln des Taschentuchs. Tezza kannte die Gewohnheiten des ilfaritischen Königs sehr genau und hatte kiloweise Konfekt als Geschenk dabei. Konfekt aus Ilfaris.

»Ihr bringt mir etwas als Gabe, was mir ohnehin gehört«, bedankte sich Perdór ungnädig. »Was hat ein Dieb zu erwarten, wenn er die Beute zurückbringt?«, erkundigte er sich bei seinem Hofnarren.

»Eine schnellere Bestrafung«, antwortete der und stibitzte sich eine Praline. »Mh, lecker.« Auch Moolpár ließ sich von dem Anblick verführen und langte zu, ehe Fiorell sich einen Spaß mit ihm erlauben konnte.

»Lassen wir die Spielchen sein, Majestät«, meinte Tezza unbeeindruckt. »Wir sind im Krieg, und da nennen wir so etwas Siegesbeute.«

»Wenn Ihr der Sieger seid, was wollt Ihr dann hier?«, erkundigte sich der Herrscher harmlos.

Der Palestaner wedelte mit dem Taschentuch. »Es sieht danach aus, als würde sich bald wieder einiges auf Ulldart ändern. Das Volk des Großreiches schenkt dem neuen ¢arije nicht unbedingt das, was ich Liebe und Vertrauen nenne. Dazu verdichten sich die Gerüchte, dass der alte Kabcar keineswegs so tot ist, wie manche in Ulsar das gerne hätten. Der Jüngste der hoheitlichen Geschwister soll ebenfalls die Seiten gewechselt haben.« Er stellte den Gehstock auf und streckte den Arm in affektierter Geste seitlich weg. »Wenn ein Herrscher bei seinen Untertanen nicht mehr beliebt ist, sollte man dem Wunsch der Menschen Rechnung tragen, denken wir. Und was läge da näher, als den zu unterstützen, der rechtmäßig auf den Thron gehört? Bedenkt, wir haben einen expliziten Eid nur auf Lodrik Bardri¢ geleistet und nicht auf seinen Sohn. Bedauerlicherweise hat er es versäumt, ein Abkommen mit uns zu schließen.«

»Ich verstehe. Ihr unterstützt den, mit dem das Abkommen gilt«, sagte Perdór.

»Es ist nicht nur opportun«, ergänzte Tezza, »sondern auch noch völlig rechtens.«

»Da wird sich die geisteskranke Göttlichkeit aber sicher freuen, wenn Ihr mit diesem Verweis die Blockade aufhebt. Dafür hat er gewiss Verständnis. Seine Toleranz soll ja recht hoch sein, wie ich so hörte«, merkte der Possenreißer todernst an.

»Gebt uns einen Beweis, dass Bardri¢ lebt, und wir erfüllen unsere volle vertragliche Pflicht. Es wäre uns ein Vergnügen.« Der Commodore neigte den Kopf. »Andernfalls würden wir uns auf ein Abwarten beschränken und den ¢arije darauf hinweisen, dass er nur seinen Namenszug unter ein neues Abkommen mit uns setzen muss, und unsere Koggen beziehen ihre alte Position, Majestät.«

»Und wie soll ich das beweisen?«

»Indem Ihr ihn mir zeigt und ich mich davon überzeuge, dass er es wirklich ist.«

»Ach, Ihr kennt ihn?«

Tezza blies über die Federn seines Dreispitzes, den er unter den Arm geklemmt hatte. »Ich verhandelte bereits vor vielen Jahren mit ihm, in der Tat, Majestät.«

»Würde Euch ein Doppelgänger ausreichen?«, schaltete sich Fiorell ein. »Ihr würdet uns daraufhin unterstützen, und wenn es schief geht, könnt Ihr immer noch behaupten, wir hätten Euch getäuscht. Ist das ein akzeptabler Vorschlag?«

Der Palestaner schenkte ihm ein mitleidiges Lächeln. »Gebt Euch wenigstens Mühe«, riet er ihm.

»Er muss sich keine Mühe geben«, sagte Lodrik und betrat das Zimmer, weil ein Bote ihn nachträglich um seine Anwesenheit gebeten hatte. »Commodore Tezza.« Er nickte ihm zu. »Ihr habt damals mit mir über den Überfall auf Agarsien verhandelt. Ihr botet im Gegenzug die Unterstützung der palestanischen Koggen beim Angriff auf meine Feinde an.« Seine in die nachtblaue Robe gehüllte Gestalt näherte sich dem Diplomaten. »Erinnert Ihr Euch?«

Tezza wich vor dem hageren Gesicht zurück und stolperte dabei über seinen Gehstab. Er wurde blass und hätte am liebsten die Flucht vor dem ehemaligen Herrscher ergriffen.

»Eure Züge … Hoheitlicher Kabcar, Ihr macht einen

recht abgemagerten Eindruck.« Er räusperte sich. »Aber dennoch seid Ihr es. Ich sehe es ganz deutlich.« Er fummelte an seinem Rock herum und holte ein Dokument hervor. »Damit bin ich berechtigt, Euch im Namen des Kaufmannsrates und des Königs Puaggi zu fragen, ob Ihr an dem von uns zugesicherten Pakt festhaltet.« Er hielt ihm das Papier zur Unterschrift hin.

Die Antwort erfolgte ohne Zögern. »Nein.«

»Verzeiht, ich habe Euch nicht verstanden, hoheitlicher Kabcar«, sagte der Commodore beflissen.

Lodrik ergriff das Stück Papier und riss es langsam der Länge nach durch; die Hälften segelten zu Boden. »Ihr seid zu spät, Commodore. Ich habe meine Dankbarkeit den Kensustrianern versichert. Geht zu meinem Sohn und biedert Euch dort an. Jemand, der die Seiten nach Belieben wechselt, ist als Verbündeter in dieser Stunde zu gefährlich.«

Tezza reckte sich und äugte zu Perdór. »Majestät, vielleicht wollt Ihr noch einmal mit dem hoheitlichen Kabcar sprechen und auf ihn einwirken?«

Der König zuckte entschuldigend mit den Achseln. »Ihr wisst ja, wie das mit Herrschern ist. Sie sind meist sehr uneinsichtig, wenn sie mal einen Entschluss gefasst haben. Ich werde mir nicht erlauben, an seiner Stelle zu reden. Und ich benötige die Dienste der Palestaner ebenfalls nicht.«

Mit einem zutiefst freundlichen, gewinnenden Strahlen wandte sich der Kaufmann Moolpár zu.

Doch dessen Gesicht machte ihm deutlich, dass auch bei den Kensustrianern nichts zu verhandeln war.

»Dann hoffe ich, dass die Anwesenden mit ihrer Entscheidung keinen schweren Fehler begangen haben. Gehabt Euch alle wohl.« Er verabschiedete sich mit einem Kratzfuß, der seine Missachtung ausdrückte, und stolzierte hinaus.

Lodrik ging ebenfalls.

»Solltet Ihr Euch nicht einmal bei Euren Freunden sehen lassen?«, traf ihn die Stimme Perdórs in den Rücken. »Sie möchten mit Euch reden. Und Eure Söhne auch. Vieles wird zwischen Euch und ihnen zu bereden sein.«

»Das ist meine Angelegenheit, Majestät«, entgegnete der Nekromant düster im Gehen. »Wenn ich finde, dass die Zeit gekommen ist, suche ich sie auf.« Er zog sich die Kapuze über. »Alles zu seiner Zeit.« Seine Robe wurde eins mit dem Schatten und machte ihn unsichtbar.

Das Trio schwieg.

»Ich hoffe wirklich, dass wir keinen Fehler gemacht haben.« Fiorell kratzte sich im Nacken. »Auch wenn sie uns nur einen Bruchteil an Hilfe gegeben hätten, es wäre kein Schaden gewesen.«

»Nein, nein. Sie sollen ruhig sehen, wohin ihre ewige Springerei führt.« Perdór blieb hart. »Meinetwegen können sie zusammen mit Govan untergehen. Die Agarsiener wird es freuen und ein wenig für das Unrecht entschädigen.«

Moolpár beteiligte sich nicht an den Reden, sondern kümmerte sich mit Hingabe um die süßen Geschenke, die kistenweise im Raum standen. Heimlich naschte er eine Praline nach der anderen, bis ihn das Kichern der beiden Männer dazu veranlasste, sich umzudrehen. »Sagt nicht, ich hätte noch Schokolade im Gesicht«, warnte er sie.

»Schaut, wie er sich darüber hermacht, Majestät. Man sollte ihm den Titel ›Praliniger ehrenhalber‹ verpassen«, sagte Fiorell.

»Nehmt Euch doch eine Kiste, Moolpár«, erlaubte Perdór huldvoll. »Ich bin überzeugt, dass ich schon bald wieder meine eigenen Pralinen esse. In meinen eigenen Schlössern.«

Der Kensustrianer wählte einen der rechteckigen

Holzbehälter aus. »Das tue ich nur, damit Eure Gesundheit nicht allzu sehr leiden muss. Ich kümmere mich um die Kundschafter. Wir sollten uns nicht zurücklehnen. Die Tzulandrier sind gefährliche Gegner.«

»Recht so. Einer muss ja auf der Hut sein.« Der Hofnarr salutierte zackig.

Moolpár wusste nicht, ob er schon wieder auf den Arm genommen wurde oder nicht. Schweigend verließ er den Tempel.

Torben erschien, um sich von dem dicklichen König und dem Possenreißer zu verabschieden. »Wir sehen uns bestimmt wieder. Varla wird sich freuen, Euch kennen zu lernen.«

»Auch mir wird es eine Freude sein, der Tarvinin die Hand zu schütteln, die sich so sehr um unseren Kontinent verdient gemacht hat.«

»Und auch noch machen wird«, fügte Fiorell hinzu. »Nur Mut, Kapitän Rudgass. Ihr habt so viel Glück, dass Ihr an ein Gelingen glauben dürft.«

»Ich bin der Letzte, der Zweifel hat.« Er reichte dem ilfaritischen Herrscher einen Leinenbeutel. »Das haben wir in einer Proviantkiste gefunden, die sich auf einer Kogge befand, die wir unterwegs aufbrachten.«

Neugierig griff Perdór nach dem Geschenk, weil er annahm, es handele sich um eine kulinarische Köstlichkeit. Doch seine Arme wurden augenblicklich durch das überraschende Gewicht nach unten gezogen, und der Beutel setzte auf den Boden auf. Der Gegenstand produzierte einen metallischen Ton.

»Ihr schenkt uns einen Goldbarren?«, wunderte sich der Narr und legte den hellgrauen, verformten Klumpen frei. »Wie sieht der denn aus?«

»Ich habe keine Ahnung, was das ist«, gestand der Rogogarder. »Wir wollten es einschmelzen, um den Vorrat an Bombardengeschossen zusammen mit anderem überflüssigen Schrott aufzustocken. Aber der Block wurde nur flüssig, ohne sich mit dem übrigen Metall zu verbinden. Er behält weitestgehend seine Form bei und ist nicht auseinanderzuschlagen.«

»Und Ihr meint, wir sollen uns nun mit dem Phänomen herumschlagen, ja?«, fragte der König. »Einverstanden. Die Angehörigen der kensustrianischen Gelehrtenkaste werden sich darüber freuen. Die haben sehr gute Metallurgen, wenn ich mir ihre Rüstkammer so ansehe. Eine neue Legierung zu knacken kommt ihnen da gerade recht.«

»Sollten wir nicht weiterkommen, lassen wir ein Geschütz bauen, in das das Ding reinpasst, und blasen Sinured den Kopf von den Schultern«, meinte Fiorell, während er probehalber mit den Fingerknöcheln dagegen klopfte. »Zu irgendetwas wird es schon gut sein.«

XI.

**Kontinent Ulldart, Großreich Tarpol,
Hauptstadt Ulsar, Winter 459/60 n. S.**

Ein Wintergewitter ging über der Hauptstadt nieder, wie man es selten erlebt hatte. Donner grollte auf Donner, es krachte ohrenbetäubend, und Schlag auf Schlag wechselten Licht und Finsternis sich ab.

Rasch schlüpfte Govan in eine frische Uniform, legte die aldoreelische Klinge um die Hüfte und betrachtete sich im Spiegel. Im aufflackernden Licht der Naturgewalten gaukelte ihm seine Einbildung vor, Lodrik zu erkennen.

»Niemand wird mich niederringen. Auch du nicht, Vater! Der Thron gehört mir!« Er trat mit dem Fuß in die reflektierende Oberfläche, die klirrend zersprang. »Mortva!«

Einen Lidschlag später schwang die Tür auf. »Hoher Herr?« Der Konsultant verneigte sich.

Govan erlangte die Kontrolle über sich zurück. »Wir reisen nach Ilfaris, nach Séràly, wo meine holde Schwester mit den neuen Kontingenten in wenigen Wochen ankommen wird. Sinured müsste sich auch bald dort befinden.« Er schrie einen Schreiber herbei und diktierte die neuen Befehle. »Alle Tzulandrier, die entlang der Grenze hocken, sollen sich in Séràly sammeln. Zusammen mit Euch, Mortva, Sinured und Zvatochna vernichte ich diese Grünhaare. Und wenn sie sich mir nicht stellen wollen, lege ich ihr Land so lange in Schutt und Asche, bis sie kommen.«

»Ein faszinierender Plan«, meinte Nesreca müde.

Im nächsten Moment quollen ihm beinahe die Augen aus dem Kopf. Der ¢arije hatte ihm die aldoreelische Klinge in einem flinken Manöver durch den Brustkorb gestoßen. Diese Art von Schmerzen waren für das Wesen mit den silbernen Haaren ungewohnt und mehr als unangenehm. Ein Stöhnen drang aus seinem Mund.

»Schlagt etwas Besseres vor, oder seid still, mein geliebter Mentor«, säuselte Govan, während er die Klinge drehte. »Sonst müsste ich mir Eure Magie nehmen.« Ruckartig zog er die Waffe aus dem Körper. »Ihr tätet besser daran, mich zu unterstützen. Denn ohne den ¢arije wird Tzulans Rückkehr nicht stattfinden.«

Nesreca hustete. »Ja, Hoher Herr. Die zum Dienst gepressten jungen Männer laufen uns schneller weg, als wir sie einsammeln können.« Er dachte nach. »Wir sollten einen Anreiz schaffen, damit Kämpfer bleiben.« Er konzentrierte sich auf seine Selbstheilung, und die Wunden schlossen sich ebenso wie die Löcher in seiner Uniform. »Gebt allen, die mit nach Kensustria ziehen, das Recht zum Plündern. Das Land ist ohnehin sagenumwoben. Ich lasse noch etwas von Schätzen und Artefakten verbreiten, und wir locken ein paar Schmeißfliegen an.«

»Von mir aus.« Der junge Herrscher hob den Kopf und blickte in die Ferne. »So, so. Die Händler machen plötzlich auf geziert, was? Sie sollen sehen, was es heißt, sich mit dem Göttlichen anzulegen.« Lachend setzte er sich auf den Tisch. »Notiere, dass die Flotte in Rogogard auf der Stelle Kurs auf Palestan nehmen soll. Sie sollen alle Hafenstädte vernichten, die sie in diesem verfluchten Krämerland finden. Jede einzelne Kogge soll brennen, jeder Kaufmannshals soll baumeln. Denen bringe ich Respekt bei.« Sein Kopf schnellte herum. »Mortva, wann sind die tzulandrischen Nachschubschiffe bei uns?«

»Es wird noch bis zum späten Frühjahr dauern, Hoher Herr. Ihren ersten Aufenthalt machen sie wie immer in Tûris, sammeln sich erneut und sollen dann weiter nach Rogogard, wie Ihr es befohlen habt.«

»Schreiber, Meldung an unsere Untergebenen in Tûris. Die zweite Flotte soll dort warten und die Vernichtung Palestans vorbereiten.«

»Wäre es nicht sinnvoller, sie zur Unterstützung an die ilfaritische Küste zu beordern?«, wagte Nesreca einen taktischen Hinweis. »Eure Schwester meinte, dass man bei einer neuerlichen Deichsprengung die Flutwelle nutzen könnte, um mit den Schiffen tief ins gegnerische Land einzudringen und von innen heraus …«

»Nein! Sie sollen Palestan einebnen!« Er lachte grell, seine Stimme schnappte über. »Ein ganzes Reich werde ich dem Gebrannten Gott opfern. Dann muss Tzulan zurückkehren.« Er lief aufgeregt hin und her, die Kampfeslust und die Gier, sich endlich zu mehr als einem menschlichen Lebewesen aufzuschwingen, hatten ihn erfasst. »Stopft die Cerêler in Käfige und ladet sie auf die Wagen. Sagt Albugast und meinen Kettenhunden Bescheid, sie sollen sich bereit machen. Sobald der Sturm nachlässt, will ich auf dem Weg nach Séràly sein. Dieses Mal wird meinem Vater niemand helfen. Und Krutor wird für den Verrat bezahlen, den er an mir beging.«

»Soll ich derweil die Geschäfte in Ulsar leiten, Hoher Herr?«, bot der Berater zuvorkommend an.

Abrupt blieb Govan stehen, legte den Kopf auf die Seite und betrachtete seinen Mentor; die Pupillen zitterten hektisch. »Es ist keine Zeit für Feigheit, Mortva. Wir gewinnen diese Schlacht durch unsere Magie und reißen Ulldart endgültig an uns. Der Anfang eines Imperiums zu Ehren Tzulans, der durch mich, versteht Ihr, Mortva, und nur durch mich aus seiner Verbannung geholt wird. Oder wir verlieren, und damit ist alles andere gleichgültig.«

Die Hand des Schreibers zitterte so sehr, dass er keine vernünftige Zeile mehr zu Stande brachte. »Ist das alles, Eure Göttlichkeit?«, fragte er bibbernd vor Furcht.

»Verschwinde«, verscheuchte ihn der ¢arije gelangweilt. Der Mann rannte hinaus. »Ihr solltet genauso schnell laufen, Mortva, um Euer Köfferchen zu packen«, empfahl er. Nach einem sehr zögerlichen Verneigen verließ sein Mentor den Raum.

Glucksend schlenderte Govan zum Fenster.

Das so herrlich veränderte und sich immer noch verändernde Ulsar gefiel ihm in dem Unwetter ganz ausgezeichnet.

Die Schwere und das Finstere erhielten durch die Blitze die passende Betonung, der Donner untermalte die gewandelte Ästhetik der Hauptstadt. Er würde sich seine Macht nicht von einem Häuflein Widerspenstiger nehmen lassen, die mit dem Mut der Verzweiflung kämpften. Er betrachtete die düsteren Fassaden der Gebäude und blickte verliebt zur Kathedrale, dem abgründig bösen Herz der Dunkelheit, die sich über Ulsar ausgebreitet hatte.

Er würde in den nächsten Stunden bis zur Abreise sämtliche Gefangenen der *Verlorenen Hoffnung* eigenhändig opfern und den Rest der Zeit betend im Inneren des Gotteshauses verbringen.

Lachend machte er sich bereit, sich in die Kathedrale zu begeben. Albugast und seine Ritter würden die Gefangenen in Kürze wie die Lämmer zur Schlachtbank durch das Portal treiben.

Bald wäre er ein echter Gott!

Kontinent Ulldart, Vizekönigreich Ilfaris, Herzogtum Séràly, sechzehn Warst nordöstlich der kensustrianischen Grenze, Winterende/Frühjahr 460 n. S.

Tokaro lag auf der bewaldeten Anhöhe im Schutz des Dickichts und beobachtete mit Hilfe des kensustrianischen Fernrohrs, was sich rund um das Schlösschen abspielte.

Der Ort inmitten einer sanften Ebene, an dem Perdór einst lustgewandelt war und sich im angenehmen Klima mit gefülltem Bauch in die Sonnen gelegt hatte, war zu einem gigantischen Feldlager geworden. Die Gärten existierten nicht mehr, dort standen Zeltreihen. Der kleine See, an dem früher Wasserspiele ihre Fontänen in den Himmel gesandt hatten, musste als Pferdetränke herhalten. Die Fische waren schon lange auf den Tellern gelandet.

Dort unten befand sich ein Sammelsurium von Bewaffneten, von denen die geschätzten fünfzigtausend Tzulandrier die Mehrheit stellten. Dazu kamen die wenigen Freiwilligen, die aus dem Norden anreisten, aber höchstens dreitausend Mann ausmachten. Die Bereitschaft der Ulldarter, sich für den ¢arije in den Kampf zu stürzen, sank rapide.

Aufgestockt wurden die Einheiten durch etwa fünftausend fanatische Tzulani und viertausend Sumpfwesen, die weniger liberale Ansichten als die ihrer Artgenossen in Ammtára vertraten. Sie warfen sich für den Gebrannten, von dem sie der Sage nach abstammten, in die Schlacht.

Sechstausend zwielichtige Elemente, die sich durch ihren Einsatz für den Herrscher einen späteren Vorteil erhofften oder einfach nur auf Kriegsbeute in Kensustria aus waren, rundeten das Bild ab. Das Angebot der Plünderung hatte die erhofften Schmeißfliegen angelockt.

All das hatte Tokaro nicht in wenigen Stunden herausgefunden.

Tag um Tag lag er auf seinem Spähposten, notierte sich alle Veränderungen sowie die Anzahl und Arten der Geschütze und beschrieb seinen Eindruck von den Waffenübungen, die die Tzulandrier veranstalteten, um den Neulingen und Bestien den rechten Umgang mit Schwertern, Keulen und Schilden zu weisen. Andere wurden als Lademannschaften für die Bombarden ausgebildet.

Der junge Ritter gehörte nicht zu denen, die gern auf der faulen Haut lagen.

Sein Halbbruder ging bei Soscha in die Lehre, was ihn von früh bis spät in Beschlag nahm. Danach war er so erschöpft, dass ihm nicht einmal Zeit blieb, das Reiten zu erlernen. Krutor hütete noch das Bett. Daher hatte sich Tokaro freiwillig gemeldet, um die Späher bei ihren Aufgaben zu unterstützen. Er brauchte den Nervenkitzel.

Ausgestattet mit Proviant und zwei Bastkisten mit Brieftauben, umritt er die Grenzposten weiträumig und näherte sich von der anderen Seite dem Lager des Feindes.

Die Tzulandrier rechneten offensichtlich nicht mit einer solchen Möglichkeit, denn die Patrouillen entdeckten ihn nicht. Dafür gab es von der anderen Seite kein Durchkommen. Die kensustrianischen Aufklärer und die Modrak gelangten nicht einmal mehr in die Nähe von Séràly, ohne sofort unter Beschuss genommen zu werden.

Ein neues Problem tat sich auf.

Die fliegenden Helfer seines Vaters kamen ihren Aufgaben immer widerwilliger nach und gehorchten nur noch unter Anwendung von Drohungen, wie Perdór ihm berichtet hatte. Der König ging sogar so weit, dass er ihnen die Angabe von falschen Zahlen unterstellte. Das machte seine Arbeit doppelt so wichtig.

Treskor gefiel das Herumstehen nicht sonderlich. Er wollte viel lieber galoppieren. Gelangweilt zupfte er die ersten Triebe von den unteren Ästen und kaute sie weich.

Der Ritter blickte über die Schulter. »Du hast es gut. Du findest immer was zu futtern.« Missgestimmt schaute er auf die leere Proviantkiste. »Ich werde mir wohl etwas besorgen müssen.« Er wandte sich dem Lager zu. »Und ich weiß auch schon, woher.«

Die geschliffene Linse seines Fernrohrs wanderte über die Zelte hinweg. Als das Schlösschen im Okular auftauchte, endete der Schwenk.

Perdór hatte ihm viel zu viel von den Kostbarkeiten vorgeschwärmt, die in den Kellern lagerten. So entstand die Idee zu seinem nächsten Husarenstück.

»Dort gibt es die leckeren Sachen, die eines Ritters würdig sind, nicht wahr, Treskor? Den tzulandrischen Offizieren alles zu überlassen wäre nicht rechtens.«

Voller Vorfreude schob er das Fernrohr zusammen, kroch tiefer in den Blickschutz zurück, bevor er sich aufrichtete, und machte die nächste Brieftaube zum Abflug bereit. Sie transportierte die letzten Zahlen zu seinen Freunden.

Nachdem der Vogel in die Höhe geflattert war, montierte er den Bastkorb ab und schwang sich in den Sattel. Die aldoreelische Klinge verschwand zwischen den Zweigen eines Buschs; um die Hüfte baumelte nun ein gewöhnliches Schwert.

Keck schob er sich das Barett mit den drei Rabenfedern in die Stirn, eine Hand fasste den Griff der Handbüchse. »Sind wir nicht prächtige Söldner, hm?«

Der Hengst schnaubte und trabte los.

Tokaro ritt zunächst zwanzig Warst landeinwärts und schloss sich dort einer Gruppe Bewaffneter an, die aus

Tûris stammten und die statt der nicht mehr erlaubten Jagd auf Sumpfwesen nun die Reichtum versprechende Attacke auf Kensustria versuchen wollten.

Sie machten bei ihrer Einschreibung in die Soldliste des Feldlagers keinen Hehl daraus, dass sie dem Heer allein wegen der unermesslichen Reichtümer ihre Schlagkraft zur Verfügung stellten. Als sie das Areal der Sumpfwesen durchritten, machten sie Scherze darüber, welche Art ihnen wie viel Kopfprämie eingebracht hätte.

Dem jungen Ritter fiel es nicht sonderlich schwer, sich dem groben Umgangston der Söldner anzupassen. Die Zeiten als Räuber waren ihm noch in bester Erinnerung.

Der Sammelplatz der »Münzknechte«, wie sie abwertend genannt wurden, lag weit abseits des Schlösschens. Der Tzulandrier, der die Aufsicht über die Kämpfer und den Titel Selidan innehatte, warnte sie unter Androhung schwerer Strafen davor, ihren zugewiesenen Bereich zu verlassen.

In einem Übungsgefecht stellte er sogleich das Können der Ankömmlinge auf die Probe. Und wurde von dem übermütigen Tokaro prompt vorgeführt, was die Söldner mit großem Gejohle quittierten. Die Frage, woher er die Handbüchse habe, beantwortete er damit, ein palestanischer Offizier habe sie an ihn im Spiel verloren. Zum Beweis seines Könnens zückte er die Feuerwaffe und durchtrennte mit einem einzigen Schuss eine Stange, an der ein tzulandrisches Banner wehte.

Der Selidan musterte ihn eiskalt, wandte sich um und ging.

Die Kumpane schlugen dem jungen Ritter grölend auf die Schultern. Die Euphorie darüber, ins Lager des Feindes eingedrungen zu sein, flaute nach dem Blick des Offiziers ab. Ernüchtert fragte er sich, ob er es mit dem Treffer nicht ein wenig übertrieben hatte.

Nachts stand er auf und pirschte heimlich über den Sammelplatz, der von Schnarchen, leisem Lachen und anderen nächtlichen Geräuschen erfüllt war. Leiser Gesang ertönte, woanders stritten sich Männer beim Kartenspiel darum, wem der letzte Stich gehörte. In anderen Zelten, so klang es zumindest, verwöhnten Marketenderinnen ihre Kunden für ein paar Münzen und zogen ihnen so den Sold aus der Tasche.

Tokaro musste unterwegs feststellen, dass die Tzulandrier die einzelnen Abschnitte sehr gut bewachten. Ständig kamen ihm kleine Trupps von Wächtern entgegen, die ihn dazu zwangen, zwischen die Zelte zu springen und sich dort zu verbergen. Mehr als einmal stolperte er dabei über die Abspannungen. Angor schien seine Hand schützend über ihn zu halten.

Schließlich gelangte er an den rückwärtigen Bereich des Schlösschens.

Die Kellereinlässe waren zwar alle verriegelt, die Efeuranken machten es ihm jedoch leicht, sich auf einen Balkon zu schwingen.

Geduckt lief er zu einem der Fenster und schaute ins Innere. Dort saßen die Selidane versammelt und aßen. Diener wieselten um sie herum und bedienten die Krieger aus Tzulandrien, die mit ihren Frisuren und Rüstungen wie Fremdköper in dem verspielt eingerichteten Esszimmer aussahen.

Dann traf ihn beinahe der Schlag, als er die drei Menschen sah, die sich am Ende der Tafel befanden.

Govan saß etwas erhöht vor seinem Teller und redete offenbar mit seinen Verbündeten; sein Gesicht spiegelte große Zufriedenheit wider. Die Hand des ¢arije lag auf der Zvatochnas, die sich nichts anmerken ließ. Hinter ihnen stand Nesreca, die Arme auf dem Rücken verschränkt, und lächelte.

Plötzlich ließen die Selidane ihre Bestecke fallen, griffen ihre Gläser und erhoben sich. Sie prosteten den

Geschwistern zu. »Lang leben der göttliche ¢arije und seine zukünftige Gemahlin!«, riefen sie und leerten die Getränke in einem Zug.

Vor Überraschung kam Tokaro der Scheibe so nahe, dass er mit der Stirn dagegen prallte.

Hastig zog er den Kopf zurück.

Er kletterte hastig an der Fassade des Schlösschens hoch, klammerte sich an den Natursteinen fest und huschte ihm letzten Moment hinter einer Statue in Deckung, als die Türen geöffnet wurden und zwei Offiziere ins Freie traten. Aufmerksam suchten sie den Dachgarten ab, ohne ihn zu bemerken.

Währenddessen betrachtete der Ritter die Steinfigur, hinter der er kniete, und musste sich ein Lachen verkneifen. Sie zeigte Perdór, wie er stolz eine Praline in dic Höhe hielt, als wäre sie ein Diamant. Das lebensechte Bäuchlein gewährte Tokaro genügend Schutz vor den wachsamen Blicken der Tzulandrier.

Irgendwann hörte er das Klappern der Türen. Die Tzulandrier waren zur Tischrunde zurückgekehrt.

Er entspannte sich und lehnte sich gegen den steinernen König. *Er will sie heiraten. Allein das wäre ein Grund, ihn umzubringen.*

Seine Gefühlswelt geriet in Aufruhr. Der Anblick der anmutigen und begehrenswerten Kabcara, die sie nun war, löste alte Empfindungen aus, die nicht sein durften. Die Ankündigung ihres wahnsinnigen Bruders machte es nicht wesentlich besser.

Ihre Vermählung würde ihn so oder so schmerzen, aber sich vorzustellen, dass sie ihre Jungfräulichkeit an diese Spottgeburt von Herrscher hergab, machte ihn fassungslos.

»Beruhige dich«, sagte er zu sich selbst und schlug sich gegen die Wangen. »Tu das, was man dir aufgetragen hat. Und vergiss sie endlich. Sie hat dich ja auch vergessen.«

Er betete kurz zu Angor und kroch im Schatten der Schornsteine das Dach hinauf, setzte sich rittlings auf den Hauptfirst und zählte die Zelte und die Lagerfeuer, ritzte die Zahlen mit einem Stück Stein aus dem Schlot auf eine lockere Dachschindel und steckte diese unter die Lederrüstung.

Anschließend suchte er sich einen Rauchfang ohne Qualm aus und zwängte sich in den verrußten Schacht. Konzentriert kletterte er nach unten, bis sich ein Stein löste und er ins Rutschen kam.

Er fiel den Wachen, die im Raum standen, genau vor die Füße. Sie überwältigten ihn, kurz darauf lag er in der Folterkammer, wo er auf sein Verhör wartete.

Es dauerte nicht lange, da schlich sich eine Gestalt in den Raum. Behandschuhte Finger tasteten nach dem Schloss, ein Schlüssel glitt hinein und löste die Fesseln.

»Ist das eine Falle?« Tokaro zog die Kapuze nach hinten und schaute in das Gesicht Zvatochnas. »Du?«

Die Kabcara zog ihn auf die Beine. »Rasch! Mein Bruder und Nesreca werden bald hier sein«, flüsterte sie und zerrte ihn zum Ausgang.

Doch der junge Mann blieb stehen. »Was soll das? Die zukünftige Gemahlin des ¢arije hilft einem Spion?«

Ihre braunen Augen blitzten auf. »Erinnere mich nicht daran. Du hast ja keine Ahnung.« Von einer Sekunde auf die andere lächelte sie sehnsüchtig, und ihre vom Leder geschützte Hand streichelte seine Wange. »Wie gern würde ich dich küssen, Liebster.«

»Was bedeutet das? Was ist mit Govan? Die Heirat ...«

»... ist eine Farce.« Sie wirkte plötzlich sehr unglücklich. »Ich muss mich ihm beugen. Was soll ich ihm entgegensetzen? Er ist zu mächtig. Nichts Irdisches vermag ihn aufzuhalten. Bis mir etwas eingefallen ist, spiele ich das treue Schwesterlein.« Sie legte ihren schwarzen Schopf gegen seine Brust. »Aber du kannst ihm entfliehen. Lauf und kehre nicht zu deinen Freunden zurück. Sie sind dem sicheren Untergang geweiht.«

Beinahe war er von ihrer Ehrlichkeit überzeugt. »Du rettest mir zum zweiten Mal das Leben, Zvatochna«, meinte er mit belegter Stimme und drückte sie an sich.

Sie hob ihr wunderschönes Gesicht. »Noch haben wir es nicht geschafft.«

Die Kabcara lief los, führte ihn vorbei an den getöteten Wachen nach oben ins Schloss und lotste ihn zum Hinterausgang. Dort lagen die Uniform eines tarpolischen Soldaten, der passende Brustharnisch, zwei Handbüchsen und eine lange Präzisionsbüchse samt Zubehör parat.

»Von hier aus musst du es allein schaffen.«

Etwas verlegen betrachtete er seine nackten Füße, während er sich die Handschuhe überzog. »Ich brauchte noch ein Paar Stiefel.«

»Dazu ist keine Zeit, Liebster.« Gehetzt schaute sie sich um. »Es muss gelingen. Ein weiteres Mal werde ich dir nicht beistehen können.«

Er zog sich rasch um. Beim Wechsel der Hosen fiel klingelnd ein kleiner Gegenstand zu Boden.

»Mein Talisman.« Die Kabcara erkannte das Amulett wieder, das er ihr damals beim Straßenüberfall auf die Kutschte geraubt hatte. »Du hast es immer noch?«

Er hob das blinkende Kleinod auf und seufzte. »Ich muss dir etwas gestehen, Zvatochna«, begann er.

Erwartungsvoll schaute ihn die junge Frau an. »Ja?«

Er lachte unsicher. »Ich weiß nicht, wie ich es dir sagen soll, Zvatochna«, gestand er verzweifelt. Seine Linke umfasste ihre Rechte, küsste sie auf das Leder. »Ich bin dir für das, was du getan und gewagt hast, von ganzem Herzen dankbar.« Er drehte die Hand um, legte den Anhänger hinein und drückte die Glieder sanft zusammen. »Aber es darf nicht sein.«

»Wieso?«, begehrte sie verletzt auf. »Wenn es wegen Govan ist, warte es ab. Vielleicht ergibt sich schon bald etwas …«

Der Ritter schüttelte den Kopf. »Nein, nicht nur deswegen. Wir stehen uns zu nahe, Zvatochna.«

»Ist das nicht ein Grund, erst recht zusammenzufinden, wenn sich die Lage beruhigt hat?« Flehend packte sie den Aufschlag seiner Uniformjacke. »Weise mich nicht zurück, Tokaro. Tu mir das nicht an.« Ihr Griff wurde stärker. »Jeder Mann im Reich sehnt sich nach mir. Ausgerechnet du, der Mann, den ich liebe, sollte meinem Zauber widerstehen?«

Wie gern hätte er sie umschlungen, seine Lippen auf ihre gedrückt und sie nie mehr losgelassen. Sanft löste er ihre Finger und nahm ihr Gesicht zwischen beide Hände. »Schau in meine Augen. Was siehst du dort?«

Traurig betrachtete sie das intensive Blau. »Es sind die Augen des Mannes, dem ich mich versprochen habe. Ihm oder keinem anderen.«

»Sieh genauer hin und erinnere dich.«

»Es ist die Farbe des Himmels, des Glücks.« Zvatochna rang mit den Tränen.

Jedes Wort bohrte sich wie ein Dolch in die Seele des jungen Mannes; sein Herz drohte zu zerspringen. »Es sind die Augen meines Vaters, Zvatochna«, gestand er, »der auch dein Vater ist.«

Sie starrte ihn an, ihre Hände sanken. »Das ist nicht wahr«, raunte sie bestürzt.

»Meine Mutter ist Dorja Balasy, sie war Magd am Hof von Ulsar. Und lernte dort unser beider Vater kennen. Ich habe meine Herkunft erst vor kurzem erfahren.« Er nahm noch einmal ihre Hände und legte sie gegen seine Brust. »Versteh doch, es darf nicht sein, Schwester. Die Magie reagierte früher darauf, noch als wir es nicht einmal erahnten.«

Die noch immer konsternierte Zvatochna senkte ihren Kopf und warf sich gegen ihn, hielt ihn fest, lauschte den schnellen Schlägen seines Herzens.

»Hörst du es? Es ist gemeinsames Blut, verwandtes Blut, das durch unsere Adern fließt«, sagte er eindringlich.

»Ich will es dennoch nicht glauben.«

Der junge Ritter löste sich von ihr. »Wenn du möchtest, dann komm mit mir. Meine Freunde, unser Vater …«

»Was soll ich dort?«, unterbrach sie ihn niedergeschlagen. Sie hob den Kopf und blickte ihn traurig an. »Ich muss meine Schlacht auf dieser Seite schlagen, Tokaro, wenn ich etwas von dem retten möchten, das ich haben will. Da mir die Liebe nicht vergönnt ist, nehme ich mir die Macht.«

»Dann wirst du gegen mich, Krutor und viele andere antreten müssen«, warnte er sie beschwörend. »Ich bin mir sicher, dass du an den Taten Govans keine Schuld trägst. Komm zu uns, wir werden etwas finden, wo du nach unserem Sieg …«

»… herrschen kannst?«, sagte sie trotzig, verletzt. »Vielen Dank, aber es steht mir nicht der Sinn danach, eine Provinz oder eine Baronie zu leiten, wenn ich ein Reich besitze, wie es nach Sinured noch niemals existiert hat. Ich bin die Kabcara, und ich werde es bleiben.«

Der Angor-Ritter atmete tief ein. »Lebe wohl, Schwester. Hoffentlich begegnen wir uns nicht auf dem Schlachtfeld.« Er wollte sie zum Abschied am Arm berühren, doch sie drehte sich weg.

Tokaro beendete seine letzten Vorbereitungen und überprüfte die Ladungen der Feuerwaffen. Er öffnete die Tür, spähte umher und stahl sich hinaus.

Die Kabcara kehrte langsam zurück und blieb in der Küche vor dem großen Feuer stehen, das unter dem Kessel mit Suppe brannte.

Sie schleuderte ihren Anhänger in die Flammen und sah, wie das Gold sich nach einer Weile in der Hitze der Glut verformte, sich in die Länge zog und nach einer Weile die feste Konsistenz verlor.

Ihre Enttäuschung über eine unmögliche Liebe wandelte sich in Feindseligkeit gegenüber ihrem Vater. Er hatte all das erst verschuldet. Warum musste er ihr diese Brüder geben? Sie würde ihn dafür bezahlen lassen, träfen sie im Gefecht aufeinander.

Tokaro gelang die Flucht aus dem Lager leichter, als er sich es vorgestellt hatte.

Seine Verhaftung hatte sich noch nicht herumgesprochen. Also erklärte er den staunenden Söldnern seine neue Uniform damit, er sei bei den regulären ulldartischen Truppen eingeschrieben.

In erzwungener Ruhe und mit gespielter Gelassenheit sattelte er Treskor und hängte sich in einem passenden Moment an das Ende einer berittenen Patrouille, die das Lager verließ. Unterwegs täuschte er vor, der Hengst habe ein Hufeisen verloren und er wolle sich deshalb auf den Rückweg machen.

Sein Plan gelang.

Als er jedoch an sein altes Versteck kam, war der Bastkorb mit den restlichen Tauben zerstört, die Vögel lagen tot dazwischen. Der noch größere Schreck folgte wenig später. Wer auch immer seinen Unterschlupf entdeckt hatte, hatte auch die aldoreelische Klinge gefunden.

Aufgelöst kehrte er nach Drocâvis zurück und erstattete Bericht von seinen Abenteuern, erzählte, dass er bei seiner Gefangennahme das wunderbare Schwert verloren und keinerlei Gelegenheit erhalten hatte, es sich zurückzuholen.

Die Kunde löste einen Schock unter den Verteidigern von Ulldart aus. Ohne diese Zauberwaffe mussten sie sich allein auf die magischen Fertigkeiten Lorins und der Kensustrianer verlassen.

»Es existiert noch eine weitere.« Lodrik stand auf den Stufen zum großen Raum, eine Hand hielt das Hinrichtungsschwert.

Die Versammlung, bestehend aus den Ilfariten, Lorin, Tokaro, Stoiko, Norina, Moolpár, Waljakov sowie weiteren Kensustrianern, richtete ihre Aufmerksamkeit auf den dünnen Nekromanten, der lautlos erschienen war.

»Wie das?«, erkundigte sich Perdór überrascht.

Lorin und Tokaro betrachteten ihren Vater, der eine voller Neugier, der andere voller Verwunderung darüber, wie sehr er sich seit dem letztem Zusammentreffen verändert hatte. Ähnlich erging es dem ehemaligen Leibwächter und der Brojakin.

Der einstige Kabcar vermied es, jemandem in die Augen zu schauen, und lächelte. »Krutor hat es mir erzählt. Er war in Ammtára, wo ein Mann namens Pashtak die Klinge hütet.«

»Ammtára?« Verzweifelt warf der ilfaritische Herrscher die kurzen Arme in die Luft. »Das werden wir wohl kaum mehr schaffen, oder?« Fragend blickte er zu den Kensustrianern.

»Die schnellste Variante wäre ein Kommando aus Gleitern«, meine Moolpár nachdenklich. »Aber das Wetter ist nicht das Beste. Es wäre eine sehr unsichere Angelegenheit.«

Lodrik blieb auf Distanz, um den Anwesenden durch seine Angst erzeugende Ausstrahlung kein Unbehagen zu bereiten, und lehnte sich an eine Säule. »Ich habe eine andere Möglichkeit anzubieten.«

»Eure Geister?«, schlug Fiorell vor. »Ha! Der Meister der Geister ist ein pfiffiges Kerlchen.«

Zur Überraschung des Narren schüttelte er sein blondes Haupt. »Die Modrak.«

»Ihr selbst sagtet, dass sie unzuverlässig werden«, erwiderte Moolpár.

»Sie gehorchen dem, der das Amulett trägt und der sich Respekt verschafft. Es müsste jemand mit ihnen fliegen, der sie beaufsichtigt.«

»Ihr? Wir brauchen Euch und Eure Geister hier, falls die Schlacht beginnen sollte«, lehnte Perdór ab. »Und danach sieht es ja wohl aus.«

Lodrik überlegte. »Ich kann jemandem das Schmuckstück geben, der sie begleitet. Wenn man eine Art Korb und ein Gestell anfertigt, könnten sie eine Person mit Leichtigkeit transportieren.«

Waljakov trat ohne zu zögern nach vorn. »Ich bin bereit.«

»Zu schwer«, kommentierte der einstige Kabcar, der es noch immer nicht wagte, einen seiner Freunde, abgesehen von Stoiko, anzublicken.

Tokaro hob den Arm. »Ich habe mir die aldoreelische Klinge nehmen lassen, also sollte ich für ihren Ersatz sorgen«, erklärte er. »Und ich bin am … nutzlosesten. Lorin ist wegen seiner Magie zu wertvoll, wenn der Angriff beginnen sollte. Die anderen haben keine kämpferische Ausbildung.«

Moolpár hob die Augenbrauen. »Ihr meint damit nicht mich, oder?«

»Ich bitte Euch: Lasst mich die Sache wieder gutmachen, die ich verbockt habe«, bat der junge Ritter. »Gebt mir die Möglichkeit dazu, und ich werde sie nicht vergeuden.«

»Ich bin dafür«, unterstützte ihn Lorin und legte ihm eine Hand auf die Schulter.

Dankbar schaute Tokaro seinen Halbbruder an, zu dem er mittlerweile ein freundschaftliches Verhältnis aufgebaut hatte.

Tatsächlich willigten die Anwesenden ein, dass sich der junge Ritter auf den Weg machte. Er holte sich die guten Wünsche ab und wandte sich zu seinem Vater.

Lodrik war gegangen.

An der Säule lag nur noch das Amulett.

»Was haben wir dir getan, Lodrik, dass du vor uns davonläufst?«

Wie angewurzelt blieb der ehemalige Kabcar stehen. Seine Verfolgerin hatte ihn in einer Seitenstraße von Drocâvis gestellt. Schritte erklangen, sie kam näher und stellte sich vor ihn. Er blickte in Norinas Gesicht.

»Was soll ich sagen? So viele Worte, derer es bedürfte, um euch um Verzeihung zu bitten, kann ich in meinem Leben nicht mehr aussprechen.« Er zog die Kapuze tiefer ins Gesicht und senkte den Kopf, damit der Schatten seine hageren Züge verbarg. »Ich versuchte es bereits bei Stoiko …«

»Und er verzieh dir, oder etwa nicht?«, meinte die Brojakin energisch. »Meinst du, wir hätten mehr Grund, dich zu hassen, als der Mann, der dich erzog, der dir Sprechen und Lesen beibrachte und den du als Dank ins Gefängnis sperren ließest, wie man mir erzählte?«

»Es ist schlimmer als bei Stoiko.« Seine blauen Augen glommen unter der Kopfbedeckung auf. »Ich wollte euch in meiner Verblendung damals am liebsten töten, Norina. Als ihr das einzig Richtige tatet und euch vor mir in Sicherheit brachtet, glaubte ich allen Ernstes, du hättest mich mit Waljakov betrogen, weißt du das? Ich hätte euch auf der Stelle umbringen können.« Er machte einen Schritt nach hinten. »Das und euer Schicksal der letzten Jahre wiegen wohl schwerer als das, was Stoiko widerfuhr. Dafür möchte ich keine Vergebung.« Er wandte sich zum Gehen.

»Jetzt sehe ich es. Es gefällt dir«, verstand die Brojakin, packte ihn am Arm und hielt ihn fest. »Du magst es, auf eine makabre Art zu leiden und deiner Seele mit der Schuld Schmerzen zu bereiten.«

»Lass mich«, wehrte er sie ab.

Ihre Entschlossenheit, die er von früher so gut kannte, machte ihm einen Strich durch die Rechnung. »O nein, mein Lieber.« Norina stellte sich wieder vor ihn. »Du magst dich verändert haben. Jeder, der dir näher kommt, spürt das.« Demonstrativ trat sie auf ihn zu und schlug seine Kapuze nach hinten. »Doch man kann es überwinden.« Das Harte in ihren Augen wich, das Braun ruhte gütig auf seinem Gesicht. »So wie du das Böse in dir überwunden und dich von den falschen Freunden losgesagt hast.« Sie küsste sanft seine Stirn. »Ob du es hören möchtest oder nicht: Ich verzeihe dir.«

Lodrik schloss die Augen und schluckte. Langsam hoben sich seine Arme, er legte sie auf den Rücken der Brojakin und zog sie an sich. Der ehemalige Kabcar fühlte keinen Widerstand. Tatsächlich erwiderte sie die Liebkosung. Er roch an ihrem Haar, schöne, unvergessliche Erinnerungen stiegen auf. Umschlungen standen sie auf der Straße.

»Ich sorge dafür, dass Ulldart nicht länger leiden wird«, sagte er gedämpft, die Rührung ließ seine Stimme brechen. »Wenn man mich nicht wegen meiner Taten zum Tode verurteilt, so gehe ich an einen Ort fernab von allen Menschen.«

»Ach, du begleitest mich nach Granburg?« Sie spielte die Überraschte. »Darauf freue ich mich sehr.«

»Nein, du verstehst mich falsch, Norina.« Er lächelte die Brojakin an.

Sie grinste. »Absichtlich.«

Lodrik blieb ernst, das Traurige in seinem Blick verschwand nicht. »Ich gehe irgendwo hin, in die Verbannung. In die menschenleeren Weiten Borasgotans vielleicht.«

»Auch gut. Dort war ich noch nie. Fatja könnte uns sicherlich ein schönes Ziel nennen.«

»Begreif es doch! Ich will nicht, dass du mitgehst.«

»Und ich will nicht, dass du überhaupt gehst«, fuhr ihn die Frau beinahe schon wütend an. »Meine Gefühle zu dir haben sich in den Jahren nicht verändert, das wusste ich, seitdem ich dir in jener Nacht in die Augen blickte und du mir mein Gedächtnis zurückgabst. Kann es ein stärkeres Zeichen geben, Lodrik, dass wir zusammengehören?« Die Brojakin fuhr durch sein Haar. »Einmal musste ich dich verlassen. Das wird nie wieder geschehen.« Sie hakte sich ein. »Und nun komm. Waljakov wartet. Und unser Sohn.«

Das Paar spazierte zurück zum Tempel. Unterwegs ergriff Lodrik ihre Hand.

Die Schwere und die Trostlosigkeit, die sich seit seinem Besuch in der Unterwelt seines Gemüts bemächtigt hatten, wichen wie dunkle Wolken zurück und gewährten dem Lichtstrahl, der in Gestalt der Brojakin in sein Dasein fiel, ein Durchkommen.

Ein anderes, sehr menschliches Empfinden, das er ewig nicht mehr verspürt hatte, entstand in ihm. Er bekam Hunger.

In dem aus Weide gefertigten Korb glitt Tokaro in rasender Geschwindigkeit über das Land. Die Welt breitete sich wie ein bunter Flickenteppich unter ihm aus. Felder, Wiesen, Wälder sorgten dort, wo der Schnee dünner war oder taute, für farbliche Abwechslung. Die erwachende Natur zeigte ein erstes schwaches Grün und eine Ahnung des Frühlings, der sich gegen den Winter auflehnte und sich an manchen Stellen bereits durchsetzte.

Wilde Tiere flüchteten vor dem seltsamen Objekt, das plötzlich über ihre unberührten Refugien flog. Die wenigen Menschen, die es zu Gesicht bekamen, starrten mit offenen Mündern in den Himmel und baten um den Beistand der Götter.

Die Gondel war mit Seilen an sechs Modrak befestigt, die sie über alle Hindernisse hinwegtrugen.

Kein See, kein reißender Fluss, nicht einmal unwegsames Hügelland und Gebirgsausläufer vermochten die geflügelten Wesen aufzuhalten. Alle drei Tage wechselten sie sich mit ausgeruhten Artgenossen ab, die sie in dem jeweiligen Gebiet, das sie gerade durchquerten, ausfindig machten. Auch wenn Treskor ein schneller Hengst war, mit der Geschwindigkeit der Verbündeten seines Vaters, das musste der Passagier einräumen, würde er es nicht aufnehmen können.

Lodrik hatte ihm erklärt, wie das Amulett funktionierte und dass die Modrak sehr widerspenstig waren. Notfalls sollte er einen von ihnen mit seinen Feuerwaffen erlegen, um die anderen zur Räson zu bringen.

Die Unterhaltung mit dem einstigen Kabcar war kurz ausgefallen, man hatte nur ein paar Worte gewechselt. Tokaro hatte in erster Linie mit dem Bedürfnis gekämpft, vor der ausgemergelten Gestalt davonzulaufen. Er hatte die Beherrschung behalten und sich erneut für seinen Vertrauensbruch im Festsaal entschuldigt, was sein Vater mit einer Bewegung der Hand zur Seite gewischt hatte.

Lodrik freute sich, dass der Großmeister ihn als Sohn adoptiert hatte, und wünschte sich, dass er dessen Namen beibehielt. Er bekannte sich zu seinem unehelichen Spross, akzeptierte aber, dass sein Sohn die größere Dankbarkeit und Sympathie für den toten Anführer des Ordens der Hohen Schwerter hegte.

Im Augenblick aber beschäftigte sich der junge Ritter eher damit, was er noch alles tun könnte, um sich vor dem Erfrierungstod zu bewahren.

Die Lufttemperatur lag in dieser Höhe im Minusbereich, und der Fahrtwind verstärkte die Kälte. Während es seinen »Zugvögeln«, wie Fiorell sie scherzhaft genannt hatte, nichts ausmachte, hatte er außer zwei

Decken noch ein dickes Bärenfell um sich gewickelt. Um nicht Opfer der Schneeblindheit zu werden, trug er tagsüber dünne Holzscheiben mit schmalen Sehschlitzen, nachts schlief er und rollte sich eng im geflochtenen Korb zusammen, um so wenig Wärme wie möglich zu verlieren.

Angehalten wurde so gut wie nie. Wenn die Kälte ihm zu sehr zu schaffen machte, gönnte er seinen steifen Knochen ein paar Stunden an einem eilig entzündeten Feuer, ehe sie die Reise fortsetzten.

Bei diesen Gelegenheiten machte er sich näher mit der Präzisionsbüchse vertraut, die ihm Zvatochna gegeben hatte.

Sie war, wie die handlichen Gürtelmodelle, eine neue Generation von Waffen, die ohne umständliche Lunte arbeitete. Schnell verstand er, dass der Feuerstein über eine Zündfläche rieb, Funken schlug und das Pulver der Treibladung durch einen Seitenkanal zur Detonation brachte. Der längere Lauf gewährleistete eine bessere Flugbahn, die Visiere ließen sich genauer einstellen, das Bajonett arretierte stabiler als beim Vorgänger.

Diese Büchse machte ausgebildete Truppen zu tödlichen Gegnern. Der Umstand, dass er keine dieser Waffen in Séràly gesehen hatte, brachte ihm die Hoffnung, dass Govans Leute nicht in rauen Mengen darüber verfügten.

Wo Perdór diese Gondel so rasch aufgetrieben hatte, wollte ihm der Ilfarit nicht verraten. Tokaro glaubte, dass dieses Fluggerät schon bereit gestanden hatte, ehe sein Vater die Modrak ins Gespräch gebracht hatte.

Die geheimnisvollen Modrak wechselten kein einziges Wort mit ihm. Zu Beginn der Reise hatte er sein Ziel genannt, seitdem beschränkte sich die Konversation auf knappe Kommentare, wenn er landen oder starten wollte. Noch machten sie dem jungen Ritter keinerlei Schwierigkeiten. Die Wirkung von Lodriks

Drohungen und die Angst vor der weit reichenden Waffe saßen zu tief.

Nach einem scheinbar endlosen Flug quer durch Ilfaris, Serusien und Aldoreel gelangte er im Morgengrauen in Sichtweite von Ammtára, wie ihm die Modrak auf ihre merkwürdige Weise zuwisperten.

Es gelang Tokaro, die Einwohner, Pashtak und dessen Vertraute Estra durch seine Schilderungen und das Schreiben von seinen ehrlichen Absichten zu überzeugen. Er gab sich zudem als Sohn Nerestros und Ritter zu erkennen und schwor bei seiner Ehre, die Klinge zu seinen Freunden zu bringen. Der junge Mann erhielt das Schwert und machte sich auf den Rückweg zur Gondel.

Nach zwei Straßen stand Estra wie aus dem Boden gewachsen an seiner Seite und spazierte neben ihm her.

»Ihr wollt mir persönlich eine gute Reise wünschen? Wie aufmerksam von Euch. Euch entgeht als Inquisitorin nichts, was?«, neckte er sie ein wenig. Ihm gefiel das Mädchen, das sich deutlich auf dem Weg zur Frau befand, wenn er sich die Statur anschaute.

»Ihr seid nett, Tokaro von Kuraschka. Aber ein wenig vorlaut.« Estras rätselhafter Blick bannte die blauen Augen, ketteten sie mit einem unsichtbaren Band an ihr Gesicht.

»Das ist eine Angewohnheit, die mich gelegentlich in Schwierigkeiten bringt«, sagte er frech. »Das Vorlaute und die Tollkühnheit.«

»Sind das Werte, die man als Ritter benötigt? Benahm sich der Großmeister genauso?«, forschte sie mit einem hintergründigen Lächeln.

»Nein.« Schlagartig wurde der Angor-Ritter ernsthaft und betrachtete gedankenverloren den gelben Ring um ihre Pupillen. »Nerestro war ein aufrichtiger, überlegt handelnder Mann. Bei aller Strenge und Härte schlug doch ein verletzliches Herz in seiner Brust.«

»Er hatte keine Frau an seiner Seite?«

Tokaro schüttelte den Kopf. »Mein Adoptivvater trauerte sein Leben lang seiner einzigen Liebe nach, die er verstoßen hatte, obwohl alles in seinem Innersten dagegen aufbegehrt hatte. Um den Qualen zu entkommen, suchte er immer wieder den Tod im Turnier.« Seine Fäuste schlossen sich fester um die Büchse. »Aber sterben musste er durch Verrat. Nicht wie ein Ritter.«

»Kanntet Ihr die Frau, nach der er sich sehnte?«

»Nein. Sie stammte aus Kensustria, ihr Name war …«

Der Ritter rannte gegen den Rand der Gondel, starrte sie befremdet an und schüttelte den seltsam benebelten Zustand gewaltsam ab, der ihn erfasst und redselig hatte werden lassen.

»Nanu, wir sind schon da?« Erstaunt betrachtete er Estra. »Warum erzähle ich Euch das alles? Ihr macht Eurem Amt alle Ehre, Inquisitorin.« Er nahm das Amulett unter der Rüstung hervor und drehte den Stein drei Mal in der Fassung. *Kommt zu mir.*

Estra schien nicht glücklich über das abrupte Ende ihres Gesprächs zu sein.

Tokaro suchte mit Hilfe des Fernrohrs den Himmel nach den Wesen ab. Sie zeigten sich noch nicht.

Verdammt, schafft euch auf der Stelle herbei! Ich befehle es Euch, im Namen des Hohen Herrn!

Das Letzte, was er nun benötigte, war eine Verzögerung durch die Starrköpfigkeit der Modrak. Er wollte seinen stummen Appell wiederholen, als er die erste der fliegenden Kreaturen ausmachte.

Die Inquisitorin half ihm, den Proviant zu verstauen. »Kommt uns doch besuchen, Herr Ritter«, lud sie ihn ein wenig verschämt ein. »Ich würde mich sehr freuen, Euer Gesicht öfter hier zu sehen.«

Tokaro war von dem Angebot etwas überrascht, freute sich aber sehr darüber. »Und Ihr werdet auf Angoraja vorbeischauen. Sobald die Schlachten geschlagen sind, trete ich mein Erbe an. Ich bin es Nerestro schuldig, die Getreuen zu sammeln und mit einem Freund zusammen den Orden wieder aufzubauen. Der Verrat darf nicht das Ende sein.«

Die Modrak glitten elegant zu Boden und legten sich lustlos die Geschirre an. *Wir sind bereit, junger Menschenmann.*

Estra schenkte ihm ein bezauberndes Lächeln, das es durchaus mit dem von Zvatochna aufnehmen konnte. »Eure Offerte erfreut mich sehr, Tokaro von Kuraschka.« Sie machte einen beherzten Schritt an den Rand der Gondel und drückte ihm einen flüchtigen Kuss auf die Lippen. Erschrocken über ihren eigenen Mut, trat sie mit errötendem Kopf zurück. »Nehmt das als Glücksbringer.« Die Inquisitorin entfernte sich rasch.

Ohne auf sein Kommando zu warten, schlugen die Modrak mit ihren pergamentdünnen, aber widerstandsfähigen Schwingen. Die Seile spannten sich, und ruckartig schnellte der Korb in die Luft. Tokaro ruderte mit den Armen, um sich auf den Beinen zu halten.

Macht das nicht noch einmal, ihr Biester!

Der Ritter verfolgte Estras Weg von oben und winkte ihr verdattert zu. Mit so einem angenehmen Abschied hatte er nicht gerechnet.

Verwirrt gürtete er sich die aldoreelische Klinge um die Hüfte, legte sich die Decken um und bereitete sich auf den Flug nach Drocâvis vor.

**Vizekönigreich Ilfaris, Herzogtum Sèràly,
acht Warst nordöstlich der kensustrianischen Grenze,
Frühjahr 460 n. S.**

Zvatochna überprüfte die Aufmarschpläne, die sie skizziert hatte. Sie zwang ihren Vater und die Kensustrianer mit ihren offensichtlichen Vorbereitungen dazu, sie in Paledue abzufangen, ehe die geballte Streitmacht in das Land des Gegners einmarschierte und sich festsetzte.

Ihre Späher bestätigten, dass die Kensustrianer die Ebene jenseits des zerstörten Lagers als Ort der Entscheidung akzeptiert hatten. Sie errichteten aus den Trümmern des Kastells bereits behelfsmäßige Stellungen. Weiter als bis zu diesem Punkt erlaubte ihnen die Strategin des ¢arije nicht vorzudringen. Heimlich verlagerte sie die schwersten Bombarden in Richtung des Schlachtfelds in einen nahen Wald, um von der ersten Minute an über genügend Feuerkraft zu verfügen.

Die leichten Geschütze und Büchsenmaschinen würden auf einem mit Bäumen bewachsenen Hügel kurz vor Beginn der Schlacht in Stellung gebracht werden. Im Schutz des Grüns würde die Kavallerie rechts und links auf ihren Einsatz warten.

Genau zwischen Hügel und Wald befand sich eine abgestufte Anhöhe, deren Büsche nicht ausreichten, um Truppen Deckung zu geben. Für einen liegenden Menschen reichte es dennoch aus. Die Kabcara plante, ihre Scharfschützen dort zu positionieren, die gegnerische Anführer ausschalten sollten. Was die Kensustrianer konnten, beherrschte sie schon lange.

Govan hatte durch seine ungestüme Art die Kensustrianer dazu gezwungen, sich dem Gegner im Verband zu stellen, um einen Durchbruch und eine Plünderung des Landes zu verhindern. Die Zahl der Feinde musste die Strategin schätzen und kam auf Grund der

Ereignisse der letzten Monate entlang der Grenze auf mindestens zehntausend Angehörige der Kriegerkaste. Sie veranschlagte lieber zwanzigtausend, zu denen die Erfindungen der kensustrianischen Ingenieure kamen, vor denen sie am meisten Respekt hatte. Das Vernichtungspotenzial der Distanzwaffen vermochte sie schwer einzuschätzen.

Ihr Bruder war so ungestüm, dass er auf den Einsatz der neusten Erfindungen pfiff und einen Angriff verlangte, ehe die Waffen nach Séràly gebracht werden konnten. Siegessicher verließ er sich ganz auf seine Magie und die zahlenmäßige Überlegenheit.

Zu siegessicher, wie sie fand.

Die Geschichte erzählte von Schlachten, bei denen kensustrianische Heere eins zu fünf unterlegen gewesen waren und dennoch ungeschlagen den nächsten Tag erlebt hatten. Die Aufzeichnungen berichteten von zwei Begebenheiten. Eine spielte sich im Jahre 135 n. S. ab, als die Grünhaare mit nur viertausend Soldaten und einer Flotte von hundert Schiffen einen K'Tar Tûr namens Braggand zur Zeit der Großen Pest vernichteten. Als sich Kensustria 342 n. S. das Seehandelsrecht nahm, versenkten nur zehn ihrer Schiffe eine Flotte von sechzig agarsienischen und palestanischen Koggen. Die erste echte Niederlage hatten sie gegen ihren Vater eingesteckt, der die Schwarze Flotte versenkt hatte. Aber keiner der Chronisten bemühte sich bei der Wiedergabe um militärische Genauigkeit.

Seufzend betrachtete sie die Marker.

Die »Schmeißfliegen« würden vor dem Wald auf der rechten Flanke aufmarschieren, die Sumpfbestien und Tzulani deckten die linke Flanke. Die Mitte übernahmen zunächst eine Abordnung von ulldartischen Freiwilligen, die verheizt werden und die viel wertvolleren tzulandrischen Verbände dahinter schützen sollten. Falls ihre Landsleute flüchten wollten, hatten die Tzulandrier den Befehl, sie an Ort und Stelle zu töten. Die berittenen Einheiten sollten in die Schlacht eingreifen, wenn die Bombarden nichts mehr ausrichteten und der Nahkampf begann.

Zvatochna schrieb die Angriffsbefehle auf, siegelte sie und schloss sie in die Stahlschatulle, wo sie zusammen mit den Karten bis zum Beginn der Offensive sicher verwahrt waren. Ein Plan blieb offen liegen. Dann wartete sie auf ihren Besucher.

Es klopfte.

Sofort ordnete sie ihr Kleid, zog die Ränder des Dekolletes nach unten, um ihre Reize besser zur Geltung zu bringen, und ließ die Tür öffnen.

Albugast, gekleidet in die gleiche Art von purpurnen Gewändern, wie Varèsz sie zu tragen gepflegt hatte, erschien in ihrem Gemach. An seiner Seite hing eine aldoreelische Klinge, die ihm Govan überlassen hatte.

Ein Zufall hatte für den Fund gesorgt. Eine Patrouille war durch das aufgeregte Gurren der Tauben aufmerksam geworden, hatte den Posten durchsucht, in dem sich Tokaro verborgen hatte, und dieses besondere Schwert gefunden. Der Anführer des Tzulanordens trug es mit Stolz.

»Ihr habt mich rufen lassen, hoheitliche Kabcara?« Der blonde Mann neigte sein Haupt vor ihr.

»Setzt Euch, Albugast.« Sie lächelte ihn hinreißend an und erkannte augenblicklich, dass sie ihn wie alle anderen Männer in ihren Bann schlug. »Ich wollte Euch instruieren, falls es mein Bruder noch nicht tat.« Der Mann schüttelte den Kopf. »Er wird mit mir zusammen beim Kontingent der Tzulandrier reiten, zu der Seite gewandt, auf der die Sumpfwesen stehen.« Zvatochna deutete auf die Karte. »Ihr werdet mit Euren fünfundzwanzig besten Männern immer in seiner Nähe sein, und wenn die Welt um Euch herum im

Geschützfeuer der Gegner versinkt.« Ihre Hand legte sich auf seine. »Wärt Ihr bereit, Euer Leben für ihn zu geben, Albugast?«

»Sofort.«

Sie rückte etwas näher und drückte seine Finger. »Und wie steht es mit meinem Leben?«

»Ich gebe Euch ebenfalls fünfundzwanzig Ritter«, antwortete er unverzüglich. Sein Blick wurde unsicher. »Wenn der ¢arije nicht in die Schlacht reiten würde, so würde ich persönlich für Eure Unversehrtheit sorgen, hoheitliche Kabcara«, gestand er ihr. »Ich wäre Tag und Nacht an Eurer Seite.«

»Wie gerne nähme ich Euer Angebot an.« Die Kabcara senkte den Blick. »Ich gestehe, diese Unterredung über die Schlacht war nur ein Vorwand. Albugast, Ihr werdet es gewiss bemerkt haben«, geschickt legte sie eine Pause ein, »wie ich Euch mit Blicken verschlinge.« Ihre braunen Augen richteten sich auf den Ritter, und in ihren Pupillen zeigte sich Verlangen. »Ich begehre Euch, Albugast. Ich will Euch an meiner Seite haben, als Mann. Als Herrscher über das ganze Reich, das Ihr Euch anschickt, vollends zu erobern.« Sie neigte sich nach vorn, hauchte in sein Ohr und achtete darauf, dass seine Hand dabei das Tuch ihres Dekolletés berührte. »Wollt Ihr mit mir herrschen, Albugast, und die schönste Frau des Kontinents Euer Eigen wissen?«

»Ja«, entgegnete er, ohne nachzudenken.

»Ihr wisst, dass Govan mich zur Gemahlin erkor. So müsstet Ihr wie ich Hochverrat begehen.« Sie streichelte über seinen Rücken und liebkoste seinen Nacken. »Aus Liebe. Gibt es denn nichts Edleres als sie?«

Albugast schwankte, seine Sinne waren zu verwirrt von den Eindrücken. »Ich bin dem ¢arije verpflichtet. Die Tzulani würden …«

»Die Tzulani müssen nichts davon erfahren, wenn wir es geschickt anstellen«, redete sie glühend auf ihn ein und rutschte noch näher. »Wenn mein Bruder während der Schlacht nach unserem Sieg stirbt, müssen sie mich als seine Nachfolgerin unterstützen. Und ich bin frei zu wählen.« Ihre schlanken Finger umfassten das Kinn des jungen Ritters. »Meine Wahl, das schwöre ich dir bei meinem Leben, fiele nur auf dich.«

Sie legte ihre Lippen sachte auf seinen Mund, ihre Rechte fuhr über seine Brust. Angewidert erlaubte sie dem Mann, die reine weiße Haut ihres Dekolletés zu küssen, um ihn endgültig hörig zu machen.

»Ich werde sehen, was sich ergibt, Zvatochna«, versprach er erregt. »Govan wird das Schlachtfeld nicht lebend verlassen.« Albugast spielte mit ihren schwarzen Haaren und küsste ihre Hand.

»Winke ich dir mit meinem weißen Taschentuch zu, so schlage ihm den Kopf ab. Sollte ich das Zeichen nicht geben und der Ausgang des Gefechts ungewiss sein, warte ab. Es kommen andere Gelegenheiten. Geh nun«, bat sie und senkte ihre Stimme zu einem verschwörerischen Flüstern. »Sonst schöpft er in seiner Eifersucht noch Verdacht.«

Der Ritter nickte und ging hinaus. Die Kabcara schenkte ihm einen verzehrenden Blick, als er sich an der Tür umwandte.

Kaum schloss sie sich, fiel die Maske der Verliebtheit von ihr ab. Sie lief zu ihrer Ankleide und wischte sich die Stelle, an der er sie berührt hatte, mit Rosenwasser ab.

Dann ließ sie sich Wein bringen und prostete sich selbst zu. Ihre Vorbereitungen waren abgeschlossen. Die junge Frau hatte ihre Truppen nicht nur hier aufgestellt; ihre Freunde standen in Ulsar bereit, und ihre Mutter wartete in Granburg auf ihre Nachricht.

Der Kampf um Ulldart und den Thron konnte beginnen.

Nordwestliches Kensustria, Drocâvis, Frühjahr 460 n. S.

Lodrik beobachtete den dunklen Himmel vom Balkon von Norinas Zimmer aus sehr aufmerksam. Seine Gedanken schweiften zurück.

Der einstige Kabcar verbrachte viele Stunden mit Lorin, der ihm mit Respekt, aber nicht mit überschwänglicher Freude oder gar Freundschaft begegnete. Er beantwortete ihm alle Fragen nach der Vergangenheit mit Norina, hielt mit nichts hinter dem Berg, was seine Verblendung anging, und berichtete ein wenig von dem, was sich nach dem Überfall im Steinbruch ereignet hatte.

Ein Satz seines Sohnes haftete ihm besonders im Gedächtnis.

Nachdem er alles gehört hatte, schwieg er eine lange Zeit. »Ich hätte an deiner Stelle nicht gewusst, was ich tun oder lassen sollte. Dein Fehler war, dass du auf die Falschen hörtest, nachdem die Schlacht um dein Reich geschlagen war. Die Neuerungen kann dir niemand ankreiden. Es gibt wohl keinen anderen Herrscher, der so viel für seine Untertanen getan hat.« Danach war er aufgestanden und gegangen.

Lodrik fokussierte seine für die Nacht hervorragend geeigneten Augen wieder auf die Sterne. Tokaro und seine Gondel ließen weiterhin auf sich warten.

Dabei machte es den Anschein, als benötigten sie die aldoreelische Klinge eher heute als morgen. Zvatochna wollte die Entscheidung in der Ebene vor dem alten Kastell herbeiführen. Perdór und die Kensustrianer beschäftigten sich mit den geheimnisvollen Vorbereitungen, über die er im Gegensatz zu den anderen nicht in Kenntnis gesetzt wurde. Der ehemalige Kabcar nahm es dem Ilfariten und den Verbündeten jedoch nicht übel, dass sie ihn nicht in alles einweihten.

»Du machst dir Sorgen um Tokaro«, vermutete die Brojakin und trat hinter ihn. Ihre Arme schlangen sich um seinen Bauch. »Nanu? Du hast tatsächlich ein wenig zugenommen.« Sie drehte ihn herum und betrachtete sein Gesicht. »Es steht dir viel besser. Du sahst vorher wie ein entfernter Verwandter von Vintera aus.«

»Vielleicht bin ich das seit dem Steinbruch«, meinte er halb im Scherz. Er hatte ihr im Gegensatz zu den anderen all seine Erlebnisse berichtet, jedoch nicht alles über seine nekromantischen Fähigkeiten. »Vielleicht war ich tot.«

Norina hielt ihre Hand gegen seine Brust. »Dafür schlägt das Herz aber sehr gut.«

»Auch wenn es mir beinahe wieder stehen geblieben wäre, als ich Waljakov gegenübertrat«, seufzte Lodrik. »Den Faustschlag, den ich von ihm erhielt, habe ich mehr als verdient. Aber die Umarmung des alten Bären hätte mir fast alle Knochen im Leib zertrümmert. Er ist so verdammt stark.«

»Warum hast du sein Angebot, wieder dein Leibwächter zu sein, nicht angenommen?«, wollte die Granburgerin wissen.

»Ich benötige kein Kindermädchen mehr, Norina. Meine jugendlichen Grillen sind vergangen, ich bin erwachsen geworden. Waljakov soll sich um meinen Sohn kümmern, dem er ein sehr guter Lehrmeister war. Wie mir damals.«

»Auch der Sohn ist mehr oder weniger erwachsen«, sagte Lorin lachend von der Tür her und näherte sich seinen Eltern. »Ich bin verheiratet, Vater. Hast du das schon vergessen?«

»Fertig mit deinen Übungsstunden?« Seine Mutter runzelte die Stirn. »Ist die Magie so leicht zu beherrschen?«

»Genau darum geht es, erklärte mir Soscha.« Der

junge Mann lächelte sie an. »Sie zu beherrschen ist unmöglich. Sie wird sich für den Zwang nur rächen. Magie hat so etwas wie einen eigenen Willen, einen eigenen Geist, der sich gegen Unterdrückung auflehnt. Aber wenn man mit ihr spricht«, er bemerkte die verständnislose Miene Lodriks, »auf gedanklicher Ebene, meine ich, beginnt eine andere Art der Verständigung. Man handelt zusammen mit einem Freund, der seine Fertigkeiten zur Verfügung stellt.«

Der ehemalige Kabcar verstand, was er all die Jahre über falsch gemacht hatte. »Wie wird sie sich rächen, Lorin? Hat dir die Magie darüber etwas … gesagt?«

Der junge Mann hob bedauernd die Schultern. »Soscha meinte, es wirke sich auf den gesamten Körper aus. Aber mehr weiß sie auch nicht.« Er grinste. »Unsere Ankunft hat ihren Forschungsbedarf unwahrscheinlich verstärkt. Sie wartet schon auf das Ende des Krieges, um mit Hilfe von Perdór eine Akademie einzurichten.«

Sorgenvoll betrachtete Norina ihren Sohn. »Und du verstehst dich mit deinen Kräften sehr gut, wie ich hoffe?«

Zu ihrer Beruhigung nickte er. »Ich erkunde sie. Es sehe ordentlich aus, meinte Soscha, als ich ihr meine Eindrücke schilderte. Aber es dauert, glaube ich, eine kleine Ewigkeit, bis man alles an der Magie erkundet hat. Und das Potenzial in mir sei sehr groß, meint sie.«

Lodrik musste sich wundern, wie die beiden seine unmittelbare Nähe ertrugen, denn seine schlechte Ausstrahlung hatte er nicht verloren, nur weil er ein paar Gramm mehr auf den Rippen trug. Das wenige Fett, das er ansetzte, schwand schneller, als er es sich anfuttern konnte. Etwas sorgte dafür, dass er seine dünne Statur auf Dauer beibehalten musste.

»Gibt es was Neues, was den Verlauf der Schlacht angeht.«

»Nein«, meinte sein Sohn kurz angebunden. »Die

Vorbereitungen laufen. Ein Teil der Konstruktionen, deren Pläne die Modrak stahlen, sehen sehr gut aus und stehen vor der Fertigstellung, trotz der kleineren Unfälle und Verletzten. Ohne Experimente kam man nicht aus.«

»Und die Strategie in Paledue?«

Lorin zögerte. »Perdór wollte dich unterrichten, Vater. Es gebührt ihm, nicht mir. Ich bin nur ein einfacher Soldat.«

»Der mächtig genug ist, das Heer seines Bruders aufzuhalten, wenn es sein muss«, ergänzte Norina und fuhr ihm durchs Haar. »Die Bescheidenheit steht dir und ehrt dich.« Sie bemerkte, dass seine Augen einen anderen Ausdruck annahmen, als er sich den Sternen zuwandte. »Du denkst viel an Jarevrån?«

»Wenn man wenigstens eine Nachricht nach Hause schicken könnte«, beklagte er sich. Er raffte sich auf. »Ich bin eine verliebte Heulrobbe, was? Denke ich an euer beider Schicksal, dann sind die paar Monate der Trennung nichts.«

»Ein bisschen Sehnsucht ist nicht schlimm«, tröstete ihn die Brojakin und drückte ihn an sich.

»Gute Nacht«, verabschiedete er sich. »Ich schaue noch bei den anderen vorbei und gehe dann zu Bett. Ich muss ausgeruht sein, damit ich meine Studien fortführen kann.« Lorin verneigte sich artig und verschwand.

»Ein guter Junge«, meinte Lodrik schwermütig. »Man sollte nicht meinen, dass ich Anteil an ihm trage.«

»Zufällig weiß ich das sehr genau«, bemerkte Norina spitz und fuhr ihm zärtlich die Robe entlang. »Woher soll er sonst diese Magie haben?«

Nachdenklich schaute der Nekromant über die Brüstung nach unten, wo Lorin über die Straße in den Tempel ging. »Er scheint weniger anfällig für das Böse zu sein als ich. Auch wenn er die gleiche Magie gebraucht, wie Soscha mir sagte.«

»Komm«, verlangte sie mit sanfter Gewalt und zog ihn zurück in ihr Gemach. »Hat die Schlacht erst einmal begonnen, ist es mit der Ruhe vorbei.«

Lodrik stieß die Luft aus und begleitete sie ins Innere. Sie entledigte sich vor dem Bett ihrer Kleidung und begab sich zwischen die Laken. »Auf was wartest du?«

Irritiert stand der einstige Herrscher an der Tür, die Klinke in der Hand. »Ich wollte gerade gehen.«

Norina lächelte ihn liebevoll an. »Das sollte bedeuten, dass du heute Nacht neben mir schläfst, Lodrik.« Mit einer Hand schlug sie die Decken zurück.

Er wandte sich ab. »Mein Körper ist eiskalt.«

»Dann bringe ich Feuer in ihn zurück und wärme ihn.«

»Ein anderes Mal, Norina.« Er öffnete die Tür einen Spalt breit, da stand sie unversehens neben ihm und drückte die Tür zurück in den Rahmen. Ihre braunen Mandelaugen suchten seinen Blick.

»Nein, Lodrik. Nicht ein anderes Mal.« Sie küsste ihn. »Verstehst du nicht? Ich liebe dich. Ganz gleich, wie du aussiehst.«

Er betrachtete ihren nackten, hoch gewachsenen Körper, während sie ihn entkleidete und aufs Bett zog. Sie drückte sich an ihn, Haut berührte Haut, und seine Spannung fiel von ihm ab. Er atmete ihren lang vermissten Geruch ein, genoss die Wärme ihres Leibes.

Bald darauf glitten sie umschlungen in den Schlaf.

Vizekönigreich Ilfaris, Herzogtum Mesourìn, westlich der kensustrianischen Grenze

Einige Warst hinter dem kartografischen Grenzschnittpunkt der Vizekönigreiche Serusien, Tersion und Ilfaris musste Tokaro landen, um sich mit neuem Proviant zu versorgen.

Sein Magen grummelte seit vier Tagen ununterbrochen, und zu sehr schwächen wollte er sich ebenfalls nicht. Da die Modrak seit seiner Tat keinen Aufstand mehr geprobt hatten, wagte er die kurze Rast. Von der Gondel aus erlegte er in der Abenddämmerung einen jungen Bock und befahl seinen Zugvögeln die Landung.

Der Ritter zerlegte seine Beute und gönnte sich den Luxus eines Lagerfeuers, über dem er das Fleisch knusprig briet. Gierig machte er sich darüber her. Danach betete er zu Angor und legte das kostbare Schwert neben sich.

Der gefüllte Magen, die behagliche Wärme, das Flackern der Flammen, die rot schimmernde Glut, in die er schaute, während er das letzte Stück Fleisch vom Knochen der Keule nagte, wirkten sich aus. Selbst einem Ritter des Gottes Angor gelang es bei allen Strapazen der Reise nicht, die Augen ständig offen zu halten und auf der Hut zu sein.

Die Lider wurden schwerer und schwerer.

Unzähliges Wispern, vielfaches Tuscheln unmittelbar um ihn herum weckten ihn. Er öffnete schlaftrunken die Augen.

Eisige Schauder rannen seinen Rücken entlang, Angst bemächtigte sich seiner, als er den Kopf bedächtig von rechts nach links drehte und seine Umgebung betrachtete.

Die Bäume waren voller Modrak.

In Scharen umlagerten sie seinen Rastplatz, hockten

wie wartende Aasfresser auf den Zweigen und beobachteten ihn lauernd aus ihren grausigen Augenhöhlen heraus.

Noch immer stießen neue Wesen hinzu. Die Schwingen falteten sich mit einem trockenen Rascheln zusammen, während ihre Klauen sicheren Halt fanden und sie sich in ihre typische Position hockten.

Das Feuer war beinahe vollständig heruntergebrannt. Ein kümmerlicher Rest zuckte im Todeskampf, suchte vergebens nach neuer Nahrung, die es verzehren konnte.

Tokaro versuchte, seine Furcht herunterzuschlucken.

Plötzlich schwebte ein metallener Gegenstand vor seiner Nase in die Höhe. Er schnappte danach und bekam das Amulett zu fassen, das ihm einer der Beobachter in aller Heimlichkeit zu stehlen versuchte.

Kreischend machte die ertappte Kreatur einen Sprung nach hinten und zerriss die Kette. Doch die Finger des Ritters öffneten sich nicht.

Stattdessen verstaute er es hinter seiner Gürtelschnalle, zog die Handbüchsen aus dem Futteral und richtete die Mündungen in die Runde. Jetzt, da er sich erhoben hatte, wirkte die Bedrohung durch die Wesen, die offenbar die Seiten wechseln wollten, noch fürchterlicher.

»Ich bin der Gesandte des Hohen Herrn, dem ihr zu gehorchen habt!«, rief er gebieterisch. »Ich habe das Amulett.«

Ein Tausch, kleiner Menschenmann, raunten die Stimmen. *Du gibst uns das, was dir und dem falschen Hohen Herrn nicht zusteht. Dafür erhältst du das Schwert wieder.*

Fluchend blickte der Ritter an die Stelle, wo er die aldoreelische Klinge aufbewahrt hatte. Zwar lag die Scheide noch immer dort, aber das Wichtigste fehlte. »Und wenn nicht?«

Wirst du beides verlieren.

»Der Hohe Herr …«

Ein unheimliches Lachen erfüllte seinen Kopf. *Er ist nicht mehr der Hohe Herr. Er hat seinen Anspruch endgültig an einen anderen verloren, dem wir unsere Dienste gern antragen.*

»Einverstanden. Das Schwert ist wichtiger als ihr.« In Tokaros Verstand nahm ein Plan Gestalt an. Und er hoffte inständig, dass die Modrak seine Absicht nicht erahnten. Er verstaute eine der Handbüchsen und nahm das Amulett hervor. »Her damit!«

Erst gibst du uns das Amulett, wisperten sie bedrohlich.

»Gleichzeitig«, forderte er hart.

Ein Beobachter löste sich aus der höchsten Baumkrone, strich lautlos heran, die Waffe in seinen Händen haltend. Er landete wenige Schritte vor dem Mann. Achtlos warf er die Klinge auf die Erde und blieb davor stehen.

Der junge Ritter tat, als wollte er das Kleinod ebenfalls ablegen, und stellte sich so ungeschickt an, dass es in die Glut fiel. »Dann müsst ihr eben ein bisschen aufpassen, wenn ihr es in die Finger nehmt«, empfahl er und näherte sich langsam, aber beständig der aldoreelischen Klinge.

Da er mit einer Gemeinheit der Modrak rechnete, überraschte ihn der Angriff nicht.

Die Kreatur unmittelbar vor ihm breitete blitzartig die Flügel aus, bückte sich und langte nach dem Schwertgriff.

Dabei unterschätzte sie die Geschwindigkeit und Zielgenauigkeit Tokaros.

Die Mündung der Handbüchse ruckte nach oben, und der Hahn schlug nach unten. Einen Bruchteil darauf perforierte die Kugel den grauen Leib des Beobachters, der vom Einschlag aus dem Gleichgewicht gebracht wurde.

Das vielfache Schwirren um ihn herum sagte ihm, dass Dutzende seiner Artgenossen aus den Bäumen aufstiegen, um ihn zu attackieren.

Anstatt nun aber nach der aldoreelischen Klinge zu greifen, wirbelte der junge Ritter herum und warf das offene Säckchen mit dem Schießpulver in die schimmernde Glut.

Die Mischung aus Kalisalpeter, Schwefel und Holzkohle entzündete sich zischend. Grell flackerte eine Stichflamme auf und blendete die Modrak.

Voller Entsetzen wichen sie vor der unerwarteten Helligkeit zurück und hielten sich Klauen oder Schwingen vor die Augen, die sich ganz auf die Dunkelheit eingestellt hatten. Eines der Wesen, das mit einem Ast nach dem Amulett angelte, fing Feuer und erhob sich brennend in die Luft, bis es wie ein Komet wieder nach unten stürzte und irgendwo im Wald verschwand.

Diesen Augenblick der Kopflosigkeit, Verwirrung und Angst nutzte Tokaro. Er riss die aldoreelische Klinge an sich, nahm den Schild hoch, zurrte die Schnallen um den Unterarm fest und hielt sich bereit.

Die Lohe erlosch so schnell, wie sie entstanden war.

Und beinahe ebenso rasch erholten sich die ersten Modrak von ihrem Schrecken.

Sie wandten sich fauchend ihrem Feind zu, der sie mit blanker Schneide und grimmiger Entschlossenheit erwartete.

Nordwestliches Kensustria, Drocâvis,
Frühjahr 460 n. S.

»Das soll funktionieren, Moolpár?« Fiorell lachte ungläubig auf. »Eher gehe ich als Hulalia unbehelligt durch einen Männerknast voller Lebenslänglicher.«

»Steht da nicht noch das Einlösen einer Wette aus?«,

erinnerte ihn Perdór bei der Gelegenheit. Sein Hofnarr fluchte.

Der Kensustrianer bedachte die beiden mit einem bedauernswerten Blick aus seinen bernsteinfarbenen Augen. »Ein Possenreißer ist nicht das, was ich einen Strategen nenne. Lasst demnach uns die Entscheidung darüber, wie wir der Streitmacht des Kabcar entgegentreten werden.«

»Ihr spaltet die Kampfkraft Eurer ohnehin in der Unterzahl befindlichen Truppen auf? Die Kabcara wird Eure Männer wie lästige Fliegen zerklatschen«, sagte er voller Eifer. Rechtzeitig bemerkte er das warnende Gesicht seines Herrn. »Oh, was wir uns natürlich nicht wünschen.«

Ohne Erklärung nahm Moolpár einen Speer von der Wand und richtete die Spitze auf den Hofnarren.

Aufschreiend sprang der hinter einen Sessel in Deckung. Das Wurfgeschoss krachte kurz darauf in die Polsterung und blieb stecken. »Er ist übergeschnappt!«, kam es hinter der Schützung hervor. »Die Schokolade hat ihn verrückt gemacht.«

»Einer einzelnen Gefahr könnt Ihr ausweichen«, erklärte der Kensustrianer ruhig seine Demonstration. »Oder ihr begegnen und sie ausschalten.« Fiorell schielte über den Rand des durchbohrten Möbels. »Besäße ich einen Bogen und zehn Pfeile, die ich gleichzeitig aus verschiedenen Richtung auf dich abfeuern könnte, wüsstest du, was ich meine, Narr.«

»Ein Pfeil in den Hintern eines Elefanten?«, meinte der Spaßmacher abfällig. Vorsichtig tauchte er hinter dem Stuhl auf.

Moolpár lächelte milde. »Es kommt auf die Pfeilspitzen an. Und unsere Pfeilspitzen durchschlagen die dickste Haut.«

»Seid Ihr Euch sicher, dass Ihr dieses Wagnis eingehen wollt?«, erkundigte sich der König.

Der Kensustrianer hob ein wenig das Kinn. »Die Führung eines tausend Kämpfer starken Segments übernimmt jeweils einer der Gefährten Tobáars. Der Höchste der Kriegerkaste selbst führt sechstausend unserer Krieger.«

»Wären alles in allem fünfzehntausend Mann. Schade, dass wir nicht mehr haben«, meinte der Hofnarr. »Die Zahlen, die uns der junge Kuraschka brachte, sind ein klitzekleines bisschen erschreckend.«

»Mehr benötigen wir nicht«, sagte Moolpár kühl. »Unsere Geschützmannschaften werden die Reihen der Gegner lichten, ehe wir aufeinander treffen. Zudem werden ihre eigenen Bombarden nicht lange feuern, wenn die Mineure ihre Vorgaben erfüllen.«

Perdór machte ein beschwichtigendes Gesicht. »Ihr mögt die Priesterkaste zwar nicht hoch einschätzen, aber sie gibt sich unter der Anleitung der Handwerker alle erdenkliche Mühe, ihren Beitrag zu leisten. Selbst Mêrkos arbeitet bis zum Umfallen und schuftet sich die Handflächen blutig. Jeder, der nicht bei den Deichen benötigt wird, hilft uns hier.«

»Wird die Mulde auf unserer linken Flanke noch für verlassen gehalten?«, fragte Lorin von den Treppen her und hüpfte die Stufen hinunter.

»Unsere Späher sagen, dass niemand Verdacht schöpft«, antwortete ihm Stoiko, der sich aus den ilfaritisch-kensustrianischen Disputen immer heraushielt. »Dafür wissen wir, wo sie ihre dicksten Bombarden aufbauen.« Sein Finger deutete auf den Wald auf der gegenüberliegenden rechten Flanke.

Lorin trat an den Tisch heran und stützte sich auf. Wenn er den Plan richtig verstand und alles gelang, sollte die Feldschlacht nicht sonderlich lange dauern.

Die Fernwaffen eröffneten den Tanz. Die kensustrianischen Krieger würden abwarten, bis die Gegner nahe genug heran waren, und sich gegen sie werfen.

In der Zwischenzeit umgingen kleine Kommandoeinheiten durch zwei eilig gegrabene Tunnel die eigentliche Schlacht und kämen rechts und links im Rücken des Feindes aus der Erde, um die Artillerie zu erobern. Befand sie sich in den Händen der Kensustrianer, so gerieten die Truppen seines Bruders von zwei Seiten unter verheerenden Beschuss. Die neuen Apparate kämen zum Zug.

Über die Aufteilung, wer sich um die herausragenden Gegner kümmerte, hatte man sich lange den Kopf zerbrochen.

Lorin selbst kam es zu, Govans magische Attacken abzufangen und ihn seinerseits mit Angriffen so zu beschäftigen, dass ihm wenig Gelegenheit blieb, seine volle Macht zu entfalten. Die einzige Schwierigkeit bestand darin, schnell und nahe an ihn heranzukommen. Nun galt es zu improvisieren, denn er hatte damit gerechnet, wenigstens eine der aldoreelischen Klingen um sich zu haben. Mit viel Pech müsste er ohne diese magischen Waffen in den Kampf ziehen und stünde am Ende zwei Gegnern mit den beinahe alles durchtrennenden Schneiden gegenüber.

Tobáar kümmerte sich um Sinured. Krutor, Waljakov und Soscha pickten sich Zvatochna aus dem Pulk der Feinde heraus. Lodrik wollte Nesreca durch seine Geister ausschalten. Einzig Norina, Fatja sowie die beiden Ilfariten blieben hinter den Linien und dienten dazu, Neuigkeiten schnell weiterzuleiten, obwohl die Brojakin sich liebend gern wie ein Mann für die Freiheit Ulldarts eingesetzt hätte.

Letztlich war diese Aufteilung eine theoretische, da niemand vorhersagen konnte, wo sich die gesuchten Feinde auf dem Schlachtfeld befanden.

»Neuigkeit von Eurem Ritter-Bruder?«, erkundigte sich Perdór hoffnungsvoll. »Es wird in den kommenden Tagen losgehen.«

»Nein, Majestät«, enttäuschte er ihn. »Aber er wird es schaffen.«

Vizekönigreich Ilfaris, Herzogtum Séràly, die Ebene vor dem zerstörten Kastell Paledue, Frühjahr 460 n. S.

Die Heere brachten sich am frühen Morgen in Position. Die Luft war erfüllt mit dem Getöse der Pauken und Fanfaren der hoheitlichen Streitmacht, die sehr beeindruckend aufzog. Am martialischsten wirkten die Sumpfwesen, die sich in einem losen Haufen zusammengerottet hatten und mehr eine gewellte Linie denn eine geschlossene Front bildeten. Sie schüttelten drohend ihre Waffen, schrien und kreischten, um die Kensustrianer zu beeindrucken.

Tatsächlich schauten die Ulldarter in ihrer unmittelbaren Nähe ängstlich zu ihren Verbündeten und trauten den mitunter sehr Furcht einflößenden Gestalten nicht.

Die Tzulandrier marschierten hinter den Freiwilligen ruhig und diszipliniert auf. Gerade ihre Gelassenheit und Beherrschung, die sie in den letzten Jahren erworben hatten, machten sie zu den gefährlichsten Gegnern.

Zwischen ihnen und den Sumpfwesen stand Sinured, ein menschgewordener Turm, durch sein gesamtes Äußeres schrecklich anzusehen. Er trug wie stets seine eisenbeschlagene Deichsel und den Schild von der Größe eines Mühlsteins.

Die Flanke mit den Söldnern und Personen recht zweifelhafter Herkunft wirkte etwas angespannt.

Die Kensustrianer, jeweils zwei Schwerter an der Seite und einen schweren Schild haltend, begaben sich ohne Musik ins Feld. Sie verzichteten auf Brimborium jeglicher Art. Ihre Fahnen und Standarten wehten im leichten Wind, kein Laut kam über ihre Lippen.

Sie standen wie die Statuen; das Licht der aufgehenden Sonnen brachte ihre sandfarbene Haut und bernsteinfarbenen Augen zum Schimmern.

Vor den einzelnen Einheiten befanden sich ihre Anführer. Die goldenen Zeichen auf den dunkelgrünen Rüstungen glänzten. Sie trugen zwei Schwerter auf dem Rücken und eine mannsgroße Eisenstange in der Rechten.

Hinter den Kriegern stapften haushohe Tiere heran; sie erinnerten von ihrer gesamten Statur her ein wenig an Stiere, nur dass sie einen gepanzerten Kopf mit vier langen Hörnern besaßen. Die Körper wurden mit Decken aus Kettenringen geschützt, auf ihren Rücken waren metallbeschlagene Kabinen befestigt, in denen weitere Kensustrianer saßen.

Die Artillerie des ¢arije ging hinter den Sumpfwesen in Stellung.

Die Bombarden der Kensustrianer, deren Stellungen aus Brettern, aufgeschütteter Erde und mit Sand gefüllten Körben bestanden, wurden ausgerichtet.

Die Völker dreier Kontinente standen sich gegenüber.

Durch Fernrohre beobachteten die Befehlshaber ihren jeweiligen Feind und reagierten mit raschen Umstellungen und letzten Verbesserungen an der eigenen Formation auf die des Gegners.

Zvatochna behielt ihre Gesamttaktik bei. Sie wunderte sich allerdings über die Aufsplitterung der Einheiten der Kensustrianer. Der Hauptpulk würde sich allem Anschein nach auf die Mitte konzentrieren, die neun kleineren sollten die Flanken attackieren.

»Sehr mutig, nicht wahr?«, meinte Nesreca, der neben ihr im Sattel saß. »Damit wären ihnen unsere mittleren Linien um das Zehnfache überlegen. Aber das scheint sie kein bisschen zu stören.«

Vergeblich suchte die Kabcara etwas Vergleichbares wie Kavallerie, fand aber nichts.

Ein einzelner Mann ritt hinter einer Deckung nahe den feindlichen Truppen hervor. Er trug die Uniform des Kabcar von Tarpol; hell leuchteten die blonden Haare in den Morgensonnen. Eine Hand hielt den Griff des Henkersschwertes, das an der Hüfte baumelte. Ein Raunen ging durch die Reihen der ulldartischen Freiwilligen, als sie Lodrik Bardri¢ erkannten.

Zvatochna schaute zu ihrem Bruder, der schleunigst den Angriffsbefehl geben müsste.

Doch Govan, gekleidet, als wollte er auf einen Ball und nicht in eine Schlacht gehen, wirkte inmitten seines Tzulanordens bloß amüsiert.

Lodrik ritt aufrecht, damit ihn alle sehen konnten. Dabei fiel es ihm nicht sonderlich leicht: Die Fütterung seiner Seelen, denen er vor der Schlacht reichlich Blutzoll entrichtet hatte, hatte ihn geschwächt.

Das Röhren der Sumpfbestien ignorierte er, die Hufe hoben und senkten sich, brachten ihn den ulldartischen Freiwilligen immer näher. Schließlich war er auf Rufweite heran.

»Ich bin Lodrik Bardri¢, rechtmäßiger Kabcar von Tarpol. Ich kämpfe heute zum Wohl von ganz Ulldart gegen meinen Sohn und meine Tochter, die mich vom Thron stießen.« Laut schallte seine Stimme über das Feld. »Wer meinen Verbündeten im Glauben gegenübergetreten ist, er streite, um meinen Tod zu rächen, der soll nach Hause gehen.«

Die ersten Ulldarter schauten sich abwägend an, andere blickten über die Schulter und betrachteten die Reihen der Tzulandrier, die ihnen unmittelbar im Nacken saßen. Ein Seitenwechsel bedeutete, das eigene Leben noch vor Beginn der Schlacht in Gefahr zu bringen.

»Wer meinen Freunden helfen möchte, meinen Sohn, den Bringer von Unrecht und den Zerstörer aller Neuerungen, die ich euch brachte, aus Ulldart zu verjagen, der kann sich auf unsere Seite begeben.« Lodrik zügelte sein Pferd, das auszubrechen drohte. Der Angstschweiß floss dem Apfelschimmel die Flanken herab, sein Fluidum des Unheimlichen machte dem Tier zu schaffen. »Allen, die trotzdem für meinen Sohn kämpfen, sei gesagt, dass ich für ihre Seelen beten werde.«

»Ja, hört ihn an, den guten Kabcar«, höhnte Govan laut. »Vater, bist du gekommen, um mir den Rest deiner Magie zu bringen? Ich nehme ihn mir gern.« Er lenkte sein Pferd nach vorn, die Leibwache folgte ihm und schirmte ihn ab. Zwischen den Tzulandriern und den Freiwilligen hielt er an. »Du, Vater, wurdest zum Verräter an deinem eigenen Volk. Du schlugst dich auf die Seite derer, die du selbst einst bekämpftest. Und du erwartest allen Ernstes, dass dir einer folgt? Oder gar für dich stirbt?«

»Warum sollte jemand für dich sterben, Govan?«, entgegnete Lodrik laut. »Was brachtest du den Menschen außer Not und die Rückkehr zu Unterdrückung und Ausbeutung? Am Ende deiner Absichten stehst nur du selbst, nicht das Wohl der Menschen.«

Ehe sein Ältester etwas darauf erwidern konnte, trat einer der Soldaten aus der ersten Reihe der ulldartischen Phalanx vor und machte sich daran, die Ebene zu überqueren, um sich zu den Kensustrianern zu begeben.

»Halt!«, schrie der ¢arije erbost. »Komm zurück.«

Der Mann drehte sich um. »Dort steht der Kabcar von Tarpol. Und genau dort werde ich hingehen, um ihm seinen Thron zurückzugeben.«

»Wenn das so ist, macht es wohl auch keinen Unterschied, ob du jetzt für ihn stirbst oder in wenigen Minuten!« Ein blauvioletter Blitzstrahl schoss aus Govans Zeigefinger und tötete den Soldaten auf der Stelle. Qualmend lag der Körper im Sand.

»Wer will noch die Seiten wechseln?«, tobte Govan. »Der wird genauso enden wie dieser Überläufer.« Seine Finger formten Zeichenfolgen; die Luft um ihn herum begann zu flimmern und sich knisternd aufzuladen. »Ich wollte mir dich für den Schluss aufbewahren, Vater. Doch du sollst *jetzt* sterben.«

Ein Flammenkreis züngelte um Lodrik und sein Pferd, das Feuer schoss in den Himmel. Und erlosch, ehe es Mensch und Tier erreichte.

Ungläubig starrte Govan zu seinem Vater. »Wie geht das zu?«

»Ich bin nicht ganz so verletzbar, wie du angenommen hast, nicht wahr?«, lachte Lodrik böse. »Die Schlacht wird dir noch ganz andere Überraschungen bringen.« Er wendete das verstörte Pferd auf der Hinterhand und preschte zurück. »Für Ulldart!«

Gleich drei Dutzend Krieger begannen loszurennen, um sich den Kensustrianern anzuschließen. Sie vergingen nach wenigen Schritten in einer aufflackernden Wand aus reiner magischer Energie; nicht einmal die Waffen blieben übrig. Doch selbst damit ließen sich die übrigen Ulldarter nicht mehr aufhalten. Sie hatten genug.

Die Standarte mit Govans Namen flog in den Dreck, als die Freiwilligen auf einen Schlag losrannten. Sie nahmen an, dass der ¢arije nicht alle auf einmal vernichten konnte.

Einer der Selidane schaute erwartungsvoll zu Govan.

Anstatt die Krieger hinter den Abtrünnigen herzuhetzen, signalisierten die Wimpelträger auf einen Wink des Herrschers den Geschützen, sie sollten das Feuer eröffnen.

Es donnerte und rumpelte laut, und vom Wald stiegen Qualmschwaden wie kleine Wolken empor. Mit einem schwirrenden Geräusch suchten die Kugeln ihre Ziele.

Unmittelbar darauf verschwand die Mehrzahl der Ulldarter in dem Durcheinander aus umherfliegenden Erdbrocken, aufspritzendem Sand und wabernden Staubwolken, die die einschlagenden Geschosse der Bombarden verursachten.

Nun floss zum ersten Mal das Blut in Strömen.

Der metallische Geruch des Lebenssaftes und der Duft wie von frisch gepflügtem Boden erfüllte die Ebene. Die Schreie der Sterbenden und Verwundeten gingen im unaufhörlichen Grollen der Geschütze und Knattern der Büchsenmaschinen unter.

Knapp zweitausend Fahnenflüchtigen gelang es, heil aus dem Wirkungsbereich der Bombarden zu gelangen. Sie sammelten sich nahe der Deckung, hinter der Lodrik verschwunden war.

Der einstige Herrscher beruhigte die verstörten, teilweise verängstigten Krieger und teilte sie als Schutzmannschaft für die kensustrianischen Geschützstellungen ein. Den Kampf Mann gegen Mann würden sie ohnehin nicht überstehen.

Matuc und seine kalisstronischen Mönche zogen von Stellung zu Stellung und erteilten den Segen Ulldraels des Gerechten, was sich moralisch stärkend auf die Gemüter der Ulldarter auswirkte. Erleichtert stimmten sie in die verbotenen Fürbitten des Gerechten ein, wie sie es seit frühester Kindheit gewohnt waren. Heimlich bedauerte Lorin es, kein tiefes, vorbehaltloses Vertrauen in Ulldrael oder Kalisstra zu besitzen.

Die Kensustrianer zeigten keinerlei Regungen, ihre Anführer standen ruhig vor den zehn Abteilungen und betrachteten die Reihe der Gegner.

Zwischen den Truppen befanden sich Lorin und seine Freunde, gehüllt in kensustrianische Rüstungen, um sich durch ihr Äußeres nicht zu sehr von den anderen abzuheben und sich so zu einem leichten Ziel für Govan und Zvatochna zu machen. Nur Krutor fiel durch seine Größe auf.

Lorin hörte die Gebete der ulldartischen Freiwilligen, betrachtete die erlösten Gesichter der Menschen, die sich an den Glauben klammerten und die Todesangst, die sie eben noch auf der Ebene verspürt hatten, mit jedem Wort ein wenig mehr in den Hintergrund drängten.

Diese Sicherheit und das Gottvertrauen verspürte er nicht. Zwar war es ihm eben gelungen, seinen Vater vor der Magie Govans abzuschirmen, doch er hatte zugleich einen Eindruck gewonnen, welche gewaltigen Energien in seinem Gegenspieler schlummerten. Der Kalisstrone hatte den Unterschied gefühlt, der sich nach der wochenlangen Schulung durch Soscha eingestellt hatte. Er benutzte im Gegensatz zu früher eine friedliche Magie, während sein Bruder zornige Mächte freisetzte.

Tobáar erteilte einen Befehl.

Nun trat die versteckte Artillerie der Kensustrianer in den Kampf. Nicht die Bombarden auf der Ebene von Paledue feuerten, sondern größere Kaliber eröffneten weitab von der Front den Beschuss. Die Explosionen der Treibladungen waren gedämpft zu vernehmen.

Lange Zeit geschah nichts.

Dann setzte ein vielfaches, warnendes Pfeifen ein, ehe sich die Erde zwischen den Reihen der Tzulandrier hob.

Menschen flogen wie Puppen durch die Luft, spritzten nach allen Seiten davon, wirbelten geradezu grotesk umher, um tot aufzuschlagen. Zwanzig rauchende Krater taten sich auf. Im Umkreis von fünf Schritt um sie herum stand keiner der Gegner mehr auf den Beinen.

Und das weit entfernte Rumpeln war schon wieder zu hören.

Zvatochna wusste, dass sie dies nicht lange durchhalten würden. Die Kensustrianer warteten in aller Ruhe ab, wie die Fernwaffen die Menge der Gegner dezimierte, ohne sich in den gefährlichen Bereich begeben zu müssen.

Sie schickte die Kavallerie der rechten Flanke in Richtung des abgelegenen Waldes aus, wo sich die kensustrianischen Bombarden befanden, wie man jetzt durch den aufsteigenden Pulverqualm klar erkannte.

Die berittenen Truppen sollten ihr Ziel nicht erreichen.

Als sie sich vor einer Mulde befanden, entfernten Gegner die errichteten Tarnungen von den Bombarden, die den Durchmesser eines großen Kupferkessels besaßen.

Die Mündungen spien keine massiven Kugeln gegen die Reiter, sondern sandten stählernen Hagel aus. Die scharfkantigen Schrapnelle und spitzen Metallsplitter richteten schreckliche Verluste unter der überraschten Kavallerie an, die sich sofort zum Rückzug wandte. Zvatochna beobachtete, wie mehrere Pferde im Boden einbrachen, als sich so etwas wie ein Graben auftat.

Ein Tunnel!, verstand sie. *Sie haben von dort einen Gang angelegt, um unbemerkt an unsere Geschütze zu gelangen.*

Die Kabcara wollte eben noch einem Zug Söldner den Befehl geben, die Bombarden zu sichern, als sich zu ihrem Erstaunen alle Soldaten, einschließlich der Sumpfwesen und Sinured, Linie um Linie in Bewegung setzten und wie eine Welle aus blinkendem Stahl auf die Front der Kensustrianer zuschwappten.

Fluchend schaute sie nach ihrem Bruder, der in maßloser Wut den Angriff befohlen hatte und sich zusammen mit seinem Tzulanorden in die Schlacht warf. Selbst die zweite Abteilung Kavallerie, die zu einem späteren Zeitpunkt attackieren sollte, preschte zu ihrer Linken aus dem Wald.

Nesreca sah sie an, zuckte hilflos mit den Achseln und drückte seinem Pferd die Sporen in die Flanke.

Zvatochna trabte dem Schlachtfeld entgegen und bereitete sich auf den Einsatz ihrer Magie vor.

Ehe die Flanke der Söldner und Schmeißfliegen die kaltblütig abwartenden Kensustrianer erreichte, bebte die Erde unter dem Getrappel unzähliger Pferde.

Die Verteidiger ließen die Tiere der ulldartischen Kavallerie, die sich im Glauben an einen schnellen Sieg auf kensustrianisches Gebiet vorgewagt hatte, in einer Stampede heranjagen und leiteten sie frontal in die Reihen der anrollenden linken Flanke.

Der Aufprall tausender Pferdeleiber riss unzählige Angreifer um, die Mehrzahl der Männer verschwand zwischen den wirbelnden Hufen der angsterfüllten Vierbeiner, die in kopfloser Flucht vor nichts Halt machten.

Ingenieure rannten zwischen den Abteilungen der kensustrianischen Krieger nach vorne, entfernten die Abdeckungen von den kleinen Düsen, die aus dem Boden herausschauten, und steckten den Docht davor in Brand.

Währenddessen feuerten die Bombarden und schleuderten die Katapulte unlöschbares Feuer über die Köpfe der eigenen Truppen hinweg, um Tzulandrier, Sumpfbestien und Tzulani in lebende Fackeln zu verwandeln. Pfeilschauer sirrten los, trafen ihr Ziel und brachten den Tod.

Als die ersten Ausläufer der gegnerischen Welle nur

noch wenige Schritte von den Kensustrianern entfernt waren, spritzte eine stinkende Flüssigkeit aus den feinen Düsen, entzündete sich an den Dochten und empfing die ersten Angreifer mit einem Schwall Feuer.

Doch Govan und Zvatochna waren nahe genug heran, um ihre Magie einzusetzen. Die Bombarden verglühten in einem Funkengewitter, das Pulver detonierte und riss die Bombardiere und Bedienungsmannschaften ins Verderben.

Endlich prallten die Reihen gegeneinander.

Das Klirren der aufeinander treffenden Waffen wurde lauter und lauter. Die kensustrianischen Kampftiere pflügten sich durch die Tzulandrier, ehe sie von Sinured gefällt wurden.

Die grünhaarigen Krieger fielen über die Feinde her und machten es den Gegnern schwer, ein Ziel zu bieten. Sie schlugen immer nur einmal zu, gingen sofort weiter zum nächsten Opfer und hinterließen Tote oder Kampfunfähige. Vor allem die Anführer mit den grellgelb leuchtenden Augen ließen sich anfangs durch nichts aufhalten.

Und dennoch sollten die Krieger nach und nach der Überzahl oder der Magie der hoheitlichen Geschwister zum Opfer fallen.

Govan murmelte einen Spruch nach dem anderen, vernichtete zunächst alles an Hilfsmitteln, was die Kensustrianer gegen seine Soldaten einsetzen konnten, bis ihre Fernwaffen und anderen Konstruktionen brannten oder unbrauchbar geworden waren.

Ein direktes Eingreifen gestaltete sich in dem dichten Zweikampf als sehr schwierig.

Die Kriegerformationen hatten sich aufgelöst; ein jeder der Kensustrianer wühlte sich wie ein gieriger Raubfisch durch die Reihen der Tzulandrier, tauchte darin unter und war kaum als Ziel zu erkennen.

Vier der Anführer hatten bereits von seiner tödlichen Macht gekostet und waren vergangen, was Govan mit einer großen Befriedigung erfüllte.

Eine Gestalt erkannte er sehr gut. Krutor teilte Seite an Seite mit den Kensustrianern aus, dass die Unterkiefer und Knochen brachen.

»Du wirst den Lohn für deinen Verrat erhalten, Krutor!« Der ¢arije sammelte die Energien, um sie gegen seinen Bruder zu werfen, als ihn eine Entladung traf, die seine reflexhafte magische Verteidigung aktivierte und die Kräfte aus dem geplanten Angriff abzog.

»Wer, bei Tzulan …?« Er schaute sich um.

Sein Blick fiel auf einen zu klein geratenen Soldaten, der zwar den Brustpanzer eines Kensustrianers trug, aber allem Anschein nach ein Ulldarter war. Gerade hob er wieder die Hände und bereitete den nächsten Angriff vor.

Hastig zog Govan eine schützende Sphäre um sich herum, als blaue Strahlen knisternd über die durchsichtige Hülle leckten, abglitten und etliche Ritter des Tzulanordens vernichteten. Auch Albugast stürzte aus dem Sattel.

Zornentbrannt sprang der Herrscher von seinem Pferd und bereitete den Gegenschlag vor. Erstaunt musste er mit ansehen, wie ihm der unbekannte Magier Stand hielt.

Ein Grinsen stahl sich in Govans Gesicht. Allmählich fing es an, ihm Spaß zu machen.

Als die Abenddämmerung hereinbrach, waren die Gegner miteinander verschmolzen, eine feste Front gab es längst nicht mehr. Selbst tief inmitten der tzulandrischen Linien wurde gefochten. Wie die Maulwürfe gruben sich die Kensustrianer durch den Gegner.

Lodrik, der die auffällige Uniform abgelegt und gegen einen Brustharnisch eingetauscht hatte, folgte einer dieser Breschen, ehe sie sich schließen konnte. Er nutzte das Durcheinander, um sich dem Mann zu nähern, den er ausschalten wollte.

Mortva Nesreca änderte sein bewährtes Verhalten während eines Gefechts nicht; er ritt geschäftig hin und her, stellte sich aber keinem einzigen Feind.

Der einstige Kabcar befahl seinen Seelen den Angriff.

Nesrecas Pferd stürzte wie vom Blitz getroffen in sich zusammen; das Wesen in der menschlichen Hülle mit den silbernen Haaren wurde aus dem Sattel gehoben und in den Staub geschleudert. Überrascht erhob sich der Konsultant, wischte sich den Schmutz von der Uniform und trat das tote Tier.

»Ich habe dich gerufen, ich werde dich auch wieder zu deinem Gott schicken, Nesreca«, sagte Lodrik, während er sein Henkersschwert fester umfasste.

»Du warst das?« Der Berater lächelte mitleidig. »Von den Toten zurückgekehrt, Lodrik?« Er schüttelte bedauernd den Kopf. »Und das alles nur, um Tzulan triumphieren sehen zu müssen. Ist das nicht bitter?«

»Der Gebrannte wird eine Niederlage erleiden«, versprach Lodrik.

»Und wie, wenn ich fragen darf?«, erkundigte sich Nesreca freundlich. »Deine Magie reicht nun wirklich nicht aus, um mich aufzuhalten.« Er deutete auf die Waffe des Kabcar. »Das ist das falsche Werkzeug gegen einen Zweiten Gott, Lodrik.«

»Ich hätte dich töten sollen, als ich mein Land von Arrulskhán befreite.«

»In der Tat«, gab das Wesen zurück. »Aber stattdessen vertrautest du mir. Und halfst, die Dunkle Zeit zurückkehren zu lassen, indem du mir Tür und Tor geöffnet hast. Ohne deinen Sohn wäre das alles nicht geglückt. Und ohne dich erst recht nicht. Auch wenn du im Großen und Ganzen eine ziemliche Enttäuschung warst.« Er verschränkte die Arme hinter dem Rücken. »Nur zu. Ich lasse dir den ersten Schlag.«

»Vielen Dank«, meinte Lodrik kühl und reckte die Spitze des Henkersschwertes gegen seinen Konsultanten. »Vernichtet ihn, wie es euch beliebt.«

Die Seelen flammten türkisfarben um den Zweiten Gott auf und stürzten sich auf das perplexe Wesen, das von diesem Angriff völlig überrumpelt wurde.

Waljakov, Soscha und Krutor erkannten, dass es für sie kein Durchkommen zu Zvatochna gab. In der Unübersichtlichkeit der Schlacht wandten sie sich dem am leichtesten zu erkennenden Ziel zu: Sinured.

Der vom Grund des Meeres zurückgekehrte Kriegsherr wütete schrecklich zwischen den Kensustrianern. Tobáar hing im Hauptkontingent der Tzulandrier fest und lichtete dort die Reihen, schaffte es aber nicht, sich schnell genug eine Schneise zu schlagen.

»Bleibt zurück«, knurrte Waljakov die Ulsarin an und rannte zusammen mit Krutor und anderen Kensustrianern gegen die monströse Gestalt an. Soscha, die eben noch mit eingreifen wollte, sah sich unvermittelt von Sumpfkreaturen umringt, gegen die sie ihre Magie einsetzen musste.

Der Tadc und der K'Tar Tûr hatten einen schweren Stand gegen Sinured. Trotz seines Alters gelang es Waljakov immer wieder, der Deichsel seines Vorfahren auszuweichen und kleinere Treffer anzubringen. Krutor sorgte mit seiner im Vergleich zu den anderen Gegnern eindrucksvollen Größe dafür, dass sich der Kriegsfürst auf ihn konzentrierte.

Dennoch, die körperliche Überlegenheit des Barkiden war zu groß. Ein Keulenschlag riss Krutor von den Beinen, Waljakov bekam den Schild gegen den Leib gerammt, dass er die aufgewühlte Erde küssen musste.

Mit einem dröhnenden Lachen hob Sinured die Deichsel.

Nesreca taumelte und brach in die Knie. Die Attacken folgten dermaßen schnell hintereinander, dass er keine Zeit hatte, sich vor dem zu schützen, das durch ihn hindurch fuhr und ihm furchtbare Qualen bereitete. Sie rissen jedes Mal ein Stückchen aus ihm heraus, und zwar nicht von seiner Form als Mensch, sondern aus seinem eigentlichen Körper, und zehrten auf rätselhafte Weise an seiner Substanz.

Ihm wurde schwarz vor Augen.

Plötzlich endeten die Angriffe.

Als er sich umblickte, war Lodrik verschwunden. In einiger Entfernung sah er ihn auf Sinured zurennen.

Er ächzte und stemmte sich in die Höhe. Mühsam gelang es ihm, die Wunden zu schließen; an seiner Uniform haftete eine durchsichtige Substanz. So wollte er nicht länger auf dem Schlachtfeld bleiben, sein geschwächter Zustand machte leichte Beute aus ihm, sollte Lodrik seine Angriffe fortsetzen wollen.

Nesreca schwang sich auf das nächstbeste Pferd und lenkte es zu Zvatochna. Sie musste den Befehl zum Sammeln geben, um die Kensustrianer in einem gewaltigen Schlag auszulöschen.

Lorin und Govan lieferten sich ein erbittertes magisches Duell. Die Intensität der Energien sorgte dafür, dass sich um sie herum ein Kreis von mehreren Speerlängen Durchmesser bildete, in dessen Inneres kein Soldat mehr zu treten wagte. Zu viele der Kämpfer – Freund wie auch Feind – waren von irregeleiteten Ausläufern niedergemetzelt worden, und die Hitze, die von den beiden jungen Männern ausging, stieg weiter.

Sie beschworen eine Entladung nach der nächsten. Mal beschossen sich die beiden direkt mit Eruptionen aus ihren Händen, mal riefen sie andere Effekte hervor. Govan spie sogar purpurnes Feuer aus seinem Rachen. Schillernde Strahlen schossen unvermittelt aus der Erde oder zuckten vom Himmel, wurden im letztem Augenblick abgewehrt und zu einem Gegenangriff genutzt. Gleißende Kugeln entstanden, flogen umher, um in irisierenden Explosionen vernichtet zu werden.

Die beiden Kontrahenten bemerkten nicht, wie sich die Heere voneinander lösten und neu formierten. So wurde das atemberaubende Schauspiel, das die Brüder lieferten, von beiden Seiten staunend betrachtet.

Govan zog sich zurück, als er bemerkte, dass sie allein zwischen den Fronten standen, und begab sich an die Spitze seines Heeres. Er machte keinen sonderlich erschöpften Eindruck.

Lorin wankte zurück und begab sich neben seinen Vater, Tobáar und die anderen Kampfgefährten.

»Er ist zu stark«, keuchte der Kalisstrone ausgelaugt. »Du musst mir helfen.« Er wandte sich an die Ulsarin, die ähnlich überanstrengt wirkte.

»Ich verstehe das nicht«, hechelte sie. »Wir ermüden schneller und haben weniger Ressourcen zur Verfügung.«

»Wo ist Waljakov?«, wollte Lorin kurzatmig wissen und nahm einen Schluck aus der Feldflasche, die ein Kensustrianer ihm reichte.

»Es hat ihn erwischt«, meinte Krutor unglücklich.

»Was?« Entgeistert starrte der junge Mann ihn an, die blauen Augen verrieten sein Entsetzen.

Lodrik legte ihm beruhigend die Hand auf den Arm. »Er ist nur verwundet. Ich konnte ihm rechtzeitig beistehen, ehe Sinureds Keule auf ihn niederfuhr.« Er stieß die Luft aus. »Dafür ist mir Nesreca entwischt.«

Lorin rechnete damit, dass die kensustrianischen Mörser wieder feuern konnten. Doch sein Vater erklärte ihm, dass es Zvatochna gelungen war, den Wald, in dem die Geschütze standen, in Brand zu stecken. Die Mannschaften befanden sich auf dem Rückzug.

Tobáar hatte sieben seiner neun besonderen Gefolgsleute verloren, die Streitmacht bestand nur noch aus knapp viertausend Kriegern und sah sich alles in allem zwanzigtausend Feinden gegenüber, denen die untergehenden Sonnen dunkelrot ins Gesicht schienen.

Der Anführer der Kriegerkaste blickte über das grausige Schlachtfeld. »Kensustria wird bis zum letzten Atemzug meiner Kämpfer Widerstand leisten. Noch ist nichts verloren.«

Die Tzulandrier steckten derweil die Leichen der sieben herausragenden Kensustrianer auf lange Spieße und trugen sie höhnend vor den eigenen Reihen hin und her.

Die Selidane brüllten Anweisungen, und die Krieger von dem anderen Kontinent formierten sich neu und begaben sich in Angriffsformation. Offenbar wollte der ¢arije die Sache noch an diesem Abend zu Ende bringen.

Lorins Mut fiel in ein tiefes Loch, die Entschlossenheit schwand. Er musste an Jarevrån denken.

Das Gemurmel von Gebeten erklang in ihren Rücken. Die letzten tausend ulldartischen Freiwilligen rückten unter der Leitung von Matuc an die Seite der Kensustrianer. Das Banner Ulldraels des Gerechten flatterte im Wind.

»Für Ulldrael!«, riefen die Männer. »Für Lodrik Bardri¢!«

Sein Ziehvater nickte Lorin zu, als wollte er sagen: *Siehst du, was ein fester Glaube bewirkt?* Angesichts der Zuversicht dieser Menschen, die einem überlegenen Feind gegenüberstanden, regte sich in Lorin so etwas wie Trotz.

Er packte Soscha am Arm. »Wenn es gleich losgeht,

bleib hinter mir. Zusammen schnappen wir uns Govan und besiegen ihn.« Er wandte sich seinem verkrüppelten Bruder zu. »Du machst uns den Weg frei.«

Krutor nickte begeistert. »Wir boxen Govan auf die Nase.«

Tobáar hob die Hand mit der massiven Eisenstange und wirbelte sie einmal um die eigene Achse. Rechts und links fuhren armlange, blutige Doppelschneiden aus.

Ein kurzer Befehl, und die letzten Verteidiger von Ulldart rannten gegen die Widersacher an.

Die schweren Bombarden und Schnellfeuergeschütze auf der rechten tzulandrischen Flanke eröffneten das Feuer, sobald sich die Kensustrianer und Ulldarter auf den Weg machten.

Von der anderen Seite knatterten die Büchsenmaschinen in vernichtendem Stakkato, und die leichten Fernwaffen schossen ebenso auf die Truppen. Die Garben und Kugeln schlugen wie ein eisernes Gewitter in die Reihen.

Doch nicht zwischen den anstürmenden Soldaten flog der Dreck auf. Die Tzulandrier wurden stattdessen Opfer der eigenen Geschütze, und die Projektile mähten die Männer nieder, die sich eben noch dort aufgereiht hatten.

Zvatochna wusste sofort, was geschehen war. Den Kensustrianern war es gelungen, die hoheitliche Artillerie unbemerkt einzunehmen. Sie hatten gewartet, bis die Gelegenheit günstig war, und sorgten nun dafür, dass sich das Blatt wendete.

Auch sie selbst wurde Opfer des Beschusses. Ihre Magie verhinderte zwar, dass die Kanonenkugeln sie zu Brei zerschlugen, dafür rissen die abgelenkten Geschosse andere in Stücke.

»Rückzug in den Wald auf der rechten Flanke«, schrie

sie einem der Wimpelträger und den Trompetern zu. »Wir müssen die Stellungen zurückerobern!«

Der kreidebleiche Mann nickte und hob die Arme mit den Signalfähnchen, als eine Kugel seinen Kopf durchschlug. Als Nächstes rutschte ein Selidan tot aus den Steigbügeln, dann erwischte es den benachbarten Hauptmann, der die Söldner befehligte. Mit kurzen Abständen stürzte ein Offizier nach dem anderen verwundet oder leblos auf den Boden.

Es dauerte in diesem Durcheinander, bis sie begriff, woher die keineswegs zufälligen Treffer stammten. Wütend schaute sie zu den Büschen, in denen ihre Scharfschützen gelagert hatten. Wer hatte den Kensustrianern beigebracht, dermaßen gut mit Büchsen zu schießen?

Die Kabcara sandte einen Stoß Magie in das nahe Unterholz, um es samt des Heckenschützen vergehen zu lassen.

Eine schimmernde Schutzhülle entstand und absorbierte die von ihr entfesselte Gewalt. Nur einen Lidschlag später drang ein Projektil mit einem metallischen Laut in den Helm des letzten Signalisten ein.

Während sie in einer Mischung aus Faszination und Abscheu die roten Blutstropfen betrachtete, die an ihrer magischen Schutzsphäre hafteten, entdeckte sie zufällig sechs seltsame Apparate am Himmel.

Jeweils ein Korb war an mehreren schwebenden Gegenständen befestigt worden, die sie an Schweinsblasen erinnerten. Das halbe Dutzend lautloser Flugobjekte hatte sich unbemerkt mittels kleiner Segel, die an den Vertäuungen hingen, über die Streitmacht ihres Bruders manövriert.

Plötzlich regneten von oben Gegenstände herab, die beim Aufschlag aufplatzen und weiße Wolken aufwirbelten. Die eingenebelten Tzulandrier griffen sich ins Gesicht und versuchten, die Augen vor dem ungelöschten Kalk zu schützen. Es folgten kleine Handbomben, die weitere Verluste verursachten.

Zvatochna fluchte und ritt zu Govan, um ihn zum Rückzug zu bewegen, während die Tzulandrier ihren Kriegertod starben.

»Nein!«, schrie Lorin enttäuscht, als er sah, wie Govan zusammen mit Zvatochna vom Schlachtfeld galoppierte. Ein Teil der Tzulandrier schloss sich unter Führung Sinureds dem fliehenden ¢arije an. Soscha und sein Vater hinderten ihn daran, sich allein an die Verfolgung zu machen.

Die Auflösungserscheinungen setzten sich derweil fort.

Die Sumpfwesen gafften in den Himmel, wo die Apparate schwebten, und rannten anschließend um ihr Leben. Zurück blieben Tzulani, die erbitterte Gegenwehr leisteten und dem ¢arije den Rücken deckten. Doch die beflügelten Kensustrianer und Ulldarter machten ihnen vor Einbruch der Finsternis den Garaus.

Die Truppen zogen sich zusammen mit ihren Verbündeten in ihr Lager zurück. Die ulldartischen Kämpfer waren so erschöpft, dass sie ihren Sieg nicht richtig feiern konnten. Manche schliefen fast auf der Stelle ein, als die Anspannung des Gefechts von ihnen abfiel, andere begannen hemmungslos zu weinen.

Die Stunde der Feldscher brach an, die umherliefen und die dicht an dicht liegenden Körpern untersuchten, um eventuelle Verwundete zu entdecken. In den Feldlagern wurde für die Behandlung der Wunden gesorgt.

Lorin und die anderen trafen Perdór und Fiorell wieder, die an Bord eines der Apparate gewesen waren und die Tzulandrier aus luftiger Höhe eingedeckt hatten. Der Hofnarr wurde nicht müde zu erzählen, dass ihr »Luftschiff«, wie er sie nannte, wegen des Gewichts des Herrschers beinahe nicht abgehoben hätte.

Zusammen besuchten sie Waljakov, dessen Brustkorb von der eisenbeschlagenen Deichsel eingedrückt worden war. Glücklicherweise hatten die Geister Lodriks die Wucht so weit gedämpft, dass er den Schlag schwer verletzt überlebt hatte.

Noch am gleichen Abend beschlossen Tobáar und die ulldartischen Verbündeten, die hoheitlichen Geschwister im Morgengrauen zu verfolgen und mit dem Rest ihrer loyalen Einheiten zu vernichten, ehe sie Tûris erreichen konnten. Perdór vermutete anhand seiner eingegangenen Berichte, dass sich dort weiterer tzulandrischer Nachschub befand.

Sollte der ¢arije neue Kräfte erhalten, wäre der mühsam errungene Sieg umsonst gewesen. Eine zweite Schlacht diesen Ausmaßes würden die Verteidiger von Ulldart nicht überstehen.

Immerhin, Tokaro, der in den letzten Stunden der Schlacht dazugestoßen war und mit seiner Schießkunst die Verwirrung unter den Tzulandriern perfekt gemacht hatte, brachte die aldoreelische Klinge mit, die gegen das Böse helfen würde.

Die Sonnen waren kaum aufgegangengen, da brach man zur Jagd auf.

XII.

**Kontinent Ulldart, Vizekönigreich Aldoreel,
24 Warst entfernt vom Vizekönigreich Tûris,
zwölf Meilen vor Taromeel, spätes Frühjahr 460 n. S.**

»Angor beschütze uns, die wir für alle Menschen auf Ulldart antreten, in der morgigen Schlacht.« Tokaro beendete mit diesem Satz sein einstündiges Gebet, küsste die Blutrinne und verstaute die aldoreelische Klinge in der Scheide.

Nachdenklich strich er über die Rüstung, die Perdór ihm hatte bringen lassen. Dazu gehörten eine Lanze und ein prächtiger Schild, die sich vor seinem Zelt befanden.

Er ging nach draußen, um einen Blick auf das Wetter zu werfen. Als er die Zeltplane am Eingang zurückwarf und hinaustrat, verhieß der Himmel nichts Gutes. Wolken zogen sich zusammen und verfinsterten die Umgebung, als bräche bereits die Nacht an.

Der Ritter schlenderte in Gedanken versunken zu Treskor, striegelte ihn sorgfältig und gab ihm eine besonders große Portion Hafer, damit er morgen voller Kraft war.

Den zweitausend Kensustrianern und vierhundert Ulldartern war es gelungen, die Flüchtigen zu überholen und sich unbemerkt vor sie zu setzen. In aller Frühe würde man dort aufmarschieren, wo das Geeinte Heer vom Wunderhügel aus einst Sinureds Truppen geschlagen und das Böse für mehr als vierhundert Jahre vom Kontinent vertrieben hatte. Perdór hatte darauf bestanden, dass man diesen geschichtsträchtigen Ort als Ausgangspunkt für die Schlacht wählte, schon allein, um einen moralischen Vorsprung zu erhalten.

Lodrik war aufgebrochen, um mit Hilfe seiner Geister dafür zu sorgen, dass die Tzulandrier in dieser Nacht von den Seelen der Toten heimgesucht wurden und kein Auge zumachten. Passenderweise lagerten die Gegner ganz in der Nähe des »Blutfeldes«. Sollte Sinured vergessen haben, an welcher Stätte er sich befand, die Geisterwesen erinnerten ihn und seine Leute sehr schnell daran.

Tokaro horchte auf. Die Freiwilligen, die weitestgehend aus Tûris, Tarpol und Borasgotan stammten, erhoben ihre Stimmen und sangen leise Lieder zu Ehren Ulldraels. Danach vernahm man die Stimme des einbeinigen Mönchs, der sie mit den Worten des Glaubens stärkte und ihnen Zuversicht verlieh.

Über den Pferderücken hinweg sah er, dass sein Halbbruder aus Kalisstron sich in der Nähe der Betenden aufhielt, sich aber nicht zu ihnen gesellte, sondern aus einiger Entfernung, im Schatten eines Baums beinahe etwas geziert zuhörte.

Er streichelte die Flanke des Schimmels und schritt zu Lorin hinüber. »Es ist nicht dein Glaube, oder?«, sagte er gedämpft.

Der Kalisstrone zuckte zusammen. »Oh, du bist es.« Er wirkte verlegen. »Sieht man mir an, dass ich kein wahrer Gläubiger bin?«, meinte er.

»Im Moment schon«, erwiderte Tokaro. »Ich vertraue Angor. Er wird mich schützen und uns helfen.« Er nickte zu Matuc. »Wenn Ulldrael noch dazustößt, werden wir die Diener Tzulans vom Erdboden fegen.«

»Woher nimmst du die Gewissheit?«

Der junge Ordensritter richtete sich ein wenig auf. »Ich habe schon zweimal etwas erlebt, was ich mir nicht erklären kann. Beide Male hinderte mich eine Erscheinung, dass ich etwas aufgab und davonlief. Das brachte mir die sichere Erkenntnis, dass es meine Bestimmung ist, für meinen Gott gegen Sinured und unsere Geschwister anzutreten. Und zu siegen.«

Lorin lehnte sich gegen den Baum. »Mir ist so etwas noch nie widerfahren. Vielleicht könnte ich dann mit der gleichen Inbrunst und dem gleichen Vertrauen in die Schlacht reiten.«

»Reiten?«, fragte der Ritter. »Du meinst, dich im Sattel halten, bis du den Gegner erreicht hast.«

Sein Halbbruder musste lachen. »Ich hatte Glück, dass ich zu Fuß in Govans Nähe kam.«

Tokaro überlegte. »Morgen wirst du dich zu mir setzen. Treskor und ich bringen dich zu deinem Gegner.« Er senkte den Blick. »Ist mir eigentlich jemand böse, dass ich es nicht schaffte, die aldoreelische Klinge früher herbeizuschaffen? Wir hätten Sinured vielleicht schon töten können.«

»Unsinn«, beruhigte ihn Lorin. »Du wärst nicht bis zu ihm vorgedrungen. Du bekommst deine Gelegenheit morgen. Und verdirb es nicht noch einmal«, zog er ihn auf.

»Und du mach dir keine Gedanken«, sagte er zum Abschied. »Du wirst sehen, die Götter sind auf unserer Seite.« Er kehrte in sein Zelt zurück, wo er mit dreißig anderen und Krutor zusammen lagerte, um sich zur Ruhe zu begeben.

Der junge Kalisstrone betrachtete indessen die pechschwarzen Wolken. Keineswegs beruhigt, richtete er seine Aufmerksamkeit schließlich auf die Predigt seines Ziehvaters. Die Worte Matucs linderten die Zweifel ein wenig.

Aber vertreiben konnte der Geistliche sie nicht.

»Knapp fünftausend Mann«, rechnete Perdór die Anzahl der Gegner hoch.

»Eins zu zwei. Machbar«, kommentierte Moolpár und schaute zu der eindrucksvollen Gestalt Tobáars, um dessen Meinung zu hören.

Das dunkelgrüne Haar mit den schwarzen Strähnen geriet in Bewegung, als der Führer der Kriegerkaste zustimmend sein Haupt neigte. Die goldenen Intarsien seiner Rüstung reflektierten den Schein der Öllampen.

»Die Tzulandrier sind harte Gegner, selbst ohne ihre Bombarden und Büchsen. Trotzdem werden sie den morgigen Tag nicht überleben.« Während er sprach, wurden die starken Reißzähne sichtbar. »Die schwierigste Aufgabe ist die Vernichtung der beiden Kinder.« Er betrachtete Soscha eindringlich. »Wenn du und der andere kleine Mensch versagen, wird die Brut Tzulans Tûris erreichen und zu den neuen Truppen stoßen. Damit wäre alles verloren.«

»Ihr macht mir meine Aufgabe nicht leichter, indem Ihr meine Verantwortung hervorhebt«, gab die Ulsarin forsch zurück. Sie war noch immer erschüttert angesichts der toten Cerêler, die sie unterwegs auf der Straße oder im Graben gefunden hatten, weggeworfen wie überflüssig gewordene Gegenstände. Einer von ihnen starb, als sie hinzukamen. Die magische Aura, welche die Heiler üblicherweise grün umspielte, fehlte. Lodrik erklärte ihr seine beunruhigende Vermutung, dass Govan sie ihrer Energien beraubte, um sich mit neuer Kraft zu füllen.

»Du sollst wissen, dass unser Leben nichts im Vergleich zur Erfüllung unserer Aufgabe bedeutet«, meinte Tobáar ungerührt. »Auch wenn noch so viele von uns sterben, wenn die Sonnen morgen untergehen, müssen einige von uns als Sieger auf dem Blutfeld stehen. Sei gewiss, dass wir unsere Pflicht tun.« Der Kensustrianer stand auf und verließ die Unterkunft, seine drei Begleiter folgten ihm.

»Er ist noch undiplomatischer als Ihr«, meinte Fiorell mit gespitzten Lippen zu Moolpár.

»Eine Taktik zu entwerfen ist ziemlich sinnlos«, seufzte der ilfaritische König. »Es wird ein Gemetzel werden, Mann gegen Mann.« Sinnierend zog er sein Kurzschwert. »Es ist schon Jahre her, dass ich damit umging.«

»Jahrzehnte. Und dann auch nur zum Kuchenzerteilen«, verbesserte sein Hofnarr und kniff die Augen zusammen. »Ihr wollt doch nicht wahrhaftig in die Schlacht ziehen, Vater aller Pralinen? Ihr wärt ein gefundenes Fresschen. Der Junge mit der Fanfare würde Euch wegputzen.«

»Keine Rücksicht, Fiorell«, wehrte Perdór energisch ab. »Wir brauchen jedes Schwert. Und da möchte ich nicht abseits stehen und zusehen.« Prüfend tippte sein Zeigefinger auf die Spitze der Waffe; er verzog das Gesicht und zog die Fingerkuppe hastig zurück. »Wer weiß, vielleicht bin ich es, der den entscheidenden Stich ausführt?«

»Wer weiß, vielleicht seid Ihr es, den der erste Bolzen zwischen die Augen trifft?«, warf Fiorell mit ätzender Stimme ein. »Majestät, seid kein Narr, lasst mir wie üblich diesen Part. Setzt Euch auf einen Baum, nehmt von mir aus eine Schachtel Konfekt und eine Armbrust mit und schießt gelegentlich einen Bolzen ins Getümmel.« Er warf sich vor seinem Herrn auf die Knie. »Doch bleibt aus den Zweikämpfen heraus, ich bitte Euch!«

Bei aller Komik und Übertriebenheit, die Fiorell in seinen Auftritt legte, erkannte Perdór, wie ernst es seinem Possenreißer war. Gerührt zog er ihn auf die Beine. »Nein, lieber Fiorell. Ich werde mit den Ulldartern kämpfen. Und wenn ich falle, wirst du König von Ilfaris. Wie gefällt dir das?«

»Da scheiß ich drauf. Ein Ungetüm von einem titanischen Haufen«, grummelte er. »Ich begleite Euch.«

»Was ist das nur für ein Krieg?« Moolpár schüttelte den Kopf. »Wenn schon Hofnarren in die Schlacht reiten.«

»Ich schwöre Euch, Moolpár, damit haben wir die Lacher auf unserer Seite. Heißa, bei uns stirbt es sich lustig«, meinte der Ilfarit voller schwarzem Humor und kniff den Kensustrianer übermütig in die Nase. »Da staunt Ihr, was? Aber morgen gebe ich sowieso den Narrenstab ab, da darf ich über die Stränge schlagen.«

Der hoch gewachsene Krieger betrachtete das ilfaritische Zweiergespann. »Ich gestehe, seltsamere Menschen wie Ihr beide sind mir noch nie begegnet. Aber es täte mir sehr Leid, auch nur einen von Euch zu verlieren.« Er nickte in die Runde und verschwand.

»Huch!« Fiorell schlug sich überrascht die Hand vor den Mund. »Majestät, wisst Ihr, was ich glaube?«

»Nein.«

»Moolpár der inzwischen Uralte mag uns.«

Schlecht gelaunt saß Zvatochna auf einem mit Pelzen gepolsterten Feldstuhl. Sie starrte auf die Flamme der Kerze, die durch die Zugluft im üppig ausgestatteten Zelt in Bewegung geriet, und überlegte, welche Optionen ihr im Fall einer Niederlage ihres Bruders blieben.

Nicht, dass sie daran glaubte.

Sobald man in Tûris einträfe und die Unterstützungseinheiten aus Tzulandrien zu ihnen stießen, würden sie den armseligen Haufen Kensustrianer und Ulldarter in ihrem Rücken vernichten. Doch sollte sich ihr Bruder ein weiteres Mal von seinen schlechten Eigenschaften mitreißen lassen und ihre Strategie über den Haufen werfen, wäre alles im Bereich des Möglichen. Wie sich bei Séràly schmerzlich bewahrheitet hatte.

Nach einer gewaltigen Standpauke hatte sie sich jeglichen Besuch von Govan in ihrem Zelt verbeten. Die Kabcara strafte ihn seither mit Missachtung, und das war angesichts seiner Gefühle für sie das Schlimmste, was sie ihm antun konnte. Auch Geschenke und Briefe ließ sie zurückgehen. Zvatochna bot sich durch den Lapsus ihres Bruders eine willkommene Gelegenheit, sich den aufdringlichen jungen Mann, der fest an eine Verbindung zwischen ihnen glaubte, vom Hals zu halten.

Nesreca wurde ihr angekündigt. Mit einem Wink befahl sie der Dienerin, ihn eintreten zu lassen. Gehorsam verneigte er sich vor der Herrscherin über Tarpol.

»Wie geht es Euch, Hohe Herrin?«, erkundigte er sich.

»Govan hat Euch geschickt, vermute ich.«

»Als Liebesbote gewissermaßen«, bestätigte er ihre Annahme. »Er heult wie ein Schlosshund, weil Ihr ihn nicht sehen wollt.« Nesreca zuckte mit den Achseln. »Aber was soll's? Ärgerlich, dass die Schlacht nicht so verlief, wie wir uns das vorstellten. Damit ist er immer noch am Leben.«

»Das wird so sein, bis wir unsere Verfolger endgültig vernichtet haben«, entschied Zvatochna. »Der ungewöhnlich starke magische Widerstand macht uns mehr zu schaffen, als uns recht sein kann.« Sie betrachtete ihn. »Wieso unternehmt Ihr diesbezüglich nichts?«

»Ich darf nicht«, lehnte der Konsultant ab. »Meine Aufgabe ist es, Dinge in die Wege zu leiten. Vielleicht ein wenig Schicksal zu spielen. Alles andere müsst Ihr und Euer Bruder verwirklichen. Daher zählt besser nicht auf meine bescheidenen Künste.«

Sie schwieg. »Was machen wir, wenn die Kensustrianer uns besiegen?«, fragte sie sich so leise, dass er es fast nicht verstand.

Nesreca setzte sich neben sie. »Hohe Herrin, ich dürfte es Govan nicht sagen, sonst würde er am Ende verlangen, zu einem Gott gemacht zu werden – oder ähnlichen Unfug.«

»Den Ihr ihm ins Ohr gesetzt habt.«

»Er wäre auch ohne mich darauf gekommen«, schätzte ihr Gegenüber. »Aber Ihr als vernünftige Frau sollt erfahren, dass Tzulans Macht wuchs. Er wird uns in der nächsten Schlacht zur Seite stehen und unsere Feinde zerschmettern.«

»Wie das?« Der Kopf der Kabcara fuhr erfreut in die Höhe.

»Die Anweisungen Eures Bruder, alles Palestanische für den begangenen Verrat zu bestrafen, und dazu die vielen rogogardischen Gefangenen, die in der Kathedrale zu Ulsar ihr Leben für den Gebrannten gaben, stärkten ihn.« Seine Augen loderten voller Begeisterung. »Es kann nicht mehr lange dauern, bis aus seinem Geist wieder eine feste Gestalt wird. Bei allem Wahnsinn, den man bei Govan spürt: seine Geschenke fruchten.«

»Ist das vielleicht auch Wahnsinn, den ich in Euren Pupillen sehe?«, merkte die junge Frau an.

»Das?« Nesreca winkte sympathisch lachend ab. »Das ist nur die Vorfreude, dass es einem bescheidenen Diener wie mir gelang, seinem Herrn einen lang ersehnten Wunsch zu erfüllen. Lange genug habe ich dazu ja gebraucht.«

Zvatochnas Augenbraue wanderte langsam in die Höhe. »Vergesst nicht, dass es nach der Schlacht durch meine Hilfe fortgeführt werden muss. Stellt Euch gut mit mir.«

»Ihr werdet die Dankbarkeit Tzulans genießen dürfen, Hohe Herrin.« Der Berater neigte sein Haupt.

»Darum bitte ich doch sehr. Nun geht. Ich bin erschöpft.«

Nesreca stand auf. »Was soll ich Govan von Euch bestellen?«

Die Kabcara überlegte. »Sagt, dass ich ihm erst verzeihe, wenn wir die nächste Schlacht gewinnen. Danach erfülle ich all seine Wünsche. Alle.«

»Das wird ihn mit doppeltem Eifer kämpfen lassen.« Er verneigte sich und ging hinaus.

Zvatochna stand auf, rief nach ihren Bediensteten, ließ sich ein leichtes Mahl bringen und kostete von dem süßen Weißwein, den man ihr reichte. Die Zofe berichtete von geisterhaften Wesen, die durchs Lager flogen und heulend in die Zelte der Soldaten fuhren. Angeblich handelte es sich um die Seelen derer, die vor 460 Jahren auf dem Schlachtfeld ihr Leben gegen das Geeinte Heer verloren.

Das scherte die Kabcara nicht weiter, sollte sich ihr Bruder darum kümmern. Die Worte des Beraters machten sie nachdenklich. Hoffentlich war die Macht des Gebrannten nicht so groß, dass er ihr nach dem Ableben des ¢arije und Nesrecas ins Handwerk pfuschen konnte. Sie wusste nicht, ob sie im Stande war, sich mit einem Gott anzulegen.

Zvatochna leerte ihr Glas. Der Tod ihres Bruders und des Beraters duldete keinerlei Aufschub.

Das letzte Aufgebot Ulldarts marschierte durch den aufziehenden Sturm und bezog mittags Stellung auf dem Wunderhügel bei Taromeel.

Just in diesem Augenblick erschien auf der gegenüberliegenden Seite Sinured, der an der Spitze von Govans Tross lief. Sogleich blieb er stehen und verbreitete die Kunde vom neu aufgetauchten Feind. Die Tzulandrier rückten vor und machten sich kampfbereit. Zwischen ihren Reihen befanden sich Govan, Nesreca und Zvatochna.

Stumm standen sich die beiden Heere gegenüber.

Der starke Wind fing sich in den Stangen der Banner und säuselte. Die bunt bemalten und bestickten Stoffe wehten im Wind und verursachten das einzige Geräusch.

In den schwarzen Wolken blitzte und krachte es plötzlich, ohne dass ein einziger Energiestrahl herabzuckte und in die Erde einschlug. Unaufhörlich grollte der Donner.

»Die Götter kämpfen gegen Tzulan«, raunte jemand in der Aufstellung der Ulldarter ehrfürchtig. Sofort setzten die Gebete zu Ulldrael ein, Matucs Stimme schallte am lautesten.

Die Gespinste aus Wasserdampf färbten sich plötzlich heller, veränderten ihren Ton hin zu einem dreckigen Orange, das in tiefes Rot überging. Sie vermittelten den Eindruck von geronnenem Blut, das über den Köpfen der Feinde hing und von den überirdischen Wesen selbst zu stammen schien.

Auf den Befehl des ¢arije stürmten die Tzulandrier los. Tobáar zögerte keinen Lidschlag und gab ebenfalls das Signal zum Angriff.

Die entscheidende Schlacht um das Schicksal des Kontinents begann.

Zischend schossen feurige Kometen aus den Wolken und schlugen zwischen den Reihen der Kensustrianer und den Ulldartern ein, dass der Boden erzitterte.

»Tzulan!«, brüllte Govan euphorisch, das Gesicht völlig entrückt von dem Schauspiel, und peitschte seine Truppen stärker an. »Vorwärts! Der Gebrannte Gott ist bald bei uns! Seht, wie er seine Getreuen unterstützt!«

Der glühende Hagel prasselte auf die Verteidiger nieder. Wer getroffen wurde, verbrannte auf der Stelle zu Asche.

Noch ehe die Heere aufeinander prallten, hatte das Eingreifen des Gebrannten Gottes das Häuflein der Tapferen um fünfhundert Mann dezimiert. Inmitten der Ebene stießen die Soldaten zusammen, und ein gnadenloses Hauen und Stechen setzte ein.

Das Dunkelrot des Himmels tauchte das Blutfeld in ein Zwielicht, das das Erkennen von Freund und Feind erschwerte. Alle Pläne der Verteidiger, wer wann wo zu sein hatte und wen ausschalten sollte, gerieten ins Wanken. Die Schlacht gestaltete sich zu unübersichtlich.

Seite an Seite schlugen die Ulldarter auf die unablässig vorstoßenden Tzulandrier ein. Jeder, der eine Waffe halten konnte, stand auf der Ebene und verteidigte mehr als nur sein Leben. Norina, Fatja, Stoiko und alle anderen Freunde von früher, mit Ausnahme des verletzten Waljakov, gaben ihre Kraft für ihre Heimat.

Der Ansporn allein reichte jedoch nicht aus.

Schritt um Schritt verlor das letzte Aufgebot gegen die nicht minder verbissen kämpfenden Tzulandrier. Immer wieder erhellten magische Entladungen die karmesinfarbene Dunkelheit, wenn der ¢arije und die Kabcara ihre Kräfte gegen sie sandten.

Soscha tat ihr Bestes, um die Auswirkungen zu mildern oder die Strahlen abzulenken, damit die Soldaten Govans darin verglühten. Aber auch sie musste die Überlegenheit der Geschwister anerkennen.

Lodrik rang derweil mit einer unangenehmen Schwierigkeit. Er hatte nach einem Sturz auf morastigen Untergrund sein Schwert verloren, und es war ihm bislang nicht gelungen, das Hinrichtungswerkzeug aus dem Dreck zu bergen; zu viele Füße drückten und schoben es umher. Somit büßten er und seine Freunde die Unterstützung der Seelen ein, die auf seine Rufe nun nicht mehr reagierten.

Sicherlich schwirrten sie in der Nähe ihres Gefängnisses umher, halb über die Freiheit erfreut, halb zornig darüber, nicht endgültig von dem Fluch erlöst worden zu sein, wie er es ihnen versprochen hatte. Weitere

Gedanken wollte er sich nicht darüber machen. Dazu war keine Zeit.

In unregelmäßigen Abständen rauschten weitere Kometen aus den Wolken in die Reihen und brachten mannigfaltiges Verderben.

Die Götter schienen gegen Tzulan verloren zu haben.

Lorin hatte wirklich versucht, sich auf dem Rücken des galoppierenden Treskor zu halten. Doch als der Hengst über ein Hindernis setzte, verlor er den Halt und stürzte unsanft zu Boden. Noch mit dem Ringen nach Luft beschäftigt, bedeutete er seinem Halbbruder, er solle weiterreiten.

Tokaro nickte knapp und lenkte das Streitross in Richtung Sinured, als er im düsteren Schimmer Govan erkannte, an dessen Seite Albugast ritt.

Die Entscheidung war innerhalb eines Lidschlags gefallen.

Zufrieden schaute Zvatochna über die Ebene und freute sich darüber, wie rasch die Zahl der Angreifer schrumpfte. Zu den eigenen magischen Attacken gesellte sich der Beistand Tzulans, wie er passender nicht hätte eintreffen können.

Ihr Bruder befand sich nicht allzu weit von ihr entfernt. Es wurde Zeit, den Thronwechsel in die Wege zu leiten, ehe der Wahnsinnige Tzulan vom Himmel holte. So hob sie den Arm, um ihn scheinbar zu grüßen, und schwang dabei das verabredete weiße Taschentuch.

Govan erkannte sie, strahlte ihr zu und richtete seine Aufmerksamkeit für einen Moment auf seine Schwester. Albugast zog derweil behutsam die aldoreelische Klinge, um den ¢arije durch die schnelle Bewegung nicht zu warnen.

Gleich würde Govans Kopf rollen. *Mach's gut, Bru-*

der, wünschte sie ihm in Gedanken und schwenkte das Tuch elegant. *Mutter und ich werden dir ein Standbild errichten.*

Wie aus dem Nichts flog ein Reiter in schimmernder Rüstung auf einem prächtigen Schimmel heran. Die zum Stoß gesenkte Lanze fand ihr Ziel und beförderte den überrumpelten Anführer des Tzulanordens rücklings aus dem Sattel.

Sie erkannte den anderen Ritter auf Anhieb. In maßloser Enttäuschung senkte die Kabcara langsam den Arm. Das Attentat war misslungen.

Govan schickte einen Stoß Magie gegen den Angreifer, der jedoch an der aufflammenden Schutzhülle abspritzte. Ihr Bruder fluchte und wechselte sofort seinen Standort.

Ein Triumphschrei stieg aus Tokaros Kehle, als er den Verräter in den Staub stürzen sah.

Albugast stemmte sich stöhnend auf und zog benommen seine Waffe.

Ohne sich um den flüchtenden ¢arije zu kümmern, sprang Tokaro aus dem Sattel, warf die geborstene Lanze davon und stürzte sich in den Zweikampf.

»Du hast etwas, das mein Eigentum ist«, knurrte er seinen einstigen Ordensbruder an.

Die aldoreelischen Klingen trafen singend aufeinander.

»Dann versuche, es dir zurückzuholen, wenn du kannst«, meinte der blonde Tzulanritter verächtlich, umfasste die Schwerthand des Widersachers und stieß ihm die Helmspitze gegen den Nasenschutz.

Die tödlichen Schneiden prallten in atemberaubend schneller Folge aufeinander, ihr heller Klang überlagerte alle Geräusche um sie herum.

Tokaro erhielt einen Tritt gegen die Brust, taumelte zurück und sah den Lauf einer Handbüchse auf sich gerichtet, die Albugast aus seinem Gürtel gezogen hatte.

»Keine Zeit für lange Gefechte«, meinte sein Kontrahent gehässig und drückte ab.

In einem Reflex hielt sich der Angor-Ritter die flache Seite seines Schwertes vors Gesicht.

Das Mündungsfeuer versengte seine Augenbrauen und verbrannte sein Gesicht, der Qualm machte ihn vorübergehend blind. Er spürte die Wucht des Projektils, das sein Antlitz sicherlich in einen blutigen Klumpen aus Fleisch, Blut und Knochen verwandelt hätte. Doch die Kugel scheiterte an der Festigkeit der Schneide.

Sofort fasste er den Griff der aldoreelischen Klinge mit beiden Händen und attackierte die rechte Seite seines Gegners, da er dort die Feuerwaffe hielt.

Den ersten Schlag konnte Albugast mit Müh und Not parieren. Das Nachgreifen gelang ihm nicht. Ein Arm allein reichte nicht aus, um die schonungslosen Attacken aufzuhalten, sodass die nachfolgenden Hiebe zunächst die Waffe zur Seite droschen, ehe das Schwert durch die seitliche Panzerung fuhr. Die Augen des Tzulanritters wurden groß. Das ausströmende Blut fiel auf der roten Rüstung beinahe nicht auf.

Keuchend nahm der Angor-Gläubige Maß und holte Schwung. »Für dich, Nerestro.« Mit einem grimmigen Ausdruck im Gesicht spaltete Tokaro den Verräter der Länge nach.

Er nahm sich Zeit für ein kurzes Stoßgebet zu Angor, nahm die aldoreelische Klinge aus der Hand des zuckenden Toten und schwang sich auf Treskors Rücken.

Lorin fand Govan und wurde von dessen Auftauchen völlig überrascht.

Kaum erkannte ihn der ¢arije, attackierte er ihn mit

seinen Kräften. Die Abwehr der Energien brachte den Kalisstronen arg in Bedrängnis. Er wankte seitwärts, eingehüllt von knisternden Strahlen, die knapp vor seinem Körper aufgehalten und abgelenkt wurden. Der Einschlag drückte ihn nach hinten und schob ihn über die Erde, obwohl er sich mit aller Gewalt dagegen stemmte. Seine Füße zogen Furchen.

Govan glitt aus dem Sattel, eine Hand reckte er gegen Lorin und deckte ihn mit magischen Angriffen ein, die andere zog die umgearbeitete aldoreelische Klinge. »Ich habe zwar keine Ahnung, wer du bist«, schrie er ihn hasserfüllt an, »und woher du dieses Können hast. Aber nun ist Schluss! Ich werde nicht länger auf meinen Sieg warten.«

Nackte Angst um das eigene Leben erfasste den Jungen mit den dunkelblauen Augen. Eilig initiierte Gegenschläge scheiterten an der Abwehr seines Halbbruders, der immer näher kam und das vernichtende Schwert spielerisch vor sich her schwang.

»Ich werde dich mit einem einzigen Schlag niederstrecken und mir deine Kräfte nehmen«, versprach er ihm. »Ich fühle mich sowieso ein wenig leer.«

Die Furcht wirkte lähmend auf Lorin.

Alles, was ihm Soscha beigebracht hatte – wie er mit seinen Fähigkeiten Kontakt aufnahm, wie er sie anwenden sollte – war wie weggewischt. Er starrte auf die funkelnde Schneide, auf der sich der Feuerschein der herabstürzenden Kometen spiegelte. Sein Widerstand erlosch.

Doch ehe Govan zuschlagen konnte, sprang ein gewaltiger kensustrianischer Krieger herbei.

Ohne zu zögern, griff Tobáar den ¢arije mit seiner Eisenstange an und brachte sich mit schnellen Schritten vor der zustoßenden Klinge in Sicherheit, um erneut zuzuschlagen. Die von Govan eingesetzten magischen Strahlen glitten an der Rüstung des Führers der Kriegerkaste anfangs ab; dann aber bekam sie Risse und beugte sich der Macht.

Als Lorin endlich seine Bewegungsunfähigkeit abgeschüttelt hatte und den Kensustrianer unterstützen wollte, musste er sich gegen zwei Tzulandrier zur Wehr setzen. Nachdem er die Angreifer besiegt hatte, stand er entsetzt vor der Leiche Tobáars.

Er wandte sich auf dem Absatz um und floh.

Die Nachricht vom Tod des Anführers der Kensustrianer verbreitete sich wie ein Lauffeuer unter den Verteidigern von Ulldart. Die Entschlossenheit der Krieger mit den grünen Haaren geriet ins Wanken, und ihre sonst so präzisen Schnitte gingen fehl.

Im Augenblick der höchsten Not riss die Wolkendecke über dem Wunderhügel auf.

Ein Lichtstrahl fuhr herab, trieb einen gleißenden Keil in die Dunkelheit und zerschnitt die Finsternis. Auf der beleuchteten Anhöhe formierte sich eine zweite Streitmacht. Sie erweckte geradezu den Anschein, in diesem Leuchten zur Erde gefahren zu sein. Die Schlacht in der Ebene geriet ins Stocken, Freund und Feind blickten gebannt auf die Erscheinung.

»Meine Güte«, wisperte Fiorell, der aus mehreren Kratzern blutete und seinem Herrn nicht von der Seite gewichen war, »das ist die rogogardische Flagge!«

»Rudgass, dieser unglaubliche Pirat«, schrie Perdór hysterisch auf. »Wo hat er die Leute her?«

»Das daneben ist das Signum von Bardhasdronda«, ergänzte Fatja ungläubig. »Es müssen Leute aus Kalisstron bei ihm sein.«

Ein weiterer Strahl durchbrach die dunkelroten Wolken.

Das Licht fiel auf den Hügel im Rücken der Tzulandrier, wo man zunächst nur die Spitzen von Spießen, Piken und Speeren erkannte. Stück für Stück wurde das zweite Heer sichtbar, und die Tzulandrier jubelten auf. Eine breite Front aus Sumpfwesen marschierte über die Kuppe.

Doch als die Fahnen besser zu erkennen waren, johlten die Männer auf dem Wunderhügel.

»Ammtára«, lief es freudig durch die Reihen der Verteidiger in der Ebene. »Die Freie Stadt kommt zur Rettung!«

Lorin, der an einer anderen Ecke des Feldes stand, staunte. Sein Herz, eben noch voller Beklemmung, füllte sich mit Zuversicht.

Die wunderbaren Erscheinungen endeten nicht.

Zwei weitere Lichtfinger, einer rechts und einer links der Ebene, suchten sich ihre Bahn durch die Dunkelheit. Dort, wo sie auf den Boden trafen, beleuchtete die silbrig schimmernde Helligkeit ein Meer aus Menschen. Laut erscholl der Name Lodriks aus ihrer Mitte.

Norina, die einen Bogen bediente, umarmte den Kabcar. »Sie haben nicht vergessen, was du für sie getan hast, Liebster.«

Lodrik sah hunderte von Menschen aus Tarpol und Tûris, die entgegen seiner Aufforderung zum Blutfeld geeilt waren. Seinetwegen. Der einstige Herrscher war so bewegt, dass er kein Wort herusbrachte.

Tokaro erschien an seiner Seite und drückte ihm die aldoreelische Klinge in die Hand. »Nimm sie. Es wird gleich losgehen.«

Lodrik räusperte sich. »Ergib dich, Govan«, verlangte er sicher. »Wer seine Waffen niederlegt, wird verschont. Allen anderen möge ihr Gott gnädig sein.«

Der ¢arije, der in der ersten Reihe mitfocht, ließ sein Pferd auf die Hinterhand steigen, drehte und wendete sich, um die Lage zu überblicken. Mit von Wahnsinn entstelltem Gesicht drängte er sein Tier nach vorn.

»Tzulan wird euch alle vernichten!«, brüllte Govan, und seine Stimme schnappte über. »Ich bin kurz davor, ein Gott zu werden, da lasse ich mich von euch Abschaum nicht aufhalten. Meine Soldaten werden euch niedermachen!« Ohne Vorwarnung trennte er dem nächstbesten Ulldarter den Kopf vom Rumpf.

Das war das Zeichen.

Die Menschen und Sumpfwesen rannten aus allen vier Himmelsrichtungen herbei, um dem verhassten Herrscher ein Ende zu bereiten.

Zvatochna verschwendete keine Zeit. Sie würde keinesfalls in diesem stinkenden, vom Blut der Toten aufgeweichten Morast sterben. Sollte ihr wahnsinniger Bruder seinen Kopf der Meute hinhalten. Sie wäre dann schon lange nicht mehr da.

Heute mochte sie verloren haben. Aber es gab noch andere Gelegenheiten. Die erschöpfte Kabcara nutzte den schwachen Rest ihrer Magie, um ein Schwert aus dem Dreck aufzuheben, mit dem sie sich notfalls verteidigen konnte, und gab ihrem Pferd die Sporen.

Ehe sich die Reihen der neuen Angreifer schlossen, jagte sie ihr Pferd durch eine winzige Lücke und entkam den Feinden. Schnell wie der Wind galoppierte sie davon.

Ihr Weg würde sie nach Granburg führen, um die Beziehungen ihrer Mutter zu nutzen.

Zvatochna verschwendete keinen Blick nach hinten. Sie hatte mit diesem Kapitel abgeschlossen.

Ziele für die eisenbeschlagene Deichsel Sinureds fanden sich genug um ihn herum, und etliche ließen unter der Waffe ihr Leben. Doch seine Kraft konnte ihm gegen den Ansturm der vielen Gegner irgendwann nicht mehr helfen.

Unter der Führung von Krutor, Lodrik und Tokaro gelang es den Freiwilligen schließlich, den legendären

Kriegsfürsten niederzuringen, wenngleich es den Nekromanten dabei beinahe getötet hätte. Gerade noch rechzeitig sprang Lorin ihm bei.

Die beiden aldoreelischen Klingen besiegelten schließlich das Schicksal des monströsen Wesens.

Zehn Mann waren notwendig, um das abgeschlagene Haupt Sinureds auf lange Stangen zu spießen. Im Triumphzug trugen sie es umher. Der Anblick sorgte dafür, dass die Tzulandrier die Waffen senkten; dennoch wurden sie von den aufgebrachten Menschen und Kensustrianern niedergemetzelt. Zu viele Gräuel waren von ihnen ausgegangen, als dass sich einer beherrschen konnte oder wollte.

Lodrik wischte sich das Blut Sinureds aus den Augen und schaute sich suchend um.

Es dauerte nicht lange, und er entdeckte den Konsultanten mit den silbernen Haaren auf halber Höhe des Hügels, von dem die Verbündeten aus Ammtára herabgestürmt waren.

Rasch machte er sich an die Verfolgung und holte ihn ein, als er auf der Spitze der Anhöhe angelangte.

»Wohin möchtest du, Nesreca?«, fragte er ihn in den Rücken. »Dein Herr steht in der Ebene.«

Der Berater wurde langsamer, bis er stehen blieb. »Du schon wieder«, antwortete er ungehalten. »Geh zurück und lass mich in Ruhe.«

»Kehrst du zu Tzulan zurück, oder wirst du auf Ulldart bleiben, um weiterhin Unheil zu stiften, Nesreca?« Schleifend zog er die aldoreelische Klinge aus ihrer Scheide.

»Ich weiß es noch nicht«, gestand der Konsultant, ohne sich umzuwenden. »Vielleicht finde ich andere Verbündete, die ich für Tzulan gewinnen kann.« Er schaute über die Schulter, die Lippen zu einem spöttischen Lächeln geformt, und zeigte dem einstigen Kabcar sein Profil. Sachte bewegte sich das quecksilberfarbene Haar. »Verbündete, mit denen ich mein Ziel erreiche. Nicht so wie mit dir. Oder deinem Sohn.«

»Dazu gebe ich dir keine weitere Gelegenheit. Ich rief dich«, Lodrik hob die Schneide, »und ich vernichte dich.«

»Eine einfache Gleichung«, lobte Nesreca, und sein grünes Auge funkelte amüsiert auf. »Aber sie hat eine Unbekannte.« Er drehte sich abrupt um und hielt eine ohnmächtige Frau schützend vor sich. Die Rüstung hing in Fetzen an ihr herab. »Auch wenn sie dir eine Bekannte sein dürfte.«

»Norina!«, stieß der Kabcar entsetzt aus.

Der Berater präsentierte seine tadellosen Zähne. »Ich war so frei und besorgte mir eine Versicherung.«

»Lass sie los!«

»Wenn ich in einem netten Refugium angelangt bin.« Gelassen blickte er auf die Schlacht, die zwischen den Hügeln tobte. »Aha. Wie es aussieht, steht Govan noch als Einziger. Wollen wir uns ansehen, ob deine Freunde seinen Kräften Stand halten?«

»Du widerliche Kreatur!«, fluchte Lodrik und wollte einen Schritt nach vorne machen, als sich Nesrecas Hand um den Nacken seiner Geliebten legte.

»Ein einziger Schritt, und ich breche ihr das Genick«, sagte er eiskalt. Die Maske des gefälligen Menschen fiel von ihm ab. »Wir sehen uns bestimmt wieder, Lodrik. Ich wünsche dir beim nächsten Mal mehr Glück.«

Norinas Lider flatterten, langsam öffnete sie die Augen. Die Brojakin erfasste die Situation sofort, als sie das besorgte Gesicht Lodriks vor sich sah.

Schwach erinnerte sie sich an die Prophezeiung Fatjas, dass das »Licht« erst nach ihrem Tod vollständig über die »Finsternis« siegen würde. Ihre braunen Augen wanderten über die dichten, nunmehr schwarzen Wolken.

Sie heftete den Blick zärtlich auf den einstigen Kabcar, während ihre Hand an den Griff ihres Dolchs wanderte. Norina lächelte ihn an.

»Ich liebe dich, Lodrik.«

Die Spitze der Waffe durchdrang ihre Rippen, traf das Herz und kappte den Lebensfaden. Tot hing sie im Griff des völlig verblüfften Konsultanten, der sie augenblicklich fallen ließ und losrannte.

Mit einem Schrei, in den er all seine Verzweiflung legte, sprang der Kabcar über die Brojakin hinweg und rammte dem Wesen die aldoreelische Klinge in den Rücken.

Brüllend fuhr Nesreca herum und schlug nach Lodrik, der zu Boden stürzte. »Nun habe ich genug!«

Die menschliche Hülle riss, barst auseinander. Sein Körper wuchs in die Höhe, die Muskeln an Armen und Beinen schwollen an. Um den Furcht erregenden Körper spannten sich Eisenketten, ein knielanger Lendenschurz aus schwarzem Stoff bedeckte den Unterleib. Auf dem breiter werdenden Schädel wuchsen drei Hörner hervor.

Nesreca schaute den Menschen aus dreifach geschlitzten, magentafarbenen Pupillen an. Mitten auf der Stirn prangte im Zentrum der drei Hörner ein kreisrundes tätowiertes Zeichen.

»Ich bin Ischozar, ein Kind Tzulans«, dröhnte er. Ein Paar schillernder, transparenter Schwingen entfaltete sich auf seinem Rücken.

»Ich bin Lodrik Bardri¢«, flüsterte der einstige Herrscher, als er sich erhob. Die Tränen brannten in seinen Augen. »Und du wirst bezahlen. Für alles, was du angerichtet hast.«

»Vor deinem Tod sollst du noch etwas erleben dürfen«, gab das Wesen voller Arroganz zurück. »Vater, befreie mich, damit ich ihn vernichte. Gib mir meine prächtigste Gestalt!«

Klirrend lösten sich die Ketten von Ischozar.

Der Zweite Gott wuchs noch weiter, während aus seinen Seiten vier zusätzliche Arme hervorbrachen. Ein stachelbewehrter Schwanz verlängerte das Rückgrat, ruckte wie eine Schlange zwischen den Beinen Ischozars hindurch und lauerte auf eine Bewegung Lodriks.

»Du hättest mich gehen lassen sollen«, meinte der Zweite Gott überheblich.

»Niemals!« Lodrik sammelte seine nekromantischen Kräfte und stürzte sich auf das Wesen.

Lorin und Tokaro rückten gemeinsam gegen Govan vor. Die schützende Wirkung der aldoreelischen Klinge leitete alle Attacken gegen sie ab und verschaffte ihnen die Möglichkeit, sich Schritt für Schritt an den umzingelten ¢arije heranzutasten, um den sich ein weiter menschenleerer Kreis gebildet hatte. Er musste schnell aufgehalten werden, ehe er aus lauter Verzweiflung und Ausweglosigkeit seine Fertigkeiten großflächig einsetzte.

»Bleibt, wo ihr seid!«, verlangte Govan schrill. »Wenn ihr nicht auf der Stelle alle die Waffen niederlegt, wird euch die Erde verschlingen.« Ein paar der Sumpfwesen aus Ammtára bewegten sich dennoch, und sofort vibrierte der Boden. »Versucht es noch ein weiteres Mal, und ihr könnt euch ansehen, was es einen Warst unter uns gibt.«

»Was willst du?«, sprach ihn Lorin an.

»Mein Recht«, erwiderte der junge Mann, dessen Kleider Brandflecken und –löcher aufwiesen. »Ich will der ¢arije von Ulldart sein.« Misstrauisch schaute er um sich und betrachtete die grimmigen Gesichter der Freiwilligen, die gekommen waren, um ihn aufzuhalten. »Ihr werdet mich zu meinen Truppen an die turîtische Küste ziehen lassen. Und euch für den Aufstand gegen euren Herrscher entschuldigen.«

Die Krieger murrten. Sogleich bebte die Ebene.

»Und ich will, dass ihr mir eure Magie gebt«, verlangte Govan boshaft grinsend. »Du und diese junge Frau. Es tut danach auch nicht weh.«

Von einer Sekunde auf die andere fasste Lorin einen riskanten Plan.

»Einverstanden«, sagte er, warf sein Schwert weg und schritt auf seinen Bruder zu. Er winkte Soscha, die sich mit Unverständnis in den Augen näherte.

»Was hast du vor?«, wisperte sie. »Wir können dem Wahnsinnigen nicht seinen Willen lassen.«

»Ich vertraue auf dich«, sagte er ebenso leise. »Gib ihm all deine Kräfte bis auf einen letzten Rest. Es ist die einzige Gelegenheit, die uns bleibt. Wir können ihn nicht auf herkömmliche Weise vernichten.«

Auf den gönnerhaften Wink Govans knieten sie sich vor ihm in den Matsch.

Der ¢arije legte seine Hand auf die Stirn Soschas und begann, sie ihrer Magie zu berauben. Verzückt lachte er, genoss das Gefühl der einströmenden Macht, während sich die Ulsarin vor Schmerzen wand.

Lorin fasste die andere Hand des Herrschers und presste sie sich gegen den Kopf.

Sofort spürte er das Ziehen, das an seinem Innersten, Intimsten rüttelte und es trotz seines Widerstands wie bei einem schlechten Aderlass Tröpfchen für Tröpfchen aus ihm heraussaugte. Gleichzeitig versuchte er, auf die Weise, wie es ihn Soscha gelehrt hatte, mit seinen Kräften in Kontakt zu treten.

Er tastete nach der Magie, die ihm verstört antwortete. Der Vorgang des Raubs weckte offensichtlich Ängste in ihr. Er beruhigte sie, bereitete sie auf das Kommende vor.

Govan keuchte erschrocken auf und wollte die Hand von Lorins Haut lösen. Aber der junge Mann hielt sie fest.

»Du wolltest sie doch!« Er ließ seine Abwehr gegen

den Raub fahren und öffnete die Schleusen. »So nimm sie dir!« Mit aller Gewalt brach seine Magie los und fuhr in den ¢arije.

Govans gequälter Schrei gellte durch die Luft.

Der erhaltene Schub übertraf alles, was er durch die Cerêler bekommen hatte. Die Dosis der beiden sprengte sogar die Macht von Nesrecas Helfern. Gewaltsam trennte er sich von Soscha und Lorin. Die zu rasch gewonnene Energie durchströmte ihn, er wusste nicht, wohin er damit sollte.

Die Magie floss durch die letzte Faser seine Körpers, hitzte ihn weiter auf.

Der ¢arije fiel auf die Knie. Verzweifelt versuchte er, die rivalisierenden Mächte in seinem Innersten zu kontrollieren. Während sie miteinander um die Oberhand rangen, steigerte sich die Wärme so sehr, dass der Sand dort, wo ihn Govan berührte, schmolz.

Die Ulldarter zogen Lorin und Soscha in einen sicheren Bereich.

Der junge Herrscher brach stöhnend zusammen. Die letzten Reste seiner protzigen Uniform stiegen als Ascheflöckchen in den Himmel. Seine Finger gruben sich in den Untergrund. Die Hitze ließ nicht nach, sondern verwandelte die Stelle, an der er lag, in einen Pfuhl aus flüssigem Glas, in dem er sich schreiend wälzte.

Dann versank er. Blasen stiegen auf, und die glühende Flüssigkeit brodelte. Unvermittelt tauchte er wieder auf und wälzte sich mit letzter Kraft aus dem Loch.

Sein Körper war zu Glas geworden, selbst die inneren Organe waren durchsichtig.

Er rollte sich auf den Rücken und versuchte, etwas zu sagen. Dann zerriss ihn die aufgestaute Magie mit einer lauten Detonation. Govan zerplatzte in tausend Splitter, die zerbrechlichen Überreste prasselten gegen die Umstehenden und verletzten einige.

An der Stelle, an der er verging, schwebten ein dunkelvioletter und ein blauer Nebel, eng miteinander verschlungen.

»Ist das Magie?«, wunderte sich Fatja leise.

Die beiden dunstartigen Gebilde trennten sich, stiegen auf und verschwanden in den Wolken. Die schwarze Decke riss an allen Stellen gleichzeitig auf und machte den beiden Abendsonnen Platz.

Die Menschen mussten die Augen vor der ungewohnten Helligkeit schützen. Ihr goldener Schein fiel auf die gezeichneten Gesichter der Krieger.

»Seht, Ulldrael der Gerechte und alle Götter standen uns bei!«, rief Matuc getragen. »Wir haben über das Böse gesiegt!«

Die Menschen lagen sich erleichtert in den Armen. Die Wärme der Sonnen drang bis in ihre Gemüter und brachte ihnen die Gewissheit, ihre Heimat vor dem Untergang bewahrt zu haben.

»Perdór ist tot!«, stammelte Fiorell plötzlich fassungslos und kniete neben seinem Herrn nieder, dem ein Armbrustbolzen in der Brust steckte. Rot sickerte das Blut aus der Wunde.

Betroffenheit breitete sich unter den Kämpfern aus.

Der Hofnarr warf sich neben dem dicken König auf den Boden und barg sein Gesicht an dessen Brust. »Warum habe ich das Pummelchen nur in den Krieg ziehen lassen?« Er tauchte die Finger in den Lebenssaft des Ilfariten. »Da, seht! Ich bin schuld! An meinen …« Fiorell stockte, roch an der Flüssigkeit. »Kirschlikör?« Rasch zog er den Bolzen aus der vermeintlichen Wunde und beförderte die Reste einer Praline zutage.

Hastig schnallte er Perdór den Harnisch ab. Darunter war ein metallenes Kästchen verborgen, in dem der König seine eiserne Reserve aufbewahrte.

Perdór schlug die Augen auf. »Was ist los?«, erkundigte er sich erstaunt. »Was starrt ihr mich alle so an?«

Das Gelächter, das daraufhin aufbrandete, konnte er sich nicht erklären. Und warum sich sein Hofnarr an seine Schulter warf, schon gar nicht.

Tokaro beglückwünschte den entkräfteten Lorin und die erschöpfte Soscha, schlug Krutor auf die Schulter und wollte nach seinem Vater sehen.

Als er ihn nirgends entdeckte, schwang er sich in den Sattel und machte sich zusammen mit dem Tadc besorgt auf die Suche.

Sie fanden ihn auf einem Stein sitzend, hoch oben auf der Anhöhe. Lodrik blutete aus mehreren tiefen Wunden; die aldoreelische Klinge hatte er zu seiner Rechten in den Stein gestoßen.

Neben ihm ruhte Norina, auf deren Kleid sich in Höhe des Herzens ein roter Fleck gebildet hatte. Ein Stück hinter dem Nekromanten lag die zerstückelte Leiche eines unbeschreiblichen Wesens auf dem Boden, das einst Nesreca gewesen war.

»Bei Angor! Als reichten die Gefallenen auf dem Schlachtfeld nicht aus«, entfuhr es Tokaro erschüttert, als er die Tote sah. »Der Preis für unseren Sieg war hoch.«

»Zu hoch«, fügte sein leiblicher Vater eisig hinzu, während er die sonnendurchflutete Ebene betrachtete, von der die Hochrufe heraufschallten.

»Sie war immer so nett zu mir«, jammerte Krutor und streichelte das Haar der Brojakin.

Lodrik spie aus. »Ich hätte den Tod tausendmal mehr verdient als sie. Aber die Götter wollten mich wohl noch weiter strafen.« Er blickte zum aufklarenden Himmel. »Ulldrael der Gerechte ist ein rachsüchtiger Gott«, stellte er voll kalter Wut fest. »Zuerst gab er ihr das Gedächtnis zurück und führte uns zusammen, damit mich nun der Schmerz über ihren Verlust umso härter trifft.«

»Du haderst mit dem Falschen«, sagte eine weibliche Stimme neben ihnen. Ein dürres, altes Weib in einer dunklen Robe stand unvermittelt hinter ihnen. Ihr Gesicht wurde von einer Kapuze verborgen, ihre knochige Rechte hielt den Griff einer schwarzen Sichel.

Treskor scheute zurück. Tokaro machte einen Schritt auf sie zu, wurde aber sofort von Lodrik aufgehalten. »Rühr sie nicht an!« Zur Erklärung deutete er auf den Erdboden. Kreisförmig starb alles Leben um sie herum ab.

Der Nekromant zog die aldoreelische Klinge aus dem Felsen und richtete die Spitze gegen das unter dem Tuch verborgene Gesicht. »Wenn du Vintera bist, gib Norina ihr Leben zurück. Bist du es nicht, dann zieh deiner Wege, Trugbild.«

»Du hast doch inzwischen erkannt, zu was du in der Lage bist, Lodrik. Warum gibst du ihr das Leben nicht selbst zurück?«, lautete die sanfte Antwort. »Einem Nekromanten sollte das leicht fallen.«

»Nein. Ich würde ihren Leib lebendig machen, nicht ihre Seele.« Er machte einen Schritt auf sie zu; das Ende des Schwertes stand fingerbreit vor der Kapuze waagerecht in der Luft.

»Du stellst dich gegen eine Göttin, nur um einen Menschen aus meinem Reich zu retten?«, meinte die Gestalt. »Bist du so mutig oder so dumm, Lodrik?«

»Ich bin viel mehr als das«, entgegnete er finster. »Ich bin verzweifelt. Zu verlieren habe ich nichts mehr, was soll's also.« Dabei ließ er die Frau, die sich ihm damals als Vintera vorgestellt hatte, nicht aus den Augen.

»Ein Leben für ein Leben?«, fragte die Göttin.

Lodrik nickte sofort. »Einverstanden.« Er senkte das kostbare Schwert, warf es achtlos zu Boden. »Nimm meines. Aber bring sie zurück«, bat er eindringlich. »Ulldart und Tarpol brauchen sie bestimmt mehr als mich.«

Vintera legte den Kopf leicht zur Seite, die Sichel rotierte in ihrer Hand rasch um die eigene Achse. »Da sprichst du Wahres, Lodrik.«

Norinas Oberkörper schoss in die Höhe. Wie eine Ertrinkende sog sie mit großen Augen Luft ein, röchelte und fasste sich an die Brust, wo die Klinge des Dolchs eingedrungen war. Krutor und Tokaro kümmerten sich sofort um die Brojakin.

»Du stehst nun in meiner Schuld, Lodrik. Sei gewiss, ich fordere sie ein«, hörte er Vintera sagen.

Der Nekromant drehte sich zu seiner Geliebten, lächelte glücklich und erwartete gleichzeitig den Schlag mit der Sichel, der ihn zum zweiten Mal ins Jenseits führen würde.

Doch er blieb aus.

Als er sich umwandte, war die unheimliche Besucherin verschwunden. Nur der Fleck abgestorbener Pflanzen zeugte von der Anwesenheit der Todesgöttin.

Ulldart, Königreich Aldoreel, Onshareen,
109 Warst östlich von Taromeel, Frühsommer 460 n. S.

Zvatochna machte in der Stadt Halt und gönnte sich im vornehmsten Gasthaus eine Rast, nachdem sie es im Sattel ihres Pferdes nicht mehr ausgehalten hatte.

Notgedrungen schickte sie nach einem Schneider, um eine neue Garderobe zu erhalten, und heuerte sich zwei Bedienstete vom Wirt an, die sie in die Stadt schickte, Besorgungen zu machen.

Die Kabcara würde keinesfalls preisgeben, wer sie in Wirklichkeit war. Sollten die Menschen nur glauben, sie hätten es mit einer durchgebrannten Adligen zu tun. Als die Schwester des wahnsinnigen Govan Bardri¢ würde sie sich niemals vorstellen. Das verdreckte

Schwert wickelte sie aus dem Umhang aus und stellte es in die Ecke.

Kurz darauf wurde ihr der Badezuber mit dem heißen Wasser gebracht. Rasch leerte sie die Essenzen hinein, die ihre neuen Diener ihr vom Markt gebracht hatten.

Seufzend entledigte sie sich ihrer Kleidung und stieg in das heiße Wasser, um sich den Schmutz, den Schweiß und die Erinnerungen an den vergangenen Tag abzuwaschen. Sie reinigte ihre marmorweiße Haut, atmete den Duft der Öle ein und entspannte sich ein wenig. Selbst ihre Wut milderte sich ab.

Ein leises Stöhnen weckte ihr Misstrauen.

Sie reckte sich ein wenig, hob ihren Oberkörper aus dem Wasser und räkelte sich im Zuber, um die Geilheit der Burschen mit ihren Reizen bis zur Besinnungslosigkeit anzufachen.

Da vernahm sie ein leises, melodisches Frauenlachen unmittelbar neben ihrem Ohr.

Etwas streifte ihr Gesicht, fuhr liebkosend durch ihre nassen Haare. Das Wasser wirbelte auf, als spielte jemand mit den Fingern darin herum.

Erschrocken zuckte Zvatochna herum. »Wer wagt es?«, giftete sie.

»Du bist sehr schön«, raunte die Unsichtbare. Zwei Hände glitten über ihren Körper. »Du hättest mir zu meinen Lebzeiten begegnen müssen, mein Kind.«

»Zurück!«, befahl die Kabcara und wollte aufspringen. Aber etwas hielt sie fest. Sie spürte die Berührung vieler Finger an ihrem Leib. Die Kabcara sammelte ihre Magie, ohne zu wissen, wohin sie sie richten sollte.

»Hör uns zu, mein Kind«, sang die Frauenstimme. »Wir möchten, dass du uns befreist. So wie es uns versprochen wurde.«

»Befreien?« Zvatochna verstand kein einziges Wort.

»Aus unserem Gefängnis«, erklärte die Unsichtbare, und geisterhafte Hände drehten den Kopf der jungen Frau in Richtung des Schwertes, das sie aufs Geratewohl in Taromeel aufgehoben hatte. Durch die Schmutzschicht hindurch erkannte sie, wie Gravuren aufleuchteten.

Zvatochna erkannte die Waffe wieder. »Und wie soll ich das bewerkstelligen? Wer seid ihr überhaupt?«

Nach und nach nahmen schemenhafte Wesen um sie herum Gestalt an. Mehr als dreißig Männer und Frauen in den unterschiedlichsten Kleidungen aus den unterschiedlichsten Zeiten materialisierten sich und standen mit ihren durchsichtigen Körpern um die Wanne der Kabcara. Unwillkürlich sank Zvatochna ins Wasser zurück.

Die Oberfläche hob sich zu ihren Füßen, und eine Frau im Gewand einer vermögenden Dame tauchte auf. In kleinen Perlen rann das Wasser über die schimmernde Silhouette, ihr Arm hob sich und ihr Handrücken strich zärtlich über die Wange der vor Schreck gelähmten Kabcara.

»Ich bin Fjodora Turanow. Wir alle sind die Seelen der Hingerichteten, dazu verdammt, in der Klinge zu leben, bis man uns davon erlöst«, erklärte der Geist euphorisch. »Der vorherige Besitzer versprach uns das. Also wird es möglich sein. Und damit ist es deine Aufgabe, bezaubernde Maid.«

»Hinfort!« Zvatochna richtete in ihrer Angst einen Stoß ihrer Kräfte gegen die Spukende, die zusammenzuckte und ächzte.

Die vormals zärtliche Hand ruckte an Zvatochnas Kehle und drückte sie unter Wasser. Prustend kam sie wieder an die Oberfläche.

»Versuche das noch einmal, Täubchen, und du wirst in diesem Zuber sterben«, wisperte die geisterhafte Diva.

»Geht zurück in das Schwert!«, verlangte die junge Frau trotzig.

»Wer sollte uns dazu zwingen? Du hast erfreulicherweise keine Macht über uns.« Die Turanow lachte auf. »Wir weichen dir nicht mehr von der Seite, bis es dir gelungen ist, uns zu befreien. Egal, wo du bist, Tag und Nacht umschwirren wir dich, Mägdelein. Du entkommst uns nicht.«

»Und wenn ich nicht will? Wenn ich euren Wunsch nicht wahr werden lassen kann?«

Eine der Seelen verwandelte sich zu einem flirrenden Dunst und huschte durch sie hindurch.

Zvatochna fühlte, wie ihre Innereien zu Eis gefroren, wie ein frostiger Wind durch ihren Magen rauschte und ihr Schmerzen bereitete. Keuchend krallte sie sich in die Ränder des Zubers.

»Dann zerstören wir dich, Täubchen«, lautete die melodiös gesprochene Antwort, als trüge Fjodora Turanow den Dialog eines Theaterstücks vor.

Die Kabcara zog ihre Kräfte zusammen. »Das wollen wir mal sehen!« Gleißende, dunkelrote Strahlen schossen aus ihren Fingern und fuhren in die Umrisse der Diva. Auch andere Geister wurden von der magischen Attacke getroffen.

Die Seelen formten sich in ihre brodemhafte Gestalt zurück und griffen Zvatochna an, die diesem Ansturm nichts entgegensetzen konnte. Sie wand sich unter Qualen, das Wasser bildete Schaum, wogte in der Wanne und schwappte schließlich über.

Als der alarmierte Wirt und zwei beherzte Diener die verriegelte Tür eintraten und das Zimmer der feinen Dame stürmten, um ihr im Kampf gegen vermeintliche Räuber oder Vergewaltiger beizustehen, war das Rufen verstummt.

Zvatochnas Körper befand sich beinahe vollständig unter der Wasseroberfläche, ein Arm hing erschlafft über den Rand. Ihre Fingernägel hatten tiefe Kratzer in der Außenwand des Zubers hinterlassen.

»Holt einen Cerêler«, befahl er dem Stalljungen. Furchtsam näherte sich der Wirt der jungen Frau und zog ihren Kopf an die Luft, um sie zum Atmen zu bringen. Doch ihr nackter Brustkorb hob und senkte sich nicht mehr.

Der Mann betrachtete das schöne Antlitz. *Welch ein Verlust.*

Ulldart, Königreich Aldoreel, Taromeel, Frühsommer 460 n. S.

Dem Heer der Freiwilligen waren die Scharen von Gesandten gefolgt.

Die Stadt Taromeel abseits des Wunderhügels und des stinkenden Blutfelds platzte vor diplomatischen Delegationen beinahe auseinander. Die Fahnenstangen reichten nicht aus, um die Banner der Adligen im Wind flattern zu lassen.

Es galt, die Zukunft Ulldarts zu verhandeln. Und zwar möglichst bald, um die geschwächten Reiche nicht lange ohne Führung zu lassen.

Zur Beratung hatte man sich in einem Theater niedergelassen. Das Parkett, die Ränge und Emporen boten genügend Platz für die Gäste; gleichzeitig konnten sich alle sehen und notfalls direkt auf die Argumente der anderen antworten.

Perdór thronte auf der Bühne, um ihn herum eine Ansammlung von Schreibern, und führte als von allen anerkannte Persönlichkeit den Vorsitz des Konvents, der schwieriger zu leiten war als ein Haufen nörgelnder Kinder. Im Souffleurkabuff hockte Fiorell und schnarchte leise.

Die Botschafter waren ganz in ihrem Element und

stellten Forderungen gegenüber anderen Ländern, bis sich auf seltsame Weise alle in den Ansprüchen verhedderten und keiner mehr schlau aus dem Wust an Forderungen wurde.

Der ilfaritische König ließ sie sich austoben. Seit zwei Tagen redeten sie ohne Unterlass. Perdór erinnerte sich an die Unterredung mit Torben Rudgass, der zusammen mit Varla als Botschafter des rogogardischen Reiches in einer der Logen ebenso entnervt wie der Ilfarit darauf wartete, dass die Gesandten Einsicht gewannen.

Wieder einmal hatte der Pirat mehr Glück als Verstand gehabt. Auf seinem Weg nach Rogogard war er mitten in eine Abordnung der kalisstronischen Ostküste hineingesegelt, die aus seiner Heimat gekommen war und dort vergebens einen Gegner gesucht hatte. Auf dem Weg nach Tûris, wohin die Flotte des ¢arijes abgerückt war, waren sie auf tarvinische Schiffe unter dem Kommando Varlas getroffen. Torbens Gefährtin war die Flucht aus Rogogard und in ihre Heimat gelungen. Wegen ihrer drastischen Schilderungen und ihrer Lüge, Tarvin werde das nächste Opfer des tarpolischen Herrschers sein, hatte man ihr eine Flotte mit auf den Weg gegeben. Die vereinten Streitkräfte waren als Erstes über die Tzulandrier in Tûris hergefallen und hatten sie vernichtet. Die übrigen Gegner, die mit dem Verwüsten von Palestan begonnen hatten, hatten daraufhin die Flucht ergriffen. Tarviner, Rogogarder und Kalisstri waren schließlich unter günstigen Winden die Flüsse hinaufgesegelt und hatten sich im Eilmarsch auf nach Taromeel gemacht, um an der Schlacht teilzunehmen …

Es waren solche Geschichten, die Perdór fest daran glauben ließen, dass sie nur mit Hilfe der Götter Govan und seine Helfer vernichtet hatten. Und es waren die quengelnden Diplomaten, die ihn zur Weißglut brachten.

Er horchte auf, als es im Theater still und stiller wurde.

»Majestät, wollt Ihr denn nichts unternehmen?«, rief ein borasgotanischer Adliger verzweifelt und breitete die Arme aus.

Der König lächelte, faltete die Hände vor dem angewachsenen Bauch und lehnte sich zurück. »Mir deucht, die Herrschaften besinnen sich allmählich ihrer guten Stube und des Hirnschmalzes, das sie in ihren gepflegten Köpfen aufbewahren.« Es regte sich kein Widerspruch. »Sehr schön. Dann wollen wir einmal ernsthaft an die Sache herangehen. Ich schlage vor, dass die Reiche sowie Baronien ihre Grenzen von 443 erhalten, damit niemand aus der Situation einen Nutzen ziehen kann.« Perdór nahm seine Merkzettel zur Hand. »Kümmern wir uns nur um die Sorgenkinder. Tersion ist derzeit ohne Führung; die gnädige Alana die Zweite hat sich noch nicht aus ihrem selbstgewählten Exil aus dem Reich ihres Schwiegervaters gemeldet.« Er blickte zur entsprechenden Loge. »Die einflussreichsten Familien in Baiuga könnten eine Übergangsregierung bilden, bis die Regentin in Kenntnis gesetzt wurde.«

Die Abgesandten berieten sich kurz und meldeten ihr Einverständnis.

»Exquisit. Borasgotan?«

»Wir wählen uns einen Nachfolger aus den Reihen der Adligen«, kam die Antwort nach heftigem Getuschel aus der Loge.

»Achtet aber darauf, dass Ihr keinen Geistesschwachen erwischt«, empfahl der König. »Aldoreel hat seine Nachfolge durch einen Neffen von König Tarm geregelt. Serusien, Rundopâl, Tûris und Hustraban sind sich ebenfalls in ihrer Führung einig, hervorragend«, ging er die einlaufenden Meldungen durch. »Und die Baronien möchten ihre Selbstständigkeit zurück, die Adligen wurden uns benannt.« Sein Gesicht verzog sich. »Wir haben ein Problem, was Tarpol angeht, meine geschätzten Herrschaften und Exzellenzen. Vorgeschlagen wurde Lodrik Bardri¢. Und zwar durch die Sprecher der Freiwilligen, die uns bei der Schlacht zu Hilfe kamen.«

Ein Aufschrei ging durch das Theater. Man warf als Zeichen des Protests Blätter in die Luft, alle riefen durcheinander und verbaten sich, dass der alte Kabcar in Amt und Würden zurückkehrte. Gleichzeitig wurde Wiedergutmachung für die durch die Tzulandrier angerichteten Schäden gefordert.

Perdór blickte zur obersten Loge, wo sich der Mann im Schatten verbarg. »Wollt Ihr dazu etwas sagen?«

Lodrik, gekleidet in seine lange Robe, bewegte sich nach vorn und stellte sich an die Brüstung, damit ihn alle sahen. »Ich wusste nichts von dem Anliegen der Leute, sonst hätte ich es ihnen ausgeredet.« Seine blauen Augen schweiften über die Vielzahl von Menschen. »Es lag niemals in meiner Absicht, auf den Thron zurückzukehren. Dazu wiegt die Schuld, die ich auf mich lud, zu schwer. Das Blut vieler Unschuldiger klebt an meinen Händen, wissentlich und unwissentlich. Meine Absicht ist es, mich Eurem Urteil zu stellen. Eine andere Person wird meinen Platz in Tarpol einnehmen.«

»Wer denn?«, erkundigte sich der Botschafter von Agarsien. »Bei allem Respekt, Ihr wollt doch nicht etwa Euren geistig minderbemittelten Sohn einsetzen?«

»Ich will nicht«, sagte Krutor hastig. Perdór musste schmunzeln.

Lodriks ernstes Gesicht wurde für einen Moment freundlicher. »Bei allem, was geschah, mein Kurs der Neuerungen in Tarpol brachte meinen Untertanen auch Gutes.« Er trat nach hinten und erschien zusammen mit Norina am Geländer. »Ich bin immer noch der Kabcar von Tarpol. Und hiermit danke ich zu Gunsten von Norina Miklanowo als neue Kabcara von Tarpol ab. Sie war es, die mich dazu brachte, über die Veränderungen nachzudenken. Sie wird die Reformen so fortführen, wie es dem einfachen Volk am ehesten zum Vorteil gereichen wird. Zudem kann ihr niemand einen Vorwurf wegen der Dinge machen, die in den letzten Jahren geschehen sind. Wenn Ihr Eure Wut auslassen möchtet, dann an mir.« Er trat in den Schatten zurück.

»Wärt Ihr bereit, das Amt anzunehmen?«, erkundigte sich der ilfaritische König.

»Aus vollem Herzen und mit aller Kraft, die ich aufbringen werde«, erwiderte die Frau fest und ohne ein Zeichen von Unsicherheit.

»Damit ist diese Schwierigkeit geschickt umschifft«, seufzte Perdór erleichtert.

»Sehr schön. Kommen wir zum Geschäftlichen. Im Namen unseres Königs, Puaggi von Palestan«, ein Mann im Parkett erhob sich, den der ilfaritische König als Tezza wiedererkannte, und blickte zur designierten Kabcara hinauf, »verlangt unser Land Schadenersatz von Tarpol für die vielen vernichteten Schiffe und die zerstörten Häuser, für die Eure Verbündeten aus Tzulandrien verantwortlich …«

»Hört auf, so dämlich zu schwatzen!«, empörte sich sein Amtskollege aus Agarsien, der vor Leidenschaft und Temperament beinahe aus der Loge fiel und sein Leben nur dem beherzten Zugriff seiner Begleiter verdankte. »Durch Eure Schuld verloren wir unsere Schiffe, weil Ihr arglistig mit dem Feind paktiertet, solange es Euch gefiel, Ihr Umfaller! Sich in den letzten Tagen loszusagen ist keine große Kunst! Ihr habt Euer Fähnchen nach dem Wind gehängt und Euch an unserem Elend bereichert!«

Aus den Emporen hagelten nun Gegenstände auf

Tezza herunter, der sich rasch setzte und sich schließlich unter seinem Tisch verkroch.

Perdór überließ den Palestaner eine Zeit lang zufrieden seinem Schicksal, ehe er schlichtend eingriff. »Exzellenzen, mäßigt Euch!«, rief er sie zur Ordnung. »Nehmt wenigstens kein Naschwerk, wenn Ihr Euch bewerft. Das tut einem ja in der Seele weh.« Der Regen auf die palestanische Delegation verebbte. »Es wird keine Wiedergutmachungen geben.«

Neuerliches aufgebrachtes Gemurmel flutete den Raum.

Dem Ilfariten platzte der Kragen. Er sprang auf, dass das Bäuchlein gefährlich hin und her wogte und die grauen Korkenzieherlöckchen auf dem Kopf und ums Kinn wie verrückt wippten.

»Ruhe, Herrschaften!« Er streckte seinen Zeigefinger vor, der ausgestreckte Arm wanderte langsam von rechts nach links. »Ihr alle, wie Ihr da sitzt, tragt Schuld an dem, was sich auf unserem Kontinent ereignet hat. Entweder weil Ihr nichts oder weil Ihr das Falsche tatet. Als Arrulskhán sich gierig gegen Tarpol wandte, um sein Reich zu vergrößern, sahen wir weg oder, was noch viel verwerflicher war, beteiligten uns an dem Raubzug! Wir, Exzellenzen, lösten die Katastrophe aus, die unter immensen Verlusten nur wenige Meilen von hier blutig aufgehalten wurde. Wohlgemerkt, mit der Hilfe des Kabcar.« Schnaufend blickte er in die betroffenen Gesichter. »Wer sich absolut sicher ist, im Jahre 443 alles Mögliche für den jungen Lodrik Bardri¢ getan zu haben, der darf nun aufstehen und seine Forderungen vorbringen. Und einen Vorschlag machen, wie man den abgedankten Kabcar bestrafen soll.« Demonstrativ plumpste er auf seinen Polsterstuhl, der unter seinem Gewicht bedenklich knarrte. »Ich werde es nicht tun.«

Als einer der Palestaner seinen Hintern lüpfte, zog

ihn Tezza leise schimpfend zurück und drosch ihm den Dreispitz um die Ohren, dass die Federn stoben.

Niemand wagte es, sich zu erheben.

Perdór wartete ab, ehe er aufstand, und deutete eine Verbeugung an. »Ich verneige mich vor Eurer Einsicht und der plötzlichen Weisheit, Exzellenzen. Wir sollten nun daran arbeiten, dass unsere Heimat dort, wo sie die Wunden der Tzulandrier trägt, rasch heilt. Wenn uns dieses Kapitel unserer gemeinsamen Geschichte etwas zeigt, ist es der Umstand, dass wir zukünftigen Gefahren gemeinsam begegnen sollten. Ohne Ausnahme.« Er deutete auf die Ausgänge. »Ich schließe den Konvent. Den Delegationen gehen in Bälde die Verträge zu, in denen das Besprochene festgehalten wird. Wir treffen uns alle heute Abend zu einer großen Feier, bei der wir der Toten gedenken und die Götter preisen, dass sie uns ihren Beistand schenkten.« Er lächelte verschmitzt. »Natürlich wird auch gegessen und getrunken werden.«

Die Abgesandten standen auf, Stuhlbeine schabten über den Boden, der Stoff der Vorhänge in den Logen raschelte. Die Versammlung löste sich auf.

Der ilfaritische Herrscher lehnte sich zurück und angelte nach einer Praline. Erlöst schob er sich das Naschwerk in den Mund. Es wurde ruhiger und ruhiger. Nur das Schnarchen, das aus dem Souffleurkasten drang, störte die Stille.

»Das darf nicht wahr sein!« Perdór stemmte sich ungläubig aus dem Sitzmöbel und klopfte gegen die Verschalung. Keine Reaktion. »Holla!«, brüllte er.

Fiorell zuckte aus dem Schlaf hoch und schlug sich rumpelnd den Kopf an. Aus kleinen Augen blinzelte er seinen Herrn an. »Was denn, Ihro Prächtigkeit?«

»Du hast deinen Einsatz verpasst.«

»Nicht möglich! Ist die Aufführung zu Ende?«, staunte der Hofnarr und turnte aus dem winzigen Verschlag. »Tatsächlich! Alle gegangen. Drama oder Komödie?« Er rieb sich die Stelle am Schädel, die mit dem Holz kollidiert war. »Es gibt vermutlich Krieg, was? Da sind sich die meisten schnell einig.«

»Nein. Ich habe vermittelt.« Stolz wippte Perdór auf den Zehenspitzen hin und her.

»Ohne mein Vorsagen? O Schreck! Ein Trauerspiel demnach? Gar ein Tragödie?«

»Unsinn. Ein heiteres Stehgreiftheater, würde ich sagen.«

»Obacht, Majestät.« Fiorell tippte gegen den Bauch des Königs. »Vor Selbstzufriedenheit ist Euch das Pänslein geschwollen.«

»Dir schwillt gleich der Kopf«, drohte der König und ging auf den Possenreißer zu, der sich lachend und mit Flickflacks von der Bühne rettete.

Perdór folgte ihm. Beinahe hätte er etwas vergessen. Er blieb stehen und verbeugte sich artig wie ein Darsteller vor den leeren Stühlen, ehe er hinter dem Vorhang verschwand. Der Applaus ließ ein wenig zu wünschen übrig. Aber wer erwartete schon Dankbarkeit von diesem Publikum?

Das Fest spielte sich in der ganzen Stadt ab, überall sang man zu Ehren der Gefallenen und der Götter, und auch die Siegesfeierlichkeiten kamen nicht zu kurz.

Auf dem Marktplatz fanden sich die hoch gestellten Persönlichkeiten, Abgesandten und Exzellenzen zusammen. Nicht alle Botschafter und Reiche waren sich untereinander grün, doch die Worte Perdórs bewirkten, dass keinerlei Streitigkeiten ausbrachen. Die Freude stand an diesem Abend im Mittelpunkt.

Norina, die ein einfaches, geschmackvolles Kleid trug, reichte Stoiko und Waljakov ein Glas mit Wein, stieß mit den beiden Freunden an und trank auf das Wohl Tarpols.

»Ich glaube, eine Kabcara hat mich noch nie bedient«, meinte der K'Tar Tûr grinsend und berührte die Narbe am Unterkiefer, die von Aljaschas Ring stammte.

»Und du wirst mich auch niemals so nennen, alter Freund«, meinte die künftige Herrscherin. Sie legte ihre Hände auf die der Männer. »Ich möchte, dass ihr mir zur Seite steht, wenn wir in Ulsar sind. Euer Rat ist mir wichtig.«

»Was ist mit dem Jungen?« Waljakov ließ seinen Blick über die Menge schweifen, ohne die blaue Robe seines einstigen Schützlings ausmachen zu können.

»Lodrik?« Norina lächelte. »Er wird nicht erscheinen. Er meidet die Menschen, um kein Unwohlsein bei ihnen hervorzurufen. Wir haben uns daran gewöhnt, aber hier würden die Leute vor ihm wie vor einem Geist zurückweichen.« Sie prostete den beiden betagten Vertrauten zu. »Aber er wird mit zurück nach Ulsar reisen.«

»Er bleibt bei uns?«, staunte Stoiko. »Wie hast du das erreicht?«

Die hoch gewachsene Frau hob eine Augenbraue. »Ich sagte ihm, dass ich das Amt der Kabcara nur annehmen werde, wenn er bei mir bleibt. Nichts wird uns mehr trennen.«

Der kahle Hüne räusperte sich. »Auf mich wirst du erst in ein paar Monaten zählen können.« Erstaunt sahen ihn Stoiko und Norina an. Sogleich wurde der einstige Leibwächter rot. »Ich muss noch etwas erledigen.« Hastig stapfte er davon.

»Verzeiht.« Lorin gesellte sich an ihre Seite. Stoiko zog sich unter einem fadenscheinigen Vorwand zurück. »Ich wollte mich von dir verabschieden, Mutter. Morgen kehre ich auf Rudgass' Schiff nach Bardhasdronda zurück.«

Norina umarmte ihren erwachsen gewordenen Sohn.

»Da habe ich mein Kind gefunden, und es verlässt mich schon wieder. Aber Kalisstron ist nur einen Katzensprung entfernt.« Sie bemühte sich um eine heitere Miene. »Du willst nicht bleiben?«

»Ich bin Kalisstrone«, antwortete er freundlich. »Eine wunderbare Frau erwartet sehnsüchtig meine Rückkehr. Und auch ich will sie endlich wieder in die Arme schließen. Auch Fatja erträgt die Trennung von Arnvarvaten jetzt, nachdem der Krieg vorbei ist, kaum einen Tag länger.«

»Natürlich. Ulldart steht tief in deiner Schuld, Lorin. Tarpol wird sich immer an deine Verdienste erinnern. Ich würde mich freuen, wenn mein Reich und zumindest Bardhasdronda rege Kontakte unterhielten.« Sie schaute ihm in die tiefblauen Augen.

»Davon kannst du ausgehen. Ist Vater da?«

Norina schüttelte das schwarze Haar. »Ich richte ihm deine Grüße aus.« Sie küsste ihn auf die Stirn. »Pass auf dich auf, mein Sohn.«

Der junge Mann drückte sie an sich und ging schnell zu Matuc, der inmitten der kalisstronischen Schüler und ulldartischen Ulldrael-Anhänger stand. Auch von ihm verabschiedete er sich in aller Herzlichkeit und erfuhr, dass sein Ziehvater nach dem Willen des Ordens des Gerechten, der im Untergrund die Zeit der Verfolgung durch Govan überstanden hatte, eine wesentliche Rolle beim Wiederaufbau der geistlichen Struktur einnehmen sollte. Lorin freute sich mit Matuc.

»Der haut also tatsächlich ab!« Jemand schlug ihm von hinten auf die Schulter.

Lorin drehte sich um und schaute in das feixende Gesicht Tokaros. Sogleich bemerkte er, dass sich sein Halbbruder den Schädel beinahe kahl rasiert hatte und nur obenauf kurze Haarstoppeln standen. Neben ihm befand sich ein Mann um die dreißig Jahre, der wie er ein Kettenhemd und einen Wappenrock mit dem Zeichen des Gottes Angor trug. Beide Ritter führten aldoreelische Klingen mit sich.

»Ich kehre dorthin zurück, wo ich herkam, um deine Heimat zu retten. Weil du es allein nicht hinbekommen hast.« Er grinste seinen Halbbruder an. »Doch zusammen sind wir unschlagbar, was?«

»Ich werde dich vermissen«, gestand Tokaro und wies auf den Krieger neben sich. »Darf ich vorstellen: Kaleíman von Attabo, Großmeister des Ordens der Hohen Schwerter und Teilnehmer der Schlacht von Taromeel. Er führte eines der Freiwilligenheere an.« Sie schüttelten sich die Hände.

Dann umarmten sich die Halbbrüder vorsichtig. Auch wenn Lorin nur noch ein winziges Überbleibsel seiner einstigen Magie in sich trug, schmerzte ihn eine direkte Berührung durch seinen Blutsverwandten sehr.

»Bis dann. Besuche mich, wann immer du willst. Ich bringe dir bei, wie man auf einem Hundeschlitten fährt. Alles Gute.« Er verschwand in der Menge, um nach Fatja zu suchen.

»Nur, wenn das Meer nicht zu sehr schwankt«, rief Tokaro ihm nach und dachte voller Grauen an die Wogen, das Rollen unter den Füßen, das ständige Auf und Ab …

»Ihr werdet grün?«, wunderte sich Kaleíman. »Was …«

Ohne Erklärung hastete Tokaro davon und rempelte gegen Pashtak, der als Vorsitzender der Versammlung der Wahren gerade das Büffet inspizierte. »Ach, unser mutiger Freund! Wie schön, Euch zu sehen.« Estra lugte hinter seinem Rücken hervor und schenkte ihm ein Lächeln. »Ihr tragt das Zeichen Eures Gottes wieder offen?«

Der Ritter würgte die Übelkeit hinunter. Vor die Füße eines Freundes zu brechen machte einen schlechten Eindruck. »Ja. Ich baue das wieder auf, was mein Vater einst begründete. Nerestro von Kuraschkas Werk wird fortleben, die Hohen Schwerter erstehen in neuem Glanz.«

»Sehr erfreulich.« Pashtak erzeugte einen Ton, der dem Schnurren einer Katze nicht unähnlich war. »Ammtára wird seinen Status als Freie Stadt aufrechterhalten, wie ich mit dem Gesandten von Tûris aushandelte. Damit kann es auch bei uns weitergehen.«

Estra kam näher. »Ich grüße Euch, Herr Ritter. Wer ist denn im Besitz der dritten aldoreelischen Klinge?«, erkundigte sich die Inquisitorin.

»Niemand. Sie ging zusammen mit Govan unter und wurde in dem Glasblock eingeschlossen. Derzeit lässt Perdór den Brocken aus der Ebene bergen und in Sicherheit bringen, bevor sich Fledderer die kostbare Beute unter den Nagel reißen.« Fasziniert betrachtete er ihre außergewöhnlichen Augen, die ihn gefangen nahmen. »Was haltet Ihr davon, wenn ich auf dem Weg nach Tarpol in Ammtára vorbeischaue? Ich besuche Euch, und Ihr zeigt mir die Stadt«, hörte er sich selbst sagen und erschrak über seine eigene Keckheit.

Ein erfreutes Leuchten ging über Estras Antlitz. »Sehr gern, Herr Ritter.«

Tokaro wollte noch etwas sagen, da hob sich sein Magen. »Verzeiht«, würgte er und rannte, um sich in aller Ruhe übergeben zu können.

»Bahnt sich da etwa eine Romanze an?«, meinte Pashtak girrend und rempelte seinem Mündel freundschaftlich in die Seite.

»Ach was«, wiegelte Estra ab. »Ich interessiere mich nur für ihn, weil er das Erbe meines Vaters antreten wird.« Ihr Blick fiel auf einen eindrucksvollen Kensustrianer, der sich mit dem ilfaritischen König und dessen Hofnarr unterhielt. Neben ihm stand ein etwas kleinerer Kensustrianer, der die Gewandung eines Gelehrten trug.

»Ich bin gleich wieder da«, meinte sie und pirschte sich unauffällig in die Nähe ihres Landsmannes, ehe der Vorsitzende Ammtáras etwas sagen konnte.

Sie begab sich in die unmittelbare Nähe der vier und belauschte das Gespräch, das sich darum drehte, welche Fortschritte die Aufräumarbeiten im Geburtsland ihrer Mutter machten. Die Ingenieure schufen riesige Schaufelräder und Pumpen, um das überflutete Marschland trocken zu legen. Da die Kriegerkaste ohne Anführer dastand, nutzten andere die Gunst der Stunde. Die Schicht der Gelehrten übernahm die Regierung Kensustrias. Das hatte zur Folge, dass sich Moolpár dem Kensustrianer namens Mêrkos gegenüber unvermittelt ehrerbietiger verhalten musste. Er und Mêrkos sicherten zu, dass die Gefangenen so bald wie möglich entlassen wurden.

Perdór erklärte, er werde zusammen mit Soscha eine Akademie ins Leben rufen, die sich um die Erforschung der Magie verdient machen wolle.

Estra schlenderte zu Pashtak zurück, der sich mit der künftigen Kabcara unterhielt.

Er stellte sie einander vor. »Ich habe der Kabcara gerade gesagt, wie sehr wir uns für die Politik des Miteinanders von Lodrik Bardri¢ bedanken«, fasste er zusammen.

»Seid versichert, Vorsitzender, es war nur der Auftakt der neuen Toleranz. Wir in Tarpol werden die Gleichstellung beider Rassen vorantreiben und gegen die Vorurteile ankämpfen.« Norina nickte ihnen zu. »Sobald ich mir einen Überblick über die tarpolischen Verhältnisse verschafft habe, hört Ihr von mir.« Norina wandte sich um und ging weiter, um sich mit den nächsten Diplomaten zu unterhalten. So verging die Zeit, bis auch sie erschöpft in ihre Unterkunft zurückkehrte.

Sie spürte die Anwesenheit Lodriks in dem dunklen

Zimmer. Längst packte sie nicht mehr das Grauen. Sie ignorierte einfach das Gefühl, wenn sich ihre Härchen auf dem Arm aufstellten.

Ihre Augen gewöhnten sich an die Schwärze. Sie sah ihn am Fenster stehen und erkannte die Konturen seines Gesichts, das zum Wunderhügel schaute, im Schimmer der Nachtgestirne.

Norina kam zu ihm und stellte sich dicht vor ihn; seine Hände legten sich um ihre Körpermitte. Seine anfängliche Scheu vor ihr war gewichen.

»Siehst du, wie die Sterne wieder an ihrem angestammten Platz stehen?«, fragte er leise und deutete zum Himmel. Silberne Punkte leuchteten wie Diamanten auf schwarzem Samt am Firmament. »Arkas und Tulm sind verschwunden. Die Götter haben Tzulans Augen vom Himmel entfernt.«

Sie schmiegte sich glücklich an ihn. »Mit deiner Hilfe geben wir den Untertanen ihre Freiheit zurück. Es wird eine gute Zeit, die anbricht.«

Lodrik schwieg lange. »Stoiko, Waljakov und Krutor werden dir zur Seite stehen.«

»Und du«, fügte sie hinzu, keinen Widerspruch duldend.

Sie umschloss seine bleichen, noch immer knochigen Hände und zog sie fester um sich.

Nicht ganz so traurig wie sonst presste Lodrik die Lippen auf ihr Haar. Seine Mundwinkel wanderten ein klein wenig nach oben.

Kontinent Kalisstron, Bardhasdronda, Frühsommer 460 n. S.

Die Dharka lief an der Spitze der Flotte in den Hafen ein.

Die Planke lag noch nicht ganz auf dem Kai, da stürmte Fatja das schmale Brett hinunter und warf sich Arnarvaten unter dem Jubel der Stadtbevölkerung in die Arme. Aus diesem Anlass gaben selbst die sonst so beherrschten Kalisstri wenig auf Anstandsgepflogenheiten.

Ihr dicht auf den Fersen folgte Lorin. Jarevrån empfing ihn mit Tränen der Erleichterung und der überschwänglichen Freude. Der junge Mann hob seine Frau übermütig hoch und schwenkte sie ausgelassen, bis er sie ganz schwindelig vor Glück und Drehen umarmte.

Varla und Torben lehnten an der Reling des Oberdecks, die Gesichter in die Wangen gestützt und bei jedem beobachteten Kuss wohlig seufzend.

»So, du alter Pirat …«

»Freibeuter«, verbesserte der Rogogarder besserwisserisch.

Die Tarvinin schlug ihm auf den Arm. »Was auch immer, Lustsklave. Das hätten wir hinbekommen.« Sie nickte zu den großen Gewächshäusern und den Lagerhallen. »Was ist? Sollen wir die Gelegenheit nutzen und uns ein paar Sachen einstecken?«

»Bei allen Meeresungeheuern und Abgründen der Tiefsee!« Empört stemmte er die Arme in die Seite und schaute sie strafend an. »Ich überfalle doch keine Freunde!«

»Das hört man doch gern.« Lorin winkte von der Landungsstelle hinauf. »Kommt, es gibt ein Fest anlässlich unserer Rückkehr.«

Überlegen strahlte Torben seine Gefährtin an. »Siehst

du, wir bekommen auch so, was uns als Helden zusteht.«

Varla fasste sein Gesicht mit beiden Händen und presste die Wangen zusammen. »Manchmal könnte ich dich …« Sie drückte ihm einen wilden Kuss auf. »Aber nur manchmal.«

Sie gingen von Bord des Seglers, während die anderen Schiffe von den Menschen aus Bardhasdronda begrüßt wurden.

Nach und nach leerte sich die Mole, Jung und Alt strömten stadteinwärts, um die Kämpfer, die die Invasion ihrer Heimat verhindert hatten, gebührend zu feiern.

Eine Frauengestalt harrte einsam am Anlegeplatz aus, ein Bündel Blumen in den Händen haltend. Hoffend und bangend richteten sich ihre Blicke abwechselnd auf die Segler, ob noch weitere Passagiere die Planken hinabkämen.

Es tat sich nichts.

Die Kalisstronin senkte den Strauß, wandte sich um und folgte schleppenden Schritts den anderen, um nach dem Verbleib ihres Liebsten zu fragen, den sie sehnlichst erwartet hatte.

Schwere Stiefel polterten die Planke hinab, Holz ächzte unter dem Gewicht des Mannes, der als Letzter von Bord ging.

Håntra flog herum und stieß einen leisen Freudenschrei aus.

Sie lief dem großen Leibwächter entgegen, der seine starken Arme ausbreitete und sie wie ein kleines Kind auffing. Er barg sein Gesicht an ihrem Hals und drückte sie so sehr, dass ihr die Luft ausging.

»Wo warst du?«, fragte sie atemlos und bedeckte ihn mit Küssen.

»Es waren mir zu viele Leute«, meinte er verlegen. Er streichelte ihre Wangen und schaute in die grünen Augen der Kalisstronin. »Ich bin es nicht gewohnt.«

»Du hast mir einen Schrecken eingejagt. Ich fürchtete das Schlimmste«, sagte sie ein bisschen vorwurfsvoll.

»Ich gab dir ein Versprechen«, sprach er ernst. »Nichts hätte mich aufgehalten, um es zu erfüllen.«

Håntra nahm seine Hand, zog ihn zu einem der Pfosten, an denen die Seile vertäut wurden, und zwang ihn, sich darauf zu setzen. Sie hockte sich auf seinen Schoß und umfasste zärtlich seinen breiten Nacken.

Unsicher suchte er ihren Blick. »Wirst du mich begleiten? Als meine Frau?«

Die Kalisstronin schluckte ihre Ergriffenheit hinunter. »Es gibt nichts, was ich lieber täte.«

EPILOG

Kontinent Ulldart, Großreich Tarpol,
Provinzhauptstadt Granburg, Frühsommer 460 n. S.

Die Niederlage des größenwahnsinnigen, verhassten ¢arije hatte sich unter den einfachen Leuten Granburgs schnell herumgesprochen. Ebenso der Umstand, dass Norina Miklanowo die nächste Kabcara des Königreiches Tarpol werden sollte und vermutlich gerade im Tempel Ulldraels gekrönt wurde, nachdem die Kathedrale eingerissen worden war. Die Freude über das kommende Ende der Unterdrückung mischte sich mit dem Stolz darüber, dass die Provinz Granburg die zukünftige Herrscherin stellte.

Doch nicht überall löste die Kunde heitere Ausgelassenheit aus, wie sie auf den Straßen herrschte.

Aljascha und Kaya saßen sich schweigend im Teezimmer der einstigen Herrscherin gegenüber, nahmen kleine Schlucke aus ihren Tassen und hingen ihren Gedanken nach. Die Träume der beiden Frauen, die Zukunft des Königreichs mitgestalten zu können, waren verpufft und hinterließen einen schalen Geschmack, der sich auch nicht durch den aromatisierten Tee hinwegspülen ließ.

Aljascha setzte ihre Tasse elegant auf die Untertasse. »Wir haben noch unsere Freunde in Ulsar«, bemühte sie sich, etwas Aufbauendes zu sagen.

»Ich bitte Euch.« Kaya warf ihr einen Blick zu. »Wie lange werden diese Menschen wohl im Brojakenrat oder in ihren Ämtern bleiben, verehrte Freundin?«, meinte sie demoralisiert. Sie stellte die Tasse ab. »Man erwartet mich, Aljascha. Nichts für ungut, ich habe noch ein wichtiges Treffen mit einem der aufstrebenden jungen Männer der Provinz. Er wird als der neue Gouverneur gehandelt.« Die Witwe Jukolenkos erhob sich. »Ich werde mich für Euch bei ihm einsetzen, damit wir die Lockerungen Eures Hausarrests nach seinem Amtsantritt aufrechterhalten können.« Sie lächelte aufmunternd, drückte den Schönheitsfleck fest und betrachtete die aufgesteckten Haare ihrer Perücke im Spiegel.

»Ich könnte Euch begleiten«, bot sich Aljascha an. »Mein Eindruck würde ihn womöglich leichter umstimmen.«

Kaya schüttelte den Kopf, ihr Fächer klappte auf. »Nein, verehrte Freundin. Er ist ein treuer, ergebener Verfechter der Neuerungen, die einst Euer Mann für das Volk einführte. Ihr solltet seine Nähe vorerst meiden.« Die Frau raffte das aufwändige Ballonkleid ein wenig und verschwand zur Tür hinaus.

Die einstige Kabcara Tarpols schmetterte ihre Tasse gegen die Tür. Aufgebracht eilte sie zum Fenster und schaute der Witwe des lange aus dem Amt beförderten Gouverneurs nach. Als sich Kaya zum Haus umwandte, zauberte Aljascha ein freundliches Lächeln auf ihr Gesicht und winkte ihr zu.

Dann hörte sie ihren Sohn schreien.

Es wurde Zeit, dass sie ihn stillte. Sie trat ins Kinderzimmer, in dem ihr Spross lag. Berika hatte alles vorbereitet, reichte ihrer Herrin den Säugling und verließ den Raum.

Aljascha zog ihr Obergewand auf der rechte Seite herab und legte ihre Brust frei. Die Lippen des Kindes schlossen sich um die Warze und sogen die Nahrung auf. Zärtlich strich sie ihrem Sohn übers Gesicht.

Als der Säugling die empfindliche Mamille mit seinen ersten, rasiermesserscharfen Zahnansätzen anbiss, sodass Blut in die Milch floss, zog sie scharf die Luft ein. Sobald das Kind seinen Hunger gestillt hatte, breitete sich ein Kribbeln an der verletzten Stelle aus. Die Brustwarze verheilte innerhalb weniger Lidschläge.

»Das brauchst du nicht mehr, es ist schon warm genug.« Sie zog ihm behutsam das Mützchen ab. Feine dünne Haare kamen darunter zum Vorschein, die silbrig wie Spinnweben aufleuchteten.

»Du bist etwas ganz Besonderes«, sagte sie leise zu ihm und küsste ihn auf die Stirn. »Mein Schlüssel zur Macht.«

Ihr Sohn schlug die Augen auf und blickte sie aus magentafarbenen Augen an. Die Pupillen waren für einen kurzen Moment dreifach geschlitzt, ehe sie die normale Form annahmen.

DANKSAGUNG

Auf Wiedersehen ...

Es ist vollbracht. Die ersten fünf Bände der Fantasy-Serie um die Dunkle Zeit sind erschienen, die Geschehnisse um Lodrik, Norina und die vielen anderen Charaktere enden hier.

Vorerst.

Ulldart hat sich eine eigene, feine Fan-Gemeinde erobert, der ich an dieser Stelle herzlich für den Zuspruch, die Treue und die zahlreichen E-Mails danke. Es scheint, als hätte die Geschichte etlichen Leserinnen und Lesern eine gute und keine »Dunkle Zeit« beschert, was mich wiederum sehr froh macht.

Ich hinterlasse den Kontinent einigermaßen aufgeräumt, aber die Pflöcke sind eingeschlagen, damit ich irgendwann nach Ulldart zurückkehren und mir weitere Gemeinheiten, Herausforderungen sowie Abenteuer für die Überlebenden ausdenken kann.

Besonders danken möchte ich wie immer allen bewährten und unverzichtbaren Testlesern, außerdem Sonja und Jan, Meike, Tanja, meinem exklusiven Buchluder Sabine, meiner Familie, meinen Freunden und Verwandten, die mich unterstützt haben.

Meinen Neidern und Kritikern sei gesagt: Gut, dass es euch gibt.

Markus Heitz,
im Frühjahr 2003